陈梓全集

【清】陈梓　撰

黄懿　徐修竹　沈娟娟　编校

余姚市文化和广电旅游体育局
余姚市政协文化艺术界组　编
余姚市临山镇人民政府

西泠印社出版社

《陈梓全集》编委会

余姚市临山镇“麟山第一泉”摩崖石刻，陈梓题写。

《陈一斋诗集》，陈梓著，清宣统三年（1911）石印本。

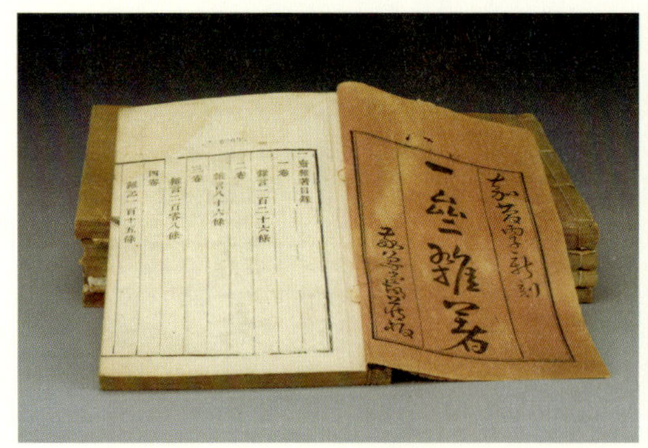

《一斋杂著》，陈梓著，清嘉庆二十一年（1816）刻本。

《删后文集》，陈梓著，清嘉庆二十年（1815）胡敬义堂刻本。

《陈古民先生九九乐府》，陈梓著，民国四年（1915）石印本。

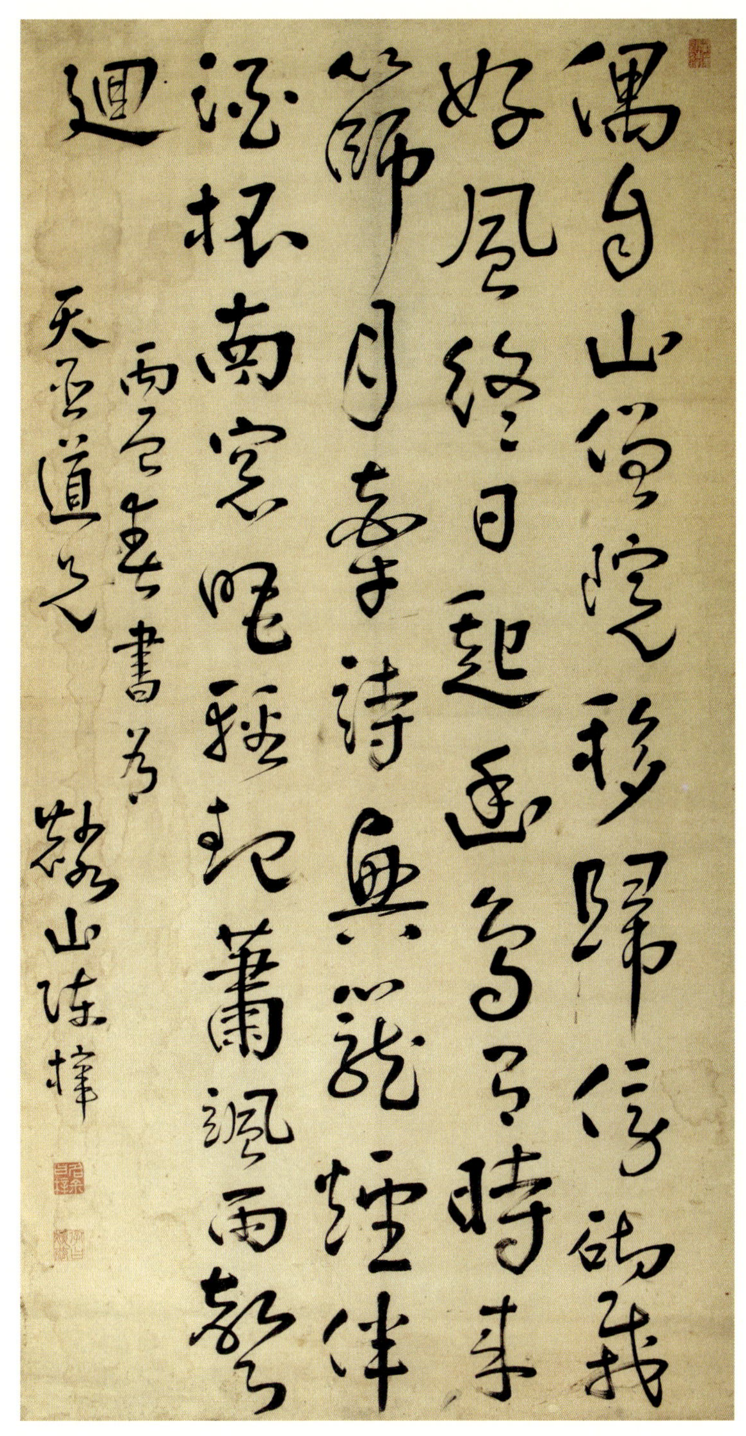

（清）陈梓行草书轴

纸本，行草书。纵173厘米，横92厘米。正文分5行，40字。现藏于余姚市文物保护管理所。

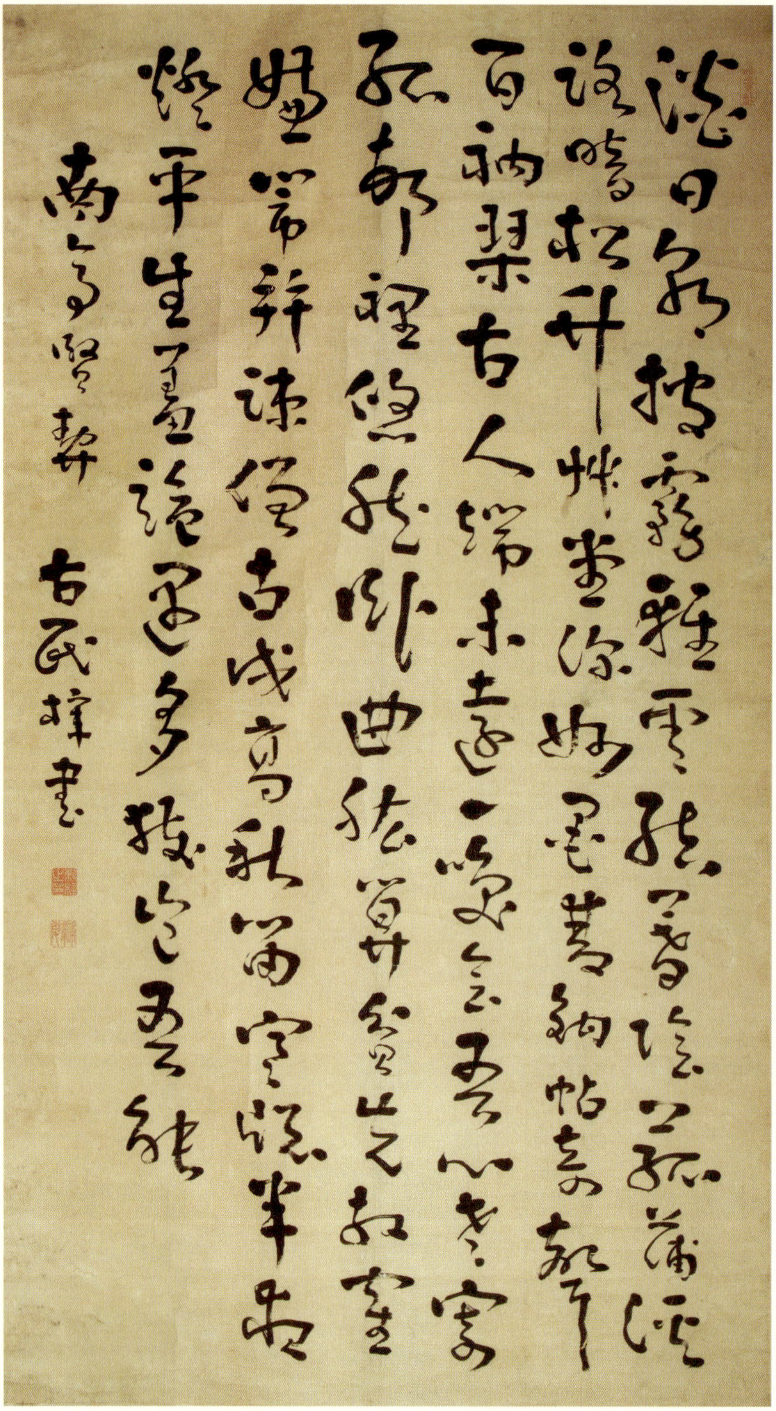

（清）陈梓行草书中堂

纸本，行草书。纵 201 厘米，横 114.5 厘米。正文分 6 行，80 字。
现藏于余姚市文物保护管理所。

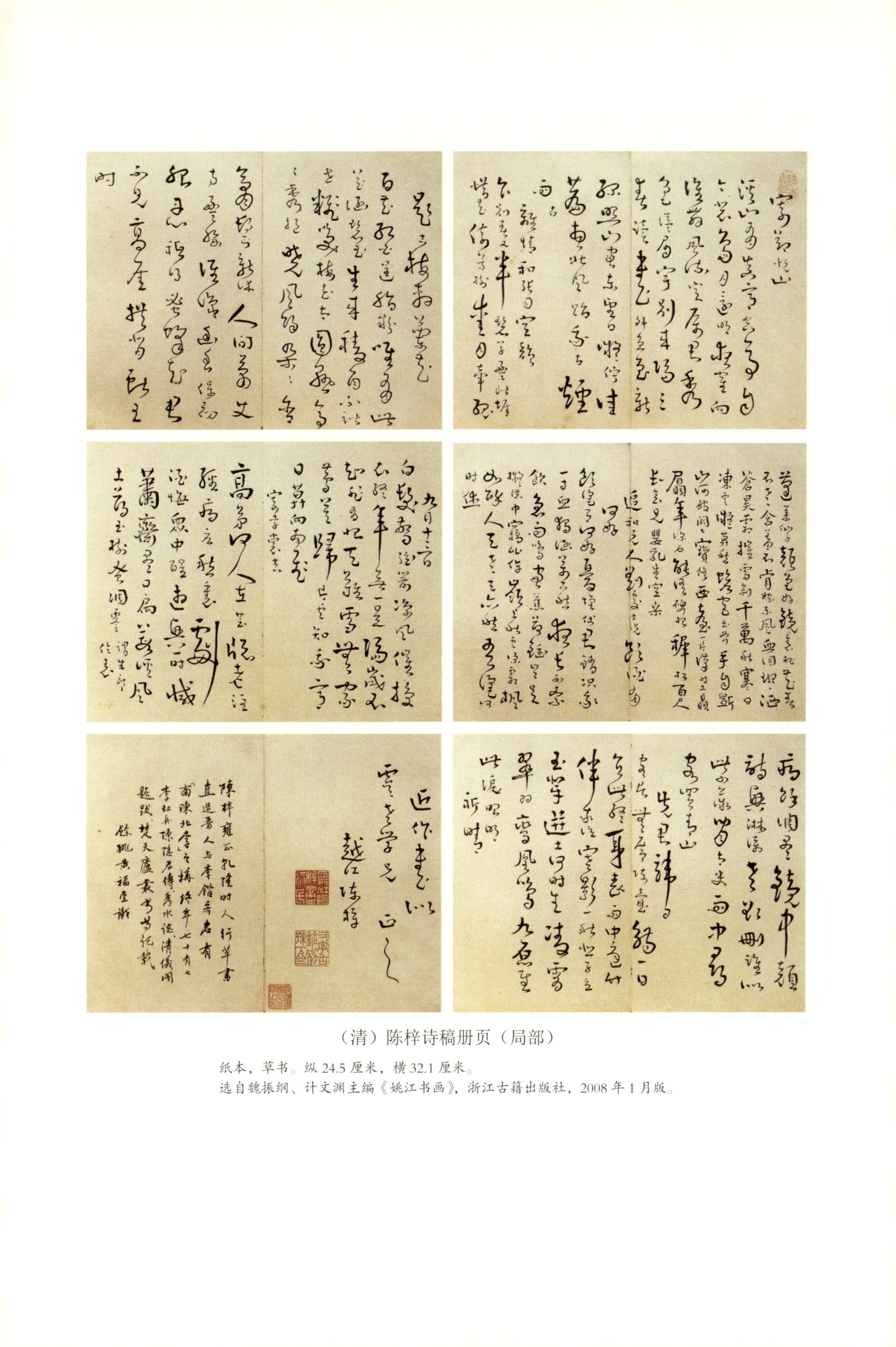

（清）陈梓诗稿册页（局部）

纸本，草书。纵 24.5 厘米，横 32.1 厘米。

选自魏振纲、计文渊主编《姚江书画》，浙江古籍出版社，2008 年 1 月版。

素三彩瓷盖罐

共 4 件。通高 3.8—4 厘米，口径 11.2 厘米，底径 4.2—4.3 厘米。陈梓墓出土，现藏于余姚市文物保护管理所。

霁蓝釉瓷碗

共2件。一件高5.5厘米，口径10.5厘米，底径4.9厘米。
另一件高5.1厘米，口径10厘米，底径5厘米。
陈梓墓出土，现藏于余姚市文物保护管理所。

青花云龙纹瓷碗

共2件。高4.9厘米，口径2.7厘米，底径3.7厘米。
陈梓墓出土，现藏于余姚市文物保护管理所。

蝉形歙砚

长 26.5 厘米，宽 17.1 厘米，高 3.5 厘米。
陈梓墓出土，现藏于余姚市文物保护管理所。

序 一

浙江余姚物华天宝，人文荟萃，自古名家辈出。在王阳明、黄梨洲、朱舜水等享誉中华的大思想家背后，还有一大群学者，共同构成了繁星璀璨的学术天空，延续着不绝如缕的人文传统。清代康乾时期的理学家、文学家、书法家、教育家、鉴赏家陈梓正是这些学者中具有代表性的一位。

陈梓（1683—1759），字蓴公（一作俯恭），又字古民，号客星山人，余姚临山人。自姚迁居秀水（今浙江嘉兴），而后往返两地，晚年潜居故里，直至终老。陈梓从张杨园弟子姚瑚游，阐述颇具见地，成为杨园学派的重要传人。一生著述丰厚，有《四书质疑》《张杨园先生年谱》《删后诗存》等存世。他长于诗文，并工翰墨，行草直造晋人堂奥，康有为评其“书法卓越人间”。对书画、砚台鉴赏功力尤深，文人意趣盎然。难能可贵的是，陈梓专注理学数十年，始终以教书育人为业，不追求功名富贵，举孝廉方正而不就，虽生活艰辛，却终身不改其志。其学问道德为乡里楷模，被誉为一代名士。

中华传统文化的一大宝库是浩如烟海的古籍文献。挖掘、整理、研究好这些文化遗产无疑是有关部门和学界的不辞使命。陈梓的名号与余姚的许多先贤、大名人相比或许不够响亮，以致重视关注不够。然而从文化多元多维的角度看，将无一官半职、却活跃在乡间僻野并学有建树的人士纳入研究的目标对象，肯定能大大拓展地方历史文化的研究视野，也有助于进一步探索考究地方学术文化发展的序列和脉络，其意义自然不可低估。

近年来，随着经济社会文化事业的发展，余姚地方文史研究成果斐然。在余姚市政协和文化部门的重视支持下，余姚市文保所黄懿、徐修竹、沈娟娟三位年轻学者辛勤努力，整理编成数十万字的《陈梓全集》，可喜可贺。余姚的同志嘱我作序，盛意难却。我自认并不是这方面的专家，之所以贸然应允下来，盖因我的祖父是浒山人，祖母是余姚临山人，浒山以前也属于余姚，所以我总是把余姚当做自己的故乡。而正是故乡的人文传统，滋养了我的祖辈父辈，也滋养了我，饮水思源，不能忘本。进而言之，旧邦新造，传统文化资源，依然有许多可以发扬光大的宝贵之处。我认为，《陈梓全集》的出版对传承弘扬余姚的传统文化、对清代浙东学术研究都是很有意义的。

是为小序。

商务部原部长 海峡两岸关系协会原会长
中国外商投资企业协会会长 清华大学台湾研究院院长 陈德铭

序 二

说一个地方“人杰地灵”，就像称人为“帅哥”“美女”一样，往往稀释了原有的词义。但余姚，哪怕按照最严格的标准，也无愧于“人杰地灵”这四个字。自汉以降，代有才人，严光、虞翻、虞喜、虞世南，都是重量级人物;到明、清两代，更是“硕儒辈出，学风沾被全国以及海东”（梁启超语），其中最著名的当推王守仁（阳明）、黄宗羲（梨洲）、朱之瑜（舜水）。这几颗巨星太过耀眼，以致掩盖了其他星光，有些余姚籍的历史人物，如果生活在别处，也许会受到更多的关注。陈梓就是这样的一位余姚先贤。

陈梓（1683—1759），字莮公（一作俯恭），又字古民，号客星山人，余姚临山人。他十二岁丧父，二十四岁丧母，中年丧妻，二子夭折，六十四岁中风偏瘫，迭遭人生之大不幸。陈梓出生于康熙二十二年（1683），时清王朝统治已趋稳固，但他以明遗民后裔自居，立志弘扬理学，不应科举，终身不仕，往来于余姚、秀水（今浙江嘉兴）两地，以塾师为业。晚年在余姚北乡胡氏筠谷园开馆教授诸生，致力于传播朱子理学，远近有志者翕然从之。与奉天学者李锴（字铁君，号眉山）交谊甚笃，有“南陈北李”之称。

陈梓遗著，经余姚市开展的古籍普查，存有《陈一斋先生文集》《陈一斋先生诗集》《删后诗存》《删后文存》《井心集文钞》《一斋杂著稿》《陈古民先生九九乐府不分卷》《定泉诗话》等诗文集近十种。在全社会高度重视传统文化的大背景下，余姚市文保所组织专家学者整理《陈梓全集》，这是一件告慰先贤的善举。翻阅《全集》校样，可以窥见当时知识分子学养的厚度与宽度、思考的高度与深度，感受学科分工不似今日细致、治学为文不囿于一域的昔日气象。这部《全集》，不仅是研究陈梓生平思想、朱子理学、杨园学派以及清代诗文的第一手资料，也为一般读者提供了一个了解康雍年间文人所学所思的样本。

一、作为理学家的陈梓

陈梓二十二岁那年因治病受医生启发，病愈后从杨园先生张履祥门人姚瑚（蛰庵）处借阅《近思录》，从此“始有志杨园之学”（《蒸酥记》），并“私淑杨园而上溯洛闽”（《答李眉山书》）。他推崇杨园先生“昌明朱子之教”（《题朱子石刻像》），“真朱子后一人而已”（《张杨园先生小传》），终身服膺。晚年又据旧谱修订增补而成《张杨园先生年谱》，具见其拳拳之忱。

由杨园上溯洛闽，陈梓奉朱熹为儒学正传，将其与孔子并列：“天不生孔子，三代以上如长夜；天不生朱子，三代以下如长夜。”（《骂朱子》）他对朱子学说和杨园学说的阐释发挥，见于《全集》所收的读书笔记及与友人论道信札。

大儒王阳明是陈梓的乡前辈，但陈梓一生“辟阳明”不遗余力。陈梓认为阳明心学是“阳儒阴释之学”，“心其心，学其学，小则为无忌惮之小人，大则为无父无君之禽兽”（《答黄岐周书》）；“‘致良知之说’，贻误苍生”（《慎余堂记》）。甚至把明朝的灭亡也归咎于阳明心学：“阳明与朱子为难而招流贼之炽。稼书先生云：‘明之天下不亡于流贼而亡于阳明。’岂苛论哉！”（《与汤三聘书》）值得注意的是，陈梓并不只针对“阳明后学”，他把批判的矛头直指王阳明本人：“阳明诗文、事功殊可观，其心术不正，学术则大偏。”（《偶记》）当有学者提出“阳明无弊，弊在后学。善学阳明者，必不悖于朱子”的观点，他“极辨其非”（《杂记・阳明流弊》）。

崇朱子、杨园，与“辟阳明”，是一张纸的两面。陈梓对于杨园学派同门“阴中阳明之毒”（《与范先生蜀山书》）的倾向十分警惕。姚瑚亲炙杨园，是陈梓入杨园之门的引路人，但陈梓对于他不重践履，“唯以寻究源头为标准”，绘六图以释濂溪太极图书等做法，深不以为然，作长信极力规劝（《上姚大先生蛰庵书》）。在这封阐述自己理学观点的重要信札以及其他与友人论道书中，陈梓反复强调切近、践履、循序渐进、积久默契，反对悦高忽近、悬空说理。

二、作为诗人的陈梓

陈梓在《删后诗自序》中说：“己酉秋，因悉取箧中惬意者付之火，其他应酬诸作不足焚者，稍稍编次，而题之曰‘删后诗’，以示门下及群从辈。”整理自己的诗作，弃精华而存糟粕，实在是有悖常理之举。结合他说的“余之诗只以自娱，而世不以为工”的话，可以看出他与当时诗坛主流是不太对路的。

陈梓主张“诗必有关于世道人心”（《定泉诗话》），推崇温柔敦厚、含蓄典雅，这是和他理学家的身份相契合的。他认为“诗有三要”：一性情，二义理，三文词，杜甫之所以被称为“诗圣”，在于其诗“情真、理正、词工”（《与沈南谷》《定泉诗话》）。

陈梓尊古体、抑今体，在相关文章中反复申说，如：“作诗当从五古入手，后便展拓得开。若起头便讲近体，见古体便战栗，纵使律绝工稳，不过小家数，无当大雅也。”（《定泉诗话》）“诗从近体入门，往往无大成，故学诗必自五古始。”（《题学曾遗诗》）他之所以尊古体，除了诗歌本身特质及创作规律的原因外，还可能缘于他认为古体更适合表达对“世道人心”的关切。他赞扬白居易“《香山乐府》有关世道人心”，批评陆游“其病在近体多而古风少，如此六十岁间万首诗，其关系于人心世道者几何哉”（《定泉诗话》）。

《全集》收录陈梓诗作1500余首，其中古体660多首，近体830多首。相比较而言，我认为他的古体诗更具价值。尤其是《今乐府》近170首，继元白之遗风，体现出对民生的关切，是很多社会现象的实录。如《去妾叹》写作妾的女子因子亡而被逼嫁给“邻叟”，揭示了当时社会“妇人等鸡狗”的残酷现实；《老翁行》写独居老农因虫灾颗粒无收，又不像邻家有儿女可卖，无法完粮度日的困境；《榆树叹》写大灾荒之年饥民剥食榆树皮，皮尽而民饥未疗，最后“食尽树皮同一死”，然而官方却宣传物阜民丰，“县门高揭大有年”；《溺女悲》写寡妇因兄嫌嫂怨，将四岁女儿投入深溪；《莫刲股》写山左饥人相食，人未死而迫不及待地割其股肉……种种人间惨剧，读之令人泪下。另如《迁小棺》《洗筋行》分别记吴中、江西葬俗，《血窝儿》记“血窝过继”之俗，《敲炭儿》记当时民间职业，都是有价值的民俗史料。《今乐府》中还有不少演绎史事的作品，如《全集》中自《古濠梁》以下凡 80 余首，均以明代史实、人物为题材，寓议论于叙事，可以说是一部用诗歌形式撰写的明代史论。

陈梓的近体诗，涉及酬答、感怀、纪事、咏物、题画等多种题材。他自言“平生懒作玉台诗”，并劝戒友人勿作宫体诗（《定泉诗话》），因而即使在他的近体诗中，也绝少风花雪月之作。作为一位训练有素的诗人，陈梓在缚声入律、遣辞达意方面绰有余裕。如《玉兰花二首》其一：“皎皎擎空雪，棱棱绝点瑕。品何惭玉树，名岂冒兰花。承露瓷瓯洁，裁云缟髻斜。自应遭物忌，涂抹任栖鸦。”运典入化，对工语切。《偶得联语缀而成诗得十八首》：“两手并书文各异，五官同用意常闲”，“蔗檗同餐徒自苦，薰莸并处或沾香”，“捷机藏腹无穷祸，片语伤心不共仇”……均饶巧思。尤令我印象深刻是那组“别诗”：《别天》《别地》《别日》《别星》《别风》《别江山》《别云》《别海》《别墓》《别砚》《别几》《别铜人》《别箸》，在离开人世前，他向天地风云以至身边微物一一以诗道别，可谓别出心裁，既有对人世间的眷恋，又有参透人生的达观。

《全集》中有诗无词。陈梓年轻时曾热衷填词，后来对填词深恶痛绝：“填词不特坏诗格，且坏人品，须眉丈夫乃效儿女子闺阁中语，不大可羞耶？……仆少时亦尝溺其中，至今悔恨无及。”（《与松岩》）陈梓曾经劝朋友将所填词“付之赤炬”（《与曹名竹》），想必他自己早已将词作烧毁了。

三、作为书法家、鉴藏家的陈梓

陈梓的父亲工草书，他自己更以草书名世，存世墨迹有《行草书轴》《行草书大堂》及草书诗稿册页等。《全集》中所录《答千里见谢草书歌》，是其草书创作心得：“从来心画有定法，草书变化楷贵庄。通以篆隶韵斯古，龙蛇出腕云苍茫。”陈梓还擅长“左书”，其《左右手问答》诗，以寓言手法述左右书对话，可作一篇左手书论阅读：“左右两书默相竞，梦闻絮语静可听。左曰：‘吾敢望公圆且熟。’右曰：‘吾却逊子古而劲。吾每使侧笔，取妍反成病。子摹拨灯法，中锋守其正。’左乃笑俯首，曰可助谈柄：‘虚拳吾岂能，实指本非性。其势坐处逆，骨节半生硬。强以就绳墨，兢兢惟一敬。譬如处季世，百事总安命。不敢纵以驰，庶几免悔吝。’左方整襟庄以言，右忽再拜泣而请：‘吾知过矣吾悔晚，谨奉子言作金镜。’”右书圆熟，左手古劲，而右书受左书启发，悟虚实之旨，得守敬之法。对身体健康的书家而言，左书究非正道，而是“文人好奇之习”，故陈梓自言“悔之”（《答范巨川》)。不过，他 64 岁中风后右半身“偏颇”，唯左手可任书写，左书便成为他唯一的选择了。

陈梓对于书画的鉴藏也很有兴趣，从他撰写的跋文来看，所见珍品不少，如董其昌《心经》《圣教序》宋拓本、赵孟頫《千字文》真迹等。其自藏则以砚为主。他自言“无他嗜……夙有砚癖，且癖于洗砚”(《洗砚图记》)。《全集》收录他撰写的砚铭达 148 篇之多，从标题即可看出他所藏砚台之丰富多彩，不仅有常见的澄泥砚、歙砚、端砚、风字砚这些名称，更有引人遐想、令人好奇的品种：雨字砚、月砚、祥云捧日砚、斧砚、琴砚、瓶砚、纸砚、玉龟砚、马蹄砚、虆枥砚、蟹砚、螺砚、蝉砚、蚕砚、豆斑砚、宇宙砚、五行砚、舟砚、一钱砚……砚铭文字，则往往兼寄意与游戏，于方寸地见其才学。如《矮杖铭》：“佯矮晦迹，兄弟笑（昵），翁跛藉力，扶我眺陟，蟾影照壁，龙尾倒击，长且万尺。”凡四言七句，每句均含平上去入四声，旧时文人从文字中找乐趣的情状，可见一斑。

四、作为教育家的陈梓

陈梓一生的主要职业是塾师，教育是他的本业。儿童入塾读书，大多还是以应科举为目标，但陈梓反对急功近利的“应试教育”，始终把培养“做人根本”放在教育的首位。同时强调实践，讲究经世致用。他提出：“士之品有三：首道德，次经济，次词章。”(《辞董邑尊书》)至于应举，是水到渠成的事：“敦行孝弟，潜心经史，区区文艺，不期精而精。以之应举，何患不售？”(《答阮叔瑜书》)

陈梓长期为“童子师”，他关于蒙学的一些观点，对当下传统诗文教育也不无启发。比如他强调“属对”的作用：“小儿读死书，虽成诵无益。惟使之属对，或虚实相反，死活交互，渐知用心，则思路顿开，讲贯书文皆能领略矣。”这是陈梓的经验之谈。汉语言文字的特点，比如有声调、不同于印欧语系的词类概念、语素以单音节为主、使用方块汉字等，在对仗中得到集中的体现。今人如果从小诵读《声律启蒙》《笠翁对韵》之类关于“属对”的蒙学读物，对于培养母语尤其是文言文的语感是大有裨益的。

至于陈梓本人，二十来岁即已看透科举制度的本质，绝意“举子业”。他在《八股误人》一文中说：“尝叹人自七岁至三十岁，不知有多少经史可通，乃以区区八股自牿自限，穷年揣摩而不得工。延师训课，在父母亦不知费多少心血，不过博一衿一第，强者出宰百里，虐其赤子，弱者补一教官，吊丧点主，猥琐不堪，岂非枉了一世。不是宇宙间罪人，便是天地间废人。”废科举一百多年后的今天，这段话仍然有助于我们反思应试教育的弊病。

近年来，全国各地普遍重视地方文化资源的发掘，而整理乡贤著述，是一项重要的基础性工作。地方历史文化的发掘，大致可分为三类：文献整理有如采金矿，学术研究有如冶炼金子，普及应用有如打造金首饰。采矿既是辛苦活，也是技术活，其中甘苦，做过“矿工”的人方有深切体会。社会背景、知识结构、语言环境等方面的变化，让整理工作面对重重障碍。黄懿先生等参与《陈梓全集》整理的专家学者投入了大量精力，也很有成效，有功于桑梓，有益于学林。陈梓的文字并不算十分高古深奥，但由于上述原因，整理稿在断句标点及体例格式等方面难免存在一些疏漏。希望整理者在此基础上，精益求精，打磨出权威可靠的文本；更希望学者、读者善用这个文本，做好研究、鉴赏、应用工作，庶不负整理者的辛勤付出。

《陈梓全集》付梓在即，余姚市文保所孙栋苗副所长让我写几句弁于卷首。不揣浅陋，就粗览所及，略作梳理，权作一篇读后感。未必有当，敬请方家和读者指正。

浙江省诗词与楹联学会常务副会长
杭州出版集团副总经理、编审

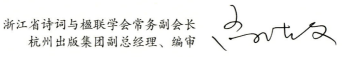

目 录

诗

文

笔记

张杨园先生年谱

编校说明

陈梓（1683—1759），字馵公、俯恭，又字古铭、古民，号一斋，又号客星山人，余姚临山人。清代文学家、理学家、书法家、古玩鉴赏家。工古文及诗，其书法擅行草书，深得晋人风骨，晚年能左手操笔。陈梓学识渊博，精通经学、理学及金石学，擅于识别汉魏以来金石彝器之属，通晓《尚书》《竹书纪年》及葬制仪礼之法。二十岁左右时，陈梓初谒清初理学大儒张履祥高徒姚蛰庵，遂成张履祥之私淑弟子，潜心钻研杨园学问，成为杨园学派在浙东的重要传人，曾重辑杨园年谱、诗文集，撰《杨园先生小传》，称张为“真朱子后之一人已”。陈梓虽未到过京师，但以学识名动公卿。北方学者李锴素闻陈梓学问，筑生圹时，遣人不远千里请陈梓为自己作墓志铭，陈梓欣然作成。自此二人书信不绝，虽一生未谋面而交谊甚笃，被称为“神交”，世人亦称二人为“南陈北李”。陈梓奔波来往于两浙，为秀水、余姚文坛之领军人物，一生交游、倡和不断。陈梓性情耿介，作为明遗民后裔，常以“堂堂中华儒者”自期，不事科举，拒绝出仕清廷。雍正元年（1723）举博学鸿儒，次年举贤良方正，均不就，乐为童子师。后迁居嘉兴秀水濮院，晚年返故里，在北乡胡氏�谷园开馆教授诸生，致力传播朱子理学，远近有志者均尊其为师。乾隆十一年（1746）九月，六十四岁的陈梓因中风而右半身不遂，此后便以左手作书，时评其左手书“高妙超隽”。陈梓中年丧妻及子，晚年不娶，孑然而终。乾隆二十四年，陈梓逝世于�谷精舍，其葬仪棺椁制式均为亲自手定。其旧友、门人按其遗嘱，葬其于余姚临山老寨村。

陈梓是清代余姚一代诗文奇才，其生平著述颇丰。乾隆三十年，陈梓因挚友郑世元去世，感叹“世无好余诗者，余诗何足存”，而选取自认为得意之诗文付之一炬，仅剩其他应酬之作，编订为《删后诗存》《删后文集》，故现存陈梓文集大多为其本人删减后残余之作。身为乾隆时期余姚文坛的重要人物之一，陈梓的文章以及与友人的书信往来中有大量关于经学、理学等方面的学术见解、论辩，以及对历代理学家的分析和批判，其中虽有其局限性，但不乏精到之解，语前人所未言。学术上，陈梓推崇朱子学，终其一生力辟阳明后学流弊。他洞察堂奥，辨明藩篱，不困于俗学。陈梓虽远离庙堂，但常针砭时弊，体察民生，他强调“春秋大义”，以“华夷之辨”对清政府的高压统治提出尖锐的批判，他的诗文中往往包含对社会底层百姓的深切同情。他的理学思想集中体现在《经义质疑》《四书质疑》《删后文集》等著作中。陈梓所处康雍乾三朝，正是“文字狱”最严重时期。其著作中虽含有不少反清内容，但所幸未受到当时残酷的“文字狱”的冲击，反而为其弟子及尊崇其学识的文人们广为传钞、刊刻，其诗文历经数百年，仍有大量保存至今。

此外，陈梓还是一位有名的书法家和古玩鉴赏家，其书法作品不仅在当时广受文人墨客欢迎，也得到后世的高度评价。近代著名学者、书法家、西泠印社社长张宗祥先生盛赞陈梓书法“运左腕作书，倔强之中，致饶风趣，实在高南阜之上”。陈梓擅识金石、字画，对大量名画、古玩留有鉴定题跋。其存世的书法作品和题跋文章，对研究清代浙东书画艺术也有着重要的参考价值。

长期以来，陈梓文集、遗墨都被埋没于历史故堆，未得到系统性收集和整理。《陈梓全集》的编校出版，旨在为系统研究陈梓学术思想、乾隆时期余姚理学发展状况、杨园学派在浙东地区的传播发展以及文字狱下明遗民与清廷之间矛盾斗争的历史面貌提供第一手文献资料，期望进一步拓展浙东学术研究新的课题和新的视野。

陈梓的诗文著作，在清代、民国时期已经开始整理、编辑和刊行各类单行本，特别是在清嘉庆年间正式刊印全集。现存有《陈一斋先生文集》《陈一斋先生诗集》《删后诗存》《删后文集》《井心集文钞》《井心集诗钞》《一斋杂著稿》《斋中读书记》《陈古民先生九九乐府不分卷》《定泉诗话》《寓硖草》《客星零草》《古民杂识》《四书质疑》《经义质疑》等十余种近一百卷。文体有诗、序、记、论、传、书、跋、墓志铭、像赞、祭文、行述、铭、补、尺牍等。现就目前所见陈梓诗文集统计如下：

清嘉庆二十年（1815）胡敬义堂刻本《删后诗存》，十卷，共5册，藏于余姚市文物保护管理所；

嘉庆二十年胡敬义堂刻本《删后文集》，十六卷，共4册，藏于余姚市文物保护管理所；

嘉庆二十年胡敬义堂刻本《经义质疑》，八卷，共1册，藏于湖南图书馆；

嘉庆二十年胡敬义堂刻本《四书质疑》，五卷，共1册，藏于湖南图书馆；

嘉庆二十年至二十一年胡敬义堂刻本《陈一斋全集》，四十二卷，共8册，藏于天津图书馆；

嘉庆二十一年刻本《一斋杂著》，六卷，共2册，藏于余姚市文物保护管理所；

宣统三年（1911）石印本《陈一斋先生诗集》，不分卷，共1册，藏于余姚市文物保护管理所；

宣统三年石印本《陈一斋先生文集》，不分卷，共1册，藏于余姚市文物保护管理所；

民国四年（1915）影印本《陈古民先生九九乐府》，不分卷，共1册，藏于余姚市文物保护管理所；

民国十二年刻本《玲珑山馆诗集》，不分卷，共1册，藏于浙江图书馆；

民国二十二年石印本《寓硖草》，一卷，共1册，藏于浙江图书馆；

民国二十二年石印本《客星零草》，一卷，共1册，藏于浙江图书馆；

民国二十四年木活字本《定泉诗话》，五卷，共2册，藏于浙江图书馆。

此外，目前各地还尚存各类陈梓诗文集的稿本、抄本多种：

抄本《井心集文钞》二卷（残），共1册，藏于余姚市文物保护管理所；

稿本《古民杂识》不分卷，共2册，藏于浙江图书馆；

抄本《井心集诗钞》六卷，共6册，藏于美国国会图书馆；

抄本《斋中读书记》不分卷，共1册，藏于美国国会图书馆。

现就本书编校原则、增补情况说明如下：

1. 本书分为诗、文、笔记三大部分。其中诗包括古乐府、今乐府、古体诗、今体诗等，文包括序、跋、记、书、传、行述、赞、论、议、戒、说、墓志、祭文、铭等，笔记包括《经义质疑》《四书质疑》《定泉诗话》，最后为《张杨园先生年谱》四卷及附录。

2. 诗稿主要以清嘉庆二十年胡敬义堂刻本《删后诗存》、清宣统三年石印本《陈一斋先生诗集》、抄本《井心集诗钞》、民国二十二年石印本《寓硖草》、民国二十二年石印本《客星零草》为底本整理，并根据体裁分为古乐府、今乐府、古体诗、今体诗四部分。对于在不同文献版本中出现的重复内容，则一律保留《删后诗存》版本，其他版本以注解形式予以标注。

3. 文主要以清嘉庆二十年胡敬义堂刻本《删后文集》和清宣统三年石印本《陈一斋先生文集》为底本整理。在基本保留《删后文集》原书体例和顺序的基础上，根据体裁对文章进行适当调整。

4. 笔记主要以清嘉庆二十年胡敬义堂刻本《经义质疑》《四书质疑》、清嘉庆二十一年刻本《一斋杂著》、民国二十四年木活字本《定泉诗话》、抄本《斋中读书记》《井心集文钞》为底本整理。根据文章体裁和内容分类，基本保留《经义质疑》《四书质疑》《定泉诗话》原文顺序，对《一斋杂著》《斋中读书记》《井心集文钞》内容进行拆分整合，将《四书质疑》卷五的《读书记疑》《井心集文钞》的《读史记疑》《斋中读书记》的《〈小学〉记疑》和《〈近思录〉记疑》合并为“记疑”部。《一斋杂著》中的“论史”部分归入《读史记疑》，其余部分列为“杂著”部，分为“杂言”和“杂记”两个子部，并根据体裁对文章顺序进行适当调整。

5.《张杨园先生年谱》四卷以及附录一卷根据《儒藏·史部·儒林年谱》收录的清道光十四年（1834）平湖沈氏补读书斋刊本录入。《张杨园先生年谱》由姚夏编撰，陈梓补订。虽非陈梓初作，然姚夏编撰仅一卷，陈梓补丁为正文四卷、附录一卷，篇幅增加极大，故一并收录。

6. 底本皆为繁体竖排，除极少量有旧式标点外，均无标点，为符合现代读者阅读习惯，按照现代汉语规范，重新标点，简体横排。原稿中有大量夹注小字，为统一体例起见，改为仿体加括号。明显的讹字，以“〔〕”补正字，以“()”保留原来字，以供读者参考，如“《寓〔硖〕(峡）草》”。

7. 根据古籍整理原则，通假字不改，俗体字和异体字改为通用字。所有表示尊称的抬头、空格取消，表示谦称、卑称的小字改用和正文相同的字号。

8. 如原文空缺，或遇字迹不清，未能辨认者，暂以“□”代之。

9. 参校本以注文形式，标以“误作”“又作”等，以为校勘。

诗

讀鷹青山人曉巢集

天空孤鶴下怏眼曉巢詩白璧輕投我蘭芽一咀之風神何淡宕山水自淸巖澌暮蒼蒼雪名言欲告誰

寄雪漁

南望四明雪老漁餘短襲百年知已在五字寄君多沉痛生前忍歡娛夢裏過傷心寒食樹原上纍婆娑

郡廨梅花次諸裏七韻

彷彿西湖取次横冰心不肯向風傾補之可許圖紅影五馬仍標處士淸

古乐府

陇头歌

陇头雪深，陇头月寒。薄暮吹角，天风阑珊。（一解）

既税我马，复劳我民。陇头之水，日夜哀鸣。（二解）

鬻我高爵，实我军费。用兵百年，我王乃利。（三解）

离乡万里，不董焉逃。谁无室家，劳心忉忉。（四解）

君马黄

君马黄，臣马白，臣马犹活君马磔。驾车驰马，或南或北。车如水，马如龙。暮出承明庐，朝入未央宫。非不念君马，臣自有新天子，万万年有天下。

临高台

临高台，台前歌舞，一何喧喧。昨日尘沙扑我面，今日锦绣披我肩。登高一望，我山我川。葡萄酒，黄金船。令我主，寿万年。呜呼！令我主，寿万年。

落叶哀蝉曲

落叶兮秋风阳，精灭兮阴光雄。发未白而渐短[①]，哀我生兮飘蓬。彼美人兮江之东，佩珊珊兮雍容，欲往从之波溶溶。

古别离辞

妾住凤凰山，移家鸳鸯湖。鸳鸯忽分飞，凤凰亦羁孤。（一解）

洒泪向湖水，随郎北流去。莫过妒妇津，见泪或尤汝。（二解）

笑言慰阿女，爷去不日归。回身独上楼，泪落红罗衣。（三解）

南湖杨柳多，不能挽郎车。黄河北风大，不能吹郎归。（四解）

不恨杨柳青，不恨黄河深。放郎马头去，贱妾终无情。（五解）

古别离

明月惜郎去，向郎马头圆。妾心明似月，不随月转旋。一阙待郎补，即有修月斧。

落花惜郎去，衬郎马蹄软。妾颜可比花，不似花宛转。花落得重开，朱颜不再来。

---

① 《客星零草》本“渐短”又作“既短”。

怨别词（二首）

明月惜郎去，向郎马头圆。妾心明似月，不随月转旋。一阙待郎补，郎有修月斧。

落花惜郎去，衬郎马蹄软。妾颜可比花，不似花宛转。花落得重开，朱颜不再来。

今乐府

母寻儿

母寻儿，儿在何处啼？梦中抱儿哺儿乳，滑脸清头自摩拊，醒来红日当空床，床上喧喧惟两女。两女乃言小弟殁，屈指今朝双满月。母闻此言心悲酸，肝肠陡觉千刀攒。人间茫茫何处寻，不如竟向泉下行。呜呼！不如竟向泉下行。

杨孝女

女在家从父，既嫁当从夫。母虽抱笃疾，割股胡为乎？孝女曰不然，此道无两途。不能事父母，何以奉舅姑？儿身从何来？母氏实勤劬。母疾不可起，儿股犹可刳。儿肉苟已疾，儿敢爱儿躯。旁人谓儿愚，儿不读诗书。儿知有母耳，安问礼有无？又谓儿好名，儿心敢自诬。好名男子事，妇人欲何图。知儿惟阿母，九泉涕涟如。

沈烈妇（有序。）

烈妇陈，吾乡鹦山人，归沈潽如。居濒海，海溢，有司驱民筑塘。沈劳惫，疾革，妇为尝粪。及卒，截发狥棺。所亲以妇少，谋醮之。妇遂经死，年二十二。汪子津夫为立传焉。

沈烈妇，胡不养尔姑？尔姑亦死当奈何！沈烈妇，胡不抚尔孤？尔孤不保将何如！我知烈妇重一死，为夫岂不念及此。人生意气止一时，妾非上智难久持。古来多少读书子，国灭何曾昧廉耻。或缘菽水谋养亲，或为社稷图立名。因循忍死两不就，不觉初心日辜负。前年骂贼今叩头，好官我为成老羞。妾思此事真怕人，早死一刻完我贞。妾真负我儿与姑，负姑负儿实负夫。妾真不孝复不慈，妾今不死将何为。

徐烈妇

十二作新妇，十九尚处女。事郎如事兄，不敢戏尔汝。（一解）

络丝手生茧，生计敝十指。上堂具羹汤，姑喜郎亦喜。（二解）

阿翁爱长儿，郎身重千金。肠中九回轮，欲言抱苦心。（三解）

郎病不可代，妾死亦何有？妾死可代郎，愿郎重娶妇。（四解）

郎去尚不远，妾身当从行。十二为君妇，何论死与生！（五解）

九原得重逢，对郎双泪垂。妾死喜从郎，翁姑无长儿。（六解）

母抱儿

母抱儿，抱儿嫁新人。脱儿白麻衰，裹儿红罗巾。儿向阿爷啼，儿啼那得知？儿是故人子，母是新人妻。但博新人欢，那惜故儿寒。搥床呼爷爷，行人各咨嗟。吁嗟！行人莫笑侬，君不见头白五朝长乐公。

妇病行

南山之北，吏夜捉儿。儿在远道，老翁代之。待儿伏法，翁乃归。老妇出门号呼：不惜我翁惜我儿。上床不食，奄奄气绝，一丝乱曰。老仆出市，为主母市药。道逢主，亲旧两面错愕；述母病，故四涕交落。我欲不悲，肝肠顿催。随仆入门，门前白日，荒草莱坐，久无一人，但闻阁后喃喃：我儿来！我儿来！

去妾叹

男儿多薄幸，妇人等鸡狗。入门三十春，生儿娶新妇。儿死妾何罪，驱迫嫁邻叟。忆妾初来时，爱妾颜如花。床头结私誓，生死无参差。一朝负前恩，弃掷轻泥沙。邻叟憎我老，辗转向西家。朝为秦，暮为楚。嗟哉！妾身果谁主？恨不从儿还九原，谁令头白结新欢？噫吁嘻！谁令头白结新欢！

老翁行

老翁种田十亩多，三秋无恙风日和。磨镰霍霍行刈禾，何来孽虫蔽天黑。田祖有灵驱不得，千仓万箱一夕空。几县生灵冬绝食，东家卖儿偿私仓，西家鬻女完官粮。老翁兀坐涕泗沱，无女无儿将若何？

叶孝子歌（有序。）

孝子讳瀛，号十洲，原籍[①]新安，居青浦。事母至孝，母病，割股以疗。母寿至九十三，钱牧斋、吴梅村俱有诗。

呜呼！儿身从何来？儿身实尔父之遗，为母而割股兮何为？呜呼！使母食儿肉而寿兮，母不如无生。儿实孝兮，实伤母心。儿毋为愚孝兮，其慎保尔父之身。

苏烈妇（有序。）

叶瀛孙女，名寿英。归苏氏，年十九，夫亡，绝粒死。

昔也同牢，今也独寤[②]。昔也举案，今也筑墓。为郎含饭兮郎不下咽，为郎陈羹兮郎不我荐。呜呼！郎既不食兮我何以餐，下从郎兮索笑欢。郎惊我瘦兮涕汍澜。

宋节妇（有序。）

屠氏，〔硖〕（峡）川人。夫亡，年十七，去结褵半载耳。今年七十余矣，无后，依其弟以老。沈学士翼机每延之入闺，命儿妇拜之曰：汝辈当学此人！

良辰初缔婚[③]，同心带双结。未谐郎性情，已与郎永诀。花烛在兰房，一明复一灭。鸳鸯

---

① 《陈一斋先生诗集》本"原籍"误作"元籍"。

② 《客星零草》本"独寤"误作"独悟"。

③ 《寓〔硖〕（峡）草》本"缔婚"误作"缔昏"。

池上飞，孤鸿中道绝。十七未亡人，七十头如雪。老竹大一围，犹是初生节；长松千尺多，不改旧柯叶。磨笄空有山，柏舟乃无楫。血食竟何人，碧云高万叠。

母呼儿

母呼儿，儿不归。母年七十病垂死，儿在琼州八千里。琼州纵有堆库银，那得铸我娘老身；琼州纵有珠铺地，那能敌我娘眼泪！人家养儿为养老，不负勤劬在襁褓。儿不养母母谁靠？儿身虽肥母独槁。儿为官，母为鬼。魂到琼州不见儿，落月茫茫隔海水。母在儿不归，母死儿不知。黄菊满厅儿捧卮，是母裹头入木时。

亲兄弟歌（有序。）

山人呼“拄杖”为亲兄弟，古乐府有“亲兄弟救我来”之句，有感作此。

我生不与汝同根，父乾母坤分一体。上山下山能扶将，便是亲生好兄弟。君不见，斗粟可舂兄不容，尺布可缝弟不恭。少日共乳哺，壮年寻干戈。谁能似尔亲兄弟，提携白首同婆娑！亲兄弟，听我歌：嗟！我同父渺焉山河，独行曼曼涕滂沱。亲兄弟，奈我何！

胡节妇

忆我髫龄时，叩天代母疾。幼岂知好名，称情率吾质。既归知有夫，移母以事姑。背毒口自甘，安辨荠与荼。姑殁夫复夭，未亡更何恋。诸孤扰吾怀，涕泪日缱绻。倏忽二十春，幼者亦成立。弛担差自宽，回首重饮泣。念母还念姑，梦寐尚耿耿。况我同心人，破镜见只影。苦语告儿曹，承先在则效。为妇有常职，敢矜节与孝。

刘将军（有序。）

久不雨，苗颇生虱，乡人争赛刘将军，为作此歌。

刘将军，刘将军，天不雨，日如焚，苗根生虱苗叶瘟。东村宰牛羊，西村熟鸡豚。将军日醉饱，农夫疲走奔。县官昨日来叩头，两手扑地珠汗流。佑我凋瘝民，保我禾黍秋。去年虫伤疮未复，今年忍剜心头肉。剜肉犹可粮奈何，谁能救我一家哭？刘家军，帝所宠。上诉帝，帝色动。十日雨，驱蠛蠓。稻花香，穗连拱，重塑尔像丹尔栱。君不见，香烟炙天万民竦，将军上马云滃滃。

榆树叹

虫伤风损岁洊饥，村村榆树都无皮。皮光骨赤树不活，道旁行人群叹咨：尔榆何不种天上，坐受残剥徒尔为？民饥不胜疗，树皮有尽时。食尽树皮同一死，民饥死早树死迟。来年春气根底回，空村无人生旁枝。君不见，县门高揭大有年，无端剥尔真可怜！

溺女悲

西家老寡妇，有女四岁奇。年荒食不给，寡妇心苦悲。哥嫌小妹午索饭，嫂嫌小姑朝呼饥。高声相怨怒，安用此物为？不如卖作婢，犹得五斗粞。阿母闻此言，抱女辗转思。行出东篱门，长桥临深溪。投女急流中，免汝兄嫂嗤。归来掩户三日哭，鸺鹠夜夜当门啼。

逐子吟

儿生甫周母见背，婆婆育我十余载，今年四旬才缺二，膝下生孙坐成对。阿爷听人言，逐我千里外。携子并挈妻，流离等行丐。我罪伊何敢怨天，伯道弃儿侄乃全。儿身固当诛，尚念婆婆恩。婆婆若怜我，泪珠涌黄泉。昨朝海风卷黄土，伯劳飞上坟头树。伯劳兮伯劳！我死不愿随汝曹，愿作反哺乌，愿化跪乳羔，生生世世不入獍与枭。

女黔娄（有序。）

汪氏女，髫年，母病滞下，尝粪甜苦。后嫁何，数载，夫死守节，抚孤终其身。

男中黔娄尚寡俦，安得女中有黔娄？黔娄可作应拜汝。我若生作女，不解诗书但识机与杼，安肯别此甜与苦？呜呼！女黔娄，尔若化为男，岂止苦节传美谈？呜呼！男黔娄，我欲赠尔髽与簪。

虎迹行

山家畏虎爱虎迹，取迹连泥抱归宅。置向茅堂豕圈中，子子孙孙畜肥硕。虎虽食豚偏利豚，反贵相生在相克。俗间拘忌果何据？野老流传懵难测。吾闻苛政猛于虎，昨日旧官过城去，土人传得脱靴风，冬冬赛鼓祈年丰。

孤女行

阿母死，才百日，余兄嫂，挈我同居。令我朝行汲，暮束刍。一言不合，兄嫂怒我，嘈杂促我。籴米独举火，束湿吹薪涕滂沱。阿母在黄泉，知我不怜我。兄嫂贤且能，我不中使令。噫吁嚱！兄嫂实贤能，我实不中使令。

鼠食烛

铜荷残烛红半枝，鼠来窃食干泪垂。鼠语烛勿泣，我不食汝终成灰，与其赴火明自煎，何不使我腹果然？烛曰孽虫尔何知？我不照，懒妇日没贪早眠；亦不照，豪客纵饮长夜欢。女为悦己容，士为知己死。竭我一寸光，注经与删史。我身虽灰功代晷，嗟嗟孽虫尔何仇。张丞相，决汝囚！

卖田行（有序。）

里有嗜酒而贫卖祭田以偿券者，作此哀之。

人言田好酒更好，长日朦胧玉山倒。华胥国里广种秫，一觉天明收获早。祖宗血食本无多，儿孙不饱将奈何。古有达人语不朽，一滴何曾到九泉，不如生前一杯酒。呜呼！使我有身后田，不如生前一杯酒。

李天下

口中两天下，颊上一掌批。伶人挞优人，天子如小儿。壮志摧弱情，昔盛今何衰？令德鲜克终，望古长欷歔。

井中嫂（有序。）

李子鲁培，儿熙，不肖，无以赡其妻。妻之嫂，日给膳。一夕，兄自外至，问：煮蔬何在？曰：送小姑家矣。兄怒詈辱之，嫂遂投井死。

姑老爱小姑，小姑家贫，朝不饱，夕不铺，妾主焚，岂不念我夫？我夫兄妹恩，宁不如姑与嫂？为此一箸蔬，辱我妣与考。夫不顾母与妹，妾死亦何悔。银床底，千尺深，小姑汲绠鉴我心。

告吾母二章（哭从子，庶咸也。）

告吾母，勿哭儿。儿负母，母不知。三年乳哺，七年教诲之。十三父见背，十五行贾驱驰。不得定省，朝斯夕斯。二十归来，为儿娶妻。半载别去，仍不得侍。庭闱儿，实不谨。风霜中，道颠危。报母恩，今何时？儿万死，勿哭儿。

告我妻，尔哭我，我何知？床头纳绣枕，半载光陆离。枕上双鸳鸯，一生一死何差池。呜呼！我妻尔何辜！尔有遗腹，为我存孤;尔无遗腹，为我速死，勿遗我身后耻。尔不死，为我守节;我报尔，石牌坊，千载风霜字不裂。

妾薄命（有序。）

有父客死蜀中，子贫，嫁父妾于里人者。作《妾薄命》。

父生妾强留，父死妾可卖。妾无女与儿，妾去何挂碍？依依念主恩，临别重起拜。双泪泉涌流，背人向壁洒。妾老不升价，不救郎君饥。今夕遣妾去，阿母晨司炊。妾薄命，妾何悲，令母独处良可哀！

筑死圹（有序。）

有新婚半载夫死者，誓不更适。因夫葬，遂筑圹于右，示同穴也。

夫何在？圹中是。妾何往？圹中死。两圹并结如鸳鸯，中有一穴通肝肠。身虽未亡心已亡，旁人莫笑妾不死。君不见，墓门煌煌书某氏。

迁小棺（有序。）

吴中俗，亲死概不谋葬，为厝亭野间，阅一二十载，如举窆棺已腐矣，乃拾骸小棺中，良可哀也。

人有儿，营券台。吾有儿，折枯骸。吾肉虽腐，魂魄化为土。棺底三寸泥，精灵实依附。奈何节节背家乡，使吾寸寸离故步。大拇小趾觅不得，留与狐狸充暮食。噫吁嘻，小棺得葬我何悲！谢吾儿，有孝思。君不见，东家火煅收残灰。

敲炭儿（有序。）

吾乡子弟，十岁外，率驰四方，佣银冶敲炭。长乃司炉，或起家数万金，归置田宅。贫者艳之。以是遂成风俗，因作诗哀之。

敲炭儿，手如漆。脸不洗，头不栉。鹁鸽青，乌江栗。敲两篓，限双日。念爹娘，梦家室。三千里，云密密。人有言，富可必。须长颔，金万镒。簿与尉，从此出。曰归来，整蓬荜。车轩轩，马驶驶。时未通，力胡佚。垂尔头，屈尔膝。丁复当，吾事毕。

儿挽母（有序。）

一友无子，内吴门妾，生儿十余岁矣，身死家贫，妾遂弃子别嫁，作《儿挽母》。

儿挽母，母不留。儿泣母乃笑，泪从笑中流。汝爷内我时，本为生汝儿。有儿母安用，不去将何之？母在儿同饥，母去减口儿得肥。儿长知好色，择妻须彼姝。岂不念汝母，夜寒风雪老无夫。

怒偃师（有序。）

维扬近以紫檀、花梨为木偶，能歌舞，衣装盛饰，一甲千金，作此志感。

木为躯，锦为衣。目可瞬，手可持。谁造汝？古偃师。偃师虽巧不任功，偃师虽淫责有归。王勿怒师，师亦是木偶儿。不牵不引，何能为？嗟尔偃师，何能为？

儿莫啼[①]（有序。）

题乳姑图也。

儿莫啼，婆婆与汝枣栗梨[②]，汝且去骑竹马嬉。儿牵娘裾双泪流，东边一只儿要留。弄娘衣带，喃喃不休。举指切摩向婆说，婆婆不小吃乳羞，婆婆不小吃乳羞！

折杖行（有序。）

里中儿不孝，父年七十余，扶杖詈儿。儿不逊，以杖杖之。儿取折为三，投水中。

古藤杖，古藤杖，尔方萌茁时，樵斧不椓丧。养尔壅肿枝，毒龙恶蛇状。今乃乱嬲人，挫汝百折岂过当？君不闻，古来小杖则受大杖走。走入浊流化枭母，枭飞哑哑坐高柳。

孝烈桥（有序。）

江西饶州仁安谢叠山先生女嫁周氏，早寡。闻父母殉节，出奁资作桥。桥成，赴水死。里人名桥曰：孝烈。

徒死不建桥，奁资委无用。为父建坊石虚设，不如建桥济人众。行人口说谢家女，因女还思谢家父。忠精贯石石如玉，孝女当年筹已熟。桥成一死何从容，此才此节巾帼雄。君不见，牛角山河箫鼓中，六桥风月忘两宫。

新婚别（有序。）

芜城胡生，年二十一，甫婚。兄不肖，嗜博，积逋累生，遂投河死。

我欲卖身，身值几何？我欲卖妻，妻值几何？逋不可负，哥贫无家。别我娇妻，薄暮渡河。尔发如黛，尔颜如花。碧袖锦缘，罗裙绛纱。腻粉艳雪，红脂灿霞。用事后人，朝笙夕歌。夫也不良，负妻实多。弟也不良，我负我哥。

三金钏（有序。）

襄船火，一女臂三金钏，走急堕江。渔人救之。女攀舷，渔取其钏，纳之水，死江岸。人证之，白仪真，令服厥辜焉。

金生姑，救姑登舟；金杀姑，委姑中流。人谓老渔贪且嗔，渔实见金不见人。泉下姑，尔勿怨，姑若弃金我何羡？堂上官，尔勿恼，渔有罪，法敢藐？一言还问官，官若化渔头肯掉？

鸭捕蝗（有序。）

三月，上元县沿江产蝗。或献策，募哺坊鸭百千，食之殆尽，鸭亦随死。作《鸭捕蝗》。

江头产蝗地无缝，老农披蓑惊晓梦。谋夫孔多策谁贡，鸭来鸭来百千哄。五日腹半果，十日蝗尽喋。鸭肥田亦肥，捕蝗此良法。绿头能言笑而谑：周公制礼礼不周，迎虎迎猫不迎鸭。

---

① 《陈一斋先生诗集》本标题作《题乳姑图》。

② 《陈一斋先生诗集》本此句脱“栗”。

唾夫面（有序。）

邓艾下阴平，汉将冯邈欲降，妻李氏唾其面曰："负国如此，吾何面目与君共立也！"遂自缢死。

唾夫面，面唾夫。贼将下阴平，尔乃归拥炉。尔忍负国恩，妾肯为犬豚。虽是同床人，同生不同死。夫为妇人妾男子，人各有志枭与凰。君不见，北地王，殿下殉国陛下降。

梅五娘（有序。）

五娘，宁国泾县人，黄巢之乱，贼欲污之，不从，遇害。土人为立香心庙祀之。

敬亭山高云窈窕，琴溪风清月皎皎。唐家九寝作尘飞，五娘独有香心庙。香心庙前水呜咽，香心庙中火不绝。至今一县衍波笺，万朵梅花卷晴雪。

臣负帝（伤厓山殉国也。）

臣负帝，臣不负帝，谁负帝？负帝入龙宫，卷发拭龙涕。二圣当年堕沙漠，此日波涛良不恶。帝少岂是亡国君，臣愚乃作亡国臣。呜呼！大厦倾兮一木系，一木不力兮臣实负帝。

哀乐行

大兄奄奄气不属，小弟兰房夜然烛。大妇衰麻卸珰珥，小妇新妆艳罗绮。可怜落地为弟兄，一夕悲欢判生死。呜呼！人生哀乐安可齐，一面尚能分笑啼。

夏之日（有序。）

周臣，通州人，正德初刑部主事。时有投匿名列刘瑾罪恶者，瑾大怒，矫旨朝臣五品以下延跪。方酷暑，臣死日中。

夏之日，日何烈！中有忠良受焚炙，气冲霄，血枯嗌，鼻出火，身作腊。日胡颜，不知耻，宠尔奴，听驱使。日曰：吾不知瑾，实矫吾旨。日乎，日乎，尸位耳！

冷笑官（有序。）

进士袁继咸，江西人，崇祯中，任扬州兵备副使。中涓杨显名恃宠骄蹇，继咸不为礼衔之。诬劾罢官，无可指摘，弹文止云"半揖冷笑"而已。

君非冷官胡冷笑？一笑罢官何足道。前有魏，后有杨，今王岂不鉴前王？以笑当哭心孔伤，半揖半揖尔莫怅。君不见，万里山河一揖让！

井旁女（有序。）

不知姓名。嘉靖乙未倭乱，女不屈，死井旁，衣裳联缀，面如生。

井旁女尸，在石床下。上衣连下裳，下裳连膝袴。密针细缝誓完节，倭刀刺身不流血。白血绕井化为雪，雪上鸟行书作洁。

包灯行（有序。）

包壮行，扬人，崇祯癸未进士，官工部主事。喜叠石为山，能剪彩作人物、宫殿、车马为灯，夜燃烛，望之，俨大痴、云林墨妙也。今传其法，名曰包灯。

君不见，隋家剪彩亡天下。如何包主事，不爱山真爱山假。移取江山入图画，化画为灯供戏耍。到今遗法广流传，百巧争先奉纨绔。寄语看灯人，此制创自明文臣。明文臣，八股生，官工部，职在组与紃，一座江山绣大明。

蛴螬虫（美盛彦也。）

蛴螬虫，啖主母。母虐我，诳以粮。香且甘，母可口。密藏示吾儿，佳物重购之。儿归儿号咷，母耶此蛴螬！母惊忽开眼，双眸炯如电。儿拜哭且喜，揲蛊变离卦。铸错得金矢，母今勿捶婢。勿捶婢，儿不如蛴螬，蛴螬是孝子。

沈孝子（有序。）

名政，泰州海陵人，父为衙官，凶暴殴平人死。政途遇父，恐慑问，故即号呼褫衣，故殴其尸，就官服罪。闻者伤之。

沈孝子，父杀人，儿就死。儿非代死，儿实殴父。老拳不如儿毒手，儿不几谏儿有罪，但令儿死父知悔。呜呼！父果悔过兮痛吾儿，儿不可生兮吾实负儿。

哥生儿（有序。）

史得，仪真[①]人。兄能为指挥，坐法当死。得念兄未有子，愿以身代。兄竟出狱生子，得亦会赦并释[②]。

哥无儿，哥死奈何弟不哭。弟代哥，哥出狱，出狱生儿添似续。弟岂无儿继哥后，不抵亲生一块肉。天家有赦抱儿看，缝尺布，加儿冠，舂斗粟，劝弟餐。呜呼！如我弟兮，为兄良独难。

蒋烈女（有序。）

泰兴人，年十二，遇贼自投水。贼一手执刀，一手就水援之。女自踊以头触刀陷骨，复自拔刀断左臂死。

河水清且涟，洗我烈女泪。烈女烈丈夫，一寸白虹气。将头触贼刀，拔刀自断臂。怡然赴长流，魂魄了无悸。问女年几何？女年才十二。

杀五虎（美石明三也，余姚人。）

儿出门，母方咳。儿入门，母何在？号哭手持斧，入山索仇虎，一虎不足杀其五。呜呼！儿力竭兮母不可活，母不可活兮儿罪奚。释目不瞑兮身壁立，人乎斧乎化为石。

玉孩儿（有序。）

宋高宗宴大臣，张俊扇坠玉孩儿。上识是十年前往四明坠水，诘之，乃候潮门厨娘破黄花鱼所得。大喜，旧物复还，封厨娘孺人，厚赏俊。

玉孩儿，朕忆尔，十载四明儿坠水。朕念尔，频欷歔，儿乃孕在黄花鱼。厨娘破鱼得玉孩，循玉抱还投朕怀。儿今出入依朕扇，光华莫使玉工羡。持儿改作二胜环，悬朕脑后朕不见。

付丁昨（有序。）

宋高宗蓄壮士丁昨，凡异己者拉杀之。语曰：莫跋扈，付丁昨。

莫跋扈，付丁昨。跋扈谁？昨不知，惟帝所指立殒之。朝廷刑赏自有司，安用委此屠沽儿？

---

① 《陈一斋先生诗集》本“仪真”作“仪征”。

② 《陈一斋先生诗集》本“得亦会赦并释”作“得大喜，会赦并释”。

委屠沽儿在知人，惟勇与义用乃神。若教丁畔是施全，贼桧头颅早不完，何须匕首朝朝膝裤间！

血窝儿（有序。）

俗无子，使其妻妾伪为有娠者，阴取他姓初出胎儿为己子，名曰：血窝过继。

呜呼血窝儿，不省身所生。稍长闻人言，仿佛有弟兄。两血淋漓谁共滴，父兮母兮终不识。何处昊天呼罔极，阴风惨惨俎豆陈，野鬼角食旁逡巡。可怜赫赫春秋笔，不罪鄫人罪莒人。

母望儿（为马生作也。）

五更萧萧风卷帏，鸡鸣犬吠儿当归。儿不归兮母长饥，铁衾泪湿结老冰，梦中隐隐金焦青。儿归来兮母零丁，家中顽弟夜出博，篱门不关鬼膈膊。晨炊无米抱空橐，惊蛰徒闻腹雷作。

孝女行（有序。）

杭厉氏，母病且死。女珥叩首床下，历未、申、酉三时，母苏而女死矣。作《厉孝女》一章。

呜呼孝女，尔竟死耶！尔母已复苏，尔若知母苏，尔不可死。还为母承欢娱，尔若竟死伤母心。伤母心，儿罪深，魂归入梦告母氏：儿本是殇鬼，天遣藉母成孝名。母勿痛儿，儿死胜于生。母不信，诵我《孝女行》。

葫芦灰（有序。）

李卫公谪崖州，游禅院，见壁挂十余葫芦。问所贮，僧曰：皆人骨灰。太尉当轴朝列，以私憾黜此者，贫道焚骸贮灰，以待其子孙耳。公闻，返走心痛，是夕卒。

相公不识葫芦物，此是老僧亲拾得。多少游魂在异乡，生杀都由相公出。相公不到崖州来，那识葫芦贮此灰。葫芦灰，相公见之心转哀，前车后车同一摧。寄语后来权宰相，莫画葫芦依旧样。

肉双陆（有序。）

分宜柄国，尚书某为世蕃狎客，织罽为双陆谱，令美人三十二，衣缁素各半，每当某点位，美人闻声自趋跕之。世蕃大喜，名曰"肉双陆"。

肉屏风，屏风虽好制不工，不如美人化博戏。美人无多三十二，能笑能言巧回互。缁衣忽去缟衣来，锦褥莲花生步步。相公老作点筹人，赌采莫撄公子怒。公子怒，岂特张昌宗。安有千金裘？输与狄梁公。呜呼！岂知东楼一崩如解瓦，坐看一马踏六马。坑耶堑耶谁提防，悲哉作俑陈思王。

洗筋行（有序。）

江西俗惑堪舆，赣州、南安尤甚。亲葬二三年，掘洗骨，红还故冢，黑改新阡，逾年复尔，名曰洗筋，亦曰捡筋。今丙寅五月，臬司张师载奏其事，禁之。

筋何人？筋汝二人；洗何人？洗汝儿孙。红者还故冢，黑者营新坟。新坟新色不转红，再迁再洗无终穷。红红黑黑究何凭？黑且达官红作僧。天良早椓丧，地理将何征？君不见，南安九十九曲水纹，皱胡为，产此纷纷食爷兽。赣州亦有凤凰池，生此丛丛啖母鸱。愚民但说郭璞好，郭璞头颅赤如宝，衔刀厕间身不保。

苍耳子（有序。）

谢家店民家双燕乳四雏，雌忽为鸷所搏。俄有雌来续偶，一二日，雏皆死。土人启雏喉，皆苍耳子也。

苍耳子，杀吾儿。儿言苍耳不杀儿，衔苍耳者谁使之？爷不续偶雏不死，何苦嘈嘈怨苍耳！

返白旗（有序。）

章太傅，建州人，出兵有二人得罪，将斩，夫人练氏密使逸去。二人奔南唐为将，攻建州，将屠城，遣人以金帛谢夫人，并授白旗植门。夫人不受金帛，并返其旗，曰：欲屠城者，吾家不愿独生也。二将乃止。

仁哉章夫人，受白旗，全一门；返白旗，全一城。全城若死不独生，片言动贼贼感叹，一州生灵免涂炭。伟哉章夫人，以智以义全其仁，何必八子荣显追前因。

好吃否（有序。）

靖难时，文皇召礼部尚书陈迪至，不屈，与子丹山等六人同剐于市。临刑，割子肉啖迪，问曰：好吃否？迪曰：忠臣孝子，肉香美好吃。

好吃否？帝问尔。尔曰肉香美，庖凤烹龙无若此。世间惟有篡贼之肉，肉腥恶，犬不食。余委沟壑谢殿下，成我父子在天为七星。令忠臣食孝子肉，殿下亦留千古名。

复仇童（有序。）

宋宣和中，都下赵倚年六岁，随母嫁田生，惨虐其母六年。倚适病，伺田生寝，促母出市药，持刀杀田生，连十余下，力不能中要害，邻人救之。倚曰：吾恨不能断其颅。即自首。有司以孝闻，减死。

田生何人吾父仇，仇不虐母儿且休。六年隐忍困鸡肋，一日持刀上床侧。刀锋棱棱十余下，欲断其颅臂无力。行人涕泣官悯少，罪从末减彰厥孝。噫吁嘻！只今四海多少忘仇儿，刻木卧冰无不为。岂知尔父重泉下，万斛沉冤泪空洒。

雪夜纺（有序。）

杨园先生少孤贫，母夫人雪夜纺纱，久不寝。问故，曰：明晨西席师无肉，需此易之。贤母生大儒，岂偶然哉！

贫家苦延师，一肉常拮据。鱼菜岂不饱，醴酒申斯须。贤哉横渠母，望儿为大儒。雪夜纺纱纱卷雪，门外雪高纱尚缺。十指离离冻凝血，先生下箸甘且香。岂知：一缕万缕雪吐芒，中宵寡母九回肠。

问老姨（美狄梁公卢氏姨也。）

问老姨，姨有儿，儿何为？侄也相，能办之。姨言姨老惟一竖，忍令低头拜女主？拜女主，好男化丑女。丑女之禄乃养亲，不如老死甘贱贫。吾笑天授以来团面人，不能反周为唐徒失身。

麻衣敛（有序。）

杨园先生祖父棺为盗所焚，哭其旁，七日不食。李石友曰：徒哭何益？复仇为上。乃告当事捕盗，诛之，以首祭墓。然毕生抱痛，以麻为袒衣，卒时遂以敛。

少孤贫不葬，此罪吾何逃。一宵丁火劫，七日空悲号。砍贼首，祭吾祖，盗血空污墓前草。何补残骸泣黄土，缞麻入土拜先人，寒食萧萧白杨雨。

永安湖（有序。）

何商隐先生汝霖饶于资。值凶岁，出米五百石，募挑潄湖，令深广。至今农获其泽，而先生竟无后。

永安湖，广以深。谁疏之？何公霖。今百载，田且稔。田歌哗，雨生蕈。公无儿，侬祀公。享田祖，位以东。

白云瓮（有序。）

昔吾乡杨秘图珂，居四明，每遇白云满谷，负巨瓮纳之，纸封口，携置草堂，俟霁时引针纸隙，萦绕梁间，呼朋为笑乐，亦韵事也。

水穷看云自怡悦，持赠不堪草堂挈。山人幻想独居奇，秘图传得裁云诀。屈头负瓮四明山，云南云北云中间。两手招云入系洞，白纸糊封密无缝。携归约客待新霁，看我代天司启闭。一针一孔气融融，屋梁户牖俱腾空。无心入瓮出有心，逃虚仍向深山深。山人夜梦白衣语，侬不好弄为君许。明朝洗瓮上嶙峋，宠君老作负云人。

真酸子（有序。）

蒋司空瑶为扬州守，会武庙南巡，宦竖横恣，公仅鸠供应之具，不复敛民。一日捕大鲤，谋所鬻。左右曰：莫如扬知府。公归括妻女衣笄进之。上曰：汝真酸子耶。麾之出。由是清节动天下。

天子卖鲤鱼，鱼价谁能偿？莫若扬州守，归括妻女装。帝曰真酸子，上方安用此？朕鱼若取值，自有出钱主。尔妻寒无襦，酸子但将去。清名至今垂，苍苍一江雨。后来酸子牧扬州，个个鲤鱼肥上钩。鱼腹有书闻九重，腰缠愿解帮河工。

嵇家庄（有序。）

高邮布衣嵇耸，文丞相见逐于真州，耸迎事于家，礼供甚厚，资送至泉州，航海达行在。时工部侍郎柳岳奉降表过其庄，耸怒其卖国，袭杀之。

洒涕送丞相，大风吹海航。谁欤奉降表，玷我嵇家庄。布衣腰下剑，月黑夜吐芒。诛此卖国贼，为天伸纲常。莫道布衣贱，生杀抵南面。春秋天子事，罪我亦怏怍。君不见，侠客区区报私怨，司马临文尚惊羡。

祭忠台（有序。）

哀刘公球也。祭之者成器，余姚人。

祭忠台，飒飒风雨来，恍闻义士声哀哀。西台一恸此再哭，敲断当年如意竹。如意竹，不如意，嗟哉千古此成器。成何器？忠与义。

亲兄弟歌（有序。）

石虹村见临安山兄弟二人，酒肆说家事不合，各举矮杖相击。石曰：奈何以假兄弟打真兄弟耶？余为作此歌。

上山仗尔，下山亦仗尔。一手一足相依倚，安危托我亲兄弟。君不见，一父母生两儿，圆盖方底多参差，斗粟尺布争家私。如今假弟打真兄，真兄何敢怒？假兄打真弟，真弟愧而惧。君不见，缪彤掩户自挝不为辱，世间多少阋墙人，安能如尔一步一扶亲骨肉！

椒山胆

椒山胆与天地准，蝻蛇蝻蛇一蚯蚓。蚓横乃困大泽龙，龙睡九重珠堕井。风吹枷锁铁崚嶒，山妻呼天天下应。五奸十罪谁剖断，臀肉腿筋血糜烂。伯约斗大何足论，子龙百战徒一身。君不见，血性男儿骨为粉，忠义不磨天地准。

田家行

七月好大风，田干苗欲槁。十月好天晴，欲收苦无稻。无稻亦自可，牛饥没稻草。卖牛且籴谷，小叔劝阿嫂。阿嫂道牛卖不得，哥哥回来大烦恼。哥回乞食饭满箩，一家不餐让汝饱。

张千载（有序。）

文丞相友也。丞相贵，屡辟不起，及兵败，乃从入燕囚所，供饮食三年。丞相遇害，函其首，并火夫人骨南归葬之。

屡辟不肯起，潜身从入燕。三年具餐饭，百回历苦艰。一函丞相首，一椟夫人骨。归葬付家人，不负存与没。一忠一义两无为，为友为君心不二。君不见，燕都赫赫诸儒臣，晨胶胶，暮狺狺，功名理学都成尘，呜呼千载千载人。

池烈女（有序。）

康熙己未，江都池烈女，少字吴氏子，会南粤之变，从军六年，不归。舅姑夺字其次子，父亦怜而允之。亲迎有日矣，女自缢死。

女未适人命从父，兄妻弟妻争几许。女曰此兽行，娣姒各有主。嫂叔不通问，渎伦乃奸序。妾宁下从南粤军，军中不忌女子魂。蛮乡万里不识路，丹心一寸天南云。呜呼！父耶舅耶尔何人，彼弑兄者何足云！

养蚕词

田家养蚕极苦辛，蚕大费力小费心。腊月十二蚕生朝，炒盐献灶家家劳。清明夫妇莫走动，隔夜探花浴蚕种。蚕种不一分炎凉，热看冷看须忖量。屈指来朝谷雨近，出城买纸糊蚕筐。转绿变蓝蚕子出（蚕子始出绿色，继蓝色。），鹅毛担落房中藏。嫩叶细剪如乳哺，头眠三日鱼鳞铺。二眠两日连丫枝，眠眠插替劳何辞（每眠三日，换出桑叶，谓之替蚕。）。今年二姑把蚕稳，不如头姑昏昏小姑狠。出火一钱二百倍，大眠一斤五斤外。如此收成定十分，割肉先献蚕将军。掘笋勿叫笋，叫笋蚕要损。吃姜勿唤姜，唤姜蚕要僵。况今天时颇温和，微风拂拂雨不多。雷惊沙胀更何虑，人力到时天岂误。大眠以后广送叶，老翁提筐小儿挈。不愁叶贵只求饱，四十二餐一齐考（蚕熟腹通亮曰考）。山棚灼火真小心，起望山头白皜皜。三日齐封门，五日始采茧。一斤采十斤，合家开笑脸。前村后村丝车鸣，咿咿哑哑声相闻。或叹白肚娘，上山一半僵。或恨出火早，蚕了叶又了。四乡各比并，只有我家好。我家虽好勿喜欢，地丁昨夜来催完。豪家复要蚕罢米，今朝撑船泊村里。官粮不抵私债苦，一石冬春须石五。卖丝分完两手光，一月替汝空奔忙。落得茧黄绩绵线，织得绵绌一丈半。去年无襦今有袴，毕竟蚕桑是长算。不恨官私两迫促，但愿年年如此十分足，放胆且吃豪家粟。

弄潮词

日出雨潇潇，日高峰影遥。郎来郎又去，不信信如潮。

三十六通歌（有序。）

山中人[①]劚鹿葱根御饥，必易水三十六通[②]乃可食，故名。

榆树不长皮，苦草还留根。洗根不辞苦，敢恨溪水浑。五通十通味尚劣，三十六通香且洁。儿号女啼不耐事，腹底雷鸣肠蚓结。平时礰谷炊作饭，寅初淅米卯初咽。如今三十六通才一餐，一岁艰辛几千万。呜呼！皇天生此活饥民，但令腹可果，安计苦与辛？君不见，古时方里为井井十通，九年余谷三年丰。卅年之通制国用，民间不识岁有凶。三十六通尔何功，沿山弥谷青芃芃。

八月卖青桑行

九月卖枯桑，桑枯叶重生。八月卖青桑，桑死不再青。豪家许我清明赎，立夏无钱祸当酷。子母相权值倍偿，小蚕嘈嘈饥在簇。蚕饥不成丝，入口将何资？去年八月卖青叶，今年七月留不得。呼儿担粪[③]勤灌沃，有日婆娑[④]千树绿。了却官逋与私债，枯叶青桑[⑤]按时卖。

禽言（八章存五章。）

哑爹爹呀，儿去十四载，不得还家，爹爹头竟白耶。头白耶，可有弟弟么，儿欲还家看爹爹呀。（作此为亡儿孝羔也，下笔泪如泉涌。）

人非利己，谁肯早起。早起早起，一束薪，一斗米，儿不得食妻色死。莫怪侬早起，利在官家，不在赤子，侬但得五亩宅百亩田，入口大欢喜。红日曈曈被窝里，谁肯早起？哥哥归去休络纬，当窗夜啾啾，嫂在空房哥念否？钩帘开镜朝梳头，娇花照日露未收。东邻少年骑紫骝，玉鞭笑指墙上头。买红缠缸申蹇脩，哥哥哥哥归去休。

打樗，打樗。樗不就，虫蛀膶，爹娘生尔精髓烁。遗尔田钱饱橐，奈何十年委邱壑。石椁不能砖可作，入土为安何厚薄。打樗，打樗。

得过且过，三冬夜永无几何。豪家狐帽毡为靴，羔儿暖酒双颊酡。萧墙祸起涕滂沱，穷檐负日败絮窝。粗粝得饱腹自摩，知足不辱荣已多。我虽无衣春向和，得过且过。

从军行

朝从军，暮从军，从军之乐君不闻。长枪大剑尔何用，灵丹铸我不死身。古来甲胄本多事，裸体重围我何忌。朝来起马献阙廷，绣服当胸书勇字。诸侯相酌黄金杯，马前箫鼓喧如雷。道旁爷娘不须哭，此去西陲破如竹。朝擒左贤王，暮获南单于。封侯稳取印如斗，归献高堂

---

① 原作“山水人”，据《客星零草》本改。

② 原作“三十六次”，据《客星零草》本改。

③《陈一斋先生诗集》本“呼儿担粪”误作“呼儿儋粪”。

④《陈一斋先生诗集》本“有日婆娑”作“即日婆娑”，应误。

⑤《陈一斋先生诗集》本“枯叶青桑”又作“枯叶青叶”。

明月珠。

节孝歌

为人齐尊堂吴孺人作。

呜呼！夫子早没兮委妾二事，上奉翁姑兮下抚孤子。孤幸长兮姑即世，惟翁八十兮龙钟。妾非畏死兮敢不保其躬，奈事翁兮养不终。下见夫子兮泪溶溶，谓妾为节兮发未白，谓妾为孝兮翁未没。呜呼！惟夫子兮知我深。呜呼！惟皇天兮鉴我心。

盘山歌三章（寄鹰青山人。）

盘山之阳松盘盘，盘山之阴涧潺潺。中有幽人兮修髯而苍颜，水流花开兮非人间。我不见兮日且暮，欲往从之路漫漫。

盘山之麓竹修修，盘山之巅云油油。中有畸人兮睫为巢，骨崚嶒兮气腾霄。我欲即之梦迢迢，雪载涂兮风潇潇。

盘山之旦日苍苍，盘山之夕月荒荒。中有隙壤兮容我耕，子蓑我笠兮并犁而行。千山万水兮路杳茫，子不我即心忧伤。

白头赤子歌[①]（有序。）

张子莘皋六十，尚孺慕，为作此歌寿之。

何人头白尚赤子，紫微山前老寒士[②]。小山丛桂香乍含，瑟瑟秋风萱北陀。中宵哭母作儿啼，空庭月白虫声凄。劬劳一日终身忧，六十而慕吾何求。诸孙绕膝不自喜，只恐余生玷遗体。渊冰保我方寸珠，要令晚节同生初。君不见，永思楼头鸡唱晓，梦觉斑斓涕沾袄。

支湖行（有序。）

胡支湖铎，吾乡人，作《异学辨》，为阳明也。

姚江雨涨流支湖，支湖水清源委殊。挠之不浊缨可濯，湖上孤峰支海角。钓槎我昨富春来，珊瑚竿掣狂澜回。澜定姚江千顷碧，鱼吸秋蟾一珪白。

淮南一老歌（美应曜也。）

四皓出商山，一老终淮南。淮南之松抱根卧，商山之云去复还。呜呼！冠可溺，儒失色，麟虽见，凤不出，肯为储皇生羽翼。

古濠梁（思滁阳王也。）

太祖先沛人，徙江东句容。大父徙淮，家泗州，父徙钟离太平乡。陈太后梦黄冠授丸药吞之，及诞，赤光烛天，里中竞呼火，至则无有。三日洗儿，父出汲，有红罗浮至，取衣之，故居名红罗障。父母殁，无棺，谋升瘗山谷。忽大雷雨，绠绝，土起成高垄，田主异之。归焉，时兵乱，于皇觉寺祝伽蓝筊，避难守旧皆不从。卜起义，筊卓然立，遂西入濠梁，见郭子兴。子兴奇其貌，抚宿州马公女为己女以妻之。寻归募兵，得七百人，

① 《陈一斋先生诗集》本标题又作《白头赤子歌寿张翁莘皋六十》。

② 《陈一斋先生诗集》本“紫微山前老寒士”作“紫薇山下老寒士”。按，紫微山，多应天上紫微星而得名，而非紫薇花而得名。

徐达、汤和来归；南略定远，冯国用、国胜、李善长来归，又得壮士三千；缪大亨亦以义兵二万降。子兴自濠归滁，称滁阳王。及卒，帝遂统其军以渡江。[①]

曰：若稽我帝洪武，光被四方。长发其祥，于彼滁阳。以馆以甥，侧陋以扬。云虎其从，大命以昌。列爵分土，俾王世世子孙，保有厥壤。知人则哲，维帝其难;知帝其兴[②]，维王其飨。（自记：四句一气至末出韵。）（郑评云：兼书、诗二体，冠卷首有意。）

雷老（哀东丘侯之有后也。）

汉陷太平，友谅缚守将花云于舟樯丛射之，妻郜氏赴水死。时郜生子炜，方三岁，侍儿孙氏抱之逃，汉军掠之。孙氏恐儿被害，以簪珥属育于渔家。及汉败，孙窃儿至江，登舟将渡，遇败军夺舟，捽而投之江。得断木附之，入芦渚，渚有莲实，取啖儿，凡七日不死。夜忽闻人语声，呼之号雷老者，告之，遂偕行达太祖所。太祖置儿于膝曰："此将种也。"赐雷老衣，忽不见。[③]

花将军，花夫人，夫人烈妇夫忠臣。遗孤呱呱水中泣，芦渚天生大莲实。七日不死雷老来，将种昂昂升帝膝。呜呼雷老尔何神？千秋一见不复闻。从古忠臣烈妇半无后，安得百雷老为尔救！（郑云：有"展拓不死"题下。）呜呼雷老今何之？人间已无孙侍儿。（郑云：补侍儿一笔，奇。）

危不如（刺危素也。）

徐达克元都。学士危素寓僧寺，欲赴井。僧止之曰:"公死，亡国史也。"遂往见徐达，达寻以归，居弘文馆。一日，上御东阁，闻履声橐橐，问为谁。对曰:"老臣危素。"上曰："是汝耶？朕将谓文天祥耳。"素惶惧顿首。上曰:"素，元朝旧臣，何不赴和州守余阙（余阙守安庆,汉陈友谅薄城下,阙徒步提戈为士卒先。城陷,引刀自刭,妻妾子女皆赴井死。[④]）庙去？"遂谪居和州。

朝夷虏，暮中国。反厥正，不为贼。当时纵死报恩井，失身酋虏亦可〔悯〕(闵)[⑤]。何如改辙从明君，一洗前臭扬殊勋。惜哉危素不知对以此，履声达帝徒尔耳。反不如余阙一小子，食虏之食为虏死。（郑云：潘、吴无识，安得有此断制？）

读书种子（思方正学也。）

燕王之发北平也，僧道衍送于郊，密启曰："南有方孝孺者，有学行。武成之日，必不归附，请勿杀。杀之，则读书种子绝矣。"及建文帝逊位，上欲孝孺草即位诏。孝孺斩衰，

---

① 《九九乐府》抄本序文为："太祖沛人，徙江东句容，其父徙淮，家泗州，又徙钟离太平乡，起兵于濠梁。郭子兴奇其状貌，以故抚宿州马公女为己女遂妻焉。子兴自濠梁归滁，称滁阳王。"

② 《九九乐府》抄本"其兴"误作"则兴"。

③ 《九九乐府》抄本原序为："花云守太平，友谅围其城。城陷，缚云舟樯丛射之。妻郜氏，生子炜三岁。郜氏闻云就缚，投江死，托子侍儿孙氏，以簪饵属渔家育之。后遇汉军，捽孙氏及儿，投之江中。得断木附之，入芦渚中，有莲实取哺，凡七日不死。忽逢雷老，偕达太祖所。置儿于膝曰：'此将种也。'赐雷老衣，忽不见。"

④ 《九九乐府》抄本原序为:"危素谪居和州，元亡，素与同邑黄哻约死难。哻投井死，素走报恩寺。徐达乃以素归上，仍命为学士。至是上御东阁静坐，素至，履声橐橐彻庵。内诏问为谁，对曰：'老臣危素。'上曰：'是尔耶？朕将谓文天祥耳。'素惶惧顿首，流汗浃背。上曰:'素，元朝老臣，何不赴和州看余阙庙去？'素至和州，逾年，忧惧而死。"

⑤ 原作"可闵"，据《九九乐府》抄本改。

悲恸彻殿陛。上降榻劳之，曰："先生无过劳苦。"左右授笔札，上曰："诏天下，非先生不可。"孝孺大批数字，掷笔于地，且哭且骂，曰："死则死耳，诏不可草！"上大声曰："汝独不顾九族乎？"孝孺曰："便十族奈我何！"声愈厉。遂命磔之，坐死者八百七十三人。[①]

谁谓一人生，十族生；谁谓一人死，十族死。一人死犹生，十族死不死。姚和尚，胡为亦惜此读书种子？呜呼！孝孺若不死，读书种子真绝矣。（郑云：翻案语确当。）

韩真女（美保宁韩氏也。）[②]

有美一人，婉如清扬。投簪弃珥，悬刀控缰。（一解）
七年从军，直掠昆明。曰女而男，人莫知闻。（二解）
逢我季父，涕泣涟涟。脱马赎儿，归我田园。（三解）
曰归曰归，中心忉忉。哀哀父母，生我劬劳。（四解）
我父我母，曰在荒草。黄泉有知，白玉皜皜。（自记：不全集诗，似靖节四言风味。）

东角门（讥削诸藩之骤也。）

建文嗣位，诸王以叔父之尊，多不逊。一日，坐东角门，召黄子澄曰："诸父各拥重兵，何以制之？"子澄曰："以汉平七国之事对。"初，洪武九年，五星紊度，日月相刑。训导叶居升极言分封太侈，太祖怒，系死狱中。太祖崩之，六月，诸藩煽动，流言闻朝。又召子澄曰："先生忆东角门言乎？"对曰："不敢忘。"遂与齐泰削之。是年，方孝孺请以德化之，又高巍论封建诸王之法，极周密。燕师至京，齐泰奔广德州，子澄奔苏州。帝太息曰："事出汝辈，今皆弃我去乎？"时燕师屯金川门，谷王穗与李景隆降，金川门失守。帝遂逊位去。[③]

五星乱，日月刑。一言博死，哀哉叶居升！太祖不削太孙削，欲削不反那可得？东角门，不敢忘，谁创此谋齐与黄？高巍言，不肯听，孝孺策，用不竟。金川门，乱谁定；东角门，谁起衅。

---

① 《九九乐府》抄本原序为："蜀献王闻孝孺贤，命世子受学，名其读书之庐曰'正学'。初，帝发北平，姚广孝以孝孺为嘱曰：'武成之日，彼必不降，幸勿杀之。杀孝孺，天下读书种子绝矣。'帝颔之。及陷京师，即大索孝孺等五十余人。至是缚孝孺至，令草登极诏。孝孺悲恸声彻殿陛。帝降榻劳曰：'先生无自苦，朕欲法周公辅成王耳。'孝孺曰：'成王安在？'帝曰：'彼自焚死。'曰：'何不立成王之子？'帝曰：'国赖长君。'曰：'何不立成王之弟？'帝曰：'此朕家事。'顾左右授笔札。孝孺投笔于地，哭且骂。复强之，乃大书'燕贼篡位'四字。帝大声曰：'独不顾九族乎？'孝孺曰：'便十族奈何！'帝怒，令以刀抉其口两旁至耳，命絷狱。其弟孝友亦死，妻郑氏及二子中宪、中愈先自经，二女投秦淮河死。宗族亲友及门下士坐死者八百七十三人。孝孺年四十六。"

② 《九九乐府》抄本序为："国初，保宁一女韩氏，年十七。闻大军逼城，虑为不得明配，伪为男子衣饰，混处民间。既而果被掳，居伍中七年，人亦莫知其为女子也。后从明玉珍掠云南，及归，邂逅遇其叔父，赎之归成都，以适尹氏。同事者咸骇异焉。成都人称为韩真女。"

③ 《九九乐府》抄本原序为："建文嗣位，诸王以叔父之尊，多不逊。一日，坐东角门，召黄子澄曰：'诸父各拥重兵，何以制之？'子澄以汉平七国之事对。初，洪武九年，五星紊度，日月相刑。训道叶居升极言分封太侈，太祖怒，系死狱中。六月，诸藩煽动，流言闻朝。建文召澄曰：'先生忆东角门言乎？'对曰：'不敢忘。'遂与齐泰削之。是年，方孝孺请以德化之，又高巍论封建诸王之法，极周密。及棣兵屯金川门，徐增寿谋内应，帝手剑之。王穗、李景隆守金川门，登城望见棣麾盖，开门迎降。"

伯温儿（美刘文成有子也。）

刘璟为阁门使，太祖赐铁筒，令纠不职。既授谷王长吏，兼提调肃辽度宁燕赵六王事。尝至燕，与王弈，璟胜。王曰："公不少让我耶？"璟正色曰："可让则让，不可让，璟不敢让也。"革命日，逮至见上，犹称"殿下"，且曰："百殿下百世后，逃不得一个字"。[①]

高皇帝言：阿璟凝重，真伯温儿。殿下不为高皇帝子，不能使璟不为伯温儿。殿下亦是高皇帝臣，臣若臣殿下，上负高皇帝，下负先文成。水可涸，石可销，百世后一个字，殿下不可逃；骨可醢，肉可酱，百世后一个字，臣亦不敢让。（郑云：现成二语，熔铸便足千古。）（郑云：无一闲语闲字，移置他首不得。）

和尚误（讥姚广孝也。）

广孝，苏州人，幼出家，改名道衍。得异术，能预知休咎。请于燕王曰："殿下若用臣，臣当奉白帽子与大王戴。"鄞人袁珙于嵩山寺相之曰："宁馨胖和尚乃尔耶？目三角，漂白，形如病虎，性必嗜杀，他日刘秉忠流也。"后为太子少师，复姓名，终不畜发，不娶妻，赐二宫女，亦不近。奉命赈苏湖，往见其姊。姊拒之不纳，曰："贵人何用至贫家？"广孝乃易僧衣往，姊出不得已，出立中堂，广孝即连下拜。姊曰："我安用尔许多拜？曾见做和尚不了底是个好人？"遂入。[②]

王头谁上白帽子？姚和尚，罪万死！从来和尚好杀人，不闻助贼杀忠臣。功成封汝为少师，不特汝姊为汝嗤。不蓄发，不娶妻，灭尔伦，徒尔为。呜呼！我歌和尚君莫怅，如今还有太和尚。

中丞（美练副都也。）

副都御史练子宁，被缚至阙，语不逊。太宗大怒，命断其舌，曰："我欲效周公辅成王耳！"子宁手探舌血，大书于地上"成王安在"四字。上益怒，命磔之。[③]

从臣言，祸本绝。祸本不绝，舌本犹烈。（郑云：借"本"字，奇。）王能截吾舌，不能使我舌无血；王能粉吾躯，不能使吾舌不书。口不言，舌可代：成王安在？成王安在？

---

① 《九九乐府》抄本原序为："谷王府长史刘璟，诚意伯基次子也。议论英发，穷格韬略。洪武中，尝召见，上喜曰：'真伯温儿也！'尝至燕，与王弈。王曰：'不稍让我耶？'对曰：'不可让者，不敢让也。'王默然。燕兵起，随谷王归京师，献十六策，不听，命参李景隆军事。军败，归青田。帝即位，召之，以疾辞。逮入京，犹称'殿下'，且云：'殿下百世后，逃不得一个'篡'字。'下狱，自经死。"

② 《九九乐府》抄本原序为："初，道衍游嵩山佛寺，遇鄞人袁珙珙，相之曰：'宁馨胖和尚乃尔耶？目三角，影白，形如病虎，性必嗜杀，他日刘秉忠之流也。'道衍大笑，因此自负。洪武十五年九月，诏选高僧，分侍诸王。僧道衍者，姓姚，名广孝，苏州人，好读书，工诗文，遇异人传术，能预知人休咎，及善术数之学。自请于燕王曰：'殿下若能用臣，臣当奉白帽子与大王戴。'至自燕王自求广孝于上，许之。及登位，上为太子少师，上称少师而不名，亦终不畜发娶妻。寻命广孝赈济苏湖，往见其姊，姊拒之不纳。家人劝之，姊出，广孝即连下拜。姊曰：'我安用尔许多拜？曾见做和尚不了底是个好人？'"

③ 《九九乐府》抄本原序为："右副都御史大夫练子宁，被缚至阙，语不逊。上大怒，命断其舌，曰：'吾欲效周公辅成王耳！'子宁手探舌血，大书地上'成王安在'四字。上益怒，命磔之，宗族弃市者一百五十一人。初，户部侍郎卓敬密奏曰：'燕王智虑绝人，酷类先帝。夫北平者，强干之地，金元所由兴也，宜徙封南昌以绝祸本。'帝曰：'燕王乃骨肉至亲，何得及此？'敬曰：'隋文、杨广，此父子耶？'帝默然良久，曰：'卿且休言。'"

星犯座（哀景中丞也。）

革命日，左佥都御史景清，犹思兴复，诡自归附，恒伏利剑于衣衽中，委蛇侍朝，人疑焉。八月望日早朝，清独绯衣入。先是，灵台奏文曲犯帝座急，色赤，于是见清疑之。朝毕，出御门，清夺跃而前，将犯驾。上急命收之，乃曰："吾忍不死为此，不成，天也。"植立嫚骂。抉其齿，且抉且骂，含血直噀御袍。乃命剥其皮，草椟之，械系长安门。后驾过，索忽断，趋前数步为犯驾状。上大惊，命烧之。一日上昼寝，梦清绕仗剑绕御座，觉曰："清犹为厉耶！"命赤其族，转相扳染，谓之瓜蔓〔抄〕(钞)，村里为墟。[①]

从故帝，不如杀今帝。故帝复为帝，委蛇列朝班。人谓此公亦从贼，那知腰下藏三尺。（郑云：叙事如画。）如何皇天不助臣，绯文上应文曲星。齿拚抉，肉拚刷，惟有寸心真铁石。殿庭为厉纵无益，能使千载篡贼胆栗栗。

养虎患（美卓忠贞也。）

建文帝元年，燕王入觐。户部侍郎卓敬曰："燕王智虑绝人，酷类先帝。夫北平者，强干之地，金元所由兴也，宜徙封南昌，以绝祸本。"帝览奏袖之，翼日语敬曰："燕王骨肉至亲，何得如此？"敬曰："隋文、杨广，独非父子乎？"上默然良久，曰："卿休矣。"文皇尝曰："国家养士三十年，唯得一卓敬。"服其识也。[②]

不杀叔父，实养虎；不杀和尚，真虎养。（自记：以子矛刺子盾。）帝谓国家养士数十年，惟有卓侍郎。奈何姚和尚，力言养虎不可防。真龙已去虎应死。虎虽死，斑斑在青史。不似姚和尚，千载一犬豕。（郑云：即在"虎"上点缀化工之笔。）

故葛衣（美河西佣也。）

河西佣，被葛衣至金城，行乞市中。明年过河西，依鲁家为佣，取直，积买羊裘，必以葛衣覆之。葛益破，缕缕不肯脱。有余钱，买牛肉、酒与乞儿饮；倦作时，辄自吟哦，或夜闻哭泣声。病且死，呼主人嘱曰："我死勿殓，西北风起，即火我，勿埋我骨。"鲁家从其言。[③]

或谓葛衣翁为编修赵天泰，河西佣为监正王之臣。

雪飘飘，风淅淅，新人自有裘，故人自有葛。勿谓葛衣穷，葛衣可御冬。勿谓衮衣绣裳荣，衮衣绣裳裸体行。惟此葛衣薜与荔，千秋万载永不敝。（郑云：笔致潇洒。）

---

① 《九九乐府》抄本原序为："御史景清，倜傥尚大节。燕师入，诸臣死者甚众，清独委蛇班行，人怪之。一日早朝，衣绯怀刃入。先是，灵台奏文曲星犯帝座甚急，赤色，帝故疑清。及朝，搜得所佩剑，诘责之。清奋起曰：'欲为故主超仇耳！'遂抉其齿，且抉且骂，噀血御衣。文皇大怒，命铁帚刷其肉，又剥其皮，草椟之，械系长安门，碎磔其骨肉。是夕，精英迭见。后驾过长安门，索忽断，所械皮趋前数步为犯驾状。上大惊，乃命烧之。已而上昼寝，梦清仗剑追绕御座，觉曰：'清犹为厉耶！'命赤其族，籍其乡，转相扳染，谓之瓜蔓抄，村里为墟。"

② 《九九乐府》抄本原序为："文皇尝叹息曰：'国家养士三十年，唯有一卓敬。'"

③ 《九九乐府》抄本原序为："河西佣无姓名，文皇入京时，佣被葛衣迁至金城，行乞市中。金城□地极寒，佣常衣葛。明年，□河西鲁家为佣，取值，积买羊裘被之。虽极寒，必以葛衣覆之，葛盖被，缕之不肯脱。夏则衣新葛，故葛衣必覆其上。人问不答，倦作时，辄自吟哦，或夜闻其哭声。后病死，呼主人谢嘱曰：'我死，勿殓我棺，幸西风起，即火我，无埋我骨。'鲁家从其言。"

血影石（悲黄侍中翁夫人也。）

黄观募兵江上，闻变，大哭，谓人曰："吾妻翁氏有志节，必死矣。"招魂葬之。明日家人至，云夫人给配象奴，持钗钏，佯令出市酒肴，急携二女同家属十余人，投淮清河桥下死矣。观复哭，至东阳河，朝服东向再拜，投罗刹矶湍流中。[①]

李阳河，罗刹矶，忠臣死君血满衣。通济门，淮清桥，烈妇死夫血不消。妾先去，夫后来，桥边有石望夫归。生前信我义不辱，今日相逢两无恧，血影模糊为谁哭？

我行自东（纪惠宗出亡也。）

建文四年六月，金川门失守，帝欲自杀，程济曰："不如出亡。"少监王钺跪曰："昔高皇帝有遗箧，曰临大难当发。"出之，红箧也，四围固以铁，碎之，得度牒三张，一名应文，一名应贤，一名应能，袈裟帽鞋剃刀备，白金十锭，朱书"应文从鬼门出，余从水关御沟而行，薄暮会于乐神观"。帝曰："数也。"程济即为帝祝发，杨应能、叶希贤亦祝发从亡。帝曰："今后但以师弟称，不必拘主臣礼也。"

建文帝头颅偏，太祖抚之曰："半边月儿。"其出亡也，从者二十二人，约定左右不离者三人，给运衣食者六人，余俱遥为应援。自乐神观附舟至京口，过六合，陆行至襄阳，十一月往滇。永乐元年正月，至云南永嘉寺。四年二月，至四川重庆之大竹善庆里；四月至西平侯沐晟家；五月结茅白龙山。六年灾，程济出山募葺。七年还滇。八年复至白龙庵，遇安南使严震于云南道，相对而泣，震自缢于驿亭，寻复舍庵去，有司毁之。九年至云南浪穹鹤庆山，募建一庵名大喜。十年应能、应贤卒，纳弟子应慧。十三年游衡山，十一月还大喜。十八年入蜀，遍游诸胜，程济从。十九年入粤游海南，十一月还大喜。二十一年二月入楚，六月游汉阳；七月留大别山，程济从。二十二年太宗崩。仁宗元年，自闽粤还鹤庆山，止程济从；五月闻仁宗又崩，曰："吾心放下矣。今后往来，亦少如意矣。"宣德三年，游陕西汉中。四年至成都，再宿而去；五月还浪穹；六月至鹤庆山中。六年二月往陕西；四月至延安；七月南行入蜀；九月至夔。七年正月入楚，至湖广公安县；五月至武昌；八月下九江；九月游杭州吴山；十一月游天台。九年至吴江史彬家，时彬已死，悲悼久之，复为会稽之游；八月还，程济从。十年正月，宣宗崩，英宗即位；三月往粤西。正统元年八月还至滇，卜筑旧日之浪穹。五年有同舍僧诣思恩知州，自称建文帝，因同被执赴京，程济从；九月至京，迎入西内。至是出亡，盖三十九年，年六十四。程济曰："今日方终臣职矣。"帝好文章，能歌诗，宫中呼为老佛，殁葬西山，不封不树。[②]

---

① 《九九乐府》抄本原序为："当靖难兵起时，右侍郎黄观（字澜伯，一字尚宾，池州贵沚人。）尝草制讽其散军。归藩，束身谢罪，乱极诋斥。及奉诏募兵，至安庆，闻京师陷，命舟至李阳河罗刹矶，朝服东向拜，投急湍死。妻翁氏携二女及家属十八人，投淮清桥下死。）（栏外注：观闻京城已完，痛哭谓其人曰：'吾妻素有志节，必不受辱。'遂招魂葬之。江上郡人柯暹为传其事，匿不示人。后知县清江龚守愚于之所居故址学宫之西，立祠祀之。"

② 《九九乐府》抄本原序为："帝闻金川门失守，欲自杀。翰林院编修程济曰：'不如出亡。'少监王钺曰：'高帝升遐时有遗箧，曰：'临大难，当发。'舁一红箧至，碎之，得度牒三张，袈裟、帽、鞋、剃刀俱备，朱书箧内'应文从鬼门出，余从水关御沟而行'。帝曰：'数也。'即祝发，从鬼门出，东行至善庆里。及晚，臣下十余人皆至。帝曰：'今后但以师弟称，不必拘主臣礼也。'"

愁奈何兮愁无聊，念畴昔兮心忉忉。漏无声兮水沉沉，星有象兮光荧荧。兹何时兮百僚散，群鸟朝兮朝与晚。昔君臣兮今师弟，路遥遥兮日迁徙。东有狼兮西有虎，南有矢兮北有弩。思郁结兮悲莫悲，痛殷殷兮当告谁。（郑云：以骚体写哀怨之情，仍不失忠厚之旨。）

燕山卫卒行（美储福也。）

燕山卫卒储福，挈母妻逃去。既获，补调曲靖。舟行次，仰天大哭曰："我虽一介贱卒，义不为逆！"竟不食死。妻范营地葬之，每哭其夫，则走山谷中大号，不欲姑闻之也。一日，往涧边浣衣，有席草生其旁，因取织以养姑。范殁，草亦不生。土人义而祀之。[①]

新天子，录戍卒，燕山卫，卒在列。卒是故君卒，义不从叛逆。一死非所难，周粟不可食。我母已老，我妻实孝。养姑终身，慰我九原。入山哭我，不使母闻。荠甘荼苦，谁敢犯汝？我不愧汝，女可见我。（自记：写得真切。）

大宁怨（伤弃大宁之失策也。）

自东海岸起，西至蓟镇，千余里为辽东。自辽边起，西至宣府，千余里为蓟镇。自黄花镇起，西至大同〔平远堡〕，一千二百余里为宣府。蓟镇，京师之辅也；大宁，蓟镇之要也。永乐间，移大宁都司于保定，以其地与兀良哈降夷。夷性反复，往往为北虏向导。嘉靖中，虏入古北口，径薄京师，得利而去，遂剽掠无时。（"大同"下落"平远堡"三字。）

守大宁，胡人苦；弃大宁，胡人舞。乌龙江之南，渔阳塞之北。此地为咽喉，保卫我中国。如何天寿山，与虏为邻比。宣府及辽东，断我左右臂。兀良哈，阿鲁台，朝已去，暮复来。终明之世莫挽回，谁弃大宁此祸胎！（郑云：感慨不独在一时。）

好圣孙（表解学士也。）

太宗议建储，武臣咸请立高煦，惟文臣金忠以为不可。上密咨解缙，缙言立嫡以长，太宗遂以高炽为太子，高煦为汉王。后上北巡，缙入见皇太子。及上还，赵王高燧言缙瞰上远出，觐储君，无人臣礼。上怒，谪交〔趾〕（址），至广东，娱嬉山水，且上言请役夫数万，鉴漳江以通往来。上大怒，遂逮下狱死。当燕兵渡江时，缙与胡广、周是修约同死难。既缙使人觇广，广问家人饲豕否。缙闻而笑曰："豕尚不舍，何况性命？"盖初皆无意于死也，惟是修竟行其志。[②]

好太孙，逊国六年尔不问。好圣孙，立储一语尔能定。（郑云：结得凛然。）立嫡不立功，此语本至公。岂不知汉王，为国臣忠。胡为今日谪交趾，明日死狱中。一死总不免，地下莫

① 《九九乐府》抄本原序为："无锡范氏者，燕山卒储福妻也。靖难后，调曲靖卫，福归泣不食死。范时年二十，奉姑韩氏甚谨。每哭夫，辄去山中号哭，不致令姑闻。贫无以自活，或强委禽焉，不听。一日，往涧水边浣衣，见其傍草若苏席，因取织席售，以为姑养。没，为营葬庐墓侧终身。及范卒，草遂不生。曲靖人义之，即庐为庵祀之，集尼以居，曰崇孝庵。"

② 《九九乐府》抄本原序为："帝初起兵，高煦常从战有功。帝嘉煦，亦以此自负，谋夺嫡。及议建储，帝召解缙问之。缙称皇长子仁孝，天下归心。帝不应。缙又顿首曰：'好圣孙谓宣宗也。'煦深怨之，谮缙绁禁中，谗帝谪缙为广西参议，复政交〔趾〕（址），替饷化州入奏事。会帝北征，谒太子而还。高煦言缙伺上出，私觐太子径归，无人臣礼。帝怒，逮下狱死。议建储时，上密咨解缙，缙言立嫡以长。初，燕兵渡河时，解缙、胡广与衡府纪善、周是修约同死于难。既而缙使人觇广动静，广方问家人饲猪否。缙闻而笑曰：'一猪尚不肯舍，况肯舍性命？'惟是修竟行其志。"

逢周纪善。（郑云：令大绅汗浃。）

乐安城（纪宣宗之神武也。）

文皇次子高煦，靖难功多，封汉王，国云南，怏怏不肯去；改青州，又不行。留居京师，反谋日著。因改封乐安，促即日行。文皇曰："如作祸，此可朝发夕擒也。"及宣宗即位，高煦立五军都督府以反。上议遣将讨之，夏原吉曰："师贵神速，宜卷甲韬戈，一鼓平之也。"遂命驾亲征，辛未发京，辛巳至乐安，以敕系矢射城中，谕党逆以祸福。于是城中多欲执高煦以献。高煦狼狈出见上，系赴北京，废为庶人，锁絷大内逍遥城。一日，上往视，庶人出不意，伸一足勾上仆地。上大怒，命覆以三百斤铜缸，积炭然之。①

靖难之战吾有功，吾何负朝廷？奈何信谗人，拘我乐安城。乐安城虽小，五军都督兵不少。吾兄已死，吾侄何足云。昨闻驾亲征，小子颇为类吾兄。今吾疾雷入耳不及掩，长鲸失水虎落坎。吾罪固万死，铜缸亦太惨，尔不畏杀叔父名！呜呼！我思皇太孙。（郑云：妙妙，不独照应本旨。）

阁中帖（颂张太后也。）

宣宗崩，英宗冲年践祚，事白皆太后然后行，委用三杨，政归台阁。每数日，必遣中官入阁，问施行何事，具以闻。或王振自断，不付阁议者，必立召振责之。三杨：西杨士奇、东杨荣、南杨溥，仁宗以绳愆纠谬图书赐之。②

先皇帝，托孤三相公，进贤退不肖。惟相公，竭力乃股肱。叶我妇人，不敢预政事。但阁中帖，一日几事是，眼中人。吾老矣，社稷事，惟相公是倚。奸竖不去国何利？三相公，无泄泄。（自记：婉是闺阁口角。）

玉泉寺（纪宣宗微行也。）

夜半，上从四骑至杨士奇家。比出迎，已立中庭。士奇伏地言："陛下奈何以宗庙社稷之身自轻？"语竟，又叩头曰："伏乞慎出，事变不测。"明日遣太监问："驾临幸，何曷不谢？"对曰："至尊夜出，愚臣迨今中心惴栗未已，岂敢言谢！"又数日遣问："尧不微行乎？"对曰："陛下恩泽未洽，万一怨夫冤卒，窥视窃发，不可无虑。"后月余，锦衣卫获二盗，因杀人捕急，遂私约候驾至玉泉寺，挟弓矢，伏道旁林丛中作乱。捕盗校尉变服入群盗中。盗不疑，以谋告，遂为所获。上叹曰："士奇爱我！"赐金绮。③

---

① 《九九乐府》抄本原序为："仁宗高炽之太子，即宣德皇帝也，讨汉王高煦之反。初，高煦既徙国于乐安谋反，乃立五军都督府。高煦遣百户陈刚进疏，斥言夏原吉等为奸佞，并索诛之。上叹曰：'高煦果反！'遂车驾发京师亲征，废高煦为庶人，锁絷大内逍遥城。一日，上往熟视久之，庶人出不意，伸一足钩上仆地。上大怒，命铜缸覆之。缸重三百斤，庶人有力，顶负缸起；乃积炭缸上如山，燃炭逾时，火炽铜镕，庶人死，诸子皆死。初，燕贼乱时，建文帝诫诸将士曰：'与燕王对垒，毋使朕有杀叔父名。'宣宗谕高煦尝曰：'王，太宗皇帝之子，仁宗皇帝之弟。朕嗣位以来事以叔父，何为而反耶？'初，燕贼举兵向阙，号靖难兵。"

② 《九九乐府》抄本原序为："宣宗崩，英宗冲年践祚，事皆白太后然后行。委用三杨，政归台阁。每数日，太后必遣中官入阁，问施行何事，具以闻。或王振自断，不付阁议者，必立召振责之。"

③ 《九九乐府》抄本原序为："漏下十二刻，帝从四骑幸杨士奇宅。士奇仓皇出迎，顿首曰：'陛下奈何以宗庙社稷之身自轻？'帝白：'朕思卿一言，故来耳。'驾还宫。明日，遣太监范□问：'车驾临幸，曷不谢？'对曰：'至尊夜出，臣至今中心惴栗未已，岂敢言谢！'后旬余，锦衣卫获二盗，尝杀人捕急，遂私约候驾至玉泉寺，挟弓矢伏道旁林丛中作乱。捕盗校尉变服为盗，入盗群。盗不疑，以谋告，遂为所获。上叹曰：'士奇爱我！'遣□赐金绮。"

玉泉寺，盗杀人，锦衣捕之急。盗知天子今微行，伏弓矢，杀天子。京师乱，罪可免。校尉变服入群盗，盗不疑，以谋告。锦衣擒之正其罪，天子闻之始大悔。始知前日老臣爱我不谢恩，中宵惴栗非虚言。赐之金与绮，勉励诸臣子。（自记：平叙处正复不易。）

悲土木（纪己巳之变也。）

六年，奉天、谨身、华盖三殿成，宴百官。故事宦者不得预王庭宴。是日，上使人视王先生，振方大怒曰："周公辅成王，独不可一坐乎？"上命东华开中门，听其出入。至门，皆望风拜，振大悦。十四年六月，浙江会稽山移平地，又地动，白毛遍生；夜大雨，殿上荆棘二尺高。七月，也先大举入寇，振劝上亲征，从之。偕振并官军五十余万，出居庸关，过怀来，粮已乏，僵尸满路。至大同，又欲北行，彭德清斥振曰："万一陷乘舆于草莽，谁执其咎？"振曰："倘有此，亦天命也。"会夜有黑云如伞罩营，雷雨大作，因班师。至土木，去怀来不二十里，以振辎重未至，遂驻土木。明日，也先分道攻围，夺长刀以砍大军。上突围不得出，下马盘膝面南坐。一敌将见之，曰："非凡人也。"驰报也先。也先使人验之，知为大明天子，喜问："何以为计？"一人名乃公，大言曰："杀之。"伯颜帖木儿怒，推其面曰："去！"因言："大明天子云端里坐，不知上天何故推下之，万众死亡中，镞矢不沾，吾知天意有在也。当报中国，遣使迎还。一旦复坐宝位，岂不有万世好男子名哉！"乃送伯颜营中，二日献羊，三日献牛或马，设宴，妻妾以次奉酒，歌舞为娱。进窝儿帐，房顶每见赤光笼罩，隐隐若黄龙交腾其上。既而拥帝至大同城下，索金币。都督郭登闭门，谋劫营夺驾入城。寇觉，惊去，拥帝道宣府，总兵杨洪闭城门不出。事闻，系狱。（王振掌司礼监，帝呼为先生而不名。）①

山移平地生白毛，殿上荆棘三尺高②。王太监，大欢宴，帖木儿，来何迟。伍十万兵帝亲征，黑云如伞罩帝营。僵尸满路始班师，也先追骑行及之。留驾待辎重，太监令，何敢违？杨总兵，不出城，虏骑长刀砍大军。可怜下盘膝下马坐，大明天子非凡人。乃公欲杀伯颜怒，愿留万

---

① 《九九乐府》抄本原序为："王振，山西大同人。初，侍上东宫；及即位，命掌司礼监，宠信之，呼为先生而不名，振遂擅作威权。时浙江绍兴山移于平地，又地动，白毛遍生；陕西二□山崩，山移有声，三日不绝，移三里；南京宫殿火，是夜大雨，殿基生荆棘，高二尺。也先分道大举入寇，王振请帝亲征，兵部尚书邝野、侍郎于谦力言六师不宜轻出，百官再三谏。不听，遂发京师。王振及英国公张辅、尚书侍郎以下官军私属五十余万人，仓卒就道。尚书王佐、邝野忤□意，跪草中至暮，不得情。钦天监正彭德清告振曰：'象纬示儆，再前，陷乘舆于草莽，谁执其咎？'振曰：'倘有此，亦天命也。'会暮，复有黑云如伞罩帝营。至阳和，伏尸满野。帝至大同，王振尚欲北行，郭敬密止之，始班师。及发宣府，也先兵袭军；后吴克忠及其弟克勤力战死，后军溃散略尽。成国公朱曾、永顺伯薛绶帅师四万往援，全军俱覆。次日至土木，日未晡，去怀来仅二十里，众欲入深城中，振辎重未至，留待之。即驻营土木，掘井二丈余，不得水，人马饥渴。虏分道自旁近口入围，御营不得发。也先请和，许之。虏佯退，振迁令移营，虏大呼，四面躁躏入，众裸袒蹈藉死。帝与亲军突围不得出，下马扰地坐。有一敌将索衣甲，不与，欲害之。其兄来曰：'此非凡人举动。'自别拥出雷家站。也先之弟赛刊王驰见也先，曰：'部下获一人甚异，得非大明天子乎？'其中一人名乃公，欲杀之。伯颜帖木儿大怒，呼也先为'那颜'。颜者，华言'大人'也。力言：'两军交战，人马多中刀箭，或践伤压死。今天子独无恙，虽天有怒，推而弃之地下，而未尝死之。若遣使告中国迎返天子，那颜不有万世好男子名乎？'众偕曰者，犹华言'然'也。敌拥之去，官军死伤者数十万。帝既入敌营，也先拥至宣府，传谕杨洪、罗亨信开门出迎。城上人对曰：'日暮不敢奉诏。'乃复拥帝至大同，索金币，也先遂拥帝北行。"

② 《九九乐府》抄本："三尺高"又作"二尺高"。

世男子名。乘舆陷草莽，有此亦天命，谁为此言王先生？吁嗟太监呼先生，得不兵溃土木营？（自记：因“先生”一语，写他宠任可知。）（郑云：宠宦竖，至蒙尘沙漠，论大义不当复辟。此忠肃不言之隐也。）

盗禁碑（罪王振之乱祖政也。）

太祖置铁碑，高三尺，上铸“内官不得干预朝政”八字，在宫门内，王振私去之。振，山西大同人，宦官专政自此始。太皇太后御便殿，召张辅、杨士奇、杨荣、杨溥、胡濙入，上东立。太后曰：“此五人，先朝所简贻皇帝者，有事必与之计。”上受命。既宣王振至，俯伏，太后颜色顿异曰：“汝侍皇帝多不律，今赐汝死。”女官遂加刃振颈。上跪请，诸大臣皆跪。久之，太后释曰：“皇帝年少，岂知此辈祸人家国，我听皇帝暨诸大臣贷振，此后不得令干国事也。”①

高皇帝，立铁碑，禁内侍。王振小阉竖，汝何人？敢盗去，从此国政便干预。呜呼！太皇太后大怒时，女官加刃帝请之，大臣胡为长跪无一为？呜呼！三杨真小儿！②（自记：为虺弗摧，为蛇将若何？三杨百喙何〔辩〕（辨）？）（郑云：宏壮。）

国有君（美于忠肃善谋国也。）

冬十月，也先奉上皇入寇。至大同城下，守臣郭登曰：“赖天地祖宗之灵，国有君矣。”也先去。也先挟帝索赂不得，又遣使请和。胡濙等奏奉迎上皇，上曰：“朝廷欲与寇绝，而卿等屡以为言，何也？”王直曰：“上皇蒙尘，理宜迎复。”上不怿。谦曰：“大位已定，谁敢他议！答使者冀以舒边患耳。”上稍释，曰：“从汝从汝！”即退，自是阁臣府部不及迎复上皇意。景帝元年，大同参将许贵请遣使修好。谦曰：“其狡马侮我而龁我，何以而可言我和？况也先不共之仇，理固不可和。万一和而彼肆无厌之求，从之则坐币，不从则生变，势亦不可和。”于是边将人人言战守。也先不得挟重相恫喝，抱宝名不义之质，谋归上皇。然谦之祸机，实萌于此矣。后景帝储位未定，谦日与廷臣请立东宫，谓复宪宗也。石亨等诬以迎立襄王，故下狱。谦死之日，阴霾翳天，行路嗟叹。薛瑄曰：“此事人所共知，各有子孙。”③

百王直，无一能；一于谦，国有君。国无君，上皇不得回；国有君，上皇始得归。于谦

① 《九九乐府》抄本原序为：“振专政，太皇太后张氏顾上曰：‘此五人，先朝所简遗皇帝者，有行必与之计。非五人赞成，不可行也。’上受命。有顷，宣太监王振至，俯伏。太皇太后颜色顿异，曰：‘汝侍皇帝起居多不律，今赏赐汝死。’上跪为之请，诸大臣皆跪。太皇太后曰：‘皇帝年少，岂知此辈祸人家国？我听皇帝暨诸大臣贷振，此后不可令干国事。’”

② 《九九乐府》抄本补“杨士奇、杨荣、杨溥时称三杨”一句。

③ 《九九乐府》抄本原序为：“正统己巳之□，帝北狩，宗社危然发使。非郕王总统，国有长君，则祸乱何由平？銮与何由返？上北狩，廷臣或主和，谦辄曰：‘社稷为重，君为轻。’以故也先□□质，上得还，然谦祸根亦萌此矣。也先扰边，遣使至京师请和。礼部会议，尚书胡汉等奏奉迎上皇。上曰：‘朝廷因通和坏事，欲与寇绝，而卿等屡以为言，何也？’吏部尚书王直对曰：‘上皇蒙尘，理宜迎复。’上不怿曰：‘我非贪此位，而卿等强□焉，今复作纷纭何？’众不知所对。于谦从容曰：‘大位已定，孰敢他议！答使者冀以舒边患，得为备耳。’上意始释，曰：‘从汝从汝！’乃遣使议和，迎上皇归，自东安门入，送上皇至南宫。忠肃死之日，家无余赀，独正室镭钥甚固。启视，皆赐物也。是日，阴霾四翳，天下冤之。”

为国不为私，如何复辟帝杀之？满朝衣紫无一言，呜呼薛相公有言，但言各有儿与孙。（郑云：明之社稷，赖忠肃以全。文清为大臣，又以理学贯冠一代，何可袖手旁观，出妇人语耶？）

龙惜珠（刺徐有贞也。）

有贞，字元玉，初名珵，以倡南迁，为太监金英所叱，陈循因教之更名，庶朝廷忘其议而荐可行也，从之。[①]

黄河决，功弗成。文渊阁，集群臣[②]。谁可举？臣有贞。通源闸，广济渠。曰三载，功归徐。一口决，不可塞。问老僧，龙有欲。龙何欲，珠可惜。制乃欲，熔乃铁。龙乃徙，堤乃筑。无所欲，何所畏？龙能制，欲何炽？夺门功，帝犹龙。龙得珠，尔何与？欲不遂，金齿去。（郑云：三字极难古，此何劲捷，笔如游龙。）

夺门功（纪英宗复辟也。）

景帝疾，石亨以为立东宫，不如复上皇，可得功赏，因与张軏、有贞谋。正月十四夜，有贞曰："南城亦知乎？"亨、軏曰："密达之矣。"有贞曰："俟得报。"十六日，亨、軏曰："得报矣。"夜四鼓，有贞乃率众薄南宫，毁垣而入，共掖上皇登举。入大内，门者呵止之。上皇曰："我太上皇也。"遂升奉天殿，登御座，鸣钟鼓，启诸门。有贞号于众曰："上皇复辟矣！"百官就班拜贺。景帝知之，连声曰："好！好！"徐有贞求祭酒不得，与石亨共恨谦，于是诬谦下狱。勘之无验，有贞曰："虽无显迹，意有之。"法司遂以"意欲"二字定狱上之。上犹豫未忍，曰："于谦曾有功。"有贞直前曰："不杀于谦，今日之事无名。"上意遂决。后封有贞武功伯，曹吉祥、石亨恶之。会有飞章谤国是者，亨等谓有贞主使，置狱穷治，无所得。摘其诰中"缵禹神功"语，为有贞自草，无人臣礼，遂谪云南金齿。[③]

好好，哥复辟，弟告老。（郑云：如古谣。）既为失国君，如何辱宗庙！两字断疑狱，忠

---

① 《九九乐府》抄本原序为："初，徐珵请南迁，故于谦曰：'欲迁者可斩。京师，天下之根本，一动则大事去矣。'帝鄙之，大臣累荐不用，遂更名有贞。时河决沙湓已七年，前后治者皆无功。廷议推有贞。贞至张秋，相度水势，乃治渠关，五百五十日而工成，赐渠名广济。复建八闸于东昌，以平水道。"

② 《九九乐府》抄本"群臣"又作"廷臣"。

③ 《九九乐府》抄本原序为："正统英宗名祁镇，其弟祁钰封郕王。自土木之祸，皇太后命郕王即住八军。帝病，廷臣请立太子。石亨见帝病甚，与都督张𫐄、张軏、左都御史杨美、太监曹吉祥谋，谓立太子不如复上皇，可邀功赏，軏、吉祥然之。以告太常卿许彬，彬曰：'此不世功也，彬老矣，无能为也，盍图之？'徐元玉即有贞，贞大喜，曰：'须令南城知此意。'軏曰：'已阴达之矣。'辛巳夜，诸人会有贞所，贞升屋步乾象，亟下，曰：'时至实永可失时。'方有遂警。有贞令軏以备非常为名，纳兵长安门外。亨掌门钥，夜四鼓，启门纳之。遂薄南宫城，毁垣坏门，入见上皇于烛下。上皇问故，众俯伏请登位，乃呼进举，兵士惶遽不能举，有贞助挽以行。至东华阁，门者拒弗纳，上皇曰：'朕太上皇帝也。'遂入。至奉天门，升座，百官以帝□视□，咸待漏阙下，忽闻南城呼噪震地，咸失色。须臾鸣钟鼓，有贞出，号于众曰：'太上皇帝复位矣。'趣入贺。百官震骇，入谒。上皇曰：'卿等以景泰皇帝有疾，迎朕复位，其各任事如故。'众臣呼万岁。景帝闻钟鼓声，大惊，问知为上皇，连声曰：'好！好！'下于谦、王文与太监王诚、舒良、张永、王勤狱，论夺门功，封石亨忠国公，张軏太平侯，𫐄文安伯，杨善真济伯，徐有贞兵部尚书，予太监曹吉祥等锦衣卫世职。有贞意未慊，数请于亨曰：'愿得冠，侧从兄后。'亨入言之，寻封武功伯。贞既得志，则里自异窥帝意裁，抑亨、吉祥。二人不平，令小监窃听帝所语贞之言，泄之于帝。帝疑有贞漏泄，亨、吉祥恐其复用，诬以谋逆，诏徙金齿为民。礼部侍郎薛瑄见石亨等用事，叹曰：'君子见几而作，宁俟终日。'遂归仕去。上之复辟也，有贞嗾言官以迎立外藩，议劾王文，且诬谦下狱。所司勘之无验，有贞曰：'虽无显迹，意有之。'乃以'意欲'二字成狱。"

良祸太酷。谁创此谋徐有贞，挽举夜夺奉天门。貂冠玉带封武功，自卜富贵终吾身。早知金齿罹此祸，悔与曹石作犬马 。

征君归（讽吴康斋也。）

石亨荐吴与弼。征至，授为谕德。不拜，辞归。尝跋石亨家谱，自称门下士。《康斋日录》记梦文王、梦孔子来访者再，识者鄙之。

吴征君，达可行。而后行，乃天民。前年溃土木，去年杀于谦。此何时，乃大言。吴征君，真固执。不受伊傅职，不受左谕德。若使伊傅当年宦竖荐，岂肯安车蒲轮便来见！（郑云：杨龟山、吴康斋二先生，俱不当出。）

杨漆工（美杨暄也。）

京师旱，小儿为土龙祷雨，歌曰："雨帝雨帝，城隍土地。雨若再来，还我土地。"雨帝，与弟也；城隍，谓郕王；再来还土地，英宗复辟也。袁彬在北庭保护圣躬，备尝苦处。常宿御寝旁，天寒甚，每令彬以两〔肋〕(胁）温足。复辟，擢为锦衣卫，与大学士李贤同得进言。都指挥门达，摭彬阴私数十事上之。上令门达鞫彬，曰："从汝拏问，只要一个活袁彬还我。"有彩漆军匠杨瑄者，上疏论救，并达不法二十余事，击登闻鼓以进。命达逮问，达逼瑄供李贤主使，瑄佯诺之。及命中官会法司讯于午门，瑄大言曰："此实门指挥教我扳指李阁老也。"达计沮，彬得从轻，调南京锦衣卫。[①]

雨帝雨帝，不是袁锦衣，那得再来复土地？如今却宠门指挥，便欲杀我锦衣尉。壮哉杨漆工，上疏击登闻。上数指挥罪，下颂锦衣冤。李阁老，谁杀汝？门指挥，实教我。午门大言门计阻，漆工漆工尔何人，羞杀满朝诸大臣。（郑云：起语化谚为乐府，妙绝。）

裕陵恩（颂英宗止殉也。）

英宗疾大渐，分处后事，命太监牛玉执笔，口占书之：一曰东宫即位，百日成婚；二曰定后妃名分；三曰勿以嫔御殉葬；四曰殡殓器服从旧。书毕，命玉持付阁臣润色。李贤等叹曰："所言皆关大体，而止殉葬一节，尤为盛德。"[②]

皇帝疾大渐，下诏诏阁臣：朕实不德，无以泽万民。诸嫔御事朕，久未沐朕恩。朕诵黄鸟，朕心实怅。若辈虽贱，勿朕殉朕葬。呜呼！上帝好生惟此心，愿我皇万世长宜子孙。

伏阙争（颂宪宗纳谏也。）

慈懿太后张氏崩，命大臣议葬所。时帝生母周太后尚在，众莫敢发。大学士彭时曰："此

① 《九九乐府》抄本原序为："英宗二年，街巷小儿为土龙祷雨，拜而歌曰：'雨帝雨帝，城隍土地。雨若再来，还我土地。'谈者谓雨帝者，与弟也；城隍者，郕王也；再来还土地者，复辟也。时门达都指挥有宠，自计为进言于御前者，惟李贤与袁彬二人，谋排去之，乃使逻卒摭彬阴私数十事上之。上欲法行不以彬阻，谕门达曰：'从汝逮问，只要一个活袁彬还我。'彬遂下狱。有彩漆军匠杨瑄者，愤然不平，上疏极言昔者驾留北庭，独彬以一校尉保护圣躬，备尝艰苦；今猝就付狱，乞御前审录，则死无憾；兼陈门达不法二十余事，击登闻鼓以进。上令门达逮问，达逼暄令供李贤主使。暄惧拷死于狱，乃佯诺曰：'此实李阁老教我，但我言于此，无人证见；不若请□官廷鞫我，对众言之彼乃无辞。'达信之，以闻命中官会法司，讯于午门。暄大言曰：'死则我死，何敢妄指他人！此实门指挥教我扳指也！'达失色，计阻。彬得从轻，调南京。"

② 《九九乐府》抄本原序为："英宗大渐时，命勿以嫔御殡葬。"

一定之礼，无可议者。梓宫当合葬，神主当祔庙。”太监夏时曰：“慈懿无子且有疾，宜别葬。”彭时曰：“太后母仪天下近三十年，臣子岂忍议别葬！”尚书姚夔率百官伏哭于文华门争之。已而御文华殿，召阁臣面议。彭时曰：“合依礼而行，庶全圣孝。”上曰：“恐与圣母有碍。”刘定之曰：“孝子从义不从令。”彭时又曰：“陛下大孝，当以先帝之心为心。先帝待慈懿太后，始终如一，今若安葬于左，而虚其右以待后来，则两全矣。”上感悟，谕：“卿等如前议。”[①]

成化四年夏，慈懿太后[②]崩。天子别议葬，惧伤圣母心。诸臣据大义，力谏配裕陵。太后虽无子，母仪三十春。祔左虚其右[③]，后先无相侵。内批尚未允，大哭文华门。哭声震大内，天子涕泪零。圣母亦感悟，天子诏施行。从谏如转圜，天子孝且明。百姓都欢呼，大哉吾皇仁。

新会潮（表庄烈妇也。）

娥江滔滔，中有孝女曹。新会汤汤，中有烈妇庄。（郑云：天然陪客。）烈妇忿仇杀其夫，夫可杀，妾不可污。投江抱夫尸，尸出冤遂白。夫冤虽白，夫不可活。往来行人，勿谓我烈。夫以妾故死，妾以夫成名。妾憾[④]有如江水。（郑云：结更深一层，得风人之旨。）

太监来（纪汪直乱政也。）

太监汪直用事，势倾中外。有中官阿丑，善诙谐谲谏。一日作醉者酗酒状，遣人佯曰：“某官至。”酗骂如故，又曰：“驾至。”酗骂亦如故，曰：“汪太监来。”醉惊迫帖然。旁一人曰：“驾至不惧，而惧汪太监，何也？”曰：“吾知有汪太监，不知有天子。”又一日，忽效直衣冠，持两斧趋跄而行。或问故，曰：“吾将兵惟仗此两钺。”问钺何名，曰：“王越陈钺也。”上微哂，自是直宠衰矣。御史徐镛劾直欺罔，即斥。[⑤]

太监来，两钺何辉辉！天子尚侧目，诸臣何能为？阿丑善谲谏，帝前常诙谐。有时作醉人，手持双斧行。纳约自牖，开帝聪明。一朝尽窜斥，曰惟丑之力。诸臣不逐丑逐之，吁嗟诸臣何能为！

廷无人（感怀恩也。）

僧继晓发内库银，拆毁民居，建永昌寺。林俊劾奏，下狱。太监怀恩诤曰：“古未闻有杀谏官者，臣不敢奉诏。”章瑾进宝石，受镇抚司，命恩传旨。恩曰：“镇抚掌天下刑狱，

① 《九九乐府》抄本原序为：“初营裕陵，李贤请营三圹，至是周太后不欲合葬，廷臣议曰：‘合葬裕陵，主附庙，定礼也。’帝曰：‘朕岂不知？虑他日妨母后耳。’廷臣合辞言曰：‘皇上大孝，当以先帝心为心。今若安厝于左而虚右以待将来，则两全其美。’帝曰：‘□礼非孝，违亲亦非孝，其议别卜。’彭时曰：‘太后母仪天下近三十年，岂忍议别葬？’明日，廷臣百四十七人言：‘此大事，吾辈当以死争合。’群臣伏哭文华门外，自巳至申，帝与太后皆感动，乃许之。群臣呼万岁出。”

② 《九九乐府》抄本“慈懿太后”后补“钱氏”。

③ 《九九乐府》抄本“其右”又作“乃右”。

④ 《九九乐府》抄本“妾憾”又作“妾恨”。

⑤ 《九九乐府》抄本原序为：“小中官阿丑工俳优，美谈谐，有谲谏风。一日，于帝前为醉者嫚骂状，前遣人佯言驾至，嫚如故；又言汪太监至，则遁走。曰：‘今日但知汪太监耳。’又为汪直状，操两钺趋帝前，曰：‘吾将兵仗此两钺也。’问何钺，曰：‘王钺、陈钺也。’二人皆媚汪直者。帝听然而笑，稍稍寤。会东厂尚铭得汪直所泄禁中秘语，奏之，尽发王钺交通不法事。帝心始恶直。”

奈何以小人得之！”不肯传。上曰：“汝违我。”恩曰：“非敢违命，恐违法也。”上命覃昌传之。恩曰：“倘外廷有谏者，我言尚可行也。”时尚书余子俊在兵部，恩语之曰：“第执奏，吾从中赞之。”子俊谢不敢。恩曰：“吾固知外廷之无人也！”尚书王恕每疏切直，恩曰：“天下忠义，斯人而已。”[①]

廷无人，恩虽贤，一刑臣；廷无人，恩虽寺，一争臣。（郑云：笔如转珠。）宝石可得官，官可得，旨不可传。可怜余子俊，诺诺不敢言。呜呼外廷真无人，不然王尚书下，胡为数怀恩？

永寿宫（哀纪妃也。）

纪妃有娠，万贵妃知而恚之，百计谋害，胎竟不坠，生皇子祐樘。妃少乳，太监张敏使女侍以粉饵哺之。弥月，西内废后吴氏，保抱唯谨，不使贵妃知。成化十〔一〕(三)年三月，皇太子〔祐〕(佑)极薨，内官渐传西宫有一皇子六岁矣，万贵妃惊曰：“何独不令我知？”曰遂具衣服进贺，召皇子于昭德宫，徙纪氏于永寿宫。六月，纪妃薨，是日天色皆赤，人疑为万妃所鸩。[②]

纪妃幸，万妃嗔，纪妃生儿万妃惊。西宫六年故后恩，早令汝知得至今。昭德宫，皇子升；永寿宫，生母薨。他年空建奉慈殿，生不享帝一杯羹。伤哉帝心！（郑云：不堪多读，文生于情。）

罪寿宁（美孝宗也。）

罪梦阳，不付锦衣批罚俸；罪寿宁，免冠触地罪惶恐。天子英明尔不睹，大张股栗，小张舌吐，行行且避李户部。圣德如天地，中外都欢呼。陛下此一事，尧舜诚何如！

望三台（刺万安也。）

大学士万安，结万贵妃兄弟，进妖僧继晓以固宠，孝宗在东宫稔知之。及即位，于内中得一箧，皆房中术也，悉署曰:“臣安进。”上遣怀恩持至阁下，曰:“是大臣所为乎？”安惭汗不能出一语。已而科道交章论之，遂命罢去。安在道犹望三台星，冀复进用。[③]

相朝中事非相公，相房中事乃相公。臣名在药档，臣功在帏房。为陛下广嗣，续燮理阴

---

① 《九九乐府》抄本原序为：“太监梁芳、韦兴糜帑藏，为奇技淫巧，结万贵妃，欢累朝，金七□俱尽劝帝废太子而立兴王，司礼太监怀恩固争之。时章瑾以进奉宝石，授镇抚司，命怀恩传旨。恩曰：‘镇抚掌天下刑狱，奈何以小人得之！’不肯传旨。上曰：‘汝违我。’恩曰：‘非敢违命，恐违法也。’时尚书余子俊在兵部，恩语之曰：‘第执奏，吾从中赞之。’子俊谢不敢。恩叹曰：‘我固知外廷之无人也！’惟南京兵部尚书王恕屡上疏切直，恩曰：‘天下忠义，斯人而已！’时有谣曰：‘两京十二部，独有一王恕。’”

② 《九九乐府》抄本原序为：“孝宗母纪妃，贺县人，本土官女，征蛮俘入掖庭。警敏通文字，命守内藏。时万贵妃专宠而妒，后宫有娠者，皆堕之。帝偶行内藏，妃应对称旨，悦幸之，遂有娠。万贵妃知而恚甚，令婢钩治之，婢谬报曰痛痞，乃谪居安乐台。久之，皇子生，使门监张敏溺焉。敏惊曰:‘上未有子，奈何弃之？’稍哺粉饵，密藏之他室，贵妃日伺无所得。成化十一年五月，帝自悼恭太子薨，常郁郁不乐。一日，召太监张敏栉发，照镜叹曰:‘老将至而无子。’敏伏地曰:‘万岁已有子也。’帝愕然曰:‘安在？’敏叩头对曰:‘奴言即死，万岁当为皇子主。’于是太监怀恩顿首曰:‘皇子潜养西宫，今已六岁，□不闻耳。’帝大喜，即日幸西内，遣使迎皇子。纪妃抱皇子泣曰：‘儿去，吾不得生。儿见黄袍有须者，即儿父也。’拥至帝膝，帝悲喜泣下，曰:‘我子也类我。’即升皇子，入昭德宫，徙纪妃于永寿宫。六月，纪妃暴薨。皇太子薨，内官传西宫有一皇子六岁矣。万贵妃惊曰：‘何独不令我知？’”

③ 《九九乐府》抄本原序为:“孝宗即位，于宫中得疏一小箧，皆论房中术，末署曰:‘臣安进。’帝令太监怀恩持至阙，曰:‘此大臣所为耶？’安愧汗伏地，不能出声。诸臣交章劾安罪状，复令恩就安读之，安数跪起求哀罢去，□恩摘其牙牌，曰：‘可去矣。’始惶迁归第，乞休去。安时年七十余，在道犹望三台星，冀复用。”

阳。人呼臣万岁万阁老，今日罢官何太早！老臣报国心未死，不愿挂冠归故里。驾我车兮彷徨，望三台兮煌煌。呜呼！三台纵应汝，为汝羞涩令无光。（郑云：切极狠极。）（郑云：抉出可丑一端，直叙其事，足使万年遗臭。）

老臣泣（纪孝宗君臣之遇也。）

朕在位十八年，天下犹未平。辅朕致治，惟汝二臣。戴御史，何忍舍朕去？刘尚书，不为朕留，覆为朕虑。主人留客客更留，客主乃欢豫。二臣若去，朕谁与理？帝泣二臣亦泣，荷帝厚恩，敢不死厥职！君明臣良，古不可得。（郑云：如家人父子，鹿鸣之遗音也。）

西涯倒（讥李东阳也。）

大学士刘健、谢迁、李东阳连疏请诛刘瑾等八人。瑾矫诏勒健、迁致仕，唯东阳独留。盖阁议时，健尝推案哭，迁亦訾健不休，东阳稍缄默故也。健、迁滨行，东祖道欷歔。健正色曰："何用今日哭为！使当日出一语，则与我辈同去耳。"东阳无以应。东阳在相位久，有亡名子投诗云："才名直与斗山齐，伴食中书日又西。回首湘江春草绿，鹧鸪啼罢子规啼。"①

刘学士，谢学士，去何早，不如西涯好。伴食中书酉及卯，当时出一语，今日便同去。（郑云：点化成语，妙。）今日不去空欷歔，明日乞骸上不许。我思西涯西涯好，我忧西涯西涯倒。子规啼老湘江春，东风吹绿湘江草。（郑云：绝好歌行。）

囊土谏（美张指挥英也。）

正德十四年，上欲登岱宗，历徐扬，至南京，临苏浙，浮江汉，祠五当，遍观中原。时宁王久蓄异谋，制下人情汹汹。翰林修撰舒芬约群臣会阙下合疏乞留。上大怒，以江彬言下二十余人狱，跪百有七人于午门外。有金吾卫指挥张英者，肉袒，挟两囊土，当跸道哭谏。不允，即拔刀自刎，血流满地。侍卫入缚送诏狱，问囊土何为，曰："恐污帝廷，洒土以掩血耳。"②

国有谏臣，以匡我皇。杀谏臣，国将亡。张指挥，两土囊，土拔刀到血流朝堂。此血忠臣血，洒土迹不灭。帝若见此止南巡，臣死何足云！帝若见此诛江彬，臣死犹为荣。（自记：可知不是好名。）哀哉天子，谁为此祸？河山瓦裂安可补？完全惟此两囊土。

献濠俘（美王文成也。）

正德十一年，江西豕生象。刘养正尝言帝星明江汉间，故属意宸濠。十四年六月，京师竞传擒治宁王，濠侦卒急归报知。值濠生日，正宴镇抚三司等官，遂杀都御史孙燧、按察副司许逵，余俱械狱，分遣养正等攻陷南康九江，轴橹蔽江，直趋安庆。王守仁自福建至丰城，飞报京师，收交通宸濠之尚书陆完，率知府伍文定等十三州县兵攻南昌。

① 《九九乐府》抄本原序为："刘健、谢迁等以上信刘瑾，知事不可为，各上书求去。健、迁滨行，东阳祖道欷歔。健正色曰：'何用今日哭为！使当日出一语，则与我辈同去。'"

② 《九九乐府》抄本原序为："武宗宠信江彬，数微行。十四年三月，自称大将军，彬为副将军，制下南巡。舒芬、黄□等联疏入，上怒，召彬示之，以彬言下诸臣狱。指挥张英挟两囊土哭谏，不允，即拔刀自刎。问囊土何为，曰：'恐污帝廷，洒土掩血耳。'殖命狱中。车驾遂不出。"

宸濠还救，三战擒之。濠在槛车，见守仁呼曰："王先生，我欲尽削护卫，请降为庶人，可乎？"守仁曰："有国法在。"遂顿首不言。时上亲征，驻跸良乡，守仁捷书至，江彬谓当纵之鄱湖，俟上亲战而后奏凯。守仁械系宸濠，由浙河以进，遇太监张永于杭州，谓之曰："江西之民，困苦已极，今又供京边军饷，将成土崩之势。"察永无他意，遂以濠付永，乘夜还江西。永送之南京，上欲自以为功，与近侍戎服整军，出城列俘，作凯旋状。既入，囚禁之。①

刘瑎贵，复我护卫；刘瑎殛，剪我羽翼。助我有陆完，为我急除患。南昌豕生象，帝星照江汉。孙御史，许按察，吾已杀。连我舳橹，耀我戈甲。谁能当我军？那知复有王守仁。雄兵十三哨，一夕捣其巢。擒俘献天子，国法安可逃！天子南征今可止，免使诸义儿，荼毒南昌血如水。吁嗟！王公此功千载奇。（郑云："千载奇"太过。）（郑云：文成擒宸濠，救江西赤子，功不可没。至学术误人罪当别论。）

思悲妇（伤宁庶人也。）

宸濠谋反，妃娄氏泣谏。及被擒，于槛车中泣语人曰："昔纣用妇人言而亡天下，我以不用妇人言而亡其国，悔憾何及！"守仁为求娄妃尸，葬之。②

妇人言，不可惑，惑之乃亡国；妇人言，不可违，违之今何归？人有妇，妇长舌，妇长舌③，祸乃烈；我有妇，妇苦口，妇苦口，莫能受。我何悲？思我妇。（自记：善衬法便不寂寞，铁崖何足道哉！）

田石平（纪田州功也。）

初，田州土官岑猛反，总督两广都御史姚镆讨之。猛奔顺州，知州岑璋诛之。已而猛党卢苏、王绶叛，御史石金奏镆轻信寡谋，安攘无术。上怒，落镆职，命王守仁代之。④

猛当诛，镆当赏，相公信流言，落职罪欺罔。田州平，苏绶反，王新建，才略展。平定虽有功，处置亦太简。南人多反复，任事良独难。呜呼！任事良独难。（郑云：令文成心服。）

留提督（美杨文忠定变也。）

江彬，宣府人，从副总兵张俊征流贼于山东，班师入京，赂钱宁得入豹房，升左提督，

① 《九九乐府》抄本原序为："宁王封南昌时，江西豕生象。刘养正常言帝星明江汉间，故属意宸濠。钱宁阴党宸濠，濠请复护卫屯田，辇白金巨万，遍贿朝贵，钱宁及兵部尚书陆完主之。宸濠久蓄异志，交通肘腋，闻帝将南巡，会宸濠生日，宴都御史孙燧、兵备副使许逵等。濠令闭门，诡言太后有密旨。燧曰：'果有旨，巡按大臣当与闻。'濠怒，叱甲士缚燧。逵奋身大骂，并缚逵，斩之。遂起兵，陷南康、九江，进围安庆。时王守仁方奉命勘事福建，至丰城，闻变，遂还，与吉安知府伍文定谋，集诸路兵捣贼巢，直捣南昌，贼大败。将士执宸濠入江西，军民聚观，欢呼之声震动天地。濠见守仁呼曰：'王先生，我欲尽削护卫，请降为庶民，可乎？'守仁曰：'有国法在。'江西按察司副使胡世宁上疏言：'宁王自复卫以来，骚扰闾阎。'"

② 《九九乐府》抄本原序为："初宸濠谋反，妃娄氏泣谏，不听。及被擒于槛车中，泣语人曰：'昔纣用妇人言而亡天下，我以不用妇人言而亡其国，今悔恨何及！'"

③ 《九九乐府》抄本"妇长舌"误作"妇有舌"。

④ 《九九乐府》抄本原序为："田州土官岑猛反，总督姚镆讨之。猛奔顺州，知州岑璋诛之。已而猛党卢苏、王绶复叛，御史石金诬奏镆安攘无术，落职，命王守仁代之。"

与许泰、刘晖号外四家，而彬尤甚。尝率兵习骑射于西内，千户周麒叱之，彬竟陷麒死。帝幸大同，北寇掠应州，命诸将击之，彬遂冒功，封平虏伯。正德十六年，帝崩，彬偶不在左右，皇太后张氏召大学士杨廷和议，恐彬为乱，秘不发丧，以上命召彬入，收之。太后下制暴其罪恶，磔于市。[①]

言官哓哓尔何为？益我江提督、平虏伯。外四家，我为首，帝出猎，并驱走。李典膳[②]、周千户，一言触我命入釜。即今万骑我独领，帝虽寝疾权在我。昨夜入豹房，一见太后躬俯伏。昔日提督惯矫诏，今日矫诏诏提督。昔为山中豹，今为阱中虎。悔不先杀杨相公，今日使尔先发成尔功。（郑云：潘吴正做则拙此，独铺张江彬威焰，结出杨公，反作憾语，其功自见此神笔也。）

豹房乐（纪武宗之宠诸义儿也。）

江彬、钱宁等冒国姓为义儿，导上游畋微行。于是出居庸关，至宣府。彬为上营镇国府第，辇豹房珍玩御女于其中。又时入民家索妇女以进，上乐之忘归。及还京，辄思宣府之乐，称曰“家里”。十三年，宁夏有惊，上议北征，自称威武大将军太师镇国公朱寿巡边，以彬为威武副将军扈行。十四年，南昌宸濠反，帝又假亲征南游还，崩于豹房。[③]

天下非吾家，豹房乃吾家。豹房亦非吾家，宣府真吾家。诸义儿爱朕，为朕营乐地千万年。箫管一何喧喧，金鼓一何阗阗。朕将北巡边，威武大将军，国公自加衔。朕生有豹房乐，复有宣府乐，天子空名不须托。南昌叛，帝亲征；南昌平，帝还京，豹房一疾帝升遐。呜呼！宣府非家，豹房真吾家。（郑云：的是骄淫口角。）

梳篦谣（述蜀民之苦兵也。）[④]

贼如梳，我发疏疏；军如篦，我发不可髻。惟有土兵直如剃。（郑云：古句专为末语伏脉。）我父我母，我子我妻，一发不我遗。哀哉皇天，生我何为！嗟尔蜀人且勿吁，只今土兵但如梳。流贼来，天下篦，流贼之后天下剃。（自记：千古确论，千古痛心。）

金水桥（争大礼也。）

世宗，孝宗之弟，兴献王子也。武宗无嗣，张太后迎立之，议崇祀兴献典礼，拟撰圣母册文。初加“本生”二字，后因张璁上大礼疏，桂萼上正大礼疏，谓陛下入继大统，非为人后，当称孝宗曰伯考，兴献帝曰皇考，别立庙以祀之。帝遂谕群臣去“本生”二字，

① 《九九乐府》抄本原序为：“江彬，宣府人，机警善迎人意。入京赂钱宁，引入豹房，上见而喜，升都督，冒国姓为义儿，时在上前说兵事。时许泰、刘晖等皆有宠于上，号外四家，而彬尤甚。尝于西内练兵，千户周麟常叱之，彬竟陷麟死，于是左右皆畏彬。十六年，上寝疾豹房，既而大渐。彬偶不在左右，皇太后召杨廷和等议，恐彬为乱，秘不发丧，以上命召彬入。彬不知上崩，并其子入，俱收之。皇太后下制，暴彬罪恶，论磔于市，籍其家。”

② 原作“李典善”，据《九九乐府》抄本改。按，典膳为管理膳食官名。

③ 《九九乐府》抄本原序为：“江彬等屡导上出宫游戏近郊，因数言宣府乐，彬为上营镇国府第于宣府，辇豹房珍玩女御其中，时时入民家盖索妇女以进，上乐之忘归。及宸濠反，王守仁擒之，江彬等谓当纵之鄱湖，俟上亲与遇战，而后奏凯论功。帝自南京班师还京，寝疾豹房，丙寅崩。”

④ 《九九乐府》抄本序为：“时湖广岁饥，盗起沔阳，官军屡败。四川保宁贼众十余万，延蔓陕西、湖广之境，转掠两川。官军不敢击，蹑后馘良民为功，土兵虐尤甚。时有谣云：‘贼如梳，兵如篦，土兵如剃。’”

何孟春、秦金丰等力争不报。尚书金献民、徐文华曰："是必改孝宗为伯考，而太庙无主矣。"杨慎、张翀、王元正等遮留群臣于金水桥南，曰："今日有不力争者，共击之！"复号召二百二十人跪伏左顺门，大呼高皇帝、孝宗皇帝。上闻之，命退，不起。至午，杨慎、王文正乃撼门大哭，一时群臣皆哭，声震阙廷。上大怒，俱下狱。①

考孝宗，叔兴献，祖宗之法不可变；考兴献，伯孝宗，小人逢合何可从？撼门大哭震阙廷，诸臣虽激心可原。如何大礼未定大狱兴？严诏悉逮系，二百二十人。我皇本孝思，乃以私灭公。我欲诛首恶，惟尔萼与璁。

胡烈妇（表江西李华妻胡氏也。）

良人随耶出②，十载无消息③。妾不善事姑，使姑礼法疏。姑虐我，我无那；姑污我，义不可。但愿姑悔过，姑恶不可播。涕泣谏我姑，翁归将奈何！荼毒经八年，白璧终不磨。姑乃遣恶少，入房夜杀之。抚按上其事，天子为立祠。淫姑尔何心？成尔烈妇名。姑犹君，妇犹臣。天子若从谏臣言，天下安得有比干？（郑云：醒世妙语。）（郑云：兼表纯孝，非特烈也。）

钦明狱（纪李福达之狱也。）

李福达者，妖贼王良党，漏诛，更名张寅。入京，往来郭勋家，事发被获。御史马录拟重辟，勋贻书嘱免，录不从，并劾勋。勋自诉以议礼触众怒，上令逮福达等至京，三法司会讯，如前谳。上怒，令张璁、桂萼、方显献夫署三法司鞠之，尽反其狱，释福达，论录等罪数十余人，天下冤之。勋等得幸，私编《英烈传》，为祖郭英颂功，配享太庙。④

白社贼，何猖狂？名午复名五，姓李复姓张。纳粟为指挥，出入郭侯第。二子捕匠役，翩翩过都市。一朝事发身累囚，辨吾狱者有郭侯，大臣纷争亦多事。君不见，唐主事，今日黜为民；张工部，明日诏下逮。郭侯议礼臣，天子实倾信。况复结张桂，谁敢复拷讯！妖人漏网正士辱，可怜四十余人枉流毒，功成尚献钦明狱。（郑云：三提"郭侯"是眼目。）

---

① 《九九乐府》抄本原序为："杨廷和与毛澄会群臣上议曰：'宜称孝宗曰皇考，兴献王曰皇叔父。'帝大愠曰：'父母若是互易耶？'张璁上疏言：'陛下以伦序当立，循继统之义，非为孝宗后也。'帝大喜，遂手诏。廷和等诸臣持不可。又桂萼言：'陛下承祖宗大统，执政乃无故任，已私为不道。使陛下终身为无父人，逆伦悖义，若此，犹可与斯议哉？'帝大喜，立召两人。杨慎曰：'国家养士百五十年，伏节死义，正在今日。'给事中张翀、王元曰等遂遮留群臣于金水桥南，曰：'万世瞻仰，在此一举。有不力争者，共击之！'遂会群〔僚〕(寮)，跪伏左顺门。帝怒，执□熙等八人下狱。杨慎等乃撼门大哭，声震阙廷。帝震怒，尽逮何孟春等二百二十人，为首者戍边，四品以上夺俸，五品以下予杖，杖死□修、王相等十八人。自是衣冠丧气，璁等势益张。孝宗遂改称伯考。"

② 《九九乐府》抄本"随耶出"又作"随爷出"。按，耶，古称父亲，后作"爷"。

③ 《九九乐府》抄本"无消息"又作"绝消息"。

④ 《九九乐府》抄本原序为："李福达，崞县人，以从逆戍山丹卫，逃归，更姓名曰张寅。输粟得太原卫指挥，用黄白术，出入郭勋家，为仇家所发。御史马录按山西，穷治之。郭勋为遗书属免，录不从，且劾勋庇奸乱法，于是科道交章劾勋。勋疏言：'臣以议礼触众怒。'帝信之，令移福达狱付法司，会群臣廷讯之，无异词。帝怒，下刑部尚书颜颐寿、都御史聂贤、大理寺卿汤沐等于狱。遂释福达，逮马录付璁、萼酷讯。给事中刘琦、御史常泰等四十余人以劾郭勋故，逮下诏狱。武宗侯郭勋，奸回之首。初，献皇帝庙止修时祀，至是丰坊严嵩辈言未有称宗而不祔太庙者，夏言不敢议。户部侍郎唐胄争之，曰：'三代之礼，莫备于周。郊祀后稷，以配天宗，祀文王于明堂以配帝。未有严父配天之祭。'疏入，帝大怒，下诏狱，黜为民。"

采珠怨（纪珠池之役也。）[1]

采珠采珠，饥可食，寒可襦。不特饥与寒，得珠则生失则死。不憾[2]珠池水无底，但憾[3]珠多不如米。少监勿我病，一珠我一命。县官勿我怼，一珠我一泪。我泪虽多，珠不可掬，如何得饱？中官欲鲛人，鲛人真欲哭。（郑云：从泪上结，似落玉盘，错落照人。）

跻献皇（纪称宗入庙事也。）

嘉靖四年，建献皇帝庙，是为世庙。通州致仕同知丰坊上言请复古礼，尊皇考献皇帝庙号称宗，以配上帝。下礼部集议，严嵩上言：王者秋祀明堂，以父配之，主亲亲也；若称宗之礼，则未有帝宗不祔太庙者，恐皇考有所不宁。上悦，已而嵩复阿上旨，请尊文皇帝称祖，献皇帝称宗，从之，乃尊文皇帝为成祖，献皇帝为睿宗，配上帝。七年，《明伦大典》成，加张璁少傅，兼太子太傅、吏部尚书、谨身殿大学士，桂萼为武英殿大学士。又给事中陈洸上言:陛下毅然去“本生”二字，有人心者咸谓始全父子之恩。二十年四月，大雷雹,以风忽震,火起仁庙,须臾毁其主,延及成祖,遂及太祖、昭穆群庙,唯献庙独存。[4]

今日新天子父，前日故天子臣。（郑云：二语定案。）以臣祔天子庙，朝廷议礼何人？他日九庙尽灾，惟有献庙独存。明是鬼神怨恫，宁使寝庙灰尘。不与逆祀并列，天意昭然可征。天子徇私弗悔，明伦大典告成。厚加璁等官爵，使我父子全恩。

两搜套（伤言铣之见害也。）

天顺间，有伽嘉色楞窃入河套，又纠元裔们都呼居套称汗。成化九年，王越袭之于红盐池，始徙北去。弘治元年，小王子渐入套，其分部曰济农、曰谙达，时时入寇。后济农死，谙达独盛。嘉靖二十六年，求封贡，诏不许。曾铣请复河套，上言寇居河套将百年，出套则寇宁夏三关，入套则寇甘固应，请水陆并进，三举则寇不能支，当远徙矣。夏言主之，而严嵩则极言其不可。会澄山崩裂，京师大风，上因疑言，以套议问嵩。嵩时正忌，因诋其擅权自用，复上疏劾铣开边起衅，言雷同误国，遂逮铣、言杀之。[5]

前搜套，胡儿悲不悲。穹庐虽灭烬，王郎何能为？后搜套，胡儿喜实喜。外去曾侍郎，内去夏学士。多谢严相公，为我除两患。开边启衅诚可诛，表里雷同宁可惯，从此河套谁敢复言复？河套不复，我得安宿，长驱中原逐我鹿。（郑云：前桧后嵩，一辙可痛。）

---

① 《九九乐府》抄本序为：“三十二年，两广总督戴耀言中官采珠之害。”

② 《九九乐府》抄本“憾”又作“恨”。

③ 《九九乐府》抄本“憾”又作“恨”。

④ 《九九乐府》抄本原序为:“初，杨廷和等上疏，后上乃议称孝宗为皇考，慈寿皇太后为圣母，兴献帝后为本生父母，而‘皇’字不复加矣。给事中陈洸言事忤旨，出为按察司佥事。至是上言陛下察几□决毅，然去‘本生’二字，有人心者，咸谓始全父子之恩，无不感泣。上恍，复以洸为给事中。四年三月，建献皇帝庙。六月，明伦大典告成，加张璁少傅，兼太子太傅、吏部尚书、谨身殿大学士，追夺议礼诸臣官敕。世宗二十年夏四月，日初昏，阴雨，骤至大雷雹以风忽震，火起仁庙，烈风□之，须臾毁其主，延及成祖，主亦毁，遂及太祖、昭穆群庙，惟献庙独存。”

⑤ 《九九乐府》抄本原序为:“胡人寝处,布幕弥漫,望若穹庐。成化六年九月,遣总制陕西军务都御史王越帅师搜河套，寻遣还。至是都御史曾铣议复河套，夏言主之，而嵩则极言其不可。会澄城山崩裂，又京师大风，上疑言，以套议问嵩。嵩因诋言擅权自用，复上疏劾铣开边启衅，言雷同误国，乃杀铣与言。”

权门犬（美赵文肃之直也。）

俺答入寇，直薄京师，持书求入贡，言多悖慢。召严嵩及徐阶曰:“事势至此，若何？”嵩曰:“此穷寇乞食耳，毋足患。”问何以应之，嵩无以对，乃集群臣议。赵贞吉亢言不可，上壮之，予金五万募战士，而敕中无督战语，不得统摄诸将，因谒嵩。嵩故与有隙，辞之，贞吉怒。会通政司赵文华入，谓曰："公休矣！天下事当徐议之。”贞吉愈怒，骂曰："权门犬，何知天下事？”嵩大憾。贞吉单骑出城，遍谕诸营，军皆感奋。仇鸾统大同兵入援，肆掠畿甸，有诏勿问。俺答大掠金帛子女而还，猝遇鸾兵，纵骑蹂躏，几获鸾。寇遂循古北口故道出塞。论功进鸾太保，论贞吉狂诞，谪戍岭南。嵩怒赵文华，文华不知所出，泛蕃乞怜，为白夫人。夫人以其儿也，怜之。①

俺答薄都城，此何时？相公犹逡巡。权门犬，空狺狺。天下事，汝何知？汝但知尾摇摇，头垂垂，愿为相公奴，愿为夫人儿。赵谕德，奉诏出巡师。赍金劳将士，将士争驱驰。仇将军，独难之。吾知权门犬，止有通政司，那知将军亦是权门犬！权门犬，满朝满。（郑云：二“满”字是字法。）相公即俺答，明天子，胡不察？

孝童年十三（感崔鉴也。）

父取娼，母捶楚。母悲啼，儿震怒。知有母，不知父。儿杀娼，母勿苦。怀白刃，入深阁。娼乃呼，刃已落。府尹来，召对部：年十三，谁为主？儿为母，儿自主。儿杀人，母无与。坐儿罪，儿不去。帝闻之，怒儿父。怜此儿，降为戍。旋肆赦，劝孺慕。汪孝童，尔弗喜。伤父心，非孝子。（郑云：通首赞孝童，末结出正意，褒中之贬。）

马互市（刺徐阶之论鸾也。）

仇鸾密结俺答，贡马互市，严嵩赞成之，杨继盛极言其不可。鸾因密诋其阻挠边计，贬狄道县典史。三十一年，俺答寇蓟州，鸾适患疽，诏夺大将军印，鸾恚而死。徐阶始奏鸾通敌误国，诏剖棺戮尸。②

仇将军，开马市。严相公，势可使。缄口不言徐学士，不见狄道杨典史。昨日蓟州惊，将军已报死。通边误国今可奏，剖棺斩首罪不宥。徐阶学士，上疏非迟迟，逆鸾既欺今有词。

---

① 《九九乐府》抄本原序为："俺答犯宣府，直薄京师。上召嵩及阶于西苑，曰：‘事势至此，奈何？’嵩曰：‘此穷寇乞食耳，无足患。’司禁赵贞吉抗言不可，上壮之，予金募战士，而敕中无督战语。谒嵩，嵩乱。会赵文举趋入，曰:‘公休矣！天下事当徐议之。’贞吉愈怒骂曰：‘汝权门犬，何知天下事？’已而单骑出城，遍谕诸营，将皆感激。时仇鸾为宣大总兵，以军入援，肆掠畿甸，诏勿问。俺答□鸾卒兵，尾之，几为所获。"

② 《九九乐府》抄本原序为："仇鸾畏寇甚，密遣人结俺答义子腾，使贡马互市。俺答利货币，投译书于宣大总督苏佑，佑以闻鸾，与严嵩赞成之。兵部车驾司员外郎杨继盛上言：‘互市者，和亲之别名也。俺答蹂躏我陵寝，虏□我赤子，不能报，而反与市，失威重，长寇仇甚矣。今从者曰：吾外假马市羁縻之，而内乃自修武备矣。海内豪杰争磨励，待试不及时，激发其气，而和以自驰，将愈堕豪杰效用之心，何备之能修？俺答往岁深入，乘我无备故也。备之一岁，以互市终，彼谓国有人乎？互市功开，彼或负约不至；至矣，或谋伏兵突入，或以下马索上值，将何以拒之？岁帛数十万，得马数万匹，十年以后帛将不继。且彼安肯予我善马？我岁靡数十万而无所价于虏，一不如意，彼且败盟。凡此衅端百出，其害易见。盖有为陛下主其事者，故廷臣莫敢言，惟陛下独断！’疏入，立下诏狱，贬狄道县典史。殆仇鸾病疽，徐阶等始密疏发鸾罪，谓其通虏纳贿壮。帝大怒，下诏追戮之，传首九边。"

椒山胆（哀杨忠愍也。）

公自狄道累迁至兵部员外郎，常感激思报。张夫人曰：“公休矣，一鸾困公几死，况嵩父子百鸾乎？”不听，遂疏嵩五奸十大罪。疏入，系狱，诏杖至百。王西岩送蚺蛇胆一块，谓服之可以御杖，公笑曰：“我椒山自有胆也。”却之。及杖四五棍时，心受疼不过，若忙乱者，遂提起念头，视己身若外物；至五六十不觉甚痛，似有神助。杖毕，入狱，割去腐肉二斤，断筋二条，脓血数十碗。每出朝审，内臣士庶挟道拥观，指三木窃叹，曰：“何不以此囊嵩头！”张夫人上疏求自代，为嵩所抑，不得达。[①]

一鸾不畏，百鸾亦不畏。直剖宰相心，五奸十大罪。腿筋可断血可浣，欲诛国贼身不管。路人窃语涕泗流，三木何不囊嵩头！哀哉张夫人，一疏不得申，东楼巍巍旋复倾。君不见，椒山之胆万古青。

惠山妇（美烈妇之卫夫也。）

虎宁食妾，〔毋〕（母）伤我夫。虎欲食我夫，妾在不使我夫遭尔屠。虎爪能攫齿能集，不如妾心一寸铁。直前搏之虎辟易，夫得生还死何惜。前有当熊妃，后有惠山妇。临难不爱身[②]，纲常出中冓。长髭团面今何人？犬吠羊驱便惊走。（郑云：一结，使钱牧斋、吴梅村诸公缩颈吐舌。）

两歌妓（纪倭乱也。）

倭犯江浙，浙闽总督张经以玩寇殃民，逮至京师，下狱论死。胡宗宪以簪铒遗徐海妾翠翘，说海降。海感之，缚陈东以献。使居东沈庄、赵文华潜师袭之，海败，溺水死。汪直，徽人，与胡同乡，以金帛诱之，降许为都督。直率其党诣军门，宗宪待以宾礼，具状请赦，上不许，乃密檄按察使收斩之。加宗宪少保，后为陆凤仪所劾，逮至京自杀。[③]

海水汪汪，中有海与汪。出没不可测，挠乱我边疆。张经已逮任环死，小儿冒功不知耻。胡提督，不用官兵用官妓。轻歌艳舞利于刃，梨颊桃腮毒于矢[④]。（郑云：乐府中艳语不可少。）一计不须两军角，两妓能令两军缚。功高不赏为倭笑，狱中刎头为倭报。当年侧身事权贵，侥幸成功实何谓。（郑云：补一笔，令胡公扼腕自悔。）

齐宫（纪世宗玄修也。）

世宗好玄修。二十二年，有宫婢谋弑伏诛。上曰：“赖天地鸿恩，遏除宫变。”晨起至醮，有白鹤四十余翔空。四十一年，方士王金进灵芝、五色龟，命炼长生药。四十五年，帝不豫。

① 《九九乐府》抄本原序为：“公自杖后入狱，断腿筋二条，血流五六十碗，备极惨酷。每出朝审，诸内臣士庶夹道拥视，共指曰：‘此天下义士。’又指其三木窃叹曰：‘奈何不以此囊嵩头！’及仇鸾既诛，上思继盛言，至是复旧职。上疏论严嵩十大罪、五奸。妻张氏曰：‘公休矣！一鸾困公几死，今相公嵩父子，百鸾也。’公不听，乃上得罪。张氏疏请代夫死，词极哀痛。嵩屏不上，遂斩西市。”

② 《九九乐府》抄本“不爱身”又作“勿爱身”。

③ 《九九乐府》抄本原序为：“倭势炽，赵文华屡趣张经进兵。经恐泄师期，不以告。文华怒，劾经养寇失机。疏方上，经大破倭于王江泾。文华攘其功，谓己与巡按胡宗宪督师所致。严嵩复从中构之，遂逮经下狱，斩西市，天下冤之。”

④ 《九九乐府》抄本“毒于矢”又作“毒如矢”。

先是，方士王金、陶仿、刘文彬、高守中、忠孝秉一真人陶文仲之子陶世恩，伪造仙方，以金石药进，御疾不愈。海瑞上疏曰："今民有言：嘉者，家也；靖者，尽也，谓民穷财尽，靡有孑遗也。"又曰："玄修者，所以求长生也。陛下师事陶仲文，仲文则既死矣。仲文不能长生，而陛下何独求之？至谓天赐仙桃药丸，怪妄尤甚。桃必采乃得，药必捣乃成。兹无因而至，有胫行耶？云天赐之，有手授耶？"十二月，帝崩，遗诏曰："朕缘多求疾，过求长生，遂致奸人诳惑。自今建言得罪诸臣，存者召用。没者恤录，见监者即释复职。①

嘉靖嘉靖，民穷财尽。方士已死，陛下求生。（郑云：八字可使秦皇、汉武哑然失笑。）紫芝夕产，白鹤朝腾。桃采乃得，药捣乃成。无手孰授，无胫孰行？臣瑞有言，陛下不悟。赞我② 玄修，奸相是附。遗诏始悔，天下受祸。

东楼巍巍（哀严氏父子也。）

刑部郎中徐学诗劾嵩父子被斥，杨继盛为兵部员外郎。通政司赵文华为嵩义儿，凡疏到，必先送嵩、世蕃阅之而后进。万寿宫者，上斋居之宫也，嘉靖四十年灾，命徐阶重建。时上有疑嵩意，而阶日亲用事。邹应龙欲具疏劾嵩，夜梦出猎，见一高山，射之不中。东有培垒楼，下甚壮，一注矢拉然，醒曰："此小儿东楼之兆也。"遂上疏劾世蕃，因及嵩溺爱恶子。上心动，命嵩致仕，戍世蕃雷州。未达逃归，大治馆舍，御史林润劾奏，复逮捕法司讯状。先是徐阶曲忍嵩父子，至是具疏极言世蕃交通倭寇，潜谋叛逆，请正刑典。上命斩世蕃于市，嵩寄食故旧，未几死。③

东楼一何高高，下有泰山之麓固其趾，上有九天之云为覆帱，左有倒海之水当其冲，右有少华之峰崇其墉。徐郎中，杨兵部，蚍蜉撼大树，践为楼下土。大丞相，小丞相，通政奏疏先进状。昨夜缚人东楼下，今日笞人东楼上。谁使徐相公，力营万寿宫。万寿宫成，东楼莫容。一箭射楼东，壮哉邹应龙。天心转移楼始倾，雕甍朱榭成灰尘。东楼好，东楼倒，东楼倒，君莫笑④。东楼之下，万民之骨白皜皜。（郑云：每于掉尾贾勇。）（郑又云：诸作中不可不备此体。）

缚板升（喜俺答款塞也。）

俺答孙把汉，那吉幼孤，育祖母一刻哈屯所，聘掩兔撦金的女。俺答长女哑不害，生三娘子，貌殊丽，已受袄儿都司聘，俺答夺之。袄儿恚，将攻俺答，俺答无以解，即

① 《九九乐府》抄本原序为："世宗好玄修。二十二年，朝天宫七日。醮之日，白鹤四十余翔空中，群臣贺。进陶仲文为忠孝秉一真人，领道教事。海瑞上言：'陛下师事陶仲文，仲文则既死矣。仲文不能长生，而陛下独何求之？至谓天赐仙桃药丸，怪妄尤甚。桃必采乃得，药必捣乃成。兹无因而至，有胫行耶？云天赐之，有手授耶？左右奸人，揣迎圣意。今愚民之言曰：嘉者，家也；靖者，尽也，谓民穷财尽，靡有孑遗也。'疏上，系瑞狱。及崩，遗诏曰：'朕缘多疾，乃求长生，遂致奸人诳惑。自今建言得罪诸臣，存者召用，没者恤录，见监者即释复职。'"

② 《九九乐府》抄本"赞我"又作"赞吾"。

③ 《九九乐府》抄本原序为："御史邹应龙欲具疏。一夕，梦出猎，见一高山，射之不中。东有培叠楼，其下甚壮；楼俯平田，有米草覆其上，一注矢拉然。醒而修曰：'此小儿东楼之兆也。'遂上疏劾世蕃，数其通贿赂诸不法状。因及嵩植党蔽贤、溺爱恶子时，上以赵文华献尊酒，方谓'唯嵩与臣知'，渐有疑嵩意。会徐阶营万寿甚称旨，阶上奏嵩父子不法，帝眷益移，遂罢嵩，下世蕃狱。时有'大丞相丞相'之谣，谓严氏父子也。"

④ 《九九乐府》抄本"君莫笑"又作"君勿笑"。

以那吉聘女偿之。那吉怒，率仆阿力哥南走，叩国请降。总督王崇古曰：“此奇货可居。”奏授那吉指挥使，阿力哥正千户。俺答妇恐中国戕其孙，日夜泣；俺答亦悔，拥众压境。崇古谕以存恤恩，要其缚叛人赵全示信。俺答遣骑觇之，则那吉方蟒衣貂帽，驰马从容。俺答夫妇感且愧曰：“汉乃肯全吾孙，吾且世世服属无贰，奚有于叛人！”遂定盟，通贡市，封为顺义王。[①]

我祖妻外孙，夺孙妇，赏他人[②]，我不能为若孙。阿力哥，驾我橐驼，降汉天子。（郑云：当作胡语读。）汉天子，封我指挥使。蟒衣貂帽乐莫乐，从今不敢还沙漠。如何老祖宗，（自记：胡人呼祖父母曰“老祖宗”。）日夜空唧哝。天子令汝缚叛儿，送叛儿，换孙儿。我祖款塞大欢喜，从今不敢犯边鄙。灭开化，缚板升，世世服属无二心。孙儿归道天子恩，王总督，真能臣。

啼鹃血（刺张居正也。）

成化二年，大学士李贤以父丧去位，诏夺情起复，固辞不许，罗伦上疏劾之。万历五年，张居正父丧夺情，吉服视事，编修吴中行、简讨赵用贤等交章劾其忘亲贪位。居正大怒，大宗伯马自强曲为营解。居正跪，而以一手捻须，曰：“公饶我，公饶我。”掌院学士王锡爵径造丧次为之解，居正曰：“圣怒不可测。”锡爵曰：“即圣怒亦为公。”语未讫，居正屈膝于地，举手索刃作刎颈状，曰：“尔杀我！尔杀我！”锡爵大惊，趋出。[③]

前李相公[④]，后张相公，夺情事君，移孝作忠。国朝政事本如此，（郑云：请陪客，并见国制之谬。）吴编修，赵简讨，哓哓论不止。马宗伯，尔饶我；王学士，尔杀我。我欲罢官帝不可，相公有言，我虽居正能行权。（郑云：点名化名讳，巧。）无父方有君，忠君孝乃全。我身已致君，我安知我父？不闻大义须灭亲，奔丧小节何足数？虽然我身在朝，我心思亲何时歇？宫袍猩猩是何物？斑斑化作啼鹃血。（自记：一转才见两全处，以纵为擒。）

哀楚宗（纪沈郭之争楚事也。）

楚恭王废疾，薨，有遗腹双生子，长华奎嗣位，次华壁封宣化王。或云双生子，一王妃族人如綍奴产子，一其弟如言妾所出。有宗人华越，如言婿也，妻知其详，因盟宗

---

① 《九九乐府》抄本原序为：“叛人赵全、邱富等以罪亡入虏，招集亡命，居丰州，墓城自围构宫殿，垦水田，号曰板升，犹华言‘屋’也。把汉幼孤育于俺答妻所，为俺答之孙。长而聘袄元都司女，号‘三娘子’，即俺答外孙女也。俺答见其美，夺之。把汉恚，率属十余人来归。总督王崇古上言：‘把汉来归，非拥众内附者比，宜给官爵，以示俺答。俺答急，则令缚送板升诸叛人，不听即胁诛。把汉牵沮之，又不然，因而挨纳，如汉置属国居乌桓故事，使招其故部徙近塞。俺答老且死，黄台吉立，则令把汉归，以众与台吉抗，我按兵助之。此安遂之大略也。’奏至，朝议纷然。高拱、张居正力主崇古议，诏授把汉指挥使。俺答方西掠土番，闻之，急引还，约诸部入寇。崇古檄诸道严兵御之，遣译者往令缚送板升诸叛人，以易把汉。俺答夫妇感且愧，曰：‘汉乃肯全吾孙，吾且□盟，世世服属，何有于叛人！’遂遣使乞封，请互市。来岁，执全等九人来献，崇古以帝命遣把汉归。”

② 《九九乐府》抄本“赏他人”又作“偿他人”。

③ 《九九乐府》抄本原序为：“居正夺情视事。编修吴中行、简讨赵用贤、刑部员外艾穆、主事沈思孝交章劾其忘亲贪位。居正大怒，欲重罪之。礼部尚书马自强曲为解，居正捻须曰：‘公饶我！公饶我！’掌院王锡爵亦造丧次求解，居正：‘圣怒不可测。’锡爵曰：‘圣怒亦为老先生而怒。’语未竟，居正屈膝于地，举手索刃作刎颈状，曰：‘尔杀我！尔杀我！’锡爵大惊，趋出。明日，四人同受杖，寻皆遣戍。”

④ 《九九乐府》抄本“前李相公”补作“前李（名贤）相公”。

人二十九人入奏，王疏亦至。事下礼部，右侍郎郭正域右宗人，谓王奏越，事易竟；赵奏王非恭王子，乱王家世系，事难竟。王假，越当别论；王真，越罪不胜诛。大学士沈一贯以亲王不当勘，但当体访。正域曰："非勘则王迹不白，宗罪不定。"上卒以王为真，故正域罢去。时有妖书谓东宫从官不备，寓后日改易之意，凡三百余言。一贯恨正域，给事中钱梦皋附一贯，故前以楚宗劾正域，此又直指之，于是捕正域仆颖隶拷讯，无所得。后百户缉得顺天黜生皦、生光，鞫之。康丕扬欲坐正域，御史沈裕恐株连多人，无所归狱，因厉声折生光。生光自诬服，叹曰："朝廷得我结案，我一移口，诸君何处求生活乎？"萧大亨必欲穷究，侍郎李廷机、尚书赵世卿谓即此具狱，事遂解。（可以）①

楚王既废疾，安得有二子？谁乱我宗祧？使吾王不血祀。郭礼部，言甚正；沈相公，胡勿听？钱给事，尔多事。不给黄门事，但给相门事。妖书狱兴潜嫁祸，不是李侍郎，赵尚书，骨满长安血流垛。吾哀楚宗兮心怦怦，李园不韦今何人？

三娘子（美酋妇效顺也。）

俺答死，子黄台吉袭封，有妇一百八人。三娘子嫌其老病，将他属。总督郑洛使人说曰："汝归王，天朝以夫人封汝；不归，一妇耳。"三娘子乃归之。黄台吉死，子扯力克立，收那吉妻大成比妓为妻。洛复谕之曰："娘子三世归顺，汝能与娘子聚则封，不然别有属也。"扯力克立尽逐诸妾，入娘子帐中合婚，封忠顺夫人。娘子慕华风，不时款塞。总督吴兑儿女蓄之，常致手书，索金珠翠钿，随市给予，至今中国传其画像。②

外公妻外孙，祖母配嫡孙，阿母妻儿子，胡儿风俗本如此。三娘子，谁谓尔无耻。尔身虽在胡，心在汉天子。三世效顺，奉职惟谨。部下儿，谋犯塞，尔先报闻我预备。呜呼！安得胡儿，世世娶妇，如尔善调护。汉天子，万年坐。

平夜郎（纪平播功也。）

土司官，龙楼凤阙高盘盘。我有爪牙谁敢狎？九股生苗红黑脚。我有天险谁敢逞？海云龙爪青蛇囤。刘大刀，何太狠，娄山关前一线天，万峰插立能攀缘。出师百十有四日，八路精兵俱大集。楚歌夜绕龙海旁，使我硬手手直僵。（自记：硬手，苗兵名。）弃我朝栋，别我雌凤。窜身烈火，强梁何用？寄语诸苗蛮：天险不可恃，天兵不可犯。不如投忠效顺长作土司官，椎髻花衣饱吃饭。（郑云：切语老而秀。）

---

① 《九九乐府》抄本原序为："楚恭王得废疾，薨，遗腹宫人胡氏孪生子华奎、华〔壁〕（璧）。或云：'是王妃兄如言子，及如绛舍人王玉子。'宗人华越盟宗人二十九人入奏，〔楚〕（禁）王亦劾。宗人郭正域言：'王袭封二十年，何至今始发？而又发于女子骨肉之间，非勘，则楚王踪不白。'沈一贯以亲王不当勘，但当体访。赵世卿以王为非假，钱梦皋等各劾郭正域，上卒以王为真，而正域罢。后有妖书曰'续忧危竑'，议凡三百余言，谓东宫不得已立之，寓后日改易之意。沈一贯请严踪之，欲陷郭正域及沈鲤。御史沈裕厉声折皦生光，从重论，恐株连多人，无所归狱。生光自诬服，叹曰：'朝廷得我结案，然移口，诸君何处求生活乎？'礼部侍郎李廷椽、尚书赵世卿告朱赓，谓即此可以具狱。赓乃语一贯，事得稍解，保全善类不少，妖书非生光也。第其人可死，故人不甚怜之。吕不韦娶邯郸姬绝美者与居，知其有娠，献之秦太子之子异人，生始皇。楚考烈王无子，李园进其妹于春申君，既有娠，园使妹说春申君进之王，遂生幽王。"

② 《九九乐府》抄本原序为："俺答死，子乞庆哈袭。至是乞庆哈死，子扯力克袭。其妻三娘子，即俺答所夺之外孙女而为妇者也，历配三王，主兵柄，诸部畏之，自宣大至甘肃不用兵者垂二十年。帝嘉其保塞功，亦封忠顺夫人。"

留南台（美海忠介也。）

世宗下海瑞狱，穆宗擢为通政使，致仕，复起为南京吏部右侍郎，三年而卒。卒时，御史王用汲入视，葛帏敝衣，有寒士所不堪者，叹息泣下。启其箧，仅十余金。士大夫为具敛，百姓哭之，罢市者数日。丧出江上，白衣冠送者，两岸无隙地，箪食壶浆之祭，数百里不绝。护丧至琼州，葬滨涯山。[①]

臣奉职，南台亦犹北，君用才不应留南台。南都治，北都乱，卿相纷纷半选软。君不见，御史门前风淅淅，城中奸豪都屏息。身后万民犹感激，罢市号啼满三日[②]，人才如此却投间。呜呼！知人何其难。

儿莫恐（述两宫慈孝也。）

万历四十三年，有男子持枣木棍撞入慈庆宫，打伤守门内官。执讯之，供名张差，蓟州人，语言颠倒，形类风狂。及王之寀提牢细问，言者纷纷，多涉戚臣郑国泰。贵妃惧，诉于上，上命自白太子。妃见太子，辨甚力。拜，太子亦拜。妃且拜且泣，上亦掩泣，驾幸慈宁宫，召百官谕曰："风颠张差，闯入东宫，外〔廷〕（庭）有许多闻说。尔等谁无父子，乃欲离间我耶？"因执东宫手曰："此儿极孝，我极爱惜。"又以手约其体曰："彼从六尺孤养至今，成丈夫矣。使我有别意，何不于彼时更置？"因命三皇孙至前曰："朕诸孙俱已长成，更有何说！"顾问皇太子："尔有何语？与诸臣悉言无隐。"太子曰："似此风颠，决了更罢，不必株连。"又曰："我父何等亲爱，外〔廷〕（庭）有许多议论。尔辈为无君之臣，使我为不孝之子。"[③]

谁为妖书？谁遣妄男子？离间我父子。此儿孝极，我极爱惜。儿从六尺孤，至今成丈夫。三皇孙，都长成，我更有何说？外廷哓哓苦饶舌，儿莫恐，我爱儿，儿孝我。卿等各有父与子，何不为我急调和！（自记：与后《移哕鸾》同法，而情较挚。）

马上檄（悲刘杜也。）

清兵入抚关，围清河，京师震骇，命杨镐经略辽东，奏报稽延，大学士方从哲发红旗促镐进兵。时日中有黑子相斗，蚩尤旗长竟天，识者以为败征。镐乃遣总兵杜松、刘铤等分道出师，杜松欲立首功，因越五岭关，先抵浑河，既渡，遇伏，血战突围，力竭而死，兵无一存。刘铤独纵兵马家寨口，深入三百余里，克十余寨。敌诡作杜松兵，诱

---

① 《九九乐府》抄本原序为："海瑞为南京右都御史。南京为养望地，官号吏隐。瑞为御史，职刺举表百官。南台亦犹北也，欲正百官，必自瑞发始，故约诸御史，严且峻。时城市豪猾，皆屏息莫敢出。及卒金都，王用汲入视，葛帷敝簏，有寒士所不堪者。启其箧，仅十余金。士大夫□金为殓具，士民哭之，至罢市者数日。丧出江上，白衣冠褐褚素送者盈两岸，雨泪动天，箪食壶浆之祭，数百里不绝。"

② 《九九乐府》抄本"三日"误作"三百"。

③ 《九九乐府》抄本原序为："蓦有男子名张差，闯入东宫，以挺棓朴守门内侍。上怒，因驾幸慈宁宫，皇太子侍右，三皇孙雁立阶下，急召百官入见。上曰：'昨有风癫张差入东宫伤人，此是异事，与朕何与？外廷有许多闲说，你每谁无父子，乃欲离间我父子耶？'寻执东宫手示群臣，曰：'此儿极孝，我极爱惜也。'又曰：'彼从六尺孤养至今，成丈夫矣。我有别意，何不于此时更置？至今长成，又何疑耶？'先是，有投匿名书于各署者，大约言郑贵妃欲危太子事，题曰'续忧危竑'事。上大怒，中外危疑。幸上志素定。方严捕时，召皇子曰：'汝莫恐，不干汝事，汝但去读书写字。此必逆恶造捏奸书，离间我父子兄弟，动摇天下也。'"

入重围，没于阵。是役也，经略军机不密，敌故得备。[1]

军有刘，东人愁，一刀能吹阏氏头；军有杜，东人苦，一箭能中冒顿股。相公移檄夜促归，经略仓皇驾千橹。马家寨口五星斗，五岭关前牙纛仆。刘将军，杜将军，血战重围有谁救？良将覆没驽将贵，胡乎胡乎尚谁畏！（郑云："马家"二语，正诗家设色处。）

移哕鸾（刺选侍也。）

光宗即位遂疾，以李选侍抚育皇长子有功，谕封贵妃。先侍趣皇长子向上要封皇后，上不语。九月乙亥朔，帝崩。杨涟语周嘉谟、李汝华曰："选侍非可托少主者，宜急拥主出，以定危疑。"二臣然之，遂排闼入，拥皇长子出居慈庆宫，嘉谟等合疏请选侍移宫。御史左光斗有"内廷之有乾清宫，犹外廷之有太极殿，选侍俨居正宫，恐武氏之祸，见于今日"之语，遣内侍出曰："娘娘怒甚，正欲究左御史武氏之说。"杨涟叱之。己卯，选侍无移宫意，涟上言陛下登极已在明日，移宫一事必在今日，复往促方从哲。从哲曰："待初九、十二，亦未为晚。"涟曰："此不可顷刻缓者。"怒声达大内。皇长子谕涟退，命选侍移仁寿宫。九月庚辰，熹宗即位，传谕内阁曰："选侍气陵圣母，威挟朕躬，复命每日章奏，先进选侍，方与朕览。祖宗家法甚严，有此规制否？今奉养选侍于哕鸾宫，仰遵皇考遗爱。"[2]

我哥儿，我贵妃，慈庆宫，乾清宫。何与诸大臣？一夕不相容。初九十二亦未晚，同心止有方相公。哥儿不念我鞠育，我既移哕鸾，复传谕内阁暴我过恶。悔不垂帘急逮左，御史千载呼武氏。（郑云：如白话，极径真又极委曲古乐。）[3]

红丸狱（纪庚申之变也。）

光宗不豫，内医崔文昇用大黄药，一日夜三四十起。因问鸿胪寺官进药何在，方从哲荐李可灼，进红丸。上饮汤辄喘，药进则乃受。上喜，称忠臣者再。顷之，传圣体用药后，暖润舒畅，复进一丸，翼日而崩。中外藉藉，以可灼误进劫药，恐有情弊；而从

① 《九九乐府》抄本原序为："万历四十七年，援辽师征调云集。大学士方从哲移书，促师经略杨镐出路。机泄敌人，得预为备。既而杜松越五岭关，血战突围，自午至酉，力竭而死。刘綎统兵马家塞口，深入三百余里，克十余寨。敌败，诡为汉卒装，诱堕重围，夹攻我众，遂溃，綎及军锋刘招孙俱阵殁。先是綎出师日，五星斗于东方，杜松垂发，牙旗折为二，识者预知为败征。"

② 《九九乐府》抄本原序为："光宗即位，谕：'选侍李氏侍朕勤劳，抚皇长子如亲生，着封为皇贵妃。'时皇长子御慈庆宫，李选侍犹住乾清宫未移。御史左光斗奏请正名位，言内廷之有乾清宫，犹外廷之有皇极殿也。李选侍既非嫡母，又非生母，俨然居于正宫，而殿下居慈庆宫，不得守几筵，行大礼，名分倒置。今不决断，将借抚养之名，行专制之实，武氏之祸复见于今矣。时登极已定初六，至初五日，李选侍犹未移宫。给事杨涟奏请敕选侍立刻移宫，曰：'既奉移宫明旨，若复择吉耽延，岂真欲中外之共主逊避一宫嫔乎？以今日天地神明之共主，即皇祖与先帝伯叔兄弟俱在称臣之列。两宫圣母若在，亦必加以皇帝尊称。选侍无妄，恃恩曰我贵妃、我哥儿，作此大不敬语。此移宫一事，断在今日。'疏上，涟复往趣方从哲。从哲曰：'待初九、十二，亦未晚。'涟曰：'天子无复返东宫之理。选侍今不移，亦无有移之日，此不可顷刻缓者。'乃移宫仁寿殿，即哕鸾宫。"

③ 《九九乐府》抄本正文后另有一段文字："左光斗上疏请安选侍，曰：'选侍既移宫之后，当存以大体，捐其小过。若复株连蔓引，使宫闱不安，则大非臣等建言初心。'上乃谕内阁曰：'李选侍恃宠屡行气殴生母，以致怀愤崩逝，使朕终天之痛。前皇考病笃，大臣问安，李选侍威挟朕躬，使传封皇后，复用手推朕，腼颜口传，至今尚会羞赧。因避李氏毒恶，暂居于慈庆宫。李氏又差李进忠等传：'每日章奏，先来奏我。'看过方与朕览，从来有此规制否？朕今奉养李氏于哕鸾宫，月分年例供给无不□。悉其李进忠等，俱系盗库首犯，自干宪典，岂谓株连？'"

哲拟旨，赏可灼银五十两。御史王安舜争之，乃改票罚俸一年。给事中惠世扬奏曰："崔文昇轻用剥伐之药，廷臣交章言之。方从哲何心，必加曲庇，律之赵盾许世子，何辞弑君之罪？"尚书孙慎行疏曰："从哲纵无弑之心，却有弑之事，欲辞弑之名，难免弑之实。宜直书曰：'方从哲连进红药两丸，须臾帝崩。'恐百口无能为天下万世解矣。"①

医不三世不服药，如何轻任昇与灼。大黄既可利，红丸亦可试，官家性命真儿戏。方相公，何泄泄，不杀崔，反赏李。许止不尝药，尚为弑父人。尔为首辅不慎医，国史那得讳尔名。

停矿税（哀矿税之虐也。）

万历二十四年，张位秉政，主开矿之谋，太监王虎请编富民为矿头。明年，抽税中使几遍天下，李敬、李凤采珠于广州，邱乘云征盐茶于四川成都。武昌民逐税监陈奉，投其左右六人于江；孙隆驻苏州，激变市人，杀其参随数人；景德镇税监激民变，湖口税监参南康知府逮讯。赵世卿疏云："陛下尝曰：'朕心仁爱，自有停止之日。'今将索元元于枯鱼之肆矣。"四十六年七月，神宗崩，皇太子光宗先令停止矿税，撤回内监，于八月即位。②

富民编矿头，贫民给畚锸。昨日开南山，令朝堑东〔硖〕(峡)。皇陵来脉惟六安，天下都是金银山。大珰骑马小珰随，万民号哭知不知。广州珠池水未涸，成都盐茶税何薄。朝廷倾帑利未收，四路中官钱满橐。武昌新会狱方具，景德苏淞变交作。朕心仁爱自停止，何由直待新天子！

客奶（纪乳媪乱政也。）

涟之死也，土囊压身，铁钉贯耳，仅以血衣裹置棺中，无葬地，置河侧。

熹宗乳母定客氏，定兴民侯二妻也，年十八进宫，又二年而婺。在宫中乘小轿归私第，经月华门，侍从呵殿，灯炬簇拥，衣服鲜丽，俨若神仙，人争呼拜为老祖太太。熹宗为皇太孙时，魏忠贤事之，甚得欢心；及即位，骄横窃柄，自掌东厂，动曰中旨，私客氏如夫妇，导上开内操，设万人，衷甲出入，钲鼓之声喧阗宫禁，王子生，因震死。皇后张氏，素精明，客、魏惮之。后方有孕，腰痛，客氏密布腹心宫人，奉御无状，陨马。御史杨涟劾其二十四大罪，忠贤矫旨下狱，命许显纯坐以受熊廷弼贿，与魏大中俱死狱

---

① 《九九乐府》抄本原序为："御史王安舜疏言：'先帝之脉雄壮，浮大道清不宜助。红锈乃妇人经水，阴中之阳，纯火之精也。而以投于虚火燥热之症，几何不速之逝乎？臣即接邸报，见令旨赏李可灼银五十两，二表礼。夫医不三世，不服其药；以堂堂圣体，敢以无方无制之药，驾言金丹，此等妖人，重当罪以妖术惑心人之罪，轻亦当治以庸医杀人之条。乃蒙殿下颁以赏格，不过借此以塞外廷之议论也。先是，崔文昇轻用泄药，一夜三四十起，帝由此委顿。科道论之，方从哲代拟出脱，何辞于弑君之罪乎？'熹宗即位，给事中惠世扬劾奏方从哲，谓从哲曲庇崔文昇，律之赵盾许世子，何辞弑君之罪？"

② 《九九乐府》抄本原序为："万历二十四年，遣中官开矿，编富民为矿头。矿税貂挡，掘坟墓，奸子女，奄人冠皆银，珰左貂。时矿使四出，高皇帝恐人盗采，有伤陵脉，故六安卫宫特重巡山之任，不敢妄议开取。奉旨：凡系皇陵来脉，俱不许开。于是庐凤一带，得免骚乱。皇上尝曰：'朕心仁爱自有停止之日，纵日更待何日也？'矿使出，而天下苦甚于兵；税使出，而天下苦甚于矿。饶州景德镇民变，税监潘相舍人□之也。冯琦上疏言矿税之害：'滇以张安民，故火厂房矣；粤以李凤酿祸，欲剸其腹矣；陕以委官迫死县令，民汹汹不安矣；两淮以激变地方，劫毁官舍粮钱矣；辽左以余东翥，故碎尸抄家矣。土崩瓦解，危在旦夕。'疏上不报。迨帝崩，太子光宗令尽停矿税。"

中。监生陆万龄请建忠贤祠于国学旁，谓孔子作《春秋》，忠贤作《要典》;孔子诛少正卯，忠贤诛东林。许之。怀宗即位，九月，出客氏于外宅，置忠贤于凤阳，又籍二氏家。忠贤知不免，自缢。客氏命太监王文政严讯，得宫人妊身者八人，盖出入掖庭，多携其家侍媵，冀如不韦、李园事也。上大怒，命浣衣局掠死。元年，法司追论其罪，磔忠贤尸于河间，又戮客氏尸，天下快之。①

谁杀皇帝儿？魏珰内操鸣鼓鼙。谁杀皇帝后？客奶私人满中蒨。帝亲刺舩泛西苑，客魏乘舡大欢宴。大风覆舟帝几死，客魏见之错愕而已。呜呼！天下不闻有我帝，但闻我客太太、魏公公，配孔圣享辟雍。铁钉贯耳杨御史，牢穴出尸魏大中，忠良剪灭一朝尽。不有我皇神武，磔其肉，洿其宫，何待十七年天禄终！（郑云:“呜呼”以下二十四字作哭声读，便知末句之苦。）（自记：题单诗却兼写。）

东江怨（哀毛将军也。）

天启二年，西平失守，授毛文龙总兵官，屡报捷，加授左都督，赐银币。七年，清兵围绵州定远，不克而还。崇祯元年，袁崇焕入朝，以为全辽可复，命为蓟辽总督，赐尚方剑便宜行事。明年，遂杀毛文龙。事闻，上意殊骇，以文龙既死，因暴其罪，以安崇焕心。自是清兵或出或入，全辽终不可复矣。②

胡猎东江东，胡猎东江西，胡猎东江南，胡猎东江北。(郑云:用古化境。)东江中坐毛将军，胡儿勒马不敢越。袁中丞，汝何人？乃坏汝万里长城。(自记：实胜檀道济。)无端擅杀毛将军，从此辽阳不可复。孤岛健儿夜深哭，胡儿饮马扬子津，一脚（一作“靴尖”。）踢倒杭州城。我思东江，东江之水清且深。(郑云：痛极语以幽淡出之，情愈深结。)

党祸（讥东林之无人谋国也。）

初，大学士申时行，性宽平，所斥必旋加拔擢。沈一贯为相，以才自许，不为人下。顾宪成以言事谪归，讲学东林。孙丕扬、邹元标、赵南星之徒流，蹇谔自负，与政府每相持，附一贯，科道亦有人，而宪成学，讲天下趋之。而一贯持权求胜，受黜者身去而名益高。此东林浙党之所始，其后更相倾轧，垂五十年。③

吏治竟不问，但夸东林盛。边防亦不讲，但逐东林党。东林党盛朝士尽，东林党衰朝士庆。可怜国家养士三百年，使尔门户徒喧阗。吾不知诸君子，所讲何学学何事，致使东虏咆哮流贼炽，一死报君亦何济。(郑云:杨园先生云:“西北干戈，东南坛坫，其乱于世，无分上下。”真知言哉！）

---

① 《九九乐府》抄本原序为："魏忠贤劝帝选武阉，炼火器，弄兵大内。明年，内操增至万人，衷甲出入，钲鼓炮声喧震内外。客氏矫旨，赐赵选侍自尽，幽裕妃别宫，绝其饮食，天雨，妃匍匐承檐溜，饮之而死。皇后数于帝前刺客、魏过失，是年，后有娠，客氏以计堕之，帝因此乏嗣。杨涟疏中有‘举□内外，但知有忠贤，不知有陛下’。忠贤生祠遍天下，有监生陆万龄者，请建魏忠贤祠于国学，旨欲从之，会有议，恐圣驾幸学，行礼不便，乃止。"

② 《九九乐府》抄本原序为："东〔江〕(红）即镇江。毛文龙为平辽总兵官，以二百人入镇江擂铁山，招摇归义之民至十余众，遂宁。前兵备佥事袁崇焕素恶文龙，假阅兵名泛舟抵双岛，伏甲士缚斩之。由是皮岛不复置帅。"

③ 《九九乐府》抄本原序为："元诗叙上言：‘今日之事始于门户，门户始于东林，东林倡于顾宪成。’贼逼时，有劝上南迁者，上怒曰：‘卿等平日专营门户，今日死守，夫复何言？’"

五人墓（讥公卿之不如市人也。）

五人者，颜佩韦、杨念如、马杰、沈杨、周文元也。魏大中被逮过吴，周顺昌周旋数日，缇骑促行，语侵顺昌，顺昌张目叱之曰："若不知世有不畏死的男子耶？归语而忠贤，我即故吏部周顺昌也！"未几，逮者果至。士民素德顺昌，不胜冤愤，士民数千人拥至使署。诸生五六百人遮巡抚毛一鹭疏救，毛一鹭流汗不能出一语。缇骑厉声曰："东厂逮人，鼠辈何敢置喙！"五人佩韦等前问曰："旨出朝廷，乃东厂耶！"哄然而登，从殴缇骑，立毙一人。请于朝，而以民变按诛。断其首置城上，颜色不少变。有人买其首，舍合其尸，而葬之于虎丘寺旁，题曰"五人之墓"。①

不闻朝廷逮人急如火，但闻东厂逮官猛如虎。百姓喧喧拜巡抚，疏朝廷，还我周吏部。毛一鹭，不敢出一语。旗尉狰狞怒持斧，百姓大骂手杀之，谁创厥首首有五。吏部不可活，五人死何怖。谁言大明今日无尺土，巍巍尚有五人墓。（郑云：千载生色。）

驱马闾阳道行（悲熊经略也。）

杨镐失律，起熊廷弼经略辽东，抵广宁，修筑辽阳城，奉集沈阳，敌不能入。任事十余月，为姚宗文疏诋，诏还。敌复入，仍命经略辽东，驻扎右屯。时抚臣王化贞移军振武，广宁城空，敌得渡河以至振武，于是西平失守。化贞乘马走闾阳道，遇熊经略，向之而哭。经略曰："公不召募敌兵，不撤广宁兵于振武，尚无今日。此时惟有护百万生灵入关，勿使资敌足矣。"乃整众西行。诏化贞逮问，廷弼回籍听勘。狱成，俱坐斩。②

天生我熊，卫我王宫。羊戢其角，犬畏就缚。（一解）（郑云：从姓上生出犬、羊，妙。）

城彼沈阳，屯奉既集。峻堞凿壕，一矢不入。（二解）

贼无渡河，贼竟渡河。渡河不闲，汝将奈何。（三解）

辽阳未平，西平已倾。汝不信我，我复何云③？（四解）

驱马闾阳，保军西行。败纵非我，我罪可坐。（五解）

谁秉国成，使我公死。犬笑羊悦，我熊既灭。（六解）（郑云：应前章法。）

走夷陵（讥杨嗣昌也。）

张献忠降，熊文灿抚之。复叛，革文灿职。杨嗣昌督师南讨，拜左良玉为平贼将军，破献忠。献忠窜兴房界，诸将围而不攻，贼转得休息复振。因陷大昌西行，诸将仍观望不前，

---

① 《九九乐府》抄本原序为："魏大中被逮过吴，周顺昌周旋累日，以女许配其孙允裪。缇骑语侵顺昌，昌张目叱之曰：'若不知世间有不畏死男子耶！若曹归语尔忠贤，我即故吏部郎周顺昌也。'大中下狱，御史倪文焕即以缔姻事劾昌，削籍，矫旨逮系，吴中沸然。士民素德昌，不胜愤，拥送者数千人。诸生五百人遮中丞，恳其疏救。毛一鹭流汗不出一语。缇骑厉声曰：'东厂逮人，鼠辈何敢置喙！'于是市人颜佩韦等前曰：'旨出朝廷，乃东厂耶！'哄然而登，从殴缇骑，立毙一人。逮，追也。刑法云：'乱之所及，追而捕之，谓逮系。'"

② 《九九乐府》抄本原序为："经略熊廷弼守辽阳、沈颓塌之城，金汤□峙。科五姚宗文劾之，廷弼回籍听勘。及大清兵克潘阳，复溺命熊廷弼经略辽东。先是，王化贞上疏请战，廷议赐化贞尚方剑。化贞命总兵刘渠移军振武，而广宁遂失矣。大清兵渡河，至振武，西平守明罗一贯死之。化贞股栗走闾阳，向廷弼哭。廷弼曰：'公不撤广宁兵于振武，当无今日。此时唯有整众西行耳。'后谢文锦疏言熊廷弼、王化贞二臣之陷于刑辟者，尚书张鹤鸣致之也。"

③ 《九九乐府》抄本"我复何云"又作"我复何知"。

贼长驱渡河入巴而西。初，监军万元吉欲从间道出梓橦，扼其归路，嗣昌檄诸将尾贼急追，不令他逸。诸将尽向泸州，于是贼折而东返，归路尽空。副将猛如虎兴战大败，贼仍东走大昌，嗣昌始顿足悔不用万参军之言。是时李自成陷洛阳，福王遇害。献贼又东走宜城，陷襄阳，执襄王，属之酒曰："吾欲断杨嗣昌头，嗣昌在蜀。今当借王头，使嗣昌以陷藩伏法，王其努力饮此！"嗣昌闻之，大恸，伏毒死焉。李建泰复出督师，至太保定而国亡。[1]

东人东人，驱民作贼。贼不可抚，抚贼失策。（一解）

失策不悔，臣能督师。天子大悦，崇尔三推。（二解）（郑云：不知人至此。）

旗旐央央，式遄其行。戎车十乘，靖彼南方。（三解）

夺印归印，失两帅心。击贼不力，使贼复兴。（四解）

既陷大昌，复入巴西[2]。尾贼不击，使贼复归。（五解）

曰险惟泸，扼厥归路。亦有良策，尔胡不悟。（六解）（郑云：婉转语极有神味。）

二王既丧，二郡既失。殒身塞咎，于国何益。（七解）

沮南迁（疾光时亨也。）

李自成陷大同，帝谕阁臣曰："李建奏疏，劝朕南迁。国君死社稷，朕将何往？"范景文、李邦华、项煜请先奉太子抚军江南，光时亨大声曰："奉太子往江南，诸臣欲何为？将欲为唐肃宗灵武故事乎？"景文等不敢言。上复问战守之策，众皆默然。上叹曰："朕非亡国之君，诸臣尽亡国之耳！"及京城陷，上朱书谕内阁，命成国公朱纯臣提督外内事，来辅东宫。内臣持至阁，阁臣已散，因命进酒，连沃数觥，叹曰："苦我民耳！"以太子、永王、定王分送外戚周、田二氏。[3]

大同破，京师逼，于我皇，死社稷。南迁固不可，太子何妨迹灵武。光时亨，尔何能，尔能从贼取富贵，那识兴亡大机会。一言沮大计，诸臣莫敢对。朱书一诏事何及，哀哉我皇悔何极。

---

① 《九九乐府》抄本原序为："初，张献忠为盗，陈洪范捕获献忠，异其貌而释之，以是怀旧恩，降于洪范。总理熊文灿承制抚之，为请于朝，诏贷其罪，立功自赎。后复叛于谷城西走，与罗汝才合。熊文灿进兵谷城，献忠焚谷城西走，总兵左良玉追之于房县西。贼设伏罗睺山，良玉入伏中，败绩，失其符印。事闻，文灿、良玉俱革职自效。初，文灿与嗣昌深相结纳，嗣昌冀文灿成功以结上知。文灿既偾嗣昌，内不自安，请督师南讨。上遂命嗣昌督师讨贼，赐尚方剑，逮熊文灿入京，论死；拜左良玉为平贼将军。良玉大破张献忠于太平县之玛瑙山，围而不攻。贼伏深箐中，群盗归之，兵复振。九月，献忠、罗汝才陷大昌，而诸军多觑望不前，但尾贼后。贼长驱直逐，遂渡河入巴西。十四年正月，李自成陷河南府，杀福王副将猛如虎，败二贼，二贼东走。督师监军万元吉从间道出梓潼，扼归路以待贼。杨嗣昌檄诸将蹑贼急追，请诸将皆尽向泸州。贼折而东返，开县失利，嗣昌始悔不用诸将振归路之谋也。二月，献忠陷襄阳府，杀襄王，嗣昌自缢于军。"

② 《九九乐府》抄本"巴西"又作"蜀西"。

③ 《九九乐府》抄本原序为："李自成陷大同，督师太学士李建泰上书请驾南迁，愿奉太子先行。上谕阁臣曰：'李建泰劝朕南迁，国君死社稷，朕将何往？'范景文等请先奉太子抚军江南，给事中光时亨大声曰：'奉太子往南，诸臣意欲何为？将欲为唐肃宗灵武故事乎？'景文等遂不敢言。上复问战守之策，诸臣默然。上叹曰：'朕非亡国之君，诸臣为亡国之臣！'遂拂袖起。唐明皇奔蜀，发马嵬，留太子东讨贼。七月，太子即位于灵武，是为肃宗，尊明皇曰上皇。"

红阁诏（纪甲申之变也。）

崇祯元年，五凤楼前获一小黄袱，内有小函，题云："天启七，崇祯十七，还有福王一。"十七年二月，诏天下勤王，李邦华、项煜、李明睿各言南迁，及东宫监抚南言京。上骤览之，怒甚，曰："诸臣平日所言若何，今国家至此，无一为朝廷分忧，而谋乃若此！夫国君所死社稷，乃古今之正，朕志已定，无复多言。"及京师内城陷，帝同王承恩出中南门，手持三眼枪，至齐化门，成国公朱纯臣第阍人辞焉。太息而去，走安定门，门坚不可启，天且曙，帝御前殿鸣钟集百官，无一至者，仍回南宫，登万岁山之寿皇亭，自经，太监王承恩对缢。上被发，御蓝衣，跣左足，右朱履，衣前书曰："朕自登极十七年，逆贼直逼京师。虽朕薄德匪躬，上干天咎，然皆误诸臣之误朕也。朕死无面目见祖宗于地下，去朕冠冕，以发覆面，任贼分裂朕尸，勿伤百姓一人。"又书一行："百官俱赴东宫行在。"犹谓阁臣已得前朱谕也，不知内臣持朱谕至阁，阁臣已散，置几上而返，文武诸臣实无一知者。[①]

帝持三眼枪，晓临齐化门。国公尚高卧，叩门门者嗔。太息走安定，门键不能启。鸣钟集百官，百官无一至。国亡死吾分，朕志已先定。徘徊万岁山，自挂新亭间。蓝衣偏袒面盖发，朱履垂垂赤一脚。衣前书朕在位十七年，薄德无以回苍天。诸臣实是亡国臣，使朕竟为亡国君。（郑云："朕非亡国君"自许太过。要知用亡国臣者，谁也？）朕无面目见祖宗，去朕冠冕如刑人。朕尸可裂朕勿惜，勿以朕故伤朕民。昨夜朱书谕内阁，扈从太子东南行。祖宗德泽尚未斩，大唐灵武犹中兴。天下闻此诏，恸哭皆失声。呜呼！臣罪当诛兮天王圣明。（郑云：与韩语同意，别此谓融化，非剿袭也。）（自记：是《史》《汉》叙事法。）

刘复兴（刺降臣也。）

十四年十二月，李自成围开封，总兵陈永福射中自成左目。京师陷，贼十骑入正阳门，投矢，令人持归闭门，得免死，于是门书"顺民"。百户王某，周钟寓其家，百户劝钟死，钟不应，出门欲降，挽其带至断，不听。贼陷宣府，帝征助饷，陈演极诉清苦。及陷京，拘执迫胁献金，极刑拷掠。献不满意，仍复受刑，受刑不过，仰药死。[②]

---

① 《九九乐府》抄本原序为："李自成兵趋真定，李邦华、项煜等言当南迁。帝曰：'国君死社稷，乃古今之正。朕志已定，毋复多言。'贼犯平则、西直、德化三门，势甚危急。王承恩炮击之，连毙数人。化淳、化成饮酒自若。上下诏亲征，召驸马都尉巩永固，谋以家丁护太子南行。对曰：'臣等安鼓私蓄家丁？即有之，何足当贼？'乃罢。回乾清宫朱书谕内阁，命成国公朱纯臣提督内外诸军事，来辅东宫。内臣持至阁。是夕，上不能寝，内城陷，召王承恩对饮。帝手持三眼枪，杂内竖数十人出东华门。时朱纯臣守斋化门周至，其第阍人辞尽焉。上太息而去，走安定门，门坚不可启。帝御殿前鸣钟集百官，无一至者。遂登万岁山之寿皇亭自经。时亭新成，王承恩对缢。上披发，御蓝衣，跣左足，右朱履，衣前书曰：'朕自登极十七年，虽朕薄德匪躬，然皆诸臣之误朕。死无面自见祖宗于地下，去朕冠冕，以发覆面，任贼分裂朕尸，勿伤百姓一人。'又书一行：'百官俱赴东宫行在。'犹谓阁臣已得朱谕也。不知内臣持朱谕至阁，阁臣已散，置几上而反，文武群臣无一人知者。"

② 《九九乐府》抄本原序为："李自成对彰义门设座。申刻，彰义门开，盖曹化淳献城开门也。贼千骑入正阳门，投矢。令人持矢归，闭门乃免死，于是俱门书'顺民'。百户王某，周钟寓其家，百户劝钟死，钟不应，出门欲降。百户挽钟带至断，钟不听。一时诸臣尽节，稍不决裂者，即被贼拘执于朝，迫胁献金，极刑拷掠。献不满意，仍复受刑，受刑不过，陈演仰药死。"

彰义门开瞎儿来，诸臣拜舞行徘徊。马前拾矢归闭门，门前大书今顺民。周钟挽带不肯死，陈演输金骨敲髓。纷纷从贼皆偷生，誓死惟有刘复兴。昔曾给役深宫中，熟知皇帝真明君。诸臣实误国，一死何足赎。如何反从贼，把酒坐相祝。土工踞坐出大骂，诸臣缩首尽聋哑。慷慨出门自引决，区区报君一腔血。呜呼！诸臣尽如刘复兴。呜呼！何难复兴！何难复兴！（郑云：三叠。）

芜城叹（哀史阁部也。）

北都倾，南都兴。党人绝，寺人烈。桓桓史阁部，长城卫南土。宦竖[①]掣其肘，孤城犹严[②]守。十万铁头子，衔枚渡江水。夜薄广陵城，屠戮不忍闻。臣力无所施，一死可报君。哀哉繁华地，生灵尽脔截。长驱达钱塘[③]，匡山孰能蔽？

仙霞关（悲失守也。）

今日出关，明日出关。王言出关易，臣言出关难。私财积海岛，但说兵饷少。勿谓臣二心，陛下兄弟不相能。尔为唐，我为鲁，浙闽纷纷水与火。（郑云：无以服其心。）（自记：兼罪二王不和。）钱塘[④]竹已破，仙霞石谁锢。关前无一垒，胡行疾如蟹。（郑云：点入谣语，古峭。）哀哉临难真从容，十车书载龙衣晒。

南溟雾（哀鲁监国也。）

灵曦昼堕九有黑，海中一岛月半出。龙子失水鼍不力，（自记：专罪郑氏不忠。）黄雾蒙蒙白波赤。山巍巍，水洄洄，南暝雾，何时开？

古体诗

送阮大之南亭

商横摄提格首春，大阮秣马将北行。柳枝半绿溪正雨，梅花欲白天未晴。清晨走相送，野桥倾一卮。与君别三年，握手才几时。风尘满天地，去去君何之。行路难，行路难。瞿塘之水太行山，人情反复云雨间。黄金重然诺，反笑管鲍薄。转眼成仇仇，一室挥戈矛。何如归故土，结屋娥江浒。棕蓑箬笠无是非，白水苍山自今古。举杯劝君勿复疑，堂前白发双泪垂。大阮大笑尔何怯，太山可挟海可涉。忠信吾所仗，风波安足胁。屈头大担横雨肩，黑云夜作雷雨天。孤行万里不挂剑，深林过虎鏖空拳。平生壮志直如此，兀坐荒村徒老死。乾坤何处非吾家，四海相逢尽知己。邯郸况复多少年，椎埋屠狗皆英贤。时无伯乐空尘埃，我行物色

---

① 《九九乐府》抄本“宦竖”又作“宦监”。

② 《九九乐府》抄本“犹严”又作“独严”。

③④ 《九九乐府》抄本“钱塘”又作“钱唐”。

骍骝材。人各有志，壮哉君言。送君北去，掩我柴门。春山当牖，秋月盈樽。梅妻子鹤，共此朝昏。

乞画猫十七韵

人间鼯鼠多，贫屋不少贷。穿墉夜窥灯，呼朋晓成队。遍索无余粮，大嚼怒空袋。残书尚波及，敝衣更谁爱。床头老狸奴，念佛阿婆态（俗以猫睡为念佛。）。吃饭不管事，习惯性颇耐。翻思泥塑佳，黑白买成对。东西张疑兵，朝暮无定在。撑耳炯双眸，瞥见暂惊退。既久渐亵玩，视之仍土块。或来衔其须，甚且坐其背。我欲歼厥魁，张汤不可再。闻君挟神技，按历五行配。一挥得斑虎，百穴胆都碎。万物有克制，此法宁愦愦。分惠岂我惜，得此宝难赛。清宵幸安眠，空村一犬吠。

同芬佩伦表集名竹斋赋庭中红梅分韵得〔竒〕(奇)字[①]

小斋紧团坐，僻径慰坎坷。主人出新题，红梅植庭左。分体更十韵，喜得二十竒。此花爱贞素，艳色太婀娜。老干节累累，赤虬珠夥夥。风流或称君，淡泊不类我。俄顷罗春盘，嘉肴杂名果。巨量逢满卮，涟瓮倒白堕。酡颜倚床立，脚软半偏跛。此时看红梅，自笑忽许可。伯夷畏涂炭，柳惠恕袒裸。不改冰雪心，脂粉任包裹。譬如五柳翁，终日醉婆娑。试问独醒人，义熙有谁么？以此定品格，此花亦颇颇。红杏空妖娆，秾桃终鄙琐。貌类别真似，狂澜见雄柁。吾言非矫揉，春光已淡沱。推窗月蒙蒙，墙角半开朵。

梦兄

十夜九梦兄，颠倒死与生。梦死固可悲，梦生难为情。床头小女儿，十岁如孩婴。问爷既不哭，问娘亦不惊。似恐生者悲，处之但平平。有时索梨枣，嬉笑随诸甥。爷在若见此，颇喜得天真。坐膝与摩抚，蔼然天地春。此乐那可得，徘徊涕沾巾。

听松轩题《墨海棠画卷》得质字

吾性本淡泊，于物了无昵。况彼草木微，过眼才一咥。百花惟幽兰，差可入我室。娇艳如海棠，斩刈非所恤。世人重脂粉，题咏动成帙。会心独子美，全稿无一律。讳母徒妄传，君子有同疾。张翁大笑子太迂，花不艳者十无一。君恶其色吾有方，敛华便可得其实。开箱捧出古墨图，花如水云蕊如漆。俗妆妖态一洗空，但觉清光照蓬荜。把卷摩娑不释手，文竹徐梅巧难匹。吾欲持此酹苍天，遍告东皇与太乙。然藜夜照秋露清，化却浓妆墨为质。世上永无红海棠，古色苍然表真率。年年开落当阶除，眼底尘埃尽如失。呜呼！人间安得有此花，离世独立众所嫉。短歌虽豪亦何用，野老仰天三叹息。

---

① 《客星零草》本文字出入较大，摘全诗如下：

道纡袂连把，雨滑屐双拖。敝裘湿满身，小斋紧团坐。主人出新题，红梅植庭左。老干节累累，赤乳珠颗颗。含笑如索诗，僻径慰坎坷。分体更卜韵，喜得二十〔竒〕(奇)。是花爱贞素，艳色太阿娜。风流或称君，淡泊不类我。搜肠极苦思，舌燥口出火。不求语离奇，但博韵停妥。俄顷罗春盘，嘉肴杂名果。巨量逢漏卮，连甓倒白堕。酡颜倚床立，脚软半偏跛。此时看红梅，自笑忽许可。伯夷畏涂炭，柳下恕袒裸。不改冰雪心，脂粉任包裹。譬如五柳翁，终日醉婆娑。试问独醒人，义熙有谁么？以此定品格，此花亦颇颇。红杏空妖娆，秾桃终鄙琐。貌类别真似，狂澜见雄柁。吾言非矫揉，春光已淡沱。推窗月朦朦，墙角开半朵。

带玉

吾闻荣启期，穷老行带索。又闻严子陵，敝裘宽不束。如此二公者，富贵等糟粕。玉带虽逼迫，安肯上腰髀。程君倍价得此物，自居奇货宝囊橐。斋沐三日始开匣，座客围看尽惊愕。气温色皎润而栗，体方质厚端且恪。白龙盘盘昼闪烁，青蛇熊熊夜磅礴。或云此是一品服，两眼睁睁手双掬。为解腰带试穿着，阔步俨然在朝轴。持归传示夸妻孥，早起倚门听响卜。呜呼！人情龊龊类如此，无德佩之孰知耻。整我韦带，坐我茅屋。是耕是钓，以诵以读。我思古人，温其如玉。

假山

幽湖一恨事，无山并无水。紫微①两撮高，远隔四十里②。张翁结松轩，叠石数峰起。万事无过真，此物假可喜。吾家在江东，孤城万山里。开窗朝峦青③，落日万峰紫④。振衣上翠微⑤，海涛白弥弥。长歌来春风，散发傲黄绮。乐土不久居⑥，江湖日迁徙。子规徒催人，白日急于驶。山假尚可宝，山真弃如屣。睹此百感生，低头独垂涕⑦。

陈芬佩曹名竹张伦表小斋分体得五古成百韵

端月月几望，密雨接昏晓。其日正立春，旬尾当癸卯。土牛卜丰歉，地母决朕兆。但愿岁大有，腐儒得一饱。好事吾孟公，联吟集同僚。良会自隗始，茅斋坐团绕。一座才四席，名竹及伦表。曹君畏泥泞，傍险胆独小。丈夫志四方，咫尺何懊恼。薄暮邀始来，饥肠尽如搅。贫家乏供具，盘餐实草草。白酒不醉人，粗饭缺香稻。年物渐欲尽，干肉半垂槁。入市得细鳞，腮红腹如缟。一味差可尝，请君啖肥脑。浅盂堆粉糍，温汤润春茅。凡事在创始，固陋便私巧。五簋佐一点，余套俱可扫。酒半起行令，经史戏袭剿。觞政颇严厉，受罚不敢挠。须臾拈新题，奇句竞搜讨。击钵响偏迟，刻烛痕逾早。敏捷安足夸，草率受下考。今人昧大雅，学语类褴褛。不解肖神骨，但求饰词藻。作诗如用兵，辙乱旗便倒。王师贵正大，诡计绝诱挑。曹伯张奇师，陈人筑坚堡。游骑纷四驰，中军时直捣。子房急借箸，赤帜惊立赵。残城楚为墟，妙策吴可沼。我亦徒手呼，驽马忽腾跷。三战仲父北，一箭夏侯眇。濡墨纵挥洒，银笺光皜皜。居然殿骚坛，瓦砾混玛瑙。摇头自吟哦，快如痒得爪。因思友朋乐，在家穷亦好。不见老郑虔，束装九月杪，驰驱五千里。到今音信杳，此时应思归。兀坐心悄悄，望月空团圞。看山独窈窕，梦中两儿子。牵爷索梨枣，粉黛面复光。仿佛见贤嫂，醒来抱空裯。间关听春鸟，孰若吾与汝。和风满怀抱，柳条青蒙蒙。寒梅白稍稍，三阳初解冻。虚舟纵游眺，沿洄百里内。五湖及三泖，甲出乙便归。儿女膝围绕，即如今夕欢。融融续高燎，蟹螯从左持。葫颈向右构，满杯共劝酬。一室还熙皞，絮拥已忘贫。

① 《客星零草》本“紫微”误作“紫薇”。

② 《客星零草》本“远隔四十里”又作“乃在四十里”。

③ 《客星零草》本“开窗朝峦青”前有“南门望牛头，北郭坐凤尾”两句。

④ 《客星零草》本“万峰紫”又作“晚峰紫”。

⑤ 《客星零草》本“振衣上翠微”前有“樵薪云满裾，涉涧月在趾”两句。

⑥ 《客星零草》本“不久居”又作“不久留”。

⑦ 《客星零草》本“独垂涕”又作“面垂涕”。

须长不知老，举眼看世儿。列肆尽鱼鲍，金轻蝉翼重。颠倒白与皂，口交肚生棘。趋势火就燥，乞哀东郭间。骄人子都姣，七札空自雄。三窟岂为狡，纵尔久荣贵。声名等枯蓬，况复多祸灾。幸免见实少，好兵必召乱。渔色自取夭，倚伏本如是。胡为重纷扰，高阳有奇士。气概颇浑灏，嘐嘐称古人。动与流俗矫，虚名盖当世。王公目空藐，自谓天下事。一著便可了，盆成虽多才。季良终莫保，一朝入网罗。奄忽同饿莩，此公尚尔尔。余子何足道，曹君久浪游。世味别凉燠，棘枝栖凤鸾。盐车困骕衰，裹足今归来。守身如寡媪，相戒弗复出。羊肠曲而缭，孟公负淹博。文章极奥渺，汉魏入洗涤。左国凭化造，爱我逾骨肉。规过色常愀，相对每受益。熏人冻添袄，张郎复英挺。吐词月皎皎，新篇出锦囊。俨若列仙岛，平生喜闻过。语直不嫌绞，杜门奉双亲。尘累怕缠缴，梓也丁数奇。辛苦虫入蓼，两年惨罹变。思兄心百捣，孤立空茫然。涉水波浩渺，遗编乱谁帙。先业惧难绍，幸有诸子在。指迷眼重瞭，常恐负所怀。清夜切虔祷，但祈寡尤悔。不为立榜标，方寸得主持。本体还皓皓，簪笏非敢傲。稼穑真我宝，薄田数十亩。秋成免旱潦，草屋八九间。清风围碧筱，开筵村醪香。破瓮菜根咬，传家无长物。万卷积缃缥，高卧自义皇。得失付穹昊，诗文终末技。未须急爬抓，立身有本源。枝叶臂可掉，乔松冠岩巅。攀附绝萝茑，来朝天色晴。长歌日杲杲。此意谁能知，孤云共飘缈。

叶舟看桂

君不见，茫茫六合一叶舟，樯倾柁倒随洪流。篙工老死呼不起，狂风泼浪高于头。君家古茅屋，落落才数椽。下占半弓地，上盖尺五天。窗前老桂花半残，糁金撒玉香浮烟。客来稳坐浓扑鼻，如放八月西湖船。命名独取巨山语，使我感叹心怆然。江涛吼地海卷沙，此舟虽小无风波，不动不摇安乐窝。君心似此无偏颇，万里可到宁蹉跎。天香月白云婆娑，与君扣舷高作歌。

石笋歌

春雷轰轰万芽坼，山园迸地龙生孙。半夜风雨六尺高，峥嵘直欲干天门。巨灵瞥见懵不识，一叱当头化为石。至今兀立东海隅，生气包藏郁难发。虎皮斑驳点苍苔，虬角崚嶒射红日。古来材大须有用，沟断终经大匠出。昌歜羊枣千载傅，匏击谁甘老不食。吁嗟石笋吾语渠，可饷馋腹克吾厨。我本铁石为肝肠，漱口砺齿当一尝。使阿香兮劚其根，飞帘兮解其箨。女娲举火调作羹，滕六下盐脯为错。撑肠拄肚五千片，片片晶光真玉版。路旁野鬼休揶揄，昆仑尖尖亦可馔。君若不信视吾舌，千年之后血为碧。

蜃楼海市歌

吾闻雉入大水化为蜃，往往吐气成怪云。然脂为烛幻形影，犹有殿阁飞氤氲。朝来携屐上南岭，眼黑却望海雾昏。延袤十里大围绕，百雉屹立如长城。戍楼烽堠各罗布，倏忽变化开九门。或如咸阳阿房宫，五步十步楼阁雄。或如佛山闹井市，千家百家列廛肆。或如轴轳蔽潮下，青雀黄龙密无罅。或如万马腾黄埃，枪旗剑戟杂沓来。尔时观者堵墙立，各自惊猜手指画。仰头又见万峰起，飞瀑悬崖走千尺。天台石梁近可跨，益州栈道俨相接。蓬壶仙人会十方，旌幢旛盖高飘扬。云车轰轰辇王母，青鸾下逐白凤凰。豫章之树障天绿，邓林美箭风戛玉。初疑八公屯甲兵，旋看三都成草木。其间幻化非一象，色色空空显诸相。舌疲未许更仆数，目眩谁能细形状。须臾海岛青模糊，浓者忽淡淡者无。一片山河锦绣中，寒烟衰草都荒芜。海天茫茫海涛白，衣旧平沙杳无物。是何妖怪藏精灵，驱使神祇弄魂魄。我思造化本无心，二气杂糅阳与阴。础润而雨月晕风，恒理不用旁搜寻。即今春暖天欲雨，潮气熏腾地蒸卤。气机先兆合有此，何事矜张互簧鼓。君不见，人世美名与贵官，顷刻只作如是观。吁嗟乎！太行屹屹车可攀，瞿塘汩汩舟可沿。翻覆只在方寸间，蜃楼海市何足言。

潘凛斋庭中杏李连理花

一树开两花，春姿斗红白。不是同根生，如何巧移接？异姓为弟兄，同心互交结。遂使各肢体，居然通血脉。乃知天地心，万物本为一。悲哉世间人，手足自戕贼。三复角弓篇，对花重太息。

谢外舅惠梅树[①]

初然微核偶堕地，一点酸心自包裹。何时破胎出两丫，嫩叶柔枝青颇颇。一年两年长过膝，五年六年花试朵。如今养得丈二身，不知培灌费几夥。山翁老圃十亩宽，不种闲花与[②]凡果。老梅百尺高擎天，五百年来历坎坷。几传生得数[③]儿孙，大者拱把小者蓏。此是南宋第一支，分与茅斋实怜我。可惜已过开花时，出土伤风子裉颗。急须担水兼挑泥，将息元神复真火。明年二月香满庭，开固欣然落亦可。人间桃李□□尘[④]，任汝春光自婀娜。

题贯槎独醉图

贯槎，名逢源。

楚人皆醉原独醒，今人皆醒源独醉。醉醒相反独则同，颠倒古今直儿戏。前身家在两东门，三间忽住三家村。铺糟啜醨悔已晚，千载始悟渔父言。天下英雄头尽白，吾须亦黄君面赤。破君离索成两痴，许我画图分一席。天池茫茫何所有，一卷《离骚》两杯酒。与君痛饮撑脚眠，起望东方日穿柳。

移居

我生何局促，劳劳鬓将斑。频年无定居，六载已两迁。风雪迫岁暮，挑灯束残编。临溪有高楼，老栋支坏椽。借我十年住，赖有主人贤。借此肩暂息，全家开欢颜。初来未整顿，百事都阑珊。纸窗缺修补，北风刺骨寒。土墙待涂塈，四面邻火穿。夜雨床床湿，盆盎罗满前。娇女拥絮啼，懒婢傍火眠。更阑唤山妻，暖酒驱愁烦。少陵志广厦，我岂徒空言。群生在患难，兄弟同颠连。无由起沟壑，敢为图宴安。

题庭中老桂叠韵

小匠斫巨室，大材胡尔闲。遗此百寻干，婆娑当清轩。寒蟾照古心，严雪凋华颜。高枝碍云汉，

---

① 《客星零草》本标题又作《谢外舅晨村先生惠梅树》。

② 《客星零草》本“与”又作“及”。

③ 《客星零草》本“数”又作“众”。

④ 《客星零草》本“人间桃李□□尘”又作“纷纷桃李蒙黄尘”。

羲和为停鞭。谁能叱神蛟，移植昆仑巅。花开千载香，影盖九土圆。

遁野老梅北得一古梅腹空洞皮骨崚嶒如石皱透毕具呼曰石梅赠以诗次晨村先生韵

古梅化怪石，发花照春霁。半体死中活，皮皱蛇纹细。土精孕木胎，松柏尚嫌脆。向来漫品题，十载观始谛。摩挲独叫绝，狂可米颠继。自笑癖嗜痂，不觉痒搔髻。以此妻老梅，丈人作快婿。一正而一奇，阴阳两配剂。念尔霜雪余，于易为贞厉。梅心长不凋，石发未经薙。嘉名擅宠锡，行作补天计。移之春风堂，孤峰峙东砌。

伐木歌

南山松柏何苍苍，谁家祖墓源流长？南山松柏何童童，谁家祖墓飘如蓬？朝伐五株松，暮伐十株柏。邪许震空山，五月功未歇。行人回首各长吁，亲孙嫡子将何如？立契由来有成例，上除青天下除地。搜根剔骨岂好劳，买卖人生各图利。君不见，前村新墶砖已拆，北里荒茔奠为宅。侬家卖树不卖坟，犹是人间贤子孙。

紫白茉莉次程载韩韵

花香淡为贵，浓艳惟茉莉。不堪俱雅人，止许媚儿婢。饰首分余馨，夸人拂轻袂。何如紫白佳，与俗别臭味。众弃全乃天，幽独抱阶砌。安知此非真，彼哉冒其似。君但识花面，吾能会花意。感叹各有因，握手共歔欷。文采多误人，胡为炫奇丽。

题卢彬画册

我从越山归，两袖出云气。梦中多新诗，醉醒苦不记。展图忽眼明，对面泼寒翠。深岩悄无人，茅庐等浮寄。烟际恍闻钟，魂飞隔江寺。

山居拟古

幽兰不出山，归云不离谷。得饱便有余，求荣即为辱。世事徒纷纷，牛羊互抵触。日午双耳清，黄鹂坐深竹。顾影自怡悦，从天乞闲身。开尊对南山，触景时会心。黝然接梦寐，无弦并无琴。日暮缘溪来，菊苗分西邻。朝出看山霁，好风吹我裾。东村方插秧，馈馌群招呼。鸡犬绕阡陌，儿童分果蔬。睹此得真乐，吾亦归吾庐。

题画菜

载阳工指墨菜，自题云：请啖百瓮，便成大儒，鄙哉食肉，徒肥其躯。戏反之。

君不见，田野夫，百瓮满腹仍非儒。樊学为圃孔不如，如来不杀非吾徒。食菜食肉须问我，苟非其人无一可。

盆梅初结子风落之怅然作

满树玉花结两子，已讶春情薄如纸。封姨岂无儿与孙，摘此双珠掷流水。苔色惨惨树色愁，露朝雨夕涕泗流。鸟来慰藉声啾啾，我亦生儿堕地休。但保母在毋烦忧，明年结子盈枝头。

麦日同芬佩过遁野老梅未开即席次韵

蚕日阴晦麦日霁，陡觉烟云呈藻丽。梅泾寒沍花未香，当午不见蜂出房。遁野一株龙蜕骨，十里同来昼睎发。高枝突兀空啼鸦，竟无消息通诗家。兴酣何必分浓淡，便是好花开亦暂。迟开能识老梅心，云压风摧冷抱衾。世人逞媚尚脂粉，转眼荣枯等朝槿。何如株守墨半丸，诗瓢酒盏无波澜。当筵莫叹鬓垂秃，生菜芳醪客不速。主翁头白颜转童，延年不借丹砂红。归途尚有新月照，且与老梅共欢笑。有花无花皆吾庐，钓翁之意不在鱼。

自题望越图

丁未秋，胡生为写《望越图》，晋服立江岸，隔江万山拥翠桃柳间，发卷怀故国，瞻望丘垄，感慨系之，成五古一首。

望越不归越，画饼饥难充。千岩隔波涛，谁谓刀可容。山中碧桃花，不与秦人通。白鹅踏晴莎，乌犊随春农。丘垄在何许，片云栖孤松。寒食陈壶觞，马医亦登封。我亦痛毛里，飘泊羁吴蒙。目送片帆去，杳杳如梦中。

千里除桑圃种花

农蚕根本计，花木供游观。如何香田君，伐桑种鸡冠。桑老不媚世，鸡冠人爱怜。世人重浮华，本末长倒颠。香田古田家，胸有衡与权。岂肯狥流俗，过眼争媸妍。小事要垂法，浅见图目前。莫谓一亩狭，坐使十夫寒。

以宋武帝铜印赠芬佩索湖笔用东坡铜剑易龙尾子石砚韵

铜章闪烁电掣蛇，前年开河出坳洼。云自寄奴仗义日，军书筌判临高牙。公名符合抱经济，潜见何必分龙虾。文坛奉公主牛耳，部署秋月兼春花。吾老嗜书费抄录，毛锥秃敝愁舛差。秦城赵璧许通假，雅事留与千年夸。君不见，故宫耕具羞儿孙，平城殿阙今谁家？何如老手笔墨场，朱箝纸尾腾光华。

梅泾观姚吉士纸砚即席赋.

人巧夺天工，石胎孕以纸。重浊变轻清，转坤作乾体。端坑征余材，胶漆托连理。浮江如墨舟，堕席等仙履。元之富经纶，十事旧登纪。珥笔便行装，咀华铸诗史。我家破铜雀，老不任驱使。凭君问楮生，补我石学士。

赠孙驾山

挂冠林下何许人？把盏不知谁主宾。倾囊尚有草堂资，九间矮屋梅花新。闲处会心独手额，巨石支门长谢客。课儿丙夜烛花残，一觉华胥日轮赤。莫笑冷官庭院空，大快人间无事翁。回头宦海杳无涘，狂涛拍舟帆折风。阶前玉树早培植，南面百城宁易得。年年一棹落西湖，二月烟花看山色。

留别同学诸子[①] •

幽湖苦无山，寻山须远出。紫微[②]两撮青，秀色雅可昵[③]。篷船挟琴书，高斋[④]假容膝。舌耕三十年，行役此第一。丈夫志四方，带水况迩密。岂有离别怀，沾沾顾家室。但念亲旧情，临行歉如失。多年老团聚，忽尔背辰戌。生麻幸为蓬，逾淮怕成橘。病妇未育儿，承先时惕

---

① 《寓〔硖〕(峡)草》本标题作《将馆硖川留别同学诸子》。

② 《寓〔硖〕(峡)草》本“紫微”又作“〔硖〕(峡)山”。

③ 《寓〔硖〕(峡)草》本“秀色雅可昵”又作“秀色净如拭”。

④ 《寓〔硖〕(峡)草》本“高斋”又作“萧斋”。

栗[①]。省已多愧哀[②]，陟冈涕横溢。浣涤誓今始，危坐整裳韡。赠言丐仁人，良规警慆逸[③]。

观东坡山谷遗迹

盐官杨氏藏。

紫阳评字推忠谟，叹息苏黄胡乱写。向来石刻半失真，妙趣无由睹潇洒。宏农世宝宠观玩，古绢模糊混真假。愧无慧眼通精灵，但觉光芒照檐厦。山沉海沸戏神龙，雨骤云奔下天马。衣冠寂寞五百秋，手泽于今见风雅。两公节概世莫俦，可惜才豪欠熔冶。南朝余习苦未除，旷达终非古狂者。百行要从修始完，一敬须知破难打。德成艺下本无二，流可溯源胡苟且。卷还玉轴发长吁，坐听幽泉石间泻。

题得趣斋

趣淡趣乃雅，趣浓趣多俗。所得苟不同，判然竹与肉。高斋辟幽径，绕砌植梅菊。品茶及谈诗，超然豁尘目。吾意又不然，书岂在徒读。读书不知味，埃垢终满腹。雅俗争几何，风月枉污黩。暮春与曾点，庭草依茂叔。此趣吾何如，啼莺在深绿。

学稼轩为醇夫题

横经不荷锄，君岂真老农。百亩何足忧，寸田卜丰凶。养苗在除莠，植根厚培封。彼稼颖已获，此稼花尚秾。请学贵及时，抱瓮乘高春。岂无旱潦灾，不望年偶逢。躬耕本吾分，舍业将安从。但恐力不鼓，中道甘惰慵。勖哉饱餐饭，出门露浓浓。

雪球花叠韵

绝似同宗好弟兄，百朵齐心泯争竞。又如圣世良股肱，协力寅恭奉朝命。可知一体同根枝，何用此衰分彼盛。和气熏蒸密无间，冰玉磨砻节弥劲。玲珑莹彻水晶球，直是凡花照邪镜。

读注疏三叠韵

诸儒洵人杰，声气非坛社。名物博引据，条贯细誊写。内实纹灿列，貌若丝乱把。挑灯眼忘酸，握卷睡忍舍。圣经搜真诠，秦火拾残瓦。所关岂小哉，厥功实伟也。镌刊寸管余，俎豆两庑下。不有紫阳子，几人道孤寡。

叠韵观醇夫书法

绕纸云烟落飞鸟，笔了神闲意难了。与公十载同臭兰，不觉海风吹面寒。百回熟看忍舍此，古帖传形不传髓。换鹅换羊均酒材，研磨莫惜千年煤。题诗作画聊乘化，何用霜靴朝五夜。

夜风雨折庭树中有蠹千窟感赋

疑团不破谗乃入，饿死不甘节乃失，心非不格国乃疾。君不见，庭中大树高葱葱，腹肥饱贮千窠虫，一朝摧裂风雨中。

叠陶韵答芑君

贫家无卓锥，十年三徙宅。安分敢告劳，朝居不谋夕。岂乏逢世资，惧为物所役。蘧庐任推迁，

---

① 《寓〔硖〕(峡)草》本"惕栗"又作"惕悚"。

② 《寓〔硖〕(峡)草》本"愧哀"又作"愧衷"。

③ 原作"恬逸"，据《寓〔硖〕(峡)草》本改。

天幕地为席。况乃紫微近，企怀自夙昔。卜邻忽中阻，此意费条析。

秋雨日枯坐，感君忽投诗。诗中意恳恳，劝之亦规之。爽约固多悔，践言容再思。去留无成心，行止当随时。幽居逢素交，良会宁释兹。残云宿檐际，好风忍相欺。

新竹为园丁斫去慨然有作

养笋待成竹，绿影照窗湿。初看风有毛，渐觉鸟能立。月铺长放身，风折磬如揖。新翠草承荫，清香袖分裛。不望千亩奢，聊取数竿集。好事多折磨，何人误删葺。霁色失烘染，春光顿收拾。蜂王日徘徊，龙孙夜啼泣。恶木高成林，业茅密如缉。物理难推寻，搔头醉掀笠。

夜梦

剥月梦三阳，处否却征泰。欹枕默忖量，打窗雨声大。朝市久绝想，岂敢萌意外。或者福乃祸，警我兆蓍蔡。万事等黑夜，未来莫芥蒂。说梦真成痴，抚床寄长慨。

闸声

孤篷傍石闸，嘈嘈纳虚枕。恍如游空山，瀑声动酣寝。日月等流水，鬓白暗自凛。逝者乃如斯，吾衰亦已甚。

吴芑君移尊招同蒋左黄高南溪游西山集饮僧舍月下听南溪鼓琴次芑君韵三首

欲作山山游，岂曰非非想。云到客不到，目往神亦往。小春来南薰，朝霭指西爽。我素懒且病，谁能挟之上。览胜忽登临，快哉实高敞。（览胜，阁名；快哉，楼名。）开径迎蒋君，移尊得吴丈。霜林意萧瑟，晴湖昼滉瀁。把袖一岸帻，会心共拊掌。落日方纡徐，遥峰更明朗。雅集惬素怀，新诗记幽赏。

坐深客气消，酒满旅怀畅。湖山得贤主，烟霞受清饷。尘务顿洗除，披襟见直谅。身无官事拘，言从隐居放。浮生本流寓，随境获嘉贶。醉醒各自适，天地一何旷。象外别领悟，眼前尽奇创。蟾光照疏林，海气迷远嶂。啸当绩刘琨，兴岂减庾亮。峰巅可望越，努力振衣上。

欲去更留步，倚楼看松影。雾净天浩荡，风凄夜清警。蛩语白草荒，鸿飞碧霄回。一悟见本根，万事得要领。桐君幽以深，梓也揖而请。忘机听三弄，旷怀薄九鼎。妙处难尽传，静中时发省。蛾眉任谣诼，羊肠戒驰骋。慎守惟素位，倒餐有佳境。重游订后期，红腮穿紫荇。

三叠韵寄亦亭

爱身惟慎交，俭德贵缄口。眉愁力开锁，世纲力解纽。汪汪黄叔度，流俗泯瑕垢。混混阮嗣宗，藏否莫判剖。声名本土苴，乾坤一木偶。此意谁最真？谷口有耕叟。

宿高村梦先兄

孤村独卧风扑灯，铁衾不融双脚冰。钩身强数鼻间息，华胥暂入悲填膺。荆花霜落枝半残，脊令孤飞云影寒。披衣向月帐独立，哭哭泣泣两星湿。可怜手足同一身，割裂无由贯呼吸。梦中欢笑只须臾，喔喔邻鸡痛何及。

静中闻鸟喧

小鸟集庭树，一倡喧百和。闭目静谐耳，清气入四座。身处片席余，心游两间大。世事如转轮，流光等旋磨。飞潜各自得，何劳怨坎坷。不知贱为辱，第觉贫可贺。支颐望东山，晓日云半破。

别意

妾梦化孤云，随郎渡江去。江风涌波涛，吹云向何处？

闻亦亭讣

开函泪双竭，失声为知己。天乎丧斯人，吾道其已矣。忆昨新溪归，挑灯晤周子。闻公日三粥，末疾渐可起。奈何五阅宵，一跌遽至此。得毋委庸工，凉剂日荡洗。遂使丙火销，重阴障壬癸。我愧非仓扁，病中失经纪。平生骨肉情，患难共生死。大义日抗论，抵掌各流涕。微过必面规，苦衷实身体。清夜长抱惭，感激沦骨髓。胡然永暌隔，咫尺判万里。公家值艰虞，更仆难屈指。十事九不完，寸心乱如苇。惟公知我深，我亦会公意。觇缕如面谈，肠断续纸尾。鸳湖白荒荒，风急月堕水。遗编照千秋，红轮揭盲否。

煮茧行

煮茧然桑枝，桑泣蚕亦泣。君为甑底灰，我作釜中腊。辘轳一转一断肠，年年替人作嫁裳。衣被九有谁知恩，魂飞汤火徒含冤。主家仗我完官税，杀身报国亦何悔！吁嗟！以我作鹄兮臣当忠，庙堂肉食何从容，茧丝保障居何功。

题杨螺溪画鹰

霜严风急秋草白，雾裂云披劲梳翮。独立四顾知者希，饥不附人饱岂飞。臂韝耻上空歔欷，却笑郅都作中尉。奋身常搏大鹏雏，草间狐兔胡为乎？

张节妇挽诗

杨园先生孙媳。

穷冬标劲柏，奔湍勒危柁。辛苦十六霜，长宵抱冰卧。既作湘累沉，复为叠山饿。（夫死即投水，家人救之，复绝食十四日。）岂无阳春花，繁红自婀娜。暂博行道怜，狂飚陡飐簸。盘石有转移，金鉴有完破。妾心涧底月，不受尘泥涴。祖风遡濂闽，洁身泯织过。醇儒与贞妇，大小各担荷。千秋拜双坟，颓俗激顽懦。

耳聋诗赠蔚苍上人

方外绝外交，静中本无物[①]。黜聪尔何心，年衰水先竭。社酒不奏功，无劳事禳祓。客至兀坐对，寒温各仿佛。疾呼反相笑，倚座自捉拂。此间有真意，守黑在一默。何当挽浇漓，群生[②]归浑沕。

题张致中山水

水阁风生日亭午，花落松阴鹤梳羽。幽人睡起唤山童，白月一瓯烹顾渚。柯亭三弄隔溪船，吹落梅梢五月天。游仙何羡蓬莱顶，我欲携瓢挂此间。

闲燕处酒后咏庭前桃花呈外舅晨村先生

谁将海底枝，翻霞照篱侧。自遭祖龙忌，胭脂惨无色。一林红雨飞，渔榔响溪北。试问武陵人，生年是何日？前身得非梅，中酒面发赤。放杯各相笑，醉醒两不识。

---

① 《寓〔硖〕（峡）草》本“静中本无物”后有“世事了不闻，庶几非礼勿”两句。

② 群生，原作“君生”，据《寓〔硖〕（峡）草》本改。

中秋同鹤南玉村天香馆看桂晚归集饮琴趣轩

散步绕花溪，曲径循北亚。敝裾掠荆榛，茅舍夹桑柘。攀岩坐天香，古藤络高架。修竹飐空绿，秋光向天泻。黄雪色初耀，金粟枝未谢。鼻选若不闻，无言与俱化。但觉啼鸟喧，败叶时一下。归路冲夕阳，凉风吹穲稏。琴轩集雅客，深情腻杯斝。肥羔切玉脂，醇酒沥霜蔗。小雨忽洒窗，幽怀惜良夜。姮娥怜羁人，微云掩罗帕。谁能天柱峰，玉盘剖新砑。

捣衣和谢惠连韵寄家人

别梦阔弦朔，夕景惊矢催。方虞叶败荷，已见花糁槐。栖鸦绕树急，促织当窗啼。秋气入枕簟，明蟾烛幽闺。闺人病初起，砧杵谁提携？寒风念羁旅，蓬首强下阶。砧声无绝响，雁声有余哀。补绽刻期日，吮毫自缄题。尚恐烦客心，未敢封当归。记我手中迹，看取身上衣。蓼花与栀子，辛苦并头开。不识居者心，安知行者非。

闻醇夫述鹰窠峰山水之胜有怀夏友梅抱病却寄

鹰窠峰顶日未白，鹰窠峰下水沉碧。风流学士癖烟霞（指慕迁。），长借茅庐闲抱膝。万山晓色入渔船[①]，三月桃花媚行客。饱餐曲曲恣寻游，支笻直上青冥宅。澉湖城边鸦乱啼，旧家门巷朱摧题（指克轩先生。）。湖光曾照幅巾影，空堂紫燕愁衔泥。鹰窠主人后来秀，书窟穷搜骨柴瘦。山祠初构栋云飞[②]，马鬣重封树阴茂（克轩有建祠改葬，二古诗颂友梅。）。我昔匆匆倦登历，合璧难逢破昏黑。便须载酒看银涛，东道惟君伴寥寂。及时将养藕花开，一叶共泛青荷杯。

离情和张司空韵

乍别春又半，碧草盈阶墀。惜花倚芳树，爱月牵孤帷。愁绪触手生，冉冉蚕吐丝。把镜怜飞蓬，岂无膏沐滋。何用并州刀，断我缱绻思。梦中苟识路，相逢亦有期。

题古梅轩兰花

百花红白逞脂粉，惟有此花涵碧玉。生来棱角不谐世，翻笑梅花太圆熟。亭亭秀浥晓风余，朵朵含膏鬓新沐。人间萧艾方盈腰，谁识幽香保初服，丹心只得蜜蜂知。君不见，高崖拱背献王时。

答俞千里惠指墨桃花便面

山人指上蟠桃花，千岁丹心自生柢。移来纨扇灿丹黄，篆颗红镌志千里。感君厚意祝宜男，百遍摩挲齿为启。桃根虽老桃叶繁，里核投崖终结子。吟诗看画转自怜，谁苦谁甘问荼荠。

题四皓图

东汉富春叟，西汉商山翁。千古此芝草，一代余高风。岂肯越俎谋，羽翼扶东宫。留侯狡狯技，幻化无是公。可知溺冠者，虚名亦尊崇。商山今何如，徒见茂草封。松涛响云际，飞泉出空蒙。图画仅皮相，犹有精灵通。

---

① 《寓〔硖〕(峡)草》本“渔船”误作“鱼船”。

② 《寓〔硖〕(峡)草》本“山祠初构栋云飞”作“鸟翚初构栋云飞”。

题沈山臞执玉图

不贪乃为宝，方寸贵自珍。怀仁而抱义，何必瑜与瑾？可知山翁寓意不在迹，以身为教慎所执。人生腔子才七尺，中有无形之玉润而栗。藏以待时保其璞，衔而沽诸化为石。此意独得翁不言，吾当循委溯厥原。寄语世上蚩蚩氓，若者为玉若者珉。玉可为珉珉可玉，执玉先寻辨玉人。

赠味水上人

试问味何水？为濂洛耶为曹溪？吾恐众流汩汩浑如泥。试问水何味？为醴泉耶为淳卤？吾知舌本津津妙难吐。上人孤坐钓鳌石，万顷湖光双眼碧。不劳卓锡烹龙团，团瓢自吸波中月。问水问味两不言，得其所得谁与传？君不见，秋涛障海天无边。

高寄峰病疟以显者名号置发间顿止感而有赋

陈檄愈头风，杜诗止痎疟。所以祛祟邪，实赖正气烁。区区显者□，何足代针灼。居然奏奇效，闻名顿畏却。可知炎凉症，当用势利药。昔鬼与今鬼，相去万里若。昔鬼重文词，今鬼慕官爵。阴阳通世运，气类有凭托。斯理实寻常，吾言非嘲谑。

追和元人韩庄节先生题谢皋羽西台碑①

富春江碧沉古天，冬青树老穿九泉。泉底母珠贯虹白，寒光淬砺金石篇。蓬莱仙子颜色好，镜里桃花春不老。含愁不肯嫁东风，血泪斑斑洒苍昊。霜摧雪剥千万秋，寒日冻云凝暮愁。蟾宫玉斧手自斫，山河破阙七宝修。西台一片汉时土，赑屃年深石解语。碑根稚松百尺长，会见婴乳生空桑。

静愉斋月下观梅花

见月不见梅，但疑月生香。见梅不见月，又疑花生芒。二妙合为一，是间孰主张？花曰月爱我，艳翳所宠光。月曰花自媚，冰雪所发扬。我谓非花亦非月，花岂能香月能白？暗风一片扑袖飞，独倚石栏池水碧。

次蒋担斯韵寄白下沈景范

东风已送梅花去，羌笛何劳向天诉。山阳有客逐江云，诗瓢却傍金陵住。金陵酒贱愁易消，春深不作怀春句。莫愁湖上听吴歌，月子湾湾挂杨树。有情那得不思家，登楼应诵归田赋。三月杨花扑地飞，马头认取来时路。吴蚕上箔麦登场，待尔田家醉眠处。

蹈海歌（有序。）

葛子千秋，讳某，三十年前与余聚蜀山草堂，抵掌快论今古事，有卓识。不数年，患痫疾，久不相见。一日闻蹈海死，悲哉！奇士不得意，遂发狂疾，要其志迥出流辈万万矣。夜坐追忆，作《蹈海歌》吊之。

海昌城边晚潮急，白马崩腾老鼍立。朔风夜卷万山雪，九地雷鸣飞列缺。道人大笑赭山巅，口衔璧月手扪天。人间龌龊不可处，我欲骑龙上天去。奋身直下洪涛间，长鲸不动安如山。蓬莱俄顷见楼阁，携手群君仙争笑谑。始知天外有神州，大悔廿年尘腻脚。如今真作奇男儿，鲁连细黠良可嗤。佳城峨峨鱼有腹，何用空言吓流俗？君不见，玻璃万顷浪中身，不作神仙

① 《陈一斋先生诗集》本标题又作《追和元人庄节先生韩性题谢皋羽西台碑》。

亦可人。

题张莘皋葬会册

昔王晓庵赠紫云何先生诗："三党亲疏均待泽，一民饥溺也开心。"在今日当移赠莘皋子矣。莘皋七载前创此举，三十余家各已入土，今复踵行，乐善不倦，敬成二十韵，以为未葬者勖。

一抔岂难图，四海尽人子。奈何劬劳恩，黄土不掩体。富者惑堪舆，贫者困薪米。头白徒畜哀（《晏子春秋》：死者不行葬谓之畜哀。），迁延误三俟（唐灏如先生社约云：既俟地，又俟年月之利，又俟有余资，此三俟者，迁延岁月，势愈重而罪愈深。）。唐公泽枯骨，良法开后起。绍述有仁人，锡类及邻里。众擎互扶将，一信保终始。统率归四宗，暇裕尽七祀（始壬子，终戊午。）。争先固欣欣，后举亦亹亹。薄罚非过苛，逾期实堪耻。岂无箪瓢客，徒手痛毛里。别有斡旋术，泉刀代经理。用意何精详，闻风各涕泗（会中极贫士，八人有力者，捐金为权子，毋代发葬费。）。我贫寄糊口，频年怅羁旅。坐视亲串间，累棺遍堂戺。手援坐无力，空谈取訾毁。彼非空桑儿，积习成波靡。此卷倘流传，同病冀磨砥。并世有典型，薰德无遐迩。毋使引领人，呻吟九泉底。

题断雁图（有序。）

钮子膺若为故人朱丹谷、沈人凤、孙立亭、陈慈明、陈翔南、严德舆、金觐文[①]、于廷赞、朱伦表、邬御方作也。

呜呼！此道今人弃如土。生者不相亲，死者何足数。谁能惜离群，一飞一回顾。零落不成行，哀鸣向天诉。秋风飒飒秋露寒，重云幂幂[②]天漫漫。十雁兮团圞[③]，一雁兮孤单。一雁兮踯躅，十雁兮悲酸。哀今之人兮结交实难。

不寐

疥痒苦剥肤，爬搔每申旦。敝帐饶孔窦，花豹更弥漫。闲思极排遣，精气虑涣散。不念家有无，安问世理乱。伏枕默数息，合眼自欺谩。华胥杳难即，邯郸路中断。旋闻远鸡唱，俄见旭光灿。意倦心转清，既笑复兴叹。少时倒头睡，鼾声彻里闬。百唤了不应，日高尚泥烂。忽忽始衰年，寸心剧忧悺。瘦骨支长宵，屈膝屡摩按。无儿受人侮，无学令人玩。头白可奈何，披衣理茶爨。

慕迁送荷花莲子

急足冒急雨，打门送荷花。香气透十步，当户蒸烟霞。手中一函书，副以两莲实。上言花好方德馨，下言子多叶占吉。感公厚意宠嘉奖，力洗瓦罂清供养。自惭芜秽背花立，卅载读书未穿笈。修途疲蹇日渐沦，短绠羸瓶古难汲。荷衣凋敝风飒然，碧房无珠含冷烟。苦心抽尽鬓如雪，冰姿玉貌空婵娟。博山灰死然水沈，一杯酹花花有灵。念我先德种未绝，嫩枝挺干仍葱青。空言慰藉乍惊喜，剖实传看绿玭玭。人生定分胡可强，得花看时且同赏。门外

---

① 《寓〔硖〕（峡）草》本"金觐文"作"金观文"。

② 《寓〔硖〕（峡）草》本"重云幂幂"作"重云幕幕"。

③ 《寓〔硖〕（峡）草》本"团圞"作"团栾"。

雨声急如箭，坐对平池半篙长。

立夏后三日徐朗行施嘉木过〔硖〕(峡)

涉江足劳顿，痨癖患腰脚。日晡便高眠，永夜苦摸索。清风来故人，隔篱花半落。屐声破残梦，燕语晓穿幕。披衣喜迎迓，积闷顿释缚。握手各问讯，苍颜判今昨。颔髭忽添丝，双颐瘦如削。往还仅千里，笑我太劣弱。丈夫志四方，马革拚沙漠。乡闾咫尺间，出门遽前却。百务需精神，千秋有凭托。峨峨太行巅，谁当理芒屩。二君尚英少，勤惰早斟酌。勿学老夫荒，白日坐销铄。

书友人便面

大暑挥扇汗浃背，利耶名耶果何为？或嫌小草太简率，或病大书不经意。或疑倩笔伪填款，或怪兄翁别称谓。我本无心称物施，人之多言良可畏。从来巧者拙之奴，艺成而下古所吁。昔者吴门徐孝廉（名汧），皓如秋月涵冰壶。未免多才广书箑，有道踯躅空回车（杨园先生曾访徐昭法于吴门，见市人多持徐所书箑，遂返。）。可知枝叶不贵繁，千支万泒须寻源。北窗修竹风洒绿，尽有遗编未经读。不然默坐省前愆，双鬓虽凋尚能赎。胡为笔墨任驱使，断送韶光一张纸。急须焚我三灾石，义手池南看天碧。

海神庙

海宁潮数坏民田庐塘，久不就，官司因构海神庙。费千万万钱，制极宏丽，三年始成。友人属余作此禳之。

吾闻龙王居海中，平陆乃有龙王宫。龙王好佞不择地，但取游观适吾意。前有高台后有圃，檐角风筝燕雀语。椒房玉佩夜丁东，珠帘拂槛烛影红。残月四更鸡喔喔，天仙阁上歌未终。塘官早起督工作，昨夜潮头撼东郭。农夫辍耒群咨嗟，朱签四出蓬门哗。急趋畚挶忍饥饿，小鼓冬冬呼荷荷。鸠形鹄面劳作歌，龙王龙王将奈何。连年田亩化斥卤，棉花不收麦长蛾。老者愁哭少者啼，白骨可筑堤难为。朝廷不惜钱，小民不惜力。构此潭潭居，为王安乐国。王应答君贶，拯我下民厄。王慈岂不悯我劳，一瓦一石均脂膏。九重一片爱民心，军兴之际度支罄。九牛高卧两虎蹲（每塘铸九牛二虎。），不是虚文空厌胜。酒在壶兮肉在俎，王之来兮旗湿雨。听我歌兮巫屡舞，波平平兮海之浒。

油蚁行

瓦罂贮灯膏，聊用给宵课。隔夕不检视，群蚁转如磨。死者已沉绵，生者尚欣贺。岂不惜躯命，机关未参破。口腹多丧身，得失无细大。安知笑蚁人，不为蚁所唾。

题画鸳鸯

不见鸳鸯树，却忆鸳鸯湖。湖中碧藕花，映日颜如朱。双飞戏晴浪，羽毛何丽都。花鸟均有情，照影各自娱。相看不相妒，群生遂其初。如何采莲女，回首长嗟吁。

麦日饮危东书屋酒后过师俭堂宿与钮膺若同赋

欲别不忍别，昨去今重来。危东一徙倚，杂坐倾尊罍。醉作擘窠书，落纸鸦涂煤。是日东南风，薄暮雨洗埃。阴晴主麦秋，预防气候乖。残黎待春熟，积歉良可哀。何心复欢呼，烛跋犹迟徊。南邻许下榻，草堂称（去声。）幽斋。顾此师俭名，触我平生怀。饥驱天各方，聚散怜朋侪。

他时重回首，良宵记追陪。洗盏莫更酌，恐有晨鸡催。

吾庐即席作古镜歌呈芬佩

山翁治圃疏沼淤，沼底拟种青芙蕖。锄头铮铮齿欲折，土色黄紫光涵虚。中有古鉴径咫尺，棱棱圭角呈方诸。朱斑剥落翡翠残，水侵虫蚀无完肤。骨格不朽真气存，精彩奕奕清而腴。急呼良匠细磨琢，尘雾一揭卿云舒。烛天星斗掣虹霓，飞枭下堕妖魔驱。平生恶圆自怪僻，见此廉峭神与俱。酒酣把照熟摩抚，散雪碎丝惊鬓须。寸心徒有照邪镜，寸管空自严褒诛。朝吴暮越成底事，蹇驴踯躅山崎岖。逍遥那及吾庐翁，绕池种桑三百株。儿孙团膝娱萱堂，日对镜屏闲著书。

题从子小照[①]

古人抱膝时，寄意特深远。耳边瀑布声，混混有原本。一鹤方凌霄[②]，一鹖翅旋展。是间默参取，天机抉幽显。问尔何所得，微笑剥苔藓。

虎林舟中作[③]

山中闻杜鹃，劝我归嘉禾。村中闻杜鹃，呼我归曹娥。令我出户还入户，欲去欲住两无主。不如留滞西子湖，有花有酒聊自娱。中立其免许我乎？

山斋前新排荷花缸因忆去夏也园看荷有来年办荷缸之句似有诗兆

前夕道上河，沿塘开荷花。香风拂柔橹，吴娃递吴歌。窈窕镜湖湄，灼灼当窗纱。移船就沽酒，把盏一婆娑。山斋东郭隅，杂卉筌新笆。凿沼苦无壤，瓦缸蓄清波。下种虽后时，绿叶当交加。恍忆双峰间，拖屐环青萝。小诗卜先兆，竹榻归岩阿。斜日在屋角，白丝挂头颅。何时采莲子？碧筒吸黄鹅。

食杨梅

吾昔语凛斋：不能入粤啖荔枝，尚当还越餐杨梅。今来饱啖适如愿，衫袖日染浓胭脂。人言性热不宜客，吾衰何碍甘如饴。饮冰既久世味淡，惟此积习犹羁縻。杨家此果实奇特，不似桃李粘痴皮。万针猬礫寒累粟，一丸紫血冠山鸡。元宰雕刻宠雅人，食多宁患伤诗脾。盘空洗手忽长叹，杳杳孤鸿天外飞。伯子下榻廿年前，此物亦应登品题。如今冢上杨梅树，青青六尺方齐眉。

灵泉

龟山麓，石窦水清洌，虽旱，涓涓不绝，俗呼为龟滩。余更其名，系以诗，示郝甥邑征。

旱久井泉竭，一勺流涓涓。赤日方焦沙，卜兆难回天。惟此土中母，金水留真源。味甘气芬馥，松声泻潺湲。日铸满瓯碧，伏暑浇烦煎。譬若酷烈世，忠良悉刊镌。尚遗读书种，谈经腹便便。郝郎晨起汲，缾繘愁人先。烹尝奉阿母，皓发忻开颜。安知水无灵，为君佐承欢。吾当更锡名，力洗尘语喧。谁能覆茅亭？大书表灵泉。

---

① 《客星零草》本标题又作《题从子与曾小照》。

② 《客星零草》本“凌霄”误作“凌雷”。

③ 《陈一斋先生诗集》本标题又作《虎林舟次戏作》。

景女篇

吾邑人，许字周，夫亡守节。[①]

理本无两是，未婚当守死。不守者如何，未闻礼禁此。卓哉景氏女，一缨系终始。生许周家郎，死伴周家鬼[②]。虽曰贤者过[③]，此道亦难矣。奈何归太仆，反为守节耻。纷纷事两朝，不见读书子。诸生能殉国，亦足光青史。

题汪氏一门五节传后

倭人[④]寇东海，污我中国民[⑤]。窈窕金闺妇，联袂供笑颦。山谷尽丧气，波涛空怒奔。汪氏[⑥]有五烈，誓不与虏[⑦]存。从容娣姒间，死所商话言。入山不如水，保我芳洁魂。惟彼青菱池，菱花方鲜妍。照我三妇容，明月何娟娟。回头盼祖姑，含笑携女孙。团圞入清波，各洒冰雪春。冯夷亦惊喜，水气成五云。纲常大家事，私之在一门。应令造物妒，孤根枝不繁。惟有池底泥，千载如瑶琨。

雪竹

处世忌太洁，我爱腊底雪。处世忌太刚，我爱风中篁。以雪压篁篁不知，碎玉镂叶[⑧]冰胶枝。两美合璧谁幻此，南高峰头瘦腰子。我欲画竹笔无力，我欲画雪纸无色。不如保此数竿白，翠影寒光坐明月。

次雪渔雪春坞看李花韵

山人前身李谪仙，珊珊杂佩来尘寰。幻形化作千树白，皎皎玉立春风前。此中佳境天所造，不数艮岳兼平泉。当画清绝夜更缟，淡烟几缕月半环。此时倚杖一凭眺，云生两腋风冷然。谁欤题作雪春坞？闻名悔不穷幽妍。谢侯清赏得佳句，倏忽光彩生毫端。挑灯拥鼻细吟讽，浩荡未易搜岷源。愧我饥驱发空槁，毕生露处无片廛。徒从画史借茅屋，卧游坐遣消残年。如今努力强好事，急须售取老砚田。振衣来此同蹁跹，傍花自结矮亭子，晴雪满山春四边。浮生何必蓬壶巅，三杯沾醉舞仙仙。九区一任尘飞翻，安能到我双眼间。

津夫许寄荷蟹久不到[⑨]

道人笔管开荷花，香气直从心孔出。不种淤泥长墨池，朵朵淡云笼晓日。道人五指生双螯，八足屈曲芒如刀。砚边郭索听不彻，海月夜白秋风高。昨来踞坐述游戏，索我秃笔写醉意。放杯解衣若有会，双眼看天手画地。儿曹伸纸请立挥，一笑不应旋告归。四山风雨赤脚

---

① 《客星零草》本序作："许字周，夫亡守节，姚江人"。

② 《客星零草》本无"生许周家郎，死伴周家鬼"两句。

③ 《客星零草》本"虽曰贤者过"阙"虽"。

④ 《客星零草》本"倭人"又作"倭夷"。

⑤ 《客星零草》本"污我中国民"又作"污我越州民"。

⑥ 《客星零草》本"汪氏"又作"汪门"。

⑦ 《客星零草》本"虏"又作"敌"。

⑧ 《陈一斋先生诗集》本"碎玉镂叶"又作"碎玉缕叶"。

⑨ 《陈一斋先生诗集》本标题作《津夫许寄荷蟹久不至》。

去，高卧自入云深处。临行许我重寄将，十纸五纸何较量。謁来弥月风萧然，池面荷叶枯如菅。蝤蛑黄甲闹秋市，笔底不见青斓褊。是岂有意惩琐屑，壮夫耻屈雕虫间。平生玩世老更达，自许天机呈活泼。安能局促从腐儒，终日泥塑谈程朱。或者探搜穷日夜，一技便思造神化。自非矜惜定怀歉，不敢陵人虚假借。君不见，斗筲之器容几何，寸长尺短争么么。得君此意良可师，山风入襟吹我髭。

别遁野老梅

为爱老梅树，移家坐梅下。风雪同咀茹，寒香透顶踝。便拟长结邻，朋来聊白社。如何鸺鹠声，轰檐争铁马。萧萧七载间，蓬窗叶空打。幽湖有耕耦，招我陈三瓦。破屋不可留，别公实难舍。已呼画史绘作图，传江南北好事者。只应高士闲品题，未许凡夫浪涂写。携归茅屋瓣香前，清露朝朝奠商斝。

答敬修叠韵

欲别期尚宽，未话齿先冷。越山实桑梓，幽湖非乡井。挂帆何必遽，拂衣岂为幸。结交贵知心，不在慕刎颈。腐鼠吓大鹏，土偶笑桃梗。此驾不可回，吾意默自省。但念骊歌喧，顿觉马帐静。怅望隔溪云，低徊夕阳岭。

方竹杖歌谢谢雪渔[①]

天台之峰云拂天，上有万丈青琅玕。中虚外方秉正直，高节磊落枝千盘。谢公怜我老蹩躠，斫取八尺秋霜寒。我阅四载渡两江[②]，涉波涉岭[③]愁险艰。扶持未有亲骨肉[④]，往往泥涂猝颠扑。生来枘凿与世违，恶圆及天罚取酷。廉隅自饬本无心，无奈人情尚圆熟。杖乎！杖乎！吾今与尔将何之？东漫漫兮海水飞，西漠漠兮尘扑衣。维南屹屹方城山，昔有希直生其间。天姥我梦游，黄岩我乡关。吾将仗尔力，逍遥赤城巅。大雷隐隐龙出窟，金鳌射月天门翻。楢溪橡栗饥可拾，桃花绕洞霞当餐。谢公雅有济胜具，不借提携先我去。莫弃穷愁白发人，待我琼台结茅住。

品砚柬黄岐周

黄公癖砚成砚痃，薄暮抱砚来萧斋。雨过不惜泥沾鞋，命我倾箧当窗排。方圆斜侧制各乘，宿渍一一凭洗揩。紫玉腰束青如緺，蕉叶淡白灰荳藒。罗纹缜密丝缠绪，金星闪烁腾宝钗。座客目眩纷诙谐，柔滑肤腻胜吴娃。就中何者品最佳？选尤拔萃升殊阶，揣摩不放纤毫差。酌水磨试犹形骸，独取神髓骨见柴。譬若良马骝与騧，肉眼不辨尘土埋。美玉岂少披褐怀，明珠往往投枯崖。草茅甄别惟吾侪，谁当炼石师女娲。酒酣烛跋鼓打街，出门流水声湝湝。

题谢式南小照

式南手持式南照，向我展图对面笑。我观二公如弟兄，一母脱胎两相肖。是谁着笔熟摹拟，云是文侯老孙子（文侯名彬。）。文侯墨妙我数见，往往精光目为眩。传来遗法写海鹤（式南

① 《陈一斋先生诗集》本标题作《方竹杖歌寄谢南明》。

② 《陈一斋先生诗集》本“渡两江”又作“涉两江”。

③ 《陈一斋先生诗集》本“涉波涉岭”又作“跨波陟岭”。

④ 亲骨肉，《陈一斋先生诗集》本误作“亲骨月”。

别字。），碧浪青霄自飞跃。写马皮相马失真，画鹤羽毛非鹤神。梧桐槁死凤不下，风叶秋高鬓边卸。雄心一片老何成，呵笔弄墨虚平生。君不见，双眸炯炯七尺身，此岂寻常行路人？

寄怀沈晰纶

我昨梦生儿，既觉泪濡席。羡君晚举子，昂藏长过膝。奈何数相晤，坐对每壹郁。自言老且惫，近复增血疾。声哑诗辍哦，腕颤书搁笔。不久当归泉，速如官赴驿。长兴寡妹来，有女绝儿息。谓我粗可支，手足藉忧恤。岂知室罄悬，盎粟不盈溢。开箧取藏帖，古砚黑如漆。呼奴持向市，顾者百无一。念此惨迫状，瞑目万事毕。少妾立可遣，稚女或谋匹。惟有六尺孤，教诲谁督率？言罢涕交颐，令我凄入骨。托孤仗友生，此事实愧慝。人生过五旬，前途概可必。所以旷达士，买田悉种秫。无儿徒感伤，有儿复啾唧。老天亦难为，填壑那免阙。不如陶一觞，移床就林樾。身后安可期？晚凉看新月。

访遁野老梅

霁旭破薄雾，短棹缘疏林。十里冰胶舟，泊岸闻青禽。老梅我素交，隔岁重追寻。白朽龙蜕骨，黄凋蚁攒心。屹屹冰雪躯，南渡沿至今。可怜七载间，酸风伴清吟。率尔舍君去，回首烟霞深。东家酒新笃，暂留向我斟。绕树一徘徊，自伤雪鬓侵。欲别聊析枝，古香逗衣襟。

为武康山人题桃源图

吾爱武康山，梦想缘独浅。青羊老东床，别业曾题卷（谓蔡效清。）。忽忽六载余，问津约虚践。瞥见桃花飞，一片落翠巘。洞口初系船，林间已嗥犬。曲曲桑麻纡，行行阡陌转。白叟与黄童，朝宴复暮饯。世外无此风，山中冷然善。武康今何如，幽境定宽衍。我亦旧渔郎，可能分一窝。

题夏森怪石

古屋三间倚苍壁，五载山中聚顽石。其间点头不数见，见者群怪诧且啧。天之生石怪乃灵，小怪大怪随赋形。化工所欠画可补，前者坡老后考亭。夏君何人迹亦幻，玲珑凿出芙蓉瓣。似从雨后新长苔，湿髻蓬松云乱绾。吁嗟！此石虽怪怪未奇，吾意别具清而羸。七棱八角触时眼，皴霜皱雾铁卷皮。森乎森乎不可起，谁当追魂一写之！

题可人画竹

吾昨谒禹陵，疏篁绕岩下。烟凝态朦胧，风摆意潇洒。入画当绝殊，苦无老可写。片帆泊幽湖，吾庐整杯斝。小可闻斯言，色沮半晌哑。瞋目复大笑，世岂乏良马。但得九方皋，后来即古者。奋袂自激昂，双管忽齐把。须臾竟幅成，溪云向檐泻。乃知神所造，今昔无真假。卷取赠知音，张屏辉大厦。

饥鸟

危巢寡宿粮，茅檐无遗粒。薄暮带雪飞，哀鸣向人泣。甑中有薄糜，残薪火炊湿。五口不充肠，儿啼傍锅立。回头语饥鸟，穷户尔勿入。东家箫鼓喧，门前马方絷。宴客烹羊羔，厮养饫羹汁。尔往啄其余，旬日差可给。啾啾亦何为，栖栖复奚适。尔饥我更饥，相对重于邑。

雪中限韵

出门天迷茫，欲行阻归帆。不缘封姨悭，苦为滕六赚。山川如玉壶，乾坤一冰鉴。照我须眉寒，顿觉方寸湛。嗜洁尘肯污，食淡盐不蘸。支扉博酩酊，世路多缺陷。明朝放晴旭，汝湖篷可泛。

题许渊谷《鸢飞鱼跃图》

我非鸢，子非鱼。胡为熟？视此图。嘻且吁！鸢有天，鱼有渊，我何所有心憬然。纸上风光眼前取，个中妙趣君不传。微言试扣子思子，万古茫茫一天水。鱼可戾天鸢可跃，姚江执说两无着。江门窃此弄元机，跃其所跃飞尔飞。斯理日在洒扫中，脚踹实地天根通。许公勘破已十年，宦海风涛早挂冠。格致人生梦觉关，穷通得丧何足言。我有天渊方寸间，会心岂独鱼与鸢。

留别雪渔

秧畦水浅飞双鹭，兰桨去经桃叶渡。回头怅别四门云，烟树苍苍雨声暮。吾生偃蹇孤生松，一子不结千针空。此行蹩躠迷所向，终借高人方竹杖。杖头钱尽酒堪赊，稽首家祠陈灌鬯。来春老竹龙生孙，海门鸡唱扶桑暾。照我雪轩梅屋下，重台花发颜如赭。石笋阑干平系马，从子高吟酌三雅。

叠韵寄津夫

山巅长啸花勃发。当昼高天堕星月，醉余块垒十年消。满腔融尽春窝雪，草堂归卧拨炉香。新笪又熟鹅雏黄，研北残编供大嚼。一个游蜂打窗格，何时钻透纸孔白？

雪渔为置桃叶六叠韵谢之

君家玉树绕阶发。我独晓衾抱孤月，红螺酒断玻璃云。碧桃春冷胭脂雪，仙人秘授返魂香。肸蚼垂绝重焚黄，敢望荠甘荼拼嚼。万一紫虚叨赏格，岂特酬恩尺珪白。

谢津夫墨梅十四韵

卧雪仍苦暑，鸠工敞轩楹。忽见古梅树，挺立虬枝撑。香气恍扑鼻，两腋阴风生。西隅挂玉盘，星稀天四更。冷霜沁毛羽，似闻冻雀声。拍手得奇境，檐下掉臂行。旁观笑我痴，手指云丹青。不见上方署，矮行颂和羹。揩眼更谛视，妙画果通灵。柯株不结实，瘦影支寒厅。感君炉鞲巧，幻我土木形。居然玉璀璨，万朵开春晴。行见夏阴绿，露垂子星星。何用酬嘉惠，三白梅花觥（梅花三白，幽湖酒名。）。

拟桃源人赠别[①]

种桃果何年，判此仙凡界。意表忽相逢，款曲杯酒在。三日面尚生，临别犬重吠。黯然此中人，送子出花外。再来正难期，把袂捻衣带。子去勿浪语，少见多所怪。侬是秦顽民，地偏心实隘。汉朔且不知，而况魏晋代。寻船得归路，落红春满载。杳杳闻橹声，白云断山背。

移居

廿年七徙居，苍髯已垂雪。一逸偿百劳，八间茅始结。幽湖汇而北，定泉甘且洁。霁旭照版扉，波光互明灭。双桥翼东西，凤栖俨行列。旅燕喜有归，喃喃语更迭。问我何所营，庭花香可撷。客来论茗瓯，蔗浆涤肠热。长笋祈抽篁，种瓜冀绵瓞。此意亦等闲，何况诸琐屑。浮生同蘧庐，王侯值一吷。容膝得粗饱，底用慕饕餮。开轩揖明蟾，倚床听啼鴂。千载怀暮春，和风逗檐阙。

① 《陈一斋先生诗集》本标题作《拟桃原送别》。

别雪渔用黄山谷韵[①]

忆昔侍诸老，樗材谬推奖。顽砾就磨砻，砖泥受陶旊。世途极险巇，儒术幻狡驵。谈理乱尘拂，摹古掠影象。吁嗟紫阳峰，一瓣烟绝飨。杨园有遗编，开雕蜀山敞。仇订苦经营，枣梨托精爽。千秋契薪传，斗室恣游赏。何来城门火，贻殃化宿莽。遂断〔硖〕（峡）水槎[②]，远系越山榜。羁迹随雁鸿，佣书寄宗党。嘈嘈似蒙稚[③]，村村食虾鲞。意外得吾子，长爪救癣痒。片语订古交，乍别每神往。新篇豁吾瞽，蕤宾跃方响。危坐意醒然，终年覆盆盎。独钓雪江鱼，此世宁可两。愧余结习深，狂态未除曩。发白徒醉眠，虚叨十年长。垂死未产儿，孤笻涉莽苍。平生历崎岖，回头那堪想。落日觑南檐，蛛丝织空网。仁者不遐弃，怜我若褓襁。小星荷采择[④]，瓜瓞祝嗣广。似续丁衰运，吾道亦孤掌。扶植赖有君，尘霾志扫荡。胡为厕羊求，遽别竹径蒋。作歌语剌剌，剪烛心养养。今夕挽双袂，明日掉孤桨[⑤]。挈家虽屡约，老懒恐成诳。

同人集蘧庐对雪戏作禁体用贝清江韵

霁云方游扬，朔风复鼓荡。小婢拥絮愁，手僵不成纺。暖酒宴佳客，虚堂契清赏。严威袭衣襟，寒光照灯幌。绕树忽三周，堕檐时一响。冷吟句涩缩，醉眼梦惚恍。万有还太始，六合入无象。薄暮渔者归，短蓑鹤披氅。

拟渔人复入桃源

我非蓬壶仙，曾入桃源洞。此境熟难忘，把篙寻旧梦。路曲恍可忆[⑥]，云深鸟孤送[⑦]。山犬似相识，故人色飞动。仍是前渔师[⑧]，附耳勿惊恐。别时记君言[⑨]，慎口默自诵[⑩]。何敢告郡守[⑪]，哗然耸愚众。鸡黍重肆筵，宿醪再开瓮，桃花已结子，隔篱可分种。吾今老此间，风月永吟弄。

观清渠作画

醉中画醒石，雨中画枯树。嵌窦生玲珑，花叶忽飞舞。是闲有酒趣，与天相水乳。真机所流荡，不由我为主。顷刻数幅成，疾风卷荷渚。此兴从诗来，诗捷画如许。世间工画人，都不谐韵语。一卷清渠诗，持归作画谱。

憎蚊柬厉云程

憎鼠当畜狸，患蛇则养鹤。蚊雷烟可驱，虱山火须烙。惟有槐国虫，种类亿万橐。趋膻巧钻刺，夤缘上高阁。疾足不假翅，利喙锐于锷。先几如占风，奢欲等填壑。贫家新徙居，笥笼未开钥。

---

① 《陈一斋先生诗集》本标题作《别雪渔用山谷韵》。

② 《陈一斋先生诗集》本“遂断峡水槎”又作“逐断峡水橹”。

③ 《陈一斋先生诗集》本“嘈嘈似蒙稚”又作“嘈嘈似蒙觳”。

④ 《陈一斋先生诗集》本“小星荷采择”又作“小星何采择”。

⑤ 《陈一斋先生诗集》本“明日掉孤桨”又作“明日棹单桨”。

⑥ 《陈一斋先生诗集》本“路曲恍可忆”误作“路曲误可忆”。

⑦ 《陈一斋先生诗集》本“云深鸟孤送”又作“云林鸟孤送”。

⑧ 《陈一斋先生诗集》本“渔师”又作“渔郎”。

⑨ 《陈一斋先生诗集》本“别时记君言”又作“别时记君语”。

⑩ 原作“慎口嘿自诵”。按，嘿，古同“默”，据《陈一斋先生诗集》本改。

⑪ 《陈一斋先生诗集》本“何敢告郡守”又作“敢告庸太守”。

彼乃巧盘踞，呼朋饱咀嚼。业垤营儿孙，精华幻糟粕。甚且迫床第，剥肤恣屠谑。哄人作牛斗，聒耳成雀跃。早起卷帏席，无策可熏灼。题诗叩厉君，问医必扁鹊。龙宫及金匮，为我细裁酌。无负博物名，缩手亦前却。取侮么么儿，溃堤资大噱。

追和唐人卢纶梦桃源韵

泊船入深谷，携琴坐花阴。黄发结盟语，移家托空林。觉来笑吾痴，慨然天地今。

书所见

小狸身负虱，告母忍羸痛。掉尾日扪取，我寡口乃众。忽来花竹阴，稚鸡偶随从。鸡就狸啄毛，狸佯与狎弄。遂乃弛体眠，任彼密搜空。岂无误伤虑，切肤患敢纵。人为群物灵，同类每相哄。见善思琢磨，闻过缓规讽。不德反含怨，甚且结仇讼。有如之二虫，情义何郑重。倚窗一嘻吁，燕泥落虚栋。

题殳谷夫梅

津夫爱写梅，得梅之风度。有意无意间，斜枝笼淡雾。谷夫以骨胜，下笔挟雷雨。磅礴逞驰骤，嬉笑兼骂怒。有时画霁天，气势亦奔注。蚪干各挺拔，丛花共回互。绿萼与红英，低昂两相顾。鹊声出纸背，喳喳惊老蠹。故人去我久，往事若飘羽。遗迹俨生存，精爽或依附。惜我不渡江，行笈谨藏护。持示梅津老，酣歌赏其趣。

题醉太白像

金銮殿上亲调羹，沉香亭畔水颒面。花笺立进清平词，玉环颌歌醉婉娈。世儿惊诧奇特事，谪仙眼中如过电。平生知己贺知章，此外琐琐当车螳。有靴可辱珰竖手，得罪何妨流夜郎。渔阳鼙鼓动胡雏，马嵬收泪归鱼凫。吾早见及为公诵，蜀道一篇试吟讽。噫吁嘻！两间何地非狼豺，磨牙吮血相喧豗。惟有酒乡一片土，百年与我无嫌猜。君不见，道旁潇洒雪中蕉，生意枯槁仍逍遥。浮生梦鹿本须臾，何用抵死争。区区两童子，扶我行醒眼，笑我腹膨脝。岂知老子拍拍满怀都是春，画中犹跋谪仙人。

赠林屋山人王洪绪

林屋山人书满腹，玩世生涯隐医卜。挥毫直卷太湖云，七十二峰生彩雯。少时任侠负奇气，中年折节穷经艺。晚深好道绝尘嚣，一轩娱老围芭蕉。灌花莳药课山童，叠石疏池坐钓翁。人间华朊等粪壤，朝菌暮磷惊惚恍。纵饶没齿保岩廊，容容厚福名不扬。何如山人日高独晏眠，易理静参未画前。他年论世何等人，缥缈峰头太古春。

叠韵答雪渔

渊渊鼍鼓听朱鹭，短棹娥江逢竞渡。穿梭劲桨捷如飞，喧歌不觉千山暮。欢喜岭头矮矮松，碧影写天涛卷空。翘首四疃震东向，诗来指示桃枝杖。盥余庄诵口生香，一盏熏人郁金鬯。我无雏縠君弄孙，临池洗砚波温暾（白句“池水暖温暾”。）。此境直分床上下，愧辞强和面涂赭。何年堂尼看竹马，免使蓼莪伤小雅。

题顾绣盆菊

蛾眉秋晓坐兰闺，禽声杳杳当窗西。冰蚕吐茧炫五色，暗度金针指头涩。回肠九曲乱如丝，闲愁万缕缭绕之。绣成晚节东篱花，寒香瓣瓣黄金芽。严霜磨折老不变，笑煞春英落如霰。良人塞上博功勋，闺中远山生皱纹。何如田家古瓦盆，酒熟看花传儿孙。

别汪津夫用山谷韵

津口结屋梅为宗，小春几朵玉颊丰。往来行客笑不识，或是秦季商山翁。与公七载倡复和，荒江月落琴心空。雪中老渔我所契，此外碌碌羞雷同。今宵握手远为别，忍使孤舟帆挂风，罗浮一树烟乍笼。公方小醉且停碗，赠我铁龙新粉本。

麦日集玉山堂限韵

阿瑛玉山堂，名流昔吟啸。阅代此继美，耆年杂英少。门前春水矶，临槛可坐钓。况逢旷达人，诙谐入神妙。自遂一时乐，幸免千古笑。剥运盛先占，醉态醒所料。此中会其微，拍案当大叫。回头看盆梅，孤影写清照。

次雪渔送吴生见省五首

一别经两春，梁月入梦寐。屈指七载间，唱酬极兴致。相赏非雷同，力诤岂表异。我貌日加癯，子容色生睟。刮目三夕惊，所得去而倍。如何天外峰，晨兴眼双谛。把臂不易期，鳞鸿亦稀至。

樊子力辞去，嫌我鬓纯白。忆昔初来时，驿路越五百。容易背主恩，翻飞等翔翮。一枝苟安栖，何人敢弹射。谁谓樛木歌，于今此风息。人乎果谁尤，默念己当责。主器不自振，翊赞总无策。世运悟消息，焚香读羲易。

神龙蛰深渊，群鱼口煦沫。周赧无寒年，鲁桓有丰岁。山雾未轩豁，江涛怒滂湃。灾祥不善推，明了反昏愦。此理惟君知，长吁足顿地。寸管系千古，细琐懒登记。惯见总等闲，咄咄何者事。推窗竹萧萧，阴风含雨意。

东楼望早霞，一瓢我曾主。邻庵高树阴，三伏借避暑。隔此已三秋，年华疾如羽。君来作后劲，热不因人釜。谈经善阙疑，郭公及夏五。诸生附修绠，渫井共汲古。愧我泊他乡，落日吟独苦。春水涨衡门，闲鸥默自数。美人隔重江，桃花乱红雨。

吴生志洗俗，冰玉凌清秋。束装卜远行，把柁向前业。樯橹夕果泊，蘋藻晨可羞。荒径蒿满门，终少羊与求。送客诗已到，行子帆乃收。画卦费客揣，藏酒虚妇谋。自顾瓦缶质，大叩惭鸣球。此行虽不成，佳句宁莫酬。画饼亦果腹，聊用舒羁愁。神交略行迹，失德非干糇。

南谷招赏梅余适往遁野不赴

连宵苦宿酲，避酒如避狄。遁野饶甘泉，七碗肠可涤。扁舟泛北溪，中流楫频击。世事如洪波，老骥叹伏枥。尘市多喧嚣，谁堪证寥阒。来寻素心人，高谈慰良觌。寒月照轩窗，微风响芦荻。回思泾上梅，柴扉云幂幂。诸公斗新吟，空江恍闻笛。梦中耳独清，竹梢露一滴。

次答李铁君

所思渺何许，铁岭东复东。一叶随风飞，梦寤长相从。黄姑隔河没，杳杳月正中。闲鸥坐汀渚，清露涵芙蓉。晨起开北轩，矮松卧苍龙。

洪波腾百川，孤星屹江渚。翘首云迷茫，月上冬青树。北雁传好音，三秋道修阻。长吟激我怀，忧思茧抽绪。

希声久绝响，独眠抱无弦。华胥逢稽康，广陵为我弹。春归鸟啼谷，日暮云满川。此意何人知，当食兴长叹。感子惠良规，什袭珍琅玕。出处各努力，何地无谗言。

闻乌次伦表韵

林间乌反哺，夜夜啼晓霜。积雨若泥淖，获田无余粱。微禽知报复，子母时相将。而我独何为，孤舟滞江乡。违亲博斗粟，得失安足偿。辗转不成梦，抚枕盼曙光。黄河从天来，万里源流长。起望一浩叹，北风吹衣裳。

题与石居菊[①]

我昨看菊哦新诗，中有一朵风摆枝。客言花慧似请益，当以古风褒宠之。吾闻五柳酷爱东篱花，不过乱头粗服枝几丫。偶然把盏对南山，晚香扑鼻秋意闲。后来踵事增繁艳，殊名共品千百般。半年辛苦有谁惜，瓦盆罗列华堂间。如今更重外洋种，心粗瓣大拥而肿。物贵时尚非人为，陶公与我俱攒眉。其间惟有一种鹅儿黄，细毛茸茸如飞翔。世间绝少白衣守，是花是酒君请尝。花闻吾言应大笑，卷起湘帘月初照[②]。

送蒋担斯去遂安之蒲圻县

石英不可采，去访芙蓉山。富春不下钓，来寻鹦鹉湾。丈夫志桑蓬，道里安足计？出门即他乡，远迩总如寄。何况武昌鱼，本胜建业水。碧云寺里落日红，何如黄鹤楼头暮山紫！兴酣一棹贤主宾，把酒高歌秋复春。破鸡咒虎聚而语，口碑兼颂莲幙人。愧我键门守残蠹，月出三更坐泥塑。人间理乱懵不知，注目溪云过庭树。

中秋同人集梅溪书屋芬佩以疾不与即席成长歌

昨夜月芒危隔晓，晓起东窗日杲杲。携笻喜践南村约，夹路稻花风袅袅。入门金粟未开花，海棠插瓶红染霞。诸宾旋集各拈韵，东冬真文灰佳麻。诗坛老将独裹足，小腹膨脝指麻木。自言十月阳春候，病起吾庐解眉皱。堆盘肥蟹邀诸公，短调长篇共驰骤。我闻虽快期尚遥，今夕牛耳当谁操。团圞皎月不多得，得酒且复闲推敲。绕舍清波戏雏鸭，蟋蟀微吟石苔压。松阴欹坐秋顿凉，哈蜜瓜甘畏剖尝。烧菱煮荳十拆饼，藕丝不断杯覆瓔。红日西颓鸦乱啼，白须雨翁醉不醒。二子（朗行、嘉木。）才高兴转豪，怒飞捷似鹰解绦。当前歌啸已非偶，更指黄花订重九。主人世泽梅花午，骚雅传家推绣虎。有儿七岁诵爷诗，满案涂鸦手画肚，三楹老屋留至今，双贤以后谁酣吟？吾辈风流重跌宕，安知不驾双贤上？但愿年年健饭此中秋，六子高歌溪上头。人间荣势南柯梦，那值吴侬一笑休。

挽芬佩翁八首（存四。）

丱角同砚席，中年托姻娅。遁野日盘桓，讴吟接晨夜。行辈有后先，规劝不假借。相与订千秋，寻云跨嵩华。

契阔十二载，〔硖〕（峡）山复越水。邮筒递新诗，江天晚霞绮。删定忘谫劣，登梨抉精髓。所恨鼠稾贫，全豹管中指。

---

① 《陈一斋先生诗集》本标题作《题与石居菊既作近体主人更请七言率笔应之》。

② 《陈一斋先生诗集》本“月初照”作“月孤照”。

白首战棘闱，老将稀封侯。酒后每击剑，泪落不可收。先人未归土，终天抱隐忧。同学俱不贱，裘马驰皇州。

六子订诗社，双贤迟（去声）不来。环青幸扶杖，止酒陈空罍。方怪仲车别，不看吾庐梅。梅在主何往，冰花为谁开。

访菊次王直夫韵

名道，漳浦人，宰松江之金山。

皎皎秋露英，真色素为绚。篱东久荒芜，淡泊泯外羡。无弦谁嗣音，当续五柳传。霜晴孤鸟飞，月明夜如练。九峰泖水清，鸣琴闻宓贱。南国多佳人，绰约邦之媛。平生寡所谐，世情绝依恋。惟有尘表姿，伫立心悁悁。

李铁君自鹰青山寄赠秘阁印色曹墨晶镜报以诗

六十眼花书字错，五指姜芽虚秘阁。何人赠我双日月，永夜光芒照岩壑。邮筒远递四千里，髹匣瓷罂各完美。宣和古方鹤顶红，易水旧制今曹公。湘江一笏斑斓竹，写出盘山似盘谷。山人图记手捡括，雅物惧为灵鬼夺。果然神护稳致此，鲤跃鸠翔傍溪嘴。老夫展席成报章，空劳四子俱升堂。神交在德不在物，物迩人遐心孔伤。何时系马鹰青下，一缕茶烟问樵者。与君啜茗话平生，垒块填胸一倾泻。

题王谷原石梁观瀑图

梅津邀我游四明，云南云北虚经营。雪渔约我游括苍，天门天姥徒怅望。谷原昨岁来幽湖，许寄石梁观瀑图。明知画饼饥暂充，眼穿不到心忡忡。连朝雨昏掩关卧，横卷忽投惊起坐。千峰万峰罗眼前，哀湍急溜傍耳喧。似将数千载间不平事，一怒直泻愁无边。写图者谁出两手，物外闲身空际有。一锄一笠意萧然，万派真源君识否？噫嘻吁！自有瀑布以来观者君试数，其间传人一一孰可举？或者王君差自许，还问世人谁可语？我欲诘画史，胡不添写长髯客星子？七尺老藤双敝屣，与君对坐看云起。实实虚虚愿各偿，免使垂涎一张纸。

七夕同人集小斋分得九孔针漫成十韵

穿针孔尚多，孔多穿更难。一丝而贯九，得巧群笑欢。昔者唐宫中，玉环醉凭肩。诸妃列瓜果，错落遗花钿。夜半长生殿，私语情悁悁。一转九回肠，回互如丝缠。丝长不可断，胡骑争相牵。九庙几成尘，百孔攒忧煎。乃知拙者胜，过巧生变端。哲王远声色，宴坐如针毡。此意吾所师，雅歌奏当筵。

一壶酒歌和周纪善是修韵首句仍原诗

一壶之酒三四客，满盏空清十月白。人生知足随处可，爱此当窗新竹色。古往今来谁短长，荣枯得失宁有常起。望前村数株树，片帆迢迢隔南浦。尽是征人离别路，吴趋越绝总流寓。毕竟家乡在何处？酒虽少，君莫悲；诗虽多，奚以为。尊前有榻即高眠，杜鹃休劝不如归。

立夏日作效香山体

至微者灯心，偶悬屋栋间。此屋苟不毁，此草足千年。人于千年中，寿者百岁全。次者六七十，其下旦暮然。有酒不肯饮，笑尔徒痴颠。晓来摘青梅，苦中带微酸。邻曲馈新豆，绿珠颗颗圆。朱樱与青蛳，琐琐陈豆笾。老夫户虽小，麦烧尝滴涓。一勺复一勺，照镜成朱颜。醉翁不在酒，卧看画中山。

题墨牡丹湖州吴山人画周氏所藏

尝闻濂溪云，牡丹之爱宜乎众。吾谓众所好者徒在色，使产砚池有谁重？达哉濂溪今耳孙，乃属梅花道人，淡写富贵烘浮云。朝霞洗尽脂粉态，暗风拂拂香氤氲。吾乡昔有天池子，墨池直泻天河水。惠崇尚在惊涛中，何况边鸾赵千里。沧洲之波白阳沠，笔花生澜亦滂湃。花王起舞笑乞辞，吾醉误作荷花诗。谁能更买鹅溪绢，别写荷花大横卷。泛酒截筒裳制叶，脱屣富贵梦中蝶。坐看苕上青芙蓉，冉冉闲云千万叠。

题庄大伦僧装小照

贾僧拜昌黎，秃顶加冠巾。天民偶祝发，后卒人其人。如何定山裔，葱岭呈化身。慕彼天女花，窈窕生芳春。半袖朱袈裟，灿烂逾衮绅。如意纵挥洒，指示不二门。松声与泉响，触处谈真源。我见意惨怛，方寸滋疑难。是岂阳明邪？隆冬中祁寒。抑或愤世激，正言乃若反。本拟化髡缁，三加饰纮綖。阳释而阴儒，诡幻托异端。方兹俗学炽，缰锁纷拘牵。沾沾博科第，白首穷钻研。谁欤尘网中？突破群虱裈。君能力解脱，一豁烦恼缘。不以醒逐醉，宁非凡超仙。吾为下转语，卫道殊不然。入定非养性，所辨毫厘间。神通恣游戏，其流为狂颠。于禅左袒降，于孔倒戈铤。龌龊黄与贽，万古书奸顽。君名曰永思，字之曰大伦。伦莫重君父，思惟孝为先。孝子写此图，何以对双亲？愿君思更熟，悟彻人兽关。起坐拨炉火，大笑焚蒲团。

铁画歌（有序。）

芜湖冶工梁某颇解诗画，能于炉锤间随意作山水花鸟，精巧无比，创古所未有。昔中散隐于锻，梁殆非常流欤！诗以纪之。

画工铸山水，楮绢有时朽。芜城良冶独铮铮，文火熔来飞与走。胸中业壑具成竹，远岫疏林净如沐。掷地铿然戛石鸣，无声之诗今有声。前身定是龙眠老，亘古所稀心特造。了无姿黛媚时人，棱棱峭骨真精神。蜗涎蠹喙敛而退，雨露无恩雪霜避。吁嗟乎梁君吾有，故园松柏青氤氲。何时磅礴整炉鞴，烈焰光中染苍翠。不劳淫巧袭迂谈，千秋卓立南山南。

题画鹅

宾王少日矜红掌，右军爱之书技痒。会稽老妪错解意，善鸣乃作鼎烹享。可知物无雅俗雅在人，秋蓼红红漾水滨。淮南花老飞黄雪，香稻登场恣饔飧。今年田熟老农宽，恩到鸡豚忘琐屑。苍苍白白绿波间，日影天光相与闲。小山招隐此中可，何处行藏不由我。君不见，僖宗爱鹅鹅竞献，一鹅价腾五十万。当年委政田令孜，宫中争养黄鹅儿。斗鹅斗鹅曾几时，惹起黄巢百万师。

怀友篇用刘静修先生欢饮一首韵寄谢雪渔李眉山

平生慎交与，投合乖机宜。同心二三子，都非少壮时。死者长已矣，存者今何之？南北路迢迢，会面茫无期。耿耿欲有言，脉脉当告谁。五伦重契友，岂贵知我希。命驾昔何人，忍使素心违。飞鸿托短篇，哀音无好辞。

梦亡儿

长夜方酣眠，羔儿入我梦。开眼呼我儿，失声如破瓮。呜呼七月儿，廿年梦汝犹一恸，汝死廿年有爷哭，爷死一朝有谁痛？

东坡笠屐图

何人写我赤壁仙，衫袖翩翩挟飞羽。饱饭细和渊明诗，海外雄文凤高举。薄暮偶从田舍归，拍手儿童笑而语。屐下何曾有安石，笠顶空沾相公雨。

题米颠拜石

磨砻藉他山，崚嶒非癖爱。得如原思廉，何妨伯夷隘。眼中都碌碌，非子复谁拜。子倘为柱石，栋梁勿倾坏。软熟为佞谀，骨鲠俗所赖。丁宁告我丈，鞠躬揖而再。

插花人歌

扬俗尚瓶花，有专司名手为富家主其役，岁得值十万钱许。

种花不如插花好，种花人多插花少。插花人巧夺天工，百瓶百样无雷同。豪家轩亭罗供养，水晶玻璃罍洗盎。梅花兰菊松柏荷，风光四季占不多。要令元宋唐人画，幅幅当空折枝挂。谁夸能事插花仙，岁博青蚨十万钱。我来借问插花者，眼中兴废谁多寡。去年几上繁葩红，今年冷落窗摆风。今年堂上百花灿，昨岁罂空尘满案。人间荣瘁了无凭，高岸为谷谷为陵。岁岁开花花不恶，只恐供花瓶折脚。高曾遗业传儿孙，看来只有插花人。

黄岐周抱两砚自故山抵扬乞铭兼请订四传管窥

痴儿慕骑鹤，达者挟鸜鹆。鸜鹆不孤飞，更抱龙尾玉。千里来乞铭，此兴良不俗。吾为第甲乙，歙产此其独。端虽两眼明，肌理欠温淑。大都歙与端，优劣互反复。歙无纹则弃，端有纹不蓄。无眼尽多奇，有眼岂漫录。徒以形象求，所见终碌碌。譬之青乌家，虎蹲与狮伏。点穴一失真，遗骸委沟渎。君方论春秋，即此义可触。权衡苟不精，揣测等瓦卜。四传纷如麻，吾胸少成竹。安能剖君疑，丝丝上机柚。天或两假年，十载更批牍。玉石其磨砻，剥肤见红肉。勿使即墨侯，笑指髡杠秃。

叠旧韵送王载扬北行兼寄鹰青山人

入春三月眠，病久成积懒。昨朝暂出市，跟跄一笻短。闻君将远行，如何见面罕。忆我睫巢隐，松径毵鹅卵。淡霭生茶烟，蓬门白云款。海藏隔溪钟，何人结游伴。无功盟未寒，元礼席重暖。老夫畏长征，守株羞服袒（汗衣也，亦曰：鄙袒谓羞，鄙于袒而衣此耳。）。聊寄尺函书，名山助修纂。

田家四声

春水缭廓，蚕响饲簇。缫茧播谷，新树炫绿。鸣鼓救月，凉树卧犊。蛙语互答，蝗子衅族。

渔家四声

芦渚戏鸭，船嘴挂旭。垂柳似篴，遮我破屋。冰浦镜结，竿饵钓月。天缟地玉，容我卧雪。

樵夫四声

云影障谷，幽鸟弄竹。持斧薙叶，留此劲木。岩险道曲，须卷鬓秃。棋了半局，柯可烂不？

牧子四声

丰兆预卜，槐下荫犊。冠小制箬，疏雨听竹。横孔背笛，桥左送日。羞与梦逐，蓑展卧石。

送蒋山人峰归杭州

岂无幼妇词？扬州爱金不爱诗。岂无右军技？扬州识钱不识字。岂无六如沠？扬州好缣不好画。吁嗟乎蒋君，君家三径竹，竹上子规啼。不如归去编茅屋，六桥山水湖心亭，手把红螺看新绿。

答雪渔寄怀四首

苦竹背朝曦，花开不当时。上有共命禽，十载长乘离。末疾侵膏肓，怜我毛血衰。秋江净如碧，皓月同襟期。冬雪坐渔艇，何由一竿随。编笠拟相饷，远意惭多仪。

孤桐植山阳，子立旁无枝。厚土自盘根，不受风露滋。朱鸟忽来巢，岩穴生光辉。凤去天黯淡，夕阳失凭依。一舟扬子江，飘泊随东西。黄花务晚烈，寸心难自持。流水日汤汤，遐哉钟子期。

结绿堕瓦砾，珷玞昼含辉。白雪久绝弦，疏越存几希。美人隔南江，绰约芙蓉枝。醉中一携手，落月空徘徊。床头蟋蟀吟，梦觉心悽悽。谁能竟此曲，顿使肝肠摧。天地不相惜，何用徒歔欷？

客中苦索居，出门亦何之。掩扉拨玉虫，琢句劳诗脾。尺幅画枯树，亦似云林倪。书来千里鸿，先生情我移。见面仍不见（时寄雪渔小照。），相对四泪垂。君颜亦苍老，我心尚童孩。宝珠浊水洗，良玉他山资。茫茫二十史，半部当分司。未死各参订，两慰饥渴私。

题雪渔照四声

心冷过铁，渔喜画雪。其淡如菊，其静如月。

舟小浪撇，风转〔舵〕（柁）怯。寒浦纩挟，春鸟噤舌。

君把劲楫，澜抵万折。头肿汗浃，何乃太拙！

焦螟巢歌和鹰青山人韵

焦螟巢，少许胜多许。六合不挂侬眼下，即而探之渺无所。惟小无内大无外，一弹指，顷一元，会何待黄杨？始知退人呼焦螟，焦螟勿听颓然冥，形化睫巢生，么么此八极，通我左鼻息。

哭四然道人二首

我为无儿悲，君为有儿泣。弥留语古欢，魂向海涛泣（易箦时告谢子雪渔曰：薄裣。吾棺浮海去，可也。）。画中面南枝，梅花晓鬟湿。朔风吹不落，含馨伫晴日。空山无人知，妾意自专壹。所争虽藩篱，其关在阃室。慷慨平生心，岂徒继与述！

昔者草堂火，拙诗乃驰贺。数不过偶然，士肯受势挫。广厦千万间，群黎共安卧。壮志竟何如，垂老耐寒饿。吾亦叹饥驱，只身余半个。恸哭大江滨，狂涛北风大。何时从九原，子琴我歌些。

左右手问答

左右两书默相竞，梦闻絮语静可听。左曰：吾敢望公圆且熟；右曰：吾却逊子古而劲。吾每使侧笔，取妍反成病。子摹拨灯法，中锋守其正。左乃笑俯首，曰可助谈柄。虚拳吾岂能，实指本非性。其势坐处逆，骨节半生硬。强以就绳墨，兢兢惟一敬。譬如处季世，百事总安命。不敢纵以驰，庶几免悔吝。左方整襟庄以言，右忽再拜泣而请：吾知过矣吾悔晚，谨奉子言作金镜。

三月十八夜梦亡儿孝羔

开棺索爷抱，抱儿到娘前。冒雨循桥东，风急薄暮天。衣袖带尸气，皮肉偏鲜妍。生者精已离，死者灰复然。世事每丁倒，枕头涕涓涓。

集司空表圣句论诗二十四章章四句

窈窕深谷，蓬蓬远春。碧桃满树，与古为新。
孔杏在林，时见美人。明漪绝底，空潭泻春。
落落欲往，如觅花影。娟娟群松，识者已领。
画桥碧阴，晴碉之曲。矫矫不群，可人如玉。
如月之曙，悠悠花香。碧山人来，濯足扶桑。
筑室松下，碧苔芳晖。荒荒油云，冉冉在衣。
落日气清，明月前身。超心炼冶，如铅出银。
超超神明，如写阳春。白云初晴，庶几斯人。
寥寥长风，积健为雄。壮士拂剑，真气内充。
左右修竹，杨柳池台。玉壶买春，清酒满杯。
疏雨相过，冷然希音。悠悠天枢，妙不可寻。
如气之秋，与之沉浮。天风浪浪，淡不可收。
花时返秋，夜渚月明。一客听琴，大河前横。
脱巾独步，绿杉野屋。露余山青，人淡如菊。
金樽酒满，之子远行。落花无言，时闻鸟声。
清露未晞，奇花初胎。妙机其微，伊谁与裁？
太室荒荒，素处以默。幽鸟相逐，萧萧落叶。
南山峨峨，天地与立。是为真宰，生气远出。
月出东斗，行神如空。海山苍苍，高人画中。
不著一字，俯拾即是。晴云满汀，大风卷水。
大道日往，百岁如流。独鹤与飞，隔溪渔舟。
脱帽看诗，人闻清钟。取之自足，得其环中。
手把芙蓉，赏雨茅屋。巫峡千寻，上有飞瀑。
相去几何？鸿雁不来。幽人空山，水流花开。

祝人斋托何炳黄见寄鹰青山人书火于山左逆旅志慨

鹰青五言诗，蓟北称独步。特寄八行书，钤印密封固。祝融亦好古，中道攫之去。逆旅安得灾，当以鹰青故。闻此长太息，不如投水趣。入我鱼腹中，犹荐三闾墓。

叠旧韵寄故山诸子

雪篷几时制，大足养闲懒。水深篙用长，水浅桨利短。危樯倾仄多，轻载覆者罕。荻岸从鸥眠，蓼滩拾鸭卵。白云为我迟，丹枫为我款。汝湖久孤寂，终来觅老伴。墨鳞数尾香，黄酒半壶暖。雪饕兴转豪，天寒醉偏袒。此约恐不践，常语当经纂。

题锄地图

挥锄不见金，金在耦耕手。此心穿榻时，铁石炼已久。贼瞒亦可仕，乘轩在门口，何待椒房披发走？呜呼！虚名自古达人耻，君看龙头是牛后。

题胡生（榜）濮川问渡图

一峰访康斋，当门石崔巍。劳攘何乃尔，云造御聘碑。一峰默而退，矫首徒歔欷。我幸无此遇，定泉白鸟飞。娥江问渡人，耕夫方耘耔。衡茅殊不远，夕阳在荒篱。停橹不轻进，软语嘱篙师。群鸡方啄食，莫遣上树啼。

谢姚子

壬寅腊大雪，移居北湖口。姚子百里来，为我望兼守。董率土木间，鼻垩泥溅肘。残书牢捆束，敝箧紧拴纽。巨细兼一身，检点及缾缶。森森若行军，号令肃刁斗。井井若开国，营度履疆亩。感子大经纶，小用惠朋友。何时宰天下，恢刃见神手。梓也谫劣才，葭莩辱亲厚。十载籍扶携，一吏更惭忸。忆昔戊子春，窀穸念丘首。公时涉两江，随翁到荒阜（戊子，改葬先茔，希翁及子弘来襄事。）。筑土杵共操，和灰汁同溶。先灵赖奠安，高情永孤负。陨身愧难报，感叹鸡鸣丑。

邻母挽章

伯奇与王祥，两母俱不慈。昭昭揭诗史，孝子心孔悲。一鹗累百凤，微瑕掩全瑜。但问母前后，不考莸与芝。前母定贤淑，后母皆浇漓。俗口信耳食，此语谁雪之？东邻有贤母，三子如一儿。奉母十八年，生我恩何殊！此事古所难，末世乃见诸。寄语膝下人，父妃无亲疏。前子即后子，后母前母如。初晚非定名，淑慝惟人为。有冤倘弗白，诵我邻母诗。

次韵答亦亭七夕雨中见怀

僻巷日闲卧，扣门破清晨。北风吹便鸿，新诗忽前陈。我友果无恙，流言徒纷纷。无盐不安丑，捧心妒施颦。使我二三子，肠中回车轮。岂知河汉隔，自与黄姑亲。溯风念同好，听雨怀旧春。何时脱尘鞅，濯足鸳湖滨。秋月近皎洁，秋华转精神。思君不能醉，谁为开迷津？老骥羞道蹶，素衣愁蒙尘。知止乃远辱，陶公非迂人。

寄怀郑悦山

溪山有真意，空亭自今古。裴岛月还明，夜鹤向谁舞？风流定属君，秀色溢眉宇。别来隔三春，读书舛鱼鲁。新绿照山窗，东望日凝伫。佳篇惠北风，贻我古烟雨。

和前辈陈元孝十放之二

家山不可到，随尔欲东归。息景得深谷，无心傍短扉。行藏应共惜，漂泊竟何依。寂寂秋风暮，迢迢陇首飞。（放云）

个个忽绕井，飞飞复掠床。斛量矜照谷，囊处厌寻行。列宿难争焰，残磷许借光。游行且乘运，十月有清霜。（放萤）

浮石限韵

南人苦虚华，石性亦多舛。总繇禀质薄，遂觉根气浅。随风浪漂泊，波靡孰能绾？反笑天下山，沉着太拘板。茫茫大堪舆，昆仑青一点。巨灵逞幻术，颠倒坚与软。六合直糟粕，一元有聚散。浮石本无根，立德寿何限。

又答来韵

欲归仍不归，意中实意外。嗟跎失扣关，风雨负明晦。俗冗多拘牵，鸿沟未割界。遂使知心人，嗟呀两疑怪。眼酸各摩掌，体倦自椎背。吾老不遮丑，村媪重抹黛。古竹笋望抽，残劫弈思对。譬若研隋地，研胶补百碎。先德苟不泯，头白分负戴。此怀君所谅，爽约笑措大。

叠韵答膺若

赣语何虚受，湖海量无外。拜言喜闻过，此道久冥晦。况兹一得愚，可否介两界。有己非诸人，安能不见怪？吾尝验流俗，大都分面背。刺讥藏腹鳞，谄笑饰眉黛。砭骨言偶违，刻木吏不对。纵夸清夜钟，徒觉声琐碎。未参误活习，空作求死戴。书来一解颐，堪怜井蛙大。

三月十一日感怀

中年困行役，言寻桃叶渡。碧桃春正芳，华深隔烟雾。仙源始问津，攀技拂清露。七载泉下珠，埋玉向何处（谓亡儿孝羔。）。结子重劳心，苍苍岫云暮。

答陈芬佩三叠韵

俗见苦难洗，未肯逃世外。堂奥久踯躅，枝叶失韬晦。〔硖〕（峡）中多名华，山色旷诗界。孤吟抚落梅，林鸟诧迂怪。繇来耆好殊，大都判膺背。吾衰颜已皱，安能逐脂黛？老拳企宗风，赤手尚堪对。幽湖清粼粼，静夜月光碎。一竿期共把，双笠拟分戴。乡思空迢遥，起望晓星大。

东沈南谷游西湖归四叠韵

范老客山左，恍似官转外。姚公近眇目，锋芒大潜晦。君游恐寂寞，仙境等尘界。新诗纵自豪，触喉防吠怪。不如溪上华，茅檐坐烘背。门前旧渔矶，苔痕刷螺黛。呼季一垂纶，绿尊时晤对。此境吾流涎，寸心捣如碎。翦烛披遗经，惘然思大戴。山水与弟兄，欢乐有小大。

寄周钦表五叠韵

古来善饮者，寄意在酒外。君家昨开筵，午坐抵昏晦。雅歌兼投壶，别具闲世界。鲁鼓与薛鼓，阙文每疑怪。岂知无声乐，节奏自不背。一别甫旬余，双山晚凝黛。矫首极云际，白马去成对。思家独惘然，心绪百杂碎。何缘归课耕，茅蒲首长戴。烂醉无边春，还我眼孔大。

送吴芑君之虎林修省志

季子良史才，廿年户双键。小试屈一隅，声名冠文苑。搜罗五十载，贯穿数百卷。旧志或疏略，稗官太枝蔓。此间有笔削，紫朱宁可混。昨宵月中梅，华落尚委宛。客处阙饯筵，临别意缱绻。西湖春正好，绿波摇翠巘。桃柳逐人来，闲云与天远。东阳（谓诸襄七）集诗薮，新罗摹画本（谓华秋岳）。邮筒能远将，引领及缫茧。

寄金方行六叠韵

民事不可缓，语大莫能外。本以道在迩，非特时用晦。古来论王政，要语首经界。我今欲为农，君雅不见怪。布谷闻鸟啼，笛声出牛背。春浓草成茵，夏荫树横黛。秋收糟新笃，案举壶共对。已自甘勤劬，何敢厌繁碎。占云卜丰稔，呼天同荷戴。土物唯心藏，农桑经济大。

六月五日

不雨剧忧旱，既雨复乞晴。造化有遗憾，人意多变更。即今秧始插，土薄根未行。低田畦已没，高原岸初平。滂沱更三尺，岌岌危西成。譬若饮酒者，过量则易盈。王者大施惠，数赦奸乃萌。良苗受掩抑，蔓草徒敷荣。民欲虽无厌，天心有权衡。保章奏碧霄，黄童捧金钲。披衣盼东岭，霁色开平明。

叠韵寿张翁公望

七十重加餐，豪气空往古。高谈独扪虱，坐看孤鹤舞。一柱灵雀轩，自笑擎六宇。注诗陋毛苌，浚河薄贾鲁。孙杨老不逢，盐车日延伫。一勺新溪波，何时化为雨。

九日张如皋过斋集吹

武原长史醉未醒，一篙早泊双山青。蒋公倒屣延上坐，大笑昨宵诗有灵。烧菱煮蟹应佳节，庄语谐谈锯飞屑。豪情不觉夜阑珊，梧月西斜酒重热。吾有一言君勿嗤，停杯试诵哀鸿诗。君不见，群飞薨薨千亩虫，食我根叶伤我农。农民告荒满路啼，县官呼宰方烹鸡。

程载韩挽诗

目空六合双手赤，神游三季一心白。残经剩史搜精华，长夜挑灯光赫赫。世人笑尔愚且痴，雪天蒲葵不及时。岂知丈夫傲骨天所锻，安肯低头媚小儿！苍松晚节自期许，捉衿决履吾何知？如何久困河鱼疾，嵩山夜崩万鬼泣。空留诗卷蠹作窠，石田不毛墨绣窝。白棺七尺峨前和，寡妻号恸儿滂沱。无可奈何将奈何（兄诗名《无可奈何集》），呜呼！无可奈何将奈何！

朱伦表挽诗

竹桥一叶日卓午，把篙别我笑而语。尔时精采方照人，后来之秀共期许。如何一去遂永诀，黑云障天不周裂。聪明自古不长年，慈母长号夜叩天。夺我长儿犹可言，殒我少子何其冤。天若怜我当剖棺，重见吾儿笑嫣然。为儿打鼓取新妇，同心永结百年欢。

沈南谷访余紫薇不值越日同芬佩过遁野

去来两不期，出入俨相辟。坐失青山欢，空测凡鸟字。虚注不悔劳，村僻辱再至。约伴寻小山，天香出丛翠。烹茶代午餐，雪藕治新痢（时南谷患滞下。）。袖中先人诗（出令尊曾祖海赐先生诗见质。），金石忽隋地。展卷重嗟吁，触手防讳忌。改窜徒损真，镌刻亦多事。不如藏名山，石函且牢秘。

戏题寻阳三隐友人小照

渊明不可冒，庶几周与刘。松下一枰对，短发风飕飗。江声万古长滔滔，三隐之名日月高。画史何人巧移掇，白社居然分座末。杖头华好香扑衣，酒痕在颊日暮归。相逢莫怪眼模糊，故人面目今何如。

秋牡丹

秋华却慕春华艳，岁晚风光思独占。直似淮阴请伪王，紫色夺朱露闪闪。繇来名器不假人，虚号自矜尔终忝。君不见，冬兰灼灼何芬芳，怎比秋兰王者香？

叠韵挽范巨川

寿阳城头晚霞赤，南屏山下梅华白。三千驿路旅魂归，空有丹旐照天赫。白头奔走情何痴，漫刺谒人徒忤时。岂无茅屋坐株守，瓦盆满泻黄鹅儿。初来新妇未识面，红笺方报阿翁知。那知风露缠羸疾，恶梦惊人两雏泣。梁闲社燕勤营窠，旧主不归草没窝。坐看黄土埋隋和，公无度河今若何？呜呼！公无度河今若何！

答沈景范游白下留别韵

眼底何人实英特，梦里采豪腾五色。陡闻白下壮游人，两幅瑶笺拜明德。孤帆渺渺江水长，中有披褐怀元璜。采石矶头月方晦，雨华台上星无光。吾曹立言有关系，一壶当备中流济。品题名胜续风骚，岂独雕镘逞文艺。世儿逐热蚊轰雷，五侯阀阅争趋陪。天边炙手日盈座，门前罗雀知谁来？如君落落少许可，风尘之外孰见予？雄才小试佐鸣琴，听彻高山当识女。老夫卧病一秋强，鬓发虽短心更长。送君不及挽君辔，坐看阙月回修廊。

寄芬佩时刻《幽湖诗草》

幽湖无诗今有诗，锦塘先生开辟之。耕余与我本流寓，鼎足安能夸割据。只今牛耳方登坛，搜辑遗稿凭增删。黄梨赤枣垂不朽，地下诸公争俯首（一作额手。）。故鬼无言新鬼愁，草根磷火虫啾啾。生前万事双眼白，身后浮名死犹惜。长歌短曲词中豪，伫看后劲光前茅（幽湖诗当以载兄殿。）。

莫折花次元人张天英韵

莫折花，花叶连本枝，但取姿态好，忍使血肉离。君不见，瓶中花活根已断，纵有鸾胶无续时。

精卫词

朝衔石，暮衔石，石子斑斑血痕赤。我无填海力，安问海可填？吾有填海心，安知海不为桑田？西山木石尽，更上峨嵋颠。凤凰[①]莫笑我，我不如尔儿阿那[②]，五采陆离飞翙翙，去与人间作祥瑞。

祈晴

一月不雨十日雨，以雨准晴岂为苦。却愁南亩稻未获，便恐生芽谷为粕。吁嗟此雨胡不早，千虫万虫供一扫。虫口所余雨当惜，忍使残黎断根脉。屏翳闻此急收涕，奉出红轮海东际。小诗何敢贪天功，碧翁自昔怜民穷。

饮酒有何好（和元人刘处说韵二首。）

饮酒有何好？忧怀仗君消。况此一寸血，独涵万古愁。夜长不索饮，急雨鸣窗蕉。何钟岂足拟，漉巾窃比侔。岭上秋云深，霜枫如醉人。天老天亦愁，吾酒何时休。

作诗能穷人

作诗能穷人，吾诗非妄作。穷骨天养成，高歌横碧落。老作信天翁，耻跨扬州鹤。腐草徒荧荧，

① 《井心集诗钞》本“凤凰”误作“凤皇”。

② 《井心集诗钞》本“我不如尔儿阿那”又作“我不如尔貌阿那”。

孤云在寥廓。清言扶纲常，宁畏心力弱。姬旦亦能诗，勋名岂为薄。

先君讳日

客居无席陈壶觞，一日负此终身丧。雨中庭竹伴我泣，寒景一秋悲孑立。玉芽迸土何时生？凌霄羽翠鸾凤鸣，九原慰此泪眼明。

和陈皋如雨窗见怀

隔水[①]风流忆仲容，紫薇云湿翠重重。壁蒸蜗篆缘琴轸，窗静灯花落研峰。蕉叶雨声乡梦断，纸屏香景[②]客愁浓。西畴秋熟难凭准[③]，百种情怀听曙钟。

刘次言过静愉斋信宿快谈奉赠十韵

长宵雨绵绵，四窗风淅淅。良晤慰渴怀，高谈破岑寂。孤灯喜聊床，老骥叹伏枥。各诉意中事，有泪一处滴。茫茫十七史，统系有庶嫡。君能辨其微，如矢巧中的。世事等蚁膻，忍苦食莲菂，身作闭户生，安能手援溺？慕鹊勿弹珠，惜阴且运甓。浮云砉然开，拄颊看山色。

雨中南龄过斋次元韵

午坐闻远钟，炊烟度邻屋。屐声忽上阶，笑语慰离独。碧涨萍满池，颓枝雨淋叶。晚禾趁晴收，已缺万千斛。况此十日阴，芝菌生败竹。官漕方诛求，能免一路哭。坐久起三叹，松涛茶五熟。

夜坐二首用元诗韵

月黑雨未醒，风驶云不归。幽斋断行客，瓦砖生苔衣。寂寞耐寒夜，庄语铭座西。

虫语逐灯灺，半帘桐景欹。研锈诗尚悭，菊冷根自知。怀归梦耿耿，疏星下荒池。

吴芑君归自西湖叠韵

十里芙蓉花，双堤锦连屋。画船沸笙歌，客怀破羁独。归来理琴趣（斋名），空阶艳残菊。奚囊万壑秋，佳句珠满斛。独怜南亩荒，长叹倚庭竹。霜落稻不收，雨久天亦哭。民穷不谋夕，安能待春熟？

喜晴

稍冷雾渐豁，日出披黄绵。人言风不紧，伪日犹欺人。吾意天至仁，妄测殊不然。东南万赤子，逋税方熬煎。上帝实痛惜，岂徒崇虚文！民俗虽不古，此事有本元。慈父不爱儿，犹当恕愚顽。久雨无暴晴，古昔传方言。诸君勿饶舌，且来烘背寒。

三叠韵寄悦山

老树东郭门，丛茅古祠屋。境闲雨声歇，夜静灯影独。秃颖书败柿，短屏障寒鞠。安得酒千场，浇我愁万斛。小舠泊浅湖，聊榻坐深竹。情竭恣倡酬，兴酣杂歌哭。此怀渺杂遂，添垆擘黄熟。

四叠韵柬王受明

云气蒙虚窗，雨声下板屋。梦想鸳鸯湖，浩荡扁舟独。长竿饵白鱼，破笠插黄菊。饱眼书万卷，撑肠酒一斛。愧我日愁坐，孤兴对疏竹。意耻向西笑，痴作抱柱哭。无繇觐清晖，一证豆子熟。

---

① 《寓〔硖〕(峡）草》本“隔水”又作“隔岁”。

② 《寓〔硖〕(峡）草》本“纸屏香景”又作“纸屏香影”。按，“景”通“影”。

③ 原作“难冯准”，据《寓〔硖〕(峡）草》本改。

老少盐

官家禁私盐，特除老与少。疲癃残弱殊可怜，升合宽渠营一饱。迩来法峻穷锱铢，手提亦作肩挑呼。一斤不贷鞭与笞，二斤便可流与徒。哀哉滨海民，天使食海利。海水可养人，公私岂有异？况此黄口兼白头，安能斩木为戈矛？古来大臣防乱策，要使穷民免饥瘠。谁能调养开一面？君不见，卜式未烹用刘晏。

题画十绝句四古风

郁郁此何树，莫爱画不问。若是宋河山，莫种桧一本。桧根蔓引杨树根，翻动龙宫龙夜奔。

君不见，会稽风雨潮上时，帝魂啼上冬青枝。墨池吐元气，竹树何淋漓。万山戴巾子，或是朝天时。

疏树几株长夜清，峰顶一轮天下白。姮娥似惜烟模糊，收拾山河入明月。

远山近山波鳞鳞，大树小树无边春。扁舟独坐者谁子，知是梅华古道人。

浩荡乾坤属钓徒，湖山不许俗尘污。人间那有逃秦处，移取桃源入画图。

五月蒙蒙雨，暮色冥深树。鹁鸠何处啼，憔悴非女妻。

山翁一棹泊浅渚，钓得细鳞归共煮。床头有酒一家欢，不知门外风吹澜。

冉冉春光晓未开，山人矮阁占溪隈。六桥烟雨模糊处，截取西湖一角来。

高士多从画得名，千年摹仿墨痕新。笔端地阔天空处，不信难容半个人。

大痴少作亦涂鸦，北苑童年半蚓蛇。但取好书充腹笥，何愁山水不名家。

雨后空山鸣〔瀑〕（曝）布，误遣流泉出山去。不如长贮研坳间，千载清光润烟树。

新晴溪水绿于染，万叠岚光翠似螺。茅阁何年成小筑，乱云深处日酣歌。

神涵黯淡中，意在笔墨外。坐看一叶飞，疏林起清籁。

昨岁移家傍秋树，树景笼窗日亭午。山人底事掩空庐，知在溪南闲钓鱼。

石桥西去少村落，忽听书声出溪阁。道人十载混尘埃，两脚抖擞初归来。人间龌龊不可处，蝇矜蜗腥众争取。山中自有旧烟霞，金钱绕屋东篱华。吾不见，玉颜失身在沙漠，独留青冢埋琵琶。

拟游西湖及访华秋岳不果舟中怅然有作

对面好湖山，交臂失西子。或者纸上云，旁薄看画史。两美不一具，此俗难免矣。主人数牵衣，诸郎共而俟。夫容红未残，少住为佳耳。吾岂不愿留，片帆风独驶。临别重回首，高峰隔烟水。

与内侄姚丹雪书田话旧有感

见尔如尔姑，恍忆廿年事。流光弹指间，浮生直儿戏。九泉长睡人，幽宫草深秘。岂知两老兄，抱孙日含饵。诸侄尽昂藏，高谈见英气。而我独何成，头白尚颠踬。两儿作殇鬼，三女各嫁字。蹙蹙此乾坤，耿耿抱孤志。荆州长借人，宁有用武地。搔首触万忧，不独叙亲谊。挽袂不得住，欲去重谛视。

临平道中观刈稻

东村西村忙不休，老翁气喘儿汗流。一月阴雨一日霁，带水和泥急收秭，天公作意颠倒人，不放穷民作长计。朽柴烂谷且收拾，凶岁何堪有遗粒[①]。君不见，黑云又作东北风，明日下田须戴笠。

与次女谈家事三十八韵

女来倏四载，家事了不闻。相见各含泪，哽咽都无言。坐定重挑灯，问讯得细论。一自岁己酉，移家入深村。女娘日抱病，终年在床茵。屡孕屡不育，瘦骨真嶙峋。我羁紫〔微〕（薇）山，暂归如官身。医药实疏阔，音书徒恳勤。劝我觅桃叶，血食祈后昆。高谊辱良友（谓张子莘皋），倾橐营钗裙。三月月几望，阿妹甫入门。女娘方开颜，宴客斟瓦盆。亲插宜男华，更系同心旛。非徒广嗣续，亦足襄频繁。岂意媒善绐，添口增病人。性质虽朴愚，抱头时吟呻。今年新种田，董理尤苦辛。小妹喜看蚕，采桑趁斜曛。缫丝不盈握，一春空耗神。七月冒时气，病剧与死邻。群医悉吐舌，未必及食新。娘默闻此语，胆裂心若焚。隔夕便昏瞀，七日不一餐。两病若争胜，使我疲走奔。东邻为淅米，西舍为炊薪。凄况殊可怜，百忧剧纷纭。今虽甫离床，鹄面头半髡。未知网中鱼，终免钓上纶。大姊昨哭女，书来沾涕痕。三妹儿失乳，亦复多更翻。唯女少暇裕，孝养及晨昏。良人初反室，灯火杂笑喧。如何屋头鸟，恶声离梦魂。山左忽驰赴，一棺随车轮。浮生一朝菌，世事如浮云。出门多迍邅，在家复焦烦。茫茫此宇宙，何乡为乐群？语毕三扼腕，寒蟾侵衣巾。

朗仙上人挽诗

上人少游四方，与明季诸遗老交，八大山人其最契者也，后归紫〔微〕（薇）杜门，耻与俗酬应，工琢研及篆隶镌刻，斋额诗文，知己率欣然应命，否则作色麾之，盖目中不知有簪缨也。

早岁远行脚，江湖狎隐流。还山蕉叶老，枯坐菊华秋。功在儒林传，封应即墨侯。凤池涵朗月，为尔发潜幽。

鹊巢行和芬佩

双鹊日夜噪，结巢当林梢。层楼东其户，初旭如来朝。烈风日摧撼，仗此根基牢。一朝鸠踞之，拮据悔徒劳。处高物所忌，巧乃祸之招。天地本逆旅，浮生寄空巢。当涂侮炎汉，典午还灭曹。

寄怀钦表五叠前韵

寻源忆板桥，莲香古书屋。与俗寡所谐，离人立于独。积雨无干薪，傲霜得残菊。新诗一石才，未易分斗斛。共倾后来秀（芬佩书云：幽湖无诗，惟钦表为后来之秀。），暴长春夜竹。我老才欲尽，尚作歧路哭。家山云万重，樱桃几时熟。

夜读苕溪寒叟诗有感即用集中韵[②]

泪涌烛花暗，愁来杯频斟。酒尽独吟风[③]，洞见作者心。患非松筠姿[④]，宁畏霜雪侵。圜土

---

① 《寓〔硖〕（峡）草》本“有遗粒”又作“忧遗粒”。

② 《井心集诗钞》本标题为《夜读苕溪寒叟诗有感用集中韵》。

③ 《井心集诗钞》本“吟风”又作“吟讽”。

④ 《井心集诗钞》本“松筠姿”又作“松筠枝”。

即安宅，玉堂非儒林。云去鹤不反，犹有云外音[①]。九原拜先师，振衣鸣瑶琴。苕山渺何许，翠壁高千寻。（叟又号榕阴老人，青羊翁。）

鸦鹊吟和芬佩

鸦本不知凶，鹊本不知喜。人心异欢戚，闻声各揣拟。凶者未必非，吉者未必是。达人任推迁，守已顺恒理。君不见，于越入吴越亦亡，鸱夷俎豆祠吴闾。

得婿郑清渠书却寄二十韵

尺布不救寒，斗粟不充膳。男儿贵自立，正己泯尤怨。来书述近状，蝇字细如线。家事话咴咴，感遇心悁悁。君子亦穷乎，未免愠而见。古来寒饿人，磊落半英彦。菜园腹告荒，荜门手把卷。皇皇金石声，棱棱鸠鹄面。嫫母衣锦绣，西施负薪荐。此道实自取，于世望谁援？子才非庸流，坟典孰贯穿。卒办等宿构，片语集众善。文澜卷晴云，诗涛激寒霰。钟秀天所忌，争名鬼当谴。况复仗高气，不肯学闺媛。今时好朝鲍，逢春逐莺燕。畴能舍骊黄，具眼别环瑗。晚菊经霜摧，寒松借冰炼。努力保素操，勿以穷达变。前路方迢遥，玉成在贫贱。

从弟友三自扬州泊盛湖不过濮遂反书来云于虎丘得五星聚东井研绘图索铭

远来何遽反，靳此五十里。书来转惆怅，一坐三四起。白石不出天蒙蒙，安有五星东井东？澄泥老瓦琢虚象，何年流落尘埃中？却不寄我手镌刻，乌几摩挲试新墨。画图虽肖等神交，脊令孤飞千里遥。思家不得归，思子不得见。灯华落低月三更，间倚方床弄团研。

五星聚东井研铭

奕奕五星，东井斯聚。文明之象，光照六宇。呜呼！妍中之天，号曰盛世，何愧焉！（其一）

问：女娲氏乞此片石，五星熊熊东井出。吾有一研，日月合璧。孰后孰先，与子并立。噫！此天功邪？抑人力邪？其毋乃对，盲老公而哭哭泣泣（二星名）。（其二）

星陨为石井，渴而吸吸墨。成雨石田水，溢意者圣人。生而井田其兴耶？不然何五星之荧荧。（其三）

答千里

天台可上梯千寻，仙人投我碧玉簪。阳阿晞发风飘萧，回头九有烟沉沉。赭山画史人中杰，绣龙刺凤传神针。清宵曾作鲁男子，冷铁独抱三冬衾。中黄服食玉可屑，莫向浑水淘精金。

答千里见谢草书歌

老坑一片涵星光，古纸那得澄心堂。山人工画蓄珍异，茶库十幅倾奚囊。老夫癖好勤作书，笔墨以外无它长。从来心画有定法，草书变化楷贵庄。通以篆隶韵斯古，龙蛇出腕云苍茫。我无此技浪涂抹，见推独步畴能当。佣书况复迫檐晷，草草酬应粗成章。何曾秃兔志破柿，岂有县虱期穿杨。平生奢愿耻枝叶，肯与虞褚参翱翔。潜渊长愧鱼泼泼，追风每羡驹昂昂。雕虫琐屑逞姿媚，安知不类萧家娘。

黄杨叹

遁野黄杨一本，高六尺许，团盖葱翠，绝可爱，笋抽其旁，倏成竹林，遂夺雨露，

① 《井心集诗钞》本“云外音”又作“空外音”。

渐朽其半，今则全萎，作诗哀之。

三年一厄叶不凋，七年再厄根不摇。不知几百甲子有此身，蟠枝曲干低轮囷雨来。翠盖张月出团阴，聚即此亦可人清。福天不予死犹引，东南龙角迸浮土。园丁爱笋不爱树，放竹成梢祸连女。坐使葱翠成枯焦，天人交厄无遗株。纵教恶竹斩千竿，何方更有还魂丹。何况竹根盘踞偏九有，岂独黄杨困阳九。

鲁男子行赠千里

茅庵僻处四村绝，灯下美人腕如雪。樱桃笑启拜郎前，佛龛为有三生缘。山人十载鳏在下，铁骨冰心守贞寡。题诗作画情亦痴，举念独畏天翁知。端端好好我何羡，李艳桃娇梅不变。瓦灯高烧春夜长，晓云日破天青苍。

虎林怀旧

忆甲申春游虎林时，前辈如施翁赞伯，年九十余，幅巾藜杖，于沈公翰先及昭文家，笑语移日。施隐河渚，梅花数十亩，有和靖风，诗亦相类。去今几三十年，老成凋落，湖山寂然，慨念旧游，怅焉有作。[①]

黄尘障秋旻，吾生嗟已晚。袒裸存衣冠，攸然白云远。西溪有茅屋，古花三百本。插帽入城市，庞眉颜独婉。苦语各会心，为客强加饭。徘徊[②]出西郭，拄杖看青巘。

朱颜不可驻，白髭不须镊。束诗祭梅花[③]，卖琴葬桃叶（时先生卖古琴，得二万钱，葬其妾。）。鼎鼎九十春，百年等梦魇。习气老未除，山水尚渔猎。旧时同心人，近晦蓂几荚。逢春且开尊，得睡便稳贴。忽忽遂长眠，白杨摇马鬣。家祭难告翁，生灵寄残劫。

凤桥老农歌寿褚翁惠公六十

君不见，陶家儿不好，纸笔竹会骑。又不见，庞家妻西畴，雨足能扶犁。山翁莫怪生儿晚，新妇初来软炊饭。上堂先倩小姑尝，白头举案双眉扬。昨朝红日照场圃，晚稻旋收泾沾土。曝干十斛先完官，歉岁尚充人二釜。青桑十亩春饱蚕，碧溪把钓鱼满篮。人间此境岂多得，安稳到头惟食力。江中风浪轰千军，山翁有耳都不闻。长安车马疾如电，山翁有眼全不见。闲窗一觉午鸡啼，呼儿暖酒供盐齑。

过葭溪灯下感赋用膺若见怀韵

孤灯华发双葩奇，忽看热泪红垂垂。把杯触我旧时恨，一岁一来来悔迟。三秋卧病负初约，幸得今宵烹鸭脚。独怜断雁叫孤云，败叶萧萧雨中落。人生萍水信天缘，百年鼎鼎驹隙然。快谈且了眼前愿，红日明朝又放船。

题德清蔡效清武康山中竹寒沙碧山庄十景

古树发艳华，繁枝浥仙露。幽香历冬春，苍凉碧云暮。君看宝苗生，下有琼与璐。（醉琼仙树。）

---

① 《井心集诗钞》本序作："甲申春游虎林，得见前辈施翁赞伯，年九十余，幅巾藜杖，笑语移日。翁隐河渚，梅花数十亩，有和靖风，诗亦相类，去今几三十年，老成调谢，湖山寂然，慨念旧游，怅焉有作。"

② 《井心集诗钞》本"徘徊"作"裴回"。

③ 《井心集诗钞》本"束诗祭梅花"又作"柬诗祭梅花"。

不洗俗耳尘，一泓净如谷。不作出山泉，千回抱空谷。终宵活活声，源头在天目。（野桥鸣涧）
一雨抽千竿，清霜挺高节。王郎莫问途，山公且回辙。我来染衣翠，新诗镂青铁。（竹径清阴）
日落霞乍烘，山静神益王。春风不世情，闲中更跌宕。野华烂如绮，为君作步障。（鹃岭繁红）
暗香何侵寻，寒光独凛冽。山中四时好，此境转清绝。是雪是梅华，客来莫饶舌。（梅崦疏雪）
一髻挽螺翠，跻攀仗枯笻。坐揽众山小，秋净天溶溶。北望莫凝睇，或有丈人峰。（髻峰远眺）
碧浪一杯水，青草亦旋涡。不如英溪绿，万华浮白波。孤查可登天，谁当溯银河。（英溪新涨）
峨峨万仞山，苍狗倏迁变。岂无雨翻盆，蛰龙不轻见。寂寞庐中人，为尔慎舒卷。（石城云起）
日暖莺亦酣，烟浓华尽醉。天外另有春，人间此何世。寄言黄道真，莫语刘子骥。（桃林春晓）
黄落复振兴，锻炼生光华。谁云九秋叶，不如二月华。达人保晚节，宁畏霜雪加。（柏村霜叶）

题朱伦表抱研图

庚戌春，过葭溪，案有研璞水坑也，遂携之两山，属朗仙上人琢肾研。余为勒铭，伦表甚珍之。不一载，而伦表没，裳吉惋痛，为作此图。

噫！抱尔者何人？乃离人而独存。昔之日，以寝以食，以沐以熏；今之日，或则寒而朽，或则泽而温。人之齿不逾三七，而尔之寿方与天而共。春人胡有情兮，尔胡寡恩。石乃涕而言曰：吾所存者郛廓耳，吾之精神已相从乎九原，且朽不朽。自人为之我，石何足论，不然君请付诸丹青垂之千秋。人兮石兮，永为主宾。吾将自投于阶下兮，与瓦砾兮为邻。

不如无儿行

白头母啼向客人，谓有儿忧可释。我为有儿愁转剧：新妇食粱肉，阿婆饱糠籺；新妇骂婆语沓沓，阿婆唤妇笑哑哑。自念为妇时，小心事大人。筋力不敢惜，但求免怒瞋。如今为婆亦如妇，七十劳劳执箕帚。有儿乃令妇如此，妇不可教兮儿何为？噫！不如无儿，不如无儿。

寓峡草（壬子二月十七日雨核。）

夜坐闻瓦声，跳珠疑硬雨。晨起采庭阴，非粟亦非黍。厥形类果核，色青味微苦。植物坤母司，乃以委干父。哀哀此茕黎，岁饥不充釜。掇拾聊自喜，灼火不堪煮。虚受皇天恩，呼儿剥榆树。

唐山令

赵杲，山东人，莅任不数月，毁境内庙宇数十所，僧尼勒令归籍，遂以是获重谴。

唐山令来何，暮野鬼纷纷。隔疆去缁衣，扰攘莫敢哗。男者耕田女织布，上司有檄敕鬼还。野鬼得符重笑欢：毁我朽栋，还我丹桷；毁我瓦垆，偿我宝烛。女不奉天天祸女，酷唐山令去何速。

石坊僧

国初，兵掠妇女，钥寺中，属僧守之。僧尽释去，兵大怒，缚僧坊柱，交箭射，立毙，至今血淋漓，宛然僧也。[①]

石上老僧面南坐，百岁冰霜色不挫。日烧雨打血更鲜，行人起拜泪沘然。当时鸡犬空里闬，

---

① 《井心集诗钞》本序作：“清兵初兵掠妇女，钥寺中，属僧守之，僧尽释之去。兵大怒，缚僧坊柱，交射立毙，至今血淋漓，宛然一僧也。”

何处生灵不涂炭[1]。一僧舍身全百人[2]，百人何在僧今存。呜呼！佛骨可毁经可焚，惟女[3]六尺藏精灵，不生不灭千万龄。

吴沧洲自苕中过幽湖画年年如意及东方朔啖桃二图戏柬

天下如意事，十中无一二。何况穷独叟，疗饥日煮字。安得世外桃，东方借余味。不如从尔白蘋洲，青蓑绿笠风雨舟。罨画溪头看泼墨，莫干山下试吴钩。酌酒洼尊亭，享茶明月峡。古今裙书羊，甫里钓随鸭。吊古一长啸，此是如意法何必，虚无缥缈寻蓬莱。沙丘轮台安在哉，包山弁山号去来。

青毡叹（徐本原注见书张旋九册，下同盖亦费苦辛搜录者。）

过北新关，逻者欲税。箧中青毡示以故墨痕仅免，作此寄慨。

奚囊一片青羊毛，随我三年成故物。墨痕狼藉虫蛀孔，满路风尘〔凭〕（冯）拂拭。猾胥底事横索钱，自言奉敕官有权。谛视四角不放手，颠头尚疑新旧间。古为关讥异言，今为关税故毡。毡乎毡命何薄？君不见，王家偷儿不殷觑，乌几平铺月穿箔。

官放火

虎林多火蓄，每冬夜奸民纵火利劫夺，火幸息，犹拆毁民居泄其怒。一生燕归，经火所劝曰：拆屋防延烧耳。今既息，奈何借端逞凶？众大怒，殴生几毙。呜！诸令令不之罪！弟曰：汝等出外当赔罪，作官放火。

天生火养人，君设官治民。奈何燧人氏，纵火殃城门。城门一家连百家，百家板屋虚编笆。星星著壁燎原可，奸民劫夺为生涯。此罪何罪罪不赦，迂生告官官弗诧。以水救火宽济猛，但使低头高唱喏。

和谢雪渔古诗三首

月出一庭露，月落千林霜。吾庐在空山，寂寂门掩双。烂柯委樵岭，长竿冻鱼梁。岂无远行志，天地久闭藏。幽谷春自惜，无人兰亦芳。间间本吾素，何必十亩桑。

茫茫六合间，出处谁可商。鸡鹜争腐余，自矜鸾与凰。彗星扫天北，紫微绝其芒。畴能保厥躬，一息坤中阳。断后君独劲，手持半段枪。鼓衰战转鏖，义激气自昂。有耻志未雪，岂为名播扬。

乔松何年植，历历在危冈。冰雪自磨锻，梁栋非所望。如何蒲柳姿，偃蹇畏朝霜。吾行岁已暮，发白含忧伤。君子齿方壮，日月安可荒。松根有茯苓，至味涵芬芳。

过鸳湖书院谒长洲先生神主

爱物存心试小刀，乌台谔谔凛霜操。瞹城香火迎神宰，灵邑讴歌遍里豪。学术千秋除莠草，烝尝两庑荐溪毛。如何一事留遗憾，蒙袂黄泉拜墨涛。

三渡船

钱江沙涨，往来率三易船乃达岸，舆夫赤脚行雪中，冰破股，血流踝间，良可哀也。

---

① 《井心集诗钞》本"涂炭"又作"糜烂"。

② "舍百人"，原作"全百人"，据《井心集诗钞》本改。

③ 《井心集诗钞》本"惟女"又作"惟是汝"。

钱江活我萧山民，吴来越往为通津。常年一渡自崖反，今冬连月雨绵远。江中沙滞雪五尺，一撑平波化三折。潮退水冱冰如刀，两腓血泚红凝膏。重裘豪客坐舆暖，犹道役夫行步缓。何时春波浩荡卷沙去，一步一顾免犹豫。

咬爷肉

北邻有倾家嫁其女者，女尚以奁薄切齿于父，泣曰：吾恨不及咬爷肉耳。作此哀其失教也。

近闻后家女，刲臂救娘病。不闻闺中秀，乃有枭与獍。珠玉况外物，丰啬本定命。溪壑安可填，知足始无竟。爷犹天，天犹夫，爷肉既可咬，何论夫与舅姑！君不见，吴太守，一犬嫁其孥；又不见，桓少君，却奁提瓮供庖厨。咬爷肉，爷痛否？爷低头，泪暗流：咎在我，女何尤？

题鸢飞鱼跃小照（许勋宗）

我非鸢，子非鱼。胡为熟，视此图。嘻且吁！鸢有天，鱼有渊。我何所有心憬然。纸上风光眼前取，个中妙处君不传。微言试叩子思子，万古茫茫一天水。鱼可戾天鸢可跃，姚江执说两无箸。江门窃此弄玄机，跃其所跃飞尔飞。斯理日在洒扫中，脚踹实地天门通。许公勘破已十年，宦海风涛早挂冠。出处人生第一关，欲入阃奥完其籓。噫嘻吁！出处人生第一关，穷通得丧何足言。我有天渊方寸间，会心岂独鱼与鸢。

望夫石九首

铁石心肠入画图，露涵只眼不曾枯。人间多少风流女，笑尔劳劳望一夫。

玉洁冰寒此肉身，花开花谢不怀春。一生尚有无夫者，远胜冬青拾骨人。

年年屹立盼朝晖，云鬓风鬟老渐希。一个杜鹃头上哭，劝侬归去竟安归。

望夫夫若来，此石仍化女。碧苔绣罗衣，夫见转怜女。几回不敢上床眠，只恐冷身惊暮雨。

罗衣敝尽不禁春，粉黛凋残玉色新。露冷暗流无尽泪，雪高危塑未亡人。

时非南渡犹臣宋，坐不西方肯帝秦。有日藁砧归复寝，为君重毓石麒麟。

夜夜涕挥雨，朝朝髻挽云。石榴相傍发，犹是嫁时裙。

目极征帆杳，荒山夜泣嫠。背堪题幼妇，佩可勒贞姬。

月照眉还敛，云归梦欲迷。空余藤带绿，一束瘦腰支。

题画[①]（徐本注云：见书王直夫册，下同。）

谁褫我衣使我寒刺骨，谁裂我裳使我裸及足。涉秋江兮波鳞鳞，华芙蓉兮美如玉。薄言采之以舟以方游思兮，容与水鸟兮翱翔。我不如兮忧苍苍，反我初服兮潇之湘。

答直夫寄怀元韵

鸿才屈百里，儒术非迂疏。下下考催科，琐琐屑簿书。黔黎尚爱戴，流俗任毁誉。罢官亦何忧，荷衣服其初。曲径乱栽菊，直钩闲饵鱼。观潮眼界豁，玩月襟抱舒。吾境自高旷，何地为沮洳。但念素心阔，尺缄勤呵嘘。

---

① 《井心集诗钞》本标题作《题画芙蓉》，内容有较大出入，现录全诗如下：谁褫我衣使我寒刺骨，谁裂我裳使我裸及足。波鳞鳞兮烟苍苍，采芙蓉兮潇之湘。返我初服兮，与水鸟兮翱翔。

九月十三日六十初度戚子时霖赠诗次答（壬戌。）

人生三不朽，所尚非长年。黄菊含晚香，岂慕桃李鲜。吾老耻虚度，一艺安足传。故乡归不早，茅庐寄定泉。辱君时枉过，尚论怀中天。滔滔何日反，浊者今为贤。新溪谁砥柱，渔舟红蓼边。

覆舟叹

南村夜呼号，邻里各惊起。知是纳粮船，船倾人堕水。众奋齐跃岸，一人在波底。舍中红颜妻，恸哭抱孤子。官家急催粮，限日不移晷。岂知种禾人，辛勤为官死。闻道收仓官，一斛七升米。生亦长苦饥，不如早为鬼。

题画鸡

为牺或可免，谈幺无其人。两两相鸣将，譬若民有邻。沈君画雄不画雌，画雌怕使牝司晨。司晨不独家且索，贻祸苍生不可言。

咏镜次友人韵

谁铸江心镜，精灵聚百神。蛟龙惊欲遁，魑魅敢相亲。炼铁能消疢，磨砖枉照人。如何奉心女，对尔学娇颦。

丑妇徒含怨，衰翁默怅神。枕边怜破月，塞外悔和亲。拥鼻孤吟夜，知心对面人。鉴湖归未遂，空照远山颦。

晓过涵瑞庵答周子简庵闻前夕已开棹怅然寄赠

喜我素心友，远自菖蒲泾。啜茗话片刻，移舟泊烟汀。方约古精蓝，联床共谈经。东风忽吹去，策杖徒岭屏。橹声杳难即，篙痕渍浮萍。交道久沦丧，于今垂典刑。何时登泖斋，兰芷亲德馨。坐领九峰秀，开我双眼青。

寄莘翁即以永思二字分韵

云山苦迢递，相思各引领。古交非无人，于子淡而永。层楼构家祠，焚香襟独整。矢口无择言，尚恐行愧景。吾衰托蜉蝣，虚名成画饼。梦觉紫薇峰，孤怀日耿耿。

北雾隐蟭螟，南雪僵渔师。与君为鼎足，缱绻均吾思。峡水仅衣带，日夕弥神驰。如何两惆怅，千里同睽违。八旬与七十，聚首能几时。夕阳挂西岭，亟来对衔卮。（丙寅重九后，中风几死。丁卯三月，莘翁知予还定泉，扁舟过访，希虚感欢，因出此诗。如没后，见自家遗笔，不知此身是人鬼也。先儒云：不学便老而衰，今半体如外国民，尚堪危坐观书，与有心人论出处，辩儒释乎？后生监之。自跋。）

挥锄图

挥锄不见金，金在耦耕手。此心穿榻时，铁石锻已久。贼瞒亦可仕，乘轩在门口，何待椒宫被发走？於乎！虚名自古达人耻，君看龙头是年后。

述程万里二母夫人事

峡川晤程君，自言先子病。百药不效灵，和缓亦委命。继母梦前母，授方极简净。一味黄饭饮，久服二竖屏。遵此历岁时，霍然正气胜。我闻为惊吁，佳话助谈柄。结褵甫二期，为鬼不忘敬。自非后母诚，何由感真性。梦寐虽虚无，伦常可印证。阃德格幽明，前后比肩并。双璧萃一门，无惭入歌咏。逸事补彤史，书此用为赠。

题程万里春水荡舟图

曾约雪渔游汝仇，十年不到空淹留。此图仿佛江乡柳，一片桃花喷鱼口。湖色苍茫风料峭，中有幽人独吟啸。吾无佳句快题此，两语截取少陵子。春水船如天上坐，咫尺应须论万里。君如许可默自参，推移自在知苦甘。君不见，西南云起雨脚黑，行邪藏邪判南北。聒耳鹧鸪行不得，二月风涛多叵测。

死节五状元歌（黄观、曹鼐、刘理顺、余煌、刘同昇。）

宋三人，何文陈；明五人，终甲申，黼齐不华何足云。科名状头本琐琐，死节死君看负荷。人人侥幸太平时，不历冰霜谁硕果。呜呼！熊鱼自古不相兼，君不见，兽不食余留梦炎。

哀刘进士次言

与君晤静愉，劝君师静修。违心强唯诺，自此惩妄求。轮蹄剧奔走，役车何曾休。礼闱幸告捷，漫许志可酬。归途苦抑郁，风雪经芦沟。访旧大梁郡，二竖坚句留。赖有仪封人，一棺殡荒陬。世人夸功名，功名土一丘。荣贵尚不遂，况彼富与欧。君肯听吾言，青衿保田畴。清闲享寿考，双山云绸缪。吾老尚及访，白水烹香瓯。今来默惆怅，种桃空忆刘。桃花在仙源，辟秦当早筹。人生驹隙耳，九原知悔不？留鉴后来者，挂冠趁黑头。

庚午冬杪题徐侣郊形景相吊遗照

岁暮漱芳归，入门揖徐君（邺瞻）。手奉伯兄像，云已为古人。相对大恸哭，哽咽无一言。展图两侣郊，一侧一正身。见我各含笑，宛如觌面亲。形影默相吊，命意非无因。我有别影诗，侣郊时吟呻。仿此属画史，旁薄摹其神。悲哉别影者，头白犹半存。而我吊影客，四十登鬼门。继儿导先路，寡妻泪血斑。阿爷顿足痛，昆弟争号攀。扶榇速归窆，古交藉横山（谓张莘臯先生。）。子性不谐俗，痂癖唯定泉。匣中藏拙稿，手录施丹铅。此后更何友，爱我如子真。近道辄憔悴，斯理难具论。老夫亦不远，来春桐斫棺。伴子北邙北，形影同盘桓。

题吴道子孔子像（徐氏栎本有“壬申”二字。）

仙人写圣人，神似非貌似。如何手容恭，一拱误骈指。吉凶分左右，详见童子礼。檀弓述姊丧，明示二三子。吴君方髫龄，师传昧厥旨。不学苦无术，细故失大体。传语草角儿，努力事经史。

答沈约安

七十苦无子，我生不逢辰。空吟少陵诗，长夜泣鬼神。苍苍月离毕，晓窗翻六籍。诸儒聚如讼，满眼塞榛棘。赖有杨园翁，心传接闽洛。十年我生晚，私淑倾葵藿。透发阳明邪，舌敝徒尔为。一木竟何益，齿落忘其疲。君乃怜病翁，一觞为称寿。约来琴雪轩，豪吟漱芒园。宁有劬劳旦，锦屏自编述。徒使五更头白儿，掩涕号天频哽咽。君不见，斗米三百钱，穷檐惨淡烟霏霏，年荒赤子将何依。（以上徐本。）

三嫁妇

女子从一终，道在不二耳。可二则可三，四五何底止。少者笑（一作诮。）多者，所见反不广。历事更数君，古来有榜样。天南孤雁飞，注目发长想。

示吴生（耀）邵生（世烈）

二子静躁殊性情，静者患滞躁者灵。补偏救弊互药石，温凉寒热始和平。吴生当看东海云，奇峰变幻腾氤氲。邵生当看北山井，汩汩深藏一泓泠。三年畜艾痼未除，临别赠言淡而永。持示朗峰共吟风，今宵少饮酒当醒。

题跛仙

凡胎解脱化，不能疗尔足。葫芦中何物，梅子可曾熟。跛翁曰不然，得马未为福。万事有嗟跌，吉凶相倚伏。说法试见身，稳坐膝双曲。处世退一步，知足斯不辱。君看岩上藤，半是不材木。此意画史知，萧疏写单幅。

题吴振式指墨佛手柑

佛未入中国，此果何繇呼？吾欲去佛字，手柑名可乎？道子老孙子，闻言笑曰俞。遂以手画手，墨与香风俱。厥色可抵金，厥性能开瘀。折枝虽虚妄，观象成形模。雨斋坐闷时，一览胸快如。

题牡丹

朵朵如浮云，花神有深意。曰此富贵景，可慕亦可弃。有德斯享之，杯红伴侬醉。不然鹿衔将，狼藉惊晚吹。画师默会心，象外逞能事。不徒眼前花，笔端饶妩媚。

茧圆歌

腊月十二，俗传为蚕生日，作粉饵祀灶，呼曰“茧圆戏”，为作歌。

黄金白金鸽卵圆，小锅热炊汤沸然。今年生日粉茧大，来岁山头十万颗。新妇端端拜灶君，灶君有灵风卷云。丁宁上启西陵氏，加意寅年福蚕市。问它分数隐语骄，十二楼前廿四桥。

女抱母

秀水斜桥夜失火，一母病痿，长女裸而逸，次女年十三[①]，抱母死火中，作《女抱母》[②]。

姊为裸虫生，妹作火蛾死。妹岂不爱身，与母同一体。母尸女骸两相抱，乳哺还如在襁褓。烈焰难销母子身，真火难熔贞孝心。团团方寸明如晶，中有母女偎抱形。姊来下拜空涕零，百万裸虫都枉生。

典田行

家家典田不买田，口典契卖从债盘。称心起息按月算，母一子五恒相权。今年田收开亩角，后年蚕熟粮推完。贫家田日少，富家田日多。点墨署花押，后悔无如何。贫家田尽且勿愁，富家田多起高楼。楼上笙歌冬彻夏，楼下呼卢晓连夜。天道好还君弗讶，卖田便是典田者。

将归越留别诸同学

我本薄福人，绝嗣乃素分。忽于大歉年，无端自取衅。遂继扬州儿，门东啼索饭。手皴苦索薪，头童更司爨。区区八亩田，官粮亦难办。如何给五口，饱餐免涂炭。计惟逃空山，披发坐平旦。不见亦不闻，消息参鼻观。老死附先茔，枯髅古藤绊。但念丱角交，痛惜分手半。

---

① 《井心集诗钞》本“年十三”又作“年一十三”。

② 《井心集诗钞》本“作《女抱母》”又作“作《女抱母》一章，章十二句”。

迢迢五百程，此生难会面。那能不乌咽，风吹雪花乱。孤舟大江滨，行李半肩仪。绘为生殡图，路人笑舆榇。达者亦何悲，盛衰任天运。渺身本须臾，聚散何足问。努力崇明德，慎哉保方寸（此书尺幅亦章草，李秋纫家世藏。）。

闰月叹

去年六月雨不绝，今年六月暑独烈。茅斋逼仄如红炉，赤日当窗垂火珠。仰头赤日尔何虐，农人种田水如烙。纵然闰月无几时，泽不及人多怨咨。老天自有真岁月，和气熏人入肌骨。何劳强赘三两旬，牵长一夏蒸杀人。

题壁松

昔者紫云、万苍两山两松树，一围一丈一八尺。晚村作歌纪其寿，德祐洪武细考核。一宋一明争后先，老干双撑万年碧。今所画者何代松，盘枝曲铁高童童。龙蛇走壁暗秋雨，波涛满屋来悲风。画虽今人松非今，古色惨淡烟朦胧。或明或宋自参取，托根决非贞元中。紫云万苍不及见，得此仿佛对我面。座中扑鼻松花香，灯下浑身古藤缠。欷歔不觉神魂飞，把盏淋漓手寒战。腐儒感慨千载同，松乎松乎复谁恋。歌成痛饮倒竹床，一枕寒潮落空院。

采芝图

首阳今非吾家，何以采我薇。商山亦非吾家，何以采我芝。曰归曰归君胡归？呜呼！曰归曰归君胡归！

吴复古金陀把卷图

前金陀，岳劝农；后金陀，曹司农。今之金陀复古翁。复古平生浪游癖，千里能来挂双舄。偶然把卷一留名，买园主人反为客。僧繇有意写东绢，额虎肩鸢目如电。忙中尚手铁函史，醉里不忘巨鹿战。金陀荆棘百年余，纵有笙歌实荒院。得君寄此重洗除，乔松古石开生面。噫嘻乎！复古复古，如今复何古？为劝农耶心独苦，亡国之遗力何补。为司农耶哙等伍，黄钟自毁瓦作釜。此间立脚我为主，肯向儿曹别门户？齐山龙山古池州，昭明之台萧相楼。桃源为春兮菊所为秋，归来归来兮，金陀不可以久留。

题复庵先生集后

醉里旧门阀，茅堂白日春。逍遥东晋土，游隋大元民。风俗今时魏，桑农古地豳。蚁杯共贤圣，蜂户定君臣。萍水簪初盍，天涯泪满巾。飘摇怜帝室，慷慨缔周亲。履险忘鱼服，怀忠冀蠖伸。不因韩事汉，或者楚亡秦。真宰竟茫昧，旄星尚向晨。悲凉传列女，辛苦负先人。我亦西台痛，心悬北关尘。频来宵宴坐，空度岁寒辰。坏壁琴声在，危楼月色新。竹疏荒委地，梅老立孤身。遗稿心为史，哀辞血未泯。铁函好收拾，他日献丹宸。

读亦亭偕同人游倦圃诗次和十二首（录四。）

任汝三迁主，犹闻倦老遗。堂无面西榻，松有向南枝。野鸟愁矰缴，飞虫避网丝。金牌有遗憾，百载痛流离。

遥想贞元后，谁来住此间。荒池行潦积，野竹泪痕斑。山鬼空啼啸，城狐日往还。徒闻求旦鸟，永夜语关关。

此会吾难值，诗成也不辜。梦游如到眼，醉咏独拈须。慷慨怀前代，乾坤剩老夫。明年春涨绿，同尔刺飞凫。

不信鸱夷老，扁舟越国回。世情遗苦李，往事味酸梅。一笑金陀废，千年倦圃开。自余题品后，寥落更谁来。

海溢内地水化为卤

清晨汲水煮春茗，却似乘槎挽东溟。吾于世味本淡如，咸苦遍尝何择诸。三碗饱吃亦不恶，伯夷宁弃贪泉余。独怜中外两难判，以咸混淡紫朱乱。履霜不戒冰乃坚，正味销亡俗情眩。谁能煎汰还本然，万里一碧清且涟。瓦瓢掬珠弄秋月，光明洗出尘中天。

琼花叹

扬州琼花，天下止一本。花侧有亭，颜曰"无双"。自宋德祐乙亥北师至，花遂不荣，因可大之扬，作此吊之。

老鸦乌乌萤火稀，夕阳古观蝙蝠飞。杨家小儿误相识，亡国空传为丽色。生来欲表中原瑞，天下无双实无愧。可怜劫灰吹满天，天亦妒花花何颜。北风阴阴书啼鬼，一夕香魂抱根死。黄泉碧血梦不醒，玉瓣金茎月中影。寄君杯酒与神语，神之来兮泪为雨。贞心在地皎如日，还我千年旧春色。

闻黄河大决作告河伯诗

《唐·五行志》云："取财过渡则阴失其节而水溢，盖母气虚则子气泄也。"自予论之，苟不过取，河不当决耶？盖阳火微则阴水炽耳，感而赋此。

明王祭先汝，汝为天一源。汝有不白事，何不白帝前。徒然变陵谷，鱼鳖我人民。人民亦何罪，李僵代桃冤。吾为汝伯计，汝勿妄怒嗔。充汝力所能，聚汝仇所专。择人而鲸鲵，择地而潴渊。不在剪枝叶，务当穷本根。为狐城不惜，为鼠社可捐。一决一路哭，再决天下欢。河伯闻此语，垂头发三叹。我力不及此，帝意恐未然。山川久无灵，大块令颓顽。谁能挽气数，逆流成安澜。乘龙方鸱张，君亦无多言。再拜谢河伯，三诵磨兜坚。

吴竹岩墨梅卷

老夫无月不看梅，无梅对月心便灰。梅精月髓两凝合，把杯彻夜长徘徊。诗人有意写横卷，挑出银盘光灿烂。暗香引梦逃空虚，身坐罗浮正月半。人间何处问春王，元宵羯鼓摧新腔。广寒宫殿黑如漆，真珠楼阁山沉江。画中犹见南枝发，莫问真梅与真月。真月腹缺虾蟆馋，真梅根断狐狸窟。安能保此双婵娟，团团普照江南天。不亏不落自今古，清光疏影千万年。

集小斋限韵

良朋偶集逢良日，意外熊鱼两得兼。碗富旗枪供茗战，胸无鳞甲绝瓜嫌。雄谈夺席多违俗，薄酒倾罍未害廉。但恃交情闲处久，莫贪世味苦中甜。风波隔浦惊魂乱，荆棘当场刺眼铦。冠可履加怜楚沐，股如腰大少庐砭。自方粤雪应招吠，喜芼吴专且下盐。梅影照窗终破萼，溪声绕屋一掀髯。消除客气归琴轸，点染残山上笔尖。拂尘去尘风猎猎，呼春入座日炎炎。笑他腐鼠徒空吓，肯放神龙浪出潜？草野更谁嗔倨侮，兴酣卜夜烛频添。

翠微峰

我思翠微峰，芙蓉碧成朵。涧头红叶流，洞口白云锁。中有无税田，及时灌瓜蓏。奉先登五谷，延客陈百果。奕叶长子孙，嬉戏发垂髫。淳风溯无怀，与俗判水火。九老昔比邻，谈易日班坐。结交砥金石，联吟唾珠颗。草木纪春秋，冠裳异髡裸。抵牾谁复谁，周旋我与我。生世慨不辰，孤踪历坎坷。忍耻随佣奴，筋力半颓惰。直躬屡遭谤，危言实贾祸。虎豹群眈眈，蛇虺聚琐琐。何时脱尘埃，诗囊付奚跛。问津桃花源，长往溯江舸。把茅傍德邻，烹鸡醉白堕。老我万山中，烟霞大包裹。

叠韵再答竹溪

君不见，秋来丹鸟羞白鸟，百族纷纭无日了。何人哀掺传猗兰，我欲涉江江水寒。民穷岁饥谁惜此，可怜敲骨原无髓。莫言五凤方抡材，寒灰老作锅脐煤。日月无为坐成化，短烛安能照长夜。

再叠寄亦亭

公昔曾吞五色鸟，黄鹤楼高一拳了。舌花香生井底兰，奔走不救儿号寒。冷官待补安事此，腹有文章六经髓。霜皮黛色岂散材，砚头乌玦非枯煤。点睛会见壁梭化，阳旭终开九幽夜。

三韵三篇和杜工部

密雾定藏豹，深渊必潜鳞。非时不见影，山川有鬼神。达士志千古，胡为浪失身。

既雨还复霁，东林挂长虹。淫气偶尔垂，安能夺天功。旭日含露华，万象春风中。

汉重乡里选，唐制租庸调。驭世固多术，谁当握其要。遐哉睢与麟，抚卷成独笑。

题画树

郁郁此何树，莫笑画不问。若是宋河山，莫种桧一本。桧根蔓引杨树根，翻动龙宫龙夜奔。君不见，会稽风雨潮上时，帝魂啼上冬青枝。

嘉兴城

孤城不受降，屠城那得免。将军令一下，杀人等鸡犬。自古皆有死，立节有大小。生者翻可羞，死者乃足贺。嗟尔城中人，何曾杀半个。

殉葬女

豫良从兄言：清初，扬人有卖女于满州殉葬者。感而作此。

百金卖女作桃叶，千金卖女作鬼妾。阿爷爱钱不爱女，但得钱多身可许。女身本是耶所生，耶命女死女敢争？生来不识胡儿面，杜宇声中泪如霰。明眸皓齿为谁宠，永闭幽宫木成拱。女虽死兮耶勿耻，九原可质尚处子。君不见，琵琶马上千秋污青史。

题郭谦风雨图

许鲁斋此题有诗云："南山已见雾昏昏，便合潜身不出门。直到半途风雨横，仓皇何处觅前村。"盖晚年大悔悟语也。李子裳吉嘱题郭画，数年不就，适观元诗得此绝，遂赋此塞责。

秋来剧风雨，日哦不成句。偶观风雨篇，抚时得深悟。许公诗意郭公写，四百年中经再度。狂澜动地吼奔雷，万木战天山欲摧。偶然约客出门去，半途懊憾车难回。旁观惊诧犹等闲，不知当局忧千端。从井难夸援溺手，徒使衣冠委泥垢。何人错认晴和天，樯倾楫折还晏然。一言寄取慰行旅，要在先几防未雨。此风此雨有由来，君不见，月轮生晕础长苔。

金沙滩

金沙滩头髑髅泣，金沙滩上宫殿立。夜深磷火上帘箔，细雨沉沉风卷幙。一鬼笑，百鬼愁。贵与贱，命不犹。荆花一枝茂，萱草未忘忧。岂无亲骨肉，与我同啾啾。戚者尚尔尔，于汝亦何尤？

读芬佩哀石墩道旁李花诗有感作

妒花折李花，折花并折干。折干尚不足，掘根委薪爨。可怜蛰地龙，精英逐风散。李花自笑还自悲，底事晓妆玉璀璨。当时托身在空谷，长夜千秋光夺目。

汝仇湖

湖故蓄水资灌溉，近县官开田，为国增赋千万钱，湖田熟而高原数十里之田灾于旱矣。感而赋之。

湖田开，湖水涸。湖水涸，湖田获。官家增税笑而谑，吸取湖波入官橐。岂知十里青青禾，一月不雨成稿科。湖田虽熟收满篝，十家欢乐千家愁。哀哉！汝仇湖与汝诚何仇？汝仇兮汝仇，湖兮湖兮真我仇。

迎龙祷雨歌

鼓冬冬，迎纸龙。龙能兴雨纸亦可，何用尾鬣腥吹风。田中龟兆土百坼，早稻将枯晚稻渴。五日不雨田减租，十日不雨年大无。尔龙有角听吾语，急向龙宫分勺许。不然徒博叶公喜，虚冒龙名实堪耻。吾纵不焚尔之而裂尔甲，尔亦胡颜久居此？

化龙张氏斋得观井田砚有感

海角萧条古茅屋，绿韭清尊光映烛。无端老泪忽交颐，片石摩娑看不足。井田破坏几千年，眼底犹见沟浍川。背铭瘦字米家法，虔刀一一亲雕镌。呼童渗纸夜摹榻，窗外竹喧风飒飒。西邻若问打碑声，来早勿传客姓名。

雪蟹行

濒海黄甲产甚夥，冬蛰穴，不易取。遇初雪照耀，误认为日光也，乃群出穴，朔风遂僵之。渔者伺其候，日可拾数千。感而成诗。

海沙茫茫冻泥早，介士潜形穴为岛。腊雪何来巧赚人，长夜居然日杲杲。百般钩饵誓不出，此夕欢呼共驰逸。双螯甫骤八足僵，始信人间朔风疾。渔翁入市争换钱，公子对泣愁登筵。作书为寄鲂鲔伴，白日还须作雪看。

狱中儿

事详《张司马遗事记》。

狱中儿，今何之，老翁何人生此女。女心翁心水与乳，忠臣有后天所与。君不见，廿载蒙茸汉家节，毡可吞，雪可啮，先人血食不可绝。皇天兮有知，皇天兮有知！狱中儿，今何之？

爷哭儿

详《张司马遗事记》。

爷哭儿，儿岂博徒，五白不转一子虚，英雄邂逅何时无。爷哭儿，儿亦哭，血性互感触。儿当为忠臣，岂特了科目。石头城下十万兵，马前赤子叩首迎。赋诗横槊慨以慷，血袍淋漓白面生。皇天不佑功莫助，海波不振厓山崩。文山叠山吾弟昆，黄冠故乡归九原。口含白刃见爷笑，望儿大成儿不肖，孤擎日月手震悼。

江中马

事详《玉带记》。

江中马，腾天空，与人一心成大功。骏尾萧梢起白波，四蹄蹋石驱鼋鼍。三花九花何足羡，一匹青龙水中电。冯夷惊喜马前拜，马上将军泪横洒。玉带区区上神儿，白璧何由报天子，马不负臣臣负矣。

二贤诗

明孝廉巢端明先生，讳鸣盛，国变后不出。其孙偶冠时冠，先生怒，召其子杖于厅事。孙大惧，赴水死。今诸生张佩葱先生，讳嘉玲，自执贽杨园后，弃青衿，从事正学。其弟服中生子，亦召弟杖于母几筵前，弟妇愧死。两事揆之中道，不免过激；然忠孝性成，闻其风，可以廉顽立懦。诗以记之。

训儿本父道，刑妻固夫职。一冠尚有诛，况乃丧可匿。春秋严首恶，不殊家与国。末世事包容，翻笑贤者刻。安知乱国刑，重典始惩慝。平生忠孝心，自反实无忒。激变纵贻悔，道在不容嘿。忽忽五十年，典型已灭熄。服妖化闺阃，家督喜形色。首绖朝甫除，汤饼暮会食。矫首思两贤，秋空度高翼。

叠韵寄嘉木

天末望雁字，萧疏带行草。两月无家书，思君令人老。修竹与苍松，不为一时好。名山会有业，捻髭讵肯了。昂藏七尺雄，洗刷一寸皎。试听鹖旦鸣，初更已求晓。

题黄子久吴门秋色图

吴门秋色今何如，与公论世我岂殊。缥缈峰头鸟影没，白鹤江前波弄月。垂虹宝带柳萧索，栌橘菰苄忆归客。叶落谁寻梅福居，鹃啼犹傍亿翁宅。吾不工画画以诗，大痴道人老兼之。长卷设色淡而古，一坡一树经营苦。壮夫何屑为雕虫，不衫不履自客与。由来熟极巧转多，纸尾小楷碑可摩。柯文附骥亦风雅，大巫小巫奈尔何。锦村老农具真识，抚轴摩挲三太息。我题此句亦欷歔，吴门秋色今何如？

题赵子昂马（梦中作。）

山城晓市云泼瓦，街头牵过子昂马。此马骨格天下奇，一毛不杂墨自写。神闲意旷气清挺，万里只在眼光下。张公买马买子昂，子昂欣欣马怏怏。子昂藉我啖名耳，我岂凡姿待推赏。紫髯绿眼白兜子，莫笑胡奴是知己。殷勤拔我来中华，明光殿下群喧哗，竞说郭家狮子花。寒霜蹅铁秋风高，我所思兮九方皋。时无英雄伏枥鸣，不如转向沙碛行。

高竿行

高竿挂人头，下视空九州。骨相虽不灵，精气薄斗牛。义士下拜拟抱葬，逻者击柝鸣相望。但有葬头心，何必葬头客。千古万古传此歌，小越桥边语水白。

读杜集自慨

公生虽不辰，于我固霄壤。犹然哭吞声，所历动凄怆。我乃强欢笑，俯仰意惝恍。春云昼常明，秋月夜亦爽。碧翁淡若忘，黎首翕马向。可怜布衣老，六合剩孤掌。研朱勘遗集，高歌倚灯幌。

八禽言和汪津夫（录三。）

醉酡酡（其四）

醉酡酡，有酒不醉君奈何？请看酒星贯月惊姮娥，娑婆颠倒山与河。蒙蒙雨，日披蓑。云来兮，舞傞傞。天翁亦酡酡，君不酡酡将奈何。

弗着裤羞（其五）

弗着裤羞，我生不辰，冠不全，履不周。剩此两叶裤，免与狉獉俦。奈何裸饮夸风流。劝尔着裤尔弗愁，有时裳被体兮冠加头。众皆黻兮尔裤不留，日出照影羞么羞。

凤皇不如我（其七）

凤皇不如我，竹根枯死桐爨火。九苞离披尾琐琐，一母双瞽九雏跛。垂裳看我当阳坐，鸱列右兮枭侍左。文物声名颂颇颇，凤凰如我不如我。

野望

淡云孤鸟没，新涨小桥通。花木春残后，山河麦秀中。家乡仍客子，壮语得衰翁。剑匣谁开觑，楼西陡作风。

焚枭尸

会稽道墟章氏，母早寡，育子及长，横暴，尝手杀其妻。至是通于叔母，叔觉，欲按其罪，遂弑其母以陷叔。举族白诸令，曾令惶骇告太守吴。吴曰："当今尧舜之世，安得有此？灭其迹，可也！"令归，杖之百卅未死，舁焚五云门外，扬其骨灰立尽。时夏四月十二日也。

凤皇鸣，黄河清，四海升平圣人生。乃有越鸟枭，食其母，声噍噍。目不见尧与舜，耳不闻咸与韶。哀哉寡母，羽秃尾焦。生儿自戕母何罪，有司懵懵不知悔。焚尔尸，灭尔迹，天黯兮，地为赤。高官不罢，卑官不谪。舞蹈呼天，深仁厚泽。

褫先臣

一友显达得诰封，先世衣冠，画史皆为更时服，子孙黯然神伤。作此志慨。

先臣何罪朝三褫，生荣死辱凭画史。峨冠博带垂典型，班班勋伐传墓铭。如何面目顿改易，皮笠箭衣啼袖窄。祖考黜陟由儿孙，儿孙加帽祖考髡。高堂罗拜银烛昏，照见九原双泪痕。

十月朔过梅津草堂赏菊用元人郝伯常韵

树中有女贞，花中有旌节。梅津老处子，结庐蔼丛樾。著书誓枯坐，与俗罕交接。篱东莳寒葩，积雨泪垂叶。白日永不照，望恩君岂屑。一朝晚风晴，索诗亦肠热。我来暂开颜，萧疏乱行列。爱客影更清，入冬香不灭。浔阳千载心，风流未消歇。有酒且尽欢，高歌待霜月。

留别雪渔十四韵

渡江得一人，雪渔我石友。其诗霜天鸿，其文云梦薮。其品润而栗，浑茫玉未剖。频岁藉琢磨，心函[①]订久久。秋风起归思，杜门养衰朽。乾坤入午夜，头白忍分手。阿咸重攀驹，卧雪更哺彀。四明[②]十里近，明年数聚首。邮筒密如织，信宿问安否。不比吉贝村，洪乔付乌有。既喜行复悲，欲别看枯柳。卖犬今暂归，来期上元后。两月虽迅速，吴越判卯酉。相思拚一醉[③]，薄暮饮醇酒。

题外父晨村先生倚梅望日图

和靖伴梅吟抱膝，花顶犹衔半边日。晨村倚梅梅影寒，红旭只存图画间。四更五更月皎皎，天下雄鸡都失晓。先生独坐亦何为，一身清露沾裳衣。不如高卧掩双扉，落花满径聊充饥。

万金帨

满州官人尚绣帨，工巧绝伦，价值万金，上方颁式广陵制贡。作《万金帨》纪其异。

胡姬晓妆云绾辫，花帨垂胸风婉娈。面面翻飞锦绣香，灭尽两边针线行。宝珠斜串玲珑玉，金凤银鹅颈毛绿。绿窗熊熊光闪睛，广陵好手监织成。万金工价尚嫌少，旧谱那知新样巧。只求纤艳压宫娥，岂惜红女忙机梭。君不见，马娘采桑乘夜雨，十载养蚕裙未补。

高公来（有序。）

淮水势大总河，高秉恇扰莫措，私开堰杀其流，而安东四县遂漂没。作此伤之。

高公不来水不高，高公来，淮水滔滔二丈涛。高公功高夜决堰，洪波直泻光若电。田乎海乎白一片，高公大笑坐舩尾。呜呼！四县生灵一妃子。

文房四友叹追和谢皋羽先生韵

原序云：兵后四友流落，有访得之者，则顶秃足折，笏碎幅裂。自秦以来，未见吾党获祸如此之惨者，是以为之长太息云。

虎仆颖秃麝煤朽，龙尾溪干龙子去。秦火厄经儒再坑，宣德罗纹烬何处。四友才华凌鲍谢，嬉笑不堪供怒骂。醉来挥洒自豪雄，髡钳何羡青蝇赦。平生逢世百不如，执拗自笑缘虱须。剡藤茶库清可爱，笔削当年董狐在。明鉴频遭丑妇冤，反诧迂儒怀璧罪。高齐瓣香虑与姬，紫玉一隅重廓池。箧底澄心余短幅，白笋柳条森一束。群村可集更峥嵘，石田草长锄非族。冬青树老叶不生，百穴蚀腹群蚁争。夜寒谁泊西台下，训狐晓啼朱凤哑。

许慕迁属评宋诗钞

柴门水新涨，欣然接故旧。扁舟一册书，属我正句读。时流判唐宋，聚讼若蛇斗。持论多偏袒，畸说狗师授。南阳太矫枉，于杨独迁就。博采三五集，新颖杂芜陋。其他惟欧苏，大家为领袖。梅王黄张陈，整辔极步骤。此外范陆刘，妙语悉奔凑。平心递高下，风气有先后。唐病在肤廓，宋失之学究。就中两敌者，品格亦殊候。意尽意不尽，此间听雅奏。变雅诸遗民，残山立苍岫。吉了数声啼，长宵俨清昼。闰余节候乖，留此续宇宙。唐风却愧兹，铁函纪德佑。当年采诗人，

---

① 《客星零草》本“心函”又作“盟心”。

② 《客星零草》本“四明”又作“四门”。

③ 《客星零草》本“一醉”又作“一觉”。

哀吟日三复。我今重感伤，秋虫绕寒甃。谁欤许月卿，素风见贞守。什袭归德星，紫微两眉秀。

和厉云程人日诗

鸡狗方喧豗，马牛复奔轶。危乎犹有人，屹然成此日。新句重刮磨，旧稿尽涂乙。惧以伪乱真，当考名称实。洁身如守闺，处事若断律。青天绝飞龙，白眼自扪虱。肯与儿辈伍，要从兽群出。惠我药一瓢，酬君布双匹。

追和元人张宪玉带生歌

紫玉腾光射箕尾，半壁河山浪中砥。春秋笔削状头人，青毡坐镇乌皮几。白虹绕身带一围，碧血暗洒忠臣衣。夜寒泣书征虏表，旄头下堕当窗飞。南渡雄文名冠榜，中华形生了指掌。经纶满腹绩可奏，岂料平成托虚想。毒蛇穿窟杨髡师，龙魄震惊鬼泣垂。慷慨可怜晞发子，子陵台上题哀词。冻雷无窍泄帝怒，憔悴冬青滴寒露。金乌失御蟾代司，百岁乾坤委流寓。呜呼！玉带生，计何拙，我为生歌重激烈。墨痕香渍今何存，万古精华井中铁。

哀我生行

我有河山兮谁甸之？我有人民兮谁尸之？龙生卵兮羊食其儿，虎失穴兮犬室其妻。哀我生兮丁此时，哀我生兮丁此时。

桶中妇

赤城吴微之，宋亡不仕。大雪易谷巨家，值众客赋诗，分蝶字韵不就，微之笑曰："吾欲用滕王蛱蝶事耳。"客惊叹，使人尾之，荆扉竹室，不蔽风雨。见桶中一妇，盖其妻也。问微之所在，曰："出捕鱼。"因作此美之。

桶中妇，外间风雪尔寒否？鱼满罾，酒满缶，举案相庄若宾友。竹屋荆扉共潇洒，渴不饮胡儿酪，倦不乘胡儿马，一桶中原宋天下。〔滕〕（腾）王口蝶落尘寰，尚嫌夫子好事者。

蓄发丐

幽湖一丐，弃妻子，行乞，蓄发梳髻如妇人妆，十余年矣。

呜呼！发不丐汝，汝独丐天。发宁为妇妆，不为男髡丽酷罚。人或叩之，嗔目曰：尔何知？吾将为帝者师。呜呼！丐兮丐兮欲何为，人不如丐兮涕涟洏。

和雪渔梦游东海歌

狉獉荆棘本吾侣，别有烟霞开太古。与君何幸结枌榆，薪胆同生报仇土。报仇虚愿蜃为楼，东望洋洋拟壮游。大风陡起水人立，群龙乘波角濈濈。珊瑚烛天珠照车，海若来迎向西揖。我所思兮将何之，东方侏儒九种夷。仙山飘缈蓬与瀛，贝宫银阙罗阶庭。令我神悚目为动，片片紫云鹤飞送。天鸡唤起红轮光，熊熊一点坤中阳。照破中原扬黄雾，拍手大笑沧为桑。儿曹倒榻睡未觉，我梦初醒方击棹。灯前瓦砚泼眼明，墨池浪皱非无情。谢公东蹈会吾意，雪里渔舟寻活计。终当从子把长竿，荷锸家山干净地。

坏官雨

浙东西吏多贪庸。秋大旱，一日罢斥大僚及丞尉二十余员，民大快，雨遂降，呼为"坏官雨"。

贪官驱魃灾吾民，田苗枯槁愁杀人。官不坏，雨不来，一日坏官民快哉。民气一苏雨滂沛，半夜水高三尺外。呜呼！安得坏尽天下官，十风五雨四海安。

题飞剑图

道人高卧松阴下，天怀颇似忘机者。腰间青龙忽飞去，一道寒光向空泻。精灵自有不平事，羞与儿曹争意气。冻枭残虿满人间，霜锷棱棱肯轻试。乐府刘生侠少年，每叹剑术今无传。雄心寥落寄图面，白眼往往呵苍天。我有床头疥瘠宾，十年不磨光射人。余腥尚带汉蛇血，汗珠欲拭馋鲛津。通犀文玉半凋蚀，长夜一鸣蟾失色。何年与子合雌雄，冲宵化作双飞龙，东旭一挥天下红。

皇天哭

杭民以抚军卢倬贪婪收系，而藩司张若震独安然，遂遍揭廿字于通衢云："贪官捉卢倬，问官何太酷。漏网张若震，皇天日日哭。"时霪两雨两月不霁。因作《皇天哭》。

皇天哭，两官同攫肉，一官荣，一官辱。荣者坐高轩，辱者手桎梏。皇天无奈何，泪渍淹秋谷。百姓呼皇天，我哭君莫哭。君不见，小朝廷，赫赫光生珷玞玉（首相张廷玉，若震叔父也。）。

元旦雨

溪雨蒙蒙酿早春，履端底事触愁新。英雄老尽天应泣，我亦平头六十人。

题查伊璜山水图

一角东南旧山水，海风吹尘暮烟紫。阿谁高隐碧林中，矮屋深衣读心史。入趋人拜群妇女，我春我秋鲁男子。墨光不是松间煤，忠臣之血义士髓。万杵捣成乌玉精，浓云细吐玉带生。洒来一派清刚气，苍然古木含坚贞。君不见，素绫黄色前朝物，多少泪丝斑斑指痕捏。

抱外孙女阿巽弄白发作络丝状戏成

周岁女儿解络丝，丝不从蚕口吐，是爹爹颔下鬑鬑髭。爹爹胸中经纬能几何，不登机杼成黼黻。徒尔晞发山之阿，沧海底赤桑眼枯，千茎万缕雪婆娑。西陵女，何时过，缫三盆，成五纶。爹虽老，心未灰，纶兮绰兮惟所裁。岂托庇于一身，将衣被乎九垓。

牝鸡

晓枕闻鸡声，无雄代为唱。山妻自惊讶，休咎嘿忖量。余曰此何异，天运叠兴丧。譬如旭不升，司夜月为将。天下皆牝鸡，何者牡而壮？家索宁足忧，山河发悲怅。

鲁烈妇

张氏，洙泾人，鲁并养其女，妻其子祥。祥母故娼也，强之为妓，不从，遂万年桥下死。

呜呼鲁烈妇，乃是鲁男子。为妻道，立夫纲。为臣道，雪君耻。投身万丈流，妾心有如水。水中寸心化为碧，千古青楼转生色。呜呼！古来巾帼，丈夫甘为娼，誓白首，不从良，闻烈妇风合羞死。呜呼！鲁烈妇，鲁国奇男子。

东汉木

余雪诗有"野老白头谈往事，传闻先帝十三年"之句，汉木云"今必无崇祯时人"。昨客从禾郡来述，楚人一百十八岁，方巾坐舆中，当事饯之入燕。有感作此寄柬。

此日有遗民，居然岸角巾。偷生同木石，尚齿伻睢麟。感慨恻，惊相报，春秋拟细论。雪诗吾岂妄，忤俗尔休颦。

扬子江中读《离骚》

哀我生兮须臾，倏周甲兮北游。沿波上下兮溯江流，蹩躠靡骋兮归乎休。展骚经兮慨以慷，白日落兮烟茫茫。吁嗟！先生兮逢时不祥，我独何为兮心感伤。雁飘飘其高翔兮，鹭贴浪而飞集。彼禽鸟其乐群兮，乃嘤鸣之无匹。吁嗟！莫我知兮，山苍苍而中立。雪庵如可作兮，惟我歌而子泣。

犬生角

秀水新泾北五里，农家张氏黄犬生二角，长四寸许。

谓尔为犬角嶷嶷，谓尔为羊吠嗥嗥。亦羊亦犬，一官两曹；非犬非羊，孰祥孰妖？呜呼！犬羊兮何时远逃。

白虹笔歌

白兔芒寒月精饱，化为白虹亘苍昊。下饮墨池云皎皎，西方金龙食蛇脑。天老枢星寒堕石，易水悲歌皆尽裂。阿房焦土化为灰，灰飞冷含一枝雪。笔削春秋贯日中，肉眼谁辨雌与雄。免冠半秃城可封，晨窗挥洒霜染浓。千秋大愤仗尔宣，一腔热血惟吾同。吾没世兮尔谁适，从尔且入冢兮吾道其终穷，吁嗟兮白虹。

彗星行

仲冬始见芒洒洒，元日经天更光彩。居民拍手候初昏，仰首聚语如云屯。或灾或祥互占测，我愧无书证甘石。天心茫茫杳难问，除旧更新帝所命。吾家敝帚卧墙脚，如苏卿节存大略。何当助君一汛扫，抉破阴霾旭杲杲。

双柱砚歌

晚村端砚两鸲鸽眼琢两柱，背镌云：“天目西来双柱长，中间不合落平洋。南龙尽处无人识，五百年间续紫阳。”今归鸳湖汪氏。

天生两目在双乳，双乳化为双玉柱。哑铃谜记改新铭，砚乎砚乎谁琢汝。汝肤如女肉如玉，景星堕地泣而哭。北龙尾大南龙僵，吁嗟紫阳宁浪续。平洋土槁生海尘，片石可语徒欺人。丁男甲子了何在，断头残角含悲辛。后来宝玩勿轻掷，只算龙身一瓣鳞。

邯郸娼

杨维祯《老客妇谣》云“少年嫁夫甚兮明”，结云“辨妾不是邯郸娼”。作此反之。

邯郸娼，誓死不从良。少时不悟生娼家，妖娆一朵烟中花。辜负新天子，迎我七宝车。宫中才人美而少，头白不中供洒扫。新天子，恕我老。少年嫁夫甚分明，一生止守一姻娌。

大人来（有序。）

海昌令闻钦使将至，督民斩道傍桑。一独叟仅亩许，斫略尽度，无以生，遂赴海死。作《大人来》一章，章十二句。

大人来，除道斩我桑。我桑衣我茕独叟，桑死我命能独长？桑根不复续，我生亦何为？

不如赴洪涛，攀我扶桑枝。此事道路传，大人聋不知。赏钱买得熟眠蚕，官舱酣坐待缫丝。

短歌行二章

击长剑，和短歌。歌未竟，泪滂沱。太孛袭月蚀山河，东方不高奈老何。

击长剑，和短歌。歌声呜咽，烛暗泪多。天青苍，月婆娑，剑光人影相戛摩。邻鸡不鸣虫语讹，优游奈此长夜何。

猿骑马

两间一戏剧，何真复何假。君不见，唐三郎，李天下，猿为人，犬为马。红衫背挂戟手把，居然兽率舞，讴歌遍原野。岂知越土水荒民，西畴无稻屋无瓦。

胡乐

畴非赤子甘为此，令我闻歌颡有泚。千秋作俑武灵王，变风易俗吁可伤。香山法曲慨以慷，拟正华音觅牙旷。从来审音与政通，摘阮挡琴谬相尚。吾有响水蛇跗纹，十年不抚囊扑尘。月寒夜静谱短歌，一挽噍杀归平和。

题金羲南乘风破浪图

公无渡河风折〔舵〕（柁），公急渡河冰坚可。回车策驭两无违，此中行止正由我。我岂不乐乘长风，时不可兮心忡忡。夜劳梦想且何济，厕身仍在洪涛中。逆篙撑住逆流溯，历尽艰苦百无惧。海东云起龙乘雷，顺帆渺渺登蓬莱。

思陵曲和金箱韵

骨蜕神龙隧盘曲，万鬼呼风夜深哭。几朝奸珰毒生灵，锦绣中原化为谷。于今俦复拜山陵，樵子百年头鬔鬙。丁丁铁斧不敢下，高松坐见猿猱升。松枝蒙蒙露珠泣，海底无由掣红日。当年玉匣宠名妃，此日龙蛇共栖窟。诸臣不少唯与阿，青衣行酒朕肯么。朱履一足天左倾，夷齐下山歌凯歌。我曾阅史发哀调，冬青岭头起孤啸。愁听惨雨乱莺啼，厌见妖春万花笑。孝陵咫尺碧云间，昨岁金焦中道还。何况昌平眼寥廓，殷勤剔藓摩碑颜。梦回空想烟霞麓，点点牛羊草根牧。夕阳隐跃飞金蚕，遗诏凄凉有谁读。

漕河水（有序。）

粮艘过瓜州，犁缆覆民船，死一女，年十五。作《漕河水》一章，章十五句。

漕河水，流汤汤，官船满载皇家粮。官船拖缆民船覆，可惜十五小女郎。女郎亦是官家民，青裙白尸浮水滨。运丁拍手掣篙去，棺殓仍出瓜州人。瓜州人，语船子：皇粮贵如珠，民命贱如水。年年犁缆坏民船，去岁同船七人死。

水军行（有序。）

官设水军救民灾，乃乘急攘民财，官弗之禁，是益薪矣。作《水军行》一章，章十一句。

水军水军，春不雨，天如焚，祝融不悯灾我民。尔食官家食，救灾尔所职。奈何阳为护民阴作贼，乘民之急攘且匿，官不欲问吏敢嗔？明朝割鸡酬乡邻，焦头上客延水军。

碧眼儿（有序。）

郝甥邑征为弟娶妇王氏，生子，双眸无瞳，性亦迥异。原其始，妇先世胡人，洪武初投诚，赐姓王。迄今几四百年，生子犹碧眼也。世之择姻者慎诸！

碧眼儿，无外家，外家不远隔流沙。遥遥华胄三百载，阴血阳精种犹在。碧眼儿，我为尔歌歌且再：大单于，小单于，试遣吹笳吹出塞，堂上阿婆涕横洒。

毛惜惜（有序。）

宋端平初，淮安荣全叛，与其党王安夜饮，召高邮官妓毛惜惜供奉。惜惜曰："公等叛贼耳，妾虽贱，不能事叛臣。"全忠杀之。理宗敕建祠，赐号英烈夫人，俗称异妓庙。宋方岳载《列女传》。

毛惜惜，毛惜惜，身不足惜名可惜。青楼惜何名，名在不从贼。一语留孤忠，浊水见白日。遂使古洪厓，粉黛老生色。世间须眉郎，没身在平康。自怜誓死不从良，惜惜抚之神惨伤。天运本来左，可中藏不可。惜名转丧名，尔不善学我。

蝗子生（有序。）

宝应令献蝗子九十三石，太守命给漕坊盐煮土埋，绝其种。作《蝗子生》一章，章十二句。

蝗子生，天下惊。蝗子死，天下喜。蝗子生翼食我苗，我苗几何，供尔百万幺幺贪且饕。不如及尔未破胎，火攻卤杀深土埋，今年秋熟蝗无灾。贤哉太守，民何以寿，愿尔生子如蝗九十九。

儿背马（有序。）

龚开，淮阴人，宋亡不仕。家贫无几席，每令子浚伏榻，就背按纸作马图，甚工。一出入辄以数十金易之。作《儿背马》一章，章十二句。

儿背马，千里驹，千金之骨八尺躯。墨池万倾渥洼水，倏渡惊帆尘不起。儿背马，谁敢骑，一生不受胡人羁。呼儿牵向市，且典十斛米。街头倘值赵王孙，莫令皮相污指痕。

羝不乳题便面苏属国

牧尔羝，羝不乳，旃毛可餐雪可咀。三百群，绕吾膝，陵乎吾羚律吾㸸。节毛落尽十九年，上林何雁书能传。孤臣尚有归来时，嗟乎子卿亦可悲。君不见客星老子，皓首牧羝将何归。

好御史（为赫恭也。）

御史言官，君无过不言。所言何事，惟有蠲租恩。〔柱〕（纴）国大计二千八百万，奈何一旦舆民恩太滥。臣言可采请三思，成命立收非反汗。臣不惜敛九州岛怨，为国作家死何惮。四海闻之笑不止，赫赫传名好御史。君有功，尚如此；君若有过，折槛牵裾复何似。好御史！

自题品研图

统天地人，定甲乙丙。凤味羽粗，龙尾腹窘。惟玉带生，石交骨鲠。平旦神清，永夜烛炳。二十一史，与子参订。非种力锄，中原开井。生面黯然，泪积首肯。

读广陵乙酉四月十日记作乐府七章

《史督镇》一章（章十三句。）

史督镇，一死谢百姓，百姓闻之泪双迸。百姓不死或可谢，如何十万生灵马蹄藉。九日不封刀，十日令始下。街头髑髅高于山，河中流血五色斑。繁华十里广陵城，桥畔玉箫唯鬼声。

二分明月照白骨，遗黎有声夸朱缨。

《阖门火》一章（章十句。）

阖门火，此火虽烈风则仁，中有义烈士妇不死身。此身如玉义不辱，报国不徒酬镇督。督镇有名我无姓，存此虚空天地性。君不见，董相祠堂正气存。琼花虽化精灵在，谁道芜城无一人。

《缝衣妇》一章（章十四句。）

挽手牵郎衣，郎衣千点血。妾有绮罗段，为郎重熨贴。开箱十五匹，花样凭检阅。并头双鸳鸯，为郎裁裲裆。他时玉关外，念妾在维扬。维扬故人老，不如新人好。新人爱妾似王嫱，明朝献妾左贤王。

《堂堂中国》一章（章十五句。）

堂堂中国，曾不如高丽？中国礼义邦，高丽东北夷。高丽妇人反倔强，扬州妇女多委蛇。手捧双玉杯，破涕供笑嬉。岂不惜廉耻，刀光白茎茎。呜呼！堂堂中国，洵不如高丽！君不见承畴洪、仁祯倪，何曾生得须与眉！

《驱犬羊》一章（章十句。）

一虏前导刀血口，一虏督中一虏后。长索累累如贯珠，妖娆都作犬羊驱。手中婴儿一刀断，赤子淋漓委涂炭。呜呼！东林诸公驱犬羊，犬羊驱来临大江。胡儿大笑作汉语：汝欲我驱我驱汝。

《无乡导》一章（章十一句。）

无乡导，索一金；有乡导，索千金，破壁发窖何忍心。导者闻言笑且嬉：自古扬州卷地皮。人生恩怨非一时，侬不汝报谁反之？髑髅能言谑何畏，拚公唤我珊瑚柱。

《僵尸语》一章（章二十一句。）

白日照积尸，僵尸作人语：明日闻洗城，安得吾与汝？天长地阔，七尺何藏。不信积尸下，反是安乐乡。平日舆轩轩，马昂昂。坐广厦，步回廊。琥珀酒，菖蒲觞。呼竞渡，广端阳。今日乃妻为胡妾，子为胡奴，不知落何方。此身不死悲未央，不如不语僵尸僵。

次吴生慎堂拜孝陵韵

九级崇阶白玉铺，空山隐隐听嵩呼。手除腥秽中原净，力反冠裳百代孤。寝殿巍峨通肸蚃，松楸寒翠入虚无。白头宫监攒眉语，一盏醇醪覆旧都。（弘光帝好饮，刘宗周切谏帝曰："止饮一杯。"每半，内侍辄加斟，实无算爵也。）

前琼花引追和谢皋羽先生韵

云外宫车鸣复道，万点飞萤火然草。镜中头颈属何人，马前俄进降王表。一颗名花叶泥泥，露湿姮娥手亲洗。明妆丽服七香车，多少风流为情死。珍雉琪树人稀识，错把唐昌混灵迹。清夜玉箫仙女泣，千载苌弘血埋碧。

后琼花引追和谢先生韵

四海一株天下雪，无双亭下风摆月。如何尘卷朔云高，金明愁胡来俊鹘。死根冷抱孤芳歇，独种冬青夜披发。邗江渺渺凌波袜，八仙可奴僭而越。帝心斗转未渠央，绛节重迎姬与姜。

干净土（有序。）

贾似道出师，以汪立信为江淮招讨使，问曰："公今何向？"信曰："今江南无一寸干净土，某去寻一片赵家地上死耳。"至高邮，闻贾师败，遂扼吭而卒。作《干净土》一章，章二十一句。

干净土，赵家地，谁其腥之我心悸。赵家地，干净土，谁其膻之我发竖。贾相国，误国汝，问我何行觅死所。甓社清，高沙白，一片天家月与雪。生莫挽，死何惜，下与鄂王坐分席。前为秦，后为贾，半壁山河重解瓦。日茫茫，波浩浩，千古厓山终属赵。

西台哭（伤谢公翱也。）

西台哭，哭何人，哀哉丞相文！种我冬青树，忆我后凋臣。一片宋江山，化为雾与云。呜呼！此哭有时化为笑，三百年间开两曜。开两曜，今何时。天乎此何时，使我不哭不笑将何为。

焚香祝（美李嗣源也。）

深宫焚香告皇天，天不知臣何许人。谬使臣抚中夏民，臣敢欺天窃天宠？愿天早正中夏统，臣摄盛（叶十）便是天旷。职天不生圣人臣，使死更传儿若孙，胡颜对日月星辰？焚香告皇天，天鉴臣心非饰言。

满街圣（刺王学也。）

满街圣，满街圣，天机所触尧与舜。任心而行握吾柄，儒为借径佛后劲。呜呼前有王，后有贽与黄。神州陆沈帝酣酒，酒星堕地化为狗，中圣人满街走。

徐家井（有序。）

伯颜入临安，俘百官三宫，诸生以北。太学生徐应镳率子贡生士琦松、女元娘赴井死。作《徐家井》一章，章十二句。

临安无甘泉，甘泉只有徐家井。徐家井中太学生，白虹烛天光射丙。呼我儿，及我女，鄂王坟前拜松树。吾女岂肯为兽妾，吾儿岂肯为兽臣。随我入井诛江神，胡为三日不潮丧尔信，坐使百年日月蒙腥尘。

中原厄（有序。）

《国宪家猷志》："金虏侵陵中国，如曲阜先圣旧宅，悉皆焚毁，指圣像诟曰：'尔是言夷狄之有君者。'"中原之祸自书契以来，未有厄于此云。作《中原厄》一章，章六句。

日月中天我东鲁，生有桓魋没金虏。禽耶兽耶何足数，小儒眼孔胡咄喈。君不见左衽百年拜阶下，尊谥大成真大厄。

囊中女（有序。）

陇西李氏，高自标榜，有女，人不敢求婚，遂至愆期。不得已厚其赀，囊盛，夜潜送少年无妻者。见《丹铅新录》。

悲哉囊中女，误我父与母。前倨后乃恭，含羞泪潜数。劝女且弗悲，男儿亦伛偻。少壮急功名，夤缘图荐举。夜拜相府门，朝挥玉堂尘。悲哉！半是囊中女。

枣阳童（有序。）

岁甲子，嘉兴民生男，周岁，暴长四尺许，皤腹善谈，太守赏之。为作《枣阳童》一章，章十一句。

儿何来？腹皤然。昔枣阳，今由拳。人妖人瑞何者是？壮观且博愚民喜。太守锡鱼肉，县官扱果饵。语儿父母谨护持，他年保取万人敌，上将封侯帖木儿。

吹波罗（有序。）

一蒙师积馆谷少许，欲贩莱菔为卒岁计，严溪遇盗伤胸。作《吹波罗》一章，章十一句。

吹波罗，飞桨荡烟波。何人夜半过溪来，中有私物应讥诃。断篙折橹不遣去，千钱斗粟嗟几何。蒙师抱胸泣如雨，时平无盗侬独苦。呜呼！时平无盗唯戍兵。君不见，明朝元旦百官府，蟒袍罗拜歌升平。

徐州雪

隋苑才三尺，南州一丈高。何悺通日月，伏榻等狴牢。薪尽邻无火，梁摧鬼暗号。撒盐难下箸，印粉得空糕。比户尸相枕，穷檐劫屡遭。谁夸丰有瑞，转觉赦徒劳。稗史新编载，残灯泪浃毫。

和雪渔题雪渔图言六四首

六合有天无地，千山灭影销声。钓艇独来何处，石窗一个南明。

装成缟素列岫，剪碎玻璃乱蓑。老伴归欤可待，夜长不旦如何。

早岁锦心斗管，晚年赤脚登矶。便使渊明大醉，肯云昨是今非？

风雩不属三子，钓雪惟吾两人。并坐一声长啸，他年谁推迷津。

胡乱且罢（有序。）

《书记洞诠》云："当五胡乱华之日，汉人之避兵者，凡事仓卒为之，不能完备，相率曰：'胡乱且罢。'"因作《胡乱且罢》一章，章十二句。

胡乱且罢，胡乱且罢。草草忽忽过长夜，滋味何须寻老蔗。屋头鸺鹠啼哑哑，女郎拥被得不怕。君不见井中甲甲画兰者，何曾聘老妻，何曾纳少姹。有儿无儿等闲事，胡乱且罢，胡乱且罢。

仇雪歌

疝垂愈，春分前夕雪大作，复发。戏作此。

平生坦易寡仇怨，六十以前尚强饭。如何滕六惯作雪，搅雨搏风与天谑。有时擘云兼洒珠，画堂吹上红氍毹。咏絮佳人迷醉眼，倚向红炉炙歌板。有时压檐高一丈，活葬穷黎绝其饷。至今合肥哭不绝，白骨累累冻沾血。我今抱病邗江湄，与公何仇数困之。昨宵稳卧今委顿，一起一倒公所为。我将诉帝逐公去，去返穷荒六阴宅。阳和暖日满中原，长使生灵无夭厄。

白头兵

明季，海滨起义者，士卒头裹白布，为先帝殉国也。无赖少年，遂冒称白头兵，掠人女，索高价，取赎以色，上下其值。作《白头兵》一章，章十二句。

白头兵，尔何人，为先帝，布裹巾。呜呼！尔曹执戈为华夏，奈何掠人女儿索高价。爷娘怀里一块肉，妖娆那惜千金赎。赎归嫁檀郎，见郎眉故颦。自言九死不从贼，犹是分明处子身。

哀黄杨

斋前石盆黄杨，高二尺许，夭矫如龙，雪虐后遂槁死。作此哀之。

呜呼！知我心者仅有尔。我病不死差自喜，历春逢闰望尔生。不知尔已代侬死，孤魂入地化苍龙。龙飞薄云叩天宫，帝怜或惜返魂香，槁叶一雨还青葱。

邓董行

汉家令主数文帝，却有铜山邓通嬖。当年被困申屠相，跪帝膝前但流涕。帝若怒嘉罪及坐，以通易嘉胡不可。君不见，昼眠截袂董三公，授禅欲比唐虞隆。呜呼！中原令主尚尔耳，何怪苻坚石季龙。

投釜雁（有序。）

江上渔船，罗一雁烹之。空中雌雁哀鸣盘绕，伺启釜投汤死。万历四十二年如皋县事。

釜中之雁吾夫君，釜盖不启空逡巡。釜开见君投君怀，百沸汤中抱两身。渔子覆釜泪泉涌，捧雁埋沙筑双冢。后三十年四海沸，九苞无光凤不讳。贼臣伏地拜鸱枭，呼雌抱鷇营为巢。江上老渔新白头，双雁冢前重泊舟。雁王雁臣呼不起，白月丹心一江水。

陈家犬（有序。）

东厢民陈谷，好游畋，年九十余死。有爱犬伏柩旁，既葬，往宿其冢，数日乃归求食，复往宿。数年死，遂埋冢旁。

江州昔有陈家犬，一犬不至百犬坐。犬孙今落东厢家，朝朝暮暮坟头卧。主魂上马夜出游，犬随马尾仍登丘。明年犬死埋坟下，寒食儿孙奠杯斝。君不见崇祯末诸贵官，贼来便摇尾，虏来争弹冠，痔可舐兮痈可吮。呜呼朱家人，不如陈家犬。

偶感

四主还如几刹那，百年不抵一迦罗。饶他过眼夸隆遇，□下孤灯豆子多。

集易林寄慨十九首

口饥打手，头痒搔跟。深目黑丑，忧来叩门。（其一）

一身五心，无面有头。众息瓦聚，依宵夜游。（其二）

父子相裸，鸟兽无礼。三夫共妻，六目俱视。（其三）

虾蟆代王，听韶行觞。阴雄生戾，黑龙吐光。（其四）

披发兽心，安坐玉床。鹊笑鸠舞，光明盛昌。（其五）

饭多沙粮，莫与朕食。目张耳鸣，忧动胸臆。（其六）

一指食肉，天馋于腹。张氏揖酒，福为我母。（其七）

抱膝独宿，探怀得早。萝饭不饱，一身三口。（其八）

长女无夫，与飞鸟俱。野心善怒，难畜少雏。（其九）

与石相触，狗头不痛。飞言如雨，目瞤足动。（其十）

多言少实，无根以浮。鲂逸不禁，鸟散饮忧。（其十一）

贫鬼相责，困于米食。迁延恶人，无有悠息。（其十二）
水深无岸，虾蟆群聚。簪短带长，无与笑语。（其十三）
江淮河海，期至无船。传言相误，下入黄泉。（其十四）
引衣欲装，体重飞难。行坐忧愁，不得逾闲。（其十五）
悲鸣入海，左手把水。从天请雨，不可得徒。（其十六）
长夜短日，非人所处。忧来搔足，使我心苦。（其十七）
麒麟绿耳，为狼所残。思初道古，海老水干。（其十八）
风感我饥，仲冬兼秋。幽思约带，左手搔头。（其十九）

寄怀谢雪渔李鹰青

孤坐两东门，离绪纷如触。起望南明山，片云荡吾目。凭阑一欹歔，庭树雨初沐。残榴簇红衿，疏桐弄清旭。天地渐秋风，物理静中瞩。好春不多时，长暑岂终酷。红尘忙裸虫，白发恋黄独。开我睫巢编，微言夜行烛。雅欲维世风，颇惭志不笃。遥忆鹰青峰，鹤闲鹿攸伏。何由招雪渔，坐子涧上竹。

日本行

汉唐宋纳款，终元之世不至，明初复朝贡。

日本知正朔，惟汉唐宋明。称臣贡土物，不敢劳天兵。如何蒙古酋，强之来逢迎。震怒渎用武，十万空鲵鲸。大明开日月，一扫膻与腥。奉表谢封册，风波靖东溟。勿谓小夷蠢，颇读春秋经。中原号儒者，万卷腹膨脝。自负阐孔孟，饱粕遗其精。低头拜犬豕，毁裂冠与缨。我欲渡东海，岛巅结茅亭。来朝束书剑，洪涛快扬舲。

御榻狐

宋宣和三年，有狐升御榻而坐。

宫中狐，从何来？升帝座，尾绥绥。不十载，二帝北。黄龙府中马薜食，中原衣冠牛角尖，北极朝廷狐领黑。九十韶光，日月漆墨，狐从何来鬼莫测。鬼莫测，天朦胧。试问道君，皇帝昏德，公狐何为兮游宫中？

洗儿行

玉奴洗儿儿腹斗，儿是营州臊羯狗。帝前下拜先阿娘，儿但识酥知有母。儿为主人帝为宾，合欢柑子酸生仁。呜呼！关雎之乱风化基，深宫何地洗胡儿。岂独洪波泛一时，胡入中原帝召之。君不见，契丹之后辽金元，戍岁未月腾百川。九州荡作大锅子，千儿万儿马遗矢，浑流障天天地死。

万历民歌（有序。）

湖广武昌江夏民汤云山，生万历三十四年丙午，至今丙寅，一伯四十二岁，有司请有加赏。有感作此。

呜呼！尔是明遗民，历一伯四十二年今犹存。吾尝读元史，不闻淳祐之民存至元。况尔步履矍铄，耳目聪明，如六十以下诸玄孙。尔果木耶？石耶？得天之气，何其顽以淳。尔独不思何代生此身，复何颜受今之帛肉与粟缗？胡不逃之空谷，使人不见不闻，乃令有司指为太平人瑞之具文。虽然尔犹侥幸以民著而不以官，倘不幸为承畴、谦益、伟业诸贼臣，天假以齿，徒彰厥腥与膻，岂非皇明之罪人？呜呼！尔既善服元和津，胡不更将养以待天之旦而旭之晨。庶几不计虚此庞眉皓首，徒愦愦而长年。不然不如国殇，不如蟪蛄，不如朝菌。不如速腐归九原，毋徒使我欷歔太息而潺湲！

行冠礼（有序。）

李芾守潭州，元兵围急，城将陷。时知衡州尹谷，乃为二子行冠礼。或谓其迂阔，公曰："正欲令儿曹冠带，见先人地下耳。"礼毕，遂举家自焚。

呜呼此何时，迂阔醮尔宾。中原遍胡服，毁裂冕与绅。吾将令儿曹，冠带见先人。毋使辱遗体，屈为犬豕臣。光明昭宇宙，阖户一火焚。呜呼！黄帝制此冠，先王创斯礼。沿流数千年，此后中绝矣。公能正始复正终，阅九十载章甫崇。呜呼！冠礼不亡赖有公。

洋菊

菊黄主中央，如史统有正。红紫尚间色，而况洋转盛。婆娑张羽毛，肥蠢意姿横。居然夷乱华，陵轹故相竞。遂使趋炎儿，北面授之柄。吾意殊不平，非种绝其聘。勤告接花人，初苗拣干净。

自嘲二首

曾读仓公书，右气左主血。左肝怒未平，右脾思已竭。半魂半魄躯，一手一足烈。本非凿齿伦，居然比目缺。直如南北军，刘吕双袒揭。又如南北朝，我华尔膄羯。生死两平兮，阴阳忽中裂。只身不自保，胞与浪腾说。

左腕乃曰吁，公言太谑亵。譬如厓山后，一统忽必烈。右本吾伯兄，同胞极亲热。偶被恶风中，五指僵卧雪。下连膝与踝，三旬沍冰铁。吾惫日抚摩，天心岂终绝。昨宵阳潜回，陡见龙蛇掣。会须澈底澄，通体化阴孽。中国为一人，山河还日月。

示门下

纲常与名教，今日犹未坠。煌煌四子书，撑住此天地。章句万世功，禹孟可比例。不然八股令，乱世早废弃。八股虽空言，羊存礼亦系。因羊礼可复，必在有道世。天生子朱子，乃值南渡际。理学反昌明，维皇岂无意。意在厓山后，两大必易位。一脉传金许，度明出处义。嗟哉皇天仁，令我默流涕。

半舌

中风不能言，予亦初嗫嚅。今已越三月，十字一字讹。舌为心之苗，半舌既病诸。半舌系半心，胞络先偏枯。所以二十日，恍惚虚支吾。生平作诗夥，自反片语无。后乃忆一联，寄我老雪渔。（"江山如此吾将去，风月虽佳夜太长。"）手足眉耳眼，鼻亦各孔殊。惟舌介其中，左右合半居。右病左不病，界限仍截如。譬如拓跋氏，何尝无版图。厥民乃受灾，连同厄五湖。我舌况自取，持论迂且愚。古人所未发，抵根独爬梳。穿凿逞意见，安知非矫诬。薄罚刺其半，天意犹含糊。望于垂毙年，日夕凛慎余。端囗惨楚铁，三寸纷戈殳。古称不妄语，折叠如饼酥。剪刀呼老君，道士空咿唔。吐血天竺人，幻术尤荒芜。遁世当卷而，避祸可掉乎？吾今作此箴，再咋书座隅。

惩右手二章（章十四句。）

惩右手，尔胡抄《春秋》？《春秋》断烂朝报耳，尔乃附会胡传窥删修。亦窃天子权，攘楚而尊周。右手五指僵，掉臂启彼苍。臣职不敢旷，臣心悲以伤。愿乞骸骨归故乡，安能作无口匏、立杖马，素餐白头聋与哑。

惩右手，尔胡评元诗？元诗一代风雅师，尔乃依附朱传笔削之。亦降雅为风，百年悲黍离。右手无名指，长叹泣而跪：臣不知忌讳，臣罪实万死。古井重沉铁函史，莫苦吟冬青引、白石樵，冰坚指堕风萧萧。

天罚

丙寅九月九日越二夕甲辰破，上天罚虮虱臣梓右偏跛，夺其右股右手右眼右舌之半右耳朵。恐臣全不晓天语，特宥血分身半左。天乃曰：尔罪死当坐，尔亦众子中一子，奈何视尔父痛痒了不关切么？我为气化所窘，无奈我生人以救天地之厄庶其可。尔生六十有四年，堂堂须眉貌亦颇。尔亦衣天所产吉贝蚕丝麻，食天所生鱼豕稻粱桃栗瓜蔬蓏。号为读书德不立，立功无权自闪躲。丙午终作正统书，畏首畏尾付一火。如今鹿鹿二十秋，何事副我堪负荷。厄尔百日或悔悟，锡尔余生别勤惰。虮虱臣惶恐再拜跪贴妥，逞辨纷渎词细琐。少壮不努力，垂老覆灭堕。臣力所能忍放〔舵〕（柁）。吁嗟乎！天可怜，长夜风涛驾单舸。吁嗟乎！天可怜，长夜风涛驾单舸。（以上自甲甲集中短歌行至此，俱系先生所另编，今补录。）

人间可哀曲二章

人间可哀，人间良可哀！头无发可冠，身无裳与衣。入与木石处，出与鸟兽偕。白日中夜出，血色飞黄埃。我生不辰兮，吁嗟人间良可哀。

人间可哀，人间良可哀！我欲奋两翼，何山为蓬莱。瓢酌上池水，手摘莲花开。沃日重洗月，与天剖卵胎。冠带我赤子，揖让堂与阶。吁嗟！此愿何时谐，人间兮良可哀。

半民戏寄雪渔

古民今字更半民，造食造望分两身。其半属天半属人，人尚有欲天天真。作诗半痴亦半嗔，半醉半醒吟而呻。半民不民臣不臣，半鬼非鬼神非神。酒半书此寄四亹，为我作铭叩天门。

满州菩萨歌（有序。）

有宦归建生祠塑像，村妇过辄拜曰："此满州菩萨也。"后乃创签筊，卜田蚕颇灵。为作歌。

村民烧香拜诸佛，诧尔冠裳异中国。菩萨半是西方生，此善菩萨出穷北。连年蚕荒田歉收，稽首菩萨侬何求。笤经上上签中上，保我农民十载丰。娶来新妇长似公，绿纱箭衣红凉篷。羊皮马挂哆啰绒，送与菩萨炎风洒洒冬烘烘。

消息子歌（有序。）

病后百二十日矣，右手右耳捻消息子，大非左比，知病根仍在，憾而作此。

消息子，消息子，乾坤户牖还仗尔。双丸如环走不停，六十五翁吾老矣。耳中消息果何如，月白风清只如此。徒望儿子为清官，尚是妇人褊见耳。吾若有儿望转赊，盛衰宁独为一家。吾与斯人关痛痒，迟速升沉如应响。云胡否塞绝机窍，听官失司寐其觉。三门三漏今为谁，牛耶蚁耶无是非。殷家小儿正缺左，吾左无恙亦偏颇。君不见，兜玄国东海翻水，中有神龙脑裂死。吾纵不死生何功，天乎果然消息无可通。不如使我双耳聋，不识不知无是公。

头可断（有序。）

吴赤民孙，闻何紫云赠何求史以祖先遗笔，拜请一读。何求作色曰："头可断，书虽在，不出也。"于此见前辈深虑，而何求后人之不肖，遂应斯谶，可哀矣已！

魏公但说将头去，何求何至色而怒。儿孙体此藏复壁，贫乃换钱族几赤。竿头百尺城南门，乌鸦雨黑啼黄昏。一鸦奋飞万鸦从，黄金台北沙吹风。食仇之肉饮仇血，鸦嘴如丹鸦爪红。御儿城头鼓𬘭𬘭，衔肉来祭南阳翁。（《竿木集》晚村题："大儿文也，鸦食肉，余别有《万鸦行》。"）

琴葬妾（有序。）

癸未春正月，过虎林，拟访西溪隐士施赞伯。偶过沈文昭文章堂，邂逅先生，幅巾深衣，年九十余，今忽忽四十五年。先民典型，慨想不置尔时自言，特入城卖琴二万四千钱，将葬妾也。为赋《琴葬妾》。

西溪九十翁，卖琴葬琴客。邂逅弱冠生，白皙面光泽。握手忘年交，慷慨论畴昔。深衣幅巾渺何处，四十五年流水去。后生面皱须卷雪，两妾去帷帛双裂。床头蛇跗虫作窟，我欲售之瘗谁骨。呜呼！悔不卖妾葬此琴，铁棺埋土十丈深，九泉他日有知音。

渎山大玉海歌（有序。）

元至元二年，游城敕置广寒殿玉海，色黝碧，径五尺，深二尺强，容三十石，因势成器。外琢诸海，皆凸起，今在燕都西华门外。鹰青山人有诗。

西华门前玉海深，至元雕琢千黄金。尔时太阴入中夏，广寒无光月偷嫁。万牛远致攒鬼工，涂民膏血霞天红。从龙诸公辫跨马，枢也佯聋衡猝哑。天使胡雏炯垂鉴，黑水一洼万年陷。谁从长夜呼六丁，掣取瓦盆投杳冥。

白方巾

卜先生人木为余言：故人虎林徐孝先气节，终身白衣，人称带国孝先生。为赋《白方巾》。尝有《集毛诗》诗，蜀山草堂曾读之。

诸生丁父艰，衰绖终三年。胡为此一生，乃有终身丧。峨峨白方巾，哀哀哭天皇。满州兵满杭州城，巡逻也识徐先生。重先生名不敢问，将军微闻何忍信。八旗不忍况绿旗，天经地义人知之。呜呼！天经地义人知之。

请释道（有序。）

姚蛰庵先生尝云："余昔从云耜、何求两先生过袁花市，市中人皆曰：'此乡人请一道士一和尚何处去？'盖云耜方巾，何求僧装，蛰庵则青毡巾布深衣也。"追忆斯言，黄农虞夏之思矣。感而作此。

此乡人，从何来？一道士，羽扇麈，一和尚，清而羸。不是家有丧，或病从祈禳。一市群猜疑，乡人默哀伤。我病尔同病，我丧乃国殇。暮到紫云山，二公同感叹。须臾月上林，万松号夜寒。我闻斯语当弱冠，此日白头秃而盥。呜呼！安得此乡人，为我重请释与道，哀哀一礼天皇忏。

问太师

吴克轩先生，尝幅巾大袖，偕范北冥先生，游青山石壁，附山人舟。舟子曰："师太亦请先生算命耶？"盖以吴为上人，范幅巾布袍，乃命师也。二公笑应之曰："越是出家人，越怕穷耳。"此事今四十年矣。

师太得非悟空寺，趁我船约两三次。敢是新收小徒弟，请此先生算八字。二公述此笑举觞，我昔闻之蜀山堂。迄今忽忽四十秋，先生孛星命不长。住持示寂山庵荒，最小沙弥法力刚。眉端白毫一缕霜，老病蹩躠淹雷塘。可怜衣钵付何人，万山风雨天苍茫。何时独游悟空坐，千年梅月中，号泣魂归来。

蚕虱行

湖州三邑，蚕纸生虫皆空。一九十三老人云："崇祯末，三吴皆然。"

三吴蚕荒天下寒，三吴蚕熟九有欢。如何西陵氏，不庇蚕蛾子。渺身化虱随飘风，一纸蛀穿万纸空。马娘号呼女儿泣，手抚青桑贴而立。天门夜梦拜西陵，西陵拭涕凝红冰。问尔裙钗下界民，缫三盆手今何人？

禁中访

潘吴在禁中，王先生晓庵虽同事而无名，道服入禁中候之。蛰庵其门人尝为余言，为吐舌良久。

道人何来访故人，禁卒亦是先朝民。道人秉笔司天文，天牢星下潜隐身。平生朋友第一伦，遘难不面肠转轮。慷慨握手两情伸，何曾涕泣双沾巾。斗胆莫为惊轮困，死吾分事何足论，侥幸不死欲有云。

佳城佳

甲申秋，坐蜀山草堂，先生问及先君墓，为图以进。先生曰："登地乃可验，然悬断既产二昆，佳城必佳也。"噫！岂料今日若此哉！作《佳城佳》。

佳城佳哉乃如此，大儿风雅四十亡，小儿无儿病垂死。南山之麓石齿齿，寒风落尽冬青子。冬青子落生冬青，一株百株翠亭亭，龙身变化地转灵。地师好事编钤记，须识孤儿是客星。

县官袖

江南一令鞫赌博，掣签掷堂，袖中牌不觉飞洒，失色大叱曰："此非现赃耶！"人服其机警。

官正要牌催坐堂，堂下两囚赌赖赃。抽签不觉牌飞扬，咄咄奴才赃现在，堂官真是神明宰。呜呼！一令如此百令然，朝廷外省风化先，两袖清风都好官。

破帽泣

昔侍蛰庵先生，尝戴青毡破巾，谓余曰："生平不解作诗，或偶吟二语，如'普天率土忘中国，破帽宽袍剩几人'是也。"语未毕，泪涔涔下。因作《破帽泣》。

彼何人兮峨切云之冠，宽袍洒洒兮风雨寒。对我泣且吟兮使我辛酸，抱遗编兮铁函，指冬青兮井南。呜呼！此帽不可得见兮况此泣，白发披肩兮痛何及，鹖旦哀鸣兮夜过戌。

印板行

“人心如印板”，许鲁斋训学者语也。鲁斋生理宗宝庆初。

小东门前旧书肆，拾遗偶得蒙古字。虫书鸟迹了不识，钩磔偏存浑庞气。开首一行南宋版，宝庆几年某官撰。推详反复口嗟呀，寡闻兼愧老眼花。吾家径寸古方印，汉篆模糊玉光润。会取钤尾记收藏，更乞雪船装潢章。

当湖陆家祠

泖水苍茫沉夜气，万顷墨涛卷天际。当年九死不二心，此日家祠表忠义。（祠悬“忠贯日月”额，篆书，为墨涛公也。）泖水清清缨可濯，三鱼并游见头角。躬行高揭鸟迹书，（又额清书“躬行实践”，为稼书先生也。）日暮乌啼下阶啄。我曾鱼艇约周郎，秋风泖上涕沾裳。月明下拜墨涛公，衣冠何处颈血红。王褒誓不面西坐，犹子伤心嵇侍中。

明知叹

卜丈人木长子敏来，过目成诵，补诸生，有文无行，不永年。尝谓人曰：“作诗诀，不过正言若反尽之。”又曰：“近悟得明知如此，自骗自，此乃英雄作用也。”今思之，岂特英雄哉！鲁斋草庐稼书之为圣贤，亦此作用。噫！可叹已。

草庐学诸葛，欺人已太甚。鲁斋明知南渡朔居正，默识天穷授左衽。与为岳耶文耶脰断而尸横，何如复耶枢耶安富全荣名。三鱼明知世父仇不共，胞与存心爱物重，莫问一命命何人。君不见，胶城百姓爱戴父母亲，乃知说穷理，说慎独，紫阳真迂儒。宣尼大度犯不校，任尔两庑纵横墨翟与杨朱。（阳明阳儒阴释，鲁斋阳儒阴老。）

客馈胡羊肉戏作

中风忌发风，诸物例当戒。而况羊且胡，鄙性又褊隘。馈者胆何斗，受者痒搔疥。平生适可心，此日突过界。朝膳四两空，午餐一举嘬。克欲贪未除，养性馋可怪。微物何足仇，当筵暂取快。食肉寝其皮，比意偏介介。老饕笑摩腹，呼童捣葱薤。

阿哇

浙鸦鸣哇哇，扬鸦曰阿哇，如人负痛声，历历哀楚。使吾友汪津夫闻之，必曰：“此声自乙酉屠城后乃然耳”。作此附十日记后。

阿哇阿哇，阿妈（平声）阿爹，鞑子来了么？满耳胡笳，满身五花。十日封刀血流污，两城杀尽无几家。黄昏灯火喧琵琶，小子炙毛奶子茶。中原赤子尽涂炭，天耶地耶何忍耶？孤魂迫我为乌鸦，一身痛苦三千挝。君不闻，五更风雨啼阿哇。

儒中狐

苏门高隐说紫阳，草庐抱膝夸姬姜。前夫是人后夫犬，差胜两夫都嫁羊。兽何足责乃冒儒，儒中妖狐天所诛。呜呼！天为华夏笃生孔孟与程朱，乃供汝盗窃粉饰马牛而巾裾。匡山到今五百载，无人知汝为妖狐。一狐摇尾百狐俱，人类胥灭天忍乎？吾有云：谷老人，纲目笔，化作白虹宝剑光夺日，此夜虽长狐敢出？

进京谣

昔有客语杨园曰："人不宜进京，易坏人。"先生微笑曰："只怕先坏了进去的。"

京师人海两秀才，一名一利纷喧豗。老成相戒勿轻入，怕尔素衣渐墨汁。高人微笑一拈花，花心生蛀如纤芽。开时烂漫人争夸，落时狼藉一惆怅，春雨泥深踹花酱。寄言幽谷种兰人，莫艳长安桃李春。

和明人管秋江浦陈抟图

乾坤局促兵戈里，谁是屠猪面苍紫。吾方把盏倦看云，欹坐茅檐睡偏美。四脚茶杯一子安，松风吹我梦稳便。五龙蛰法在孤枕，双龙听易来九天。燕云未举定不定，大笑堕驴偶称庆。可怜南渡了匡山，立马胡儿逞豪兴。君不见，落雁峰头月半规，咫尺帝座升无期。转眼一元又一元，四山风雪吾安归。

薄命行

夜梦病笃须秃，化深山牧童，策万羊，面南坐，洋洋自得，高唱云："薄命生来不见人，万羊队里放闲身。"又大声云："许鲁斋，千万人中，皆知有己，作如是观。"大哭而觉。作《薄命行》。

薄命鲁斋叟，并世有中原。西北半天下，何曾见一人。非特宋天子（鲁斋生理宗时。），岳岳诸忠臣。同时众隐君，参商不相闻。鲁斋尚薄命，何况老古民。侥幸作佳梦，峨峨立羊群。万羊知有己，悲哉天地身。

赵江汉祠二首

功罪兮元宋，先生鉴我言。九原应恸哭，百代此蘋蘩。高节清无玷，初心热自扪。（先生初已誓一死，为金虏姚枢所误，日夜诱说，以道学不可绝，遂隐忍终身。）国恩沦骨髓，尚有赵王孙（子昂）。

理学冠元儒，幽燕辟莽芜。只身膺绝统，九族痛何辜。江汉谁能濯，乾坤我独殊。白衣官不小，蒙古大司徒。（初心为皇宋，沿程朱一脉，而不知身虽不仕，却为蒙古作大司徒，培植国本，岂不痛恨！）

庶哉行

汉时奏报民数五千九百九十七万有奇，今则一万四千四百三十 七万有奇。合天下田数八百五十万顷，每岁可食若千万人。人浮于食，宜其绌矣。

君不见，流贼当年杵流血，万落千村鸡犬绝。帝心不忍托遗黎，僧舍诸孤鞠育之。庵基长白承旺龙，罗盘定自刘秉忠。九州檀越广供养，梵呗春雷彻天响。到今休息百年余，桑门蠕动纷虫蛆。呜呼！天能生物不生人，三代以下唐宋君，不养不教徒芸芸。金陵真主尚草草，何况侏儒禅长老。老夫痛古不痛今，四海倘有真知音，涕流诵我庶哉行。

随嫁儿

在故乡时，汪子津夫云："元人何以有作黍离者？可见人心死了。"余笑曰："此随嫁儿哭后父也。”今为补作。

随嫁儿，一岁初来岁今五。但知一花还一蒂，那知阿娘两夫主。旁人何敢言，阿娘羞不语。谁道阿爷乃是汝父仇，九泉饮泣声啾啾。十年廿年儿长成，读书入学为诸生。爷死仰天号不止，三日不食真孝子。

人油炮

元伯颜攻常州，煎人油作炮。既克，屠之，存者三五人。常州道中作。

中国人油煎虏炮，千古一奇天地笑。天地笑，胡不仁？君不见贼桧秦，焚炙忠良人食人。借尔伯颜兽鉴此，中国民，中华人，低头拜虏称下臣。不如常州人油，光烛九天千古新。

八大山人砚歌

虎林周子药坡二学，出示八大山人紫玉砚，背有铭，自署曰“驴”，代“僧”字也。初为裘鲁青芹所得，亦为铭，属金坛王澍书，详余记中。余尝于冯养吾斋，见山左胶舟高凤翰所拓赵子昂砚铭，似此，则两王孙有人禽之别矣。慨然复为之作歌。

宋王孙，人中禽，鸨羽一枝松雪深。明王孙，禽中人，八大顶天方外身。紫玉磬，声息沉，芹耶澍耶非知音。归我公瑾庶得所，三叹却逢越老俯。驴乎驴乎技止此，秃鬓无儿吾即汝。泪痕墨渍水与乳，此歌此璞万万古。

岷山驿

元兵攻岷州，三月城破，马公概率死士力战，被执，断首，犹握拳奋起，立逾时，乃仆。

岷山驿，群犬嗥。鸦山寨，羊为牢。孤城一剑马将军，汉家铜柱血裹身。有头可畏无头佳，两间屹立峰崔嵬。呜呼！得将军百天无忧，何至四海赤子为髡囚，乌蛇盘顶头非头。

头冻落

杨园先生延门人姚瑚课长子默思。冬不冠，请曰：“世兄得无犯寒？”先生曰：“他要鞑帽戴，此头何妨冻落！”

一儿头冻落，朱缨仍九州。空言亦何补，此意还绸缪。虎狼有父子，冠履严春秋。遗事托短歌，悲哉天地囚。无儿岂我独，大儒一荒丘。

男烈妇

永嘉县秀才樊显，貌美。学使陈其凝挟之游天台，夜宿黄岩明因寺，暴亡。或曰：“其凝欲污之，自杀也。”父九天叩阍，遣梅御史出按，白其冤。作《男烈妇》一章，事详都御史嵩寿疏。

游山并篮舆，风流陈学使。秀色良可餐，血洒明因寺。阿爷愤激叩登闻，都官出都骑如云。冷官笑语樊天九，地下美人冤可剖。呜呼！温州半是女秀才，永嘉却有男烈妇。

明月入我门一章

明月入我门，照我千古心。千古心谁识，明月为知音。除月皆黑天，苍非天本色。日瞎月不瞽，吾眼尚如墨。诚斋爱冬蟾，南渡存半轮。可怜双眸子，泪滴今古民。白发婆娑问我月：月乎入门照何人？

老臣素

东阁阑干花影互，履橐橐谁老臣素。陛下谓是文天祥，臣本胡妓今从良。幽谷坐升乔木回，蓬萧脱骨芝兰芳。天祥复生亦怜某，不比杨家老客妇，白首执迷臊羯狗。

莫刲股

山左饥人相食，有未绝刲股者，泣曰："君性何太急？"答曰："迟恐非我有矣。"伤哉！抚军时相之弟，年二十外耳。

莫刲股，我股尚知痛。尔不痛我尔股肥，后来者谁食指动。尔言婉转良可思，后来未来吾先之。君不见东家儿，生割母肉生啖诸。儿不食母母不肯，他人食母吾何忍，孝心慈心真天真。君不见，翠华东来封禅文，扬扬盛说成康民。

仿易林六十首（录十六首。）

发白不嫁，日饮秋水。作诗署名，中原处子。（其一）

中原无人，处子独立。犬欲私之，为虎所食。（其二）

陆际明氏，一斗血泪。天王圣明，勒汗衫记。（其三）

山人八大，片石署驴。以人为兽，天乎何辜。（其五）

四门妹氏，拜侬为姊。双节颜坊，百龄永矢。（其六）

一门缢死，聚七女子。冰清玉香，梅花宝庄。（其十三）

胡妇绝色，坐太极院。周子曰吁，阳绝阴变。（其二十七）

再醮冒顿，故夫中华。诵列女传，大声如蛙。（其二十八）

董贤拜相，天下尽眉。玉堂玉笋，秀色参差。（其三十三）

兄不翰林，大明修史。弟入玉堂，汗淋羞死。（其三十五）

孔子祭主，谁欤蒙古。哀哉夫子，蒙垢万古。（其三十七）

哑人苦瓜，攒眉向天。手抱心史，投井饮泉。（其四十四）

龙阳司文，题命弥子。老童剪须，冠军贺喜。（其四十八）

遗老饮泣，照镜束带。破帽宽袍，今几人在？后生惊起，摄衽哭拜。（其五十一）

冒籍欺君，罪小可大。君籍亦冒，王者谁汰？（其五十四）

天衣无缝，缝人之子。丝纶世掌，玉堂具美。（其五十五）

再仿易林四十二首（录七。）

王子打街，路逢优童。倨不下马，帝曰弄儿。朕所优客，后贤前通。（其四）

御道民田，破阡犁陌。翠华欢呼，黔首蹙额。（其九）

天或骄庶，激于怒嫡。矫枉不反，甘受帝责。（其二十四）

喇麻寺佛，男女裸抱。曰天地始，媾精二妙。关雎化原，迂叟莫笑。（其三十）

片字只言，藏者论死。十族不顾，琐琐计此。公何损乎，帝则桀矣。（其三十九）

掘奇温氏，胎于狼鹿。披发伊川，朕兆早伏。（其四十）

妆点关中，沉沦地下。天心可知，南来胡马。（其四十一）

读朱子年谱有感

亚圣生偏安，遗经赖明剖。封事陈复仇，叹惜巾帼妇。羡余献百万，谁易胡人首。洪涛翻厓山，天地要筋斗，元虏即金虏，犬羊有殊否？妖娆衡与澄，辫发颂皇寿。腼颜窃衣钵，两庑妓行酒。恸哭十四州，可怜云谷叟。

延平妇

世宗时，闽延平杜三妇不孝于姑，姑饥欲死。白昼忽雷震，三妇化为犬、牛、豕，其首犹人也。

三妇詈姑，姑馁欲死，阿香怒轰电光紫。大妇化为牛，中妇小妇化犬豕，三首是人仍可齿。尔时延平民，堵观逾万人，但知天谴为逆妇。呜呼！岂知兆应甲申后，九州发剩妇人首。

题邢复九翁遗照

干蛊人称杜静台，偶因人谱脱凡胎。我曾对坐看泥塑，落尽庭花独鸟来。（先生尊人，湖州严氏仆也。既入泮，入主人门，不敢坐。主命坐，乃坐。后立功过格，求中。闻刘念台《人谱》不记功。从姚蛰庵借观。蛰庵曰："观《人谱》，不如杨园训子语。"即请读之，乃大悟，弃诸生从事正学。余尝一访之菱湖，一访之长安，见终日坐如泥塑，有数蝇集面鼻，盘旋不去，不一举手拂也。）

发兆行

杨人儿县试，亲友即送状元糕，曰发兆。因思晚村当葆中乡试时，蛰庵在座，歉然曰："儿子不肖，可愧。"若稼书尊人，方沾沾自喜，安知伯兄地下顿足哉！

白糕红印状元字，为郎发兆翁愧悸。一翁拍手大喜欢，一命爱人物有济。可怜榜眼头，头挂石门南门楼。御史公然入两庑，封君地下笑而语。芍药容容多厚福，何用岩竹青苍根受斧。

古井水

兴化任吴氏守节，家有井，清七日。作《古井水》。

五伦首夫妇，节娱为经纶。譬之地丧天，媪神亦是未亡人。又如月无日，嫦娥亦是孀居身。奈何臣事君，腼颜更二夫。居然列两庑，号为孔孟徒。君不见，任家古井井水清，七日彻底冰与晶。古民题句笔锋健，笔中有井方一寸。万古渊渊泥不溷，渫而不食涸无闷。嗟哉任夫人，吾诗不传亦何憾。

题万历甲申程应魁墨梅

呜呼此甲申，梅花开时当小春，文宣从祀王守仁。呜呼后甲申，梅花落地鬼化磷，天下桃花血洒尘。吾生履霜识坚冰，曾写琼枝礫古藤。四然道人窃吾诀，脱手青苍万株雪。能事让人吾不画，四然一去风流歇。此花开时风正刮，砂碛阴阴骆驼圈。披图一笑试问年，长我老夫九十八。老夫可怜鬓如银，荒斋今夜月色新。酸心为我说原因，卿是先朝旧美人。

读吴客轩先生师壤吟

尧夫古天民，方寸无机关。笑谈等儿戏，韩范欧富间。风流洵人豪，气魄倾河山。先生得全豹，不待窥管斑。师壤偶吟啸，宁论句法娴。世远五百春，近若咫尺攀。雨霁花艳吐，日落云倦还。

当境说妙理，脱口忘苦艰。唤破百年梦，一洗群儿悭。愧我未蠲俗，端诵生赧颜。千岩仰苍翠，万壑流潺湲。删后固多诗，师壤宁当删。

别戚时霖（五六句。）

对坐不言天嘿愧，拊膺一叹日怀惭。

别钱坤一（结。）

思君人海随鱼鳖，独鹤逡巡羽半摧。

别何炳黄（结。）

君若万苍归扫墓，铁函重铸告先臣。

别柳鸣鹤（五六句。）

无发得梳簪欲哭，有巾可瞑漆为灯。

也园偶成呈许醇夫

种瓜学青门，寻山结白社。雅事谱花课，素怀仗诗写。习勤甓长抱，托命镵对把。两契情独永，一别意难舍。揵枳重插篱，分菊更箍瓦。此间可终焉，以外蔑如也。行割宅西东，忍判床上下。德邻贵当买，阳春和岂寡。

东张莘皋叠韵

贫交借指囷，归遗数分社。两山梦夙契，一月忧顿写。东湖床夜联，北关袂晨把。浮气凭镌刊，杂好勇割舍。结邻备攻玉，佳瓦喜卜瓦。从者其由与，喟然兴点也。此趣得眼前，至味领言下。问君君不答，吉人本辞寡。

移居遁野呈金晨村外舅

廿年五徙宅，不离尘市间。今来卜遁野，古树当柴门。老梅落吾手，冰雪供朝餐。方春始含蕊，天心露几先。似恨相见晚，望眼双对酸。举酒一酹之，玉面回春寒。净土厚培植，与君永托根。勿复轻弃捐，忍为出谷云。

思吾儿

夜梦亡儿孝羔，孩笑宛然。作《思吾儿》哀之。

思吾儿，面如月，五更未晓枕边白，口作呕哑索娘起，手挽耶须弄盆水。

思吾儿，唇如朱，高坐书案横翻书，搅翻墨汁指头湿，挖破纸窗捉红日。

思吾儿，发如漆，发根头皮嫩如碧，黄衫手抱青青瓜，向姊索刀啼哇哇。

思吾儿，眼如电，仰首落霞送飞燕，日没灯昏玉虫语，膝上拜客袖春杵。

题关九思山水用汪尧峰春夜词韵

疏雨萧萧叶初下，远峰霭霭天开画。丹青妙手磅礴时，一尘不起心如丝。笔端风动云过影，纸上秋声耳边冷。尘区自怜眼障纱，何缘绝境重移家。翠壑丹崖结亭榭，浊酒残编消永夜。

挽张蕴璆

知心未识面，期许在风雅。我诗君癖嗜，君书我忍舍。虎仆与麋丸，远寄属誊写。嘉宠列屏帏，吟哦北窗下。愧非头风檄，沉疴顿潇洒。方庆弗药喜，清德天所椵。如何碧桃花，五更风骤打。

床头合欢枕，双鸳色尚赭。再娶无一儿，两世得双寡。老姑雀徒踊，新妇啼欲哑。仰首呼苍穹，亲交泪盈把。此母此子哉，斯人斯疾也。弱弟幸卓荦，零丁仗支厦。遗编重护惜，发潜寿梨椟。古来不朽业，何必长年者。

吴芑君移尊花前同人剧饮

雨洗彩霞淡，春缛朱颜丰。嫣然笑迎客，率尔闲支筇。雅人具旨酒，良会集下舂。裙屐杂谐谑，觞筹互喧訌。秉烛时徙倚，对花月朦胧。未数伏家白，何羡陈州红。薄醉领佳趣，小诗酬化工。双丸去我急，两鬓今成翁。逢场不作欢，方枘谁能容。姜衾终岁冷，陶尊无日空。友生抵昆弟，此乐真难逢。

华亭张次亭过静愉斋适担斯往虎林怅然而去

伯英有仍孙，学书破万茧。矜庄存史游，疏散得萧衍。诸法各臻妙，而尤擅榜匾。契阔两载余，打门忽惊犬。雨密衣全濡，袜垢脚双跣。磅礴坐未定，据案便挥卷。儿童亦嗟呀，暖酒润喉喘。主人泊西湖，风饕〔舵〕（柁）未转。信宿灯花稀，兴孤烛倦翦。自怪取法高，不恨知者鲜。轻帆遽分手，清烟看炉篆。

谢俞再中惠月食粟

疟惟三阴酷，蔓延极难治。不采太阴液，何以扶衰脾。俞跗传云孙，肘后方独奇。法于月食候，挹粟盈瓯瓷。升梯置高台，坐看斗柄移。人不见粟耗，月若与粟期。月满粟亦满，月亏粟亦亏。月者天之精，粟者地之脂。形气默交感，妙理难详推。收取贮葫芦，临疟乃粥之。厥效实响应，十中不一遗。无烦桓康名，何借老杜诗。秦中蟹未悬，盲下鬼已除。山妻患此剧，一服顿起羸。种杏未登谢，翦楮先陈辞。用广仁者惠，流布如雨施。兼补龙宫阙，行刊活人书。

题寓窝

天地亦邮寄，劳劳逐双丸。何况六尺躯，扰扰无百年。穷通本一辙，荣悴俱偶然。无求斯不辱，知足天乃全。小斋取容膝，何必万厦宽。新诗取适兴，何必千载传。白水殊甘冽，何必兰溪泉。两峰尽妩媚，何必匡庐山。庭竹早晚栽，盆花已鲜妍。虫声彻户牖，秋月移栏杆。晨起听鸣鸠，呼儿涤马肝。河南五百字，风骨何珊珊。客来互品骘，一曲信手弹。自得琴外趣，有弦似无弦。尊中酒不空，安问圣与贤？

杨弘峥过斋

关西夙翘企，无介通款洽。霜风故相招，轻帆渡双〔硖〕（峡）。细雨洒残蕉，清香余睡鸭。潇斋忽延坐，快若痒得掐。雄谈拈古今，贤否判乙甲。凛凛风雪生，可近不可狎。袖中苦节诗，镆耶光出匣。劲句摩苍穹，石破天斗压。其书更浑化，钗股斜署押。我无窃柎术，安能袭戈法。或许十日游，面质济穷乏。谈顷遽言别，不及熟羊胛。目送神为驰，寸心束如峡。

寄陈芬佩时刻幽湖诗草

幽湖无诗今有诗，锦塘先生开辟之。耕余与我本流寓，鼎足安能夸割据。只今牛耳方登坛，搜辑遗稿凭增删。黄梨赤棘垂不朽，地下诸公争额手。故鬼无言新鬼愁，草根磷火虫啾啾。生前万事双眼白，身后微名死犹惜。长歌短曲词中豪，伫看后劲光前茅（幽湖诗当以载韩为殿。）。

前有尊酒行追和查伊璜先生韵

客愁莫解，客路何长。君有旨酒，我当共尝。维林有鸠雏兮，毋将乌不尽。没虹亦有光，百岁亦迢迢。为欢未渠央，但得尊中物。岂异头上霜，今夕何夕无相忘。

送芑君之虎林修省志

季子良史才，廿年户双键。小试屈一隅，声名冠文苑。搜罗五十载，贯穿数百卷。旧志或疏略，稗官太枝蔓。此间有笔削，紫朱宁可混。昨宵月中梅，花落尚委宛。客处阙饯筵，临别意缱绻。西湖春正好，绿波摇翠巘。桃柳逐人来，闲云与天远。东阳（谓诸襄七。）集诗薮，新罗（谓华秋岳。）摹画本。邮筒能寄将，引领及缫茧。

醇夫送荷花莲子

急足冒急雨，打门送荷花。香气透十步，当户蒸烟霞。手中一函书，副以雨莲实。上言花好方德馨，下言子多叶占吉。感君厚意宠嘉奖，力洗瓦罂清供养。自暂芜秽背花立，卅载读书未穿笈。修途疲蹇日渐沦，短绠羸瓶古难汲。荷衣凋敝风飒然，碧房无珠含冷烟。苦心抽尽发如雪，冰姿玉貌空婵娟。博山死灰然水沉，一杯酹花花有灵。念我先德种不绝，嫩枝挺干仍葱青。空言慰藉乍惊喜，剖实争传绿玭玭。人生定分胡可强，得花看时且同赏。门外雨声急如箭，坐对平池三寸长。

次担斯韵寄白下沈景范

东风已送梅花去，羌笛何劳向天诉。山阳有客逐江云，诗瓢却傍金陵住。金陵酒贱愁易消，春深不作怀春句。莫愁湖上听吴歌，月子湾湾挂杨树。有情那得不思家，登楼应诵归田赋。三月杨花扑地飞，马头认取来时路。吴蚕上箔麦登场，待尔田家醉眠处。

寄怀徐侣郊

曲木不戢翼，贪泉不污齿。闲云独高飞，众草自风靡。髫龄见已卓，攘臂排二氏。弱冠溯闽洛，残编吸精髓。平生忠孝心，触发弦谷矢。所至勤搜罗，考核入函史。岂无众口哗，徇俗多所耻。美质在深造，意气宁足恃。中道无息肩，愿君保始终。

题莘皋葬会册

一抔岂难图，四海尽人子。奈何劬劳恩，黄土不掩体。富者惑堪舆，贫者困薪米。头白徒畜哀，迁延误三俟（唐灏如先生社约云：既俟地，又俟年月之利，又俟有余资，此三俟者。势愈重，罪愈深。）。唐公泽枯骨，良法开后起。绍述有仁人，锡类及邻里。众擎互扶将，一信保终始。统率归四宗，暇裕尽七祀。争先固欣欣，后举亦衅衅。薄罚非过苛，逾期实堪耻。岂无箪瓢客，徒手痛毛里。别有斡旋术，泉刀代经理。用意何精详，闻风各泗涕（会中极贫士八人，有力者捐金为权子母代发葬费。）。我贫寄糊口，频年怅羁旅。坐视亲串间，系棺遍堂所。手援坐无力，空谈取訾毁。彼非空桑儿，积习成波靡。此卷倘流传，同病冀磨砥。并世有典型，薰德无遐迩。毋使引领人，呻吟九泉底。

将进酒

将进酒，君莫悲。乘大白，歌以思。一献百拜酒何功？为池为林酒何罪？或贞而吉，或吝而悔。君实致之，如之何，勿思？将进酒，君莫悲。

古风二章为周章五母徐孺人作

槎溪鱼，鱼肥作羹酒满壶。上堂欢笑下堂趋，岁时承颜阙不补。板舆扶将傍金虎，百岁含饴奉阿姥。

阊门柳上有慈乌，乌白首，哑哑反哺血满口，日落雏归失其母。四山风露何凄凄，孤城日上子规啼。吁嗟，吾母何时归！

汪节母白云四章（章四句。）

白云盘盘，而水潺潺。嗟我良人，于岭之南。

有车辚辚，驾彼四牡。出见马尾，入不见马首。

良人有子，腹之而孤。生不见汝，父闻名而瞿。

良人可作，我不负汝子。为汝子不死，我宁负子。

禽言

姑恶，姑恶，青苗插秧蚕上箔，秧苗嫌短蚕道饥。不信君家妇难为，子规劝我不如归，我归谁与姑缝衣？我生从夫死从姑，谁谓姑恶姑实慈。

用顾逋翁日晚歌韵留别李斐亭钮草亭

随白云兮下山，朝甫出兮暮还。松兮菊兮溪畔，鸥兮鹭兮葭间。秋高兮月明，酒阑兮歌歇。良友不可以长聚兮，我何为兮轻别。

送黄芝九归金陵

黄公奇才天下无，汉之叔度宋山谷。雄文大度惊汪洋，千顷波中舟万斛。前年襆被来幽湖，肉眼何曾识天育。萧条古寺榻孤坐，偃蹇秋风鬓双秃。是时谷口凭揄扬（谓亦亭），贱子流涎路逢面。欣然握手成故交，泼眼新诗珠可掬。苍黄一别忽三载，闻说团瓢挂天竺。六桥山色碧于黛，十里湖光净如谷。风吹柳条青蒙蒙，春入桃花红簇簇。填词自教雪儿歌，白月当窗云绕屋。从来乐事触天忌，世上悲欢蕉底鹿。兰芳一夕抱香死，杜宇三更江外哭。英雄有志凌千秋，手挽乾纲转坤轴。婉娈不作儿女态，拔剑横空怒撑目。疮痍可疗宁惜身，马革裹尸口穿镞。独惜君才老更摧，廿年辜负将军腹。骅骝伏枥空垂头，俗子容容多后福。家山一望天茫茫，千里归云梦相逐。打包欲上金陵船，破橐垂肩行踊踊。幸有朱家小孟尝，百幅丹青广推毂。三家村里坐涪翁，五尺儿童口头熟。郑虔昨夜盛湖来，诵子骊歌呼范叔。片帆欲挂风潇潇，愧我行藏同局缩。老妻入土儿随行，补疮虚剜心头肉。孤灯惨恻天未明，双女零丁泪如沐。人间憔悴惟吾徒，饱历冰霜见寒木。不负天翁六尺身，何妨饿死填沟渎。君行京口乘长涛，下有神龙万年宿。一杯浊酒亟相唤，君不见，十丈鲸鱼卧平陆。

赠陆圣揆（张杨园先生外孙也。）

我昔披荒榛，拜君外家祖。高坟草封鬣，残碑土埋武。敷衽陈哀辞，瓣香酹清酤。平生仰高山，隔世等庞古。是时偕孤孙，登堂请阿姥。絮语访前事，良谋见遗矩。茅屋不翦茨，老桑仅围圃。丘园绝尘嚣，渔樵混侪伍。此间长子孙，尽足了门户。皇天不福善，戾气作狂雨。枝条悉摧折，凋零剩宗谱。春秋感霜露，蒸尝竟谁主。远稽古贤圣，往往昌厥绪。如宋四子后，云礽接簪组。先生今大儒，茫茫绍邹鲁。奈何不再传，衰落遽如许。幸有贤宅相，遗编宝彝俎。时复登券台，蘋蘩荐瓦甄。昨来幽湖滨，丁宁共我语。一脉痛中绝，五棺未入土。慷慨涕流颊，经营手画肚。今人弃故旧，末俗薄迂腐。谁能念母族，阙事要填补。纵然全力亏，已觉寸心苦。君诚古者贤，令我敬而俯。枣梨灿东海，十已竣四五。四方久流传，岂尽聋与瞽。与其崇虚名，孰若襄义举。吾将告同志，为君急鼓舞。秉彝有公好，植德宁寡与。君去勿复忧，送君水西浒。猝别难为怀，孤云久延伫。

答郑亦亭

菲村愁刻鹄，老学快飞凫。雨霁晴光泼，江高白浪铺。辞章宁自溺，道义敢相诬。天外着双眼，环中剩一躯。大呼聋俗醒，阔步小儿趋。未便终盐版，何妨混市屠。片言心兽服，脱手目牛无。才足当虞凯，名休数汉厨。交深董可化，病急艾方须。不忍随波没，还来起我癯。

题也园

雨霁花送香，巢充燕来社。日出竹影疏，个个向窗写。亦有亭戴笠，亦有树盈把。小桥跨幽壑，曲栏护精舍。乱石迂回峰，短垣甃虚瓦。但有趣可得，不妨名唤也。人皆羡多多，吾愿考下下。知足本至足，此意知者寡。

答亦亭七夕雨中见怀韵

僻巷日间卧，扣门破清晨。北风吹便鸿，新诗忽前陈。我友果无恙，流言徒纷纷。无盐不安丑，捧心妒施频。使我二三子，肠中回车轮。岂知河汉隔，自与黄姑亲。溯风念同好，听雨怀旧春。何时脱尘鞅，濯足鸳湖滨。秋月近皎洁，秋花转精神。思君不能醉，谁为开迷津。老骥羞道蹶，素衣愁蒙尘。知止乃远辱，陶公非迂人。

东醇夫请点定拙稿

乘乏分骚坛，附名玷盟社。虚怀感肺腑，狂见直舒写。先施望酹酢，清露润拱把。云何谢不能，固请曰姑舍。投桃不报李，引玉徒抛瓦。岂为爱我乎？是乃外之也。莫篮泽居上，已占风拜下。石交仗攻瑕，衰多终益寡。

集听松轩题墨海棠得质字

吾性颇淡泊，于物本无昵。况彼草木微，过眼才一咥。百花唯幽兰，稍可入吾室。娇艳如海棠，斩刈非所恤。世人重脂粉，题咏动成帙。会心唯子美，全稿无一律。讳母徒妄传，君子有同疾。张翁大笑子太迂，花不艳者十无一。君恶其色吾有法，敛华便可得其实。开箱捧出古墨图，花如水云蕊如漆。俗妆妖态一洗尽，但见清光照蓬荜。把卷摩抄不释手，观音吐舌惊欲叱。韦松郑兰技休数，文竹徐梅巧难匹。吾将持此酹苍天，遍告东皇及太乙。然藜夜照秋露清，化却浓妆墨为质。世上永无红海棠，古色苍茫老衡泌。年年开落当阶除，眼底尘埃尽如失。呜呼！人间何物非此花，离世独立众所嫉。短歌虽豪亦何用，野老垂头三叹息。

古书砖

听松堂上古甑砖，方径二尺厚五寸。科斗曾经万毫秃，色如漆光老而嫩。其体则坤其用乾，其面则巽其背艮。不知何代今流传，四角模糊藓衣褪。火气退尽水纹起，仿佛龙蛇暗驰奔。天晴照耀云霞蒸，天雨滑润汗珠喷。我来拂拭技忽痒，纵臂一扫抒百闷。端州老坑不为宝，铜雀古瓦何足论。平生挥洒爱巨研，此虽笨物称滞钝。何当移置茅斋前，大书特书慰穷困。

古瓦瓶

瓦瓶古朴真古瓷，厥色淡白滑胜脂。谷纹细裂如冰澌，棱棱四角为皱绨。广围一尺高有奇，水可二升花五枝。团瓢贮月分寒漪，子鱼泻入游天池。哥窑弟窑谁能知，内直外方吾所师。守口不出俨若思，虚心应物凭操持。或用或舍中无私，一动一静惟其时。人间所宝惊童儿，若非水晶定琉璃。睹此偃蹇弃如遗，那知全德无瑕疵。温润不羡冰玉姿，吾将挈之登峨嵋。满盛仙露插紫芝，免使浊世蒙尘缁。

怀范巨川十六韵

吾友颇刚毅，利欲绝牵绾。中年守瘳旷，两儿自供馔。作文具本领，只字不杜撰。世人爱浮华，博物颂子产。遂尔车填门，直使铁裹限。弟子趋以跄，先生笑而〔莞〕(菀)。曰此岂吾志，醉意不在盏。山中有茅屋，荆芜未诛铲。井牧久湮废，望古涕长潸。会当结良朋，白云闭双板。梓亦同此怀，驽马愧恋栈。世事且日非，谁能更开眼。儿女空磨人，头白忍羞报。多愿苦纷扰，无求便清简。思君不可即，小诗伴短柬。晓起望南云，月落星皖皖。

听张秋谷弹琴

君不见黄钟土炭无低昂，淫声烦手登庙堂。白云紫琼久破碎，谁能激楚弹明光。前年流滞虎林客，为我挥弦陈几关。琵琶二分筝一分，聒耳嘈嘈听不得。今来默坐闻妙音，浮想直收天外心。长清短清一再鼓，大游小游何侵寻。初如猿啸空山空，后如鸾鸣戏云中。宫声憀亮角声细，繁葩灼灼当春风。我生局蹙抱孤志，胸中无限不平事。借君陶写忽坦夷，六腑充周达和气。始知德艺无两途，愤激未花精亦粗。一技支流悟根本，躁斯昏浊静乃虚。鸢飞鱼跃指诸掌，此道无他在涵养。归来抚弄无弦桐，花影当窗新月上。

闻亦亭寓武林旬日即渡江省墓恨不得偕诗以寄怀

羡君游西湖，西湖不游。吾犹蹉跎。羡君游鉴湖，鉴湖不游，忧当奈何。娥江汤汤兮不可涉，龟峰峨峨兮不可蹑。君何为乎以舟以屧，方泌洄乎波岛，而下上乎林樾。雨离离兮草茸，梦从君兮登垄。奠尊酒兮泪濡，睹牛牧兮心悚。不如归隔林兮子规，梦既觉兮山河非。月在梁兮晖晖，思君不可即兮江之限。

题潘凛斋庭中杏李连理花

一树开两花，春姿斩红白。不是同根生，如何巧移接？异姓为弟兄，同心互交结。遂使各肢体，居然通血脉。乃知天地心，万物本为一。悲哉世间人，手足自戕贼。三复角弓篇，对花重太息。

题松阁读书图

世间有此阁者无此书，羽徒佛子夸精庐。有此书者无此阁，马队讲肆徒嗟吁。有书有阁无此人，万卷空饱残蠹鱼。彼何人斯此容膝，高坐琅琅出金石。寒涛灌耳万虑空，秀色含窗乱山碧。手中岂是楞严经，亦非阴符及黄庭。六朝三唐尚屏弃，何况帖括哓嘈声。君不见春来桃杏泼眼红，凡花百卉骄东风。岁寒冰雪无一存，惟此突兀千年松。人生读书须有用，木老终当作梁栋。我无高阁对苍髯，且抱残编自吟讽。

摸鱼公

鸳鸯湖头鱼接尾，摸鱼纷纷昼沉水。喉中鱼饱腹仍饿，群飞上船赤张嘴。呕鱼满仓渔大笑，重趋入湖重索鲤。效力争功为谁死？君不见，昨宵苍獭潜入舟，食鱼且尽渔翁愁。渔翁亦是摸鱼公，世间反复恩与仇。

今体诗

寄高村张逊庵

九间茅屋占高村，十里溪云水到门。晴雨机关渔父熟，桑麻经济老农尊。竹窗绿照蟾蜍砚，花径红开鹦鹉樽。幽兴寻常休浪掷，风尘京洛马头昏。（逊庵将远游，故规之。）

怀包立贤兼呈周绥庵

诸老凋零尽，谁为障百川？君能当后劲，我亦著先鞭。失足惩流辈，惊心惜壮年。长途各努力，残日马头悬。

喜吴克轩先生乘夜枉视

檐鹊争朝日，灯花入夜繁。扁舟劳长者，蓬户辱高轩。林黑萤穿径，村荒月候门。芽茶烹鸭脚，松叶煮熊蹯。痌瘝关同病（时余卧病。），膏肓欲究源。废畦疏抱瓮，枯泽跂翻盆。地渴松髯槁，秋刑石发秃。砭愚惊缩手，医俗苦烦言。虐鬼诗能诵，头风檄喜论。死灰回爨冷，衰草沐春温。出处惩腰折，刚柔鉴舌存。良规咀菽粟，妙语味兰荪。世路看登垄，斯文笑乞墦。何年随几杖，卜筑迩业园。纳履从圯上，谈经坐石根。登临蹲虎豹，潮汐吼鼋鼍。峭壁排檐障，低云结圃藩（先生居鹰窠峰。）。茧窝抽竹稚，土室长桐孙。素业渔竿贵，生涯樵斧尊。幽怀无日遂，卧听水潺湲。

得伯兄故山近耗

两地都成客，相看尽故乡。音书念风雨，灯火说家常。池草添佳句，庭花落晚香。荒茔谁共扫，为废蓼峨章。

次答郑亦亭

羁栖经再世，极目越山长。独寤愁如海，相逢醉有乡。短锄三径老，粗饭一春强。畎亩知无恙，归欤兴未忘。

题荷叶

红衣零落晓风寒，老干空擎碧玉盘。倾尽泪珠愁不解，房中有子半摧残。

先君讳日

先君病中，示不肖诗有“唤醒痴迷才十二，与他责任已三推”之句，盖绝笔也。呜呼！不孝于先君无一日之养，而先君之所以望不孝者，至远且大。忽忽居诸垂十八载，何以见先君于地下？将及此壮年，矢志蠲濯，以求无忝于万一，而第恐一时意气，未能持久，泣奠之余，率成长律，存为永鉴云尔。

迂愚到处难谐俗，怅望深山愿卜邻。敢道显扬非子职，怕缘簪笏辱吾亲。群书满腹犹亏体，一善成名岂爱身。说到全归真栗栗，眼前几个是完人。

叠韵寄呈伯兄

惰农偏得稔，力穑乃无秋。天道浑如水，吾生拙似鸠。江湖荣钓手，山海壮诗喉。此乐惟吾土，他乡莫浪投。

即席咏风菱

生来不肯磨棱角，老去还能饱汁浆。仙骨竟同勾漏化，清风应使伯夷尝。便经烟火味殊脆，任染污泥体自芳。何日篷船浮碧浪，满装筏篓饷诸郎。

白桃花

脱却红衣换缟衣，不随天杏斗芳菲。来从阆苑真容别，梦入玄都旧事非。画槛月明春雪舞，朱楼酒醒玉人归。刘郎重到惊心处，一树寒云锁翠微。

送亦亭之粤

平生一片牢骚意，南北东西实可哀。无地能容犹傲物，有天不眷孰怜才。向平婚嫁穷难了，尚父功名老未灰。寄语都官莫相讶，此行真为荔枝来。

寄陈芬佩

寄书愁不达，忆尔首频搔。世事争鸣釜，才名混鼓刀。百年催发短，一事系心牢。笑把青铜问，谁添颊上毛？

渡江哀肩舆者

皮破双肩小竹兜，泥涂没胫接潮头。平生读得西铭熟，犹使同胞作马牛。

东山寺

草阁随山起，僧房逐径斜。长瓶泥竹叶，团匾晒松花。裙屐前游渺，诗篇过客夸（先兄有诗题壁。）。可怜青冢在，双泪倚天涯。

西兴道上逢甥得家信

颇畏真消息，相逢喜复惊。雨多伤麦孕，花落负莺声。未免妻孥念，难为乡国情。并来方寸乱，风急暮潮横。

和朱贯槎雪中用东坡韵

云叶冰花太细织，如麻心事坐更严。东封无地寻黄石，西望何山不白盐。彻夜朔风塞刺骨，几时晴日暖烘檐。苍松未肯埋头处，犹剩青青几树尖。

争奇出险墨翻鸦，谁识便便富五车。玉女无声游地界，素王有语散天花。伐毛扶髓空尘相，镂月裁云总小家。白战惭余徒自苦，廿年短袖手频义。

读陈芬佩游天台诗喜赠二首

一月仙山饱看回，打包直裹赤城来。却教云水从心呕，忽觉烟霞对面开。缺我同游真懊恨，何时重去快追陪。新诗不敢高声读，怕有精灵起蛰雷。

吾家远祖旧黄岩，九世于今失故山。仙界得君全画出，飞身坐我乱云间。海门梦醒惊红日，天姥春深想翠鬟。结得麻鞋急归去，镜湖鸳水总尘寰。

次答芬佩

耦耕旧约负长镵，自笑隆冬尚葛衫。腊酒似鹅休放盏，江涛如马早收帆。功名浮世金谁铸，诗酒穷山石可函。外事不劳勤问讯，与君绝口学三缄。

盆莲次韵二首

风急秋寒翠独擎，雨中彻底自澄清。淤泥混迹矜完节，瓦砾余生耻得名。静可忘机辞鹭浴，香宁违俗绝蝇营。不愁满覆同欹器，波浪终朝似掌平。

橐驼良法授陶工，珠宝当窗坠粉红。凤子采香花在镜，蜂王避暑翠成宫。客惊满泛青田核，我醉清余白社风。瓦釜浪鸣愁不称，临池彩笔愧文通。

吉祥草

举俗闻名喜欲惊，迎凉如意敢争春。尧廷屈轶如相见，应指青青是佞人。

次答亦亭

平生甘苦节，淡漠与天期。自笑非饶舌，于君少絮词。共培寒菊冢，忍负老梅诗。吉了孤鸣处，残更扰梦思。（亦亭题老梅，有“尔我只如秦吉了，数声啼罢陇头云”之句。）

读许醇夫井田封建学校诸稿叠韵

直将六合新陶铸，日月重开草昧初。掩卷梦游三代上，太平鸡犬亦油如。

事关千载生灵福，岂独寒儒际会殊。笑我烟霞仍痼疾，开窗只写两山图。

柬姚吉士时以魏叔子集见寄

珍重来书什袭封，知君俯首翠微峰。事功何羡陈同甫，旷达应嗤阮仲容。史不准经终杂霸，体如无用本邪宗。山林莫笑无经济，养竹修桑属老农。

题西施图

舞袖垂垂玉貌新，秋花艳艳别生春。捧心反被东家笑，不作亡吴霸越人。

题杨妃醉归图

玉腮红晕泛春潮，弱柳迎风故故娇。此夕若教真醉死，渔阳鼙鼓或潜消。

避喧小室次韵

砚田粗熟饱山农，斗室清闲兴味浓。绣褓待儿嬉竹马，碧筒看女剥荷蜂。豪情雨散三千履，妄想云消十二峰。世上轰轰谁似我，万般摒挡只留慵。

玉兰花限摇字

霁日新增艳，惊飚不浪摇。供天擎玉钵，随地散银瓢。骨气尘中洁，丰标世外饶。爱渠长挺立，攀附绝柔条。

题笋

半春风雨不禁寒，万个萧疏翠欲残。为语石根双稚子，漫抽新叶与人看。

玉兰花二首

皎皎擎空雪，棱棱绝点瑕。品何惭玉树，名岂冒兰花。承露瓷瓯洁，裁云缟髻斜。自应遭物忌，涂抹任栖鸦。

艳质长披褐，芳肤乍脱袍。开时争掣笔，落处尚充庖。月冷霜愁冻，风高玉怕敲。素心忻共对，皓首淡成交。

寄汪津夫

望望乡园极海滨，海风吹断渴心尘。山桥竹艇愁分袂，寒食梨花又一春。斗室静观参妙谛，满街扶醉说天真。姚江风定余波在，烟霭重重莫问津。

得趣斋偶成三首（存二。）

玉兰初谢晨开棹，寒食过头摘雨茶。怕我晚来春黯淡，碧桃剩放两三花。

鼠姑含蕊玉肥胎，稚子抽簪碧裹苔。对我无言成独契，风吹蝴蝶过墙来。

高南溪义仆病死芑君作诗惜之次韵

主臣存大义，率性有天真。纲纪无亏职，艰危或许身。十年丹血尽，六尺白棺新。长命鲜卑仆，题诗得几人？（汉渡辽将军范明友，鲜卑奴，年二百五十岁。）

自警

客气未销诗有血，俗情难化字犹肥。从今宿习重磨洗，细雨和风沐紫微。

不去矜心气定浮，误从枝叶日删修。山穷水尽回车晚，前路斜阳照白头。

二桂

不厌频来看，风光次第收。预留全力在，匀作两番秋。余气胎重结，返魂香更幽。春花何太薄，一去少回头。

答竹溪韵

不觉三旬阔，秋寒上指尖。病余诗格健，日短画程严。交臂图良会，平心化小嫌。尊前有残桂，且共醉厌厌。

九月十八日芑君过谈至三鼓四叠韵

重阳又重九，秋老塔收尖。枫色微烘染，山容乍霁岩。便随林狖隐，莫遣海鸥嫌。后夜还申约，频来雨不厌。

坐深凉月上，露冷朔风尖。薄醉襟怀淡，高谈出处岩。经纶期各吐，坦白宿无嫌。晚节东篱在，追寻老未厌。

寄徐朗行

欲赋因山稿未成，山中孤月太凄清。病魔百战犹强项，诗祟多磨久耗精。岂为客星催钓叟，不关醴酒激申生。瘦妻弱女持门户，鬓白无儿惮远行。

答俞千里见慰病足

平地风波巧溺人，下堂忧色切忘身。捷行未必真胜跛，能屈安知不是伸。久客君应怜越鸟，思归吾岂恋吴莼。十旬高卧还堪庆，脚底经秋绝点尘。

答千里喜余重阳还幽湖

不因风浪始收身，只恐秋尝缺采蘋，各有故乡归未得，黄花应笑两羁人。

论书限韵

遗法钟王渺，欧阳溯世南。沙中见锥画，绵里觉针含。力尽三年虱，功收百日蚕。频来看涤砚，池水墨光蓝。

论诗叠韵有怀亦亭

古调推工部，时人重剑南。风花凭点染，天地入包含。宗派寻家鹜，支流别野蚕。苦吟忆庭草，书带净如蓝。

次醇夫

寂坐愁难遣，登山病久妨。海云秋叆叇，陇树暮苍凉。野鹿随僧卧，宾鸿看母将。指迷君不惜，喜极倒衣裳。

偶感三叠韵

比管嗤三北，思周诵二南。乡心随发乱，烛泪带愁含。处士无粮鹤，群黎失叶蚕。湖光清可鉴，聊对两峰蓝。

访艺君琴趣轩叠韵

拥絮高轩虱共扪，巡檐一朵逗冰魂。天心已见蓍休揲，春令先行鸟莫言。石顶霜干枫落子，庭隅土暖竹生孙。残年初了官家赋，万事都应付酒樽。

再题望越图五叠韵

越山何处是，乌鹊暮飞南。雨霁帆初泊，潮回日半含。风光输白鹭，心事老红蚕。岁岁成虚望，遥天一线蓝。

柬高南溪六叠韵兼乞染纸

听琴辜宿约，清梦度溪南。诗瘦俗情淡，书丰秀骨含。秋波孕珠蚌，夏雪吐沐蚕。雅趣能分惠，云笺为染蓝。

先君讳日

当年荐秋稻，薄酒共心酸。今岁羁孤馆，高枫照泪寒。旅怀随剡曲，孺慕愧申蟠。独坐听风木，空阶落叶干。

斋前梨叶尚红

落叶双山尽，疏林剩夕晖。多情老梨树，还惜向风飞。

风沮高村

拥鼻连宵坐，孤篷阻石尤。海涛狂撼树，山雨怒翻秋。诗味灯前苦，雄心醉里休。当门思定脚，天外有危楼。

绝句六首追和工部

茶烟出疏竹，壁篆坼新泥。日暖喧檐鹊，树深啼午鸡。

仲冬如八月，蚊蚋扑窗多。向晚朔风急，明朝尔若何。

游鱼乘藻隙，眠鸭傍云根。帆影落前浦，夕阳明远村。

叶落藤穿骨，山寒云护腰。打窗催雪雨，鸣瓦戏珠跳。

夜半月重雾，冷光窥短檐。把书痴忍冻，蝇字鉴毫纤。

瓦铛烹白水（泉名。），玉碗泛黄花。易索闲中句，难寻梦里家。

会澂湖送克轩先生葬赠张莘皋夏友梅

师门愧我一鞭先，入土今知友道全。大雪空山营窆穸，二公高谊薄云天。横渠远脉衣能绍，仲御清风钵可传。磨砺共期成晚盖，薰陶莫使负前贤。

过湖天海月楼

苔花缘壁上危椽，竹影垂窗锁碧烟。海雾尚悬山顶月，湖干已失镜中天。高楼雅集谁堪继，落日孤身我自怜。回首紫云松柏老，券台何处草芊芊。

别金方行叠韵

数别难成醉，香醪莫再赊。雨声疏竹下，村影老梅家。解缆频回棹，怜花倩插笆。秋期归不远，饱饭咽南瓜。

偶成

莘野满犁春雨润，桐江一线晚风长。吾生耕钓无余事，醉枕蓑衣卧夕阳。

题张次薇山水

寒潭峭壁笛凄清，钓叟烟波有后身。莫向晚风吹折柳，题诗半是异乡人。

遁野老梅

偃蹇空村里，殷勤借一枝。鸟声酸欲绝，月色冷相窥。作赋谁同赏，调羹世未知。竹桥风雨后，常忆梦回时。

早起

逢山得趣名心淡，无梦还家书味深。晓坐研朱点羲易，一双幽鸟语疏林。

过芑君琴趣轩值雨不果登山

薄暮来琴趣，幽人未掩关。凉风吹短袂，一雨罢登山。檐鼠窥灯出，林萤向幕还。新诗秋露洁，并为洗尘颜。

叠韵答芑君见怀

季子吾乡望，荆扉尽日关。晚凉依茂树，高咏对苍山。息烛怜蛾赴，留云待鹤还。自非潇洒客，谁许觐芝颜。

静愉斋杂咏七首

藓皮绣古桐，虬枝蟠曲铁。莫怪着花稀，百年饱风雪。（梅）

方诸涵缺月，掬月洗团研。墨光荡余波，水底掣金电。（池）

移根就东日，抽笔书南墙。白描朵朵云，露下生幽香。（玉兰）

一一傍花开，三三不拘迹。隔断终南云，携筇看秋月。（径）

揉碎罗浮春，散作鲛人泣。可怜晓风吹，零星倩谁拾？（珍珠梅）

烟消云散后，遗此一竿绿。昨宵雷迸苔，诸孙破龙腹。（竹）

百草竞芳菲，省郎亦技痒。炎炎百日红，后来乃居上。（紫薇）

和潘烛微老梅

五百年前种，东南占一奇。铁身龙蜕骨，玉瓣蝶含姿。淡趣长耽寂，孤标未合宜。河阳独相赏，许插帽檐枝。

雨后寄怀钱大箴客幽湖庵中十余年矣①

世间百草尝来苦，囊里当归味更辛。试问五更清磬外，一庵风雨梦何人？

次清渠郑倩韵

三载诗瓢客当家，头如蓬笔眼飞花。等身旧稿焚都尽，义手溪南听吠蛙。

赋得点溪荷叶叠青钱

春尽风光在，荒溪也不贫。玲珑新种玉，轮郭巧熔身。聚处青蚨夥，摊来赤仄匀。波臣虚典币，泽国暗通神。欲买濂溪笑，还遭夷甫嗔。鱼贪穿藻密，蝶化蘸波频。措大余馋眼，家兄在要津。鲛宫行赏日，应有系鞋人。

秋雨和悦山

宿雨沁林薄，晓寒侵客衣。秋心贫士苦，生事老农微。闲喜鸥凫集，晴占蠛蠓飞。湿云檐际泊，念尔亦无依。

快哉阁访宏源上人

不抵闻名快，当窗树影遮。诸峰来腕底，孤塔拄檐牙。簪笏随流水，钟鱼尚暮霞。远公茅屋在，堪向画图夸。

中秋前一日种竹

孤竹苦无侣，添栽三四竿。古根真气在，仙骨一身寒。旧刻诗偏韵，来宵月耐看。轻阴作微雨，多半为琅玕。

书舟晚磬（徐斗山书斋八景之一。）

居然书画米家舟，落日笙颂（平声，音容。）足卧游。酒醒凭君催短梦，秋深为客写新愁。登歌往事诸伶杳，独寤清宵万籁收。最是纪年兴慨处（磬刻万历辛巳。），故家文物剩风流。

和钮膺若重过遁野韵②

乍别重移棹，旬余两扣扉。高情渺无极，妙论益深微。斜日催行色（余将赴〔硖〕（峡）③。），西风卷客衣。劳劳应笑我，落落负鱼矶。

---

① 《寓〔硖〕（峡）草》本标题又作《雨夜寄怀钱大箴》。

② 《寓〔硖〕（峡）草》本标题又作《和钮膺若李裳吉重过遁野韵》。

③ 《寓〔硖〕（峡）草》本“余将赴〔硖〕（峡）”又作“时予方欲赴〔硖〕（峡）”。

放萤（和前辈陈元孝十放之一。）

个个忽绕井，飞飞复掠床。斛量矜照谷，囊处厌寻行。列宿难争焰，残磷许借光。游行且乘运，十月有清霜。

换锦花（叶落后，花始开。）

与梅适相反，物情亦善变。花开叶已飘，同根不相见。

扬州余愚谷寄集句诗索和次韵二首

无花无酒剩空瓶，盛水飘零老客星（时客盛水。）。白眼相逢谁识尔，金焦雨点画中青。

半生汲古寄羸瓶，七字吟成鬓已星。懒向人牙拾余唾，秋云自揭暮山青。

寄李裳吉

高弟何人在？芸窗老注经。病应愁里剧，酒悔众中醒。游兴一时减，萧斋尽日扃。〔葭〕(葮）溪风土薄，玉树早凋零。

张如皋言近太和石都无山水纹感赋

千载烟峦点石屏，如何皴法不传真？山灵似比迂翁洁，羞画青山与世人。

陈天行见示九日病起二首

何处登高尚有楼，偶来谈笑触闲愁。白蘋西塞他乡客，红蓼青菰水国秋。四海苍凉孤月迥，百年耆旧几人留。鸦村不朽诗篇在，借我高吟一写忧。

疏灯顾影独踌躇，客里频惊清夜徂。梦醒更斟银凿酒，病多虚佩紫囊萸。旧游雨散空阶寂，败叶霜飞老屋孤。犹有可人谈韵事，莫愁贫到一锥无。

许慕迂邀看兰花

约我看梅候，先期忽见迎。定应家酿熟，便为国香倾。磁斗蜗泥润，珠帘燕语争。此中幽绝处，尘梦十年清。

半山道中

乍霁山光丽，晓寒溪影赊。酒帘当马路，渔屋割鸥沙。远寺霜标叶，沿途菊贩花。似闻春媪[①]语，收稻半生芽。

芦花被（有序。）

元人诗：西风刮梦秋无际，夜月生香雪满身。枕上吟讽不成寐，因本其意更作一律。

半床秋影白纷纷，清况渔家一席分。不信御寒偏拥雪，自从逃俗独眠云。风姨月姊甘同梦，汀雁沙鸥冷入群。无限锦衾绡帐底，一般浓睡判莸薰。

答东湖送别[②]

挥洒谁言笔有神，无多敝帚实吾珍。在山小草仍含雪，入世初衣不染尘。得句未妨酬和寡，爱云何惜去来频。早梅庭际堪持赠，乞与阳和一盏春。

---

① 《寓〔硖〕(峡）草》本“春媪”又作“村媪”。

② 《寓〔硖〕(峡）草》本标题又作《答担斯送别》。

不堪惆怅[①]对芳筵，海日初来塔影圆。歉岁风光秋后草，衰年情事浪中船。打熬铁骨平生在，检点童心未死前。门外雪飞归卧稳，敢夸清节室如悬[②]。

渡钱江[③]

蓝舆乘晚色[④]，一望翠屏围。浪稳江豚息，沙晴野鸭飞。神旗动潮渚，傩鼓出烟扉。砥柱千秋在，春江有钓矶。

渡钱塘

大雨没篙浑水深，片帆开霁夕阳新。南龙老死翻江血，胡马奔腾扑地尘。山色自依亡宋树，潮声犹恨沼吴人。不堪极目烟花乱，肠断西湖二月春。

戏柬张生翁山

翁山去岁试不售，曾举余旧句云："自有菜根甜不过，谁教更吃蜜橙糕？"入试者必携蜜橙糕也，今夏遂博一衿，当不复道此语。

老梅枝上月苍凉，桃李无言一径芳。毕竟蜜橙元有味，何人更说菜根香？

述梦（三首。）

到无心处云随我，最有情时月趁人。万事不萌尘外想，半生都是梦中身。

近水人家眉有黛，种松山舍发俱苍。风流绝代谁相识，白鸟孤飞下夕阳。

蚕月昏昏雨障湖，蕉窗灯影碧糊模。梦田一事真豪举，醉写娥江旭日图。

夜梦先慈

此会不易得，终宵[⑤]色笑亲。直如归万里，暂尔话前因。儿鬓惊添雪，慈颜不展[⑥]颦。孙行今几许，肠断九原人。

赋得清风动窗竹五首寄南翠山房上人（存三首。）

不知风有韵，可是竹多情。相怜不相舍，并作一窗清。

乍闻佩琤琤，忽见云滃滃。试参玉版师，风动软竹动。

与可画不到，坡公意亦降。夕阳偏作态，疏影拂虚窗。

和思晦二绝

花县移封向酒泉，簿书摒当就宾筵。折腰五斗原非计，一榻松风听暮蝉。

家园新摘蜜筒瓜，饱啖争看座客哗。愁煞枯肠诎不给，荷花未了又兰花。

题画兰四叠韵

死便埋香入九泉，飞花不肯上华筵。墨痕淡淡君应识，洗尽尘埃似脱蝉。

鬓如蓬乱面如瓜，聒耳难禁鸠语哗。几卷《离骚》两行泪，半生憔悴为名花。

---

① 《陈一斋先生诗集》本"惆怅"又作"怊怅"。

② 《陈一斋先生诗集》本"悬"作"县"，可通假。

③ 《寓〔硖〕(峡)草》本标题又作《渡钱塘》。

④ 《寓〔硖〕(峡)草》本"晚色"又作"晓色"。

⑤ 《寓〔硖〕(峡)草》本"终宵"又作"终朝"。

⑥ 《寓〔硖〕(峡)草》本"不展"又作"不转"。

东湖滞西湖不归寄怀

西湖原不热，游屐滞兼旬。曲院花同醉，雷峰雨趁人。背囊征句满，戴笠择交新。可有新罗画，松阴下钓缗。

七月十六日大风海溢崇明嘉定诸县漂溺死者无算不知故乡作何状夜坐有怀先垄怅然作此

飞廉胡太酷，海患接虫灾。天怒非违节，民穷亦孔哀。积尸淹岛曲，万鬼逐潮回。故国凭谁问，荒山有券台。（官发五百金市盐包裹尸代棺，终不给，遂命捞，积岸旁如山，亦无地可埋，上册者已十三万，余不可考也，可谓极变。）

莺脰湖

小舟浮落叶，斜日浩冥冥。匹练湖堤白，霜花镜面青。银鱼登细网，红蓼逐回汀。谁说风涛险，平波（台名。）试一经。

买琴

未办修琴料，倾囊市古桐。断纹如〔折〕（拆）籀，虚腹载鸣虫。午梦飞松籁（上篆“松籁”二字。），空堂递竹风。无弦聊自适，不为貌陶公。

寄家信

薄酒不成酣，忧怀缺面谈。音书凭六六，去就酌三三。频岁依山僻，明年又海南。劳劳缘底事，衰影照寒潭。

读耕余集有感

清吟怀老友，灯黑泪交颐。人物藏荣绪，诗篇杜拾遗。雄心千古在，遗恨九原知。旧业传金石，昂藏属两儿（观我炳也。）。

齿落

一齿公然落，当筵叹始衰。壮心思讳老，痴想待生儿。缄日今应切，加餐且自支。啸歌元不废，开卷撵疏髭。

冬月

雪后郊原洁，空林玉兔生。侵人何凛烈，照物太分明。白骨飞霜重，荒鸡应柝清。客怀成不寐，攲枕数残更。

别张子莘皋

五载双山畔，明年越水湄。惟公言独苦，怜我老无儿。世故初心在，交情白发知。陇梅风雪里，别泪不禁吹。

留别慕迁

萧萧白发欲何之？冉冉东风雪正吹。无计避荒轻远别，隔江榆树尚存皮。

自西兴至萧山

十里乌篷快，山城敞客怀。白鹅眠细草，乌犊上高崖[①]。病眼愁俱豁，乡音老未谐。东门沽酒处，溪月照芒鞋。

---

① 《寓〔硖〕（峡）草》本“高崖”误作“高厓”。

许慕迁新辟小园

东畴闲立数归鸦，林下清风兴倍赊。隔巷载沙铺石径，比邻乘雨送梅花。藏书楼敞云充栋，洗砚池宽月贯槎。独乐不嫌朋旧数，可容日日叩篱笆。

题林壁画渊明景翳翳以将入抚孤松而盘桓图

孤松天矫何年植？五柳迟回独赏心。可惜夕阳留不住，空教清影伴清吟。

东山吐月（书斋八景之三。）

一带从篁暑乍收，旋看斋阁镜中浮。还疑海若输银瓮，错认天花吐雪球。杯蚁摇光诗思涌，巢湖窥影树阴稠。望乡便拟东乘兴，短棹烦君为我谋。

题画

冉冉春光晓未开，山人矮阁占溪隈。六桥烟雨模糊处，截取西湖一角来。

镜湖道中

独照孤舟客，溶溶入太虚。自怜春作伴，安见子非鱼。拥髻山沉翠，匀眉柳淡舒。由来夸越女，此景得谁如？

寄津夫

落落汪公子，秋蕖露蔼然。窘中贻我佩（尝规余多言大书一“默”字见寄。），纸上给民田（谓《井田封建图》。）。苦行依甘草，沉忧托响泉。王通本多事，休问上书年。

汪津夫过宿次早即别却寄

不见山翁五载余，自怜故态尚狂奴。三杯大笑出门去，袖有井田封建图。

江船

蒙蒙小雨趁帆回，客路愁眉喜乍开。争道吴蚕今岁熟，满装桑叶过江来。

周平王庙

不信东迁百战余，峨然庙貌托精庐。破除文武千年业，成就《春秋》一部书。岂有小弁[①]伤嫡庶，空闻扬水怨兵车。至今濒海遗民泪，禾黍离离洒故墟。

答陈皋如见怀韵

远道愁纷若，新篇意蔼如。看花成日暮，怀客值秋初。雨渴虹腾彩，云高雁断书。流亡空在眼，头白愧闲居。

从弟友杉寄纱衣毡兜子

渡江今不愁风雪，却暑悬知晚吹生。无限同胞在沟壑，寒暄尔我独关情。

赠阮松岩

烟瘴蛮中剧，言从万里归。素衣尘扑面，凉月夜穿帏。将母嗟何及，为官计已非。千金（湖名。）秋涨碧，可许伴苔矶。

夏盖湖

当年停盖此婆娑，障海孤峰翠结螺。南朔东西波浪急，辛壬癸甲别离多。石根隐聚鼋鼍窟，

① 《客星零草》本“小弁”误作“小升”。按，弁，低级武官。

松顶高穿日月梭。万国衣冠渺何处，满湖烟雨一渔蓑。

镜湖中开清渠所赠方镜口占

湖中山色青如故，镜里湖光眼倍明。却愧鬓花颜已皱，烟鬟螺髻枉多情。

海岸

碧天秋气朗，斜日下寒芜。吉贝收晴雪，咸鹾沥海珠。渔郎生计沃，估客语音粗。回首风涛恶，塘官夜点夫（时海宁塘大坏。）。

有感

检点平居事，飘然梦里身。慧儿天赚我（谓亡儿孝羔。），顽婢鬼欺人（买婢时卜颇吉。）。薄俗生疮痏，孤行任笑嗔。银蟾升海角，一醉乐吾真。

天妃宫

紫殿岧峣倚翠屏，潮声当户走雷霆。舟师酹酒魂犹悸，估客焚香手戒腥。环珮丁东通冥漠，风涛咫尺显精灵。海乡尚鬼成遗俗，威福都凭[①]土偶形。

麟山（旧名临山。）

吾乡有龙山、凤山、龟山，独无麟山，因改“临”曰“麟”，系以诗。

湖海氤氲花木新，自来间气属何人？三山得地应栖凤，一字更名抵获麟。为孽为祥凭立说，生虫生草各怀春。每思共主同根意，再咏周南默怆神。

曹娥碑

六尺残碑藓可扪，行人拜起荐溪荪。捐躯少女哀慈父，题背中郎颂外孙。轮尔奸雄三十里，抵他道德五千言。年年春草龟趺没，跪乳羔羊傍石根。

禹陵

石纽难寻李白书，此间陵寝未荒芜。翻因附会存王迹，遂使平成颂海隅。菲饮（泉名。）秘图（山名。）供眺览，玉书金简半虚无。九河故道多湮没，溉泽徒传夏盖湖。

严子陵墓

抔土寄尘寰，山高秋叶斑。不嫌加帝腹，何惜犯龙颜。志节黄虞上，风规日月间。千秋谁后起，借与客星山（余拙稿名《客星山山人集》。）。

兰亭

桑榆慨慷寄斯文，竹树阴阴曲水春。修禊我来逢癸丑，法书谁似守庚申。何惭座上牛心炙，不染几间麈尾尘。玉燕金蚕同玩好，昭陵千古爱才人。

梅市

披胆谁能听，锄奸志莫酬。早知家可弃，本与世无求。市井非名薮，神仙即隐流。平生解颐处，快婿得羊裘（严子陵。）。

宝山

不道灯檠已受愚，赤眉贻毒又髡奴。山灵有力穷诃护，义士同心敛匣襦。万马奔腾江迅发，

① 《客星零草》本“都凭”又作“多凭”。

六龙号泣雨模糊。可怜一树苍苍立，冻雪寒风夜月孤。

秦望山

蓬莱咫尺杳难通，极目扶桑海日红。兵气潜消游骑息，庙谟绝响俗儒空。长城远据河山险，天府高临百二雄。却笑求仙无远见，回头不望望夷宫。

范少伯祠

堪笑吴人偏霸越，吴儿还祀沼吴人。五湖烟月闲消闷，万贯资财[①]巧济贫。亏得玉成西子力，负他金铸老臣身。浮江亦有鸱夷客，抉目当年极苦辛。

万寿山谒东坡像

夹道松阴古寺门，野棠花谢一春春。当时三过成今昔，此日重来[②]孰主宾。蟹眼清甘泉有姓（中有井名苏泉。），乌髭零落土留身。公能入梦吾方睡，南渡前头仔细论。

学绣塔

浮图曾记旧妆台，遥想停针日几回。绣得姑苏好麋鹿，衔花却上舞衣来。

次韵寄潘烛微

一夜西兴雨，君归我亦归。那堪当故国，犹自理征衣。岸柳迎春发，樯乌傍月飞。洞房金鸭暖，清绝五弦挥。

种荷

买缸分种玉，贮水待浮钱。未见双擎雪，先澄一镜天。根深枝自发，日暖色应妍。会得亭亭意，何须托爱莲。

方程送青梅

谷雨才七日，园梅自摘来。春从忙里过，酸向苦中回。世味应尝遍，雄心老渐催。今宵鸳水梦，孤影照荒苔（遁野老梅。）。

赠四然道人

即汪津夫。四然者，谓自然者道，当然者理，必然者势，偶然者数。

道人东海杰，跌宕酒为缘。于世无一可，从天悟四然。持螯因写蟹，泼墨偶成莲。白眼高吟处，秋空月向圆。

自砺

杳无人处千夫指，乍有情时一刃挥。连夜雨声天忽霁，满庭春草自芳菲。

敬修暑中过谈

触热到山城，凉飔一座生。胸藏冰镜朗，袖有水珠明（时以新诗见质。）。香净澄斋阁，云闲满谷坑。谈心溯怀葛，天半紫鸾鸣。

刘伶墓

荷锸几时营此穴，浮名千古一秋毫。妇言不听见何卓，军法能行事亦豪（借用朱虚侯事。）。

---

① 《客星零草》本“资财”又作“资囊”。

② 《客星零草》本“重来”又作“频来”。

欢伯爱看狂客舞，醉天独揭酒星高。即今孤冢谁浇奠，竹叶松花满地蒿。

沈贞女诗（有序。）

贞女，嘉兴人，许字钱维垣，未嫁夫死，终三年服。元日作《自誓篇》，绝食五日。父母许之守志，乃强进食饮，老于母家。

深谷孤生蕙，灵泉别有源。宝珠明自晦，良玉栗而温。幸得青钱选，乘龙喜烂门。如何白杨暮，寡鹄奏离魂。倩质纲常系，柔心节操存。何须亲结珮，不待久承恩。许字缨先属，知名谊早敦。麻衣愁纫绪，藤枕泪编痕。终服当元日，哀词告二尊。命思延喘息，誓已绝饔餐。苦志神犹鉴，轻尘孰敢言。未妨仍寝食，聊用慰椿萱。白发归全璧，丹忱激九原。此风应共砥，奇行矢何谖。簉仕皆臣子，通媒俨弟昆。固哉归太仆，持论自逾垣。

南铭馈钱牧斋遗墨一丸有感作

绛云红豆已荆榛，犹有隃麋未化尘。烟柳何心迷故国，白头空作画眉人。

名节何存万事虚，不缘遗物特相于。余光待作千秋鉴，总为风流误读书。

过方程菜园

藩篱长不葺，蔬韭尚连畦。树古蛇为窟，藤垂蚁有梯。趁晴锄独把，带雨屐双携。我欲频来此，看山坐日西。

手书桃花源记装潢长卷敬修见题七言岐周借观夜为偷儿取去戏柬二君

玉轴幸装成，传观眼倍明。龙蛇忽添翼，鸡犬亦随行。本属子虚氏，仍归乌有生。渊明如可作，一笑付筹觥。

寄怀南铭

十里莲塘路，来游足力悭。柘堂秋色晚，蕉雨笔花闲。业竣圆书外，心营岩壑间。西成收秋早，薄醉舞衣斑。

留别敬修

忽忽岁云暮，迢迢梦欲归。诗囊载山色，城柝迟朝晖。雪凛重云黯，江空一雁飞。遗书封寄处，老泪满征衣。

枕上

杜老曾同感，秋天不肯明。壮心虚梦寐，痼疾卜阴晴。裈虱元同气，邻鸡非恶声。披衣听疏雨，何日海霞生？

岁暮杂感和裳吉十三首（存二。）

不堪画饼复炊沙，露打霜披两岸葭。往事迢迢重记省，眼看日没烛花斜。

旧感情深欲破琴，问谁存没果知音。摩挲冻砚挥残泪，惟有寒梅会我心。

千叶石榴花

瓣簇胭脂艳，光倾玛瑙红。名花不结子，零落暮阴中。

乙卯立春后四日雪中渡江

俄顷千村化玉林，寒风凛冽彻衣襟。行人只说晴天好，岂识东皇润物心。

并头兰戏作

幻境无端雨化身，来从幽谷转清芬。同心叶可功为带，合口香应喷作云。调剂风光如对领，商量春色欲平分。传观一座争含笑，多事离人也入群。

怀王文毓

俗务频相嬲，残年累子多。交深忘畛域，才短借磋磨。幽梦销红蜡，遥山淡翠蛾。美人与芳草，怅望隔银河。

斋前植石笋偶作

何羡兰台玉笋班，一峰蕉外倚窗闲。巨灵未解风中箨，帝女先沾雨后斑。志欲凌云坚守节，胸无成竹屹如出。谁当砺齿充馋腹，拗断云根拟破悭。

即事

世事愁开眼，吾乡又若何？城荒人迹少，海近蜃楼多。峭壁临幽壑，寒烟障翠萝。春风吹不到，槁木在阳坡。

偶感

山斋溽暑断凉风，酒兴何浓斗碧筒。万事蹉跎残鬓里，半生著作死灰中。空阶短草萤光乱，极浦孤帆月影朦。策杖登城双耳闹，海涛犹自向人雄。

六月朔同从子□□游东山寺

披露寻山寺，乘风过岭南。便来从竹底，高坐翠云龛。暑涤襟同畅，泉清语亦甘。平生严辟意，却拟住精蓝。

欲留仍不遂，落日引孤筇。草没疑无路，云归别起峰。后期能再约，余兴抵初浓。白菊秋应好，黄粱晚可舂。

挽张恕夫

张公江海客，伟貌俗儿惊。倚马空群辈，雕虫老一生。趋时髯故懒，取困术何精。地下逢狂眇（俞君谔。），相看涕泗横。

六月十八日小雨竟日顿凉用陆放翁韵

秋近风声紧，云浓雨意长。墨花开砚锈，荷叶润衣香。关念丰凶切，沾恩枕席凉。即看鹅鸭戏，泼泼满地塘。

古天香亭晚步

古亭遗址在，凉月照蓬蒿。矮屋呼新庙（土人新构关公祠。），村儿角大刀。南龙回谷暖，北凤占天高。别业何年构，松风枕翠涛。

次寄吴次昭

怅望伊人水一限，空江迢递雁声哀。有心白发和愁种，无主黄花傍客开。茶库数笺初请质，山城一宿记曾来。赠云何日重聊榻，呼取墙头趋秀才。

中秋

把酒不能饮，爬搔苦未瘳。衰年逢令节，故国此中秋。海月皎如拭，珠光烂不收。银床清露泚，桐叶正飕飗。

柬潘湘雨七十初度

娱老无他具，生涯别业中。花开矜国色，瓜熟诵豳风。把镜惊霜白，呼儿看叶红。新筜闻已煮，来侑古稀翁。

雨中次韵

潇潇寒雨坐荒城，聒耳空闻檐溜鸣。两鬓已苍孤剑在，一声长啸暮云横。修篁未许随风偃，古柏全凭煅雪成。诗史莫谈亡国事，把杯只会劝长庚。

次文毓移居韵

移家不出柿林中，兀兀高楼坐朔风。幽趣可方秋月白，醉颜时倚夕阳红。密栽医俗凌霄竹，软煮娱宾过雪菘。墙隙更添蕉数本，我来题作碧云宫。

挽钮膺若五绝句

谁画断雁图？一雁复随行。地下接翅飞，月黑天荒荒。

谁歌方镜词？清波照羁颜。可怜屋梁月，惨戚非人间。

谁养白头亲？砚田已无秋。抉去老眸子，血泪仍不收。

谁畜红颜妻？锦衾烂如火。割耳置棺中，化作佩玉瑳。

谁抚黄口雏？朝暮二溢米。竹马嬉堂下，阿翁如未死。

郝甥邑征送桃

酷似吾真忝，由来宅相贤。养成园内果，摘得树头鲜。带露毛犹湿，封泥种可传。投桃虚报李，五字愧青莲。

留别从子三首用黄山谷韵

迫岁愁多累，遄归为急难（将为先伯兄立后。）。囊空诗债楚，烛跋酒肠宽。溪溜随篙去，江云压帽寒。乡园抛未得，不敢转头看。

廿载居无定，他乡岁岁还。心驰鸥影外，帆落雁声间。恋栈仍羁濮（将迁幽湖。），逃虚未卜山。半生缘底事，漂泊送朱颜。去住知谁是，鹃声两地催。探梅随处得，看雪隔年来。行李仓忙候，灯花烂漫开。北斋风日紧，为我养炉灰。

鉴湖舟中作

正月浑如三月天，桃花历乱李花鲜。应缘闰后挨春早，不是江东得气先。矮树人家妆镜里，远山渔艇画屏前。布袍白首堪游憩，裘马何人羡少年。

次答南铭二首（存一。）

一笑凭双眼，孤吟剩两肩。得君尘外句，豁我醉中天。疏雨春分后，残山夕照边。淹留炉火活，深夜扣薪传。

方竹杖和从子韵

谁把琅玕约准绳，一条瘦骨碧崚嶒。饱餐霜雪成圭角，力斗风雷起陗棱。无故削圆嗤俗子，有心琢线陋山僧（西湖僧琢四隅以表其方。）。若教位置高贤列，希直前身或可称。

暖锅

浓云作雪朔风生，端赖当筵骨董羹。一片热肠能几许，夜寒隔屋有啼声。

灯下

积阴灯下焰，独坐冷添衣。江阔书难度，峰高梦不归。耳听寒食近，发为故园稀。莫是愁城恼，多缘酒力微。

访潘氏别业牡丹值键户遂联伴遍观有花之家次友人韵

扣门难觅无双种，意外来评第一花（诸花圃推陈氏第一。）。不似鳏鱼空守钥，喜闻慧鸟唤司茶。禁他艳色纷如锦，照我颓颜渥似霞。兴到不妨题藓壁，他年无望碧笼纱。

再叠韵

乱藤束束似钩绳，削出天然玉隐嶒。根向蛰时鞭肯曲，笋初迸处角生棱。康庄矩步常扶我，轮相参心不学僧。传示儿曹休浪语，〔葡〕（蒲）萄椰枥作通称。

读钮膺若遗稿寄裳吉

龙城千里梦，羸病一孤舟。黄口生全庇，霜颠望速瘳。星沉天失策，石涌地埋忧。烛下精魂在，遗编诵不休。

洒泪不到穴，哀吟谷应空。为名拼一死，知我负孤桐。墓草犹能碧，村花莫浪红。传钞谁最勇，什袭付崆峒。

樊江

秋山疏木叶，落日淡村烟。客梦还乡醒，沉疴向老痊。乱篙张蟹簖，双桨卖菱船。有酒堪谋醉，高歌一扣舷。

艮山门夜泊

夕枕翻离思，孤篷泊艮门。怒涛犹在耳，秋梦不生根。城柝随星转，庵钟隔水昏。古廊千步曲，愁吊女孥魂（亡女居门左千步廊。）。

别芬佩兼呈诸同学

石墩尚云远，况我涉双江。雨意春方剧，离情老未降。检琴摩玉轸，添酒拨银缸。几夜沉吟处，泉声绕竹窗。

大雪阻行子，其如已束装。破寒孤剑在，导路早梅芳。隔岸山排玉，沿江水拍梁。不劳淹别恨，作客是还乡。

徐靖功从楚中寄纸答来韵

鸿飞汉水日斜时，寥落家山慰梦思。桃叶可歌怜齿暮，梅花已老讶春迟。尽容跌宕江湖客，底事牢骚造化儿。短句奉酬虚侧理，蛮音莫笑语侏离。

山阴道中

晓发随平岸[①]，柔篙卷浪纹。高峰晴戴雪，独树静梳云。叔季鸥凫[②]侣，黄农虎豹群。凄然

① 《陈一斋先生诗集》本“晓发随平岸”又作“晓发山阴道”。

② 《陈一斋先生诗集》本“鸥凫”又作“鸥鸟”。

何所感[①]，沽酒博微醺。

题许通画牛为从子伯观

秋熟田家豆粥新，饱餐随意涉烟津。试听横背村儿笛，可忆当年舐犊人。

过夏盖湖大风

开棹日未落，过湖风转雄。拍船裾接水，腾马笠乘空。愁极歌偏壮，山穷路忽通。堰头人语乱，灯火出林中。

寄婿郑清渠

春雨唬残老鹧鸪，僧寮研墨画葫芦。英雄吐气原无定，烟水随身且自娱。莫谓米盐悭地主，会披云雾上天都。凤山我亦盟樵侣，折脚铛头问酪奴。

喜从子至自高沙叠韵

琴床吾已傍甘泉，闻道征帆落雁边。忽听马蹄当户响，便教蟹眼注炉煎。一轮冰雪澄山月，万里波涛泻海天。佳境好来同玩赏，菜根闲嚼了残编。

答敬修问病

兼旬淹卧疾，携杖复翩然。不谓龙蛇岁，翻增犬马年。虚生颜转厚，阅世虑仍煎。十里横塘路，劳公薄暑天。

抵家

一月迟归两颊癯，家人惊见各欷歔。扫窗竹影尘元在，绕砌虫声织尚虚。索处朋侪多执拗，食贫姻娅半粗疏。十年跋涉吾今悔，云水蘧庐足著书。

舟行

西郭一为别，南山忆翠微。橹行萍倒卷，竿立鹭斜飞。观水传心法，看云悟病机。搔头默惭怅，渔父竹间扉。

半山

秋在烟岚外，人行图画中。溪云千缕白，山树一家红。旧约波间鹭，新愁雨后虹。头颅竟如许，咄咄坐书空。

寄王文毓

新溪王子敬，别后草书多。尘案堆诗稿，庭蕉蘸墨波。客疏怀旧雁，酒熟爱新鹅。不厌过从数，凭君遣病魔。

声始楼偶成

会时常少别时多，声始楼高一昔过。竹径翠稀虫自语，枫林叶落鸟还歌。也知末俗需材急，无奈雄心渐老何。来日渡江归守垄，千岩风月伴烟萝。

闰重九

九度重阳旅次过，今年两度在幽湖。频频祀灶谁嫌数，一一题糕兴不孤。菊为耐迟争烂漫，萸犹恋旧索欢娱。老夫便当明年看，白尽髭须可健无。

---

① 《陈一斋先生诗集》本“凄然何所感”又作“凄然身世感”。

至日得嘉木书述张莘皋先生偕蒋担斯及侄学山过舍莘皋年迈而矍铄诗以志喜二首

一阳潜伏候，传信有江鸿。檐雪当晨霁，湖冰向午融。病余心吐萼，喜极醉冲风。硕果今谁在，天应寿此翁。

柴门虚款洽，佳客负联镳。小婢炊茶出，比邻具黍邀。书来添旅梦，风动聒窗蕉。便拟囊琴剑，晴帆溯早潮。

偶感

世事纷纷傀儡场，茅斋兀坐意苍凉。儿曹学语矜名节，俗客谈诗压汉唐。邻竹似蓬邀暮霭，溪冰如纸敌朝阳。海鸥不管风涛候，且伴孤云入渺茫。

题吕焕成山水

一个长松九叠盘，重重楼阁倚青峦。不知何代江山好，令我凝眸涕泗酸。竹影依稀饥鸟在，绡纹零落暮云寒。谁当装拓矜完璧，古屋空林独坐看。

别黄岐周

五载流光速，家山日暮时。种花惟送老，卖画为寻儿。各有伤心事，同哦咽泪诗。河干一挥手，风雪满船吹。

别从子

忍便拂衣去，还来倚竹看。熔金方化液，炼石几成丹。老畏双江隔，愁余只影寒。陇梅知未绽，免使客心酸。

别南铭

老苍交恨晚，荏苒几经年。两见衰麻日，联吟峨蔚篇。印心天可誓，把臂月同眠。收尽临歧泪，垂头上客船。

我非坚欲去，王岂不留行。自怪三秋病，难胜五百程。天桃虚长叶，衰柳忆初荣。短棹冲江去，寒空有雁声。

别津夫

劝我还乡好，深宵肺腑谈。卖田抛海北，结屋傍山南。踊跃非虚愿，蹉跎久抱惭。斜阳松岭外，残雪熨晴岚。

不醉遽言别，无端负早梅。既留津口住，还拟蛰前来。旧雨晨搜句（新辑《同人集》。），新篁夜迸雷。春风吹短发，心事肯成灰。

雪泛汝湖

岂让西湖好，沿塘是白堤。石顽都化玉，花堕不沾泥。橹近惊沙鹭，村寒误午鸡。九龙试登陟，山有白云梯。

砚海

帘卷风清墨浪生，龙蛇腕底自游行。笑他宦海波涛急，若个归田课子耕。

羽扇

居然鸿展翅，入座快披风。惆怅南阳老，三分一握中。

偶成

不堪衰已甚，晓起独嗟吁。整席蛇皮蜕，搔头鹤发枯。风流琴是偶，游戏石为徒。卯酒容斟酌，颓然看野凫。

宝慈庵避暑

火云催病客，凉雨过招提。磬响当花际，蝉声在竹西。桑门稀薄暑，物理孰为齐。搔首滋长叹，荒原独杖藜。早谷越犹刈，晚禾吴可虞。思家清弄月，忆旧晓听鸟。儒丐原相次，饥荒孰与苏。庵名触吾念，不独泣孤雏。

题惊鸣图

侧目云霄外，河山万里芜。争能羞掣臂，立效仗微躯。陡下防何及，高栖势转孤。凡禽浪惊辟，画意在鹏雏。

题栈道图

险仄真如此，轮蹄剧往还。只因名利热，谁觉道途艰。忠孝难全处，安危两可间。浮生参已透，坚坐看青山。

画眉

不假兔毫[①]霜，天然艳晓妆。半痕新月瘦，一线远山苍。舌巧心应慧，愁多黛未扬。凝眸忽无语，可是忆张郎。

寄题津夫梅津草堂四首（存三。）

草堂泥垩未，我欲坐题诗。莫遣崔郎觉，上方先占之。

仆仆一千里，劳劳五十人。经营何太苦，为客指迷津。

我亦浮家久，幽湖赁半弓。明年收浪迹，结屋水云中。

用任生蕙山韵题梅津草堂

狂澜谁障百川东，一把蓬茅小径通。燕乳得巢聊寄宿，蜗涎有壁省书空。情关永夜吟髭白，泪尽高歌醉眼红。渡口无劳频指点，人间何处不蚕丛！

津夫席上迟李介百不至（正韵。）

篱脚黄花露正繁，隔宵相约共清尊。久传白也赓三调，虚想潮乎写八分（善八分书。）。马队讲筵应暂辍，蟹螯谈席愧专门。朱张桥下秋方涨，可许垂纶倚石根。

别津夫

草堂羡子真高卧，不畏夔藩有大空。独我劳劳胡底止，百年鼎鼎叹终穷。乾坤风雪长途马，霄汉苍凉后夜鸿。把别醉吟看短剑，鬓丝催老是孤篷。

题画

山顶夕阳红叶寺，江边残雪白鸥汀。个中容我渔竿坐，何羡腰围簇万钉。

张左宜雨中招饮

不向雨中坐，扁舟那得诗。傍堤看柳卧，穿浪逐鸥嬉。橹劲罾丝碍，山危塔影欹。到门衣尽湿，

① 《陈一斋先生诗集》本“兔毫”误作“兔豪”。

未醉已淋漓。

矮阁看云起，波涛万树争。蚕娘愁水叶，骚客爱泉声。醉语粗谐韵，寒风不解酲。拨船归欲睡，无待继长檠。

题文待诏画秋声赋子嘉书赋词

书画家风旧，秋声起薜萝。墨光摇碧叶，星影没银河。往事听虫语，流年逐雁过。不如童早睡，叨觋黑甜多。

迟王文毓不至

有约不来辜客梦，清晨拖屧步庭阴。异居垂白应关念，失侣孤鸿久痛心（尊人别居，兄与弟俱逝。）。笑我子虚占六甲，知君腹果兆三壬。未来情事休煎灼，且放春醪满满斟。

夜柝

迫岁严三尺，荒城打二更。柝声寒欲噤，灯语暗重明。客况长如梦，江风不肯晴。奋飞谁借羽，起望晓云平。

楷瘿杯和芬佩

乘兴寻初约，深杯莫放干。不材成器晚，无足立身宽。皴法谁工画，花纹耐醉看。故交俱瓠落，搔首各长叹。

叠前韵送思晦之杭

消暑须尝安稳泉，更于曲院净铺筵。六桥山色凄清处，一缕斜阳柳外蝉。

细剥鸡头大剖瓜，任他箫鼓隔船哗。晚来新月空如水，悟彻浮生镜里花。

题画扇赠门人

人间多少真山水，不入画图谁肯看？隔岸峨嵋山脚在，与君雨后一凭栏。

田家杂咏九首和侠安（存四。）

乱石竹开径，矮树藤为门。篱边鸡哺子，灶下犬生孙。

腊早梅蕊黄，秋晚菊棱白。一醉坐茅檐，满怀春拍拍。

逐末空自豪，力田计诚良。山外日苦雨，村中有夕阳。

兰桨从邻操，土墙唤儿筑。鸭雏浴当溪，飞鹰不来攫。

和友人客星山纪游韵

客星客稀到，虚号累名山。云物襟期外，风规想像间。何年欹竹笠，落日扣松关。自笑羊裘敝，家乡老未还。

桐江留一线，汉鼎续几希。空谷无人吊，孤云出岫飞。惟君披宿莽，与客拂征衣。归棹频回首，挑灯话翠微。

有约再经过，闲时本不多。画来从客玩，诗就遣儿歌。鹿畔分眠草，鸥边借狎波。何心辜负得，白首更蹉跎。

玉兰花

一株香雪冠林椒，日暮微风影独摇。与月写愁银掣笔，为天承露玉擎瓢。无劳碧叶增幽韵，自有清标倚绛霄。不染纤尘君爱否，是谁错认董娇娆？

挽表兄潘玉振父子

己未二月十四晚，大风覆海舟，死百五十人，玉振父子与焉，次日仅得子尸，尤可伤已。

海风底事力摧桅，已矣狂澜挽莫回。寸舌无存仪悔否，片肝不剩演伤哉。岂缘鱼腹新营兆，敢是龙宫近筑台。六尺皮囊君肯恋，飘然随处是蓬莱。

奉亲走险欲如何，百鬼含愁尔独多。儿骨已埋依故垄，父尸何在属洪波。空城潮打荒荒月，远浦山沉滴滴螺。赢得骚人凭吊处，石床临帖泣曹娥。

集杜题梅津草堂

白屋留孤树，凄然汉苑春。寸肠堪缱绻，万事益酸辛。翻动神仙窟，调和鼎鼐新。晚酣留客舞，沧海阔无津。

寄女含芝

江头寒食柳丝斜，身在家乡日忆家。双鲤迢迢无别语，丁宁第一护兰花。

题从子庶咸所藏仇十洲山水殿阁

秦楼汉殿锁烟霞，恍有泉声绕碧纱。桂子不生秋欲暮，菱花无恙月沉槎。幽琴客自惊心鼠，晓梦人犹理鬓鸦。寒具只今谁惋惜，年年清泪湿蒹葭。

次姚书田韵咏百合花

漠漠轻风递暗香，玲珑心窍个中藏。全身灵气蓄熔骨，六瓣真容雪塑妆。瑶圃仙人脂玉佩，云林高士白罗裳。相逢百遍团圞看，赢得新篇缀锦囊。

子午莲

平分昼夜自鸣钟，不信奇花也蹑踪。直抵谷名云霭霭，俨随潮候雪溶溶。六时叠运开还合，一线乘除淡又浓。若使濂溪今入座，光风霁月更从容。

和白云居解嘲

苦厌蜂喧与蚁腥，双扉支石自怡情。不堪持赠多遭忌，尽许流连底用争。皦皦易污惟默省，纷纷难白其谁盟。秋来凤穴谐双侣，无辨应知息谤声。

山家

移家高岭北，结屋坐松云。良日凭蜂选，幽泉与鹿分。养蚕粗给税，课子渐能文。逞逞留宾醉，溪边话夕曛。

蚊入枕

申旦稀交睫[①]，嘤嘤入个中。恼人吟特苦，利我耳将聋。欲扑安施技，全生何太工。城狐与社鼠，感叹正无穷。

答钮静澜

山斋岑寂手抄方，每笑铅刀善自藏。感事始于焚稿后，怀人多向落花旁。怕相逢处频挥泪，幸不来时免覆殇。一卷逾淮忍翻阅（令子《草亭集》。），秋河耿耿夜偏长。

---

① 《陈一斋先生诗集》本“申旦稀交睫”又作“申旦希交睫”。

汪津夫梅津图

天空地阔此扁舟，寂寂梅花古渡头。不是饵鱼贪弄月，寒光万点一罾收。

别甥金方程

生汝果何谓？苍天默自呼。儿惟知有母，妻不以为夫。破闷书苔壁，含愁聚石徒。谁为从井救，坐见日沦胥。

次从子游吼山韵志别

载酒登濠濮，斯游我不如。岸危溪落后，山迴雪飞初。别意看孤雁，雄图想巨鱼。那堪辜好景，垂老数欷歔。

耳鸣

渐老厌闻问，哗然彻四更。陆居同海泊，春夜起秋声。反听心逾静，恬怀境本清。不须寻服饵，世事总难平。

舟中即事

草密花稀又暮春，一篙烟艇问迷津。风云过眼尘埃事，存没关心泡影身。不信尊前搜韵客，谬为灯下索逋人。青莲玉润还无恙，终拟溪南结近邻。

寄怀蒋担斯

匹马空沙漠，途穷兴未阑。乡心千驿乱，剑影一灯寒。默想诚何为，忧怀善自宽。两峰红叶候，待尔碧云端（九月将归。）。

寄从子谨园

越山杳蔼夕阳低，一片奇云水阁西。剪断梦魂江燕驶，带来乡信海鸿稽。违心事事堪椎血，障眼蒙蒙未刮蓖。终拟打包栖旧隐，石窗同听旭晨鸡。

过葭溪即席作

宛转书难达，拏舟罄面谈。云翻梅雨幻，烟簸竹风酣。适兴涵杯底，忧端抚剑镡。昏鸦何足数，伫看翥飞南。

寄怀沈侠安客徐州丰县

傲骨尘中老，良时马上过。低徊萧子国，跌宕大王歌。生色河山在，思乡云水多。柿林酩正热，待尔泻黄鹅。

忆从弟客燕叠前韵

眼青谁授长生诀，头白轻抛托命镵。归梦似云来便去，客愁如草蔓难芟。鸢肩自笑雷鸣腹，马鬣频伤雪满衫。宾雁几回声嘹亮，年年望断越江帆。

次答表侄孙杨朗山

竹影雪初障，蕉阴楮未裁。苦吟生白发，兀坐过黄梅。梦觉空尘界，江寒有钓台。纷纷谁可侣，惟许白鸥来。

纸贵虚叨觇，诗悭抵索逋。久甘蒙雪卧，不想顺风呼。混俗随牛马，侥天任鹨鸪。来笺惊老拙，把镜认今吾。

题鹰

九月得霜翎翮健，一鸣二鸟噤无声。郅家中尉今何在，秋柳疏疏晓月生。

题墨榴

茫茫穹壤只身留，枝叶纷披两鬓秋。颗颗酸心抛不下，自研浓墨画双榴。

张次亭年六十飘泊江湖寄二诗索和（存一。）

坠车不殒诧神全，心法多从象外传。四海客身周甲日，一生腕力补戈年。偶然得句狂于白，且未论书醉已颠。带雪餐梅真韵事，无劳火枣上宾筵。

赠李渔村

耆旧新溪更有谁？青莲白发坐支颐。扶藜老友寻花径，索枣诸孙傍酒卮。前月耳聋差省事，中宵梦醒独吟诗。膝窝可许长聊榻，重九年年拗菊枝。

九日过费氏瓶庐

结构留精舍，真传缩地方。唾壶歌可缺，欹器胆须尝。供养三危露，芳菲一径香。谁当挈之去，鸡犬入仙乡。

勺水花何艳，全林当折技。虚中堪贮月，守口不开池。罍耻春深候，尊空客满时。我来期尽醉，汲绠坐论诗。

答金苏世韵

羞从腐鼠滥分腴，收拾残山入画图。凤影参差虚长竹，雁声哀咽失衔芦。朔风滚滚云沉嶂，落日荒荒雪载涂。腊月具区梅发候，相逢只恐泪如珠（去年梅开，裳吉约游洞庭。）。

题吴嵩画题石壁者

过客沉吟久下鞍，不知何语动人寰。世间巧拙常相笑，题者何如看者闲。

携李城怀古二首（存一。）

由卷今号小长芦，乐府犹传阿子歌。学绣里空花糁径，倾脂河浅日沉波。草荒严助谁浇鬣，亭迥希真客泛螺。南渡苍凉遗恨在，不堪指点旧金陀。

偕沈南谷看菊

谁贮名花僻径中，扣扉不惜绕池东。秋霜巧铸金钱大，仙露高擎玉盏空。斗韵雅宜铜水钵，照人何借纸屏风。近来洋种夸妖丽，莫饷东篱恼醉翁。

答从子韵

赠云楼北梦红蕉，咫尺娥江百舍遥。七字推敲徒自许，千秋块垒倩谁浇。丹心沥尽如筜酒，白发梳残似退潮。感慨不缘熊兆绝，斯文后起实寥寥。

葭溪感怀次裳吉韵

十年兴会总成尘，坐照葭溪白发新。泉下弟兄残腊夜，天涯朋旧草堂春。烧灯苦索回肠句，暖酒闲看冷面人。触我见闻增恻怆，屋头枭鸟冢边磷。

答陈皋如韵

吴越成行脚，何乡是定居？浮沉看野马，天地一蘧庐。羡子晨趋侍，呼儿夜课书。诗能追伯玉，文更匹相如。

冬夜宿漱芳塾用秋槐堂诗韵二首（存一。）

底用闻鸡舞，听君续短歌。食贫经事炼，垂老阅人多。字瘦思穿石，诗雄梦枕戈。逃虚犹有地，何惜数经过。

题钮膺若遗照

开卷忽大笑，公真不死耶！如何六年别，相判九原赊。幼子今埋壑，穷嫠夜纺纱。空余故人泪，薄暮洒天涯。

挽钮静澜

自丧佳儿早丧神，卯年强活到庚辛。如今泉下团圞处，转胜生前惨恻人。大块欲沉秋雨酷，重阳无主菊花新。一樽萸酒空浇土，老眼模糊泪满巾。

喜张汉木过谈

十里乘清晓，开门一棹横。纵谈无俗事，动念切民生。戒饱刚肠在，衔杯军令行（不食石首鱼，酒必以三为度。）。莫从葱岭去，吾道借干城。

宿新溪戚时霖寓

石尤风阻故人家，子夜高吟月半斜。三复岳王坟下句，流残烛泪不成花。

产鹤四咏为曹六圃作

鹤交

两眼相看证旧盟，芝田种玉玉初萌。星星仙语绸缪久，脉脉灵丹酝酿成。不见乘居徒矫俗，时来狎处太钟情。此间调剂天机在，一阕河洲为尔赓。

鹤巢

小飞来下影婆娑，兵爪抡材集败柯。无藉羊公夸善舞，不妨鸡树转营窠。萧疏松叶仙人宅，零落梅花处士窝。多少乘轩供一笑，古今城郭问谁何？

鹤卵

藉草团圞白更腴，衔来真似掌中珠。浑沦一气熔银茧（一作瓮。），收拾三山贮玉壶。丹顶淡时心血尽，紫纹深处羽毛敷。问君火候何时到，肯比蜂腰七日呼。

鹤雏

中宵破壳漏初阳，忽听圆吭引颈长。蔼蔼乍疑君子化，翩翩渐学令威翔。燕膺凤翼符灵种，紫盖青田忆故乡。肯与池塘供玩好，即看万里暮云苍。

小春枯坐有感得雪渔诗

积潦初晴应小春，古墙竹色照窗新。临碑琢就双钩玉，把镜贫余两鬓银。学术转关天渐醒，世风趋壑海生尘。重江人隔诗偏到，暖酒孤吟浩气伸。

赋得骤雨闹芭蕉

种纸供书案，何来恼夜眠。千峰惊泻瀑，万矢急张弦。波浪翻青嶂，龙蛇搅绿天。晓窗霞已霁，双耳尚轰然。

和雪渔梅津草堂竹枝词四首

日午不炊干咽瓜，检书手倦眼双花。高吟自笑头空白，摘得名联数百家。

老雨昏昏□丧□，鸺鹠时上屋头鸣。先生独抱蕉桐卧，一枕松风梦短□。

半节龙身画折枝，锦笺连晓与装池。不曾一瓣经年落，敢有腥风向尔吹。

鼻息夜中参子半，脚跟床下凛坤初。梅花消息难传处，雪屋还应叩老渔。

又和二首

药炉茶灶傍烟低，窗纸新糊壁研泥。一个瓦盆堪送老，不劳持赠玉东西。

草堂主人兴太痴，好醉如何更好诗。减却一宵酩酊恨，借书又费酒三瓻。

六日同人集定泉书舍尝女贞酒限粘字

淡淡春风乍入帘，高朋喜协盍簪占。须眉如雪谁当壮，日月煎胶不易粘。幸有村醪供笑谑，可无庄语代箴砭。播扬芳烈三清在，调剂刚柔一味兼。桂醑难寻罍欲耻，兰英可并价仍廉。淋漓词伯扶头重，游戏佳人蘸指尖（座间戏呼南谷为南国佳人。）。便使吐茵凭竹杖，何妨堕帻跋银蟾。吾诗倘抵冬青引，稳赚诸公到黑甜。

蚕日集玉山草堂用黄叶村庄诗韵

前夕吾庐花乍开，玉山今又促盆梅。鬓边腊雪陈陈积，杯面春风细细来。老子已甘牺自断，儿曹底事雉为媒。祈年但祝逢蚕熟，寂寞生涯故纸堆。

妒妇津

鱼来比目犹沉影，鸟欲横飞敢画眉。谁折桃花呼晚渡，寒风已向手中吹。

方镜

咸阳宫里何年铸，多少妖魔远遁藏。妆阁漫容夸六瓣，桑门未许借圆光。面团尔讶三重甲，心正人惊四角芒。不独姮娥羞涩久，碧翁亦恐欠清刚。

即山居次朱生韵呈朗行

南宫何藉染毫浓，幽壑深崖四壁封。岩瀑只听阶下水，庭柯便当岭头松。依稀少室勤宵课，阒寂天台鸣午钟。此景眼前轮二子，坐看云气博山峰。

次养吾韵咏雨四首（存二。）

乍看苔色转，仰听竹声无。燕舞潜沾羽，蜂回觉润须。土悭难破块，荷净不成珠。却怪斜风挟，书窗记密糊。（微雨。）

暗云翻墨色，平陆走潮声。金镝旋围射，银河忽倒倾。蕉喧张碧盖，松吼驾苍精。势焰原无几，斜阳已放晴。（骤雨。）

将之汜水留别同学二首

难了向平愿，远游兴转豪。虎牢思揽胜，鸠杖肯辞劳。楚汉余兵气，商周没野蒿。金明池上月，照我醉挥毫。

壮图余短剑，策马古崤关。邑乘搜奇迹，乡云动远山。家书鸿影乱，别绪菊花斑。后夜相思处，秋江白鹭湾。

汜水道险患疝不便蹇驴不果行叠前韵

老病终前却，平生枉自豪。山川萦梦寐，鞍马念劬劳。纪信祠啼鹘，澹台冢没蒿。无由亲酹酒，想望一宣毫。

壮游成画饼，株守愧柴关。止水仍涵井，闲云懒出山。傍炉烟篆曲，携杖石苔斑。只此堪乘兴，维舟古树湾。

初雷和漳浦王直夫

起处从谁问，俄惊病耳轰。数声腾九地，一怒活群生。冰冱机潜转，颛愚梦乍清。无劳颂威福，造物本难名。

云中寄汪津夫

天惜梅花不浪开，高封五尺玉崔嵬。先生且莫闲招侣，独枕骚经醉百回。

读鹰青山人睫巢集

天空孤鹤下，快眼睫巢诗。白璧轻投我，兰芽一咀之。风神何淡宕，山水自清羸。薄暮苍苍雪，名言欲告谁。

寄雪渔

南望四明雪，老渔余短蓑。百年知己在，五字寄君多。沉痛生前忍，欢娱梦里过。伤心寒食树，原上绿婆娑。

郡廨梅花次诸襄七韵

仿佛西冈取次横，冰心不肯向风倾。补之可许图红影，五马仍标处士清。

冷香淡淡玉琴横，第一杯中月细倾。莫便跨驴轻索笑，畏人知处抵河清。

答沈侠庵下相道中见寄二首

落日征帆杳，衰天病骨支。一江吹梦断，五字有心知。雪阻春前信，风传客里诗。数州河屡决，存者命如丝。

蹙蹙终何骋，倾囊遍买邻。釜鱼沾薄味，宾雁协同寅。四野凋残后，空江寂莫滨。不堪红泪烛，忆我白头人。

罂粟花为刘让木作

昨暮歌桃叶，新传种玉方。风倾千朵艳，天雨（去声。）一庭芳。出卜征家兆，盈囊祝岁穰。淮南仙术秘，鸦片密收藏。

挈瓶非小智，抱瓮不虚营。下种黄鹂骂，开花紫燕惊。玉房收御米，菽乳佐香羹。莫遣风轻覆，高春拟泛觥。

不浪舟为钟晓苍题

画船如屋人争羡，一夕风涛或撼之。岂似此间长稳适，不关浮世涉忧疑。竹窗月影同波泛，水槛鸥声与梦随。万里河源真可溯，〔舵〕（柁）工高坐日哦诗。

检旧稿失三之一

唐瓢谁接得，秦火或歼之。天地吾心在，文章尔数奇。追亡髭费捻，搜逸口无碑。枝叶原须弃，何劳问拾遗。

寄怀关中张西嵋

虎林篷底话，廿载感相知。蜀道来何险，秦关去独思。讴歌停盖处，矍铄据鞍时。笑我甘岩壑，闲云照酒卮。

金山

廿载梦劳今始遂，船窗喜见晓云升。一茎擎出青莲朵，叠浪镂空紫石棱。容有洞龙听我赋，竟无诗虎挈谁登。怒涛缅想蕲王捷，此日犹闻战鼓腾。

焦山

不绕盂河安得此，高吟共尔吐精灵。孤峰磅礴雷霆激，万木蒙丛鬼物凭。瞬息快观偿过客，寻常清福属山僧。何缘结屋幽岩坐，拓尽碑经借佛灯。

法海寺

平山未上此登临，已觉蟾光占二分。腐草不留萤照水，琼花何处鹤穿云。竹西歌吹成渔唱，江左风流荡海氛。尚有招提供眺览，满川鸥鹭白纷纷。

平山堂

名胜哗传压大邦，来游真使寸心降。松涛入夜闻秋雨，山色横江挂晓窗。泉阅古今仍第五，人经六一竟无双。比邻杰阁丹枫艳，徒与空门建法幢。

江上

暮年当旅宿，不睡似鱼鳏。潮长悬樯动，风平把〔舵〕(柁）闲。鸡声半江月，旭影一痕山。百里昆陵近，香醪润客颜。

斟酌桥

携得秦邮酒，停桡试浅斟。浪花风淅淅，烟树碧森森。领略微醺趣，昭融独醒心。解维怀往迹，为尔数沉吟。

五人墓

尚有行人荐浊醪，至今大义在蓬蒿。群鸦不集松阴静，一鹭何存墓碣高。虎阜增光寒射月，龙泉入地碧凝膏。英明登极诛奸珰，厉鬼宸衷默相劳。

送沈则庵归苕兼柬吴沧洲（沧洲许携绢为写小照。）

阅岁偕吴伟，重寻与石居。风流工写照，憔悴转愁余。多难乾坤老，雄图日月虚。因君聊问讯，应讶少鸿书。

题画

携杖欲何之，九州岛无际。初衣不染尘，叶落静归蒂。

闻雁[①]

数声天欲白，高阁梦初醒。〔道远来何遽，〕[②]江空夜独听。影斜孤树黑，行急乱峰青。老

---

① 《陈一斋先生诗集》本标题作《雁》。

② 据《陈一斋先生诗集》本补。

病同羁旅，乾坤两叶萍。

郭璞墓

埋向中流尔独存，金焦并峙草青青。觉迷一语乘生气，流弊千秋是葬经。松下岗头占太验，衔刀散发术何灵。游仙诗在仙成否，白月苍凉鹭满汀。

题画蛙

碧溪荡漾雨初凉，落日风回荇藻香。坐井不知天大小，跳波安识世沧桑。绿袍可式矜余勇，赪尾徒劳鉴在梁。濠濮天怀君会否，江湖机事两相忘。

镜次韵二首

丑妇徒含怨，衰翁默怆神。枕边怜破月，塞外悔和亲。掩鼻孤吟夜，知心对面人。鉴湖归未遂，空照远山颦。

谁向江中铸，精灵聚百神。蛟龙惊欲遁，魑魅敢相亲。炼铁能消疢，磨砖枉照人。如何捧心女，对尔学娇颦。

维扬归答姚文格

去来千里月，寂寞大江滨。世外逢人少，愁中得句频。醉看苍狗幻，间与白鸥亲。此趣惟君领，清吟拂我尘。

过茅庵点石居叠韵

寥落生涯懒著书，盍簪聊复慰闲居。古欢未易逢君实，世事从来属子虚。白眼今时难自放，皱眉此外为谁舒。精蓝竹榻容高卧，得暇频过听木鱼。

腊梅和韵

罗浮分铁干，菜色独禁寒。玉女钗熔蜡，金仙指捻丸。雪欺和额里，鸟怪定睛看。无子堪调鼎，冰花为我酸。

元人斋中八咏和竹岩（存四。）

蠹简

手泽悲先世，谁令置阁高。十行吾敢倦，百穴尔潜逃。作枕应消妄，开樽自课劳。竟无橱两脚，空负此生豪。

废檠

旧绩凭谁录，蛮童任倒悬。蒙埃膏自润，经日血犹煎。孤影惊春梦，前身照客筵。飞萤故相谑，万一死灰然。

焦桐

沟断谁相惜，焚余获赏音。尽多鸿送目，不用鹤随琴。月淡数声朗，香清万籁沉。无弦犹自抚，陶径柳深深。

旧剑

徒有斑斑血，浑无出匣声。诗书浇块磊，草野寄干城。未短英雄气，长涵日月精。君看天外倚，终不负儒生。

兰花豆

一顷仍兼九畹青，四丫纤手破霜翎。若从棚底搜闲话，老圃难寻种豆经。

懒燕次僧韵

故垒支吾不自聊，凭他鸠笑与莺嘲。君看精卫忙如许，何补沧洲万古坳。

赠同宗五山（名游岳，靖江人。）

秋暑一庭烈，蓬扉款下舂。廿年疏旧好，三绝见吾宗。松冷风翻鹤，云深墨养龙。顿令驱酷吏，坐我碧芙蓉。

一枝为何炳黄题次裳吉韵

卑栖管小隐，戢翼等巢居。月挂松轩冷，云过竹牖虚。心源非有阙，身外肯求余。假榻容吾懒，来抄种树书。

送祝人斋北行

鸡肋难忘苦为贫，片帆高挂月凄清。群书捆载真迂计，三叶凋零尚远行。投老斑斑黄菊酒，此生旦旦白鸥盟。鹰青相见烦通问，可许盘山一角耕。

哭外孙女徐阿巽书阿巽小记后

难尽形容处，潸然继以诗。虚空呼欲出，杳渺竟何之。了了生应促，蚩蚩寿可期。数行谁不朽，为尔立鸡碑。

题胡飞涛流民图

练裙青袄新装束，腰鼓铜钲旧乐章。添得几腔凄欲断，淮南淮北说流亡。

生长雷塘柳叶舟，竹西歌吹数杨州。小娃不识阳关叠，挝得离人泪暗流。

和竹岩九日集涵瑞庵韵

九九浮生尽厄秋，茫茫下界与谁俦？马牛任唤拼同谢，鸡犬能仙岂羡刘？白璧几双惊琢句，明珠一串薄歌喉。茱萸醉看雄心在，微笑怜他石点头。

答雪渔见题定泉书舍韵

真源饶活水，不借挹甘泉（湛若水字。）。波净霜中月，风澄雨后天。鸥栖双翅洁，鱼沫万珠圆。自沐蕉窗雨，衰容更皭然。得公题品后，夜夜月当中。鸦语归帆集，云来钓影空。天怀期淡宕，尘界隔冥蒙。缩地方能授，龙泉脉可通。

题倒骑驴观梅图

回味原无尽，回头正好看。灞桥殊率意，果老耐寻欢。世路先驱蹶，浮生退步宽。名花愁背我，细细傍吟鞍。

寄慰雪渔丧子

不见忽五月，书来有泪痕。丧□天亦□，埋玉地何冤。万事枯蝉壳，浮生一虱裈。含饴差自慰，慈竹长龙孙。

老病须排遣，胡然抱隐忧。淡黄涵海月，新绿上渔舟。我并无儿哭，君应把杖投。荷花凉雨后，有约泛清瓯。

送表侄孙豫江之关中

亲老如何数远游，庐陵才到又秦州。旅怀不耐饥频促，儒术原无食可谋。静听马蹄霜月响，醉吟鞭影夕阳收。十棺未举吾真愧，此去凭谁借麦舟。

吴江道中阻风二首

飒飒丹枫岸，荒荒白水天。一篙当逆浪，看尽顺风船。

憔悴湘累泽，风涛妒妇津。不堪行色暮，孤月送征人。

法海寺（其二）

蜀江曲曲走龙蛇，高据层台一望赊。京口涛声流禹泽，雷塘柳色认杨家。入秋螺黛峰峰秀，薄暮鸦栖点点斜。清磬忽飞风动竹，老僧曾说拾天花。

将之邗沟留别诸同学

难忘平山胜，重寻第五泉。行舟沿柳泊，导路有梅先。落日江涛壮，长风夜雨悬。不堪垂老别，俯首为青毡。

向平愁未了，千里动征骖。蓍筮单交拆，年临六十三。金焦看不厌，云壑拟深探。一卷雷塘草，归来剪烛谈。

留别张莘皋

严寒劳鼓棹，岁晚见交情。爱我如亲弟，堪师实老兄。无端轻作别，况复是长征。聒耳惊心处，前溪杜宇声。

白发对垂泪，清樽强聚欢。客中归不易，梦里见何难。天许双夸健，时应各劝餐。长江衣带水，仍作定泉看。

苏州

烟水百城绕，云峦一带青。天生饶妩媚，土产半优伶。甪里芝何在，夷光屧许听。舟师凭指点，随意泊莎汀。

东南大都会，文物萃群英。忠鲠滕元发，风流顾阿瑛。沧浪鱼已逝，缥缈月空明。谋醉无停楫，烟昏望酒城。

丹徒闸候潮口占

郎去经双月，潮声百二回。人言潮有信，不带鲤鱼来。

自吴门至京口水浅粮艘衔尾不得进

篙水无三尺，樯风日怒号。东南饥歉甚，天意欲留漕。

寄道周徐婿

远行堪自笑，顾影独婆娑。两世惟吾在，全家赖汝多。新篁勤护笋，丛树少留柯。琐语封函嘱，天空一雁过。

绿萼梅

绿萼乃梅中极雅淡者，拟以孤山无子未亡人或相称耳，戏作一律。

酸心夜夜为孤山，残月凄凉水半湾。淡扫怕教红染蒂，靓妆差许绿梳鬟。望夫石朽魂犹恋，放鹤亭空子不还。处士再生应鉴我，几会浓艳媚人间。

寄怀谢雪渔二首

有约看榴火，蹉跎送夕曛。三江波渺渺，一纸字云云。马角瞻秦月，龙头跂越云。雪船鸣橹在，仿佛梦中闻。

七年蕉雨吟笺续，五载幽湖泪睫双。天觑白头余发在，重江添画一重江。

过潘氏尝玉腕峰茶

不羡仙人掌，来尝玉腕茶。柔荑垂嫩荚，钩弋卷微芽。触鼻香如送，沾唇味许夸。洞庭今夜梦，峰顶细餐霞。

露筋庙

高沙古殿夕阳钟，阶下行人酹酒浓。夫妇大伦分脉络，纲常终古借弥缝。委身谗口甘销骨，危坐清宵默整容。精爽至今留甓社，宝珠波面月溶溶。

成雷不信聚如麻，婉转通宵伫晓鸦。只坐贪饕忘惨毒，却从筋骨显精华。肝都化碧无余血，玉少完肤绝点瑕。蝙蝠一生欣艳处，英灵还结夜明砂。

端午三首（存二。）

渡江虚铸镜，吊屈一沾襟。残卷徒花眼，多年负艾心。麦蛾愁雨积，茧虎却风淫。佳节看人赏，苏榴插满簪。

平山横画卷，鸳水伫诗筒。黍角缘谁绿，榴巾为客红。别离同命鸟，寥廓信天翁。回首曹娥渡，乡关午梦中。

雨窗

披卷南窗坐，凉飙拂拂来。荷花应自爱，浪向雨中开。

刀鱼二首

郭翻投水谁能拾，怕是专诸剩祸胎。柳线乍垂铅可剖，波纹如网玉轻裁。雨枯试遣屠龙去，书断还凭破鲤来。莫笑刻舟虚□□，烹鲜犹见创恢恢。

春江闪闪揭烟津，金错分明数席珍。义府笑中潜领味，曹瞒提处惯欺人。利从锥末争趋市，声出庖余自剖鳞。不是卫生还欠密，由来有齿定焚身。

题钓台图（沈颢朗道人画。）

垂绅不爱爱垂纶，一代风规领富春。正是故人情厚处，汉家元有不臣臣。

题金山图

怒涛舂铁瓮，拳石堵金山。百战余波在，千秋（桥名。）一鹭闲。留云无客领，得月载谁还。自笑频呼楫，松林未掩关。

七月朔夜梦莘皋

千里月无迹，双鱼江渺然。秋风苏病骨，微雨淡遥天。灯暗阶虫语，魂飞梦蝶翩。故人知好在，头白两年前。

相逢各挥涕，情事迫衰年。有客戕茔柏，何人买祭田。盟心如白水，薄植负皇天。梦觉鸡声乱，南窗雨飒然。

秋声次韵

独枕高眠处，无端触耳惊。转因群籁息，顿觉旅魂清。色色非关色，声声乃有声。骚人多感怅，认是不平鸣。

题雪渔雪船吟

古柏苍苍挺十寻，廿年交订岁寒心。隐然天地关休戚，别有精神贯古今。野鹿不侵蕉雨梦，明蟾还照雪船吟。白头夙约仇湖在，君抚龙泉我抱琴。

榆钱

飞来天上一无声，鹅眼东皇巧铸成。辨臭非铜应似母，镌心无孔谬称兄。风抛个个从蛙戏，雨洗田田息蚓争。多少食皮眠未稳，可能买笑慰呼庚。

六朝松四首（存三。）

兀立皇畿饰伟观，二千年外一凭栏。甲枯霜白龙如蜕，根老苔苍虎互蟠。不杂后天真气在，几经亡国铁心寒。凭谁醉展鹅溪绢，写与遗民拭涕看。

无心化石日流脂，入地光明珀里蓍。天下五钗都北面，尘中三鬣少南枝。萧条宏景分栽处，惆怅渊明独抚时。有分把茅聊托荫，长镵傍尔劚灵芝。

试问苍髯历几传，翠涛隐隐彻旻天。语寒黄鹤知吾寿，服气青牛纵尔仙。眼见新亭挥泪日，伤心辱井抱头年。可怜老大终无用，匠石频过意黯然，

蝴蝶花

开破漆园梦，蘧蘧与神遇。只恨情生根，向风飞不去。

偶感

日暮朔风急，重云障远天。孤槎欲何往，飘泊大江边。

寄从子□□兼呈梅津雪渔

思尔那能寐，高轩卧雪清。眼空书满架，髭短句稀成。一懒诸缘绝，孤怀片月明。惟应画梅叟，跨蹇入山城。

雪渔频晤否，半载一鸿艰。十里犹辽阔，三江却等闲。易捞湖底月，难写梦中山。问讯凭犹子，秋高未减颜。

美人蕉

纷披占绿天，婀娜笑嫣然。玉颊烘朝日，芳心卷暮烟。露涵樊素口，书抵薛涛笺。修竹犹怜汝，弹章汰一联。

铁佛寺（即二十四桥故址。）

磬响施檀海，箫声廿四桥。寂喧非两候，荣悴本同条。铁铸真成错，兵销或镇妖。舍身知不惜，流泽听农谣。

董子祠

凛凛春秋大义存，灾祥征应更丁宁。学醇两汉推儒者，文焕三垣应景星。淮水鲸回余间气，

蜀冈龙尽特钟灵。不窥园是无双士，何待琼花始建亭。

孔融台

鲁国何男子，东京此丈夫。一坏争下拜（墓在高士坊。），九级仰雄图。巢覆名逾烈，魂归貌甚都。君看铜雀瓦，终古墨痕污。

一指墓

吴尔埙，嘉兴人，与史阁部同殉节。先是，友人祝渊归浙，尔埙断一指寄父。后棺毁，家人遂以一指葬焉。

一指血津津，封还谢老亲。杀青崇死节，化碧遂成仁（《尔埙集》死节诸公各为赞，名曰《仁书》。）。南向松枝挺，冬寒柏叶新。胜他千马鬣，全骨少完人。

霁月荷（本名《佛座莲》。）

菊之最可爱者，托于空门，误矣，更其名曰霁月荷。

是谁佞佛说恒河，我锡嘉名霁月荷。栗里濂溪双皎洁，一轮千瓣雪婆娑。

四贤祠

在通州，祀范文正、胡安定、岳武穆、文文山。

谁将将相合师儒，俎豆辉煌僻在隅。两宋盛衰伤过客，一朝文武壮名都。钟鸣恍忆金牌促，潮响如闻战鼓驱。秋夜海门孤月上，湘帘同照泪模糊。

宋行宫

白草荒烟野烧空，隋行宫外宋行宫。建炎驻跸疏钟雨，崇政抡材落叶风。二胜环应悬脑后，三条带已断淮东（一作"一佳士已丧囊中"。）。只留丹碧精忠庙，古柏鸦啼夕照红。

次韵答慕迁见怀

东南湖曲鲤鱼湾，旭日曈昽未启关。吴楚燕齐游历历，青黄碧绿悟般般。紫薇花好长供案，白水泉甘不出山。谏果只今回味在，渔竿那肯悔投闲。

汉高帝庙

布衣崛起拯穷黎，云覆真人芒砀低。三尺断蛇归帝者，五年逐鹿泣虞兮。趣呼销印机何捷，漫答分羹语不稽。自是英雄多豁达，惜无王佐指歧迷。

金都监墓

都监名应[①]，从文丞相勤王，没于通州。

一剑崎岖共死生，如何中路陨瑶星。勤王不分黄旗卷，厉鬼犹腾血马腥。月照狼山[②]涛滚滚，春寒雪窖草青青。何年改葬金都监，认取前和七小钉。

再叠韵题鹰青山人生藏

藤笠何心薄惠文，偶然丹顶立鸡群。诗雄矫翼骞秋隼，书妙奇峰吐夏云。无可如何修尚史（鹰青著《尚史》。），空诸所有筑生坟。他年手泽留余荫，多种青青抱节君。

---

① 《井心集诗钞》本无"都监"二字。

② 《井心集诗钞》本"狼山"误作"狠山"。

三叠鹰青山人韵

焦明睫上草奇文，冀北江南惜离群。太白杯中多得月，香山足下渐生云。皮囊不是三彭宅，尸解何烦五尺坟。尚有赏音髯老在（余自号“鉴水老髯”。），漫教未死破桐君。

蝶儿菊（本名《僧鞋菊》。）

未有僧前，花作何名？去兜反其瓣，天然紫蝴蝶也，两须拳然，较本蝴蝶花更肖。戏作一绝媒之，更其名曰《蝶儿菊》。僧初入中国，跣足，自武后幸冯小保，令为僧，始命宫人制冠履宠之。

名花安识野狐师，貌似如何履媒之。个裹天生玉蝴蝶，好凭织手揭袍儿。

留别徐生侣村

种种离怀眼欲酸，芜城更觉别君难。一般心事都相照，两地家书每互看。或去或留何者是，叠来叠往总无端。几时并种连林竹，键户猫头共饱餐。

鹰青山人寄诗箑次答

直北连沙漠，盘山一座尊。夕阳依古戍，落叶响空村。朱凤翔天表，青猿守洞门。梦中唐棣什，花影见翩翻。

王载扬过斋喜赋

头白强为客，归与复系舟。酒颜斑似竹，诗骨瘦于秋。羡子还家好，诸孙绕膝稠。六朝征旧典，灯火说扬州。

黄石公庙

堕履偶来呼孺子，几回圯上故踟蹰。一椎不误非奇士，六籍都灰有《素书》。岂是神仙矜狡狯，为他君相酌盈虚。功成辟谷飘然去，敢负先生默启予。

杂感寄雪渔十二首（存六。）

乞食吴门未买箫，支颐且后望金焦。孤云一片南飞骤，东白楼头手为招。

南辕北辙违心客，东食西眠两袒人。奈有卧龙撑巨眼，不呼徐庶是降臣。

何用啖鹅知黑白，凭他相马判骊黄。秋深几朵清霜菊，自洗瓷瓶味古香。

鱼菜客居中下界，鹊梅诗在宋元间（偶题鹊梅绝句，扬人曰：此真是宋元人也。）。蛮童怪我忘家久，画个啼鹃上笔山。

谋生何术穷龟卜，起死无方恼兽医。说与云林轻着墨，画侬袖手看山时。

心粗只恐颓唐去，诗熟还从动忍来。举示故人投一七，莫因躁迹弃凡材。

换韵再答沈侠安

鬓斑历尽世途艰，意外相逢一展颜。鹢首又从星子转，客心无奈月儿弯。折来隋苑怜新柳，梦到香炉似故山。白鹿只今遗迹在，搜罗仗尔订愚顽。

柬友杉从弟[1]

无依亲串伺檐雀，不肖儿孙过峡龙。指困实惭聊款接，传经有待且包容。（青乌家云：龙

---

① 《陈一斋先生诗集》本标题又作《有感》。

有过峡处极微薄，而自此十里廿里偏结大地者，不可忽也[①]。）

病起寄慰雪渔

一死凭谁殓，重生更寄书。遥知新恸哭，得此转踟蹰。沉冻梅苏候，凝霜竹挺余。还山犹有日，同煮雪中鱼。

寄戚时霖

带水过从数，于今命棹难。异乡愁雪阻，同病怯春寒。调息关元运，澄心寘沸澜。明年寒食雨，海角话辛酸。

寄何炳黄

不到花南久，徒繁两鬓霜。病余诗尚健，家远梦俱忘。积雪征三白，寒松忆万苍（万苍山，紫云先生故居。）。何时寻旧约，海月构茅堂（许季觉构先生祠，未成而毁。）。

寄沈南谷

捷足人争说，诗名与祖齐。看松龙入想，戏水鸭为题。宵课呼顽稚，时晨炊代瞽妻。梦来方说苦，残月五更鸡。

两东门

月高竹下吟声朗，雪霁墙间画稿呈。此味与谁参妙谛，两东门掩一芜城。

种菜

一官安肯画，百可寄情深。惨淡斯民色，艰难老圃心。霜甜豚减味，土薄蠹休侵。谁使英雄懒，终年抱瓮吟。

纸鸢

一线通天任所之，青云得路日迟迟。何难放手真痴汉，不惜抬头是小儿。暮雨渐浓应早计，春风虽好不长吹。君看劲翮摩霄鹄，尚有焊毛下鼎时。

方嗅兰花朗行书到

小窗明霁色，矮杖卓苍苔。净几幽香发，良朋谏草来。道心通鼻观，灵药保婴胎。爱我如君者，鱼书几个裁。

寒食寄从子钦陶

欲住元无谓，言归未有期。寄将寒食泪，洒向石楠枝。

答虎林程韬士

河南推世胄，天竺识遗贤。病染相如渴，诗成急就篇。雁声江外朗，山色雨中娟。可有金焦兴，同呼鸭嘴船。

笔筒

玉立如斑笋，呼来不上床。书家汤沐邑，史馆退休堂。拔萃愁空谷，藏锋慎处囊。千秋成家后，法物配烝尝。

---

① 《陈一斋先生诗集》本自注：青乌书云：往往有过峡处微薄，而自此十里廾里偏结大地者，不可不知。此从李秋纫所藏墨迹录出。

聋

发言都不省，称（去声。）作阿家翁。吾老危前月，丞昏败乃公。是非差省事，浑噩想遗风。木石深山坐，相忘淡漠中。

睡鱼戏咏四首（存三。）

金鱼别种，矮身，皤腹，红白灿烂，徜徉波间。

古莽化身来，华胥唤不回。醉醒凭客玩，死活误儿猜。浅浪微舒鬣，斜阳久曝腮。恩波从圉圉，法网正恢恢。

用诈成天性，耽慵学水仙。狎鸥分一梦，爱柳借三眠。此子疲如许，夫君剧可怜。狂奴方伺汝，休逞腹便便。

伪窃希夷诀，横陈碧藻边。逍遥真乐国，粉饰太平年。痴福叨天纵，忘机结睡缘。公然传谬种，撒子亿千千。

榆钱次韵

独觉扬州滥，吹来十万缗。脂膏肥厕鬼，挥霍仗风神。官铸难惩诈，虚声窃赈贫。到头都化土，谁假复谁真。

再叠韵

颇似磨轮廓，充庭欲朽缗。兄灵多乞母，鬼使定通神。入袖俄盈贯，粘鞋不盖贫。此间风尚别，种种不宜真。

咏史

湖上晴云憩古松，栖霞枫冷叶初红。将军墓下归牛晚，空有乌金溺牧童。

只鸡尊酒山中乏，袖里弹章媚相公。五十九贤登伪籍，崖山结果一帆风。

心田五首

种玉养良苗，程功百岁遥。上农勤荷耜，瘠土亦堪穮。丰歉天难主，阴晴气善调。宋人今日病，昨夜枉迎猫。

谷种无多子，几希一点青。莫令丛莠长，阴仗媪神灵。南亩占秋兆，东方是岁星。农经凭默诵，一寸勒箴铭。

卤莽吾真悔，霜颠一惰农。妇愁催赛社，奴泣恼残冬。勤愧泥忙燕，功输蜜养蜂。稔年犹菜色，何以御奇凶。

非种锄难尽，荒塍袖手行。滥叨仁者粟（张莘皋、许醇夫二公时惠米。），已绝后人耕。邻屋闻舂簸，吾庐叹癸庚。妄思瓜果利，遗业枉纷更。

老去谁供养，呼天泪满巾。有田成旷土，何语谢先人。莫便推聋瞽，终须耐苦辛。疲牛犹可策，犁雨及三春。

秦始皇

诸子飞灰六籍尘，可知天意丧斯文。长城亘古华夷界，列国于今郡县分。大贾化央嫪毒续，祖龙仙骨鲍鱼薰。阿房焦土谁凭吊，十二金人涕泗沄。

钉碗四首（存一。）

失声成一悔，作达强无聊。缝判花犹合，锋铦黝未消。纵能完百碎，已不属全窑。况敢频疏忽，重令客气骄。

异娼庙二首（即英烈夫人，□存一。）

芳名惜惜君何惜，惜此芳名两大中。英烈馨香崇祀典，风流裙屐走诗翁。阶前不长千心妓（地肤草别名千心妓。），沙上常鸣独宿鸿。天宠缠头作题额，年年殿角晓霞红。

寄题睫巢

此巢此睫此乾坤，宋玉何劳赋小言。无内之中原莫破，只身以外向谁论。蚊髯蚋翼全家寄，虱脑鸡肝至味存。借我一枝抄近稿，剖将纤芥纳昆仑。

竹衫

淇园风味挟冰霜，骨节珊珊汗亦香。何可此君无一袭，俨从神女泛三湘。虚心彻底苏隆暑，百窍通灵透晚凉。谁说芙蓉根最爽，结绳穿粟总寻常。

弹棉花戏次韵

俨然渔叟钓芦花，贫女篝灯待纺纱。乍见雪堆三寸薄，忽看云起半身遮。比他挟纩功弥广，况以鸣琴谱却差。多少弹章宫愈起，谏垣佳话属刘家（明末相刘吉因弹章更进秩，人号为刘棉花，以其愈弹愈起也。）。

题映石轩将乐石（王氏。）

雪舟曾载雪归来，闪闪寒光玉甃台。月皎自怜清写照，雨深不敢滥生苔。此君以外新盟友，太始之前绝点埃。好约中秋千里棹，百篇酹尔水精杯。

偶得联语缀而成诗得十八首（存十一。）

补锅漏眼熬犹泣，钉碗伤痕痛自知。缺陷九州天不惜，零丁一世我何之。

有眼砚田当赠友，无儿文集属何人。不如束卷归炉烬，免使鳞裁障牖尘。

名似鹿蕉寻客梦，乐惟鸡黍逮亲存。树原耽静因风撼，缨不忘濯奈水浑。

热肠梦友三更雨，冷面看人六月秋。好景值愁空妩媚，新衣逢棘误勾留。

枝叶太繁愁本拨，齿牙先敝感柔存。爵高灵草来生冢，贫极春风不到门。

两手并书文各异，五官同用意常闲。新篁得雨凌前辈，落叶禁风总下山。

蔗檗同餐徒得苦，薰莸并处或沾香。醉宜死化陶家土，老莫生除汉殿郎。

捷机藏腹无穷祸，片语伤心不共仇。恩怨相寻何了局，利名两字合双钩。

日月如何化豺虎，人民原只是虫沙。五更霞愧天心见，九土波沉海力赊。

蟢窠爱客营衣衽，蠹啄憎侬去笔锋。王者是兰无寸土，高人如竹得孤筇。

一门争死褒终坐，陆相捐生炳遂亡。岂独剖心逢暴主，可怜衔璧拜西王。

琴艇（鸳湖人制）**三首**（存二。）

心驱神遇橹迟迟，绿绮沙棠合制奇。来傍响泉如有意，去随流水欲何之。过桥须急防胶柱，把钓常闲易续丝。晚泊柳阴三弄后，螳螂偏值捕蝉时。

黄帽何心巧削桐，轻松脆滑着低篷。黑蛟腾出因诗激，白雪飞来傍酒融。弦急似缘斜日牵(去声。)，尾焦错怪暮霞烘。归风送远当清夜，八鬼船头刺许通。

桐乡潘怀宸北行过斋索题望岳图

秦松汉柏凭谁问，玉几金床总寓言。只解远寻邹鲁迹，岱宗咫尺是杨园。

寄汪津夫三绝（存一。）

都无挂碍茅堂火，别有沉吟药圃荒。寂莫半生医国手，大潮东去月茫茫。

得鹰青山人诗时中风初醒不能辨草体

草书浑不解，浪说是专门。注想真如梦，通灵婉与言。交情垂死日，天意再生恩。倘许重酬唱，升堂仔细论。

得雪渔书

遗稿凭谁托，如何瞑目时。半身已化鬼，一足尚行尸。死友重生我，残魂更摄之。书来喜流涕，扶杖问南枝。

寄金方行

岁除不买广陵船，腊雪侵凌上座毡。家在幽湖鸿未达，梦寻遁野茧重圆（去冬在遁野作《茧圆歌》。）。只缘独足占壬课（一足跛。），欲展双眉待卯年。二月邗江冰早泮，来赏春醅落梅前。

寄怀徐侣郊

羡尔云间住，呼名伴鸭群。老夫几枉死，残稿与俱焚。宿草无烦哭，新松未买坟。莫嫌遗矢惫，矍铄是将军。

寄仲廷佐赠病前手卷

百鬼频催去，皇天失降棺。不知添几岁，空腹费三餐。绝笔临危托，全神要静观。他年挥泪客，应识赏音难。

寄借亭

风水相遭两厄屯，与君追述一酸辛。大家吃尽生前苦，各自抽来死后身。我更龙钟同弃物，喜无鬼魅敢侵人（朗行前年溺水，死而复生，似为鬼迷。）。余年努力争磨砺，肯便颓唐痛饮醇。

寄赠鹰青山人

浊世佳公子，今谁似尔雄。好名三代下，立节百年中。云水期无玷，尘埃洗一空。羊牛登垄日，谁问客星翁（山人《生圹诗》云："幸不将身玷水。"云余为作碑文。）。

寄从子

万仞牛屯碧，新阡柏叶森。汝痴犹刻剑，我哭未忘簪。死所知何在，家乡入梦寻。远怀难尽写，江水五更深。

杨州竹枝词

充饥画饼聊相慰，掩耳偷铃且自瞒。傀儡当场群喝采，风花满地独凭栏。

答慎堂见怀旧作二首

颇嗜为文枉白头，了无健笔逞韩欧。暮天雪紧茶烟冻，倏地春融杏粥稠。

世路任谁争雉犊，生涯久已老蜗牛。跛翁末疾还无碍，恬淡逢人试祝由。

华陀庙

为汉诛奸贼，先生实有心。何曾夸妙技，亦不少神针。非命伤孤凤，长生戏五禽。君看今庙食，铜雀莽萧森。

矮杖三首（存二。）

一从跛后借卿卿，叠水重山放胆行。草木收为亲骨肉（山人呼亲兄弟。），颠危仗此老师生。随身短锸曾何恋，托命长镵尚有情。数拟勒铭愁腕力，化龙只恐趁雷鸣。

闲处齐腰草借茵，倦来拄颊看嶙峋。扶行客重穷诗伯，出巷儿呼丐道人。不吠犬应怜老态，偕游鹤愿结良缘。还期灵剂河无水，甘作墙隅冷落身。

得小女含芝书

闻汝题孤鸟，经年不寄来（去年作《孤鸟悲鸣诗》不寄。）。怕缘多病后，顿使寸心摧。书到防人拆，家贫望客回。阿娘今六十，双鬓雪毶毵。

问心寄雪渔

问心多默疚，论世我何惭。秋竹当清晓，明蟾下碧潭。证赃群鬼怒，知命一穷甘。有分耽幽壑，探奇雪窦南。

寄雪渔甲乙丙残稿求订定

邗沟一脉溯湖亹，曲木须经大匠门。甲乙以来先甲乙，删存之后又删存。了无形迹横歧见，别有精神待细论。密语子桑真爱我，祝融峰下与招魂。

家山入梦一渔蓑，寒食青青柳漾波。东白楼晴停雪舫，西王母近隔银河。九原遗恨精灵泣，穷海知音笑语多。左笔斜封三太息，鹧鸪云外唤哥哥。

留别从弟友杉

惜别缘衰病，无言忍泪多。不知重见否，敢问倘来么。难弟金同断，佳儿玉待磨（幼子颇慧。）。肩舆莫催发，细看醉颜酡。

怀祝人斋滇中

邗上吾犹怯，君胡万里行。村醪午过曲，土饼软于粳。山数碧鸡秀，声传孔雀清。桑蓬夸壮志，生死见交情（闻其主人没于官。）。

亚夫冢

老坡亦复推人杰，三玦鸿门奈沐猴。玉斗零星空殉葬，铜章刓弊孰封侯。彭城疽发龙雷火，垓下骓亡马鬣收。千古知人畴第一，英雄成败土馒头。

赋得纸钱飞作白蝴蝶二首

去去随他到夜台，几番跌宕几徘徊。卫家遗魄风惊散，庄老前身火铸来。似有若无空觅影，漫天委地总成埃。白杨寒食蒙蒙雨，孤冢何人热化灰。

村里来时陌上停，桃花白点柳葱青。了无粉本从空画，何处银钱巧幻形。栩栩草头歆麦饭，飘飘烟际逐刍灵。黄泉多少忠魂泣，几个螟蛉拜墓庭。

即事

驿马印官谁作主，宾鸿领子未归宗。囊中钱涩谁供养，法海年年听暮钟。

甓社湖

湖雨湖烟长蚌胎，湖中水鸟上荒台。宝珠一去无消息，淡月孤篷自往来。

东禅寺

一约三秋误，招提入梦虚。茧篁鸣独鸟，璧月定游鱼。病欲依初地，贫还恋客车。古梅窗畔雪，待我意何如。

寿鹰青山人六十（补丙寅冬作。）

坤月微阳涧不冰，睫巢恍惚梦中登。平头六十初何忝，越齿三龄惫可憎。天地无穷名与匹，江河共挽力谁胜。九宵倘践南来约，携手鹰窠合璧升（山人十月廿一日生，至三十日，日月合璧，正九宵云。）。

兰花豆和韵

五丫剪出碎零星，季女门东洁溉鬵。思肖淋漓虚写瓣，湘累涕泣枉披心。猝何能办经牙脆，久不闻香触鼻深。一撮椒盐聊下酒，管他釜底着根侵。

矮菊

矮五六寸，花不过三两，颇可观。其法，梅雨时折枝插根，故不高。

婆娑不盈尺，篱脚露溥溥。玉瓣当阶拾，金英满路摊。骆丞寻不到，屈老俯而餐。惟有渊明傲，南山仰面看。

答沈晰纶见题新居（讳萤。）

迁转今粗定，劳生受墨磨。柴门临曲港，春水皱轻罗。闭阁头霜减，烘檐背日多。红榴有佳种，移植水云窝。

坐鱼（蛙别名。）

平地当烟波，随身有坐窝。跌跏闲鼓吹，箕踞学讴歌。华席铺红软，苔茵占绿多。劳劳笑赪尾，瞬息得安么？

井底诸天小，洼中一座专。岸蹲夸石榻，秧藉笑针毡。雨打腰偏直，泥深膝屡穿。楚王隆士气，应式绿袍前。

秋蝴蝶华

灵草逢秋化为羽，梦觉前身在何许。香魂一片月中迷，翅重霜华飞不去。

中秋吾庐待月用壁间朱子韵

招隐何来傍小山，吾庐把盏一凭栏。银河不作人间雨，玉兔空生屋角寒。最好初昏看吞吐，莫教深夜叹阑珊。平生心事人知少，待尔清光照肺肝。

送豁眉上人主席龙翔寺次韵

寒食紫薇雨，归桡失款留。闻师违翠冷，得地恍丹丘。境僻尘难蹰，心长鬓易秋。杨园遗泽杳（龙翔近杨园村。），应为暮云愁。

答李裳吉见怀

隔江迢递怅乡关，不独葭溪一水间。残夜烛华闲共语，中年桃叶愧胡颜。书临阁帖真成懒，诗付秦灰岂待删。雅兴那堪重记省，负君青眼似南山。

忆遁野新栽榴树叠韵

一株浓景映松关，趁雨移栽水竹间。天气清和应发蕊，华光明媚待舒颜。情甘老圃惭疏阔，手葺群芳自补删。岁晚绿房收玉子，桂丛迟尔伴秋山。

即事感怀四首

新秋风独厉，阖室病多磨。煮药连三剂，裁方统百疴。妻嫌疬看晚，女泣痞成窠。一事聊相慰，良苗渐发科。

不奈竹窗坐，鸣蝉聒耳长。婢羸心恙剧，童逸圃工荒。捆税连村急（县间合十三年九项并征谓之捆征册。），飞签一市忙。哀号宁独我，谁与愬穹苍。

祭灶烦邻媪，呼医倩钓舟。连朝乏司爨，汲水下干糇。家累一时重，婆心百转筹。翻思林处士，梅鹤两无愁。

遥望紫薇晓，双湖秋涨赊。德星占鹊语，来雨卜灯华。不道愁成垒，群疑热恋家。心旌杳无定，去住各兴嗟。

题某氏藏书目

汗牛充栋一时珍，转眼牙签满榻尘。梁武随文各相笑，卖书都是买书人。

寄仲方岳

破例存孤寡，人情老更谙。群书统签外，孤棹紫微南。才可倾卿相，诗多列子男。师门梨枣灿（时芬佩刻《幽湖诗草》。），莫惜夜深谈。

病起呈蒋东湖

伏枕经旬外，秋华泼眼明。行藏看日景，贫病识交情。煮药辞晨客，装绵彻夜檠。南山与君眼，千古碧云横。

寄施生嘉木

穷僻谁经念，唯君数记存。叩医催送药，排闷劝开尊。一雨新蟾丽，连霜百草髡。炎凉看晚节，吾醉欲忘言。

寄内

云山家信隔，去住客心违。带水分头病，惊鸿两背飞。梦中谁识路，天外各沾衣。将养收新糯，香笃待晚归。

题画二幅

疏林古寺半明灭，远戍寒烟日欲斜。一个寒驴随处好，满山残雪看梅花。

村童把钓戏乘查，碧柳阴阴漾浅沙。藜杖一春游兴好，二娘子酒（坡别集。）四娘华。

寄张汉木

挽袂惭良友，全家托死生。处方调佐使，求药谢公卿。闵世存交道，传书慰客情。春华易开落，篱角有新英。

寄金方行三断句

傍水危楼古树低，三秋风雨竹桥西。病人常态多拘忌，莫遣鸺鹠夜半啼。

知君秉性同胞切，不惜朝朝火燎须。巾帼丈夫应辨耻，世闲鱼目混真珠。

三霜晚菊寄东篱，叔世人情耐久知。槛外野云饶变态，青松何似旧来时。

题画

柳景入波翠如沐，日暖双双鹭鹚浴。墨光浓处聚游鱼，腹饥不得空踌躇。不如高举暮云边，一飞一潜安其天。

寄姚子宏

满腔热血谁知尔，洒向青天自不疑。冠世文章成底事，机云元是两凡儿。

九月十三日

白发惊弦箭，凉风催授衣。终年无一是，隔岁不知非。有恨[①]天难雪，无家梦亦归。片云知我意，日暮向南飞。

寄怀膺若

向隅惊一座，偶病废长吟。皎皎新溪月，依依旧雨心。索书非好事，攻阙为知音。红叶曾申约，霜天许共寻。

偶感

好友半沦丧，今秋泪更枯。不知何法免，可信有天无。玉石凭谁判，诗书枉自诬。阴房明鬼火，羡尔实全躯。

地震当冬蛰，天灾偏朔南。巫医间亦闹，祖免十居三。幸免鱼惊网，重期朋盍簪。西畴香糯熟，一醉发萧鬖。

张补南挽诗

澹宁同翦烛，一别判幽明。炼石南谁补，奔流北已倾。残书贻绣褓，好梦付桃笙。尚有侯芭在，鸡碑早勒铭。

次韵答东湖见怀

思君当乙夜，霁月上林梢。倚竹看疏景，烹茶得淡交。病缘诗顿减，贫觉俗难抛。漉酒东篱近，湖菱许佐肴。

读千里诗却寄

十载呕心头半秃，一身郊岛苦难并。定知垒块填胸次，艾艾期期说不明。

怀家三绝句次宋人戴石屏韵

池光忽黯淡，始觉紫薇谢。遥忆岁寒居，华飞惊五夜。

落叶知客心，薄酒销壮气。毕竟非英雄，犹有思家泪。

四海未扫除，何心问茅屋。马鬣在荒山，时闻杜鹃哭。

---

① 《井心集诗钞》本“有恨”又作“有憾”。

虫

功败垂成日，丰年叹岁凶。化身潜浴水，附翼煽乘风。香稻供馋口，连畦委断蓬。老农从未识，传是小蝗虫。

寄扬州余愚谷

道人落笔破元牝，不画须眉画人景。扬州繁华天下无，道人胸中冰作井。二十四桥明月明，桃叶渡头枫叶冷。一尊皮酒箬篷船，五夜高吟天不醒。

十月朔

霜钟初觉泪溅衣，岁岁诗瓢挂紫薇。梦里一帆江上远，漫山蝴蝶纸灰飞。

柬吴门陈可人索画竹

不信墨池春雨渴，经岁龙孙未抽叶。闻道填门贺客喧，雪儿生得儿如雪（可人内妾，近得一子。）。

兴酣为我染霜豪，分与琅玕二尺高。展向茅堂风簌簌，坐待玉阶新笋绿。

雨中菊

黑云洒泣愁汍澜，乱头粗服秋阑珊。瓦盆惜不移古根，坐使失御泥水浑。黄华微笑默自语，不畏严霜宁畏雨。

读元人诗选偶作

鲁翀云石推能手，松瀑中峰数作家。却笑铁崖书甲子，笛声拍拍是胡笳。

西台片石泪斑斑，千载铜驼荆棘间。惟有云林诗与画[①]，居然南渡旧江山。

闻醇夫许公将买东山半月泉作小圃偶作断句

病余凋尽镜中颜，诗兴淋漓老欲删。谁似紫薇闲太史，雨中寻客买青山。

读宋人小集有感

南渡风流梦已虚，南阳钞本劫灰余。不堪午夜青衫泪，小阁残缸订鲁鱼。

东湖约游西湖有感

寥落孤山旧国秋，南峰北峰相对愁。一从司马归青冢，几度西湖不忍游。

前年有客曾携手（谓巨川。），把酒吴山看午潮。回首寿阳归梦杳，钱塘城阁雨潇潇。

得开怀处且欢娱，堤畔芙容正丽都。好事流传应抚手，东湖艇子下西湖。

次南龄韵

君道西湖胜往年，风流正是不如前。桑麻无地花争艳，楼阁冲霄色太鲜。淡处只余山带雨，静中犹见树笼烟。妍媸清夜知谁判，寂寞三潭一镜县。

紫薇山红叶和皋如

谁将秋叶染猩红，片片吹来少女风。雨久尽怜山黯淡，赖宅装点夕阳中。

归舟大风叠韵呈东湖

不向西湖一溯原，匆匆开棹兴萧然。难抛好景频回首，重说来游是来年。顺水偶乘忘逆境，

① 《井心集诗钞》本“诗与画”误作“诗与尽”。

凡身自喜忽登仙。风姨莫怪归舟重，只有平安一斛泉。

坐巨川书斋有感

寒月窥人上帘幕，昔年老友谈经处。独留夜半训狐啼，门前一个枞榈树。

望南北两峰叠前韵

遥忆家山万树红，若邪溪畔趁樵风。山楼梦觉揩愁眼，错认双峰是越中。

婿范禹襄约游孤山不果作断句二首志慨

闻道孤山没草莱，行宫丹碧照崔巍。却愁来岁华开处，只见红梅少白梅。

梅骨梅心不受污，天然姑射玉肌肤。不妨留取来春看，淡墨生绡写作图。

安平泉次东坡韵（泉，省志不载。）

谁向尘区浚醴源，一泓山下水泠然。羞从河伯通宗谱，曾照姮娥入月年。名胜不劳搜邑乘，风流止许续坡仙。平生茗碗经行处，应数临安第一泉。

来雨轩午坐得家书三叠韵

片纸哝哝说病原，客心顿觉死灰燃。羸躯那复禁三疟，药里相缠又半年。有累总难夸达士，无家才说是神仙。尊中幸有浇愁物，梦里移封至酒泉。

夜雨有感寄嘉木[①]

绵绵竟不绝，蹙蹙叹伶仃。曷植知风草[②]，难除好雨星。英雄付鸥鹭[③]，天地寄螟蛉。孤剑中宵跃，凭谁剖晦冥。

柬南龄

频年〔硖〕（峡）水说西泠，才到西湖橹又停。万柄枯荷虚曲院，数峰黄叶梦南屏。当前领取犹难尽，过后相思总不经。准拟来春同鼓棹，更休软语赚山灵。

郑芦村令粤广宁以酒罢官归鸳水复携妾徙吴阊不半载以病没追念旧游作四绝哀之

诗酒生涯落广城，罢官犹自占清名。闲居对客无它异，吴语唯闻何乃闾。

跌宕蛮乡十五春，几多遗泽及贫民。戏言犹记之官日（之官时，余勉之存心爱物。芦村大笑曰："今日作官，不过向广东贩买卖耳。"），赢得空囊老客身。

髫年立雪忆同门，八十衰翁望眼昏。地下相逢应解橐，奉余或可慰羁魂（芦村与余兄弟俱受业禹锡夫子。）。

陟冈久作蛮方鬼（族兄父子皆没芦村署中。），尔得生还幸已多。如何垂老钟情处，螺子朝朝画翠蛾。

东湖有结邻之约次韵二首（东湖刊本作担斯。）

竹笠枞鞢两鬓蓬，去来怜我似宾鸿。直教移傍青山住，鸡犬桑麻一井同。

三径松篁翠不凋，寓公虽老兴还饶。诗成与客聊床和，酒熟呼儿隔屋招。

---

① 《井心集诗钞》本标题作《夜雨有感》。

② 《井心集诗钞》本"曷植知风草"又作"易值知风草"，当据正。

③ 《井心集诗钞》本"英雄付鸥鹭"又作"英雄逐鸥鹭"。

示张生学川

头白慈亲日倚门，芸编藜火月黄昏。莫教研雨（斋名。）成枯石，寻到横渠的的源。

示吴生召停

七尺印藏（刊本作“轩昂”。）已抱儿，流光如驶莫逶迟。且居旧业频温理，八股（刊本作“帖括”。）专门[①]是尔师（谓南陔。“且居”，斋名。刊本“南陔”上有“顾”字。）。

送蒋生揆斯之虎林

浃日重来兴不孤，此行莫更负西湖。鄂王坟上寒松在，儿取[②]风霜遗老夫。

答皋如见题拙集

苦吟头赚白，残卷血留斑。身系元明后，神游怀葛间。乱云孤树迥，斜日数峰闲。栗里清风在，从君试一攀。

灯华二首和皋如

丹心故故傍人开，羞乞天公雨露栽。多少英雄希结果，热肠为尔拾残灰。

肯缘报喜落还开，千古传心特地栽。一寸寒光照长夜，至今六籍不成灰。

笼鹤行次芬佩韵

胎禽久断蓬山种，对客氄毲滥承宠。何来朱顶破雷鼓，高视昂藏气澒洞。偶遭维絷岂凡物，终见淳于揭空笼。云间鸶鹭方孤飞，看尔冲霄动少微。

夜坐迟召停揆斯学川不至

兀坐烛再跋，寒粟肌可扪。归人夜何迟，皎月穿篱根。或者恋红叶，尚泊钱塘门。湖山足句留，我亦驰梦魂。

题裳吉所藏芦雁

羡尔荆华茂，斓衣慰白头。怜余鸿景断，斜日叫清秋。过客频惊感，来宾遂晚谋。稻粱差自足，肯作寄书邮。

邬御方挽诗

才哭朱郎（谓伦表。）还自哭，泉台携手订同行。一般况味牵肠处，多隙蛾眉一未亡。

斑发凭棺方哭子，白头顿足又呼孙。并来肠断哀鸿急，百种酸凉萃一门。

题芦雁为伦表令中兄越千作

孤鸿天半景差池，芦渚沙汀夜泊时。我亦廿年池草梦，枕痕半为脊令诗。

答膺若见题来雨集

侧身天地一长吟，明月当头监此心。来雨不来来又却，软红隔断万山深。

观德绲堂盆景缨络柏

黛色映窗才二尺，翠旒障面却千条。古心本自饶风致，不为垂垂学柳腰。

---

① 《寓〔硖〕（峡）草》本“专门”又作“专家”。

② 《寓〔硖〕（峡）草》本“儿取”又作“貌取”。

钮驾仙纳妾诗

今宵新月似眉多，梨颊嫣然淡一涡。闻道中秋成水调，檀槽早付雪儿歌。

春前我亦攀桃叶，头白星星把镜怜。只恐著鞭先我去，弄獐那及毓麟年。

君家况复荆华好，玉树森森续产芝。从此积薪佳境辟，蔗虽庶出是宗支。

萧统安知元亮赋，梅华应识广平心。平生懒作玉台体，为尔风怀破例吟。

梦登飞来峰（徐本注云：见书陈皋如册，下同。）

别有华胥天外峰，居然迢递蹑仙踪。六桥明媚华千树，三字模糊土一封。堤柳染成风栩栩，岩云翦出翠重重。飞来正引魂飞去，未许韬光便打钟。

有感

一钱缓急顿生嗔，狐貉黄黄口说贫。为与孔方成骨肉，却看亲串是闲人。

三塔

自经兵燹人烟少，古寺今添饭后僧。尚有白头谈旧事，红衣一炮破嘉兴。

竹枝词

家家洒米上官仓，完得官粮缺口粮。却怪树皮都剥尽，县官不报一分荒。

留别张子莘皋

五载双山畔，明年越水湄。惟公言独苦，怜我老无儿。世故初心在，交情白发知。陇头风雪里，别泪不堪吹。

寄张子汉木

笋芽梅萼各抽新，荆棘丛中亦有春。此物不经三自反，未容禽兽目斯人。

鲁鼒画白马气壮而神静诗以旌之

如何怯向玉门关，敛取骁腾笔陈间。山海无灵烽火靖，柳丝风扬四蹄闲。

祭忠台（曹篁陂藏三家特题下有用前辈谢遁庵均。）

正统间，刘忠愍公讳球，被珰害，吾乡胡伯常（徐氏本缺"常"字，今据谢起龙《东山志》补。）成器登龙泉山上陈羞石间为文，哭而祭之，后人名其石为祭忠台。

陆沉无路扣黄扉，七尺忠魂血溅衣。冤愤暂舒三献肃，冱寒力护一阳微。哭声隐隐和泉咽，石骨棱棱冷夕晖。台畔古松灵爽在，行人回首各歔欷。

过听泉山舍

弦诵声犹在，当门二尺蒿。邻僧来斫竹，牧竖自攀桃。峭壁晴含翠，香泉夜饮猱。尚堪寻旧约，凝伫首频搔。

食鲥鱼简友

四月乘潮上，三鬵溉釜燖。银光鳞可惜，腴腹酒同沾。丙穴犹为婢，河豚莫浪拈。爱它饶风谏，多刺不须嫌。

答钮静兰

山斋岑寂手钞方，每笑铅刀善自藏。感事始于焚稿后，怀人多向落花旁。怕相逢处频挥泪，幸不来时免覆觞。一卷逾淮（令子膺若诗集。）忍翻阅，秋河耿耿夜偏长。

禹陵

万山群拱北，一穴会朝宗。樵语怀疏沦，松声溯译重。夜长余魍魉，江晓息蛇龙。趋拜归桡晚，秋涛正怒舂。

陆宣公祠

柳外荒祠此瓣香，遗黎敷衽拜中唐。平生骨鲠余精爽，万古奸邪冷肺肠。天子讳名宣风诏，廷臣尸禄愧鹓行。忠州不见轮台悔，衮阙何人为补裳。

题友人辟喧小室次韵

研田初熟饱山农，斗室清闲兴味浓。绣褓待儿嬉竹马，碧筒看女剥荷蜂。豪情雨散三千屐，妄想云消十二峰。世上轰轰谁似尔，万缘屏当只留慵。

未开梅和友人

未肯随人乱吐香，夜深含笑月微芒。绕身争讶玉攒乳，半面难窥粉试妆。忍抱酸心存苦节，待逢霁日发奇光。丁宁元气包藏在，漫说调羹有庙廊。

十姊妹花和陈芬佩

二五聊佳耦，红衫倚绿丛。并头妆晓日，一体沐和风。有誓难分嫁，无媒耻自通。同名怜小鸟，飞绕暮阴中。

其二索芬佩和

一姓多殊色，同胞少妒心。二乔非本族，十友是联襟。月出齐窥镜，云来共覆衾。须眉好兄弟，对尔汗颜淋。

和王直夫初雷

起处从谁问，俄惊病耳轰。数声腾九地，一怒活群生。冰冱机潜转，颛愚梦乍清。何人颂威福，造物本难名。

寄阮生（二之一）

十里南村路，何难笑短筇。后期怜桂子，爽约又芙蓉。终拟乘鱼艇，还来剖蚁封。壁泥新垩处，醉墨逞蛟龙。

仪真道中口占

矮树疏疏照水寒，往来多少卸征鞍[①]。白头也作劳劳客，两石人应注眼看。

琼华观

台榭都非旧，规模幸略存。迷楼俄已化，宝树不留根。开落伤今古，荣枯判宋元。无双亭子在，孤景月黄昏。

禹王庙

庙貌崇明德，龙蛇骇俗观。三山凭保障，一炷奠波澜。疏沦今谁典，淮河怒可干。生灵城郭底，几束败芦滩。

---

① 《陈一斋先生诗集》本“卸征鞍”又作“憩征鞍”。

赠李啸竹（讳葹。）

相逢俱秃鬓，握手各茫然。酱瓿蛆从覆，盐车骥不前。义山工七字，太白擅长篇。徒使扬州忆，声名万口传（啸竹有《扬州忆》百小令。）。

石塔寺

石塔何年建，题名古木兰。碧纱笼句少，白草护台寒。铃语凭谁译，钟声为客酸。断碑苍藓没，疑字客眉攒。

题徐天池墨菊

陶后非无爱菊人，只从宝相铸黄金。天池发墨晚香远，田月含光秋露深。粗服乱头真国色，南山北牖故园心。朔风那敢轻吹落，一幅苍苍自古今。

题画十绝之八

元气藏笔端，铸出小六合。熟视神欲飞，八荒入吾闼。

背坐读何书，或是翁季录。假我夜一钞，子半见东旭。

手谈卜兴亡，一劫柯已烂。冥心太极前，黑白未分判。

皴法无师传，默悟泉石理。苍苔不敢生，月光冷入髓。

浑沌十万秋，初剖人间世。莫刃米家山，无此傍薄气。

老树不知名，乖龙化身黑。得非青藤翁，魂归古铁色。

松冷日色枯，泉咽鸣声悲。谁来结茅住，华开人不知。

山罅有精庐，名僧所栖托。雨过云更深，松涛在虚阁。

雪

江北雪应早，孤篷一夜寒。长堤银作障，层塔玉擎盘。果称繁华地，吾仍冷淡看。知心惟野老，寓意在渔竿。

江行

暮行当旅宿，不睡似鱼鳏。潮涨县樯动，风平把〔舵〕（柁）闲。鸡声半江月，旭景一痕山。百里毗陵近，香醪润客颜。

怀谨堂老人

约我壮游成永隔，梦中联袂上金焦。不堪月落疏星晓，泪眼看山一线遥。

石桥湾舟阻

衔尾艨艟路不通，荻华夹岸晓霜浓。抱儿暴背餐麸饼，输与桥西卖菜佣。

宝带桥

锁住一湖水，蝉联阻且修。波涛从束缚，旱潦与绸缪。鸣珮泉归壑，垂鱼藻拥流。吴门推壮观，吾亦暂维舟。

雁

数声天欲晓，高阁梦初醒。远道（一作“道远”。）来何事（一作“遽”。），孤舟（一作“江孤”。）夜独听。景随寒旭淡，行急乱峰青。老病同羁旅，乾坤两叶萍。

不道（伤血窝篡继异姓者。）

不道居奇货，深宫易马牛。何人生灭鄫，无筴更存刘。愚孝徒成逆，怀恩转树仇。若敖泉下泣，谁与构阴谋。

自扬州还赠姚友

去来千里月，寂寞大江滨。世外逢人少，愁中得句频。醉看苍狗幻，闲与白鸥亲。此趣唯君领，清吟拂我尘。

题友人不浪舟书斋

画船如屋人争羡，一夕风涛或撼之。岂似此间长稳适，不关浮世涉忧疑。竹窗月景同波泛，水槛鸥声与梦随。万里河源真可溯，〔舵〕（柁）工高坐日哦诗。

鹰青山人李铁君自奉天寄所著睫巢喜赋（名锴，铁岭人。）

天空孤鹤下，快眼睫巢诗。白璧谁投我，兰芽一咀之。风神何淡宕，山木自清羸。薄暮苍苍雪，名言欲告谁。

题毕卓醉卧图

莫笑此翁醉，一心醒于众。莫笑此翁睡，两眼日空洞。魂魄自唱酬，风月默吟弄。世事了不闻，颓然抱吾瓮。

咏腊梅和友人

罗浮分铁干，菜色独禁寒。玉女钗融蜡，金仙指捻丸。雪欺和额裹，鸟怪定睛看。无子堪调鼎，冰华为我酸。

索笑南枝外，黄衫立晓寒。栽成栀子瓣，吭破蕊珠丸。黏怕和衣折，熔愁秉烛看。误它鳏处士，空对朔风酸。

咏罗纹纸二首

侧理闻名旧，丝纶世掌之。配须寻歙研，画不借乌丝。茶库工输织，淞笺韵减姿。天孙云锦滑，容我细题诗。

九万应无此，谁当赠右军。马难缝作帐，羊许制为裙。碾出千层雪，缫成万缕云。少陵曾有句，凉月白纷纷。

将之扬州留别诸同学（乙丑正月。）

难忘平山胜，重寻弟五泉。行舟沿柳泊，道路有梅先。落日江涛壮，长风夜雨县。不堪垂老别，俯首为青毡。

尚平愁未了，千里动征骖。蓍筮单交拆，年临六十三。金焦看不厌，岩壑拟重探。一卷平山草，归来翦烛谈。

江亭

江亭小坐倚枯槐，一事关心入句来。五月家乡好风景，白瓷红汁卖杨梅。

鉴湖买菱

谁说南湖胜鉴湖，故乡水味本来殊。篷船一叶诸山拱，手剥青菱看白凫。

病后奉寄简庵学长

同庚吾独病，病剧死为邻。人鬼分中界，仙凡判一身。穷愁婴世厄，枝叶丧天真。欲究西铭旨，来寻素饮醇（承规枝叶太繁。）。

别景一首用明人人景韵（戊辰。）

我我周旋契一生，忘形老友未忘情。无由独到青天上，常恐君知黑夜行。照井无人空咒水，当阳不见枉祈晴。葫芦依样今谁画，前路模糊认不明。

鲁两生行

礼乐必百年，谁谓此言迂。排踏枕珰卧，赐爵审食其。关雎与麟趾，问君果何如。贤哉鲁两生，九霄凤来仪。

题画

旱久时雨苏，万山入浓雾。山翁坐题诗，水阁风摆树。却呼沽酒人，撑笠过桥去。桥下鸭儿喧，奴先得一句。

答程春江见怀

紫薇山水泻清音，一别参商慨自今。类我兴歌翻案法，疗人不惜顶门针。窗前翠草含新意，海上孤云忆旧心。有分钓竿同倚处，半篙晴浪定泉深。

流民图为题华鼓一页

练裙青袄新装束，腰鼓铜钲旧乐章。添得几腔肠欲断，淮南淮北说流亡。

寄友

闻道移家烟雨滨，每从峰顶望冰轮。松陵娥渚常辽阔，遁野鸳湖迭主宾。娱我只须陈绿醑，殢人多是软红尘。遥知蔽芾荆华畔，琢句敲诗度小春。

石门道中

天亦怜羁旅，连朝特放晴。楚音悲往事，吴语触乡情。邑犬随船吠，林鸦傍客门。黑云当落日，愁绝御儿城。

遁野夜坐呈金方行

搔我问天首，擎君吸月杯。乱华纷在眼，枯石浪生苔。夜永犬孤吠，村寒鬼独来。扪心同抚剑，残烛泪成堆。

十月朔

秋尽天犹暖，霜枫尚少姿。看云愁目短，上岭觉年衰。墓草黄披岸，山华白糁篱。村村收稻急，风色乍阴时。

反遁野和裳吉韵

螺盏又辞山馆月，纸衾归伴岁寒梅。乡邻港口迎船出，鸡犬墙头刃客回。新句忽传枫叶落，昨宵怪道烛华开。相思十里新溪路，人隔蒹葭水一隈（自注：岁寒居名。）。

小越访谢式南不值

庐寻袁孝子，屐访谢东山。渴想三年剧，良缘一晤悭。鸟啼春昼静，花落石苔斑。惆怅东流水，鸥凫伴我还。

寄吴次昭步韵

怅望伊人水一隈，空江迢递雁声哀。有心白发和愁种，无主黄华傍客开。茶库数笺初请质，山城一宿记曾来。赠云何日重聊榻，呼取墙头曲秀才。

雪中寄汪梅津

天惜梅花不浪开，高封五尺玉崔嵬。先生且莫闲招侣，独枕骚经醉百回。

除夕

客路频年付欠呵，入春八日又蹉跎。支吾市账医逋减，检点诗囊挽句多。不信流光弹指过，可堪世事厌（入声。）头磨。把杯拟向梅花别，莫雨潇潇奈尔何。

寄阮松岩（自注：时吏常熟，先兄门人也。）

治剧需能吏，南沙屈步兵。官贫消息好，家近梦魂平。春事虞山胜，诗名尚水清。侯芭曾有约，泉下不寒盟。

题白云书屋次韵

肯为丹青浪窃名，闲云片片着衣轻。篷窗昼护垆香暖，纸帐朝笼客梦清。栗里桑麻何处隐，刘家鸡犬不相惊。每来欹坐供微笑，添得松声与涧声。

西湖

不面西湖久，浓妆态校肥。桂香沿户插，蝶软傍船飞。两岫云犹幻，孤山鹤已非。鄂王祠下拜，若个涕沾衣。

龙泉山

踞坐高岩翠作屏，江风乍霁看扬舲。霞烝西北秦天醉，潮涨东南粤海腥。鱼鳖两城喧上市，牛羊千点杳迷垧。平生丘首无它愿，一点苍苍古客星。

抱夫尸

唐蜀中张真渡江，舟覆。妻爽道黄氏名帛，求夫尸不得，自沉十四日抱夫尸出，面如生。

蜀江江头莫云黑，张娥沉水十四日，玉颜如生抱夫出。曹娥死父帛死夫，父邪夫邪宁有殊，九原相逢泣挽手。唐时岂少邯郸淳，不见外孙捣齑臼。

红叶三绝

饱霜色更殷，越水锦如烂。肯比二月花，一风遽飘散。

翠壑连青林，秋意转凄恻。但得一树红，夕阳便生色。

傍山如张屏，照水俨临镜。经霜不易雕，红颜禀贞性。

端午题陈生禹让哭子诗后

已年犹忆亡儿厄，午日重吟哭子诗。活眼一翻成死劫，哑科多半是盲医。可堪痛定还思痛，莫遣悲来更益悲。况有稚雏能把盏，君看老子鬓如丝。

槜李城怀古

何年槜李剩仙株，春水茫茫范蠡湖。吴越霸图空显赫，齐梁胜迹久荒芜。裴公宅畔寒鸦噪，翁子坟头夜月孤。千载独留游赏地，一楼烟雨碧模糊。

由拳今号小长芦，乐府犹传阿子歌。学绣里空华糁径，倾脂河浅日沉波。草荒岩助谁浇鬣，亭迥希真客泛螺。南渡苍凉遗恨在，不堪指点旧金陀。

再题前图

幻出罗浮梦里身，自行自止任天真。眼前步步皆陈迹，过后枝枝是好春。熟境反成迷路客，多情转似背恩人。莫教贪入花深处，疏景斜斜碍角巾。

题谢雪渔雪船吟

古柏苍苍挺十寻，廿年交订岁寒心。隐然天地关休戚，别有精神贯古今。野鹿不侵蕉雨梦，明蟾还照雪船吟。白头有约仇湖在，君抚龙泉我抱琴。

题画鹊梅

丹青何贵贵神似，鹊声喳喳在空里。寒梅吐香沁纸背，一片春光冷于水。座中岂无张子信，不信此君徒报喜。孤山处士爱清音，客至休将佞人比。

指南庵

修竹何潇洒，循墙径独深。水清华景瘦，僧老磬音沉。古鼎余灰劫，虚堂坐洗心。凡间歧路杂，休错定盘针。

答黄岐周

午余摊饭倦眸开，海上云歛一雁来。越国年年鲸日月，维扬事事蜃楼台。抽笺苦爱高丽雅，称墨惭非子建才（自注：曾惠曹素功墨。）。有约余生还卧雪，深宵相对画垆灰。

得家书不寐寄内

每逢书到怕开封，开罢还如信未通。远客况当垂老日，误人转在不言中。无缘蝶化希蒙叟，错怪鸡声赋恼公。多半装绵衣待赎，病身几夜怯秋风。

有感

雁行疏处雪交飞，水急淮河下闸迟。痛我失传思立后，看人不肖喜无儿。呼卢少妇擎杯艳，踏踘优童索赏痴。谁记白头孤馆寂，泪流残烛梦回时。

题蒋莲青李邺侯象

不缘勇退托仙人，骨节珊珊老蜕身。自恨聪朋当丱角，玉环膝上染腥尘（一客诵之曰腥字，从安下缺，盖禄山事。以上二首，张秀才雨香所藏。）。

和蒋担斯正月十日三十初度感怀

幽居间壮岁，华发独惊春。风木元多恨，埙篪尚有人。琴书尘想绝，鱼鸟宿缘亲。二仲暂非偶[①]，高斋寄客身。

和担斯瞻墓韵

春风袅袅[②]雨丝丝，二月江涛乍涨时。梦里越山空自涌，枕边蜀魄为谁悲。并非椒酒酬先

① 《寓〔硖〕（峡）草》本“二仲暂非偶”又作“二仲惭非耦”。

② 《寓〔硖〕（峡）草》本“春风袅袅”又作“东风袅袅”。

陇[1]，岂独兰亭阻后期。咫尺佳城真健羡，泪痕怕遣故人知。（以上二首家梦仙兄馆峡时录寄。）

留别峡上诸同人

不是爱山思住山，故园枫菊泪斑斑。自经双峡□才薮，万壑千岩亦等闲。

年年塔顶望余姚，今向余姚望知标。梦里碧云抛不下，采薇重过紫薇桥。（二首见峡川王志。）

题画

长林枫叶早霜催，绝磴鸣泉激石回。料得山楼听不尽，丝桐欲写又徘徊。

竹梢藤蔓净飞沙，冷翠疏林不着华。羡杀幽人比高卧，更无剥啄到山家。

梦吴克轩先生

裸国冠裳有梦来，湖天海月一时开。寝门长恸今寥落，九十九峰飞落梅(漱湖有九十九峰。)。

藕华湾

藕华吹落碧溪湾，树色苍苍两岸山。明月自来人不见，白鸥飞去钓矶闲。

集句题王女史画莲

可爱深红间浅红，满池荷叶动秋风。萦回谢女题诗笔，一片西飞一片东。

题萼绿山茶图

月丹萼绿不同芳，带墨争开趁晓霜。雅艳让谁先占得，春禽枝上费商量。

失题

杨柳青青覆板桥，春江花月夜生潮。停杯又是它乡客，无那相思一水遥。

长虹跨水绿阴稠，几度闻名故逗留。惆怅一声篷底月，年年为客五更头。

幽情输与芦为被，傲骨真愁冬不垆。料理寒衣迟未寄，病妻针线眼模糊。

又

东风嫋□雨丝丝，二月江涛乍起时。□□□□□□□，隔江芳草露垂垂。

鹿韭争开烂簇霞，曲阑步月苦思家。□□夜夜群儿课，举案新尝谷雨芽。

次韵答吴樵石

作赋声名负景差，孤怀入世少人知。越乡赚得吴蚕老，七载缫成两鬓丝。

侧身天地两浮萍，〔硖〕（峡）岭幽湖等过宾。故国梦魂摇曳处，柳华春燕掠江津。

赠丘将军孙以宾

世德毗陵旧，参戎谷水涯。征衫亡国泪，荒圃故宫花。三叶依高士，孤孙别将家。东林天未坦，同种邵平瓜。

欲识将军面，吾生憾不辰。好官怀世泽（去思碑“天下第一好官”，吴中丞公立。），往事泣遗民。湖海传孤剑，冰霜剩一身。祖风应未坠，丘壑见经纶。

癸巳一日梦旭日始旦

孤筇登泰岱，两眼到扶桑。忽尔开阴雾，居然拜太阳。人禽初辨色，草木暂分光。痴梦谁惊觉，寒风雪满床。

---

① 《寓〔硖〕（峡）草》本“并非椒酒酬先陇”又作“并无菜酒酹先垄”。

谢金玉峰临杨园先生寒风伫立图

凛凛寒风独岸巾，须眉点染更精神。平生涂抹供游戏，高士今朝始尽人。

答枚升

玉堂金马知谁是，僻径荒庐独我堪。醉可尽兰埋井底，饥容餐菊老湘潭。已无坐客伤今古，尚有儿曹颂雅南。一榻春风闲富贵，求官千载笑虞昙。

题可宸兰竹折枝

谁画离骚一卷诗，酸风苦雨到须眉。岂无寸土埋根处，不见全身见折枝。

谒三世祖墓

浇酒攀松柏，山南草一阡。恭题处士墓，高勒大明年。遗泽书囊在，清风笔冢传。近来科第绝，或者子孙贤。

题先兄墓碑

入学聊书号，康熙也纪年。雄才埋蔓草，愁思结荒烟。姓氏樵夫诵，声名野客怜。铁函三百首，何日为兄传。

五叠韵示方行

往事重提一痛心，两间何自再清宁。河山破碎群龙厄，日月昏霾野鬼灵。泪落遗容看玉轴，花开寒食供银瓶。老梅十绝荥阳老，独夜哀吟那忍听。

叠韵题陆放翁集

万首诗成岂为名，狂河东决障孤城。徒存半壁真遗恨，未定中原负此生。和议几人心不死，老夫无分眼重明。告翁家祭厓山后，地下犹闻恸哭声。

答许纯也韵

百年无一是，八股误诸生。语水聪明露，当湖出处轻。是间多蔓草，此外有周行。莫便抛珠弹，良材冀大成。（其二）

题画

孤舟欸乃画中身，短笛凄凉江上春。如此江山有此老，等闲不是钓鱼人。

酒后雨中夜归口占

颇有御风意，居然戴笠图。沾衣凉欲醒，得句兴非孤。四海同长夜，何人保故吾。溪边新涨白，放脚慎前途。

苏堤

不泊苏堤已十秋，偶来把酒荡轻舟。凄凉烟柳缘谁憾，粉黛湖山见我羞。鸥鹭有情依故渚，牛羊无赖扰荒丘。长年指点前朝事，回首南屏起客愁。

张司马墓

公绝命诗：日月双悬于氏墓，乾坤半壁岳家祠。惭将赤手分三席，敢为丹心借一枝。

攀榛披棘问荒茔，野老吞声指翠屏。三席自分支宇宙，百年谁继慰英灵。龙渊埋土销王气，狐矢升天陨将星。洒泪白衣空拜起，慈乌啼上旧冬青。

孤山

不闻孤鹤尚盘空，南渡山河一梦中。亭子独留衙落日，梅花无计避腥风。竹篱想象朱栏外，药圃依稀画阁东。杯酒不堪重唤起，墓台今日是行宫。

登北高峰

兀立孤城倚翠屏，越山隔岸一痕青。一从立马潮无信，千载飞龙地不灵。松树永埋孤冢恨，桃花流出满湖腥。可怜独踞东南胜，空使遗民涕泪零。

雪次起涛韵

谁共玉龙斗，天教六出奇。老松垂鹤发，顽石化羊脂。仰屋愁饥岁，穹庐献瑞诗。蒙蒙阴未判，霁日果何时。

题吴复古晞发图

黑雾开长夜，初阳泛早潮。葵心思一曝，华发惜双凋。钳市冤谁雪，冲冠怒未销。西台竹如意，何处有魂招。

野旭淡无色，寒梅冻未融。云鬟皆少妇，雪顶剩山农。世事梳难理，贞心帛可封。西方胡不作，膏沐待为容。

独行

独行自歌哭，此世竟何成。思乱还忧乱，忘生又恋生。补天无巨石，填海负初盟。且复关门坐，行藏付酒觥。

题四转池

四海已无地，中原此一萍。问天如可借，伐竹盖茅亭。

秋夕杂感三十首和韵（录二十首。）

入秋风飒飒，客意乱如蓬。河腹枯无血，山头老欲童。日沉黄道错，星堕紫微空，长夜看孤影，今时有渺躬。

腐儒丁未造，食古腹空肥。雨涸禾无实，年荒鬼亦饥。瓦鸣钟吕绝，凤死燕鹫飞。寂寞仇湖老，凉风透绤衣。

竹屋深宵坐，何方慰索居。朗吟孤魄净，长啸八荒虚。猘犬成嵎虎，神蛟化釜鱼。哭秦仍覆楚，贻祸痛包胥。

不见裼裘子，明知此局输。岂徒珉乱玉，直使丐欺儒。雷动飞雄剑，江移失母珠。英雄心未死，发槁尚踌躇。

挑灯删闰史，少贱得闲身。世薄钱神贵，天仁玉女贫。石灵肥孕璞，牛脊幻胎麟。元气包藏在，人秋我自春。

甲申搜逸事，剪纸夜招魂。磷火虚堂集，风霾六宇昏。偏隅非窃据，正统有常尊。七日何由复，支吾剥后坤。

梧叶惊飘谢，西风夜夜酸。短戈挥日易，赤手障河难。窦宪犹平虏，夷吾解佐桓。梦回怜髀肉，闲卧竟偷安。

九州岛谁易置，移出玉门关。头虱人倾化，冠猴我厚颜。冰霜身已惯，弦管涕仍潸。雁足书能达，何妨皓首还。

吾意久未遂，云云竟若何。不祥麟凤见，戒杀犬羊多。心血缘愁化，颠毛受墨磨。床头鸣剑在，申旦寝还哦。

危楼天尺五，瓦脊卧占星。气薄山河槁，妖凭土木灵。苍黎荒岁色，官吏偶人形。厥咎知谁任，浑流逐乱萍。

邻老蒙相劝，乘时立壮犹。徒夸麟在燕，那识虎方囚。有鬼掀天盖，何人捧日头。二毛还未杂，莫道此生休。

事事经熬炼，何曾七不堪。检身师往辙，补过救余惭。竜战愁坤六，王明待井三。黄花满篱脚，岂为羡优昙。

不惜黄杨厄，羲和闰转添。闾阎膏已竭，溪壑欲何厌。诛武司晨在，销锋斩木铦。盛衰有盈昃，莫恃日炎炎。

天地不终否，泽山行自咸。康衢腾汗马，巨浪趁风帆。君壮应纡绂，吾衰岂托镵？海东红见旭，盥沐换朝衫。

高眠容默省，物理悟晨钟。凡木霜应杀，精金火不熔。蛩声如诉客，烛泪转愁侬。自笑何欣戚，泥沙老蛰龙。

茅庐无定所，甲子自颜斋。铁树华难待，银河鹊已乖。暗雷蛟哄榻，晴雪月铺阶。此意强人处，凄清得好怀。

不受尘埃缚，萧斋日晏眠。得珠因炼月，采石为亨天。腐鼠刀宁污，乖龙铁可鞭。奇功等闲事，岂羡勒燕然。

凉秋供偃息，和气布三焦。本业如盘固，浮名惜浪飘。江心思把〔舵〕（柁），山项梦吹箫。迂阔凭人笑，尘区万里遥。

阅世知弢晦，痴狂每自嘲。钓鱼夸鼎食，锄菜饱山肴。待雪开虚窦，留云结古巢。地雷勤保护，凛凛复初爻。

覆盎朝无粟，萧然拥被吟。感时羞抚剑，陶性不劳琴。入俗无谐面，问天曾剖心。迅雷当北牖，起坐振衣襟。

与张山人夜话叠韵

茫茫宇宙两闲身，意外相逢涕泗频。望晓鸡冠徒绛帻，占星枫树应红巾。话长我是披肝者，鬓秃谁为接脚人。小坐更须明月上，墙头浊酒问西邻。

寄汪津夫

目击心焚便奈何，要凭腰斧辟藤萝。百年梦短除荒秽，一线春长续太和。别换胞胎真日月，重开光焰古山河。故园此日桃花发，白首相逢醉绿螺。

七月十七日大风海溢伤居民数十万户有感作

遍地笳声入耳悲，紫髯绿眼向人吹。天无火气几忘怒，海有精灵独出奇。一角摧颓成底事，通盘结束定何时。徒教万鬼阴阴哭，银阙迢遥诉与谁。

雨窗即事五首

刘宋逍遥醉客，大元游堕村农。一掌看谁障北，百川放汝流东。（其五）

江以南讹言鸡翼生爪，腹孕蛇，食之杀人，一时诛宰殆尽。感而有作。

朱朱祝祝叹靡依，无复桑阴上树啼。食蚁与人何厚薄，为牺争似伴盐酰。呼天不晓肠应断，对客无谈肉可封。汤火余生宁足惨，只今民命尽如鸡。

讹言千里一时同，白眚黄祥混吉凶。充俎荐祠防护谴，登筵饷客愧虚恭。翼而生爪禽兼兽，腹或成蛇羽化龙。绛帻几时传晓箭，夜深起舞为谁容。

感怀效李贺体（此丙午秋作，当编入是集。）

哭泣夜堕天边星，精魄朝飞冢中首。伍胥抉目气消虹，渐离破筑云化狗。畴能驱使狐与狸，明光宫里鸣铙征。刚斧劈取龙脑子，金针拨开天眼睛。

闻曲阜孔庙灾（六月九日。）

百年郁勃苦攒眉，偶借风雷入指麾。不果生前一浮海，可堪身后两居夷。纲常垂绝天应悔，牲醴包承圣岂私。为语胶庠群弟子，瓣香妖庙别寻师。

冠履何存庙貌虚，碧楷苍桧一无余。戏为益烈思驱兽，不道秦焚再灭书。沮溺棹头供叹息，桓魋拊掌作轩渠。那知秉烛传薪意，长夜迷途照客车。

乌当飞处火为祥，龙忽衔来烛作殃。一部《春秋》光万丈，千年剥复奋孤阳。不妨毁体存真性，空负冰心化热肠。披发无劳三日哭，更新有会续烝尝。

叠韵答复古

土室宁甘老葬身，青萍出匣引壶频。庙藏内苑螭头笔，画展先公鹿耳巾。吾道谁欤后死者，国恩君是未亡人。不须便作归田计，鹅鸭喧喧恼壁邻。

镂骨刳肠苦构思，要留删后不删诗。井埋碧血全身活，地冻黄钟一管吹。狂欲上天除彗孛，醉余跨海磔穷奇。大言俗辈休惊讶，阶下芝兰破贼儿。

珠履何门耻屈身，闻鸡中夜抚膺频。毁荷裂芰谁修服，拉许排巢总滥巾。半面笑啼分媚俗，两家眠食合夸人。相逢大噱还长恸，羊角孤飞四绝邻。

麦黍苍茫寄所思，麟经独抱续亡诗。望穿海日黄人捧，愁绝边笳绿眼吹。鸱吻火灵呵出出，鳌头潮斗诧奇奇。急须归卜牛眠兆，泉壤心悬戏彩儿。

再叠韵答乌程张雪为

九尺须眉此后身，诗筒恍接笑谈频。烟霞魂梦飞苕水，风雨精灵想葛巾（晚村：风雨庵在妙山。）。珠贝弃途珍拾瓦，半牛登阪俯临人。眼前颠倒凭谁说，满斗乌程贾富邻。

烟云月露不堪思，义魄忠魂未谱诗。戴笠人归西塞冷，抱香花死北风吹。尚留片石鸡窗语，直探空山虎穴奇。回看神州一挥涕，苍生多误宁馨儿。

乾坤忍负藐马身，盱古衡今扼腕频。烹狗裹尸怜马革，雕虫拭唾愧龙巾。等夷那得千秋士，位置自居何代人。仲蔚门前蒿没膝，羊求可许暂联邻。

细雨斜风搅客思，辛酸进入七哀诗。朔蓬贯日九乌落，磷火烧天万鬼吹。不苦西畴庚癸厄，要占南国丙丁奇。三缄感佩良规在，东蹈宁夸学细儿。

挽姚希贤先生

东泽渊源杳莫寻，苦存门下旧知音。英雄无主空回首，天地怜臣不负心。白马渡江私感激（先君改葬，希翁渡江襄事。），黄杨当厄痛人琴。老梅春到花仍白，怅望蓬门夜雪深。

侠骨平生怒气冲，戏经虎口独从容。休休自笑年当犬，起起何堪岁在龙。泉下故人争恸哭，心头碧血未销熔。吴兴烟草贞魂在，此后凭谁筑斧封。

悟空寺叠韵

古寺何年占好春，遥看冰雪压枝新。可怜冷蕊随风落，愁杀当时叉手人（晚村句：短袖闲叉无事人，悟空寺里看梅花。）。

答如皋见题拙集

苦吟头赚白，残卷血留斑。身系元明后，神游怀葛间。乱云孤树迥，斜日数峰闲。栗里清风在，从君试一攀。

枕上怀旧

忆昨梅初放，春阴柳岸低。片舟奉遗像，矮屋续新题。语水流呜咽，南阳日惨凄。传闻惊堕泪，不寐数荒鸡。

谁作不平鸣，空言订耦耕。后人婴实祸，造物忌虚名。日落云归洞，霜残菊敛英。知几真悔晚，风雨妙山清。

闰端阳

百鬼乘余闰，重凝姤一阴。龙舟渡复戏，鸾镜障仍侵。臂彩犹能续，蒲樽许再斟。穷奇休浪喜，劈脯会披襟。

雄鸡桥

长虹跨水绿阴稠，几度闻名惹别愁[①]。惆怅一声篷底月，年年为客五更头。

此地应无耽睡客，家家起舞急农桑。不知天下何由白，萤火星星绕客航。

问鸡冠花（次韵。）

我生四十鬓双秃，对汝峨冠惭且惊。中秋露凉花底坐，醉看团月西南行。汝能羽化通灵机，问汝何夜天果明。速来入梦报吾晓，莫学人间碌碌雄鸡声。

鸡冠花答

前身我本日中住，日死魂飞白帝惊。命我当秋作花主，灿色变化随五行。君望天晓莫问我，君头有冠天始明。我生不飞不鸣日，安能上天便作哑哑声。

答担斯见怀

废疾当年困，浮名久淡如。树看辞叶后，泉保在山初。烁石虚占历，惊弦懒著书。紫微高卧客，莫负水云居（闻有宣城之行，故阻之。）。

① 《寓〔硖〕（峡）草》本“惹别愁”又作“故逗留”。

即事

宝幢临处旱如蒸，谁说空门法可凭。载道流民饥欲死，国师征米去斋僧。

与曾归自邗沟叠前韵

一旱经千里，闻言背浃如。越中分谷候，淮北试胎初。未下蠲租令，先严考最书。东溟波浪阔，吾欲赁舟居。

次韵答膺若题拙集

不信狂歌处，风涛挟海来。移山宁有力，鸣壑自生哀。薪胆身徒瘁，云霞眼倦开。何时倚长剑，同醉越王台。

湖天海月楼

齐云多景莫能俦，高据东南上上头。曾与老天争晦朔，不随大地共沉浮。八窗洞达烟霞晓，一柱凋残风雨愁。子夜乌啼山鬼啸，半轮寒月堕帘钩。

鹰窠峰

高峰凝睇极东隅，白兔玄乌浴不濡。复旦波臣完赵璧，破昏鲛客献秦珠。阴阳会合开奇境，天地苍凉付病躯。北极野鹰时过此，独看侧目似愁胡。

留云礼

慕迂女许字衍圣公子继汾，女年十二蓄发，孔氏行留云礼。有感作。

女儿艳说留云礼，侬有青云孰与留。宣圣九泉微管叹，中原一发妇人头。

自叹

病身始满又过二，月影同看仅得三。心血不堪熔铁史，人情久已弃蓍簪。忽来笑骂资深省，自历艰危免大惭。稚子篱根春渐长，浮生何用祝多男。

有感

园林非故物，笔墨有微权。晦迹聊同俗，违心忍媚天。好花经泪眼，健句出寒肩。公器惩多取，荒郊结薄缘。

感怀

孤槎飘泊越江东，花隔仙源路不通。遗憾古人冤未白，惊心时序叶初红。十年旅梦添新鬼，四海忘机惜裸虫。欲索解人空顾影，炉寒聊与一樽同。

望海次韵

洪涛遥接混茫天，身在丹岩翠壑巅。日月浮沉虚有窟，沧桑转徙浩无边。鼍更岂复传宫漏，蜃气犹能吐邑廛。旷眼自超尘界外，神游何羡挟飞仙。

别南铭

昂首苍旻近，茫茫有古今。三诗商出处，一字费沉吟。山暖花容暮，江晴柳色深。此生谁剖腹，余爨感知音。

孤掌向谁鸣，峨冠迕裸裎。卜邻赊月色，欹枕负泉声（欲贾山舍建宗祠，不果。）。乌有何人化，青山鉴我情。天南四明在，倚杖看云横。

赋得掬水月在手

考我平生探窟手，今宵波面剖珠寒。直教拗断婆娑树，不放山河颠倒看。

花神庙

开遍凡花非我春，六桥烟柳翠娥颦。使君不读霍光传，虚废脂膏塑美人。

戏作雁字（其一）

仓颉以前先点墨，秦斯而后仅描朱。玉堂鸟迹虫书客，多半纷纷是尔奴。

闰九月十三初度江上作

临江一凝睇，越岫隐苍然。天运余阳九，吾生值闰年。重搜白华什，再废蓼莪篇。老大终虚度，孤鸿入暮烟。

猢狲

承乏聊司爨，报时知小春。聪明终是兽，冠带偶为人。朝四欣沾吻，声三泪浥巾。谁当解绦钥，还尔向西秦。

记梦

梦中来故鬼，头问有无佳。竿木先成谶，零星孰与埋。乱鸦争落日，高树立危崖。一觉余清泪，残灯冷雪斋。

患眼次韵

自嫌黑白太分明，银海朣胧百瘴生。风物不堪供眺览，襟怀谁与叶嘤鸣。市儿逐逐疑群鬼，亭午昏昏是二更。那得金篦凭刮膜，消磨客气到和平。

墨菊

瘦影寒香露一丛，千秋甲子忆陶公。可怜朵朵中央色，化作缁衣是朔风。

九月桃花开

王母原难老，东方岂少年。特于衰谢日，重幻艳阳天。余气都归闰，非时亦秉权。尽他饶点缀，荒径故嫣然。

读白云居士倡和菊花诗次韵

花开幽径客频来，独我芒鞋未破苔。自怪一秋添白发，坐看九有起黄埃。但寻戴笠闲题句，莫遣撑犁更忌才。老子何堪分一席，负他檐雀五更催。

梅花庄（朱先生妻妾媳女六烈殉难处。）

梅花庄上吊贞魂，白骨零星古树根。玉叶金枝谁尽取，半林残雪月黄昏。

和津夫题中州集即用元遗山韵二绝

唱彻单于兴故豪，旄头闪闪月轮高。那知一角残山水，却赛中州夺锦袍。

千古阳春属汉家，何劳羯鼓夜催花。水云两绝中原调，便抵羚羊碎佛牙。

赵孟頫松雪书屋图

翠涛隐隐读书声，云里苍龙静养鳞。莫笑老松曾拜爵，那颜犹胜画松人（夷言“那颜”，华言“官”也。）。

米元章溪山烟雨图

烟峦暗淡有如无，如此江山如此图。展卷为君倾一斗，醉中天地碧模糊。

补和雪渔丙辰冬送别韵

无家等有家，暂去不为去。只愁阴风霾，晨光亦如暮。

又补和古诗三首

月出一庭露，月落千林霜。吾庐在空山，寂寂门掩双。烂柯委樵岭，长竿冻鱼梁。岂无远行志，天地久敛藏。幽谷春自惜，无人兰亦芳。闲闲本吾素，何必十亩桑。

茫茫六合间，出处谁可商。鸡鹜争腐余，自矜鸾与凰。彗星扫天北，紫微绝其芒。畴能保厥躬，一息坤中阳。断后君独劲，手持半段枪。鼓衰战转鏖，义激气自昂。有耻志一雪，岂为名播扬。

乔松何年植，历历在危冈。冰雪久磨锻，梁栋非所望。如何蒲柳姿，偃蹇畏朝霜。吾行岁已暮，发白含忧伤。君子齿方壮，日月安可荒。松根有茯苓，至味涵芬芳。

遁野八绝和何紫云先生韵（录二。）

流水

涓涓不出山，行行自停止。谁能辨泾渭，开辟甲申始。

短篱

槿花傍人红，枝蔓自编续。枯坐待初阳，东望日蒿目。

题画扇

疗疾谁寻七年艾，趋炎惟见五月榴。菖蒲叶暗日不出，葵心旦旦天东头。

自题清夜独立图

孤行一意诗空壮，独立千秋影亦危。夜半寒风吹缟带，扶桑鸡唱是何时。

鲁鼐画白马，气壮而神静，诗以旌之。

如何怯向玉门关，敛取骁腾笔陈间。山海无灵烽火静（一作“靖”。），柳丝风飏四蹄间。

风尘之外见权奇，照夜光寒雪暗吹。老死不经松雪手，免教腾辔狎胡儿。

吊不昧居士

五十余年土一丘，毕生尝胆果何求。犹能为厉难销骨，那肯从人更乞头。谶语兆于竿木集，游魂长在海天楼。可怜无定河边泪，阖户丁男哭不休（居士诗有“闭门甲子书亡国，阖户丁男坐不臣”之句。）。

梦中作

金微塞外一拳石，飞入中华万仞高。多少游僧思结屋，老夫眼不见秋毫。

枕上偶成

病余羸骨感侵寻，辗转中宵思不禁。窗外绿蕉孤客耳，江头红蓼故乡心。天嗔衰老成何事，世隔元明又及今。梦里似闻求旦鸟，声声断续应秋砧。

闰六月

开遍池荷万柄青，凉风北牖几时醒。炎威欲却重蒸暑，火正无关又脱蓂。花木忽忽虚润色，乾坤草草入奇零。王门试问谁停辇，故国山河腐草萤。

题孟頫揩痒马图

时平不用武，雄心痒揩树。似怪画马人，低头拜新主。

读元诗十八绝寄许慕迂

帖木长沙尔独遗，将坛横槊坐论诗。金元信史凭修纂，可识中州是外夷。(其一)

默会渊明千载情，寄奴敢向草中生。渡江短赋何人构，雪翠无瑕一痣黥。(其二)

窈窕新妆过别船，琵琶声里绝哀弦。永嘉江水瘢难洗，歙砚从今不值钱（方回，歙人。）。(其三)

轻割燕云憾石郎，可怜六合入毡囊（郝经句："六合入毡囊。"）。子卿翻作匈奴使，愁向中原夜牧羊。(其四)

平生苦被虚名累，自悔闲题风雨图。藏敕屋梁应谅我，松封原不受秦污。(其五)

烈女居然醮两夫，高谈濂洛饰巾裾。藩篱已决矜堂奥，漫拟南阳署草庐。(其六)

子永矢心坚似石（赵阶自以宋宗室后不仕。），子昂绕指软如绵。想缘画马推神手，滚滚胡尘入暮天。(其七)

不知蛱蝶是何王（虞集诗:"春风蛱蝶是何王。"又有"不须更上亭台望，大不如前洒泪时"之句。），聊复翻飞傍玉堂。双眼空教缝马尾，新亭一望泪千行。(其八)

答失蛮儿偏会吟，寒皋剪舌出娇声。至今人诵嘉禾句，花落莺啼绿满城。(其九)

老冰孤电传雄句（宋无诗："孤电走白日，老冰立秋室。"），雪白遗民绝点尘。宋有宋无凭尔在，茫茫南渡一丝春。(其十)

仁山山下白云赊，闽洛渊源有断槎。义利关头分出处，中华一脉属金华。(其十一)

驼鸣马矢寄愁深，日观蒲萄一再吟（郑元祐诗："祠宫地卧驼鸣鄙，秘殿春扃马矢臊。"）。切齿杨髡江上月，冬青一树碧森森。(其十二)

乐府流传铁笛名，一生妖艳逞风情。鞋杯贻笑闺中彦，不嫁还同妓守贞（贞懿郑氏兄端诗云："可笑枉生杨铁笛，风流何用饮鞋杯。"）。(其十三)

铁崖自是风流种，青出于蓝玉笥生。百首歌行纷涕泪，肯从闺阁斗新声。(其十四)

河阳一叶剩兰荪，恸哭匡山甫十龄。长夜整冠残烛下，待清轩里注麟经。(其十五)

墨池风细漾微澜，清閟阁中秋雨间。人影不留天地迥，自研乌玦画残山。(其十六)

挥尽黄金拥百城，名流满座听弹筝。只今四海稀裙屐，那有豪华顾阿英。(其十七)

兽群不乱逃方外（张雨诗："入山更觅牛羊径，入兽依然不乱群。"），梦里乘船上碧霄（又云："梦乘艇子上青天。"）。瑶国琪花根百尺，王孙芳草自漂摇（又题：赵仲穆兰云："近日国香零落尽，王孙芳草遍天涯。"）。(其十八)

鸳湖书院谒陆稼书先生神主

爱物存心试小刀，乌台谔谔凛霜操。畻城香火迎神宰，灵邑讴歌遍土豪。学术千秋除莠草，蒸尝两庑荐溪毛。如何白壁留遗玷，蒙袂黄泉拜墨涛。

感怀

雷动偏稀雨，斜阳日掩扉。醉乡无醒眼，裸国有深衣。泪向古人滴，杯从独影挥。嗒然三省处，窗隙一蜂飞。

惊蛰前七日雷

谚云："未蛰先蛰，人食犬食。"

馑岁愁占兆，丰隆太逼人（一冬菜不熟。）。龙蛇争动色，蚊虱庆逢辰。帝怒应难忍，时平定有因。但祈三尺雨，断港活穷鳞。

题麟山第一泉次津夫韵

姚江陶汰出清泉，浴日吞星沧海边。分尔一瓢岩菊下，昆刀镌记义熙年。

麋身一角空图画，日夕牛羊水草边。莫怪不祥虚勒字，秦源此日是何年。

答谢雪渔见怀韵

海南天未曙，耿耿少微星。碧草淹三径，青山老一经。文名今岱华，诗法旧仪型。洒泪前年别，双扉为我扃。

夙愿愁难雪，孱躯病日侵。累人成积愤，阅世剩初心。铁匣同年铸，银床百丈深。寸衷都可表，孤月上遥岑。

题画

云林淡写闰黄杨，烟雨何人更墨妆。竹石疏疏风雪后，不禁两度厄洪荒。

乌木烟具改制笔管或曰此用夏变夷之一也戏作二绝

熏心已免儿童玩，辣性犹存笔削严。书学久消烟火气，不劳浓露润毫尖。

举世热中争吐气，谁怜肺病切痌瘝。鼠须那有回天力，老子深心管一斑。

梅花道人墓次韵

河山今又属谁家，野水浮来片片霞。无复剔碑人问字，独留守冢岁寒花。经秋狐免稀营窟，避税儿孙不种茶。一幅生绡谁貌取，苍凉宰木旧栖鸦。

诗画平生老当家，淡描秋水薄烘霞。保全躯干千寻竹，吐出指头三朵花。积愤难消应醉酒，孤魂长醒不禁茶。与君同坐黄杨厄，荒冢频来听暮鸦。

苦雨

碧空也学唐衢哭，弥月经旬泪涌泉。直似九霄闻积秽，要将大地洗诸膻。

和雪渔即事二绝

入兽谁能不乱群，告归养母亦虚文。本非全璧完何贵，早使秦人哭蔺君。

子云投阁缘何事，博得书名莽大夫。地下草玄应顿足，生年悔不及童乌。

除夕立春

鸡年犬岁当交会，腊尾春头暗递迁。半束残诗添祭品，土牛彩燕列芳筵。

和冯养吾见寄六绝（录二。）

老柏空庭抱苦心，雪中枝叶碧森森。夜深天外来孤鹤，听我商声待旦吟。

平生风节企逾垣，南渡遗诗慨宋存。不录铁函犹阙典，墨兰有土井无源。

和冯养吾春草韵

簇簇如针透宿荄，烧痕青处起燃灰。麒麟未忍当途践，牛马无端入塞来。多谢落花蒙绣被，不堪游辙沸黄埃。春深吾欲锄非种，荒冢离离赋七哀。

读屈翁山诗集

一代青莲有后身，风骚差可接波臣。如何尝胆眠薪日，犹作偎红倚玉人。枭獍有儿生齿角，牛羊登垄践麒麟。平生知己将军在，佳话流传万古新。

寄张伦表时客宿迁二首

南渡当年是极边，几人北望涕涟涟。如今一统河流外，回首难寻半壁天。（其一）

钟吾名胜马陵峰，幕客遨游酒盏浓。八十老亲还健饭，家书不遣说龙钟。（其二）

六十初度感怀二首

自笑平头六十人，黑髭照镜费搜寻。汝仇未雪湖空占，此愿难偿病日侵。不为无儿频下泪，何曾有客许知音。只应篱下棱棱菊，扑面风霜伴夜深。

甲子庐中花甲过，连书甲甲与谁盟。频年守兔非良策，不旦闻鸡是恶声。红叶照天含古泪，青山如画隔愁城。比邻祝我期颐寿，扶杖终须见太平。

自元宵后无日不雪至四五尺四首

浙中五尺休惊诧，一丈徐州到屋颠。野老白头谈往事，传闻先帝十三年。（其三）

雪中寄谢雪渔

白描天地空诸有，粉饰山河实大无。为问四明山下叟，钓徒几个汝仇湖。

即事

南邻惊鬼哭，北舍恼牛鸣。独卧关心切，孤檠与泪倾。难言天亦闷，万死力犹争。自笑成何事，颠毛雪数茎。

津夫病目寄怀

世事不堪见，青盲分所宜。情知惟伯苦，甘谢越人医。郑谷夕阳句，卢同月蚀诗。苍苍应自惜，终有复明时。

露筋庙

底事小姑拙，徒为白鸟羞。肉身销一昔，血食定千秋。璧碎光无玷，金熔液不流。吾生亦处子，骨力向沧洲。

一叶竹

冰雪飘零尽，东风向尔吹。乾坤留半个，身世入孤危。龙角雷偏听，鸾翎月倒蓌。厓山闻恸哭，剩得所南枝。

偶感

大雪纵消难洗俗，阳春乍放更收身。山灵有意徒生兽，天老无权转授人。漫逐吴见同笑语，难寻越国旧松筠。思量碧海乘槎去，杳杳蓬壶孰问津。

人日前三日汪豊玉过定泉次舍

癸甲占星两岁交，白芒闪闪射梅梢。群鸟三匝空寻侣，老鹤孤飞久失巢。趣淡无弦聊独抚，夜长残稿付谁钞。多君高谊相存问，直拟鹰窠并结茅。

海决柬徐朗行朱秉均曹昆圃

天怒何由激，狂飙沸海波。生灵幻鱼鳖，膏壤属鼋鼍。不战罹兵惨，无冤聚鬼多。惊心先垄在，几夜泪滂沱。

十万浮骸下，江流带血浓。不仁非白帝，斯狱定苍龙。甲甲频罹厄（甲辰亦海溢。），申申合敛容。吾曹关一体，忍复醉支筇。

扫除胡太酷，芒彗岂虚无。江浙民何罪，燕齐雨亦枯。槐黄忙举子，菊白贶吾徒。且复衔杯坐，桑沧本不殊。

怀谢雪渔

如何一叶落，顿尔化重阴。飓逞移山力，天危蹈海心。雪涣凭砥柱，河伯几沉吟。慰我南云在，遥遥向碧岭。

盲丐

无后遒入狗六街，凭君提唱警淫哇。几行金字当胸挂，犹是高皇圣旨牌。

题赵子昂马揩痒图

怪尔亦技痒，玉关思一出。不似懒主翁，垂头屈奴膝。

答庄大伦

儒门无藉叩玄机，展卷逢君一叹欷。赤日久埋轮欲转，重云未剖剑空飞。不辞苦口充韦佩，何幸虚怀解衲衣。闻道仙舟偕李郭，春风已为扫蓬扉。

寄雪渔诗草

人间无地埋诗草，海上有渔乘雪舟。便拟持竿远相就，千江风月一罾收。

雷塘草

乙丑上扬州府学，先丁一日，谒宣圣像，观习乐。有感二首。

韶舞平生志，东周落日昏。遗经秦鹿后，大礼鲁羊存。卉木犹沾雨，侏俪亦戴恩。低徊增涕泗，寥廓此乾坤。

精爽诸贤在，煌煌两庑垂。牲牷留盛典，鼗磬有余悲。大道从埋棘，良知俨树碑（明伦堂石刻“良知心箴”。）。寒风虚一座（杨园先生有《寒风伫立图》。），后世属伊谁。

邑征甥游白下归述孝陵采石雨花诸胜有感作三首

拜陵有约俄泉下（芬佩约拜孝陵，不果。），听说秦淮兴忽飞。山老鸡鸣常不旦，矶荒燕子定何归。虚堂落日瞻遗像，寝庙寒风动故帏。王气只今留几许，长江天堑雨霏微。

寄君双眼凭宵梦，恍似三山望晓暾。柳色青青江总宅，蛙声阁阁谢公墩（王安石有诗“与公争墩”。）。壮怀磊落辜游艇，老泪淋漓滞酒樽。牛首何时书挂角，竹篙真泊定淮门。

往迹销沉指顾间，六朝山色雾中看。胭脂井畔苔如绣，桃叶渡头春已阑。寂寂傍人花自笑，劳劳送客月无端。因君惆怅哦长律，头白邗江瘦影单。

蕃厘观

凄凉古观晚鸦喧，寥落乾坤春又阑。有一可儿星辄陨，无双亭子月谁看。名都尚以名花重，绝种方知绝色难。一瓣不从沙漠折，胡雏此日胆应（一作“犹”）寒。（赵炎诗：“他年我若修花史，合传琼花烈女中。”）

读十日记

乙酉四月，广陵屠城十日。

一将功成万鬼嗟，竹西歌吹换胡笳。豪华公子金难赎，端丽佳人玉有瑕。大索那能禁十日，两城多只剩三家。最怜阖户潜名者，烈火光中现宝花。

题缪壮关公像二首

岂独威名震七军，隆中丞相羡超群。褒诛端赖《春秋》在，统系原从正闰分。一体华夷崇古庙，千年莽操拜孤坟。英雄原不关成败，留取丹心奉大君。

三国多材髯绝伦，数奇鼎足未酬勋。大哥白帝挥残泪，壮士青龙吐怪云。炎汉力扶心炯炯，长江不尽水沄沄。空余神采丹青在，天半朱霞照夕曛。

题沈灏柏子潭图（名山图之一。）

高祖濯缨地，童童古树阴。乔枝经凤宿，深壑有龙吟。亡国谁沾涕，孤臣不朽心。可怜图画里，千载碧萧森。

题赵子昂马

昂头非故主，龁草识新春。厩吏思频刷，胡儿忆绝尘。看来真是兽，何处不如人。笑杀龚夫子，无床画隐驎。

题沈灏画钱塘潮汐

恍坐浮屠顶，何人笔阵雄。晴冬雷卷日，伏暑雪翻风。信忽渝三夕，恩真负两宫。千秋不平事，怪尔怒号空。

题倪高士画

阁中清閟享清名，阁下清波绝点尘。一洁顿教诸秽净，九州刚剩画山人。

万寿菊（讥刘裕也。）

岂是东篱种，公然冒雅名。无疆虚颂祷，有腼窃光荣。扑鼻余膻气，和身假蜡成。黄袍易容着，甲子属渊明。

黄杨

终岁郁青青，严霜叶肯零？怪他天健忘，幸我木长醒。同厄皆兄弟，移根入晦冥（移植必阴，夜无一星。）。瓦盆余土净，檐雨避龙腥。

得胜山

培塿争传得胜名，咸平遗烈未销沉。阵云尚压蛮王阜，兵气遥连皂角林。木理分明天下赵，箭锋剥落土中金。江山此日空凭吊，冷月酸风急暮砧。

题赵子昂桃源图

一寸墨池雨，中函太古春。避秦花自笑，偏遇帝秦人。

题兰

谷幽趣转饶，墨淡香愈赊。临风忽洒涕，忆我无土花。

题睡竹陈撰画

果是吾家种，华山梦里春。疏疏三五叶，亦足扫胡尘。

旌忠寺

即昭明文选楼，宋隆兴间改祀鄂忠武王，咸淳间赐今名。

一缕招提宝篆香，咸淳赐额炯斜阳。掌中石虎为鸥鸟，眼底铜驼属犬羊。庭桧隔宵雷斧赤，墓松入梦月痕苍。白头阶下踉跄拜，苦忆黄龙涕洒裳。

梅花岭（史阁部葬衣冠处。）

梅花岭头风雪寒，梅花岭下古衣冠。根蟠曲铁孤香死，枝折遗黎老泪酸。十日封刀人影绝，九州岛传檄鹊声欢。只应地下张司马，一恸披襟把剑看。

文丞相祠二首

丞相祠堂秋草黄，谁从祠下奠椒浆。霜寒门楔啼乌鹊，日暮碑趺卧犬羊。一恸西台人爽约（汪梅津尝约登西台，不果。），再赓玉带墨分香（余尝和张玉笥《玉带歌》，昨写《品砚图》，又成一律。）。零丁惶恐吾生是，庄诵遗编涕几行。

漫劳生祭辜良友，徒死何难别有心。《正气歌》传人怒发，《指南集》在客悲吟。多方炼石天仍阙，一索悬江鼎未沉。肯作黄冠寒乞语，千秋青史待知音。

题王阮亭精华录

而翁汉室沾恩渥（王象晋任扬州兵备副使，阮亭祖也。），不道吾孙改事曹。风雅还须征节概，精华原只属皮毛。

由拳怀古

名自秦王语不经，赖他烟雨润莎汀。冷侧萧洒亭松净，苏小风怀墓草青。长水清流空毓秀，一城碧血耻沾腥。莫言槜李无遗种，野史他年定勒铭。

吊史相国

东南半壁势如倾，海角潮回带咽声。帝历已终天大醉，臣心可白月空明。中流有柱金焦在，北顾无人涕泗横。一将投江歼万姓，屠城差胜受降城。

双忠祠（李庭芝、姜才。）

并坐长宵月影斜，荒祠风起振胡沙。丹心邗水明金甲，泪眼瓜洲断翠华。阿术无烦招浦子，谢翱空自泣琼花（谢翱《后琼花引》:"谁其死者李与姜。"）。无端丞相真州逐，遗憾重泉起叹嗟。

盘古冢（山上有庙，塑披发像。）

乾坤草创有孤坟，三尺巍峨万祀存。第一牛眠推鼻祖，无穷马鬣启云孙。后王俎豆从祧例，中土冠裳昧醴源。我欲改装披发像，不教辛有泣黄昏。

芜城怀古

白马江涛洒泪多，我来凭吊日婆娑。几经屠掠成空谷，发尽英华少故柯。盘古冢高云混沌，禹王庙下雨滂沱。广陵散绝吾能续，不返宫音可奈何。

闲中倾尽木瓜醅，扼腕千秋醉眼开。十里晋云安石埭，半轮汉月孔融台。谁家袅娜堤前柳，何代衣冠岭上梅。豪客莫耽长夜饮，玉箫声里有余哀。

杂感寄雪渔（录一。）

狻猊力猛终胡兽，吉了声清是汉禽。这个机关参未破，强名诗史亦哇淫。

答杨朗山四绝（录二。）

铁函重订伤心稿，琪树难开断种花。天与老夫征道力，故教冷眼看繁花。

八十龙钟白发亲，孤儿色养实艰辛。我无儿息兼无母，慈竹阴阴露滴晨。

大江

大江澄一碧，天半浴星高。积愿成飘荡，沈疴自抑搔。何人嗔紫色，剩我湿青袍。三老蒙关念，瓜州问浊醪。

发

飘飘何所系，种种不胜簪。穷海无余血，孤臣惜短心。欲梳惊雪落，不薙转愁侵。世事冲冠处，逢醪且数斟。（扬州剩肆金字碑书“圣朝乐事”。）

见白眉自慨

把镜惊催老，微毫乍染霜。耻从禽里画，谬说马中良。欲镊憎儿子，频添藐辈行。何时真吐气，加额拜朝阳。

三月朔日食

伐鼓人谁救，挥戈景已西。长歌腹中在，未敢入诗题。

雾

百邪谁酝酿，三日坐空蒙。莫怪天悭雨，吾忧海息风。谗人来帝侧，殊色在宫中。惟有南山豹，衣毛喜渐丰。

草书二首

每逢兴到凌颠素，衫袖淋漓云裹身。苦嗜擘窠惭片语，龙蛇一扫靖胡尘。（明李玮草书云：“如何化作龙蛇阵，一扫胡尘万里空。”）

不妨忠鲠连呼贼，慎莫仓皇转问甥。凤峙鸾停鸣足足，鹦哥底事逞娇声。

寄金方行

频来木榻枕书眠，茅屋三间杞国天。败壁龙蛇歌哭地，荒村鸡犬太平年。缺瓶希供花无树，坦砚生坳子卖田（方行书云:“年年书卖契，凸砚已成凹。”）。尚有五棺浮薄土，何人江上麦装船。

黄一峰读余芜城怀古诗见寄二律次韵

凭吊无端慨以慷，平生嫉恶有刚肠。心悬白日忠魂皎，剑蚀重泉侠骨香。岂为诗篇供跌宕，由来关切是伦常。知君爱我应藏拙，说项休从万口扬。

缩手名场老懦夫，鬓边黑发一星无。早输霸越金犹铸，敢翊降曹壁不污？引领隔江峰影绝，侧身长夜日轮孤。何由急唤乌篷去，也写仇湖钓雪图。

方巾箱寄方行内兄

曾贮先朝垫角巾，余鬃零落半成尘。塾儿游戏藏书砚，蚕妇支吾给组紃。原野徒闻披发者，英雄并绝溺冠人。高曾手泽谁沾涕，一顶茅蒲去柞薪（三内侄俱力农矣。）。

朱文公砚三首（腹镌“淳熙乙未四月晦庵所藏”。）

剥落淳熙物，摩挲徽国余。墨融三代髓，泉汇百川渠。纲目存华统，封章动帝除。匡山久沦汩，片石此璠玙。

偶注参同契，支床息尚存。不令山骨朽，犹与月光吞。泗水波遥润，金溪浪敢奔。如何随柱础，逢雨涕沾痕。

尚有中原在，舆图不隶元。楚骚清夜驿，孔壁死灰温。刮垢勤遗老，蒙尘泣至尊。平平方寸地，谁与蹑天根。

诸生呈满汉诗经授句读有感口占二绝

佛头不觉二南污，雅颂争看鸟迹涂。试问鲁斋蒙课日，丹铅有本印行无。

年过五旬方学语，胸罗万卷不知书（此郑梁句言：“入玉堂后习满语。”满字也。）。自应早作飞腾计，鉴沼开池种婢鱼。

白马寺

白马寺主将作匠，营造宫中据方丈。直臣求礼太无礼，一奏留中犯君上。逆鳞批龙龙不知，龙怒自有降龙师。降龙师，尔何能。千年老衣钵，但问嘛喇僧。

漫作

七尺茫何着，乾坤一赘疣。麒麟方在野，霄汉有牵牛。刎颈惟交砚，盟心是狎鸥。瞿然惊愧处，高笋过墙头。

当湖吴友镌上帝逐臣章见赠有感六章

偶然摹旧谱，不觉感衰翁。秃顶婴何罪，批鳞撼九重。沉冤关白屋，大木为青宫。望阙呼号处，阴阴彻颢穹。

获谴原非小，恩波似海宽。难容足置腹，鲁奏履加冠。主德应无玷，臣心实未安。麟经关系重，不敢旷言官。

帝曰宥之再，人言不待三。自嫌书好酷，应坐墨为贪。（余有墨癖。）九死投荒裔，余生判岭南。髡钳随老衲，松下结茅庵。

狱成安敢辨，万里亦何辞。曾是莫须有，真成不可为。马生何日角，羝乳甚时儿。旄节凋零尽，胡笳雪里吹。

赐玦安吾兮，攀裾岂好名。五湖澜莫障，一木厦思撑。官竖工媒孽，天王本圣明。章台终悔悟，抱石亦如生。

包胥声惨裂，贾傅涕潺湲。事更大于此，臣当罄一言。鱼龙殊下界，虎豹隔重门。身后阵遗表，幽泉枉断魂。

幽湖双贤桥（宋濂、杨惟祺祯。）

一妓从良一妓羞，包羞不洗十年莸。金山娘子蕲王鼓，犹有声名震碧流。

孝陵瓜

蒲鸽皮青着手粘，高齐三伏为掀髯。好从郑烛除心热，不待兰香合口甜。产自帝陵犀粲粲，憾余亡国血纤纤。青门遗种谁收拾，愁煞黄台蔓已歼。

净土庵

茅庵题额感吾生，修竹阴阴白版扃。一片赵家寻不得，空门来注十空经。

闰三月

忽惊春去如亡国，又说星回等中兴。桃李欣欣私雨露，平山酒价一时增。

百年天地扫奇材，一月风光又斩新。雪后黄杨心一寸，南枝终不面西秦。

柬郝甥一真（有序。）

甥云："吾乡一剃肆联云：'敢曰毁伤非孝，姑云承顺为忠。'却不如扬州望子直书'圣朝乐事'为简捷也。"

当时蓬首泪如潮，此日黔黎颂圣朝。金字辉煌天乍霁，夕阳犹是向人骄。

直书不讳春秋笔，微旨难传风雅心。试遣黄童题属对，直令白首泪交淋（童对有云："中国奇冤，上帝肉刑。"颇佳。）。

五言中集续梦中句天地一蛛丝寄雪渔二首

山河归蚁垤，天地一蛛丝。髡发居然我，披心更有谁。

梦涉三江远，书邮百驿艰。耳聋中夜雨，响绝大刀环。

忆旧

滑稽误学东方朔，占断便宜博笑欢。生日若逢温吏部，扳筋伤膊定铨官。（宋鲁培楷）

建祠方按文公礼，主椟初髹粉未书。一病九原三太息，绿头野鸭占红渠。（潘起涛瀚）

力学十年炊石臼，有儿把竿遣余年。如何一朵残花瓣，吹上蛛丝袅暮烟。（谢敬修衡）

平生子在回何敢，此日师门更有谁。一本寒村后凋木，南天黯黯伏君支。（严赓臣鸿逵）

菜畦写照月苍茫，尾孔箫声永断肠。结果一门忠义鬼，千秋风雨吊南阳。（吕无隐黄中）

横山一个冬青树，上有慈乌夜夜啼。啼罢血痕青草上，开花衔作燕巢泥（在〔硖〕（峡）许氏斋中共坐，慨然曰："此天地间正气祸福，听之而已。"）。（陈祖陶世基）

竹垞集里周青士，满幅潇湘淡写云。多事阿翁勤拜谒，琴台遗憾卓文君。（潘武侯亮）

读史七言中集寄谢雪渔（五十六首。）

镬面三头征烈士，函中一首献仇王。骚人此日歌犹泣，太史当年慨以慷。

看竹拟更扶手杖，对菱苦少种牙方。江山如此吾将去，风月虽佳夜太长。

了不参禅衣似衲，欲何所缚带如绳。肯因事怪频书咄，别有悲填忽拊膺。

安鼻换头羞入梦，补天填海苦萦怀。诗魂不逐腥风去，侠骨难寻净土埋。

变雅一生饶愤激，离骚两地各沉吟。披襟久拟承君泪，剖肋何时纳我心。

三痴并走何其众，两瞽相扶各自迷。雁字遥天轻着墨，虫吟永夜冷敲诗。

无复帝羓从北载，岂徒蛮语化南陬。眯人野马三千界，作俑庐龙十六州。

眩利碧蕉寻覆鹿，恋官红袖泣前鱼。桃开野径徒迷眼，菊满深秋有敝庐。

甚事不因忙后错，何言敢学醉时狂。卅年未判人禽界，五夜重参死活方。

杀草霜浓应久耐，过云雨密不多时。那知天学希夷睡，定遣人如济叔痴。

夷甫讳钱防口污，阿师置帽为头闲。风流玄悟三乘澈，胡粤氐羌一室间。

随身锸在终非达，入核锥深亦太悭。不惠不夷何者是，亦儒亦释介其间。

獬廌几时随处产，鸲鹒那得广为羞。好携藤杖来溪口，独领松风枕石头。

寸管激昂三代直，一生游惰大元民。欢呼震地何关我，号泣扪天不为亲。

眼当穿处窗间虱，手到熟时钱孔油。蝙蝠竟能争昼夜，蟪蛄偏自富春秋。

兴取尽时王访戴，泣何能反尹逢邢。廌青山下罗全史，东白楼头醉六经。

杜老丐丝聊蔽体，陶公乞食且充饥。由来重死称贤者，不为偷生学乳儿。

蜂王蜜尽甘同死，蜀帝春残苦劝归。外膳一般厨五鼎，客床布被妾罗帏。

啮指同名疑孝子，扪心伐国问仁人。经书强授空饶舌，邸报愁看是沸唇。

五噫梁子犹含怒，一笑常山竟谪居。蛛纲垂天能食象，莺花满地且浮蛆。

藕丝忍断莲心苦，笋节先含竹格高。名教由来关夏鼎，诗文原不值秋毫。

旁若无人浑是虱，刃当游处有何牛。探汤不得宁抛手，戴履谁甘拼秃头。

夷狄合分三等律（春秋所攘之夷狄，五〔胡〕（湖）乱华之夷狄，胡元一统之夷狄。），春秋别例一条严。小儒肉眼从谁判，老子婆心特地拈。

骨苍顾影存真我，色喜凭空见似人。独展缥缃当夜午，自研椒桂味余辛。

国主肇基兄唤日，人奴得梦夜为君。稗官苦纪黄杨月，太史欣书苍狗云。

烟花不访真娘墓，风浪曾经妒妇津。纳室醵钱原仅事，生儿借婢更何人。

事去老成徒激烈，罂虚陛下是孤寒。徙薪不悔焦头客，挝鼓无闻旷耳官。

水激枉寻桃叶渡，囊羞空指杏花村。风姨竹乱愁繁响，月姊秋深黯断魂。

孟辞十万还廋履，许让天王乃窃冠。俗论悠悠山隔雾，臣心炯炯月浮澜。

九儒底事居娼下，十等还怜列丐前。混沌谱中聊占籍，僬侥国里俨登仙。

毛义贪官方合义，沈忠弑主却全忠。此间裁酌〔原〕（元）无我，莫溷经权误乃公。

嫩雨乍晴蟾洗魄，暗风旋转雁梳云。可人江浴远峰翠，良夜炉涵沉水熏。

可惜四民成虺蜴，何辜九有受髡钳。深山或有桃花艳，短棹来尝竹叶甜。

蛾眉班里妖娆婢，玉笋行中婉娈童。唐主好优应善谑，汉〔廷〕（庭）尚少不论功。

百年长似三更静，四海都归一梦中。独抱遗编双鬓白，自看孤剑烛花红。

闷宫禘祭推狼鹿，玉牒天潢聚犬羊。修纂是谁迁与固，总裁传说宋兼王。

七谏七哀徒婉转，九怀九叹枉酸辛。卿真天壤孤高士，仆本牢骚一憾人。

石坠万斤蛇啮索，旨骑瞎马夜临池。设身处地吾何似，泼胆弥天尔合疑。

本无人缚呼谁解，不得天怜有我知。剩取一腔包热血，与他三洗活行尸。

三千赤郭朝吞鬼，二八玄狐夜媚人。无复冠裳存古制，独余风月纵闲身。

鸣鸟不闻徒燕雀，豺狼当道问狐狸。缨冠同室何能救，稽首幽魂请默思。

习射不曾教啮镝，参禅难学是吞针。可知亏篑非关力，犹疑磨砖自照心。

贫不可医由自取，老知难免太相催。烧残永夜三条烛，拨转寒炉一寸灰。

笑他鹿豕尝团聚，纵我烟峦快独登。本是两间陪影客，譬如一个打包僧。

神道鬼谋饶变相，前生来世吓愚儿。东窗事发冤曾雪，中土波沉悔总迟。

朝廷官爵归私白，草野风骚学小青。赵老墓间生五子，寿王宫里拆双星。

肺腑能言医欲哭，山川解语葬师饥。两间真诀谁探奥，小子庸才莫浪窥。

哀当侫处妻潜哭，谄太甚时足吐香。今古俗情元不远，炎凉世态本堪伤。

帝不帝秦由断义，天能天我实伤仁。可怜当代无辜士，徒兴前朝作罪人。

草标风雪蒲葵扇，陆地沉沙欸乃歌。徒骇见闻资讪谑，有谁关切与摩挲。

宝轸不弦音在指，玉卮无当醉于心。颇惭琢句微伤巧，不及前贤放淡吟。

忧时饥溺存奢愿，骂世文章具苦心。通国病狂谁解语，千秋痂癖有知音。

有义气人无意气，极钟情者解忘情。林间软语幽禽坐，天外修眉淡月横。

收罗俊杰三乘法，束缚英雄八股文。果俊杰宁归象外，真英雄肯入羊群。

皇天以我为孤注，野鬼疑公是愤兵。岂识太空云顶上，共扶皓魄雪中行。

天亦伤心徒自苦，我曾呕血与谁盟。一编留与名山藏，片石难消古剑痕。

寄周简庵

同庚吾独病，病剧死为邻。人鬼中分界，华夷判一身。穷愁婴世厄，枝叶丧天真（简庵尝见规枝叶太繁书。）。欲究西铭旨，来寻索饮醇。

太极书院

真宰谁云命独屯，生来太极庆逢辰。赤狐拜月传香火，苍狗为云酿瑞春。九族忍仇恬讲席，大元隆礼冠儒臣。古今开泰纯坤卦，问着包牺涕满巾。

赤笠

风吹黼哻化为烟，泼眼人头血色鲜。国俗恬熙归女直，朝仪端肃拜狐仙。百年无恙长遮日，四海何心共戴天。丞相可怜遗溺在，老夫中夜涕潺湲。

人日

濮水梦中波渺渺，广陵此日鼓阗阗。马牛景运居人上，鸡犬瀛洲占我先。道远草堂诗莫寄，春间彩胜客谁传。何人海内寻真种，半个苍凉倚暮天。

答雪渔见怀

雪霁阳犹靳，灯昏惨不眠。鼓喧城下腊，裘敝客中年。劲气骄胡马，深情拜蜀鹃。白头宫娅在，妩媚得君怜。

半活二首

半活残骸赋解嘲，夜深只恐化山魈。玉门生入非中土，银阙重瞻是北朝。芒屩乍穿容蹩躠，葛衫偏袒且逍遥。少微欲落还腾耀，求死君休讽老樵。

副车一击误良椎，发短心长悔莫追。生怕燕云终宋世，正余陵律没胡儿。右师虽偾中权在，全局犹争半子亏。六尺藤床眠不稳，睡方且复问希夷。

和雪渔薙发

四民九有孰分支，任尔深山法亦罹。老子无多思托钵，山妻何幸不为尼。残冬烦恼除应快，六月清凉泽普施。恸哭最怜晞发者，夕阳微雪向风吹。

梦中作

最繁华处悲萧飒，极太平时抵乱离。此景语谁谁解得，夜长都在熟眠时。

承天寺

佛日封函旧，荥阳托鲋鱼。十空声默诵，九砺血无余。铁铸班班史，波沉久久书。银床重照月，为我证如如。

头眩

忽惊胡旋舞，不觉海槎翻。开眼碧花乱，当窗赤日昏。乾坤应定位，水火欲归根。无藉祈灵药，澄心道或存。

赋得世间人尽睡二首

造物昏昏欲冥形，频添瑞叶十三蓂。泼寒游戏供酣醉，羶食喧呼饱腐腥。日出放牛归莽国，梦回仪凤在虞廷。雪渔枯坐菰缗立（余别号“菰缗”。），四海苍茫两独醒。

春秋作枕浑无觉，纲目糊窗了不闻。万事模糊冠当履，毕生快活仆为君。天酣地醉三竿日，物尽人消一片云。尚有客星眠不稳，自炊苦茗拨炉熏。

读扬州艺文志杂诗十八首（录六。）

续成后汉郝先生（郝经续《后汉书》一百三十卷。），纲目森森更阐明。谁繄大元通好使，手中旄节落胡缨（“胡缨”借用。）。（其一）

安定春秋大义存（《春秋要义》二十卷。），二斋遗迹委荆榛。到今书院为文薮，赤笠诸生讲狩麟。（其二）

中兴残卷《登科记》（宋张汝撰。），遗老翻来涕泗零。名宦乡贤蒙古续，青虫类我是螟蛉。（其六）

凄风苦雨文丞相，一卷骚经是纪行（文山有《指南录》一卷。）。手怕指南心拱北，赵家有复许家衡。

观史一斑斑见否（凌相。），古今学要要何存（愧继律。）。草庐羽翼留经传，谁道姬姜是再婚。（十三）

阮亭也吊梅花岭（有《梅花岭怀古》七律。），更有梅村百感生（吴《扬州四律》首句云“野哭江村百感生”。）。高调纵堪追李杜，胡笳吹彻受降城。（十五）

新帐二首（录一。）

有道谁言守四夷，中原此日一嗟咨。薄罗那得关他住，转眼风霜得几时。（其二）

发诸陵

陈之达入相后，奏发诸帝陵以绝其王气，坐是贬斥。噫！此中土之所以剪为龙荒也，于之人何诛？

杨琏真伽不曾发，帝羓媚我中国主，尔负国恩乃如许。天乎生此兽，天为气数拘，天不自主兽何诛。两间有此疏，发与不发理何殊？千载诸陵泣风雨，臣诗便当冬青树。

厓山

五国城头晓角吹，梅花落处笛声悲。不妨臣主同歼此，聊为徽钦一洗之。得失小儿始虏笑，艰危诸将厄秦时。金源奸谍南朝相，千古忠魂哭向谁。

和许君秀州百咏得九绝句（录二。）

陆宣公旧宅

旧宅凄凉遗泽在，煌煌奏疏足千秋。裔孙合配宣尼坐，辫发朱缨侍冕旒（稼书先生）。（其五）

鸳鸯湖

儒雅风流老侍郎（曹溶），如何别嫁野鸳鸯。至今湖水经秋涨，羞妇亭前咽夕阳。（其七）

九月十三初度用乙丑年韵

万里孤行迫暮天，一回搔首一茫然。到头不朽无多事，屈指余生又一年。或有飞来应再捷，孰云轲死竟谁传。劬劳未报犹悬拟，长夜云开月复圆。

戏题冯养吾谪仙行后（行为屈翁山作。）

天与仙才命独悭，夜郎犹属旧乡关。不堪重谪人间世，灵武黄袍是禄山。

题赵大年四皓归图

老伴秦天醉，还看汉月昏。那堪随吕雉，归劚紫芝根。

寄雪渔杂感七首（集《千字文》）（录四。）

夜雨鸣深竹，临秋怀谢公。所南兰谷下，陶令菊田东。长啸乘孤兴，亡经续十空。此生余短发，珍重闰年中。（其二）

悲哉文信国，往迹落真州。风去云西逐，龙潜水北流。八千怀子弟，忠孝仰绥猷。我亦同心者，徘徊感道周。（其三）

甲兵驰鸟道，中土等戎羌。荒岁人为饭，饥乡草是粮。帝心存野史，臣意属东皇。农务真经济，荣阴慎剪棠。（其五）

鸡鸣宁不切，求旦力难任。有幸生华夏，何方远兽禽。青桐当井立，白日见天心。左笔钟王体，碑铭入木深。（其六）

问病寄雪渔子二绝

闻说良方褪管难，我缘微管却长叹。不妨外惧留微（细也。）管，少写蝇头努力餐。

竹窗羽化管夫人，蕉雨凄清月二更。却愧铁函虫铸处，耗卿心血到天明。

题赵子昂文姬归汉国

前身文敏是文姬，三匣亡书口诵之。不遇阿瞒谁赎我，风流绝代判华夷。

咏史

小楼柴市三年卧，大海厓山十万尸。正是鲁斋名就日，九京含笑拜先师。

可笑河东坐井中，紫阳之后一人崇。考亭地下椎膺处，纲目新编续犬戎。

五渐三无空上疏，断幺绝六又喧传。可怜佞史书天命，早在神宗戊午年。

题张岵瞻先生遗照

自居关盼盼（先生弃诸生时，作《关盼盼》三绝自况。），骨瘦挺霜筠。燕子楼头月，桃花洞口人。窖披双鬓雪，堂揭二铭新。衣钵今谁继，寒风写幅巾。

枕上（中集。）

半身不遂宋南渡，五字能工杜北征。呼吸有人通帝座，云霾为我揭天明。

三月三日雪

无端忽下重三雪，有恨难消九十春。人说岱封多瑞霭，天怜苏窖有遗民。

题姚蛰庵先生遗照

破帽宽袍赖有公，一编太极细磨砻。九原额手差堪慰，粗立藩篱是跛翁。（先生著《困学编》，首阐无极、太极。）

题吴克轩先生遗照

此云飞云风流尽，大雪孤梅瘦影存。九十九峰环向处，湖天黯淡月黄昏。

梦中作寄雪渔

老渔沉海滨，野牧傍江津。天地私贫我，山河官借人。旭高宁是旦，梅绽岂为春。冬夜绵绵坐，千秋实苦辛。

吊华吏部（允诚）**墓**

身是华荣后，先朝荷国恩。断头完故我，一发是中原。父老伤遗旨，风雷与雪冤。丹青谁勒传，跛叟涕潺湲。

当年

当年留发不留头，此日头因发不留。覆手棋儿天会着，应心骰子我先投。阴阳消长看山月，祸福机关泛水沤。任汝澜翻花乱坠，撑肠万古是春秋。

玉圭

长七寸，阔三寸许，厚四分，杨园先生所藏。身后，孙病笃，出以售，幽湖无识者，今不知归何所矣。

法物先贤守，风尘识者稀。虹光当袖出，日影在天非。比德原温润，蒙休痛式微。中华颁五瑞，遗集远流辉。

书解缙夏原吉人影诗后

松柏之心竹箭筠，客星处子岁寒身。别船重抱琵琶妇，画影虽工不似人。

刘让木寄衣冠禽兽图

丹青貌兽群，短赞集千文（让木有《集千文赞》。）。世上垂明鉴，人间广异闻。彼哉宁足责，此物又何云。更有伤心者，伦常逸典坟。

杂感寄雪渔中截二十二首（录四。）

女国男儿湖海气，中原处子客星人。未亡两夜无妖梦，不娶丁年岂乱伦。（其十二）

私谥门生推节孝，徇情内子颂孚恭。岂知冰雪熬长夜，不是寻常过大冬。（其十三）

酒瓮饭囊三老位，醉生梦死四朝人。无端开衅伤糜烂，坐守坚硐实苦辛。（其十四）

人满气骄悲世运，数过时可卜天心（由明而来几百年，以其数则过矣，以其时考之则可矣。）。不堪老态频看剑，未化雄心更抚琴。（其十九）

寄题许鲁斋墓

生来妩媚傍胡沙，隔断南龙汉月赊。列国传奇充姆教，大家箴好训宫娃。当熊何负金人铸，赐蛤长留玉臂砂。青冢不啼秦吉了，年年风雨泣哀笳。

寄题徐州闵子墓

第一四科居第二，圣门千古乐英才。不臣犬彘宗山斗，绝响牛羊犯草莱。无愧芦花风里簸，多情汶水墓前回。只今长府营膏血，饥鸟哀啼上券台。

金磾香

汉金日磾入侍，欲衣服芳洁，变灭胡虏之气，自掣佩香，号为金磾香。

生长祈连下，何缘备汉宫。每怜瞻圣日，长恐触膻风。容臭聊充佩，名香小作筒。天恩宽似海，郁郁表微忠。

临终诗

面如梨冻发如丝，半个残身大厦支。齿德那堪为众父，颠连何以拯群黎。魂归吉了啼孤树，血化苌弘产异芝。犹子不忘香一瓣，告翁家祭是何时。

别谢雪渔

遗文一卷拜先生，蕉影鸺鹠夜唤人。井底两心相印处，雪中孤月对吟身。乍歌乍哭山河异，独往独来天地春。身死次之吾有事，欲言神已化尻轮。

别金方行

七载托根篱下菊，年年相对哭冬青。岁寒楼上遗经在，盟月舠前厉鬼灵。有憾为裁蒙翣布，无惭须赠盖棺钉。从今遁野梅花下，一鹤孤飞是客星。

别许慕迂（此编在《别钮驾山》之前。）

预知死日意闲闲，容易抛家别友难。得甚益来磨作玉，有何将去臭如兰。立碑不请原无福，题额应叨莫署官。周粟不教充饥含，首阳薇在奠朝餐。

别钮驾山

敬为杨园一瓣香，梅泾乌戍本同乡。每论出处非歧见，正为君臣是大纲。语水雪残风淅淅，当湖云障月荒荒。齐州九点人烟黑，泉路回头涕洒裳。

寄杨朗山

可有尧年埋骨处，清香一炷奏吴歈。魂归地下安宁否，为报安宁已伏诛。

别王天章

封狼居胥忽侵寻，避世东方亦典刑。扪虱无人知正朔，荐豚有腊慰先灵。死生不信花飘眼，穷达何关鸟褪翎。回忆希文门下士，山颓宿草廿年青。

别王受明

定泉风急雨来时，鬼火当阶点点吹。一呼吸间吾去矣，再沉吟处孰留之。便拚粉骨仇难雪，说甚全归发已亏。真语君前瞒不过，知心嘿诵九言诗。

别杨朗山

金阊咫尺水南回，遗嘱殷殷拟结龛。流寓诗同书风岫，老人家本寄龙潭。有关名节千言少，无补纲常百岁惭。杨意不逢休扼腕，冠裳裸国是奇男。

别天二首（录一。）

尺五苍苍听实卑，逐臣万拜伏丹墀。问谁不共频搔首，答我何言费捻髭。虮虱那能为争子，犬羊自古倚骄儿。五更默鉴焚香告，泪尽残魂气一丝。（其一）

其二（第五句）

坐井而观心铸铁。

别地（第五句）

干净赵家寻不得。

别日

两小儿言总不稽，麾戈难挽夕阳西。违时空吠生前犬，破晓谁听死后鸡。夸父逐来歼半道，黄童捧出哄群黎。如今疾走真逃影，任汝炎炎宠白题。

别星

山名浪窃俨披裘，六十余年狎海鸥。椎摄帝垣三太极，不终臣节五诸侯。挽枪逞焰临燕分，奎璧无光廑杞尤。哭哭可怜随泣泣，有谁炼石补南陬。

别风

飘零笑我果谁依，行止都凭十八姨。岂独飞廉真酷烈，便逢少女亦凄其。昆阳吹瓦知何日，替戾摇铃是甚时。多谢南箕邀羽客，九霄扶送到咸池。

别江山

千古登临叹逝波，净于罗谷翠于螺。不堪如此还如此，休说奈何真奈何。带砺分封情反复，战和两局涕滂沱。鄂王见我长吁起，南渡君臣一欠呵。

别海

敢论溟渤跨楼船，咫尺迷茫百里烟。白浪到头吾国邑，紫云对面是湖天（吾乡对澉湖，即紫云先生湖天海月楼。）。西山石尽怜精卫，东蹈风高愧鲁连。无力扬波人惫矣，几时看尔幻桑田。

别云

伤心是尔障高空，匹皂遮天日不红。苍狗浪占天子气，赤乌都逐大王风。思亲吾但瞻南峤，克敌谁当殄北戎。顿首屏翳归故垄，山中怡悦伴陶翁。

别墓

石楠树顶雪隆冬，烟雾苍苍百本松。自昔穴蟠如卧虎，不知鼎革转何龙。地灵未必天心应，儿罪安知祖德浓。恸哭江干香一握，吴云已散越云封。

别砚

白虹已断黄龙杳，半眼空存四海倾（余向有蕉海、幻海、马槽海、无极海四砚。）。惟有井田安土著，尚围玉带跂天明。

别儿

假寐时时见古心，紫阳以上日高升。如何纲目寒檠底，当座狐狸展毻毸。

别铜人

逆行曾正周天度，广幅空量汉地盘。侬是天孙工制锦，论材不放一丝宽。

别箸

灰芋且凭闲处拨，米山谁与借而筹。纷纷北狗都衔尽，鹿肉香醪肯浪求。

次韵东俞千里潘烛微

一榻双山下德星，塔颠遥望古梅汀。知君亦复怀乡国，梦绕盐官晚岫青。

窥管何劳夜测星，闲身自分老莎汀。只愁客况同寒食，不见坟头角黍青。

月下观牡丹寄怀周旦雯

鹿韭争开烂簇霞，曲兰步月苦思家。输君夜较群儿课，举案新尝谷雨芽。

一乐吾生恨独多，脊原无计挽蹉跎。遥知啸月花如昼，十一传杯劝五哥（啸月阁，名旦雯，行五，令弟行十一。）。

苦雨叠韵

湖山成独坐，风雨送青春。小艇来行陆，危桥久断人。池平鹅鸭喜，草长蚓蛙亲。苦羡南邻叟，烟波隐钓身。

次韵春日睡起

忽看霁旭漏房栊，帘外桃花褪小红。三径风光叨地主，一春佳丽副天工。睡魔退舍蕉无梦，悟境搜诗蔗未穷。独惜鸡鸣（越山名。）飞不到，隔江芳草露丛丛。

谢高南溪羊毫笔

新颖霜抽玉笋长，丰狐嫌弱鼠须强。后村俗见犹难化，茅舍多应胜玉堂（“后村”句：“只堪茅舍写，难向玉堂挥。”）。

寄芑君书次韵

还家淹滞动经旬，矮纸斜封报故人。眼底妻孥难骤了，病来影响两无因。西风衰柳千条乱，凉月虚窗一怆神。鱼菽秋尝循旷典，可堪子立荐溪蘋。

柬醇夫

闻说买红缠酒缸，玉盘金凤并头双。却忆脊令原上急，池塘清梦雨敲窗。

新晴沈尚猷过斋次担斯韵

雨歇疏云皎，天高宿雾捐。明窗书品圣，清兴酒评贤。寒暖缫丝候，风光刈麦前。怀人钦八咏，伐木诵三篇。

剥啄传麟士，风流迈子荆。高谈征博物，豪气束空名。暇日过从数，幽斋魂梦清。名山与良友，消受异乡情。

夜起和郑悦山韵

夜凉蟾漏檐，窗静风戛竹。披衣步前除，萤灯照丛绿。邻笛呼羁魂，残梦倩谁续。栖栖亦何为，家山有黄犊。

晚过琴趣轩

风急村灯乱，月迟山影昏。橹声方泊岸，虫响正侵门。软语留藤榻，醇醪泻瓦尊。交情家可判，翻喜脱笼樊。

和陈天行九日病起二首

何处登高尚有楼，偶来谈笑触闲愁。白蘋西塞他乡客，红蓼青菰水国秋。四海苍凉孤月迥，百年耆旧几人留。斜川不朽诗篇在，借我高吟一写忧。

疏灯顾影独踌躇，客里频惊清夜徂。梦醒更斟银凿酒，病多虚佩紫囊萸。旧游雨散空阶寂，败叶霜飞老屋孤。犹有可人谈韵事，莫愁贫到一锥无。

挽朗仙上人

早岁远行脚，江湖狎隐流。还山蕉叶老，枯坐菊花秋。功在儒林传，封应即墨侯。凤池涵朗月，为尔发潜幽。

与担斯有结邻之约次韵二首

竹笠粽鞋雨鬓篷，去来怜我似宾鸿。直教移傍青山住，鸡犬桑麻一井同。

三径松篁翠不凋，寓公虽老兴还饶。诗成与客联床和，酒熟呼儿隔屋招。

寄沈南谷

范子饥驱山左幕（谓巨川。），姚公饱看长安花（谓海观。）。清闲输与沈东老，雨后提锄自种瓜。

张取均过

寥落张公子，愁吟屋打头。冷官应味此，廉吏可谓不。史法存遗谱（时出示令先君年谱。），乡评重故侯。家风清可守，一鹤上渔舟。

杨东野令子亚夫过斋语及郑亦亭后人感赋

侵晨未盥栉，打门阙迎迓。访梅来雅人，折枝下驴跨。失口讳具敖，对坐默惊诧。话旧重酸辛，流光忽如乍。问询耕余翁，宿草已长夜。向时文酒场，诸贤尽凋谢。后起更英特，吾衰当退舍。春风始开霁，片云吐山罅。留君上紫微，清淡味霜蔗。

送婿郑清渠之扬州并寄从弟友三从子与曾太占

不信扬州好，吾乡半浪游。无双寻玉种，三绝玩银钩。腐草能生火，南冷不润喉。平生苦无分，歌吹竹西楼。

之子帆重挂，何人鹤借骑。世风吹鲁缟，周道委商彝。甓社珠难采，雷塘柳乱垂。新吟添一集，佳处问黄鹂。

违俗唯余季，怜才有阿咸。定因皮酿酒，看尔画如衫。柿叶传书诀，兰花宝墨函。松根秋可劚，归计慰长镵。

五车堰

日出百官渡，午鸡啼五车。负盐痃市散，拖堰酒徒哗。荞麦云初秀，岩松蜡糁花。近乡情更切，揩眼认林鸦。

醇夫招看荷花六首

细路缘溪近，东南第一家。得闲拖屐子，乘雨看荷花。

五月满池雪，清风竟日香。承明弃如屣，即此玉为堂。

皎皎出尘表，亭亭顾影怜。尚嫌颜色媚，不遣种红莲。

得雨终不湿，乍晴转自清。行藏本无意，安肯竞浮名。

馨德谁堪拟，素心许共来。衰颜思借酒，谓尔数停杯。

俗氛浑未洗，客气老难降。乞我新莲子，来年办瓦缸。

担斯复过德星看荷不及与叠韵六首

好雨连三夕，新吟集几家。自嫌归棹急，放过眼前花。

朝朝池上立，拂拂领幽香。两袖清如许，无资构草堂。

当暑自擎盖，炎炎亦可怜。清阴犹待我，几朵未开莲。

根底玲珑玉，淤泥彻骨清。杨郎任嘲谑，肯受六郎名。

山人饶足疾，蹩躠怕重来。碧玉能分供，蔷薇露一杯。

诗豪花转静，气肃意先降。茗话犹嫌闹，何须倒玉缸。

和许思晦招看兰

坐久仍看酒满壶，杖头空费步兵厨。定知师益庐中客，不是人间剧饮徒。

花县移封向酒泉，簿书摒当就宾筵。折腰五斗原非计，一榻松风听暮蝉。

家园新摘蜜筒瓜，饱啖争看座客哗。愁杀枯肠诗不给，荷花未了又兰花。

担斯滞西湖不归寄怀

西湖原不热，游屐滞兼旬。曲院花同醉，雷峰雨趁人。背囊征句满，戴笠择交新。可有新罗画，松阴下钓缗。

同里镇访周旭之

移棹同里近，人烟水一湄。如钱尝闵饼，堆镬煮蹲鸱（二物俱土产。）。问字来深巷，谈诗有独知。却怜忠节后（旭之，忠毅公后。），韬绩强投时。

送南溪北行

珍重高书记，骑驴溯朔风。玉琴三叠弄，铁画九成宫。芸阁交何晚，天门近可通。只愁萱草暮，霜雪梦魂中。

将馆越留别醇夫先生

〔硖〕（峡）稿频年已寸余，越吟移傍越山居。临行特乞霜毫管，为向兰亭更学书。

萧萧白发欲何之，冉冉东风雪正吹。无计避荒轻远别，隔江榆树尚存皮。

静养松关核典坟，人间此福尽输君。德星堂上斓衣灿，凤阁鸾台一片云。

留别担斯

不比常年别，来春隔两江。萍飘伤老大，匏系得乡邦。诗草烦宵课（时方抽草付枣。），离情话晓缸。难忘悬榻处，梅影正横窗。

留别〔硖〕（峡）上诸同人

不是爱山思住山，故园枫菊泪斑斑。自经双〔硖〕（峡）人才薮，万壑千岩亦等闲。

年年塔顶望余姚，今向余姚望智标。梦里碧云抛不下，采薇重过此薇桥。

题画

家乡两江隔，日暮烟生渡。白月照空山，海涛撼孤树。欲归不得归，子规夜啼曙。输与画中人，年年看瀑布。

集亦亭蔽芾堂次吴复古韵（闰四月朔。）

城里逍遥尘外身，烛花飞处百杯频。壮心无用归皮几，乱发多情梦角巾。闰月风光闲剩我，醉天星宿聚何人。潇湘纵有桃源路，肯许英雄便结邻。

楼山往事动遐思，掩泪同吟九砺诗。隐恨坐销丹血尽，浮名卧看白衣吹。珠渊蚌徙龙藏拙，瑶圃花残草斗奇。挽近人材关世运，丁宁善保膝前儿。

绕门山

橹声夜夜匝山城，谁诧山名诘绕门。形胜天然兼带砺，居民赖尔作屏藩。水涵百尺藏舟壑，云护千寻劈斧痕。华表一州需此给，冬青风雨泣黄昏。

夏盖山

当年停盖此婆娑，障海孤峰翠结螺。南朔东西波浪息，辛壬癸甲别离多。石根隐聚鼋鼍窟，松顶高穿日月梭。万国冠裳渺何处，满湖烟雨一渔蓑。

镜湖

爱尔清如镜，山容照故乡。乌篷晴泛月，碧叶露缝裳。芡熟珠多采，鱼肥玉饱尝，江湖随地有，何用乞君王。

栖云轩仝人分韵咏物

糊纸作方屏，终宵月满亭。秋云宿堂所，暑雪下窗棂。仝洁频挥尘，防污不勒铭。素心来共赏，醉倒玉双瓶。（纸屏）

晓月为妆镜，双鬟白一茎。插来娇可助，吹落腻无声。烛冷敲难断，香销琢不成。秋闺怜素节，

狂蝶莫要盟。（玉簪花）

倚空时壁立，胸膈饱书仓。乱帙烦收拾，遗经赖护防。策功分短笈，孤陋愧虚囊。未许长高卧，应求辟蠹方。（书架）

尽日挂窗南，开筵佐客谈。蚊蝇休浪近，风雨泼空含。尘尾嫌他俗，龙髯向尔探。提携登紫峡，拂拭旧烟岚。（棕拂）

题复古诗集

颠危犹剩覆巢身，腹有龙泉吐焰频。磨洗光明唐面目，破除尘腐宋头巾。调雄自创中州格，趣淡如逢太古人。令我掩书长击节，夜深高诵恼比邻。

答芬佩

耕旧约负长镵，自笑隆冬尚葛衫。腊酒似鹅休放盏，江涛如马早收帆。功名浮世金谁铸，诗稿穷山石可函。外事不劳重问讯，与君绝口学三缄。

次徐朗行韵送珣甥归越

不尽乡心烛两条，临行暖酒话春宵。弟兄分手随飘梗，亲旧无情是退潮。有幸汝真乘海钓，何缘我亦作山樵。荒坟苏牧凭谁管，咫尺东湖万里遥。

答姚吉士韵

隔衣带水同明月，绕苏白堤长梦君。凤舞蹁跹三径竹，龙潜寂寞两峰云。击壶各抱忧天隐，闭户独为经世文。十事有谁登一策，坐看草木被余曛。

恶树

丛丛何刺眼，历历自交柯。甚费斧斤力，偏沾雨露多。障阴妨播谷，作势道缘萝。暮鸟栖难定，喧啾奈尔何？

夏蓋山

當年停蓋此婆娑障海孤峯翠結螺南朔東西波浪息辛壬癸甲別離多石根隱聚黿鼉窟松頂高穿日月梭萬國冠裳瀲何處滿湖烟雨一漁蓑

鏡湖

愛爾清如鏡山容照故鄉烏篷晴泛月碧葉靄縫裳芡纍珠多采魚肥玉飽嘗江湖隨地有何用乞君王

天妃宮

紫殿岧嶤倚翠屏潮聲當午走雷霆舟師醉酒魂猶悸估客燒香手戒腥環珮丁東通冥漢風濤咫尺顯精靈

文

刪後文集卷之一

序一

客星山人陳梓古銘

孝義維倫序

古者天子一娶十二女諸侯一娶九女所以重國家廣繼嗣人君無再娶之義也大夫功成受封得備八妾其餘則一妻二妾士一妻一妾庶人一妻自大夫及庶人妻喪均得再娶此婚姻之定分也禮宗子雖七十無無主婦所以重宗廟也然則士庶人號爲義夫未有子而不再娶者篤於夫婦之私而斬其先君之祀非不孝不

序

孝义维伦序

古者天子一娶十二女，诸侯一娶九女，所以重国家、广继嗣，人君无再娶之义也。大夫功成受封，得备八妾，其余则一妻二妾，士一妻一妾，庶人一妻。自大夫及庶人，妻丧均得再娶，此婚姻之定分也。礼宗子虽七十，无无主妇，所以重宗庙也。然则士庶人号为义夫，未有子而不再娶者，笃于夫妇之私而斩其先君之祀，非不孝不义之尤者乎？若中年失耦，既有子，而病己之德不足以刑家;或因以怼其亲而虐其子，于是防之豫而守之确，断断然不复娶，孤吟独寤，以终其身，如吾友黄子一峰者，良可嘉已。黄子世居吾姚之兰风里，其尊人瞻侯公讳良忠，幼事继母至孝，娶周孺人，生三子，长即一峰，讳金声。孺人早殁，瞻侯公义不再娶。一峰娶陈氏，生二子，赋悼亡后，亦承先志不再娶。以能诗，白首遨游公卿间，足迹遍数千里，当事咸爱重之。颜其居曰“孝义维伦”，请序于余。余固无子而再娶者，然卒无子，买妾又不得子，茕茕来故山，与泉声松影数朝夕。视一峰两嗣君，伟然丈夫，以高才冠成均，怡怡侍堂上，诸孙岐嶷阶下，此境相去穹壤矣。信乎孝义之食报者远，一峰行之善继善述，所以维持于人伦风俗间者不浅也。昔者，曾元尝请于曾子，曾子愀然曰:“高宗以后妻杀孝己，吉甫以后妻放伯奇。吾上不及高宗，中不比吉甫，庸知其得免于非乎？”以曾子大贤，不敢自必其德之足以化后妻，使一峰不忍于欲，不量其力，万一娶悍妇，致两嗣君不得所，瞻侯公九原之下，未必不顿足悼叹，致憾于厥子之不善承厥志也。然则有孝子，而后有义夫。一峰之义固可尚，一峰之孝又安可及哉！吾故乐表之，以为世之既有子而丧妻者风焉。

毛诗订韵序

声音之道通于天，固有自然之节奏，而无待于强叶者。然其中有同字异音，或有音无字，或取之口鼻喉舌，或取之齿与舌之介，有差之毫厘而去以千里者。土人方言，优伶乐工能传诸声无以会于心，而文人学士气禀不齐，虽会诸心而不能达于口，此韵学之所以难言也。自四声分部以来，后世韵书纷如聚讼，畸轻畸重，即据其所定谛当不易，只可以读汉魏以下之诗，而不可以读《三百篇》。《三百篇》者，诗之祖也。读《三百篇》而叶之不当，无以反覆讽咏而得夫风人之本旨，此叶韵之所以不可不订也。然朱子既成《集传》一书，而不精核夫韵者，何也？三代以下，经义荒昧，朱子特从其重，而以叶韵为末务。适有《韵补》一书，自诩其考据之确，遂不暇致详，而姑承其说。推朱子之意，以为韵之失，失之小者耳，使后世有审音者起而纠其缪，以补吾之阙，九原所属望也。吾乡四亹谢子天愚，禀资清淑，于书无所不博，而尤精于韵学，病才老之误朱传，取而正之。为书五卷，曰《毛诗订韵》。余伏而玩之，举平昔所疑而未定，与夫意虑之所不及测，以至谐诸口而自喜其得，会诸心而不能遽宣诸齿者，一旦豁然于喉舌之间，益信夫声音之道与天通，而以人通天者，非禀夫独优之姿，则亦不容以强为也。使才老而可作，宁不深悔其拘牵之过；而朱子之承袭而抱歉于中者，亦可以快然而无憾矣。嗣子南明将付剞劂，而嘱序于余。夫工诗者不必核于韵，梓且拙于声病，而侈然自附于知音之列，不大可愧哉！

节孝录序

人人皆节，节不著；人人皆孝，孝不传。录节孝，风世之衰也。然俗之号为丈夫者，遇患难，率妩媚若巾帼。有女子焉，生死不二，植纲常于垂替，其坚忍之操有百倍须眉者，贤人君子每乐得而咏歌之，使世之庸妇人勃焉感发，且使天下之男子而妇人者群泚然而汗浃，则所裨于世教不浅也。如吾姚四亹谢母景太君，年甫二十一而寡，养舅姑二十年，抚两孤成立。有司表上之，建坊旌其闾。嗣子宏业辑吴越同人诗为《节孝录》，嘱序于余。余维妇人丧所天，代夫奉亲诲子，此阃内恒职也。太君直循分率常行所无事，岂以是博节孝名？使不幸生穷山中，茹荼啮蘖，没齿无知，死不得绰楔墓道，生无上堂称一觞者，太君岂有悔哉！则今日之宠褒予祀，士大夫交口颂扬，于太君何加焉？然遗孤之于慈母，风霜鮠鮀，幸得成长，念无以报劬劳，使苦节至行不彰于后世，心滋戚已，此《节孝录》之不容已也，抑余尤有感焉。古来文人腼颜事二君者，其诗文非不蔚然可观。俾之揄扬节孝事，亦往往出至性语，非所谓男子而妇人者乎？在太君，固已盖棺论定已，颂太君者，不必皆丈夫也。后之读是录者，考其本末而薰之莸之，亦足以垂戒于艺林矣。

珠溪文序

珠溪老人昔以书学游吾里。余时方杜门绝交游，寓斋，咫尺不相见。潘子启涛偶示余老人所临《十三行》，秀雅可爱。闻公亦见许余《麻姑坛》摹本。既而，访余于春风堂。余适往虎林，不值。及余返棹，而公已还珠溪，为怅然者久之。自戊申馆硖川，音问阔绝。华亭张次亭过斋，语及公，知公已殁于闻川，年八十余，无后，遗稿当无复存者。壬子，嘉平钮子膺若忽寄此帙嘱序，既悲且喜。文人笔墨，精血所流注，不有后来之秀为宝爱而传播之，其不湮没者几希矣。耕余子古文少于诗，今幸存数十篇，不知者复病其忌讳，独汰其佳者，委诸祝融，岂不大可惜哉！爱才如膺若，安得不为珠溪贺也？

冷畦诗序

就学言：人品，本也；诗文，末也。就诗言：性情，本也；声调、格律，末也。就诗体言：乐府、歌行，本也；近体、律诗，末也。故专事诗文者谓之俗学，专工声调律绝者谓之俗诗。冷畦先生之品谊，余既尝为小传矣，今读其古体诗，亦复骏骏古人之堂奥，视世俗琐琐徇流而忘源者，固不啻霄壤哉！然著述垂于百世，论定归于识者。前人创之务其博，后人传之尚乎简，孝子称美而不称恶，则生平游戏之作，隐而弗宣可也。若此集和尤检讨诸律，毋乃以圣贤为狎具乎？必靖节可以赋闲情，必广平可以赋梅花。近世若南阳家训、贾书诸牍及曝书亭风怀诸什，君子未始不愀焉病之。然则存其可存，而删其可删者，固贤后人之责也夫。

山居杂咏序

余自幼家幽湖，湖无山，尝慕山居之乐。戊申馆硖川，徜徉紫〔薇〕(微) 碧云，闲意未慊也。今年来故乡，千岩万壑，环列几席，夙愿差慰。而王子立诚适寄集唐山居诗，于是载酒携杖，出入怀袖，时一展讽。或据诗证山，或因山契诗，别有会心处，不能为王子一一道也。相隔五百里，何时一棹剡溪，倡予和汝，使有声画与无声诗合而成美乎？王子道澉湖，幸勿望洋而阻也。

郑清渠诗序

诗有源有流，本乎性情之正，而充以学问，以达其辞，此由源以通乎流也。求工于格调字句之间，以夸多而斗靡，此徒浚其流而不必溯乎源之所自也。余尝与耕余老人持此以论古人之诗，自李、杜、韩、苏而外，指不多屈，而况于今人乎？余婿郑子清渠，耕余从子也，自丱角能诗苦吟者且二十余年，赋质极敏，而取材甚富，故能熔铸郊、岛，酝酿温、李，自成一家之言。由明元两宋而上溯之晚唐，盖恢恢乎有余刃矣。然诗之源出乎经，无温柔敦厚之旨，不可以言诗；诗之流通于史，不明乎春秋纲目之义者，不可以言诗。今耕余之诗具在，清渠试熟味之，而反求之性情，博稽诸典籍，以会其归，将由三唐而溯之汉魏，由汉魏而溯之《三百》何难哉？若余者，固不欲以诗名，即偶为诗，亦所谓求工于字句而未得者，又何以策我清渠也？

逾淮集序

昔查子皆六归自淮南声山幕中，出示诗草，题曰“慎逾”，用自警也。甲寅冬，钮子膺若亦自淮寄诗，题曰“逾淮”，索余叙之。追念旧游，窃有感焉。查子为白沙之学，其诗清刚，固保其不枳而橘也。钮子年方壮，为衣食累，违老亲，别妻子，仆仆千里外，势若出于不橘不枳之间，良可畏也。王子文育曰:“膺若近拟习刑名，冀以此博丰谷，枳乎？橘乎？清夜扪心，其视查子之惕惕自危者何如哉？”朋友相观而善，他山之石，可以攻玉。钮子之诗豪华苍健，吾无间然矣，独爱其诗之淮而不淮者，窃惧其人之逾而竟逾也。钮子慎之哉！

沈虞尊诗序

吾友沈子卜瓯长余庚一岁，而早有两贤子。余有二稚，而殇于痘。然卜瓯亦哭仲子，余作诗慰之。其长嗣虞尊能文，将食饩，且学为诗，亦可观。未几，亦夭。卜瓯深痛之，出遗稿嘱为序。夫大器必晚成，右军书五十余乃化，高达夫五十诗乃工，夫岂无少作哉？学与年进，则岁汰其苦窳髻垦者。然则是稿也，使虞尊而长年，虞尊当在删屏之列，今乃幸其存而搜藏之，良可悲已。呜呼！有才如虞尊，不得不悲。然死者不复苏，与为卜瓯，宁为余;与为虞尊，宁为余两儿。使吾儿亦既冠而夭，有遗诗嘱卜瓯序之，悲当何如哉！人生至情所触，亦安能强作达语。然余与卜瓯发都白，而卜瓯更有老母，戚戚何为耶？卜瓯幸高阁此册勿复观。虞尊有知，当首肯余言也夫。

沈海鸥诗序

甲申后，大江南北诸生举义旗勤王者，所在皆是，《鲁春秋》备纪之。其韬迹岩壑，姓名逸而不传者，亦不胜数。若梅溪海鸥沈公，其一人也。公讳机，倜傥有大志，善双剑。尝月夜拔剑醉舞，白光旋绕，客争以朱橘投之，颗颗皆剖，无一及身者。渡江从唐王，事败乃归，逃于酒。工草书，奇幻在旭、素间。其为诗不事修饰，而气魄雄伟，不可一世。吾友郑子亦亭云："海鸥诗非所长，然即其豪迈奇崛，当以人传矣。"试问从贼诸公，诗岂无十倍海鸥者？为海鸥捧砚卸靴，海鸥不屑也。然则海鸥之诗，固有所以传者在矣，而工拙何论哉？

余愚谷集唐诗序

诗莫盛乎唐。有唐人之诗，而宋人可以不作。然唐之诗莫工于律，而坏诗之体亦莫甚于律。有唐人之七绝，而七律可以不作。此愚谷之所以不作诗而集诗，不集宋而集唐，且不屑屑于集律而专于集绝也。夫集诗难于作诗。作诗选韵琢句，自我主之。集诗熔铸古人之辞，以运我之真意，一字不合，则为所牵制，而己意不达。又况七绝之体，尤当首尾贯注，不容少有格阙，以成不仁之疾者哉？今观愚谷所集，则《庄子》所谓"目无全牛"，《淮南子》所谓"游于众虚之间"，一若全唐人呕心沥血，构此佳话，徒为千年一愚谷，地以自成为愚谷之诗，而唐人不敢分其功，为愚谷者亦幸矣哉！然必善作诗而后能集诗，有愚谷之才则可，无愚谷之才则不免拾前人之牙唾以自文其陋，非愚谷之所望于天下也。是为序。

删后诗自序

诗以怡性情[①]，而性情每丧于诗。盖人自入世以后，汩于声色名势之途，而谬托于风云月露[②]，以自文其陋[③]。于是乎，诗愈工而性情愈不可问矣。余之诗只以自娱，而世不以为工，惟吾耕余子每读辄击节，或相对泣下不自知，其何所触也。呜呼！耕余死矣！耕余死，世无好余诗者，余诗何足存！己酉秋，因悉取箧中惬意者付之火，其他应酬诸作不足焚者，稍稍编次，而题之曰"删后诗"，以示门下及群从辈。夫精华去而渣滓仅存，余之诗良可哀已。呜呼！耕余而可作也，安知不哑然大笑。夫焚者之不焚，而不删者之真删也。又安知后之人不以存者之可删，而转忆夫焚者之必不可焚也。夫自性情言之，虽自目为精华，犹之渣滓而已。存耶？焚耶？又何足论哉！（丙子九月中浣，越江梓书于筠谷精舍。）

《心隐诗》序

身不隐而心隐者，东方之避世金马也；身隐而心不隐者，深源之书空咄咄也。鸿园子隐于市，而称心隐者何？入山唯恐不深，市非隐所也，不得已以烟霞泉石之趣一寓之诗。诗者，心之声也。心乎充隐，言必枝；心乎真隐，词必洁。"活水流无尽，孤云嫩未回。"（集中句。）知鸿园之诗者，

① 《删后诗存》本"诗以怡性情"又作"删后怡性情"。

② 《删后诗存》本"风云月露"又作"风露月云"。

③ 《删后诗存》本"以自文其陋"又作"以自交其陋"。

可以识鸿园之心矣。

谢雪渔诗序

余与耕余郑子相倡和，耕余数抵掌，语余诗不遇知己，无由激发性灵，恐仆死后，君意兴孤矣。己酉，耕余病卒。余时客双峰，每忆斯言，辄涕涔涔下。既而馆故山，获交吾谢子雪渔，意惝恍出望外。卧雪去蕉雨不十里，时相过从空山中，酸风白月，只影偶立，或纵谈今古，忽歌忽泣，俄而两相笑，不自解其何所为也。间或作诸体诗相订正，不数日，辄弃去不复省，盖吾两人所期意，更不在诗也。夫诗本之性情，无缮性驭情之功，诗虽工不足存。有可以存诗者，而诗为枝叶，尤不必存。又况吾所欲存，未必非流俗所诟病，而当世所击节传诵者，又非吾意之所欲存乎？然则兹集之刻，虽出于雪渔之门人，而雪渔何犹有意以存之也？此其故要，唯吾耕余解之。噫！茫茫九原，耕余而复作也，读吾雪渔之诗而不扼腕顿足，叹其不可不存，必非雪渔之知己矣。然则雪渔纵无意于存雪渔之诗，而揣吾耕余之所以存雪渔者，存之可也。

《幼津指歧》序

今之业医者皆与天为难，而幼科为甚，何则？天之生物，人为贵。人之初，母腹之三百日，乳哺之三年，而庶几其长成，亦綦难矣。未几而殇于痘痊，夭于杂症，虽半由禀受之薄，时气之厉，实则以三指司命者。寒热倒置，汤剂杂投，若唯恐生齿之日繁，及其萌而斩之也。噫嘻！业类函而心类矢，口为巫而手为匠，择术之不慎，一至此哉！然吾推其心，亦未必果不仁。若是少无师傅，泛滥百家之说，若涉大水无津涯，谁则指其歧而道之节者？执其一偏之见，以应百变之症，是犹使盲御盲，使跛负跛，以一婴儿抱众婴儿，欲其超涧而陟巘也，得乎？吾乡汪子津夫，平生抱奇志，不偶于时，尝著《井田封建论》，准古酌今，非迂儒胶泥者比。然不屑问之当世，落落穷山中，鼓琴恣酒，潇洒自得，嚣嚣然曰："吾不得世之论治道者而示之津，亦于技小试之乎。"于是汇辑前代幼科之论，删其繁冗，要其指归，分门殊目，俾灼然不淆，确然可守，以为来世保赤之成法，题曰《幼津指歧》。治国者得其说而通之，毋蹶其根，毋批其萌，可以保民矣。噫！林林总总，孰非吾赤子？而忍与天为难，坐致其夭札而弗之恤也，亦独何哉？

达生编序

《生民》之诗，周公追述后稷始生之祥，曰："诞弥〔厥〕（朔）月，先生如达。不坼不副，无灾无害。"以子孙颂祖德，而况之以畜不嫌其亵者，盖以坼副灾害常人之常患，而表后稷之独异也。夫圣人之好生，虑之必周，卫之必密，宁有明知民生之不免于坼副灾害，而不预为筹熟为之喻者？然吾考《周礼》一书，草人蝈氏委曲纤悉，而孕氏不闻立官，岂其犹有阙欤？以意推之，医师统于天官太宰，而医师之所掌特繁，孕氏特医职之一门，当时必有调剂宜忌之成书，上自宫闱，下逮闾阎，谨守其法，而不罹于坼副灾害者。惜其世远言湮，而亡之久矣。后世医学发明，代不乏人，踵事增华，几无剩义。然女科之所详，或郑重于保胎，或丁宁于既产，而坐草分娩生死之关，多忽焉不讲，致天地生生，自然之理，反为揠苗助长，自陷于坼副灾害而莫之拯也。沅守朱公恻焉悯之，爰著《达生》一编，豁朦振聩，仁人之利溥矣。而沅之距浙道里寥阔，虽寿之枣梨，而流传未广。吾友刘子复斋志存西铭，念切胞与，因更为参订，与同人重付剞劂，使通郡合邑家宝其书，平时熟习讲贯，临期卓有成见，镇之以静，不为愚罔所摇。若禹之治水，行其所无事，所谓“先生如达，不坼副，无灾害”者。穷乡僻巷，比户皆然，何独神灵之后稷见称于风雅哉！

松涛先生《垂训朴语》序

人之情，不蹶于山而蹶于垤，故圣人演《易》，必致戒于方盛之时。后生少年生长承平，目不见凶荒兵甲，侈然自肆，将视罗绮如菅蒯，鄙稼穑为伧父事，其不为处堂燕雀者几希。噫！此亦贤父兄之忧也。昔阿衡述三风，姬旦陈无逸，唐张蕴古上大宝箴，宋李文靖为相，日奏四方水旱盗贼。纯臣事君尚然，况士庶之饬子弟乎？幽湖前辈陈广文著朴语数十则，语语切实可传。余尤爱其载明季凶荒事，读之凛凛，若行独梁，若涉春冰，不寒而栗。使人录一通置之家塾，庶几触目警心，安不忘危，嵇中散所谓“稼于浊世，一溉之益固不可诬”也。里中同志适谋锓枣，以惠乡里，因喜而为之序。

《雪船吟初稿》序（丙寅）

雪之初，霰而已。霰之体圆，太极也。六而出之，如坤之六爻矣。坤之初，日履霜坚冰；至霰具冰之体，而微其冰之初乎。冰凝于地，而霰成于天。天以风鸣，冬风又择善鸣者而假之霰。霰者，冰之先声也。雪者，化夫霰而声于无声者也。万峰灭影，万窍绝响，晶晶莹莹，冥冥漠漠，人乎物乎几消，归乌有矣，无端而败。芦荒荻间有榯焉，有竿而渔者焉，有吟声出金石者焉。噫！异矣！丑寅冬春之交，雪大作，徐州至盈丈，人畜死无算。余方抱疴渡扬子，风涛中几死。而雪渔乃磅礴汝仇，独酬独倡，气勃勃从喉鼻间出。若非是，不足以激其兴而写其郁者，抑何其癖也！曰《初稿》者，“初”之形，从衣，从刀，裁之始也。厥后山龙藻火，粉米黼黻，三王之踵，事弥华矣。要其初，木叶外无他焉。然则雪渔之敝蓑坏笠，土木形骸，又何病乎六五黄裳元吉？余将为雪渔预揲之。

杨朗山诗序

能诗，必请序于能文之显达者，使己之诗藉其文以传，此诗人之通弊也。夫以显达者而谓之能文，其文可知。即其文可观，而或反以显达损其名，彼且不能自传，而何以传人之诗？夫吾之诗果可传，何待乎序？使显达者争欲为之序而不得，而其人必择夫不屑显达而能文者，以道其意中之所欲言，则其诗不问而可寿之千古矣。斯说也，或以为持论太高。闻而颔之者，昔有耕余，今则雪渔而已。吾乡之能诗而客吴门者，自吾友宋子鲁培而后，为吾表侄孙杨朗山。朗山尝以诗质之显达者，击节叹赏。戊辰正月，遂扁舟过定泉，请序于予，予为之骇甚。夫唯当世之显达而能文者，足以传子之诗，而乃以嘱之山樵村牧、岌岌垂死之病夫，子计左矣！朗山固以请，遂携之广陵，阅三月，复驰书促。适选《姚江逸诗》，乡先辈有诗人杨珂者，每负甕入四明纳云，楮封以归。邀知己坐斋阁，针破楮，放云出孔，达梁栋檐牖，以为笑乐。然则朗山之工诗，安知非玩云者之苗裔？不然何以氤氲陆离，有斯佳构哉？雪渔尝评余草书“夏云奇峰”。朗山之嘱序于予，或不以其文之为扬子云，而徒以书之近于萧子云也，庶不见嗤于当世之显达而能文者乎？

《味稿》序

“啖空之味逾膏粱”，此捕风捉影之说也。吾所味者，从性情中体诸彝伦而津津道之者也。长吉之味怪，飞卿之味淫，太白之味酣，昌黎之味奥，少陵之味深，渊明之味淡。吾愿漱石者，砺齿别之。

《寄雪草》序

子云待子云，尧夫呈尧夫，一身外，几无知己矣。余友雪渔，海滨一人，而尚有千里外之余倡予和汝，雪渔不孤。秋夜病肺，不寐，起录近稿，惟吾雪渔读之雪涕者合一编，题曰《寄雪草》，附雪渔而传后之人，雪雪渔之涕而讽之谬，谓当世子云，化身尧夫，则余之大幸也。

《〈四书集注〉考异》序

韩文不过词章之学，而朱子为之作考异，则《四书集注》之考异。朱子所期望于后人者，岂浅鲜哉！余自六十以前，于《章句》之音读颇怀积疑，苦无善本校仇。馆硖川时，主人富于书，而余适多病，又句读诸史不暇。及还故山荒僻，虽具十瓻，莫有应者。乙丑来邗上见诸生，皆白下良本，为较阅一过，平生所不及疑者皆豁然。急思购之，或叹曰：“此板亦《广陵散》矣！”盖白下车氏富五车，与赓臣先生交极契。赓臣为□□高弟，学有渊源，汇宋本内府本，及纂疏、纂笺、集编，通诸书之同异，并坊本讹字、误句、失读之沿袭，以至零句只段之两三见、五六见者，皆分别备列于每页高楣之巅。儿童初就传，开卷了然。自宋明以来，国学乡塾无此精核，上之为穷理之姿，而卑之亦为举业之藉；下至歉岁农贾之逃于蒙课者，亦得有所依据，不遗误于童稚，其为益非一端也。故书其大概寄吾党，使怂恿浙中有力者梓而行之，非特广青□翁之惠于无穷，亦俾后人考其兴废之由，知白下里如非虚有其表者。虽无妄之灾，堂为灰烬，而不害其为岿然而独存者，则以其有功于紫阳者不可没也。

赵考古先生遗集序

乡前辈赵考古先生为明儒之冠，自洪武迄今几四百年，文集无有传者。幼尝读先生《学范》，知别有韵书百卷，私揣毕生文集虽散佚之，余必且半之。壬申秋，故山雪渔编《考古集》仅六卷，嘱余序之。窃怪其太简太朴，伏枕思之，乃邈然见我考古子焉。盖先生之筑考古台，为声音文字设也。当先生应征时，年不过卅，度前此潜心此一家言，不过五年；及罢官筑台后，又研穷十五年，而百卷之书乃成。没之日，又不过四十五，是半生精力殚此一书，则于他经史诗文不暇旁及，亦势使然也。邵子专于数学，《皇极经世》外颇寥寥；胡敬斋精粹在《居业》一编，而文集止三卷，后学不以简且朴病敬斋也。阳明诗文虽富，何救于《传习录》之惑世诬民哉！故知躬行之士，不尚多言。即造化经纶一图，而遐思先生立志为先，居敬为本之学，可以得其概矣。至声音文字之醇疵，未见其全书，末学浅见，不敢悬断也。

《汪氏族谱》序

末世膜视宗党，或倚势凌其子姓，有能兢兢焉修谱系、敦族谊者，可谓务本矣。虽然，抑末也。身也者，亲之枝也，不能敬其身，复不能养致其乐、丧致其哀，而徒序其世次，饰为卷帙，请之于名公巨卿，以浮辞大言弁其首，而以谤于众曰："吾以敬宗合族也。"不亦诬乎！夫孝，百行之原也，非仁人不可以创谱，非孝子不可以修谱。吾友汪子津夫抱奇才，高隐岩壑间，□□□□□不以科名荣其亲，可谓敬身矣。平居事亲，色养无间。当尊公之殁于官也，万里滇南，崎岖归葬，养生送死，亦既无憾矣。于是推水源木本之义，因其先世之遗谱，而变通于欧苏之条例，酌为百世之成法，寓劝诫于温文尔雅之中而不病其华，系忠孝节烈于一唱三叹之余而有以兴起其后人。噫！若汪子者，可谓由源而达委，明体而适用者矣。以汪子之抱负，使之得时而驾以井田封建之学，推之当世，则族姓别而宗法立，侯国之谱籍掌于王官，天下一家，若身之使臂，臂之使指，其所成就岂止此哉！而津夫亦既老矣，深山大泽必产龙蛇，嫫母衣锦则西施负薪，余于此不能无造物之憾也。

《施氏族谱》序

昔先伯兄纂家乘，从黄山同姓假阅传本，伟然成帙，以虞舜为始祖，霸先为始迁祖，自三代及汉唐宋明有官爵者，搜辑靡遗。余时尚丱角，从旁窥之，不觉拊掌曰："此姓谱，非族谱也。"伯兄颔之曰："汝髫年，见及此耶！然则官爵不足尚欤？"余曰："非也。审为的派，簪缨科第，列而著之，不为夸也。谓他人父，则遥遥华胄，徒滋识者讪笑耳。"谢子敬修云："吾姚王氏从虎林肆中购琅琊谱，历朝诏诰煌煌，及名臣题咏笔迹，光怪陆离，不可睨视。遂以己私谱续其后，曰：'此吾家高曾也。'观者亦相与附和，叹为世家巨族，百代之宝。噫！人孰知其为断鹤续凫，桃僵李代，彼此混淆，两伤并害者乎！"门下施生嘉木出宗谱，嘱弁其首。谱首列五服葬图，次及家范丁，宁告诫，无非勉宗人以爱亲敬长、敦本睦族之道。嘉木遵守先训，谦约节俭，杜门读书，不妄为毫发不义事。自学校不修，世无良士，凡号为博学能诗文者，大率心迹迥判，言行背驰，口若悬河而方寸渺不可问。嘉木独能踽踽自守，不受变于流俗，十年荼蘖拮据，以葬其三世。于是虑其宗谱之散失，而谨修之以垂久远，可谓知本矣。独施氏得姓自鲁施伯，由周以及汉魏晋唐宋，爵位显赫勋名彪炳者，殆指不胜屈。溯厥由来，安知非一本乎？而世远代湮，当从阙疑。今乃详考其官职，一一列载之前幅，以是夸于乡里，单寒之子则荣矣，使嘉木清夜自反：为摭实乎？为诬祖乎？当有泚然不安者。然此非嘉木本怀也，仍其前代之陋而弗敢削耳。使嘉木能从吾言，翻然廓清，去其不可信者，就其灼然可据者，而奉为始迁祖焉，不使后之阅谱者，与黄山祖舜、乌衣续凫同类而共笑之，则亦徙义干蛊之一端也。是为序。

族谱序

《记》曰："四世而缌服之穷也。"注云："《白虎通》曰：'族者何也？族者，凑也，聚也，谓恩爱相流凑也。生相亲爱，死相哀痛，有会聚之道焉，故曰族也。'四世皆名为族。族，属也，骨肉相连属，故以族言之。"此特就高祖以下言耳。由高祖上推之，凡为始祖之所处，虽百世，何莫非始祖之骨肉哉？然今之所为族者，贫富贵贱，懵不相顾；生死患难，惨不相恤。其为乖舛散涣，莫可言喻，又何流凑连属之有？曰：此宗法不立也。宗法立，则教养之具胥备。衣食足，礼仪兴，而孝子、悌弟、贞妇由是出焉。族之人，人人为孝子、悌弟、贞妇，其所以推恩爱而联骨肉者，岂待问哉？虽然，难言矣。于宗法不立之时，不得已，姑为流凑连属之计，殆非明谱系不可谱也者，所以虑其乖而厘而正之，即所以防其涣而收而萃之者也。同姓为他姓，后者复之；他姓入为宗，后者黜之。别其支，统其宗，使散处四方识其所自而向往焉。且因而立祠，而置田，道之以尊祖敬宗之义，其贤者则表其德，不肖者则削其籍，寓国史褒贬之例于私家惩劝之法，得失一朝而荣辱千载，虽空言无补。宗法无自而立，而教养之绪余，存什一于千百，则谱之为益岂浅哉！余族自洪武时始祖由台之黄岩迁于凤城，前此谱无考，曾祖创辑之，先君欲修不果，伯兄乃重订补。然不付剞劂，则无以传远。丙辰夏，与从子世勋校而梓之，其义例不必尽合乎古人，而其要归一。期于恩爱之流凑，骨肉之连属，使人人勉为孝子、悌弟、贞妇而已矣。后有贤子孙继起立宗法而统之，如江州陈氏通族同居，浦江郑氏规范百世，先儒所谓“子孙贤族”，乃大师道立，善人多彼。夫簪缨华朊，重编叠简，夸耀闾里小儿者，亦何足道哉！

《方氏族谱》序

甲子夏且月，从遂野冒暑归，痁陡发，闷卧竹床。适云间靖公表侄寄示宗谱，嘱为序。展阅数四，顿觉目爽意豁。方氏自雷公得姓以来，历三季汉唐宋元，至明洪武间，始之十支，班班可考。自洪武及今，分支散处，又不知几何派也。余因为之掩卷长叹。当正学先生麻衣上殿时，忠愤之气溢宇宙，天地为之改色。文皇震怒，族诛至八百七十三人，充暴主之忍，始将使百世无一噍类而后快。岂知忠孝之裔，子孙绳绳，历四百余年，宗支繁衍仍若斯之盛哉！虽然，盛者，涣之兆也。涣而无以萃之，则支派繁而易混，昭穆紊而难稽，非谱以纪之不可。靖公乃能于簿书鞅掌之中博访严订，为前、后二编，垂示后昆，可谓知所务矣。余家与方氏世为中表，始祖由黄岩迁临山，由临山而迁濮水，踪迹略同。余自癸丑复馆故山，始与族子订谱锓枣，而族中不肖以争产讼，谱沮不行，将委之朽蠹。阅靖公所录，朱墨精缮，为之嘻吁不置也。

许醇夫《时文》序

唐以诗赋取士，而经义废。宋元以来，以帖括取士，而经义晦。夫言者，心之声。无治心之功，则言为空言。虽貌孔塑颜，镂忠绘孝，亦优孟耳，况夫叛注离经者乎！制科之设，即夔龙复生，不得不由是羔雁。宋有程、朱，明有曹、薛，何尝鄙夷不屑？而即其应举之文，必鹄立乎群辈者。践履之与口耳，其言之体状，玉石相淆，而气味则冰炭旦夜也。三百年中，王、唐、瞿、薛、钱、汤、李、郝，非不炳然可观，近时熊、刘诸公继起，亦且方轨齐秀。然不过以经为体、史为用，使读者詟服其腹笥万仓，澜翻莫测而已，未有以身心为体，经史为用，无意于求工而自无弗工者也。吾友盐官许子醇夫幼承家学，于诗古文词既简且精，独不喜作时艺。日研索濂洛、关闽诸书以为治心之助；或偶拈一题，亦第抒其所欲言。初不矜情作意，而理裕词赡，铿金戛玉，自谐箫韶间。与余论八股一道，代圣贤立言，实非诗赋可比。特患命题割裂，只以隐篇奥帙穷士子一日之短长，而其弊为尖新轻滑，诡遇获禽，害人心术为甚。故许子稿中无一割裂题。其阐题也，率皆整襟而谈，熔宋儒之治，铸孔门之鼎，云雷闪铄，不可端倪，而其实悉本诸躬行，如家人父子道日用事，语弥近而旨弥隽。盖许子平时慕司马公及平仲先生，尝颜其轩曰“慕迂居”、曰“宗鲁”，又尝讨论古制、井田、庠序，一一寻端究委，条理秩然。噫！是岂欲以时文名者哉！斯稿之锓也，俾后生小子知割裂纤巧之外，固有堂堂正正有本之言，无意求工而自无弗工者，于以稍端其趋向。或沿流以溯源，而不失乎爱礼存羊之意。是则许子之意也夫？

寿张子莘皋七十序

辛酉某月日，为吾友张子莘皋七十悬弧之辰。张子誓不受祝，杜门素服，流涕诵《蓼莪》之章。诸子妇窃窥，惴惴不敢称一觞。其从子学川书来，述两贤嗣意乞一言以为寿。夫五福不列贵，盖徒有其位者，非贵也。然五福虽推寿，而寿不择人，罔之生也。幸而免，则徒有其年者，亦非寿也。张子聿修厥德，无位而有年，则贵莫贵于张子，寿莫寿于张子矣。张子不以寿而始传，而张子之德以寿而益显，即寿张子所以彰有德以鼓励天下之祈年者也，梓又安敢辞！夫所谓修德者，非虚文，非空谈，将以征实行也。今试进吾浙东西之学者，集两峰之下，而叩之曰：“有能私淑杨园，以溯闽洛，不染金溪、姚江之余习者，谁乎？”将逡巡而退者大半。又进而叩之曰：“有能执亲之丧，哀毁尽礼，禫而不御者乎？”且仅有存者。又进而叩之曰：“有能遵紫阳灰隔，厚葬其亲，推而至于族党交友，下及无服之殇，灶下厮养皆入土得所者乎？”吾恐张子且孓然兀立于紫〔薇〕(微)之巅，而叹独学之无朋也。昔晓庵之赠紫云曰：“三党亲疏均待泽，一民饥溺也关心。”识者以为实录。今日紫云而后，足当此二言而无愧者，非吾张子而谁哉？虽张子不自满，假闻斯言也，或以为过褒而却之。然余平生不妄许可知交，有过必面规之，虽见罪弗顾，而况张子？余有失，赖张子掖我；张子有阙，亦乐余攻之，而敢以虚誉相标榜哉？特以世之颂张子者居半，而谤张子者亦不少，而素知张子如余者，又安敢不从其实而表之，使天下后世知张子之寿，信非徒有其年者，而各懋其德以祈免于罔之生，是即张子之锡类也。彼鷃之嘲凤，鸠之诮鹏，张子虽耄，且藉为砥砺之资，于张子何损哉！是为序。

寿史公贻七十序

“李固有子，杜乔无儿。”斯语自东汉以来熟传之，然索今人解，卒不可得，何也？今人谓斯语特为李、杜言之，而非以概诸千百世之凡为子者。噫！误矣。夫莫难于有父，今之世本无父，安得有子？幸有父，以为父矣，而为此父之子实难。而有适肖厥考，次亦差不愧其考，而后谓之有子，而后得为此父庆此子。丙寅春，予卧病芜城，适感于扬俗之浮夸，而作《长生册》诗。夫长生何以有册？册何以有诗？盖九州之俗，自五十以上每盈一甲，辄称觞上寿。扬俗不然。家立长生册，凡交戚，黄口至耄耋，庚悉登焉。届期各盛服造门互庆，或具酒肴相宴乐，岁以为常。其原倡于皇家宫闱，而递贵臣勋戚，渐及各省郡，有可借端以索绅士之币，而扬俗尤侈，故士庶亦风靡焉。时庭前芍药半放，命童涤瓷罂折供书几。客至，相与叹习俗之移人，即此册可慨。忽闻门外剥啄，为吾友谢子雪渔之手函。启之，则为其姊姨丈史翁公贻请古稀之寿序也。雪渔曰：“我姨丈之尊人为配于公，崇祯间负盛名，甲申后杜门不出。所与交皆当世名节，若三品幼陶诸昆，尚不屑与游也。其诗文集卓卓可传藏于家。”古铭曰:“申、酉间，吾越多高人义侠，为之后者，象贤实难。使翁自负匡济，出而应世，得一阶半绶，以荣其先，乡里俗儿乃啧啧称艳，孰为配于公，太息比于乔之无儿哉？而翁独谨守遗训敦古处，婿谢君左访兄弟，殁于燕，翁为之偿逋，经纪其丧而归。其他好施尚义，惠浃乡党率类此。或劝之筮仕，即侃然作色曰：‘我他日何以见我先子若翁者？’方之两太尉之子何如哉？使扬之人因吾言而闻翁之风，翻然去其家有之册，而别建一帙，以纪江浙耄耋之不愧于长生者以风世，不当为翁首屈一指哉？虽然，与父言，言慈；与子言，言孝。翁七十而有子，余少翁六龄而无儿，固耶？乔耶？当交勉焉。以称其没齿，而使父之为固而不为乔，是在此日之斑衣弄雏，以承膝下欢者矣。”雪渔曰：“然。”遂次其语以为之序。

吴母劳孺人六十寿序

岁戊午，予馆海村吴声翁家。季夏，翁之长孙煜执巨卷跪而请曰：“今月十九日为煜王母六十设帨之辰，请先生一言以垂不朽。”予曰：“平生不惯作谄语，此非所长。”固辞之。煜固以请，曰:“王母淑行，有粗可述者。王母为劳麟书先生从姑，熟闻古贤孝事。年十七，归王父，善事舅姑，奉母至孝。母晚患痫症，或盛怒加笞扑，辄和颜受之。侍汤药积岁月，衣不解带。或发狂走村野间，惧其涉水，蹑之不少离，百计劝谕之，入室乃止。既殁，出纺绩资，殡葬如礼。夙夜操作，佐王父，以俭勤持，家训子孙，井井有法。尝见邻里樗蒱为戏，必戒煜辈曰：‘此牧猪奴败家事，汝曹断勿染也！’子侄贫乏者，密左右王父岁赈济之弗倦。此其略也，敢藉先生一言以垂不朽，可乎？”予首颔之，既而质诸汪子津夫、谢子雪渔，佥曰:“固余所稔闻也。”遂次其语以为寿。抑余更有一言为生勖:士子操觚读书，见往哲贤行，辄跂羡不已;乃家有懿范，习焉弗察。如生所述，生能效汝王母谕亲于道乎？能效汝王母周子姓之贫乏乎？夫修身所以事亲也，推恩所以全孝也。生能法汝王母，而力学以充之，所以寿汝王母而垂诸不朽者有在矣，而又何藉乎余言？

寿从嫂邵氏孺人六十序

月为群阴之精，配日而夜明。其有盈虚者，授权于日而不居其劳也，故本体暗然，特受日之光以为光。日为兄，则月为姊；日为君，则月为妃，所以相辅而成化功也。忆髫龀时，侍北堂，中秋饮丛桂下，先慈谓梓曰：“汝生之前一岁，中秋月皎甚。夜半，五云纷披相传为月华。据《安南志》:‘每岁是月，月明主多珠。’汝试识之。”既而遇粤商来浙，询之果验。今辛酉为甲子一周清和之杪，故山侄倩胡子藻儒以书来云：“中秋为外母孺人六十设帨之辰，请一言以为寿。”孺人，吾从嫂也，馆余卧雪轩，课从子钦陶、朗峰者六载，稔悉孺人之贤。而藻儒所述第曰：“孺人系出东陵，幼娴姆训，归我外舅载青公。事姑色养，处娣姒谦和，奉宾祭诚恪，御藏获以礼法，如是而已。”噫！此俗间祝冈之饰辞具文也，何足以颂我孺人！家人之六二，正位乎丙，其德则巽，以顺六四，能富厥家，其才亦唯顺在位耳。近世相夫俭勤起家业者，概不乏人，实则悍妒庸陋。夫在，则怂恿纳钱为吏，剥民以自肥；夫殁，则督课儿辈，取非道之科第，以希荣宠博封诰。于是值劬劳之诞，薄施朱铅如鸠，盘荼南面，侈然受戚姬称觞，众口群誉为贤媛，寿母亦腼颜不辞。吁！可愧已！若我孺人，则事事体夫子之志。夫子不欲问当世事，孺人辅之为隐鳞戢翼；夫子望后人植品，不徒以文艺弋名，孺人则教诸郎敦行谊取法古人；夫子志在睦族尊贤，孺人则敬礼师傅，周恤三党，建宗祠，立祭田，骎骎不倦，非所谓地道无成而代有终，修太阴之质以佐太阳之生物，而不居其功者乎？余在卧雪六载中，高贤往还，如汪梅津、谢雪渔诸公，岁时过访，鼓琴投壶，连夕唱和。钦陶出藏书千卷质疑辨难，孺人则亲主中馈，供馔丰洁，咄嗟立办，去则命投辖挽留。梅津曰："是母是子，岂虚语哉！"余老迈艰嗣，孺人为内桃叶祷家祠，祝早叶熊兆。雪渔曰："即此一案，可勒诸谱牒垂光矣。"顾余凉德，无以刑家，不足以副孺人之望。念孺人之贤，唯不自居其功以成夫之志，故年弥高而实弥彰。子荀自诩其贤而不日修阙德，饬于初者，或纵于后，又何以承母之训而日进于无疆哉？此则钦陶、朗峰之所以寿其母于不朽者，不可不自励也。遂书此以复诸藻儒云。

送亦亭之粤序

癸巳春，郑子出诗稿，嘱序于余。郑子之诗，后世复有郑子起而序之，余何足以知郑子？及夏，郑子将有苍梧之行，复以为请。余止之曰："君四十甫举子，今在襁褓，乃作数千里别耶？"郑子曰："余此行将了二事。苍梧多佳山水，封门、天露之胜冠百粤，最险者为海陵。少保张公之败于厓山也，覆舟于兹山之下，余慕公之忠，悲公之志，将过其墓而哭之。又尝闻包孝肃公知端州二岁，贡砚，他守则倍取遗权要，公命仅足贡数。秩满，不持一砚归。今余弟令广宁之可欲者，不止一砚也。不遇公之时，犹能行公之志，余将辅吾弟效孝肃之万一，期无负于吾民。"嗟乎！郑子之志如此，即其诗可知矣。余欲以女儿之私挫其气，余固非知郑子者，又何以序郑子之诗哉？

印谱序

书为六艺之一。自科斗始作，薤穗云乌、龙麟蛇虎诸体继起，至斯敬小篆而浸备然八分，隶草日趋简便，籀篆渐亡矣。即汉唐以来玺文印章，历代兵燹，散佚殆尽，宣和始为印谱，王顺伯、姜尧章、赵孟頫、杨宗道各有纂述。今亦稀有存者。梅里徐子、幽湖俞子俱工篆学，考核精审，而刀法尤造神化，学圃濮子曰："是《广陵散》也。"惧其失传，谱以汇之。因旁及文、何、苏、丁诸家，灿然成帙。余过延古堂花阴竹影间，每一展玩，恍见钟鼎碧落，石鼓峄山，落落几案间也。江河日下，一艺之微，犹睹先民遗规，感慨系之。昔明道以上蔡熟史书，为玩物丧志，及读史，则不遗一字，朱子纲目于后。汉黜魏为贼，而书法乃师曹瞒。天地间无一物无至理。苟方寸有主，由本及末，游焉息焉，以博其趣，皆足收放心而养气质，何足为我累乎？若夫沉溺小技，滞而不化，好学深思者必不自隘若是。

《阮氏族谱》序

程子有云："管摄天下人心，收宗族，厚风俗，使人不忘本，须是明谱系，收世族，立宗子法。"今世风日趋于薄，尊祖敬宗之意阙焉弗讲，即谱系一端，亦且弁髦视之，遑论其他。吾乡犹为近古大略，族必有谱，然往往自耻寒素，窃附华胄；其世家大姓，亦几几贩鬻祖曾以为贾道，紊乱宗祧，罪甚于废谱。阮子叔瑜独能不眩于流俗，创前世未有之谱。于荒碑废主之余，一讳一字，务核其实，远支近属，班班可考，且表扬先代忠节以励后嗣。观其训宗人之词曰:“裕后以追远为先,行己以敦伦为大。吾族有能读书嗜学,循理安分者,此孝子慈孙也。若驰骛浮嚣，败检逾制，或艳羡阀阅，诡托宗支，乃不孝之大者。”呜呼！今世所谓贤父兄，不过诩诩以贵若富勉其子弟，冀为先人光宠，孰能由此道，亦孰能为此言乎？阮氏之谱，非特垂范一族一乡，推而准诸天下其可也。虽然，明谱系者，所以会其原；立宗法者，所以固其本。则吾犹有望于阮子哉。

《寿字印谱》序

余馆扬，闻楚中叟入燕，百四十余岁，方巾大袍，游平山堂，怅不及一问明季事。佐野史，拟作《湘江老人歌》，课冗未暇也。丁卯冬，还梅泾，偶开旧箧，观士白、梅隐诸印谱，如商彝周鼎，古气磅礴，情为之移。俄剥啄启户，表侄阮亦张袖百二十甲子章见质摘句，自三坟至秦汉而止，语古而法备，其配合镌勒，不减徐、范诸君。余为之赏叹，因笑曰：“子非得江山助，技不至此。”亦张乃述曾游金焦诸胜，及天台石梁，客国清者几两载，历举烟峦涧瀑，娓娓不倦。余乃慨焉。思文章之寿世，至篆刻微矣；然胸次有岩壑，必臻其妙以长留于天地。彼楚叟上寿，得天之厚。虽越是图之数，而以篆图之寿。世较之楚叟，又朝菌若矣。噫！世之养生者得是图而揭之座隅，可以嘿念致寿之本于修；养亲者悬是图以佐色笑，可以策喜惧而展其爱日之诚，非维风砥俗之一端欤？亦张喜，遂请书之以为序。

祭田序

古者受田于公，故唯卿以下有圭田，士无田则荐而不祭。后世田私于民，予夺由己，乃知以田赡生，而不思立产以祀祖。尝见吴下富家嫁女，至奁田数顷，族人公举欲强之，割数亩以助烝尝，则规避退缩不前。噫！此风俗之所以日偷也。夫祭田立而祠墓得以世守，祭田扩而通族得以濡惠，节烈者有旌劝，向学者藉膏火，鳏寡废疾得赡养，所谓寓教于养之中，敬宗合族法，莫良于此矣。吾宗前此祭田无考，先伯兄栋夫有志未逮。岁丙辰秋，从子钦陶首创斯举，从兄君翼、从子太占协力以成厥美，嘱予发凡数则，俾子孙永遵弗替。事莫难于创始，木萌蘖而干霄，水氿槛而溢海。后有贤者，范氏义田，郑氏规范，胥于此发之轫矣。故喜而为之序。

《起起集》序

辰冬作《永别吟》,度不及除夕祭诗,不意已春,尚惝惚作扬州人,日绝句,故题己稿曰“起起”，著死期之不远，冀尚有反本之言，可以质诸先人也。昔朱子为门人说“朝闻夕死”云:“人不闻道，长生何为？”第反言之晓然矣。夫“闻”非颖悟之谓，“道”则日用彝伦之常，由当然而悟其所以然，由万殊而归于一本，孟子所谓知性知天是也。不闻之故有二：彼夫行不著，习不察，终身由之而不知者，虽言忠信、行笃敬，无与于斯道也。其赋质之敏，精于格物，于堂奥之邃，藩篱之峻，亦既辨之明而审之的矣。然或异端不得而夺之，而俗学反得而扰之，则终无以有诸。已而，征诸实践，虽自谓之闻道，而犹之乎不闻也。嗟乎！闻道之难如此。而夕死之速，若菌，若蜉蝣，若腐鼠焉，腼颜有生者，能无惧乎？夫宏毅之士死而后已，非及于将死而始知其不可已也，然较之醉生梦死而不一悔者有间焉，此余之所由呼“起起”而奋然以兴也。昔人云：“砚之寿世计，墨之寿年计，笔之寿月计。”余之风烛残喘，仅一秃中书君，下视绛人京若吾幼弟焉。然自问椽管，他日断大事，固不及待；至谀墓曲书为人草降表，效子云撰美新，则数月内庶几可免。此虽无当于朝闻，或亦穷而反本，可质诸先人之一端也夫。己巳四月下浣三日。

寿胡翁汉光七十并自寿序

予自丙子还故山，落落仍寡交。于浒山得陈子海崖、高子仞千为二老友，几忘形骸。一日，仞千过�谷剧谈，偶及寿文八家，亦少传作，何也？余曰：“近观魏叔子，篇篇可诵，如唐人咏物诗，诗不待刻画，确肖本物，不可移易，此为合作。”仞千因叹：“世俗儿女亲家之寿文，两相颂扬，俗沠极陋，名家每耻为之，宜其流传绝少也。余今适有一事，不欲以累先生，而其人实有可传，不识先生能为翔破常格，增翔光耶？斯人必不辱先生笔也。”叩其实，即吾宝穑主人汉翁胡先生也。按翁少质弱，每以慎言语、节饮食代摄生长，颇壮实，览《纲目》，手不释卷，与季父曲江公论列不倦，故子弢公于犹子中独称公胆识。既而子弢公卒，易箦流涕，以孤寡托翁。翁慨任之，合族允服。至今宗涛之岐黄脍炙人口，东垣丹溪实叨翁之赐也。后三十年，清澜公之孙式玉又三十六而夭，弥留就床第，拜翁曰：“伯父春秋高，何敢以诸孙相累。然时事至此，不得不累伯父。”号恸而逝。翁亦涕泗横流，不得已诺之，于今又五六年矣。盖翁之赴义若渴，秉于性成。初不惑于果报，而天之佑翁古稀矍铄，诸孙绕膝，在三党固已首推。晚年一缺陷，惟德配茅孺人，一病分手，不免戚戚耳。而翁之达见，喜已嫁之女能以死殉老母为奇，鼓盆区区又何介意？余虽昏耄，幸结茅邻比，时相过从。翁诸郎小院各好学，不弃昏耄。清风僻里，有竹可荫，有花可栽，有月可步，有鱼可钓，老人舍是，更何求哉？余与仞千又何赊望哉！归震川先生每自负作者，尝曰:“惜当世无丰功伟烈，不足以称吾之笔。”自愚言之庸言庸行第道其常，加之人无愧词，反之己无枉语，随所广狭，皆可不朽，何必存乎人之见哉！杨园先生一生不妄应酬，其全集中寿作不上十篇，无非布帛菽粟之语。昌黎欧公不足言，何况叔子此立言不朽，存乎人耳。仞千唯唯而退。是为序。

又序

董子《繁露》云:“寿者，酬也。寿有修短，由养有得失也。故三代以上言寿，必主于德。”《汉书·王吉传》云：“心有尧舜之志，则体有乔松之寿。”自老子之邪说兴而内丹外丹、辟谷茹芝纷纷然，安期之术遍于天下，盗跖日杀不辜，竟以寿终，于是寿始与德分，而长年可窃。虽以渊明之见道，云鹤有奇翅八表，须臾还，不妨时作虚想；儒门嫡传如紫阳子，犹不免《阴符》之注，老子之罪可胜言哉！与诸生言及此，声益厉，青藜劚地，恨恨不已。有客扣扉曰：“先生息怒。仆有一语质先生：子贡方人，至圣不禁。先生与汉翁宾主莫逆，何不自方厥寿？”余笑曰：“赐也何敢望回。汉翁多子孙，余则两间独叟耳。”《孟子》曰：“不孝有三，无后为大。”惠迪从逆，判然殊途，南辕北辙，背驰日甚。今姑妄言之，汉翁信义孚乎乡党，然诺信乎宗族，固不待吾之详述。而余也馆麟山者六年，建祠之议开罪于族长，刻书之役贻笑于犹子。

自顾生平无一善状，迄垂死之年而思正丘首。不知我者，不过谓庸庸老人，茫无所依，效渊明之乞食，而羁栖海滨，偃蹇抑郁以死已耳。其知我者，谓安伯道之无儿而不敢疾怨于苍天，学唐衢之哭世，只自抒其悲愤，其迹似傲，其志良苦。其责望之深者，谓阳明虽学术堕禅而品行无惭儒者，临川虽出处可议而发明性理亦大有功，杨园虽践履笃实而位置分寸究不可叩于孔孟程朱，今其品题太专擅，其持论太深刻，其晚年之丧子，实由自取。爱古旻者，正不妨姑从其请，核之族长。犹子得其隐慝，著为公书，以动其悔过迁善之心。在古旻或不失其自责之意，在诸友或不以老耄而弃古旻，亦友道之可纪者，未必非缪彤自挝之后又增一美谈也。古旻之幸事，亦同学之幸事也。彼侈言奉觞上寿，而不本于养德者，不亦可赧然自愧矣乎？

张莘皋八十寿序

余童时闻故乡叟述天台老僧，寿三百余，虎狼不侵，居岩谷间，不食烟火，诸猕猴拾松茅啖之。然樵子或叩以前朝事，懵然不省。噫！所贵人之寿考者，为其年高德劭，虽穷而在下，足以扶植纲常，阐扬名教，其功反倍乎拥高位之人。故乡里推之为硕果，邦国尊之为耆旧，贤人君子乐得而称颂之，以为后生小子之模范。不然，即不至于败常乱俗，而生无益于时，没无闻于后世，而徒侥天之倖，蚩蚩然衣帛食肉，杖国杖朝，以终其百年无所用心之岁月，不过深山之木石鹿豕而已，与彼之髫龀而殇者何异哉？故殀寿不计年而计德。有德则殀者为寿。颜子三十二，胜于子夏之百四十也。无德则寿者为殀。蜀李何八百岁，不如鲁汪童之殇也。而寿之中亦有幸不幸焉。使武侯而享郭令公之年，必建复汉之勋；使夏贵七十有九病，七日不汗而毙，则必无降元之辱。余生平迂阔之论类如此，惟吾老友张子莘皋每喜闻之。张子今年八十而矍铄，余不敢效世俗鸠金侈屏障以渎张子，请即以吾两人缔交之始末备述之，以为张子勖可乎？当张子谋葬亲于海昌东门，呕血数升，时余年未卅，手佐侍者，掖登蜀山草堂。时病势良笃，设不幸药不效猝不起，何以有今日葬祭无憾、耄而好学不倦之张子？况张子又善病，雅不嗜药，自庚寅葬亲以来，数患危疾，设不幸猝不起，又安有今日承先志、举葬会，七年间窆九十七人无德色之张子？余亦素多病，六载以前，中风于邗江，倘不幸下再造丸仍不起，又安有今日策矮笻龙钟之古民，而掖古民以登永思楼之张子？张子无古民兴，虽孤而不愧不怍者，无待古民之观摩；而子若孙林立阶下，负暄含饴，即至百岁，尽足自娱。古民非张子，则饮食教诲谁复继之？无儿之独叟，踉跄靡依，必至晚节不保，流为小人之归。则张子之寿而康宁，天之所以厚古民也。古民今六十有九，度衰惫，或并不及七十意外之想。彼苍或悯张子孤立无与，而纵古民为两山之木石鹿豕，以从张子游。则张子九衮奉觞之日，或尚存矮笻蹩躠之故人，犹能劈窠书仁为己任二语，悬之攸芋，为植纲常、阐名教之张子勖也。张子其许我乎！

《井心集诗钞》序

余与郑子亦亭交最笃，偶从遁野得潘吴今乐府，亦亭曰："吾两人独不可为陈郑乐府耶。"因摘题八十一，合九九之数，刻期而成，亦亭诸作，迥出梓右。及入燕，查氏难发，家人遂付祝融氏，余所撰旋亦毁去。阅十年，过遁野，灯下与方行惋惜旧制，方行曰："君作固在吾箧。"

余大惊，喜出之，乃方行手抄，而亦亭点勘者。感知己之存录，三复终篇，泪与烛俱。己未春，谢子雪渔属书一帙；冬，仲子谨园请书一编，藉非方行，虫鼠灰烬久矣，不可问矣。然拙作幸存，而耕余珠玉，安得复有？方行，其人者为之搜罗纂辑而属予之，挥泪而缮写之也，悲夫！客星山人书于西牖丛篁之室。

《四书质疑》序

乙丑春，闻高沙客晨起治装还越。棹未开徙，倚门左观往来市人，意甚适。忽脑晕，喉作咳，口祸。旁一奴扶之，已绝矣。时年三十八耳。人生死呼吸间，后生可畏若此，况吾辈老人间隔千里外耶？生平一二纪述，不早出质良友，一旦为高沙客，遗恨何穷！因捡箧，得癸丑以来《四书质疑》《经义质疑》数卷，录寄吾乡谢子雪渔。及吾未死，亲见故人辨驳订定，不使为圣门之罪人，溘死奚憾哉！清和望，客星山人书于素心黄梅树下。

跋

题朱子石刻像

少尝于《朱子文集》瞻拜遗像，病其边幅太窘，欲觅良手展为巨幅，不可得。今来南州，见堂上悬石刻照，衣冠伟然，使人凛凛向慕。三代以下诸儒，朱子集其成。天不生朱子，万古亦长夜矣。然南渡以后，金溪、姚江后先淆乱，不有杨园昌明朱子之教，亦斯道绝续之忧也。杨园有《寒风伫立图》，幅巾深衣，适肖斯像，何时并勒诸石，两图并拓，广播庠塾，使穷乡末学奋然兴起，不为流俗所汩哉？

书姚蛰庵先生《困学编》后

蛰庵先生既没，嗣君奉先生《困学编》，嘱为忝较。梓浅陋，何足以知先生？然辱先生爱良厚。忆未申间，先生馆幽湖，往来密迩，勤勤督诲，若子弟然。今遗书具存，而先生音容渺不可接，览之不禁涕泗交颐也。阅岁，澉湖吴先生至，出以正。先生曰："姚先生精诚过人，自有所得，遗编谨藏之家可也。"梓因读先生之书而有感焉。自古贤人志士，随所就之大小，必赖师友以成。先生得亲炙杨园而友严溪，先生之幸也。杨园、严溪之不永其年，斯世之不幸，亦先生之不幸也。先生从杨园游甫五载，而杨园与严溪相继沦丧。甲寅以后，痛泰山之颓，感宿草之封，伥伥乎如瞽之无相，而见世之号为学者，袭圣贤之遗言以资口耳，胸次猥琐，实无异流俗，以为皆弃内而骛外之病，遂研精极思余三十年，独有得于太极之说，著为此编。当世既无可告语者，而后世子云又莫可必，先生之志亦孤矣哉。呜呼！以先生之诚笃，使杨园得享上寿，从容陶淑，可以底于大成。即杨园没，而严溪幸不早世，辨论切磋，确守师传，其所就又岂特止于是而已哉！反复三叹，为书其后而归之。

书紫云先生所藏《礼经会元》后

张生景程得此书于市肆，庚戌夏，携至静愉。余览之，怪其书法粗劣，而校仇独精，考其印识，则芸尸藏书也，盖先生当日嘱友缮录而手自勘点者。其首卷《路寝图》，则亲笔脱稿，小楷端丽，三复不忍释手。遗安数千卷，属之语水，寓书杨园，自庆得所，岂知身后不五十年，剩枣遗梨悉为灰烬，而此册独得存于腐舍酒家之间，可幸也夫？可哀也夫？

《后山诗注》跋

先伯子与语水、凫影交。戊子冬，凫影寄此云："是插架秘帙，人间未开雕者。"伯子手录注，命予写正文，凡两月告毕。庚寅，伯子馆故山，置竹笈，自是始学诗，一出手便成家，盖得力此卷也。今伯子已下世十八年，凫影亦死于难，灯下检簏，慨然书此，不禁老泪滂滂下也。

杨园先生《时艺》跋

甲子之后，余悉检前辈手迹，如杨园、紫云、□□蜀山、梅亭、蛰庵诸先生，片楮只字，皆属之张子莘皋贮之永思楼，冀事平之后取归装池之，以惠来学。乃甲寅之秋，永思楼灾，无一存者。独此卷先生手书存遁野金氏，幸完好无恙。《广陵散》、鲁灵光非希世之宝哉？《时艺》在先生未学道前，先生所不欲存者，□□质亡集载佩葱，而不及杨园，盖不敢以八股玷先生也。然儒先真迹，百世当珍守之。右军《黄庭》、鲁公《多宝》，虽二氏不为病也，于制艺乎何尤？

《祭田约》跋

祀先报本，此为子孙者自致之情，初不以有田无田为兴废也。然立田以主祀，虽中人有所持循；无田以营费，即贤者亦每失之疏阙。田之系于祭，綦重矣哉！硖川张子莘皋服膺杨园之教，返躬践履，尤笃于丧祭，其立祭田，与其从兄锡韩、益昆二公撰为规约，克诚克信，尽美尽善，要于经久无弊，可谓思远而虑深矣。嗟乎！成立之难如升天，覆坠之易如燎毛，后之人尚其仰体斯志，恪守而力扩之，勿视为具文，妄思更张，则横山世泽绵绵，俎豆不与天俱永乎？

《塾田约》跋

张子既为祭田约，阅日，复以家塾约见示，读之益悚然生敬。吾乡故家率创祭田，而立塾产以训子孙者，无闻焉。不知有祭田而无塾产，贫者乏延师之资，美质坐废；富者惜修膳之费，逸居无教，不难举前人之成法而毁之。然则塾产不立，安见祭田之必可保也？今张子之约建祠以祀先，而即寓塾于祠，内为祭寝，外为讲堂，别置田以瞻之。其为塾教也，必以小学为根本，以干富贵荣身肥家为戒，其他周急救荒及养老、给孤寡、丧葬聘娶之属，悉寓于塾田之中，详审精密，用意厚而立法周，盖遵行百世而无弊者也。余尝谓疏传归田以上所赐金，日与宗族故旧宴赏，而不及祀先，瞻族久远之计，未免达而疏。若范文正，立义田宅，越七百余年，举族尚蒙其庇，公历显位，顺风而呼，为力殊易。张子以布衣隐居，能饬躬范俗，创此良规，垂之奕叶，是岂易及者哉！先哲云："人材日衰少，善保膝下儿。"后之贤子孙，第使塾田不废，英贤蔚起，出为名卿，处为良士，虽祭田数十顷，亦何患其不能守？所谓有治人，无治法，其人存，其政举也。司教者慎毋忽诸！

题始学斋远游诗

诗非公所长，而英伟之气奕奕不可掩，亦奇士也。噫！使公卒业于杨园之门，何至白头在堂，抱其孤志，仆仆四方哉？子曰："不远游。"《记》曰："不许友以死，为父母存者言耳。究而论之，孝子之事亲终。终者，终其身也。虽父母殁，何可远游？而况许友以身哉！"读此卷时，适闻巨川山右之讣，感而书此。

题《四适图》

来雨轩有古画四叟：一捻消息取耳，一踞石欠伸，一倚树坐喷嚏，一命童子椎背手按膝作快意状。或曰："此四适也。"予观之慨然有感。夫四支之于安佚有性焉，君子不谓性也。敬姜论劳逸，夫子亟称之苟求，其适何所不至？三风十愆，丧家亡国，甚至身犯篡逆而不顾，亦唯适吾意而已。噫！适之弊可胜道哉！然四叟也，深衣博袖，类非鹿鹿者，殆不屑踽蹐奔走于名势之场，而啸傲林泉以取适者乎？噫！亦贤矣。

范巨川札跋

此巨川去春之山右临行别札也。中举初交诗，盖棺语为勖，作数千里行，不以识自嫌而兢兢以晚节无亏，互相鞭策，亦足验其中之所存矣。尝谓余曰："吾岂乐远游？以次子未婚，需馆谷具币耳。"噫！以子之婚而仆仆走数千里，父母之心何所不至？事亲者胡可宴然不省，而况使之客死于道路哉？因书此以示二郎，并警吾婿云。

《一得吟》书后

竹垞时有周青士隐于市而能诗，竹垞深契之。余友山阴潘子烛微托迹阛阓，手不释卷，蓄其所得泄诸咏歌。余自戊申馆硖，壬子馆越，与幽湖亲旧契阔，烛微独邮寄所作见质，非余所点定，即不入稿。每归遁野，辄扁舟见访，袖诸新咏，坐老梅下，考证商确，历举唐宋诗得失，亹亹辨论。既别去，犹连筒往复，必抉古人之精髓而后快。其好学深思，殆非近人可及，故其诗清劲隽永，迥出流辈，曰"一得"者，谦词也。噫！以烛微之沉敏，天不吝其年，浸淫而入于古，岂特方竹垞、超青士哉！而一疾不起，为庸医所蹶，良可悲已。原集甚夥，限于资，刻其百之一，"清秋夜寒虫"语凄恻，回忆平生知己之感，泪如绠縻，为书其后而归之遗孤云。

跋余愚谷诗画

愚谷与余神交久，初不相识，因集诗作此图，若觌面谈心者，然不及十余笔，而神韵逼肖，盖画中逸品也。壬子冬，为愚谷作诗，遂过盛川欲一晤，先数日已发棹维扬，终不得一见。癸丑馆故山，踪迹益阔，而愚谷随于甲寅为古人矣。从子钦陶知愚谷写猫极灵，寄佳纸乞画，殁后问其家人，不知也，乃题此归之从子。使知吾两人相契之深，见与不见，有不足道者；即从子之慕愚谷，窥豹一斑，亦足概其生平矣。

题《二酉图》

浣陵有大酉、小酉山。小酉旧传积书数千卷，秦时隐君子避世于此，湘东王所谓"访酉阳之逸兴"是也。然汉魏时，不闻有从二酉得古本经籍者，岂好事者焚坑之厄，附会其说耶？

癸丑春将归越，王子立诚携此图见饷，遂挟之入山。时从子钦陶方购书实斋阁，即转赠装潢，饰北壁苍崖丹壑间，缃帙竹素，灿陈纷列，良可观也。夫藏书不难诵习，而力行之为难。匡衡少贫，闻富家多书，为之佣，不取直，曰："愿借读主人书。"读书而徒给口耳，扬雄犹谓之书肆说铃，王充讥为匿生书主人，况束高阁、饱群蠹者乎！柳氏曰："余家升平里西堂，藏经史子集皆有三本，一本纸墨线束华丽者镇库，一本随行披阅，一本后生子弟为业。宋次道家书，校仇三五遍。"昭陵士大夫喜读书，多僦居其侧，当时春明坊宅子僦直踊贵，既以淑己，复公诸同好。如孙蔚藏书七千余卷，远近来读恒百余人，蔚一一为办衣食，虽难为继，然得书之趣亦博矣，岂区区渔猎饾饤、秘诸一己以弋科第者同日语哉！从子颇倜傥嗜学，因备书之，以为法鉴云。

题《潜圃图》

莫潜于泉，而汪濊者播为膏泽；莫潜于山，而葱茏者储为栋梁。何则其蕴蓄深也！硖川严子延师高斋，课儿辈绩学，而斋圃之旁适挟东山，花溪环之。每晨起，隔水云霧然袭檐角，月夜高梧修篁交阴户牖，而篝灯琅琅，若出金石。夫具沉潜之资，浸淫于六艺之圃，祛浮惩躁以邃厥养，其待用于世，为霖为楫，曷可量哉？因颜其额曰"潜圃"而著其义，以为藏修者勖焉。

跋《秦士录》

潜溪先生记关中邓弼豪迈雄俊，不愧一良将才。然谓弼死廿一年，天下大乱，元鸟巢林木，弼鬼有灵，当怒发上冲冠。不然，弼之上书德王，特自惜其技，不得已思一试耳。及入王屋山为道士，安知不大悔躁进？夫治不生于治而生于乱，寒霜厉雪，正为三春花木兆太平锦绣而已，弼鬼有灵，安知其不抚掌大笑耶？

钮膺若文集跋

余与钮子乙巳始定交，随徙遁野，每过柿林，钮子辄喜跃。偕往葭溪访李子裳吉，酒后必继以诗，往往至二三鼓，余倦已就枕，而二公犹吟哦达旦。自伦表谢世，往来时复感怆，而兴会未减。癸丑余渡江，甲寅钮子赴淮幕，音问遂疏阔。钮子善酒，尝寄止酒诗规之，而洪乔浮沉。己卯冬病归，卧床蓐，观余近作，犹赏叹曰："衰年逢令节，故国此中秋，非老杜而何！"越旬候之，已下世矣，年仅三十四，无一亩之田，垂白在堂，诸孤茕茕，可悲也。钮子工诗，秃笔歌传幽湖，姚江靡不激节。大小令尤擅长，古文亦规摹八家。天永其年，岂仅鸣一国哉！丙辰九月杪灯下展阅，书其后归之遗孤，欷歔涕泗，盖不独知己之感也。

《祝母吴孺人节孝录》跋

往余侍克轩吴先生，见采山公集《桃花源记》诗，高风逸韵，邈然神契。孺人为采山公女，立节保孤，称其家风矣。其训子独举"顶天立地"四字，岂漫为大言哉！孺人幼承先世遗训，谓天地随时消长，则顶且立者，亦与时为难易，非特擅词章，弋科第，不克副其名，即食焉不避其难，宁遂无忝厥任哉！祝子其慎思母训，力期所以造之。起忠节公于九原，叹有是母有是子，乃不负未亡人寒风苦月断机画荻时也。祝子勗之！茫茫两间，藐焉七尺，何以挺然中处哉？吁！可惧也。

《仪礼正文》跋

伯兄尝言《仪礼》于诸经，极难成诵，昔陆稼书先生曾录作小册，出入怀袖，每谒客阍，通刺，主未出，即把读，前辈勤敏如此。此先兄从旧本抄读，间缀注语，亦附诸儒论说，意欲传之后人。而吾两人皆无儿，可悲也。天不绝书香，嗣子有孙，尚其宝之，勿轻假人也。

跋《兰亭记》后

“死生亦大矣，岂不痛哉”二句，或疑晋人旷达，右军《兰亭》一叙，低徊婉转，只结得此意，未免琐琐。却不知右军所感极深，绝不从一身起，见君亲骨肉，以及旧好新交，经历多少存没聚散，若浮萍朝菌，生长乱离，中原未复，流光如驶，忽焉今古，能无罣然高望、慨然长呼乎！秋夜雨深，寒灯如豆，回念十岁以来欢愉悲戚，历历如昨，起诵斯文，不自知其泪之何从也。

唐睿宗钟铭跋

西山上人朗仙赠余景云观钟铭，云：“曩游硖所购钟，久百罅，拓时悬梯实以衲楮，乃可椎拓，为力极难，故流传绝少。”其文带篆隶，古气盎然。后读钮氏《觚剩》详载始末，竹垞《曝书亭集》亦有跋，将属吾友王子文育装潢以垂后人。文育亦工书，得此更当于百尺竿进一步也。

先君草书《千文》跋

先君虽工草书，颇不自足，存者绝少。岁己丑，阮子松岩归故乡，于其伯父叔瑜处见先君《千文》手卷，以告余兄弟，乃喜出意外。庚寅，伯兄馆故乡，请于叔瑜曰：“先人遗墨在君所，盍见归乎？”叔瑜曰：“君家故物，吾何吝焉！”遂出以示伯兄，伯兄拜而受之，赠之诗，有“世世感君存手泽，人间无数覆壶瓿”之句，即命梓以杨园先生备忘报之。癸巳秋，始属幽湖良工装潢成轴，以质诸当世大君子，不以兄弟不肖，锡之一言，宠光多矣。呜呼！先君之没，距今二十年矣。梓方髫龄，就传不获，随伯兄后省安视膳，承奉色笑。及长，复荒以嬉，不克绍厥志。《曾子》曰：“亲戚既没，虽欲孝，谁为孝？”《记》曰：“父母虽没，将为善，思贻父母令名，必果；将为不善，思贻父母羞辱，必不果。”梓也德不加修，而悔日益滋，无以副九原之望，而徒追音容于楮墨，假词翰为表扬，不已末乎！癸巳初冬，下浣一日，不肖男梓流涕百拜，谨跋。

方竹杖诗帖跋

方竹在否？曰：“已规面漆之矣。”此禅语也，以为实然，僧之俗倘不至是。南明子赠余斯杖，余方胥天下之竹而矩之，而白贲之何患乎规与漆哉？虽然习染移人，廉乎外，或规其中；朴其貌，或饰于性，不独愧斯杖也，且负吾友实甚。诗具在，方竹鉴之哉！

《吴氏谱图》跋

余庚戌馆硖川，交吴子芑君。芑君与余同乡，其宗族在姚之海滨，所谓吴家路是也。今年适来馆于吴家路声符翁之东楼，问芑君讳字，举族无知者。族繁，他徙者众，一二世不还省，丘垄遂如路人，可慨已。一夕，声翁出示先世谱图，成于宋右丞相潜真西山先生，叙其原委，自季札历汉广平侯汉，晋广州刺史隐之，宋参知政事育，侍御中复，武安王玠、武顺王璘及潜，凡八像，冠裳伟丽，丹青灿然不磨，陈康伯、王十朋、杨万里、胡瑗、胡安国、魏了翁、周必大、文信国公及蔡沈、许衡各有诗有赞。而有诰有御玺者，独武安王与右丞相，一为绍兴十一年[①]七月十六日，一为宝祐四年八月初一日，诰词金剥落[②]，仅存粉质，古气盎然。诸家书法行草相间，都似临摹，非原本，独真序则唐隶书，并大字颜其首曰“吴氏世珍”，挺劲浑朴，非后人所能貌拟[③]也。余览之凛然起敬，亦愀然生感。寒宗谱自洪武迄今仅十一世，然先世文笔图像，存者无几；而吴氏之谱图乃传自宋代，即目之为赝鼎，亦希世之宝矣，况真伪莫定者乎！声符世守之以鼓励后嗣，俾读书修行以克绍前徽，亦所谓以故兴物也。因挑灯跋其尾，将以告我芑君，为人子孙，而先世图像不一瞻拜，非大憾事欤？余尝作《望越图》，芑君题曰“感我越吟客”。余馆越凡六年，而芑君不一归展墓，不知何时聚首东楼，与芑君把盏欷歔，共赏此奇宝也？[④]古民陈梓敬跋。

题愚谷《南极图》

文昌，一星耳，而世俗貌之曰“梓潼君”，虽当湖之贤，犹为作祠记，甚矣，惑之难解也！南极号曰“老人”，其状必龙钟伛偻无疑，然出之俗笔，则钩染愈肖而愈不肖矣。愚谷仅以数笔写大意，而神气浑噩，迥非尘间食烟火伧叟，使旁观者俱诧为不肖乃愈肖也。观此则知世之作诗摩少陵，作文貌昌黎者，当吸神髓于笔墨之外矣。

范蜀山《葬书》跋

古之葬者不封不树，崇质也。后世徒侈金玉及券台墓表，壮观而已，附身附棺，必诚必信之道无问焉。至紫阳子创灰隔护棺，庶免木朽蚁水诸患，于子职靡歉矣。紫云又补乌樟溲灰熔沥锢柩诸巧思，高阳缵其绪而加详焉，然未有成书。仁人孝子无所考据，临事迟疑，何由自尽乎？蜀山先生服膺杨园，弃青衿，从事洛闽之学，居丧尽礼，于葬法尤熟，讲而力行之，遂于苫块之余，汇辑各家，定有此帙以诏来者。有志之士梓而播之，以广其传，化天下之暴露，而速归于窀穸，且化天下之砖圹，而竭诚于灰隔。畴无父母，叨先生锡类之恩，其不感且泣者，非人子矣。

题王公尔芳遗像

论人贵得其大端。当甲申鼎革时，东南诸生毁冠裂冕、弋科第者不可胜纪。公独引病杜门，至白首犹幅巾方袍，此岂漫无所见，以恬淡偶合者哉？观公晚年处困，自况苏属国，意可见矣。说者徒以捐粟赈贫、克己为义称之，岂知公者哉！

《传习录辨》跋

右钱塘王嗣槐著，康熙丁丑镂板，共四卷。尊朱子，辟阳明，以通俗语解释辨驳，使人易晓良知家阳儒阴释之诡幻，无可逃遁，诚紫阳之功臣也。第崇伊川而贬明道，与象山并黜，

① “绍兴十一年”作“绍兴十五年”。

② “诰词金剥落”作“诰词全剥落”。

③ “貌儗”作“貌拟”。

④ 文末有“古民陈梓敬跋”。

谓阳明直接程氏之真传，本告子而通之佛氏，则得失相半矣。又谓主一不必赘以无适，纯乎天理，不必复加无一毫人欲之私，谓画蛇添足，亦失之过高，反易流于异学。后之学者能熟玩杨园之批《传习》，此书虽置之高阁可也。

题谢雪渔小照

未雪而霰不钓，既雪而霁亦不钓，当雪而渔何？志不在鱼也。不在鱼，且不见有水，而况鱼？且不知有雪，而又安知为雪中之渔？戴帅初诗云"看渠风雪忙如许，还有鱼儿上钓来。"帅初意讽世实自供其失身于微饵耳。古人云得渔不卖，若雪渔有鱼，不得卧于室，不若僵于渚牧于龙沙，不若啮于滉瀁之浒，节何高，志何苦哉！浩然长啸，湖不冰而舟容与不去者，船尾有二十六孔笛，谁叶吾《雪船吟》曰："吾以待吾古民？"

董思白《心经》跋

《心经》石刻，楷与草所见不一，未有如董公此册之精妙者。公行书本秀逸，加以泥金蓝笺，辉映闪目，反覆数过，不啻身侍公侧，蕉窗棐几，奕奕下笔时也。余素病公书太媚，不乐观，若此卷者，虽百遍披阅可也。廿载前，克轩有便面，二亦系公手书，笔法更劲，为有力者所得，思之怅然。从子钦陶因问古人善书者，奈何半写佛经，余不禁慨焉兴叹。既以书鸣，必不仅为空门作犬马。盖大家世族，每经鼎革，则家藏遗迹毁于兵燹，而佛庐道院反有幸存者，犹之村农市侩先世名字家无遗谱，徒以桑门法牒为据者耳。然亦足以见佛老之盛，士大夫之不惑于邪说，而毅然绝笔者，甚不多得也。

比干铜盘跋

戊辰正月望，步月过胞与堂，观金石款识，见此铭奇古爱之。次夕，刘子让木摹篆见赠，其文云："左林右泉，后冈前道，万世之英，兹焉是宝。"灯下诵数过，宛然血淋漓剖心，人在上下左右也。当时微去、箕奴、干心惨怛，非死谏无以回天，天王圣明，一朝悔悟，虽万刀醢我，七窍火当风扬灰，甘如饴矣。呜呼！其所以为万世之英欤？

跋《乐毅论》枣木碑帖

白下王生某，字立方，父为尉嘉邑，以此碑贽余门下，为子京项氏旧物，笔法浑沦秀劲，缺其半，以时帖续之，大不伦也。前有《玉版十三行》,《黄庭》后缀《麻姑》，皆不及《乐毅论》，盖宋拓枣木为工，石刻皆后起者耳。余所见王字，最初本自海昌杨氏《圣教序》，而外此其亚矣。

赵孟頫《千字文》真迹跋

观古人石刻，即佳者，不过如近时曾鲸、谢彬传真而已。若墨迹，则如亲对古人，握手谈笑，精神意气之投合，何快如之？家旧藏智永《千文》，系宋拓，特珍之。及来紫〔薇〕(微）观杨氏（讳中纳）所宝吴兴真迹，为之魄动神竦。竹垞所谓《延祐十七卷》之一，恐尚是石刻耳。昇庵推晋以后孟頫为集大成，其言虽过，亦岂无所见而率尔推许哉！

跋《圣教序》

余尝于也园观杨晚研所藏《圣教序》，点画清劲，纸色黄锈，殆是宋物。此卷据云唐拓而残阙甚夥，楮白如新，何耶？以愚测之，或为装潢家所窃以赝本充之，姑存其题跋，而匏庵所宝、衡山所赏者，又别有善本也。然鉴古实难，碑不能言，近吴门专诸巷砖刻直可冒宋，安知晚研帖非伪作？而此卷本属唐拓，余乃妄生疑端，亦可怪矣。独是世风尚谄，收藏家每得一物，辄自矜秘，而观者遂一切阿徇，不问真赝，极口颂祝，如丐夫登门，事事说好。此则鄙性所深耻耳，梅玉主人当不以吾言为憨也。

文待诏《独树图》跋

余所见待诏山水，鲜真者。今年秋克轩先生携巨幅，仅一枯树，长三尺，万枝飒飒疾风中，何云陀先生题七绝，盖双绝奇物也，今归之寻源阁主人。克轩又持董尚书便面，较俗刻石本稍肥，而精采夺目，当是晚年得意之笔，亦贬价以售，良可惜耳。

题马

聚麀者，兽也，马独不然。有白马产驹，驹长识其母，当风时不敢近。或污其母毛令缁，驹遂交焉。久之，母毛复故，驹大悔，触阶石死。古人良马喻君子，有以哉！昭君启汉帝，帝令从其国，俗人类有不如马者，可慨也。鲁鼒所画白马绝佳，感而题此。

题画竹

白香山云："植物之中竹难写，古今虽画，无似者。"盖竹品极高，梅花道人云："与可画竹不见竹，东坡作诗无此诗。"非具此本领，岂易貌取哉！岩君是幅，着笔淡远，如李东旸诗"青蛾舞罢婆娑曲，人在空山月影中"，足以当之矣。

题菜

噫！世之牧民者，非不嗜此味，试叩之曰："尔奈何使民有是色？"则必怫然怒。安南有菜生池中，过者戏问曰："尔识羞否？"叶顿憔悴，人去，则青青如，故名曰"羞菜"。噫！是羞菜之不若也。

题画松

元微之题画松"翠帚扫春风，枯龙戛寒月"，刘文成诗"高藏日月气，清滴云雾汁"，皆奇语也，移以赠此幅何如？刘夤句"曾当月照还无影，若许风吹合有声"，何等潇洒！然不如少陵"白摧枯骨龙蛇死，黑入太阴雷雨垂"气魄尤大也。世无韦偃，当为浩叹。

题册页

韩宗儒得坡公一帖，于殿帅姚宅换羊肉数斤。公虽善书，亦学士之名，登高而呼，故屠沽儿皆知重公书也。一友失馆，索余书，将入市易米，余不觉大笑。余书纵及坡，即贞观时斗米四五钱，恐不可换，况本不佳哉？然李龙眠善画，晚年病痹，不能把笔，反以厚赀收已所作。余近多病，安知他日不出数斛粟购此册哉？敝帚自珍，庶几有嗜痂者癖之，果得一知己，不憾矣。

岳王庙题名

九月四日，过虎林储祉堂，次早拟渡江，妻舅曰："桂花盛，盍往西子湖？"遂拨棹金沙滩，纵观亭榭，过五柳居，尝嘉鱼。入花神庙，不得登后殿，阍者概拒游人。盘桓少顷，一羽士来，与阍有旧，同行与羽士亦有旧，乃导以入。菊未开，罗列百盆，曲栏外皆老桂、鸡冠，五色陆离。亭阁幽净，反胜金沙十倍。寻返舟，洗盏更酌，余曰：“行□不足观，岳王庙不可不一拜。”移舟泊岸，同行方逡巡，余先入庙，四体投地，不觉双泪泉涌。日将落，因欷歔而归。题壁同游者：姚子宗孟及余，并内侄，次高二侄孙也。

跋《吾复集》后

伯夷耻食周粟，使当时伯夷之友爱夷，恐夷不即死，有饭夷者，而生祭之，以速其就义，岂为知伯夷者？且使后世谓夷未必果死，得友之一激而全其节，友亦何忍居此名哉？文丞相一死非所难，王公岂不足信之于素，而多此劳攘乎？然吾观《吾复》一集，唯《生祭》《望祭》两篇忠肝义胆，笔力遒劲，此外要不离骈俪体，苟无此举，则宋元间能文者不少，又安见斯集之必传也？或曰：“集之传不传，以人不以文。公从丞相游，以母病辞归，终身不仕异姓，忠孝大节自足不朽。使丞相不及待公之生祭而先死，公何尝不焯焯可传哉？”信斯言也。梓之，所以量公者浅矣，又何以论公乎？

题学曾遗诗

诗从近体入门，往往无大成，故学诗必自五古始。闻者目为迂论，学曾独首肯予言。尝过定泉问诗，为近体，多不谐，五古居然成章。尝咏新霜云：“天气渐惨烈，我心生悲伤。愿尔杀恶草，嘉谷无灾戕。”予憬然曰:“生殆不永年也。”未几，得瘵疾，不二载，遂不起。其尊人哭之恸，录遗诗属弁其首。噫！学曾之资，洵嘉谷也，不早戕之，安知不九穗哉？明杨基诗云：“无边草色犹春雨，有几梅花更晚风。”可伤者岂特一学曾哉！

跋赵子昂五柳年谱图

戊申秋，余于也园见杨晚研所藏松雪《千文》真迹，叹其神妙。今观此卷，书画两绝。余不见伯时，见松雪斯可矣，然余有感焉。五柳清风高节，仅书甲子，而摹其遗像者，乃纪至治之元，恐五柳愀然不受耳。昔宋子虚题《松雪集》云:“文在玉堂多焕烂，泪经铜狄一滂沱。原陵禾黍悲〔酆〕（丰）镐，人物风流继永和。”三复此诗，不能不扼腕长太息也。

再跋子昂画《五柳年谱图》后

《五柳先生年谱》，全集不载，他无可考。按本传:擅道济馈梁肉在，为州祭酒，不堪吏职，自解归之后，是时未令彭泽也。今此图列之临殁，误矣。况先生寿六十三，此云六十二。《朱子纲目》书晋征士陶潜卒在宋元嘉四年,今云元嘉五年,时年六十,皆大舛误也。松雪博学之士，不应冒昧至是。或者伯时画卷,本属赝作,松雪震其名,遂不暇详审,为依样葫芦耶？后有明眼，当熟辨之。

汪钝翁《周烈妇墓表》跋

尧峰古文如此篇，颇不愧作者。盖烈妇以正气相感，虽懦夫亦为激发，怒兄公之黜伦，快厉鬼之诛奸，宜其笔有神助，英爽勃勃也。余于此复有感焉。帝昺，大臣负之赴海，至洪涛十万尸，此其怨毒，岂仅如杜伯射宣王、魏其灌夫守武安、东海孝妇三年枯旱而已哉？乃子昂以宗室食仇禄，吴澄自命学程朱，而失节觍颜为翰林承旨，不闻幼帝率陆张诸大臣，手持上方剑，断头寸磔之，岂万乘之尊忠魂烈魄，反不如匹夫匹妇精诚所注，可以动天地而泣鬼神哉？吾尝欲乘孤槎傍匡山，投招魂词于午潮中一叩之。尧峰灵鬼，弗从地下憎我迂阔，作揶揄大笑也。

《出师表》跋

后帝不慧，与“何不食肉糜”者不相径庭，汉运之衰，天也。予尝谓天若佑汉，令帝早夭，北地王立，而武侯之寿如郑子产，何难殄吴灭魏，恢复故物哉？世人病武侯授帝申韩，武侯岂得已哉！明医疗疾，百剂不灵，最后以毒攻毒，亦不应，叹息而退。呜呼！成败利钝，非臣所料，若此间颇乐诚如帝教，则固臣所逆料而不忍言者也。“临表涕泣，不知所云”，岂真以远别故耶！“出师未捷身先死，长使英雄泪满襟”，少陵先得我心矣。

附论：□“嗣子可辅，辅之；不可，君当自取。”说者谓帝英，确笼络语，非也。草庐三顾，许以驰驱，此千古知己也，乃疑其自取而预戒之，小儿之见耳。此帝愤激语，度生儿不肖，终归他人，不若使有德抚之，不至鱼肉我赤子也。唯时武侯亦知嗣主必为亡国之君，故以正对，而曰：“忠贞继以死。”君臣永诀，相对流涕，一片忠诚，至今如生，何可妄议？嗣子不可辅，帝亦知之，第不可使闻于邻国，善小恶小，惟贤惟德，姑违心作泛泛义方之训，尽人听天，令传之史册耳。究其实，木石鹿豕，安知有善与恶、贤与德哉？其尸位四十年之久，特武侯处置得宜所致，不然面缚衔璧，大恶忍为，岂先君之命小恶是惩哉？

题梅津梅

此幅寄幽湖，余方纳四明桃叶，故予谢诗有“看人是鬼神仙眼，望我生儿父母心”一律。呜呼！岂知六十六翁，以半个热身漂泊江淮，而补之已为罗浮梦中美人，不久当相从九原，看写石心铁肠，嘱天地孤根回暖耳。作传之日，灯下书。

汤文恪公《王彦章论》书后

己巳春，偶为门下说“杀身成仁”，因举公斯论云：“论忠烈者，必观其所事之君。杀身成仁，仁之所在，不得不死；若为贼战，而为贼死，是杀身以成不仁，何足道？”此千古创见有关名教之论，既伏枕思公为明季作手，必访其全集，读之乃快，而扬州俗地无可问。金华汤子族谊，乃驰书扣之，不知也。阅三夕，忽报云：“公系崇祯庚寅进士，江西人，官至大司马，国变后隐居，寿九十二卒。其曾孙字太羹，方客扬，明日当趋谒也。”余大喜，次日果偕来，袖出先世履历，述文恪居官政绩，并祖布衣硕人公株累事。余为慨然。夫覆巢之下无完卵，凡子孙之巅危，皆祖宗忠节之报也。不然，明之大司马，何难今相公其曾若孙日巍然显爵矣？何至为贫击柝，逆旅萧然，与客星跛叟指陈往事，欷歔流涕哉！即此足征文恪之遗泽，固不待读公全书，而可想见其生平矣。使公后人有不幸如王彦章者，公文虽不下欧阳，岂屑为之立传哉！君子创业垂统，为可继也。夫孝者，善继人之志者也。

百钱养老百龄方

邵子丹植传方云：“人子养亲，必有酒肉，其大纲也。然得其方，则菽水可化为酒肉，口体可化为养志。曾元即是曾子，无二道也，何贫何富、何贤何愚之别乎？炒糯米二升，微焦，磨为粉，熬猪油五十文，糁入粉中搅匀，燥食亦可，沸汤调食之亦可。不拘晚早，任老人所喜，平平百年可过矣。”是物也，吾三年前曾尝之而知其味。去年来姚食蒸酥，而窥其用意之巧。今冬病胃弱，而更验其效之神，愈信其制之一定而不容私有变通，以乘乎前人之旨也。老人所苦者胃弱，此则可口而不患其久而生厌；所苦者肠之艰，此则能润而无燥结之患，而流弊又无蜂蜜之太滑，黑芝麻之太轻，其味则极中庸而不丧乎淫，又无患乎老人之纵欲而过量。此非圣人不能制，吾疑西伯善养老，必岐山所传，为中原遗献，祖孙遵服，而不至泯没之良方也。窃疑此方必不传之伯夷疾恶之严，惟恐盗跖更寿，而太公则有急功利喜夸诈之习，此或传之太公。易牙之味，未必非揣摩乎此而别有妙思，以通乎他物也。今之养者。果能笃信吾言，而使吾夕阳豆棚老僧话月，农叟论蚕，俄而八十九十，虽久历乎凶丰之变，而疫气不能侵，则吾�谷安知不改题为寿谷，而四方之汲溪水以沦茗者，不呼之为橘井也哉？

杨园先生《近鉴录》跋

照公知礼，孔子讳之，而姜氏会齐侯于禚，《春秋》大书焉，圣人之垂鉴昭昭矣。余向主杨园先生集当逸近鉴，谓非隐恶之义，今乃自悔类妇人之仁，亦近于《感应篇》之说果报。夫人谱之所以异于功过格，何哉？处今之聋俗，大声疾呼，犹惧神如，而更为乡愿之唯诺，洪涛滔天，孰与障百川而东之乎？莘皋张子向本不韪余言，而不屑与辨。狄公悟娄公包容，作斯跋寄张子，以志吾愧。

袁中郎《盘山记》跋

吾友鹰青山人李铁君隐田盘，余尝作草书《桃花源记》赠之。铁君大喜，然道远无由挹其胜，徒切梦想。一日，郝甥邑征过扬斋，观鹰青书法，因言中郎有《盘山记》，出行笈《瓶花斋集》朗诵一过，古笔奇峭，俨坐焦明睫巢，共啜茗登眺，耳中响雪淙淙也。中郎诗往在遁野从外舅赏其《朱仙镇》三绝：“地下九哥今悔否，六陵花鸟哭冬青。马角不生龙蜕冷，酸心直到犬儿年。一等英雄含恨死，几时论定曲将军。”感慨沉郁，不减唐音，令人三复不厌。今观斯记，文与诗称，亦奇才也。所惜者，尺牍间中阳明毒者不少。古今来工诗文而不涉野狐禅者，何可多得哉？

《千字文》跋

朗行徐子既嘱张君符九书楷《千文》，阅五年，复请余细楷示儿辈。余不工书，尤拙于楷，因作草体，而以楷为释文，亦两得之道也。尝论智永真草帖双行并列，往往草为真拘，不获逞其长，孟頫临本亦然，此惟章草乃称，若纵横排宕之致，何可限哉？孰得孰失，试质之明者。

题《史氏家谱》遗像册

象教昉于二氏，故文庙洪武勅从木主。家祠影祭，万一髭发不相似，程子亦尝病之。然祖功宗德，凡为耳孙想像末由，不有遗照瞻仰风徽，岂非憾事？吾乡史氏衣冠望族，曾闻诸雪渔。辛未寒食，坐淑芳阅《朱子年谱》，首列遗像，而题赞者为草庐，方为慨然。越一夕，寓禾郡，史子擎宇奉其宗谱像册，请弁其首。先王母史硕人本姚籍而寓于瓜州者，余何敢辞？晴窗课暇，展玩竟日，以节母开其基，高士承其绪，而累世之簪缨弗替，欧公云“其来有自”，非偶然已。诸题赞自朱子外，赵相及蔡黄、叠山、仁山，历南渡迄明季，巨笔略备，亦大观哉。然不幸而有新安，亦犹年谱之赘草庐也，抑余更有感焉。册中弥字行辈，凡六昆，而赫赫之魏国公无闻焉，安知非贤子孙从《春秋》例，削则削乎？以此知称美不称恶，虽为尊者讳，而好恶之公终不泯也。家乘犹国史，不信然哉！后之学者，立身扬名，可以鉴矣。

题王立诚《学医十六则》

医莫难于伤寒，以仲景为宗，喻嘉言尚论篇，仲景之功臣也。近高氏汉峙又作辨似以阐尚论，而仲景之法乃精。此书余曾见之吾越厉氏，三复不忍释手，惜未得有力者登之梨枣以寿世。夫伤寒不通，不可治杂症。王子有志学医，盍于是编求之？然观王子所述诸条，不患术之不工，而患心之不良，此又端本之论也。存此心以求精于艺，亦何坚不破哉？安知王子他日不更以高之砭喻者，转而起高之废也？此固仲景之所重望于后世者，王子勉之哉！

草亭《玉带生传》书后

遁野有端石，腰隐隐系白纹，余镌之曰“玉带生”，欲为铭，未暇也。阅十载，草亭忽寄此传嘱跋，读之音节激楚，一一如余所欲言，未亡人深闺剪烛理刀尺，月朦胧照窗纸，陡闻子规啼，不觉泪下绠縻也，文之感人如是。为之开箧取石摩挲，且读且泣，而呼之曰：“生乎！吾将易尔带以索，而安用此焯焯？吾将易尔带以韦，而永韬其辉辉。吾将请诸草亭勒斯传于尔背，而埋尔骨于匡山之阴。”

书《日知录》原本后

稼堂刊本当时急于问世，任臆点窜，大可惜也。幸余外氏与亭林先生交，得录原本，此复庵先生所手校者，其叙次亦与今本绝异。尝语遁野诸侄宜什袭宝之，待有力而登之梨枣，则大快矣。然《日知》，气节典故而已；杨园遗集，明道之书也。蜀山疲弊精血，幸而告竣，一旦以讹言灾于祝融，则稼堂之点窜，犹顾氏之功臣也。

《食肉编叙》跋（壬申与徐郕瞻。）

此查伊璜先生真迹也。先生当七十，知交赠诗文过誉，自愧，因集孔子及曾、思、孟成训为篇，次以韵，又采先辈之至是年而不忘所学者以自厉，是编今亡而叙徒存。余齿适丁七十，吴越门人各为叙，甚至以颜、孟见比，其愧有甚于东山者。东山有子二昌昇，而余茕茕独叟；东山有铁丐报恩，而余垂老无酬功之犹子。其遇之衰，不逮东山远矣。为此跋寄我郕瞻，君子爱人以德，改颂为规，使幸存残喘，晚愆可盖，受赐靡穷矣。

跋顾宁人先生尺牍后

顾宁人先生尺牍真迹数十年遍觅不得，以为怅事。癸酉新夏过梅里，李君绎祊出示其曾祖秋锦公同好往还尺牍，自先生而外，如阎古、古屈、道援、竹垞、钝翁、声山、次耕亦皆出语隽永而书法秀劲，洵大观也。嗟乎！百年以来，山河如故而遗老无存，龙尾龙头均归朽壤，而败鳞残甲犹什袭于故宗世族，后之论世者，瞻其流风而品骘之，非吾生之幸事哉！夫翰墨流传，何代无之；而名节独峙千古，有志之士所以承先而启后者，不可奋然而兴起乎？绎初勉诸！

记

蜀山会葬记

蜀山先生没八年，两孤未成童，不克举窆事。硖川张子莘皋与凤溪褚子惠公为营费若干金，己亥秋八月庚申，仿紫阳灰隔法，葬先生于曹家〔坝〕（垻）蜀山尊先公墓右。先期，莘皋以书招余襄事。余以内子病，戊午始发棹，未刻抵海昌澉湖。克轩吴先生先一夕至，适从墓所入城，会于大东门。先生时丧偶，麻巾素袍，于道左道款曲，旋别去。余偕范子石安登蜀山草堂，门外老桑数百本，蜀山手植也。浓阴如盖，池水沉碧，庭花纷开。忆乙酉、丙戌间，尝于斯堂〔校〕（较）仇杨园书，间从蜀山倡和，忽忽若昨日事，为欷歔久之。两孤出拜，彬彬如成人。余拊之流涕。是夕将发引，予舟先抵墓所，会莘皋、惠公于朱氏寓。未至百步许，闻杵声丁丁，登穴则沙土已及灰隔之半。湖工十余人，溲灰簸土，盘旋踊跃，皆受莘皋指挥。而莘皋董役极严，每一版毕，必以指甲验坚否。旁穴土作寿圹，凡衬砖实土，筹画精细，出人意表。诸工极感奋，无敢怠者。俄仲方许子来，克轩亦至。出所撰墓志，道蜀山生平良悉，相与申复慷慨。薄暮雨，夜半乍霁，柩行六七里无恙。庚申丑刻窆，诸公临视周审，椁以内皆实以沙土，柩面同法，外加盖，徐筑之。是日雨不绝，克轩题主讫，即放船归。莘皋属余书墓碑，又识数语于碑阴。盖蜀山弟南溟早卒，兄弟同穴，避嫂叔嫌，以蜀山、南溟居中，旁附娣姒，恐世远不辨葬次也。及暮，灰筑未及盖，莘皋曰："使惠畴在，今夕可封矣。余昔与惠畴约，先时溲灰储君所；及窆，巨舟载以来，可省工役之半。"惠公因道惠畴课诵之劳，致不起，怅惋良久。夜宿严氏草堂。辛巳，黄山许子子猷来吊，与余初会。余具讯季觉先生始末，子猷略举一二为发指，俄别去。壬午，灰隔浮盖逾尺，余别莘皋归，惠公以腹疾同舟，至其家二鼓矣。然烛作七言二首，余亟称莘皋、惠公高谊。惠公曰："此莘皋功也，余何力焉？"癸未返幽湖，为诸同学述之。今人有数世不葬其祖若父者，有志矣，或以无力阻；有力矣，或以时日阻；及期而封，则以浮薄松土作马鬣塞责而已，水泉蝼蚁勿恤也。祖若父尚然，况朋友乎！张、褚二子于蜀山，非有师弟之谊，特以慕道笃时，周旋其门。莘皋先人之葬，蜀山尝为之鸠工治具，莘皋感其诚，于今不忘，力为营窆，惠公复佐成之，可谓古人矣。余受教蜀山较张、褚厚且久，迄无一篑之助，袖手其旁，徒滋惭惶耳。因志其事，以为慢葬者警。

谒杨园先生墓记

余自癸未岁见姚大先生，始读杨园先生书，思拜其墓，不果。继遭大故，忽忽五六年，罪愆冗积，自顾面目无以对先贤，私心所期，得努力岁月，或不负遗训一二。清风朗月，偕良友扁舟，式瞻堂斧，亦一快事也。癸巳秋，得交虎林范子巨川，赠以《杨园备忘录》。范子读之，流涕谢曰："非吾子，安得见此！"因访遗像及墓所远近。明日，偕范子过周子旦雯，请拜先生像。又明日，偕周子、范子谒先生墓。棹始发，雾蒙蒙欲雨;俄旭日射篷，天水一碧，余喜甚。舟子迷道，由乌戍，及午始抵村。时先生季子及从媳初殁，吊之。门巷萧然，庭左老桑数本，云先生手植，苍古可爱。从孙圣文导余三人缘溪及墓，周子出古鼎，碑前爇香叙拜，低徊久之。圣文质朴懋，范子与语，爱之甚，谓余曰："真不愧杨园后人，吾辈当成就之，以报先生。"日昃解而别，回顾茂林间，红叶斑斑，巍然一抔，不啻嵩峰泰岳也。噫！先生之墓，数十年来四方学士瞻谒者多矣，不负先生之训者几人？周子尝拜之十年之前，余也迟之十年之后，范子甫读其书，而向往若此，余与二子之优劣可睹矣。自今以后，各努力于遗编，以求日新，他日复登斯垄，无以故我见先生也。癸巳九月十三日记。

邱氏存孤记

昔澉湖吴秋圃先生为江右廉访使，与都司邱维正先生及藩司某公守正不阿，同僚契合，时号为"三清"。维正先生后为盐官参将，廉能惠爱，得民士心。甲申后，携二子子馥、子馨隐居澉湖之邵湾。时秋圃先生已殁，裒仲先生岁时馈问不绝，嗣以母丧早卒。克轩先生少孤，克自树立。而邱先生身后，两子孤苦，子馥一子，无后；子馨三子，垂暮以幼子以宾属克轩。克轩不以艰窘辞，抚之成立，为婚娶，今有两儿矣。二兄具早丧，忠臣之裔，不绝如线，先生之功也。甲辰秋，以宾过幽湖，述颠末，泣曰："寒宗非先生不祀矣。"请余祀之。余维甲申以来，勋旧世家多流离四方，彼其椎心饮血、抱痛含耻，一身之存亡与嗣续之修短，固所不计，然使所在流寓，无一二贤人君子敬而爱之，相与恤其孤而衍其绪，忠义之鬼不血食者岂少哉！克轩谨守家学，阐伊洛之旨，以忠臣之后抚忠臣之后，特绍先志敦世好之一节耳。乃区区以婴、臼为先生颂，岂知先生者！因以宾之请，为书其略，天荒地老，松摧柏颓，濯濯童山，尚留萌蘖。何时雨露滋灌，复见丛枝高干，夭矫婆娑于云汉之表也？以宾勉之。

淡宁堂记

壬午、癸未间，吴江蛰庵先生馆幽湖李子维馨之膝窝。余随先伯兄后，质疑于蛰庵，晨夕无间。先生时为说太极图，及武侯淡泊宁静之旨，曰："此内圣外王之学也。"阅数载，鸳水人木先生来坐东荒田舍。先生气节诗文为艺林冠，间为余兄弟谈出处，叹曰:"武侯儒者气象，只此三顾耳。"已而，李子移家新溪，构一堂，颜曰"淡宁"，盖有味乎两先生之旨也。新溪去幽湖不一舍，余自先伯兄殁后，意趣索如，杜门课蒙，与李子间阔者十余年。及戊申，客紫〔薇〕(微）峰，始挈妻孥依外氏遁野，密迩新溪。李子令嗣裳吉嗜学，为两先生高弟，复时相过从。李子因请余作《草堂记》,余不禁慨然兴怀。此身系穹壤一叶浮萍耳，师友聚散无常，追念两先生及伯兄，俱为古人，余亦发种种，学业不进而后嗣茫如。视李子矍铄杖乡，诸郎济济，文孙绕膝，处境若径庭矣。夫趣淡者天会焉，志宁者福钟焉。李子亦既副其名矣，虽然有进于是，彼世之寄兴泉壑、托志简编者，特偶弃于世，计无复之耳。且安知淡于貌，不躁于骨，宁其迹不扰其志乎？李子盍自反其所以淡且宁者何如？而本乎两先生之旨，以训其子若孙，则所以明志而致远者，固大有在矣。李子其有以教我。

静愉斋记

斋之前有老梅，高可三丈，枝屈铁如画，着花稀而香极清远。斋后有池，碧藻盎然，旁植紫薇花，时红光浮烟，浪鱼喁喁，如鸟影穿暮霞，绝可爱。右有大橙树，围三尺，子累累，芬馥袭帘幙;左朱栾一本，冬落实如斗，置盘几敌沉水，阅一春不绝。其他碧梧玉兰、鼠姑蔷薇、丛桂古石，参错点染，皆一一清雅。而主人又多藏书，嗜吟咏诵读。少暇，辄拈题随意作古今体数首。当其兀坐凝思，俨如木鸡睡龙，万籁阒然。而得意疾书，则轻云渡溪，疏雨洒竹，爽然自得。视尘世龊龊蝇蜗，不啻一吷，刘公所云“习静以相愉”，东湖可谓咀其旨而会其微矣。使东湖自负其才，仆仆走京洛，纵得隽获展所蕴蓄，而案牍轮蹄，日不暇给，虽欲优游乡里，出则两山烟景供我携取，入则一室琴史花木供我挥洒，静中之愉岂易得哉？余自今春假榻，于此日见林花点沼，蝶栩栩度窗草，别有会心，不能为外人道。遂作斋记，质之东湖云。

六有堂记

硖川张子莘皋颜其堂曰“六有”，嘱余为之记。余自维言不中节，动多越矩，宵昼且鹿鹿，何论瞬息，以六无之身而饰为六有之说，可乎？然张子之饬其身以励子若孙者，固严且密也，则试论其功之不易臻，与名之不易称，以为后嗣勖。夫六者，修身之目，正家之本也。不知言则穷理不精，而言不足以立教；不省察则修己不慎，而动不可以垂法。昼之所为，非分所当尽，则劳而罔济；宵之所得，无实之可据，则危而不安。且其致谨于瞬息者，或涉于昏昧，或入于虚无，则亦存其所存，养其所养，而无以造于儒者之醇甚矣。六有之不可饰说也。且堂之创，将以垂后而永世也，养于是乎承欢，丧于是乎尽哀，祭于是乎致悫，冠婚宾师于是乎敦礼，必有善继善述，勿坠勿替，有以绵衍而光大之，斯为贤子若孙矣。不然者，忠孝节义，前人所训饬，或以为迂阔；葬祭田塾，前人所建立，或以为劳攘。其汲汲于宵昼者，罔非声色货贿、机巧残虐之一途，如木之拔其本而枝叶无所附〔庸〕（墉）之，偾其基而版筑无所施，何以缵业而承统乎？然则修一身而家不可教，非修也；慎厥修而不本诸六有，非学也；徇六有之名而不尽其实，非儒也。张子所以颜其堂者，意有在于是乎？张子年弥高，心益虚，将阶是而循循焉，其教所由广，法所由传，为之敏而得之邃，养之纯而存之熟者，非余之所能测矣。

永思楼记

子孙之精神聚，祖考之精神以聚。思其居处，思其笑语，思其志意，则僾然忾然，如将见之。故祭曰“追远”，言覃思竭诚，追而及之，虽百年犹几席也。张子莘皋因先人遗构之楼以为宗祠，而颜其额曰“永思”，所以承先而启后者，其意良笃。夫思如泉然，源于槛，泛乎江海;如丝然，缫于茧，华于黼黻。《诗》云：“勿替引之。”斯真永矣。贤后人其敬勉之。

养正书屋记

《易》曰：“蒙以养正，圣功也。”古圣人躬行心得，立小学、大学以教元子众子，下及侯国党庠术序，四海之内，无不学为儒者，故治特隆焉。后世教衰学废，异端功利，杂然并兴。而人心不正，自丱角操觚，导之利禄。所谓涵育薰陶，不外举业科第。即诗文立言垂后，且不暇及，况夫明体达用之具哉？余尝为故山汪子津夫、谢子南铭感叹今古，扼腕欷歔。于丙寅之秋，命从子勋置听泉山舍为宗祠，拟于其旁补构茅屋数椽为书屋，集族子弟之俊秀者，训以正学。三载以来，两江跋涉，斯愿邈焉未遂。己未夏，返幽湖，徐子朗行命仲子读书于朱氏书屋，遂嘱余为之记。夫循名者，必责其实。出处不明，名为正，反导而□邪。学术不端，名为养，适以戕其天。吾不知朱君操何得以训厥子，特由养正之名推之，殆非流俗之斤斤举业科第者比矣。徐子之请，因书其略，以为吾吴越之饬子弟者鹄焉。

梅津草堂记

堂方径丈余，高不逾仞，盖以茅，荜牖土墙，野朴殊甚，且临大衢，隔庭数武为市，药肆就医者哗然。前界水容带，四顾无一梅，亦何津之足问哉？梅津曰："堂之北，大海汪洋，虹桥蜃楼，变幻莫测，非梅津之津乎？堂之巅，朝晖夕阴，白云宿檐，皓月穿溜，非梅津之梅乎？骚人墨客，有道之士，谈笑盈座，草堂之咏遂充四壁。即故交显达，不敢车马及吾门，戴故笠、易敝衣而来者，非草堂之问津者乎？堂之中，几一，榻一，酒瓮二，书千卷，笔数十员，苍髯叟颓然其间，醉则挥桐君写吾郁，醒则手丹铅甲乙往古人物。虽容膝湫隘，胜于幙天席地矣。濒海之夫，仰吾堂若层台，而独不足子所乎？"余闻而笑，俯而自悲。生不谐俗，无一廛之栖，朝吴暮越，蹩躠焉何之？吾将挈山妻，缚把茅，结邻于斯堂之右乎？问诸海若，海若曰："不可，宜梅津之专有斯堂也。"遂为之记。

点石居记

甲子春，沈子南谷授徒僧舍，颜斋曰"顽石居"，盖有感也。三月望前三日薄暮，徐子耕岩邀余访南谷，遂出酒蔬，各咏七律，即用"居"为韵。余曰："顽不加订，石难化也，盍易之以'点石'乎？"昔郑□翁主和靖书院，示诗云："若无人语都归去，传语生公借石头。"前此听讲者绝少，是日环拱而倾耳者，殆百千人，□翁之善点化人如是。古者易子而教，南谷晚年得儿，今甫髫龀，坐闻时向客索酒，天真蔼然而近于顽。庭训之"宽严中节"，固未易言也，颜斋之旨岂专为诸生设哉？夫顽不顽，石为政；顽而不终于顽，石不任功。此南谷之所由自励者，在正以养蒙，而不徒以高才能文期子弟也。吾友徐子侣郊馆珠溪教子弟，一以小学为宗，风俗为之一变。噫！此何待借生公之石而始见其颔首哉？沈子勉之。

枕善居记

徐子朗行有小斋，琴书寝食其间。予既取刘子枕善而居，颜之而跋之矣。丁卯春，养病芜城，枕上不寐，因有感于鸡鸣舜跖之旨，喟然叹曰："嗟乎！善之难言也如是夫！"夫舜之与跖，如寒暑昼夜之相反，莫可混淆；而穷理之未精，往往袭利为善。终身师舜，而不知自陷于跖者不少也。有如夫子之告子张也，言忠信，行笃敬，非为善乎？然使苏子卿婿匈奴，以二言书绅而躬践之，舜乎？跖乎？又使文姬归汉，誓不适人，日注《列女列传》、曹大家家训，且扼腕于伏后之弑，曹瞒之欲篡汉，欷歔流涕，乃心王室，舜乎？跖乎？由是观之，忠信笃敬，参前倚衡，善也，而非至善也。居处恭，执事敬，与人忠，善也，而非至善也。是以君子大居敬而贵穷理，穷理不精，往往以利为义，自以为舜而不知其已陷于跖也。敢质之徐子，屈膝五更天鸡乱鸣时一味之。

钟省斋记

友人之斋临香海寺，取杜诗“欲觉闻晨钟，令人发深省”，颜之曰“钟省”，而属余为之记。余哑然曰：“省身之学，无地不然，宁有待于钟乎？藉子之居，不迫于招提，将遂夜气不足以存乎？”友人曰：“非也。自佛入中国，而后有佛宫之钟。吾之省，正以孔子之道不著，则佛老之说不息，有愧乎中而憬然觉也。”余曰：“果尔，则子之省不切于身而急于世，不务补正而专于攘邪，非遁则迂矣。夫老、佛之患，千古之积弊，非一人之力所能攘也。反诸吾身，嗜欲之攻取，彝伦之玷阙，其为老、佛也大矣。然则无待于钟，而常惺惺于方寸可也。偶触于钟，而忽若惕惕于厥躬焉，亦无不可也。杜子遘天宝之难，其视胡雏之猖獗，或有甚于老与佛者。宿招提而有感于中，岂类于后世之诗人叹老嗟卑，忧谗畏讥，而蹙蹙以终身者乎？吾子且未解夫杜子之意，而遂以攘辟异学乎哉？”友人乃悚然谢曰：“如子之说，即百八晨钟也，吾斋且赖子以传矣。”因次其语，以疥诸壁云。

永思楼灾记

楼构于癸亥，迄今五十余年矣。张子莘皋具祭器，为岁时祀先之所。庚戌春，属余书额，颜曰“永思”，且为之记。甲寅九月朔之夕，童炊茗，不戒于火，灾焉。张子愀然谓余曰：“此祀事不虔，天降之罚也，子盍记之以志吾过？”末世士大夫忽于礼教，视俎豆为具文。就今日而言，祭孰有虔于张子者乎？以玷秽之身而洁笾簋，亦无以格祖考。就今日而言，莅祭之身亦孰有完于张子者乎？而罹灾者独在永思，《易》所以著“无妄之灾”也。然君子行有不得，反求诸己。昔管幼安泛海覆舟，曰：“吾尝一朝科头，三晨晏起，过必在此。”此可验贤者省察之严，日用感应之捷，省过止于科头晏起，则幼安之学问密矣。区区科头晏起，罚遂及于覆舟，则过之大者□可惕乎？张子虽虔于祭，而不能化及童仆，使凛凛于家督之所重，是亦张子之过也。夫天下无不敝之物，人子有不匮之思。张子益励其修，以率其家人。楼虽灾，而楼之所以为楼者，固不灾也。构而新之，安知其不廓于前、绵于后乎？思之思之，永乎不永，是在张子，楼何足云？

金家环桥记

自幽湖至新溪，中界陡门塘。塘之北有桥焉。为北道之通衢，曰金家环桥，盖创自金氏之世祖必达公。自明季官兵充斥，里人惧其蹂躏，特毁之。事平，更为板桥。乾隆戊午，□世孙□履坚复更板桥为环桥，重祖制也。噫！一桥耳，不忍没其故名而慨然思绍述之，况夫田宅诗书？祖宗创业艰辛，顾弃敝屣，甘于孱弱愚蠢而不自振乎？秀邑金氏为南渡衣冠领袖，今之嗣孙，文章气节克缵前徽者几人哉？吾愿葺是桥者，推一端以例其余，慎毋谨于微而忘其巨也。

蕉雨轩记

吾乡谢氏蕉雨轩坐四窿，为天愚先生著书之所，余尝数过。每长夏，绿天障空，秋声飒然，冬积雪叶，疏疏如画。先生危坐其间，谱《毛诗》韵，志东山人物，散蕉雨于一邑，使人藉其荫而苏其暍，其利溥哉！久拟作小记，不果。迨先生没，蕉本益固，冬枯而不甚凋，雪中婆娑如孤峰兀立。先生贤嗣雪渔拥敝裘，焚香辑《雪船吟存稿》，或念老友古民作蕉雨诗、寄广陵吟，声出金石，觉东南数千里，茫茫惟此一轩一船占水断陆，徜徉荡漾于大冬穷腊之秋。兴虽孤，不恶矣。若余之瓢寄邗江，幸不挟虚梦，受修竹弹耳，欲归老斯乡，听联床雨猝，何可得哉？聊语故人，种纸寄百番，录近作《素心梅》《岁寒居》以献。

东白楼记

夜何其东未白？东既白，东不白；东不白，东自白。余尝戏作隐语，寄故山景子秋崖，转质之雪渔子译之。雪渔笑而不言，秋崖因嘱余为楼记以申之。余自丙寅笃疾以来，右半枯，白目青盲，不辨红旭，昼卧榻守其黑，窗外南枝挫于朔风。即不西坐，面黄瘠，气奄奄，尚何说之能申哉？戊辰春，雪渔驰书广陵见促，余目初瘳，方课童，箍瓦分菊秧月下白，开函诵《雪船吟》,大快。其《周行诗》有云:“月落书声浮竹迳,午余琴韵度风檽。清光一带围东白，时有游鱼出水听。”盖景子时延雪渔于此楼课诸郎也。夫游鱼出听，而景子之抱负，世无有知者，此余所谓夜何其东未白也。秋崖孝而工于诗，其补白华极古，又喜缮录诸遗民集，或黏已和作于楼壁，并四方远近名人佳什，篆、八分、真、草，黄白五色笺，四隔皆满。客至，游目讽咏，应接不暇，叹为诗薮。令嗣文光、文谟年少嗜学，工诗文。每月上漏窗，竹影棱棱，小雨初霁，蝉声乍歇，呼儿诵昌黎、南丰文，或少陵北征、紫阳感寓，一一阐示蕴奥。俄而续烛论野史，忽歌忽哭，漏三十下不倦。俄而鸡喔喔，遥望海气蒙蒙，有鸺鹠啸林间。雪渔曰：“此何时，公便跂足思旦耶？”乃就枕。如是者，岁以为常。然则东海之滨旷矣，而仅此一楼有两贤焉，抱其悲悯之怀，以跌宕于残潮冷汐之余，此余所谓东既白而东不白也。然濒海吉贝村，何地无楼，而惟此一楼坐两贤焉，讲求于韩、欧、李、杜，切磋于何、王、金、许，以淑诸友朋而传诸子孙，此余所谓东不白而东自白也。景子问之，执谦曰：“此以赠雪渔子可，余何敢，余何敢！”

贞白楼记

清白吏子孙，天下诸贤统庇。吾乡尚之翁独曰：“不然。知人论世，未论清白，当先问何代吏。使吾先世在西汉为新大夫，在东汉为大将军，私人虽号为清白，孝子慈孙奈之何哉！”因题其所居之楼曰“贞白”，介雪渔子请为之记。余闻之，孔子曰：“君子贞而不谅。”《易·文言》曰“贞固”，《系辞》曰“贞观、贞明、贞一”，《书》曰“万邦以贞”，《洪范》曰“内卦曰贞”。又《谥法》“外内贞复曰白”，《尔雅》“秋为白藏”，《易》“白贲无咎”，《说卦》“巽为白”。疏风去尘，故洁白也。又植物有女贞木，花白而香冽。余尝和谢晞发《冬青树引》，有“贞心照月白如雪”之句，克轩为之击节。然则世人好言白而不本之贞者，非真白也。贞而白，白非徒考工绘西方之色，而有骨以为之干，如玉栗然，磨不磷而后皎皎不可污；如蛾嵋之冰，千载皭然，秋阳之铄失其烈。不然，缟之白供衣，粉之白佐黛，六出之白化水，即万花之冠如梅，而为风所开，复为风所落矣，岂杨子所属望于贤子孙者哉？况杨子不以名其堂而颜其楼，楼旷乎东海之滨，不必当室之白而入窗玲珑，不必虚室生白而万理莹彻，其教子孙以守先训而敦粹白之行者，正欲其穷理为先务，如《释名》所谓“贞，定也”，归于贞定，不动惑而已矣。

此余所以历证夫取义之源，而为杨子勖也。余固东海白发处女也，他日杖方竹登斯楼，君家瓮头缕缕白云，杨子肯为我诵斯文，邀壁月浮一白乎？

定泉书舍记

幽湖自先君子移家，今七十五年，皆赁屋居。余自先伯兄没后，历春风遁野蒋迳，又五六迁，惫极矣。既而施生割宅结邻，意大惬，拟作十年计。而赁屋主忽以宅售人，遂不得已卖田，卜居定泉，矮廛六七间，颜曰“定泉书舍”。堂面南，压于邻垣，终岁不见日。当北风长号，满室凄然。三伏面坊，牛矢达鼻，观如百里养牲时。每侵晓，东家猪声惨然，如孟母训孤日。内子尝抱外孙女巽傍枕说三迁故事，巽慧甚，笑曰：“他日外婆添孙，当更置宅耶。”然门临正东濒水，鹅鸭曝日戏萍藻。邻有薪侩，乡船早泊，其老农话晴雨、较丰欠；或蚕月采桑船鳞集，说三眠大眠，颇似遁野五年前倚高竹望，隔桥丛薄，鸡犬哗然也。值堂东南隅隔墙古桂花时香扑几席，与诸生讲无隐之旨，儒释迥判，罕有解者。灯影相看，万籁沉哦，诚斋句别有会心耳。尝作《定泉诗》寄故山雪渔子，辱和云：“智者中藏寂，空明定后泉。狂飚吹大地，止水抱中天。”又云：“春来惊浩荡，源远接洪蒙。门外沿缘者，枯槎未许通。”适夜静，雨后吟此，门外一老渔罾鱼，闻余歌，亦唱“月子弯弯”相酬答。客在坐，抚掌曰：“此不足当白家妪哉！”次晨，遂书于东房竹牖下。

广仁义学书目记

虎林布衣黄子树谷，明参议公汝亨六世孙也，工诗文、八分。尝游京师，名大震。因遍谒王公贵官，募经史子集，以公同好。有力者隐襄其事，遂得数万卷，归立广仁义学书目，钤义学印为公物，申当事：凡远近贫而嗜学者，令里粮假读；或请归，则署名于册，限时日缴，逾期，邑宰得以官法治之。始也道以德，而终齐以刑，不已苛乎。虽然，杜暹云：“鬻及借人为不孝，藏书家固有镌玉章标册首，以戒子孙矣。”噫！此衰世之志也。吾尝见俗之号嗜书者，往往假人秘卷入私橐，其主索归，则多方误之，不曰转假，则曰入乱帙需后期，甚则曰偷儿将去教儿曹矣。充其暧昧之隐，万一慷慨大度，不数数与较，或迟之久而健忘，或变故他徙，甚则同好猝病中风死，永为吾家物矣。夫书本以资穷理力行，而流弊乃至为穿窬奸宄，不可哀哉！由是言之，黄君不煦煦为仁而裁之以义，固有大不得已者，较常平社仓之徒济人饥而无关于问学者，其相去不更迳庭哉！或曰：“黄子之为此，得毋名实兼收以除利后昆者？天下事久则滋弊，数十年，后安知此万卷不中饱黄氏耶？”余曰：“九州之广，孰肯募书以救人者？好善如黄子，而病其好名利己，得不使为善者惧哉！吾所患者，黄子夸多斗靡，不寓区别精要之义于广取博览之余，其弊将至。释道典藏、稗官小说，惟人之所好，是循名为嘉惠后学，而适以藉寇兵而赍盗粮，于世道人心正可忧耳。吾愿九州之学者善法黄子，募其所当募，而假其所不得不假，以扩其德慧术智，要归于学问之正，则黄子之泽，庶几远且博矣。”是为记。

漱芳塾记

漱六艺之芳润，今之帖括家辄假以自文。余谓举业可以博科第，润或有之，芳岂易袭哉？夫惟隐居村僻，积书满家，训子弟耕读，不屑屑于科第者，虽蓬门草舍，其臭如兰矣。余外氏遁野之西本支居花园，其先有誉卿翁者，累石莳花，疏泉结屋，延师其中课子弟，颜之曰“漱芳塾”，属梅隐范君作隶书，甚奇古。余每造遁野，辄乘兴过塾倡和，或酒阑挥擘窠，旁观每为绝倒。二村儿私语门外曰：“吾昨午间与汝弄树上鹊巢，正类此。”一夕，尝顾渚，茶客至，纵谈古今事，强余说“漱芳”义。余时方醉，戏作隐语曰：“子知有三难、三不难乎？”客讶问。余曰:“以塾名而读非圣之书，则失其所为教，非塾也。读圣贤书而不本诸躬行，侥幸功名，徒玷名于秽史，非芳也。号为躬行而无辨义之功，得糟粕而遗其精，非漱也。夫不思三者之所以难，亦不知三者之所以不难，而实践之。塾中有贤子孙，因吾言而绎其义，不徒求称其名，而更有以推广之，如范文正之赡族、郑义门之家规，义田义塾，润沾子姓，而芳流乎奕世，将□□老人所谓‘吾生不获与三代，此事犹堪式万方’者，非虚语矣，是岂特一弓地列花木竹石，供过客游屐之赏叹而已哉！”客唯唯退，方行起，整襟谢曰:“此固家诸阮所服膺乎古民者也。”遂书以为之记。

胞与堂记

昔姚子勿亭名其草堂曰“安怀”，属为之记，余谢不敢。三十年后馆扬州，得幽湖刘子复斋手笺玉章曰“胞与堂”，适与门下说《西铭》，遂申“胞与”之义以质诸。复斋曰：“安怀非圣人不能，而胞与则人人同具。然学术不明，各泥僻见，偏于同胞者，误以管蔡为姬旦；偏于物与者，翻以枭獍为凤麟。唐太宗推刃同气，而曰胡越一家；齐宣不忍衅钟，而功不至百姓；梁武手弑其主，而断死刑，涕泣宗庙，面为牺牲，此皆倒行逆施，大背乎《西铭》之旨者也。”昔紫阳初见延平时，务为笼侗宏阔之言，好同恶异，喜大而耻于小。先生诏之曰：“吾儒所以别于异端者，理一分殊也。理不患其不一，所难者分殊耳，此其要也。”紫阳反覆潜思，乃大有得，于是精察明辨，循序渐进。故其学本末兼该，细大不遗，为孔子后之集大成，其得力于师门之授受者微矣。后之学者茫然于分殊之大义，且流为墨氏之兼爱，而小儒犹推崇之，曰：“此紫阳后之一人也。”岂不悲哉！夫孝弟为为仁之本，不亲亲无以仁民，不仁民无以爱物。复斋孝于母，连丧三子，而以此颜其堂，可谓无所为而为矣。秋夜挑灯读史，重有所感，为究其弊，以警世之侈言胞与而不忠不孝不弟者。

环绿轩记

余去秋辞广陵之席，拟挚妻子归故山，不果。今庚午春，课蒙于漱芳塾，去定泉十里而近桑麻鸡犬，与尘市差隔。塾坐荒圃古木竹石间，苍翠环列，意颇适也。已而历谷雨，登斋东南隅，略约望四野，新绿蔼然，有触于先儒“观鸡雏可以知仁”之说，诵五柳会心忘食语，旷然有得。念五百里外汝湖雪船杳不可即，复为惆怅。俄扁舟泊门，则〔硖〕（峡）川张丈莘皋见访，袖示雪渔子书，述吾姚张子敷荣书斋名“环绿轩”，小竹围绕，阴森可爱。轩后莳杂花，前楹以大石盆贮石笋，高五尺，旁植矮竹七八竿，甚雅净，轩制甚朴。自其祖仲英公颜以“绕绿”，其尊人遵湄公更“绕”为“环”，因嘱余为之记。夫苍间黄之为绿，春主木，木属青，黄主土，受木之克，而反佐之为用。暮春以前，红白之妖丽胜，而绿则隐而未显；自桐始华，萍始浮，治色渐稀，万绿毕呈；由元而亨，而众着于嘉之会，太和之气粹然于两间，环宇内皆绿为之酝酿焉。绿者，天地之仁也。天地以生物为心，仁者以天地万物为一体，则凡有志于求仁者，味环绿之义，不穆然而有会乎！吾闻张子事亲孝亲，善饮而不乱。张子亦克肖能文而敦行，不惑二氏及青乌家言。翠阴之下，日具绿尊，履苔痕，挹竹光，以娱亲颜，所谓熙熙然与物皆春者，固已裕乎环绿之原矣。至若玩物适兴，则几陈结绿，庭栽萼绿；触情写志，则编研绿字，琴调绿绮，非其余事乎？彼世之龊龊者，闭松筠于别墅，置故绿而不问，逐荣名于人海，涉软红而无辞，此殆等于蛾绿之闺淑，采绿之思妇而已，其敢涉此轩之所而与闻乎风月无边、庭草交翠之旨哉？余客幽湖两世矣，乡前辈贝清江曾为友作“环碧来青诸祀所”云，挹空翠于几席之间，来清飙于啸歌之顷，亦云尽致矣。然环碧因乎水，而沟浍之盈易涸；来青因乎山，而终南之径可羞。曷若此轩之因乎花木竹石者，处则日哦其间，求志以具乎仁之体，出则八荒我闼，择君以达乎仁之用，为随所遇而各足乎？张子或犹自诩其密迩四明而环夫海也，则余之说反隘矣，愿质之雪渔。

洗砚图记

余夙有砚癖，旦癖于洗砚。每晨起盥面讫，辄以蕉莩沐诸石，日为常。或他事及宾客间之，辄耿耿。盖龙尾纵不渍墨，亦不废洗；端则胶腻，非频洗则宿痕不去，着纸无光，而石亦枯而不泽，其需洗也弥急。石本生于水，日沃之则子得母气，犹人之学充于中而著为睟盎也。余自庚子馆蒋子东湖来雨者三载，轩之前有池水为之黑。及来姚江，江水咸，不中洗，泉涧又距书斋远。每忆来雨，一阁笔，辄下阶就池，弄旭光月影，荇藻空明，墨云淡荡，群鱼煦沫吞吐，为之神往。己卯夏，返遁野，东湖寄《题洗砚图》，出自长兴姚君，用笔雅淡，神气逼肖东湖工，琢句所谓“伐毛洗髓，与年俱进”者，于斯图见之。其偶颜以“洗砚”，岂类余之玩物而滞于迹者哉！夫嗜欲深者天机浅，今而后余将以洗砚者洗心矣。姚君若来山中，为余作“不洗砚图”可也。

渡夏盖湖记

自虎林渡江，红叶尚少。及樊江尝菱，成五律一。午渡百官江，买一叶，经夏盖湖。是日风小，晴山含翠，白波如练，野凫出没芦渚间。须臾由羊山口入望，两岸红叶五色毕具，近复变幻，如朱，如鳝血，如蕉叶白，如墨，如酱，如碎锦着尘土，不可端倪。未霜已而，而十月当如何？为之狂喜。薄暮抵小越，访谢子式南于袁氏日饮斋，与主人及安共谈至夜分。式南工书，出老坑砚赏玩，云：“甲辰潮患，室庐飘荡，仅存片石耳。”两童子煮茶迭进，因成五古一。次晨饭而别，抵斋，则从子庶咸变。后伯观病复垂绝，举家相对流涕，兴趣索然矣。丙辰重九前一夕，书于卧雪轩灯下。

白云书屋看菊记

九月晦雨初霁，山城霜叶半酣，率门下过白云书屋。圃菊方大开，红紫灿烂，植石〔栏〕（阑）中，无籂瓦分灌之劳，亦不甚剪裁，或一本缀数十朵，较世俗则朴，方之五柳东篱粗枝乱叶又太华矣，先儒所谓“属厌而已”，主人盖深味乎此。坐少顷，复遍访有菊之家，绕城西，及僧庵而归，无出白云右者。忆重九前，自虎林渡江，书田侄嗜奇卉，庭列数十种，皆不知名，后圃莳菊，悉购诸外洋，时尚含蕊，各悬小牌记佳名，观者预为艳叹，余意弗许也。朱虚侯云：“非其种者，锄而去之。”宁独恕于菊哉！雅淡如白云，有冒雨寻者扣此扉，谁曰不可？

四门话别记

馆故山七载，与汪、谢二子交最密。虽周行四门，间隔不数晤，然邮筒越日辄通，如面谈也。明年将馆幽湖，计此行或间三年二年，非展墓不得会合。齿向暮，念诸老凋丧，唯朋友观摩，差自慰藉，乃舍之五百里之外乎？冬十一月七日，得谢子书云：“汪子昨来宿蕉雨。”余遂兴勃勃。晓雾将雨，即持笠趋四门。行数里，日光烂然。午抵雪庐，汪子方手一编下酒，谢子以室病，向炉煮药剂。见余至，皆大喜。谢子曰：“晓梦与先生谈《易》，果不虚矣。”汪子曰：“君一去当数载，此来得生宁馨儿。听泉山舍焕然宗祠，当大快矣。然为君计，幽湖有豪杰，则故乡可割，否则买田守垄，长策也。”余曰：“故乡不可舍，况有豪杰如二公乎！”汪子笑曰：“纵不豪杰，独非知己耶！”余为之黯然。谢子因出杨园传集批及云耜稿相订证。饭后忽微雨，余遂起拜别，三人各洒涕不能起。送之溪口，伫立良久，亦含泪无一语。二公怅然返，余遂乘雨归。行数里，复开朗。望海山烟翠可掬，夕阳疏篱，鸡犬间间，结邻之约，敢终负二公哉！夜坐卧雪，闻蕉上雨声不欲寐，书此寄四门以为券。

定泉夜话记

辛酉暮春望后一日，从子钦陶过余草堂。时目疾，渡江就医，具区而返。因出汪、谢二子诗，慨然叙别踪，兼以南阳《宋诗钞》属点。从子有砚癖，遂偕至寻源阁观藏砚。主人之子先以新篁读《易》，小照属题，展视甫两三页，而虫书鸟迹（友人书满字）忽触于目，不觉失笑，砚不及观，还至草堂。月已上，为浮一白。钦陶曰：“册页画具雅好也，而秽此一幅，得不令人作数日恶耶！”余曰：“某君昔肆此意，谓指日玉堂，而竟客死山右，徒留今日话柄，无一善藏拙者，可哀也。”夜行半，挑灯共览谢文侯彬画卷，人物点缀，古气盎然，如瞻鼎彝。钦陶曰：“午间在寻源目加痛，此刻乃洒然，雅俗之判，美泼药石，可等视哉！”余为诵郑雨梅诗“年过五旬方学语，胸罗万卷不知书”，对坐怅叹。窗下鸡三号，乃就榻。

梅津招侣图记

梅坡下何舟，舟所载，琴书樽酒外，无长物也。舟之上，蓑笠坐，右挟桨，左手招客于败庐残雪之外者何人？吾友汪子梅津也。噫，误矣！此天地间，此江山，此梅花风雪，唯梅津得享之。余与公同臭味，尚隔处两江外，不获归汝仇，分沙鸥半席，则自余而外，更何侣之可招？而仆仆若此，噫，误矣！往者谢子雪渔写《寒江独钓图》，彼岂故离侣而立于独者。招之不来，则欷歔袖手退耳。梅津曰：“吾何忍？吾何忍？吾有樽酒，须吾友倾之；吾有琴书，须吾友鼓之诵之。公等不屑招耳。”漫谓此天地空谷也，信斯言也。余与雪渔何其褊哉！

飞凤堂灯下读小学记

乙丑三月十七日，病起，挑灯为诸生说小学，遂朗诵数篇。恍若二十岁时，侍先母侧，与伯兄共述朱寿昌事，不觉流涕，灯影苍凉，觉先母先兄謦欬可接也。辛巳距今四十五年，先慈见背已三十九年，先兄去世亦三十二年矣，而忾闻僾见一夕相通，欷歔掩卷，有不忍终读者。且予今六十有三，正先君疾卒之年也。多病之躯纵复苟延，而头白无嗣。先兄所立独子焕，近饥驱之淮上，托于胥吏。予弟欲以燕后，我虽愿，而资钝不可以继诗书，吾宗之衰至是。为之永夜不寐，晓起书此志痛云。

九月朔梦记

乙丑八月晦，夜阅文清《读书续录》。三鼓，倦就枕，忽闻剥啄声，启户，则硖〕（峡）川张丈莘皋也，扶藤杖，笑而揖曰："君每叹六十无儿，乃欺我。令嗣癸未生，今四十三，有诸孙能作诗矣。"予大骇，且泣且笑，不能对。丈即握予手出门，行数十里，林壑幽邃，若深山中，竹篱茅舍，诸孙果候门。俄而伟男子果出，髯酷肖予，迎入室，跪而泣曰："儿初不知七尺为大人遗体也。"遂出酒肴，揖丈上坐，予对饮数爵陶然。诸孙各呈小诗律绝诸近体，予谓丈曰："黄口乳未干，不务实，遽学吟耶？"诸孙各悚息退。予方与丈谈剧，欲洗盏更酌，忽门左一犬踉跄入几下，闻西邻哗声连呼曰："大虫来！大虫来！"予惊起，不见丈，卧斋西牖，蕉叶鸣疏，雨鸡初鸣，虫绕阶，唧唧不辍。噫嘻！梦耶？非梦耶？忆壬子，丈为余购桃叶，余己未买越婢归，又数驰书定泉，望予生子良切。今别七月，而见于梦，且幻一无形之子若孙，以慰予于千里之外，丈真仁人哉！晨盥，为濡涕书之。

梦记

先儒云："夜卜诸梦寐。"余生平俗梦颇少，而梦二人独多。十九先君见背，侍先君日浅。又十二年而先母谢世，故梦母独多于梦父。而每梦则必当初丧，或临窆，或棺蚀蚁渍水而谋迁崎岖岩壑中，甚或隐隐遗骸发肤，有不忍言者，往往失声大恸而觉。丙寅五月朔，为先室姚氏讳辰，余生子阿鼎而殇，为之恻恻。夜卧梦，率从子钦陶入四明得高原，俄迁先母柩至，柩底垂脱，大呼而起，涕涔涔枕席，不寐申旦。呜呼！使吾二人各以大耋终天年，奉色笑久，梦必怡怡奉觞豆，弄雏戏水。使吾二人早获吉壤，土厚水深，灰胶沙固，梦必在茂松丛柯间拜起舞蹈。又使吾生之后有相知通缓，急择吉兆以妥先灵梦，亦必不时时见朽棺残椁，搥胸顿足也。虽然，犹幸有此身，有此身之心，犹有此不祥之梦也。予不及见王父而见王母，然一岁之中，梦王父者亦数数。年老多病，远客去先人冢墓千里而遥，万一风中暑暍，晨不保夕，不知败棺残椁更得几梦；而此能梦之身一旦如蜕而化，求此败棺残椁依稀梦王父王母者，何人哉？何人哉？人之将死其言善，晓起书此寄钦陶。或时时为子若孙述吾文，庶几寒食荒山，风风雨雨，有登我先人之垄而为之欷歔酹一尊者乎？呜呼痛哉！

三海记

砚之小而适于用，惟海之制能虚以受。余案间创三海，制一端坑，大仅七寸，池极深，足挥洒巨幅，名曰"方海"。秋叶作洼，名曰"蕉海"，亦腻而容墨多。最小者，博仅三指，长五指，蓄墨半杯许，晨起磨五七匙，供竟日用不竭，质润若澄泥，实巇村之佳者，名曰"囊海"，盖便于行笈也。噫！余自己亥以来十余年间，蹙蹙四五徙，今寄居遁野老梅下，殆贫无立锥而富有三海，亦云豪矣。然薄劣无所知识，稍稍拾前人唾余，作数十种书，又不幸委之灰烬；即书亦草草酬应，未入古人堂奥。不知海负余，余负海也？头既白，于问学一途，若涉大水无津涯。海乎海乎，其何以涤我之垢而循委以溯源乎？时雨新霁，偶折甘露荸洗蕉海，书此志叹。

斧砚记

余自弱冠得龙尾砚，求端坑可匹者绝少。壬子冬，过盛湖，得从子光启紫玉水蛙，颇惬意。癸丑馆故山，黄子岐周出老坑蕉白一方，玉质木体，滑软而腻，旁亦微蛀，面有青花螺晕及淡金星，品在紫玉上数倍，喜欲售之。岐周曰：“公何知砚之深，知岳之浅也？”遂举以赠。余谢以小启，并书《千文》及《草诀》为报。携之幽湖，周子旦雯曰：“此佳石，当裁作斧形。”以意授良工琢之，余因铭其侧曰：“负扆则相秉钺，乃将何如？严褒诛于野史，恣樵苏于荒嶂。”手镌行楷，见者无不摩挲爱羡。余尝自诩龙尾后几无砚，不轻量天下石哉！由此推之，贤人智士，抱奇不出，老死淹没者，何可胜数？即是砚也，不遇余两知己，其不终辱于市肆村塾者几希矣。余故庆斯石之遭，为世之官人者风焉。

肾海记

近世号为澄泥砚者皆礶村也，产于苏之灵岩，品在端、歙下，然书家亦不可不备。盖仓卒挥巨幅或堂额，取其发墨骤耳。余旧于新溪农家得五寸许者，琢而铭之，后为方程金甥携去。癸丑秋，过张子汉木斋，见有剥落床脚者，良质也，因乞归。通体开深，池象肾，故曰“肾海”，此三海之外又一海也。铭曰：“天一之源肾为海，伎巧所处焕精彩。”旁有“小心是真宰，人身血气，心知之险皆火也。沉郁乎诗书，浸灌乎礼义，非所谓壮水之源以制阳光者乎”，则兹石也，固我之良师友哉！

两《赤壁》画扇记

仇英实父画人物极工，所见便面绝少。文待诏工书，而蝇头楷亦不多得。向寓遁野，外舅出示金箑两面，前、后《赤壁》，英手笔也，东坡须眉如生，山石烟树迥出尘外。尤可珍者，待诏年八十八，各书一赋，仅方迳寸半，字细如发丝，而笔画端丽，神妙几不可测。钱牧斋尝来坐老梅下，击节谓两绝奇构。余不喜仇画，为有匠气，今当以书传矣，文人游赏，一时遣兴，而千百载下，画者书者各争其胜，文辞可以不朽，必有故矣。若牧斋，非近日坡翁亚哉！读其文而扼腕而惜之者，殆十人而九也。噫！名节之于道也，岂直藩篱已哉！

巨蟒记

孟秋望后一夕，汪子津夫过山房，纳凉葵菽间，问：“此间丛薄有蛇乎？余侄孙起鹏愿而力农，其弟行贾吴门，寄二万钱为兄缔姻。近吉期，才入日，晨起登厕，毒蛇啮其趾，医莫能疗。阅二旬，遂不起，可哀也。忆余自滇南扶先君柩回，柩首悬二小灯，行瘴雾间。晨失道，方左右寻索，忽两灯如炬前迎，且大喜，谓得柩。即之，乃巨蟒舌闪闪如火焰，头高与人等，直逼人不过二三丈。尔时胆极壮，谓已然事，退缩何益，僵立待之。蛇忽转首疾去，风飒然震林木。”津夫言此时，目亦如炬，两手拄〔肋〕(胁)，凛凛若对蛇口。童子侍立拱听者，皆吐舌不能收，余为之慨然。旧有句“万里葬亲汪孝子”，使孝子葬蛇腹中，孝子之亲得安驱万里，裒然四尺，今在吾越哉？然观于汪童子之力农而愿，而独不谅于蛇也，则何以故？天道常与变错杂于两间而莫测也，有如是夫！

龙种鱼记

八月杪渡江，携瓷罂金鱼二十余尾，龙种者六。道死其五，余一，色黑，目闪闪如珠。蓄卧雪轩下，游泳蘋藻间，独不与群鱼伍。或投粉饵，众浮水争啖，不一顾也。初谓偶然，阅旬月犹是，余有感焉。鱼无知之虫耳，号曰龙，特以目窿之，鱼岂自别为龙种哉！而非我族类，则独往独来，目中无鱼也。彼世之俨然须眉，而蝇营狗苟，哄然群处者，亦何颜哉？

梅实记

梅之品高于百花，人皆知之，乃其实亦大异凡果。予内子未嫁时所制盐梅，越今廿七年矣，启封味如新，以治滞下久虚者，无不愈。凡诸花果得梅汁，则色味不变，盖酸敛之功，所过者化。比于君子坚忍厥德，不独自淑，而有以及物。世之爱梅者，毋徒赏其花而忘其实也。

西斋木香棚记

斋坐棚下，颇幽黑，丛蚊蚋，阶植海棠，不茂，然花时馥郁经旬。折枝惠邻戚瓶供，且数十家。伏暑架浓翠，旭影从蔓枝罅射垩壁，万颗圆如画太极，绝可玩。虽酷热，风疏疏，诸生竟夏无袒裸者，木香之托荫岂浅哉！范献子云："人之有学，犹木之有枝叶也。木有枝叶，犹庇荫人，况君子之学乎？"世有轻薄儿，阅数十卷书，能操觚作古今体诗，便目无长者，嬉笑嫚骂，自矜任达，人畏之如荆棘，刺眼憎之，若夫娘子惹衣袂，其贼物乱俗甚矣。园丁饭午，急砺尔斧。

秋葵记

花瓣单而巨，径六寸者，莫如秋葵。色鹅黄可爱，心寸许，卓然中立，其开落荣悴，尽一日不爽候。尝晨折一蕊置水中丞，向辰巳渐放，午而足，日昃渐收，薄暮尽卷若帚。凡花开落皆以渐而形幺么，人不可坐而待也，葵其炳然可据者乎？君子之涉世也，小而日用，大而出处，若此花与时偕行而已不与焉者，何人哉？太阳炎炎，含蕊不肯发，入夜隐晦冥蒙，舒萼吐瓣，自矜香灼灼者，不少矣。葵乎，吾知免夫！

盆梅记

广陵张氏本西人，巨富。其弟庶常也，癖嗜梅，治数百盆，盆悉古窑，窑有一座值三十万钱者。梅皆奇种，不可名状。丁卯春日，预榜门，雅集三旦，东西厅曲房精舍罗列，承文玉几，佐以雅具，兼设佳茗名酝，能咏者即席唱酬，一郡夸其盛。予以跛不及往，客来曰："吾郡琼花无双，芍药甲天下，不闻以梅，何水部东阁一枝盛开耳。梅花岭，史阁部葬衣冠地，存其名，今无一本，惟蓄以盆，则千百里可购。而致特聚之无力，不免兴孤而韵减。非张君之癖而雅，博求诸名盆奇石，不足以尽梅之兴，真大观也！"余曰："古来咏梅诗，至孤山而后难其人，故宋人有'闻说梅花不要诗'之句。盖梅之高洁，即今咏且不易称，况可拂其性，蟠屈而修饰之，以供俗子之玩好乎？夫不谙物性者，不可与玩物。梅所契者，粤罗浮，浙西溪，残山穷谷，淡烟疏雨，自开自落于天荒地老之秋，暗风袭肌，寒香委地，了无一车马之迹过而问焉，梅之素志惬矣。若元墓之近姑苏，游舫杂沓，犹谓此生不幸托根非所，谁谓此世界之广陵梅所乐见？第以名窑隆之，名香祀之，而壹郁偃蹇者，遂强为妩媚，聊以自慰乎。噫，误矣！"

客忿然作色曰："先生迂人，对花啜茗，惯作杀风景语。"下阶折砌梅一枝而去。

黄杨记

乙丑秋霁，步斋前，玩诸卉木。瓦盆黄杨一本，高三尺余，离奇夭矫，具寻丈之势。余爱之甚，题五律一首，吟再四，涕忽涌，因取洒叶间，日斜照津津然。冬别去，改岁大病，私念"移根入晦暝"句，非黄杨识耶？余殆与此君诀矣。既而力疾赴斋，黄杨故在。病起，抚其柯，春极寒，不敢徙檐外。阅谷雨风渐和，呼童舁置庭右，犹苍然也。每逾宿辄搔之，色渐槁，疑问客，客曰："果死，宜叶脱矣，公无忧。"至两旬，验之竟死，叶终不脱。余黯然流涕，成七古吊之。客曰："飞凤树何以当公诗？不材而材之，无以全其天矣。"噫！余昔居蒋弄西邻，黄杨高数丈，未几被伐。徙遁野，黄杨当窗，高五尺，阴阴如伞。及反幽湖，夜被盗斫去。今兹千里客游，赖尔以慰晨夕，复背我死，杨厄我耶？我厄杨耶？古云"厄闰固然"，斯杨历几闰不死，而独厄于寅之闰耶？可悲已。因录两诗于末，志其岁月为之记。

毒草记

浙人宰东，粤地产草，毒人死。幕师徐烈悯之，募而焚焉，民争应，至充堂署。一夕，师督令次子稍苛，取草试师，师遂死。杨园先生云："一方之草木，自足治一方之疾病；岂知一方之草木，又足杀一方之生灵，非人力所能齐也。"师不学无术，欲以利民，而适以自毙，悲哉！令之子弑师，而令不问，以酒罢官，次子夫妇俱夭，遂绝。夭之杀人，亦何必毒草哉！

义仆记

阮子松岩归自南亭，为予言北俗强悍，多荆轲、聂政之流。邑中张某，巨姓也，娶某氏，生一子，继某氏，亦生一子。张某死，妇欲杀长子，置毒饼饵间，次子泄其意而走之，匿某宅。妇愈欲杀之，门下仆某趫捷善击刺，使之往。仆曰："此大事，必得重贿乃可。"妇与之数百金。一夕，仆腾屋入某宅，呼长子曰："母使来杀，主若何？"长子股栗不能语。仆跪曰："主毋恐，奴敢杀主耶？然奴去，复有至者若何？不若避之。"乃负之出，至旦不觉也。遂挟其贿与俱逃，母卒乃归，兄弟友爱如故，今俱为达官。余闻而异之，夫弟之爱兄，天性也；如仆者，一悍夫耳，而善处人骨肉之间，非特忠勇过人，其虑事周密，岂荆轲、聂政之流哉！使当时正言以责主母，身之不保，何有于主？不然，却其贿而逃，主终不可免也。以义若此，以智若彼，世之食君之禄而卖君之国者，独何心哉！

虎记

广陵一叟率儿远幕归道楚中。一夕，假宿寺楼。时十月望，方倚窗玩月，忽风起，山木萧然，一虎跃入后园，坐巨石上，俄大哭，声惨于猿。俄舒尾鞭背数百下，良久乃去。父子震慑，不寐。申旦，道士登楼具盥漱，惊告以故。道士笑曰："此间常事，何足怪！"问虎何哭也，曰："虎性健忘，当食人，不知为人，食之，觉晚矣。然食人爪独不化，阴阴梗胸次。当清夜月明，必大悔大哭，谓天地好生，而我食人，罪当万死。百鞭自罚，以惩厥后。然当风发威震，而适遇人，故态复萌矣。"噫！后生每事健忘，频复频失者，何以异哉！然吾谓天既生人，不当生虎，生虎而不生健忘之虎。则凡虎一生一食人，犹可言也。天知虎之健忘，而生虎不绝，非虎之健忘，而天之健忘也。呜呼！天之健忘也，岂特一虎哉？

马鬼记

故人姚子希颜，蛰庵先生嗣也。弱冠以嫌疑事，叔肆夏欲置之死，逃之白下。月中行演武场，群马逐之，甚怪，每回顾，马辄息足，前行复然。素有胆气，遂大声疾呼还逐之，马顿绝迹，乃悟其为鬼也。余尝赠之诗云："妖狐白日含沙射，胡马清宵逐影来。"喜曰："他日作我挽歌可也。"又尝言客乌戍，夜半闻邻家水埠群鸭哗甚，开窗叱之，鸭皆没水绝响。马耶？鸭耶？老槐生火，人血化为磷，何足怪耶？古稗史载灵鬼月夜联吟，多佳句，甚至狐精阿紫说太极性理，宛然洛、闽。夫有道之世，鬼不灵；无道之世，物物能祟，恒理也。至谈《西铭》，演小学，又变中之变矣。余读林霁阳说磷，脱屦招之即群集，然则厓山而后，鬼满区宇，脱屦者谁乎？秦桧、侂胄、似道诸人，非千古之罪魁哉！

两头蛇记

吴门客过谈医，偶及叶君天士，云叶始学医，好丝竹，与狎客游，病家招之，多不赴。洞庭富家仅一女，胜掌珠，患心痛，痛则厥，久始苏。以丝竹为媒，致叶诊视，叶遽曰："此不治症。"去还家，枕上熟思，悔曰:"此巨商正可得名，奈何自绝？"秉烛观书者数夕，悟曰："得之矣。"扁舟重访，主大喜。细按之，出丸令服，又以药涂壮妇右掌心，嘱曰："服丸后必便，便时阴户有物下，用药手握物消息之，勿令断，亦勿令退。"入即私与之金曰:"吾更有赏。"如其言，果得赤物如两头蛇，其上半尚蠕蠕活，疾遂起。以是大获名，江浙推为医仙。虽毕生癖男宠及蟋蟀，挥霍之余，殁年犹拥赀三十余万，蛇之功伟哉。余于方书涉猎浅，不知前此奇病曾有是否，抑叶素狡狯，阴募人诡说奇症，令四布耸，吴儿至今啧啧耶？然考《汉书》说医车上蛇多类此，世间幻事尽不少，姑记此，质之疡科之渊博者。

黄金鼎几记

小春望，命门下拓八大山人砚铭，味其字画之古雅，为神往。一生忽持小檀鼎几至，高五寸许，鼎已亡，存其铭董玄宰也。铭曰："于以陈之清庙兮对越在天，于以齐之夏商兮匪瑚则琏。千秋万世，出没于盖载之间。噫！斯物斯函兮，其罗阅乎古今之秉巨观者，将一惟小年之视大年。"后署"史官董其昌铭"，小方印曰"昌"，几足背中勒云"天籁阁秘藏珍玩"八分，署曰"嘉禾项元汴"，盖子京家宝也。陈继儒书曰："岳修贡兮川效珍，吐金景兮歊浮云，宝鼎见兮色纷纭，焕其炳兮被龙文，登祖庙兮享圣神，昭灵德兮弥亿年。"末跋云："汉武帝时，巢湖出黄金鼎，班固作此诗以荐祖庙者，即此是也。越今千有七百祀，而神物递相传宝，光彩陆离，青绿剥蚀，为世重器。今为吾元宰所珍，乃录班作于下，以见宝鼎之显晦云。同邑陈继儒谨跋。"用"眉公"小章，亦精雅可爱。第董铭：琏，上声，而叶天，则误于蒙师也。唐时尚诗学，而昌黎讳辨治天下。治，平声，而读雉，况元宰哉！夫自汉武至元宰千七百祀，而金鼎犹存，眉公可谓善附会矣。自眉公及今不及三百年，鼎亡而仅存其几，又安知斯鼎之必为巢湖哉？虽然，物之真伪不足辨，有文人之文以传之，物虽亡，可千古矣。若斯几因鼎得铭，因铭之者为元宰而人争拓之，几之存亡不可必。而余之文传鼎，不能传几，不庶几乎？

后有好事雅人，安知不以斯记为珠椟剑匣，寿之枣而并拓之者？

丙申中秋集漱玉斋记

岁丙申，景塘子馆安村张安之漱玉斋。斋有花数百本，值秋繁，青黄碧绿，皆可人意。景塘以书来招，余自失怙恃，继以鹡鸰之痛，名囿嘉圃，非弗爱恋，而独行踽踽，遇欣成悲，盖杜门不游者十年矣。重景塘之命，张翁复勤勤，遣从子具榜迎，因邀时若屠子、仑表张子。仑表以事不至，郑博也适来，遂放舟抵村。时八月之望，秋暑复作，葛衫羽箑，连袂入室。翠竹夹道，丛桂舒秀，篱隙吠豹，桑巅鸣鸡，直拟天台桃源也。张翁率诸季子侄相见，皆朴邀温雅，彬彬有古风。翁故与先伯子交，感旧问讯，怆然久之。月既出，置酒花笠，拈韵成古诗若干。既醉踏月，田间稻垂垂，风露泾衣裾弗惜也。寻复绕池行，闻池鱼唼萍草，唧唧可听。及反斋，夜过半，始就枕。明晨请辞，翁固留，谈论弥日。薄暮复饮笠下，忽骤雨飒飒至，如坐孤篷中闻江潮，耳目俱爽。少焉，雨止，月倍皎洁，酒兴益勃勃，各斗新令，集经典，分咏诸物，漏三下未睡。诸君请余记游，余不敏，敢以一言念古？名山胜地，皆赖人以传。自有中秋以来，酣歌群饮，代不乏人。而登天柱，歌《水调》，落落不朽者，卒百不得一。诸君志之植尔根，茂尔枝，研经穷史，饬身砥行，而藏器以待时。余虽驽力，尚将贾勇以从诸君。如其忘本务末，玩愒岁时，譬如妖红艳紫，徒以供玩好，严霜既零，有立槁耳。安知今日之集，不与时辈绿尊红妓、酒食相征逐者等乎？诸君幸不迂余言，余将以自迂者迂诸君也。

愈疟记

丁巳夏，听泉山舍，病疟不愈，诸生书桓石虔、齐桓康名贴帐间，或吟少陵血骷髅句，俱不效。余乃端坐诵文文山《正气歌》，亦如故。因忆箧间有岳公送张将军北征诗，遂作大幅草书悬壁，整衣冠，焚香朗诵者三，觉丹田隐隐如火灼，俄通身蒸燠，汗如雨，次夕遂霍然，诸生以为神。后有客疟，仿行之，复不效。余笑曰："客固非心岳公之心者，安能读岳公之诗而望其已疾哉！"鬼不畏余而畏岳公之诗，余可愧已；鬼畏诗而并畏诵诗之余，余亦差自慰矣。虽然，公在天之灵，方谓黄龙痛饮，壮志何如？乃堂堂四十字，仅以止小儿啼已，凡鬼疟不重公之悲哉！

记宿农家

癸亥春，偶过农家留宿，藉地草蓐，置衾枕熟睡，自谓风味古朴，远胜俗儿华床绣帐也。既晓，童启户，一鸡入，居然与卧客平等。小选一犬来，则俯而临之矣。童叱之去。因大悟朱王合诗"城上牛羊下视人"，迫于势则尊卑倒置，虽抱高志，无由自伸俯仰此身。为之慨然，披衣起望隔溪孤云，注目良久。

记从兄载青公遗事

公以勤俭起家业，友爱性成。犹子贫者，为置田宅。每岁暮，以钱粟分饷族人，或佃以花地，不责以租。癸巳，郑芦村赴粤任广宁令，欲借公五百金，公力辞之。次日，故人子徐某来贷金，数适符，公慨诺。不以势利动，而笃于故旧如此。余先人墓木为族弟所砍，公协力请宗长入祠予之杖，曰："鸣官则伤恩，家法少惩足矣。"尝谓余曰："老弟志节太高，恐难为继。吾他日儿辈得如夔一叔能文，补博士弟子员，进可致身，退不失良士，乃中道也。吾弟其善诲之！"

又曰："宗祠祭田，吾日在念，十年间必当勉成之。"别未几，遂以疾卒。噫！使公更活十年，岂有今日诸从子争继事哉！阮子涤三云：载青公在四昆中才德杰出者也。天不畀之寿福，将在后人耶？灯下书此，以勖钦陶昆季。

记王令事

王令讳一鸣，四川人，为金坛令。初之任，狱中前令以官粮诖误者九人。一鸣慨然曰："与其使十人共狱，何如使一人入狱？"遂出结申上司，九人者皆得还乡。一鸣身任逋粮二十万，皆绅宦积负。一鸣登门曲为开譬，每至一家，辄高卧不起，曰："某一身负十令责，公等一日不纳，某一日不去，死公家可耳。"诸绅宦感其义，皆勉力如所请。凡三年，逋粮悉清。上司大喜，交章以卓异荐，然忌其才，不获大用。夫以催科为能事，非民之福也。而一鸣能出九人于狱，其胆亦壮矣。然二十万中，安知非民所半负而并征之者？使一鸣责绅宦之半，而以其半为民请命，安知不果代九人老于狱乎？噫！舍催科而居抚字，此阳城之所以为阳城也。

记潘氏疑棺事

甲辰海溢，潘子静可及妻朱氏葬西门之田穴为潮所啮。朱氏之棺尚支吾败椁间，而静可柩不知所之。其子阆山使人遍觅四野不可得，询之制棺时匠者。匠者曰："吾一岁间操斧而食其力，阅人多矣，岂有款识耶？"越四五日，始得一棺，在疑似间，舁归与母合葬焉。当宋时，虏中归诸帝梓宫，大臣无一言。当开棺别敛者，及杨髡发陵，乃悔受虏愚，以灯檠等见欺，为万世笑。人子于母，岂忍配以疑似之棺？使两妇人合葬犹可言也，万一谓他人父与母同穴，罪居何等哉？人子不学，不可以处变。匪特此也，即年远而改葬者，柩已毁，亦当易以新棺而别以衣裳敛之。（法见《陈几亭集》。）若世俗为小匣拾骨，失其部位，精驰神离，断断不忍也。

记陶和尚

陶和尚本新溪老农也，素愿朴，一旦弃妻子，蓄发为头陀。募钱不妄费，积贮为造桥井凉亭，以利行人，远近争延致之。所至不诵经，不礼佛，甘淡泊，忍饥冻，日董治土木事，或他僧渔利，积岁月不成者，陶刻期竣之。妻子或踪迹，冀沾润，则怒麾之曰："头陀曷尝有妻儿哉！"今年已七十余，面黧黑完，发长三尺，衣褴褛，赤脚行道间，虽五尺童皆识之，曰："此和尚一钱不欺人也。"浮屠害道，即高行僧，儒者羞称之。然以不识字老农，而励志若此，良可嘉也。偶与门下施生语及葬事负托者，书此志慨。

记杨隐士珂云罂

明杨隐士珂尝游过云岩，见云气弥漫，浓厚可掬，遂携三四巨罂于云深处，以两手扑纳罂中，至涌出不容，则知罂满矣。乃以纸封其口，携归藏之。遇好事者过小酌，辄曰："陋室无以为欢，请献白云侑酒可乎？"因呈云罂，刺针眼，罂口一缕如白线冲举，须臾绕栋梁，已而蒸腾座间，郁勃扑人面无不引满大笑，相夸为绝奇也。间亦赠相知者，陶通明诗"只可自怡悦，不堪持赠君"，观此则更进一境矣。东坡有《攓云篇》云："道逢南山云，欻吸如电过。抟取置笥中，提携返〔茅〕（第）舍。开缄试放之，〔掣〕（挚）去仍变化。"杨山人固有所本耶？宣和中，艮岳初成，令造油绢囊水濡之，晓张绝巘间，括其口以献，名曰"贡云"。然吾为云计，则愿赠知己，不愿贡天子也。从子钦陶偶颜其楼曰“赠云”，因书此示之，以广其意云。

记徐孝廉遗事

徐孝廉，名仿，字九如。父某官少詹。弘光之变，城陷，仿从父驾小舟避难。父问其仆曰：“时事至此，何以处吾？”仆对曰：“小人何知？唯老爷是度。”仿私谓仆曰：“奴不解事。再问，当曰：‘老爷受国厚恩，唯死可以报国。’”少顷，父果问仆，如其对，父犹豫不能决。少顷，父登船舷更衣，仿目仆，仆奋然曰：“老爷惟有一死！”举手挤之入河，遂大呼曰：“家老爷殉节矣！”仿大恸，举尸成敛，终身不入城。世多称仿能全父之节以成父名，余独谓不然。君臣父子，一而已矣。父不能死君，子不可强也。况父未必不死，而假手于仆以杀之，尚可以为子乎？为仿计，唯有痛哭力谏，谕亲于道；必不从，则以一死悟之，未有杀父以成己名者也。天下后世谓某先生不能死，其子实成之，仿之心安乎？且父第不欲遽死耳，非有降之志也。仿即变姓名，奉父入穷山，采拾养之终身，亦何不可？而忍毒至此？仿之子，后应童子试，仿立杀之，遂无后。不有于父，何有于子？子之不肖，亦不可强也，独不许其自新乎？凡事不准之大中至正而好为矫激，欲尽仁反以贼仁，欲全义反以害义者，比比也。虽其说得之传闻，不敢深信，而其理不可不辨。

殇外孙女徐阿巽小记

阿巽，余婿道周长女也。生而预知人意，貌丰秀，性执拗而正是非，井井不乱。自能言，灵慧倍常儿。语以两家生肖，阅数旬，历问无一误。媪尝抱嬉门外，闻市儿戏唱《三字经》五六语，辄成诵。然每至第五句则越之，问何故，则曰：“此秽语，吾不当道也。”闻者异之。见余与客切脉，亦三指按人手，佯侧目曰：“停食奈何？”食果物，必叩曰：“此健脾耶？”好茶或竟一二瓯，且曰：“吾小便近如雪矣。”当饭时，执盏不遽入口，环视座，箸有倒者，即呼曰：“箸尚倒，何汲汲也？”又时顾婢仆辈曰：“汝等何不饭？勿饿，饿令人瘦，瘦何味？”堂有客，自索茶点，立小几，炊炉火不倦。客或摇书画箑，笑曰：“公但取风，不教侬识字。”客皆嘉爱之。吴子昂千指谓予曰：“此奇质造之，令解诗文，抄外公集，仅足娱晚境也。”次婿禹襄云间来，见巽惊曰：“女儿中福相，道周不弃，或许为瓜葛乎？”道周教女极严，巽苦之。故岁宿余家，日向外大母授书认字，字必问何义。且拈针补刺，口啾啾言：“婆眼花，缀纴非儿孰任。”阅旬，必禀归省大父母。将入门，必戒小婢问讯语，叮宁勿忘。或见母及弟小疾，恻然见色，复慰曰：“弟已痘，他疾无害也。”一日，吴门舟递书，方问邻家，值巽坐栏曝日，直举余字，导之入。余责曰：“巽奈何字尊长？”巽面赤曰：“姑喻舟子耳。”好啖枣橘，或与弟耀竞不相让。自今夏弟笃疾愈后，极怜之。耀举杖拟之，必和颜曰：“饶尔姊！勿戟手也。”其天性孝友，不待教类如此。酷嗜涂鸦，执笔俨然拨灯法。余训曰：“古人学篆，自作圈子，取圆正。”始授以意，即解。尝一纸作累累数百孔，笑示婢曰：“似东房竹上蜂巢耶？”噫！不谓遂为今日密痘之识也。未痘，一日不禀母，径携婢归嬉。大父母前侍食，窥大父少飧，曰：“爹奈何作客？”或难之曰：“爹不与汝糕饵，岂是好人？”即正色曰：“如爹作人，尚说他不好，罪过罪过！”旋遍诣邻近旧游处，款语若作别状。返定泉，即大热见痘。医曰：“五朝症也。”奈何巽性不奈药，坚拒不饮，果如医言。时甲子十月十日也，距生庚申六月九日才五十二月耳，而了了若此，伤哉！余两老人孤处，藉以慰岑寂，天翁乃并此见妒，急夺之耶？伤哉！婢如意长巽三岁，出入与俱不少离，亦逆痘，后巽五日而死。

记梦

己未十一月初八日，梦先君在病中与伯兄剧谈，梓居床侧，与医者酌方。医既去，先君呼梓前，问医合古方否，因历举前代诸大家测脉处剂之神妙，叹今龊龊都不足与语。梓请曰:“大人服药，亦当兼进糜粥，胃中稍以谷气濡养之乃佳。”先君颔之曰：“吾顷已少啖糕饵矣。”闻鸡鸣，遂觉。自馆故山以来，梦无此了然可记者，书以志感。前月讳辰，家祭阙如，糕饵一言，殆以惊不肖欤？悲哉！

记从弟妇二刘氏

从弟友杉娶刘氏，颇贤，二十七而夭。续胞妹，娴静通文墨，亦三十四早世。生一女，许字郎氏，未婚而殇。妾瞿氏，今子女各二，长不慧，幼者聪敏，才七龄，器度如成人。他年表章二嫡母者，此子也。余多病，六十六矣，尚及见之乎？为书其略，吾弟其积德以培之！戊辰二月望日。

八眼女记

金琯，秀邑诸生也。娶朱氏，甲子十月产一女，面有八眼，哭声如鸟，以为怪，杀之。昔淮阳有囫囵鸡，无手足，长乃善读书，生二子，成进士，杨园先生记其事。以此例之，安知八眼之婴非奇女子乎？宋李沆寓京师，一日，忽肩舆一盖头妇人至，不见其面，仪度甚美。入沆房，久之乃出。众讶问之，沆曰：“亦是云某前程事，何足深信。”诘之，乃曰：“君曾见其面乎？一面都是目，殊可异也。”琯若多读书，必不杀此女。安知此女之长，不转灾而为祥乎？或曰：“琯为人诡傲，不近人情。此女之生，必倾琯家，杀之可也。”余曰：“不仁哉！琯庸才耳，女奇质也。女之生关乎世运，岂为琯一人一家哉？使琯不改前辙，安见琯之不自倾其家，而必此女也？”

记老砦王氏女事

甲辰秋，七月既望，海溢。姚江老砦王氏女，年甫十八，夜卧，拥衾漂流，值高树罥焉。旦失衾，水渐退，取萍梗掩体。何巷一叟划舟过之，女急曰：“爹爹救我！”叟视之，赤体少女也，遂扶登舟，解衣覆之，载归。语妇曰：“此女姣好，可配吾儿妻。”为易服，如叟言慰谕之。女泣曰:“爹妈实生我，非不愿奉箕帚，奈身已许字张，中秋当遣嫁，女子不可事二姓。”何叟出访，得其实，遂不复强，报其夫家，如期婚焉。君子曰：“女子出必蔽面，何至裸以求生乎？”然是女也，始惧叟之无礼而父呼之，及强为媳，毅然以义拒之，亦可谓遇难而不失其正者矣。视夫食君之禄，而历事数朝，恬不知耻者，相去何如哉？

记四明虎事

去城五十里曰四明山。时谷雨，有兄弟三人入山采茶，虎骤至，攫其季去，伯大呼逐之。虎释季，攫其伯去，仲复大呼逐之。虎又释伯攫仲，三人俱为虎所食。尝读《二子乘舟》之篇，兄弟争死，恻然伤之。若此三昆者，知猛兽得人而止，兄不爱弟，弟不惜兄，未必不全其一。而率其直性，见死无二，岂易及哉！彼父子相杀，兄弟为仇，虎乎虎乎，胡不舍此而就彼？而世之为民父母者，或利父之贿而佐杀其子，或婪弟之财而佐杀其兄，苛政猛于虎，不信然哉！

记灾

沿海疫气盛行，湖地一族去五百丁，城中亦约二百余。棺价腾涌，僧道接踵于衢，粗识药性者亦乘舆往来，门若市，送丧号哭不绝于耳。余宗亦损四丁，庶咸、伯观及有培三子，伯观幼子，次则门下阮生有大、老友潘翁湘宜。翁易箦前二日，犹手植牡丹，今别业菊方开，尘埃满榻，亦不忍观矣。此余有生以后所未见者。初度日亦患小疴，爱我者危之，余笑曰："居外而首丘，恐无此福耳。"翼日病起，书此志灾也。时丙寅九月之望。

仁山先生所藏朱子琴记

琴长三尺六寸，博五寸，尾弱一寸，背镌"大雅"两字，行草，旁两行草书："养中和之正气，禁忿欲之邪心。"大〔圆〕（员）印"开元十年造雅州灵开林"，一方印"雷霄记八日合"，又"俞云冲整"方印，皆阴文。内腹镌："宋庆元丙辰，朱晦庵拾于白鹿洞。明万历壬子，俞云冲重整于跃龙阁。"皆行楷，色红紫，掩映斑驳，蛇蚹断，古气磅礴，洵宝物也。金华汤子三聘丁卯夏来扬，以文质余，因述此得之仁山先生后裔。余馆兹三载，所见皆俗物，去夏唯于江氏得见晦庵残砚，作五律四章寄故山谢子雪渔。此外键户，稀与人接，佳丽地古，法物不少，而藏之非其人，不愿见也。朱子之琴藏之仁山，越二千里而来，安知非琴之灵以《广陵散》之未绝，冀客广陵之古民一补其阙乎？其忍交臂失之！遂遣伻奉之过斋，余摄衣冠焚香，再拜启囊。时病目，谛视良久，叩之声清越甚，穆然而思，俨侍寒泉精舍，幅巾深衣，凭几挥管，作诗传，志《关雎》《离黍》之感。又若定纲目肃然，书莽大夫，书昭烈正朔，书五胡，蒿目长叹。又若与鹅湖辩论，愀然抱生心害政之忧。噫！圣贤手泽所遗，不待抟拊而感人已若此，渊明蓄无弦，非无故也。天生孔子于衰周，为击瓮呼呜呜也；生朱子于南渡偏安，为天魔舞赞佛也。而箫韶九成，两厄其旋乾转坤之会。呜呼！生民不幸，一至此哉！朱子没于宁宗庆元六年，斯琴之归于仁山，当在厓山以后。国破家亡，天盲地否，朱子在天之灵，视焦尾如一尘，即碎紫琼、烬蓝〔肋〕（胁），何惜哉？乃其时吴澄、陈栎、胡长孺等，非不诵法紫阳为标榜，皆传脂匀粉，抱琵琶过别船，作塞外腔娱客。而独有老死不失节之处子，日弹单鹄寡凫，宝而传之子孙，则山川之英爽实呵护之。今虽式微而易其主，然阅明三百年至于今，不为有力者所夺而藏之非人，则仁川之遗泽亦远矣。金华山水，石楼、龙门秀甲东南。乡前辈四先生而外，宗公将略，吕公史学，皆可师法，倘不幸仅为道传，晋卿虽文章名世，非朱子所期于后学，而况其下哉！然则欲为守琴之学者，必先为守身之孝子，汤子或不河汉斯言，即叔夜我将腼颜颔之矣。不然，琴通神明，试登金焦作"霹雳引"，安知中不有黑蛟破徽飞去？

居业楼记

胡氏自安定公以后，以理学著者，莫如明之敬斋先生。其手定之书，名曰"居业"，取《易·文言》"修词立其诚，所以居业"之言。自述其所著，悉本之躬行必得，非徒事口耳也。乙亥，门人锦书奉其尊大人汉光先生之命，请题其所居之楼，余颜以“居业”，而申其义曰：“程子论为学，譬如为九层之台，须大做脚，始得言乎本之不可不立也。本也者，不外乎名节道义而已。大江以南，游观之地，孰不有楼？吾举其二而法戒昭然矣。虞山有绛云楼，为钱尚书藏书之所，海内景仰久矣。然尚书诗文如此之工而名节荡然，绛云即不火，其烟消雾灭可决也。滶湖有何商隐先生湖天海月楼，遗栋今犹岿然，吾尝一再登之。即今沧桑之变，不幸夷为蛟宫，朱栏画槛，千古常新也。推其原，修忠信以进德，有业之可居，则源远而流长。不然，一楼之存亡，何足道哉？”《系〔辞〕（词）》曰：“可久，则贤人之德；可大，则贤人之业。”又曰：“富有之谓大业，日新之谓盛德。”此亦充言乎？进德修业之量以为进，进不已者，勉耳，非好为大言也。而或者乃迂之以为宋儒习气，何哉？娄江周简庵尝规予枝叶太繁，予方自悔。数年来，语同志，不过卑近易行，日用寻常之事，期其不负乎敬斋先生之旨耳。不然，斯楼濒海，其潮汐烟岚、渔樵耕贩，本支群季之文采风流，以及宾客过从之盛，何难铺张点染，以著斯楼之胜，而必袭宋儒之牙，后取怼于流俗哉？居是楼者，日展《居业》一编，端坐读之，而措之躬行，所造何量乎？倘过宾终以为迂，则当世不迂者实繁有，徒余迂之魁也，姑揖而退。

宝穑堂记

余癸丑馆邗江，虎林周秀才携一古水坑，仅三寸余，腹镌草书云“稼穑惟宝，代食为好”，末署曰“驴”，乃八大山人真迹也，草法大合，刀法出文彭右，索直昂甚，不可得私。拟庚午还遁野，语舫云，更为“宝穑”，五六年鹿鹿未果也。乙亥仲夏，故山门下胡锦书过定泉，邀余归渡江，会蕉雨雪渔。值山妻疾笃，不果行。锦书裁旧楮，恳作草堂记，即颜之曰“宝穑”。《旅獒》曰：“不宝远物则远人格，所宝惟贤则迩人安。”《楚书》曰：“惟善以为宝。”《舅犯》曰：“仁亲以为宝。”故曰：惟士为能，以其不藉恒产而有恒心也。若士君子亦沾沾焉，廑稼穑之艰难，忧百亩之不易，既勤敷菑，惟其陈修为，厥疆畎，不过一上农夫已矣，何贵焉？虽然，王道之要，养先于教，衣食足而后礼义兴。渊明诗云“力耕不我欺”，非忧贫也。不耕则仰事俯畜，无资不至，妄求，丧廉耻不止。南亩荒即寸心不治，砚田芜即寸心如谷种，亦成枯荄，安望其礼耕义耨，培学植以敦人品，如力穑之有秋乎？杨园先生曰：“近世以耕为耻，止因制科文艺取士，故竞取浮末，遂至耻非所耻耳。若如汉制，孝弟力田科人，即以荣矣。实论之，耕则无游惰习，无饥寒患，无外慕失足之虞，无骄侈黠诈之病，思无越畔土物爱厥心，藏保世承家之本也。”又曰：“五谷者种之美者也，良心是人种子，收藏培护尽其力，不违其方，无使稂莠螟虫贼之，虽水旱不能为灾也。”斯堂贤子孙味先生之言，则知我命名之意，固兼乎教养，而识所以保身而复性矣。锦书勉之哉！

宝穑堂记（其二）

乙亥，余在漱芳为胡锦书作记。丙子冬，锦书遭母丧，苍茫失去。丁丑清和，复请构之。予病日剧，前作不记一字，枕上因念力农之家，无如我外家遁野，尝忧其子孙书香不继，则宝穑之流弊亦不可不防也。昔冉有在圣门，居政事之科，而聚敛附益非吾徒也，见绝于师。当时二三子亦不问其所以可绝之罪。至孟子，始发明无能改于其德而赋粟倍他日，而圣人之旨始了然。不然，李悝尽地力，商鞅开阡陌，何尝不以稼穑教民而服上刑之次？大贤切齿断之，何哉？天之生人，气质不齐，颇有缙绅之后诸郎，视朱玉如泥沙；而一儿襁褓，即爱钱如命。及长，不好书籍而精于握算，势父母兄弟如路人，刻薄之名遍于戚姻，而田宅拥资甲于一族，不数传而子孙颓然不知礼义为何物。父子仇仇，同室操戈，遗业荡然矣。此所谓有恒产而无恒心者也。故曰：富而不教，则近于禽兽。禽兽之于人，类天渊矣。下一“近”字，其势甚危。盖非特虎狼蛇蝎也，即彘鸡终日营营，不为善，亦不为恶，非禽兽乎？非特凡民也，即孝廉明经，腼然为教谕，抗颜一邑诸生上者，果人人孝子乎？悌弟乎？司教而仍为无教，此三代下之通弊也。呜呼！可胜叹哉！故余前记之谕“宝穑”，道其常；而此之言“宝穑”，防其弊而通其变也。尝与莘皋张丈谕家规：祭田义田固重，而义学之田尤不可不多，为之防天下不皆有恒产、有恒心之人；而恒心之常存于天地间者，惟赖此无恒产而有恒心之士，创为不易之定法，使千古之中人守之以保家国。莘皋闻吾言而大快，令儿温酒，请先生畅言之。余乃问：“克何人，家有一亩大田，二亩小田，比收租之田更荒不得，子知之乎？一心田，大田也；次书田、研田，小田也。小田不耕耘，则大田萌芽绝矣。此岂关乎天时之旱潦哉？人力而已。故收租内税之当宝穑，人人知之；而一大田二小田之稼穑惟宝，则非世之八股子弟所能解也。”莘丈为浮一大白，余亦醺然。夜三更拆铿然，遂就榻。

慎余堂记

丙子春过紫〔薇〕(微)，攸芋客有乞书旧联者：“且将不尽还天地，留取无穷待古今。”作谷口八分体，座客慨然谓此联意颇含蓄。既而渡江归越，过留余堂，观旧人额，失其名而雄伟可爱，许生遂请颜其新构之茅堂，余题之曰“慎余堂”，亦为作擘窠，而并为之记曰：子张学干禄，夫子告之曰：“慎言其余，慎行其余。”自尽夫得禄之理，以绝夫干禄之妄念。果如是，其寡尤寡悔也。即得禄，亦非处不以其道之富贵；即不得禄，亦为不去非道之贫贱，而无忝于君子之实矣。由是而进于造次颠沛之无违，其所造亦何量哉！此千古圣贤为己之全功，而推以及人，即王道不外乎是。以之位天地，育万物，非侈言也。而圣人仅以一“慎”字扼其要，故紫阳子曰：“慎言行者守之约。”子在川上“逝者如斯”，而其要止在慎独。慎之时，义大矣哉。或曰：“夫子又有言矣，曰：‘慎而无礼，则蕺山阴念台作《人谱》，偏于慎余，吾子亦尝病之。’然则慎亦有流弊耶？”余曰：“善哉问也！世固有乡愿之学，一生自信为谨言慎行，而昧于大节者，范鲁公训语紫阳采附小学，岂谨小慎微之君子？而千百世下之公谕何如哉？夫子所谓慎余，非乡愿所谓留余福以遗子孙之谓也。谓夫阙疑阙殆之始，学之博而择之精，既了然于取舍之大分，而渐臻夫存养之密功，将见处而有守，出而有为，固早裕。夫为国以礼之原，而宁有慎而无礼之失哉？故统乎慎之常变而言之有余，不敢尽，慎也；直言极谏，临大节不可夺，亦慎也；有所不足，不敢不勉，慎也；行一不义、杀一不辜而得天下，有所不为，亦慎也。不然，贪位固宠，缄默取容，曰：‘吾慎言也。’见义不为，趋利避害，曰：‘吾慎行也。’其流弊何穷哉！”阳明为吾姚前辈，其功业文章，彪炳一时，而“致良知”之说，贻误苍生。杨园先生辞而辟之，谓姚江大罪，在直提本心，废却读书穷理之功，则于多闻多见、阙疑阙殆之始，已早失之，遑问其慎。余之颜斯堂也，不期主人以阳明之学误其后昆，而以杨园之训子者训子孙。他时振振绳绳之列，岂无光明俊伟之姿，不愿为敬宗平仲，而愿为睢阳白云者乎？许生其敬勉之！

�谷精舍记

丙子清和，余归山，偕诸生游隔溪大义庵，爱其西廊后丛竹，笑傲竟日，慨然有终焉之志。诸生问诸长老赁数弓地可乎，长老云："建吾庵以来，环水而居，与外人隔百余年，如桃源无一渔翁问津者。先生愿辱为邻，敢不惟命！闻先生工八法，肯为方外擘窠书庵名否？"余笑诺之。诸生遂伐树缚茅，盖屋三间，傍灶一庑，皆面南山，北倚竹如翠屏。腊月十日，移书囊居焉。次晨连雪，雪洒竹作戛玉声，掩映茅屋似倪迂画，小鸟鸣其间，直深谷然。余顾而乐之，颜其额曰"�谷精舍"。姚江多山，然空谷中大都刺眼荆榛耳，有楚楚翠筠若斯庵者，可多觏哉？渊明云："南阳刘子骥，高尚士也，闻之欣然亲往，未果，寻病终。"若深惜之。余近益惫，即不幸明年告终，不已为卜居桃源之子骥哉！渊明且啧啧羡我矣。况诸生实安定后裔，经义治事，渊原有自。从兹以往，贤父兄各率其子弟藏修斯舍，努力于有用之实学，他日英才辈出，处有守而出有为，炳炳烺烺，垂诸邑乘。考古之士，追寻遗迹，发轫何人，岂特古铭，即玉版师与有光焉，虽蓬牖枳篱足千秋矣。诸生英少，尚其勉旃。

远山残雪记

丁丑立春，在嘉平之望，大雪二日始霁。茅屋苦漏，夜数起。又二日，庭中及檐溜皆消，惟望远山残雪如白云凝岫，几历旬，绝可观。每晨旭夕阳照耀，闪铄如晶如玉，凡平昔目所未极之峰，百里外层峦叠嶂，无微不瞩，不禁为之狂喜。东坡云"兹游奇绝冠平生"，余也得之故乡垂髭之年，尤可幸矣。嗟嗟！春雪易消尚然，况三冬残腊哉！培塿尚然，况四明石窗哉！而况峨嵋千古不消之雪哉！大块生奇境以娱人目，何地蔑有？彼龊龊缰锁者，既不足与言；而山居之牧竖樵夫，又独享焉而不予告。故为之记，以揭诸壁。明年六月溽暑，当一再读之，以雪吾烦熇。好事者或觅良画史，绘为残雪图，传诸艺林，谓粉本得之筠谷精舍，即目我为梅花道人所不惜矣。

文点画记（丁丑九月晦日跋。）

五车萧浔氏如古，一日以旧箑文与也先生《柏林游睡图》嘱题。先生为龟山先生孙，其丹青得家学之真传，名冠当世。使当时一念为富贵所动，谁不以凌烟□待之？而先生视若麇鼠，独啸敷于山巅水涯之间。或强之发墨，则姑取荒凉寂寞之境，淡烟苍霭，点缀残山剩水，亡国之余而得之者，片楮半行俨拱璧然。呜呼！此与也先生所以喟然而与也，不然，则虽谨于装演，饰以金宝，冠之朱玺，宸几题额，王公书笺，玉堂跋尾，仆将以之糊侧牖，犹虑纲风之泼面、庾尘之垢目也。而况为之欷歔流涕，搜索枯肠而为之以传其人哉！与也与也，不知地下何以慰我也！

蒸酥记

忆康熙甲戌，余年二十二岁，从伯兄扶先君柩归葬临山，时寓姑母金氏之南楼。姑母年将八十，特爱余，令纵食蒸酥。夜发热，延老医胡德生脉之。胡曰:“此停面食症，不可为矣。”问何所好，余大言云:“取笔砚来！余有诗。”遂口占云:“问我童儿何所好，临山惟有蒸酥少。撑肠拄肚八十枚，作家乡鬼亦不懊。”胡云:“官官曾读《近思录》否？程子云‘吾以忘生殉欲为深耻’，官官一命，止值蒸酥八十枚耶？迷矣过矣！”伯兄私谓余曰:“胡知《近思录》，非俗人也，吾弟当肃衣冠拜谢之。”姑母戏云:“你门彬彬有礼，吾金氏知有南宫元盛而已。”次日胡投承气，得不死。四月还幽湖，力构《近思录》观之，得之杨园门人姚蛰庵所。于是始有志杨园之学，随伯兄拜杨园之墓，请全集读之。伯兄攻举业，己卯入泮。而余以布衣老，今头种种，七十五叟矣。追溯往事，杳然如梦，能不慨哉！丙子因内人之变，归故山，结茅天元。姚江邵公丹植，门人胡榜之义父也，一日访余�谷，问:“老年仗何方剂？”余曰:“素性不嗜药，故守中医之说，不敢以身试。”邵曰:“此高见也。然余有不药之药方，可传乎？”余录之，邵曰:“方无名，友人强曰‘西伯养老百钱百龄方’，言价之廉，效之大也。糯米二升（卅文），白糖卅文，磨粉炒熟，熬猪油五十文，溲粉中，令匀。或干食，或滚水调食，括西伯无冻馁之大旨要，归曾子必有酒肉之常经，而又冥然于口体复进之形迹，方之妙不可言矣。”然余之意更欲通以流俗之宜，因告南邻张子孟安曰:“君家素擅东坡糕，名一县，此涉乎嗜欲之偏资，谈宴之雅兴而已，非有关乎仁人孝子养老之需，有益于纲常名教之大也。据愚兄而衡之，君家蒸酥合之邵公之方，不过粉面之不同。今第从愚言，更素为荤，则两方之妙合无间，出于神明规矩之外矣。”孟安亦恍然有会，即夕召工更之。余更啖八十枚，而痼疾霍然，遂作斯记述之。伯兄易箦时，语余云:“吾四十而夭，以诗谶占，弟当八十，绝命词不妨重步了字韵也。”

遁野黄杨记

余寓幽湖之春风堂，颜其后轩曰“甲子庐”。既而移居蒋衙，邻有黄杨一本，高三四丈，复颜其斋曰“闰杨书屋”。己酉徙遁野，临水数椽则甲子岁所构，庭亦植黄杨一本，向所志者殆兼而有之。越数年，黄杨之旁野竹参天，夺其荫，太阳失照，而青青如盖者日萎矣。夫百木中，惟黄杨得天地之正气。梧桐有闰则生十三叶；芙蓉藕生应月，闰则益一节；棕榈应月生片棕，遇闰亦长半片；曹县仙桐二十四叶，闰亦益一叶；羽族若凤尾，闰岁生十三翎。而黄杨独厄于闰，自伤生不逢辰，闰则退寸。使身经百闰月，则当退丈许，何自苦乃尔而黄杨泊如也？夫乘时躁进者，凡材也。物皆乘时而已，独与数逆，不主进而主退，宜造化独厚之而永其寿于不闰之年，以为百木之君，奈何见夺于竹阴？而主人又不克斩万竿而出之荆棘之表，坐视其叶之落，枝之就槁，而仅以空文吊而惜之，是厄于天者十之三，而厄于人者且十之七矣。而黄杨则嘻然曰:“生于闰，不如不生。吾得正而毙焉，斯已耳。”金子方行曰:“余地主也，当记之以志吾过。”

飞云斋炉记

余质鲁，幼苦不读书，长亦无他嗜好，惟与周缓庵交于端坑，龙尾高下及易水制墨精粗，差能辨之。缓庵极好炉，尝罗列满案，宣德所制尤博，独不闻有飞云斋者。及丁丑冬，过虎山物恒堂，称觞仞翁周甲，因鉴别书画。仞翁出一炉，光彩照人，腹所署“飞云斋”三字，小篆也。余内侄姚书田亦有此癖，忆壬申秋晤于虎林之爱日堂，曾略述炉谱。云飞云斋系大内小山之巅建斗斋，元天尺五上所焚香操琴处。斋中文玩，别署“飞云”，不得他用，故虽不志年号，而实为宣德之上品，无可疑也。余尝规缓庵玩物丧志，缓庵以为太迂，寿七十九而逝。长子妖，其孙不肖，古物稀有存者。研铭百方，雪渔曾以古乌玉易其拓本，手装池之，今觅之蕉雨而亦杳然。夫人积书于子孙而无传人，徒为蠹鱼贮粮糗耳。达者鉴此，早谕教，其可忽乎？嗟嗟！同一玩物也，一为丧志，一为适情。存乎其人，有理欲之判焉，有君子小人之别焉，有治乱兴亡之机焉。缓庵斥我为迂，余反自喜其迂也。余今年七十有五，精力之瘦惫，不如仞翁远甚；然自维生平无他隐慝获罪天地，或者苍苍已夺我后，定不更啬我年。他时仞翁杖朝之诞，尚携我青藜，重登物恒，瞻拜飞云，亲爇水沉，领其余馨，当更作小诗以博仞翁一轩渠，留为贤后人佳谑谈助，亦不枉�谷结茅亲串往还之兴会也。昨月下与门人论治炉火候之浅深，与儒者涵养之功相似，必有事焉。勿正，勿忘，勿助，积日累月，而有形无形之胞浆自呈露于见闻意象之外，此方之根心生色，睟面盎背，不言而喻，宁有异哉！老人风烛余年，望飞云若登天，固无及矣。后生有志之士，忍自菲薄乎哉？三蕉之量醉，余漫为之记。

夷白居记

遁野之东轩后一斋面北，余始迁时以为祠，既渐圮新之。金子方行请颜于余。余曰：“古称安贫清白曰‘夷’，涅而不缁曰‘白’。君家世业农桑，可谓安贫矣；三世不习举业应试，可谓不缁矣。斋之前竹盈亩，古树数本，鸟关关语晨夕。其东连理紫薇，岁红百日许。水绕其北，雨后泉流活活萦枕畔。斋之中残编满架，颇多人间所不贮，率三子日哦其间，秦源乐境，何以加诸？”因颜之曰“夷白”而记之。方行肃衣冠，起曰：“坚不敏，敢不从事于斯！”

周孝子宣灵王庙记

横山之有周宣灵王庙，不知昉于何代。张子莘皋云：“余襁褓时，先君病剧，绝而复苏，自言‘王投吾刺，吾起矣’，少顷僧来募葺王庙，遂捐五万钱新其像，颜以额曰‘名山显胜’，盖先兄隶书也。又予弱冠时，归舟自武原，去山五六里，见火炬三四十枚出桑林，端熊熊奕奕，已而渐高，入庙而没，亦幻事也。”梓按衢州《西安县志》：周宣灵王祠神，杭之新城人，姓周名雄，字仲伟，谨事后母。母病剧，命祷于婺之五王庙。比归及衢，闻母讣，一恸殒舟中，直立不仆。衢人异之，即奉肉躯，敛布固漆，建庙祀焉。方回庙记云：神生宋淳熙十五年，卒嘉定四年。端平二年，饶州言神灵异，始封翊应将军。淳祐四年，封□应侯。宝祐二年，赐额辅德庙。五年，加封助顺。七年，加正烈。十年，加广灵。其进封宣灵王则始于元至元中。伯颜忽都守衢之日，夫聪明正直之谓神能捍灾御患，有功于社稷生民，则祀之，礼也。孝子特以事后母，一念之精诚，一恸而绝，僵立不仆。众心成城，血食千秋，始于衢，遂遍祀于浙东，西至横山，培塿犹复焄蒿悽怆，着其灵爽。于此知两间正气，惟忠孝节烈与星辰河岳之灵默为感通，鬼神之德之盛，正伦常名教之所由以不泯也。辛未新夏，过攸宇堂，值横山好义之士协修王庙，甫落成，遂为之记。乡人每祀王，率以楮像舟，志孝子之没于舟也。其勅为江神，亦以是哉。

迎神歌二章

横山之麓兮芃芃，禾黍日暖兮风煦。主伯兮迎猫，亚旅兮迎虎。俾尔有年兮妇子聚，神之来兮白旆举。波粼粼兮橹延，伫思我母兮涕如雨。

横山之巅云晓幕，琳宫巍峨兮神所宅。耕田凿井兮民食其力，俾尔羊兮角濈，尔牛兮耳湿。神之归兮灯熠熠，忽上而忽下兮灵赫赫。子职或亏兮雷汝殛，维孝友兮神沛尔泽。

屐鬼记

里有娶妇而痫者，幽之别室，饮食之近十年矣。已而置一妾。妾苏人也，善媚夫，阴媒孽之，激夫怒。一夕，雨声方哗，授夫屐。夫起入室，奋屐笞妻背，断食饮数日。将绝，始迎外母来。母问女，女不能言，但张目曰："木屐！木屐！"遂殒。母视背血痕，颇疑之，然年迈而寡，不敢执也。盖棺大恸，祝曰："儿冤儿自报，母无能也！"闻者泣下。妾独贺眼疔去，益曲媚夫，夫愈宠之笃，即舅姑亦畏之。不半载，夫病卧维扬邸中，梦一鬼方胄黄金甲，长身獠牙，喷血冷沁骨，或时张口欲啖之。踉跄归语妾，火前屐灰之，而所见如故，百计禳祷不验，病状奇幻，医莫能起。妾哭之悲，以死誓，未几，归省其母，遂艳妆嫁客去其家。至今每值雨夜，庭阶屐声铮铮也。

黄犬记

丁丑腊月朔，五更闻犬吠，知犬去而复来。俄邻叟忽叹曰："此犬周旋于口之间，大费周折，固良犬也。"余闻而隐然有感，遂作犬记志其事。盖余今年五月下浣夜梁上君子渡河入室，书墨衣被席卷一空。鸣诸县廉，得是南村许姓，即余门下之同族也。间数月，犬一夕哭入厨下，驱之不去。从者曰："谚云'狗来富'，口采亦佳，主人盍留之？"未几，去而复来者数四，其主家至�谷，自述其故，犬亦不之吠也，驯然书几下，隐示人以臣亦择君之意，非怀二心负故主也。已而天大雪，犬忽去，诸生尽拟之，谓今夕可征物性矣。夜半闻犬吠行人殊急，随入吾篱，卧雪阶下，待从者起扉，摇尾吾榻前，若告罪然，亦奇哉。余急呼从者饲以粥，曰："此徙义犬也，余方作文表之。"从者大笑谓："先生儿夭，已无家可寄书，何惓惓也？"余闻之，增一恸云。

图书瓮记

洞庭叶君好铁笔，过余斋，述太仓张公灏明末有《学山堂谱》，如"独使至尊忧社稷，诸君何以答升平"，"白刃仇不义，犹可帝王师"，其配法刀法之奇秀，出人意表。余闻之心动，索观其全。曰："谱凡十六帖，约三千余方，今石都散失，即谱不可购，某行箧管中班耳。"次日，呈一小帖，如"君子不以小人之汹汹而易其行"，"凌烟阁上人，未必皆忠烈"，"词人多胆气，瘦而能立胜肥倒"，"莫作心上过不去事，莫萌事上行不去心"，"圣贤为骨，英雄为胆，日月为目，霹雳为舌"，"宁为直折剑，莫作曲全钩"，"怕见恶人翻羡瞽"，凡卅余面，语语足当箴铭。其落墨着刀，又无一不合白石、山桥、雪渔古法。余不觉神移，恍似十五年前与雪渔坐卧雪轩蕉叶下，观我恕夫钩本，咄咄怪叹也。叶又言："'张无子'一章云：'有子不留金，何况本无子？'故平生罄家赀十万金，延四方高士名手集花圃中，穷岁月为之。其石不过青田、寿山，尝云：‘元初，诸玉玺皆磨洗改制，独武则天小玉篆至今存，则知图书流传，正以不材全其天耳。’公属纩时，惟一婿，谓曰：‘吾镌石皆预贮巨瓮中，此天地之菁华，善守之。’学山堂即公花圃，没葬圃中。堂后厄回禄，他物灰烬而瓮如故，惟石色黑耳。”嗟嗟！无子独无族乎？不立后而传诸婿，心上过不去事，毋乃空言。拥厚赀不为范文正义田宅，雕虫小技，玩物丧志，不可惜乎！然余未读公诗文，亦不详其行谊，安知非天下有心人激于世变而逃焉者，亦庶几隐居放言，其视当时谄事阉奴，干利禄而丧廉耻者，相去霄壤矣。

墨帖杖记

梅里有投杖乞书者，镌云："欲乞黄庭帖，镌来碧树柯。不知王内史，肯否当笼鹅？五代史有麦，铁杖行如飞。斯杖能挟跛翁登高陟险，呼之曰‘墨帖杖’，不亦可乎？"其端有旁穴，篆曰"小有天"，其额篆曰"履道坦坦"，其肤淡黄白，中有赤心，如梗达跌，磊砢密□，离奇似草书"万年藤"，又如浮鹅延颈听经。郑公曰"传诸生公借石头"，跛翁又自号借石翁。鹅有血气，灵于石，然则虽谓之"借鹅杖"可也。去冬作永别诗，今犹未去，或有所待欲与俱，必斯杖矣。但恨世无王右军，即腕不病，何敢言意者追北海之魂于无何有之乡乎？惟木上座实式凭之。

壬子记游

壬子秋，余适患癖疾，枯坐紫薇山斋，无以写忧。因过葭溪，偕李子元绣裳吉、钮子世楷膺若、朱子隽越千放棹莺脰湖，纵观秋涛，用拓胸界。遂问医吴江徐君大椿灵胎，复移棹同里，访周君日藻旭之，各出诗文相质。归途登平波台，相与分题吟咏，不知沉疴之去体也。浮生鼎鼎，百年如驶，惟山水友朋之乐不多得，不可以不书。是日为题糕佳节。

澉湖读书记

澉湖为浙西武原胜地，杨园先生品之，谓雅静西子湖。旧为吴中丞忠节、许黄门诸公读书处，最后何子商隐构湖天海月楼，一时东南遗老远近幅辏，徒倚吟啸于其间，为中原生色，读何求老人《东将诗》可得其概。余生也晚，不获目击其盛，然犹从蜀山、克轩游。两先生幅巾深衣，徘徊两堤间，今则草芜木落，风流歇绝，不可问矣。戊午夏，从故山反棹，访钱子坤一于鸳湖。坤一为商隐先生裔孙，出示《澉湖读书图》，属为之记。因拭几展卷，指点旧游，恍见紫云万苍，烟霞缭绕，《东将》所谓仰天坞，青山石壁，今无恙耶？商隐公十六咏所谓小桥流水，古树柴门，前楹后圃，今尚可考耶？夫有其人，非其地、非其书不可读；有其书、有其地，非其人亦不可读。然则坤一读书之地，吾稔知之；而坤一所读之书，何书也？昔商隐公蓄书数千卷，属之何求，自谓得所，而何求之后人不能读也。坤一能读，而无其书，可乎？夫帖括充几，以弋科第，非书也；诸经群史，内典道藏，遐稽博览，而不矜名节，非读也。坤一果有志，绍述前人而光大其业，非其书弗读，非其人弗交，非其时弗出，左编右帙，踞坐湖海一楼以揽九十九峰之胜，天苍苍而月茫茫，岩光溪色，竹影松涛，日哦其间，与古人为徒，虽阖户枯坐，而经天纬地之业具存矣。读书之暇，白木长镵，有芝可劚；青蓑绿箬，有鱼可饵。余虽发种种，足蹒跚不前，尚能策孤筇，从吾坤一登鹰窠最高处，抚掌大笑，观日月之合璧也。

书

上姚大先生蛰庵书

厉气时行，阖门染疴。先生矍铄倍常，岁寒松柏，于此亦可验矣。敬企敬企！新秋残暑犹炽，起居何似？梓承先生训迪有年，而颓惰日甚，无以副长者之属望。去岁，因家孟作诗倡和太繁，辱吴先生见规，深自愧悔，立志不坚，作辍无恒，终为小人之归，先生何以教之乎？闻先生近于《困学》一编删改益精，日进无疆之妙，殆有非后学所能窥测其万一者。然尝反覆乎程子之书，及杨园先生诸老先生之说，则于先生之学术，终有不能无疑者。怀之已久，屡欲请质，而自顾无状，不敢剿说，以蹈非议前辈之失。意欲缄口不言，而私心又有所未安，故敢冒昧以陈，惟先生恕其狂愚之罪而详正其得失焉。杨园先生与先生书曰："先民遗训功夫，只在循序，只在不舍。曾子竟以鲁得之，用心过苦，用力过急，即不免有正与助长之病，不特妄意躐等病随以生，其见道理必有偏枯不举之弊，且将使身心不宁，易致疾病也。"岵瞻先生与先生书曰："张先生见尊札甚喜，但云此兄太性急耳。"窃闻程子有云："志道恳切，固是诚意。若迫切不中理，则反为不诚。"盖实理中自有缓急，不容如是之迫，观天地之化乃可知。朱子有云："学者操存穷格不解，一上做了如穷格工夫，亦须铢累寸积工夫，到后自然贯通。若操存工夫，岂便能常操？其始也，操得一霎，旋旋到一食。时或有走作，亦无如之何。能常常警觉，久久自能常存自然光明矣。"此二条皆言学者必有事焉，非可一蹴而至。盖人之学不进，虽是不勇，然一有正助之病，恐其始勤而终怠也。观此二书，则当时师友之针砭，可谓切中病根矣。而先生三十年来所用苦功，唯以寻究源头为标准。盖先生天资高旷，而未免偏于急躁，于下学处无入头，又不耐烦践履，遂一意任着性子向上理会。平时看书，只拣取玄妙高远、无形无象处，方肯思索。思索之久，恍若有得，因有会于康节"元会运世"之说，而以天开于子，地辟于丑，人生于寅，分上下半会，配二十四节气，绘为六图，以释濂溪太极图说，自谓发前圣所未发，学者必先明乎此，而后施下学之功，则读书应事，沛然一以贯之而无疑矣。梓窃谓从古圣贤立教，只要人在视听言动上切切实实做工夫。孔子则曰"博文约礼"，孟子则曰"居仁由义"，程子则曰"存心致知"，朱子则曰"居敬穷理"，初未尝亟亟于源头也。虽为学之始，于义理大概规模，固不可不识其梗概；然浃洽贯通之效，则非可以强探力索而得之也。唯其自近及远，自卑升高，循序渐进，积久默契，则所谓源头者，不待寻求而自得矣。朱子《答王季和书》曰："学者之志，固不可不以远大自期。然观孔门之教，则其所从言之者，至为卑近，不过孝弟忠信，持守诵习之间，而于所谓学问之全体，初不察察言之也。"盖所谓道之全体虽高且大，而其实未尝不贯乎细微切近之间，苟悦其高而忽于近，慕于大而略于细，则无渐次经由之实，而徒有悬想企望之劳，亦终不能以自达矣。故圣人之教循循有序，不过使人反而求之至近至小之中，博之以文，以开其讲学之端；约之以礼，以严其践履之实，使之得寸则守其寸，得尺则守其尺。如是久之，日滋月益，然后道之全体乃有所向望而渐可识，有所积累而渐可能。自是而往，俯焉孳孳，毙而后已。而其所造之浅深，所就之广狭，亦非可以必诣而预期也。故夫子尝谓先难后得为仁，又以先事后得为崇德，盖于此小差，则心失其正，虽有钻坚仰高之志，而反为谋利计功之私矣。仁何自而得？德何自而崇哉？又《答包详道书》曰："示谕为学之意，自信不疑如此，他人尚复何说？然吾观古人为学，只是升高自下，步步踏实，渐次解剥，人欲自去，天理自明，无似此一般作捺纽捏底功夫。必要豁然顿悟，然后渐次修行也。曾子工夫，只是战兢临履是终身事，中间一唯不期而会，偶然得之，非是别有一节功夫做得到此。而曾子平日蕲向，必欲得此，然后施下学之功也。"观此二书，则先贤垂戒之精切，亦可以翻然自悟矣。况夫所谓源头者，非悬空别有一种道理也。即事即物，见得所以当然之故，分虽殊而理则一。孔子所谓天命，孟子所谓知性，知天是也，岂专指未有天地之先而言乎周子无极？而太极只说得个"理"字，先儒释之为无形而有理，最为确实。目前随举一物，孰非无极而太极乎？故曰：有物必有则，则即无极而太极也。今必以此句属之未有天地之先，为子上半会五千四百年之候，则《困学编》开卷一语，已不能不启后学之惑矣。夫造化阴阳之理，固有确然而不可易者，而必欲于天地未有之先，考其时日之数，图其形象之变化，则虽圣人有所不知不能。故朱子尝言天地之先，想只有水火二者，其论邵子"天开于子"之说，则曰："今不可知，据他说如此。"详朱子语意，不过约略仿佛言之，其他论说载在《语类》首卷者，不能尽述，要皆推测臆度之辞，初未尝凿凿证据也。盖一涉象数，便无凭准，只宜虚说，不可拘泥，而先生反以朱子落一"想"字所见未的为病，恐不免主张太过矣。梓向尝以先生之学质之诸先生，邢先生曰："姚先生不可谓无所得，但得其所得耳，学者不可如此作工夫。"范先生曰："学者功夫须要脚蹈实地，就人伦日用劈劈实实躬行实践，方不走作。若稍涉悬空，纵使毫分缕析，九天之上，九地之下，明白剖判，与吾身心有何干涉？从来离却躬行，说太极、阴阳、五行、心性、本源者，皆是八寸三分帽子，自蹈于禅而不觉也。试看《杨园文集》何曾一语道着源头？读'与何先生《论头脑》一书'可见矣。"吴先生曰："今说要悟得总会源头，又要参透太极根柢来处，纵也徒然，只是一个积久默契，当自有不言而喻之妙。然此等语自有两个话头不可以混，若是太极二五之分合四端，性情之名义意象之类，学者岂可不先讨究？不然，便是冥行朱子所谓'亦须略见大体规模于方寸间，方可施功'者是也。若要语言文字之外，另寻一个脱然见处，以为把柄主脑，则恐徒劳揣摩虚费时日，而卒不见其成功，正犯程子所云'忌先立标准'之戒矣。"又曰："源头之论，乃是深惩学者弃本逐末、略内务外及沾沾然文义训诂之是务，以为穷理而不知反观内省者之病，此意极是警切。但下手用功处，恐仍须以先事后得为心而俟其自至，孟子所谓'欲其自得之'也，亦是积久自然之效。若预存一计获之心，要令如此，则恐迫切而反不能得之矣。"诸先生于先生之品诣，未尝不私相叹服；而于学术之辨，不敢有分毫之假借，所谓和而不同也。梓之私见固不足采，诸先生所论则皆躬行心得之余，上质先儒，同条共贯，先生以为何如？先生又尝述少时为学整容端坐，凌先生见之曰："整齐严肃须从里面做出来。"某因此反来天命人心上理会，二十年来，幸于源头上已见得彻，只是知及之，仁不能守之。如今只要停当此心，于未发前下功夫，便自然整齐严肃矣。梓窃谓凌先生一语，只是教人内外交相养之意，不是说整齐严肃定是色庄，不须着力，专向无形影处体认也。朱子有云"明道玩物丧志"之说，盖是惩上蔡记诵博识而不理会道理之病。渠得此语，遂一向扫荡，直欲得胸中旷然无一毫所累，则可谓矫枉过其正矣。大抵明道所谓与学者语如扶醉人，真是如此。又《答林择之书》曰："近世学者之病，只是合下欠却持敬工夫，所以事事灭裂。其言敬者，又只说能存此心，自然中理，至于容貌词气，往往全不加功。设使真能存得，亦与释、老何异？又况心虑荒忽，未必真能存得耶！"又《答何叔京书》曰："人心无形，出入不定，须就规矩绳墨上定夺，便是内外帖然，岂曰放僻邪侈于内而始正容谨节于外乎？且放僻邪侈正与庄整严肃相反，诚能庄整严肃，则放僻邪侈决知其无所容矣。"程子曰："涵养须用敬，进学在致知。"先生于致知之功，既不肯就浅近零碎处穷究，而必欲源头之是求；于持敬之功，又不肯向应事接物上着力，而惟冀此心之停当，毋乃与先儒之训大相背驰乎？然为先生今日之计，欲举数十年苦功一旦弃之，势必不能。只得将《困学》一编权倚阁起，抑心下气，将程朱所论及杨园、岵瞻先生之说仔细体会，只随目前分量日用常行处，就疾病中做疾病工夫，如朱子所云："不要思想准凝融释洒落底功效，拚着且做三五年辛苦不快活工夫。"盖于零碎处见得实，则源头不求明而自明；于有形象处把捉得定，则此心不期其停当而自然停当。然后回头来看以前旧说，其是非得失不崇朝而决矣。杨园先生曰："天地间只是一个太极而已。《中庸》言小、大德：大者，万物一太极也；小者，物物一太极也。万物一太极是理一，一物一太极是分殊。以人身而言，未发之中，万物一太极也；已发之和，物物一太极也。先儒言理一无工夫，工夫全在分殊上。吾人日用致力，只要穷致物理，随事精察而力行之，即不必言未发之中，而未发之中无乎不在。世儒好说本体，岂知本体不假修为，人人具有。虽使说得广大精微，何益于日用？"详味此条，先生于师学渊源，亦可以得其微矣。梓之蔓引前说，不已愆乎！尝思百余年来，姚江以阳儒阴释之学浸淫于人心而不可挽，杨园先生起而任斯道之责，揭日月于重渊而使之复旦，其示人为学之序载在遗编者，门庭阶级亦既炳如日月矣。然天道难知，气运未复，老成凋谢，坠绪茫如。严溪、谷水两先生既已不幸早世，后来之秀如邢先生之缜密，又不克永其天年。目前学术纯正工夫切实，惟吴先生、范先生两人而已。至于杨园之高弟，自严溪而下，真诚笃挚仅存先生一人，为后学所宗仰。使于学术之际稍有偏枯，其流弊将不可测。虽先生自谓因其资之所近以为学，初未尝以此立教；然人情多好径捷而厌烦碎鄙卑近，而骛高远新奇可喜之论，一人倡之，必不止一人和之。窃恐后生小子骤闻源头之说，以为得此把柄，可以无屈首受书之苦，而有春风沂水之乐，遂一切遗弃事物学为虚谈，如朱子所谓"未明一理而已傲然自处于上智生知之流"，视圣贤平日指示学者入德之门至亲切处，例以为钝根小子之学，无足留意。其平居道说，无非子贡所谓不可得而闻者，往往务为险怪悬绝之言以相高，甚者至于周行却立，瞬目扬眉，内以自欺，外以惑众。此风肆行日以益甚，使圣贤至诚善诱之教反为荒幻险薄之资，仁义充塞，甚可惧也。忆自壬午之秋，梓初谒先生于李氏斋中。先生不弃，即与讲论太极，因谓梓曰："子于吾言似易领略，然恐转背便忘却了。"梓因闻此言，悚然汗下，自是始有悔悟之意。十年以来，先生殷勤提诲，有加无已，而陷溺既深，终自暴弃，一知半解，茫乎无据，乃欲仰测高深，妄施论断，几于无所忌惮。然先生虚怀乐善，耄而不倦，或不以小子之愚昧而弃之。义理无穷，学术易差，蠡管之见，未敢自信，聊述所疑以质高明。有纰缪处，极望批示得失，亦教学相长之义。躁妄之罪，容当叩谢。

与范先生蜀山书

秋暑犹烈，先生近体何如？颓惰久失简候，罪歉罪歉！张圣文兄曾来海滨，材质有可造否？慎侯近状益不可言，去冬废立之说，恐不为过也。闻凌支兄以《杨园遗稿》上之当事，深为惋惜。姚二先生复献所著《小学集解》，甚欲改易衣冠，应沧浪讲学之聘，尤可骇异。意来岁馆席，或有动摇，遂激而至于此乎？先生爱人以德，或可更为之谋，以全其晚节，亦朋友之责也。哲人凋丧，斯文孤危，以蛰庵先生之至诚恻怛，既流于禅学而不知返；聪明该博如肆翁者，又迫于贫困而无以自振。梅亭先生志节清苦，工夫细密，方赖以光昭斯绪，而天遽夺之速。今日东海之滨，承杨园先生之统而无愧者，惟先生与吴先生而已。朱子有云："今世为学不过两种：一则径趋简约，脱略过高；一则专务外驰，支离烦碎。"其过高者固为有害，犹为近本；其外驰者诡谲狼狈，更不可言。吾侪幸稍平正，然亦觉欠却涵养本原工夫，此不可不自反也。先生新功进益，必有日异而月不同者，便间伏望时赐教言，以策罢懦，幸甚幸甚！

甲申六月四日，先生来幽湖，偶与姚大先生论太极。先生谓梓曰："姚先生的是禅学。"吴先生亦云。然迩年以来，坚守故步，盖姚先生所尊信者唯邢先生，今既不及就质，几有举世莫可告语，姑俟后世子云之意。盖虽不讲阳明之学而阴中阳明之毒者，况姚先生真挚过人，苦心积虑决不泯灭，闻凌支兄又欲以《困学编》献之吴门。窃恐此说一出，流弊亦不可言。梓不自揣，欲假先生之力，挽姚先生学术于垂暮之年。因即先生面谕数语，及吴先生札记二条，广引先儒之说以实之，汇为一札，敢以质之先生。浅陋之见，荒谬极多，人微言轻，不足取信。若更得先生一书，与之明白剖判躬行心得之言与口耳之学霄壤悬隔，使姚先生翻然觉悟，不惜三十年苦功，尽取所著付之灰烬，所谓勇撤皋比，一变至道者，非先生之至诚，孰能感之乎？杨园之道既明，日月出而爝火不患其不熄。然防微杜渐，为世道人心计，断截得一路是一路，非敢好异立名，徒为竞辨之端也。然所谓上策莫如自治者，梓之狂言亦可耻矣，先生何以教正之乎？梓又启。

与姚先生肆夏书

去冬辱手教，颓惰不即答。春初闻治窆事，适儿子患痘，不获走效执绋，歉甚！幽湖距戍上四十里而近浔溪，船颇多，屡欲抠侍席下，一质生平所疑。因家孟馆山中，课读之余，鹿鹿米盐间，几无宁晷。贱室卧疴未起，儿复以痘殇，悲窘交集，问学日荒，无可为长者道。闲中自省，病只坐"等待"两字。斯道门庭阶级，先儒言之焯焯，自家亦仿佛见得此事合如此，此时合如此，而义理不能胜利欲之心，得放过处，便作以待来年之想。盛年不易得，似此因循耽搁，便偷活到四十五十，不过眼前景状，徒落道学空名，供人指摘，阻后生向善耳。不特此也，衣食艰而廉耻丧，血气衰而初心负。平生放言高论，虽深鄙痛嫉，不屑挂齿颊，事不难以身尝之。如杨园先生所论“穷斯滥始”焉，滥得一二分，既而三四分，既而五分六分，到此便将无所不至，强者腼颜，无复顾忌；弱者阳遮阴护，以为便于私意人欲之实，而可以不失道义问学之名，卒至溃败决裂，愧愤悲愁以死。呜呼！是不可为寒心也乎！忆自癸未，梓始见诸先生，当时非无勇往阔步之志。若肯脚踏实地，整整从彝伦日用上下一番切实功夫，循循不已，持之以恒，十年之间当略成片段。乃委蛇前却，十寒一暴，至今日犹复汩没流俗。顾影悲叹，不知先生何以作其气而祛其蔽乎？杨园一脉后起无人，而老成沦落殆尽，念之忧惧。先生所辑《近思录注》，便间望寄示。颓废之余，尚思策蹇以步后尘，勿以狂愚而弃之，幸甚！《后山文集》知交中绝少，向所录止《诗注》耳。《语类》目存旦兄处，未钞，俟异日检赵外。先奉《诚庵集》二本，春候就暄。诸惟若时，珍重不宣。

答姚肆夏书

癸巳奉书，自惩往失，语伤激烈，先生不谅鄙衷，颇疑托讽，遂以梓为轻视穷理，蹈姚江之流弊，缕缕千言，教我切矣。即欲奉复，恐先生盛气之余，徒长纷竞私心。自冀识力稍进，或面质门下以决所疑，亦以观先生之晚，盖所谓年弥高而德弥劭者，果何如也？五年以来，远近见闻，大不厌舆望。窃疑先生既为杨园高弟，宽袍大帽，谈仁说义，使行如其言，名副其实，闻风觌德，方且心醉神慑，何敢吹毛索瘢，瑕瑜全璧？虽小人不乐成人之美，增兹多口，未必非君子之不矜细行，有以召侮而纳谤也。前侍大先生时，尝谓梓曰：“舍弟讲论甚博，惟义利一关打不过，未免书自书，我自我耳。”邢先生曰：“大先生可谓诚意，二先生可谓致知合之一完人也。”范先生曰：“肆夏先生不必论其为人，其纂辑遗书，嘉惠后学，固杨园之功臣也。”合三先生言，而参之先生所以自考者可知矣。夫学术之邪正，天下后世自有定评，不可以私意掩饰，亦不容以口舌争胜。如蜀山所造极正，谓其气质未化，涵养未纯则可，若来书所谓“疏浅固陋，全事作用，染姚江习气而不自知者”，则蜀山非其人也。先生得毋怒甲而移于乙乎？斯道之门庭阶级，尊教所示可谓详矣，然圣贤之学博文约礼，两两并进，序有先后，而功无偏废。未有五年博文而后五年约礼者，亦未有终身博文而不必约礼者。且明道所以进德，知之既真，行之必果，亦未有不能约礼而自谓已能博文者也。朱子论穷理之方曰：“或考之事，为之著；或察之念，虑之微。或求之文字之中，或索之讲论之际。”今先生自问杨园既背以后，平日一言一动所以发诸念虑者，何如也？所以验诸事为者，何如也？而徒以文字讲论为穷理，得毋近于博物洽闻、夸多斗靡者乎？能言距杨墨者，圣人之徒也。良知之学充塞宇宙，生心害事不知胡底。先生承杨园之绪余，慨然以辟阳明为己任，其志则大而其义则严矣。然朱子有云：“上策莫如自治，未有己不正而能正人者。”晚村之辟阳明，可谓大声疾呼，而沾沾以时文讲学，徒为后生干近利禄之资，其贾利市名已不足以服姚江。而先生之辟阳明，又舍实行而取空名，忽践履而谈致知，避时文之陋，居学究之实，逃异端之目，而蒙伪学之名。凌先生所谓“恐崇信陆学者，益思所志所习”之论，义利之辨，深中学者隐微，而偏内之弊愈不可返，又将来斯道之忧也。梓穷乡末学，辱大先生提诲，思自拔于流俗，而立志未坚，修己不力，忧患频仍，折挫颓废，方惧侈言格致，躬行不逮，流为口耳之学，内愧寸心，外负师友。而来书过虑，独谆谆以姚江为戒。梓虽懵昧，熟闻儒释之辨，此中界限颇可自信，先生之药毋乃发不中病，而失之以水济水乎？窃恐先生平日孜孜矻矻工夫，但以“辟阳明”三字为极大题目，举足动念即与对垒，击杨园之鼓，树穷理之帜，期无敌于天下。意见稍有不合，或与自家病痛有碍，即推而内之姚江之中，自谓有功于学术，无忝于师门，而不知其刚愎自用，师心自是，身辟阳明而身中阳明之毒也。老成凋丧殆尽，纯正浑厚如吴先生既不肯言，狂愚如梓又不敢明目张胆为先生痛陈之，则杨园九原之下，未必不抚膺顿足为先生惜也。唯恕其憨直而垂察焉，死罪死罪！

与黄芝九书

应龙潜于潢污，鱼鼋媟之。兄之颠蹶至此，每令志士扼腕。然操心虑患，盘错利器，正于此得力，天之爱兄厚矣，勿自亵也。人离桑梓，如鱼失水，虽暂息泥泞，不可得活。兄有家可归，速还拜堂上，承菽水欢，即追咎前事，挞之流血，不敢离左右。诚之所感，鬼神牖之，而况天性乎！君子有三乐，父母兄弟居其首，然不能仰不愧，俯不怍，亦未知事亲从兄之所以乐也。知交中如兄奇才，指不多屈。东西南北，唯饥所驱，傲骨雄心磨折殆尽，可痛可惜！新句极佳，顾弟所望于兄，岂仅以笔翰炫流俗哉？惟兄勉思孝子爱日之义，勿以遗体浮沉江湖。补过自新，抉愧怍之根，以求进于古之君子，乃不负造物委曲成就之意。临书曷胜拳拳。

复郑亦亭书

砚非端坑，乃歙石之佳者。其制甚古，遇大手笔，尽足挥洒。仆不能文，又不能书，置案头十载，尝自愧，欲得其人而赠之，非足下不可。而足下之耿介，无故必不受。窃自拟曰：郑子他日序先子诗稿，当奉此持赠，馈之有辞，受之有名，必不我却。其于义之可否，事之轻重，自谓权之审而处之当矣。昨承宠锡序言，感泣之余，负砚以谢足下，亦既面受之矣。仆私自幸，谓自有天地有此石，埋没于荒山穷谷者，不知几何。代遇有识者，琢而为砚，前此之遭逢，不可得而考，然其足尝蹶矣。遇良工为之补葺，艰苦备尝，幸而得至于此，砚之遇亦艰矣。今也山川灵秀之所钟，将于吾郑子一发其蕴，是天之有意留是砚以传之其人也，岂不幸哉！岂不快哉！今晨乃得来书，谆谆于取予之义，若断断不可受者，甚谓仆以此为货而薄待其亲。仆何敢复言？然君子小人同行而异情，仆之此砚不专为序而设也，特以此砚之遇之艰，不欲为苟赠而假此会以纳于大君子之前，使得其所耳。若序之作，本无功之可言，而亦何物之可酬哉？足下不肯为先子作序，虽百砚不可屈；足下肯为先子作序，虽百砚不足为谢。先子之序，非足下不可；足下之序，非先子不可。以道义相与，古人相期，即不以一砚赠，仆意本泰然也。偶有是砚，而即以相赠，赠之不为德，受之不为贪，即辞之亦不为廉也。使两先人而在，交相为序，亦交相为赠，而其所赠不过书砚，必欣然拜登曰：“子之赠，我不敢辞也。”而岂以世俗之请序作序者自例哉！两先人不以自例，而足下乃以世俗之请序者目仆，是薄视仆也。

或仆前日馈之序未成之时，犹近于世之乞言者，惟恐其人之我却而饵之，然尚谓足下不以是疑仆也，况序成而投砚。序与砚若相蒙，若不相蒙，道固并行而不悖也。知己如足下，而宁有嫌之可避哉！且足下又自谓尝为人序，受人馈，独于仆不可，此则不然。据仆言：唯仆先子序可作，唯仆之砚可受。唐韦贯之传言裴均子，持万缣请撰先铭，答曰："我宁饿死，岂肯为之！"后世高其节。马融为梁冀草奏《李固大将军西第颂》，颇为正直所羞。朱子尝谓陆务观能太高，迹太近，恐为有力者牵挽，不得全其晚节，后果为韩侂胄撰《南园阅古泉记》，见讥清议。使足下严于他人而独宽于仆，后世传之曰："郑公平生不苟取予，当时唯某事受陈某一砚。"仆之荣多矣，仆之所全于足下者亦多矣。不然，则所谓精义入神者，固未易言，而所谓裁之以理权之于心者，未必不轻其所重而重其所轻也。足下不忍以世俗之乞言者视仆，幸收而录之，以全此砚之奇遇。倘使流俗好訾议者，或谓郑公不识古器，唯以粉饰完好者为贵，仆虽百口，亦安能为足下置喙哉！梓再拜。

与郑亦亭书

芬佩平时持论，谓此世人不大沦落，犹赖讲八股人肯看四书耳。又谓遇事当言则言，不可畏葸，不然临大故当若何？今南谷所遭是何等事，乃力主拖亲之说，悍然不顾，八股人扶持世道，固如是耶？遇事敢言不畏葸，可以临大节不夺者，又如是耶？某友既不直，芬佩欲强其出一星之分金而不可得，茫茫此世，谁为可语者？不能不扼拏太息也。吾子"凶从家礼，吉从俗礼"，虽是谐语，然反面衬托，正面更醒，颇类东方滑稽，但恐索解人不得尔。至谓南谷以礼自处，则可近于因物付物之说，此大不然。先王制礼，使贤者俯而就，不肖者跂而及，若逆计其必为不肖，而姑假之以宽路，则彼未必不肖，而我陷人于不肖，其过已莫逭矣。有物必有则，乃欲以无则之法处有则之物，是以物贼物，而欲托于因物付物也，有是理乎？此即君所谓"以君子待我，则报以君子；以小人待我，则报以小人"之意。处己处人，本无二理，程子曰："不要相学己，施之而已。"固不专指兄弟也。本无为君子之志而激于先施，情不能已，此仅胜于以君子来而仍以小人往者耳，何其自恃之薄也？然今之世类，皆以小人待人者，是并求其暂为君子，答报之时而不可得，则吾亦亭犹为君子人欤？

与李裳吉书

去冬惠顾，坐论间，识兄志趣绝流辈，心窃惊异。嗣辱手教，自悔汩没文艺，不能卒业于东泽之门，词旨勤恳感人，寤寐倡斯道于今日，正犹表龙章于裸国，奏韶武于聋俗，而兄独倾心向往之，益叹前贤之教泽不虚，而瑾瑜之秀固非尘坌所能污也，敬企敬企！弟禀资浮浅，宿习沉锢，承诸先生提诲，稍知自拔。十年之间，作辍靡恒，有向道之名，无实获之益。年来旧齿凋丧，扶掖无人，又处境日艰。贱室抱疴未起，儿子遽以痘殇，块然独居，履影吊心，几无以自慰。虽秉彝之良，未忍捐弃，而淬志未坚，矢修不力。若涉大水，茫无津涯，惴惴焉恐终不免为小人之归。去年尝拟操彗于吴先生之门，亲受鞭策，先生固秉撝挹，辞之甚力。自愧谫劣，见绝高贤。方赖同志夹持，观摩砥砺，以庶几于改辙之列。而来书过加奖许，尊为师程。弟何人，斯而敢当此？三复以还，惶悚无地耳。吾兄浑厚沉静，天资近道，乘此英少，潜究正学，直如飞骞绝迹，一举千里，驽骀踯躅瞠乎后矣。但一时意气全靠不得，须以义理浸灌培养，为深固久远之计，向后方不走作。如弟前时，非无投距超乘之志，而进锐退速，旋起旋倒，迄今故我，无复寸进，岂非前轨之鉴乎？大抵吾人目前惟有小学工夫第一要紧，幼时欠缺，即今急须填补。事亲从兄之间，有一种真切意味、平实道理在，慎莫粗浅看了，容易做过。此处打得根脚牢固，大学工夫方有下手处。不然，高谈性命，虚惊口耳，总于己分上无干涉也。弟向拙句一绝云："因噎姚江兼废食。（姚江以俗学之弊，而遂废穷理之功。）惩羹语水复吹齑。（南阳惩心学之失，而虚存讲习之功。）即今醉汉谁扶得，古路茫茫日向西。"鄙见如此，敢以质之高明，将何以教之？临书无任，依恋之至。

答郑亦亭论权书

读来教，引据渊博，气雄词辨，以之为文，则可窥左史之篱而登欧苏之堂矣。然文以明道，道不明则文不著。以补过为守礼，犹可为南谷解；以悖道为行权，则不敢为亦亭阿也。南谷贫不能娶，仆非不念之。然使南谷今日父不死，南谷贫自若也。所谓钗珥环钏、衣裈币帛、羊酒鹅豖、张乐设宴，不可杀也。不可杀，不能具，安知其不越三年而娶邪？今幸其父之死，方鸡斯徒跣、干肝焦肺之时，而计较于得妻之迟早，礼币之丰约，以为旷不可久，时不可失。吾但守礼于后而行权于初，既不戾于情，又无害于义。既不失于孝，又不废于人之大伦，诩诩然夸于人曰："此圣人之权也，人皆可以为尧舜，自我行之，而无不可者也。"南谷之心忍乎？不忍乎？告南谷者，忍乎？不忍乎？况能守礼于后，必不敢悖礼于前。悖道而灭亲，未有不荡检逾闲者也。既成夫妇之礼，而居宿丧次，三年不接言笑，不供饮食。设身处地，吾子能之乎？仆能之乎？仆与吾子不能而望之南谷乎？始则放佚之、驰骋之，终则束缚之、桎梏之，始则禽之兽之，而终且尧之舜之，教亦多术，未有若吾子之善诱者也。且无论南谷之能不能也，即使南谷自痛其行权之误，寝苫枕块，哀毁骨立，终丧不入中门，以为不若是，是则罪之大者，而悖道灭亲之罪已万万不可赎矣。里中有遵父命而行杖于母者，或慰之曰："子但杖，而抚摩之，治疗之，号泣于母以父命之故，洁滫瀡，具甘旨，养之终其身，不失为孝子也。"吾子其许之乎？《传》曰：父必三年然后娶，达子之志也。古者父有妻丧，犹以达子之志，需之三年；今也子有父丧，则以得妻之重，不俟终日。虽吾子之立言，非其本心，或有激于今日之人情，如柳下之玩世不恭。然此言出之八股自命者，"候虫时，鸟不足为患"，吾子之文，期于必传也。倘后生小子闻其说而效之，即一端而推其余，人人以为吾行权也，吾时中也。其流祸可胜言哉！权，秤锤也，称物轻重而往来以取中者也。持衡者必先识秤，而后能权物；处事者必先穷理，而后能权事。不然，未有不轻其所重而重其所轻，唯圣人精义入神，毫发不爽，虽常道之所不及，而能会通以行之。故曰：权非圣人不能用也。舜不告而娶，告则不得娶；告重，而不得娶尤重。从其尤重者，权也。若亲死而不得娶，则不得娶轻，而亲死重，从其重者，经也，不待权也。亲死不可复生，妻失可以复得，此其轻重，中人以下皆了然知之，何待于圣人之权乎？礼昏既纳币，有吉日，婿之父母死，女之家使人吊婿。既葬，婿之伯父致命女氏曰："某之子有父母之丧，不得嗣为兄弟。"女氏许诺而弗敢嫁。婿免丧，弗娶，而后嫁之，是古人有亲之丧，虽既纳币之女，而可命之别嫁。女之父母待婿免丧终弗取，而后敢嫁之他族。古礼纵不可行，于今亦可见亲死与得妻之轻重矣。后赵石勒下书禁，国人不听，在丧嫁娶。金章宗定妻亡，服内昏娶，听离法。居祖父母丧亦如之，严为之禁，虽期丧不得从俗，从俗违法，不惟罪之，而复离之，于此又可见亲死与得妻之轻重矣。谁谓居今之世，为今之人，而可自外于礼乎？先王制礼，抑其过，引其不及。头有创则沐，身有疡则浴，有疾则饮酒食肉，为创者、疡者、疾者宽，为不创、不疡、不疾者严也。五十不致毁，六十不毁，七十衰麻在身饮酒食肉处于内，为五十、六十、七十者宽，为不五十、六十、七十者严也。不秃而不髽，不伛而不袒，不老且病，而不止酒肉，曰："吾信诸心而已，吾恶夫象恭作伪者之不用吾情也。"其势不几胥天下而直情径行，而趋于异端之道乎？哀哀父母，生我劬劳，欲报之德，昊天罔极。三日不举火，殡而食粥，虞而疏食，练而食菜果，祥而醯酱，禫而酒肉处于内，此皆生于情之所不能自已，而由于理之所当然。其为体严，而其为用从容而不迫。圣人缘人情以制礼，何尝束缚桎梏，以强人之所不能乎？然则吾子所谓礼，非礼之礼；吾子所谓权，无权之权。而非先王会通之礼，圣人济变之权也。仆不敢不辨也。如曰："权何必圣人，人皆可以为尧舜，人人能权也。"则以此为亦亭之权也可，为南谷之权也可。仆亦守其所为，不敢权者，以终于硁硁之小人而已，仆不敢辨也。

复郑亦亭论权第二书

拖亲之说，足下以姑息之爱，欲专属之南谷而托之行权，是足下之所谓权者。南谷之拖亲，仆之所谆谆辩论，以为悖道而不可以行权者，亦南谷之拖亲也。今足下自知其说之诎，而复舍拖亲以论权。权不离乎事，有事焉，常道之所不能处者，而后从而权之。吾不知舍拖亲而外，亦亭之权权何事，南谷之权权何事也？则仆且遵足下之教，舍拖亲而论权可乎？汉儒以反经合道为权，程子惧人之流于权术权诈也，而矫之曰："权则是经。"朱子则以孟子援嫂子义例之，以为权虽不离乎经，而经与权各有分界，不可以混。经以守万世之常，权以济一时之变。如尊教所谓不经有之事，偶然为之，不可以为常法，此权字之真铨也。夫不经有之事，则非常人所习见习闻、其知其行者矣。既曰"不可以为常法"，则其所以处之者，虽不外乎道，而不可以常道例之矣。常人于习见习闻，其知行之事，欲其以常道处之，虽号为读书穷理者，犹不免是非淆乱，轻重倒置，而况耳目不经有之事猝投于前，未有不茫然失措者矣。其或刚愎自用，则以气拘物蔽之心，执坚僻自是之理，小则入于变诈，大则流为乱贼。彼其心未尝不自托于行权，欲与圣人争名，而不知其无忌惮之罪，虽欲求为常人而不可得也。故以小人视权，则权之为甚宽，几为藏垢纳污之薮；以君子视权，则权之为义甚严，非假借袭取之物。自圣人行之，处变而不失其常，直如日用饮食，本无希奇怪异；而以学者窥之，则其为体精微奥妙，而其为用神化不测，非理明义精者不敢怡然自任也。霍光不学无术，而废立之举暗合伊尹，其议盖倡之田延年，而光主其事，亦其一时事势所值，有不得不然者。而毅然从之，不为他议所夺，则其天资之美也。然亦幸而放桐之役，有圣人创之于前耳。设使其时更有意外之变，前圣所未经者，延年且不能断，况于光乎！但光之志在安社稷，故一节之是有合于权，若无其志而妄效之，其不为莽操者几希矣。呜呼！权可易言哉？足下以理为秤，以心为锤，尧舜与人同此心、同此理；以秤称物，以心度理，无不同也。其说精矣。仆窃谓心所具之理则同，而理所丽之心则不同。圣人之心，至公无私，气不可拘，物莫能蔽，道心为主，而人心听命焉；常人之心，气拘于前，物蔽于后，道心汩没，而人心用事，其不同殆如而矣。心不同，则其所具之理虽同，而所觉之理不同。自以为公，而实则私也；自以为义，而实则利也；自以为王，自以为儒，而实则霸与释也。故必有穷理克己之功，使方寸之间，如鉴之空，一无所蔽；如衡之平，一无所偏。而后心与理一，守经行权，因时制宜，可以质之圣人而不悖也。今以未尝学问之心，而遂欲自附于圣人，曰："圣人有权，我亦有权，权在我而已。"不几近于阳明"吾心自有天，则满街都是圣人"之说耶？足下自谓作文作诗颇得力于晚村，独不满其辟阳明，得毋高明之病，阴中期毒而不自知邪？杨园先生曰："今人小有才智，辄好言权。自予观之，机变之巧而已。且思可与立是何等地位，易到得不易到得。"《孟子》七篇，反经而已，经常之道，不容易尽得几分，故孟子教人居广居、立正位、行大道，穷则独善其身，达则兼济天下，未尝轻言"权"字。以孟子之自任而不敢言权，以杨园之好善而不乐人之言权，则权不易行，圣不易学，足下亦可憬然自悟矣。故谓权之理非创自圣人则可，而行权之事，则非圣人莫能创也；谓孟子之言多锋芒则可，而其锋芒之露，亦大贤自然之气象，非以人不知而然也；谓杨园未至于时中则可，而其温和纯粹，则由涵养之功，非失之优柔也；谓伊尹之放太甲由，素行足以取信于天下则可，而以南谷素行不足取信于仆，致仆之疑且怪，则仆不论事之是非，而徒震乎人之名，仆不至此；谓仆无志希圣希贤，为甘自暴弃则可，谓仆以守经自隘而不敢言权，为妄自菲薄，则仆固有愧于经，亦何敢侈然自是，擅托于达权，为名教之罪人哉！当此风颓波靡之日，号为读书者不过以讲章为学问，八股为性命，六合之大，寂焉空谷。足下独兢兢于守经行权之际，而勉仆以希圣希天，则其所以自任者可知。愿足下精研夫至当不易之理，以正其气拘物蔽之心，下学而上达，由经以识权，勿徒凭心为理，认贼作子，而以无星之秤、无寸之尺与圣人争权度也，则仆之所深望也。梓再拜。

与陈芬佩书

屡承见规，感切不忘。亦亭云：芬佩尝说俯恭有语言之失，寅佩席间又面语载韩俯恭几为亦亭所化。昨晤方行，复述尊教：俯恭数年前学问日长炎炎，今闻馆政颇芜，恐有退无进。仆虽顽钝，闻此鞭策，能不悚惕！语言之失，皆由好诙谐。而好诙谐只是心放之故，友朋相处不能转移之；即为所转移，固无中立之势。然仆之诗能如亦亭乎？文能如亦亭乎？经济之才能如亦亭乎？是仆之受化于亦亭者，仅袭其瑕而未拾其瑜也，此仆自不善学耳，于亦亭何罪乎？馆政之荒，半由诗会，半由书数，唯有不作诗，不写字，不涉六壬，可以省却多少应酬；而循习既久，猝难屏谢，唯有替身卸担之法数归也。耕书移宅相，庶几由寡而至于无，不至自娱误人，有负雅意耳。然既蒙先施，亦不敢不竭其愚。南谷有子之丧，左右力主从俗拖亲事，虽不果，春秋责备必罪首事。且云："此事若果，吾辈当典衣借债以成其美。"高明素持八股羽翼经传之论，君子成人之美，孔子所美是此等事耶？《诗》云："凡民有丧，匍匐救之。"亦指遭丧而不能婚者耶？此十六经解之所未载也，吾当为君补之。揣君之意，不过姻事由我而联，恐叔父叔母以愆期咎及始谋，为此将错就错之计，托于周穷恤匮，共成义举，而不知陷人于禽兽之窟而不知也。君谓："南谷何许人，望渠作何许事？"此亦亭因物付物之说耳。夫遭丧而不昏，非上等人事也，仅免于禽兽而已。南谷不能作上等人，独不能为仅免禽兽之人乎？况南谷并不作此想，其心必有不甘为禽兽者，充此一念，即可为上等人，执事何待之太薄也！纵使南谷奉其尊先人遗命，以此事嘱之执事，执事亦宜引魏颗治乱之说，动以"女安，则为之"之隐，使南谷惕然哀惧，搥胸顿足而不敢为，所谓以人治人也，所谓因物付物也，所谓以众人望人则易从也。今南谷方以众人自居，如行者之循河滨，其势虽危，而其危可保。执事不为扶掖之，而直欲挤之中流，曰："彼固善泅者也。"噫！是诚何心哉？此时所关在大伦，不敢不辨，若依阿不言，是未化于亦亭，而先见化于芬佩矣，亦芬佩之忧也，恐芬佩亦不愿仆不言也。

又与陈芬佩书

郭氏一案，既往之失，不敢追咎。但昨临别时，执事自谓于曹氏可告无罪，则仆不能无疑。朱子云："穷理未精，常有错认人欲作天理处，不可不辨。"夫执事之为此举者，为可纯后计也。世衰俗薄，于兄弟族党之贫不能娶者，且淡焉不以介意，而执事独兢兢于朋友之嗣续，哀其贫而曲成之，虽古陈雷、张范何以加焉？然既为其嗣续计，则其泛交可知矣。子曰："士有争友，则身不陷于不义。"程子曰："若娶失节者以配身，是已失节也。"假令他友为可纯谋而出于此，执事犹当毅然正之，乃身为之执斧而主其事，且诩诩然告于人曰："不孝有三，无后为大。可纯不为此，殆无后矣。吾无所利而为之，亦何愧焉？"夫友也者，友其德也。使可纯而贤，不欲得失节者配，而执事强之俯就，伯仁由我，固无所逃罪；使可纯而不贤，则失节之妇何地无之？为之执斧者亦何地无之？执事且不可与交，而又何嗣续之足计哉！若以无所利而为之，则执事之为此，亦仅贤于市井小儿有所利而为之者耳，其自待亦太薄矣。况执事又言可纯大喜，奁资颇不薄，则可纯之为人可知，亦不患其无后。而执事且代为之喜，仍以利言矣，此董子所谓"有意为善，而不知善反陷于恶"，程子所谓"虽无邪心，苟不合正理，乃邪心也"。此事亦是既往，不必言，特恐他事之类此者正多，或自信热肠，误认天理，其所系于心术人品者不小，故直陈之，幸恕愚戆！

答张伦表书

来书恳恳，责仆以朋友之道，大则负惭于南谷，小则抱歉于起涛。仆虽驽劣，敢不受教！起涛之事，仆知过矣；若南谷一案，则仆可告无罪，而诸兄之于友道恐未尽也。友也者，长其善而救其失也。南谷质美而未学，不幸遭父丧，家贫无以敛。二三同学或助其力，或教之尽礼，省事佛之费以厚衣衾，却昏娶之说以全大伦，此朋友之责也。芬佩乃以执柯之故，几陷之于禽兽；亦亭从而为之辞，其意主于省费而外托于行权，权之不可遁而入于守礼。吾子欲为推波助澜之计而无其辞，又遁而入于养母。以母敌父，则假公可以济私；以贫养母，则缘情可以通礼，如此则南谷有以藉口，而俯躬无词以辨矣。噫！是何其急于为友，而立心之不直，立说之太巧，愈趋而愈下，一至于此也！夫志欲得妻，何患无辞？哀不在父，何有于母？

世未有不孝于父而能事其母者，如吾子之说，吾见南谷斩焉衰绖，率其新妇嘻嘻母前，始也托于承欢，阴遂其闺房之好，继也耽于燕昵，渐忘其温凊之诚。不幸而妇德不娴，一言不吻，反唇而稽矣；幸而提甕供职，练冠未易，含饴而弄孙矣。斯时也，南谷无论已，吾二三知己不知何以谢南谷？力主丧娶如吾子者，何以告无罪于南谷也？礼父在，为母期，妇人不二斩，母为父斩衰三年。南谷母，贤母也。前日议丧娶时，不闻以母命厌其子以从俗，必能自约于礼，以率其子，亦何忍使南谷以养母故获罪于父，使新妇以养姑故失礼于舅哉？况南谷不娶，非不足养母也。两弟已冠，一妹及笄，足以供使，令佐烹饪。南谷馆不远一二里，朝出暮归，可以奉甘旨。如以为贫，则不娶贫，娶亦贫也，素贫贱行乎贫贱。江革行佣供母，便身之物，莫不毕给；王延色养，体无完衣，而亲极滋味。彼二子之贫何如哉？天下后世闻其风者，莫不感涕愧悚，叹其孝之不可及，不闻其以有子无妇，咎当日二子之朋友不为画一善策也。子路曰："伤哉贫也！生无以为养。"孔子曰："啜菽饮水，尽其欢，斯之谓孝。"以孔子为子路谋，岂患无良策？而所筹不过如此，盖苟得以娱亲，虽三牲之厚只为不孝；安分以养母，即菽水之薄不为亏。体仆于南谷，固迂而无策，然无策之策，策之善也。吾子之策，不过使南谷因父死而得妻耳。得妻之后，南谷如故，而又添一妻子之累以累其母，不知吾子何以策之也？即怜其贫而慨然周之，不过轻财好施之侠夫耳，而陷人于不孝之罪，已万不可赎矣。"父死不当娶"，此语本直捷痛快，何必牵东扯西，拖枝带叶，婉转说合为公私两全之计哉？此吾子所自认为天理而不知其为人欲之尤者也。自谓过意得去，而不知其私意横流，如水之决于坊而不可塞也。故就此事而论，芬佩之陷南谷也，其事显而易辨；亦亭、伦表之陷南谷也，其迹隐而难问，不特为南谷开无数方便法门，且为天下后世之为南谷者得许多便捷径路，不曰守礼，即曰行权，不曰遵父，即曰养母，将使拖亲一事，可著为令而通为例。有王者起，不知何以断二子之狱也。呜呼！诸君与仆交且十年矣，所望于诸君者，为其能明道以维世也。而诐淫邪遁，层见叠出，一至于此，则仆之所以切磋砥砺于诸君者，何在于朋友之道能无愧乎？仆尚何言哉！尚何言哉！梓再拜。

与莘皋书

别逾两时，气异寒暑，长兄孝履何似？所定迁棺一条，斟酌尽善，足以垂范百世，仁孝之思，锡类无涯，敬服敬服！弟承诸先生训诲有年，而樗材朽质，甘自暴弃，先人大事，苟且塞责，抱憾终天。迩年以来颓惰日甚，朱子所谓"提空名以向道，而实无异于流俗之所为"，言之愧悚，长兄将何以教之乎？尝思百余年来，圣学榛芜。杨园先生得紫阳之正脉，起而辟之门庭户牖，昭如日星。然义理难明，学术易差，虽亲炙其门者，已不免流于舛误而不自知；即有聪明博洽之士，其于学问思辨之功，亦可谓讲之详而习之熟矣，而迹其行事，往往自相矛盾而不自惜。长兄独能于风流波靡之中，一以儒先为法，执丧尽礼，于凡附身附棺之事，必诚必信，不泥于形家拘忌之说，大破流俗之惑，非天下之大勇，其孰能与于斯？然观长兄之意，则歉然未以为足也。殆所谓守身事亲，以求无忝所生者，必更有进焉。将来绝意进取，专务为己之学，严立藩篱，深窥堂奥，勇猛精进，若驷马之驰康庄，所至正莫可量。弟虽欲仰望后尘，其可得乎！

此则弟之所切期于长兄而愿与兄共勉之者也。鄙见如此，未知有当于高明之万一否？有纰缪处，幸不吝往复。外一札致蜀山先生，恐舟子浮沉，敢祈加封，觅便附呈。秋风渐寒，诸唯珍重不宣。

答张伦表书

辱书过奖，三复汗浃。自励诗“天高莫挽西山日”，大有气魄，对语便馁，当另易佳句。程子有云：“汉策贤良犹是人举之，如公孙弘者犹强起之乃就对；至如后世，贤良乃自求举耳。”若果有曰“我心只望廷对，欲直言天下事”，则亦可尚已；若志富贵，则得志便骄纵，失志则便放旷与悲愁而已，况自省应试之志，志功名乎？志富贵乎？志功名，则当肆力经济，藏器待时，得失固不足言。若志富贵，虽强自排遣，毕竟按伏不下。令兄诗“只当西湖一月游”，味“只当”二字，亦只是无可如何，自骗自耳。须知天生人为万物灵，决不容此面目。随大小成就，为天地间了几节事，乃不负七尺。平时不打点得，一旦身居上位，何以泽及黎庶？办此念头，方以少年登科为不幸，而尚何愠之有？且如稼书先生以一命之士存心爱物为念，于世道少有裨益。辛卯先君讳日，拙句一律附正，知兄不厌迂谈，复此琐琐唯详，赐教定幸甚。

答阮叔瑜书

迂癖不谐尘俗，每思结屋家山，守先人马鬣，草衣木食，从残灰冷炤中收拾人间唾弃，安顿七尺，间随杖履放浪湖海，樵薪钓蟹以畜妻子。生平奢愿，惟此饥渴。忽忽十年，犹复萍梗他乡，佣书索米，混迹廛市，代越之思，杳染莫遂。东湖岩秀，南郭峰青，应笑人龌龊耳。先生早驰骥足，晚晦豹文，勒石扬先，传经裕后，较贱子辈鹿鹿，不啻牟敦泰华，霄壤悬隔。而来书奖与过分，不揣堂均驾，以杯楫千里龙文辱于贱御，得毋泛驾之虞乎？愧悚愧悚！世人择师，类取时髦，浮文诡遇，华靡相尚，规翔矩步之子辄以矫伪见摈。先生独夷然不屑滥及庸腐，虽缪珍周璞，深累楚卞，惓惓之怀何敢虚负？子弟读书，大约讲贯是第一事，道理明彻，一生做人根本，文艺其余事耳。目前流辈才说及品行，便拊掌揶揄，谓今世曷尝以孝弟立科、贤良取士乎？不知天生汝为人，便交付一个担子叫你承受，不是沾沾博一高第、点一美阙，剥民脂膏自肥其家也。愚者气昏物蔽，固无如何；吾侪幸稍读书，粗识梗概，自宜从本领上理会。得志，泽加于民；不得志，独行其道，原不是肤廓语。子弟有质可造，使之敦行孝弟，潜心经史，区区文艺，不期精而自精。以之应举，何患不售？奈何以品行为妨于文艺，必欲毁闲荡检，以自内于窊流汙泽之中而后为快也？昨因与令郎说：“尊君高年，唯汝侍晨夕，不惜四五百里遣汝负笈，当保身力学，曲礼亲心，勿以远庭闱免呵斥为幸，而以疏定省孤教诲为念。诵书学文，有疑必问，有阙必改，以图尺寸之益，便是眼前孝道。若苟且应名，剿袭自欺，流光如驶，转眼虚度，不惟归省无颜使，梓何辞以谢尊君乎？”令郎颇沉静，闻此大为感动，固知庭训之严，薰陶有素也。培老口述尊谕，具悉种种，朽株枯栎，无以仰副盛怀。如何风便，泐复主臣。

与宋湖村书

秋暑犹烈，客中动定何似？别时承委令子，半月间喜无旷日；不意中元后渐复作辍，屈指三旬才两日耳。叩之故，则云“母病且笃”。弟自遭先叔母之变，室人抱疴几毙，儿子复羸惫，鹿鹿医药间，道远不暇往诰，方俟驾归面质。昨织工送至，具述前状：每早挟策游市中或古寺废院，徙倚终日，暮归如常期，虽枵腹不惜也。弟见之恻然，欲重惩之，则羸弱不胜夏楚；宽贷之，则欺侮渐不可长。不得已，姑令暂归，阳为鸣鼓之攻，阴假以宴息之计。俟精力稍复，别图良策。中材非不可化诲，而游从阅岁，乃复尔尔。先生之教泽何如？念之惭歉。然髫龀之年，遽使负笈数里，传膳乏人，裹粮无力。处慈父严母间，进退维谷，遂以惮劳之心激而为规避，往来市巷，机械百出，亦势所必然。使当时就近附学，未必乃尔。弟去春以远力辞，早虑及此，不谓樗材误蒙采择，徒累知人之哲典宅卜邻已。孤孟氏学音投传，长负楚卿，如何如何？乘便草布，临书主臣。

与范巨川书

兄谓幕馆，钱谷可为，刑名不可为。此特为下愚宽治生之法。究其极，则凡为幕职，断不可赴奔走于势利之途，趋跄于贵显之侧，人品心术未有不败坏者。况钱谷者，刑名之渐也，始而书简，继而钱谷，继而刑名，惟利自视，何所不至？矢人惟恐不伤人，择术不可不慎也。杨园后人凋落，一友云："余他日得志，当扶植之，为立祭田。"余曰："果是禄奉余资，尚恐杨园不受，况其他乎！"古人所谓"我得志弗为"者，非止宫室之美、妻妾之奉也，即义所当为而力有不及者，岂肯少贬以就之哉！兄前札云："坏门人一锥，欲偿不果。阅五月而不忘。"由此充之万钟，其肯不辨礼义而受之乎？然人情常严于齿决而忽于放流，不矜细行固为大德之累，遗其本而专事其末，亦岂修身之学哉？里有富人植牡丹，悬百金征诗，曰："中吾格者辄将去。"里中能诗者趋之如市。吾知巨兄必笑而却之，然今之设科，以时艺取士，亦以利诱之，而兄且皇皇焉患其勿得。七艺不可，必继之五经；甲子不获售，继以丁卯。焚膏继晷，矻矻穷年而不知止，此何心乎？不过耀牡丹之绝唱于骚坛，而阴受百金之获而已。其于一锥，轻重大小何如也？为吾兄今日之计，不得已仿毛公捧檄之举，权鲁齐伐宋之对，不必急于屏弃，唯遵程子"一月之中，十日为举业，余日足可为学"之说，移其患得之心，以求圣贤之道，而不以不义之富贵夺其志。三五年后，胸中实有把握，虽驱之入其中，殆不可得。鸿飞冥冥，弋者何篡焉？弟方悔今日之言，不免轻测贤者。斯时老伯母含饴嘻嘻谓"吾儿自交陈郎，能以善养，不以禄食吾"，弟或从诸君子后，升堂上寿，虽不敢自列房杜，而能使王珪不复改事秦王，则他山之石与有光焉。兄所谓少年有志，不以庸碌自甘，矢文谢之赤心，慕雷陈之高义者，或可不愧其言乎。取法乎上，仅得乎中，不敢以杨园之道自任，而求为一节之士，虽兄自矢谦挹，故为违心之论，鄙人过虑，实恐璠瑜贬价，漫辱贾衒，令先人有灵，不能不遗憾于九原也。屡辱手教，责弟规劝，不敢不竭其忱，惟兄宥其狂愚而俯察焉。

代二叔父与从弟松书

汝少孤多病，寡母劬劳鞠育，幸克成长。为汝图久远，不惜数千里置汝庄岳，朝夕执女红，酷暑衣敝絺，挥汗不辍；沍寒或拥败絮，龟手皴而茕茕独立，几于盥泪栉涕。尝曰："吾但得子如阮大郎，死无恨矣。"不意新秋一病，遂尔不起。病中拊汝姊背，瞋目曰："予命蹇乃尔，临死不得尔弟一面耶？"闻者皆为酸鼻。幸寿木早具，衣衾粗给，仲秋三日已出厝钮地。金大哥进北闻讣，应复惨痛。母死不奔丧，吴起所以见绝于曾舆也，愚何忍出此言？但天下事势有经有权，此时星夜奔赴，竭汝孝思，不过蒲伏荒郊，抚膺一恸而已。盘丧无力，卜兆无资，曾何益于死者？万一南亭忽驰札云“某某历久陶熔，每蹈故习，舆情未惬，不便复入”，则英雄失路，进退维谷，悔何及耶？下稍一着，唯有瓢泊清江作游客耳，先人大事，终何了结？不如乘此努力好学，谨身节用，奋沉舟破釜之志，成累铢积寸之功，他时稍有基业，归营封域，亦未为晚。然子担子重大，非硬着脊梁未易挑得。北来亲友每道汝才质可造，第骛外欠沉着，大廷广众厚自掩饰，暗室独处则戏游放佚，吾深以为忧。肆中左右前后皆正人，蓬生麻中，不扶而直。若止伴食中书，则英才济济，何赖冗员备列，坐靡粟廪哉？哀哀父母，生我劬劳。而病不知时，殁不闻日，殓不凭棺，厝不临壤，犹复玩岁愒日，随风逐波，腼颜偷息于天壤之间，于汝安乎？于汝安乎？闲中口授二哥，特此谆复，努力努力！

与从兄君任书

二侄到，知二哥近恙平复，可喜。嗣晤亦兄，啧啧道友爱不置，淮扬一染肆耳。入其中者，丹黄碧绿，惟其所造；二哥浸淫数十年，而素丝如故，本领不浅。然弟窃有疑焉：大哥年来困迫，闻坐店中七十余金为薪水费。兄弟犹一人，固不必限以金数也，谁为此议，所以待二哥者已薄矣。为二哥计，存无穷之心，竭有限之力，有余则七百不为多，不足虽七金不为少。去其区别之念，扩其合同之量，饱则同饱，饥则同饥，以求无忝于手足之义，可以见先人于地下而已。乃二哥不以己之薄力为歉，而以兄之多费为累，甚至挟亲戚为援，求废前议而后快，虽势出于不得已，然此心不堪自问矣。倘大哥入广之后，嫂号于前，侄啼于侧，能宴然任之乎？譬之疾病，右手之臂大如腰，指大如股，号呼无所措。左手为之抑搔摩抚，药石针砭，凡平时动作右所独任者，左一一代之，然左不以为劳，右不以为德者，何也？一身而已矣。若两手各臂其臂，各指其指，痛痒不相关，缓急不相顾，如囹圄桎梏之囚，虿螫其毒，蛇盘其股，爱莫能助，同归朽毙，不亦悲乎！呜呼！天下难得者兄弟，易求者钱物。吾之身从何来？兄之身从何来？使吾父吾母在，伯也享五鼎，仲也食半菽，忍见之乎？即吾之子，幼者加诸膝，长者坠诸渊，忍为之乎？教衰俗敝，或视兄为寇仇，或待弟如陌路，此二哥所深痛者，必不少染其习。而弟之所望于二哥，则以古人为准。如杨椿之奉杨播，温公之奉伯康，而不欲与区区末俗较厚薄也。弟之事兄，远不逮二哥，然尝念先人遗体，同气连枝，惧有毁伤，戕及根本，无疑报罔极之恩，夙兴夜寐，无忝尔所生，愿与二哥交勉。临书无任，虔祷！

与从甥郝邑征书

“天下无不是的父母”，此语从人子意中看出，非谓父母必无纤毫不是也。瞍欲杀舜，舜则曰：“于我何哉？其负罪引慝之中。若谓我果克尽子道，父母必我爱。凡亲之不我爱，我实致之。”故《记》曰：“挞之流血，不敢疾怨，起敬起孝。”吾甥特以堂老呵叱数语，遂哓哓分辨，致白发老人不安于室，思托空门，此时虽号泣请罪，匍匐迎归，不孝之罪已莫逭矣，况敢悻悻自负平昔可告无罪，而病亲之督我太过乎？设使堂老今日果挞甥至流血，甥当何如？又使盛怒不已，直欲毁于廪而泥之井，甥又当何如？父母之年，不可不知也。如方程母与堂老同庚，病不逾月，遂不可药。正使堂老矍铄，每夕登床唧唧哝哝，骂儿诟媳，亦无几年岁月矣。如愚不孝，早失怙恃，抱遗编而揽涕，抚杯棬以填胸，梦寝设想堂上白头今尚在，虽日挞我，如麻姑之搔背也；虽日詈我，如鸾凤之接耳也。呜呼，尚可得哉！尚可得哉！至谓不孝则绝嗣，揆诸气数，亦不尽然。泰伯至德而无后，包孝肃之忠正而无嗣，田常七十余子，吐谷浑六十子，姚仲弋四十三子，是遵何德哉？推之物类，豕一产廿余子，鼠一岁十二孕，蝗一生九十九子，水族之子无算，而麟凤之雏不世出也。如其说，则乌反哺、羔跪乳，当一娠百余子，而恶枭破獍久绝种于穹壤矣。孝子者，无所为而为者也。亏子职，虽百男不可为；尽子道，虽绝嗣而无愧。吾甥乃因殇子而迁怒于母，是护枝而批其根也。幽湖一妇丧儿，怒及于姑，哭曰："黄叶不凋青叶落。"乡里闻之不齿。又一叟丧子，终岁不举祭，曰："先人不我佑也。"不数月，以狂死。小儿之殇，或由禀弱，或误于庸医，怀抱间物，本不足介意。或省身克己，如昌黎所谓"吾行负神明而使汝夭"，此则愚所亲历，而不敢不为甥勉者耳。古云："孝衰于妻子。"吾甥平昔事亲，谅无大过，第激于殇子之痛，不自知其溃决，一至于此。然吾当为甥作一喻：设此儿无病及壮，甥为之婚配，生儿偶殇，遂怒色凌其父，效吾甥而走福田，曰："吾不如削发也。"则今日之殇，非吾甥之大幸哉！甥而解此，则大隧之中，其乐融融，愚且为颖封人矣。里中犯上者，多蠢蠢不足责；以我甥通文墨而学诗，故反覆言之，感人以颊舌，又默默自愧也。

辞董邑尊书

布衣梓草茅迂鄙，懵无知识，不谓滥蒙非分之誉，致学宪使者齿及寒微，贤侯殳台折简下招，兼委学师，枉骑见邀。梓何人，斯而敢当此！且适婴末病，就医鸳水，密迩台下，徒以不胜拜跪，未遑趋谒，悚愧交并，无地自容矣。窃思宏博一科乃□□朝廷巨典，非名宿伟儒无由应选，岂宜以荒疏病废之夫充员备数？梓自髫龄夫怙，颓惰旷学，虽有伯兄督课，雅不率教。弱冠应试，八股粗劣，自揣荒落无路上达，遂弃帖括，以课蒙为恒业。暇亦有意学为诗古文词，抒写性灵，而家贫无资购书，借阅交戚间，又苦质钝，过目辄忘，以是鹿鹿无一成。中间先慈先兄相继谢世，两犹子、二儿俱以痘殇，后嗣悬绝，悲忧泣涕，遂成忡悸，十年不瘳。又少患脚气，间岁辄发，发即数月不下床榻。年才望六，须发遂已皓白。近复增风癞疾，竟日爬搔，夜卧呻吟，目罕交睫，脓血濡染衣被，为儿童所憎恶者，又六年于兹矣。以疲癃之躯，一旦强之使伛偻束带于王公大人之前，必至谬乱失仪，滋益罪戾。人苦不知足，幸生太平圣世，得保残喘，与桑麻鸡犬为伍，含哺鼓腹，扶杖而观德化之成，私愿已大惬矣。尚敢冒荐贤之盛举，希分外之殊宠，以自欺而诳世，蚩蚩然思腼颜窃禄于化日光天之下哉！梓窃闻士之品有三：首道德，次经济，次词章。梓自省彝伦日用，动辄得咎，即一知半解，亦无当于道之大原。立言且不能，于德何有？区区数口，生产不给，即教授童稚于小学规模，尚不克井井就理，于经济何有？孤陋不足以备顾问，才识不足以参史馆，无论其他，即今学宪试士策题，门下或举以见质，不能出一语相剖，于词章何有？万一谬膺简拔，随班滥厕，圣天子临轩垂询，将目瞪口噤，韬管束墨，惴惴焉曳白而出，纵愚贱不知耻，得毋大累于当事知人之哲哉？此梓所反覆筹虑而不得不直陈于执事者也。寒素需馆为生，即日抱病渡江，先此沥布悃忱，唯贤侯府鉴下情，婉辞学宪。俾村野农氓，不致冒窃获谴，将败菌朽株，亦得嬉嬉雨露以全其生。于材与不材之间，栟幪之庇，戴泽靡既矣。临书不胜激切悚惶之至。

辞翁老师书

不材滥蒙虚誉，秋中即拟趋谢。缘馆旷刻期东渡，未遂登龙。昨始抠谒，复承面谕，将偕炳也舍表侄扁舟遁野，曲论敦劝以应新天子孝廉方正之举，在老师好贤如渴，不遗葑菲。梓虽愚驽，敢不激厉仰副盛怀！第思过情不可以冒居，幽独不容以自诳，盖非特前书所云荒疏病废已也。夫宏博一科，仅属词章，梓犹惴惴不胜；矧兹大典，乃躬行实践之目，而敢腼颜自任哉！父母全而生之，子全而归之，仰不愧，俯不怍，斯之谓孝，非义非道。一介不取，千驷弗顾，斯之谓廉。居仁由义，言坊行表可刑家，亦可范俗，斯之谓方正。梓年十二，先严即捐馆，无一日之养。弱冠虽弃举业，涉猎洛闽诸书，提空名以向道，实抱忝于所生。承奉先慈，不克尽菽水之欢，不数年，遽丁大故，附身附棺，苟简塞责。兄嫂入土，不克遵用家礼灰隔，儿侄辈禀弱，又惜费失乳以致早殇，至今嗣息杳然。两间不孝之罪，殆无逾于梓矣。昔吴康斋受门人贽，藏之箧，他日不肖，则却之。梓授徒三十余年，尸素靡馆谷，不计贤否，概纳不辞。袁安雪中僵卧，不以干人。梓家贫，数遘歉岁，不免逋负交戚，其为廉也几何？其迹类于方正者，特以赋性迂拙，不肯诡随流俗，如丧不祟佛老，吊不用楮币，诗不喜颂扬，文不学骈俪，诸硁硁小节，世遂以崖岸目之。核其实，谓之恶圆则可，方则未也；谓有志于辟邪则可，正则未也。如以生平无大过慝，稍稍乡党自好，即不妨直应此选，则当兹太平盛世，几几比户可封也。可推毂者，岂独不肖一人哉！卑之无甚高论，即以利害计之，梓砚田之外尚有荒产三十亩，僻处深乡，粗衣淡饭，与老农艺桑栽竹，长沐圣朝雨露，南檐霁月，北牖薰风，所获多矣。若不自揣，谬膺□盛典，则自初举以及应召，自各衙门以及部费，当辨四五百金，势必舍馆废产，不足则干累亲友，靡所不至。是因孝廉，而反流于大不廉也，亦何异于走马京师，应不求闻达科者哉！夫今之举人即古之孝廉，朝廷特于科第之外复设是目者，将由八股七艺而进之三物六行，所以待非常之士也。一县无其人，则一县不必举；一郡无其人，则一郡不必举。在有司固不敢以冒滥累知人之明，在士人亦宜返躬体验，量其称否，岂可负惭幽独，窃过情之誉而恬不知耻乎？尊谕云："上有□尧舜，下不必有巢由。"将疑梓托疾不就，自鸣高尚耶？梓何敢！然明道先生云："一命之士，苟存心爱物，于人必有所济。"梓果自省，淑己有余，幸际明良景运，出效一职，使泽被一方，则显亲扬名，固学者分内事。终南捷径，志士不由；然洁身废伦，亦圣门不贵。所以逡巡却顾，决计不回者，只以恩波浩荡，荣名易窃，寸心无愧，千古实难。与其袭深源之失望，不如守漆雕之未信耳。唯执事谅其愚而垂察焉。

答谢南铭书

天中返棹，阅两旬，始抵斋。舍侄健忘，竟不出来翰。至孟秋曝书，乃检呈尊函，幸不厄虫鼠，原缄如新。开读数过，悉尊公先生东山一志，种种苦心。山川灵淑，人文之盛钟于一方，非得老成好古之儒博访遐搜，以补邑乘之遗，则嘉言懿行不幸湮没者，何可胜计！每与叔明家表兄语及此案，未尝不叹。近时操邑乘者，大都□□后身，苞苴请托，任意增削。茫茫九士，诚得如尊公百辈，一秉公正，遍为搜辑，亦两间正气之一助也。回忆弟弱冠时，往还请益，澉湖苕水尚多遗老，或流涕诵诗，或吞声论史，非不卓卓可传。迄今旧齿凋丧，声光阒寂，每思追述旧闻，以附稗野，既自惭谫劣，把管辄震，亦复左荆右棘，触手成碍，长夜昏灯，慨焉兴叹。尊公家学渊源，擅长史法，加以吾兄淹雅，互为参订，质文允称，当无遗议。而虚怀若谷，猥蒙下问，不知涓埃琐屑何以补益山海也。惶恐惶恐！所需南阳诸书，梅雨不便行笈。俟秋霁带奉佳咏，因晨村家岳借观叹绝，尚留遁野，亦需续璧。迟慢之愆，统希原鉴。

与内侄姚苍岩书

来往虎林数年，每闻称尊公为家叔，或省中风俗，凡为人后者，称其本生父为伯叔，随俗习非概不足责，故从无一言救正。由今思之，仆于老侄为尊行，不昌明此义，有失长者之体，坐成其失，于心亦不安也。夫为人后，特降其本生之服，谓尊无二上，所以重祖耳，而非并其父母之名而没之也。曾南丰为人后一议，鳃鳃数千言，辨之甚详，老侄试取读之，当恍然大悟。其非无俟仆之广引而博喻也，然彼曰“父母”，此亦曰“父母”，竟无分别，则又不可。大约与他人言，则曰“生父”“继父”。对生父，则曰“继父”；在继父前，则曰“生父”。两父母并坐，则并不别生与继之名，而均呼曰“父母”，则情义两申，名实无憾矣。不然自谓重祖，不私于所生，而与凡伯叔例称之，吾恐他日降服者，并降其心丧，而昊天罔极之恩，何由报万一于方寸间乎？父兮生我，母兮鞠我，靡瞻非父，靡依非母，无父何怙，无母何恃。以大宗之故，不得已而至于降服，已可痛矣，而况没其父母之本名，侪之伯叔而推而远之，于心何忍乎？俗情每私于所生，如兴献之崇奉，璁萼之阿谀，固不可为训；而矫其失者，又不免以义掩恩，信乎中庸之不可能也。临书不胜剀切之至。

与黄歧周书

堂上有白头，子孙之福。昨在家兄处得见尊公，庞眉皓发，饮啖自如。归斋不觉伏枕流涕，自念十二先公即见背，又十二年而先慈亦下世，菽水之养不及尽职，简编犹在，杯棬徒存，色笑音容，追思何益！视吾兄齿逾四十，而尊公犹深衣短筇游历亲故，一欣一戚，相去万里矣。健羡健羡！不可得而久者，事亲之谓也。尊公年已八十有六，吾兄尤当及时奉养。老人胃虚不可多食，不可以餐数限，糕饵庋阁，必使昼夜无缺，能肉则每日一肉必不可省。古之人体无完衣而亲极滋味，岂好名哉！椎牛飨墓，不如鸡黍之逮亲存，盖常念及此而惕然惧耳。至于时俗轮膳之说，尤孝子所不忍。为其初一时争胜，或彼啬此丰，尚思取悦白头；其后则因循怠忽，互相推诿，甚至检历计餐，反唇谇语。哀哀父母，生我劬劳。区区一饭，竟等之呼蹴嗟来。夫子论养而及于犬马，非无故矣。虽贤者必无此弊，然或义胜掩恩，执一从公，均派之说，则其流之极，不难使妇诟其姑而孙詈其祖者，亦大可惧也。况令兄已殁，八九十老人所食几何，而必限之如期就养，仆仆道途哉？相隔十余里，孙之事祖必不若子之养亲，饥饱寒暖，一刻不在亲侧，则中心若引芒刺。与其惜此升斗，徒抱隐忧，孰若岁捐数金以市高堂半载之欢哉？吾兄于祖宗遗骸，不忍置之水泉蝼蚁之乡，而究心于堪舆，岂忍于现存垂白之亲而偶缺于色养？仆所以哓哓不惮其烦者，实内愧于既往之覆辙，欲使未来者预为借鉴耳。

谨列数则以佐承欢，惟择取焉：

一，老人所爱果饵，宜制木器中小两头大者，夹枕之两旁，饥则取啖，夜间并无转侧之劳。

一，老人所食肉，必烹制香美，必亲检视，勿委婢仆及不孝之妇。或佞佛茹素，必尽诚劝谕；不可，则隐寓荤味于素馔中。

一，暑夜患蚊蚋，每中夜必起检视驱扑一二次。

一，老人最患生早，必勤浣涤，寒衣不可用木棉，当用绵帛，取其轻暖。冬夜虎子必绵裹缝制，弗使冷激。

一，老人血气既衰，冬月非人不暖，子孙当轮流陪寝。

一，宜制小囊盛糕果入老人袖中，饥则取啖，且时以青蚨置床侧杖头，恣其挥洒。

一，每出行，必须前后扶掖，勿使独行，致有蹉跌之虞。

一，制一小锣于床头，或子孙有事不得在侧，则鸣而召之。

一，痰盂木者为上，锡则冰手。便器必时涤，弗令秽触。

一，中夜或迅雷烈风，必急起问省，检视屋漏。

与毛用周书

君子怀刑，非指区区法令森严不敢犯也，即使先王科律不在禁例，如导气引年，非不可以却疾，而儒者不为，况夫黄白邪术、炼砂熔石、欺世诬民、煌煌在令典者乎？足下素讲内丹，仆初不置一辞，以全交耳。今乃愈趋愈下。白云书屋本为藏修，何不学弘景高眠怡悦？即志在济人，何不画壁作门，令好友赍引入库取金，而躬自执篚拥炉于烁石流金之候，作伪心劳，毋乃太自苦乎？往者游虎林购书笈，谓是皮料；沾雨察之，乃纸胎也。又于吴门市紫河车出高价，及入水谛视，乃面糊肖形着色者，深慨驵侩之狡。使足下坐卧雪轩，仆试举此二项，足下必掀髯扼腕，为世道人心增浩叹，宁有口詈阳货而身窃宝玉，指斥河间而候客桑中者乎？无论落炉复故，贻害不浅，即使七七重生，八八复起，指石点铁，取效如神，已为左道惑众，不容于尧舜之世，又况乐此不疲，方寸之间大有不堪自印者！足下明于岐黄，亦还叩此疾，在胞络耶？抑直中手厥阴者耶？偶玷交末，粗涉方剂，当此三伏，不敢不为足下顶门灼九壮也。幸弗怒其言之太戆，效卖董翁口含赤金作色而去。

答黄岐周书

两书悬悬，深悯其膏肓而强之药石，爱我笃矣。藉口入土为安一语，不为先人别谋吉兆，苟简之罪，固无所逃。然先君当迁穴时，棺已半腐，今复历二十六年，不知更作何状，岂忍轻信堪舆，妄有震惊耶！使当时不任地师，直以臆见立向两孙之殇，自反诚歉，今追忆杨师之侃侃自任，亦犹足下今日毅然以仓扁自命也，效果安在哉？形家立说，彼此交讥影响，仿佛都无实据。见一科甲，则归功祖茔；遇一祸败，则诿咎新阡，大抵据已然之成败以耸观听，猾者特借以簧鼓渔利，拙者则又魔障锢蔽，信为实然，不曰“燕巢横栋，可荫五代”，则曰“蛇耳插花，当出三公”，穿凿附会，令人解颐。天地间何物无吉凶，何时无祸福，或人事自取，或气数默定，初不尽由地理。地理为物理之一端，物理显而易推，地理隐而难究。世无紫阳、青田，则哓哓者皆梦呓耳，何足惑哉！如仆之艰嗣，实由人事不尽。使丙子之春便觅桃叶，戊申以后不为旅人，未必不连举豚犬，足下又未必不曰“巽龙发祖，余气有力”也。吾乡风气，家挟青囊人怀钤记，如张生梗昨以头癣归咎祖茔，栏土石苔，一草一木，呼吸感通，咄咄乃尔。则仆之嗣续是何等关系，足下喻为疯挛痨瘵，不为过矣。仆虽至愚，何敢讳疾？特恨少不习医，虽仓庐当前，亦庸手目之。或者世本无仓庐，则不服药之说亦未可尽非耳。毕岭过峡，徐公亦云石气太重，太岁非太阳所能制。即此亦言人人殊之一证也。然先人血食，不孝不以动念，而良友日涕泣而道之，又复顽梗不化，私心感愧，惟有仰天椎胸饮泣而已。

与豁眉上人书

师学浮屠而劝人刻《孝经》，业儒者有愧色矣。然以风水惑人，而使人子启久葬之棺而暴露之，则是以不孝令也，毋乃放饭流啜而问无齿决乎？夫葬者，藏也，入土为安；土者，吾亲之衣也。葬久而更暴之，是犹褫亲之衣襦而裸卧之也。今有贫儿悯亲之褴褛，衾褥之单寒，而告之曰：“姑去尔衣被，而待儿之树桑、饲蚕、缫丝作为帛，待儿之植吉贝、而花、而铃、而纺绩以为布，以温吾亲，亲其许之乎？”世有君子，将许之为孝子乎？夫迁葬，非得已也。水泉蝼蚁地风之戕吾亲，于是卜吉兆，具灰沙，择日而徙棺，人子犹呼号擗踊，自痛其不慎之始，以震惊遗骸。宁有无端以子孙之殀殇，而罪及祖宗之不荫，只凭形家无稽之说，不问此心之安否，突然开数十年封锢之穴而暴其垂朽之棺，以俟徐图吉壤，从容举窆者乎？夫后嗣之兴替，或由家运，或由人事，培植之未周，未必尽关风水。即使祸福响应，果如所论，未有不卜居而先徙宅于旷野者。师年八十余，余年有几？能保迁葬之家牛眠龙耳，指日可购乎？而悬此不结之案，师大误矣！与人子言，依于孝。当彼来访时，何不明谕之理势之大悖，不听则力却之，宁使世之术士主其事而己不与焉？师不可告无罪乎？缘《孝经》之刻，直陈鄙见，唐突高年，唯垂谅之。

与周今图书

李子裳吉为梓言：新溪流寓有学者，公闻之乎？梓心企之。既而邵子南音复为梓言：敝里招提有鸿儒，公盍见之？叩其姓氏，则同曰：草亭先生令子，讳某字某者。梓益为之神往，方拟中秋后，俟二子虎林归棹，介以进谒，请读其所为诗古文词，以慰数载之饥渴。而不意先生之先我而下访，且袖其生平著述，以问道于穗眯老眊之病夫，而自忘其礼之降也。别之夕，即秉烛摄衣冠端诵一过，至二鼓，诸帙已得其略。次晨起，复展玩两时许。虽自揣浅陋，无由窥其阃奥，而作者立言觉世之大体要，不出乎昌黎之闳中，肆外少陵之沉郁顿挫，其师法不可谓不高，其用功不可谓不专且久矣。噫！今之为时文者不具论，其有志为诗古文者，亦仅剽窃《文选》之字句，仿佛才调之声律。其或好径，则取途于析义，效颦于剑南而止耳。如执事之贯通乎左史庄骚诸子二氏唐宋诸儒之书，而采其精华以成一家言者，茫茫九有，有几人哉？而天复忌之，使困厄穷挫，无地卓锥，并无锥可卓，潦倒方外，抑郁于蒙课呗诵之间，宜有激而逃于禅，且为谑浪笑傲之文，以稍雪其不平之气，虽蒙流俗之讥讪而不自惜也。然梓窃有进焉者，迂阔之见，知无当于高明，而体造物惜才之意，岂容既畀以殊异之禀，而徒囿于雕虫小技以自亵其天乎？以执事之敏悟渊博，强干精细，或详究夫天文律吕典制水利经济之书，出则制礼定乐，鼓吹休明，处则勒为成书，以待名世之取法，此固才所优为，而未必非彼苍之所嘿寄于斯人者也。夫昌黎之冠八家，以《原道》《佛骨表》诸大篇为一代杰作，不以《进学解》《送穷文》《毛颖传》传也；少陵所以为诗之圣，以忠君爱国、北征出塞、彭衙新婚无家诸乐府为可继三百，不以天狗雕赋、鹦鹉斗鸡诗传也。如尊公先生，非不以诗文名世，而祖述春秋宪章纲目，则在《蜀汉》一书。（改《三国志》为《蜀汉书》八十卷，讳篆字，籀书。）尊集中如《遗雅附志》《与蔡将军书》《张节母传》及《论邓伯道》等作，皆卓卓可传；其他游戏之笔，如《赌无赋》、吉祥文、忏迴文、寿诗，能割爱则毅然毁之，否则别为外集，以示不欲存之意。在先生才大，不妨旁及，窃恐数传而后子若孙或不务其大，而局于纤巧，不至流为卓吾、西仲、圣叹、展成诸人不止也，此梓之所深惧，而不敢不为知己直规之也。梓少失学，长复颓废，齿落鬓秃，讫无一成，比之执事不止大小巫之判，乃思以涓壤之微补益山海，殆即暗聚图中，南面捋须，指画而不点睛者，先生或恕其庸愚而姑妄听之乎。触冒之罪，容当荆请。临楮曷胜主臣。

与沈体仁书

方行每过，辄以兄姻事为念。兄乃因循不断嗣续大事，年逾五旬不娶，且弟已殁，单传岌岌如一发千钧。自有天地来，数千百传有此身，一旦自我而斩先人之血食，忍乎？否乎？牧犊子老而无偶，以贫故也；林处士断弦有犹子可立，故不复娶耳。兄尚有先世庐宅，授徒兼岐黄，度岁入八口可给，非牧犊子比；而乃植梅代妻，养鸡当鹤，自遂其孤僻之性，过矣过矣！此在市巷懵无知识者不足责，兄则世族儒业，名冠胶庠，且杜门不涉官府事，固吾党所推重师法者，而独去人伦以为君子，树畸行以祖异端，窃为贤者不取也。如虑年老，莫择为婿，不得事而褒扬之，则策之下者矣。茫茫宇宙，可语此者几何哉？不识贤者，清夜扪心，将何以自处也？弟年迈无儿，百念灰冷，远馆一纪，亲交疏阔。近甫家食，又以多病懒出。尊居去幽湖不五十里，芳兄屡约买棹奉谒，而俗冗阻之。极欲合并面谈，得悉尊公受祸颠末，载诸日记，以垂法戒，不识盛水课余，可先详录一笺见教否？辱寄佳楮，拙书污渎，曷胜悚仄！

答金义南第二书

人子欲显扬其亲，此孝思也。第知师莫若弟，幸有高足能古文如成季兄者，不以行状、墓志委之，而托之闻风，未识荆之戚末，又不叙生平大端及受祸颠末，徒述先世履历及生卒年月、主司房考以为据，则虽勉徇尊意，敷缀成文，岂足以传尊公哉！弟之于师，仅称其美，不为阿好，若稗官之笔偏徇，则违公是之理；直加褒贬，又伤孝子之心，弟之所以承命而前却者此也。据鄙见：凡事有缓急本末，今日当以葬亲为先务，既择地启土有期，因追述行状，嘱门下高弟撰墓铭，尔时弟虽不才，不敢不为尊先公立传矣。抑又有可疑者：孟子论国君进贤，以卑踰尊，疏逾戚，为非礼之常。令叔非不能文，何不早为秉笔？而嘱之成季，则逾尊矣；又嘱之鄙人，则逾戚矣。此其间亦必有故，不然尺布斗粟之谣，不能不有累于大贤也。即受祸一端，传闻非一，谓倨恃孝廉，立碑冠首，自召奇殃；或谓不得已为众所推，而奸捕驾名，致殒非命。凡此皆宜确实剖示。前书只言触忤权贵，而不明触忤之由，安知不有左袒权贵者，反谓死当其罪乎？忝在戚末，两无隐讳，戆妄之愆，唯格外原之。

答周今图书

数十年来拙稿极多，欲罄簏就正，而草书漫漶，不暇手誊。无意中偶撮数作，录小册呈削，并无他意，而来教乃以《霍光传》为例，是逆诈亿不信而自托于先觉也。兄并未尝讲学，安得自比小姚范？敝亲馆塘栖，岁得谷八十金，故曰“三年可葬”，倘以为借影，则钮子尊公别号适符，亦有所讽耶？玉带生为文信国所宝，亦将讥兄之不能为谢皋羽哭西台耶？朋友往还，劝善规过，以坦白真悫为主。微文讽刺，乃浇薄小人习气。弟虽不学，鉴此久矣。无故生疑，乃心术之大病，将使风声鹤唳，在在可虞。即弟此刻一动笔，方逡巡前却，求免无罪而不可必，尚敢明目张胆，妄论诗文得失哉？皋羽公诗云：“可与语人少，不成眠夜多。”昨卧小斋，窗外竹声萧萧，竟夕不寐。思目前知交面谀背诽者，固无足道；冥情相与，又若寡识浅见不足资益；幸得直道多闻如兄，而怀疑若此，其势必至钳口结舌，而后可以全交。不知贱子白发，余生种种谬戾，将仗何人补救？昌黎所云“信乎命之穷也”，惟自悔自痛而已。昌黎论改日奉璧，不敢复置一喙。至所箴“吭颈绾髻”等字，承诲铭感，率谢不一。

答李眉山书

梓拜复李君足下：穷乡迂生，分与斯世判鸿沟，齿尽落，发秃如僧，加以疝瘤，六十无儿，奄奄就木人耳。愧非龙潭康斋，当为我藏拙，不虞祝君饶舌，谬渎尊听，先生遂不鄙夷，远辱尺一数千里外，属以生藏，传志非薄，何以得此！窃自侥幸，而清夜扪心，过情之耻，不禁怦怦觥飑也。回忆弱冠时弃举子业，从诸遗老讲求出处大义，私淑杨园而上溯洛闽，一时意气，谓圣贤一蹴可至，俯视诗文枝叶、声名勋业特腐芥耳。四十年来，岁月蹉跎，独行踽踽，无良师友鞭策，韩公所谓“聪明不及于前时，道德日负于初心”，虽老秋残菊，抱香而死，终不甘下同凡卉，而霜摧风折，株干萎瘠，已萧然无复生意，尚何敢步松柏之后尘，标劲节于岁寒哉！承命之余，挑灯三复揣分靡胜，每思缄完碑版裁书谢不敏，又念当世非无名公巨卿为鹰青山人生色，独兢兢于数千里外一无名之布衣。宠假之以笔削论定之权，不待握手而盟心寤寐，茫茫宇内几人哉？此意何可辜也！用是，不敢率自外于裁成，剿袭家传，草草塞责，悚惧颜甲。先生或哂而麾之，不致苍蝇玷璧，别属椽构以扬休声，策之上也。否则删润成章，委工书者，不没撰名，则附骥之感叨荣渥矣。临楮主臣，主臣梓拜复。

答周钦表书

来书市井儿语太过，“乡村老宿”。（四字亦原书中语。）因遗书久假不归，迁怒于不答，候悻悻告我，乃微染市井气矣。朋友有通财之义，即以藏书奉赠，情理何碍？如李子裳吉正月过定泉，仆即语云：“向存《文文山集》，不必检还，尊公八十以此当寿樽何如？”裳吉岂市井人哉？即使尊公易箦，并不提起假书，亦气禀之小疵，不过如杨园高第姚肆翁毛病。（蛰庵云：“舍弟先师功臣，惟有毛病借书不肯还耳。”）何足掩其生平？又况遗命谆复，如朗翁所述，历历可据哉！尊谕委屈难言处，不出令兄将废书一语。三月新丝五月谷，如得其情，哀矜勿喜，使令兄亦拥厚赀，何尝不欲为守书之孝子哉？且孝不孝亦不在此，即使令兄能文，取科第，入玉堂，积不义之赀，更筑万卷楼，宁遂谓之孝子哉？天下事当大着眼孔，不必琐琐较量，若以己概人，我假书从不负人，必要强人无此病，皆迂见也。据方行来札，自谓极有涵养，当日《唐鉴》借时，并不敢以不肖之心待尊公，而每索每迟，迟之又久，始不得已假葬亲大题曲诉苦衷，以为宋版或得昂价，稍佐灰沙，情亦惨矣。而尊公怒形于色，遂不敢复理前说。至今七十九而卒，卒又一年而后索，且喜闻朗行有书命分璧之说，而后敢索。方今薄俗如此，公非鸡群之鹤耶？乃仆仆十余里登门数次，而狡童傲仆且目为索冷，逋之弱胤催旧粮之伍伯，其废然而返，啧有后言，亦何足怪哉！而来书缕缕曲辨，是又不免怒形于色矣。人生两间一尘耳，惟五伦关切，不容草草。以兄弟言，则兄弟之恩重，财物为轻；以朋友言，则朋友之情重，书册为轻。兄弟能为，薛包破产，辄复赈给；朋友能为，管鲍分财，利多自取，不以为贪，亦何古人之不可及哉！虽然，此特仆一人之迂见，而非强天下之人人为古民也。使海内假书者，人人藉口老夫，彼曰“君何不为陈雷”，此曰“尔胡不学羊角”，哀怨己责人，仇怨相寻，非大乱之道乎？酒后狂言生死，不愧敢借清香一柱焚之几筵，九原知己，必不疑老友左袒私亲而薄于故人子也。此复。

与吴西林书

篮舆奉访，缘碧流曲曲桑麻，真称隐者居。恨开棹急，谈顷即别，极怅怅耳。尊著《春社吹豳录》，此东南第一奇书也，虽猝未请读，然据所述，能集唐宋以来诸儒之大成，剖其异同以归于一，是直可补紫阳《翁季录》之阙矣。然闻书田舍内侄云“西林先生近闻佞佛”，何也？虎林人通病在此，即应嗣寅先生，亦不免中阳明之遗毒。窃谓渊博如高明，生宋儒理学昌明之后，具聪明才辨之资，遂精义入神之学，宁有尚惑于习俗者！程子云：“二氏之说，当如淫声美色以远之。”先生此日如耽郑衙，狎平康名妓，而迂生乃抱舜五弦九歌，令无盐奏《关雎》，侑元酒一尊，宜其麾之门墙唾而不顾矣。然卑之无甚高论，三代下惟恐不好名，使千载而下论虎林人物者，辄叹《春社吹豳》何等学问，而误于葱岭，终身迷惑，不大可惜哉！执事既自命为逃禅，必以昌黎及宋儒辟佛诸说为迂，故不敢缕述渎听。姑移下一等，为千秋公论作一转语，或反因此翻然焚衣碎钵，一变至道，则牛溲马勃为功不小耳。声音之道通于天，律吕绝学不难参微入妙，而区区于儒释关头，紫朱冰炭不能辨，无是理也。其故在朋侪中懦弱者众，震于执事之盛名，不敢犯颜直谏，坐成其失而莫救。而执事平生，亦仅仅以东坡自居，或转以豁除理障，打破敬字为宗门之功臣，故沉溺而不返。一旦意外乃有愚戆如鄙人者为之大声疾呼，未必不耸而听，瞿然而惊，如大寐之忽觉，沉醉之顿苏也。舍侄孙患难余生，蒙仁人拔之髡缁，此恩莫酬。直而无礼，妄思夺伽蓝一座，归之儒林，悃悃私忱，未必非报效之万一也。唯恕其唐突而平心以察焉。

答黄岐周书

能言距杨墨者，圣人之徒也。杨朱泣岐路，其践履必不让阳明；墨氏善守，其行军亦当胜阳明。必谓不如杨墨，不可以距杨墨，即朱子所谓“倡为不必攻讨之说”者，其为乱贼之党何疑哉！当明季袁李猖獗之后，其祸甚于洪水猛兽，有奋臂崛起，假时文讲学辞而辟之者，虽其制行未醇，立言过激，然使天下八股经生犹知恪守《章句》，不敢操戈而入孔孟之庭者，不可谓非紫阳之功臣也。详味来教，语语回护阳明，如曰“不善学阳明，乃致此弊”，然则善学阳明即无弊耶？曰“非阳明之说误人，人自误耳”，然则阳明之说本无误耶。又曰“心其心，学其学，不至堕即心即佛、明心见性坑坎”，夫阳明之心，□□□讹之心也，阳明之学，阳儒阴释之学也，果心其心，学其学，小则为无忌惮之小人，大则为无父无君之禽兽矣。告子曰“性无善无不善”，而彼亦曰“无善无恶，心之体”；程子曰“性即理”，而彼伪易之曰“心即理”。其与即心即佛、明心见性之说有以异乎？至谓“原其心，不过欲驾新安而上之”，此语可谓推见阳明隐衷。盖阳明本具英雄质，性喜热闹，不耐冷淡；其讲学也，即以事功作用行之，苟不高自位置，别提宗旨，压倒前人，何以号召徒众，簧鼓群生？乃逞其狡狯之技，闪铄变幻，不独函盖一世，直可角胜千古，使天下后世不仅以功臣名将目之，而或可以窃取两庑之一席。其倡教之始，特萌于一念之好名，而不知其流祸遂及于率兽食人而人相食也。呜呼痛哉！昨所奉杨园备忘数则，兄以为何如？杨园躬行实践，下学上达，驾薛胡而直接紫阳，较之时文讲道者，不啻什伯千万，不知如此等造诣可许之辟杨墨否？向有先生所评《传习录》，春闻为硖川友人借钞，他时当奉一览。以兄之高明，必能豁然如梦之觉醒之解，出坑坎而升于高陵，不终为狐魅所祟耳。

与汤三聘书

昨所述周君□论“素以为绚”，必须破朱子解，抬高子夏身分。子夏深于诗教，岂有训诂不通如此者？噫！此阳明之流毒也。周本于毛大可，毛本于袁了凡，袁本之阳明，其衣钵源流固有自也。子夏本是拘泥一边人，此是初学《诗》时偶然疑义，因夫子而忽然有悟，故曰:“始可与言《诗》。”犹之子贡初用力于自守，故问无谄骄，因夫子而悟义理无穷，故亦曰：“始可与言《诗》。”凡看《四书》，第一在平心和气，涵濡玩索，自有愈平淡、愈精深、愈卑近、愈高远的道理。杨园先生云：“三代以上折衷于孔子，三代以下折衷于朱子。”此定说也。象山与朱子树敌而致厓山之变，阳明与朱子为难而招流贼之炽。稼书先生云：“明之天下不亡于流贼而亡于阳明。”岂苛论哉！袁了凡刻黄杨朱子像，每读《章句》，则曰:“某处误，当笞几下。”奇龄效之，以竹腔糊朱子像立案侧，每误，加栗暴几下。此虽阳明不应，病狂丧心至此。然而报仇行劫，其狱有归。起阳明于九原，使仆以身后之祸面数而诘之，未有不呼天号泣，自痛自丈，愿为千木胎、万纸胎，分授九州乡塾，家挞户鞭，以稍赎其愆于万一也。足下聪颖过人，高明之士多入于异端，故恳切陈之。梓再拜。

与郑生

去岁闻足下有意外事，即欲下一针砭。自愧相处一载，迄无寸效，岂口颊所能感动。每下笔，辄手颤不成一字。尊公厚德，乃有此儿，天道安在！然物极必反，一生转关，未必不得力在此，只看自家廉耻何如耳。大抵一时悔悟专靠不得，须常以此事自励，战战兢兢，持之以恒，庶几少盖前愆。不然乘间窃发，按捺不下，安保其不复蹈耶？努力努力！

与从子煜（字光四。）

尊老年高，客瘴疠中可危。闻女今往代职，甚善，但四五千里，使老人崎岖独归，虽有健仆，人子之心安乎？扶抵家，秋间复往，方是正理。事势所迫，不得已远游，已失子道，况可急于取利，置乃父风波鞍马中不一顾耶？昨得来字，切切以饥寒为忧，此吾侄自取。不纵酒，不打牌，今日且拥数千金作富家翁矣，何至使白发爷仆仆闽粤以糊其口哉？往不可追，慎之将来而已。贫贱忧戚，玉汝以成，处此境界，正是磨炼筋骨处。徒然怨尤，未有不穷而滥者。勉之！

与潘起涛

一夫一妇，庶人之职，此是正理。即以利害论，此辈那得好质性？嫡庶间必不能和睦，尊嫂一时意气，需人操作，偶从臾耳，他日未必不大悔，即兄亦未必不大悔也。各有子女，争长竞短，或数世受其累，余所见者多矣。况养身之道所系不小，谚云："钱在手头，能自主耶？"辱兄爱厚，他时谓夷简不言，何以谢知已，若乏人役，使媪婢可觅，天下事那得许多便宜，定一举两得耶？熟思之何如？

与天王章（讳应彩。）

作时文取科第已是骗局，跳不出这圈子，就中要做个正路上人。不过看得书理明，发挥得圣贤意思出，可以羽翼经传，亦是不愧。至于应试，不过据题直书，而得失置之度外，如此方稍稍立得些身分。若专靠烂时文盈千累百，塞破肚皮，东剿西袭，欲以多篇取胜，此又骗中之骗。不但文品日低，只成无头学问，即人品亦不可知矣。况目下已不作此骗局，而足下犹劳劳五经，闲可谓不善诡遇，幸而获禽，终非已有也。辱尊师见托，不敢不竭其愚，弗以戆直而怒之。

与子宏方行

两兄诗多激烈，初学先须理会古人气象，大抵温柔敦厚是诗之本旨。放言高论，轻世肆志，虽激于时势，毕竟只是客气；一味叫号，绝无含蓄，所养可知。仆亦每犯此病，芬佩曾见规，终不能改，以此知涵养本元功夫最是切要。不涵养，气质何繇变化？况俭德辟难，今日尤不可不谨。两兄未免渐染仆之习气，自误误人，真可惧也！

与芬佩

所说"镂"字本去声入宥韵、平声上入虞韵，十一尤并无此字，人多误用。淇兄、沈静兄既叹服，宜自体察收敛。昨席间与载兄尚多谑语，恐非所以训诸徒也。立方器度，颇不易得，教学相长，其益无穷。若自家渣滓未曾消融，气象粗躁，"师表"二字何以承当？梓自省平日病痛，只坐"浮浅"二字，涵养不深，克治不勇，对张氏诸昆且有愧色。然不敢以己所不能自恕恕人，唯共勉之何如？

与郑博也

早间遣人走问，闻往观剧。有此闲工夫，何不静坐看一章《四书》，读几段正经文字耶？此中意味深长，比之缓歌低唱，天壤悬隔也。若谓学已充足，不妨玩物适兴，仆诚迂谈。然温故知新，义理无穷，纵使自信得过，奈何遽生满假，年已三十，时艺尚未精熟，三儿绕膝，俨成翁矣，而童心未去，何以自慰？况处境甚迫，朝薪莫米，上累严亲，下惭妻子，正激厉奋发之时，而从容暇豫若此，达人胸襟真不可及也。

答吴昂千

承教具戢厚意，仆固非善书者，亦不愿以书人自命，但鄙性不喜柔媚姿态，见思白字，辄两目隐隐刺痛。子昂丰骨稍胜而俗过之，且薄其为人，每阅一两行，不觉掉头掩面；独于鲁公书反复不倦，如见明道先生泥塑端坐，又复接人温然，使人爱敬不能去。然腕拙力弱，极意模仿，仅得貌似。若草书则皮毛，亦不类也。去秋与亦亭戏作左笔，以左之生涩化而入右，颇得古人钗股漏痕之遗意，而草法遂稍稍进。初不知其为怀素体也。今年春，豁上人来云："近得怀素《千文帖》，与公笔意相类。"仆虽唯唯，亦不期其同。明日，上人袖之来，展卷良久，相视莫逆，若千里外逢故人问家乡事，不禁握手大笑，于是外间纷纷遂居然怀素我矣。仆非有意学素，而偶与素值，不素可，素亦可。兄乃谓素书不可学，学之恐潦草，不工夫。潦草之弊，不善学者自致之，与素本无罪。若仆执笔，颇兢兢不敢放纵，乍看虽似奇怪草率，而结构又极平易朴钝。柳子厚《答韦中立书》自叙作文源流，具有苦心，仆之于草书亦然。但患学力未到，不能造神化之境，固不患其潦草也。且素之书与颠、旭并驰，鲁公亦自言得张长史遗法，则素与颜本是一家，非颜正而素怪。颜可摹，素亦可仿也。若以不宜于众而求免于流俗之讥谤，是必为鮀之佞朝之美而后可，仆何敢出此？况兄于鲁公，既不惜使仆为蜀之日；独于怀素，又不欲仆为粤之雪，何哉？夫有意骇俗，好异立新，固学人之大病；气骨不立，取媚时目，人品更不可问。天理人欲，同行而异情，特立独行，不谐于俗，与索隐行怪取恶于世者，其间大有分别。朱子之学整齐严肃，而书法潇洒不拘，初何病于心术？虞世南书未尝不端楷，而贻臭千古，盖自有所以为分别者，不系乎区区技数之末也。兄意中大抵横着"雅俗共赏"四字，故见旭、素等书未免惊诧，不知此四字作成，低则时髦，高则乡原，名为醇正，不过冯道之谨厚、胡广之中庸而已，其为心术之病可胜言哉！至于左书，仆去冬即已深悔，得兄恺切详示，益自悚惕。欧公谓石推官他日有责，后生之好怪者推其事罪以奉归兄。今首发难矣，事无巨细，必思为法天下，可传后世，诚不可不慎也。总之吾人根本，学问须自努力，从低平切实处作到高远精微地位。书之工与不工，固不足论，特恐支流混浊，反能摇动本元，亦不容不辨。唯不立异于世，不苟同于俗，不以末技妨正学，不作无益害有益，如是而已矣。迂谈无当，勿讶其愚而可否之，幸甚！

与潘起涛

屡晤苫次，足下戚容可掬，令仆亦不敢纵谈。孝思感人，可敬可敬！处末世，那能事事尽礼，只要根本不坏，如不酒、不肉、不御三语是大要也。三者不御为难，古丧有疾，许暂酒肉，而此事则无可假借。然亦不是好名，须自家本心上过得去；若一概信心，则又不可。先王制礼，贤者俯而就，不肖者企而及，自有一定之范围，不得逾越。不然，使婢丸药者何以坎坷终身哉？里中一友遭母丧，其妻十年不娠，而生一女一子，或戏之曰："君居忧真合古礼。小祥者，女子之祥也；大祥者，男子之祥也。”满座绝倒。此公俨列衣冠，初心岂不欲欺人？特以意有所恃，遂肆行无忌，不知造化小儿忒杀忠厚，偏欲夺其恃而章其孝也。总之天理人欲迭为消长，哀亲之念诚而勿替，其他耆欲不待强制，一切清弭。不然，朝奠夕临，夫号妇踊，只以应故事、了门面耳，大庭暗室，能一致乎？未虞既练，能克终乎？外衰麻而内锦绮，口妣考而心妻孥，为鬼为蜮，乃兽乃禽，亦何所不至哉？惟足下敬之勉之。

尺牍

答姚蛰庵先生

太极六图壁上此说，据浅见唯有“存而不论”四字。然先生蓄疑数十年，亦必须一人斗胆力辨，打破疑团，方能自悟。其非不揣，漫作长札一一考驳，幸勿以狂躁斥之。临书，悚仄悚仄。

与范蜀山先生

承撰先君《孝子传》，感切五中，但笔迹似出葛兄千秋，岂尊目不便，嘱代录耶？谨具日本笺求先生亲书，使传为子孙世宝。此刻有俗事，中秋后当泥首阶下以谢。近鉴已钞壁上，乞更寄言行见闻及愿学两种。吴先生今寓濮之翔云，嘱笔致候。

与卜人木先生

先生于《春秋》内外之旨严矣，然居丧诵佛经，西夷之教也，何言与行之不相顾耶？轮回一说，固结于胸而不可解，即以禅论，亦最下乘矣。后辈不敢妄议，窃本蛰庵先生之意，稍效忠告，唯大度恕其妄愚而加察焉，幸甚！

与邢梅亭先生

《小学札记》挑灯细读，见先生实践之切，第解释处间有与鄙见未合者，谨条列请政。至四书章图，未免落八股家陋法，每章用某一字为贯、某一句作串，此恐流于穿凿附会，不可为训也。四书中唯《学》《庸》可作图，此自然枝节，晚有草稿，容自录上，与尊见亦微有异同也。

与范北溟先生

许季翁的是阳明一派，然据邱以宾细述渠平生种种，却恐阳明若为处士，欲为人主讼事刀笔，亦不屑也。然则所谓阳明，亦并是假托耳，先生以为然否？

答张莘皋（一）

数百里内盛德感人，先生外，殆不可再屈一指矣。鼠子不晓事，妄肆讥评，多见其不知量耳，相大度必不介怀。而来书乃更引为己咎，益见省己之严，敬服敬服。

答张莘皋（二）

《张节妇传》承担斯镌送，深愧不文也。尊诗成未？即发来价，节妇不可不急葬，而费无所出，弟意同人各出一数，秋冬稍备灰沙，属其内侄附之杨园之左隅可否？并示下。

与李鲁培（一）

复姓一说，怀之已久，未敢猝陈。今思及兄之身，不复后世能保有贤子孙耶？念外氏之恩，不忍遽复者，情也；重宗祧之系，不敢苟混者，义也。自有祖宗有此姓，一旦自外本宗而冒顶他族，其责有归。幸有读书识义理者出焉，明知其当复而因循不果，其罪更无所逃。数世以后，安知不以李为异姓而通婚姻耶？即万幸无此事，而祖宗之不可绝，姓氏之不可混，理本昭昭也。若患一向叫熟，外人不及遍晓，凡遇简札书复，几世姓李某，久久自然改口；即使不改，人自宋，我自李，于祖宗可告无罪也，唯力行之毋忽！

与李鲁培（二）

巧语胜人，如禅机取快目前耳，此是剥削元气处，后生效尤，流为浇薄，其弊无穷。往尝规亦亭，彼亦深纳鄙言，高明幸勿以迂腐外之。兄诗学颇博，然出言少含蓄，似中诚斋一半毒也。晚村《宋诗钞》矫俗，独多选，可谓癖于嗜痂，弟此中不过取数首耳。

答郑亦亭（一）

乐府八十一首，昨灯下已脱稿，今呈上严削之。潘、吴二公地下不知谓吾两人是敌手，足并驱中原否也？闻有入燕意，年近五旬，鞍马之劳恐不堪，任文苟佳，南闱亦隽，何必红尘仆仆哉？

答郑亦亭（二）

克轩来云："千秋果杳然，岂真蹈海耶？"闻其家遣人遍索数百里内，绝无音响，唯澉浦一老僧晨启寺，见一人带青毡巾，手持松拂子，狂歌南行，道傍识其貌者云"是葛相公痴子"，然终无下落也。此公奇才，向在蜀山草堂与之辨论古今，慷慨淋漓，具有卓见，其貌亦古伟，要是吾道中人，其胸次有一种大不平不能为天地解者，宜其愤激至此也。伤哉！

答郑亦亭（三）

葛子千秋近得信否？闻渠发狂疾，忽出门作蹈海想，奇哉！前欲脱产刻尊稿，真知己也。兄当扁舟讯其家人踪迹之若，竟置弗问，万一死非命，何以谢良友乎？

与阮松岩

尊茔大费经营，幸而告成，外间纷纷都云"不利长房"，令弟大不安，云："宁我死，敢累兄耶？"遂急谋迁地，足下断勿摇惑。堪舆家言人人，殊如医者入病家，检点前方，不诋凉，则诋热，只是夺生意耳，何足凭？然此犹有脉症可据，若来龙结穴，山头水口，穿凿附会，何所不通？令此时有十弟兄，利长不利次，利次不利三，个个怕死，房房要好，虽一岁九迁，其棺终无十全之地，因循耽阁，家道全消，不肖辈出，咸阳一炬而已。哀哀父母，生我劬劳，不得享其子一抔之封，妄信邪说，播迁劳攘，罪何所逃？父子兄弟本一气，利则俱利，害则俱害，决无伯盛仲衰之理。即贫富不均，贵贱殊等，或由气数，或由人事，岂区区寻丈之地所能操其柄哉？幸熟思之。

与松岩

填词不特坏诗格，且坏人品，须眉丈夫乃效儿女子闺阁中语，不大可羞耶？宋人词非不佳，然皆靡曼之音，金元之祸，未必非诸文人兆之也。仆少时亦尝溺其中，至今悔恨无及，若当时不作此等闲工夫，专力经学，培植根本，今日岂荒谬至此耶？谈虎色变，深不愿足下效之。其长调悲壮之音或不妨暂写愤懑，然力量不到，亦未易摹仿也。

与阮松岩弟

不利长房之说，本不足信。足下爱兄之诚，乃云："宁我死，不忍害兄。"令兄亦云："我弟苟利，吾何足惜？"即此一念可以格天，虽不利，利矣。况其言出之堪舆，相倾相〔轧〕（札），全无凭据，付之一笑可尔，断不宜轻举妄动，致遗后悔。即二阴夹一阳之说，亦不可惑矣。夫居中，妻居左右，尊卑秩然，不容乱也。尊太夫人柩垂朽，窆时幸无恙，岂堪再震惊耶？世道陵夷，求如足下兄弟争死者，何可多得？向见一友酷信风水而不睦其兄，日求不利长房之地，而迁之一岁，盖屡易也。最后兄以疾故，适当迁后之七日。人虽禽兽目之，未始不以风水为神，不知弟欲杀兄是何等事，而地乃助之耶？天地间气虽杂〔糅〕（揉），毕竟拗理不过。为善不蒙福，为恶不得凶，或一时之变，究其归，惠迪从逆，自不可诬。气不常伸，理不常屈，天理、地理岂有二耶？愿足下兄弟充此一念，力敦孝友，终始无间，揆之常理，自当获福。尽我本分本非希冀功效，而不求自至者，亦必不爽。纷纷邪说，何足信哉？

答范巨川（讳时济。）（一）

左书本文人好奇之习，弟方悔之，兄乃强为效仿，愈形其拙耳。况要藏拙一念亦是人欲，处今世特患不拙，拙何必藏耶？诗颇佳，但不称其人，未免失口，凡下语须有分寸。辟象山、阳明而接濂溪、继杨园，此是何等事，而以旦文当之，即王令徒时艺，才覆一篑耳；而兄顾以九仞许之，师弟、朋友两失之矣。春初芬兄创一诗会，会诗一文二弟，专以诗应，间附时艺，恨远隔，不及正也。

答范巨川（二）

前藏拙之说尚未尽，此间理欲分界，只看朱子"任意则疏，取妍则惑"二句，便见程子只此是学，不外一"敬"字。知其拙而藏之，犹取妍以悦人也，此种心术不可不早辨。昨偶于舍亲席间，值三友痛詈吾兄误人不浅，弟力辨不可得，所谓不善者恶，愈见身分庸何伤？然古人能使狡伪献诚，暴慢致恭，是何等学问，不可不自反也。偶作时艺，外间纷纷强令就试，虽伦表亦然可发一噱。答冯大诗附正。

答范巨川（三）

适将移居，鹿鹿久不答，闻抱恙，今已平复耶？所作《四书》讲成否？《语类》或问与《章句》合刻，外间已行此书，恐不必费此辛苦，此亦是好名之念，徒为举业家作誊录生耳。若真读书人，何曾贪简便耶？贵乡沈小休行墨君于濮，偶道及汤广涯，伊弟西涯贵显后，即弃妻子，削发入山，亦不诵经事佛教，往来无常处。家人或求得之，明日便徙寓。其弟或以书问，亦不发，年几七十矣。此公甚高，兄尝闻之耶？

答范巨川（四）

西湖倡和，水光山色为吾二人，似更葱翠，他时艺苑或当添一公案也。尊咏摹少陵，得其貌矣，精髓沉着处尚宜进一步。欲为诗人，先涤肺肠，科名鹿鹿，非所望于贤者。虚怀若谷，故下此顶门针耳，勿讶。

与张伦表（一）

兄许示择交诗，今尚未脱稿耶？“痛定思痛，亲自经历”下语决是一掴一掌血，可以垂戒百世，弟急欲一观也。凡事悔悟可改，唯交友则毕生受累，如衣败絮误入荆棘中，一时摆脱不下，真令人啼哭不得。“因不失其亲”寻常读过，亦觉不甚关切；从今体认，乃知大贤吃紧为人处，谨始虑终，不可不自惕也。善后之策，只好渐渐疏之，持身严正，使小人与我往还无味，彼自疏我。若自家未脱旧习，因循苟且，毕竟缠绕到底，无法可治也。

与张伦表（二）

戏谑之病前曾奉规，昨昂千在坐，同观帖括，弟复出谐语，别后深悔之。朱子所谓自家有此玩侮之意，以为之根，而日用之间流转运用，机械活熟，到得临事不觉出来，不惟害事，而所以害于心术者尤深，愿与兄共凛东铭之戒，痛改此失。语次弟或偶犯，兄能正色相规，受赐不浅。断勿自放地步，故意容隐也。惓惓。

与张伦表（三）

来诗非兄本意，只是无可如何，故作转语，正是极痛切处，善读者仍是一掴一掌血也。然过高之弊亦不可不辨，子张论交，注中补出“大故当绝，损友当远”二意，道理方完密，未到孔子地位，只想见南子，岂不可笑！来论恐人道我窄狭，故示宽大处。末俗患不窄狭耳，窄狭虽君子不由，尚是谨严一边人，倘一放松，其流之极不知何所底，止名为宽大，实则骄乐佚游宴乐而已。比六三之象，圣人垂戒用一“伤”字，可玩也。

与张伦表（四）

姚友评许诗颇当，然渠亦只是借阳明作大靠傍，并非真阳明也，真阳明之徒亦不至此。今日若以阳明辟之，是被他瞒过，堕其计中矣。渠本意只望天下后世以阳明骂之，使可冒入理学帐里，盖过一生作为。其以孝子自命，亦此意也。但世间假窃阳明者尚如此，其流毒真可畏耳。

与陈芬佩（一）

诗会承命作小集，其实亦是务外。处此时势，只有杜门兀坐，与一二真知己讲究切实学问，方于身心有益。哦诗作赋终是末务，兴会所发，今既不能中止，只以人少为贵，切勿逢人说项，引惹时流作声气场也。交道不可不慎，有诗文为媒，便容易胶黏，东凑西集，一时拣择不得，未必不贻后悔。不失其亲，亦可宗也，今日正所谓因之时，岂可忽略耶？

与陈芬佩（二）

承教日纪太清，恐妨后嗣，此近于因果之说。天理人欲，同行异情，若利悉锱铢，算穷毫末，徒以察察为明诚，不免小人之讥。至于贫士本无会计之具，日用些须，一出一入，记之简末，一以备考，一以息争，取之以义，用之有节，未为害理。家国无二道，《周礼》天官掌财赋于赐用之数，验之以书契，督之以要成，证之以贰会，考之以参互，琐屑如是，岂谋利哉？防欺滥，教节俭耳。若故示长厚，一概纵弛，非特邀福之念出于人欲，于量入为出之道亦有未尽，其弊将有剖斗折衡之意，不可不辨。然近时学者急于规利，营营朝夕，或不当得而得，或当用而不用，入以贪，出之以吝，则兄之一言，又救时之良剂也。第以后嗣为言，则不可耳。

与陈芬佩（三）

尽人事以待天命。梓向得两子，皆以痘殇，不得已纳妾，不特不得子，而性情乖戾，转添一累，又不得已遣去。今已半百余，气血就衰，癖疾日炽，每达旦不能寐，桃叶一事久绝想矣。此身不足计，唯先兄大宗不可绝，将来立一族子，衍先人一脉，私愿足矣。承垂念谆谆，特此奉复。

与陈芬佩（四）

两山敝徒将为弟镌《寓峡草》数十首，据担兄云："当取幽湖诗板照式仿刻，他时便可汇合。"尊意以为可，乞发已刻样子数张，并现印红格子数页来。然鄙作可问世者，风云月露之词，其稍得意者已付诸祝融，此举良可愧耳。

与外舅金晨村先生

外孙昨竟不起矣。此儿聪睿绝人，由令爱胎教，故知觉都发在正路上，与常儿霄壤。若早与雇乳媪，或先期种痘，幸得成长，必非凡材。寒宗不幸失此佳儿，非特一房之厄，可痛可痛！令爱日来不哭而神伤，外父当临濮开譬之。候候。

与徐朗行（一）

滞幽湖新溪旬余，不意担兄以贱诞集诸生，屏分为刻诗卷计，真可愧悚。拙稿可刻以问世者风云月露，皆不足传，岂宜以劬劳之思，维科敛之举？况五十无儿，原未成人，每往来〔硖〕（峡）水，渔家哄然率诸儿女烧纸上坟，不知此辈何等积德，如许发丁，不禁潸然涕洟也。书来时，幸代为辞之。

与徐朗行（二）

早间至德蕴书，晚章遂吊仲氏，道逢舟子云："日短，开船独早。"不及奉别，歉歉。柏乡一席较越多二千里，仆虽欲富，岂肯仆仆软红哉？

与金南皋

人只为营营衣食，易得颓丧志气，读书亦无趣味，所以碌碌一生。然此亦是中人以下资质，故为境遇所困苦。吾辈立志，正要从此磨炼，到得日午不炊，而歌声出金石，淡然忘之，乃见力量。吾兄负郭且数顷，精庐几间，坐矮桑丛竹中，春禽满枝，秋菊盈圃，双亲矍铄，米盐琐屑官税私逋，绝无与吾事。处此境界，正宜潜心经史，力惇孝友，以答彼苍厚我之意。昨读来文颇草率，似不甚下功夫者。春初奉访，闻出外戏牌，弟已疑之，意新岁俗例，偶尔渐染，拙句面规，决当悔悟。今以尊作证之，恐尚未决绝也。君子居安思危，久乐不淫，诚以衰盛消长，非一朝一夕之故。忧勤惕厉，惧其狃安，富而骄侈，生忘祸乱，而衅孽萌也。兄之谨厚，必无他虑，特恐因循悠忽，玩日愒时，读书不勇猛，识趣不高明，未免随俗习，非不克振拔耳。试思古来短褐不蔽体，藜藿不充腹，大着眼孔，竖起脊骨，欲做千载事业者何人哉？幸而食饱衣暖，具为善之资，而妄自菲薄，对此须眉，必有恧然奋发而不能自己者矣。梓非好为大言，以兄本质近懦少英气，聊以广心胸正趋向耳，其未当处，幸不吝往复。

与某

闻欲迁葬，岂惑于形家之说耶？人子葬亲必择土厚木深之地，只为保全遗体，不使五患及之，非以朽骨为求富贵之具也。兄若以水泉蝼蚁之故，不得已而为此举，犹可言也；若以科名不遂，财贿不充，而妄听邪说，辄思变更，今日既升之东，明日复移之西，震惊其神魄，摇乱其骸骼，以求不可必得之富贵，即使郭璞复生，某科某甲某公某侯，毫发不爽，孝子必不忍为。虽祖父之灵，亦宁使子孙贫贱，不愿受此劳攘也，况万万无此理、万万无此技乎？充类至义之尽，设有堪舆倡为妖说，谓必火化乃速发，必水葬乃大贵，亦将欣然从之乎？或得吉地而其亲寿考不及，待其死以荫其子孙，则将啬其食饮，拂其心志，以速其衰而致之毙乎？且即以利害论，或原葬之地本可以富贵，而累迁而累下，择地求福乃更得祸，将若之何？兄之仁孝必无过虑，弟习见人子之葬亲者徒为一己之荣悴，而不顾遗体之安危，堪舆之择地者但思银钱之饱橐，而不念物力之艰难，故激而言之，唯恕其狂愚而垂察焉。

与姚子厚

人立品须在穷时，于此处打得出才是豪杰，此天下第一难事。鲁培尝言“窮”字，穴从身从弓，大有意义。人身在穷时，如弓之曲，岂不怨闷？于此抬得头起，立得脚住，岂不是个好汉？说虽穿凿，大足猛省。兄行医亦是为贫，无可如何，然心术却坏不得。一病到手，见得未的，宁可力辞，勿以人命为儿戏。明知自家医不来，却算计明日早饭无米，且发一剂，先得四五分药资再处；或度其家不贫，侥幸得全，决有甜头，如何舍得放过？或自解自慰天下那得真明医，摆了药箱只为行道，若个个回头，岂不坏了名声？胡乱地医去，未必不中，不中亦渠命也。凡此皆所谓坏心术也。既做此业，须下一番苦功，平时熟看方书，临症仔细体认，自疑则质诸明者，断不可强不知以为知，如去年包治痔漏，徒使人作话柄也。至于亲友缓急，亦情之常，然不当竭忠尽欢，求全责备，杨园所谓“麦舟之赠，在忠宣义固应尔，而曼卿不可以是为心也”，此语当熟玩。向曾见尊斋壁间书“妄想坏心术，妄求丧廉耻”十字，具见家学渊源，只从此鞭策，人品决可观，努力自爱！

与朱惠畴

令母舅之变只是意中事，阳明毒发，原属不治之症，但其才可惜耳。以此知卫生之要，专在平日谨慎。自恃精力，无所不为，灭身之道也。《杨园集》论鲁斋处曾熟玩否？稼书不及鲁斋，识者犹惜之。兄立志远大，必不以二公自期也。然此尚是第二层义，究其极，所谓“达可行于天下，而后行之，虽遇其时，亦无轻出之理”，第恐高自位置，无实学以副之，隐居不能求其志，行义无以达其道，不免纯盗虚声之诮；或勇猛精进，而本领不是一齐差缺，穷则贻误后学，达则为祸苍生，此则可愧可惧。当图之于预，辨之于早，而不可有毫厘之差者也。弟之浮浅颓惰，于此事几无望矣；吾兄笃实为己，天资明敏，加以精密之功，何难上希古人，有体有用，可出可处，庶不负天地赋异，父母属望。老成凋谢垂尽，斯道孤危，唯千万努力自爱！

与张恕夫

昌黎谓子厚斥不久，穷不极，其文学辞章必不能自力以致，必传于后。然则吾兄处境特患不穷，即穷亦患不极，不足激发志气，锤炼筋骨，为传世文、为传世人耳。兄乃以先业堕废，常自郁郁，何所见之不广也？盛衰循环本属恒理，且非自我致之，于先人可告无罪。即使不善会计，有此挫折，亦正是自家天资朴茂，可与入道处。为仁不富，为富不仁，岂虚语哉？铁笔一项虽文人事，充类言之，亦玩物丧志之一端，移此工夫着力方寸间，析理如利锥，去私如快刃，切磋琢磨，金锡圭璧，其所成就表见，岂特区区秦章汉篆、山桥雪渔而已哉？为兄善后之策，唯有刻苦奋励，读书砥行，百凡节俭以给衣食，不忧贫困而耻富厚，不狃末技而期大成，抱昌黎之学，不上宰相三书；负子厚之才，不入叔文一党，则穷之大效也。兄自字“恕夫”，兼号“懒髯”，寓意不浅。然恕以接物则可，恕以处己则不可；懒于应酬则可，懒于学问则不可。若徒悠悠忽忽，欲以名人文士终其身，卒之名者不名而文者不文，岂弟之所望于兄乎？交浅言深，幸贷愚妄。

与孙玉辉

久不得书，忽闻久甥之殇，令我惨怛。致病何由？岂太聪明，早事穿凿？淮扬风俗浇淫，真不可居也。未婚守节，虽非中道，叔世实不易得。然一时意气终保不定，要以速死为幸；不速死，正须着意保护，使之白首完璧，亦一大事也。里中一少年暴卒，其妻大恸自缢，家人救之苏，今虽无他故，未知向后若何。仆尝谓凡遇此等事，只以不救为是，此不仁之语，正所以为仁也，何如？

与吴昂千

同祖兄弟实与同胞无异，盖以父视之，犹子即子也；以祖视之，庶孙犹嫡孙也。即使横逆见施，犹当体祖父之心，自反自责，勿与较量。况隙自我开，衅由利作，形之楮笔，鸣诸官府，设祖父在，忍见之乎？昨偶见庭中新竹向阳者发荣滋长，自遂其天，初无骄色；其近墙一枝颇觉偃蹇，然亦无妒容，黄叶瘦枝，挺然不阿，转有佳致。生本同根，或盛或衰，安于所遇而并行不悖。静观物理，欣然有得，食芹曝背，不敢自私，分饷吾兄，唯笑而纳之。

与孙带封

闻之公期云：“昔有人患心疾，终日默坐，昂首摇身，时发大笑，见水辄喜，欲自溺，家人严守之，百疗无效。一良医视之，曰：‘此殆慕濠上之趣而成者耶？今尾鬣且具矣。’命取鱼长四五尺者畜大盆中，令病者纵视，果大喜，注目良久，俨若两鱼呴沫游泳不能去。医忽出利刃，命强有力者取大鱼剖腹抉肠而脔之，病者吐舌大骇，病遂霍然。”甥女崇奉邪说，至于疑畏成疾，尤惑之大者。因其蔽而通之，唯有仿磔鱼之法，烧佛经于左，毁神像于右，使之恍然大悟而已。若持斋设醮，益重其蔽，是犹知其病鱼而沉之洪波也。妇人女子不足责，既为识字丈夫，是非不难立判，况兄之高明，虽二氏精妙之说尚不足惑，区区粗迹犹有骑墙之见，非弟所乐闻也。厅间对联“为善最乐，读书便佳”，其见志尚然。老佛之书未屏，则见理不明，果报之心未去，则为善不纯。《近思录》第十三卷曾熟看耶？《北溪字义》说鬼神处亦颇详细，此一事不可不用一番工夫推究到底也。先兄没时，兄谆谆以佛事为请，至今不及剖析，乘间窃陈，幸勿以迂斥之。

答许纯也（一）

承许刻杨园书，且云：“此身幸存，必不使杨园之书残缺不全也。”抑何其志之决哉！然蜀山先生当日锓此板时，只是一个“勇”字做成，愿高明及此少壮，得为即为，若一逡巡，便有筑室道傍之患。恃爱直言，勿讶。

答许纯也（二）

方拟邀旦兄趋候，兼揽两山新翠，因租事滞，不果，乃烦专使，感与愧并。弟自儿殇，痛悔往辙，日夕湔涤以图自新，虽嗣事杳然，亦复安之若命。天之报施，铢发不爽，非杨园而无后，皆自取也。近况无可道，惟看得“默”字有味，“敬”字亲切耳。尊恙未平，窃谓宜于涵养本原上更加工夫，何可全凭药饵？少间当造谢，草复不既。

答许纯也（三）

人日之约杳然，至谷雨，始得贻孙吴江舟次一简并《节孝录》，可见一入世，即朋友聚散不可期，何如隐鳞戢翼，春云秋涧，与二三知己共啸吟乎？梓今岁移斋凤山之麓，泉声绕屋，峰影照窗，幽境快人意。昨接令侄稿，读至独字一篇，孤灯细雨，又不容不泪涔涔下也。先生谅有同情，桃叶渡头，今无可耽阁矣。临书惓惓。

答许纯也（四）

承惠困粟，不敢领。弟有一策：《杨园集》虽刻而板未行，其家五丧未葬，意欲约同人举三十金一会，属姚希贤至蜀山堂刷印，鬻书为灰沙费，既使穷乡末学得读遗书，有以兴起，而五棺暴露亦得及早入土，非两得之道乎？公启附上，乞登台甫。

与潘烛微

闻续徽之举，尊公在阴已属蹇修成礼，此不可复悔。失节之妇，论理不当娶，然父命亦不容违，只在以德化之，勿使虐子女；任之中馈女红，勿使干外政。死后不合葬、不与祭可也。

与蒋担斯

山中岑寂，幸有泉声淙淙绕榻，晓起望匝窗，群岫如浓髻梳云，妩媚撩人，引领隔湖，故人渺渺，为之怅跂。昨两接手教，如接芝宁，尊经阁畅游，恨不及插翅追陪也。承委，因课繁，不得刻暇，灯下勉和来韵，或与令甥共酌之，勿轻付枣也。

与沈卜瓯

令弟一案，访之舆论，皆谓长兄失教养，成骄悍之习。此《春秋》责郑伯之旨也，未审果否？《中庸》十五章似宜详玩。堂上八十老人，目击两手足龃龉若此，何以慰暮齿乎？缪彤掩户自挝，虽非化家正道，然其志良苦矣。不遇盘错，无以别利器，望于此加勉焉。外书幅璧上。

与沈南谷（一）

古人诗沉雄悲壮，自有含蓄，不似今人一味嫚骂叫跳，如外净出场，锣鼓喧闹，只博儿童赞叹也。然反此求之，又一向衰飒没气魄，或粗浅无味，或袅头侧颈，卑靡不堪。程子所谓扶醉汉，真无可如何也。大抵此事只是支流，要从源头上下功夫。读书多见，道理透，集义久，养得正气足，自然由中达外，出语沉着，极平淡中极精深，极激昂处极浑厚也。仆诗虽不卑靡，而豪气未除，终是源头上欠工夫。然正是受病处，足下勿误学也。如足下地位，且不必学诗，只将小学、四书熟读，俟有得力处，然后商量何如。

与沈南谷（二）

诗言志，本无取于富丽。子曰："辞达而已。"格律声调何为哉？然言以足志，文以足言，言之无文，行而不远。香山虽大家，其俗处不可学；玉川粗率，固当别论；若尧夫击壤以德胜，不容作诗观；至诚斋，则鄙俚极矣；语水主张太过，盖疾世之为伪唐诗者，如七子之肤廓，不觉矫枉过正耳。平心而论，诗有三要：一性情，二理义，三文词，废其一非诗也。文胜则情不真，理胜则近于腐，要能以典雅之辞发挥情理，风云月露皆性灵矣。《耕余集》大体雄浑，高出流辈，然恨当时不细检汰，如"寄语阎罗莫吓他，女儿原是赔钱货"，岂可垂法后人耶？兄笔力极豪放，所欠者细润耳。《哭弟十绝》全是摹竹枝调，情非不真，而词不雅驯，恃夙契，妄为删抹，兄以古人自处，必不怪弟愚戆。牛僧孺未达时，著作受前辈指摘，唯唯面领；至为相，却耿耿不忘。兄雅度，当不至是，聊附一笑。并政至芬翁何如？

与屠时若（一）

兄科举一念颇热。此"热"字不是小可，百般病痛都从此生，不可不早断其根。遇不遇，有命。不以热而得，不以不热而失，不以热而速，不以不热而迟。朱子"落得劳攘"四字，可体味也。兄之聪明，何事不可为？今既急于小就，趋向要正。近时人物如稼书先生可也。渠不为富贵功名起见，一介之士，苟存心于爱物，于人必有所济，生平所志在此，当时虽不竟其用，所至决有实惠及民。即如嘉定一县，至今戴之如父母，事之如神明，非至诚感人，何以致此？然却从未遇前冷淡中得来，兄可以自反矣。

与屠时若（二）

晤周旦兄云："近屠先生深佩服阳明矣。前此作帖括，宗晚村取科第耳，非本怀也。"心窃疑斯语及接书，极推杨园，且谓蕺山虽述伯安谨严过之，谈明心见性者，非程朱之书无以发其病而药之，正论侃侃，乃知讹传风影，总不可信也。晤令侄，知尊体清裕。分翁近患肿满，云间医谓命火衰，投附桂十剂，未卜果可起否。先世窆事未了，深为忧之。幽湖诗文衣钵未广，得更亲炙十年，后起益可观。碧翁有知，当默佑耳。

与周旦雯（一）

临行不及别，托嘉木转致刻谱一事，先从世系起，但仓卒即用旧稿，可发誊否？承揽一票付银时，望即代定，恐渠迟误耳。春来栏外盆花争艳，抱诸孙含贻嬉戏，山斋穷独叟，孤灯半壁，泉声竹韵，梦寐虽恬，一念老兄晚境，不禁涎流枕上也。呵呵。

与周旦雯（二）

前秋与钦陶舍侄道虎林观建兰，内侄家极茂，谓分时当见惠，本欲携入越，置雪香书屋耳。昨乃遣舟送幽湖，湫隘之区，何必此雅物耶？况舍下湿蚁最多，或蚀根荄，大可虞。兄菜畦花类甚繁，暂寄庑下，若故山不遣伻，并祈培护过严冬也。外七古一首，题曰“寄兰”，使后人咏国香者多一典故，未为不韵，呵呵。

与张汉木（一）

兄大病痛，只“自以为是”四字。医学之所以不进，复姓之所以迟疑，儒释之所以混淆，皆由于此。孔子七十学《易》，犹曰：“无大过，子贡惟可也。”未若上有悟头，故终闻性与天道，兄何主张太过乎？某诞诞声色，弟遂不敢启齿，以全亲谊，而兄复然，窃所不料也。所引刘诗，受屈处固不免，然宁使自家受屈，不可使良友缄口不言，此一种道理兄曾见及乎？

与张汉木（二）

闻与方行议桃叶事，何所见之偏也？君特有子，不觉苦耳。舜有象，象可生子，而曰“无后为大”，何也？苏武啮雪吞毡，何等患难，况先已有子，而必纳胡妇，何也？凡事有经权缓急，执一不得，使尊继父更置一妾，安知无子？何至以螟蛉乱宗祧耶？反身自镜，亦可谅弟之苦衷矣。

与钱坤一

承访先世遗迹，家间仅录得商隐先生尺牍数十首，计共九页，命童子誊上。别有全稿存新溪澹宁堂。昨看桂，扁舟往假，颇有难色，固请之，则云：“坤一力能登枣，便当慨付，不然无副本，惧遗失也。”此亦贤后人之责，幸与贵族显达者商之何如？

与祝贻孙

承惠多仪，拜受颜腼。一夕快谈，每年积悃赖以纾泄，叨益渥矣。第兄以高明之质，坚执己见，未免流为异学。意欲一一辨析以求正，愧学识肤浅，不足以回听览，故迟迟未发。昨接珠溪徐侣郊书，述简庵先生言，亦云：“祝先生未免为陆王所误，不特此也，并同甫亦为所沾染。”适与鄙见符合，弟言不足凭，简庵则高明燕都一人之契也，伏惟虚衷自省，一洗旧见，细看《三鱼文集》痛辟阳明处，力挽其偏，不使沉潜笃实之资为异学所袭而有之，则斯道之幸也。临书虔切，唯宥其罪而俯察焉。

与金苏世

往侍蜀山，即钦仰风规。嗣闻构家难，曾作五古，道远无由就质。五年前晤硖山莘皋翁，出尊作自圜扉寄范石寒者，益深怀想，今岁入闱否？兄弟之仇无可报，唯有终身不西向坐耳。直言勿讶。

与吴芑君（一）

一载不相见，度秋捷必图晤，乃糊纱者眼复尔，不知点头人何时在旁也，呵呵。今岁馆贵族，有《题谱图》一篇呈览，可略识鄙人近况。然老兄于桑梓太恝，拨冗负一笠渡江，游兰亭吼山诸名胜，遂涉曹娥，登夏盖观海，与诸宗人叙两世阔踪，录谱而归，不特素愿稍酬，亦使集中多几首五七古越游诗，大不枉也。不审琴趣轩五更鸡鸣有此梦否？临池不胜翘企。

与吴芑君（二）

访琴趣，不值，闻游东山，何不见邀？岂别有狎客迂叟，不堪入群耶？慕迂新种梅，暇间借东湖赏之。朗仙琢研绝佳，有水坑蛀已凿池，磨砻未醇，烦伻携付，更费渠半日功也。

与陈可人

竹幅不特小休，即日如亦几几伯仲。张斋壁夜梦洒然似风雨声，从纸墨间飞泊床帐也，技至此，神矣。然犹望高明精进勿自足，更出日如上。弟有宣德笺什袭敝匣，三年后请一挥耳。

与褚惠公

凤桥仁里去市远，矮桑丛竹，小桥流水，虽桃园何加焉？课小儿得此境，地暖风晴，几净窗幽，可多负哉？杨园继孙文相，同侪中欲为娶一村女以广嗣续，兄乐善不倦，必慨然也。公启附到。

与曹名竹

向尝规钱圣潜，堂堂男子徒作闺阁语，岂不赧颜？渠以鄙意为迂阔，一生填词自比柳七、秦九，今竟何存耶？兄才意高明于钱，而患症略等。据鄙见，宜将翠羽新声付之赤炬，别起炉灶，竟作古调，乃可一洗前腔，渐造正派老手。不然，诗气为词所蒸染，不离袅头侧颈，如东施捧心，徒令人欲呕耳。弟性戆直，故下此痛切语，兄见必大骂妄人，然夜半回想，谏果岂无味乎？倘因弟言改弦易辙，则是大有造于曹公也，呵呵。

与叶吉辉

首春敝徒道先生近况，山阴桃李，蔼然向风，拟赴馆道郡从文旆，领略兰亭诸胜，以消宿念。而夜半帆驶，遂过西郭，不及握手一叙阔踪，千岩万壑，付之梦游，今尚歉歉也。令郎近留署耶？书法闻大进，舍侄昨之邗沟觅佳楮，将恳堂幅便鸿先生，此布候不一。

与范祥夫

前函失候，恐旆已返杭耳。承惠淞笺，转悔疏节矣。外具日本册，奉报尊公九原属望甚切。即不应试，经书不可不温，诗古文不可不通，得少暇时，便肆力残编，是所望也。

与徐侣郊（一）

土木繁琐，不及细领教益，然语次多可疑者，不一一缕陈辨难，恐非直道。如云："不禁徒观剧，第令还斋讲说故事，先生即就其所述导之归正，或忠或孝，法戒兼陈，岂非循循善诱？"然据鄙见，纵徒观剧，本领不是一齐差却，穷其弊，设馆介都会百戏，哗然接于耳目，误人子弟不浅矣。又云："不必观他书，只须体会《四书》，或十日一章，或一月一章，潜心玩索，自有的见。"夫程子所谓意味深长，非别有新解，出于寻常意计之外也。若于章句之外另有会心，定属穿凿附会，即如尊论"三省一章是天德，千乘一章是王道"，此等不过连章题八股陋法，未必起朱子于九原，叹为发所未发，足以羽翼经传也。学者日课《五经》诸史，遐搜博览，久久会归于《四书》，以为不外于此，如西山之大学衍意，有用我者，以此应之，此则由博而约之候也。又云："教弟子作文，不出搭截，病其割裂《四书》，坏人心术。"持论极正，然充类至义之尽，教子弟举业，早已坏人心术，许白云云"此义利之所由分也"。

为今日计，唯有止课蒙徒，才是正本清源。若既课经，承主人之托教子弟八股取科第，倘岁科出搭截，诸生以素不娴习，黜置劣等，先生能辞其责乎？即如吾兄应试，有司命题，或断不可两截发挥者，能保无得失之念，循规遵例，作一篇三篇文字耶？此等处恐皆迂阔不通，似是而非。恃爱厚，不敢不辨，唯恕其愚戆而教之。

与徐倡郊（二）

石二方，命徒镌上但复姓一说，尊公不以为然，则此即有“本姓朱”三字，未可便用。凡事以顺亲为主，不可得而久者，事亲之谓也。孝弟是根本，田地何可忽耶？

与徐倡郊（三）

周先生日计大概纯正，未及细看，昨灯下偶阅一条云：“凡物之结实者，皆两片有心，惟稻黍稷麦浑然一粒，以其得天地冲和之气也。”此恐一时之误。天地生物，无一物不是两片有心，稻黍稷麦浑然一粒之中，未尝不是两片，未尝无心，所谓太极阴阳，无物不具也。如所言天地冲和之气惟稻黍稷麦得之，而他物不然乎？若无心，则来岁何由发芽？今春米熟，俗呼为“挖眼”，眼即心，即程子所喻心如谷种，仁则其生之性也，然否？

与方靖公

涿州馆颇惬意，课暇当熟经史，勿徒作流俗人。将来得一地，或少展抱负，不至虐我赤子，庶不虚私淑耳。冰野家报，自言古文大进，果否？少年能文章，一不幸古人言之“无其实而有其名”，可乎？学问总贵虚受，一夸则浅薄矣。

与王文育

尊书“树滋堂”颇遒古，然“滋”字小，不称“堂”，却用侧锋，误矣。大抵书家册卷大幅总易支吾，唯额字着假不得，在几上时颇可观，一高悬，百丑尽露矣。须更下五年苦功乃佳。寄亭云“飞走舞跳”，次亭云“力透纸背而仍秀逸，意趣洒落而又苍古”，此中参之何如？

与吴昆岳

龌龊市井寄一儿五里外，便防夜卧被不掩肩，昼饭稍宴，腹鸣语刺刺不休。兄乃呼儿负笈五百里，两岁不少倦，亦可谓幽湖之杰出者矣。然未作八股，即令读医书，行岐黄，是望卵而求时夜也，不太急乎？徐灵胎云：“非读七千卷，不可行医。”此虽太过语，然亦未有读七十页书不熟，遽以三指司命者。昨海上覆舟溺死者百五十人，或咎碧翁太酷，不知合四海庸医，每岁杀人不啻数十万人，可为扼腕也。

与汪梅津（一）

尊著《十朝律指》后必附闺秀，此亦选诗之例。但据愚见，当以僧道尼居闺秀之后，而闺秀中又必以妓居末，令与僧道接，乃无混杂倒置之患。向来俗例，使方外居闺秀前，大失体。闺秀中有节烈贤孝在，僧道自外于人伦，吾亦从其外而外之，岂为过哉？

与汪梅津（二）

辱徒步见招，不得不冒雨放棹，天假之缘，跨岭开霁，草堂诗酒，不孤此会。苏门一啸，昂首旷然，九霄鸾凤犹在耳也。尊祠规制宏敞，第大门四字远近观瞻，岂容令初入塾儿笔法玷一族耶？得工书者更之乃佳。六年唱和，望一一录示，将补诗话也。

与汪梅津（三）

握别时谆谆望弟生儿，此天地父母之心也。孰意此婢自去年八月以后，误听旁唆，化为贞女，凛不可犯。或扣之，则作色曰："世岂有五十余老翁而内廿岁之幼妾乎？吾唯有死耳！"若强留之，惧不测，不得已择乡间壮农，升妾为妻，以遂其欲。将来嗣续一事，付之东流，大负雪渔及长兄一片苦心。两妻二妾，人事粗尽，而阻碍若此，岂非命耶？临书涕零。

与钮膺若

垂虹快游，持螯把盏，大是惬怀。浮生一叶萍，良会正不多得。两山无地，明岁将归越守丘墓，昨寒宗已送约矣。若果行，则洞庭一帆不知何日可遂也。佳文乃为糊纱者所屈，达人当不介怀，第前人诗云"还家何以慰吾亲"，又恐有情难遣耳。来字一幅，幸寄葭溪。

答膺若

秃菜根正苦不易得，何意有心人臭味关切？已收药笼，贱病当瘳。固有良会，何待灵胎一匕哉？谢谢承教。不宜远馆，具戢至意，然比之驱驰北道，分余莲幕者，则山云海月，墓柏陇梅，所获多矣。第寒谷寂寥，无由时炙，清辉渐滋，鄙吝斯可虞耳。

与谢雪渔（一）

兄经济素优，适有邸报论河道及盐税，附览得一一剖悉，使迂生亦通经世，荷惠不浅矣。令坦殇一弟，恐渠分心，不以闻。令亲翁甫别天开，遂泄此消息，饮泣不止。梓因曲论，尊人不遣儿觉者何心，体亲心为己心，毕竟孝重于友耳。阅夕，意渐平，勿念。

与谢雪渔（二）

立后为先兄大宗，此身之绝续，在所不计。家叔从长沙归，自言六旬得儿，力劝梓及早纳妾，然岐兄又云："葬处绝地，内宠亦何益？"敢质之高明，二事孰缓孰急，唯详教之。据鄙见，立先兄后，倘他日有两孙，则分一以后次房。然天下未有无父之子，殇不可以为父，亦甚费商量也。

与谢雪渔（三）

桃叶一事，昨戏与友人约三章云：一性情，二精力，三女红。貌不足论也，针黹本在可缓，然拙荆眼花老年，藉以补绽耳。祠事昨已立契，舍侄之能断，亦长者奖励之功也。高年唯善饭，如中消却可忧，若耳聪目明，乃寿征，何害耶？种痘多者可少，少者可无，实有挽回造化之权，然尝见有一种而遂毙者，亦不敢劝人矣。邢先生向曾论及有六不种：正当出痘时不种，耳后紫筋多者不种，一岁内、十岁外者不种，平时有痼疾而素禀薄极者亦不种。种而死者，或医欲射利，而犯六者之一乎？

与谢雪渔（四）

敝友旦雯西邻不戒于火，遂自备火具，亲友各叨其惠，贵东有余。先生一言，宁不听从耶？湖中结茅，不必果成，读来书已跃然神往，憾旅人无福，寄庑下一席耳。画记乞写一篇来当作札，恳渠一题，见如此古劲手笔，必踊跃也。

答雪渔（一）

夏得教，述尊太夫人强饭如少年，此非高年所宜，今果有斯变，闻之凄怆！本欲寄诗稿，知专力窆事，不敢溷渎矣。大约未葬以前，第一是附棺，生漆多一层，叨一层之益。往在硖，见主人漆其母柩至百度，每度一斤，概不用瓦磁灰，其坚如铁也。

答雪渔（二）

敬修令弟，方促舍侄送约，来岁延课诸侄孙，不意遂为古人。知心落落无几辈，何堪如许凋落？闻讣怆痛，生死虽大数，然不能不致憾于群医也。外挽诗呈政。

与雪渔（一）

先人一发欲坠，赖老友维持，三年而后谐，人事亦云尽矣。感激涕零，何以为报！精力虽弱，而质性颇驯，侥天之幸，或得滋养，血气渐充容，可受娠。津兄云:“脉不大虚，无碍。”然即大虚有碍，亦薄命人自感召之，何忍委过于知己哉？临书哽咽。

与雪渔（二）

握别时失谢郇厨，歉歉。吾兄视梓先人如己亲，任劳任怨，详访精察，重牍累笺，往来如织。为人谋竭忠尽智如此，而犹不免于归咎，则天下无任事之人矣。任事如此，偶有一小欠阙处，即从而督过之，则若人之良心亦澌灭殆尽矣。梓虽不敏，何忍出此？但自问年迈蹉跎，冀获一少壮者易于举子，而值此弱质，运蹇命艰，唯有自痛自悔而已，敢以高明为疏忽乎？来书乃深自引疚，益令我悚仄无地。假令勘验时，弟亦在座，闻令亲翁语，合之先入之言，安知不唯唯从命？若夜热腹痛恙，与卢源述遗矢相类，人非神仙，欲于一瞻望间概厥生平，理所必无，况更有可疑者？甫入门，而即自言有疾，安知非诈？此必道中令坦先漏“老先生”三字，拂其素愿，作此狡狯耳。昨询玉书果然，先生且勿自歉，旬日后，安知不亲验其无病，尺一相闻，复欣然动色耶？

与雪渔（三）

何生过斋，命写望夫石，偶题一绝，酒后兴发，遂成九首。闻在蕉雨亦见和数作，当并长卷联书行草，使后世知吾两人心事，不减画墨兰、登西台者可乎？

与雪渔（四）

《景龙钟铭》，硖川朗仙方外游秦中所购。据云，钟久百罅，拓时悬百丈梯，衣袽窒其隙，乃可着墨，力甚艰，故传者绝少。《玉樵觚剩》全载其文，体兼篆隶，极古极潇洒。仆□倾爱，欲烦大手作蓑衣装潢之，俗事不可溷渎，得见许，乃付邮筒耳。

与雪渔（五）

渡江带鱼二十余尾，龙种者六，死其五，余一，与众鱼畜卧雪轩下，竟日游泳，独往独来，不与群鱼伍，隐隐以龙自负者，可知物性贵贱迥判。漫作小记呈政。拙作数十年累数十帧，经兄论定者十之一，而意欲倾簏就质，七载因循未果。明岁家食远别，何时可遂？枕上念及，默然自伤也。《千字文》弟不善楷，兼鄙意以智永真、草并列，真反制草，使不得骋，板滞无味，不若大作草，而以小楷作释文，非两得之道乎？

答雪渔

小楷犹可支吾，如来格一行八字，便须见丑，如何？尊谕字体恐太拘法家，书正在相生相让、补笔省笔处见长。先君尝诲梓等书要得趣晋人高致，即楷字亦运以篆隶行草笔意，故唐宋人不能及。如“高”字中必作“口”，“必”字不先“七”后三点并落，终身不能学书也，故弟就传六载，先君必自作仿格，不以属师。犹忆书杜句“春风啜茗时”，云四“又”字不可雷同。略述以质高明，或不苛求于拙书之苟简也。

与雪渔

令坦从蠡城购一佳砚，旁镌“雪庵道人”，舍侄大喜，谓是建文时泣读楚词者，因以青花、蕉白二方易之，玉书亦欣然应命。盖雪庵石三面斧痕不受刀，而所易二方却可镌两铭也。弟有小记一首，容他日录正。昨语玉书辈云：“公等好砚，癖矣。而不习字，与买书高阁、藏墨磨人者何异？”以石自砺，而不徒玩物，乃砚之真知己。然在药肆批账，在书斋钞八股，皆非陶公怀也，呵呵。

与黄岐周

去岁带犹子还山，意欲培植以继大宗，本不为身后计。昨家叔归自长河，自言六旬生子，力劝梓纳妾。馆中此举，未尝不是，但据尊教，先子既葬绝地，虽纳宠必不能生子，何苦劳攘？若欲仆迁墓而后为嗣续计，断断不忍也，高明详教之。

与李裳吉（一）

借书不还者，昔姚二先生尝患此疾，渠以为疥癣之疾，据仆看，却从手少阴来，直是无药可疗。孟子以言餂不言尚为穿窬，况明知非我而取之乎？使穿窬有雅俗之分，则律当为补一变例，曰：“凡入书斋窃雅物者不罪。”足下试一查以覆我。因故人有染此痛悔欲死者，可援以宽譬之耳。越千病久不复，果系虚寒，桂附不应者，补火生土，非硫磺不可。但制法有诀，一不合法，为祸转捷也，慎之慎之！

与李裳吉（二）

吴江桐庐短棹夷犹，承越兄雅爱，兼赠茗具，区区砚册，何以报称耶！五十无儿，本不宜远出，第歉岁不堪失馆，适越中寒族延课子侄，来春拟赴约，借此得时，瞻久旷之丘陇，亦大慰也。然莘翁独以为事有轻重，力阻此行，不识尊见及赓兄又谓何如也。九日登平波，及闻雷两作，失稿幸录寄。

与李裳吉（三）

尊翰云与侠安读鄙人《澉湖读书记》，思目中朋侪，数百里内求一人可其读此文者，杳然绝响，可为扼腕，鄙人何以得之二公，非大幸事乎？向存册页，倘诸生能代录紫云先生稿见寄，即以此酬之。寺中小沙弥伪作拙书取利，此风渐不可长，当告其师惩之。外《江淮集》附到。

与谢敬修（一）

十诗已收，与某友律中聊“聪明幼女能传业，飘荡痴儿可忆家”，爱子不及爱女，子可忆父，对照仍是父不念儿，含蓄蕴藉，得风人之旨，能首首如此，便可造唐人室矣。津夫集同人诗，梓有旧稿一册，令郎所誊出者，望寄去一选何如？

与谢敬修（二）

抵斋馆，童痘殇，系孤子，殊怆然，早晚呼唤，历四载，余恨早发，不获为渠下一凉剂。庸医误人，但知以毒攻毒，不解火闭之病，得毒物而火益炽。世有油沃薪而不燎原者乎？可叹也。《别梅集》望寄下。

答李铁君

正仿五柳自挽作《别友》四十章，尊翰适到。溯下笔之日几四阅月，道远，鳞鸿之艰若是。知前此浮沉多矣，可叹。秋山夜月，何地无之？两间此诗，非吾二人，孰喻其微？当即寄雪渔赏之，漫和真不自量也。雪渔昨书来，述郡太守杜讳甲刻《鹰青续稿》，中有赠客星数作，越人秘之不多购，容觅寄，岂经先生手定耶？承约南来，为之狂喜，但友朋会合有数，梓自度风中后仅存左体，不久就木，恐高人乘兴而来，终不及一握手，则雪夜回舟，反增凄怅。既不必见戴，何如并不发棹耶？呵呵。人过六旬，不宜远行，况睫巢安乐窝，青山白云，水流花开，与外间风□迥别，千里命驾，古人迂谈耳。梓之馆扬，饥所驱，宁得已哉！临书无任，惓惓。

答李铁君

知己天限南北，一闷事。尊著《尚史春秋解》，何时登枣？及未死前，得一读为快耳。论七律诚难，然以冲和一派为极则，而谓工部亦仅踶跂步趋，恐不然也。愚见七律之沉郁顿挫，无出少陵右者，晚节渐于诗律细，岂易瑕疵哉！

与李裳吉

非礼之礼，仆生平目击者非一矣。到紫〔薇〕（微），慕迁弟中殇，棺停祠间，云其尊人太常公欲待汪氏合葬也，盖所聘女亦殇。未几过汪坟，有一穴石坊，题云“许某童配汪女墓”，后来徐玉山堂女长殇，许字卜，瓯犹子丧，归于沈。余曾规之，两家都不见从，居然题木主称“元配”，无如何也。其原由曹瞒、华歆二人创之，弊流百世，可悲已。至方兄令媳，此一事尤人伦之大变，不入非礼类中。暇造澹宁，细论之耳。花园极淡泊，然鄙人福薄，自知之明，得一雪渔为之刻诗，而暗中若。或使之致萋菲若此，使花园亦硖川供给三年，早入泉下矣。呵呵。

与嘉木

师母知人，诸生中唯贤契极口赞叹，今日五百里扶柩，崎岖归葬，不可验乎！足下云“卧雪亦有功”似也。然将舍弟柩厝先君侧，不知可三何时能迁？所谓为人谋而不忠，无可逃也。只要自家免累，不管他人贻患，俗情皆然，不料卧雪之待老人亦如是命耶？吴门之行何期？大国香带数笏见寄。

与曹生大来

入人斋，翻人书籍，乃轻躁之病，瓜田李下之嫌，得毋念及？凡人避嫌者，皆内不足也。程子此语当善看，不能柳下，且学鲁男初学，宁守此语耳。仆看今世人，只“任性”两字。贵贱老幼男女，无一人矫自家气质之偏求变化者，所以谓之邪世。此事有原流，总无处说起也。

呵呵。禾中明日行，为我至南门买陆家“刚柔克”十枝，此笔名足下思之何如？侠峰云：“大兄有呆气取人厌，所以不宜于俗。”先生当征规之。闻过则喜，百世之师，足下勉之！

与仞千

“孝”字人多认错，“父有争子”四字，即先人身后亦然。如兄尊公不服朱子，只宜婉词记疑，乃大肆辱骂，至及韦斋公，无礼甚矣。兄今日过誉朱子为圣人，所谓干蛊也。善继善述，岂必依样葫芦哉？而平时相见，每言及《四书注》及《诗传》，必微言指摘，此必误看“孝”字耳。弟愚直，故敢为知己直陈之，以后凡与人言，每事左袒紫阳，却好得中耳。究其实，吾辈今日得延残喘，仰事俯育，不赖紫阳章句，粉骨无地矣。外一函与令坦细读之，此中更有曲折也。

答叶生韩昭

承问丧礼，只三语力行之，思过半矣：不饮酒，不食肉，不御内，其余皆具文耳。若变通处，有疾则进酒肉，疾止复故，他无可言也。小祥之内，急营灰沙，依家礼三和土法，勿用砖石，遗患尚何言哉！杨园紫云书论葬处，更详考之何如？

与仲廷左

安顿令弟，东禅养疴，不烦以杂事，此兄道也。不要相学己施之而已，此语极直截。人于五伦内，处处如是用心，不患不到君子也。足下才质，岂市中人？然在自立耳，后世论断有公评也。勉之勉之。

与侠峰

“安分”二字，老侄看得极透，此一生受用不尽也，令兄只自以为是是大病。乡愿何等伎俩，孟子以此四字断他不可入尧舜之道。愚尝言人皆可为尧舜，惟乡愿孟子不，许非苛论也。然否？

与金方行

不哭孩儿，谁不会抱？家庭龃龉处，正是长学问处。“天下无不是底父母”，此语须着实体会。于父母不是处见得无不是，于自家极是处见得都不是，方能尽子道。大约世间父母不是，皆子之不是致之，子苟是，父母未有不是者，所谓谕亲于道也。今人未论谕亲于道，只求他寻常在父母前一副和乐欢喜的面孔尚不可得，遂欲瞍其亲，而舜其居兄之孝必不至此，然吾侪学问不到，气质变化地位尚保不得也。“色难”，温氏母训最好，试熟玩之。

与雪渔

闻汜水旱道颇险，已诺之而复却，盖不敢以遗体行殆也。以后或在千里内者，当为舍侄姻事屈就耳。舍侄后先兄，而舍侄之在扬者，十七岁欲立为己后，不更作桃叶一想，尊见以为然否？冬杪或开，正拟放棹邗沟，面与舍弟定夺耳。

与秋岳先生

十七载渴怀一接芝宇，少慰区区，不具刺，惧反劳耳。小诗奉赠，祈斧政，或兴发赐和，尤望外也。古名人遇富显辄靳，若当世有心者，颇不吝挥洒。梓与先生各以古人相期，故敢以尺幅奉渎，第写明圣一角楼霞，松影苍苍，贶我渥矣。并乞单款，海上有知己当转赠，必不使坡翁迹落羊肆，石田菜为俗子博官也。呵呵。

与某

两诗各不相蒙，何碍并存？若嫌雷同，拙作求斧削何如？敝门下周宰读尊作，拍案叫绝，不揣浪和，并附政，即掷下。竹不如木，以善蛀也。闻亦翁不识方者，可免否？丰草庵古诗在语溪上，惜堕禅趣耳。酷韵见教极是，但实有不满碧翁处，即以恶圆为譬可也。

与姚子宏

兄骨肉间，弟外人，本不当与闻。但念尊堂太夫人垂暮之年，受子媳之戮辱，耳闻目击，情不忍恝，故敢切直言之。令弟本属中材，初无逆母本怀，第室人交谪，求静之，方不得不佯忤其母以取悦妻。其初迫于势，其中溺于情，其既则日渐月摩，与之俱化而不自知。吾兄身为家督，自宜告之先祠，责令弟纵妻逆母之罪，以救其将来，否则迎归入都，奉养终身，使永远蛇蝎不至，含悲忍怒以促其天年，亦老人之大幸也。《春秋》讥郑伯失教，缪彤掩户自挝，责有所归。多言勿罪。

与太卢侄书

昨赴馆，晤仲明侄，知为继嗣事来愬族长，此中曲折，愚素所未谙。老侄从亲之令，初不就质于愚，愚何可越俎代谋？然悬度此事分处不均，必成讼，则两败俱伤。所以纷争者，为财耳。以意气败之，则惑之甚者矣。就天理人情平心而论，应继爱继，自宜平分，不容低昂诬以病废而立承重。既立承重，而隐寓低昂，何以服众？财者，身外物耳，父兄手足本之天性，岂宜以区区阿堵伤情坏义哉？况老侄才具，本不待凭藉，自足创垂。或悯叔之无贤后人而为之司其财，亦宜谨慎保守，使两房从子均沾恩庇，不当因贪激怒，甘处鹬蚌以馈之渔者。昔人云“利令智昏”，庸材则然；老侄读书穷理，临财则分判愈精明，试清夜自思：设使四叔赤贫如洗，两房诸侄肯争后之乎？又使四叔已有遗腹主祀，虽累百万，与两房何与乎？老侄既以贤自居，不徒以爱继也，则让者贤乎？争者贤乎？为人后者为之子，老侄居丧，其果尽礼尽诚而无歉乎？倘不及早弭患未形，一旦构之当事，则春秋责备不在仲明，而在老侄矣。惟反覆熟筹，勿以多事见罪，幸甚！

与方行书

米盐琐屑，最足埋没人。兄每晨起，自庖湢以及树艺，刻无宁晷，未免太劳。总计一岁，看书亲笔墨之时寥寥耳，此大可惧也。书香一脉，不在八股应试，只要不忘经史，时时浸灌，便可传之来叶。若一疏忽，后生小子习见前辈习气如此，一二传后真成不识字农夫，荡检逾闲，有不可问者矣。恃宠至戚，故敢直言，勿讶！

留别侣郊

父兄既重进取，足下今当以鲁斋、稼书为师，平日课程以七分讲求经史，体之躬行，以三分涉猎举业，通于应试，两尽之道也。然用功须切实，不可骛名，若一悠忽，既不足以入德，又无应试之资，则两失矣。

第一要除浮躁，有一豪欲自见其长，形人之短，则根本坏矣。平居最不可谈人过失，至于师长，尤当隐讳。

欲念起时，寻察根苗，不出“货色名势”四字。四者克治之功，唯名为难。忠臣烈妇有打透生死一关而名心未化者，无所为而为，岂易言哉！

四字亦不可概论，各就气禀中得来，有偏于货者，有蔽于色者，要在默自省察，上蔡所谓须从性偏难克处克将去。

不哭孩儿谁不会抱，家庭龃龉正是磨炼学问。一国非之不顾，一家非之不顾，此“不顾”二字须善看，不是径情直行，只是胸中主宰不夺不淆，外面却又许多委曲调护之法，总当以柔道胜之，不可使一点气质也。薛文清云：“不言而躬行，不露而潜修。”须使父兄子弟不见我之圭角，而隐微自反，却是一刻不敢放松，居处恭，执事敬，与人忠，勉勉循循，何患功夫不成，人品不立？

平居只见得别人不是处多，则学退矣；只见得自家不是处多，则学进矣。

穷理只是八字：分别是非，而去取之。看书应事皆然。积之既久，则似是而非，似非而是，自当精辨，不为异说所惑矣。

人有终身克己而私欲缠绕不已者，何也？只是复礼功夫不到耳。天理分数一边多，则人欲分数一边自减。譬之治病，下手在祛邪后便当培养，元气渐充，余邪自散。末俗易高少年，一知半解，稍异流俗，便沾沾得意，自谓翱翔九霄，俯视人世，不啻鸡豕营营，不知义理无穷，人品等级亦无穷。以我视流辈龊龊，若此以圣贤视我，又不啻鸡豕耳，何可不栗栗危惧？匹夫胜子，岂虚语哉！

东溪张汉木力身高洁，不肯向人乞贷，常数日绝食，歌声出金石，妻子不闻交谪，真不可及。或劝之贬道从俗，则笑曰：“吾自反无愧，安命而已。年已四十余，为饥寒而易操，未必得利，徒损我完璧耳。”吾辈今日藉祖父余荫，饱食终日，侈谈道义，不过顺风扬帆耳。使处汉木之境，逆水一篙，便恐支撑不住，可愧可愧！

与友山弟书

闻扬人有以大红帛为汗衫者，诘之，则曰：“此最养血。”夫纨绔子弟耗血之事多矣，乃区区藉一衫培养耶？前朝天子近体衣俱松江三梭布，太庙红纻丝拜褥立脚处乃红布，九重尚然，而士庶之家暴殄若此，能毋鬼瞰其室乎？吾弟近无积蓄，葬事遂久稽，恐以奢致乏，故偶论之。

与岐周

昨晤叔明，云及蔡西山之祖牧堂为贾似道点穴，立致富贵，但六十年后必当改葬，乃可永终。渠不听，遂致杀身。如其言，直以父母遗骸为市儿赶节之具，随地气盛衰，今日举之东，明日复移之西，是率天下而路也。且蔡君既有回天之力，何不别觅佳兆，令渠后人为忠良节孝，而必使之为奸贼，家国两败，遗臭万年哉？吾兄试下一转语何如？

又答岐周

兄所与郑木公争向一穴，汪君登地，不觉拊掌，谓公直门外汉耳。想闻之发冲冠也。数日看萧智深峦头一书，颇解十之二三，此只是小道，如农圃医卜一流，曾谓紫阳集大成，沾沾不遗此耶？观文集山陵议状之外，论青乌者绝少。即《语类》出之门人，纤悉不漏，亦无一言及黄泉八煞、青龙白虎者，意可见矣。使当时并无议状，遂不足为百王师表耶？兄乃欲援儒而入于墨，过矣过矣。

又答岐周

近世多阳宗程朱而阴主王陆，名为重躬行，实则打破朱子穷理耳。唯其原头涉于二氏，故名实不副，色取仁而行违，无二病也。况生长姚江，先入为主，受病必深。初学入门，先须辨异端，不为所惑，方可下手说知说行耳。尊教云“学本程朱，行违孔孟”，歧而二之矣。程朱之学即孔孟之行，或者已入王陆而自号为程朱者，乃有斯弊耳。总之口耳俗学，是非易辨，唯阳儒阴释，生心害政，贻祸不浅，故仆不得不偏重此症，大声疾呼，唯恐高明阴中其毒，如津夫流弊，为乱伦者击节叹赏，则沦胥而莫可挽矣。临书悚恐之至。

与方行

希贤先生昔为君家讼事受笞县庭，此等实心为亲戚，近世所少。今姑母为儿媳所侮，兄当迎养终身，庶可报幼年溺水之拯，幸勿以力歉为辞。即子宏兄今岁狼狈已极，令郎修膳亦宜加厚钱，大虚华不可信。观兄每每周旋，得毋厚所薄而薄所厚乎？郡中税契急须索归，汉兄尝云：“方行性太缓，当佩弦。”兄自省何如也？

答岐周

自春及今，接尊教甚夥，长篇累牍，繁而不杀，然发明本事终不透澈。幸弟素谙兄笔性，会意假借，默识粗通，使生眼人竟不知作何语，岂有意求古奥，令俗人难晓，以为奇特，抑心病未除，积中发外，不自知其支离涩滞至于此耶？诗文总当简洁明畅，无取艰奥冗晦，兄非拙于文者，只好异便是心病，不可不省克也。即字学虽末艺，亦当留意，楷为要，行次之，草未易言也。兄虽课冗，不暇临碑帖，然举笔便不可不敬，程子所谓只此是学。以后赐翰，望照八股格，不用抬款，楷行钞示，使弟一览便晓。或擅用朱批奉正，即可存稿，免两下得失，亦责善之一端也。恃爱率直，勿罪。

与仲明侄

闻应继始定，不忍四叔父无后，绝不从财上起见，具见老侄公心。然侄妇太能，为夫诉曲，代子求官，恒代遗风，司晨家索，亦不可不杜其渐也。所说服中生子，极是正论。然不先责其御内，则凡侥幸而免者，遂可晏然内宿乎？大抵居丧三十七月内产子女，皆当以不孝论，盖受娠在禫祭前也。孟献子禫而不御，何人哉？责人者，己不容恕，勉之勉之。

与谢敬修

司马遗笔，至宝也，暇即一行物色之，舟楫小费定不惜耳。周因严兄《太平策》明畅可喜，所嫌气格卑弱，间有俚语未删，此可商耳。然大体极正当，不涉功利家，目前侪辈少此卓见，不容不击节也。令弟《麻姑帖》须寄示原本，乃可作跋。外寄木公诗正之。

与岐周

闻尊公遂抱恙剧，兄得毋大悔耶？年近九十而岁制未备，怠忽极矣。为此刻计，医药为先，次则制柩，柩中必当灌沥青，且多买灯心为敛具，即贵至八分一斤，十斤仅银八星耳，断勿惜费也。兄当言为学不必辟异端，只在躬行，此等处最是躬行实验。幸努力努力！

又

尊大人遂不起耶？足疾竟不及一候，歉极。送终之具，定当竭力。然备物当称家，而用情则可自尽，大约不饮酒、不食肉、不御内是大节目。饮食男女，人之大欲存焉。经此大患难，学问乃有进境，可自考也。

与汉木

越中分谷之法，为例不一。如上田三七，田主多得四分，次则三之二，又次则四六，下则对分。此唯荒岁行之，平时丰熟，则照例取租。若遵兄一概对分之法，则大有弊。昨晤汝仇湖老农，言及世情浇薄，即租田一项，明知田主挟分谷之法，彼则竭力粪其春熟及棉花豆麦之壤，而于田则随意插莳，任其丰歉而已。故分谷之乡，地日腴，而田日瘠，其势然也。唯江北一路春熟亦对分，则无可躲闪矣。然佃户居宅农具俱出自田主，其粪拥则又均派，而粮甚轻，故可支吾。嘉湖粮重，此例又不便也。宜人情，合土俗，而不失先王之意，固未易言也。兄乃执一偏之见，自以为是，恐主张太过矣。

答沈侠庵

山中岑寂，兼癖患日炽，几同箕子漆身，自分废疾，老矣。视吾兄英锐，佐理河渠，为他时建白张本者，相去若驽骥千里，而遥敢希后尘耶？别后驰仰日切，中秋返遁野，始得读尊翰所谕圣教绝续之会，令人慨然。新诗见怀，具戢盛意，然白头寡女，宝钗金胜，不入梦想已数十年。一笑谢公，知不以简傲见责也。前断句中秦淮误用，见笑，大巫乃反询以为学之阶梯，虽虚怀可挹，而谫陋弥愧矣。次韵一律正之。

与从兄紫馨

知高年痁疾为挠，恐溷珍摄，不敢渎候。继事一案，更张无定，今已应爱并列，讼可息矣。乃复有尼庵之役，何也？后生唯利是视，甲争乙噬，都不足责，所仗老成人烛几于先事，杜患于未萌耳。使当日四哥临殁，大哥即毅然持正不避嫌，从公剖判，俾各安其业，则衣食足而礼义兴，何至狼狈溃裂，贻悔今日哉？大哥素通纲目治乱兴亡之故，必有了然于指掌间者，往不可谏，唯熟筹善后之策，使贤者有以自处，而不肖亦不至于激变，是所望于高明练达者耳。

与太占侄

《春间》一书据公直说非偏听之词，仲明离乃妇咫尺，便格格不吐，安能簧舌千里外哉？老侄久不见覆，恐其切直耳，此情之常，何足介仆意耶？昨据来书，兄嫂如许可怪，然此毒之溃耳，所以酿是毒者，老成人不得辞其责矣。愚夫妇受愚讼师乘舛横溢，何足责乎？张华云：“吴更立令主，则江南不可取。”此伯主心事，尤望吾侄并此克之，同归于善，乃王道也。

与桑伊佐

草庐奉谒，涕述三恨，哀恻感人，具服孝思。据鄙见，兄以汲长孺自命，菽水可承欢，一第不足荣，唯八十老人方在床蓐，而疾驱入都，遂至抱恨终天，未免截裾之痛，此恨诚绵绵耳。然徒悔无益，即今附棺诸具，必诚必信，绝世俗石板砖甑椁陋弊，力遵紫阳灰隔成法，以求免于四患（谓木根、水泉、蝼蚁、狐狸），葬毕之后，即还家授徒，尽色养于太夫人，虽外艰终服，亦不敢作远宦计，此孝子善后之策也。梓自痛怙恃早失，见友朋间白头在堂者，辄为惊喜，唯恐其一夕离亲之侧。尝拟挈壶浆、捧盘匜以佐之承欢，如久饥者见人食美膳，不自禁其涎之流、声之楚耳。外，春初与岐兄一书附正。

与谢南明

属跋漫志数语，奉访不及晤，至周巷见尊书，更增悔也。放翁云："颜鲁公《麻姑坛记》《东坡经藏记》皆由大字、小字两本。"盖用羊叔子岘山故事，千载后陵谷变迁，尚冀其一存耳。不知大字仙坛兄曾见否？尊公《东山志》嘱伊佐改削，津夫云："作序则可，若改削，则以自家心血为他人名誉，非送束修不可。"此亦通功易事之义，兄当为后世计，勿惜费也。

传

姚蛰庵先生小传

先生讳瑚，字攻玉，号蛰庵，吴江布衣。与弟琏师事杨园子。杨园之门，颖悟推张公佩葱，笃实无如先生。先生之学，以通书为宗，精思三十余年，借元会运世，阐天地开辟之始，画为六图，次第秩然，使人知天命之大原而约之以诚敬，由人合天以复其性。其书号曰《困学编》，自谓发前人所未发，憾不及质之先师。生平坦白真挚，不事藻饰，与人无欺。早岁丧偶不娶。教后生以气节为先，而后入堂奥，每语及世道变革，人心学术之所关，未尝不流涕被面，恺恻动人。课授五十年，薰其德者，虽顽蠢，靡不革心。素不治生产，晚归遁野，益贫困。布衣葛巾，日栖迟老梅下，虽日昃不举火，恬如也。以寿终于家。弟琏，字肆夏，纂录《杨园书》，守之弗坠。子一：志仁，字希颜，以义烈名。

赞曰：昔游杨受业程门而立说，别自有得紫阳氏。窃疑之先生亲炙杨园，亦既宗其统绪，而复揭天地未开之境以启后学，毋乃过高失中乎？然终其身，一心醇白，可以质天地而盟鬼神，视夫胜说口耳、贻玷师门者霄壤矣。

范蜀山先生小传

先生讳鲲，字北溟。少事举业，为诸生，名噪庠序。性刚正，尚气谊，士党倚为重。后忽玩《易》有得，遂潜究洛闽诸书，所造弥粹。交吴江姚子蛰庵昆季，得杨园遗稿，熟体之，曰："紫阳之后，一人而已。"因编次其集，怂恿诸交契及门下协力梓之，凡数十余卷。杨园生乱世，暗修独善，世罕识其名。自此书出，始知姚江语水之外，固有洛闽正途。穷乡末学多所兴起，先生之功也。与澉水吴子元复往来最契。南北两湖九十九峰，山水胜西泠，先生挟琴书与朋好日游其间，成七言百章，尝曰："吾家去两湖远，不及数游。然每蚕时采桑篱下，讽咏所题，觉□湖烟海月日荡吾胸次也。”先生制行醇笃，居忧一遵古礼。长子殁，为行服三年，严气正性，贵游子弟，靡不慴服。平生丧祭特虔，讲求紫云灰格之法，精密无遗憾。硖川张子莘皋，笃实士也，服丧哀毁，为亲营葬，泣血数升，以嘱先生。先生感其诚，为择地于伏狮之阳，躬犯霜露董役，数月克竣。先生殁，莘皋为营窆穸，抚其两孤，久而不倦，人两贤之。卒于辛卯八月，年五十有五。配钱氏，继张氏。子二，一继其弟某，早殇。

赞曰：自紫阳以后，历曾斋、河津、余千诸儒，渊源不绝，而集其成者唯杨园。然表章遗书，昌明杨园之学以觉来者，非先生谁克任之？呜呼伟哉！少汩举业，独能翻然振起实学，躬体力践，不为空言，非豪杰之士，其能然乎？

邢梅亭先生小传

先生姓邢氏，讳志南，字复九，号梅亭，归安邑诸生。幼谨勅，弱冠为功过格自砥，闻山阴《人谱》独不记功，欲取以自证。时蛰庵姚子馆菱溪，先生晋谒请观谱。蛰庵曰：“子欲求道，有先师杨园遗书在。”先生奉归读之，恍然曰：“名节者，道之藩篱，非弃举子业不可。”遂谢试事，由杨园溯之伊洛，尽得其蕴，注小学，为《四书章图》。其他经史，皆一一考典制、辨疑似，括为歌诀以便初学。居恒严肃，虽盛暑，衣冠如泥塑人，蝇集额间，不手拂也。夫人仲氏有淑德，晨起各整容为礼，或两案相对鼓瑟，子若孙傍侍凛然，闻者莫不敬羡。晚以婚戚飞语受污，益自刻厉，集古人行事见诬流俗者以自白。尝谓余曰：“人特患不如古人耳，多口何病哉？”卒时年五十□，子二。平生著述合数十卷，苕中学者多宗之。

论曰：世非无美材，多汩没举业，不克自拔。若先生始纪功过，何尝不为科举地哉？而一闻正论，奋翮千仞，学究渊微，名流无穷，不亦伟哉！或溯其世类，方之静台杜公，夫母骊犊骍，无害牺牲；祖浊裔清，不膀奇人。《易》曰：“有子，考无咎。”先生有焉。

吴克轩先生小传

先生讳晞渊，字元复，别号克轩，中丞公孙，衷仲先生长子也。少孤，事母孝。长工诗文，不屑举子业，独体究濂洛诸书，沉潜晏养，造诣醇粹。居一室，危坐终日，客至不闻声。及与论古今事是非，少回互，则作色侃侃正之，片词立剖，无烦言也。幼体尫弱，兼涉医术，著《名医续类案》，亲党间遂强之处方，活者日众，先生辄托疾谢之。晚益懒酬应，贫窭特甚，弗惜也。与蛰庵姚子、蜀山范子交最契，后更得夏生友梅，年少有志，为忘年交。两湖烟峦，东南特胜，先生幅巾深衣，策杖游历山中，人莫不啧啧叹仰，谓皇古之高贤也。卒时年七十有六，无子，以从弟之子重为后。

论曰：澉湖吴氏自明季以文章气节甲于一时，先生上承忠孝，之后亦难为继矣。乃以孱躯保家学于剥复之交，潜思笃行以无忝厥祖考，即紫云万苍与有光焉。呜呼！自先生云亡，而湖山且黯然矣，悲哉！

卜人木先生小传

公讳休，字人木，先世自湖南徙嘉禾，世有闻人。公少孤，生禀异质，十岁能赋诗，经史过目不忘。既长，高迈不屑仕进，戚友强之试，补邑弟子员，非其志也。曹侍郎溶、朱检讨彝尊见公诗文，各赏叹，愿内交。然公性孤介，与世寡合。东庄延课子弟，议不合，遂谢归。唯与吴江姚蛰庵、海昌范愚村、武原吴克轩道义切磋不倦，博极群书，虽稗官野纪及方外藏典，靡不研究。尝手钞选前人集，小楷端丽，凡百家，高与身等。善谈论，与人辨古今治乱得失，皆独抒己见，不少阿附。于春秋大义尤侃侃不讳，闻者往往咋舌。家极贫，两子相继早世，孤孙茕茕，隆冬风雪洒窗，拥败絮，从容展卷，恬如也。卧病时，俞生光孝问疾，公与说武侯出处大节，神明不乱。少选，命具汤浴，洒然而逝，时年七十有五。公为诗入唐人室，成辄毁稿，殁后，门人李元绣搜录遗著若干卷。

论曰：公尝馆幽湖，余方弱冠。每相见，论《紫阳纲目》一书于五代多失出，殆及门纂录，非定论。夫三代以下，折衷于朱子，公言岂有所激耶！公事母孝，居丧，疏食三年。然尝诵《般若经》，云以报罔极，何其多读书而惑未解也？惜哉！

郑耕余传

公讳世元，字亦亭，号黛参。雍正癸卯举人，与余家均自越迁禾，遂家于幽湖。公生有异质，丱角能属文，试辄冠曹。长益博学，肆力为诗，宗少陵，得其神髓，每出一篇，艺林传诵。然嫉恶严，与俗寡合。意气豪迈，馆苕中，与江子岷源、韩子自为及方外转庵日啸傲山水，学弥进。弟芦村官粤，公度岭，作《南征集》；后入燕为王门师，公卿争引为重，作《北征集》；公长余一纪，与余倡和独多，作《先吾集》；门人江相婿钟国相，裒数十种合锓之，号《耕余居士诗》。公生平自处高峻而虚怀好善，朋侪子弟以所著录就质，辄开譬之，口说手批，亹亹不倦；然其所独得世俗，卒鲜有解者。尝与余屏户俯仰天地，相对泣数行下，儿曹窃窥笑之，不自禁也。丁未北归，明年冬病卒，年五十八。配潘氏，子二：象占、虎变。能世其业云转庵者，吾乡孙子旦也，膂力绝人，少起义，兵败被获，以奇计逸去，遂削发隐苕中。

论曰：余平生交友，造诣纯笃者，间不乏人；而烛理若犀利，处事如断金者，自公而外罕睹也。呜呼！以公之才，隆其遇，天下事必有可观者。而奔走穷悴以死，岂非天哉！其诗文枝叶垂于不朽，非公之志也。

潘渔庄传

公讳瀚，字起涛，越人，寓禾之梅泾。娶陈氏，生子三，年三十余以瘵卒，时壬寅冬也。公少聪俊，工篆刻。长嗜书，尝倾囊市简籍，日夕流览不辍。又喜学琴，每月夜坐高斋，焚古鼎，作箕子操，望之飘飘若神仙也。好客，与余交独厚，每谈论，辄神契，相视而笑，旁观莫测也。笃信杨园语水之书，僦居新构一楼为家祠，仿朱子礼立四龛，将设主修祠，会病赍志以殁，伤哉！公吟咏不苟作，其存者数十篇，皆焯焯可传。尝手选诚斋诗序之，出入怀袖不置，盖昌歜之嗜也。故俗传潘郎有三癖：曰书，曰琴，曰诚斋云。

论曰：《庄子》云："嗜欲深者天机浅。"潘子有三癖，乃独以所嗜全其天真，山谷所谓不俗人渔，庄庶乎近之，而不永其年，何哉？虽然，其贤于世之嗜荣名，龌龊而老而不死者远矣。

夏友梅传

公讳崧，字友梅，盐官诸生，居澉湖山中。世业煮海，至公独好学，就正于克轩吴先生之门。先生诏以濂洛正宗，公大悟，遍市宋明以来诸儒书，熟诵力行，卓然有得，遂延克轩于塾课厥子侄。遵文公灰格法，改葬先茔自祖祢而上及六世，又依山为祠，规模宏敞，心力劳悴，不自惜也。克轩尝作《改葬》《建祠》二诗励之。克轩卒，公与张子莘皋经理窆事，抚其孤，人谓生死不愧云。公所居当鹰窠峰，林壑幽美，踞两湖之胜。太史许公焞闻其贤，访之，每入山，必登祠啸咏终日。然公卒以劳得疾，祠未及竣而殁，士友伤之，年三十有六，子二。

论曰：两湖自许黄门、吴忠节诸先达而后至克轩孤矣，而踵生夏公，不可谓湖山之无灵也。槎蘖甫萌而复蹶之，抑何忍哉？呜呼！大冬严雪，而紫芝烂然早殒，荣于群卉矣。

郑秦涛传

公讳挺，字不群，号秦涛，十岁能属文，十五补博士弟子员。丙子辛卯，两荐元不售，遂不复试。生平慷慨好义，敦孝友。为诗雄迈，压其侪辈。自幽湖迁吴江之盛川，前后宰吴江者闻公名，必延访民俗。然公自处皭然，非公事不谒；或关民生利害，则侃侃陈说，不避嫌怨。感其泽者，或私以苞苴，则正色挥之，乡里服其刚正。尝往来淮扬，南北所至，名公巨卿虚左迎，款为诗文相唱酬无虚日。岁癸巳，弟芦村官广宁，公入粤佐理民事，多所匡救，颂声大作。及还，浙民号泣携老幼送者数十里。清远令杨公业灏、怀集令陈公嵩各延入署，访以治道，公为兴利除弊，民戴之如广宁。公卒于戊申冬，年六十有二。配宋氏，姑病，尝刲股以进。子六：溥、淳、沐、洽、源、洛，皆有逸才；源，余长婿也。

论曰：公尝慨世乏循吏，民不被泽，欲藉科举一展所蕴，而屡踬于有司，郁郁以诸生老，岂素愿哉！其宁阳清远，辅理承化，亦足觇其概矣。噫！天之生材良不易，而坐委于沟断，是孰使之然乎？

范波舆传

公讳时济，字巨川，号波舆，顺天人。父官于杭，家焉。五岁入成均。少颖悟，长而好学醇谨，所至争延为弟子师，墙舍不能容。年三十丧偶，不复娶，姻娅间有美而丰于奁者欲婿之，公毅然曰："吾有二子，复何求哉？"岁癸巳，馆幽湖，访余于蓼莪堂，赠之杨园遗书。阅晨，摄衣冠拜且泣曰："吾平生为功过格，今乃大悔，学人第当讼过耳，此书吾奉之终身矣。"携襆被过余，论古人出处行谊、经史疑难，数夕不倦，遂与余订婚。长子鼎，余次婿也。公博极群书，为文敏捷，千言立就，试辄荐五经，不售。其盟友及门下博科第登仕籍者累累，公泊如也。庚戌春，故人官山右，招之课儿，余阻之不获。别一载而讣闻，哀哉！生于康熙辛酉，卒于雍正辛亥正月。配沈氏，子二：鼎、履。其诗文遗集藏于家。

论曰：公尝述当湖所诵"存心爱物"一语，谓他日得一令，以当湖治嘐者治之。公平生宅心醇挚，持己峻洁，是岂虚语哉！而竟不售，命也。至以饥驱，客死山右，天之报施何如？悲夫！

朱伦表传

君讳杰，字伦表，居秀水之葭溪。七岁居父丧，哀毁如成人，事母孝。家故蓄书，既复得卜先生人木手钞本数百卷，益肆力研索。弱冠为诗文，卓然可观，尝作座右铭，有"笃实沉潜，居敬持志”语，盖不欲以词章自域者。自余徙居遁野，君时从李子裳吉、钮子膺若载酒老梅下，吟啸终日，易箦前五夕，犹棹舟见访，神采焕奕，临别手竹篙，笑语赫赫如昨。呜呼，君遂以暴疾殒耶！阅岁，君姊婿李子具状，嘱为传，遂挥涕志其略。

论曰：余数过葭溪，风土淳朴，村舍幽绝。君以少年志古学，拥书数千卷，使寿及五六十，品居何等哉！乃年甫二十一未婚而夭，岂明道所云“向道便憔悴”耶？噫！余所慨不独君一人矣。君酷嗜砚，尝有佳石，属上人朗仙琢为肾，君歿不半月，朗先亦死。人寿洵不及物，彼攘攘者何为哉？

溧阳令张公传

公讳曾禔，字洵安，别号泠畦，海昌人。幼聪颖，七岁从父百晦公秋夕侍客，宴客谈诗，公口占二语云：“佳节一尊酒，相逢得胜友。”座客惊异。长益嗜学，由成均登康熙戊午贤书，凡七上公车。检讨李公柟、吏部郎中于公琏、检讨毛公奇龄各赏公文，以他故不售。癸酉，同邑讳公汝霖视学江南，延公入幕，衡文取裁。丙子，张公榕端继任，亦倚公为重。从兄曾裕选临朐宰，复补新乐，公两入署佐理，多所匡救。癸未，始授诸暨教谕。初莅任，值岁歉，协赈济事，民沐其惠。暨阳山谷幽旷，多文人，公日夕训励，益骎骎儒雅。先是，广文多旷职，苞苴滥行，公力矫其弊，士论翕然。故尊经阁后隙地数亩，有金某假宪檄官地，许民占税，欲扩其私居，请诸令，令意移。公毅然曰：“阁后余壤，所以隆体制而崇观瞻，乌得以荒废目之？”力争不可，事遂寝。己亥，令暨者为魏公观，与公从子暎丙戌同年也，因与公契厚，然公未尝干以私。或属公请托，峻拒之，魏以是雅重公。辛丑，升严府教授，又值旱日，走群望为民祈雨，且协赈粥崎岖山谷间。时公年七十余，虽劳惫，弗惜也。甲辰，兼课文渊书院，所以奖励诸生者一如暨。抚军黄公叔琳甫下车，公偶晋谒，黄公迎谓曰：“老名士来耶！”命坐论文，良久垂别，复起送曰：“子真道气充然矣！”旁观谓与公犹旧，然公实未始谋一面也。丁未，升授溧阳县令，公以老固辞，郡守张公芳爱公才，不准辞职，秋赴任。溧故博产米，每易一令，吏胥辄借名较斛科民间钱一万余为赞。公未入境，即大书晓谕禁革陋例，舆情感服。治事数月，讼庭可罗雀，而公以是遂劳敝不支。明年春，以老病告休。署令沈某意索厚赂，为出牒向之蠹胥夙怨，公清介，群媒糵之，于是留溧者复二载。庚戌夏四月，始还里，八月以病卒，年七十有八。遗诗文若干卷，子二：长思廷，秀邑庠生，早卒；次之，镇邑庠生。女二：长适辛卯举人曹璡，次适太学生许惟松。孙二：斌、传吉。

论曰：自乡举里选之典废，士人读书欲抒所抱负，非早登第，无由致身。临民如公者，七上公车荐辄不售，坐广文落落二十年，始得一令，而公亦已老矣，不一载，遂罢归。夫循吏之泽，非久任不效。至今暨严诸生颂公之德不衰，则溧阳之不幸也夫！

金药畦传

君讳去疾，字士吉，号药畦，吴江人。自少颖悟，工诗文，雍正癸卯孝廉。平居杜门，不闻外事，然性刚直，负气矜节，乡里有公举，辄引为重。君家近兰溪，溪多盗，逻卒率借以枉良善，罗织株累，辄破家，民甚苦之。乃协申有司勒碑碣杜患，强君名为冠，自是逻卒不得逞阴，积憾于君无由雪。会巨盗与君姓同，大索不获，逻卒遂诬君曰："是勒碑禁捕盗者，非盗魁耶？"当事不察，遽逮入禁，逻卒急贿吏毙君于狱，年五十有五。阅岁，当事觉，始大悔，第杖逻卒杀之，君之冤卒莫能白也。

外史氏曰：君幼尝为五人墓诗，慷慨激烈，闻者流涕。当君逮捕时，朋侪中得一二仗义士，安见冤之不立白哉？噫！夫子称公冶非罪，缧绁何足累君？而南宫独免刑戮加一等矣。使君以布衣终名，必不冠碑首。君之为孝廉，君之不幸也夫？然君平生行谊卓卓，其诗若文之炳彪人间者，又岂以一死掩哉！

朱圣言传

朱谟，字圣言，濮川人，其先出自紫阳，始居王江溪。祖玉亭公，甲申后以避罪卜居濮川。考天成公，生三子，长某、季某、仲即公也。幼读书颖敏，年十五以疾稍废学，善经济，家故贫，与配张氏，谋质钗珥懋迁供菽水，遂以心计起家。好施予，慨然以利济为己任。天性孝友，两居亲丧，哀毁逾礼。事兄怡怡，弟早殁，抚犹子若己生。置公田若干亩，赡亲族；课诸子极严，以敦品植行为先务，更设义塾延师，训里中之贫而有志者，至夏给帷，冬具姜饮。葺桥设亭，创留婴匮，集会施槥，诸好义事美不胜录。属纩时，语儿辈曰："吾平生无他憾事，唯祖妣陆太孺人苦节未及建坊，独耿耿耳。"整衣而逝，年六十有三。子五：楠、朴、杞、松、柏，孙六人：廷璜、廷璋、廷炎、廷珍、廷琏、廷瑚。

外史氏曰：薛敬轩有云："惠虽不能周于人，而心当常存于厚。"朱公具经纬才，不得权位，徒屑屑行德于一乡，隘矣。然观其存心，较世俗拥厚赀、饱妻孥、视亲串若陌路者，相去殆穹壤。彼夫乘时显贵，泽不浃民，而龌龊以终身者，不大可愧哉！

陈谨堂传

君讳光裕，字芬佩，号谨堂，秀水人。弱冠补邑弟子员，试辄高等。为诗古文，摹李杜韩苏，井井有法。性鲠直，然诺不苟。尝纵酒豪放，发愤张胆，面斥人过不讳，士党目为畏友。与余丱角同学，称莫逆。郑子亦亭每与余讲《春秋》甚洽，君则俯首曰："某学未及此，不敢议。"其谦慎若此。君有远志，郁郁不得遂，仅以举业授门人。从学日众，或取科第如拾芥，非所尚也。尝谓余曰："仆平生欲肆力诗古文，以贫故困舌耕，老死帖括间，大可惜耳。"子三，季猷，嘉邑诸生，尤能文。

论曰：幽湖前辈，诗可传者寥寥，其斐然成名家，自君创之。然君不以自足，历采前辈诗稍可问世者，鼓励其子若孙，损益而寿之梨枣，至今裒然成集，使一隅之风雅不坠，君之用意良厚矣。或以君雄于文，垂老不得一第为憾。夫缺陷于科第而寿其名于诗古文辞，天之丰之特渥矣，而又何憾哉！

钮膺若传

余尝为故交卜丈人木、郑子亦亭及亡友凡八九人作传，葭溪朱生杰方弱冠，过遁野，读之心动，慨然曰："人生得此足矣。"别去，遂病殇。新溪钮君膺若述前语，请为立传，余诺之。既而膺若客游龙城，作《逾淮集》诗，乞余为序。不二载归，亦病殁，伤哉！君讳世楷，字膺若，别号草亭。髫龀敏慧，过目成诵。弱冠补邑弟子员，不屑屑举子业，尝与友人江万原共注竹垞诗，称典核。为诗颖捷，香一炷，数十韵立就，不加点。为古文，方宋元名家。与余交独契，余每过新溪，辄偕余访李君裳吉于葭溪，秉烛酬唱，漏三下不倦。余酒后兴发，或哦五七古长篇，阅旦失稿，君笑曰："为公作小史可乎？"取笔疾书，不遗一字，其强识若此。君嗜酒，北游时尝醉题绝句，寄同里诸子，云："漂母祠前烟树晓，露筋庙口野流春。秋来江北无相识，辄欲低头两妇人。"闻者目为狂生。卒年三十四，士林惋惜。所著诗古文词余若干卷，其族兄汝骐谓君遗孤曰："此吾家不朽业也，其什袭之！"

论曰：君平生笃友谊，尝慨故交十人早殁，作《十雁图》并诗，情词惨恻，闻者陨涕。君自揣骨相当永年，得肆力诗古文，追古作者。噫！以君之英敏，何业弗就？而遽以酒疾早世，与十雁接翅杳冥，良可悲矣！然年虽弗永，其诗若文亦足以寿世。世无知言者，即谓余阿好，亦何惜哉！

程载韩传

公讳珂，字载韩，别号芳峻，本姓吴，徽人也，寓幽湖。幼能文，弱冠补桐邑弟子员。性嗜洁，便不登溷厕。极慎葸，行傍水涯，则惴惴作细步；入舟小敧侧，辄惊怖。然志趣高旷，尝憾不获生三代时，郁郁不乐。书过目成诵，擅排律，虽险韵，百联立就。尝为传奇《荆轲刺秦王立毙》七首，燕太子旦即帝位，轲为丞相。酹酒田先生墓下，音节壮烈，闻者快之。平生刚正不谐俗，朋侪中少许可，惟余与耕余为莫逆。尝为余题《清夜独立图》，耕余为之首肯。年四十而卒，配施氏，子二。文集谋锓，未果也。

论曰：靖节憾生三季后，《桃花源记》云"不知有汉，无论魏晋"，芳峻之志，何其不谋而协也？少年能诗文，辄负气狂纵，芳峻之才逸矣。然每行道间，值妇人，辄面壁下视；或访友剥啄，闻婢子应门则疾走，阅日更来。其守己廉峻如此，流俗乃迂癖目之，怏怏不得志而卒，良可悲矣！

沈懒翁传

公讳大淳，字绍黄。始祖国瑞，元末由云间迁嘉兴之长荡。祖自泾复徙新塍。考士宏，字文度，生三子，季即公也。两兄尝从文度公远游，公成童即综家政。母张孺人久病乳，公侍汤药弗倦，及属纩，大恸曰："母独不少留，需父归耶？"果苏。越明年，文度公归，孺人乃卒，人谓孝感所致。事两兄尽友爱，仲兄患羸疾，公侍床第四载。从子宁庵幼患疾极危，公抚视两旬，终夜不交睫。文度公性严，晚岁家居，闻室中谇语，辄闭阁不食，公婉谕不听，即以头触墙而泣，文度公食乃已。及居丧，哀毁逾礼。既复丧偶张孺人，终身不再娶。生平耿介，不妄受一钱，丰裁严整，而接人复蔼然春和，好周恤宗党。少奉佛，年三十即茹素，后十年复悟其非。晚乃潜究性理书，喜作诗，工书法，遗集藏于家。子二人：长渭士，己卯孝廉；次莘士，补邑弟子员。孙四人。

外史氏曰：古称善人不践迹，夫天性孝友者，率终身佞佛弗悟。公壮年茹素，其信释氏弥笃矣；晚乃大悔，一变至道，非豪杰之士乎？其生平积善好施，非为福田利益计也。而两令子克光遗绪，《书》曰"作善降祥"，不信然哉！

谢敬修传

君讳衡，字敬修，姚江人。姚江自南雷述良知宗旨，余焰未息，君独攘臂斥之。以贫故，习举业，补诸生，意歉歉也。与余交二十余年，终始无间。岁乙巳游学虞山，道幽湖为信宿，聚言顾某不脱金溪派。余曰："此东林家学也。"时亡儿孝羔生七月，坐膝上揖客，君抚其背曰："此头角非凡儿，善培之。"君别去一月，儿遂殇。阅岁，君慰书来，为怆惋。癸丑，余就馆家山，君喜跃，每越旬日，辄徒步十里，坐卧雪轩纵论今古，间述甬东苍水公遗事，刺刺不休，且促余为乐府传之。余门下或不率教，必面叱，令叩头服罪，其严正类如此。君为诗清挺，不事揣摹声病。所居四疐，茅屋三楹，课童子十余辈，盎粟屡罄，不以干人。卒之日，婿为之具殓。妻汪氏先歿，子三人，其一跛，季尚幼，几无以自存云。

徐长仁传

翁字长仁，硖川人。性好施予，尝作客苏松，间遇饥冻者，辄解衣推食；或乞丐僵卧道左，必躬挈瓶罍，饲以饘粥，俟其起乃已。每岁市故布，纳絮袄数百事，分给贫人。虽年耄目昏，犹手自缝纫，为子妇倡云。孙讳梦篆，弱冠为诸生，不屑举业，今从吾友张子莘皋讲洛闽之学，翁之遗泽也。

论曰：后世教养失道，饥且冻者不可胜活，翁乃欲捧土以实孟津，亦何济乎？然薛敬轩有云："惠虽不能周于人，而心当常存于厚。"称翁之分，率翁之性，又非崇佛种福田者，无所为而为，岂易得哉？

金复庵太翁传

公讳始桓，字匡夏，号公觐，别号复庵，为东篱吴先生高弟。年十二，属文不起草。长博通经史，尤长于《春秋》，国变后誓不应试。伯宁武、伯完城公遭难死狱中，公挺身谋请臬司，扶榇归葬，而逋积如山，公五年中一一经理。时岁饥，或劝公弃宁武遗产为活计，公愀然曰："我无田可舌耕，从弟无产，何以生？"百计维持之，业赖以不废。家有老梅树，自宋南渡迄今，虬龙夭矫，枝干挺然。当时遗民如商隐、寅旭、力田、愧庵、南阳、静村诸先生，岁时往还，携杖逍遥，吟咏成帙，咸以孤山方遁野、和靖拟先生焉。晚年与四明山人为忘形交，以幼女妻其子，遇难殉节，盖得之庭训云。公天性至孝，母钮太孺人病，奉侍汤药，心力俱瘁，遂先母月余而卒，年六十二，私谥恭素先生。公生于崇祯丙子，卒于康熙丁丑，元配卜氏，继沈氏，子一：与鲁；孙一：履坚。遗集藏于家。

论曰：余少过遁野，观钱尚书遗墨，知公先世与牧斋有旧，未尝不慨然兴叹。牧斋诗文鸣一时而晚节若此，如公之才，出而问世，宁不足与时辈颉颃？乃独以布衣从诸遗老吞声饮泣于荒寒寂寞之乡，没齿无悔。使老梅有灵，亦大快知音之不孤也夫！

外舅金晨村先生传

秀水之陡门金氏，自南渡来，世有隐德，至复庵先生，高节弥著。晨村公凛凛遗训，终身不仕。性简静，博通群书，而不为文辞，尝曰："舍躬行而先事著述，吾所深耻。"与人和易，独义所不可，则词色侃侃，不可假借。人或以迂执病之，弗顾也。每岁终，出紫云先生所遗巢孝廉杯酹老梅，且分饮家人，曰：“此高士手泽，不可忘也。”平居俭约，不妄费一钱，冀积累以举窆事，而卒不果。乙卯夏病革，谓其子履坚曰：“需者事之贼也，吾数待岁丰卜兆以慰先灵，而白首情事未申，一罪人耳，殁可殓以时，服三日即出，厝墓左。”又谓长女德娴曰：“吾宗书香危于一发，遗书数百卷，当归汝夫婿耳。”女泣对曰:“大人有三孙，岂无一继声者？勿虑也。”公摇首曰:“难！难！”余时馆越山，及返遁野，公殁已七日矣。公讳与鲁，字淑曾，生顺治辛丑，卒雍正乙卯，年七十五，配陆孺人，婉嫕有贤行，先公二十五年卒。子一：履坚；孙三：镐、锐、锋。女二，长婿即梓也。

论曰：鼎革之际，百卉改柯易叶，或父兄为高士而子若弟登巍科者，比比也。公独恪遵家训，以布衣完节，岂易得哉！昔亿翁题十甲子，杨园先生释云：“甲者，日之始也。”公亦自曰：“晨村后有论世者。”亦足以觇公之志矣，悲夫！

周旦雯传

公讳曒，字旦雯，号缓庵。曒字，书无之，以父命，不忍更也。癖好书砚，尝手抄《杨园先生集》，及宝何求老人蟾蜍水坑，非其人，弗与观也。所蓄千卷，购时必秉烛亲校，稍涉二氏者，辄弃去。苕上书贾咸识之，戒曰:“凡子静、阳明，泒不须溷周髯也。”少从□子问字，故多得□□遗书。丁未冬，扁舟□□□下拜，请□□遗像。明年春，□□奉照过菜畦，留信宿，延良画史临奉，又为□□作访梅小影，余为题诗。余时方赴硖馆，与泣，别后遂不复相见。二十年来，浙中人藏□□书者，悉委秦火，公独保护至今，虽片楮，珍若拱璧也。喜涉猎青乌家言，尝谓余曰：“朱子唯山陵议状翁继录，绝响矣，近得吴草庐书，此公从理学来，必正宗也，欲并辑为一书，何如？”余笑曰：“澄理学，青楼诵《列女传》耳，余技何足观。”公不谓然也。公平生精细，尝置火具，邻每灾，凡锡戟斗甬出诸宫中咄嗟辨，闾里德之。交戚或委以营葬及构堂厦，必竭心力，虽取憎工匠，弗惜也。假人秘书，或病不及璧，署名遗命一一归之，其诚信类如此。藏砚富，大半余所手铭，姚江谢子雪渔致书拓装，未及半，而公已病革矣，年七十有九。配曹孺人，子二：世基出继，季弟者为世尧，尤能文。孙一人。

论曰：幽湖唯戴曼公沈海鸥善诵，□□公雅知□□子倾倒，□□所见略同矣。而由气节而上之，手录杨园书〔陡〕（棱）而藏焉，此则二公谢不敏也。雅好客，蜀山、克轩、慕迁、人斋诸公每过余草室，借访菜畦，必留饮，盘桓竟日。公量百觚菜畦花发，邀同好赋诗，辄酩酊尽欢而后罢。呜呼！玉山阿英老去，竹木苍凉，仅存者云林诸叟，得不涕零哉！

张莘皋先生传

公讳朝晋，字莘皋，海盐横山人，今居硖右。余少随克轩访公攸芋堂，蜀山先生偶过幽湖，谓余曰:“吾道担荷，须振拔有为者，莘皋谨厚士耳。二公乃先施耶？”及公居母丧，毁瘠衰绖，造蜀山庐，请灰隔法。当大东门呕血数升，不少挫。遂延入澉湖山，卖田营葬，挥千金不惜。蜀山乃叹曰：“不意此公大勇若是，向者轻量天下士矣。”戊申，余馆紫〔薇〕（微）也园，克轩见访，许子慕迁盛称公好行其德，克轩吟云“三党亲疏均待泽，一民饥溺也关心”。今复见矣，二语盖晓庵赠紫云句也。公体貌恂恂，若不胜衣，遇事可否，银手如断，动无巨细，一本之诚信。而于丧葬弥笃，故著述绝少而务践履。浙西数郡，识与不识，交口称为躬行君子云。公尝论为学之要，惟一“敬”字，敬胜百邪，吾初克己时，值妄念起，即肃立端揖，如孔孟在上，敬胜邪，自退矣。又云:“蜀山见教学者，当奉四子书为律令，以己身为罪人，刻刻督纠，庶乎鲜过，余守之至老不忘也。”蜀山克轩之葬也，公皆身任之。杨园如夫人赠之棺，又五棺不葬。及孙媳守节而殁，公为之倡以灰沙卒役。与人交爱以德，余辱最契，尝为纳桃叶。余每有过，辄讽提掖之。余毕生稍自树立，不陷非义者，仗公之力为多。余少公十年，公方矍铄，而余病垂殁，预为公作传，其他事美不胜书，余在故山别有敦行录详焉。

论曰：三代下惟恐不好名，陈埙以此抵弥远耳，非通论也。若公之立心，曷尝知有名哉！公尝仿唐颢如葬，会七载间亲交藉以入土者九十七人。或颂之，则瞿然曰：“此先人遗命，敢掠美乎？”公才敏而度宏，德厚而议沉，蜀山尝云:“学者偏于躬行，非见地卑隘，则流为异端。莘皋二弊皆绝，使杨园而在岵瞻之下，二张何愧焉？”梓生也晚，两山咫尺叨薰炙，天之贶我不薄，而所就若此，行自愧矣。

先伯兄栎夫先生家传

公讳于上，初名乐，字夔，一号栎夫，秀水诸生。生而醇朴，先君雅爱之，故小字曰“醇郎”。九岁能属文，弱冠读南阳讲义，慨然有志于正学。于书贾得杨园训子语，笃信之。既从锦村访苕中诸前辈，私谓诸公既亲炙杨园，不应工举业，博科第，欲访其高隐弟子不可得。时蛰庵姚子适来馆幽湖，公大喜，挟刺不敢进，盘旋于门者，三日乃入谒。与语，大悦，次日，复命梓偕往。姚子为说太极及杨园遗事，慷慨流涕。公顾梓曰：“小子亦少悟耶？”时梓年十九，自幸闻所未闻，归读《孟子》陈代一章，遂绝意进取。公曰：“老母在，盍禀诸？”因叩之先孺人，孺人曰：“读书本岂为科名哉！”公意乃决，不复命梓试。公勤于钞录，凡经史先儒书，悉纂辑同异，如紫阳、金溪、姚江、白沙、语水，尤悉力辨难，质之克轩、梅亭、蜀山三先生，反覆䌷绎，以会其归。然独不喜著述，曰：“所难者躬行耳，口耳何为哉？”亦不喜作诗。庚寅馆故山，得山水之趣，始事吟咏，然出语便自成家，见者谓捻髭数十年不及也。初娶张氏，早夭，继徐氏，甲午夏病殁，秋一子又殇。公郁郁不适，素患疝，一日晨起，朗诵《近思录》，午餐后疝忽剧，夜遂不起，急投药，无及矣。时年四十，甲午十一月二十一日也，哀哉！

金郑二生合传

金珣、郑满二生俱游吾门，而性行大相反。满嗜酒无赖，每拘一艺，不问可否，辄大言谓抗衡古人，何况余子。有雌黄者，辄瞋目欲挥拳，曰：“尔何人议吾后！”珣不饮而过谦，诗颇通，然意歉歉，就不如己者求改窜，至再四不休。家贫，典质衣物亲娅间，得半价，即唯唯退，不敢言。而满则奋袖入市，索酒家罄数碗，曰：“他日偿汝。”以为常。或不举炊，褴褛入亲故家，曰：“贷我钱。”始则摇尾作可怜态，一不应，则大骂。或案上铜锡器，便携去顾。独不畏内，或怒翻羹爇其面不顾。珣则惴惴奉室子如虎，唯所使无不应，而事母颇孝，常憾受制于妻，不得尽欢，故禫后犹哀吟垂涕。满居丧，饮酒，食肉，生子，曰：“礼岂为吾辈设哉！”然世俗多畏满而鄙贱珣，若不足齿。则二生之性行相反，又可以观世好尚矣。

四然道人小传

道人姓汪，讳鉴，字津夫，别号梅津。从劳麟书先生悟道，得四语云:“自然者道，当然者理，必然者势，偶然者数。”因号四然道人。父为小吏，滇南故例，卒官率灰骨归。道人泣诉上官，以诚感之，得假驿扶榇还，故山余有“万里葬亲汪孝子”之句。性潇洒，善诙谐，能鼓琴作诗，嗜酒，终日醺然，玩世不恭。同学或显贵，由由然勿绝也。与余及谢子雪渔交莫逆，结茅一楹，植梅其旁。晚喜画梅，每醉写枯枝妩媚，冰雪中把杯自问答，天荒地老，不知六尺之在无怀葛天也。年六十有一，卒丁卯十一月十九日。子二人。

论曰：吾乡好学士概左袒阳明，梅津之梅涉葱岭，其先入者，误之也。然于出处了然，尝谓余曰：“予读元诗，有国亡作黍离感者，人心之死，一至此乎！”其没也，嘱雪渔殓薄棺浮之海。嗟夫！鲁连东蹈，不闻遗命，道人之志可悲矣！

张母徐硕人传

硕人徐氏，处士瞻远公女，归吾友张子莘皋。莘皋早弃诸生，从事洛闽之学，硕人每左右之。事姑以孝闻，性耐勤苦，躬率婢媵日夕纺绩，五十余年如一日。有余资，不入私橐，相夫子，构祠屋，营舅姑葬地，概无吝色。尝训儿辈曰：“妄费则一钱犹奢，中节虽千金仍俭也。”自兄公丧后，诸侄妇相继病厄，硕人为医疗，具宾客饮馔，积岁月不倦。平生自奉淡泊而好施予，然独不佞佛，后户枕西山麓，未尝一拈香登览也。生四子，皆补博士弟子员，长及幼先夭。女二：长适孝廉徐裔，次适国学生许某。卒年七十三。

论曰:两海间称硕人俭勤佐家业，夫子营葬，不得已至废产逋负，硕人竭女红，悉偿复之，洵不虚矣。虽然，抑末也。夫行莫大于事亲，硕人相夫子为孝子；业莫隆于希圣，硕人相夫子为儒者，此其大端乎。五柳夫耕于前，妻锄于后，贤矣，犹曰:“室无莱妇。”以是知服劳为易，同德弥难也。若硕人者，吾何间然哉！

沈母周孺人传

孺人周氏归峨山沈公，家故贫，业儒，孺人纺绩以佐薪水。姑年衰病膈，孺人断儿乳乳姑，姑疾以瘳。岁癸未三月，里中讹言兵至幽湖，比户奔窜。时峨山公馆于外，唯孺人侍舅。舅谓曰:“吾老死无怨，汝盍携儿避他所？”孺人泣对曰：“舅在，新妇焉往？”阖户然烛，侍立达旦。峨山公初殁，子孔键三十未娶，外氏请婚，孺人曰：“吾儿幸父死得妻，是悔父死不早也。”固却之。孺人两弟早死，母姚夫人携孤孙茕茕无依，孺人遂迎养于家，拮据奉甘脆。姚夫人殁，孺人哀慕号恸，不胜丧而卒，时年六十有八。

外史氏曰：古称唐夫人乳祖姑及庐氏盗至侍姑不去，后世传为美谈。方之孺人，非异世而齐轨乎？礼五十而衰麻在身，孺人年七十而哭母至殒，可谓贤者过之。然本之至性，非以市名也。颂之曰孝，不亦允乎！

徐孺人传

徐孺人张氏，吾友莘皋长女也。幼端淑，喜诵书。年及笄，篝灯事女红，丙夜始寐。火延床帏及屋。婢媪惊起，挚之走避，孺人曰:“火自我发，不熄，殉此耳。”率弟士杰力扑灭之。

事亲至孝，父遭丧哀毁，每涕泣劝慰；母染疾数载，抑搔扶掖，不遗余力。年十九，归徐子方辰，奉尊嫜有礼。方辰苦学得疾，奉汤药，寒暑靡间。姑佞佛泛海，父责孺人曰："奈何弗谏？"对曰："曹大家有言：'事姑当承顺勿违。'女唯有默祷海神，令风恬浪静耳。"父笑曰："汝谓微诚可格天耶？父有争子，则身不陷于不义；姑有令媳，则身不蹈于不测。"孺人面发赤，跪谢不已。教子女极严，衣食才足温饱，尝曰："古人教子弟，学未成，不听食肉，可法也。"甲辰，舅命析产。时岁荒，食指几三百，孺人刻苦操作，十年之间，犹益市田七十余亩云。其殁也，年甫三十九，莘皋哭之哀，属书其略如此。

张母朱硕人传

张母朱硕人，云津公继配也。德性温粹，事尊嫜尽欢，相夫子有礼，抚前子朝鼎恳勤若己出。朝鼎自长逮没齿，怡怡膝前，自忘为前母子也。从子陟三早孤，硕人抚诲之，及婚而夭，硕人哭之恸。硕人生一子朝晋，虑嗣不广，复为公纳侧室顾氏，恩遇优笃。顾每与人言，辄感激流涕。云津公殁时，朝晋甫髫龄，硕人教之不少宽假。处家节俭，宾祭特丰，拮据逋负，而延师督课不少懈。朝鼎绩学有成，朝晋遂弃举子业，肆力程朱之书，立身扬名，可谓善承母志矣。硕人懿训淑行，方古钟郝，美不胜书，详见蜀山墓志及家传云。

赞曰：世人读履霜操观芦衣及卧冰事，辄叹前子多贤而后母多虐。噫！岂尽然哉！硕人百行淑慎，率性而行，非故厚前子以避嫌要誉者，然即一端概之，可为百世母范矣。昔伊川先生述母侯夫人严训，卒成大儒。今硕人有子从事濂洛之学，笃志丧祭为宗党师，非慈训有素，曷克臻此哉？余于此益叹云津公之德，足型家泽流后嗣有以也。

周贞妇王氏传

王氏女，苏州人。父廷松，诞女之夕，梦丛桂芬烈，遂名曰桂。年十六，许字周之冕。阅岁，之冕殇，女闻讣惨戚，易色服，茹素，默以死自誓。父怜之，其舅商彝勿恤也。父卒，舅亦殁，乃归周，立犹子存仁为夫后。既而遵父遗命，携孤守贞于家，依其兄承熙以老。岁时竭纺绩，馈其姑弗懈云。

外史氏曰：贞女生于苏，不为俗囿。节虽过，难矣。其初讣闻，隐隐自誓，不欲矜己之节，而坚如金石，其处死为尤难也。使舅果欲夺之，则一匕首从夫地下久矣。既立后而守贞于家，岂得已乎？姜桂之性，老而弥辣，梦非虚兆哉！

徐贞女传

女秀水人，先世自兰溪迁幽湖。父晨山公，自幼训以诗礼，敏慧婉嫕。长能诗，许字沈氏。父疾笃，女撤环瑱以奉汤药。既殁，哀毁不欲生。阅半载，夫病夭。女闻讣，欲就翁家执丧，家人百计阻之。女潸然曰："我知有父命耳。女子许嫁，缨示有所属也。若怀二心，他日何以见父地下？"遂服嫁衣归沈氏。翁姑重其节，拜之，既易缞，不哭，终日不食。夫殓后，乃徐进糜饮。夫叔母某氏，故守志，喜曰："此我同心人也。"遂联榻寝处，誓终身焉。时年十八。女初来时，取旧所作诗草，悉焚弃。或传其立夏日哭父句云："不知地下逢今日，也有青梅佐酒无？"此外无存者。

论曰：庶人不传贽，为臣不敢见于诸侯，礼也。许字而未嫁，未成乎妇也。矢志守贞，非贤者过之乎？然贞女笃孝，从父所命，死其夫，乃不忍死其亲也。观其从容就义，得之庭训者，岂偶然哉！与世之激烈徇名者有间矣。

嫂陆氏孺人节妇家传

节妇陆氏，先从兄中础公妻也。公讳天桂，早卒。节妇时年三十二，抚孤熙，未婚而殇。继异姓子焘。子妇甚孝，遂不忍更立同姓。毕生勤苦，一无疵玷。姑早卒，事舅曲尽妇道。年七十四卒。

论曰：守节难，立孤尤难，以异姓嗣夫，徒以子妇之顺而不择诸同宗，所谓妇人之仁也。然代夫事舅，白首无疵，其节孝亦岂易及哉！

贞烈杨氏女传

烈女父讳汝雯，嘉兴梅里人。幼婉淑，通诗书，事亲至孝。字同里陈生学澍，未婚而学澍夭。女闻讣悲恸，拟奔丧，兄巘不可，阻之。居二载，力劝之嫁，烈女绝粒七日，遣婢迎其姑至，奉归聘物，并告兄割父所属奁田属姑，为他日立夫后计，遂吞铅而卒，时年二十四。详具《郡志》。

论曰：曾子问曰："取女有吉日，而女死如之何？"孔子曰："婿齐衰而吊，既葬而除之。夫死亦如之然。"则先王制礼，为可传也。未成乎妇者，必责以不嫁，岂中道乎？然末世俗薄，同牢而更节者，视夫家若传舍然。若烈女者，乃以死殉未嫁之夫，廉顽立懦，砥柱颓风，厥功岂小哉！

濮贞女传

贞女濮氏，名兰，濮川人，父行先州别驾。幼从陈师谨堂授四子书、《毛诗》，通大义。年十四，许字陈生宲。宲补邑弟子员，未婚而夭。讣闻，外母周孺人秘弗使女知。既半载，侍婢窃告贞女，遂屏华饰，托奉佛清净，母亦弗觉也。岁戊午，有媒氏问名，孺人未之许。侍婢遽以告贞女，遂绝食数日。舅氏周缓庵至，谕之曰："未婚守节，贤知之过，非先王中道。"贞女微诵曰："中庸不可能也，白刃可蹈也。"舅喜曰："能如是乎，固母志也，忍更字乎？但守可，死不可，一死则陷母不义。"贞女首颔之，即命进糜饮。舅又曰："夫家倘备礼以迎，若何？"贞女曰："亦唯母命。"陈氏闻之，举家感激流涕，择日迎归，为立后，时年二十一。

论曰：余往来吴越十年间，所闻未婚守贞得四五人焉，然皆当丧而赴，或一时意气所激，未有默矢厥志，六年不言如濮兰者。及夫家备礼，始入门称未亡人，税服三年，可谓处礼之变而不失其正。幼佩师训，终身以之。古云酷似其舅，非是母不生是子者，兰之谓乎？

周贞妇景氏传

周贞妇景氏，余姚人，父伯云。八岁，许字周尚贤。十九，尚贤殁。女闻讣恸绝，母慰之，命归周守志。周乃具礼迎归，庙见成服，及尚贤葬毕，授缳以殉，舅姑救之苏。遂请立夫后汝泗，躬纺绩以给。为汝泗娶黄氏，生孙伟林。未几，汝泗殁。伟林甫三龄，亦殇。贞妇哭之，目遂盲。年今五十五矣。

外史氏曰：女字而守贞，未成乎妇也，节虽过，志弥苦矣。或垂暮子孙森森，食苦节之报，聊自慰耳。贞妇立夫后，早殁，幸得孙，复殒，与媳茕茕以老，天乎何心厄之若是其酷也？在贞妇固无悔矣，何以奖励中材，俾黾勉为义乎？噫嘻！悲哉！

金节妇吴氏传

节妇吴氏，吴江人。亲疾，尝祷天求代。年二十四，归金公汝璧。结缡甫四载，汝璧业儒攻苦病瘵，节妇经营药石，卒不起。誓身殉，或强之食饮，勉以抚孤。逾年，孤复殇，痛不欲生。夫同祖弟版义为立后，置膳田，佐以纺绩，事姑朱太君，竭甘脆。姑殁，拮据营葬，并舅及夫祔穴祖茔。平生茹素，淡泊终身。其训族属子姓，谆谆以孝弟为先务，故合族戚敬礼之，号为白发女师。卒年九十一。

外史氏曰：吾见甲申后诸公，初矢志不屈，或不幸而寿，遂为失节妇，议者反以永年惜之。呜呼！幸其速死以全节，即几几不自保矣。志苟贯金石，期颐何病焉？若金节妇者，岂特一族之女师哉？虽呼为须眉老臣、完节九十翁可也。

史氏三孝女传

史氏三孝女，姚江人，长桥姑，次樾姑，次蛾姑。母邵氏鉴产厄，生孝女桥，命勿育，邻媪收之。及长，孝女闻，默自痛憾，欲立奇节，自拔女流。事二亲至孝，两妹化之，共誓终身不字，以养父母。庚戌秋，母卒，三女号恸，不食，誓以身殉，兄节亨沮之不可。父闻，痛哭不止，孝女乃强起食饮。葬后，奉几筵内寝，朝夕奠。越二载，父病革，嘱孝女曰："吾过爱汝，慎选婿，致误女。女三人不死母，必死父矣。然庶弟甫四龄，其母必去，谁衣食之？汝能保弟，乃孝之大者。"孝女泣受遗命，然犹七日不食，兄责以父命，乃复强食。及葬，合奉几筵祀于寝。未几，庶母去，抚弟，弟复殀。孝女大恸曰："为吾弟，不得从二人地下，今安得死所哉！"遂告兄居窭室，自爨以奉几筵。桥尤聪慧，工女红书算，兄家事必咨以行。饬身甚严，虽兄至，隔帷语，不轻入室。唯族父公贻公，孝女素钦服，偶一见谈古遗事，衡断皆合大义，族父亦雅重之。父斐章公精儿医，为人朴懋，病家黠，或函砾投之，不与校，他日招复往，久之俱感愧悦服。其生三孝女，其禀受固有自也。

论曰：唐时五女不字称，宋若莘姊妹彤史荣之，然不以孝闻也；又俱召入禁中，呼学士，膺封诰，遇虽隆，为名所累，亦不幸矣。若史氏三孝女，深闺皭如，常畏人知，始欲以死殉父母，不遂，奉木主寝室，泣奠终身，其志良苦矣。夫移孝作忠，使三女及时各遣嫁，或不幸丧所天，必为节烈妇无疑。又使三孝女为三丈夫，生祥兴后，抱兹苦节，非仁山、白云，则皋羽一流人也，其肯为草庐为孟頫，嫁鸡可，嫁犬可，自黩其父母之身哉？虽曰不字灭伦，毁几灭性，贤者之过非中庸，然亦足以挽颓风而振污俗矣。呜呼！难哉！

张节妇传

节妇居庸人夫农家，生三子。夫病，藉草卧池侧曝背，妇旁绩，夫忽起跪妇前，曰："吾病必死，死后三儿亦必死。愿吾妻养吾老母，葬后乃嫁，吾目瞑矣。"妇惊起，泣诺之。既而夫果死，死后三子皆成童，果相继死。老姑怜其年少，遣之嫁，妇不从，姑怒辱詈之，妇终不从。一日夜半，姑忽惊仆床下大呼，妇急入扶之，姑曰："顷有黑人持两蕉扇扇我，吾胆落矣。"

自此与妇同衾卧，不敢复言嫁。遂养姑终身，寿九十，妇亦寿八十而卒。

古民曰：三子之死，夫非有先兆也，迫于孝母之一念，特危词以坚妇志耳。农家庸妇人，安知节义？而激于夫之一跪，一言既诺，百折不回。呜呼！有夫之孝，有妇之节，而竟夺其三子，天道安在哉？或曰："不如是，不足以成妇之节。"杀子以玉成其母，至仁莫如天，至忍亦莫如天，天实为之，谓之何哉？

殇女刘有姑小传

吾友刘子让木三子，俱从予学而殇。一女有姑，聪慧解书史，许字钟生，未婚夭。女闻不言而神伤，父察之，婉谕以在家从父，吾无儿，女即儿也，当事吾终身。阅半载，许字方而女旋病。病且革，谓母曰："病死胜寻死，母弗悲。母试举一字，令儿测迟速。"母指案曰碗，女叹曰："我心匪石，不可转也。宛其死矣，当在今夕。"是夕果殁。

古民曰：未亡人三代下患其不好名，女未嫁而夫死，又患其太好名。若有姑者，当父曲谕时，慷慨言志，可博贞名矣，而惧丧父心，隐忍从命。及更字，卒以忧死，寓贞于孝，而不居贞孝之名，以默遂其初志，可谓善处变矣。三让之心，即叩马而晦迹于采药，孔子阐其微，即小可以喻大。然则有姑之曲衷，非古民，孰表之哉？

李孺人传

人子不幸少失母，既丱角就传嬉戏从群儿。及冠有室，恋恋妻若子。其贤者则工帖括、弋富贵，且号于人曰："吾以扬名显亲而已。"吾友钮子膺若六岁失母李孺人，哀慕二十年，从亲旧访母遗事，摭其略，请余作传。噫！膺若之孝若此，即母夫人之贤可知矣。孺人姓李氏，幼端凝，长涉书史，祖状青公钟爱之，为择佳婿，得钮公静兰赘于家。孺人性至孝，抚异母弟极友爱，数迎养姑，曲具甘脆，至典钗珥，弗以闻。中裙厕牏，不以属婢。娣姒虽远隔，岁时馈遗不倦。教子极严，而驭下以宽。子世楷生四岁，仆偶提抱失坠几毙，王父南吉公盛怒，将杖之，孺人解慰曰："此粗人初犯，可宥。"世楷五岁就传，小不率教，则严督不少假也。孺人生平不好佞佛，雅善烹宰。南吉公每宴客，使孺人典庖职，切肉必方，断葱寸，戚党中传语以为迂阔，而孺人禀性严正，事率类此。卒年三十四，距结缡才十年耳。易箦时，摩世楷顶曰："吾不见汝读书成人矣。"世楷奉母遗训，读书砥行，今补弟子员，他日所以扬名显亲者，岂区区以簪笏塞乃责哉！呜呼，是亦足以征孺人之教矣。

外史氏曰：士君子矫饰外貌，或不幸而寿，晚节溃裂不可问，况女子乎？若孺人之贤，使享大年，淑德阃行，矜式薄俗，可胜纪哉？而不永其年命也。然有贤子表母之贤，以寿于后，孺人不死矣。虽不幸而不寿，亦何憾哉！亦何憾哉！

谢太君吴孺人传

吴孺人讳孅，父天容公，母谢氏。幼端重，年二十归四门谢公天愚，两世重庆，体舅姑以事舅姑，咸得其欢心。天愚公为吾姚诗文宗匠，履满户外，从游甚众，故家政一委孺人。时食指三百余，弥缝三党，内外无间言。天愚公笃于友爱，第五弟早殁，遗子无母，孺人抚如己出。季弟负逋，孺人复怂恿鬻产以偿。其课子秀岚极严，幼乳不敷，长多病，艰辛抚鞠。

天愚公或以独子宽之，孺人课书史，及出入交游，不少假也。秀岚少旷达有大志，往往土苴科名，孺人每诫曰："负高志而不副以实学，非不朽业也。"平居自奉俭约而丰于宾祭，余尝偕汪子津夫信宿蕉雨轩，孺人躬亲茶铛酒鼎不倦。既别，叹曰："吾虽非杜黄裳母，然闻二公绪论，吾儿有古交，宜不屑琐琐为今人也矣。"孺人殁今十余载，秀岚益肆力古学，崇风节，不辱其先，凡以体孺人教也。孺人生康熙乙巳，卒乾隆丁巳，年七十三。子秀岚，女二。

论曰：嗟乎，阃教之衰也，以庸懦为德，以刻吝为才，求其恭顺而多能、俭而识大体者几人哉？若孺人来嫔五十余年，孝妇、令妻、严母，一一无忝，宗党称颂，不亦宜乎！以不朽课厥子，他日显扬，岂在龊龊科第哉！

谢孺人史氏传

谢君左访讳秀岷，雪渔子从兄也，配史氏孺人。初归时，夫语之曰："吾家赤贫，吾继母诸性极严，汝能堪之乎？"对曰："勤操家，顺事上，天下岂真有难事哉！"果得姑欢心，以孝闻。甲辰，夫以赋役贻累，避之河南，依外舅转而游燕，思寄籍博科名，辛亥遂以病客死。孺人自夫违行后，家食指几七八十，无寸田，悉仰女红以给，每食必具甘脆于严姑。姑殁，拮据以殓，而夫讣至，誓不欲生，绝食，两弟节中、节和劝之抚孤，乃强起茹荼啮檗，今历二十余年如一日焉。

论曰：王炎午生祭丞相，可谓不知己。或曰："以宿憾耳。"夫盖棺论定，志士所以自砥。若孺人者，入门一诺，已足觇其晚节矣。孺人有两小叔，抚之成长，求异居，嫂弥困，然叔亦困，嫂更周恤之不倦，以妇人而勉为薛包。噫，岂易得哉！

元配姚氏小传

姚氏，武林人。父玉驭，太学生；母杨氏。玉驭公治家严，虽密迩西子湖，未尝令女辈一游天竺。壬午春归我，性醇朴，事姑及冢妇一以婉顺，冢妇不坐，不敢坐也。生二女，长适郑炎，庠生；次适范鼎。生一子，然痘殇，以哀痛成瘵疾，癸巳五月卒，年三十二。生辛酉九月廿日。

钮烈妇传

烈妇沈氏，新溪人，归钮生禹声，吾友膺若子也。□妇季父侠庵亦与余交契，己巳九月归自邗江，闻烈妇殉节事，为悲悼作传云。禹声少孤食贫，不得已去而为贾，侠庵怜之，妻以兄之孤女，丁卯之腊成嘉礼。妇事姑孝，事夫子有礼。己巳春，夫忽患疾，阅两月不起，烈妇预纫其衣裙，夫以辰刻属纩，烈妇遂扃户自经绝于午，年十九，时三月十五日也。余始交膺若，为其母夫人李立传。膺若之殁也，于其诗文亦序而寿之。余无子而不立后，膺若子夭而有烈妇，复为之述其颠末。余之老病垂死，与钮氏三世相为终始，亦可悲矣。

论曰：孔子云"守死善道"，为笃信好学者言之，拘墟之士动以之律妇人，迂矣。烈妇从一而终，义以身殉，亦可谓得死所矣。必曰"烈妇死太遽，姑方厥待姑之苏，立孤终养为孝"，此旁观坐论耳。赵江汉，圣人之徒，不死姚枢始俘时，而寿终太极书院，所谓"由也不得其死"，自居善道，可乎？由是观之，杀身成仁，非处死之难，而守之难也。呜呼！如烈妇者，江汉濯之何玷焉？

内子雅君传

雅君金氏，讳德娴，行一，雅君，其字也。祖讳始桓，尚气节，居遁野，深衣幅巾，与何紫云锦村老农交最契，博学多著述。考讳与鲁，字淑曾，号晨村，恪守先志，熟经史，不应试。妣陆氏孺人，有贤名。余元配姚氏生子鼎，殇痘，癸巳五月朔遂以瘵没。秋末，芬佩丈有四六启效蹇修，盛称晨村公长女禀异姿，余亦素闻诸蛰庵先生，遂委禽焉，甲午十月望成嘉礼。甫弥月，先伯兄猝以疝卒，雅君襄余丧，备尝艰苦。次年劝速葬，并两嫂张、徐二孺人归窆故山。时伯兄遗孤女七龄，姚氏二女亦未及笄，雅君抚之，俱若己出。值岁歉馆薄，勤纺织以佐不及，遂得滑胎疾。丙申幸得女含芝，自胎教始，事事提诲，有《训女编》，余所录也。生平不甚读书，而明于庶物，尺牍短劲，然不喜提笔。含芝长，率口授达舍馆中，俨然苏黄也。余尝叹世变今不如古，雅君曰："妾性素执，每阅史，笑古人之愚。一阴一阳之谓道，天地初开便分两半，安见古人皆善人，今人皆恶人？人在自尽耳。"春风堂屏后偶闻余与诸生说"春风舞雩"，灯下因言："先生解书不宜太繁，此一节不过四字括之，曰'遂处尽理'而已。"余述之克轩，大惊曰："宋元来讲章无此简括，他日产佳儿，必大成也。"乙巳春，举子孝羔，貌丰而秀，预知人意，生三月，已足方之矣，八月忽殒于痘。雅君不哭而神伤者数月，余欲内妾，雅君曰："以天意卜之，孝羔不育，我两人必无后。世间桃叶皆庸婢，生子多不肖。夫子老矣，无托孤孔明，得继大宗一脉足矣。"余曰："人事不可不尽。"壬子，张丈莘皋为纳一妾，未几，果求去，遣之。己未馆故山，谢子雪渔为纳甬上妾，亦以余贫，日求去，亦遣之。乙丑馆扬州，丙寅秋遂中风几死，丁卯立仲子煐为兄后，为娶杭氏。雅君泣曰："妾入门卅余年，嫁四女，纳二妾，今复拮据娶媳，臣力竭矣。自问生平不起毫发妄念，故常无梦。事无巨细，不过循分尽礼，谤誉何足凭？可以告天而已。知我者，惟夫子耳。"戊辰春，寄雪渔子《半民说》，中述内子阐"半"字义。冬夜不寝，为作传志其略，不敢涸高贤也。

论曰：鸡鸣昧旦，古贤夫妇述警戒语，在春秋列国，即孟先举案，五噫不偶，较之半民，不犹为常遇乎？辛苦无儿，不为身计，殷殷大宗，所见者巨，相知以心，相励以天。呜呼，是岂庸妇人哉！

夫立妇传，况现存者，着笔极难，非信之有素，何以未盖棺而论定乎？自记。

沈母王孺人传

沈母王孺人，讳义，姚江人，生于姑苏。十岁学女红，通经史，及小学、《近思录》、古人文集，父维周公钟爱之。年十九，归为章沈公，事舅姑以孝闻。三年，舅奎宁公卒，孺人哭之恸，委顿未起，而母又遘疾危，孺人封股投汤，一剂而愈，乡里传颂之。为章公慎交，生平惟邵东葵、邵兼山为莫逆友。兼山之子艰嗣，孺人出簪珥纳妾，为章公大喜。然素禀弱，为章公五十九而卒于瘵，孺人誓以身殉。姑魏太君慰之曰："吾年既迈，汝儿又幼，可轻生耶？"孺人悟，遂勉食糜粥，不复言死。既而魏太君病笃，群医敛手，孺人忧迫至尝粪甜苦，果不起，寿八十一。孺人初自苏徙余姚，寓方桥之南旺几四十年，邻里无不敬爱。然孺人犹忧子孙染其土风，遂迁居四门之南天花村，天花人称之曰："今之孟母也。"为章公没后，其弟泰音三十九而夭，弟室有去志，孺人曲谕之曰："从来守节者，人人咬姜啜醋，从'坚苦'二字而成。吾为汝立后，有无共之，勿忧也。"今五十四矣，时时感诵，以为非孺人，几为人中之兽云。同族一孝廉元如之父死扬州，不能归骨，孺人复假之金，使归葬于姚。又一苏婢既配而寡贫困，复收之，嫁其女，使得所。孺人之好义不倦多此类，盖本之天性，非强为也。孺人精于揲蓍，丁丑元日自言死于中元，卒于七月十四日，寿六十有五，距生于康熙三十二年十月初一日。子一：渊、业儒。婿三人，胡宗涛其一也。孙三人。

古民曰：余丙子三月渡江，附萧山夜航，遇一苏客曰："君姚江人，亦闻方桥铜杓事耶？"余扣之，里中一魏姓失铜杓，疑一丐妇，欲置之死。其西邻沈太婆曰："此丐有娠，一微物而伤二命，可乎？况鸣之官，魏之夫妇亦坐罪，又二命也。一杓而四命，吾何惜数百青蚨乎！"立命如数偿之，事遂解。予戊寅三月�谷晚偶述之胡宗涛，宗涛曰："此吾外母王孺人事也，曾请先生立传。"果不虚耶！噫！今之妇人好行其德者，大概出之斋僧佞佛之村媪，而孺人幼熟经史，长笃彝伦，其大度若此，非闺门之阃则乎？彤史之光，古民与有荣焉。谨述以质诸宗涛，以寿诸石云。

胡母茅孺人传

孺人讳福，字学尹，姚江人，吾门人胡榜之母也。幼端重，父孟序雅钟爱之。年十八，归胡公汉光，即能操家政。三载，生孝女伦，自是不妊者十年。谓汉光曰："吾子息当艰，婢陈氏无失德，卿姑留之。"生一女，两月殇，陈氏亦病卒。时方暑，汉光欲草草敛之，孺人作色曰："亦君妾也，太俭不可。"即饬健婢扇尸取凉，制衣衾棺椁厚敛之，乡党中传颂孺人之器量。有无赖构衅，汉光日夜观大成一书，孺人微讽曰："方外说报应，或有之。君观此不休，生子无唇，又弥月而殇，岂非此书之报耶？"汉光笑曰："妇人之见也，不观何难！"已而举二子榜、椿，及一女，孺人虽雅爱掌珠，遇有过，不稍假声色。尝谓汉光曰："教子不特童儿，即婚冠后，勿令离师长也。"故榜年逾三旬，孺人闻予贤，命榜涉两江内贽，且延之归姚，与师母偕来，不果，连岁固请。乙亥，内子没。丙子四月，余馆宝穑，孺人敬礼之，每治馔必身亲。或有以布衣病之者，孺人忿然曰："今时开捐纳市道耳，如有真布衣祥麟威凤，何可忽耶！"偶传内子金氏《训女篇》，命儿诵之，叹服曰："此吾平时所欲与汝曹言者，师母代为吾言之，汝曹当终身佩服也。"丙子，时疫盛行，适幼子椿染极危，孺人虑之，剧夜祷星斗，愿以身代，且伴之同眠，顷刻不离，默中疫毒，而廷椿未愈，孺人先殒，孺人弗悔也。长女适高氏，归宁，痛母之殉儿，即誓以身殉母，大恸半月余死。予为之立《孝女传》，著其实也。或谓高婿请旌，恐不合。余以直道在人心，天下容有母代子死而非慈者，岂有女殉母而非孝者，立坊何疑焉？女初归时，家人以染疠阻之，女正色曰："为吾母吾弟，染疠何辞！"呜呼！非此母，何以有此女哉？旌不旌又何论焉？

古民曰：余读《近思录》，最敬侯夫人，若孺人，可谓天资暗合者矣。然为二程之母，则二程之谕亲于道，必大异于常人，母必不死，此又孺人所遇之不幸，而余益感世变之趋而下也。

孝女高胡氏传

孝女胡氏，讳伦，字师曾，姚江人。父讳湘，字汉光。母茅氏讳学尹，字师温。其幼子廷椿病疫甚危，孺人星月夜默祷代子死。孝女闻之泣曰："非溺爱也，为父止慈之道，本如是也。"既而，廷椿霍然，而孺人果不起。孝女大恸曰："吾今悟矣。崇祯先帝死社稷，而九州臣子夷然食周粟者，皆能言之禽兽也。吾志决矣。"遂绝水。其夫若子强之药，勉服数剂，终不起，时乾隆丁丑十二月十三日也。年四十有四，子女六人。

古民曰：自元顺帝以来，史特书忠孝不绝，而书孝女者，自南雷王孝女碑一篇外，他无闻焉。岂果为绝德乎？闺阁柔脆，贪生之念胜则尽伦之职亏也。若孝女者，见地之高明，立志之刚果，岂非伟然丈夫之师圣师贤者哉？即位之两庑，彼吴澄辈自觉形秽矣。

朱惠畴传

君讳协亮，字惠畴，海宁人。幼庄重，年十二母丧，哀毁如成人。长好学不倦，卅一补诸生，工制艺，既又自思曰："举业取士，定制耳，岂无进于此者乎？"乃购程朱遗集及明儒书，沉潜反覆。时蜀山范先生讲实践之学，因执贽焉。日抄《杨园备忘》及《全集》，躬行实践，耻为空言。同邑重其品，延课子弟，门下捷南宫者数人，从游甚众。既而授徒于家，督课益严。又连遭两丧，三年不释衰绖，心力交瘁，戊戌秋遂以疾卒，年近五十。属纩戒二子曰："古来孤露克自树立者正不乏人，汝曹当奋勉以成汝父之志，上之克继家声，下不绝读书种子，吾死何憾哉！"君之学以主敬存诚为本，而归于坚苦刻厉，以希自得。生平远权势，彭芳洲先生按吾浙，与君有世谊，然试前不一见也。硖川许宗伯慕君名，讽使就见，终不一投刺。居家严丧祭，待宗党曲尽恩谊，恒留宿馆俸，克力为义，往往树德于人所不知焉。素寡交，晚年惟与硖川张子莘皋及余为莫逆。性不好著述，因曾祖《经略记》拟续为讲义，未脱稿而卒。其他文为门下弃去，仅有存者。曾祖讳一儒，明经。祖讳朝瑛，崇祯庚辰进士。考讳翰思，文学。子二：芹忠、葵忠。

张公遵湄暨配严孺人传

张公讳滨，字遵湄，别号语林，姚江人。少端重，入塾，他同学嬉戏，公独对圣贤凝坐。长娶严氏，善持家，益肆力经史。弱冠补博士弟子员。事父仲英公至孝。仲英公好游山社，公辄赍杖以从，过酒家，辄邀族人，尽欢而罢，人以为善适亲意。戊子赴浙闱，母病，亟归，哀毁终丧。父复娶余氏，仅长公一龄。公事继母甚谨，仲英殁后，敬礼如初。居恒不事经营，间作诗歌，写其闲趣，不事雕饰也。性好谈，值好友留饮，与论古今，其鲠直善规过者尤亹亹，信宿不倦。最喜奖励后进，课子极严，尝训子嘉树曰："学贵知人，先在论世，三代下高节首推严子陵，五柳先生其次也。汝欲学诗，陶集足矣。"故公平居嗜酒，亦取法五柳云。尝云"酒中有深味"，此语非刘伶、阮籍不知也。公平生重然诺，乡里争竞，得公一言冰释。待人极宽，租科不较，遇佃新寡，十年不责，以长其孤，著为令，故乡里人人德之。享年六十有七。

孺人严氏，幼庄谨，父李载公素钟爱之。母邵太君多疾，故孺人髫年即司中馈。及笄归张公遵湄，事舅姑以孝闻。戊子，姑病笃，时遵湄乡试未归，孺人侍汤药，虔祷誓以身代。

及姑殁，水浆不入口。相夫子尽丧礼，舅悯孺人之劳，继娶余氏，年相若，孺人事之若霍太君，余氏喜。仲英公病剧，亦大惬曰："真不忝吾家媳矣。"含笑而逝。遵湄公未几病没，孺人治家益严。特好施予，亲邻贫乏，咸叨周恤。然不佞佛，邻媪曲说之，不少惑也。年七十三中风，自后厌厌床第，寿八十五而没。每病中进佳味，辄歉然曰："何太丰也！吾虽老，终未亡人也，忍背汝父独享乎？"又尝训孙女曰："《温氏母训》云：'寡妇勤，一字经。'吾虽至百岁，犹未亡人也，故昨夜梦纺绩不辍，汝曹当自幼勉之。"故孺人之殁也，诸孙女皆哭之失声，曰："吾祖母之训，实圣经贤传也。"人以为确论云。

古民曰：吾乡之土风朴而厚，大胜三吴，然未有张巷遵湄公之识大体，亲疏有序而恩无不浃者。三年以来，随吾踪迹所至，男妇老幼，下及佣丐，无不人人传诵，以为如此仁厚而艰于嗣续，天道真无知，四海九州实抱兹公愤矣。盖数十里以内，民之口碑如一人。《泰誓》曰："天视自我，民视天人。"岂有二哉！

劳熊贞妇小传

女熊氏与劳氏子世臣中表缔姻，世臣长得恶疾，十六早夭。女闻讣恸绝，欲奔丧，父母不许，女遂易服，独处一楼纺绩，誓不更字。既而其叔绐之云："有富家儿将行聘。"女闻之，登楼饮卤死，救之苏。舅姑感其诚，欲筑生圹以附世臣，贫不果。乾隆十九年五月廿二日，忽沐浴拜别父母，曰："儿今夕得死所矣。"少选，整襟而逝，时年二十有九。古铭曰：蔡人妻，宋女也，既嫁而夫有恶疾，父母欲改嫁之，不从。紫阳子列之小学，明信荣哉。若熊氏未嫁而死自誓，岂中道乎？然秉性贞一，不读书而殉义，又预知死期，大类程子时董五经静极知消息，非商彝周鼎叔世之法物乎？呜呼！亦可敬已。

李卧生先生传

君讳文龙，字爰一，一字卧生。余年十九，谒姚蛰庵先生于膝窝，时卧生子初殁，蛰庵感悼，谓余曰："卧生子，豪杰也，世居吴江，迁禾郡。乙酉城破，奉母栖濮水。平生艰苦，业织缣，机左列书册吟诵，记疑义，质诸友朋。与遁野复庵金先生交最契，或月夜徒步十里问难，晓反织，所工不辍，率以为常。舍弟四夏尝斥之曰：'兄辨难太执，寒家累叶书香，君胡不自反？'卧生正色曰：'穷理当究一真是非，公奈何以门第陵人？重瞳楚世族，赤帝子泗上亭长，王侯将相有种乎？'余弟为之屈服。"君年三十，始内室某氏，渐起家，购古今书籍充栋，从蛰庵借《杨园遗集》手录展玩，永夜不辍。遁野有宋末老梅，虬枝铁干，特立云表，东南遗老□□□□往往吟啸其下。君随复庵日哦其间，赏奇析疑不少倦。又尝偕访紫云先生，两湖名胜一一游览，尝谓儿辈曰："吾澉湖之游甚快，唯膺窠日月合璧不及见，以为恨事。"晚年老屋三楹，列书史，题顾铭云："砭之订之，常目在兹，静存动察，左右取资。"又葺斗室，颜曰"膝窝"，跋云："啸正常时，抱坐当久，处穿易安，吾膴不下，屈□人前。"中设一几一榻，日夕检阅书策疑字。间涉医学，活人甚夥。自复庵殁后，益叹老成凋落，遣长孙元锦从卜师人木，家延蛰庵课次孙元绣小学。是年遂以病卒，年七十有二。生前明崇祯六年某月某日，卒今康熙四十一年五月某日，配某孺人，生二子：长敏芳有隽才，自号玉峤仙史，早世；次敏芬，今八十有四，徙居新溪，守先训，博学不应试。长孙元锦亦早殁，次孙元绣敦行，工诗文，具行状，请余为传，因志其略。

论曰：当未城破时，君方弱冠，苟不立□志慕名节近正人，不过碌碌勤俭起家，有田宅已耳。乃睥睨当世荣名，独讲遗编，从诸遗老商榷。及丁母忧，哀动乡党，三年蔬食，不作佛事焚楮币，其过人远矣。创诗书于国破家亡之日，使贤子孙可继可传。蓬生麻中，不扶而直，诸贤之鼓厉薰陶，谓非杨园之遗泽哉？

张汉木传

君讳宿，字汉木，秀水人，居零东乡，本姓徐，父诸生。君自襁褓继张氏，继父早亡，继母抚之成立。事母孝，少贫不学，忽从佛经识字，始求四子书及五经遍读之，天资颖异，过目成诵，旁涉天文地理、医卜太乙、六壬奇门诸书，无不井井。娶王氏，生子女各一。赤贫苦节，糠覈不饱，或绝粮数日，则焚香默坐，不屑乞假邻戚。尝谓余曰："公好大言，天子不得臣，诸侯不得友，若寒不可得而衣，饥不可得而食，老汉颇不让也。"君禀质厚，臂力过人，少习耕，桔槔独挽如飞。一饮百觚，或规之，即立誓三为度，终身不改。中年自省非张氏子，访本生父，拜泣曰："儿不知为大人遗体也。"父殁奔丧，蔬食三年，然与之田，勿受，曰："张氏无后，沐抚育恩，忍复姓乎？"余以莒人灭鄫讽之，君不谓然也。始训蒙，不给，乃更岐黄，活人甚众。遂稍复故产，立分称法，典佃均收，兼创条例若干。欲上当事，同行两浙，不果，乃为乡约正，以孝弟化导闾里，人畏敬之。卒年六十有四，己巳六月八日也，遗命三日即窆金井山，向皆预定云。

论曰：君迂不谐俗，与余交独契，余每过遁野，辄联床剧谈。然性多执拗，力主三教一原。余去冬寄以永别诗，云："一生不合惟儒释，独卧何曾愧枕衾。"此较之不好佛而逾闲荡检者，奚啻什伯哉！天与奇质，使逊心受直言，造诣何量？而刚愎自是，春秋之义不明，不学无术，良可悼矣。

渔村处士传

自蛰庵馆渔村之膝窝，余兄弟始得读杨园书。与渔村交最久，熟悉其生平，故于其卒也，为之传曰：渔村姓李氏，讳敏芬，字维馨，号复斋，一号渔村。考卧生子，生子二，君居次。幼笃挚，嗜读书，受业姚蛰庵、金复庵两先生门下。蛰庵理学为杨园高弟，复庵气节嘉湖领袖，其世父完诚公忠义勤王，家遁野，有南宋老梅四方，遗老裙屐游憩，题咏成帙。两先生与澉湖何云士先生至交，云士宾客盈座，唯凌子渝安严毅方正，为杨园亚君，时从诸长者杖履盘桓，挹其丰采，闻其绪论，识益扩，学益进。事二亲色养，居父丧，三年不逾苫。次延蛰庵课次子元绣，长子元锦命附学卜先生人木。遁野寓宾□□□时来赏奇，幽湖人推膝窝为柴桑里，不虚也。嗣以食指渐增，濮居湫隘，奉母徙新塍百岁坊，颜其堂曰"淡宁"。绩置儒先典籍，手披口讽，不间寒暑。间涉岐黄，然绝酬应，曰："学医人费不敢尝也。"初配吴氏孺人，生子三，女一，中年谢世。更娶严氏，生子三，女一。吴孺人有淑德，父振寰公，居新塍东北之渔村，一村百余家皆同姓。泥垣竹笆，春时桃杏列行，晚秋菱叶菰蒲浮水，宛然桃源。君婚后每过外氏，辄低回不去，其号村以此。孺人素有家法，训子女极严，当蛰庵课元绣小学时，问“饿死事小”作何解，元绣曰：“名节如泰山，性命如鸿毛。”孺人从屏后闻之，喜曰：“髫龀识大义，长当成名。”因训长女曰：“不独男子，即女郎不当奉为蓍蔡乎？”殁时年仅三十有九，老姑哭之恸，曰：“吾暮年藉贤媳孝养，乃先我去耶？”邻里闻之泣下。盖孺人事姑，事事先意承志，姻党称颂有素也。君伯兄敏芳负奇才，早世，君笃于手足，年八十余为儿辈述之，尚濡涕。余去春为卧生子传，君读之饮泣，然精力尚矍铄，三月十日遂得君讣，悲哉！君生于康熙丁未十一月二十一日，卒于乾隆辛未之季春。子六人：元锦先殁，次元绣，次元素，次元纶，次元丝，元绂早世。孙男六人。

论曰：卧生子崛起丧乱，创业诗书，渔村继其学，苟不安丘壑，以求显亲，虽登大耋，何颜拜翁泉下哉？乃手遗编，草茅枯槁以没其齿，夫事亲不辱为难是，岂物色者稀幸而免乎？余每过淡宁，辄留信宿，互质疑义，出书画属题跋，尝笑谓余曰：“公初来膝窝，次儿方丱角，今乃刻烛抗行分韵，亦他年一公案也。”呜呼！余七十无儿，而君有令子为名诸生，五旬后亦绝应试，君复何憾哉！

程节妇孟孺人传

孟孺人，程君起鸾配也，康熙丙辰归君。阅一载，君病卒，孺人年甫二十，无子女。母党讽之嫁，哭詈之。祖姑闻，告长子起龙。时昆弟已析箸，起龙慨然曰：“弟妇守志，吾家庆也。吾虽贫，不赡之终身者，神明殛之。”节妇遂拈香家祠立誓，自此茹素，坐卧一楼，虽至戚不一面。起龙以第四子铭后之，早世，又继以第五子镐。癸酉，节妇葬君于祖茔。辛卯六月以疾卒，年五十四。

论曰：少寡无子，讽以嫁，痛詈之，可谓无所为而为矣。即伯氏不设誓，赡之终身，宁虑其有他志哉？然天怜苦节，必有玉成之者，非偶然也。吾见守节之士，初志甚坚，而曲说摇之。始焉痛詈，终则婉从者，不少矣，而况妇人哉！有兄弟然后有夫妇，有朋友然后有君臣，亶其然乎！

节孝劳孺人谢氏传

孺人谢氏，考字与立，妣劳氏。自幼端重，勤女工，不好嬉戏。父病痿暑，卧床不下帷，孺人年十一，执箑驱蚊，至夜凉乃止，晨起亦如之，历三暑不辍，以孝闻。年十五，归劳君声宣，讳振金，才十三龄，与兄析爨。孺人有干济才，初嫁即督阃政，内外井井。明年，怂恿夫子延师，供膳丰腆，宾为师来者礼之如师。甲辰，延蕉轩谢先生，益奋学，学日进。禀素弱，遂患瘵，闻鸡犬声血辄涌。孺人脱簪珥，兼弃沃产易参延医，积五载，不〔瘳〕(廖)。孺人神前焚贷券，叩天祈身代，情孔迫。夫子谓曰：“我病必不起，汝必不生，然徒死，不如立后抚孤。”遂卒。孺人誓身殉，水浆数日不入，口既念遗命未决，父复曲谕之，始进粥。时邻媪密语云：“伪娠遗腹，继血窝，良策也。”孺人艴然曰：“渎姓乱宗，获罪祖先，何忍哉！”遂立犹子元臣为后，布衣粗粝，纺绩无间寒暑，以余资渐复旧弃田。元臣早死，生子四，孺人复延师严课之。尝训长孙学瀛曰：“人不可一日不学，家不可一日无师，汝祖以学致疾禀弱，岂学之咎哉！汝父不学，得永年乎？汝其勖诸！”孺人遵父训，终身不佞佛，唯好施予贫乏，族党咸诵之。学瀛五百里驰雪渔先生书，来乞言，将征诗文为祖母五旬寿，故本行实列为传。

论曰：余无儿，为伯兄立后，不复身计者，盖有监于世俗徒利所后之产，而情终薄于嗣父母也。呜呼！若孺人者，所后没，而所后之承重，乃惓惓为表王母苦节，求之叔季，可多觏耶？然非孺人明大义，敦师道，宁学而死，不可不学而生，毅然不挠，亦安得有贤后嗣哉！闻孺人孀后，闺中长悬一牌，大书“忍”字，盖天资谨严，与明温母夫人暗合也。呜呼！艰哉！

杨节妇朱孺人传（壬申）

节妇朱孺人，梅里人，父敬堂，母严氏。天性孝嫕，母病，衣不解带者数月。崇祯三年春，适杨君万钟为继室。阅四载，夫亡，节妇年甫二十二，生儿在襁褓，前子才数龄，誓以身殉。族党曲谕曰：“忠臣托孤寄命，徒以刎颈报国，可乎？”节妇幼读书，识大义，闻之悚然，遂强起乳哺。自是沐泪栉涕抚二孤，延师督课，董内外家政，接宾承祭，举先世窀穸，辛勤纺织，悉辨于十指，族党咸钦颂之。康熙十年季冬卒，年六十一。郡守吴永芳采入郡志。

古民曰：节妇夫亡时，当崇祯壬申，东南文坫，西北流氛，交乱于世，饥荒相仍，赤子涂毒，不十余年而国亡，朝中妇人改妆再适者分然成群。而孺人以少寡经乱离，抚孤成立，营先世窆事，鞠躬尽瘁，历三十九年如一日，谓非板荡之忠臣，胜诗文名世之男子委蛇丧节者不万万哉？吾生也晚，惜不令申酉诸公掩袂含涕，一诵孺人传也，悲夫！

贞烈张母徐硕人小传

烈妇徐硕人归张公秉钧。公疾，硕人奉汤药不倦。疾革时，谓硕人曰：“我殆不起，君奈何？”硕人曰：“惟一死耳。”曰：“奈诸孤何？”曰：“有伯姒在，何虑？”公卒，硕人即百计求死，家人密护之，不得遂。逾两月，渐辍，哭言儿如常，守者少懈。一夕，伺戚属子女辈先就寝，独逡巡楼下，纫针补缀。次晨家人起，失硕人所在，惊觅不得，烛庑下井中在焉。急起之，气绝越宿矣。衣裳百结联缀，不可解，遂以殓。三日颜色如生，远近闻之，叹息泣下。时康熙癸丑二月十九日也。

赞曰：夫妇之义等于君臣，存孤不易，殉节亦难。硕人有诸子，可不死，特以面许夫子，不忍食言，乃从容以遂其慷慨之志，可谓勇而信矣。视世之逡巡畏死，借口抚孤以自便其私者，不啻壤耶！而格于年例，不获旌锡，良可悼也。夫一言既矢，金石不渝，贞烈之性又安可没哉？

徐节妇吴硕人小传

硕人，〔硖〕（峡）川人，吴公讳某字甫申女，归徐君询周（讳宗盐，邑庠生。），逮事舅姑，得其欢心。询周早殁，硕人年三十三，哭过哀，患目眚。子楹甫六龄，栎二龄耳。家故贫，辛亥、壬子值荒歉，竭女红供甘旨。乙卯舅卒，硕人亦病，两目遂失明。自是纺绩薪水暗中摸索，供丧祭，教两孤，喃喃训以身体实践，不徒事章句，语皆暗合先儒之旨。壬戌三月卒，年四十六。以不协例，未及旌云。

古民曰：西河哭子丧明为溺爱，硕人以夫与舅丧明，巾帼过于昔贤矣。桐乡程异隐先生赞朱节妇云：“非唯失节之妇恧然，世有身不离先王之法服，口不绝先王之法言，而为移座客者，闻节妇之风，亦可知愧矣。”余于徐硕人亦云然。而硕人之遇与操弥苦矣，余非盲于心者，而立德不如巽隐，何以不朽我节妇哉？噫！

吴节妇张孺人传

节妇年二十归吴君天机，故明吏部郎、甲戌进士讳本泰侄孙也。天机早世，节妇年三十，子女尚幼，家酷贫，乃勤纺绩抚之。及长婚配。长肇祯，次肇龙、为商，相继客死。又抚孤孙至成立。寿八十四，生顺治十三年，卒乾隆四年。

论曰：呜呼！甲申以后，明进士改节再适者，可胜数哉？夫犹君也。节妇三十夫亡，至八十四,二子客死，又抚孤孙，遇弥艰矣，而始终完节。本泰公九原可起，得不自庆闺阁有文山叠山哉！或者拘于年例，必更之曰“二十九而寡”，非信史矣。

蒋节妇张孺人传（辛未）

节妇张氏，年十九归蒋君兰芳。阅两载，兰芳病卒，节妇痛不欲生，家人苦谕之，乃起，抚周岁女。继从子纯斯，越数载复夭，无后。庚申，姑亡。癸亥，拮据葬姑及夫，遵灰隔法。今五十一。节妇弟学川及女皆从余学。学川尝以姊食贫，不得题旌为恨。节妇慨然曰：“夫死不嫁，天经地义，妇人常事。若图旌奖，是为利也。吾见富家夤缘得之，苟不称实，雷震石坊，徒为辱鬼耳。”学川为之叹服。

古民曰：余壬子秋坐静愉斋池上纳凉，节妇犹子担斯谓余曰：“两间恨事，杨园为紫阳后一人而不得列两庑，何也？”余笑曰：“彼张璁勀忘宋事元，应黜者何人哉？非杨园，或反以从祀玷；果为杨园，不以不从祀晦也。”大哉节妇之言乎！与鄙见适符矣。来雨月明，起担斯于九原，当为拊掌也。

双节传

金孺人，诸生张君讳宏道配也，年二十六夫亡守志，事舅姑以孝闻。既而舅姑及祖姑、夫弟远恂、娣沈氏、李氏俱相继殁，以一孤嫠，歉岁支吾七丧，人以为难，且竭纺绩营葬费。至丙申春冬，遵家礼，灰隔法葬祖姑及舅姑，及夫以下凡十一丧。立犹子行冲为夫嗣。年六十七而卒。 李孺人即宏道弟宏进配也，十六而嫁，二十寡，惟一女，苦节十九年如一日，事舅姑孝，教女严，里党奉为阃则，年三十八而卒。弥留女请遗训，曰:“女忆五叔母沈孺人乎？卒时以己产十亩为祖墓公祭田，吾田倍之，亦以半入公祭，可不及其他。”

古民曰:横山张氏多节妇,或以咎青乌家,予谓不然。忠孝节烈,都由先世德泽,多多益善。不然，庸夫妇世庆齐眉，甚且遗玷前人，何足艳哉？习俗慢葬，伟然丈夫有数世羁厝宫腼然人世者；金孺人以十指营十一丧于四载之间，九泉永固，立嗣承祧，其所见者远矣。

敦行录

诸先生及亡友遗言，予既有记载，其存而寿考敦行不怠者，唯吾张子莘皋，美不胜书。虽订交三十余年，自戊申以前，带水闲之；癸丑以后，两江辽阔，所闻所见恨不及详。然即五载聚处，目击而心慕者，亦复不少。故山岑寂，蕉窗夜寒，为一一记忆，挑灯书之，曰《敦行录》，以示诸生，俾知风颓波靡，老成典刑犹可式也。丁巳冬仲朔，书于卧雪轩之南牖。

张子讳朝晋，字莘皋，海盐横山人，居海昌之〔硖〕（峡）石北关。居母丧，哀毁骨立，三年不饮酒食肉御内。谋葬时，扶病至海昌，及大东门，呕血数升当道上，遂舁至蜀山草堂。蜀山先生（姓范，名鲲，字北溟。）感其诚，偕往澉湖山中，得伏狮山麓。

张子不信堪舆，遂为云津公及两硕人合窆焉（蜀山先生为墓志。）。云津公殁久，柩已毁。张子欲易棺敛，戚族执不可，张子号恸，愿伏开棺大罪。乃预筑屋一间于旧所葬穴上，仿陈几亭先生法，先置板二片如木梳式，称棺之长，削竹片数十，如棺之阔有奇，并制大衾及幅巾绵衣裳。去棺盖及两旁腐木，加一薄板方罩罩尸，将竹片横插入棺底之上、腐褥之下，自首及足，殆遍以绵线如编帘，两边连络，次以梳板左右各从竹帘下衬合。去薄板罩，去骨上腐衣，加被，两人舁梳板（两头又横一小板。），两人旁扶，置大衾上，众子弟举衾纳于新棺，次加幅巾、袄袴、衫被等如初殁大小，敛校衿而略杀之。既满，棺口敛衾加盖，生漆封口（不用铁钉，以苏木代钉作笋箫之。）。初时戚属怦怦不安，及敛后封盖，方流涕叹服，谓凡迁葬者必如是，而人子之心乃安也。此可谓万世不得已人子改葬之法。盖世俗多用小匣拾骨，使遗骸散而复合，又簇大作小，失其本位大不安。如张子法，改敛改棺而不纤毫震动遗体，可谓尽善尽美，无少遗憾矣。先是，杨园如夫人陆氏贫老，张子制赠寿棺，至是移用改敛云津公，盖仓卒患别制不及漆也，葬后又为陆择木焉。葬时开金井，中有巨石子，用百人升之，乃筑底。忽山穴水冲，金井皆满，大惊，或曰："狐兔之窟，乱石塞之可已。"张子曰："乱石有罅隙，不可用。"即用三和土，如穴之深，筑之令实，竣事约费五百余金云。

叔父秉均公、叔母贞烈徐孺人殁，五十八年不葬。张子力襄其役，抱病亲入龙井山置鸟樟，董湖工灰沙坚筑，今峨然成冢矣。秉均公孙时中中甲午科解元。

诸从男妇凡数十棺，皆捐费择地葬之，亦仿朱子灰隔，不以卑幼简略也。

外祖朱公象辅无后，买山葬之，属诸子岁墓祭必及。又郭公元臣即朱之婿、张之外父，而郭公夫人又张子从母也，亦无后，附葬朱公之旁。

侄女嫁袁花查，生甥孙国传，幼联姻蒋氏，年二十三，贫不能昏。张子赠十金，为之择吉成礼。

同曾祖弟静斋居武原，一日来攸芋堂，张子问弟近况及诸从子若何，静斋语颇支吾。穷之，则曰："家贫不得已，女鬻于桐乡朱（字羽采），儿鬻于鸳湖潘矣。"张子愀然，遂卖己田得三十金，就两家赎归。预为女觅婚家，即夕成礼；为从子觅生计，送之虎林钱铺。初至桐乡，朱羽采夫人不允，张子率宗人跪门者三日，其西席吴某感泣，以去就争力言于主母，始得归。

杨园先生后人五棺不葬，张子创议，约周子旦雯、许子醇夫及诸同学鸠金印先生集，余二十金，灰沙附筑，并杨园主穴亦加灰沙于砖墩外，诚义举也。今先生集已付灰烬，为之三叹。中《见闻言行录》，张子所独镌也，幸存攸芋堂，及永思楼火，亦被灾矣。

杨园无后，继族孙文明，贫不能娶。张子创会，约同人为之觅姻，今尚存周子旦雯处。

虑族人贫者多用火葬，乃委曲开譬，捐山地数亩，令聚葬焉。其粮则分属子侄代纳。

乙巳仿唐灏如葬会，举三十二人，每会四星，约七年毕事。先生盖虚坐十会，以襄亲友之葬，不责其偿也。壬子复举三十四人，每人六星，如前法。中有极贫士，则有力者坐百金，为权子母代之发会，尤为尽善。余有诗纪其事。

岁时祠墓及诸忌祭，必诚必信，岁常费三十金许。

曾王母庄孺人立节孝坊，有司建祠武原，张子为饰窗垣及神座，费二十余金。祠中凡十九主，设祭公奠，怂恿各家后裔合置祭田，期永久弗替云。

张子气貌温恭，终身无忿厉之色。初有田六百亩，以丧祭婚葬及诸义举，仅存其半，流俗目为败子怪魁，然艺林儒党无不啧啧叹羡。许子兴宗尝称曰："此今之紫阳子也。"余外父金晨村先生曰："如莘翁者，方不愧仁人孝子。"其为时议推重如此。

凡朋友间贫窘，不待乞假，尝托事馈赠而不居其名。如许石、孟丘、以宾诸人每来，辄赠金曰："某书烦公一钞，些微持往，佐纸笔耳。"初不问其书之竣也。

范北溟先生尝为张子尊公择地澉湖，襄葬数月。先生歿，贫不克葬，张子措灰沙，为附于范氏祖茔之旁。（并助之木榑。）

吴元复先生（讳晞渊，号克轩。）初与余至〔硖〕（峡）访张子，订交以来几三十年，均叨缓急。张子命幼儿景曾从余游，甫半载病归，阅岁不起。后数月，张子持二金赠余曰："小儿闻师母染疴，属纩时，属以此佐医药。"余挥涕受之。戊申秋，克轩患痢笃，张子觅高丽参往候。疾卒不起，贫不克葬，遂以十金约夏子友梅祔穴于裒仲先生之侧。余有诗云："大雪空山营窀穸，二公高义薄云天。"由今日交道言之，此风何可多得哉！

许子醇夫尝谓余曰："不意莘翁涵养，何由到此！余每见，不觉矜情躁气一时收摄，虽欲多出一语不敢也。"

余初交张子时，范先生笑曰："此等关门吃饭人，何济事！"后数年，复谓余曰："不意此公如许诚笃果毅，前言可谓轻量天下士。"

吴先生曰："他人讲学只是口头好听，如莘皋者，乃实从彝伦上躬行力践。此两山灵气所钟，非偶然也。"

庚戌夏，过余斋中，恻然曰："令先兄大宗，先生年近五十，奈何不娶妾为嗣续计？弟已为公鸠一会矣。"辛亥春，余遂纳一婢。

张子尝谓余曰："子弟初克己时极难。余初学时，遇欲念发，必置经书几上恭揖，肃然起敬，则邪念自冰消冻释矣。此丑态不当述诸有道，然却是后生良剂也。"

老仆张隆及张子幼时乳媪许思椿夫妇，各买地埋之，其粮则命子孙代纳。蒋子担斯尝叹曰："人各有命，作了张老相公家人奶子，也得入土，幸哉！"

西山诸僧人亲炙张子，亦自悟火葬之非，商诸张子。张子曰："葬火骨惨，不如葬生骨。"因谕以觅漆铺中漆桶食漆透者，置生骨其中，以漆封盖，上下四围以三和土筑之成坟。诸僧人皆感泣曰："张相公真能用夏变夷也！"

立祭田若干亩，与从兄锡韩益昆纂规约数十条，余尝为之跋。

又置塾田，以瞻子弟之读书于宗祠之内者，余亦有跋。

构永思楼祀其先人，属余为记。及甲寅九月朔之夕，童炊茗不戒，于火灾焉。张子愀然谓余曰："此祀事不虔，天降之罚也，盍记之以志吾过？"余复作《永思楼灾记》。

一日，阅余《范波舆小传》，曰："笔墨当存厚道，姻娅间数语，虽实有其事，可删也。"

又云："余始谒蜀山时，先生云：'学者当以四书为律，以我身为罪人，刻刻纠治，庶乎鲜矣。'至今不敢忘也。"

张子以始祖无考，每寒食，率子侄望祭之。据梓见，始祖便有考，也祭不得，况无考乎？虽不失为厚，然却是不学无术也。

张子素不食烟，以寒疾破例，然尝谓梓曰："见先生便不敢吃矣。"

行述

先妣杨氏孺人行略

先妣孺人杨氏，浙西嘉邑梅里人，行一，父与莘公隐于农，母仲氏。生于戊子正月二十九日，戊申归先君。时先君极贫，娶孺人赖有内助，稍起家业，然中馈外，未尝一言及家政。先君天性孝友，孺人体先君意，事姑执妇道病侍汤药，中裙厕牏必身浣涤，处娣姒间谦和淑慎，或以逆来辄顺受之。以故终先君世，同居三十余年庭无间言，遇祭祀必躬执爨，待宾师务尽诚敬，性淡泊，喜习勤苦，昧爽即起经理内事，纺绩不间寒暑，终身食蔬衣布，非严寒不绵衣也。梓尝请制裘服，孺人曰："汝舅去冬尚拥败絮，我如此已过分矣。"每进糕饵，必曰："何为多此？天下衣食不给者正多也。"气质温和，虽病无疾言遽色。遇藏获甚宽，与服食常过厚，曰："丰美不能，岂可冻馁乎？"衣裳垢或亲浣涤，曰："婢仆辈良苦，用人当节其劳。"诸妇或过笞扑，必恻然曰："身体发肤，受之父母，贵贱一也，少示儆足矣。"梓幼不信释老，语及佛氏辄肆诟詈，孺人戒曰："此便是不敬，汝不信则已，何骂？"及成童，时偶闻故乡一老父死，梓叹曰："此老不成人，应死已久。"孺人叱曰："轻薄儿！汝遂成人耶，闻人死无恻隐心，长当何如？"及梓兄弟从诸先生游，始喜曰："两儿自此学为正直人矣。"诸先生或时枉顾，虽深夜必忻然起，检视中馈，或以迂腐病之，孺人不顾也。间闻梓兄弟诵书史至忠孝节烈事，未尝不流涕叹赏；偶及乱贼弑逆，即惊怒切齿曰："书传间何为载此？"梓敬对曰："示鉴耳。"孺人叹曰："不肖者读之行且效尤，岂知儆乎？"处闺门极严，虽暮年无故未尝出中门，苟非亲戚，五尺童子亦必避之。疾革犹下帷诊脉，梓请曰："医须望色。"孺人曰："我平生不惯见人。"其饬身严谨类如此。事先君甚敬。先君病久，孺人晨夕奉事，祁寒暑雨，中夜起侍，以是成痼疾积，十余年不愈，不悔也。及病剧，问侍者曰："具后事乎？"曰："否。"孺人曰："死生有命，吾何畏哉？"克轩先生至诊治，问供膳何具，对曰："蔬饭耳。"孺人歉然曰："重烦高贤，特鸡不设，毋乃太简乎。"性好洁，唯恐见恶于人，易箦时，犹强起登厕，反席未安而卒，时丁亥正月五日也，年六十。呜呼痛哉！先孺人平生懿训，不孝不能践行一二，恐久而遗忘，无以蠲濯自新，终忝所生益增罪誉，敬述其略于右，常目在之，庶其有警。丁亥季春望后二日，不孝梓泣血稽颡书。

赞

关缪壮像赞

国十之风，气矜之隆。唯髯绝伦，以刚全忠。何物阿寿，病公自伐。岂知劲木，当飙不蹶。兄弟君臣，三分正朔。麟经一编，日星河岳。

谢蕉轩先生像赞

维蕉之阴，染天簸绿。卷舒有时，风静以沐。不避竹弹，不虞暑酷。如屏如帱，广荫我屋。中有达人，握管沉吟。种纸蓄墨，盱古衡今。学在体物，道无近名。诗若而腴，貌癯以清。三季已邈，六籍谁亲。孤翠不落，雪庐永春。

谢母吴孺人像赞

延陵闺淑，东山贤媛。祖姑君姑，洁尔羞膳。有夫儒雅（蕉轩之配。），相之醇肆。蕉雨灯深，订诗续志。有子超旷（雪渔之母。），训之敛约。雪庐冰凝，韬锋淬锷。梓忝纪群，登堂未拜。瞻仰遗徽，忾闻锵佩。

节孝魏杨氏像赞

夫妇大伦，君臣齐鹄。吁嗟此道，令人颠覆。国亡再醮，败常乱俗。号曰希圣，两庑徒辱。惟魏夫人，如冰如玉。十九夫亡，守此遗腹。雪中幽篁，□□贞木。惟贤惟孝，以似以续。古民题赞，千秋实录。

论

朱翁子论

檇李陵墓严助与朱买臣并传，而助之名不显，惟翁子灼灼人耳目，至为传奇，儿童妇女其欣艳之者，厥妇实成之也。夫妇人伦之大纲，因贫而弃其夫，可羞孰甚焉？甚其妇之罪，而忘其夫之鄙，又安知夫之可羞有甚于妇者乎？妇人不知书，其逾闲荡检不足责，若翁子固所称担束薪负书，歌讴道中者也，其所诵之书果何书乎？四皓及鲁两生遇汉高尚不出，梁伯鸾生不遇明时，率其妇隐于伯通之庑下，食必举案，刑于之化何如乎？使翁子亦能如董子之下帷，三年不窥园，正身以化门内，其妇未必不格。即献书阙下，陈说《春秋》《楚辞》，用则行，不用则退，身亦未必不保。夫小有才而不闻大道，无以保妻子，即无以保身。翁子之语妇曰："吾五十当富贵，汝苦日久，待我富贵，报汝功夫。"志在富贵，则妇亦慕富贵；慕富贵而富贵不至，且惧其饿死沟壑，安得不求去？使翁子生后汉时，未必不去禅事丕也。怒妇之去，力求富贵而辱之，且以傲故人之素讪笑者，翁子之为翁子，如是而止耳。一旦而拜会稽守，富贵归故乡，如衣绣昼行，翁子之愿遂矣。于是衣故衣，怀其印绶，出故人之不意而惊骇之，长安厩吏乘驷马来迎，县吏并送迎，车百余乘入吴界，使其故妻及夫治道逡巡，匍匐而不敢仰视。悉召见故人，与饮食诸，尝有恩者，皆报复之，翁子之愤泄矣。其受诏将兵，破东越有绩，适遇好大喜功之主，侥幸而成耳，非其才之足以济变，实有裨于社稷生民也。其发丞相汤阴事而并见诛，固不足惜也。然则翁子之为夫，其可羞若此，又安足传？而儿童妇女至今欣艳之者，非其妇，实有以成之乎？虽然三代而下，道德功名之士百不得一，其咿唔毕生以求报其妻，而为里俗交游光宠者，又岂特翁子为然哉？

论秋胡

比干剖心，孔子与其仁；屈原怀石过于忠，朱子犹取焉。人独于秋胡一事，谓其以小过而陷夫以杀妇之名，此不知夫妇之义也。妇佐夫以成德，犹夫之刑于寡妻也。有妇焉，或犯于淫，则七出之例严不为贷。丈夫读书，其立行宜严于妇人，而逾闲荡检一至于此，吾无以谕夫于道，而坐视其陷于恶而莫之止，不如一死以悟之，庶几其激而改焉。此秋胡之妇之所以捐躯不顾也，岂若婢妾计无复之，而引决沟渎者乎？伯夷于乡人，冠不正，去之。若浼况其夫之亲，而不正不止于冠，而恝然置之，是不仁也；是犹见其君之即于慝，而以其拒谏而弃之，是不忠也。不仁不忠，秋胡妇之所不忍出也。呜呼！处伦常骨肉之间，至于宛转呼号，椎心泣血而不可挽，不得已而出于一死以悟君，其用心良苦矣。而说者犹以过于中庸病之，其弊必至同恶相济，而后谓之孝子顺妇也，可乎哉！孟子曰："圣人百世之师也，伯夷圣之清者也。"余亦曰："闻秋胡妇之风者，顽夫廉懦夫有立志。"

论血窝继

友人徐子汉木、李子霖哉皆血窝出继，一为张，一为朱。汉木执不复姓，霖哉介两可间。徐子朗行曰："霖哉已成进士，为邑令而无子，因继朱氏一侄，若霖哉复姓李，则此侄为无父之子，奈何？必霖哉复立一同兄弟辈为朱氏先人后，而己乃归宗，为两全之策。若汉木，则张氏无后，不当复姓，不然襁褓恩勤至于成立，何以报之？"余曰："非也。莒人灭鄫，鄫人之所以抚莒人者，非无恩也；莒人之所以报鄫人者，非无情也，而《春秋》书之曰'灭'，何也？有同姓子侄，舍之不立，而阴蓄异姓以乱宗祧，此大罪也。身负大罪，鞠育徒劳，饱则飏去。虽登科甲，历显仕，而俎豆封诰不得与焉，此天理之昭灼，人事之明验，正足垂戒后世，为前车之鉴，使不敢复萌篡窃之阴谋，以获罪于祖宗，其于世道人心未必无小补也。为汉木计，以大义告张氏之墓，孑然率妻子复本姓。张氏有子侄，则择而立之，归其遗产，使主其祀；无则代摄其遗产，岁一祀张氏之父母以报其私恩，临时设位，不得立主，终己之身而止。准情酌礼，不过如是已耳。如曰：‘徐氏有兄，张氏无嗣，吾不忍负抚育恩，愿吾世世不复本姓。’此匹夫匹妇之谅，妇人女子之忠而已。夫张氏之绝，自汉木血窝入门之夕，绝已久矣。律以《春秋》之义，则灭张氏之后者，即汉木也，而犹煦煦然自谓报本酬恩之子乎？”

论归葬

余故人范子巨川之门人钱生峙山为幕宾，殁于蜀。子晓村闻讣号恸，万里奔丧，负遗骨归厝先茔，亦曰孝矣。及叩其实，则蜀之主人已葬峙山之棺，且立石表其墓道。晓村复启圹，焚其僵骸，入小匣而归。噫！是知经而不知权也。父客死，子奉柩归葬，经也；已葬他乡，无力迁柩，则属土人世守其墓，号恸而返，间数岁一省焉，权也。必不得已，拾生骨，奉巨匣而迁，犹之可也。启棺而值僵体则仍封其窆，宁使父为异乡之鬼，何忍投诸烈焰，毁其骨而灰之，置亲于极恶大逆之刑，以成吾万里归葬之名，人子独何心哉？虽然五胡以后，习俗渐濡非一日矣，于晓村又何责焉？彼狎见夫三吴之风，家尚小康，集僧道亲戚，无端火其先人之骨，贮瓦缶，表石亭，漫谓情事已伸者，则晓村之不得已而毁骸，且自居可与权矣。吾为此论，毋乃知经而不知权也欤？或曰：“有峙山，则宜有峙山之子，不然，何以惊世之好远游者？”噫！是或一道也。

论纳弟婢为妾

新溪金巩庵弟殁，纳弟之婢为妾。或讥其非礼，余白之曰：“巩庵无子，妻死不再娶数年矣。所望者，弟生二子，分一以后已耳。而弟又无子而殁，弟妇乃请于兄公，巩庵不得已而纳之。此处礼之变而不失其常者也，何病焉？”或曰：“弟婢可纳，则弟之妾亦可乎？”曰：“不可。”曰：“然则弟存时，安知其不染于婢，而纳之是渎也？”曰：“弟妇不忍宗祀之不血食，而纳婢于兄公，此明大义者也。夫之染否，岂不了然，而敢以进御乎？”或又曰：“然则夫存时，何不进之夫以延厥祀？待夫死而始念及宗祧，终不免于妒，而何贤之有？”曰：“是何子之苛也！吾见世之悍妇不欲夫之蓄妾，且将胥天下之纳桃叶者而唾之骂之，况夫之兄同处于室中者乎？况己则孀居，而坐视其婢之耦坐而偕行者乎？夫不蓄妾，尚不得下寿，知夫者莫若妻，其不进婢于夫，宜也。夫既殁，则延宗祀者惟伯氏一人，不避嫌而进之兄公，忘其贱而与之同列，可不谓贤乎？不孝有三，无后为大，因小嫌而前却坐失事机之会，倏忽衰迈，或遂不及生子，而赍憾以见先人于九原，将何辞以谢乎？此余之所痛心疾首者，而深叹巩庵之能权也。”漫书此，以质世之知礼者。

论敛以时服

此吴季子羁旅待子弟之礼，故夫子许之。若人子事亲，虽三伏必绵以敛，不拘时也。己卯六月，外舅没，甥姚子宏襄丧以时服敛，非礼也。敛者，所以收束其形体，使之充实于棺而无罅隙也，故古法用衣九十称、五十称。士庶之家衣不足，补以绵；绵不足，补以灯心。此古今不易之制也。哀哀父母，生我劬劳，骨肉未寒，而忍于薄敛？絺兮绤兮，凄其以风，尔独何心，能不悲哉！

论家乘仿国史

修谱者，辄言家有谱，犹国有史，当用《春秋》褒贬之法，余独谓不然。人子于父母，称美而不称恶，于祖宗亦然。门内之治恩掩义，谱所以纪讳字、班辈、生卒、祠墓而已，意不存乎记恶垂戒也。故有子不孝，女再适者，削其名足矣，不必著其实也。惟忠孝节烈，则一篇三致意焉，不为过矣。余尝见固执者，动引纲目之例，直书其罪于谱，阅世而后，其人之子若孙有达者出焉，耻其祖之不韪，于是改窜文饰，以逞报复，而是非颠倒，反不可问，岂非立法之过严，有以致之哉！夫国史之褒功而诛罪者，以君驭臣之法也；家乘之隐恶而扬善者，以宗人待宗人之情也，岂可并论哉！

论贾孝女

孝女苏州人，父南式病剧，孝女刲臂以疗，不愈，父敛后遂自缢。郡人李果立传，征四方诗歌颂之，余为之论。

论曰：刲臂过矣，况死殉乎？然历观史传，男子刲臂疗母者居大半，于父稀闻焉，况女子乎？且贾为苏人，苏俗生女，辄卖为媵婢，嬉笑登车，视其父为路人。孝女发于至性，力挽颓风，岂易及哉！然守死贵善道，不学无术，愚忠愚孝而已。女平时爱阅书史，而好名至此，可为世之徒读父书者惧矣。

论娶丑妇

冶容诲淫，娶丑妇者，非自为计也，不见可欲，使心不乱。一丑妇入门，而一家之亲疏内外尊卑长幼爽然若失矣。夫觊觎之心绝，则悖乱之事消，其所系岂细故哉！或曰："形丑者心必险，奈何？且贾南风非貌寝者耶？"曰："君子道其常而已。"感事志此，以为好色者鉴。

论列朝诗选

牧斋渊博，一代风雅，藉以纂辑，良不可少。第谓刘文成从龙以后，咨嗟幽忧，有大不得已焉者，殆将诬古人以饰己罪乎？而极称李贽为异人，终身不二色，不免助妖孽以排正学矣。至叙及闺艳，状其才色，津津不倦，则毕生淫溺之心存焉。学不足以知人论世，而任意雌黄，溷乱黑白，存诗而删其序可也。

议

祠堂私议

朱子曰："古者昭穆之说，昭常为昭，穆常为穆。"故祔新死者于其祖父之庙，则为告其祖父以当迁他庙，而告新死者以当入此庙之渐也。今公私之庙，皆为同堂异室，以西为上之制，而无复左昭右穆之次，一有递迁，则群室皆迁，而新死者当入于其祢之故室矣，此乃礼之大节与古不同，而为礼者犹执祔于祖父之文，似无意义。然欲遂变而祔于祖庙，则又非爱礼存羊之意。窃意与其依违牵制，而均不免为失礼，曷若献议于朝，尽复公私之庙皆为左昭右穆之制，而一洗其谬之为快乎？蔡氏曰:“周洪谟先生著《朱子家礼祠堂图说》，曰:‘古者庙皆南向，而各有室，神主在室，则皆东向。先王之祭，宗庙有堂事焉，有室事焉。设始祖之位于堂上，昭东穆西，左右相向，以次而南，此堂事也；设始祖东向之位于室中，昭南穆北，左右相向，以次而东，此室事也。堂事室事，皆父昭在左，子穆在右，则古之神道尚左明矣。’自汉明帝乃有尚右之说，唐宋以来皆为同堂异室，以西为上之制，然古者室事，始祖东向，则左昭右穆，以次而东者，不得不以西为上。后世南面之位，既非东向之制，而其位次尚循乎以西为上之辙，则废昭穆之礼。”梓考据二说，则家礼以西为上之制，诚非定论。然古制未能遽复，而士庶之家分有所不得为，不得已，即因同堂异室之制，而别为昭左右穆之序，以不失祔于祖父之意。盖四龛分列，则亦昭常在左，穆常在右，而外有以不失其序；四龛异室，则亦昭不见穆，穆不见昭，而内有以各全其尊。惟当祭而会于一室，则南向并列，似多窒碍。窃仿古时祫之制，而以高祖南向，当太祖之东向，曾及祖祢则左右相对，以次而南。如高为昭，则曾之上无昭而特设位于祢之西；高为穆，则祢之下无穆而特设位于曾之东，既不失其尊卑之序，而亦不紊乎昭穆之次矣。因本或问之意，各以臆见，为图于左，以质世之知礼者。（见图一）

或疑易世祔昭，则曾反居高之上，祢反处祖之左，而尊卑乱矣。曰：此所谓异室不相见，不碍其为尊也。如周制成王七庙，高圉祧而祖绀居亚圉之上。昭王时，祖绀祧而王季居太王之上，亦何嫌乎？不然，则昭混穆，穆混昭矣。（见图二）

为四龛以奉先世神主，左两龛为昭，右两龛为穆，大宗及继高祖之小宗，则高祖居左之

祠堂图			
昭	昭	穆	穆
祖	高	曾	祢
三世	一世	二世	四世
祠堂易世图			
昭	昭	穆	穆
祢	曾	高	祖
五世	三世	二世	四世
昭祔则穆不迁，穆祔则昭不迁，如易世，则祧一世，而二世为高升，三世为曾，而居高之位，进五世，新祢而居祖之位，祔穆亦然。			

图一

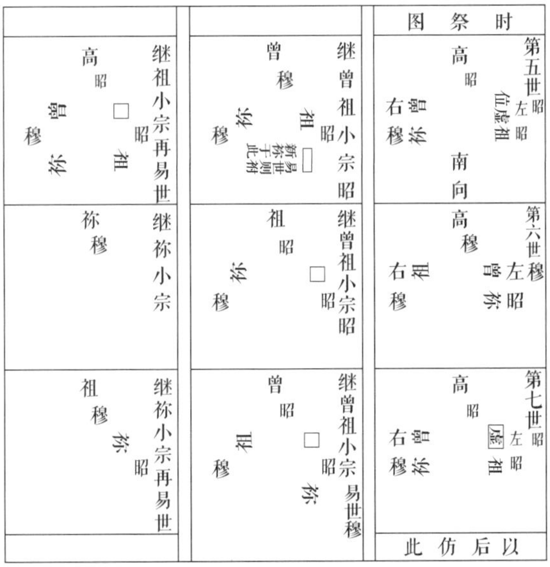

		时祭图
继祖小宗再易世 高 昭 □ 昭 祖 曾 穆 祢	继曾祖小宗昭 曾 穆 祖 昭 □ 易世则新祢于此祔 祢 穆	第五世昭 高 昭 左昭 虚位 祖 左昭 右穆 曾 祢 南向
继祢小宗 祢 穆	继曾祖小宗昭 祖 昭 □ 昭 祢 穆	第六世穆 高 穆 左昭 曾 祢 右穆 祖
继祢小宗再易世 祖 穆 祢 昭	继曾祖小宗易世穆 曾 昭 □ 昭 祢 祖 穆	第七世昭 高 昭 左昭 虚 祖 右穆 曾 祢
		以后仿此

图二

中龛，曾祖居右之中龛，祖居左之旁龛，祢居右之旁龛。易世则祧左中龛之高祖，而改题左旁龛之祖为曾，以迁于左中龛，而祔祢于左之旁龛，是为昭；祔昭其右两龛，但改题曾为高，祢为祖而主不迁，再易则祧右中龛之高祖，而改题右旁龛之祖为曾，以迁于右中龛，而祔祢于右之旁龛，是为穆。祔穆其左两龛，亦但改题曾为高，祢为祖而主不迁，继曾祖之小宗则不敢祭高祖，而虚其左之中龛;（若穆则虚右）继祖之小宗则不敢祭曾祖，而虚其左右之中龛二;继祢之小宗则不敢祭祖，而虚其左右中及左旁之龛三；（若穆则虚右）若大宗世数未满，则亦虚之。（易世改题迁祔同上。）如此则昭常为昭，穆常为穆矣。

昭穆取南向北向之义，亦只为祫祭之位而言；若群庙之列，左昭右穆，穆亦向明，于义何取乎？盖左为阳，昭明之象也；右为穆，深穆之义也。

昭穆之序从二世起。如周一世，稷为太祖，不在昭穆之列，二世不窋起昭，三世鞠陶起穆，以次左右分序，百世不紊。今士庶之家，虽无始祖之祠，亦宜从二三世起昭穆之序。若流寓远方，前世莫考，但以始迁之祖为始祖，以下分昭穆序。

家礼以西为上，故旁祀书于左，既序昭穆，当从程子书“孝元孙某奉祀”于右旁。

立主时，各刻昭穆字于其额，左两龛与右两龛亦各刻昭穆字于其檐，庶易于别识，易世改题，昭穆不紊。今屋制三间为厅，中为尊，左次之，右又次之。若以西为上，则祭时，高反居右，而与屋制背矣，不若昭穆之为当也。

立后议

兄弟二人俱无子，为兄立嗣，己不立，人咸以为公。余曰：“此正是私心也。犹之人说夫子以南容妻兄子，公冶妻子谓之避嫌者，内不足也。夫立后为祖父，非为己也。推父母之心，必欲使两儿俱有孙以乘宗祀，父母之心亦是为祖父，非私心也。我体父母之心，以立父母之后，何嫌之可避哉？况其中又有变中之变，不可不预防也。设不幸而兄所立之后或早亡，或无子，则己所立之子有后，可以再继，使大宗不绝。谚云：‘亲一支，近一支。’己不立后，而远房子侄孰肯舍其血食而复来继耶？君子敬身，为大身也者，亲之枝也，敢不敬欤？身为父母之身，不能生子以承祭祀，则立继以赎己不生子之罪，所谓敬身也。若由不必立己后之说推之，则有兄能为圣贤，己则可以不肖;有兄能为忠臣孝子，己则不妨从贼臣虏，有是理乎？”或曰:“产薄不克抚之成立，奈何？”曰：“吾论是非，不论利害也，尽人事以待天命，不立己后，人事不尽。由子之说，将富贵有力者，遂不妨广立十犹子为己后耶？噫！陋矣。”

父妾议

父没，有子，妾可嫁乎？曰：不可。既有子，当勉之抚孤，立节正也。然凯风不能得之七子之母，况庶母乎？劝之不从而嫁之，亦何病哉？若无子之父，妾或虽有女而少艾，察其志不能守，速嫁之，正也。贤如络秀，节如关盼，有几人哉？世固有人面兽心而烝父妾者矣，或强之不嫁，而通于昆弟姻娅，滥于厮养奴隶者矣，至此而后悔，悔何及耶？饮食男女，人之大欲存焉，读书列士林者尚有时不克自禁，而独责之微贱之人，难矣！圣人之待下流，固有宽路以处之。或以孝子事亲，当使后房无改适之妾，噫！是胶柱而鼓瑟也。

戒

试戒

己卯乡闱，从子□□初场劳顿，次场大雨，遂弗入。戚友百计怂恿。对曰："此身父母之身，区区科第，自有重轻。"一友曰:"倘房考索第，贰场不得，君得毋大悔？"对曰："无悔。"余深嘉其恬退，因作此，以为忘身殉名者戒。

有志之士，非征辟不出，此未易及中人以下。试所不免，或志在行道，则第一等人未尝不应试，程朱是也。第天理人欲，同行异情耳。

自度精力寡薄，不胜三场劳惫者，不必应试。或初场既惫，不可进次场；次场委顿，慎勿进三场。常有热中者勉力毕事，重则身丧，轻则致疾，岂临深履薄之意哉？

父母年衰多疾者，不得应试。或场前一二日得亲音耗，即飞棹速归，即已进一二场亦然。若明知亲恙，姑终场归省者，禽兽也。或友人得其家亲疾书问，故匿不出，令终场始告者，亦禽兽也。

亲年七十以外，虽无疾，人子亦不得应试；至入京会试，尤不必言。不可得而久者，事亲之谓也，岂忍以区区荣名，使老人怀数千里之忧哉？或亲命不可违，则附近僧舍暂寓，过期反命，亦两全之策也。

总要看得天伦重而科第轻，非特父母，即兄弟手足，或当危疾，岂可应试不顾？若妻临坐草，儿婴笃症，可类推矣。

五经科诡遇也，秀水曹熙录至十七艺而死，非前鉴乎？士人出处比于处子守身，操觚应试，已几几不待媒灼矣，况添脂益粉，求必售之技耶？

凡子弟应试，父兄师长代之作稿，欺有司，取前茅者，穿窬也。尝见时师以己文授徒热诵，冀对题直钞，而徒之猾者，遂夹带入闱，行险侥倖矣。择师教子者，于此等人，当如佞人远之，勿自误其子弟也。

医戒

亡儿孝羔，聪慧绝伦，丰下而秀。痘发左额，俗医曹师吉视之曰："状头也，何药为？"一揖别去。阅三夕，遍身发五六千颗。别延一友，曰:"大误矣！始见者疔耳破之，则余痘可稀，今无及矣。"十一朝不起，痛哉！一丁不识，是以盲医司哑科也，不仁不智，非民贼乎？吴生元好言岐黄，书此为戒。

跋新妇戒

里中沈与刘数世通家。沈氏子丧妻，续薇刘氏女。将婚，刘以疾辞，固请，则曰："入门免拜跪则可。”及行礼，旁用四婢绰袖以相，人皆以病恕之，不知其实跛也。或以咎媒，但媒不任受也。刘女初跛时，父母即锸之深闺，虽至戚婢仆不得一面，媒何从来访耶？然嫁女量才择配，爱其女，不顾其婿，如掩耳而盗铃，但咎媒氏，过矣。因书之，以为择姻者戒。噫！跛犹可也，设重于跛，不可虑哉！

慎独箴

毁冠裂冕，荡检逾闲，揆厥所由，一念之宽，君子慎独，百行乃完，敬之敬之，人兽之关。

说

砚交说

余向得龙尾砚，未之宝也。阅十年，嘱良工廓其池，始知为罗纹之冠，遂珍重之，非名笔古墨、佳篇杰作不以辱也。然终以歙不及端，更博购青花、蕉叶、鹳眼、水注之属，往来新溪、〔硖〕（峡）川。及馆故山，旧家名族所蓄亦复不少，竟无出我龙尾右者。平仲善交，久而敬之，余与斯砚交三十载，而后知其秉质之殊，尤蓄德之温粹。砚固不易知，知砚亦复不易，如此世之倾盖定交，班荆道旧者，可忽乎哉？昔之人择而后交，今之人交而后择，凶终隙末，非自贻伊戚乎？

吴燿字说

戊午春，余初至学润，燿年十五，始授《尚书》，叩之平仄不解，命属对，黄鸡白犬茫如也。然貌甚木而神静，渐与讲解，颇能默会。五月避暑僧舍，一额云“万善同归”，渠仰视曰：“十恶不赦。”余笑曰：“此颇得昌黎攘辟意。”薄暮观唐诗，因举“浓阴似帐红薇晚”句，渠凝思半晌，曰：“薄露如珠黄叶秋。”余拊掌曰：“子可与言诗矣。”命题墨兰五绝，曰：“根润池中墨，花开纸上香。山蜂来复去，直欲探幽芳。”试笔有此，后可量哉？兄煜为请字，字之曰韫章，美质加以沉潜，所谓玉韫含辉，非暗然而日章乎？一负其才，矜情傲物，则萤燐之末光耳，燿也勉诸。

仆鬼说

横山张君士臣馆于硖，一夕返故庐，众鬼挟之行数里，将投水，惶急不可解。忽有持灯自后大呼而来者，则亡仆某也，遂烛之还家，入门坐良久始苏。他日以告友人：“吾家仆既死，而拯主于厄，事可书也。”余闻之始以为诞，然其人素朴，不善作诳语，且可以警世之生而不忠于其主者，漫记之。

二缝人说

余在越秀水，缝人顾姓，寄罗纹乞书。越数载，顾病且死，嘱其婿曰：“吾无儿，此法书汝等不能守，殓时殉吾棺。”婿曰：“棺秽亵。”遂焚诸灵几，吊者惜之。今年馆扬中，风痹，程氏有再造丸灵验。药品贵重，猾者借以规利，程遂珍惜，不浪施，索之甚艰。一缝人亦顾姓，与余犹子善，曰："客星山人能为我作擘窠大幅，吾能致之。"遂日设诡词取之，凡半月，得十五丸，余疾渐起。噫！白傅鸡林，七言本佳，萧公百济，八法本工，故名动外夷。余书远不逮古人，而二缝人生阛阓而爱慕若此，大可愧矣。或曰："俗人犹爱未为诗，公以为知己乎？"余曰："杜亮白老妪，岂雅人哉！然艺成而下，书之正以志吾愧也。"

后鄙叟说

一叟生子貌美而骏，一叟儿狡聋而舌謇，合延名师隆其修。师怒，每挞儿，儿不胜苦，诉父。叟惧声之外闻也，辞师易孝廉，年少而慈若乳媪，儿喜甚。伴食者七年，遇物不能名也。一客与孝廉昵，私叩曰："君固馆有术乎？"曰："不过与父言慈，与子言孝，何术之有？富家所重，缔姻耳。师曰骏、曰謇，人亦曰骏、曰謇，谁为謇修者？登丈人峰，取玉台金简佐奁具耶？吾江右人，家君习青乌家言，尝谆训曰：'若曹当知处世忌太洁，行己在清浊之间，古人心法也。'为人师，严宽唯主人命，居今之世，而曰误人子弟，迂谈耳。吾自命赖布衣，地理甚微，岂无迁就贻误治生为急无如何？然庸医有刲股心、死生命耳，吾自反不愧，而其家适丁消运，或祖父积不善，当生不肖子孙，吾何咎哉。客大笑，拱手曰："君家世有阴德，不久捷南宫坐玉堂矣！"昔杨园有《鄙叟说》，余因客所述，有感于世运之变，遂次其语，作《后鄙叟说》云。

达摩影石说

袁中郎华嵩游，草有《达摩影石》七古。石白质黑绘，酷似人间初祖像。一大儒辟异端，刮其影，不尽乃止。老僧云："涧中本有是石，能为水树云影。"中郎曰："然石以影重达摩之重，不以影，不以石，不以面壁，此中不须蛇足也。"古民曰："地辟于丑，先有此影，人尚未生，何况区区达摩？老僧之说，物理然也，不穷理而号辟佛，儒其见嗤于中郎也固宜。然中郎终以达摩重石，是并不如刮影者之立心矣。自二氏之说兴，中国名山大川为佛老玷辱者久矣。孟子曰：'我亦欲正人心。'去影易，去人心之影难，如中郎者，亦顽石之无影而不足刮者欤？"

遍说

遍者何？周而复始之谓也。子曰："人一能之，己百之；人十能之，己千之。"此遍之所托始也。然上智无遍，过目成诵也；下愚无遍，千遍不记也；若中人，非遍不可。朱子云："未熟，快读足遍数；已熟，缓诵思理趣。"此用遍之节度也。昔先伯子读《仪礼》，借用佛珠，去八颗，入袖暗数，易箦之夕温《近思录》，念珠犹系臂。郑子亦亭适来，泣曰："栎夫可谓用夏变夷矣。"蜀山先生尝自言未弃诸生时有丑态，每学使按浙甬上为始，某选冠军文其七篇黏壁，出入诵之，每一作，七千遍为度，入场不出甲乙，操券可得。吾友桑子伊佐极敏捷，然课八股生，必令加遍，尝曰："如钱牧斋，民到于今称之，非万遍不得趣也。"噫！帖括之陋，犹以精勤得之，况子弟初授四书五经，欲为一生淑躬泽物之张本者乎？乃徒逞资质涉猎，授之遍，则傲然曰："此笨伯家具，我何屑？"卒之若存若亡，无得于心。其慧者为道听涂说，其愚者剿袭博科，第党恶害民而已。余尝语从子钦陶曰："三不朽不可无遍。立德而书味不深，则大义不明，而流为小儒；立功而误会书旨，则刚愎自用，而贻祸生灵；立言而穷理不精，则创说偏执，而生心害政。或言之不文，而无以行远甚矣。遍之为用微，而其关于学力之浅深利害者，如是其重且大也。”余馆扬且五载，诸生无智愚，非畏遍则狎遍，畏者匿影潜形，有始鲜终，狎者泥金篆隶，饰为美观，甚有弱冠号通诸经，而枵腹不记一字者。作《遍说》以警之。

墓志

吴江姚蛰庵先生墓志铭

先生讳瑚，字攻玉，别号蛰庵，世为吴江人。曾祖文学景峰公讳以正，厚德孚乡里，远近推服，比之王彦方。配钱孺人。祖文学翼峰公讳国栋，博学善属文，有声社会间。配盛孺人，继张孺人。父处士允尊公讳昌荣，隐居教授，行谊重一时。配沈孺人，前戊午孝廉元英公女。生一子，即先生也。侧室某氏生一子，讳琏。先生早丧母，五岁随允尊公出就馆舍，自幼庄重，有成人之度。长而好学，不事科举，性耿介，不苟取与。表伯某溺水，先生救之苏，某德之，酬以金，先生家故贫，辞不受。复欲佐先生聘，固辞曰："婚姻大事，礼币虽薄，当自具，岂可受助于人。”杨园先生亟称之，述其事以风世。先生初为姚江之学，默坐澄心，自谓有得。一日邂逅王晓庵先生，极论儒释之辨，授以《近思录》。且曰："张杨园先生当世真儒也，祖述孔孟宪章程朱，四方学者宗之如泰山北斗，盍往见焉？”先生闻之喜，即因晓庵谒张先生于杨园，正师弟子之礼。先生自是遂翻然尽弃异学，以为今得所依归矣。是时，杨园倡道东南，以兴起斯文为己任，一时同志往来，年高德劭如乌程凌渝安、海盐何商隐、归安沈石长以及王晓庵、严颖生诸先生，皆多闻博洽，气节伟然。先生周旋其间，从容陶淑，识益广，学益进，气质浑厚，真挚坦白，洞澈中外，诸先生雅爱重之。而严溪张佩葱为杨园高弟，与先生契最厚。庚午辛亥，馆佩葱家。辛亥之秋，上书杨园问为学之方，累千余言，恳恻动人。杨园感其诚，复书慰谕，先生守之不敢忘。壬子，杨园延先生课其子，移家寓焉。夫人潘氏，德性温恭，居止端重，馆舍湫隘，爨室隔帘箔，终岁肃然，不闻人声。杨园尝称夫人之贤，而叹先生之德化为不可及。已而，杨园卒于甲寅之春，佩葱相继渝丧，先生惧师傅之失坠，与弟肆夏搜访遗墨，汇辑成编，嘉惠后学。先生性朴茂，不喜为文词，教授五十余年，未尝课举业。一入游先生之门者，虽乡人皆循循雅饬，以故所至人争虚延之。然恬淡寡营，临财廉，与人厚，所得馆谷分赡亲戚。晚益困，环堵萧然，或饘粥不给，宴如也。人有寸长即称道不置，有过则阴为掩覆，接人温然，无智愚一待以至诚，对之如坐春风。遇有志之士，则恳恳以身心性命为勖，谆切训戒至涕泪交下，闻者莫不兴起。菱溪邢复九先生始攻举子业，为功过格，就先生求《人谱》，先生一言悟之，即弃诸生，从事正学，其曲成后进类如此。先生病世之学者徒事空言而不本诸躬行，以为不明乎善，不诚乎身，独于义理之本源研精极思三十余年，因有会于邵子元会运世之论，借以阐明太极图说，极为详悉，号曰《困学编》。尝语学者曰："余生平有好高欲速之病，但于源头上却见得彻然。"先生虚怀下人，或与后辈意见不合，则逊言谢之曰："且更商量。"不敢自以为是也。甲寅以后，诸老凋丧殆尽，先生落落寡交，惟与澉湖吴克轩、海昌范愚村及邢复九三先生友善。先生故多病，垂暮益惫，不能出门庭。三先生时刺艇访焉，论心讲学，则欣然终日。先生无他嗜好，惟喜佳山水。何先生未没时，尝从游两湖间，倘徉不能去。晚居鸳湖之塘北，以古梅修竹自娱。尤喜陶公诗，兴至辄歌咏不置，论者以为有濂溪、康节之风。呜呼！先生之学就所得而论之，可谓远且大矣。先生生于崇祯庚辰七月二十九日，卒于辛卯十一月二十二日，享年七十有二。潘孺人生丙戌九月十一日，卒丙辰九月二十九日，榆林处士筠亭公女，年三十有一。生子一，志仁，娶金氏，秀水处士复庵先生长女。女一，适沈石长，先生弟、望古公长子士庞。孙男二：士毅、士为。孙女四。先是乙酉三月，祔葬潘孺人于八都研字圩始祖墓之西偏，兹以壬辰三月，奉先生榇合焉。以梓侍先生久，知先生事颇悉，属志其墓。辞不克，僭叙其略而为之铭。铭曰：

呜呼先生，河岳精英，师门硕果，吾道干城，诚贯金石，行合神明，穷高极深，一元浑沦，遗编彪炳，日月争新，胡天不吊，丧兹哲人，有宁一官，太湖之滨，湖山峨峨，湖水澌澌，厚德无疆，寒松翠筠。

李眉山生圹志

鹰青山人李锴，字铁君，号眉山，奉天铁岭人，司寇蒲阳公季子也。髫龄通四声，辨小篆，长更倜傥，初筮仕，辄罢去。山人勤读书，不事生产，好游览山水，尝历楚、蜀、晋、魏、齐、鲁、吴、越，南薄海，北绝大漠，东涉辽，有所会心辄沉吟延伫，或穷险极幽，扩拾放失，遇有道者必质所疑、叩精理。晚游盘山，爱其幽，遂买田徙居，筑斗室曰睫巢。著《焦明赋》以见志。癖嗜茶，所至奚负铛以从。每茶烟起，樵者咸识之曰："山人在是也。"山氓窭甚，畀以田，不课租，果蓏熟，恣取不设禁，兼周其乏。乾隆丙辰，慎郡王暨少司马德公沛举山人应博学鸿词，试不合，又罢去。山人谨持躬然，慷慨尚气节，乡里不平事得一言辄冰释。孝子朱暾贫不举，二亲丧典粥济之。与长洲刘震、吴县陈淇友契，其殁也，各经纪其丧归刘榇于吴。嗟夫，山人其古处者乎！山人方颐修髯，庄凝如画，工诗古文、章草书，旁及术数，著《尚书春秋解》及《尚史》共数十卷藏于家。自伤年近六十未有子，预为生圹，因余友祝君游龙走书数千里属余为志。祝君非妄许人者，遂本山人家传志其略，且为之铭。铭曰：

盘山之谷云叆叇，山人不来谷虚待，谷音跫然山人卧，岚光掣电虹夜堕，苍苍碑藓宿星斗，石可泐兮名不朽。

谢遁庵先生墓志铭

公讳廷宾，字尔嘉，一字稻孙，别号遁庵，太学生。其先晋祭酒公讳衡，始居会稽之始宁。至宋简兴公讳造，任台州同知，遂家焉。十四传为长二公讳某，奉泰和太皇后命避地于余姚之第四门村，为公之始迁祖。七传至原广公讳廉，以曾孙文正公讳迁贵赠如其官。由赠公五传为公之高祖南畦公讳德荣、曾祖元轩公讳可化，以孝行著。祖玉华公讳遴升，以耆德重于乡。考耿章公讳彦祎，庠生，沉毅有大略。妣王孺人。公生而颖异，八岁诵书，过目不忘。长善属文，独不利于试。师叔祖文诚公，尝训公曰："学者当思置身古人中作何等人。"公悚然敬受，遂慨然有志于圣贤明体达用之学，而尤切切以经世为务。颜其斋曰"愿学"。晨夕讲贯，由经史旁通百家，于兵农钱谷及历朝典故生民利弊，一一洞悉其源委。一日过山阴证人书院，谒刘忠端公像，闻良知家言颇惑之，归手抄《传习录》拟奉为心法。既而反覆于紫阳《语类》诸书，乃恍然曰："道脉之正在是矣，今而后吾其无负于愿学之志乎。"自是心究力践，所造弥醇。公既不得志于有司，于是体明道，爱物济人，一语欲出而验诸实用。戊午，遂南游，入安溪幕。时耿逆余烬尚炽，贼数出剽掠州县。公在围城中，令适往州，众恇惧。公授方略，城守某督兵民登陴飞书促令归。先是，有盗林某尝受伪命，多不法，令欲按治。或称其技勇，虑激变。公曰："此中多英豪，可折简致。"林至，与语，果非常人。公披肝胆示林，林遂屈服。至是，公密檄林率死士十八人，护令入城。贼怒，发炮声震天，洞空雉堞，令惶怖，计逸去。公毅然曰："官守死，职义也。公即脱，独不为全家计乎？"乃伏兵夹击，贼遁去，城赖以全。林家万山峭壁间，公尝过其庐，以大义激劝之，林为感泣。然次年贼再至，城卒陷时，公已告归，而林亦莫为之用矣。庚辰游京师，馆戚畹索相公家，不合，去。金大成者，诚悫士也，铨成邑典史，贫不能赴。公曰："治有大小，官无尊卑，但期实惠及民耳。"即资之，偕入。秦邑凋敝甚，公首条于令，缓其征。民竞传神虎为患，公笑曰："人虎耳。"迹之，果猎户断木虎足印地攫财者，抵其罪。夏旱蝗，令欲禳之，公曰："邪术能格天乎？"为文告城隍神，翌日蝗尽投水死。俗强悍，驯以弦歌，风丕变。陇士之俊若汪仍、陈藻等，并执弟子礼，至四民皆称公夫子。虽佣隶遇公于途，必拱立起敬，德化之移人如此。公状貌奇伟，少习手搏绝伦，既弃去，工楷篆，为诗文，直抒己见，不规规摹前人。事亲至孝，居丧哀毁，循礼终三年，不酒肉御内，待族人恩礼不衰，尤不妄交与。自忠端公孙惕庵，姜公子学在外，落落无几人。晚年唯与汪孝子鉴为忘年交。生平辟佛极严，钞书及仙佛字辄漫去，他如巫觋、堪舆、子平、姑布，凡不衷于圣者一切屏绝。浙东儒者何、王、金、许而后，咸以洛、闽为宗。自王文成首倡邪说，诸狂且和之，即蕺山证人不免鹊突，生其乡者耳濡目染，汩没不得出，公独岿然筑紫阳之堤，以遏其冲，虽横流溃决，一手不足以障之，亦可谓豪杰之士矣。配冯孺人，素崇佛，以公故遂终身不诵经，先公卒。公生于顺治乙丑，卒于康熙己亥，年七十有一，祔葬于费家湾祖茔之右。生子五，长起龙，次某某。孙五，长秀岚，次某某。忆乙丑之秋，或以梓姓名告公，且述梓一二迂阔事。公喜曰："即此见吾道之不孤也。"公殁十余年，孙秀岚奉其考蕉轩公所撰行状属铭于梓，公固尝知子者，因志其略，为之铭曰：

东山之英兮，骥莫售兮。同谷发轫兮，民其瘳兮。姚江之涛兮，蛟怒喷兮。四门砥柱兮，风不奔兮。费湾之严兮，云黯黯兮。维公之宅兮，鹿不犯兮。

谢蕉轩先生墓志铭

公讳起龙字，天愚遁庵先生长子也。先世详余遁庵先生志中。公王考耿章公抱奇略，值明季多故，习韬，钤思大展其用，不克遂。而遁庵为明体达用之学，复不利于试，驱驰南北，郁郁终老。公统承两先世未竟之志，思士子处叔季，非科第无由致身，严廊布泽黎庶，于是屏他嗜好，悉力于制举文，凡左、谷、庄、骚以及唐宋诸大家靡不博究精研，会其神髓。康熙庚午补邑弟子员，随试高等食饩，名声藉甚。公益自奋厉，濒湖构轩，庭植蕉数本，颜曰“蕉雨”。风晨月夕，日哦其间，所学日进。郡守俞公恕庵，邑令高公、位公、张公，皆推公文行，张尤敬契，为作《蕉雨轩记》，谓：“东山灵秀钟于一人，继文正而起者，舍公其谁？”然自庚午迄癸卯，九入闱不售，虽一荐，终以触讳被逸。晚年遂绝意进取，寄情著述，撰《毛诗订韵》五卷，谓：“四声起而古韵亡，韵补出而本音乱。古韵之亡，亡于强分；本音之乱，乱于强叶。”因取音之本不待叶与叶而未安，及有反切而无音者，一一详辨之，所以正吴才老之谬，而补紫阳之阙也。辑《东山志》十卷，志一乡之文献也。自来操志柄者，大率苞苴遝进，蝇璧改观，冤抑误漏不可殚述，公采摭虽仅止一乡，而秉公矢慎，振滞黜诬，期征信于来世。凡三易草，八历寒暑而后竣。又为《俗礼解》六卷，谓：“先王以礼范俗，礼失而求诸野，俗之所沿，安见非先王之所遗，不容以俗忽之？”爰为之解，将引今而反诸古也。然独不喜讲学立门户，尝云：“近时学者于紫阳鹿洞稍窥影响，辄树旗鼓屏陆斥王，以资浮论，于身心究何补？”故公平生不事标榜，唯熟体人情事势，知明处，当求无拂乎大公之理，与吾一心之安而已。既老于诸生，门下受业者日众，穷日夕讲授，娓娓无倦容。书艺之外，必举古今忠孝节廉嘉言懿行之可法则者，以为砥砺。故出公门墙者，文行多斐然可观。公天性孝友，当母夫人病革时，公读书浔溪，归不及奉侍汤药，深自痛悔，哀毁逾制。少患目，至是左目遂失明。己亥丁外艰，执哀如前。服既阕，遇讳辰，必蔬食如丧时。季弟负官逋，公粥肥产代偿幼弟，夫妇早殁，为纪丧葬抚其孤，曲尽恩意。公操守耿介，不苟故事，廪职司廉核多阿徇，公一持以正，或病其迂执，公笑曰：“即位之怀刑不居，然君子乎？”虽以文受知当事，或坚请入署，唯从容论文史间及乡邑利弊，无纤毫私渎。癸卯，张公聘充房考，驰书欲有所属，力却之，届期遂以微疾不就试，其立身峻洁类如此。既考授教职，例得先用，或劝之速就，公泫然曰：“始吾急于功名，冀稍伸素志，次亦不失禄养耳。今吾亲安在，而吾且博此升斗为也？且今之拥皋比号师儒者，丐涎沫于豪门，竭脂膏于窘士，尺帛之报浇市侩以生刍寸函之通，列海商于讲席，名检荡然，莫此为甚，而吾乃厕身其间，不重玷吾先人耶！”竟不赴。庭训极严，子秀岚初学诗，习昌谷体，公大诃斥曰：“汝质薄善病，而镂肝钵肾至此，汝欲为李贺，将使我为白传耶？”遂禁绝，不令作诗。及秀岚绩学有得，乃更喜其善吟咏，日果尔且骎骎大家矣。公为文不事钩棘，精切昌明，期于达吾意而止。诗不名一家，自然冲淡，风格在唐中晚间，有《蕉雨轩诗》《文》各一卷，学者称蕉轩先生。易箦之夕，秀岚泣请遗训。公曰：“予何言哉？吾行七十，内外无失行，一乐也。家贫不给，佐以修脯，未尝一丝累人，二乐也。粥产偿弟逋，室人无谪言，三乐也。一子能守遗书，四乐也。唯恨白首濩落，不克成先世未竟之志，然亦命也，予何言哉！”微哂而逝，时甲寅十二月十九日也。距生康熙丙午十一月初九日，年六十有九。乙酉岁贡生，考授儒学训导。配吴孺人，处士铭海公女。子一，秀岚，府庠生，娶叶氏，继高氏。孙三，士栻娶冯氏，次士桂、士榛。以己卯三月三日卜葬于东山洪岙岭之东麓，同里布衣陈梓谨志其墓，而铭之曰：

志不达怀可卷，养莫逮涕而泫，立言即功隐弥显，洪吞辉辉瘗瑚琏，万古青苍孕碑藓。

先从兄豫良公墓志铭

公讳殿梁，字豫良，业贾而有儒行，客南亭，以信义闻。北人粗憨，然见公必加礼曰："此笃实君子。人谓我北人直，南人乃更直耳。"晚还故山，与诸从弟敦友爱，往来苏扬间。苏扬习气尚夸诈，公一待以诚信，诸狙狯亦感动，尝叹曰："尽若陈公，吾辈何所逞其技哉。"族人顽梗者，抚以恩，悉帖服，罔敢纵，唯语及争继事，则歉然曰："后生不率教，吾何德以化之。"配何孺人，有淑行，举案相庄，终身无间言。余馆硖时，公航海过余斋，聚弥月，每谈忠孝事则温言语诸生曰："此等大节常存胸臆间，一生受用不尽也。"越明年癸丑，订余来课群从时，公已得关葛疾数晨夕者，仅半载遂卒，年七十。生一子世焞，国学生，娶方氏，孙二。公生于某年月日，卒于癸丑年六月某日，何孺人卒，合葬于某原。铭曰：

太素不绘，太璞不琢，阳和之气，释冰解雹，遗魄在泉，遗范可学，子子孙孙，皆从其朔。

先从兄载青公墓志铭（丁巳）

公讳殿标，字载青，太学生。考鸿儒公，妣阮孺人，生四子，长殿桂，次殿相，季殿梅，公行第三。少聪悟，长倜傥不羁，遇事过断。客高沙，起家业，事二亲尽欢，友昆弟，无间言于族属。贫者必为画策，令岁无乏，故旧通缓急靡弗应，唯仕宦者力却之。方与诸昆谋建祠立祭田而病卒，年仅五十五。阅十载，弟殿梅殁，无嗣，两从子利其遗赀争后之，致讦讼。族人咸叹惜，谓公在当不至是。公配方孺人，早卒；继邵孺人，生三子。长世勋，乡贡进士，娶戚氏。次世熙，太学生，娶胡氏。幼世煦，聘谢氏。孙一，垍，世勋出。公生于甲寅三月十六日，卒于丁未三月十四日。于丁巳十一月二十四日葬于凤城小岭之东，从弟梓为之铭曰：

泽滂沛，才裕优。迹市隐功，儒侔栖吉壤；贞以幽篆，遗德辉千秋。

张北湖先生墓志铭

公讳朝晋，字莘皋，号北湖，海宁人。先世本陆宣公之裔，因始祖魏塘赘于张，遂为横山张氏。幼岐嶷，六岁姑母赐华服不御，考云津公喜曰："此儿立志不凡也。"年十二，补弟子员。明年，丁云津公艰，遗命云："义产塾田，吾有志未逮，汝曹善成之。"公大恸，几不欲生，绝食二日。母朱硕人曰："昔人云，孔孟皆少孤，因学好遂为大圣贤，如今摧肠裂肝，何益于父在学好耳？"公大悟，强进糜粥。公初志不过科第显扬，自闻母训而希圣希贤之志定矣。于是读《礼》之外，博涉经史及濂洛关闽之书，恪尽丧礼。壬午后，谒蜀山、克轩两先生，得杨园先生遗稿，手自抄录。与朱惠畴、许醇夫、褚惠公及余订交，相与切磋，公所造独切实。乙丑，丁母艰，合葬考妣九虎原。而云津公厝柩毁，公号泣曰："不孝之罪通天矣。"遂遵陈几亭易棺法，还葬澉湖之伏狮山，准《家礼》灰隔，参何紫云沥青乌樟人子送终之礼，至蜀山殆无遗憾，而公之慎密更神明于规矩之外，真可为百世法。是年刻《杨园言行见闻》四卷，藏永思楼。庚寅，举葬亲，会昔唐灏如倡社约百年无遵行者，公独变通其法，行之者三。卅年间，贫士遗骸入土者九十余家。公善病，常恐负云津公遗命，遂百费节缩，刻期立义产、塾田、祭田及宗谱诸要事，以次毕备，纲举目张可垂之世世无弊。盖公之学，谓空言可耻，修身必验之齐家，由亲及疏，厚薄差等秩然，而恩无不浃。寿八十三而卒，卒之前月，学使雷公鋐赠额，手书“学醇行笃”四字，识者以为实录。然流俗不知公者，嫉公广行善事，嘲曰“乡愿”。或目为豪侠，甚且伪学斥之，不知公之至行浃于人心，美誉孚于乡党，实本乎不欺暗室，克己为义，刻刻体味“至诚恻怛”四字，盖熟复杨园之训而力践之者也。公不好著述，其躬行心得条分缕析，实阐先儒未发，悉厄于永思之火，后学惜之。公始祖均辅公赘横山，七传为警庸公讳廷录，配庄氏，生三子，其季德儒公讳源长，即公之祖也，始迁硖川。配汤氏，无出。继配章氏，生三子。侧室某氏生一子讳龙祯，号云津，即公之考也。配崔硕人，生一子：朝□；朱硕人生公；配徐硕人，生四子，孙七人。女二：适徐窬进士，为县令；一适许□太学生。公生于康熙十一年八月初五日子时，卒于乾隆二十年四月十九日，以二十一年丙子某月□□日葬于□□，同学教弟陈梓志其墓，且为之铭曰：

薛胡之后，杨园嫡传，志存西铭，困踬莫宣，北湖锡类，本乎一孝，行笃学醇，隐德弥耀，天锡耆寿，瑜珥瑶環，大块速朽，贞名不刊。

胡曲江先生墓志铭

公讳锐，字承恩，号曲江，姓胡氏，姚江人。其先出于辅成公，自常州迁居姚之烛溪柏山。曾祖敬贺公讳鶊，鼎革后结茅绝客，历九年全发以终，寿九十四。公少颖悟，年四岁授四声，历试无误，师陈月明先生授《通鉴》半卷，能贯前后发难，故平生长于论史。年十九学大进，考调元公命字承恩，即默诵云：“此身但除君父外不曾别受一人恩。”盖所南诗也。父奇之，间与百金以觇其志，置箧中不展视。父忘之，一日与长子商乏用，公闻遂出金，父益器之。甲申，娶夫人吕氏，相敬如宾，每夜诵，不令二亲闻其声。时侄孙九如习骑射，邀公作策论，遂同应试。彭学使赞其策论近贾、董，遂入泮，非公素志也。辛卯，丁父忧，时公应岁试，闻疾笃奔归，悔不亲汤药，大恸誓死。母慰之，乃勉尽丧礼，三年未尝释衰绖。自后誓不应试矣。好读书，与人论史，亹亹不倦。尝言：“古人中武侯、武穆二公，我念念不忘。”为塑像舜庙中，出金与置祀田，拟晨夕焚香礼之，以展其仰慕愤激之私，而猬僧负心不果行。每出市，儿辈随问故事，公详论之，可歌可泣，盖忠孝性生随所激发，不以童幼生忽心也。甲辰，海溢浮棺山，积夜辄鬼哭，公催人敛埋遗骨无算，及冬至作文祭之，恺恻动人，鬼不复哭。尝诵薛文清语曰：“惠虽不能周于人，而心当常存于厚。”故待佃户恒宽。一日收租，道遗租簿，公慨然曰：“吾虽不厚敛于人，然未舍一年全租，心常歉然。”是年遂收十之一，并诸逋负悉焚其券。甲子，濒海患水，民饥。偶出，陌上童妇一群尾公行，问胡家地何在。公曰：“尔何问也？”曰：“吾等饥，欲就地采豆，闻群丐云，惟某相公地免呵叱耳。”公以己地指之，戒曰：“毋过多，惊工人也。”至今道丐者传为美谈云。甲戌，公年七十一，延泗门谢雪渔课孙行。始闻幽湖一斋名，命儿辈延之来天元。丙子四月至宝穑堂，是年秋结茅大义庵侧，冬移书囊居焉。次年丁丑，一斋丧继子抱痾，公方忧其不起，而公遂中寒，至嘉平遂卒，时十二月十九日也。距生康熙辛酉年八月二十四日，寿七十有七。卒之日，贩叟童丐无不涕泣，呼公为圣人。云子凤来系门下士，具状请一斋为之志。戊寅三月十一日葬于历山大塘下北流湾。因为之铭，铭曰：

历山之水，百折不回，历山之云，千古弗颓，维柏山之劲柏，永固券台，煌煌史论，白日是非，天地可朽，斯民不欺。

祭文

祭吴克轩先生文

呜呼！先生一身之存亡，澉湖人文之所由绝与续也。而天胡夺我先生之速耶！澉湖为盐官名胜地，固东南间气之所属，而代生伟人，莫盛于明之叔季，当中丞、忠节两公以文章名节炳烺于一时，而紫云复薮聚。四方之贤豪，如杨园、晓庵诸君子，相与啸傲于山之巅而水之湄。方夫大冬严雪，万木凋谢，而湖天海月犹以区区一楼，挽春阳于垂绝，障百川而东之猗欤，盛哉！此固阅数千百年而湖山之灵秀一萃于斯者也。嗣后先生尊公太先生，复从杨园阐洛闽之遗绪，以培其根而达其枝，特不幸而早世。尔时诸遗老谓先生髫龀藐孤，安保其系千钧于一丝，是殆澉湖之人文盛极，而不容不衰者乎。乃先生独能以一身，上承祖考之微志，与诸前辈之流风，由杨园而溯程朱，与蜀山先生观摩砥砺，而沉浸浓郁于其中。其涵养之所臻，几几乎延平之浑厚，与明道之冲融，彼浮世之荣悴，曾何足以芥其胸。或采药于岩谷，或孤吟于烟水，而角巾褐衣时缥缈于鹰窠之峰。人之知先生者，或传其诗，或神其医，或颂其天资之美，而不知先生保护维持于人文绝续之交者。如大宗之后，百支陵替，而春秋孑然涕濡泪泚，于以奉烝尝而荐筐篚。盖其志良苦，其学弥邃，而其功愈伟也。先生之接引后学，常廓乎其有容，蔼乎其可亲。而梓等之周旋于函丈也，尤日披拂乎阳春。先生终岁键户不与俗交，而慨然而命笃，非岸帻于紫微之麓，则倚棹于幽湖之滨。先生之教梓等也，扣以小始小鸣，扣以大始大鸣，而凝然而兀坐者，则常以不言而化人。以先生之宁谧，宜长享夫耄耋之年，俾末俗小子尚知有三代之仪型，不谓先生竟一疾不起，而寿不满乎八表之四龄。呜呼！盖自先生之殁，东南硕果剥焉殆尽，澉湖之人文其真一蹶而不可复振者矣！吾党之受教者能无惕然，而内惧恻然，而涕零也乎？呜呼哀哉！尚飨！

祭褚惠公文

呜呼！吾党有志正学者，大率取途举业，或应童子试，或补诸生入太学，或已登科第。而中道悔悟一变，至道求自少及耄完璞不破、皭然无滓者，舍我褚子惠公其谁哉？前此者为姚攻玉、吴克轩两前辈。一则亲炙杨园，一则忠孝之裔，虽质美各有凭藉，若惠公生长农家，幼无师承，年二十余始慨然读书，即向往洛闽正传，与蜀山、克轩二先生相酬接。居丧执礼，营葬竭诚，屹然为吾党仪范。家有田百余亩，桑百本，课耕养蚕，足迹不入城市。所居名凤皇桥，流水纡回，柴扉竹榻，日批《近思》《居业》诸录，欣然会心。暇则与村夫野老较晴占雨，说古孝弟遗事，蔼然饮人以和。晚有儿息，训之成立，为婚配，家庭雍肃无间言。某等或岁时过从，桑麻鸡犬，如入武陵源，每为啧啧叹羡。世风颓靡，如吾惠公醇德，天假以期颐之年，长为里俗矜式后调硕果，回元气于寒霜凛雪之中者，岂细故哉？呜呼！孰谓吾惠公竟不及古稀而遽溘然逝耶！夫稗官记隐逸，史氏传独行，盖棺论定，惠公固无忝矣。然惠公初不求名，深乡僻壤读书乐道以全其天，虽没齿湮没，不悔其所造，何可及哉！此吾党所由追叙其生平，而慨焉怅慕，不能不失声长号者也。呜呼！惠公往矣，见诸前辈于地下，庶几坦坦无愧颜。而吾党之颓然幸存者，晚节末路，他日不知何以见惠公也。一觞之奠，公其鉴诸。呜呼哀哉！尚享！

祭伯姊金孺人文

呜呼！吾哭女未逾月，而又哭吾伯姊耶。伯姊年六十七，有二子，四孙，非中道夭厄可比。而梓之哀吾姊有甚于哀吾女者，盖不自知其涕之何从也。吾姊性醇朴，少擅女红，特不谙中馈而明晓大义。先君子尝曰:“无才为德，吾女足当之矣。”故特命小字曰奇姑。先孺人喜听史，伯兄每挑灯诵古节烈事，姊从旁慨然曰：“女子名节为重，脱不幸值此，度势必玷辱，弟当先手刃我，勿以杀姊为嫌也。”先孺人大为击节曰:“勿谓奇愚，乃慧者弗及也。”十年不字。先君殁，孺人始择配金子紫嶂，生二男：珣、瑄，及一女。紫嶂贾于南亭，数十年起家千金，后客死旅邸，囊赀为负心者所获，家日落。当病革时，或问曰：“两子在南属何人？”瞋目答曰：“余固未尝有儿。”姊闻而痛之，日戒勑珣、瑄曰:“人贵自立，何至如阿翁所料。”然两甥囿于天禀，弗克承教也。珣从予游，颇能诗，而家事愦愦；瑄益蠢。然姊每破涕为笑曰：“吾弟尝言徐文长有二儿，一曰蔗皮，一曰角心，古今人未尝不同。”里党中至举为谈助。今夏疾笃，谓梓曰：“两支一身，吾弟嗣事不可忽。然自近世验之，有儿不如无儿，有媳不如无媳，安命而已，吾死后更有不忍料者，然亦无他顾恋，唯一女字而未嫁，不免戚戚耳。”语毕，遂含药而逝。呜呼！知吾姊之所以自悲者，此梓之哀吾姊有甚于哀吾女也。然梓尚有一言为姊慰：夫山水之起伏，必有过峡而后特钟于名胜，姊姑勿核其实而存其象，则盖棺瞑目，衰麻环列者，居然二子也，两媳也，且四孙也，号呼而擗踊者，未尝不达于邻，感于杵也。视伯兄之丧两儿，而四十暴卒者何？如视梓之头斑斑，孑立穹壤，而块然无与者何如哉！且不得于子，安知不得于孙？而姊又何悲。呜呼！尚飨！

哭姊谢孺人文（庚申）

呜呼！吾姊之始归于东山也，由此日而追溯之，其今昔盛衰之感，有吾姊所不忍言者，吾又安敢缕述之，以伤吾姊之心哉？呜呼！吾姊为吾母少女，最钟爱，慎择姻娅而归之东山，乃穷愁牢落以至于斯，固吾母九原之所不及料者，而吾姊果何罪而至斯极乎？夫无以刑家，而妇无以彰内助之顺，非妇之罪也。母足以训子，而子无以著克家之绩，非母之罪也。吾姊之所以事夫而训子者，亦庶几其无忝矣。夫死不必言，而子之幸存者，何以承慈训而善其后乎？呜呼！吾姊一谢世，而五棺之暴露者，将何时而入土乎？吾母寿六十，而姊年已逾甲，吾兄四十而逝，而无子，吾姊未六十而抱孙，姊又何悲？然抚孙有新妇，则劳不累于尊嫜，而新妇早死，代新妇抚孙者，子之妾也。而妾又死，仓皇南徙，寄一椽于长水之滨，茕茕焉尸饔手绩以率子而课孙，遇亦甚穷矣。天节假以十年，以待孙之成立，子与孙协力以葬其暴露之五棺，不可谓彼苍之过厚于东山也。而乃梦梦者，并此而靳之，亦独何哉？姊尝谓梓曰："婿为半子，吾之有南亭，非特半也。"今姊之丧赖南亭，以举姊之知人不爽矣。而为弟者何以为情哉？吾有三姊，伯殁于越，仲在淮，存亡不可知，同里居衡茅相望者唯姊耳。梓自戊申来馆硖五年，馆故山七年，与吾姊久疏失。今始得家食冀暮年，姊弟春秋伏腊，从容谈笑，稍解吾穷独之况，而姊又舍我而逝耶！病革时，姊泣谓梓曰："吾虽老，犹冀见吾弟生子以嗣先人，今度吾精力，仅可支数夕耳。五棺未葬，一子未举，此两家痛心事。"余为之饮涕不能对。呜呼！姊则长逝矣，而素帷之侧，衰麻而视含者，一四民失业无父之儿也，骑竹马且啼且笑而懵然无识者，一十龄无母之孙也；银鬌雪鬓，长号而不自禁者，一年迫六旬无儿之弟也。姊则长逝矣，而我又何以自慰哉？呜呼悲哉！

哭次女含筠文

呜呼吾女！汝自遣嫁，八年于兹，曾不一归宁见汝母，而遂舀然长逝耶！汝失恃时才九龄，次年父娶继母，见汝聪慧，尤钟爱，课汝书史女红，辄晓悟。汝翁馆幽湖，与汝父交契，遂以汝许字禹襄。岁己酉始结缡，汝翁每见余辄极口称汝贤孝，父差慰谓庶几不负母训。越明年，汝翁客游山左，病殁于官署。汝闻讣悲恸，自是家益落。禹襄遂弃举业，之云间，为赵氏司典事，率终年不归。汝勤苦操家，为小叔祥夫毕姻事。父馆故山，道杭每看汝，见汝羸瘠，慰汝曰："毋太自苦。"汝流涕曰："两大人未归土，冀节缩举窆事耳。"汝姊处窘乡，遗汝化州橘红，欲稍通缓急，汝以未奉夫命不敢寄一蚨。世之劣妇人，盗夫财以肥其私，亲夫之先世暴露弗顾也，如吾女者可多觏哉。汝自去秋寄居赵氏。冬，父来一看汝，见汝精力稍复，意宿痾当渐起。今夏，父自遁野徙幽湖，卒返越，天中后一日渡江，风驶不得泊，意歉然，计新秋假馆，当滞虎林，旬日与汝剪烛把盏，哝哝说家事耳。呜呼！孰谓之馆甫九日，而汝舅氏遂以汝讣报耶！余之缔姻于杭也，亦以汝早丧母，得依两舅氏殷勤抚恤，当胜汝姊，而汝乃中道而夭耶！闻汝于前月杪病笃，复归旧居，尔时苟寄幽湖一朕，当速来视汝。即出月十日遣一力报，我亦当从故山来一诀汝。云间去杭仅二百里，汝既自度不起，亦当命赵氏遣舟促汝夫归主含敛。汝平昔遇事辄了悟，而一病遂愦愦若此，岂精爽销耗殆尽，不一计及耶？抑念汝父之穷独困悴，不欲以惨状触吾痛耶？祥夫客白下，弟妇事嫂如姑，从女在襁褓，茕茕守一椽，而汝乃舍之，而附居于赵，非禹襄过计，则吾女失策也。今病革复还故居，弥留属纩呼父，父弗见也；呼夫，夫弗见也。而周旋床第，盖棺瞑帛者，仍一娣一姒耳。呜呼！汝九原之下，得毋有悽然而悲、憬然而悔者乎？汝八年勤苦，未尝一日忘汝舅姑，而赍志以殁，汝翁姑未知何年得果入土免暴露也。此父所由追忆汝言而不能不失声长恸者也。呜呼痛哉！

哭从女含珍文

呜呼，汝八岁而丧母，不半载又丧父，十九而病痫几死，又一年而嫁，嫁三年生二子，俱死，今甫三十一耳，生子十日，而遂以产殒耶！吾伯兄有两子而殇，仅存汝孤女，汝又懦而无才，故嫁汝于前母之外氏。汝夫及舅姑怜汝婉顺，亦优容汝，不虐使以劳役，农家有田数十亩，桑百本，力耕而食，度身而蚕，完税之余优游卒岁，较汝两姊劳逸顿殊矣。汝丧父时虽八龄，终日啼索果饵，如常儿两三岁者。汝叔母念汝孤苦，调护鞠育若己生，稍长委曲诲导，使粗识针黹烹饪之节，嫁时夫家不纳一币，又竭蹶为汝营枕褥琐屑。今幸而有甥孙，岁时归宁，率之拜汝父母神主，与汝叔父母谈幼时踪迹，亦足慰我晚岁无聊之况，孰谓汝复中道而殒耶！去年汝仲姊病殁，汝泣谓余曰："某亦咯血，恐亦不久。"余曰："妇人与男子别经娠，便瘳耳。"今果妊弥月而产，方意旧疾，从此霍然而竟至此，岂侍疾者不善调剂，违寒暖之节而外因遂中之耶？抑平日之劳悴丛积，精力已惫，遂一蹶而不可挽耶？呜呼痛哉！老夫泪几何，丙年哭汝姊，丁年又哭汝，天之毒我一何酷也！汝殁时，余在故山，不及与汝诀。又值病，闻讣不即归，阅三月始来哭汝，而汝棺已出厝，徒见汝三岁女傍外公膝下，嘻嘻索梨枣，宛然汝八岁失母时，为之拭涕摩挲者良久。然汝所极击怀者，十日儿耳，闻已得邻媪代乳，以汝之婉顺，当有贤后母鞠之成立。试思汝仲姊不生一子女，而亦早夭，汝尚何憾哉？汝亦何悲哉？

哭从弟周倚文

呜呼！吾弟之精力十倍于吾，而竟以九夕之滞下殒其生耶！吾病寒久，闰月下浣五日，篮舆过柳巷，从弟友杉居坐定，不悲而涕流不止，窃自怪不祥。夜返斋，梦二叔父立南窗樱桃树下，顿足拭泪。晨起，从侄孙幽湖来，果得弟病笃信。问进何剂，曰："医以脉沉，用参附理中。"余泣曰："事去矣。滞下多伤暑支冷脉伏者，热极似寒也，法当连而投附耶。"然犹以千里悬度，吾言幸不中，或更扁庐尚可追。阅十日，客来传，吾弟果以无端下泪，日烦躁唇裂死。呜呼悲哉！吾以三年锢疾，守良医参附之禁，今犹蹩躠支短筇，佣书千里外以给家口，而吾弟乃以十倍精力，而颠蹶于九夕之间。呜呼！殆承平久，患人满，庸医乘运而兴，玉石俱焚，天实尸之，而非医之罪耶。吾弟生甲子仲春，吾生癸亥，长于弟不五月，自识之无侍先子侧，课《千文》唐诗，寒暑靡间。弟六龄就傅，与吾同师，每晨丱角赴斋，市中人群呼为孪生郎。至十二岁，甲戌，先子见背，乃从伯兄操觚，与弟肄业。复四载，至丁丑，叔父与伯兄析居，弟乃去为贾，自此踪迹稍疏。三四十年以来，伯兄续娶于徐，弟两娶，吾亦两娶。先慈见背后，叔父母相继谢世，两家多故，每相聚感叹。而吾以伯兄嫂甲午之变，处境弥惨酷。伯兄殇二儿，吾子亦再殇。而弟二子幸俱成立，弟遂以次子熉后伯兄，然吾弟已抱两孙，长者九龄矣。晚境闲暇，使长儿长媳家居奉侍，兴发以青乌术游戏应酬，山颠水湄，会心独得，将著书以补赖布衣之阙，而庸庸者医乃独忌而促之甚！至弥留之夕，高沙儿媳不及归视含敛。向平之愿，尚遗一女。元配金氏，棺厝南山，未入土。此则吾弟不言之隐，九原悼叹者也。吾毕生迂执不谐俗，而弟长经济，亲交婚丧率藉以办，井然不乱。而及身丧讣，独不书奉慈命称哀，非失礼之大者乎？《礼》：元配杖，续配期，继生子代元配耳，故继配子贵封诰先前母，定例也。吾每闻弟为知交侃侃言之，谁与襄吾弟之丧，而使远归之子哭父而忘其前母乎？呜呼！无儿者，他乡潦倒若此，而有儿者又事事不遂意，此天地之阙陷见于吾兄弟间者，太仓稊米而已，而何足道哉！所伤者，"丱角孪生"言犹在耳，而著鞭先鸣转在吾弟，岂虑吾风烛余生，晨不保暮，不惜以身试医而博吾哭弟之文，以垂家乘耶？呜呼悲哉！

哭孝羔儿文

呜呼！汝兄既殇于痘，而汝复以痘殒耶！汝母自丙申生汝姊后，岁患堕症，阅八年而始得汝，举宗称庆。汝骨相奇挺，生数月抱见客，靡不惊艳。性极慧，才八十一日，指认壁间字能颌首答。或披之新衣，未及带即拱手揖两扉，揭杨园明义理治性情聊语。汝舅氏来，母呼汝曰："孝羔儿，何者为治性情？"即注目左扉而笑。视汝兄当日周岁后领悟，殆过之。秋九月，以楼将圮，母抱汝避遁野，汝姊同行。阅数夕，姊即痘。甫十日，而汝亦左目见点。庸医视之曰："此花当居状头，何必药。"余虽喜甚，固疑之。据书，贼痘先见不针，之后且不治。越数日，果大发，体密布。庸医大惭，复重剂劫之，十日遂不起。呜呼痛哉！汝母有胎教，自汝有知识，教汝即事事有法。汝亦先意承志，能默体母训，苟不殇于痘，必大有成就，而误于庸手，不及晬而殇，岂得天者太优，而丁世运之薄不可留耶？将吾门家运之衰，无以承受大器，抑汝父之德薄，而愆积天将厚其罚，姑予之而故夺之耶？以汝母羸病，后必不复孕，汝父发已半白，即觅桃叶得汝弟，涉母气必不肖，况并此亦不可，必先人一脉如一发系千钧，危乎儿乎，危乎儿乎，其何以慰汝父汝母乎？汝父何以告汝祖汝曾乎？天既生汝以奇质，不当畀汝以贼痘。畀以贼痘，不当畀汝以不辨贼痘之医。即畀以不辨贼痘之医，独不可畀汝以辨不辨贼痘之医之父乎！呜呼痛哉！呜呼痛哉！

哭顶儿文

呜呼！汝痘固不可药耶？抑药之者误耶？抑不误于药而失乳之误耶？汝初生颇壮实，见者辄贺曰："此儿易养。"不谓汝母以忧成瘵疾，乳渐涸。时岁歉乳，媪值廉，而汝父漫不加意。亲知多力劝，而汝父复前却不果。即汝父欲乳媪乳汝，而汝母复畏葸不能决，云儿已食粥，行且强矣。每一媪至，即给曰："吾自有乳。"汝又畏生面，虽奥室丙夜给汝，汝亦觉。寻及丰岁，乳值高，力益艰，遂复怠。忽使汝尫羸见皮骨，以及于毙，谁之咎耶？岂痘与药之咎耶？使痘本万万不治，医本不良，而乳顾可失耶？譬犹败屋临崖，往来行人心焉危之，而居者左支右吾，怡然自如，霪雨浃旬乃召匠谋之，则已从风而隳矣。顾不自责，谓世无良工，不已过哉！呜呼！尚忍言哉！去秋，汝母病笃，卧床蓐迄今，提携捧负，自汝父外唯汝两姊劳耳。汝母尝曰："天怜吾儿，特生两姊抱汝耶。"汝之死，两姊哭甚哀。呜呼！今日虽欲汝两姊交手作舆，坐汝为戏，尚可得乎？汝母每咯血，汝父即指汝谓汝母曰："汝一旦长逝，儿子零丁属谁？"呜呼！孰谓汝先汝母而去乎！汝生已三十三月，亲表间后汝生者皆疾行如驰，汝但解危坐不能举跬步，然聪明逾常儿，能诵《幼学箴》，字字清朗。兼好书画，间索残纸涂抹，每作一画竟即笑谓汝父曰："好否？"其濡墨握管俨若成人。父尝抱汝立门外与过客揖，汝亦拱手为礼。俄一客至，独否，诘汝，则摇首曰："某不相识。"当画坐，斋中诸生或嬉戏，则正色连叱曰："读！读！"时有"小先生"之名。壁间揭朱子敬斋箴，每出入，必指问某何字，虽不全识，告之辄应声颌首；其他颖异如常儿者，不复记忆。呜呼！厉气时行，幽湖十万户殇于痘者几千儿矣，畴无父母畴无惨痛，而坐视汝之羸饿而不救，孰有如汝父若母之忍者？

呜呼痛哉！汝始见痘，值汝王母讳日，父梦汝王母相向哭，汝死之夕亦梦相向哭。呜呼！今日使汝王父母在，痛弱孙之夭枉，悲恸当何如耶！汝父之德薄而使汝殇，汝王父王母之厚泽而使汝殇乎？汝伯父三十有八始得汝弟，方襁褓耳，汝父今年三十有一而须发黄槁，汝母痼疾，即不死亦不复育，先人坠绪，危危一发，如果木然木实衰薄，幸有由櫱复搔而蹶之，汝父之罪何以谢先人于地下乎？呜呼痛哉！痛哉！

哭鹰青山人文

甲戌之秋，祝子人斋趋我漱芳流涕曰："鹰青山人为古人矣。"余亦骇然泣下。祝子曰："明年当北行拜其墓。"余曰："果行，吾当寄一文哭之。"祝子订临行过取。今三年矣，复入粤，殆无践约之日。夜乃设位奠之以水而哭之曰：呜呼山人！吾浙西去奉天三千余里，吾又长山人数岁而病跛，料此生不能北行叩首鹰青碑下。而生平所仰慕倾服而无纤发之瑕疵者，惟山人。乃吾山人之欲闻于余，知无不言，余生平之所欲告山人者，则莫要于阳明之一言，而竟不及告也。此梓之负疚于神明者也。山人之诗，有暗合于白沙者，如"寂以会众妙，淡然闲至今。松云横一榻，花雨洒诸天"，其合于白沙，非仅白沙而已，以意测之，恐山人生平熟于阳明良知之旨，而为其毒中。此梓之所未言，而未免犯夫子可与言而不与言之失人也。倘山人慨然谓吾生平知己惟古铭，而阳明之不可学，古铭终身不我告，古铭忍心人也。吾之罪将何逃乎？倘山人因吾言而知阳明之为异学，究其心思力量必更有明白切当之论，辟阳明以晓后学，而大有助于杨园者，而今何可得哉？为吾道失此人，梓之得罪于名教，即梓之逆天隐匿而更何可赎哉！山人在冥冥之中，有可以致报于古铭，任山人纵意为之，而不敢求恕于山人也。呜呼山人！吾之不知人殆比于禽兽矣，但使千古而下知鹰青之不免于阳明，皆由于古铭之不言，而非鹰青之罪也，则古铭犹可坦然于人世也。

祭曲江胡先生文

呜呼！圣王不作而处士横议，杨、墨之所以兴，而至于率兽食人而人相食。然今之世，天理之所以常存，而人心之所以不死者，犹赖此处士之清议，而杨、墨不至于食人，则惟孟子一言《诗》亡然后《春秋》作，为古今治乱之大阙也。若先生者，非洞明于《春秋》之旨者乎。余馆杨州时，一友问曰："五伦朋友为重，古言之矣。先生之友何以幽湖人独曰：南有雪渔，北有鹰青，相隔三千里，从未识面，何以得配雪渔也。"余曰："此文字知己也。雪渔长论史，而鹰青作《尚史》亦颇得《春秋》之旨，故幽湖人并推之，岂有私哉。"余自癸丑坐扬州，阅五年，而无一人之交者，《春秋》之学不传也。庚午至乙亥，馆漱芳，无新交。丙子还姚江，即有先生。先生之言曰："古人中余所寤寐不忘者惟两人，诸葛武侯、岳武穆而已。故尝塑二公像于历山庙中，思构一堂展拜之，依以终老焉。而猾僧负心，不果遂愿，可痛恨也。"平时看《纲目》，连篇累牍，评语不绝。后学每就先生问史，先生必出《纲目》示之，令朗诵所评。宫商中节，必至痛哭而止。故尝谓人曰："古铭尝许为我书'百岁坊'，吾自度精力期颐可必，但得见书不哭，乃可保吾终当死于此。"去冬，果咯血，二旬遂不起。呜呼！自先生去世，吾孰与论世而自负为知人哉？吾当尽此戊寅之腊，从先生于北邙耳。先生子若孙森森绕膝，而吾无子女一人。近一继子年廿二，亦复化去。先生倘怜我孤独，或梦中示一死期，此梓所百顿首以祈者也。

哭曹崑圃文

哭崑圃，惟西池古桂下声极惨。扬去桐几千里，南望拭涕，亦与于哭之列，愧矣！虽然有疑焉两间，朋友之乐，过于君臣父子兄弟伉俪者，以其赏奇析疑也。崑圃工诗文，余所见者少，吉光片羽，未尝不珍爱之。若吾所嬉笑怒骂，崑圃为之击节倾倒者，非一日矣。然余之持论恒癖，度崑圃所蓄疑而不敢剖者，亦不少。余文拟今春还定泉，及吾之未死，邀君于西池昌言之，以决其积疑，庶就木跛朽不致贻失人之憾于地下。呜呼！孰谓君于穷腊反先我而去乎！扬距濮非六七日不达，濮于桐晨发午至，矧余老且病，而君少年精干，余方虑卒中而捐馆舍于馆，而崑圃乃袭吾意中未来之迹而效尤之，何哉？然则君之蓄疑于九原者，何时而释；而余之负失人之诮，即未死而恧然矣。计惟指日合并于北邙，以别西斋，令师者剖君臣大义于群鬼之班，以振其聋、启其聩而已。然世事今愈不可料，余万一不幸享豁眉上人之寿，则君之寂寞引领尚二十余年，余亦何忍哉！君聪明，若有灵，急从西池故人梦中令作祈死诗，以速吾行可也。呜呼悲哉！

代高仞千祭胡母茅孺人文

呜呼！我亲母孺人，禀质之厚，积德之盛，寿竟不及古稀，而数日之疾遂溘然长逝耶。夫死生有命，为庸人言也。若君子则生平得力，必于圣贤遗训一二语奉之终身，而此身之夭寿，以之无论须眉巾帼，其信之笃守之确无二致也。若我亲母孺人可验已。孺人虽不读书，而丱角时偶闻塾师讲卜西河事君致身一语，恍然有悟，此岂独事君然哉。人生天地间，不忠不孝，只身为累耳。吾惟于分所当为奋，然为之不起，一转念为我身计，亦何事不可为哉。故孺人自幼事父母，及于归后事尊嫜，事夫子。及有子延师，承祭祀，奉宾客，待亲戚，御仆奴，克勤克俭六十余年，其得诀总在“不转念”三字而已。即如目前幼子之疾笃，使孺人苟转一念，谓儿既婚，有妻有子，吾老人可以弛担，倘过劳易损吾寿，于身何利耶，则孺人今日之病必不死。呜呼！孺人之死，死于慈而过者也。虽然屈原之怀石亦忠而过者也，而紫阳子《楚词章句》低徊反复三致意焉。孺人之过，虽非中庸，然使天下之为人臣、为人子、为人弟、为人妇者，一以孺人之“不转念”为法，孰非忠臣孝子？孰非悌弟信友哉？夫“嫁女必须胜吾家，娶媳必须不若吾家”，此吾亲母胡门之家训也。吾少读之，奉为金鉴，而末世择妇择婿之艰，变通之则，惟世俗交门之昏为得。盖孺人为家嫂从姊，故舍侄景韩遂娶孺人之长女，而孺人蒙子锦书遂为某之坦腹。凡以心悦诚服，孺人之家教冠于三党，女萝、松柏自缠绵而不可解耳。吾尝闻吾乡耕余子之言曰：“世道衰五伦，今有半而已。”叩其故，则慨然曰：“古今来，君有不仁，臣有不忠，子有不悌，妇有不节，友有不信，而未有亲而不慈者。”其言虽过激，而验之常情恒有之。然充类至义之尽爱而勿劳，即此半伦危哉可保乎？如孺人教子，锦书访师五百里外，孺人必晓起具糇粮。今岁夏延师于家，日亲具膳，得师母遗训，谆谆诲子媳曰：“此即我平日以转念为戒心，必诚必信之旨也，若辈当终身诵之。”嗟乎，使耕余而可作，闻孺人之家教，若此得母悔失言哉。小女之事，孺人才十六秋耳，正思久侍，贤姑沃闻至教，而矍铄之年忽尔崩颓，即某亦安能不为之怛然而惊，恻然而痛哉！不腆之仪，聊奠一觞，灵乎有知，来格来歆。呜呼哀哉！

铭

方竹杖铭

镌竹难于勒石，唯苕中笔工擅长，雅人鲜能之。谢子海鹤过斋曰："此方竹何不铭？翀当为公雕之。"遂撰数语，海鹤策之去。

合坤二直且方，雷震之为苍筤。艮其身坚多节，风巽之长以白。维德之隅，资以丽泽。

书幌铭

幌以书铭佐读也，苟不称其实，是不航而帆，不射而鹄也。噫，钟且鸣矣，毋徒跋尔烛也。

砚铭

余素癖砚，亲交间每得佳石，辄属为铭，久遂成帙，晴窗汇录以醒睡耳。遇玉带生得毋以灾石见哂耶。古铭识。

澄泥砚（一首）

银星如芒，斯文之焰。默默昧昧，其光必远。处为完璞，出则华炎。名曰纯瑜，字曰无玷。

歙砚（二首）

石孕木理，厥性疏达。秋敛其实，春英勃发。女娲所炼，公输是削。浮诸泗滨，为迷津筏。

肤清肤立，骨鲠骨腴。动为《春秋》，言为《尚书》。以才骄人，色其锄诸。

端砚（十六首）

淫文破典，淫巧破用。宝尔钝璞，礼栽义种。天授侯禄，为即墨俸。

石能言，敢告主人：惟求免乎三灾，庶反璞以归真。

士友直，石友端。订白首，永弗谖。勿舍尹他，为羿罪焉。

吾恨其太滑太腻，将使人玩物而丧志。

不青其眼，以晦为明；不玉其带，以璞为荣。以抉百代之神髓，蓄万蠹之精英。

背缺角巾，仿郭面屡绚履坦，如此头荣之直，固端士之迹欤。

玲珑其声者，其质玒乎？扣之不鸣者，其滓融乎？白其蕉而无色者，其秋之淡漠而不居其功乎？（蕉叶白）

状乎无形影，然而成文，其玉之精华，蕴乎山川，而发于人之脂腕，以吐电而蒸云者耶。

纯沦温润，霜镌露泛。柔而坚，刓而廉。将以挽夫刀之利、笔之铦，以追浑庞于黄炎。

其肤不荣，其腠不芒，而能发潜德之光，岂非暗然而日章。

静如山，动如水，处则研穷，出则燮理，与吾道为终始。

玉质石貌，道用晦也；无眼而活，灵不昧也；体方智圆，居静驭动，德与天地配也。

吾石友，端人也，字毅夫。厥名野，质渊重度，风雅懋前，修觉来者。

有斐君子，端人也。涅而不辎，所以修身也；无道则隐，不知其仁也；用之则行，是社稷之臣也。

如琢如磨，友其德也；磨而不磷，所以成物也；近之则不厌，暗暗如也；墨氏兼爱，非吾徒也。

毛公利交，墨卿势暂。惟子耐久，愈密愈淡。以渐以摩，敝之无憾。

凤字砚（五首）

天地噫气，发为大文。二南之始，遍乎河汾。雄鸣雌鸣，变化氤氲。审厥所自，惟吾一身。

遏广莫以扬明，庶行所行，而止所止，将化成乎天下，本二南以为始。

宣入儆三，感上化下。东周复兴，升王冠雅。

巽以入德，正身以化国，树声于东南，而教被乎西北。

仁风始播，恻隐之端。蔼乎春阳，于德为元。

雨字砚

漱六艺之芳润，范八家之熔铸，宜其云起肤寸，而玉女洗头之盆如注。

月砚（二首）

不盈不缩倾天河，岂待离毕俾滂沱。谁能手探其窟而刮其膜，运八宝之斧以还于五色之女娲。

吾诵步兵句，令尔心忡忡。阳精晦不见，阴光代为雄。玉兔懵不闻，捣药足双拱。虾蟆大张口，视下眼流汞。

祥云捧日砚（二首）

天无饰喜，石不虚瑞。云英日华，和气所致。子孙宝之，俾尔昌炽。

希世之宝石化璧，盛世之祥云捧日起。肤寸而六宇沛，升扶桑而九州一。将以开文明之运，而登斯氏于衽席。

五星聚东井砚（二首）

奕奕五星，东井斯聚。文明之象，光照六宇。噫嘻砚中之天，号曰盛世奚愧焉。

星陨而石井渴而吸，吸墨成雨，雨田水溢。意者，圣人生而井田其兴耶，不然何五星之荧荧？

蛙砚

先河图，兆仓颉。粟未雨，石早穴。文字祖，裸虫啮。

东井砚

苏门汲绠，南阳渫之（南阳铭云：辨西蜀之权术。）。敬字未破瓶则羸，而揆厥所宜惟置之，三过之堂而录海外之诗。

北斗砚

庚寅，先伯兄馆于姑母金氏，见老坑面廿四星，其七洞底眼皆八九晕，眸子熊熊，洵尤物也。伯兄命余铭之。余曰："眼虽二十四，透背者难当主七，故曰北斗。"

尧揭柄，舜挹浆。醉六合，酩八荒。重瞳所化众目彰，经天纬地纲与常。

一星砚

剖龙子，凿墨海。中有一星，夜向亥光熊熊而烛天，为文苑之真宰（一作金星砚，铭剖龙子，凿珠海，一星熊熊，斯文主宰。）。

断头砚

残山之砾，剩水之滓。头可断，心不死。全德斯贵，毁形莫耻。比干曾子，一而已矣。

残砚

人以炫能殒其质，物以不材全其天。非流俗之委弃，而胡能此永年。呜呼！虚名之误人久矣，吾将与子老于东海之涘。

墨盆

有贪墨之名而不害，为伯夷之清，无王侯之命，而独操夫诛赏之柄。

墨槽

甘与骥伏，耻随驽食。喷云吐雾，含精茹液。驰骤千古，血汗成碧。噫！湮死勿惜，髀肉勿泣。吾将以闲吾心，凛乎若朽索之驭，而毋即于逸。

圆砚（二首）

其月之晦耶，若无极而太。其天之硬壳耶，补东南而无外。其镜之磨而不坏耶，毋使盲者得之以为卮。

盖太阴之体魄当晦，寿光先生尘掩背。万象朦胧云霾霿，子夜哉生月出朏，四海重明照肝肺。

大砚

德合坤二直方大，教思及物丽泽兑。声闻过情耻沟浍，海阔江深百川会，龙跃云腾雨滂沛。

圆墨海

得旧龙尾径八寸，作海挥巨幅，仿说卦铭焉。

乾为天，为盖、为轮、为鉴、为月、为璧、为规、为辟雍，其于日也。为食，既为盘、为盾，其于人也，为坦腹、为智、为权。其究为太极、为中庸。

小砚（二首）

貌癯而道腴，用小而济博。搜中秘之英华，涤凡间之糟粕。

珍诸袖，登高而赋。韫诸囊，扣舷以挥。韩陵片石差可语。微斯石，吾谁与归？

片砚

陵颜轹谢一片碧，吾与对语笑哑哑，犬吠驴鸣夜屏迹。

肾海

过张子汉木思补堂，见残石支床脚，乃礳村之佳者，即近世所貌澄泥也。琢象肾容墨渥，故曰海。

天一之源肾为海，伎巧所出焕精彩，旁有小心是真宰。

囊海

石不满三寸，而容墨杯许，便于行笈，故名。

砚不嫌小，有容乃大。瓶水一滴，雨沛无外。

蕉海

钮子膺若为母夫人请墓志，赠此石。属朗仙上人加深，令广蓄墨。

非柿非蕉，历千霜而不凋。作楫作砺，维一匏之所系。

眉绞砚

清扬如画蛾吐丝，文明之象芝宇殊。光胜八采生茅茨，四海鼓腹眉长舒。

半背砚

睟于面则以生色，征其德艮其背，则以不材全其天，此之谓可与立复可与权。

面砚

睟然外见，不唾何拭。卢蓝赵铁，孰贞孰慝。磨墨自照，尔无愧色。

瞎眼砚

青盲避世，前哲所美。不见是图，抉我眸子。或寄迹于伶伦，将追踪乎师已。

泪眼砚

拭之津津，可以濡墨。穷途反车，为我心恻。将破涕为笑耶，维席珍乎乐国。

幅巾砚（歙石罗纹。）

铢视轩冕笠可溺，乱发鬖松墨光耀，照见秃鹙泣而吊。

折角砚（为邵氏作。）

玉铲于璞，巾折其角。不炉不扇，寻吾安乐。

扇砚

仿武侯制，却元规尘。风生笔底，来我故人。

枕砚

鸜鹆眼二十四，仿汉武神枕，较幽湖程氏所藏七十二峰更优也。

二十四气，虚窍呼吸。游仙神怡，服妖鬼泣。鸡鸣而警，道在衽席。

斧砚（二首）

负扆则相，秉钺乃将。何如严褒诛于野史，任樵苏于荒嶂。

林有梅，斧斯之。鼻有垩，斤断之。行无玷，文鲜疵，三伐三洗尔是师。（为屠时若作。）

履砚

有文者往往咯于行、止庶几，一步一跬，奉尔为轨，慎毋矜尔笔墨，而征诸践履。

屐砚

墨为蜡，颖为齿。风不晴，雨不止。莫问一生几量，且仗软材平底，以卅年驰骋乎文史。

琴砚

鹳眼十三，形长，琢为琴。

扣之无韵，爨之不焦。雨则破轸，中有黑蛟。

圭砚

为窦而处，藉缫乃出。公桓侯信，鞠躬战栗。无玷可磨，有功斯析。宠尔墨卿，祀田五十。

杯砚

青田剖核，甘泉满颊。斗酒百篇，白之口泽。诗不成者，尽此蕉叶。

铸砚（为范巨川作。）

挟策生，可爨妇。元夺戌，魁占酉。贵薰天，富炙手。大范老，热中否。息其焰，墨三斗。

炉砚

出佛老之百劫，保秦汉之余烬。将死灰之复燃，容陶铸夫尧舜。

几砚（二首）

星孕于石，其光烛天。奎耶璧耶，此几席间。

凭而观味不厌，隐而寤黑中甜。漆乎雕乎灿以烂，琼杯绮食青玉案。

笏砚

垂绅而秉书思对，贼可击乎玉宁碎。象耶竹耶相其背，出入龙楼喜飏拜。

瓶砚

挈之智，罄为耻。羸于井，不返水。守吾口，慎于矢。

鼓砚

逢逢不闻，简简何在。大腹彭亨，敢谏在退。其惟蜀桐之鱼，震雷门而欲碎。

墨砚

小石作巨墨式，四围镌花。

月计者乃以世计，而寿可无算，信乎墨之磨人也，茫乎若大海之畔，吾安能不摩挲而三叹！

纸砚

法以高丽纸为胎，杵端石粉水飞曝，和漆固之数周，其细润乃胜新坑也。

楮生之女，嫁于陶氏。封为石君，食邑漆水。其德则润，其文则绮。吾将与之浮乎五湖，以为狂澜之砥。

凤砚（二首）

背文有牧，不篝不筊。耻巢阁而栖野，岂为德之衰乎？

竹实不实桐尾焦，鹌鹑绘影登王朝。嗟尔文彩徒灿烂，墨渍尘污任涂墁。

玉龟砚

砚石如玉，隐龟背裂文。

洛书未呈石早育，春官所掌此灵属。北斗南辰光射屋，鸣球戛金玉龟曲。

镜砚

写形照心，精铜古铁。妍女虽惟人，土秽冰洁。千秋之鉴，不于水于墨。（一作“视我先哲”。）

凫砚

云飞水宿，锦挥绣洒。并赤舄兮，几几肯与波而上下。

鹅砚

戏墨池，游学海，《黄庭》已销尔不毁。

不听讲，不换经。腹饱墨，项系铃。义所爱，莫误烹。达吾表，升天庭。

鸜鸲砚

鸜鸲羽翠如玉，鸜鸲睛珠闪绿，鸜鸲跦跦为蝌蚪书。鸜之鸲之，余将化鸱枭，而鹫之鹭之。

一牛砚（二首）

大田雨足，烟挥云洒。一夫所耕，百川攸会。资深逢原，曾唯颜喟。声闻过情，吾耻沟浍。

笔耘墨稼，礼耕义种。井牛不喘，牧鱼乃梦。此经界之遗意，而儒者之大用。

马蹄砚

涔水不涸，苍蝇附尾。驾我长策，一日千里。

骥枥砚

天下无马，有马负盐。仰秣不饱，骨高而廉。忆九方，志千里。风卷蹄，竹批耳。死可买，自隗始。

蟹砚

郭索登几，拨棹出峡。介士无肠，发为文字，鬼亦不识，而胡为遽冠乎黄甲。

螺砚

与钿争彩，与黛增黝。龊龊兮利与名尔，何心于蛮触之斗。

蝉砚

饮而不食，俭也。嗜墨而不墨，墨廉也。吐辞为经，文也。坚刚不渝，信也。冠不集而石于蜕，清也。

蚕砚

琴非琴，瑟非瑟。缘鼠须，饱蠹血。扪而谈，巧贯胁。铭其背，古玉蚕。

荷叶砚（二首）

虽雨不淫，终古苍翠。千珠万珠，化为文字。殆木石之交感，而孕此两间之精气。

承墨珠而惊雨，披光风以扬澜。对庭草兮交翠，与君子分盘桓。（为周氏作。）

芝砚

为何生伟业作。

紫芝九曲，化为红玉。和气所钟，掌于砚农。

葫芦砚

去毛采肉，拗颈摩腹。为语墨卿摹其神，勿徒依样而画此轮囷。

豆斑砚（三首）

濂溪通赤水，涓涓滴云液。中有百元珠，一珠一太极。（为周旦雯作。）

谁为吾师，惟学是力。培根达枝，开花结实。

吾儿以痘殇，而尔独斑斑乎成章。吾不见儿面，日泪渍乎斯砚。

瓢砚

风吹不顺，倾月流液。宝诸陋巷，饮我晨夕。举水百斤，贮诗五石。

瓜砚（二首）

黄台再摘，青门五色。余光之幻，炯如漆黑。削之啖之，饱我元德。（歙石正黑色。）

青门遗种，安期献枣。旦沃夜灌，镇心乞巧。

宇宙砚

上〔圆〕(员)下方，背镌篆籀二字，仿不昧上人制也。

四方上下不朽者，石；往古来今不朽者，人。石可购人不可得，然乎否乎，问诸古民。

五行砚

秉金之坚，含水之润，体木之疏，融土之腻，夺火之炼。质化而性纯，气浑而德全。此之谓五行之砚。

井田砚

一井云兴八方雨，洽陶公运犁、毛君荷锸，阡陌其犹存耶，维王者之取法。

辟雍砚（朗仙上人藏。）

明王不作源久涸，虫蚀木舌天陨铎。墨波回环风卷箨，鼓钟者谁佛建阁。

方相砚

儒中之鬼作灾沴，冬傩失掌渐耳鲜。君不见，大郭三千具朝膳，黄金四目光闪闪。

玉带生（一首）

昔信国偕出入注麟经，凭摭厓山沉天雨，泣书尔绅三太息。

厓山倾海，鼎沸燕然。碑孰能纪，玉带冲天白虹气。

水坑蛀

土之忠于天，以石为骨。石之不朽，髓为窟。水虽蛀之，若蠹若疥，是间虚空，曾不烂坏。臣唯此由，敢赞皇天，千万敬拜。

屏风岩石砚（色紫，稍粗，故贬之。）

其锋芒若仲由未见孔子，其造诣则乐正之，有诸。已磨之砻之，夜以继日，安知其不充实光辉，而升堂入室？

紫玉砚

采尔精，洗我髓。古端人，今拂士。得毋紫云山之老云耜，不则文丞相、玉带生之犹子。

罗绞砚（二首）

文理审察，皎如也，即之也，温与与如也，其文则史，侃侃如也。

内朗外润，罗罗清疏。方之晋人，叔宝幼舆。霜台笼日，皎如凛如。

刷丝砚

蚕之缫之，维草野之经纶。黼之黻之，乃赞襄乎明禋。胡为乎垂肩者，已毵毵其如丝。而卷石犹长，支乎织女之机。

露筋砚

诗骨劖削，文情澜翻。肝血罄竭，玉貌凋残。蚊蚋何知，蛟龙自蟠。我碑永勒，米碣何刊。

青花砚（二首）

苍龙夜堕五色烂，马肝荧荧玉半段，文光烛天照河汉。

月晕风生，鼓吹斯文。蜀江之锦，青花白绞。

磬砚

击之卫有心者，何人戛之？虞解愠者，南薰襄乎？入海孰浮泗滨，我琢为砚，声若琨将，以叶夫天钧。

舟砚

士有实行，水有归壑，奈之何？徒逞韩潮纵苏海，而不知其所泊。

白砚（二首）

璧无瑕，白受采。我朱孔扬，席聘可待。

和于春，洁于秋。冰耶玉耶，谁与俦？

一钱砚

莫毁不识不直，漫学刘公，选一满地明月清风，何患空囊羞涩。

砚璞

混混沌沌，形圆而不可败，此墨子之所守，毛公宜敛锷而拜。

雪庵道人砚

吴生玉书于蠡城物色一老坑，旁镌“雪庵道人”四字，或即建文时雪庵和尚遗物耶。和尚读《楚词》辄哭，哭已复读，后不知所终。从子钦陶喜此石，以二蕉白易之，属为之铭。

谁不读骚，读骚谁哭，惟道人之泪，砚面可掬。噫，此斑斑者，非鹳非鸲，非热血之淋漓，则丹心之沾渥。（一作“其丹心之流露耶，抑热血之沾渥”。）

鹳鸲眼砚

以下四声，诸生不解，平上去入，各以砚请铭，遂戏以四声铭之。

鱼脑应月，鹳眼晕血，东海浪竭，需此救渴。

歙砚

温软胜玉，贞守贵黑。依本钝拙，宁宝异物。完我寸璞，烟水痼疾。鸾隐天末，鸡忍恋肋。

竹节砚（二首）

颜紫背绿，肤暖润玉，虚以韫福，芳轨峻节，疏雨洒谷。

篁影漏月，风动洒雪。云散化墨，文少绢袜。苏子赠玦，其道在嘿。

蕉叶白

蕉雨半绿，其淡在白。云起雾息，风洗暗月。

礤村

粗理大脉，窠纸坐擘。阴乳四集，坤起二画。希古道昔，勤以厉德。

豆斑砚

千点喷瀑，珠滚唾落。斑隐贵发，斑显利拓。医理寓石，搜髓弃粕。庸眼罩帢，徒夭稚弱。怀我二珏，胸抱顿恶。

员砚

中土蔼淑，边去四幅。何者太极，天水蕴蓄。情与性琢，修己慎独。

方砚

棱起四角，井田待画。王道圣法，儒者任责。商鞅破裂，千古盛迹，令我怅惜。

凤砚

桐死杆折，篁陨断实。苞九浪出，衰逞盛德。抚尔丽质，毫纸涴墨。狂楚定泣，追往太息。

炉砚

兼怀谢雪渔，盖四月不得书矣。

灰冷焰歇，心死更热。沉水篆鸭，香暖被彻。思我丽服，千里易别。江杳浪阔，添火待烈。来与面诀，鸿鲤断绝，曾有梦不？

瓶砚

花聚众笔，添水四溢。金响地掷，诗胆破日。

五铢砚

铢五当十，鹅眼涕泣。从子背绿，从母面赤。刘拣大的，而杜恐涩。吾肯障簏，贪转坐墨，毛颖笑噱。

菊花砚

秋巧炫色，墙矮露菊。诗叟醉墨，花影细掬。

荷叶砚

擎雨盖侧，风转覆笠。筒饮泻碧，痴惹茂叔。君子倡说，酣后醉墨，三斗快吸。

莲蓬砚

房孔注目，诸子露泣。心若貌质，为士宪则。天补罅隙，凭尔炼石。秋水照密，君请破药。

葫芦砚

毛去烂爇，环项戒折。闻者误鸭，虚拟快嚼。谁指匠石，依尔样琢。灯底细呷，中有妙药。

蚕砚

悬牖注射，头痒弄脚。谈麈锯屑，王猛自若。

硃砚

枫染茜血，霞锦烂刷。朱近易赤，污汝戒墨。

两角缺砚

端友貌泽，祈雨愿渴。天险地踊，南圮陷北。坚守敬学，思补大缺。

朱子残砚

南赵宋物，朱子旧泽。文理细密，光彩烂赫。书两奏摺，宸几震惕。疏五库籍，扶衍正脉。边损晕缺，中有旷宅。其砥尚沃，传语嗣叶。蒙锦韫椟，磨洗岁月。腰子浪黑，毋使溷亵。

玉带生

谁宝带饰，文宰相勒。腰孔瘦怯，辛苦殉国。伤矣！信国端取义，则磨砥片石。穷海毅魄，知我世杰。

牛砚

浮水惯吸，双耳半淫。磨尔钝角，犁且挂册。

小铁椎砚（四声）

良悔误击，旬乃大索。鄙首亥殛，公子快怿。吾老太佚，聊以钉册。

矮杖铭（四声）

佯矮晦迹，兄弟笑昵，翁跛藉力，扶我眺陟，蟾影照壁，龙尾倒击，长且万尺。

研屏铭（二首，其二四声。）

石不畏风尔何障，与墨相乳秋荡漾，宝吾玉光乞天葬，风扆建辟威斧画，戟封海外邑藩楮，卫墨山拱正立。

凌寒竹墨铭

君非夷子摩顶踵，拜颜揖曾北面孔，敦本堂前立而拱，我老七十发种种，看尔摩人落日恐。

巨砚铭

高可六七寸，色玄，质赋，盖龙尾之纯者。惜其背有坼文，铭以吊之。

神龙夜吼风破甲，老龟昼睡雨沉脊。风奔嵩岳倾，雨涌河海决。天乎崩，地乎坼，石何心，独不裂。

日月合璧砚铭

昔五河老人著《东郭记》刺时事，于邗沟得此石。旦雯曰："此旧坑，属汪君因村为合璧。"

天酣地醉，帝瞑其目。墨龙戏海，日月并浴。鹰窠一照，而天下旭。

闰砚铭

闰三月得之，故名。

年纪闰月权，久溷摄天晓。未必吾且铸，铁心井葬血。

河洛砚铭

友人朱砂澄泥砚，面雕河图，背洛书。

河何图，洛何书，孰致之，砚工欤？题曰媚石，石骍如。谁其砻诸，孔扬我朱。

笔记

近思錄記疑

櫟夫先生補條附前（先生諱樂字夔一號櫟夫）

先兄生平手不釋卷然不出已見下一評語不過考同異備錄他書相發明者如看近思錄則附文集語類及讀書居業備忘而已戊辰春因記小學諸疑幷錄先兄讀本所載附以私論以見先兄之詳愼與鄙見之妄謬寄質蕉雨老友爲下一針砭耳穀雨前五日古民識

卷首

補二條　記疑四條

朱子答吕伯恭。曰近思錄近令鈔出冊子。亦自可觀。但向時嫌其太高。去卻數段。如太極及明道論性之類。今看得似不可無。如以顏子論爲首篇。卻非專論道體。自合入第二卷。（作第二段）又事親

经义质疑

《易》上

朱子云，上古之书莫尊于《易》，中古后书莫大于《春秋》。然此两书皆未易看，要读且理会大义。《易》则是尊阳抑阴，进君子而退小人，明消息盈虚之理。《春秋》则是尊王贱霸，内中国而外夷狄，明君臣上下之分，此段可谓要言不烦。自朱子后却又添出一大弊，不讲《春秋》只讲《易》，说治亦进，乱亦进，随时变易以从道，将《易》做一个乡愿藏身的窝窟，假冒一个仕止久速、无可无不可的孔子，邪说横流，坏人心术，其罪不在阳明之下。呜呼！此亦《易》之一大厄也。

又有一种小弊，不过“穿凿”两字，每遇一物，辄以八卦五行细细配合，假冒格物穷理的朱子。其流为术数之学，支离荒渺，不难辨也。

上、下篇义不过分别上经、下经，而扶阳抑阴之道存焉。此《易》之通于《春秋》也。如一阳为众阴主，又众阴而阳寡，复失正位，阳之弱也。上有阳而下无阳，无本也。阳居上下，则纲纪于阴阳，为阴所溺也。男在女上，乃理之常，未为盛也。若失正位而阴反居尊，则弱也。女在男上，阴之胜也，则男下女，非女胜男也等语，皆《春秋》之义也。胡玉斋云：“先天卦乾以君言，则所主在乾；后天卦震以帝言，则所主者又在震。此正夫子发明义文尊阳之意也。”与余说《春秋》意合。

河图、洛书为圣人而出，是圣人感而神物为应圣人，因而画卦以阐天地自然之理数，枝枝相对，叶叶相当，无一毫私意参其间，天地圣人同一至诚之发见，吉凶祸福其应如响有必然者，在圣人无卜筮而知吉凶，而凡民不能也。故作《易》以前民用，然上古之时思虑浑朴，未尽其变。文王羑里，周公居东，孔子春秋，历中古衰世之患难，民伪日滋深，悉小人之情状，故假物象杂出其义类，以教民之趋避得处忧患之道，所谓因贰以济民，行其要无咎而已。

性，分所固有；职，分所当为，不在卜筮之内。若夷齐饿首阳，比干直谏而剖心，固有明知其凶而不避者。孔子绝粮当行时便占一卦，何难预决，但有所顾虑，便非圣人就后世言之，必曾子才合易道，比干便不合易道。故杨园云，比干、曾子，一而已矣。譬如甲申后遗民出处，何待卜筮而决。寡妇死夫，握粟出卜，问嫁与不嫁，孰凶孰吉，则失节已在此一念矣。当此时而讲明哲保身，则冯道、胡广而已。昨盛友过斋，述曾祖名在复社目第三册，曾作绝交书投其师周钟，白首完节，岂特青出于蓝哉！

十二月配卦出于京房，朱子曰也。自齐整复是震在坤下，临是兑在坤下，泰是乾在坤下，太壮是震在乾上，夬是兑在乾上，乾是乾在乾上，此上半年也。姤是巽在乾下，遁是艮在乾下，否是坤在乾下，观是巽在坤上，剥是艮在坤上，坤是坤在坤上，此下半年也。总以乾上下、坤上下为经，以四卦为纬，恰好一阳至六阳，一阴至六阴，以终一岁四时之消长宜，朱子叹为齐整矣。或问，闰月配何卦？曰，此无文，以意测之，则闰二月前半月仍作泰，后半月先作大壮配耳，余月可推矣。

理气不离乎数。太极生阴阳，一生二，二生四，四生八，八生十六，十六生三十二，三十二生六十四，于是而有一定之乾一，一定之兑二，以至坤八，是岂人力所能为？而其所以然者，则一理为之，理固不杂乎气数。故邵子之学偏，然《易》为卜筮而作，非专以明道也。孔子之易说义理而兼观象玩占，程子《易传》却是专讲义理，故伊川之学亦偏，得四圣人之微者，其唯本义乎。

不论交易、变易，对待流行总是天道之自然，却须圣人扶阳抑阴，以道变易之转乱为治。如孔生春秋，有君德而在下位时，君能用之致文武。成康何难，无如是一剥卦，孔子之道不行，于是不得已思传道于来世，故作《春秋》存扶阳抑阴之理于两间，以为来复之几。子思作《中庸》，孟子作《七篇》，朱子作《纲目》，皆此意也。无如天地之气数日衰，不特剥而成坤，并此不得位之圣贤也。生不出有心者，能无抱韦编而悼痛乎。

朱子云："伏羲画卦如掷珓相似，看上面所得如何，再得阳即是乾，故乾一。"此说非也。果如是，则乾一兑二是偶然而非自然矣。自乾一起至坤八皆先阳而后阴，一阳上生一阳一阴，一阴上又生一阳一阴，即成第二画。此一阳上又生一阳一阴，此一阴上又生一阳一阴，即成第三画，而八卦成矣。

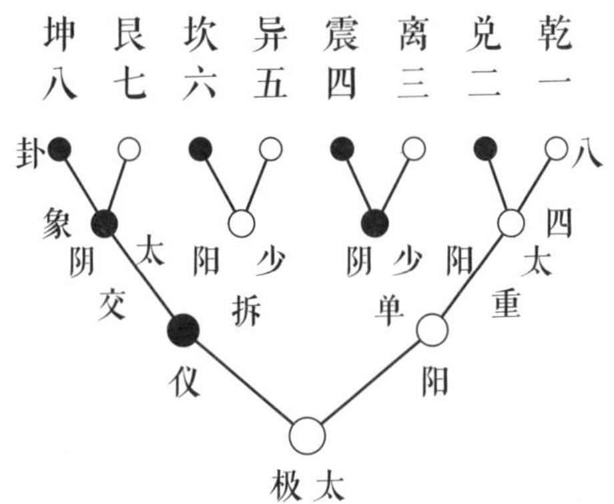

以"阳先阴后"四字为主，用加倍法，八生十六，十六生三十二，三十二生六十四，则乾上乾下为第一卦，夬为第二，大有三、大壮四、小畜五、需六、大畜七、泰八、履九等皆是天定。伏羲当日只画得阴阳二画，而六十四卦次第已具，岂圣人当日全无主见，既画两画又须两次

卜之于天，任他或阴或阳，所加之象而始据之为某卦耶。朱子答门人，偶然不检横图，致有此率然之对。杨园亦由不考横图，自然次第漫选此条。故愚作此图以明一物一太极之象，乾只是○○○三白圈，兑是●○○，离是○●○，震是●●○，巽是○○●，坎●○●，艮○●●，坤●●●，展一圈而横之即一画，揉一画而圆之即一圈。伏羲至圣，岂有纤毫私意介其间哉。后之学者，据此图画为六十四卦全图，则一本万殊，万殊一本之理，比之大横图尤显然矣。因而重之一句人多误解，谓三画既成，即从乾上加乾，兑上加兑等，而成六爻之卦，不知八重为十六是外卦第四爻，十六重为三十二是第五爻，三十二重为六十四方是第六爻，而外卦三爻成矣。此"重"字是天道自然之重，而非圣人有意重之也。既重之后，看乾上又是乾，即曰乾。第二支上乾上是兑，即曰夬。第三支上乾上是离，即曰大有。第四支上乾上是震，即曰大壮。于是各各别之，以卦名而分列为六十四，此之谓对待交易之易也。六十四卦既成之后，于是立揲蓍之法，使人得以占吉凶开物成务，此之谓变易流行之易也。朱子云："伊川只说得相对的阴阳流转而已，不说得错综的阴阳交互之理，言《易》须兼此二意。"或问，据此图则但有单拆而无交重，何以能一卦变为六十四乎？余曰，此一图固是不动不变之六十四，而其下分太阳、少阴、少阳、太阴，太阳即重，少阴即拆，少阳即单，太阴即交，用九用六早已伏揲蓍求卦之法于其中矣，未尝欠缺也。

六十四卦横图既成，于是分两而为圆图，恰好姤、大过、鼎、恒、巽，以至于坤，居右半；恰好乾、夬、大有、大壮以至于坤，居左半。复为冬至，姤为夏至。坤尽子中、乾尽午中为天，而居中之方图为地，恰好横排乾、夬、大有、履、兑、同人、革、无妄、随为四层，姤、大过、讼、困遁、咸、否、萃为四层。乾始于西北，坤尽于东南，八八六十四，自然齐整，岂非天造地设？而其源不过从两画起太极生两仪而已。

方图由西北至东南，恰好乾一、兑二、离三、震四、巽五、坎六、艮七、坤八；从东北，地天，泰、山泽损、水火既济、风雷益，恰好反对；西南，天地否、泽山咸、火水未济、雷风恒、泽天夬斜对，山地剥、山天大畜斜对，泽地萃、火地晋斜对，水天需、风天小畜斜对，雷地豫、风地观与雷天大壮对，火天大有与水地比对，雷山小过与风泽中孚对，雷水解与风火家人对，姤、复为对，升与无妄对，谦与履对，同人与师对，讼与明夷对。细推之，无有一卦不整齐者。呜呼！此岂人力所能为哉？天泽履对地山谦，天山遁对地泽临，地风升对天雷无妄，泽雷随对山风蛊，风山渐对雷泽归妹，水山蹇对火泽睽，泽风大过对山雷颐，火风鼎对水雷屯，泽水困对山火贲。至于八行直看，第一行乾，八卦皆天，自天泽履至天地否止；第二行兑，八卦皆泽，泽地萃至泽天夬止；第三行离，八卦皆火，火地晋至火天大有止；第四行震，八卦皆雷，雷地豫至雷天大壮止；第五行巽，八卦皆风，风地观至风天小畜止；第六行坎，八卦皆水，水地比至水天需止；第七行艮，八卦皆山，山地剥至山天大畜止；第八行坤，地山谦至地天泰皆地。若横数之，第一层亦八卦皆天，第二层八卦皆泽，第三层亦皆火，亦与直看无异，即伏羲画图时亦不自料其枝枝相对、叶叶相当，至如此巧妙也。

《日知录》云，重卦不始文王。似夏商已有六十四卦。据愚断之，则重卦始于伏羲，由一奇一耦重至六十四，一日之间可定，何待夏商？况《本义·图目》现说伏羲六十四卦次序图、伏羲六十四卦方位图，岂至夏商至文王始重之，而仍谓之伏羲所次所排乎？至夬、大有、大壮、小畜等，亦伏羲时已命此名，但其词则文王、周公始系之耳。盖伏羲既为愚民卜筮而作《易》，岂有但有六十四象而无卦名者？以是知既定为雷、山、水、火、天、地、风、泽，则必分列六十四卦之名无疑也。

周文王八卦，乾父坤母生六子，以人道通于天道。故曰，后天之学，周公、孔子何难更立一局，而但系之辞者，述而不作也。

康节谓《书》前有《易》，即天地自然之易，所谓《易》有太极也，生两仪四象八卦，即伏羲之《易》也。

萧山来矣，鲜有古易。本训蒙当抄读，今俗本不可凭也。今幸存者惟有周代名也以下六行，至复孔氏之旧云而已。

乾彖辞本义，“而于八卦之上，各加八卦，以成六十四卦也”，三句有弊，似乎伏羲要分八卦为六十四，而以乾加乾，以兑加兑，非天地自然之象矣。当云三画已具，八卦自成，则又三倍其画，自十六而三十二，自三十二而六十四，见夫八卦之上各有外卦三爻，自然之奇耦遂序列之，以成六十四卦也。即此可见《语类》掷珓之说，朱子亦无确见。伏羲初画一乾一坤，两仪也，此是初爻；两仪自生四象，是第二爻；四象生八卦，是第三爻。何待圣人费力，是天地自然必然之理。惟有八卦之名、雷风山泽诸象以及五十六卦之名，是伏羲首创。八卦定位乾南坤北以及天圆地方两图，是伏羲则天神会写出造化妙理，其实无一毫己见参其间也。紫阳复起，不易吾言。

第一句“伏羲所画之卦也”，亦须增数字云“六画”者。“伏羲则天所画之卦象也，有各生一阴一阳之象”句下，当加一句云：“而此一阳一阴又各生一阳一阴之象，故自下而上。”云云。上二句亦当各以阴易在后，阳易在前，如此则显然矣。

伏羲则天垂象，未有文字，无非教□天何言哉？伏羲一天而已，至有文字之后，文王、周公、孔子都是则天垂戒，三百八十四爻第一爻即曰勿用，一“勿”字开六十四卦。忧悔吝者，存乎介震无咎者，存乎悔之端，圣人教人以处忧患之道深矣。

九二如伊尹、太公，则利见九五，在上之大人即汤与武王是也。后世乱臣贼子每遇兴王，拊掌弹冠，愿列从龙，此等顽钝无耻之徒，即使真忠信真廉洁，不过冯道而已。

三爻亦龙，何以乾乾惕厉？不知正是龙之健处，处危地而不至于倾覆，留其身以济世之难，故无咎。

彖曰、象曰，“曰”字皆后人所加，故注云。后凡言传者仿此，当是前有“彖传”二字故耳。当正之从古本。

孔子玩《易》有味，不觉手舞足蹈，一时高兴，乾、坤二卦叶韵起直至六十四卦止，此以易道通乎《诗》，得学《易》之趣矣。腐儒必曰使无韵，更见圣人之敬固哉。

不易乎世有龙德非所难，不成乎名方成潜龙。此中大有一种韬晦大学问，在可以成名而不使之成，“不”字最重。

《中庸》是子思形容仲尼，故亲切有味。夫子系《易》是为自家写照，故于九二说“正中”“庸言”“庸行”“闲邪存诚”“善世不伐”“德博而化”等语，不觉更亲切有味。九三爻进德修业，亦自述生平，乾惕所以处危无咎之故。至九五一爻则有“欢欣鼓舞，吾其为东周兴”至“同声相应”十句，一路用韵，有“不自禁其艳羡者”，与“河不出图，吾已矣夫”，可以反看。

“贵而无位”三句，亦夫子自寓生平，动辄得咎，绝粮于陈，伐檀于宋，得非“过高志满”“圣不自圣”与“假年无过”之慨默相关会。

第三节、四节叶韵尤熟，想见圣人一再吟咏，如风雅叠章，兴致至始。而亨以下一路平韵，不觉至天下平也，为之慨然良久。

“刚健中正纯粹精”七字，形容往古圣人，亦自述平生造诣，非身有之不能如此完密光辉。大哉乾乎！大哉圣乎！

“夫大人者”一节，亦无意中自叶韵与前同声相应。一节一唱三叹，随将上九带作过峡两结，“其惟圣人乎”与前节一韵合拍。呜呼！夫子之文章即夫子之言性与天道也，至矣！

“知进退存亡而失其正者，其唯乡愿乎？”可以反看朱子而后，此语最宜警省。

“天行健”与“地势坤”对，一“行”字，一“势”字，暗写出重体之意，化工之笔也。

扶阳抑阴，一部《易经》大旨，于百九十二阴爻第一爻，以“至”字开其防微杜渐之例，不言其占，如歇后语，意愈深矣。

仲弓视颜渊是乾道，夫子视颜渊又是坤道。故形容坤六二与不迁不贰一例看。

括囊无咎，六四所能，难在无誉，有誉即有咎矣。事当谨密而近于表暴，与彼时当隐遁而志于显扬，而辱身者何异乎。故曰，慎不害也。

其血玄黄，形容阴盛，周公化工之笔也。郑重读之，默会初爻“至”字，世可叹矣。流贼乱中原，肝脑涂地，神州陆沉，是谁之过与？

《语类》一条说诚敬之别最好，云：“只如敬亦有诚与不诚，有人外若谨畏，内实纵驰，只便是不诚于敬。只不诚便不是这个物，此即不诚无物也，此即夫子所云色庄也。”昨人斋过定泉，偶论二语，因说《学而》第三章，夫子警世最切，非为己之学，凭他终日危坐言忠言孝，总不出巧言令色。余曰：“敬所以言直内，‘直内’二字即敬之体，何患不诚？但须敬义夹持，不可偏耳。”

“天地变化”四句，即以乾道陪坤道，言君子出处关乎世运，若不慎而致身通显，虽可致君泽民，败名丧节，其害大矣。

十月谓之阳月，即“故称龙焉”一句，意天玄而地黄，非止解上句也。甚言肝脑涂地，必至天地易位而后已，是危词。

“十年乃字”言其守之坚，而正应终合也。必有终身不字之志而后能守，一为邪说所动，则邪念起而贞丧矣。失身非偶，非自取乎！

厉无咎，以能慎也。亦有徒忧惧而无益者，泣血涟如是也。

金。夫“金”字字法极狠活，画出见利忘身情状，知富贵之可取不难，毁节以殉之，千古鄙夫为之羞涩。

读蒙卦，深为武侯发叹，后主非童蒙乎，貌似纯一，质则愚暗，虽欲发之而不受，九二刚中，不过鞠躬尽瘁，死而后已耳。此关乎气数，无可如何也。

吾辈训蒙者，当熟玩蒙卦，果行育德，为作圣之基。正学先生云，人材日衰少，善保膝下儿。属望后人切矣。

《语类》一条解“用说桎梏”云：“脱了那枷方可行棒。”此记者之误。刑人是痛惩，脱桎梏是暂舍以往，谓一任过严去则吝，如何将脱桎梏入刑人，内串讲解以往作一向枷他，误矣。

子弟不妄应试，即需于郊之，象不能恒，则需于血而并无出穴之时矣。

九五需于酒食，故大象即加“宴乐”二字，形容需象，可见圣人之不鉴明夷，箕子以之例同。

易本虚象，周公每设虚象，游戏点缀，如不速三客，鞶带三褫，夫妻反目，眇能视，跛能履，先笑后号咷，噬干胏，得金矢，贯鱼，以宫人宠，或系之牛，行人之得，邑人之灾，舍尔灵龟，观我朵颐，枯杨生花，老妇得其士夫，不鼓缶而歌，则大耋之嗟，突如其来，如焚如死，如弃如等语，何等奇幻。焦氏学之遂成奇文，于此可见圣人游艺之兴趣，《大学》之学养子，《孟子》之逾东家墙，岂为犯东铭哉？

不当位未详，《语类》详之，凡初上二爻皆无位，上六不当位，如父老不任家事而退闲，僧家之有西堂之类。

《易》有显然示人不待推测而知谨者，如小人勿用，为万世亲贤远佞之明训，子又加必乱邦也，为戒深矣。

见群龙无首，有刚而能柔之德也。比之无首，有位而无德也。故吉凶分焉。

“血去惕出”，用字之生，皆有意义。“既雨既处，尚德载，妇贞厉，月几望”，用字之细，耐人寻味。文王羑里演《易》，故有履虎尾之象，率其素履可以自信，故曰：“不咥人，亨。”“六三，武人为于大君。”暗指纣而言，则周公垂戒后人之意也。

“幽人贞吉”，如金仁山、许白云足以当之。

“帝乙归妹”，以易典入易用，亦一例也。明夷用箕子，以今事释古易，又一例也。

不可荣以禄，不是又一意，即承上难字。言使人得以禄荣，我难已及矣，虽幸免于祸，而更得福，死后宠我以两庑，辱莫大焉！此方是俭德之君子。

文王彖辞亦有无意中用韵处。如：“坤……利牝马之贞……东北丧朋，西南得朋……初筮告，再三渎，渎则不告……有孚，窒惕，中吉”，下二句人叶川，“履虎尾，不咥人，亨……否之匪人，不利君子贞……同人于野，亨……利君子贞……出入无疾……七日来复……颐：贞吉……自求口实……遁：亨，小利贞……蹇……不利东北……贞吉……升……用见大人……南征……改邑不改井……往来井井，汔至，亦未繘井，羸其瓶”，平与上叶，“震来虩虩，笑言哑哑……艮其背，不获其身，行其庭，不见其人……巽：小亨……利见大人……节：亨，苦节，不可贞……小过：亨，利贞……飞鸟遗之音……小狐汔济，濡其尾，无攸利”。周公爻辞亦有无意中叶韵者，“见龙在田，利见大人……飞龙在天，利见大人……履霜，坚冰至……不习，无不利……需于血，出自穴……入于穴……敬之终吉……无咎，有孚盈缶……舆脱辐，夫妻反目……无往不复……于食有福……其亡其亡，系于苞桑……升其高陵，三岁不兴……乘其墉，弗克攻……介于石，不终日，贞吉……观国之光，利用宾于王……噬腊肉，遇毒……噬干胏，得金矢……贲于邱园，束帛戋戋……舍尔灵龟，观我朵颐……枯杨生梯，老夫得其女妻……习坎，入于坎窞……贰用缶，纳约自牖，终无咎……坎不盈，只既平……系用徽墨，置于丛棘，三岁不得……不鼓缶而歌，则大耋之嗟……突如其来如，焚如，死如，弃如……出涕沱若，戚嗟若……执之用黄牛之革，莫之胜说……垂其翼……三日不食……其牛掣”，与曳劓叶，“睽孤，见豕负涂”，叶下二弧，“负且乘……贞吝……或益之十朋之龟，弗克违……冥升，利于不息之贞……臀困于株木，入于幽谷，三岁不觌……据于蒺藜……不见其妻……来徐徐，困于金车……劓刖”，叶下赤绂有说，“井渫不食”叶下心恻、用汲、其福。“君子豹变，小人革面……鼎颠趾，利出否，得妾以其子……鼎有实，我仇有疾，不我能即，吉……鼎耳革，其行塞，雉膏不食……终吉……鼎折足，覆公饻，其形渥……震往来厉，亿无丧有事……震索索，视矍矍……鸿渐于陆，夫征不复，妇孕不育……鸿渐于木，或得其桷……鸿渐于陵，妇三岁不孕，终莫之胜……鸿渐于逵，其羽可用为仪……归妹以娣，跛能履……归妹愆期，迟归有时……女承筐无实，士刲羊无血……鸟焚其巢，旅人先笑后号咷……勿过防之，从或戕之……妇丧其茀，勿逐，七日得……有孚于饮酒……濡其首”。凡此必非偶然得之，或有时有意为之，此夫子之象传叶韵有自。

《左传》多一字为句，极古，却本之《易》爻词。《朱子语类》问《易》最难点，如:“讼……九四，不克讼（句），复即命（句），渝（句），安贞（句），吉……六三，食旧德（句），贞（句）厉，终吉。”朱子曰，“厉”是一句，“终吉”一句，以此推之，误者多矣。

《语类》中如“小人勿用……学履”录一条云，先生云，此义方思量得如此，未曾改入本义，且记取。据朱子意当改云。然小人则虽有功，即使之得有爵土，亦必立法以驭之，如舜之待象，使不得以暴民可也，未知合否？

同人六二、九五，朱子去以其太好两者，时位相应，意趣相合，只知欤密，却无至公大同之心，未免系于私，故吝观“二人同心，其利断金，同心之言，其臭如兰”，固是他好处，然于好处犹有失，以其系于私匿而不能大同也。此一条知交中有志同道合者，各当以此自砭，若如履之九五，自信无他，凡事必行，无所疑碍，虽使得正亦危道矣。

谦六二“贞”字，防乡愿也。柔顺似中正，以谦有闻，此一项人众皆悦之，不知生斯为斯，阉然媚世而已。故戒之曰，贞则吉。象曰，中心得也。亦明其非伪为而袭取也。

谦五上两爻说行师，象有终，看出先屈后伸，如葛无道，至为之耕而不悛，为其杀童子而征之，岂为过哉？

系小子失丈夫，杨维桢有焉。

朱子云，皿虫为蛊。言器中盛那虫，教他自相并，便是那积蓄到那坏乱的意思。一似汉唐之衰，到那极弊大坏时。极弊则将复兴，故云元亨。今粤中下蛊，聚毒虫一器中自相吞噬，最后独存者以之入药杀人，即朱子所云也。故下条云如五胡乱华，以至于隋必出唐大宗，然则明祖之兴亦是天运自然。刘文成之从龙所谓蛊，元亨而天下治也。

父蛊母蛊，总为虚象，或事暗君而能格君，便是有子考无咎。或自家前事已坏，能迁善改过，亦是干蛊。舜可说得，仲弓亦说得，惟为人子者自居于干蛊则为不孝，如曹月川之夜行烛是也。凯风母氏圣善，我无令人宁忍彰亲之过哉。

至于八月有凶，主夏正观卦一说为长。

未顺命也，未详见朱子之虚心大意。或言阴未顺命，非善，用其刚不足以克之耳。

六四贤相，六五明君，不自用而任人，从舜大智看出。

君之待臣，士之待友，有始鲜终，不外“薄情”二字，故上爻为敦临。

神道设教，即承上神道来言，即本此四时不忒之天道以服天下，非别有鬼神假托之术以愚民也。此“神”字是神化，非鬼神也，今人多误解。

在丈夫则为丑也，上三字有化工之笔。

一说六三，似漆雕开亦看得好，但说得大高，据六三地位未到此，大学问不过量能度分，欲进而不敢进，宁退处耳。漆雕开见道分明，吾斯未信，言外有不屑，轻出从家臣出身的意思，六三何足以当之。

灭鼻之解当从本义，不从《语类》。时解以此卦作“寇贼奸宄，蛮夷猾夏，当用兵刑看”极合。

聪，不明也，蒙引聪死字明活字，极得。

《易》下

贲象辞亦未见卦变，意孔子以卦变言之，尽刚柔交错之妙。

明庶政无敢折狱，是有此象，犹盥而不荐，亦取其象。

贲卦似周末文胜之象，故上二爻寓敦本反本之意。

吴澄曰，剥上九，君子谓一阳，小人谓上九，变为柔也。未尝不明白，但只当解释文义，不曾回光反照，既讲学以君子自命为宋乡贡士，复失节为元翰林承旨，岂非阳变为阴乎？是正所谓小人剥庐也。

七日来复，或云，甲子日到第七日为己巳日，天克地冲，亦五行中自然之理，颇可参看。

子在川上，《章句》其要只在慎独，亦是复卦之义。

凡《易》中言三日、三年、三岁、七日、一人、三人皆有象可取，惟十年是甚言其久，非取象也，如“十年不字”“十年不克征”之类。

爻亦有不言吉凶者，朱子独于复六四引董子语，且兼剥六三言之者，盖二卦是极乱之世，容有违众从善而不免于凶祸者，故虑其有计功谋利之私，而不勇于从善也。

不耕获，不蓄畬，不去耕，不望获，不去蓄，不望畬，是写一个先难后获之象，如此似无所往而利，却利有攸往，故特增一“则”字，周公用笔之敏如此。

天之命也，“命”字兼理与气数言之，吉凶祸福顺受其正而已，其非正则眚是自取，故曰，天命不佑行矣哉。

无妄上九穷之灾也，作尾生、孝已看正合。

多识所以蓄德，以前言往行，为我之砥砺，所见既精，则所造自熟，故其德日新，兼知行言之。

伏羲卦名都从象上取出，上、下二阳中四阴如口然，故曰“颐若噬嗑”。中有一画亦从口取象，即曰“噬嗑”。周公即从象上说噬肤腊胏肉而颐之，爻辞尤奇，灵龟不食，虎贪食，耽耽逐逐。朵颐，写出欲食情状，如画神笔也。朵颐即指初九，与龟无涉。

大过大象不曰风而曰泽，灭木巽为木也。

过涉灭顶，凶，或谓文天祥足以当之。愚谓陆秀夫尤切，亿翁久久终身不娶，亦近之。赵复九族既赤而不能杀身成仁，所谓舍尔灵龟，观我朵颐，老妇士夫，亦可丑也。

节六三无咎，又谁咎也？大过上六无咎，不可咎也。非圣人无此占法，朱子以东汉党锢诸人当之，其心何罪，致慨深矣。

乡愿讲《易》，不过一个趋吉避凶，委蛇从俗，岂知有致命，遂志杀身成仁之爻象乎？

卦名上加一字，惟六十四卦之坎耳，犹艮其背，亦是借用。习，重习也。是文王字法，夫子从习中看出常字尤显。洊至，亦字法。

险且枕，去声，以险作枕枕之，其入坎窞宜矣，亦字法。

既叶韵，则有趁韵之例。凶三岁也，非断然三岁，不过叶上大字。犹之坤卦，朱子云，“牝马地类，行地无疆”，便是那“柔顺利贞”君子，攸行缘他趁韵押后，故说在此。伊川只见象传辞叶韵，遂解云“君子所行柔顺而且利贞”，恐非也。

“履错然”，“然”字字法古者，脱履户外有次序，今乃错然，是躁进之象，故戒以敬之。

九三本义，末句疑衍，或少“不”字，作“不宜”，如是也方合。“歌”“嗟”押，今“歌”“麻”通，可悟。

“死如弃如”，笔法奇，犹乐府“拉杂摧烧之”。摧烧之，当风扬其灰，甚言之也。运用五“如”字为韵，奇哉。

首乾、坤，天道也；首咸、恒，人道也。人以心为主，故从人身取象，从本朝履帝武敏歆起，初爻自腓股，以及于心背口，皆以“感”字作主，感必大公而至，正二少相与又必以贞则吉，此大意也。

虚受人善恶皆包在内，执两用中惟不自用者能之。

憧憧是私心，朋从即朋党，比而不周，何由免悔，因占设戒，其意深矣。

做宰相只要辨一片心、辨一只眼，《语类》间录一条极详，读《易》者当熟玩之。

背与心相背，故不能感人，是槁木死灰，致虚守寂一流人，故曰“志末”也。

修辞立其诚，信在言前，人自感化，徒腾口说，聚讼而已。故运用“辅颊舌”三字以著其喋喋哓哓之可厌，非无谓也。

恒，常久也。兼对待流行二义，常是孟子反经，久是始终如一，周而复始。“常”字内已包“贞”字，若不正何取乎久？如老佛之徒，历数千年，日新月盛，总是反常，日月得天而能久照，四时变化而能久成，古今无二也。圣人久于其道而天下化成，俯仰身世，为之慨然。

浚恒虽贞亦凶，如一事义所当为责友太深，期望太过。所谓深以常理求之，凶之道也。虽在彼为反常，而在我亦为不智矣。

许鲁斋一生自命学孔子，而易箦时不免抱惭贻悔，合于恒之六五一爻，所谓夫子制义，从妇凶也。

“晦处静俟”四字，本义着意处，故曰。晦翁及将上封事，门人谏不听，季通请决之蓍，得遁之同人，遂止，又自号曰遁翁。

黄牛之革，固矣。又加“莫之胜说”一句者，盖如妇人有初志守节，却被邻媪曲诱，不觉渐为所夺，终至毁名丧节者。故朱子以人莫能解，解之必至，人莫能解，方是固守耳。

“好遁”,“好”字是初好，四四因他，好贤之至，过意不去，亦起一好初之邪念，则不能自克，必不能绝之以遁矣，许鲁斋之于姚枢是也。

大壮似兑有羊，象从上四爻，俱说羊看出周公本意如此，非附会也。

王母，祖母也。故曰，享先妣之，吉占。

义不食也，暗用义不食周粟，指夷齐，主人指武王也，用拯马壮吉，是微子去之，四之出门庭，商容之遁也。

家人五兄三弟，即五姊三妹可例看，盖巽为长女，离为中女也。

诚信威严正，家久远之道，若不能择富家之妇而娶败家之妇，是不慎之始，自家不诚不信，自取之也，又谁咎哉？

其人天且劓，“天”字本义失注，则“且”字落空。项氏曰，天，去发之刑。又曰，刺鉴其额曰天，下虽有“髡劓”二字，不若前补一句:“天，去发之刑也。”六二上九云云尤显然矣。发人之所天也，故曰 :“父之仇弗与共戴天。”此则刺额之义不必从。

《语类》:天合作而剃须也。篆文“天”作“页”,“而”作“而”,此说不必从，更不如凿额矣。

蹇九五，蒙引以刘先主当之，至后主时则王臣蹇蹇，以武侯当之，本义于六二，用《出师表》亦早见及此矣，言外有惜之之意。故曰，事虽不济，亦无可尤。

益大象，迁善当如风之速，改过当如雷之决。例之则损大象，惩忿如推山，窒欲如填海，岂可畏难而苟安哉？

处乱世时当以益用凶事，存心戒惧，庶乎无咎。

夬象〔辞〕（词）不厌重叠，九四爻〔辞〕（词）何等委曲，于此见两圣人教人之苦心，一则虑其安肆，一则望其改过，丁宁反覆，情见乎〔辞〕（词）。

一握为笑是偶然就手指上取象，不过当一众字，《语类》亦云，不知如何地说个“一握”的句出来，亦疑之也。

利于不息之贞，教人以转移之术，存乎一心之存亡而已。此《易》中闲处关键也。

既致命遂志，则已入于凶，何以言困而亨。此不以利害为吉凶，而以是非为通塞，虽凶亦吉，故曰，亨。若赵复求生，害仁志不遂而身苟存，凶莫甚焉。

井卦有瓶有瓮，是上古已有木桶、瓦瓶两种汲法，不必拘巽木入坎水一说。

盘庚之迁民，丁宁告诫，所谓革言三就有孚也。

《语类》用之解“鼎颠趾，利出否”一条，讲心术不可先坏，为浙学下针砭，末云：“某今病得十生九死已。前数年，见浙中一般议论如此，亦尝竭其区区之力，欲障其末流而徒勤无益，不知瞑目已后又作么生，可畏可叹！”此条想去易箦不远，盖预知有后日之变矣。人徒知陆子静之学坏人心术，而不知吕伯恭、陈同甫之流弊，亦足生心害政，此凌先生《杨园文集序》又将来斯道之忧也，为先见之明欤？

“正位凝命”四字，于明道如泥塑人，时作行乐图看，则鼎之体象神情毕见，充之则人人亲其亲，长其长，笃恭而天下平，致中和，天地位焉，万物育焉，如是而已矣。

鼎有宝气、神气，始为贵品。今至不胜任而覆公餗，则徒有其貌而已。作其形虽甚渥，而实凶也。看以“一握为笑……方雨亏悔，终吉”“其君之袂，不如其〔娣〕(姊)之袂良”等语，推之则圣人下笔，容有蕴藉潇洒之致，从晁氏刑剭，直而不韵矣。明末人讲养相度习，成一个不动声色，所谓其形渥也。而神州陆沉，由此数公凶何如哉。一说作赧汗解，亦有味。《语类》云，却只是浇湿浑身，朱子必无此呆语。《诗》：颜如渥丹。《汉高祖功臣颂》：“朱光以渥。”可参看。

震象叠字，爻词亦叠字，苏苏、索索、矍矍亦奇，昌黎联句学孟郊本此。“亿丧贝。十万曰亿。”《语类》云，有作噫解者，可笑。盖甚言其丧贝之多，九陵甚言其高，七日亦形其得之难，总写一厉耳。

艮其背，艮是卦名，其背以下是文王之〔辞〕(词)，当时借用卦名作一句直下，以此推之，则习坎“习”字必文王所加，可决矣。

艮上一阳为背，下二阴是辅，身中一阳是限，与心下二阴是腓与趾，内外相背不相与之象，故象与爻皆一例说，惟孔子移来讲学问，愈觉笃实光明。

六十四卦切学问者，莫如恒、渐二卦。无物不有惟渐，则积少成多，无时不然，惟恒则日新不失。渐而不恒，则有初鲜，终其进锐者，其退速恒而不渐，则不著不察，终身由之而不知其道。

《日知录》以上九当做陆，与九三同，非也。作逵是翱翔云表之状，光武中兴，云台二十八将弹冠相庆，而客星一竿富春烟月，萧然物外，先生之风，山高水长，千古为昭矣。

渐卦中两个孕妇，朱子疑不知如何取象。据愚见，象云女归，则女成妇必孕，其不孕不育者，三为过刚，五为三四隔也，象即跟彖上取出，非无因耳。

归妹九二“失身”“非偶”，不如为贞女矣。幽人之贞，守正不偶，利在洁字。不然读书修行之士而苟仕乱朝，玷名青史，莽大夫而已矣。

九四愆期，孟光之偃蹇数夫也，迟归有时，则举案如宾矣。

永终知敝，《日知录》一段可诵可传，云读《桑中》《鹑奔》之诗，而知卫有狄灭之祸，读《宛丘》《东门》《月出》之诗，而知陈有征舒之乱。书齐侯送姜氏于欢，而卜桓公之所以薨。书夫人姜氏入、书大夫宗妇觌〔用〕(同)币，而兆子般闵公之所以弑。昏姻之义，男女之节，君子可不虑其所终哉。

丰之宜日中，即康节所云“美酒饮教微醉后，好花看到半开时”也。日中见斗，言遇昏君，俾昼作夜也。“夷主”，“夷”字，《法言》“等夷”也，与初旬字映带。

旅上爻“丧牛”，说卦“〔苟〕（旬）九家为牝牛”也。虽为火，只取“焚”字，过刚而骄，为鸟焚巢之象。巢与旅尤切也。吴澄云，此爻变为小过，有飞鸟之象焉。不通甚矣。

“介疾”二字亦字法，惟其介然，故能疾邪？“涣汗其大号”，“汗”字法尤奇，机中横四足，坎之象，故涣九二当之，“荀九家为栋相”类。

节有亨道，对不节者言。不可贞，对过甚者言。即九二不出门庭，凶意，上六如未亡人虽贞，而困然无悔。胡云峰曰，象曰节亨五以之“苦节不可，贞”上，以之上句，是下句非彖辞，为一卦统象，非上六也。上六道穷，是苦节可贞，士生末世，毕生不字，枯槁终身而已矣。不可贞，毕竟九二当之为正。

翰音登于天，反常之信也，尾生当之。

处漏舩以衣袽室隙，时时检点，终日戒戒，字见圣人格物之细，朱子此卦象词用叶韵极合。

东邻、西邻承小畜，彖〔辞〕（词）西郊而言也。

亦不知极也，“极”字未详，或叶韵。朱子疑为“敬”字，非也。据愚见，的是“拯”字之讹，上去叶本通也。“拯”与“济”字关照，“敬”则泛矣。“饮酒濡首”是约略语，不可泥，泥则不通矣。

有孚失，是与“上有孚”不同，故曰，过于自信，孚其所孚而已。故曰，失是。是者，义之当。然也，而可失乎？不言凶，凶可知矣。

刚柔相摩，八卦相荡，是天道之自然。“摩荡”或解为圣人使之摩且荡，误矣。故据愚见，当增数句云“两相摩而为四，四相摩而为八，八相摩而为十六，十六相摩而为三十二，三十二相摩而为六十四，所谓八卦相荡也”，如此则完密矣。盖六十四卦之次序本由天，定乾之后一定是夬，夬之后一定是大有，大有之后一定是大壮，以至于复所谓卅二阳卦也。姤之后一定是大过，大过后一定是鼎、恒、巽、升以及于坤，所谓卅二阴卦也。圣人不过依样葫芦画个影子，绝不参以私意，而造化之机缄启焉，阴阳之精蕴泄焉。大哉《易》乎，孔子当时是代伏羲赞天地自然之易之妙，凡伏羲之所未发者，孔子以《系辞》发之，故反覆䌷绎，至有上、下传之多，而不厌其烦也。后人不见天地本然自然之易，而徒赞圣人作《易》之妙，皆影响之见而已。

未有《易》前，亦此雷霆、风雨、日月、寒暑、男女也；而自有《易》以后，觉此雷山、天地、水火、风泽，若为圣人鼓之、润之、运行之、成就之，所谓天地设位而易行乎其中矣。此夫子所以一唱三叹也，

圣人设卦观象一节，兼伏羲文周言，以下一意，到底盛言《易》之体用神妙不测，总不外乎造化之实理，君子学《易》之功，其可忽乎？

子思《中庸》原于《系辞》，故形容鬼神天地至圣至诚，极其精醇，即以仲尼之赞《易》者赞仲尼，而仲尼之德与天地准，故能弥纶天地之道，此天地之所以为大也，此《易》之所

以为大也，此仲尼之所以为大也，故曰至矣。

通乎昼夜之道而知造化之理，一昼夜尽之。天理为昼，人欲为夜；神为昼，鬼为夜；治世为昼，乱世为夜；君子为昼，小人为夜；人为昼，兽为夜；吾儒为昼，异端为夜；孔孟为昼，老佛为夜；程朱为昼，陆王为夜。总而言之，天地变化，草木蕃，昼也；天地闭，贤人隐，夜也。学者不先辨昼夜，说居敬，说躬行，总成说梦而已。

一阴一阳之谓道。余亦曰，一阳一阴之谓易。太极动而生阳，静而生阴，故一奇一耦。若倒说一耦一奇，则六十四卦便错乱不成次序，故曰阳先阴后。

鼓万物而不与圣人同忧，造句之妙不可言。天地无心而成化，故不与圣人同忧，然其鼓万物，则无心之心也。以生物为心也，物有不能遂其生者，则默伤天地之心，是无忧而有忧也。圣人之裁成辅相，是代天地任其忧也。呜呼！天不生圣人，虽欲得一同忧者，而六合杳然气数之衰，天亦奈之何哉？

《语类》云六十四卦各是一样，更生到千以上，卦亦自各一样，于此可悟物不贰生物不测之所以然。飞潜动植，万有不齐，从无一雷同者，然岂物物而雕之哉？或问，朱子尝言，此十二画卦体，夫子何不更因而重之为一百廿八卦乎？余曰，《易》简而天下之理得矣。如公言，是言天下之至赜而可恶矣。

“几事不密”一句，即括囊之意，处乱世尤宜慎之又慎。

河图出于天，画卦而立。揲蓍之法，使民卜筮，出于伏羲。但无明文耳，故本义不详。立揲蓍求卦之法为伏羲。据愚见，横图有老阴老阳，伏羲已有定见，画卦揲蓍，一时并立无先后也。

《语类》卷七十五五十八页《谟录》，《问〈易〉有太极》一条，当改二语。“再于一奇画上加一耦，此是阳中之阴”二句误，此当在下句之后，当改云“一奇一耦，便是生两仪，再于一奇上加一奇，此便是阳中之阳，又于一奇画上加一耦，此是阳中之阴”，则阳先阴后，方不乱矣。下一句多一“或”字，当去。八卦者，一象上有两卦，每象各添一奇或一耦，便是八卦去“或”字，则合图矣。一奇一耦，必然之理，或则未定之词，即前掷珓之误矣。下震录一条亦误，当改云“两仪生四象”，便是一个阳又生一个阳□，是一象也；一个阳又生一个阴□，是一象也；一个阴又生出一个阳□，是一象也；一个阴又生出一个阴□，是一象也，如此便不乱矣。今反说阴在阳前，非朱子偶然误会，则记者之失也。

朱子云“其初难知”以下却说一个“噫”字，都不成文章，此言过矣。当下传结尾，合有此一唱三叹，正文章跌宕处，此“噫”字从下“知者观其彖〔辞〕(词)，则思过半矣”二句来，夫子自以知者自居，自赞彖〔辞〕(词)之妙，如后世必有子云之意耳，何病焉？

看文势，自二十一章起，到人谋、鬼谋，百姓与能而吉凶可知矣。是上、下传大结尾，下变动二节只算补遗，不及排入前传者。

“幽赞于神明而生蓍”句看煞不得，未有伏羲先生蓍草，但天生灵物作何用？非圣人不辨耳。《龟荚传》“蓍茎长丈”句重，下句轻，自有此蓍从初生便一丛百茎，故奇，非长丈而后百茎也。

以意度之，当是伏羲先见此蓍，正踌躇他用处，恰好龙马负图，数他四围圈数，遂画八卦成六十四卦，因立揲蓍之法，开此文明之象，诚非偶然也。

劳乎坎，据《语类》作去声，而本义不音，则平声，是一岁之辛勤至此，而始得息劳弛担，故曰“劳乎坎”，言外有慰其劳之意。

艮为手，取上一画，止义“手足以捍头目”，外患之来，手能御之。八句中唯此难会，故门人曾问朱子，亦无的解。

说卦传是附录，如六壬书分五行，属干支，逐类序列，如为黄、为土、为中、为腹、为信、为瓦缶、为戊己、为桑柘、为灶、为中溜、为鲫，为黄犊之类，此《易》之支流，不可泥，泥则流为穿凿。

坎为通，徐进斋“坎惟心，亨为通”一说，胜于《蒙引》，为盗从上隐伏心病与险体看出，尝验之子弟，居心阴险者多窃疾。

躁卦、乾卦，“卦”字字法奇。

为黔喙之属，即乌喙之鸟之属，该兽中之狼及诸鸟之赤喙、白喙、黄喙皆是吴澄强训，当与“钤”通，以铁持束物者，不通甚矣。总之自悔为再醮妇，而思妄附于羽翼。经传之儒者以窃两庑之一座，故强为训解而不自知其荒谬耳。将叛者其辞惭，失其守者其辞屈，平生著作概可知矣。

家道穷，必乖大都，一“利”字尚利，则悖义，故衣食足而后礼义兴，不能足食，家长任其咎矣。

末大过以下，蔡节斋改云：“大过，颠也，颐养，正也。既济，定也；未济，男之穷也。归妹，女之终也，渐女归待男行也。妒，遇也。柔，遇刚也。夬，决也，刚决柔也。君子道长，小人道忧也。”此可补朱子之阙。

夫子一生欲行其道于天下，故于《论语》“天下有道”章结之，以庶人不议于系《易》之末，亦曰：君子道长，小人道忧也。其企望之情笃矣。岂知汉唐而下，两宋以后，不止于小人道长而已哉。悲夫！

附录从《札记》《杂识》中摘附。

尝见人说作事露圭角、严毅、方正者，则曰，不知易道若浑厚包容者，则以为得力于学《易》。此论流弊无穷，天地间只有一个道理，一物有一理，知之明而处之当，事变而道不变，便是易道。当浑融处浑融，当圭角处圭角，亦是旁人视其迹如此，在自家只有一个道理，随时处中，安知所谓浑融圭角乎？今人看《易》，却似别是一种圆通妙用，果尔则冯道、胡广，真深于《易》者矣。

坤六四“括囊”二字最有味。当重阴之时，四又以阴居阴。胸中自有无限感慨，其境遇之困厄，有无限折挫，于此而能括而不出，悉敛锋芒，一归沉晦。非大学问不能无咎无誉，只是一意盖此时之誉，即咎也。非特过实之名，即称其实亦是咎也，故象只提无咎，人知咎不可有，而不知誉尤不可有，誉即咎之根也，括之可不早乎。

“履霜、坚冰”，至凡事皆然，而念虑之微，尤为总关，敬轩所谓一念之欲不能制，而祸流于滔天，故君子慎其独也。

剥上爻注“君子在上”，即指上爻位，言非谓居尊位也。剥之时岂有在上位之君子乎？如孟子居乱世，入孝出弟，守先待后，为斯世斯民之寄，便是硕果得舆之象。若为善不终，自负初心，或狃于小成，甘自菲薄，或流于异学，生心害政，便是小人剥庐矣。

家人注“利女贞”者，欲先正乎内也。正非自正也，反身自治，言物行恒，则刑于寡妻而内正矣，内正则外无不正矣。内助如六二之“柔顺中正”,《国风》之“鸡鸣昧旦”乃可当之，若司晨预政，害且不暇，何助之有？六四“富家大吉”，亦指勤女红、治中馈而言，非蓄私才干外政之谓也。故象曰，顺在位也，顺则富者长保，贫者不匮，皆富家也。

蹇大象，君子以反身修德，德何以修损之，惩忿窒欲益之改过，迁善而已。

果行育德，“果”字有勇猛断制之义，“育”字有涵养薰陶之意，非特养蒙当然。吾人自治之道无逾于此，必有事焉，勿忘勿助。

吉凶者，贞胜者也。“贞胜”二字，圣人发明极透。当其吉，则吉为常而胜凶，三代以上是也。当其凶，则凶为常而胜吉，三代以下是也。呜呼！至于凶可为常，而天地易位，阴阳逆行，又安可究诘哉？道不外乎阴阳，阴盛则阳衰，如虚症阴寒锢塞脏腑，区区附桂欲挽阳气于无，何有之乡？如国家将亡，一二正人君子以一丝扶九鼎，其有济乎？否也。服药于未病，用贤其可忽乎。

圣人偶取九卦发明处，忧患要在及身修德，使当时有问九卦之外，可更取九卦立说否。夫子未必不随举九卦以勉之，盖易道极宏博，极活变，所以穿凿附会之说日出不穷，如此九卦纷如聚讼，皆于本旨无当也。据鄙见，九卦中以困为主，余八卦皆处困之道。第一履卦，朱子所谓学须自外面而有形象处扶竖起来，而让者礼之实也。故谦次之，然功夫紧要在慎独，故复次之。而立心制行不可始勤终怠，故恒次之。欲其恒久，则莫要于遏欲存理，故损之，惩窒益之，迁改次之，此困之所以穷而能通也。井、巽二卦说到接物应事上，故本义次节说及物称物，三节本文亦曰辨义行权，无前七卦功夫，则后二卦亦用不着，其归则总在首节九个“德”字来。注云，第一节之字，重言修德之具；次节而字，重言九卦之妙；三节以字，重言用九卦以修德。说最简，当困德之辨也，即孟子所谓操心危虑患深，故达也。次节故下个“通”字，凡人处困不及身而怨尤者多，故末节下个“寡怨”字，到得辨义行权，则九德已成，如文王之处忧患何困之足虑哉。

《书》

朱子疑伏生何以偏记得艰涩难晓的，此诚可疑。以意度之，孔壁所藏，伏生亦曾熟诵，知其易解，故置之，而特取难晓者，使其女传之晁错耳。若疑伏生伪作，伏生恐亦无此笔力也。

启明，“启”字是字法，即自作聪明，意好行小慧，聪明都用在邪路上去，在放齐本是赞词，尧知人之明，却就启上断他作嚚讼，必不可用矣。今人作时文，取科第而不敦品行者，皆启明之类也。

象恭滔天，王莽后来猖獗，正在谦恭时伏根，知人如尧，何待见诸行事，即就象恭上断其人欲之横流矣。

治水九载，是试若厘降二女，非试也。我其试哉，此圣人作用语，盖以帝位传之匹夫恐人不服，欲贵之。先亲之二女，尧所钟爱，而不难以妻匹夫，使群臣百姓晓然。知帝之敬服匹夫，与匹夫之足以感动君上，至于如此，尚敢有异议哉。是尧之传位已定于厘降之日，不在烈风雷雨弗迷之后也。

一友问，时文中有“别风淮雨”，何解？无以应。之后观《隋书》，知出于《尚书大传》，“烈”误“别”，“淫”误“淮”，传写之误耳。以此知“雷”字亦“淫”之误也。

六宗祭时、祭寒暑、祭日、祭月、祭星、祭水旱，上帝中该祭地在内，祭四时又抽出寒暑，祭水旱又从变而言望山川，又补遍群神，总见天子为天地百神之主，关系极重，非至圣不足以当之，岂启明嚚讼之允子所能胜任哉？此圣人至公之心也，后世之为天子者可以愧矣。

天地糟粕煨烬，无非教也。圣人制礼，五玉三帛二生一死，亦无非教也。羔群而不党，雁候时而行，雉守介不犯，生取其生不失义，死取其死不失节，一物犹然，况于人乎？况从祀孔孟者乎？此吾于宋元之间诸儒有不满者，非私见也，岂有死已失节而犹号为圣贤者乎？三帛谓诸侯世子执缥，公之孤执玄，附庸之君执黄也。

伯兄云，“流其于幽州”，《孟子》本误，当从“洲”。

怙终贼刑，圣人所恶，明知故犯，频复频失，虽在可宥可赎之中，而必贼刑之，此即《春秋》诛意之法也。如君子出处一关，偶然认错，却不肯自任过失，终身不言，亦怙终也。

正月上日，受终于文祖，此摄位之时，可以刻期。若月正元日，舜格于文祖，此却有三年之丧，安在丧期之满，必在十二月乎？以意度之，必是今年为除服之年，舜则逡巡退让，如孟子所云避南河之南。后来天下来归，不得已定于明年正月上日始即天子位耳。

一国兴仁则百姓亲矣，一国兴让则五品逊矣，此司徒之职，教民之源也。敢不敬乎！渐民以仁，摩民以义，不在宽乎！

伯兄云，“垂哉”，“垂”字去声，音瑞。

“畴若予”不特“若”字重，“予”字亦重。不顺物理，不合人心，非予工也。作为淫巧以荡上心，非予工也。六合之间有一物不得其所，非予上下草木鸟兽也。道其变益烈，山泽而焚之，禽兽逃匿，此若予上下草木鸟兽也。道其常则〔遵〕（樽）节爱养，食之以时，用之以礼，亦若予上下草木鸟兽也。

“直哉惟清”，直即敬，以直内也。哀了，凡云鸡鸣而起，觉念正惺，夜气生息，本真独露，此阳明似是而非之论也。

“歌永言，声依永”，伯兄云，二“永”去声。“分比三苗”，“比”字讹，当作“北”，音佩。

诗言志，志有邪正，有常变，因乎人，亦因乎时。处荒乱之朝，咏清庙明堂，神人能和乎？教胄子而咏亡国之音以为戒，亦何尝非律，和声八音克谐乎？宜曰，《小弁》王褒，《蓼莪》一唱三叹，所谓歌永言、声依永也。知此可与言《诗》矣。

“惠迪”二字，以常理言是非利害，并说与作善降祥一例。若说惠迪便是吉，虽凶亦吉。比干谏而死，何尝不吉。从逆便是凶，虽吉亦凶，盗跖寿终，段不义而得众，何尝不凶？此又是一说，非圣人本意，好高之说往往失于分别，初学审之。

“惟精惟一”，《中庸》序解得极明晰。阳明必曰，惟一是惟精主意，惟精是惟一工夫，非惟精之外复有惟一也。说得模糊不分明，故与朱子为难，所谓惑世诬民也。

“书用识哉”，今课经蒙者亦宜放此法，俟其既改则灭其迹，使知不改有遗臭之耻，或努力于迁善，亦劝惩之一法也。

“天叙有典，勅我五典五惇哉”十句，似用韵语咏叹之，庸衷用平与去叶也。“帝庸作歌曰，勅天之命，惟时惟几。皋陶曰，念哉，率作兴事”以下十一字即《诗》序之体，“乃歌曰”以下即乐府之音节也，“喜”与“熙”叶平上通也，“明”与“康”叶通阳也，谁谓音韵起于后世哉？

朱子云：读《尚书》可通则通，不可通姑置之。此大纲也，若穿凿强通，与世儒之说《春秋》同病矣。

《禹贡图说》，郑晓所著，虽采集时说，却考核水道地名甚详，初学不可不参。

《讲义会编》，申时行著，亦不可不观。如论汶水一段，云汶水自古东北入海，自元人始以智力导引，使南接淮泗，北通白卫。又按，国初漕运，原不资于黄河，有山东诸泉为之命脉。然计今漕挽之道，南自淮阴，北抵天津，三十余里，而山东泉之通运河者，不过汶泗诸流而已。当黄河未入运河之时，运道命脉全在诸泉，故当时建闸筑堰，以节宣而约束之，尺寸之，水尽为漕用。黄河既入运河，于是不忧其泛滥，则忧其淤塞。虽有山东之泉，不复为运河之利，故泉政日弛，泉流日微。或为豪强侵占，或为砂砾阻塞，于是当水涸之时，填淤为梗。譬犹人身精神，爱养则常盈，耗散则随竭，无足怪也。此段极有关系，讲水利当考之。

火炎昆冈，玉石俱焚，如河海之溢，居民漂没，此时岂有贤不肖之别哉？故王者慎用兵于此。思赵复之九族被歼，为可伤。复既自命为玉，而不与石俱焚，玉而石矣，此杀身成仁之所以难也。

揖让化征诛，事出创见，不得不惭；事有流弊，贻祸来世，不得不恐，恐即孔子之惧，而作《春秋》之惧。

兼弱攻昧，取乱侮亡于秋冬，霜雪验之。天地好生，到此时不容不加以杀伐，所谓自取之也，圣人何容心哉？太王翦商曲为回护者摠私见耳，吾人学问于“弱昧”二字极容易犯。见义不为，弱也；穷理不精，昧也。非特初学，往往品行已成，配食两庑，流俗盛称之，而核其寔，不免弱与昧之二病，《春秋》之法，安得不兼之攻之？呜呼，严哉！

唐虞不废吁咈，然未有独创一书以臣训君者，有之自《伊训》太甲始。然君臣主义，父子主恩，千古未有以子训父独创一书者，有之自曹月川《夜行烛》始。噫，可谓不学无术矣！伊尹当日以师自居，所谓学焉。而臣之也，若子之于父，以“不忍”二字为主，不忍置其亲于有过之地，而尤不忍扬其亲之过于人；不忍不谕亲于道，而尤不忍自居于谕亲于道之名；不忍不默喜亲之从谏如流，而尤不忍使吾亲有从子之谏如流之名，此孝子之隐衷也。故父夜行而子为烛，此言可出之父之口，而子不忍也。父可笔之书以训子孙，而子不忍也。克谐以孝烝烝又不格奸，史臣之言耳。舜当日若自成一篇谕瞽瞍之词，舜之忍心害理甚矣，何以为法天下可传后世乎？愚此一书，断月川之为乡愿，乡愿不过自以为是，月川自以为能使其亲改过迁善，非仁乎而失之愚。直言王讳于其亲，尚然非直乎。而失之绞，父言夜行而子亦曰夜行，非信乎。而失之贼，能创千古未有之书，不妨以子为父之烛而导之行，非勇与刚乎，而失之乱与狂。有道之世，使愚论祀典，恐月川两庑一座不稳也。世人特震于其名，为明儒之冠而不敢议。愚之所论，不过“忠孝”二字，天下之公言也，何避焉！

有言逊于汝志，必求诸非道。此听言之法。昔尝避暑一庵，偶与雪渔称老僧之贤，雪渔言此人嘴太甜，当察之，勿轻信也。以“甜”字诠“逊”字极妙，惟言莫违也，不过爱甜遂至日骄日谄，而至于丧邦耳。

《语类》云，福善祸淫，其常理也。若不如此，便是天也，把捉不定了。“把捉不定”四字极妙。有道之世理为主，故把捉得定；无道之世气数为主，故把捉不定。此时正要学者把捉得定，不然未有不随气数转者，呜呼危哉！

盘庚既告民，何不作常语令民易晓，而故为聱牙之语。盖巨室之所慕，一国慕之，当时虽是民情，见小不见大，不乐于迁其实，皆在位有势力者贪小利，安土重迁，以浮言煽动小民耳。此正与那上一班人说，故仅为常语，则无以慑服之，亦不得已之苦衷耳。

盘庚告民，如慈母训不肖子，絮絮叨叨，说鬼神，说因果报应，不过“利害”二字。为下等人反复晓告，使之决于从迁耳。盖一时事势有不得不然者，不容病其诚，不足以感人，而哓哓于口舌也。

枕上偶得一联：“行已欲清无起秽以自臭，见几贵审各设中于乃心。”

高宗学于甘盘，遁于荒野，必是预知传说之贤，以匹夫加诸上位，恐人不服，故托于梦云帝赉耳。殷道尚鬼如此，高宗之作用也。

朱子赞南轩，非知之艰、行之艰，此特传说告高宗耳。盖高宗旧学甘盘，于义理知之亦多，故使得这说。若常人则须以致知为先也。此等议论仅好。愚按，此非特常人，越是那自以为躬行一等，人一生行不著、习不察，谨小慎微却于取舍大端茫然不察，下稍成就，不过同流合污之乡愿而已。孟子集《大成》一章，所以有末节一段，可谓发孔子所未发，大有功于圣门。朱子注中由其知之，至是以行之尽，由其蔽于始，是以阙于终，何等明白痛快。世人动云知得一尺不如行得一寸者，流弊无穷也。总之，人各有掩护自家病痛私心，自觉得行上欠缺，只说知之艰，自觉知上有欠缺，只说行之艰，不能矫其气质之偏，所以各成一种偏僻学问，成德完人之所以难言也。

知行分不得难易，当各就人资质工夫矫其所偏，如原思、子羔一辈，不患其不行，患其不知。子路一生只是知不到，子贡一生毕竟行不到，学可易言哉。

“抱器归周”，当从《日知录》别一微子说为是。

“勖哉”，夫子指将士说重其事也，指将一边多犹下言西土，君子也。

“润下炎上”，以曲直从革例之润而又下，炎而又上，自是两义，犹之种植为稼，收成为穑，亦两候也。

“敬用五事”，“敬”字为九畴之纲领，即为九畴之统会，成始成终，一敬而已矣。

人初生有形质，貌也。落地即啼哭，言也。渐能注目而视，凝神而听，思最在后，必精气聚于心，然后有知有识而能思。思属土，故居第五。人之异于禽兽者，能思而已。君子之异于小人者，能善思而已。

教有身教、政教、言教，如家主修身，子弟有所观法，其治家重祭祀宾师故旧，然后事事与之讲贯义理，三者全矣。后世以言取士，设儒学教官，无非考试。民间延师，止工八股取科名，并言教一端已失之矣，况政教身教乎？宜乎祸乱相寻相率，而归于□□也。

“凡厥庶民，无有淫朋”，“淫朋”二字，断尽万世风俗之敝。士人不敦素行，惟切磋诗文以取声利名势；四民不务本业，惟酒食征逐狎妓戏牌以干法典，其受害皆在此二字。

“人无有比德”，人指上位者，无论私立党与，即谏争一端，相习为容悦，缄默之乡愿，碌碌一生，全身保位，皆所谓比德也。

人家子弟只求他二语，而康而色曰：“予攸好德。”已是正路上人，从此造就取法乎上不可限矣。今世后生都是乖戾悻悻，反以好名为戒，以刻薄为能事，世道日趋于下宜哉。

“不时无偏无陂”一段，叶韵，使人咏歌。已下“是彝是训，于帝其训，近天子之光，为天下王”，三德运用六“克”字，两“玉食”字，“而国”“僭忒”等，直至末节，一路以韵语出之，可见古人手舞足蹈，敷言之妙，此天地自然之文章也。

“惟辟作福作威玉食”承上建极之皇，非谓后世偶然乘运，为天子者也。故既为辟，则当自思非建极之皇，仍不可以作福作威玉食，孳孳迁善悔过，以日新其德，庶不愧为天下臣民之主，以承天休而无忝乎福威玉食矣。

“择建立卜筮人”，“择人”二字重，非兼诚明者不可。世固有至公无私，而穷理未精，不通乎鬼神之情者，不足以当此任也。

“谋及乃心”，“心”字要看，此躬行心、得意诚心、正之心，而建极之皇，犹不敢自信可以决大疑而无疑也，故必谋之卿士、庶人、卜筮，此圣人之心所以至虚至明也。

“俊民用微”，“微”，贱也、隐也。若当微而章，则亦非俊民矣。

“庶民惟星”，不从庶民，而日月之从星，责在卿士，盖卿士为亲民之官，天下之治乱因之，此人君之用卿士不可不慎也。

五福攸好，德虽居末，然极重。所好在恶，则四者皆为幸得，跖以寿终，为富不仁之类而已，此五祸而非福也。反看则忠臣烈妇之不得考终命，谓之福可也。

六极亦重恶，弱若刚克柔，克汪童之殇，颜子之夭，丘明之盲，君子终身之忧，原思之贫，何害哉！

薛敬轩云，知其小人，以小人处之，则无事矣。然《大学》“敖惰”二字固有所当。敖惰者，若旅獒狎侮，则虽小人不可也。故曰，使民如承大祭。

玩物丧志，指志于道者而言。若无志者，玩物即其本志，又何志之可丧乎？

《康诰》叙不孝不友于元恶大憝之后，重在伤败彝伦，罪更甚于元恶大憝耳。后世教衰俗敝，无论市井村愚，竟有通文墨列衣冠，而平生作事大伤厥考，心弗克恭厥兄者。此世道之大变，宜乎天道之反常也。

多士多方，其礼亦似仿盘庚故作奥语，亦是当时风气，圣人无容心也。

闻人之谤当自修。吾辈度量浅狭，不责己而怒人，所以学问不长。小人怨汝、詈汝，则皇自敬德厥愆曰、朕之愆允。若时不啻，不敢含怒。圣人虚心如此，后世人君遇灾变辄曰：朕躬，何愆罪在万方。亦可哀矣。

《周官》"学古入官""不学墙面"二句最重，是知的工夫。"恭俭惟德""无载尔伪"二句亦极重，是行的工夫。知之真行之诚，则在位者无论臣员琐职，皆是圣贤路上人，制治于未乱，保邦于未危，何难之有？

孔子以原壤为贼，《章句》以败常乱俗解"贼"字，从《君陈》"三细不宥"数语看出，狃于奸宄关天下之安危败，常乱俗关天下之风化，厥罪惟均，故曰：三细不宥。

亲戚朋友无敢言规过之人，其家必败。所谓仆臣谀则其君自圣也，人而自圣，圣人无过，拒人千里之外宜矣。

"王享国百年耄"(句)，"荒"字连下，本东坡，《朱子语类》取之。

周公之诗极平易，而《鸱枭》独为禽言之艰奥。譬如唐人作近体多平易，作古风多奇崛也。天地开自有此两种文字，不可偏废，即出自史臣一人之手，亦不能自主也。后之学者解其所可通而不可解者，阙疑焉。譬如古彝鼎无款识，不辨其为何代法物，贡之几席，想像其气味，亦足以陶融德性也。

《诗》

温柔敦厚，今人流弊，不过做成乡愿诗，一味周旋人情，漫无黑白，是非不至，顽钝无耻，阉然媚世，九州皆为妾妇不止。昨一友馆太湖滨归，述前辈慷慨激烈，往往死忠死孝。今子孙皆以读书作文为戒，朴者流为乡农，猾者竟至不孝不弟，此风俗之大变也。噫，岂特湖滨为然哉？

郑渔仲首疑《诗》序，亦是大有识人，故朱子亦主之。今新溪人乃据丰坊伪《子贡传》以驳朱子，可谓妄人矣。

朱子云，伯恭凡百长厚，不肯非毁前辈，要出脱回护。此是贤者过之，其弊亦为老佛乡愿。苛论前人，正是鞭策自家，督责后学，为万世学术起见，非有私也，何避嫌之有？不然微生乞醯，文仲窃位，武仲要君，夫子岂好称人恶哉？凡论一人，议一事，总当自反为世道人心起见，至公无私，正是穷理精义之功，何可博长厚之名以贻学术之弊？若逞私见，挟私仇，好异立新，故与古人为难，此则横议之处士，惑世之乱民而已。

朱子用吴才老韵，亦是看得叶韵是《诗》之末务，而才老所据亦不悖理，便省却自家一种工夫，非谓才老之说百世不易也。今蕉雨轩《毛诗订韵》可以补朱子之阙云。

一唱三叹，读诗定法，必当叶韵。今人每以场屋俗见，虑子弟从幼读讹，或反致本字误写，有妨进取耳，何其陋耶！

拘泥人不可作诗，并不可读诗。朱子资质高大似孟子，故能以意逆志。伯恭欠聪明，故党小序，不虚心听朱子。此礼之于宾主，知之于贤者，有命焉。

《关雎》以圣君配圣女。汉初却遇吕后，然高帝犹豁达长者；而长孙后虽贤，太宗却无三分人气，于此可以知汉唐之为汉唐矣。匡衡曰："后夫人之行，不侔乎天地，则无以奉神灵之统，而理万物之宜。"噫，后犹然，而况天王乎？

"〔置〕(真)彼周行""维以不永怀"，妩媚极矣。非征伐拘羑，其情不太深乎？汉魏乐府之妙，多出于此。

江有汜，陈氏于此发出处变之法，父虽不慈，子不可以不孝，道理大有功于世。

《柏舟》居《邶风》之首，亦与《二南》《关雎》《雀巢》照应，见衰世夫妇之变，故为变风之首。

《绿衣》之后，即继以《燕燕》。燕燕者，因弑君而大归也。由弃庄姜而宠州吁兆之，而犹曰先君之思，以勗寡人。使人读之俨然一有道之先君也，此所谓温柔敦厚也。

宣公、宣姜，二兽也。而有伋寿宋桓夫人、许穆夫人，此得天地之清气也。犁生犁，常也；骍角，常中之变也。麟生于牛，象生于豕，岂系世类哉。晋献公烝于齐姜而生太子申生，可以参看。

简兮《诗》，如东方之避世金马，语意亦似滑稽，西方美人慨然兴叹，"我生不辰""云如之何"，绝妙好诗，汉魏何足道。

《北门》"已为哉"三句，不专指贫娄乱世，暗君适逢其会，岂非命哉？与《黍离》"悠悠苍天，此何人哉"一意，是为国，非为家也。

莫赤匪狐，莫黑非乌，即暗指乱世病民之有位者，彼方翩翩得意，气焰陵人，而我视之皆不祥之物耳。

《二子》一章，不明言所以然之故，畏公与姜也。于此可悟乱世立言之体，与《公无渡河》调同，伤痛在言外，思深哉。朔之党于淫母宜也，寿窃节以代兄，过于王祥弟览矣，孝友集于乱门，秉彝之不可泯也。

或云，其姜是未婚守节，亦无考其妻，其姜成乎妇之词也，安知非乍婚而寡乎？

从《偕老》发端，是宣公没后盛自妆饰，胡天胡帝愈增其丑耳，今民间未亡人艳妆观剧者，与此同叹。

其心塞渊，无以救国之乱，秉心塞渊而騋牝三千，则夫人之贤而失位，文公之励精图治也。故曰，坤道无成，而代有终也。

《相鼠》三"死"字，何其急迫，此即夫惟禽兽无礼，语意危词以警人，亦所谓温柔敦厚也。

《载驰》四章，恳挚婉转，发乎情，止乎礼义，即就《诗》法论之少废，若作四言，无此手笔也。

《考槃》三章，只写他素位，不愿外之胸襟，重在"永矢"二字，晚节之不终，总山动于不义之富贵耳。

《硕人》首章四“之”，次章四“如”，三章两叠字，四章六叠韵，都是作意文字，非偶然者，谁谓古人之遗词必尚朴哉？

《氓》六章，淫妇之诗，而曲折反覆如《胡笳十八拍》，在后世可目为才女，则知士大夫失节而能诗文者，都可作氓妇人观也。

“岂无膏沐，谁适为容”，贞妇之诗也，得之《凯风》之国尤不易，所谓先王之化犹存也。

一物失所而知王政之恶，一女见弃而知人民之困，犹道其常也。论其变，一子不孝〔而〕（耳）知人纪之亡，一臣不忠而知人心之死，虽幸而太平无事，君子之所感者，转深矣。此子臣非凡人，是学圣贤之子臣，世俗所称为孝子忠臣者。

天视自我民视，天听自我民听，常也。假不义而得众，国人爱之；沃盛强而晋微弱，国人将叛而归之，变也。民情岂有定哉，即以天言，有道之天，无道之天，不可概论矣。此未足为小儒道也。

《无衣》之诗，叹人纪之绝，王纲之不振，《春秋》之所以作也，《纲目》之所由续也，朱子于此有南渡之悲焉。

《葛生》五章，“日”叶“室”，何等直截，何必首句注同上作羊茹反，以后叶作户以就之，如其说则上章曰与“后”叶，“后”字亦当叶为“亦”矣。

西戎弑襄公之祖秦仲，故曰秦之臣子所与不共戴天之仇也。以义兴师，虽妇人亦知尊君亲上；用以复仇，则可用以立国长子孙，则流弊无穷，故其后为虎狼上首功之国。至于焚书坑儒，为万世之罪人。地近西戎，习俗之移人如此。

平生以无子为忧，至老年处境之困，为兄立后而家难频，仍读《苌楚》之诗，乐子无家，并老妻亦为赘疣，吁家运之衰，后起无人，良可悲已。

《鸤鸠》，修身齐家之诗也。以“均平专一”四字为主，一家之中有祖父母，有父母，或父之妾，或伯叔父，或兄弟，有嫡庶正不齐矣，而我之所以处之正伦理，笃恩谊，均平专一，罔有缺失，仪不忒而正国人，推而措之天下，何难焉？变风将结，特录此篇而终之，以念彼周京，其慨深矣。

《硕人》末章叠字是仿《鸱鸮》末章，周公禽言也，而工拙又有间矣。

君民之辽阔如此，而情至交孚如家人父子，后世家庭父子兄弟，或落莫如陌路，甚且视若仇敌，一则维持巩固数十百年，一则一朝决裂土崩瓦解，岂非天道不爽，自诒伊戚，读《东山》之诗，有国□家者可以鉴矣。

“是究是图，亶其然乎”，二句结全篇，是流泪痛心语，盖公遭兄弟之变，从身历之境体验得之，故语味深长。

《语类》云，枸，建阳谓之皆〔拱〕（棋）子，俗谓之“癞汉指头”，味甘，解酒毒。有人家酒房一柱是此木，醖酒不成，左右前后有此亦醖酒不成，此所谓牧羊者杀其败群也，以此知物性人性，各殊其类，父兄敦尚古道，而刻薄子弟必欲事事反之，岂非气数使然哉。

诵《天保》之诗，民之质矣，日用饮食，居然帝力何有之年，后世民情日伪，即僻境深村，无非摴蒱游戏，不孝不弟比户皆然，妄冀神之吊，诒尔福时，和年丰，民无夭札，何可得哉？

雪后步塍上与老农话冬收之歉，感而书此。

“有善则亦非吉祥可愿之事也”，此句耐人寻味。凡女子以才胜，或操家干外政，善居积致富厚；或教子作八股科举，取不义之荣名，在流俗最所称道，而识者以为不吉不祥之至矣。

《语类》“辰彼硕女”引《列女传》，“辰”作“展”，义转胜。

“矜矜兢兢”，诗人作意句法，偏以同音出奇，非无意也。

“莠言自口”，《日知录》一条极好，读《诗》者当三复。

视天梦，梦不过暂时，民之殆犹可言也。若有皇上帝憎一时之君臣，而使无辜之民久罹其厄，待其克定胜人，民之负冤而死者已数世矣，天何忍哉？

“彼有旨酒”“佌佌彼有屋”二章，抑扬悲叹以结全篇，令人流涕。大抵《正月》一诗，不堪使乱世之民三复也。

“我不敢效我友自逸，如彼筑室”二句，即长短句法之权舆也。

物类亦有性，如小青虫，故七日而类我，若蝗九十九子中取其一，而负之木空中，虽七旬何益乎？下愚不移教诲者，穷矣悲哉。

“为鬼为蜮”，鬼即蜮，以其含沙射影而能使人病也，后世道家邪术出此。

“豺虎不食，有北不受”，绝之至矣，而不为过者，所谓性情之正当慷慨激烈，即是温柔敦厚也，否则流为乡愿矣。投〔畀〕（卑）有昊，不特使制其罪，是怨天之生此谗人，退还与天，使上帝爽然自失耳。晋史上帝不仁，即此意也。

《蓼莪》四章，九“我”字奇极、痛极，连读之，泪如雨下矣，此文生于情也。

《大东》五六七章，奇极、怨极，后世乐府之古极，巧极者，多得此意。初言天庶乎恤我，次言天亦无若我何，末言天反助之以困我，怨之至矣，而不失为性情之正者，何也？不怨不尤，为己之功，有时归咎于天，而天亦若恻然自歉焉，此非小儒所知矣。

《北山》末三章，运用十二“或”字，两两相形，每平仄二句换韵，陡然而住，不结一语，行文之妙至此，神矣！

《鼓钟》末章奇，不说忧心，不说君子，反若赞其荣之美，言外之味无穷。

“秉国之均”，《语类》云“均”恐是为瓦器者，车盘是也，运得愈急则成器愈快，惟其平乃能运也，此传中所未详。

朱子云“神保”二字向来解错，近见洪庆善说《楚词》，灵保是巫，今《诗》中不言巫，当便是尸传言尸之嘉号，当是后来改正耳。

朱子云，《楚茨》一诗精深宏博，如何做得变雅，读者当思所以精深宏博之故，则不特正雅，而兼乎颂矣。其源本在“卒度卒获，式礼莫愆，既齐既稷”几句上，吕氏“德盛政修”四字该之矣。

方晏乐而曰“死丧无日，无几相见”，犹言宛其死矣，他人入室语悲而情笃矣，子弟之不肖者不能孝养，而且病其寿考，或以正直忤世累其子孙，其违禽兽不远矣。

“盖云归哉，盖云归处”，两“盖”字疑当读作盍。

《隰桑》末章两“矣”，两之仄平换韵何等摇曳，深情厚意，余味无穷。

“知我如此，不如无生”，哀而伤矣。然身逢衰世，坐视生灵之涂炭而不能救，其愤激乃性情之正也，若小人则反庆为明时，以饕不义之富贵，不过处堂之燕雀而已。

《语类》周之兴与元魏相似，初自极北起来，渐渐强大，到得后来中原无主，遂被他取了，此等后人须善会，圣人岂堪轻疑，不过言其国势相似耳，不以辞害意可也。据鄙见，当日朱子必有结语云此，虽不可并论，就当日国势言如此耳，记者偶忘之耳。

“予曰有疏附”四“予”字，是承上“蹶厥生”来想像之耳，与“予有乱臣气象”迥别。

“丰水有芑”，传末句，故不得而不迁耳，而字疑衍文。

“文胜质则史”，圣人不免。“履帝武敏歆”，形容太过。述其始生之祥，遂若非人所生，而天地生之矣。后世流弊如武陵蛮生于畜狗，元妃祖胎于狼鹿，亦直陈不讳，好言祥瑞，起于颂祷，流为荒诞，夫孰非文胜之过哉？

“厘尔女士”，女士，女之有士行者，常则为贤妇贤母，变则为烈妇节母，所谓士行也。

“百辟卿士，媚于天子”，臣事君以忠，责难陈善，所谓媚也。后世长君逢君剥民以奉上者，妇寺之媚而已。

“何以舟之”，“舟”是字法，琫既为刀上饰，则容饰之刀复矣，容臭之喻为确。

“无纵诡随”，诡随，不顾是非，而妄从人也，如处女逾墙相从，寡妇改节适人。当国变之时，忘故君而媚新主者，皆无良之徒也。

“上帝板”，“板”即以一板为题，奇极。诗人之意愤上帝之反常，故特揭一字以见无所归咎，不得不问诸苍苍耳。“善人载尸”，“尸”字字法是善人自愧自责，居今之世不言不为饮食而已。“知我如此，不如无生”矣，究其所以致此者，不过君若臣不敬天之故耳，故末章归穴在一“敬”字。作此诗者，其圣人之徒乎。

“女炰烋于中国”，“中国”二字非偶然也。中国何地而容汝炰烋，日为不义以自绝于天乎？责厉王甚，深爱厉王弥切矣，柔桑之哀痛，中国亦犹是也。

“借曰未知，亦既抱子”，可见此诗是武公少作，耄而好学，始终如一，九十五而犹使人日诵其少作以自警，不仅谥为睿武，而推之曰圣，岂为过乎？

杨园先生曰，老农老圃，在樊迟为小人，在今日则为君子。稼穑惟宝，代食惟好，《诗》言之矣，故退而作《农书补》。

“靡有孑遗”，孑无右臂貌，言周之遗民无复有半身之遗者。余自丙寅中风，右半不遂，故更“古民”曰“半民”，与《诗》暗合，行自伤矣。追溯生平，交游一二晨星，今安在哉？不更可痛耶。

“往近王舅”，“近”当作“迈”，音记辞也，今板多讹。

“既明且哲”四句当连看，若夙夜匪懈以事亡国之君，虽明哲而不保其身；若所事者非其君，则徒保身而非明哲，故曰顺理守身，非趋利避害，而偷以全躯之谓也。事亡国之君，不早见几，而当事任以及于难，则正以不保其身为明哲；若此时讲趋利避害，则必为乱臣贼子，而后谓之明哲也，非人类矣。朱子云，今人皆将私看了，必至于孔光之徒而后已。

古人虽朴无自寿之体，况万年无疆，不大侈哉。吕大临《考古图》有邢敦者，称王格于宣榭，呼内史策命，邢则非自寿明矣，传中当改“自祝其寿”为“祝臣之寿”方合。

“懿厥哲妇，为枭为鸱，妇有长舌，维厉之阶”，作诗者孰非王之臣子乎？而直斥王妃至此，此所谓恶恶如苍伯，性情之正，何害其为温柔敦厚乎？唐人“如何四纪为天子不及〔卢〕(庐)家有莫愁”“薛王沉醉寿王醒，可怜飞燕倚新妆”，何足为病哉？

《大雅》之末，恰好以《召公》结，传言《周南》《召南》，以解日辟国百里，而叹今人不尚有旧寄，慨深矣。

“昊天有成命”一章，以“命”“靖”二韵相叶，密则命之入声，心则靖之平声，同类也，古人用韵之宽如此。

《思文》“极”“育”叶韵，末有二句“界”“夏”自叶，恐不必以“界”叶讫力而剩末句。

《臣工》，“工”“公”叶，“茹”“似”叶，戎“求”“牟”叶，“年”“人”叶，“镈”“艾”叶，“艾”叶作“蓴”。

《有瞽》二韵，起“在周”一句不入韵，下六句一韵，“声字”换韵，五句结，恐不必注以上叶，“庭字”一句否。

《潜》末句，单句结不入韵，恐不必以“祀”与“福”叶。

《武》一章，“后”叶“合”，“功”叶“勾”，亦通。

《访落》“艾”叶“昊”，“涣”“难”叶，“家”叶“巾”以叶末“身”字，亦通。

《小毖》“患”叶“合”，与“蛰”叶。

“振古如兹”，单句不入韵，与《潜》一例。上“今”字自与“宁”叶也，或下“兹”字叶“精”亦通。

“续古之人”亦单句无叶，大抵《颂》与《雅》不同，若以《有瞽》例之，则“人”字自与“盈”“宁”叶亦通。

孱孱王之造叶，祖侯反，似无谓，若叶受则当上声，祖后反。

《桓》“王”与“方”叶，“天”与“间”(读平声)，叶并应上，“年”字亦通。

《赉》“止”“之”“思”叶，“定”“命”叶，末句应上，“思”作叠句叶。

《般》无韵，然以“河”作“还”叶，“山”“对”作“订”叶，命亦通。

“翩彼飞鸮”，既恶声之鸟，不当借以作兴。或曰，诗人预料后世有从祀匪类如阳明、草庐等人，故作隐语耳，其语虽凿而所感深矣。

多辟之免于祸，适惟不懈于稼穑，天子之受天命而中兴，惟畏下民之严而不僭、不滥、不怠，此德以致福之源也。不恤民而虚为颂祷之词，虽侈陈乐章，具文而已，疑此亦新庙落成之诗，故末章与《闭宫》之卒章同。

附录(《杂记》中摘入。)

唐宋人诗写情写景，名句极多，然以《三百篇》观之，意味天渊矣。如《关雎》“求之不得”四句，《卷耳》“嗟我怀人”，“〔置〕（真）彼周行”我姑酌彼金罍，维以不永怀，深沉委婉，何以加诸？《野有死麕》第三章亦奇。《柏舟》“匪鉴”“匪石”“匪席”“匪瀚衣”，喻体开后人多少法门。至“维南有箕”“维北有斗”，簸扬挹酒，揭柄翕舌，神化极矣。

“母氏圣善，我无令人”，臣罪当诛，天王圣明，忠臣孝子，一而已矣。

《简兮》一篇，前三章着意在“日之方中”句，极言明显之处，不以为辱，“有力如虎”，何事不可为？而执辔见长，“赫如渥赭”，是何等仪表？而受献公之爵，不以为耻，所谓轻世肆志也。末章西方之思，意更闲远，为《离骚》之祖，《十九首》之宗，何疑焉！

《墙有茨》，不可道，不可详，不可读，三“不可”极含蓄，不说出却十倍于说出，然却是温柔敦厚。

《君子偕老》，运用十一“也”字，意味深长，极形他容饰之美，而以“邦之媛”作结总，不说出所以不淑处，纯用反语诘问，叹惋千载下，令人寻味无穷。

《硕人》首章旁亲法绝妙，犹《论语》重提邦君之妻所以正名分也。庄公好色，故次章即以色论之，亦极天下之绝伦者，何以弃如遗也！不知者以为比拟太亵，直是说梦耳。“大夫夙退毋使君劳”，盖言庄姜不特有色，而且有德，虽使日承恩宠，不病其蛊惑，故愿其宫闱燕好日亲日密耳，而岂意其始终睽隔乎。末章用叠字极奇，是由弃绝之后追溯始来之日，盛备如此，全以咏叹出之。通篇不曾说出庄公所以待庄姜者何等刻薄，盖犹望庄公之悔过，诵此诗而翻然易辙耳，此诗人忠厚之旨也。叠字从《鸱鸮》章脱胎来。

《河广》止用四“谁谓”，而满腔幽隐和盘托出矣，大抵只说一半是诗人秘诀。

“岂无膏沐？谁适为容”，则专一之至，故虽甘心首疾，愿言心痗而不病其哀之过也。若下章忧□子之无裳，报琼瑶而永好，何尝不绸缪切至。然而淫矣，后世香奁词曲，其绪余耳。

元城刘氏说《诗》最拙。苗之时，不妨预说穗与实；实之时，不妨追述苗与穗，均不害其忧思之深也。由苗而穗，穗而实，犹《桃夭》章之咏花实叶，《苌楚》之序枝花实。《诗》体本是如此，夫忠君爱国，终身不忘，虽既没之后，灵爽犹存，何待一岁之间，三时之历，而验其心之不变而愈深乎？刘公亦浅之乎论《诗》矣。

“尚寐无吪”“尚寐无觉”，与“乐子之无衣”“乐子之无家”，声情一辙，哀怨之深，一至此极是，孰使之然哉？

《南山》“葛屦五两，冠緌双止”二语，比体极妙，《陌上桑》“使君自有妇，罗敷自有夫”本此。

《甫田》三章用点醒法，《诗》之化工也。

《伐檀》章疑是诗人自叙伐木之劳苦，由深谷而达之水滨，非不惮俯特，非其力不食，不敢不然耳，《传》中所解恐未合诗人本旨。

“良士瞿瞿”“良士休休”，一则见其忧勤惕厉，一则见其无入不自得，此士之所以为良，而为齐民所法也。《山有枢》章，只就上章“今我不乐”二句抽出衍之，而词气急促，衰世之音也。

“角枕粲兮，锦衾烂兮”，是着色处。下用“独旦”二字，关合衾枕，何等细密。“百岁”

二语以死自誓，何等哀挚。后世闺情极意摹拟，不过唾余耳。

《黄鸟》诗夫子不删，所以著戎翟之暴也。武公从死六十六人，穆公至百七十七人，始皇则令后宫皆从葬，工匠生闭墓中，盖其残忍性生，风俗相沿，不以为怪。然残灭同类，罪大恶极，特存之以为中国万世之戒。哀三良亦以哀百七十余人也，并吞六国，二世而亡，归以正统，是紫阳失入处。

《衡门》诗只两“可”字，四“必”字，写出知足安分学问，士君子守节不终者，只为“可”字忍不过，“必”字看不透耳。

“荟兮蔚兮，南山朝隮，婉兮娈兮，季女斯饥”，君子处乱世将为荟蔚乎？将为婉娈乎？士之守道犹处子之守身也，饿死事小，失节事大，长饥何病乎？

圣人而工于《诗》者，周公开其先；理学而工于《诗》者，朱子继其后。观《豳风》一切删去政教腐语，仅谱一篇《月令》，农桑琐琐，一如耕叟蚕姑，自叙日用杂事，而一种相亲相爱、戴君忠上之意蔼然言外，非神化之笔乎？

《鸱鸮》惟首章三句文从字顺，以下一节奇一节，一句奇一句，俱曲肖鸟之声口而以苦音出之，真《诗》之圣者也。

《诗》以言情，《七月》一篇叙农桑勤苦之事，忽插入二语“女心伤悲，殆及公子同归”，何等飘曳蕴藉，言外却见得一种慈孝蔼然，而民间婚姻以时无怨无旷，亦可想矣。《东山》通体代军士声口写他离别之思、聚会之乐，而结之曰“其新孔嘉，其旧如之何”，与“女心伤悲”二句同一手法，而出之行阵生还之后，其侥幸感激之私，有沦肌浃髓而不可言喻者矣。噫，有《三百篇》之诗，汉唐纷纷不可以阁笔乎。

“鄂不韡韡”，若依郑笺，承华为鄂，不当作柎，则句直而无味。从朱传隐岂字乃曲。至《左传》“三周华不注”，自当从芳，无切。《胡传》读卜音，非是。

《常棣》是周公诛管蔡后，恐人因己之处变而遂薄于兄弟，故反覆明兄弟之当亲，所谓其志切，其情哀也。

“无草不死，无木不萎”二语，只是天地之大，人犹有憾之意，盖言朋友之道，岂容竭忠尽欢，忘大德而思小怨乎？

《蓼莪》第四章九“我”字不特句法奇古，亦见我身，何来我之有赖于父母烦苦若此，而我不克报罔极之德于万一，我何以对我乎，其音节急促沉痛，宰我善为说辞，必得力于诗短，《丧之问》亦曾反覆此章乎。

《北山》十二“或”字奇，对上莫非字独字益醒，却不下一结语，言外见不均之故，是孰使之意味深长。（昌黎《南山篇》叠“或”字从此出。）

《楚茨》庄严，为后世乐章之祖，然却无一板腐语，高绝。

“遐不谓矣”，固即《楚辞》未敢言之意，然何日忘之一语尤深，语意转似求忘之之日而不可得，所谓正言若反也。

“虽则七襄”两章见天不能苏民之困而甚，且助西人以困我，只将星斗取象游戏，出之破涕为笑，正言若反，怨而不怒，情益切矣，后世乐府画背作天图，子将负星历，漏刻无心肠，复令五更毕，方局十七道，期会是何处，怀冰暗中倚，已寒不蒙亮，朝霜语白日，知我为欢消，伏龟语石板，方作千岁碑诸隐语，都从此诗化出。

《绵》末章运用四予曰，是诗人自作问答，言文王之德既盛，岂无诸臣之助乎，予固曰有某某，予固曰有某某也。

《文王有声》，每章用“烝哉”作结，是诗之变化处，《秦风》“其君也哉”本此。

《卷阿》“凤皇鸣矣”一章最奇，运用叠字即作叠句，又是双承上，文工妙至此，真不可测。

《韩奕》一诗是着色文字，为后世赋体鼻祖。

《瞻印》二章运用反覆字及四“之”字，是怪叹之词，末二章运用六“矣”字，是悲痛之词，末乃结云：“无忝皇祖，式救尔后。”盖犹望其悔过也，诗人之忠厚如此。

《小毖》一章，字法、句法、比法无不奇妙，是熟读周公诸诗而脱胎者。

《载芟》《良耜》与《豳风》笔法相似而缜密过之，其为豳颂无疑。

《商颂》句句用韵者，多音节益古于周矣。

《春秋》

开元□□言《春秋》者七百余家，由唐以来，诸儒聚讼迄无定论，窃谓三代以下，折衷于程朱，第一条当看程子云：礼一失则为夷狄，再失则为禽兽。圣人初恐人入于禽兽也，故于《春秋》之法极谨严，中国而用夷狄，礼则便夷狄之。韩愈言《春秋》谨严，深得其旨。第二条当看朱子云：某尝谓上古之书莫尊于《易》，中古之书莫大于《春秋》，然此二书皆未易看，今人才理会二书，便入于鉴。若要读此二书且理会他大义，《易》则是尊阳抑阴，进君子而退小人，明盈虚消息之理;《春秋》则是尊王贱伯，内中国而外夷狄，明君臣上下之分。此二条是看《春秋》大纲也，大纲不明，徒以日月爵氏名字为褒贬，以抑扬诛赏为大用，穿凿附会，使圣人明白正大之经，反若晦昧谲怪之说，此《春秋》之贼也，何足道哉！

孟子长于《春秋》，君子反经而已矣。反经者，复常道也，即朱子所言内夏外夷，君臣上下之定分也。特于论乡愿章作结者，盖虑天下后世有身为乡愿，而亦侈口以论《春秋》耳。乡愿论《春秋》，即惑世诬民之邪慝也，知人论世之君子尚其辨之。

圣人理明义精，据事直书，据史旧文略加刚定而已，初不先为凡例也，至后世修史仿《春秋》作凡例耳，因后世之有凡例，而疑孔子已创于前，则诬圣人矣。其弊始于三《传》，即胡氏虽大体甚正，而亦不免以义理为穿凿之□□。朱子云：某尝与学《春秋》者曰：“今如此穿凿说，亦不妨只恐一旦有于地中得夫子家奴出来说，夫子当时之意不如此耳。”又云：自家之心又未如圣人，如何知得圣人肚里事，某所以都不敢信诸家解，除非是得孔还魂亲说出，不知如何。所以朱子一生《诗》《书》《易》《礼》俱有成书，而独阙于《春秋》，非无故也。

杨园先生曰：“夏时冠周月，《春秋》开卷第一义，终不能无疑于心，观朱子论乃释然，益知稽古为急，然此下当述朱子之言，乃可令人释然，而引不发，何也？”按：朱子答胡平一云：“三代正朔之说，旧尝疑此而深究之，卒至于不可稽考，而益重其所疑，因置不论，来论考究虽详，然反覆再三，亦未有以释所疑也。如云周家记年，必当首十一月，而《春秋》乃书春正月。”又云：“未尝改月号，以冬为春，假夏月而乱周典，则未知《春秋》所谓春正月者，其下所书之事为建子月之事耶？建寅月之事耶？若云建子月事，则春正月者岂非改月号，而以冬为春；若云建寅月事，则是用夏正月而乱周典，安得云未尝云云如是耶？前人盖已见此不通，故为胡氏之学者为之说曰：‘春正月者，夫子意在行夏之时，而以建寅之月为岁首也，其下所书之事即建子月之事，无其位而不敢自专也，如此则或可以不碍。’然《春秋》所书之月，遂与月下之事常差两月，则恐圣人作经又不若是之纷更多事也。凡此之类，反覆推说，尽有可通，亦尽有可难，虽尝遍问前辈，亦未有决然坚定不可移之说。窃谓读书凡若此类，与其求必通而陷于鉴，且又虚费日力而无补于日用，切己之功则似不若阙之之为愈也。”又答吴晦叔曰：“文定引《商书》十有二月，《汉史》冬十月为证，此固然矣，然以《孟子》考之，则七八月建午建未之月，暑雨苗长之时，而十一月十二月乃建戌建亥之月，将寒成梁之候，又似并改月号，此又何也？或是当时二者并行，惟人所用。但《春秋》既是国史，则必是用时王之正，其比《商书》不同者。盖后世之弥文，而秦汉直称十月者，则其制度之阔略耳。”不知杨园当日所谓释然者是此二段否，姑述之以补其阙。

朱子云：“《春秋》固是尊诸夏外夷狄，然圣人当初作经，岂是要率天下诸侯而尊齐晋？自秦桧和戎之后，士人讳言内外，而《春秋》大义晦矣。噫，南渡时犹然，而况后世哉？鸡鸣而起，孳孳为讳者，桧之徒也，《春秋》之义何时而明哉！”

元统、泰定之间，有程端礼者用廿年之功，为本义辨疑。或问，三书明目张胆，侃侃言之，一无忌讳，亦可谓杰出者矣。大概以程、胡二《传》为主，大纲不错而小节亦未尽合，不免自信太过，非朱子而强定朱子所未定之书，多见其不知量也，读其书不知其人，可乎？是以论其世也，明出处之义，方可与论《春秋》，此语当问之程公耳。

《春秋》，阙疑之书也，三代以下折衷于朱子，朱子不敢定，孰能断之？朱子之后折衷于杨园，杨园不详论，孰能详之？如仅欲作一篇文字，似三苏论体，后世八股名篇，各据所见，或就三《传》而较量长短，或合三《传》而独抒己见，尽有可观，究其实仍不外朱子。求必通而陷于凿一语而已，此端礼诸书所以不敢遽信为确然也。

张洽《集注》一书亲炙朱子，似可依据。然考之《文集》，朱子与论《春秋》仅有一札，《语类》中《春秋》洽所记者仅有二条，则知其书必成于朱子既没之后。朱子不经批阅，何足为凭据哉？

朱子尝言：“近世如苏子由、吕居仁，却看得平。”则知诸儒之失在太巧矣。真西山述刘著作之言曰：“吾闻法吏以一字轻重矣，未闻圣人以一字轻重《春秋》也。”旨哉言乎！足以破世儒之论矣。

范香溪（浚）《春秋论》不取三《传》，而取唐庐同《春秋摘微》，为其不任传以尊经，其自述己见，则仅论“隐公七年冬，戎伐凡伯于楚丘以归”一段，以见夷狄陵中国之甚。噫，香溪之所感者深矣！于一条中见圣人之书法，词严义密，可以蔽全书之旨，非从其重者而言之乎？读者可悟矣。

朱子断左氏乃一个趋利避害之人，要置身稳地而不识道理，于大伦处皆错，数语切中其病。人之所以为人者，计是非不计利害，重伦常不趋势利而已。今皆反之，不过有文无行之小人而已。魏叔子最喜左氏，作《左氏经世》一书，故叔子之学为功利之学。

胡敬斋《居业录》一条云："内中国外夷狄乃自然之理，圣人因而辨之。"胡氏乃引"内君子外小人"为证，亦失本意。"小人"只是不使小人在朝也，非不使居中国。敬斋之意，谓夷狄重于小人耳。然以放流之迸诸四夷，不与同中国证之，亦可参看。小人亦有分数，不可以概论。

罗整庵论《左传》引白圭之诗，以断荀息之事，司马温公独看得好，以为荀息之言玷于献公未没之前，而不可救于已没之后。左氏之志所以贬荀息，而非所以为褒也。自温公以前无此妙解，但谓荀息不食言，为言之无玷而已，乌有惜其言之玷而死为自取乎？

薛敬轩云《春秋》词虽谨严，而意实忠厚。此言极是。但以平生论鲁斋至尊之为孔子证之，则亦有弊。古今无不忠厚之圣人，如内不言弑，不忍言也。若公与夫人姜氏遂如齐，夫人姜氏会齐侯于禚，夫人姜氏逊于郏等，岂可冒忠厚之名而亦削之？而不书乎谨严，与忠厚相反。若有意为忠厚，而不本于天理之中正，则其弊为不谨不严，大失《春秋》之本旨矣。敬轩于忠肃遇害之日坐视不救，但曰"各有子孙"，谨严乎？忠厚乎？两失之矣！吾故曰：乡愿不可与论《春秋》。孔子恶乡愿似是而非，孔子作《春秋》辨是非于无是无非之日，正所以防似是而非之乱。吾真是真非也，其旨一也，此孟子所以辟乡愿而结之以反经也。《春秋》，反经之书也。

《春秋》，孔子之《纲目》也。《纲目》，朱子之《春秋》也。人惜朱子《春秋》无成书，而不知《纲目》即朱子《春秋》之本义也，又何假乎程端礼哉！

孔子生春秋，孟子生战国，朱子生南渡，皆是无可如何，故作《春秋》以讨乱臣贼子，作《孟子》以反经距扬墨辟乡愿，作《纲目》以诛三代以下之乱贼，皆所以存天理于既灭，遏人欲于横流，为万世纲常名教计也。呜呼，岂得已哉！

程子云："《左传》非丘明作，腊及庶长皆秦官秦语。"朱子亦断虞不腊矣，为《左传》是秦以后之书，是宫之奇无此语，而《左氏》以时语饰之，犹《孟子》犹杳杳也之类。但秦汉去春秋已远，必先有一书，左氏可以为据，此则不可考矣。

《论语章句》，朱子揣摩孔子意旨，毫厘不差，何难于《春秋》而慎重如此，此心之虚、见之卓也。盖说理之书，有语脉可寻，而纪事之书，必待校订，不然何以知某字为旧史之原文，某字为圣人所更定之文，而以臆见测之哉？阙疑殆者择之精，非所见之卓而能然乎？

读《春秋》当识大纲，如恶养天伦使陷于罪，加冠于屡大经拂矣。后世乃有结戎狄以许昏，而配偶非其类，如西汉于匈奴；约戎狄以求援，而华夏被其毒，如肃宗于回纥；信戎狄以与盟，而臣主蒙其耻，如德宗于何结赞。凡经所书者，或妾妇弃其夫，或臣子背君父，或政权在臣下，或夷狄侵中国，皆阳微阴盛之证也。大奸根据而莫除，人主孤立而无助，终不可以一时之利，乱万世之法。申生爱父以姑息，而陷之不义，夫计末遗本饬小名妨大德者，《春秋》之所恶也。文公一战胜楚，遂主夏盟，以功利言则高矣，语道义则三王之罪人也，故一失则夷狄，再失则禽兽，而大伦灭矣。《春秋》人晋而狄秦，所以立人道存天理也。恶莫惨于意，以此罪赵盾，乃闲臣子之邪心，而谨其微也。宣公弑立，逆理乱伦，独于是冬乃大有年，所以为异乎？桓王伐郑，兵败身伤，而经不书败，存君臣之义，立天下之防也。刘康公邀戎伐之，败绩于徐吾氏，而经不书战，辨华夷之分，立中国之防也。郑能背夷即华，是改过迁善，出幽谷而迁乔木也，祁奚称其仇不为谄，立其子不为比，举其偏不为党。莒人灭鄫立其外孙，迹则继之，实则灭之，《春秋》所以释鄫而罪莒欤？天之爱民甚矣，岂其使一人肆于民上，以纵其淫而弃天地之性，必不然矣。武仲曰："子召外盗而大礼焉，是赏盗也。齐庄十臣逢君之恶，从于昏乱不得以死节许之，《春秋》兼帝王之道，可公也；则以达节为权，故季札辞归，贬而称名，可家也；则以居正为大，故庄公始生，即书于策，郑突归而不氏以国，阳生入而得系于齐，此皆正本以及天下之义也。庶孽凭宠为群小之所宗，而人必不附；适子恃正人心之所向，而群小不从。故伯服虽杀而平王亦不能复宗周之盛，申生已死而奚齐卓子亦不能胜里克之兵。圣人会人物于一身万，象异形而同体，通古今于一息，百王异世而同神，于土皆安而无所避也，于我皆真而无所妄也。是以天自处矣，而亦何嫌之有。"以上诸说皆光明俊伟之论，时时讽咏，《春秋》之旨思过半矣。

《胡传》"哀二年齐国夏"一条云："辄辞其位以避父，则卫之臣子拒蒯聩而辅之可也；辄利其位以拒父，则卫之臣子舍爵禄而去之可也。下句是上句，不然当云卫之臣子舍辄而群奉公子郢以拒聩可也，若使辄伪避父而不禁臣子之拒父，此不孝之大者，何以君国子民哉？"

"性命之文"四字极有味，见先王制礼作乐，诚中形外之源流。

"子同生"，胡氏云，与子之法，不知展我甥兮，更有微意，为姜氏也。幸其在姜氏，未如齐之先也。

宋有可伐之罪，而桓突非伐宋之人，《春秋》不以乱易乱此说，看得好。

春正月书无冰，必十一月矣，此或改月之一证也。或问，则主夏正，俟考。

卫侯朔出奔齐，罗喻义《野编》能与罅缝中看出道理，可谓巧不伤鉴。云自兹及于庄六年，而八于卫中间，宜有立君。公子黔牟，周所立也。《春秋》笔法，空处最奇。隐之薨也，前不书即位，后不书葬，知有乱者；桓之薨也，前书公与夫人姜氏遂如齐，后书夫人逊于齐，知有淫者；蔡人、卫人从王伐郑，知有自将之天子王人；子突救卫，知有天子所立之公子黔牟。不知者以为断烂，知者以为完整之极也。

《谷梁》所谓"非其疑者非其疑于为义，而果于为不义"二语，最足惊省人。作事遇义所当为，逡巡前却于非义之事，却独断独行，此其所以孜孜为小人也。

君见弑而不讨贼而遂葬者，绌其葬以见其臣子之不忠孝，而忘君父之仇也，此条可以断宋臣子孙之仕元者，溯其先世而一一考之，免者几人哉。

《春秋平义》一书，嘉兴俞汝言字右吉著，论五伯自北杏之会，始宋襄伯而未成。穆，西戎之伯；庄，南服之伯；不得与于中夏之五伯。五伯为谁？齐得其一，桓也；晋得其四，文、襄、悼、昭也，孔子曰："礼乐征伐自诸侯出，十世希不失矣。"齐未有世其伯者，晋自文、襄、灵、成、景、厉、悼、平、昭世主夏盟，及顷而失之，则十世也。盖天下无王为无伯也，自会于北杏，而天下始知有周，故有伯而后有王，无五伯则《春秋》不作。此等见识颇得大要。

《春秋或问》云："《春秋》之书，圣人远患，不敢公传口授弟子。至于后世，其书始出，相传相袭，岂免缺误？"此非亿度之词，如非史铁函，必有所据，姑志之以俟博闻者。"娼家读《礼》，屠儿礼佛"二语，可评吴草庐之说《春秋》。

庄十三年冬，公会齐侯，盟于柯。胡《传》不共之仇不在后嗣，易世可平。此就列国时势迁就之言耳，非通论也。圣人之意，言外有惜，鲁之不能早复仇，而至于易世，不得不释怨而平之感。愚尝论，复仇亦须自考自家地位，譬如诗文之士，父仇必报，若自命为圣贤者，高曾祖之仇犹父仇也，无反颜事仇食其禄之理，所谓责备贤者也。

荆人来聘，胡氏主夷而进于中国，则中国之谓圣人之心与人为善，此失之太宽矣。《野编》云：通问上国，夷道之盛，《春秋》恶之也。此为正论。

僖十七年夏，灭项。承上"齐"字，故不言齐。以为鲁灭之，非也。西亭《辨疑》云："季孙行父当祖友卒，其父无佚早亡，时尚稚，年终，僖公朝未专国，安得为此？"此说是。

先伯兄云："公及齐侯盟于落姑，胡《传》从程《传》贤季子，终不若朱子之说为核实。朱子云：'季子自有大恶。'又云：'皆是鲁国之贼，三《传》皆不可据。'"

十九年，盟齐，楚人始得与中国会盟。圣人盖伤之矣。使桓公在，有此事乎！

齐人、狄人盟于邢。张溥《传》断云："齐孝之无知，厥父攘夷，厥子盟楚于国；厥父攘狄，厥子盟狄于邢。齐人、狄人复何辨？"此条极明畅。

《野编》云："宋襄不葬，秦穆不卒，不成之为伯也。"亦看得好。

书乞师始于公子遂，如楚乞师曰乞师，著其可耻之甚；曰如楚，著其以夷残夏之罪。

冬，楚人、陈侯、蔡侯、郑伯、许男围宋。朱朝瑛《略记》云："《春秋》之于诸侯，有因其自尊而尊之，自卑而卑之者，北杏曹南之会是也；有因其尊而卑之，自卑而尊之者，围宋之役是也。"确是圣人本怀。

公朝于王所有城濮之战，而后朝王有所嘉晋文之功也。《黄氏日抄》愈于胡《传》多矣。《日抄》云："唯齐桓、晋文可以言伯，宋襄枉矣。戕中国而结夷狄，伯之反也；秦穆、楚庄以夷狄而胁中国，伯之变也。皆不可言伯也。伯惟齐、晋，安有五哉？"前平义一段本此。

楚子使椒来聘。《日抄》驳胡传进之一说云："执宋公以伐宋，亦书楚子，岂进其虐中国耶？宜申谋为不道，亦书宜申，岂进其谋逆耶？"此本于赵鹏飞，可谓痛快。

葬宋文公始用殉，从夷俗也。《左传》以华元乐举为不臣，宜哉！

马陵之盟，差强人意，晋文既殁，以后仅有之事书以幸之。

成十三年三月，公如京师。用"如"字。夏五月公自京师，遂会晋侯等伐秦。如字自京师，遂字此必孔子所改，盖稍寓爱礼存羊之意，有不得已苦心，非旧史所能也。至八年，书天子，终《春秋》。惟此一天子，安知非天王之误乎？

莒人灭鄫，当主立甥，以灭国之例例之，此孔子之特笔也。家国一理，虽庶人当依此律之。

会于萧鱼。或问，一段评悼公之伯，而深不满于曹吴之事，真不易之论。

吴子使札来聘。胡《传》主贬其辞，国生乱私考二语，驳之云："札辞国在二十九年之后，而贬之于二十九年之前，无乃加非其罪乎？"与杨园"既乱而辞国，非辞国而生乱"意同，可谓明快。

郝敬论《春秋》："圣人不得已。乱臣贼子滔天之恶，必致慎致详，然后直之，稍涉微暧，宁从其疑。至非礼猥琐事，一切不书，不忍尽言，伏读而叹。圣人天地之心，博大宽仁之至也。"此一段蔼乎儒者之言，然却有流弊，其究为华夷，千载亦皆人，总一"博大宽仁"四字，则楚亦可，吴亦可，《春秋》竟不忍作矣。郝君不明于出处，虽行谊卓然，不足与论《春秋》也。

秋搜于红。胡《传》："凡乱臣之欲窃国命，必先为非礼以动民，而后上及于君父，故曰：其所由来者渐矣。"《春秋》谨始慎微，治乱于未萌，正为是耳。

楚灭蔡，执世子有以归用之，圣人于此更恻然矣，终《春秋》书夷灭中夏之国，无此凶暴，哀哉！

《春秋》重民力，于天灾必书之，董子所谓仁爱其君，犹严父之饬子，挞之流血，不敢疾怨，起敬起孝而已。故慢天灾者必至亡国，不孝之子必无令终天道也。

方书吴入郢，次年于越入吴，则以班处宫乱男女之报也，天道速哉。

从祀先公。盗窃宝玉、大弓。一人也，而美恶并书，圣人之至公也。

晋人执戎，蛮子归于楚，直以楚为京师。晋为伯主之后，而自卑至此，圣人伤之矣。

齐景公葬于闰月，书之讥也，当时岂亦如后世之拘于日耶。

夹谷会鄑，一圣一贤，谈笑却敌，为《春秋》增光矣。

夫子初心亦自知天生德于子，必非无谓三年期月。吾为东周，则《春秋》可以不作。迫辙环天下，道既不行，不得已思见之行事深切著明。惟笔削鲁史可以定天下之邪正，为百王之大法，于是寓爱礼存羊之意。王室既卑而系之空名，五伯虽诈而取其事功，正君臣之大分，立中外之大防。孟子所谓存几希之统，上接舜禹汤文武之传。朱子所谓此天理之所以常存，而人心之所以不死也。故曰：孔子成《春秋》而乱臣贼子惧。《春秋》之学，孟子得其大；孟子没，此书绝响；至董子、韩子，稍引其端；至程子而读《春秋》之法始扼其要；胡氏据之，虽不免迂与凿之二病，而大体醇正；朱子虽阙疑，不敢轻论，而《纲目》一书直接《春秋》，以存几希之统。故曰：朱子作《纲目》而乱臣贼子惧。所可惜者，天生一杨园，可以承紫阳之绪，而宋元以下之《纲目》未经手定，海内何人更有通其变于《春秋》之外，而不失乎《春秋》之旨者乎？呜呼，稀矣！

春秋时之乱臣贼子犹易辨也，至后世乡愿，竟有自命为忠臣而实则乱臣，自命为孝子而实则贼子者，非知人论世之君子。何由辨之？此续《纲目》之所以不可不定也。

《礼记》上

先伯兄有《礼记》读本，后得杨园先生删本及徐伯鲁注，故较订颇详。若梓之荒谬疑非所疑，何以质之大雅乎？辱吾友雪渔删辑拙稿，聊记忆一二以塞明问。

三代以下折衷于朱子，朱子所未定之书则折衷于杨园，此《礼记》之所以必从杨园删本也。

《曲礼》“若夫，坐如尸”上二字删，《朱子语类》论过下六字，亦见《大戴礼》曾子事父母篇。

“鹦鹉能言”一节，杨园虽删，鄙见此节重在圣人使人以有礼，知自别于禽兽，语虽近粗而足以感发初学，断不可去。童子始读《礼》，先要将此节大声疾呼，明目张胆与他极论，不然有终身谨小慎微，而不知为鹦鹉、猩猩者矣。

州闾乡党，二十五家为闾，四闾为族，五族为党，五党为州，五州为乡。

礼：闻来学，不闻往教。人多误解附学为来学，延师为往教，非也。当从朱子“朋自远来，童蒙求我，为取于人；好为人师，我求童蒙，为取人者”。从师之心曲中分别出来，不可徒论形迹。若东庄延杨园往教即来学；若今之聚徒登堂说法，不过以术欺人，虽来学，以往教也。

视于无形，听于无声。忽入此精微语，最宜着眼，孟子所谓养志也，下特着“孝子”二字。结一句云：惧辱亲也。凡孝子之养志，皆以亲心为己心，否则皆为辱亲矣。服暗是不避嫌，登高亦不至高深，而犹以为辱亲，况出处取舍之大者乎？

《曲礼》多幼仪，故多采入小学，即《中庸》费之小者，此言道之入于至小而无间也。一物一太极，无物不有，无时不然，所以不可须臾离也。今之言礼者忘其本而狥其末，何异放饭流欢而问无齿决者哉。

人第知《檀弓》之文法，而不知《曲礼》之文法，如视日早莫侍坐者请出矣。若有告者日少间愿有复也，则左右屏而待，俱以逸笔传神，此无意为文而文自工者，非徒文法，只是“和为贵”三字。善摹写处真意流行，初非伪作，所谓天理之节文也。

女子许嫁，缨不入其门，即指女子闺门居室之门，言当远嫌也。缨，五采为之，示有所系属也。若未嫁而夫死，或当去之，俟更许人，而又加之缨。张岵瞻据此一字，谓必无再许人之理，别有所感，非通论也。

先伯兄云：“‘父不祭子’二句，朱子已有定论，顾宁人解可勿泥也。”又解下节云：“食至而辞，礼也；抚席而辞，亦礼也。但御同偶坐，则不得泥于辞之，为礼名变例也，羹有菜如铜羹之属，无菜如太羹之属。”

《士相见礼》：下大夫相见以雁，士大夫相见以羔，饰之以布。此云饰羔、雁者，以缋意者，谓天子之大夫与。

《曲礼》中大阙“如父之仇弗与共戴天”节最重，言父与兄弟，则祖与伯叔父可知；言交游，则君尤不必言矣。此天经地义之彪炳于两间者，天理之所以常存人心之所以不死也。赵复忘君父九族之仇，虽动容周旋，悉合乎礼，谓之儒宗，可乎？

礼不下庶人，犹言不得不可以为悦。凡士大夫得行之礼文，庶人不得僭行之耳。今人率假此语自放于礼法之外，则流弊不可言矣。自天子以至于庶人，一是皆以修身为本，岂有舍礼而可以修身者乎？民可使由之由者，由于礼法之中，而未始不冀，其由当然而悟其所以然，以自超于凡民之上也，此圣王之心也。

“临丧不惰”，“丧”当作“祭”。徐云：“作丧者，非临文不讳，非泛指为文也，乃临政之文，若官府公移之类耳。”

“某有负薪之疾”，黄叔阳曰：“施之于今，当以实对可也。”即黄之言可以观世变矣。

“君子行礼”一节，见不忘其本，必以三世为断彼及身，而从新国之法者，谓之忘仇，不特忘本而已。

“居丧未葬”一节，先伯兄评云：“伊川治温公之丧甚合礼，东坡便讥诮，朱子曾论及之。”（见《语类》九十三卷第十页。）“崩曰”节，先兄记云：“吴氏曰：‘《春秋》：景王崩，悼王未逾年入于王城。不称天王而称王猛，所谓生名之也；死不称天王，崩而称王子猛，卒所谓死名之也。’此说与孔氏同，与郑注异，徐伯鲁从之，甚是。”“庶方小侯”一节，张氏曰：“此错简，当在上节之上。”“列国之大夫”节，张氏曰：“按前章曰：诸侯使人使于诸侯，使者自称曰寡君之老。则此节‘曰寡君之老使者’七字，当为衍文。”“长曰能御矣”，御，治也，治家也，非射御之御也。“问天子之年”，“年”当作“子”，以《少仪》及下文考之可证。“寿考曰”二句当在“祭王父”句之上。

“皇祖考等”，“皇”字，大也，美也，犹今之称显考、显妣也。解为帝皇之皇，误矣。

《檀弓》，杨园曰：“此二篇多可入《曲礼》者，所记事实揆之于礼，每不合，然在他人之事，有无或未可知，至如孔子及孔门诸贤事，以《学》《庸》《论语》之理准之，大都悖谬，自宜删去，勿令惑人。”

易箦事，杨园疑之，详见朱子答王子合。《文集》四十九卷末之“卜”也，犹言怯哉国也。卜即指卜国；解作卜筮，大谬。谢枋得曰：“太公反葬镐京者，陪文武之墓也，子孙善成其意者，反葬而陪□文武之墓，非独从太公也。”然顾亭林《日知录》又辨反葬之诬，俟考。

“大功废业”，朱子曰：“业谓簨簴上一片版盖，指乐也。”

“小功不税”，刘原父论最详。

张岵瞻曰：“葬奠出母，先儒多以为疑。盖负手曳杖，圣人无此德；容三世出妻，孔门无此家法。据愚见，‘家法’句亦只道其常耳，言其变，尧舜不能化其子，而必之于子孙之妻，不犯七出难矣。明道先生子死媳，再适其姊之夫，岂得谓程门无此家法乎？孔子生于衰周，宋承五代之后，总当看天地之大气数，不可执一论也。”

谢叠山曰：“曾子之袭裘，先进于礼乐也。子游之裼裘，守文者也。二子一时辈行俱圣门之高弟，行礼尚有不同，后世尤难行矣。”此节杨园删之，不足辨也。

“以为沽也”，沽，姑也，是苟且意。此张氏说。先伯兄云：“当作沽功之沽。”

“汏哉”，叔氏“汏”作“大”解，从徐注，然朱子答叶味道有云：“深恐不免汏哉之诮。”则旧说相沿久矣。

居君之母与君之妻之丧，《杂记》比之兄弟，似又重于衎尔矣，俟考。

同母异父之昆弟死，子游大功之说，非也。或曰：“小功亦通情耳，游氏准古礼制以为不当有服，何等直截。”（说见《日知录》。）

前章云：“若丧父而无服，则不绖。”可知若谓吊服加麻，特出于一时耳。弟子群居即今守孝之谓，非来吊也，岂得加麻乎？郑注以群居为朋友，尤为不通。盖群居对出而言，非谓朋友也。郑氏既为此说，疏家遂云吊服，不得称服，以解无服之义，不亦误乎？先伯兄记。

“道隆则从而隆”二句，朱子亦病其费解，何不直曰出妻之子为父后者。古本无服，而必为此迂阔回护之词乎？据愚见，此正是子思之尊祖而自谦处。若说古本无服，则有妨于伯鱼之丧，出母即有妨于夫子之使伯鱼丧之矣，且嫌于己能复古，而夫子不免从今，似孙反驾于祖矣。此不是临时撰出一种道理，以塞门人之问也，盖平时早有定见，故不使白也。丧之道，隆者犹言德盛。所谓权非体道者不能用，不能为柳下惠，则为鲁男子是自审不到先君子地步，如何敢委曲从时。此先君子虽指伯鱼，却暗指孔子无所失道，故使伯鱼丧其母，似失道而仍无害于道耳。“丧出母不过”一节，子思防微杜渐，深恐天下后世一班乡愿，皆假托于道隆，则从而隆达权通变，无可无不可。人人自以为有孔子气象，则必至于毁廉隅，寡廉鲜耻，为胡广为冯道而已矣。此正是作《中庸》之本旨。所谓忧作深，故言之切；虑之远，故说之详也。不知者谓作《中庸》反开乡愿之后门，岂知子思正以杜乡愿之假窃，而示以精微之极致，非祖述尧舜宪章文武，律天时，袭水土，之仲尼未可以易言君子而时中也。孟子于“乡愿”章特以反经结之，此子思之家学也。

吾死则择不食之地而葬焉，见古人之达而仁，后世之惑形家言害生谷之土者，可愧矣。

敛以时服，延陵季子之敛其子也，非谓礼之定制也。余外父没，妻弟拘执此语，方暑衣以纱葛。余归为言：“此客路权宜之敛制，人子何忍以施之父母？”妻弟至今每冬夜必流涕。故曰：惟送死可以当大事。此亦不诚不信之大端，贻悔终身者也。或云：时服从王之制，非四时也，亦难以概论。

“邾娄考公之丧”，顾宁人云：“当为定公。”

胡氏曰：“今之君子之急于禄食也，嗟而不去，不谢而食者多矣，视饿者有愧也。”伯兄记此说注云：“窃谓当今考试更不及嗟来也。”丁亥三月既望偶书。

“君子不竭人之忠”节，薛敬轩评云：“此其中有易道焉。”此语极有味。人字等级不同，果为道义之交，彼自能竭忠尽欢于我，何患交之不全？在我深不欲竭之尽之，而彼犹歉然自以为有惭，管鲍也。下此则虽情投意合，而非同心同德，不过泛交一流。我贫彼富，惟恐有无缓急，或致贻累，我狂狷，彼乡愿，且深忧党锢之株连，不至凶终隙末不止也。故曰：以众人望人，则易从躬自厚，而薄责于人，则远怨矣。推而至于宗族亲戚，下及奴仆，无不皆然。敬轩又云：“知其小人，以小人处之则无事矣。”故学问以知人为第一。

《王制》“制：三公，一命卷”节与《周礼》不同。

“太史”节，《周礼》“小史，若有事，则诏王之忌讳，此并言于太史”者，以小史佐太史也。

古者以周尺为步节占地之法，上下相合尽通，但百里所占之地，及三等所余之地，则以百里开方者言；七十里、五十里所占之地，则以千里开方者言。为可疑耳。

七教即五伦，五伦中长幼该兄弟，朋友该宾客，此增出二者，长幼以宗族亲戚之行辈而言，似在兄弟外推出宾客，所该甚广又不特朋友矣，其间相接之宜当详教之。

谚云：春天无烂地，落过即行人。尝举问克轩先生，先生曰："《月令》：其器疏以达。春三月皆然，木主疏通，医书木郁则达之，即此义也。"

仓玉、赤玉、白玉、元玉，顺四时之色服之，当入九散中，非专味也。

"措之于参保介之御间"，《吕纪》"参"字在"于"字上，似优。

藜莠蓬蒿并兴者，孟春行冬令，金克木也，于此可悟后世人材皆乖戾之气，所钟乱日常多非无故矣。

荐鲔，《夏小正》鱼之先至者也，周官献人，春献王鲔，亦如今之荐新然。

名士、贤者古分两途，犹今之文人、正士也。聘者招之来礼，则不可致者不敢屈也。

戴胜，织纽之鸟，取妇人戴首饰，意汉世谓之华胜。

"举长大"如后世之试武生童，然下养壮佼意同。

继长增高，土木之功也，如某树接某树之类，亦一端也。

雩，杜预训"远"，不如郑康成"吁嗟，请雨之义"为切。"吁嗟"二字，于用盛乐亦相关会。

"班马政"如《周礼》"校人"，马质趣，马巫、马牧师、庾人、圉人皆是。

"百螣时起"，即孟夏之蝗虫为灾也，盖不特蝗一端为害亩矣，故加"百"字"时"字。

"伐"蛟，"伐"字重。后世伐蛟之政不举，故夏秋多发洪，害民居田畝。

医书云："有胃气则生毋举大事以摇养气。长养之气，天地之胃气也。而可摇之乎，摇之而民生蹙矣。"

"春行冬令"等，属人说而天即应之，是论其常理。若当蝗虫为灾，而反时和年丰，是天地之变，又当别论，此非吕不韦等所知矣。

秦为水德，汉却黜秦为闰，而自以火德继周，亦有大见识在。朱子云："五代仅有三四年者，亦占一德，此何足以系存亡之数？若以五代当系，岂应黜秦为闰？"此语甚工，五代与秦当以例看。

孟秋行夏令，寒热不节，民多疟疾，可见民间疾病由于人君政令之乖，此丙吉问牛喘之意也，燮理阴阳之任，其可忽乎！

《周礼・龟人》"上春衅龟"，秦建亥，以十月为岁首，故于此行之。

坤月为阳月，恐疑其无阳也，复卦谓之畅月，恐疑其阳之未充于丙也。充实由于收敛，但此时不可发泄耳。

"此以助天地之闭藏也"一句大有味，凡处乱世而务名誉事动作者，即草野之违月令者也。

杨园先生曰：《吕氏・月令》所重大约四五事，曰农政、曰军政、曰赏罚、曰祷祀、祭祀而已，全不及教民之事。其所为教亦不外富强，不及孝弟忠信，于此可观世变与秦之所以为秦矣。汉袭秦，故其间亦有相类者，如祀五帝之类，月令不及会男女事，见当时婚姻之礼之废。

"曾子问宗子虽七十无无主妇"一条，杨园疑娶再适之妇不可以主蘋蘩。愚谓士大夫之家，虽老亦有贫家处女愿嫁老人者，厚其币取之可也，若再适断不可矣。有父娶再醮妻，妻死命，前子服三年丧者，问于张子华皋，华皋曰："父母之所爱亦爱之，至于犬马尽然，而况于人乎。"

愚谓：父娶再醮，子当力谏于前，既娶复生诸弟，而父命之服，则父命不可违矣。况□□律中亦无明文云继母若再适，虽有子，嫡母之子服从轻可也，安得坚执以怼其父乎？程子娶失节配身，是已失节也，此就士大夫素不失节者而言，礼不下庶人，不可以概论也。若是草庐，则正宜娶再醮相配矣，使草庐亦持此论，是同浴而讥裸裎也。

母之父母死婿亦如之，是省笔亦当致命婿家，云女有父母丧，不得嗣为兄弟婿，许诺而弗敢别娶女，免丧婿之父母请于女家，而后娶之可知矣。于此可见古人重父母之丧，而轻妻室必如此，而后七出之条得行，而以妻制夫，受制于妻者少矣。

又“何反于初”句可疑，因大功之丧，而终身不得正夫妇之礼，可乎？除丧而后行婚礼可也。

夫死亦如之，是女亦斩衰而吊，既葬而除之，其更字而嫁之可知矣，不为失节也。故归震川以未婚守节为无耻，张岵瞻则又据女子许嫁缨，既有所属，不当更字人。二说皆偏执，能守是贤者过之，非中庸之道。

近有女死而归葬于婿家者，非礼也。夫女未庙见而死，犹归葬于女氏之党，示未成妇也，况未婚乎？曹操、华歆，岂可取法！

“丧之二孤”节，卫灵公当为出公子游。“问曰”节，鲁昭公当为孝公，昭公三十四丧母。

丧不吊，礼也。《杂记》三年之丧虽功衰不吊，《谷梁》云周人有丧，鲁人有丧，周人吊，鲁人不吊，似以鲁为合礼。

按祭，成人两厌皆备殇，则各举一厌，又与成人之厌不同。《士虞礼》有阳厌，《少牢馈食》礼有阴厌，可考也。

“曾子问”一卷，见精察力行之一班。

“文王世子是故知为人子”一节，杨园先生评云：“此条与上下文不相属。”据愚见，上言善其君，此言周公之所以善其君，不过使之知为人子，为人臣，知事人，故抗世子之法于伯禽耳，文似不属而意自相贯也。

《礼运》“货恶其弃于地也，不必藏于己力，恶其不出于身也，不必为己”四语，学者当时时讽诵，与西铭参看。

“孔子曰呜呼哀哉”一节，《家语》有“言偃曰，今之在位，莫知由礼何也”，十三字起，孔子一叹更有情。

仕于公曰臣，仕于家曰仆，《春秋》必由家臣篮仕，孔门曾、闵所以不仕，然则孔子为高昭子家臣，何也？曰：圣人无可无不可。

“故人皆爱其死而恶其生”句，杨园虽删，然却说得畅，即孟子所恶有甚于死之意，慕守义而死，耻不义而生，此天良也。

“用人之仁去其贪”，朱子云：“大率慈善底人多于财上不分晓。”此句最足警省。

“欲恶者，心之大端也”，此“心”字是人心。若以道心言之，则饮食男女，虽人之大欲，不以其道得之不处也。死亡贫苦，虽人之大恶，不以其道得之不去矣。

人者天，地之心也，此可与仁者人也。观鸡雏可以知仁，参看天地，以生物为心物之内兼人，而人为万物之灵，故民同胞而物吾与此。天地之所以生人，使为物之主也。故曰：人者，天地之心也。

天道糟粕煨烬，无非教也。故曰：天道至教圣人作止语默，无非教也。故曰：圣人至德，然天地力量毕竟大于圣人，天不生圣人，则裁成辅相者谁乎？气化盛衰由于人事得失，亦即天之所以为教也。

“郊特牲”，《语类》论商人求诸阳乐能感人，即如《虞美人草》。闻人歌虞美人词与吴词则自动，虽草木亦如此，不知朱子亲验之耶？抑人云亦云耶？太说得幻，使人不信，此恐是人意中想像如此，遂附会云尔。草因虞美人得名，试问未有虞美人之前，此草先生，竟茫然无知耶？草之异者有独摇草，无风独摇，又有蹑空草、不惑草、望舒草、梦草、醉草、预知草、变书草、指佞草，使传所载不一要，皆不可尽信也。

又云：“先生每见人说世俗神庙可怪事，必问其处形势如何。”此即堪舆之说也，一是地灵，一是人灵，众心成城，千百人邪心倾向，即无形势亦会作怪，况兼形势耶。于此知儒者不信堪舆亦偏，但不可惑，择人任之乃事亲之道，置吾亲骸体于水泉蝼蚁之乡，子心何忍乎？

“内则五日则燂汤”节，程子曰：“请靧请浴之类，虽古人谨礼，恐不如是之烦。”程子亦坐看煞此，犹七日戒三日斋，是古人定则，非烦也。其间进退随时如盛暑，则每日请浴请靧，未始不可。总之宁数毋疏少事长，常患其不友不患，其太过耳。

“子妇孝者敬者”节，用“虚”字写出孝慈委曲处，“虽”字“必”字“姑”字，而“后”字“宁”字“勿庸”字，最宜玩味，子放妇出，犹曰不表礼焉，忠厚至矣。

子不宜其妻，非犯七出也。父母日是善事，我第一出即不犯矣。故重父母之命，殁身不衰，若有大故，不在此例。

桃诸梅诸皆为菹藏之欲，藏必令稍干，故《周礼》笾人谓之干蘳。

“玉藻临文不讳”，上带“教学”二字，则文非官府之文移矣，凡诵读讲贯皆不必讳，虑其避忌反隐本义，遗误后学也。

父言手泽，母言口泽，亦互见。父所饮之杯，圈母所读之书，皆在目瞿心瞿之列，不忍御也。

“圈豚行”当从方氏，“二”字、“如”字读不必上上声，下作卷读也。

“凡行容至玉色”，笔极古，可见古人文字亦有作意处，叠字至十二叠，以一“容”字贯之化矣。

赐鲁得用天子礼乐，使成王是圣人，必无此过举。使伯禽是圣人，亦必固辞不受，上既中主，下为贤侯，各视为礼之固然，不足怪也。天地间尽有憾事，周公制礼而首乱周公之礼，使世享非礼之祀者，即在成王伯禽，所谓义之于君臣，仁之于父子，有命焉。

《礼记》下

税服一说，今亦难行。如先兄没已久而始立后，则所后者自应税服三年，岂有既为之子而无一日之丧者？一友云：“元配无子，继配始有子，已在元配三年丧后，不闻令子税服，则此可断矣。”

《丧服小记》有“同居继父”一节，《檀弓》亦有“公叔木有同母异父之昆弟死”一条，此衰世之变礼，亦可伤矣。父岂可二？后父者，前子之仇也，岂可同财而受其恩泽，又为之服齐衰以报之乎？有父子然后有君臣，此义不明，而乡愿之历事数朝者，接踵于后世矣。

“妾祔于妾祖姑”，朱子亦以为疑，盖妾母不世祭，则永无妾祖姑矣，见《文集·答万正淳书》。

妇人笄不为殇，丈夫冠不为殇，然无立后之礼，古者小宗不立后，未婚无父道，陈氏之说非也。

“妾祔妾祖姑者”三句当删，妾无祔礼，说见前章，况祔女君乎？

婚姻可以通乎？病殷也。虽百世而婚姻不通者，周道然也，美周也。赞叹出之，得夫子从周意。

“少仪事君者”节，重一“然”字，非衍文，当作“惟其然”解。此节与“不竭人之忠”二句参看，事君交友无二义也，从事作任事解，过意为友必欲其事之，成怨与罪必不免矣，此不量之过也。

读《曲礼》内则，少仪知有物必有则，优优大哉之所以然，道之入于至小而无间也，如此。

“是嫂亦可谓之母乎？”偶着一闲句，明名之不可不正耳，却该得后世兄死而以弟继之弊，神哉，文也！

“毋测未至”，卜筮却是测未至，故曰：义欤？志欤？义则可问，志则否义，所当为而时未可行，以卜筮测之，何害？如朱子将上封事，门人谏不听，而季通请以蓍决之是也。

知类通达知之效，强立不反行之验，故曰大成。如赵江汉以九族之仇不欲生，被姚枢曲说，忽然转念偷生，于强立不反，大愧矣。

教子弟不可先与他说功名，亦太执。宵雅肆三，官其始也，但要先与他辨志择君而事，待时而动，不可无立功名之志，不可有慕富贵之心耳。

注疏《钩命决》云：“君暂不臣者，五师也，三老也，五更也，祭尸也，大将军也。常不臣者三，二王之后，妻之父母，夷狄之君。大将军将在外，君命不受之意。妻父母即邦君之妻，君称之曰夫人，重嫡庶之意。夷狄之君惧，启人以好大喜功之侈也。”

“相说以解”，朱子说训解说解，音蟹，谓相证而晓。解，今人作悦乐解，音械，非也。

《乐记》，刘向校书得二十三篇，今《乐记》断取十一篇合为一篇，其间多精微语。子贡之问，必有夫子答语在内，不分界限，故末以“子贡问乐”四字结之，犹云吾闻诸老聃云尔。

乐生于礼，无序则不和，如一家父慈而子不孝，兄恭而弟不敬，则失其序焉。得和同，故凡言乐，处处却以礼字夹写，极有意味。

朱子《乐记动静说》不可不读，见《文集》六十七卷中。

“一唱三叹”，《语类》训一人唱三人和，是作三叹息，非也。

不能反躬，天理灭矣。反躬是回头省察，身体力行，兼知行在内。知之不真，有终身反躬，自谓存天理，而适以丧其天理者矣，学可易言哉。

幽则有鬼神之性情功效，明则有礼乐之性情功效，《乐记》一篇形容出礼乐之性情功效，洋洋洒洒，何等纯粹通畅，此子贡之所以得闻性与天道欤？

天子如此，归重天子，致治之本也，故礼乐必百年而后兴。《大学》序所云："本之人君躬行心得之余，不待求之民生日用彝伦之外。"此礼乐之原也，后世难言矣。

"天高地下，万物散殊"三句，是一个"序"字分殊也。"流而不息，合同而化"三句，是一个"和"字理一也。行即行于高下散殊之间，兴即兴于周流合同之内，此天人合一处，□子以为非孟子以下人所能作其文，如《中庸》必子思之辞最可玩味，首二句与天尊地卑，各正性命话头不同，是言天气上腾，地气下降，天自天，地自地，万物自万物，正在不相混淆处看出"行"字，行犹言布列也，与下"流"字不同。

礼乐通于易，故即以《系辞》"天尊地卑"一节，改入"君臣小大性命"三语，而结之曰："礼者，天地之别也。"下节却以阴阳雷霆风雨四时，结之曰："乐者，天地之和也。"即易之刚柔相摩，八卦相荡，鼓之以雷霆，润之以风雨等也，是申明上"天高地下"一节意。

然后发以声，音节清明，象天以下用叶韵，小大相成以下用一韵，即所谓一唱三叹也。文至此，不自知手舞足蹈矣。

"惟乐不可以为伪"，"伪"字叶上，"英华发外"之"外"与上二句文明叶化神同，或改伪为误矣。

"钟声铿"五节，唯畜聚之臣，解作聚敛，不得容民，畜众是也。

"使之行商容"，"行"非去声，"如"字犹视也，家语作"使人行商容"，即式闾事也，"之"改"人"是。

《杂记》：三年之丧，或遗之酒食，三辞而受之。非谓受之必食之也，当自度其病候之浅深，不至于不食肉，即病进者宁勿食也。

丧中不吊，如有服，往哭服，其服而往。张岵瞻云："以此推之，则居丧而闻母党妻党小功缌之丧，亦当往哭。"又云："师虽无服，然民生于三事之如一，曾子问所云君亲之丧，固有并行不悖者，则居亲丧往哭师，亦情之所不能已，恐不得以不吊一例律之。"

"哭父母有常声乎"节，按：此与《檀弓》"弁人孺子泣"章意异，彼以袭敛之后言，此以始死之时言也。

"姑姊妹"节，朱子答叶味道曰："古法既废，邻家里尹决不肯祭他人之亲，则从宜而祀之别室可也。"

"成庙"节，黄叔阳曰："此章记衅庙衅器之礼，可补《仪礼》之阙。"又《大戴礼》有衅庙文尤详。

诸侯出夫人，使者将命，主人对曰："寡君固前辞不教矣，寡君敢不敬，须以俟命。"何等彬彬有礼！今士庶人有出妻事，必至涉讼，可见古礼之亡，悍妇之凌其夫者日众，夫纲之所以日颓也。

叶味道问叔母世母，故主宗子食肉饮酒。注云："义服恩轻不知，自始死至未葬之前，可以通行，何如？但一人向隅，满堂不乐，服既不轻而饮食居处独不为之节制，可乎？"朱子曰："礼既无文，不可强说，窃意在丧次，自当如本服之制，归私家则自如，其或可也。"

衣十有九称，见《朱子文集》六十二卷。小敛衣十有九称，大敛衣君百称，大夫五十称，士三十称，可见古棺制之宽，能容此衣，衣足以周身，棺足以周衣，皆是无使土亲肤之意。凡陈衣絺绤苎不入，苎麻属不陈，或不以敛，或仅作衬衣，即此可验敛以时服之非。

“君裹棺”节三“绿”字，据张氏皆当作“缀”。缀者，缀绘于棺也。错即今漆工所用灰屑也，下实于绿中。绿同旧注，非。

“王政入于国”数语，此后儒附会之说，以便季世夺情之私，非礼也，徐氏云。

“期居庐”节，伯兄注云：“《仪礼》齐衰期杖者四条，不杖者一十二条，大功布衰九月，长殇八条，成人服十六条。”

问：“小功缌独无明文，其义安在？”朱子曰：“《礼记》无文，即当自如矣，服轻故也。”见五十八卷《文集》。

问妇丧母，既葬而归。《丧大记》云：“既练今误，归之月可补填乎？”朱子曰：“补填如今追服，意亦近厚，或有不便归而不变其饮食居处之节可也，衣服则不可不变。”

“三采一贝”，《既夕礼》云：“齐三采无贝。”注云：“士以上有贝三采。”郑氏云：“上朱、中白、下苍。”与陈注“绛、黄、黑”不同。

“士葬用国车”，“国”字误。陈注为“辁”，亦非。阙疑可也。

祭法：幽宗、雩宗。“宗”皆当为“禜”，郑注是。

王肃以祭时至水旱为六宗，蔡氏书传亦从之，注疏并以《周礼》大宗伯、星辰、司中、司命、风师、雨师为六宗，详见《通解》。

庙制与王制不同。朱子曰：“恐王制为是。”

程子曰：“配上帝必以父，宣王祭上帝亦以厉王。虽圣如尧舜，不可以为父；虽恶如幽厉，不害其为所生。故祭法言有虞氏尊尧，非也。如此则须舜是尧之子，苟非其子，虽授以天下之重，不可谓舜之父也。如此则是尧养舜为养男也，让禅之事蔑然矣。”又云：“祭法夏后氏郊鲧节，皆未可据。”

伯见云如欲色，然顾宁人从郑不从王，徐、陈注皆非也。

“夫妇斋戒沐浴”下，当有“盛服”二字，徐、陈本皆无，非也。

伊川云：“《礼记》多有不纯处，如至孝近乎王，至弟近乎伯，直是可疑，如此则是王无兄，伯无父也。”

《易》抱龟南面，当言抱蓍，而日龟以卜该筮也。按，筮仪，筮者北面，主人西面，与《仪礼》同。

如惧不及爱，然畏其不及见爱于亲，如语焉而未之然。如亲语，已而又恐其未必然，此徐说，是注疏不及也。

周人祭日，以朝及暗，解暗为日落，非也。杨园《备忘》三卷十六页有辨：“日初出而未明，谓之暗。”

古人须论世，即鬼神亦须论世。有道之世，其鬼不神。后世邪人多，邪鬼亦多。众生归土，骨肉毙于下阴为野土，其发扬为昭明，焄蒿凄怆者，岂无仁人、孝子、忠臣、烈妇？而正不胜邪，寡不敌众，谕今日之鬼神，邪为常而正为变，气为官而理为鬼，宜其野庙之精灵，祷祀之荒忽，以及湖海之风涛，百怪有不可穷诘者。噫，此亦鬼神之厄也！

余在扬，一客述黄陶庵先生后人欲应试，家祠中木主作咄咄声，此天地之正气也。

大孝尊亲。身为圣贤，尊其亲为圣贤之亲，过于王侯矣。其次弗辱狷者有所不为也，若既为其所不当为，辱亲甚矣。而犹自居于圣贤，乡愿中之极无耻者也。

曾子养志而自居于能养，盖自反谕亲于道。终有欠阙不能化狂者，而为中行便，非尊亲，此孝子之隐衷也。

“祭统，贤者之祭节，非世所谓福也”句，点醒人极吃紧。世所谓福，不过富贵而已。不知不义之富贵，此祸而非福也，不求其为，所谓无所为而为也。

武宿夜，武舞之曲名也，其义未详，以意度之，即斋宿之义象，临祭之诚也。

友人列其祖行状，请予立传。其祖业织工，予直书其事，不为之讳者，业织而不忘诗书，正所谓称美不称恶也。

杨园先生评曰：“悝之鼎铭，诬而已矣，故以周公正之明，必有德善勋劳庆赏声名。如周公乃可当此而不耻也，彼悝者，奚足著后世重国家哉。”

程子曰:“《礼记•儒行》经解全不是。”因举吕与叔解云:“《儒行》夸大之语，非孔子之言，然亦不害义理。”先生曰:“煞害义理，恰恨《易》便只洁净精微了却，《诗》便只温柔敦厚了却，皆不是也。”伯兄云：“观此，则《集注》载黄氏说亦未当。”

“霸王之器也”，杨园改“霸”为“帝”，下节“敬让之道也”，上增“礼者”二字。

哀公问不闭其人，当从《家语》，不闭而能久。伯兄云：“事天不言孝子，成身不言仁人，可以互见，不必如徐注添入孝子。”

“孔子闲居，天有四时”节，无非教也，是无物不有。孟子云：“一治一乱，是无时不然。”有衰周而后有秦，有秦而后有两汉，有汉而后有魏晋，□□□有唐宋元明，□□无非教也。今人但知横看，不知竖看，故眼界小。天地岂有私乎？清斯濯缨，浊斯濯足矣，自取之也。士之生其时者，命也，有性焉，君子不谓命也。

坊记“坐羊坐犬”，字法妙，如《春秋》传里“粮坐甲”之“坐”，即不畜牛羊意。

“民犹自献其身”句，“献”亦字法，以夫妇通于君臣，可耻者多矣。

死民之卒事也，伯兄注云：“《家语》第四十三篇有云：‘死人卒事也，敦以慭我从周祔祭神之始事也，周以戚，吾从殷。’”

《表记》“与仁同道”，朱子云：“说得太巧，失于迫切。”

石梁王氏曰：“‘义道以霸’，非孔子言，‘夏道尊命’一章亦然，‘事君’大言八节，远而谏句同。”

“缁衣，小人毒其正”，“毒”字写出小人仇正人之情状，不曰好名，则曰伪学，不曰怪魁，则曰腐儒，盖不特娼嫉以恶之而已。

刘氏曰:“今祭公解，乃谋父疾，告王之词，则叶公。”叶氏误，冯氏曰此篇多依仿圣贤之言，而理有不纯，义有不足者多矣。

“奔丧三日五哭卒下，当有至于家入门”等语，盖阙文也。《杂记》上篇有云“闻兄弟之丧大功”，以上见丧者之悲，而哭与此不同意，彼亦谓齐衰而降服大功者耳，伯兄云。

问丧一唱三叹，文情凄楚，昔在丧次，读之涕如泉涌，今三复亦为沾涕，此至文也，三年问一篇亦然。

“服问”，伯兄注云：“按：礼家虽有凡小功以下为兄弟之文，然称外祖父母从母为外兄弟，恐终未安，阙之可也。”

“传曰”一节，上是出母，出母无服，况母党乎？故以继母之党为母党而服之，若嫡母死，则母党之服自在，故不必复为继母之党服之。旧以其母为出母，大误。

朱子《答黄惠卿论修礼书丧服义》云：“恐当以三年问一篇为首，盖其言所以制服行丧，出于人情之实。”最为明切，又包三年以下期功皆尽。

十年前在德蕴堂习投壶，因检《朱子文集》六十八卷《壶说》与席中友观之，酒后草一手卷，今主人为古人，遗书并不可问，况壶矢乎？噫，雅集因不多得也！矢以柘，若棘毋去其皮，彼时削竹为之非也。

程子曰：“《儒行》之篇，此书全无义理，如后世所谓夸大之说，观孔子语言有如是者否。”李氏曰：“《儒行》非孔子言也，盖战国时豪士所以高世之节耳，其条十有五，然旨意重复，要其归不过三数涂而已。一篇之中虽时与圣人合，而称说多过。”或曰：哀公轻儒，孔子有为而言，故多自夸大，以摇其君。此岂所谓孔子者哉。

《昏义》“舅姑共飨妇”上“厥明”二字疑衍，按：《仪礼》：“馈飨同日。”

《昏义》一篇，“顺”之一字尽之，“家可长久”四字是点睛处，妇不顺则家道立败，何以为治国平天下之本？然其初要在择姻，在古有七出，今不行，所系尤大，不可忽也。东邻不孝妇，家尚有田，致舅咽絮而没。此犹农家一友，课蒙能诗，妻悍不养舅姑，不能出，终身受制于内，可伤也。近世事不堪见闻，多类此，悲哉！

赵恭父问《仪礼·乡饮》，只是乡大夫兴其贤能，而以礼宾之，不知说礼者何取于党，饮而记为是义据。郑注云，汉郡国以十月行此饮酒，盖取党正之说。然则自乡饮酒之礼，而下岂自成一章之文，乃世儒述其所以有取于党正之义，而因附益之耶。朱子曰，此无他义，只是作记者并举之耳。

六十长十年坐五十者，立侍六十至九十仅增一豆，总见古人因时制宜，毫发不苟处。

《语类》八十七卷论乡饮酒拜至拜洗等甚详。

人祸隐对天灾，不失礼而得祸者由于天，失礼皆人自取，故曰君子所以免于人祸也。

“射义曾孙侯氏”以下八句，疑狸首篇文。

朱子曰，不在此位也。吕与叔作岂不在此位也，是后看《家语》乃无不字，当从之今音否亦合。

“问燕义首载庶子官”一节未详，据文势，恐当以诸侯燕礼之义为篇首，而置庶子官于篇末，乃成文耳。朱子曰，当如此。

“丧服四制其恩厚”节，按：此与《仪礼》“传曰父至尊也”稍异。徐注云，君字兼天子诸侯及卿大夫有地者而言。

孔子既祥，五日弹琴而不成声。祥之日鼓素琴，非也。

“资于事父以事母”节，当在“权制者也”之下，自为一章，则无先儒节制权制之疑矣。

张子曰，今制父母丧皆三年，则家有二尊矣，而无嫌乎，处今之宜，服齐衰一年，外以墨衰，终月算庶，可合古之礼，全今之制。据愚见，父在为母，依此行之；若父亡而母没，从今制可也。

而慈良于丧，伯兄云，“慈”字未详，疑衍文也。（附录《杂识》中摘附。）

为人后重祖也，而矍相之圃，乃与贲军之将，亡国之大夫，例不许人，何也？疏曰：为人后者为之子，则为所后斩衰。为生父母期，舍其亲为人后，非人子之所欲，特以大宗无后。族人以支子后之，迫于大宗族人之命不得已也，有所利之而与求焉。是与为人后者见利而忘亲，此君子之所不取也。世有以大宗后小宗，托名于爱，继利其财而袭之，甚至讼之官戕，贼其应继以为快者，贲军亡国之俦之并不如矣。

《大戴礼》

其心不买，字法妙，无所为而为。

《夏小正》笔奇，于《月令》偏于琐屑累坠处见长，此古人作意文字也。

《盥铭》，朱子以为似船铭，似不切题，然正古人朴处盥所贮者，水即就水能溺人垂戒，不如后人纤巧作咏物诗也。《机铭》以言行君子之枢机为主，故说口而三口亦奇，他如带之火灭修容户之风，至摇摇弓之屈伸废兴，可谓尽致矣。

银手如断，奇语，《小戴》所未有。“楣机宾荐不蒙”，亦不犹人四代。一篇中如群然、戚然、颐然、罣然、渊渊然、齐齐然等，运用十六“然”，好奇极矣。

汉后主庸暗，与孔明无问答，窃意鲁哀亦然。大、小戴不过拟作孔子对鲁哀讲道论政，如今人制义耳，但制义有文公章句为范围，故不走。作二戴时无人主持，不过剿袭仿佛，故醇疵间出，不足怪也。

《仪礼》

先伯兄尝言，《仪礼》于诸经最难成诵，昔陆稼书先生曾录正文小册，出入怀袖，甚至谒客阍通刺，主未出即把读，前辈勤勉若此。此卷先兄从旧本抄读，附以诸儒论说，亦间缀注语，后嗣有志其实之勿轻假人。丁巳夏为慕迂点经传通解书于故园之听泉山舍。

《仪礼》周之旧典，汉高堂隆生所传。此外文有三十九篇，河间王献之遭巫蛊，仓促之难，竟不施行，今亡矣。

韩文公云，余尝苦《仪礼》难读，又其行于今者益寡，凇袭不同，复之无由考，于今诚无所用之。然文王、周公之法制粗在，于是孔子曰：我从周，谓其文章之盛也。古书之存者，希矣。百氏杂家尚有可取，况圣人之制度耶？于是掇其大要奇辞奥旨著于篇，学者可观焉。惜乎吾不及其时，进退揖让于其间，呜呼，盛哉！

朱子《答应仁仲》曰，前贤常患《仪礼》难读，以今观之，只是经不分章，记不随经，而注、疏各为一书，故使读者不能遽晓。今定此本尽去此诸弊，恨不令韩文公见之也。

《答潘端叔》曰，《礼记》须与《仪礼》相参通，修作一书，方可观中间。伯恭令门人为之近，见“路德”章编得两篇颇有次第，然渠辈又苦尽力于此，反身都无自得处，亦觉枉费工夫耳。

《答陈才卿书》云，礼乐是一大事，不可不讲，然亦须看得义理分明。有余力时及之乃佳，不然徒敝精深，无补于学问之实也。此书虽难读，然却多是重复伦类。若通则其先后彼此展转参照，足以互相发明，久之自通贯也。

《朱子文集续集・答马奇之书》论正父修礼，在卷四第廿八页，卷卅八《答季章论修礼》有二篇，礼书异时必有两本，其据《周礼》分经传，不多取国语杂书迂僻蔓衍之说，吾书也。其黜周礼，使事无统纪，合经传，使书无间别，多取国语杂记之言，使传者疑而习者蔽，非吾书也。偶读谩记末条，因读余正父修礼而书。

又《答李实之书》论祭礼篇目次序云，礼书缘迁徙烦扰，又城中人事终日汩没，不得工夫照对，所编甚详，想多费心力。但以王侯之礼杂于士礼之中，不相干涉，此为大病。又所分篇目颇多，亦是一病。今已拆去大夫以上，别为《丧大记》一篇。其间有未及填写处，可一面令人补足。更照别纸条目整顿诸篇，务令简洁而无漏落乃为佳耳。修定之后可旋寄来看过，仍一面附入音疏，速于岁前了却，亦是一事。盖衰老疾病，旦暮不可保，而罪戾之余又未知，所税驾兼亦弄了多时。人人知有此书，若被此曹窃害胡写两句，取去烧了。则前功俱废，终为千载之恨矣。明州书来亦说前数卷已一面附疏，王朝礼初欲自整顿。今无心力看得，已送子约托其校定，仍令一面附疏，彼中更有祭礼工夫，想亦不多，若伯丰实之能便下手，亦只数月可了。但《仪礼》只为士大夫祭法，不可更以王侯之礼杂于其中，须如前来所定门目，别作庙制九献及郊社诸篇，乃为尽善。（已再条具寄之矣。）幸亦时为促之，兼得岁前了当为佳，荣霤之说，别纸奉报，可更详考，便中报及也。

朱子札云，《仪礼疏义》已附得《冠义》一篇，今附去看家乡邦国四类，已附明州诸人依此编入，其《丧记礼》可便依此抄节写入。只《觐礼》一篇在此须自理会，《祭礼》亦草编得数纸，不知所编如何，今并附去可更斟酌。

此已了得《王庙礼》通前几三十卷矣，但欲将《冠礼》一篇附疏，以为诸篇之式，分与四明、永嘉并吕子约与刘用之诸人，依式附之，庶几易了。适已报与子约，或就令编此一篇，或直卿自为编定此一篇，并以见寄，当择其精者用之。此本已定，即伯丰宝之辈皆可分委也。

礼书附疏须节略为佳，但勿太略。

礼书须直卿与二刘到此，并手料理，方有汗青之日。老拙衰病日甚于前，目前外事悉已弃置，只此事未了为念。向使只如余正父所为，则已绝笔久矣，不知至后便能践言否，予日望之也。

《与黄直卿》曰，前书所说，且从闽宰借人，先送定本，如可用之，岁前能上否？渠送得《冠礼》来，因得再看一遍，其间有合修处尚多，已略改定。（如前书入名器篇却移不得。）及重篇得《冠义》一篇颇稳当。然病衰精力少，又日短，穷日之力只看得三五，假如此，若非趱促工夫未成了绝也。

《答蔡季通》曰，所需《仪礼》殊非急务，且其本只两卷余，是先人点，其后乃某续点，此更欲详考，则已惮其字小而不敢读矣，恐亦不能无误，不足传后也。

陈白沙先生《与潘舜弦札》曰，《仪礼》一书讹缺板多，经先生与黄大理手校便为完帙，野人平生际遇未有如此奇者，敢不拜赐。空山深夜，兀尔一榻，抚卷即如对面，耿耿达旦。

余廿岁时在姚蛰庵先生馆，问及《仪礼经传通解》。先生叹云，今天地间只有旧本一部，紫云得之。何求老人刻此书，时或云，此书多讹舛，若请湖州严颖先校订一年发刻乃佳，不过十二金馆谷耳。何求云，坊中正少此书，印行差一年少一年生息。事遂寝，真可惜也。

《士冠礼》（一千八百九十八字。）

主人退，宾拜送，宿赞冠者，一人亦如之。“宿”字吕本作“宾”。

宾升则东面下。吕本即列“屦夏用葛至德屦”一段。

覆之面叶，叶柶大端也，建柶兴。“建”一作“揵”，一作“扱”，吕本作“捷”，疑误。

爵弁。吕本作弁，误。康成云，“加俎哜之”，“哜”当为“祭”字之误。朱子从陆氏如字读。

《士昏礼》（二千五百七十三字。）

宵衣读为诗，素衣，朱绡之绡。

问，婿北面而拜，主人不答拜，何也？朱子曰，乃为奠雁而拜，自不应答拜。

古文“郤”为“络”，会合也。谓敦盖骨体正脊从俎举向口，因名体为举。

“说服于房”，今文“说”皆作“税”。“北止”，古文“止”作“趾”，妇移立，“移”读为“疑”，然从于赵盾之疑。

问，《仪礼》中礼制可考而信否？程子曰，信其可信，如言《昏礼》云问名纳吉纳币，皆须卜，岂有问名了而又卜，苟不吉事可已耶，若此等处难信也。

“弟称其兄”，吕本“弟”下有“则”字。“婿入东门”，吕本有“面”字。

《士相见礼》（七百五十三字。）

荤，古文作薰，今无还贽之仪，古人奉挚送贽，还挚再请，乃受之。若吴康斋因其不肖而还贽于数年之后，今恐难行矣，揆之于礼，恐亦非绝交，不出恶声之意也。

《乡饮酒礼》（二千六百三十八字。）

遵者，今文“遵”为“僎”。

朱子曰，亲亲，长长，贵贵，尊贤，皆天下之大经，固当各有所尚，然亦不可以此而废。彼故乡党虽尚齿，而有爵者，则俟宾主献酬礼毕，然后入，又席于尊东，使自为一列，不为众人所压，亦不压却他人，即所谓遵也。如此则贵贵长长，各不相妨，固不以齿先于爵，亦不以爵加于齿也。

宾服，乡服，以拜赐。吕本无上“服”字。介俎脊胁肫胳肺，朱子删“肫”字。

《乡射礼》（六千六百四十五字。）

坐挩手，古文“挩”作“说”。某御于子，古文曰，某从于子豫则钩楹内，今文“豫”为“序”，胜者先升，升堂少右，一本少一“升”字。适左个中皆如之，一本皆作“易”。司射命谓丰，谓丰实解如初，吕本无下“谓丰”二字。

宾与大夫坐反奠于其所，一本无“坐”字。注云，古文曰反坐。

朱子记乡射疑误，见《文集》七十卷。遂宾之宾觯以之主人，“宾”吕本作“实”，误。

朱子记永嘉《仪礼》误字，横而奉之，“奉”讹作“举”。上个最上幅也，“个”音“干”，射侯舌也。

《燕礼》（三千二百二十三字。）

媵觚于宾。媵，送也，读或为扬。扬，举也。今文“媵”皆作“胜”，误。大师告于乐正曰，吕本无“于”字。其牲狗也，吕本无此句，误。

宾为苟敬。苟，且也，假也。《聘礼》注云，苟敬者，主人所以小敬也，此古人字法朴处。

凡荐与羞者，吕本无“与”字。

《大射礼》（六千八百九十字。）

参七十，干五十。“参”音“糁”，“干”音“豻”。

太史在干侯之东北。吕本“史”作“夫”，“干”作“于”。

主人卒洗，宾揖升。注疏“揖”下有“乃”字，四人瑟，一本无“人”字。上射降三等，吕本“三”作“二”。司射东面于大夫之西比耦，吕本“比”作“北”。相揖退，吕本“退”上有“还”字。司射遂袒，吕本无“遂”字。洗升实觯，“实”作“宾”。

《聘礼》（五千二百八十余字。）

二竹簋方，“簋”一作“簠”。礼请受宾固辞。郑注，固，衍文；秅，音茶，《周礼》作“秺”。

辞曰，非礼也；敢对曰，非礼也。“敢”一字句古极。复见之以其挚，吕本“之”作“讶”，恐误。

注疏“又拜送”三字，在“寡小君拜”下。

《公食大夫礼》（一千七百五十三字。）

设扃鼎，今文“扃”作“铉”。《易》鼎玉铉，古读为“扃”，二字本通。

入陈鼎于碑南南面，吕本失一“南”字。众人胜羞者，胜，“媵”之讹也。

介迎出宾出，吕本“迎”作“游”。簋实实于筐，筐，吕本作“筐”。

《觐礼》（八百四十四字。）

升成拜乃出，“出”一作“退”。四享，“四”当为“三”。伯兄记云，卓上，卓读“如卓王孙”之卓。卓，犹的也。

设几侯于东箱，吕本“设”作“记”，“侯”作“俟”。奠圭于缫上，《经传通解》无此五字。

《丧服》（四千四百二十八字。）

朱子《君臣服议》见《文集》六十九卷。

传曰，为父者何以斩衰也。一本无“者”字，一本无“也”字。

菅屦。疏，“屦”今不可考。今略以轻重推之，斩衰用今草鞋，齐衰用麻鞋，可也。麻鞋，卒伍所着者。

则生养之终其身如母，“如”字吕本作“慈”，误。传曰，世父叔父。吕本无“世父”二字，讹。持重于大宗者，吕本无“于”字。

夫死而嫁，固为失节，然亦有不得已者，圣人不能禁也。则为之制礼以处其子，而母不得与其祭焉，其贬之亦明矣，伯兄记。

“丈夫妇人为宗子”段，传曰，何以服齐衰三月也。一本无“服”字。故子生三月，则父名之。一本无“则”字。

伯兄记云，郑注，此不□即实为妾，遂自服其私亲，当言其以明之。“齐衰三月”章曰，女子，子嫁者，未嫁者为曾祖父母绖，与此同，足以明之矣。传所云，何以大功也，妾为君之党服，得与君同，文烂在下耳。朱子此段自郑注时已疑传文之误，今考“女子，子适人者，为父及兄弟之为父后”者，已见于“齐衰期”章，“为众兄弟”又见于“大功”章，虽伯叔父母姑姊妹无文，而独见于此，则当从郑注之说无疑矣。

“即葛五月”者，一本无“者”字。“庶孙之中殇”，“中”当作“下”。

张岵瞻曰，庶子为生母服，有天子、诸侯、卿大夫、士庶之等焉，有父在父不在之分焉，有为父后不为父后之别焉，有适母在与不在之殊焉。

韩文公有《改葬服议》，可参考。

“幅三袧”，疏云，一幅凡三处屈之适辟领也。朱子曰，此“辟领”是“辟积”之义。

《士丧礼》（三千三百九十六字。）

“受用篋”，“篋”一作“筐”。“升降自阶西阶”，一本多上“阶”字。

不绡，陆稼书曰，凡所陈之物少一行可陈讫者，则只须言南上北上，不须言绡不绡；若物多一行陈不尽，须两行三行者，则必言绡不绡；假如南上之物第一行从南至北，第二行仍自南至北，则谓之不绡；若一行从南至北，第二行取便即从北至南，则是绡，萦收绳索之喻最切。

古文“捚”皆作“振”，误。

“自饭持之”，“饭”，大擘，指本也。“久之”，“久”去声，贾久塞义。古人用字细密如此。

“四鬄”，今文为“剔”。郑氏，“鬄”，解也，四解之殊肩髀也。按，“鬄”与《礼运》“捭豚”之“捭”义仝借鬄，非是。捭，擘析也。

“抽扃予左手”，古文“扃”为“铉”，今文“予”为“与”。“乃朼载载两髀”，吕本少一“载”字。

“祝爱巾巾之”，下“巾”字去声。“毼豆”，注疏，“豆”作“鬲”，吕本同。“祝负墉南面”，郑注云，祝，南面。“房户东”，今本刻作“房中者”误。

哀子某来曰，某卜葬某父。注疏无第二“某”字，吕本作“葬其父”，讹。

卜宅如初仪。宅，吕本作“择”。

《士虞礼》（二千七十九字。）

簟巾在其东。“巾”吕本作“布”，注疏同。

祝俎惮脰。“脰”吕本讹作“短”。冬用苴。吕本作“荁”，荁，堇类。

大夫士于黍稷之号合。言普淖而已，此言香合，盖记者误耳。辞次黍又不得在荐上。

馔笾豆脯。“馔”吕本作“饯”。佐食授哜。吕本缺“佐”字。

圭为而哀荐之飨。圭，洁也。《诗》曰，告圭为饎。张尔公云，蠲有圭音。

大夫士无云脯者，今不言牲号而云尹祭，亦记者之误也。

《**特牲馈食礼**》(三千四百五字。)

出立于户西南面。吕本失“户”字。众宾长自左受旅。吕本失“自”字，元端元裳。吕本失“元端”二字。

内宾立于其北，东面西上。吕本“西”作“南”。

《**既夕礼**》(二千五百一十六字。)

皆木桁久之久当为炙，与考工庐人至诸墙之炙同义。致命如初，吕本作“将命”。枣糗，吕本从木，讹。

读赗注荣其多。陆稼书曰，愚谓不然，是欲人知其中无他物，不过是用器役器之类。此是古人防患之意。

《檀弓·下》记国昭子之母死一假男女之位宜参看。

御者四人皆坐持体，男女改服，一本无下四字。

冢人物土卜日吉。“日”一作“曰”。

主人降即位彻乃奠，升降自西阶。吕本无“降”字。稿车，今文稿为“潦”。抗木刊，古文“刊”为“竿”。

亦张可也，吕本作“可张”，讹。

《**少牢馈食礼**》(三千九百七十九字。)

“示主人”至“如初”五十字，吕本失刻，注亦系后九页。疏：如筮日之礼。“礼”一作“义”。

用荐岁事，吕本“荐”讹为“脡”。脊一横脊一，吕本失下三字。

加二勺于尊，一本“勺于”下有二字，吕本失“授尸坐取簟兴”以七字。

醯醢，吕本从左，误。“羸醢”作“醢”，讹。上佐食兼句尸受同祭，吕本“同”字在“受”字上。

上佐食受加于肵，稼书疑衍一“上”字。

来如孝孙，“来”读曰“釐”。宾户西北面，吕本“户”作“尸”。

《**有司彻**》(四千七百九十字。)

肩臂肫，吕本“肩”作“胁”。豕脅臂一，吕本“豕”作“分”。

侑坐左执爵，吕本“左”讹“在”。其祭糗，吕本“其”讹“共”。

主人降洗觯，主人实觯。“觯”吕本皆作“爵”，“主人至一拜”廿三字，吕本失刻。宰夫执荐以从，吕本“荐”讹“爵”。司马羞湆上，吕本重“出受爵”至“答拜”十四字。受三献爵，吕本无“爵”字。

古文“觯”皆为“爵”，延熹中诏校书定作“觯”。

次宾羞燔如尸礼卒爵主人受爵，“人”字吕本作“妇”，是遂饮卒爵拜尸答拜，吕本“尸”讹“乃”。羊臑豕折，吕本“臑”讹“绵”。祝出立于西阶上，吕本“上”作“下”。

按，《朱子年谱》六十七岁始修礼书，名曰《仪礼经传通解》。先是具奏欲乞修三礼，曰，遭秦灭学，礼乐先坏，汉晋以来，诸儒补辑，竟无全书，其颇存者，三礼而已。《周官》一书固为礼之纲领，至其仪法度数则《仪礼》乃其本经，而《礼记》《郊特牲》《冠义》等篇，乃其义说耳。前此犹有三礼，通礼学，究诸科，礼虽不行，而士犹得以通习而知其说。熙宁以来，王安石变乱旧制，废罢《仪礼》而独存礼□□，科弃经任传，遗本宗末其失已甚。而博士诸生□□过采其虚文以供应举，至于其间亦有因仪法度数之实而立文者，则咸幽冥而莫知其原，一有大议，率用耳学臆断而已。若乃乐之为教，则又绝无师授，律尺短长，声音清浊，学士大夫莫有知其说者，而不知其为阙也。故臣顷在山林，尝与一二学者考订其说，欲以《仪礼》为经，而取《礼记》及诸经史等书所载有及于礼者，皆以附于本经之下，具列注疏。诸儒之说略有端绪，而私家无书检阅，无人抄写，久之未成。会蒙擢用学徒分散，遂不能就钟律之制，则士友间亦有得其遗意者。窃欲更相参考，别为一书，以补六艺之阙，而亦未能具也。欲望圣明特诏有司，许臣就秘书省关借礼乐诸书，自行招致旧日学徒数十人，踏逐空闲官屋数间与之居处，令其编类，可以发其废坠，垂之永久，使士知实学，异时可为圣朝制作之助，则斯文幸甚。会去国，不及上。

七十一岁，先生捐馆，诸生入问疾，因请曰：“先生之疾革矣，万一不讳，当用书仪乎？”曰：“疏略。”“然则当用《仪礼》乎？”乃颔之。送终诸事皆用遗训焉。嗟乎，牛角山河岂备物尽文之世，而先生以书仪为疏阔者，以身为教，使门人服行之，示古礼之可传而已。先生没时，岂料庆元嘉泰不数十年，即为咸淳德祐乎！

附录

《仪礼续》二十八卷，“诸侯无故不杀牛”一条，疏引内则曰，见子具视朔日。注云，天子太牢，诸侯少牢，大夫特豕，士特豚，是常食有限，不得逾越。按，内则并无此六字，但云凡接子择日，冢子择太牢，庶人特豚，士特豕，大夫少牢，国君世子太牢，其非冢子，则皆降一等。此就接子言非常食也，荒谬至此，晚村何以不校正耶？

《仪礼经传》注解太重复，中有经传四五，见者则当注云，注疏见某卷某条下足矣，今乃段段复载，徒使观者烦，数生厌耳。此勉斋先生太小心处，晚村刻时，肯从姚公攻玉言，请严子颖生校对，则必无今日舛错之患矣，惜哉！

《士昏礼·问名》疏，言主人对宾以女名。然其请辞曰，某既寿命将加诸卜，敢请女为谁氏？注云，谁氏者，谦也，不必其主人之女。疏又云，谦不敢，必其主人之女，或是所收养外人之女也。盖名有二种，一者是名字之名，三月之名是也；一者是名号之名，若以姓氏为名之类也。故本云，问名而云谁氏者，妇人不以名行，不问三月之名也。《昏仪》疏又云，问名者，问其女之所生母之姓名，故昏礼云为谁氏，言女之母何姓氏也。两说不同，据愚见，古人防微杜渐，俗情更变，或本许长女，而易以次；或先许嫡女，而充以庶；或兄弟姊妹之女，而号为己女；甚至异姓冒宗良贱幻身，种种不测，故问名之礼慎始，特重“为谁氏”三字。必兼二说，盖问生女之母何姓氏，及所生之女何名，可以辨其嫡庶也。若专问母何姓氏，则一母生数女，又何以定其孟季哉？所谓妇人不以名行者，统生平而言耳。女子许嫁缨，示有所系也，名不出梱而独通于所，天亦何嫌乎？

四书质疑

《论语》上

学而

四书唯《孟子》易看，次之《大学》，次之《中庸》，唯《论语》极难看。圣人之言浑沦，极平淡处极精深，极严密处极从容，若久久体会，见得意味，可以变化气质。朱子云：“孔子大概使人优游餍饫，涵泳讽味；孟子大概是要人探索力讨，反己自求。”

《论语》亦说心。如从心所欲，其心三月不违仁，是明说；三畏、九思、克复、敬恕等，是暗说。但不似孟子单提直指，频频唤醒耳，后来有求心之病，亦是天地间自然流弊。在孟子时，不得不说，与孟子无罪。孔子不说心，教人低头切实去做，自然悟得，然后来便成行不著、习不察的流弊。孟子说心，教人察识扩充，从源及流，后来又成了遗弃事物、单求本心的流弊。程子所谓扶醉汉，真是无可如何。总之圣道不行，世教不修，孔孟穷而在下，空言补救，安能转移气数？为之浩叹。

论著书，先有《论语》，而后有《大学》；论读书，先看《大学》，而后看《论语》。其实传十章，则成于曾子之门人；而经一章，则夫子十五志学之后，身体力践，早已得诸心而笔诸书矣。后来凡弟子来学者，便以此一篇教之。故《学而》一篇为入道之门，诸弟子便将时习一章冠首，开口但说学，而不详为学之方。盖大家晓得是明德新民之学，不必详说，只要时时格致诚正修而已，故此“学”字与“吾十有五而志于学”之“学”同。

《学而》一章冒二十篇。孝弟一章是法，巧言一章是戒，三省一章总论学，第五章即入道国由体及用、内圣外王之学也。然亦止论存心，不脱务本意；至为政，则政、刑、德、礼便扩充说去。此记者之次序。

“学而时习之”一句，不特贯一章，直可该二十篇，直可包括天下万事。然仙家导气，和尚打坐，亦是无间断，故总注标一“正”字，此朱子之防微杜渐也。不然，清净无为，明心见性，亦自以为先觉，自以为复初，何尝不说不乐，不俨然君子乎？

此说从苦难中得来，故其滋味厚而永。若稍稍穷究，稍稍践履，便欣然自谓有得，此失之浅躁，味薄不久也。“说”字须看得切实平淡。异端亦有说处，却矜张作弄，一向空去，盖不从致知力行得来，说其所说而已。

为天下得人者，谓之仁。人性皆善，君子之于天下也，无不欲其入于道，信从者众，或为一乡得人，或为一国得人，或为天下得人。虽乐之浅深，因所来之朋以为浅深，其为乐则一也。“乐”字源头，从万物一体生来。

异端亦有朋来而乐者，亦有不知而不愠者，其分界只在第一节，故总注归到正熟深不已上。

杨园先生讲人不知，不必外人，只一家父子兄弟夫妇间，有多少气闷处。此是经历过来，深知不愠之难，故能见到此。

不愠非泰然置之也，盖不以是动其心，而少间其时习之功也。若说因此倍加修省，是始学之事，非成德之境。第二章便接有子，第四章便接曾子。程子说《论语》成于有、曾二子门人，即此可证。巧言章特因上章论仁，故列于曾子之前。

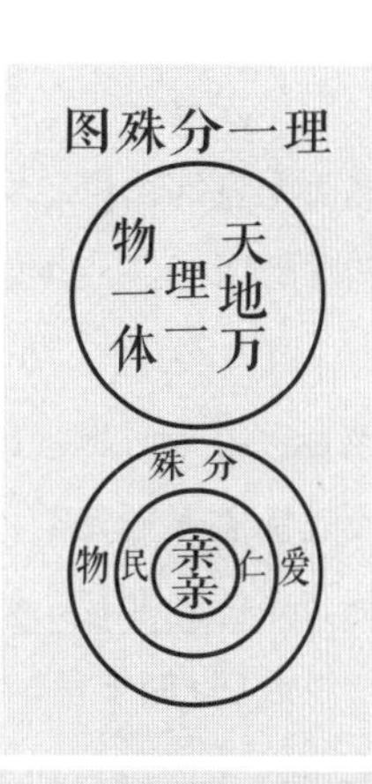

两“孝弟”微有不同：上“孝弟稍浅”，下“孝弟”方尽得《章句》“善事”二字，不得因若上文句，看做一样；《讲义》说完全二字，最好。

和顺对忤逆。看今人在父母前，一种自主自张，乖戾气象，早把爱之理的根斩断了，更从何处推起？古人小学，先要养得他气象好耳。

“为仁之本”，“本”字作始看，故注不曰根，曰犹根。“犹”字，沈诚庵先生加双圈，极有意。仁为孝弟之本，本字如核中之仁；孝弟是行仁之本，本字如出核之芽，渐渐长出，已生支杆者。

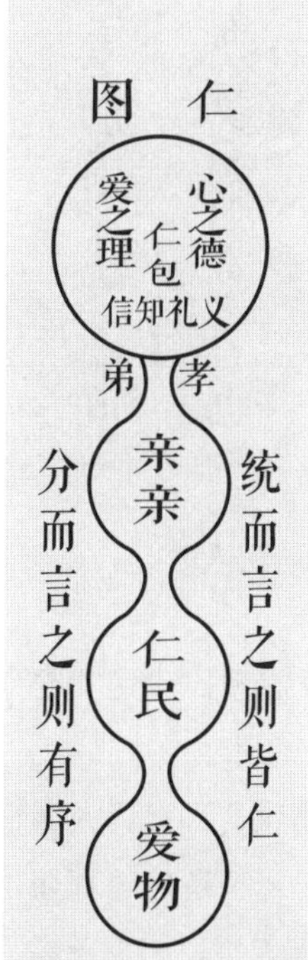

犯上不必见之声色。如在书斋，师长命他诵习，一味懒散，早眠宴起，便是犯上一类。《章句》“和顺”二字妙极：一举一动，体贴父兄意思，唯恐一不当意，所谓和顺也。

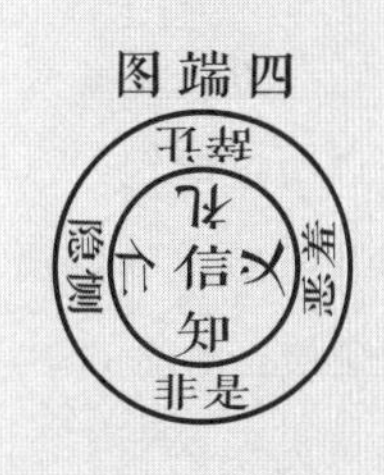

前章讲《大学》，冠二十篇之首，不得不包，始终言之；然无小学根基，大学何处习起？故即接有子孝弟一章，言人必先有小学工夫，而后亲亲，仁民爱物，自身心而推之家国天下，始无亏欠耳。此或记者之微意。

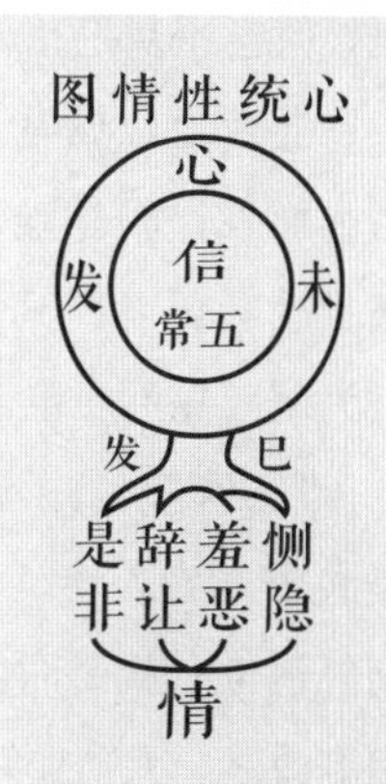

朱子尝作一图示陈敬之，中写“仁”字，外一重写“孝弟”字，又外一重写“仁民爱物”字。此即一坎、二坎、三坎之说。因本朱子意，别为一图如左。

右三图在《孟子质疑》中，因本章论仁，附于此。朱子说，仁如水之源，孝弟是水流底第一坎。窃谓亲亲所包甚广，孝弟其一端也，故图以亲亲为第一坎，而孝弟书于亲亲之首，于“本”字尤觉切当，犹所谓泉之始达也。

为仁是行仁，就发用上说，故注爱之理在前。《孟子》第一章兼体用言，故注心之德在前。爱之理一句须倒看，是由流溯源。尝作一图示门人，附后（仁图二）。

（四端图二）“巧”不特是琱琢，“令”不特是柔媚。如谈仁论义，极正大，极切实，亦是巧；正衣冠，尊瞻视，极方正，极严肃，亦是令。何也？其心盖有所为而为也。此即夫子所叹“鲜矣仁”也，即朱子所谓巧令之尤者也。

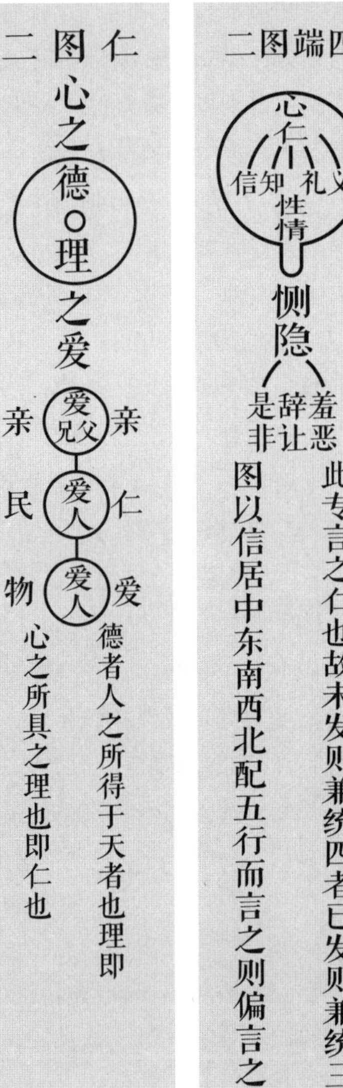

“巧言令色”，不专指低声媚语，只是一个八面讨好，要人喜他。如王莽率群臣哭南郊，臣下便放声大哭，莽大喜。夫子说“与其易也，宁戚”，易则节文习熟而无哀痛恻怛之实，即巧言令色也。故注中不说凡人，曰学者所当深戒也。“学者”二字，不是容易承当得。

又如经义，历代设科取士，非不可以羽翼经传。然言忠者未必忠，言孝者未必孝；喜怒哀乐，声口逼肖，不过优孟衣冠充类；至义之尽，亦巧令之类也。程子“知巧言令色之非仁，则知仁矣”，对照法指点极妙。

或曰：如子言，则贤父兄不可以八股训子弟乎？曰：非也。夫子望人为第一等人耳，若中人以下，不是八股，并四书置之高阁矣，岂非因咽而废食乎？要之爵禄者，所以历世摩钝。八股取士，虽非古法，较之唐诗元曲，却甚有益，使四海九州埋头四书五经；万一其间有上等资质，从流溯源，将圣贤言语，反躬体认，知行并进，仍可为圣为贤。如当湖陆稼书先生，何尝不从科第出身？何尝不从祀孔庙？

上章之仁偏言，此章之仁专言。夫子此语，必是有为而发，极宽缓却极严切，不在外面约略，直从心窝推勘。记者以其词不迫切而意已独至，故附之孝弟为仁之后，以为徇欲忘理，戒使其准。此为例而克治之也。故朱子曰“其意深矣”。

“三省”，朱子说是曾子晚年进德工夫，不特不忠、不信、不习，要看得细。即“为人谋”是曾子之为人谋，“与朋友交”是曾子之与朋友交，“传”是孔子所传，于曾子是何等真切，何等地位！就诸同门看来，却似忠极信极熟极的了；不知曾子自家只觉义理无穷，工夫无尽，有则改之，无则加勉，年年要改，岁岁要勉，此晚年之德之所以日进也。圣贤工夫，无内无外。

谢氏专用心于内句，大有病；黄氏《日钞》极辨之，谓开后来异学偏内之弊，良不诬也。

刘山阴重忠信，说做二省，盖是阳明一家于传习上看得轻耳。愚窃谓传习一句，大上两项都包在内；即三省亦是习中一端。习不专是讲诵，兼致知力行而言曾子觉得不忠不信处，自家尚有病痛，故抽出在前言之，以忠信为传习之本。论道理该如此，然曾子意中，却三样平列也。

道千乘一章反复相因，《语类》最详，宜熟看，识得王道草创规模、致治根本方好。

天为民立君，君惟有念念不忘民而已。事出乎身而加乎民，岂可不敬不信？用不节必加赋困民；不爱人，则必不能使臣以礼，养民以惠；使不以时，则轻用民力，而民生不遂，何以为道国之本乎？

弟子一章，只统读几遍两“而”、三“则”、一“以”，真无时无处不用心去防闲开导他，何等完密！数句不分轻重，然包含一切，尤在“谨而信”一句：谨则有恒，信则不欺仁者。浅看只少年中诚实，岂弟者？泛爱，即在丑夷不争也。或曰：“仁者是先生长者。”非也。此当尊为师范，下不得“亲”字矣。

夫子意中，行为重，文为轻。《章句》后一段特借洪氏广其意，以警异学之厌格物为支离者耳，非本章意也。

贤贤五句只说得诚意，不曾有致知工夫，便说已学，其流弊为文成之致良知，故曰有语病。倘不辨为何等贤人，何等竭力，何等君上，何等朋友，竟有自信为诚，而所行或出于私意者矣，可不学乎？子路结缨，非致身乎？不知食，辄之食为非义，不学故也。

“言而有信”，不必有意打诳语，只寻常应对间支吾忽略处，便是不信。《章句》“诚”字要体会。

曾子下个“慎”字极重。循分竭力，尽礼无歉，必诚必信，勿之有悔，所谓慎也，有君大夫之慎，有士庶人之慎，礼不同而慎同也。知此，则虽敛手足形，还葬而无椁，亦何尝不是尽礼？曾子之言，一则警以天下俭亲者，一则警逾分越礼而不尽其诚敬者。

富贵家不患物不备，患其僭越。故注下个“礼”字，亦不患仪不具，患其惰忽，故注下个“诚”字。

“慎终”，“慎”字有一毫亏欠，便是不慎。范蜀山先生《葬书》不可不读也，葬固慎中之一端，然择地又葬中之一端：不讲葬法，而惑于风水，以致久久暴露；或已入土而屡迁，乃不慎之大者。唯五患则不可不避耳。

窗穴日光，全身毕现。“温良”五字只就接人一端言，故注中几个“亦”字极有味。子贡说求善贾，夫子以一“待”字暗易之；子禽说求之与，子贡也说一个“得”字对针。他本不必再破“求”字，只为他是愚暗人，故又掉转二语明晓之。世有父贤子不肖者，以尊临卑，此易见也。若父不肖而子贤，其中正不同在。有一等当父在而显然行事，故与父违以自见其贤者，故曰：“父在，观其志。”有一等自谓贤于父，及父没，而仍然不见诸行事者，故曰：“父没，观其行。”有一等刻欲自见，或不问其缓急，未及三年而遽改者，故曰：“三年无改于父之道，可谓孝矣。”

或问："父在，观其志。可说得泰伯否？"曰："圣人之言，彻上彻下，本章只说不贤之父充其极。大王剪商，应天顺人，非不贤也，而与泰伯不合，故曰不从；然事最难处，所谓父在观志，极看得好。"

"父没，观其行"，已该人子一生，行事三年无改，却倒缩转去，看他父初没时，用心如何耳。

礼之为体为用，犹言道之体用。时解作人之用礼，非也。上节是严而泰，和而节；下节是泰而不严，和而不节。如此分看便明白。

"先王之道"二句，是有子有会于心，赞叹其美。下节见得：不遵先王之道，便不可行，益征礼之。和之所以为贵，此盖得力于礼，故知之深而言之从容不迫也。有若之言似夫子，于此亦可见。

"信近于义"一章，两家讲义相反。陆太看煞了，却与"三省""干禄"两章参看，误矣；吕却降一步说，极得有子语意，"因不失其亲"二句尤看得确。就易忽处检点，降一步正是紧一步，非以仅可之念自恕也。

"亦可宗也"，"亦"字圆"不失可亲"，仍有一等不足宗的在内。或谓有子"信近于义"二句是对过于践言而不近义者发，如必信必果，硁硁一种人；及然诺不苟，豪侠一种人。若不能践言者，又何足道？此说似是而非。有子本意，盖为轻于期约，后来自悔，欲践不可，不践不能，势处两难者发，若硁硁、豪侠两种，径情直行，何尝知悔？如或言当曰信近于义，言不徒复也，不容下一"可"字矣。"可"字轻读，"也"字，朱子作"矣"字看，反言之，如云信。苟不近义，后虽欲复之而不能矣，非谓不近义，则宁失信而不可复也。《朱子或问》辨范、杨、周氏，以为大意皆得之，而皆不免于小失。盖徒忧复言之害义，而不察乎有子之言，意之所重乃在乎不复之害信也。学者当平心体玩，切勿主张己见。

圈外尹氏一条，是发明夫子言外之义。在夫子当时，正学尚明，故只讲好不好，而不忧其学之好非所好，就正有道亦是从正学中更正其是非耳。诸解似专重"就正"一句，胸中横着"辟异端"三字，却不管圣人当时语意，亦不知自反，果能无求安饱、敏事慎言与否？此最是讲学家通病。

"富而好仁"，好义也说得，必说好礼，何也？天下有财者乐施予，近于仁；急人之难，近于义；以言好礼，则无过不及，适协于中，此地位不易到得。故夫子特下个"礼"字，注中更释以"安乐"二字，精矣。

为政

以理言之，仁者天之心也；以方位言之，北辰者天之心也；以气之精灵言之，日者天之心也。故天行日周，天过一度，而日则终古如是，未尝少差也。故日为君象，日食应君，犹心为物欲所蔽也。古人君躬行心得，以风化天下，有以哉！

道德齐礼，三代以上之规模也；道政齐刑，三代以下之治略也。上下千古，被夫子一言断定。

新安以"有耻"顶"德"，"且格"顶"礼"，不可。从下句总承上二语来，与"民免"句例看，但道德之时，格浅而耻深；齐礼之后，格深而耻不足言矣。

道德如兴仁兴让，齐礼如絜矩，不惟化之，又有以处之，而使之各遂其所欲也。

十五志学，只就大概入大学时说起；其实夫子未十五时，早已志学矣。盖圣人生知之质，小学中便有大学工夫也。

志学中有格物工夫，事物当然之理早已洞然，至四十更无毫发之疑，愈觉精明耳，非到此才是物格知至也。曾子一唯，亦是知天命，随事精察而力行之，则由志学而立，而不惑也；颜子喟然一叹，亦是知天命，而几于耳顺，其博约克复，则志学与立不惑之功也。惟颜、曾善学夫子，人能学颜、曾之学，可与言圣人之进德矣。

圣人生知，亦只见得物物一太极；若见得万物一太极，一以贯之，亦须到五十时方真切。此知天命不要讲到玄妙，于一事一物之中，处处是这个根柢，极浅显极平实才是真知，有不觉足之蹈之、手之舞之者。

注中独觉其进，因近似以自名。非朱子亚圣，未易体认到此。

不惑到耳顺，三十年工夫，不在行上说得力。盖义理无穷，晚年工夫，知更难于行。孟子说中，非尔力正如此。

知行并进，十年一换，如何分得？夫子只是大概说要知志学起，兼知行，直到从心，总是为之不厌。中间得力处，节节不同耳。

曾子借忠恕明一贯，夫子亦借学者进德之序明自家功效次第。《章句》“近似”二字体贴得有味。

失其身便不能事其亲，自始至终一于礼而不苟，可谓能守身矣，故谓之尊亲。

以父母之心为心，固孝矣。然使为父母者，不欲子之贫贱，而欲其干非义之富贵；不欲子之杀身成仁，而欲其偷生而保禄，将藉口于继述乎？故从亲之令非孝也，过高之人往往简略细微，自谓爱亲，而不知其已入于狎恩恃爱矣。其流之极，至于登木而歌，只是不敬圣人。甚言其罪为异端，防其弊也，其旨深哉！

《章句》伪字，非有心作伪也，或知之不真，行之不力；或一时意气进锐，退速不到，得中心喜悦，自不能已，地位总不是安，总算是伪。伪则久而必变，何以为君子？此际须自察，而后能察人。

君子起手不从器上下功夫，所以由体达用，才全德备。程子宁学圣人而未至，不欲以一善成名，正是此意。“慎思”，“慎”字极有味。思而不学，便不慎了；不慎，则危势所必然。朱子集《近思录》，能近便是慎也。

有谓异端虽害道，然上策莫如自治，自家不做便罢，何必辨论？此说即杨氏“为我”也。有谓天地之大，何所不容，异端亦是，贤知之过，何必攘辟此说？即墨氏“兼爱”也。譬如饮食有毒，自家虽不吃，也要明白与家人说，使人人知而避之。

俗学之害，只害得庸愚；异端之害，却拣那顶聪明、极真实人都收拾去，所以害了一人，这一人的气魄，便能害天下万世人，如患尸厓，往往子孙相传，吁可畏也。

是知也，人多说入异端，把本来良知不涉闻见者唤醒他，大误矣！须靠实无自欺之蔽看。

盖晓得自欺不得，便是知处；不肯自欺，便会求知，故曰“是知也”。使子路于强不知时，默自省察，岂肯安于不知耶！

两“为”字合并看，方见得是知，单重下句不是。

“多闻多见”，两“多”字是我有意去多他，兼古今在内，非闻古见今也。古人行事之迹，亦是见；今人议论之是非，亦是闻。

子张虽务外决，不如后世求富贵者热中之态，只是以仕为急，如延平发泄蕴蓄之说耳。然不能定其心，专于为己，便是干了。

“三纲”，“纲”字最要玩味。纲举则目张，君不君则臣不臣，父不父则子不子，夫不夫则妇不妇，故《春秋》重首恶之义。然扶纲者尤在于纪，君虽不君，臣不可以不臣；父虽不父，子不可以不子；夫虽不夫，妇不可以不妇，故《春秋》严乱贼之诛。

“非其鬼”，不必淫祀，只继祖之子而祭高曾，便是非其鬼。非其鬼一章，夫子有为而发，如旅泰山弗能救之类，但不明言耳。

八佾（上）

推其原，有成王伯禽之非礼，而后有鲁君之僭；有鲁君，而后有季氏。夫子非不知上行下效、责有攸归；而臣子之道可以自尽，为季氏者，能正身以正君，方将使鲁君不僭礼乐，而乃身蹈之，可乎？此《春秋》之所以作也。此季氏是季平子，名意如。（三家：孟僖子获、叔孙昭子婼及意如也。）

说到无知妄作，见夫子作《春秋》，纯是一片恻隐之心。

周公制礼作乐，为法天下，可传后世，却被一个天子门生、一个受业儿子首坏了家法，岂不可惜！盈廷诸臣震于周公之功，而不敢一言其非，遂至终周之世，乱臣贼子接踵而起，是谁之过欤？

落一“救”字最痛切，是夫子一片恻隐心。季氏僭窃，犹病之将死，溺之将没，火之将燎也，为之臣者，何忍坐视而不一援手乎？范氏圈外一说，不入夫子意中。夫子一心要救冉有，使冉有去救季氏耳。林放一叹，尚无绝望之意，若以为非不知其不可告，非不知其不能救、不可谏，而姑尽己之心，则非圣人之所以为圣人矣。

“泰山不如林放”，正于似非其伦处唤醒季氏、冉有。盖大林放之问，冉有所熟闻也，故借此警之。

“揖让而升”，“揖”从“让”，生二字相连。第一揖让，出次也；第二揖让，左右也；第三揖让，登阶先后也；射毕而揖让，下堂先后也；将饮而揖让，升堂也。此揖如今深拱，与“揖所与立”之“揖”同。丰，酒器。乡饮丰形似豆而卑海录碎，事射礼，置丰于西阶。古丰国之君以酒亡国，故以为罚爵，图其人形于下，寓戒也。丰所以承，觯木为之。觯，饮器之最小者。

时解每三人为一耦，非也。三则奇，而非耦矣。二人为耦，如天子八，二八十六人；畿内诸侯四，二四八人；畿外诸侯六，二六十二人；大夫三，二三六人，故揖者，两人自相让而揖也。如大夫三耦，作三次升堂，作三次下堂，至饮时，胜者、不胜者始同升堂也。及物，揖射时所立处谓之物。

夏礼一章与“无征不信”话头不同，此夫子自惜，但能言其大略；而杞宋无征，不能尽考其详，得见夏商先生王制作之精意耳，故曰“足则吾能征之矣”，有无限感慨在。时说竟似夫子已知其详，但恨无证佐，怕人不信，浅淡无味极矣。

《记》曰“吾欲观夏道”云云，亦是夫子自恨语。于夏仅得夏时，而夏时之外无闻焉；于商仅得坤乾，而坤乾之外无闻焉，岂不可叹！与此章意同。盖夫子欲尽取前代制作损益尽善，以立百王之大法，每到无考据处，便不觉慨然兴叹，读行夏之时一章可见。

征，证也。吾所言已合者，征诸文献而益信；其未合者，征诸文献而可改；其未详者，征诸文献而可补。有多少心事在。“则”字“矣”字，令人至今遗恨：三代之礼，得夫子定为一书，秦火之余，幸不泯灭，岂非盛事！

古人庙制，南向而主，则东向何也？蒙引以古人室之户从东入，而以西为上，祭者以东为下，向上而祭。据愚见，恐更有不忍死其祖之意，东面所以受生气也。

治国、治天下亦是。偶然如此说，夫子非有意分别也。不王不禘，亦不必就“天下”二字上寓意，只就禘之难知本意上说，而言外不王不禘之旨自见。盖禘之重大如此，要知其说尚不可得，况可冒昧行之乎？圣人之言，多少含蓄在。

夫子意中，不但有鲁禘在，即周天子之禘，亦是具文所谓仁孝诚敬，与先王制禘初意相关会者何在乎？于此可想见指掌时，上下千古，一种神精。

鲁之禘本是借用法，周公与文王本是父子，岂有子孙之诚可以格周公，而不足以格周公之父者？只是诸侯小宗，分有所不得祭耳。若天子之禘，自高曾以上不知历几何世，而始及于始祖，又推始祖所自出而祭之，故曰“报本之中又报本，追远之中又追远”也。夫子所论，早已掉开鲁禘说了；而后人犹黏煞鲁讲，误矣。《章句》“又”字可味，朱子原将此一层作余意也。鲁禘本叫不得“禘”，如伯禽祭文王只是孙祭其祖，极是平常，却把周公假做始祖，又把文王假做所自出之帝，自欺欺人，说这便算做“禘”了，直如小儿作为；成王叫他作此行迳，极不通。试想“禘”字作何解？始祖是帝，始祖所自出亦帝，祭始祖所自出者亦帝，故曰禘。今周公帝乎？伯禽帝乎？而谓之禘，可乎？其为无知僭窃，不待问矣。故不王不禘，自然之理，亦自然之势，虽欲僭而不得也。夫子说三家奚取雍诗，最有味；即谓之讽鲁禘，可也。

昇庵杨氏力辨成王赐伯禽一说，谓鲁惠公请郊庙之礼于平王，王使角往报之，平王犹未许，况成王乎！故雩之僭始于桓公，禘之僭始于闵公，郊之僭始于僖公，而非始于成王伯禽也。其论似正，然明堂位祭统明言成王赐鲁天子礼乐，程朱考据极详，岂不知以《春秋》《鲁颂》为断，而漫以非礼诬成王哉！盖当时风雷之变，金縢之启，成王心服周公之功，若无可以报之，故于其殁也，赐以重祭以宠荣之，而不自知其敬畏之辟，徒陷公于非礼也。杨氏回护成王，欲与程朱翻案，纯是私意。

在家亦祭外神，在官亦祭先祖，不必分。

八佾（下）

鬼神一说，朱子《答廖子晦书》已详辨之，今人犹以为人死而心不死，异端之说也。看记者下两个“如”字，是从夫子孝敬中，看出一种洋洋景象，即所谓有其诚、有其神也。

或曰：庸人死则气散，恶人死则余气能为厉，若正人死，则清明之气常在宇宙而不散也，故享则来格。此说大谬。夫气聚则生，气散则死，天地之常理也。既是正人，则生顺死安，魂升魄降，更何留滞其享而来格？或一气相感，因子孙之精神而聚；或有功于地方，因官司百姓之精神而聚;或有功于经术，因学士之精神而聚，皆是生人自致。其诚敬君蒿，凄怆洋洋，如在耳。非正人既死之神日游于两间，遇享则来格也。故虽庸人，其子孙诚于祭，亦有来格之理;虽正人，其子孙不诚，亦无来格之理。总是理为主，而气之聚散因之。朱子答廖子晦有云：气有聚散，理无聚散；但有是理，则有是气，苟气聚乎此，则其理亦命乎此耳。数语最精当。详考全篇见《文集》四十五卷。

伯有为厉是变，祭祀来格是常。论其变天地之大，何所不有，然皆谓之妖孽，君子道其常而已。《北溪字义》论鬼神处，不可不看。

天地之间，只有一个理与气而已。生者自生，消者自消，总无形既消而气犹存之理。朱子所谓无子孙的，他血气虽不流传，他那个亦自浩然日生无穷。如太公封于齐，便用祭爽、鸠氏、季萴、逢伯陵、蒲姑氏之属，盖他先主此国来礼合祭他，道理合如此，便有此气。观此段可见，气随理转，理当祭则气即因祭而聚于一时，祭之前、祭之后，气未尝聚也。然非天地之气浩然日生，则一时之气亦何由而聚哉。

孔庙，天下同祭，往往同日同时，却无一处不飨。孔子岂能化亿千身哉？只是功在天下万世，道理合如此，气便各随人之诚敬而聚，非实有尧颡皋项，峨冠博带，日坐庙堂之上也。故《语类》说祭孔子不当以塑像，只当用木主。凡祭皆当用木主，古人止用尸，象教起于异端。　朱子谓祭灶之尸，或以膳夫为之，极有理。盖祖孙一气，故以子弟为尸，灶是外神;惟膳夫日相亲近，便有气类感通之理。

文王在上，于昭于天；文王陟降，在帝左右，是周公对成王神道设教耳。若一看煞，便似真有上帝，文王日在上帝之旁，往来升降矣。《章句》言文王没而其神在上，三后在天；亦言既没而其精神，上与天合，不过解释本文耳。若一看煞，便谓圣贤虽死而精神不死，何异于释氏之邪说耶？其神在上，犹言洋洋如在；精神上合，犹言魂升于天。只论其理，非实有其迹也，故可与言《诗》最难，高叟以辞害志者多矣。

蒙引:父祖已散之气,终无复聚之理。此句又矫枉过正矣。子孙之气聚,则祖考之精神亦聚。但此“聚”字不可说得着相。《记》所谓“如将见之，僾然必有闻乎”，其容声可谓善形容矣。之生而致死，之不仁而不可为也，虚斋未免此病。

“每事问”，中兼不知而问、虽知亦问二意，正是敬谨之意。阳明云：“如圣人自以为敬，便是自矜问，即心中天理之节交，故曰是礼也。”不知敬谨方是天理。若圣人自说吾胸中纯是天理，故发出来便是礼，其为矜也甚矣。

玩古之道也句，言外有为国以礼道理在，即一射而时事之变可知矣。周衰礼废，“礼”字所包甚广，非仅礼射之礼也。

胡氏、蔡氏以子贡去羊犹是货殖，余意固粗；艺山张氏又谓子贡有激而言非专惜费，又说得太高。盖子贡一时见小，不会想到复礼上，亦不足为贤者病。夫子明说尔爱羊，而后人代为之出脱，何也？

定公问君使臣、臣事君，子曰：“君使臣以礼，臣事君以忠。”景公问政，子曰：“君君、臣臣、父父、子子。”将两间五伦大道理，数语包括，非圣人不能。盖五伦是两间公共道理，不可自我一人坏，却各欲自尽，不可相学已，施之而已。故父虽不父，子不可以不子；子虽不子，父不可以不父。推之君臣、兄弟、夫妇、朋友，莫不皆然。而所以自尽之道，非格致诚正，则见理不明，克已不净，往往自以为尽而不由乎中道者正多矣。故曰：不学无术，经世以学术为本，信哉。

《关雎》诗须识得他哀处，便晓得他乐处。盖文王之宫人，非凡人也，深知文王是个圣人，以为如此乱世，那得有一个女圣人来作配;便求得个贤妃，总不是圣人的匹耦。所以辗转反侧，自不能已。幸而得之，其乐为何如哉？《章句》“不能无”从上“宜”字生来，“宜其有”从上“不能无”来，两“虽”字从寤寐反侧、琴瑟钟鼓二句看出，哀乐纯是一团天理，所以为性情之正。

先言乐者由其乐之盛，而知前日之忧之深，非无故也。《诗》是顺说，夫子却用逆溯，由既得想到未得，无限深情，令人神往。方其既得也，在文王止是若固有之，在宫人不啻得之意外；方其未得也，在文王不过居易俟命，在宫人惟恐配非其偶，皆性情之正也。

夫子责宰我对社，不复自言立社之本意者，盖引而不发也。哀公、宰我俱不能问难矣。

仁山以三归为算法，凿矣。虚斋以坫为瓦器，非也。坫，木为之，置之地，故从土。此等总当阙疑。

人各有器，器本大，气拘物蔽，不致知力行以充之，则自隘耳。成已成物，斯为大器。读《大学衍义》一书，思过半矣。仪封人知天，与夫子平日“天生德于予”“天何言哉”“知我者，其天乎”“天厌之”“欺天乎”、“天之将丧斯文也”诸“天”字暗合。虽说不久将得位，其实该天下万世，总是以夫子为木铎。盖一时之木铎在行道，万世之木铎在传道。封人一语，至今愈验也。

仪封人请见时，必通姓名，记者略之，成其为隐也，与荷蒉丈人不同。

“天将以为木铎”主理言，“吾已矣夫”主数言。世乱，理不胜数，犹病剧，气昏则心愦也。

武王伐纣，亦是不得已。如病人邪实，真阴将涸，不得不下，下之所以救真阴也。纣毒痡四海，民命将竭，伐之所以救残生也。然气禀不及舜之清明，工夫不如舜之纯粹，故其见诸措施，未免发扬蹈厉，所以未尽善。

里仁

谢氏存就存心说，理就处事说。仁者体立而用行，无私心而当于理，知者静存而动察，克去已私以复乎礼，及其成功，一也。

“利”字是字法，借人欲以喻天理，深知内有穷理，工夫在笃，好必欲得，则省察克治之功也。淫滥有分，数渐而坏，久处则溃极矣；而其源则在乎本心之丧也。

辅氏：“理是事理。”非也。理，经理也。(《大全》)。吴氏：“知主知，仁主行。”非也。仁、知各有知行。程氏分“子文不当理，文子不能无私”，亦误。二人俱是当理而不能无私者。

说“无私”，则可;“无好恶”，则不可。说“不以私参之”则可，“不以我参之”则入禅矣。饶氏非是。

“富与贵”一节是藩篱，“无终食”一节是堂奥。藩篱既破，安能入堂奥哉？夫子首说不处不去，要人从发轫之初便立定脚根，才好进步耳。此节须分治乱看：有道之世，既为君子，自有得富贵之理，其贫贱皆是不以其道；无道之世，既为君子，必无得富贵之理，其贫贱便是以其道。然有道时，虽当得富贵，而其中稍有不义，便是非道，故审而不处，若贫贱则逆来顺受而已，此夫子本章正意也。若就无道论之，则并无不以道得之贫贱，并无以道得之富贵。故遁世不见，知而不悔，虽至穷困患难，安之若素。所以为君子知此，然后可以论存养。

孔孟不遇于春秋战国，一生穷约，皆是不道之贫贱。小言之，则勉斋所谓水火盗贼误陷刑戮之类是也，其字即指道不指人。

三代下唯恐不好名，此为下等人说法。惟恐渠连名也不好，便扯破面皮，无所不至耳；若就学者看，则惟恐其好名矣。然亦当原其心，不可疑其迹。故杨园有云：“人若避好名之嫌，则无为善之路。”此又不可不知。

天下有明于取舍而不密于存养者，未有存养，既密而犹昧于取舍者也。即使自问无贪厌之心，而于非道之贫贱，迫于不得已而去之，则穷理不精。不过朱子狂狷，《章句》中谨厚之士言乎入道，则未也。

但用力而不至者，今亦未见其人焉，人多误看此二句是正解。盖有“之矣”一节，故纷纷辨论，迄无定说耳。不知此二句是朱子体会末节，言下一种叹惜意思，谓世或有力不足者，我却未见；盖必等他用力，然后显得足不足；既无用力之人，亦何由见其不足哉？

“反覆”二字说得夫子意思，无限凄凉穷指望。末节当反看，犹云世上果有用力而力不足者，我也情愿见他；只恐不肯用力，都推诿在力不足耳。妙在不说煞，惜之望之，两边都到。

朝闻夕死，若不闻道，死也死不得，活也活不得。天所赋的道理完完全全，我为物欲所蔽，不去做工夫，不曾明善复初，如何死得？人为万物之灵，自顾平生，直如草木禽兽，越长寿越可耻，如何活得？闻道则从此向上，工夫无穷，活也活得；即不幸而死，而此中自反，亦可无愧，死也死得。故曰可矣，“可”岂易言哉！“道”字、“闻”字须看得切实，是致知力行积累来，实见得伦常日用道理亲切耳。不然道共所道，闻共所闻，其不流于释氏之一超，直入者几希矣。

“无适无莫”“义之与比”是就现成君子说。勉斋云：“不可先怀适莫。”《讲义》云：“必先无适莫而后能比义。”皆误。

不逆亿，先觉无适莫，比义工夫俱由平时穷理集义来。非先觉由于不逆亿，比义由于无适莫也。蒙引解“比”作“倚”，不妥。

天下亦有适莫而偶合于义者，但不是君子之比义；亦有无适莫而仍无当于义者，如谢氏之说是也。但此就道理说如此，在夫子却是一直说。下三句作一句看，中间用不得转折。《讲义》云：“只有义之与比，方能无适莫；要做义之与比，先从无适莫起。”皆是节外生枝。

“义之与比”，“与比”二字指心，则“义”字专指事之宜，为是“与”字不是语助，犹言合而为一也，就现成说，而工夫在其中。

“君子怀德”章注：怀，思念也。总解四“怀”字。其实小人两“怀”当改“留恋”尤切，盖不止于思念而已。余偶爱一砚润泽，时时抚摩，自谓雅好，不嫌其癖，不知却入于小人之怀土也。“士而怀居”，注谓意所便安处。因其便安而留恋不舍，即小人之怀土也，何以为士乎？

“以礼让”不是空空一个辞让之心，有多少实事在。以实心行实政，餐然有交，蔼然可亲，所谓礼之实也，以是为国，何难乎？

随事精察而力行之，系要在“精”字、“力”字上察之。不精将认欲为理，行之不力将始勤终怠；察之益精则行之愈力，行之愈力则察之益精。精义利用，常相资也。

印板一喻最切忠恕，许鲁斋“人心如印板”本此。学者所以要做工夫，正为此印板糊涂，难得清洁耳。阳儒阴释者，只一空格子；口耳之学，又纯是煤墨，不见一字，天下那得真儒？

公冶

“夏琏商瑚”，朱子偶误注耳；或传写之讹，亦未可知。然夫子何不曰琏瑚也？盖“琏”字上声，顺文则上平下仄为便，无他意也。

圣人至诚如神，使漆雕开者，非真使之仕也。明知他别有见头，姑叩之使自白耳。他果说出“未信”，夫子乃自信赏鉴之不误，而悦开之方进而未艾也。

山东俗以驴粪和土筑墙，故曰粪土之墙不可污也。刚之难，所学未正，所见未的，所造未深，所养未熟，总不足以与此如来达摩货色名势，亦不能屈非圣人之所谓刚也。未见之叹，其在颜子；未问为邦，曾子未闻一贯之时乎？

“子路有闻”一章，门人是仿夫子“学如不及”一章笔法。夫子是虚想象一种勤学者，以为门人榜样；门人却从此悟出，即以摹写子路之勇于行，遂成妙文。

是非是太极，利害便杂阴阳。“再，斯可矣”，但论是非；“三思而行”只论利害耳。

“夷齐不念旧恶”，此“恶”窃疑非“善恶”之“恶”，即“周郑交恶”之“恶”，故下曰“怨是用希”，何则过之大者为恶，过可改而恶无可改也？如人平昔曾诟詈父母，此恶也；后虽自悔，无及矣。即夷齐亦安得不念之？惟向日与己不合，有间言；后乃自悔，相好如初，必不因前隙而终弃之，此怨之所以希也。尝告门人曰：过如磁器垢腻，洗涤便复本来；恶如磁器缺损，虽修补终有痕迹。少年当自珍惜，不可稍击一丝败露也。虽有恶人，斋戒沐浴可以事上帝，谓貌寝者耳；若使楚商臣、齐襄、卫宣一念痛悔，从事于圣贤正心诚意之学，亦何益乎？

圣人周流四方，只要行道以起斯民于涂炭。道不行而思传之来世，亦望其能行此所传之道耳。不知裁，则或失之过不及；一旦见用于时，必贻害于苍生，此所以欲归而裁之也。传道与行道岂有二心哉！

一目十行，非美质也，有一种朴懋敦笃气象才算美；博极群书，非好学也，有多少致知格躬行实践工夫才算好。故夫子特下两“某”字做个榜样。

雍也

子夏笃信谨守，何至流为小人儒而夫子戒之？此有深意。盖文学之流弊，即为训诂词章；夫子已料知百世下，必有专为典制名物而不体诸身心，甚至标虚声以讲学而不本诸力行者，故至诚之道，可以前知。君子儒为己，亦有为己而仍不免为小人儒者，学者不可不知。金仁山、许白云，其皭然无疵者乎？

“不可以语上”，“不可”二字是教者深悉躐等流弊，必至于袭为高论，猖狂无忌，将终流为污下。此不是学者不足化诲，而在教者不善启发，有以致之，有一种至诚恻怛意思在。此章当归重下二句，上二句不过不得错过时候，致使走入异端耳。

人身气血流通，著不得一物。稍有一毫竹木之刺入于肌肉，便须作脓溃出乃已。可知吾身才有一事不合天理处，亏欠多矣，可不谨哉！欲使天下无一物不得其所，当使吾身无一事不当于理。

“能近取譬”，《集注》中有三转：近取诸身，以己譬人，一转也；知其亦犹，二转也；然后推以及人，三转也。第三转是朱子有意补出“恕”字，工夫较重于上二转。夫子何以只说“譬”，不说“推”？盖承上节来。仁者以己及人，并无转折；汝今日只消以己譬人，知他也欲立达，而推己之欲立达以立达之耳，是省笔法，非缺也。若只讲“譬”，不补“推”，大误矣。

述而

门人问：“夫子梦周公，何不梦皋夔、梦召公、太公？”曰：“梦皋夔，代远；夫子与周公近而神契，若召公、太公，安能及夫子耶？”又问：“周、孔孰胜？”曰：“周自逊孔一筹。”

子行三军一问，子路心中以为相业，不得不让之颜；若将略，恐非其所长，夫子不容不见属耳。大抵好勇之人多尚气，夫子“唯我与尔有是夫”一句，竟似一堂之上，天壤之间了无知己。他道夫子语气未免称许太过，故着个“子”字、“谁”字、“与”字，对着上“我”字、“尔”字、“有”字，仍是行行气象，故夫子下暴虎二语重抑之，而以临事二语陶熔之，其爱子路也至矣。

“从吾所好”，“吾”字是公共之吾，“好”是人心之所同好。尽吾职分之所当为，义也；完吾性分之所固有，理也。故曰：安于义理而已矣。

“如不可求”，自今人观之，以为圣人诱人为善，故说“不可”二字，不知此中有命在。不知命，何以为君子？等而上之，固有命可得富，而君子不为者，况求之耶？初学只在信命。

斋者，齐也，齐其思虑之不齐也。然必素行孚于神明，中心纯一不杂；当斋之日，方能一其思虑，感格鬼神。若平日功夫不密，其心颠倒缪乱，临事如何能专一？故所谓思虑之不齐者，是好思虑；但交于神明时，虽当思当虑者，亦不可思虑耳，不然君子之思虑，岂有不齐者乎？

“不图为乐”一句赞叹，情形大略似颜渊喟然一叹，子贡“可得而闻，不可得而闻”话头。

门人亲炙而闻道，夫子亲炙而闻韶，千载一堂，其味为何如哉？故曰：理义之悦我心，犹刍豢之悦我口。

冉有问子贡“夫子为卫君乎”，子贡何不偕之入问，第曰“吾将问之”，却使冉外坐而已独入，何也？冉有不敢入问而先私质之子贡者，亦度子贡智足以知圣，必能释我之疑也；不知子贡亦一时决断不下，正在踌躕，因冉有一言，遂决意入问。夷斋一语，盖早已想定借问法；怨乎一驳，亦早已打点再问法。其所以不偕冉共入者，军旅倥偬之际，唯恐夫子嫌疑，置之不答。一人偶入，泛谕古人，若出于无意耳；及闻“求仁得仁”，乃恍然有会，出而与冉有共释之。当时记者写出两贤虚心诚服处，如白描高手，处处传神，非偶然也。

君子居是邦，不非其大夫；而孔子作《春秋》，不讳鲁事，何也？学者要思得之于此见并行不悖之道。

或云：“圣人非不欲并钓弋，而无之，但仁有轻重大小耳。”非也。如其说，则佛氏戒杀，反在圣人上一层矣。天地生物以养人，是道理上该钓该弋；食以时，用以礼，是道理上该不纲不射宿。圣人只还他本分恰好耳。南轩先生最说得好：“梁武之以面为牺牲，与商纣之暴殄天物，事虽不同，然所以违天理而致乱亡则一而已。”知此可以定佛氏之罪。

泰伯

泰伯逃荆蛮，必偕仲雍者，盖度文王圣德，必与己同心，不忍剪商，使太王绝望于我两人，必立王季而及文王耳。其后三分有二以服事殷，非善体泰伯之心者哉？故夫子各以至德称之。主让周者误也。

此章可不可非，由后而决之，当由前而定之。曾子是要人主于太平无事之日，预鉴别此等君子人任师傅，早教谕以防主少国危之不测。“与”字、“也”字语气，言外若云：此等人不用错过，到得不幸，天步艰难，都是小人，上场便无及矣。若就事后说，可托可寄，不可夺畤，不知是君子，说他何益？循其语意，并有穷理知人一层，在不知其为君子人而交臂失之，与不知其为非君子人而腹心任之，其失均也。注设为问答，所以深著其必然特引而不发耳。

曾子易箦，呼小子传以保身心法，以全父母之遗体，是道其常。平日又有言曰：“事君不忠，非孝也；战陈无勇，非孝也。”是兼言其变故。杨园先生有云：“比干、曾子一而已矣，然‘君’字要重看，且审战陈对垒是何人，否则流弊，反是不孝。”

对敬子必先下谦词四句，便见曾子工夫缜密处；“动容貌”六句极细敬，子必可与言者，故与之言为政之要，修身之本。或言敬子大概是不知大体、留心琐屑之人。此说大低果尔，何足与论操存省察乎？他平日亦尝闻曾子之学精察力行，未免只在零碎小节上小心加意，便自以为道在是矣。故曾子以道之所贵诏之。

“宏毅”一章亦是曾子疾革时训门人语。“死而后已”，以身为教也。

仁是全体不息。曾子“仁以为己任”，全体也；“死而后已”，不息也，非宏毅不可以为仁。养德者必养身，养身者不必养德。战战兢兢，盖欲其有以尽乎天理之极而无一毫人欲之私也。故曰：一息尚存，此志不容少懈。

善者好，不善者恶，非特可以观人，亦可以自省。善者之好我，固可相观而善；即不善者之恶我，或讦我之短，暴我之过，皆修省之助，当感不当怨也。

善者好之而恶者不恶，则必其有苟合之行，此恐就一乡之善士言耳。若天下归仁，邦家无怨，狡伪者献诚，暴慢者致恭，则恶亦未尝恶也。

“贫且贱焉”“富且贵焉”，两“焉”字活写出一个无学无守、有靦面目的形状，不待说出“耻”字，圣人已代为之沮丧矣。两“耻”字不同，下“耻”字更甚，又有一种似有道而仍无道者，号为君子，往往不能辨其可耻，学者当推广之。

《论语》多成于有子、曾子之门人，固已然。如“舜有臣”一章是神化手笔，必更夫子亲自改定，方有此照应。《孟子》七篇孟子自定，亦祖此耳。

禹地平天成，治水之功极大，而夫子称之只言尽力沟洫重农事也。此章因赞禹者，只就大处说，而不知精一执中之妙，无隙可议。三“而”字是所以无间之故，何等完密。

罕言

“吾谁欺”“欺天乎”与“获罪于天，无所祷也”俱是词严义正话头，圣人行事适与天合，有分毫欠缺处，便是欺天获罪。故门人厚葬颜渊，夫子深叹其不得宜也。

“不为酒困”与上三句不伦，何也？曰：此章是夫子偶然病愈，酒后自慨从来不困，此日似乎精神不及持，故并上三句叙来，言理无大小精粗，尽道极难也，何有自负自是哉？

日往月来，寒往暑来，水流不息，物生不穷，人不得而知也，惟圣人知之。不怨天，不尤人，下学而上达，人不得而知也，惟天知之。天道周流不息，圣心纯亦不已，有默相契合之妙。

“未见好德如好色”，夫子两言之一是引好色者反而之好德，一则警好德者致好色之诚。此“德”字与“贱货贵德”“贵德尊士”例看，即所谓贤贤易色也。

“不忮不求，何用不臧”，臧，善也；忮是刚恶，求是柔恶。反看则不忮是刚善，不求是柔善矣。此虽指资质，却有功夫在。

“可与其学”，注云：“可与，共为此事也。此事何事？初学试一思之否？第一，此事是大学之学；第二，此事即是立于礼，‘三十而立’之‘立’；第三，此事则达权通变，大而化之，之谓圣矣。可与共为，岂易言哉！”

乡党

“长一身有半”，长，去声，犹余也；有，又也；身，衣之身也，自领至膝为一身，古人上衣下裳也。又半者，卧时盖至足，即当身之一半也。此寝衣唯斋时之寝用之，若依俗解，自足以下又加一半，卧起皆不便矣。圣心化裁，岂有此拘执耶？

“割不正不食，席不正不坐”，自异端观之，必曰：此便是学问不济。涅不缁，磨不磷，虽日坐不正之席，日啖不正之肉，何足累吾心耶？不知不磷不缁者，体道之权；不食不坐者，守常之经。圣人心体有正，无不正；见不正者，自不相入。如水流湿，火就燥，不特无心去坐，并未尝起一不可坐的念头，而动容周旋中礼，所谓从心所欲不逾矩也，一篇乡党都如此看。

凡饮食，无论膏粱藜藿，但多食即能为病，所以不多食为节饮食之至要。此非畏病而然，盖天理合如此，故养德自兼养身。

瓜祭，"瓜"作必然。据《玉藻》："瓜祭上环，食中弃所操，则瓜句绝，祭句绝；亦可言食羹瓜三物之薄，亦必祭而斋如未始。"不通也。

《论语》下

先进

"人不间于其父母昆弟之言"，夫子为子骞有继母而发也，故注特加"友"字。弟为继母之子，必与继母为党，而能见化于其兄，与其母共称之而无间于人言，岂易得哉！

"贫而厚葬，不循理也"，此一种道理，夫子在颜路哀痛时，一时难说，故但与之论情才不才五句，就自家曲折慰；譬末二语亦只说命车不可鬻，而于颜路买椁之理则不及论也，然言外亦可悟。所以有棺无椁之故，不仅在不可徒行矣。颜路不知此故，复听门人厚葬；夫子以不得视犹子责门人，所以警颜路者深矣。

"贫而厚葬，不循理也"有两层：父子待子弟之事师一层，使吾子吾师不获循理一层。子不得视犹子也是前一层，夫子自居于"不循理也，夫二三子也"是后一层，言使颜渊不得善其终也。

夫子既明白不可，何不当请车之时，明告所以不可之故？曰：父母爱子之心，无所不至。当初丧哀痛之始，不忍遽使之割爱，第示以己所待子之式样，使之憬然有会而已。犹冉子为赤母请粟，一片爱友之诚，夫子亦不明言粟之不当请也，但与少益少，使之默然自悟而已。于此可观圣人气象。

"见南子，子路不悦"，不是道夫子错了，正是不舍得夫子如白璧一般，把此不正的人一过手，大可惜耳。门人厚葬颜子，夫子自歉不得视犹子，亦是不舍得颜渊他一生全无亏欠，乃以门人之故，使之不得正其终，岂不可惜。"回也"四句当一篇哀词，冀冥冥之回默鉴我心，作哭声读之自见。

季氏富于周公一节当云"冉有"，不当称"求"也。此句笔法是夫子代门人记事，以见下文直斥"非吾徒"，有为而发，故直书其名，盖鲁论中之《春秋》也。《孟子》七篇出己手，《论语》如此章亦出自夫子手笔，不然何不说"冉有"，而曰"求也"？明是夫子口气。

夫子谓由不得其死，非谓死于刀锯鼎镬也。盖当死而死，刀锯鼎镬何尝非得死乎？所患者，勇于义而昧于择君。如孔悝之难，徒死而不足以善其道耳。

"子曰：柴也愚"至"屡中"为一章，此说极是。当子贡货殖时，正曾子鲁钝时，可证；而文法章法，亦长短间杂，变化入神，得举回以励群弟子之意。

"回何敢死"，朱注解"敢"作"必"，与他处"何敢"文法不同，故沈诚庵先生于"敢"字旁特标一"果"字，有以夫。

子路曾皙一章，《讲章》云："此章记载是《史记》叙事法。"误矣。或云："《史记》叙事是学此章笔法。"则可耳。

或言："曾皙地位高，何以有三问，如此呆钝？"曰：此正是他高处。他若自觉气象好，觉得子路不好，其言不让，他便理会了。他这从容气象，一则天资，一则涵养。习焉若忘，不但率尔，即求、赤之逊词，他也相忘，竟道哂他不能而自任太过了。及子说出"小"字，乃恍然为国以礼道理，并子所以与己，一齐贯彻。

颜渊

己克则礼自复。《诗》曰："荼蓼朽止，黍稷茂止。"克己又须复礼，《诗》曰："茀厥丰草，种之黄茂。"

子贡问政两"不得已"，是居常虑变之道。以子贡之才，何难使兵食恒足、民心永戴？使不至不得已地位，而预为杞忧，直穷到底者，盖穷理之功，不遇盘错无以别利器，忠孝大端，生死大关，何不一参究也。

"民无信不立"，"立"字极重。人之所以参天两地，独立于天地之间者，信而已矣。无信则臣背其君，子背其父，如横倒了身子与禽兽伍，何以挺然自立于两间乎？故注曰："虽生而无以自立，不若死之为安。死则心安德全，即为鬼为厉，亦有自立于穹壤矣。"

"虑以下人"，是推向心里，实有匹夫胜予之意，是为己。细密尽头，莫以一"谦"字了之。

"攻其恶"，"攻"字，如攻城墉，须是勇猛奋发，舍死不退，不可有顷刻之懈怠；如攻玉石，须是仔细琢磨，纤垢必除，不使有毫忽之瑕玷。

"樊迟未达"，注中故疑二者之相悖耳。玩上句"而"字，一侧大意只重知悖于仁，非仁悖于知，只作故疑知之有悖于仁耳；看下"二者不惟不相悖，反相为用"句，只作二者不惟知不悖仁，而知且成仁矣。看朱子之意浑融，学者当善会，不得泥。三"相"字平看也。

子贡问友，当时必有一事感触，或代人策处友之道，或自家欲规友过而虑其不从，故问之夫子。夫子亦知他心中有此一事，故单就规过一边说。玩"毋"字、"焉"字语气，可见是隐寓相戒之意。记者所以续记曾子一章，论交友之全，知行互资，不特规过一端而已，是两章连记之微意也。

"不可则止"是道理上该止，故注曰："以义合者也，并非畏辱而止也。"下句又为不肯止者转计之，"自"字妙言，非友之辱我，却是当止不止，自取辱耳。

子路

"先劳请益，即如斯而已乎"，语气若"焉知贤才"一问，亦未必不类请益之意，却与子路不同者，彼自谓好贤之切，欲尽举之，并非私心，不妨进而商之，而不知其已入于私且狭也。迨夫子说出三句"天空海阔，造化同游"，仲弓于此当长一格。

"必也正名乎"，此语似太显非。居是邦，不非其大夫，况其君乎？一段道理，诸门下请下一转语，何如愕然莫能对？余曰：此章是子路结缨前与师商榷卫事，最是紧要关头，夫子不得不一言觉悟之。胡传所谓卫之臣子，舍爵禄而去之，可也。子路不悟，反以为迂；故夫子又痛切论名不正之弊，以开导之。其实始终不露卫事，仍不失为居是邦，不非其大夫也。

注中补出胡氏“食辄”之“食”为非义。朱子明知流弊，必有一等真实人已造正大高明之域，犹有不自知其误而误者，故特表之，所以暗补夫子之未言作缩笔，若曰“君子于其言，无所苟而已矣”，而况大于言者乎？

宪问

“先发后闻”，或问主鲁而言；蒙引主孔子言，而以主鲁为太委曲，且疑其不必附入《集注》。窃谓鲁发即孔子发也。鲁欲讨陈恒，必用孔子。孔子承鲁君之命，先发而后闻于天子也。若谓孔子先发而后闻于鲁，非特势有不能抑，且有害于义，胡氏必不若是之迂也。盖胡氏此说承程子“上告天子”之语而言也。朱子附入《集注》者，为时势不得已者言也。但《或问》又云：“鲁之微弱，告于天子，亦理势有当然者。”则此说亦未为定论，其词气间亦未明畅，此杨园所以删之欤？

凡“子曰”是鲁论，加“孔子”是齐论。“君曰：告夫三子者”是孔子退有后言，虽是大义所激，不得不说，终非圣人之事君，而齐人传闻而记载之，岂圣心所欲哉？夫子若见齐论，必删此语。

“君子循天理，故日进乎高明”，“循”字、“进”字有阶级，其功难而缓。“小人徇人欲，故曰究乎污下”，“徇”字、“究”字无穷极，其势易而速，其界分所争，只此趋向之间，故下章即以为人为己言之。

今之学者为人，与古者之所学，其迹则同，其心则殊耳。若词章、训诂、刑名、钱谷，并不入今学者内，不必问其心也。孔子即指修天爵，以要人爵一流耳。

微生亩为佞之讥，可谓似人非伦，不知却有因头。此从子禽“必闻其政”一问及夹谷一会来，亩亦非寻常人也，不怨天，非不敢怨也，天本无可怨，顺受其正而已；不尤人，非不敢尤也，人本无可尤，反求诸已而已。故曰：“在理当如此。”

“是为贼”承上三句并重，总是败常乱俗。老不死则长在世间败纲常、乱风俗，其为贼也久，故圣人尤恶之；不然老者安之，而于故人独祝其速死乎？譬如村中一老人七十外，忽卖祭田，后生小子看他榜样，人人藉口，其害无穷；使他七十以前幸而早死，非乡里所共祝乎？夫子既责壤，又叩以杖，仍是爱故人之深，望其改过，并望其忽省。母死歌时，子何以不见绝，而独于夷俟小过出此重语？安知不恍然大悔，一变至道耶？

读阙党童子一章，知吾人为学，若不曾抑心下首做一番小学工夫，终无入德之阶也。因思圣人教人如此切实，后世教者动说无声无臭，将使学者何所据守乎？

卫灵

“穷而滥，未穷犹不滥”，此犹古之小人也；若今之小人，滥而后穷，穷而益滥，无论通塞，盖无时不放溢为非者也，乌乎可？

“虽蛮貊之邦行矣”，如苏武在雪窖，初欲杀之，后来敬服，不敢强之为驸马，特节而归。所谓忠信笃敬也。

“子张书诸绅”，人多谓将夫子所说九句都写在绅上，非也。子张堂堂习容止的人，质颇高，无此拖沓装饰；不过盘黑线古篆，“言忠信，行笃敬”六字分作两行，即以此绅当参前倚衡，以示不忘而已。即夫子二句，亦是现身说法，子张方侍立门外即所乘车，故指点说一立也、一舆也，不是没着落底。犹之与子路说坚白时，适有匏瓜系壁，遂指了说吾岂云云，不比孟子譬喻，类战国海大鱼也。凡看书要自立新解，往往失之凿然；亦不可随众附和，失之肤。

“杀身成仁”，须平时每事寻个是处，方能临难不变。譬如妇人偷盗多言，甚至不顺舅姑、不敬夫主，欲其遇变守节，岂可得哉？

“乐则《韶》舞，有以则为法”，则者大误，一章板书全在一“则”字神情。夫子有上下今古不知肉味一段相契，谓非尔回不足以语此也。

“躬自厚而薄责于人”，只在“躬自厚”三字上着工夫。天下苛于责人者，必自治不严者也；果其厚于责己，亦何瑕责人乎？

两“如之何”说事，下一“如之何”说人，言“无如此”、“无如何”之人也，是决词深痛之也。

“礼以行之”，“之”字指义；“逊以出之”，“之”字指义、礼；“信以成之”，“之”字合义、礼、逊言之。此说最完密。

“吾之于人也”章与《西铭》并读，见圣人老安少怀气象，亦当与《春秋》并读。

季氏

“天下有道”，须本天子躬行心得来；若专讲权不下移，三代下有能之者矣，求庶人不议，得乎？余尝谓上一天子、下一县令权最重。天子体天为治，县令亲民之官。天子贤，任令得人，天下治矣。上一天子，下庶人权亦极重。天子有道，庶人不议是。公是公非，公好公恶，秉彝好德之良，即所谓斯民也，三代之所以直道而行也。章内四“则”字、三“矣”字，下章三“矣”字，言外神情不禁。帝力何有，神游往代，思古伤今，寄慨深矣。

天下有道，则礼乐征伐之权出于天子；天下无道，则褒诛赏罚之权存于史官。故崔杼弑其君，太史书而杀之；其弟嗣书，而死者二人；其弟又书，乃舍之。南史氏闻太史尽死，执简以往，闻既书，乃还。噫！此天理所以常存，人心所以不死也。孟子叙道统而继，孔子独举作《春秋》，有以夫无道之君，欲以严刑酷法灭天下之口，其可得乎？

“益者三友”，“多闻”居一；非不直不谅，而博物洽闻之谓也。必其文理密察，见道亲切者，故友之，则进于明；不然彼便佞之习于口语，闻见岂不广乎！

损友中“佚游”一种文人最易犯，即所谓士而怀居也，即所谓小人怀土也。尝见诗文之士，或留意鱼鸟花木，以为高致；却不知是玩物丧志，溺情丧德而已。

战战兢兢，非礼勿视、听、言、动，畏天命之实也；尊贤好德，虚心从善，畏大人之实也；言语行事，必准之经传，不敢少悖，畏圣言之实也。

读书草略，不能一一见诸躬行，与夫过于深求，流为穿凿者，皆为侮圣人之言，借时文以讲学，又无论已。

“行义以达其道”，“行义”二字不重对上隐居，犹言出仕耳。一说仕，所以行君臣之义，误矣。果尔，则“隐居”二字亦有当隐则隐，不当隐则不隐之义乎？所谓节外生枝也。要知此节，只对隐居而无志之可求，行义而无道之可达者讲，与文人一章不相涉也。

九思是省察工夫，然存养亦以是，穷理亦以是。

阳货

“阳货欲见孔子，孔子不见”，以孟子“阳货欲见孔子而恶无礼”例之，则其下亦当注“欲见之，见，去声”六字。朱子原本必有之，后人偶遗耳。欲见者，欲令孔子来见己也；故孔子不往见，瞰亡而归之豚，则不得不来矣，此货之巧也。

“吾岂匏瓜也哉”，此时子路问时，适有匏瓜系于座侧，故夫子指而示之，是即景譬喻，以见天之生我，必非无谓，三年期月，其所感者深矣。

“譬诸小人，其犹穿窬之盗”作两层，犹之小人而无忌惮也，此不必概指有位者言；即吾辈列衣冠号为士人，而欺世盗名，便是穿窬。夫子此语最下得激切，有似孟子口角，必有为而发欤。

饱食终日一章，夫子为心而发也。心是至灵至有用的，如何生在饱食终日、无所用心的身上，岂不大可惜哉！故接云：“不有博弈者乎？为之犹贤乎已，”使此人翻然悔耻。夫子何至说“我不如博弈，而奋然善用其心”焉？固夫子所拭目而待者也。

微子

三“仁”平看，本无重轻；然据愚见：夫子此章为微子发也，故第一节虽断非夫子无此手笔，三人三样叙法，言外见得。当日微子竟飘然去之，即箕子亦不得已而为奴，若比干则率其常道，直谏而死。比干之仁无容议，箕子之仁犹可谅，若微子之仁，在俗见颇说不去，故特断之曰：“殷有三仁焉。”

“何德之衰”，当看注中“时将适楚”四字，故“衰”字有两层意：无道而见一层，至不得已而将适楚又一层。浮海居夷不应实见诸行事，故为夫子惜之。

“孰为夫子”，一说作丈人，此语极傲，言当今时安得有所为夫子者。此有意穿凿也，不可从。

“道之不行，已知之矣”，此二句满腔子是恻隐之心，春秋天下。譬如人患一死症，丈人、接舆望而却走，不肯下药；夫子明知不起，一心要挽回他转来。君臣之义，是将道理源头上唤醒他。盖丈人资质甚高，真可与言者，故使之反见也。

子张

曾子说“民散”，可伤；子思说“经纶”二字，有味。天生仲尼，不使之展其经纶，则九州之人离心离德，父子兄弟之间乖舛极矣。经属分理，纶是联合。散由于乱，故必经，乃各得其分；散不可合，故必纶，乃共笃其情。然非至诚于人伦间，各尽其当然之实，何以弥纶天地之道，辅相天地之宜哉？霸者欢虞，民无散之形而有散之实，如以胶为舟，入水便化。故治功必本于王道，王道必本于天德。

大学

曾子、子思渊源一派。《大学》传首二、三章、九章三引《诗》，末章引《诗》《书》，笔法与《中庸》同。

吾人今日极力做工夫，只到得诚意章第二节，盖不到好好色、恶恶臭地位，其势何难，无所不至，勿谓小人二字容易撇得下也。隐微幽独松一分，大庭广众严一分，便是见君子而后厌然。

必欲一家之人同心同德，而后可以行吾之志，则于义所当为，因循苟且，不知错过多少；且委靡如此，又何以倡率家人，而使之同心同德乎？古未有家齐而后修身者，何弗思之甚也？

《中庸》上

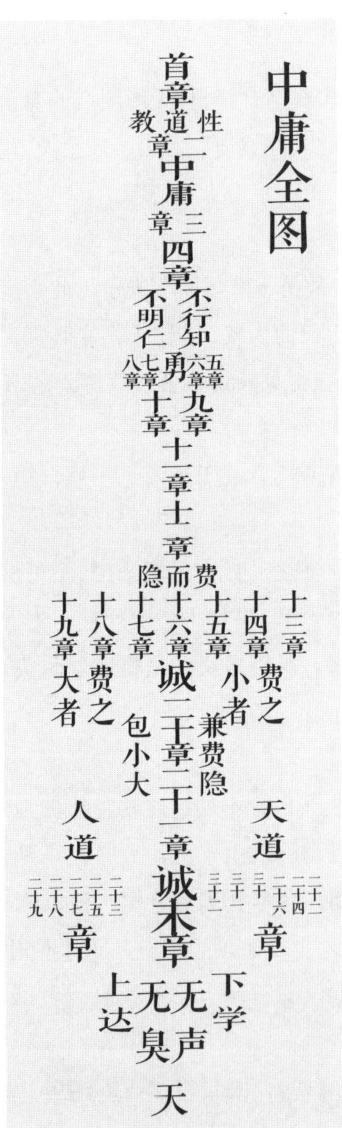

偶为童子说《中庸》，因思朱子云：“《中庸》一书，枝枝相对，叶叶相当。”遂本大全诸家，作总图一，分图五，使初学稍识间架尔，纰缪处明者教之。己丑冬陈梓识。

第十三章，时解“忠恕”作贯，大谬。依注：张子以众人望人，则易从；以爱己之心爱人，则尽仁；以责人之心责己，则尽道，三平为是。十八章，时说重“无忧”，以子述作贯，亦非。当从注：文王、武王、周公之事，三平为是。十七章，从《讲义》：以大孝致下德，为圣人五者，是若从时解，则与由庸行之常，推之以极其至，不合矣。

一部《中庸》大半是赞叹语，颜子学既有得，喟然而叹高坚，前后形容不尽；子思学既有得，见得上律下袭，川流敦化亦形容不尽。中间君子之道、圣人之道、至诚之道，唯天下至诚、唯天下至圣等，皆是暗对夫子形容赞叹，是亲知灼见，得其精蕴，不觉手舞足蹈，一唱三叹，津津有味。盖子思之学已到圣处，苟不固聪明圣知达天德者，其孰能知之？是总结自诚明以下十二章，言外见得至诚之妙，今日便说与人，有谁晓得？而惟子思能知孔子，于此亦可见矣。

中庸不可能，惟圣者能之。子思看自古圣人未有盛于孔子，《中庸》为孔子作也。故次章以尼仲起，三十章以仲尼结，说到祖述宪章，上律下袭，大局已完，下二章不过就川流敦化赞叹其妙；末章又示人下学上达之方，约举其要，以应首章，总结全部。

只看声名洋溢一节，自春秋到今，自中国至蛮貊，妇人童竖、狂且暴客，谁不敬服孔子？彼日本外国，亦闻庙貌如新。子思之言，岂不久而益验？

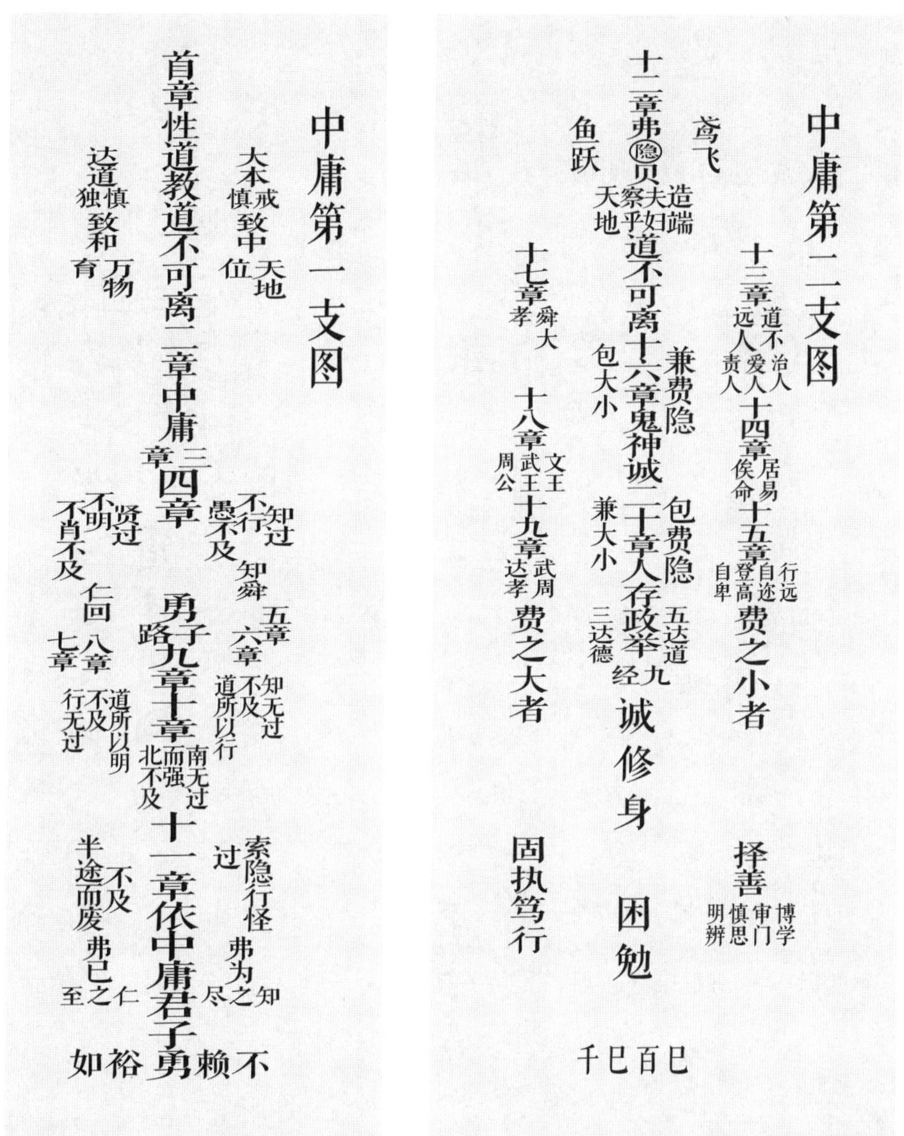

《中庸》是《论语》底像赞，《孟子》是《中庸》底注脚。子思家学渊源，见而知之，说得广大精微，却是庸近平实；孟子亲受业子思，故一生行事变化不测，又却大中至正。七篇中如任人桃应、杨子猎较等章，皆是阐发《中庸》；如处齐宋之馈答、季任储子之币等，皆是践履《中庸》。程子谓孟子才高，学之无可依据，实是如此。

李氏谓六言、六蔽、五美、四恶与前后文体大不相似，窃谓《中庸》文体亦与《论语》大不相似，整齐之中，驰骋游泳，具有行文之乐，与孟子笔法相近，盖亦时然而已。

古今文字之妙，至《中庸》止矣。如末章七引《诗》，只当自家说话，每节止下故字，而末节夹叙夹解。读至“声色之于以化民，末也，毛犹有伦，至矣”，直令人手舞足蹈，的是子思自得后会悟神理。程子“其味无穷者，实学也”，岂欺我哉！

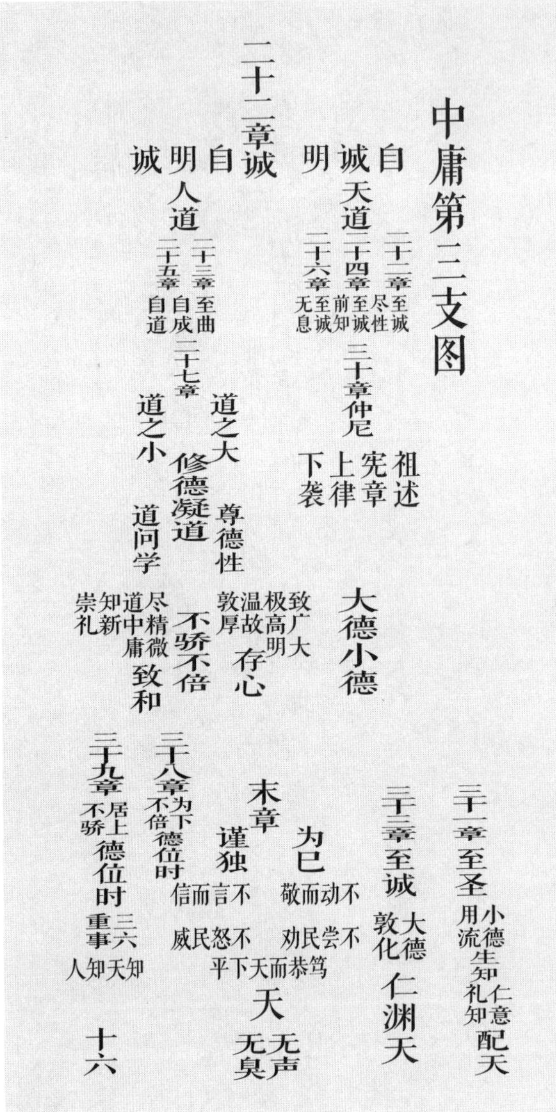

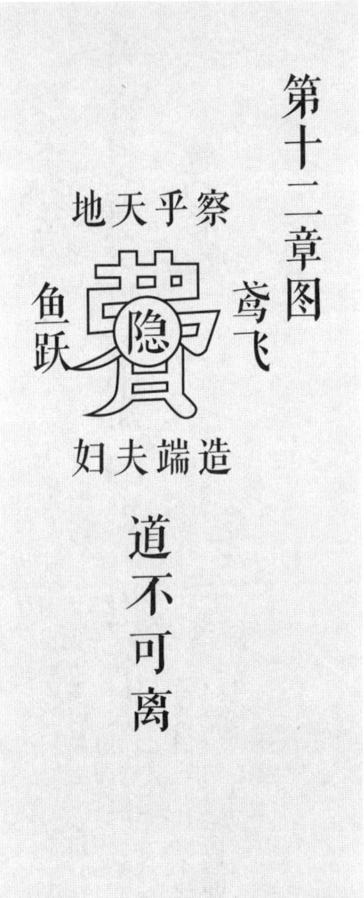

或疑《中庸》只言戒惧慎独，不及致知力行，何也？曰：博学一节，及择善固执、尊德性、道问学等，何尝不及知行？但《中庸》在《论语》《大学》后，故只就《大学》《论语》所未详者发之，曰性道教，曰戒慎恐惧，曰中和，曰大本达道，曰中庸，曰费隐，曰鬼神，曰诚，曰达道、达德、九经，曰至诚，曰诚之，曰致曲，曰尊德性、道问学，曰三重，曰小德大德，曰大经大本，曰笃恭，曰无声无臭，不曾复引《大学》、《论语》一语，而广大精微，有非《大学》《论语》之所及者，子思之学之所自得也。后来孟子说性善及浩然之气、知言集义、尽心知性等，又即《中庸》所未言者发之。古圣贤著书，大略如此，盖为世道人心不得已而有言也。博学、尊德性两节言致知亦详矣，故首尾两章只说存养省察而不及知，行本难于知也。

偶与童子论读书法，只有一个零碎逐渐自然贯通，因思天道人道，也只是此四字：惟零

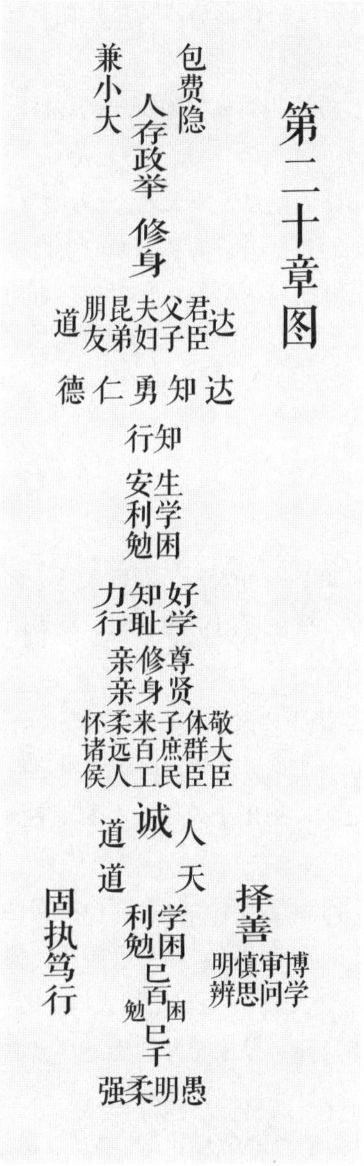

第二十章图

包费隐
兼小大
人存政举
修身
君臣 父子 夫妇 昆弟 朋友 达道
知 勇 仁 达德
知行
生知安行
学知利行
困知勉行
好学 知耻 力行
尊贤 修身 亲亲
敬大臣 体群臣 子庶民 来百工 柔远人 怀诸侯
人道 诚 天道
择善 博学 审问 慎思 明辨
学知利 困知勉
已百 勉 困 已千
愚明 柔强
固执笃行

碎乃成一个囫囵物事，惟逐渐乃成一个长久天地，此天道也；惟零碎方造到一个全体功夫，惟逐渐方造到一个无息地位，此人道也。不讲零碎，只说囫囵；不肯逐渐，只求顿悟，所以为异端。

“天命之谓性”句看周子太极图说。天便是无极而太极，故《章句》曰：“天以若天地之天，即是两仪之一，安能以哉？惟太极为阴阳五行之主，故能以之化生万物，犹人君之出命施令。”故曰：天命及其既生人物，则太极即在人物之中。故曰：气成形而理亦赋焉。到末章说到无声无臭，仍归天上，所谓太极本无极也。

孔子罕言性，子思开口说性，盖自孔子没性道教，各有所谓近理乱真之说。故下三个“之谓”唤醒天下误认者。注中“知不知”六句正解，三“之谓”，以是为防人犹有以为恶、以为无善无恶者

“天以阴阳五行”四句不从天地初开讲来，则“气成形，理亦赋”之意，毕竟不明白。此是大源头，学者须细体会过来。

《朱子语类》云：“虎狼之仁，蝼蚁之义，即五常之性。但只禀得来少，不似人禀得全耳。”此恐记录之误。理无大小，亦无多少，物所受之性即人所受之性；但物气质偏驳之极，只有一路明亮耳。非人禀得多，物禀得少也。若有多少之分，则语小天下能破矣。

“道也者”三句是冒全部《中庸》在内，不特引起下两节。

“可离，非道也”，即孟子四“非人也”，笔法缴足上，不可意，子思惟恐人错认作不当离耳；注中则“岂率性之谓哉”最明白，“无物不有横说，无时不然竖说”二句见得透，即悟道矣。然异端亦假窃得去，谓运水搬柴，头头是道，故朱子必加日用事物当然之理，皆性之德而具于心，才是吾儒实践之道。

无物不有，故须零碎剖别；无时不然，故须逐渐揩磨，此穷理之功也。无物不有，故须逐事践履；无时不然，故须常切操持，此力行之功也。一息尚存，不容少懈，故曰：“不可须臾离也。”

"存天理，遏人欲"，是功夫大节，目存所以为遏之本。遏所以密存之功，文养互发，方能不离道。

"莫见莫显"，两"莫"字信不及，无以为君子。盖自小人视之，方以为莫幽乎隐、莫暗乎微耳，而不知隐微中一点自知之明，昭著甚矣，可以自欺乎？

致中、致和工夫一片做来，循环不已，即在人之动静无端，阴阳无始也。故天地位，万物育，效验亦一并征应，不分界限。《章句》两两分承注释之，体当如是耳。若一看煞，便似天地位绝与致和无干，万物育绝与致中无涉；又似某时致中，天地上有如何感召，某时致和，万物上有如何变化。岂非胶柱鼓瑟，失之拘泥不通乎？

《中庸》下

因食粥，与门下言："中庸其至矣乎！'至'字只就食粥可见：不可太薄，不可太厚；食不可太早，早则热；不可太迟，迟则冷；冬则宜热，夏则宜冷。只在日用伦常之间，见得随时变通，无过不及，所以谓之'至'。"

后世有述玩注"或"字，从时解："代远言湮。"是。不然，当下"犹"字。

天地亦万物中一物耳。道包乎天地之外，故天地不能尽道，才见道之费。时说"世岂有天外之道"，非特不知道，并不识"天"字。天命之谓性，道之大，原出于天。二"天"字同天地之大也，"天"字则苍苍之天也。

"夫妇与知与能"，史氏指交感说极是，存疑驳之：以为不问当理与不当理，而但指交感是指气为道。然夫子说"逝者如斯"，亦指日月寒暑流行显著于天地间者，则男女构精，何异鸢飞鱼跃，谓非道中之一事乎？且不言"匹夫众人"，而必曰"夫妇"，且以造端夫妇结之，意可见矣。当主或问及《章句》居室之间为正，如以鄙亵为嫌，而必以耒耜井臼当之，多见其不知道耳。

"道不远人"，道者，众人之所能知能行者也，故第二节注引张子"以众人望人则易从"语，此"众人"不当作庸俗人看，若预度其不能尽道，姑以世间凡陋不堪之事望之，则君子之治人已外道矣。不过就子臣弟友日用常行，众人晓得、众人做得的道理教他脚踏实地去做工夫，所谓以众人望人也。

"忠恕"两字本大，即包全部《中庸》未始不可，况一章乎！然此章夫子本意却只说"道不远人"，子思引来，亦只为上章说得道理大，恐人求之高远，故要人就第二节识得个各在当人之身，就第三节识得推己及人，就第四节识得个子臣弟友，庸德庸言，不至远人以为道耳，何必强以"忠恕"作贯，自生枝节耶？

"足"字、"余"字总无尽量、无尽头，即到从心不逾，夫子意中犹自以为不足、有余也，如《论语》中"何有于我""我无能焉""是吾忧也"等语，皆是不敢尽，即是不敢不勉，如此看责己，张子“尽道”二字才见得难，不可一蹴而至，须从日用伦常上积累将去，庶几尽道于万一。工夫至此，何等切实！

“素位”，“素”字训“见在”，极有味。人各有见在，如何不尽见在道理？就一人看，有多少不同的见在，能尽于此而不能尽于彼者多矣；唯君子无地不自尽，故无人不自得。蔡氏训为“本质”，对“增饰”看，穿凿甚矣。好异之弊，一至此耶！吉、凶、悔、吝，吉一而已；富贵、贫贱、夷狄、患难，富贵一而已。可见天地间人处境，忧患多而安乐少。君子素位而行，则富贵、贫贱、夷狄、患难皆吉也。

“易险”就理欲上看，不在境遇上说。君子虽忧困杀戮，一生逆境，亦是居易；小人虽崇高富贵，一生顺运，亦是行险。

子思引夫子“射有似乎君子”一节，以证素位。不愿见得陵援怨尤，皆忌人之胜己，而不知己之志有未正，体有未直也。能反求诸身，则必能为其位之所当为而不怨不尤矣，是总结上三节。

“春秋”二节，王氏分时祭、祫祭，不如陆氏、仇氏不分，一节事神，下节待下，何等直截。然时祫及庙制不可不考。或问详载，此等零碎处，正是费之大者。因时制宜，事事恰当，乃中庸也。

五“其”字，太王、王季、文王都在内，此“礼乐”即商先王之制度声容亡于天子而犹存于侯服者，到武周损益得宜，更觉广大精详耳。此一节正讲继志述事所以为达孝处。

孝，庸行也。推到郊社禘尝，非极其至乎？与大孝章同。《论语》单是禘，是直说；此却兼天地祖宗，横说直说都在内，要见武周尽伦、尽制、尽善、尽美，所以为善继善述，治国亦不在达孝之外。若云不惟善体先王，又可通于治道，则治国反大，郊禘反小，误矣。

制体亦是治国内事，下章正好接出文武之政，子思引夫子之言，仍当自家文章。故《中庸》一书，一线穿成。

“亲亲为大”，“亲亲”对“仁民爱物”看，故曰“为大”，下“事亲”才是父母。人多误言。

小学明伦先君臣本，《中庸》五“达道”对哀公言也，《尚书》契五教，则有父子，然后有君臣，至《系辞》，则又首先夫妇。三说中，《易》为道之原矣。

知、仁、勇既是达德，则生安学利，亦兼勇说。而《章句》分等两说，及有弗学一节，皆以勇属困勉何也？哀公懦弱，是愚柔一种人，夫子两“及其”、两“一也”、三“近”、五“弗措”，明是教他用力，故朱子推明其意如此，盖生安不赖勇，学利自能勇，唯困勉所难在此耳。

说九经之效，不是歆动哀公，盖效验上有欠，都是工夫上有亏，使以自考也。故效在前而事在后，煞有意思。

哀公诸侯，而以九经告之，犹孟子对齐梁陈王道也，故开口便说文武之政。夫子三年期月，必世东周，平生志业皆于此章发之，惜乎哀公之不能用也。

“天下畏之”指诸侯言，犹言大畏，民志大，邦畏其力也。《讲义》“守礼奉法，一道同风”，说得好。“劝亲亲”，《蒙引》作“各亲其亲”，是；若作“亲我”，则隘矣。

杨园以事行重复，疑“事前定则不困”六字是衍文。愚以凡事是总说，此就一事而言。《孟子》“天不言，以行与事示之而已矣”亦合行事说；下个“困”字、“疚”字的是措之天下，行之一身分看，不嫌其复也；若去此句，文气反不足矣。顺亲信友，彻上彻下，可大可小，然《中庸》哀公章首提文武人存地位极高，“位”是何等位，“上”是何等上，使朱温□篡窃此位，亦可居耶？民是文武之民，不以文武之所以治民，治民，贼其民者也。如齐桓任管仲，仅致伯功，谓之获上治民可乎？“友”是何等友，“亲”是何等亲，意气相投，非信也；父曰左则左，父曰右则右，此从亲之令，非顺也；父攘羊，子亦攘羊，此同恶相济，非顺也。必如岳牧咸荐，方是信；必克谐以孝，谕亲于道，方是顺。由此推之，则“诚身”非阳明之“诚意”，“明善”亦非《讲义》之穿凿矣。

同是明善诚身，《孟子章句》止云“为善之心不实，不能即事穷理”，与此不同者，何也？此章子思引来讲道之费，夫子口中亦说得大，故朱子以所存所发真实无妄，合体用而言之；以人心天命至善所在，就源头而言之，理同而地不同也。

“凡事”二节只作一过文，引出“诚身”，归到“择执”，要他己百己千耳，不可看煞。故注下所推推言之意等字，极有味。诚者，天之道也，当兼看，孟子注“理之在我者”句，更明。此一节体注，范氏最看得清楚：上“诚者”说赋畀之理，下“诚者”说成德之人，上天道通圣凡言，下以圣人当天道，后每章天道皆顶，《章句》“天道不易”之论也。

上“自”字是即诚即明，下“自”字方是“由”字。上“明”字当不得“知”字，下“明”字却是明善，看注无不照先明善，最有斟酌。此章承上“生安、学利、困勉”说来，体平意恻，要人明善以诚身，何等真切！今人好高欲速，有赞阳明为自诚明者，难矣哉！

至诚尽性，参天地不必达而在上也，孔子可以当之。故愚谓此下天道六章，子思意中皆有个孔子在，故言之确切如此。如登泰山、游峨嵋，毕竟亲历过来，才形容得出，赞叹不尽，观仲尼祖述章可见。

“察之由之”是尽己之性知明处，当是尽人物之性，赞化育就上文叹，美其功用耳，蒙引误解。

至诚而在上位，则化妖孽为征祥，保持禳却，犹其后焉者也。此一章是就乱世之至诚看出明明，就孔子平日料事先觉上指点出至诚，前知道理。人都看煞，谓非徒晓得有许多召致之道、禳却之方，说成一个喜征祥怕妖孽的人，如何算得至诚？玩“可”“以”“将”“必”“故”等字，只是虚论，前知之理，叹其如神，见得诚则明，即祸福一端，可验耳。

“不贰，所以诚也”，“所以”二字不是推说，犹言“便是诚也”，与前注可参看。至诚无虚假，所以诚天地不贰，所以诚不贰便是无妄。

五岳独言华者，西北地厚，华是一块全石，入地最深，与他山不同，故言。

“日月华岳”三句便说生物，下“万物”两句，是找足“日月华岳”三句。盖日月星辰、华岳河海皆能生物，而天地能生生物之物，其不测为何如？故下又因华岳推及于凡为山，因河海推及于凡为水，而山水之所生，又皆日月星辰之所生，总为天地之所生也。天地间物，非日月星辰则阴阳不和，故地非天不能生物，所谓独阴不成也。日月星辰，天之所生以生地之所生者也。时解以“日月华岳”三句足上“无穷广厚”，大误矣。

天之所以为天也，即是太极，与“天命之谓性”“上天之载”同，与今夫天“天”字不同。

礼仪是道之目，威仪又目中之目，于此看得无物不有，无时不然，则道问学工夫，自不能已。注中析理、处事、理义、节文四句，零碎周密，无非在三百三千中察之由之，惟恐有遗漏耳。故曰“致知之属”，下“之属”二字见得知中有行也。

“尊德性”节，四“而”字、一“以”字，知行并进，巨细兼该，工夫一片浑融。《章句》分讲，恐人不解耳，然不免有痕迹矣，人当善会。（三十章“小德属不害不悖，大德属并育并行”，亦有痕迹。）

“默容”兼已仕、未仕说，伯玉卷怀亦是默容，然则缄默取容，可乎？曰：有修德凝道之功，决不入小人一路。

孔子之为下，不倍天道也。君子修德凝道，亦能不倍人道，而几于天道矣。末节寓此意。

议礼制度考文，非有圣人之德而居天子之位者，其创始必不尽善，不可措之当时，垂之后世也。三代以下，汉唐宋明之礼度文，虽有可稽，然仅有位而无德，非制作之善者。君子于此，为势分所压，故亦为下不倍。

《中庸》章句有三节当浑融看：致中和、尊德性、万物并育是也。两两分疏，是朱子教人不得已苦心，其实本文只当合看，不得拘泥。《章句》反失子思本意也。“所以不害”四句尤不可泥，犹云其并育并行，不害不悖者，小德之川流；所以并育并行，不害不悖者，大德之敦化。如此看下“全体万殊脉络根本”四句，一气融洽矣。尊德性，注亦不可泥，犹云不以一毫私意自蔽，而析理又不使有毫厘之差；不以一毫私欲自累，而处事又不使有过不及之谬；涵泳乎其所已知，而又日知其所未知；敦笃乎其所已能，而又日谨其所未谨，此存心致知交致之功也。如此看便无痕迹。四“而”字、一“以”字，不待分疏矣。

章句中每用“一毫”二字，极宜体认。《大学》至善，无一毫人欲之私；《中庸》不以一毫私意自蔽，不以一毫私欲自累，析理则不使有毫厘之差，又无一毫私伪留于心目之间，无一毫人欲之伪以杂之。一毫极少，然此一毫不云，理非至极，诚非至极。圣人所以异于大贤者，所争只在此一毫耳；大贤于此一毫，皆打不过，故曰“未达一间”。

是以声名一节、苟不固一节，有一种形容不出、赞叹不尽的意思，全部神理结穴在此见得。“中庸不可能，唯圣人能之，舍仲尼吾谁与归？”读至此，须瞑目想子思下笔时光景，方有得处。此天地之所以为大也，故曰：“配天，其孰能知之至矣！”四章结句一并体会，其味无穷。

费隐小大，说至三十二章，包括尽矣。然《中庸》一书专要学者看圣人榜样去做工夫，惟恐人认作广大精深，或生疑畏而不为，或好高而远人以为道，故末章切切实实说下学上达的次序工夫，子思之心苦矣。通章只用引证指点法，言下要人省悟去办，一片真实为己心，做存养省察功夫，以求造乎中庸耳。世之学者，或索之杳冥，或寄之口耳，非子思子之罪人哉！

“其惟人之所不见乎”不是赞君子，是说人不见处，正己所独见处，与曾子“其严乎”同一警策。

“上天之载”应首章天命无疑，但此处却是形容不显之德，乃人中之天也。天命之谓性，天而人也；无声无臭至矣，人而天也。

子思寿最长，百余岁，《中庸》一书想是九十以外编成的。此书将孔子平日言论就合到孔子身上，去写一个中庸的孔子行乐图，极平实，极精微，见得孔子一生致中和，不过知仁勇，以一“诚”字尽道之费，包费隐，兼小大，以人道合天道，而为至圣至诚也。故末章仍从夫子不怨不尤、下学上达、谨独存养说到笃恭天下平，是天地位、万物育与天之无声无臭适相合焉。此所谓道不可离，中庸不可能，唯圣者能之。苟不固聪明圣知达天德者，其孰能知之！子思亚圣，为至圣之的孙亲，炙于祖，久而天复锡之以寿，使日进于精微纯粹之域，以成此阐扬家学道统的传之成书。呜呼！是岂偶然者哉？

《孟子》

梁惠王

作俑无后，况用人乎？明《国朝典故》云：“我朝高庙、文庙、仁庙、宣庙皆用人殉葬，至英宗始戒。宪宗曰：‘此事宜自我止。’后遂遵为定制。盖渐染余习，高祖性忍，不及改耳。”周太祖戒晋王曰：‘我死，当用纸衣瓦棺。’俭德固可师。然宋张耆遗言厚葬，盗发圹得金玉，大慰，不近其棺，列拜而去；晏殊遗言薄葬，盗恨其皆瓦器破棺，取金带，带亦木也，遂斧碎其骨。是又厚葬免灾，薄葬致祸矣，人情之不可测如此。然使盗疑棺外有金，棺中更何如，而更破之，亦未可知也。事贵论是非而已，利害何足凭哉！”

“按摩去疾”，摩，去声。“孟子为长者折枝”，注云：“折枝，案摩折手，节解罢枝也。”此或是赵岐注，亦通；然据愚见，此必“扶杖”二字之讹。盖篆文“折枝”与“扶杖”适相类，亦犹“卒以学”易误分为“五十”耳。

不推恩，无以保妻子，不必说到妻被人诱、子为人害，即使一家平平如故，而妻有以窥其隐微而不敬其夫，子有以持其短长而不服其父，便是众叛亲离，无以保妻子矣。世可欺，名可盗，而暗室衾影，却瞒不得妻子，此齐家所以必本于修身也。

“二三子何患乎无君，我将去之当从”，蒙引说“我将率尔去之”为是，盖太王仁人，何忍使赤子为狄人所涂毒乎？父母爱子，不忍令其子女为娼优僧尼，民之父母岂有异哉？

公孙

养气固以知言为先，集义为本；然不居敬，何以穷理？不直内，何以方外？故紧要功夫又在持志上。

“志士不忘在沟壑”，先儒云“不忘”二字须向“只里”参取。大抵学者立志，先须打穿后壁，商量究竟，一着拚得一沟壑，安往而不得沟壑哉？若饥饿而死，乃分内事；疾病而死，无论已；洪波烈焰而死，犹之沟壑耳。至于君父之难，刀锯鼎镬，甘之如饴如归而已。允若是，宁有让千乘而箪豆见于色者乎？亦宁有嘑蹴不屑而受无礼义之万钟者乎？

“故齐人莫如我敬王”，此“莫如”二字连，与“恶之莫如贵德，耻之莫如为仁”文法一般。因景丑言未见所以敬王，故孟子将自己统入齐人中，而言“莫如我敬王”耳。俗解“齐人敬王莫有如我者”，谬矣。要如此句是孟子归到自己敬王，不是要显齐人之不如我也；上已有“不敬”，莫大乎是，安得复衍此意耶？

“孟子自齐”章注“董治棺”，疑当作“椁”，盖六十岁制。孟子大贤，必无母殁而治棺者，临葬作椁，于义无害。

天地间只有一个感与应而已，人徒知彼感，此应不得不然；不知彼应我先为感，有以致之也。如“孟子去齐”一章，客不悦而有言，但知孟子卧而不应为不是，却不思己之代为留行，早已绝长者矣。吾人凡事当以此自反，应酬之际，庶乎鲜失。夫子云：“躬自厚而薄责于人，则远怨矣。”

滕文

此其大略也。一节《章句》载张子“井田”一段，原是有“王者起必来取法”意思，重在“推先生之遗法，明当今之可行”二句；若论其极，非天子不议礼，不制度，君上不能行井田，而处士与同志私正疆界于草野，岂为下不倍之义乎？学者亦不可不知。

“天下犹未平”，朱子《章句》作“生民之害多矣”，窃谓此当从程子专指洪水说：自有天地以来便有洪水，只尧以前人少，就高而居；如今人看江海，不觉其害；至尧时，生齿日繁，渐就平旷而成，则泛滥之害若切肤矣。所谓尧有九年之水者，即二十八载中之九年禹治水未平之时也，非前此无洪水，至尧时水乃游行也。

“人将相食”，或疑语太过，自周历秦，虽赧王之乱、始皇之暴，何尝见有人相食之惨？此不善读书也。孟子时，已人相食矣，“将”字是孟子宽词。人相食，不必易子而食，析骸而炊也。父虐其子，子逆其父，君臣猜忌，兄弟阋墙，夫妻反目，朋友欺卖，天地间一团乖戾酷烈之气，便是人相食矣；若荒岁食尽而食人，反是有形之粗迹，不如无形之人相食祸更惨也。究其源，则由生心害政，发政害事，然则异端之罪可逃哉？即以迹论，战国兵革相寻，肝脑涂地，白起坑卒四十万，项羽坑卒二十万，非人相食乎？祖龙之焚书坑儒，又有甚于人相食者。孟子之言，非实征乎？

离娄

“小子鸣鼓而攻”，《论》《孟》不同。在《论语》，使门人攻之，是不终绝见，爱人之无已；在《孟子》，则一气滚来，归到“况于为之强战”一句，当作非吾徒，故遣小子声罪致讨。注到“弃于孔子”，“弃”字，读此可见圣门高弟急于建白而所仕非人，徒为后世口实，以罪例之，特轻于善战者耳。求而可作，何颜列于圣门哉？

“言不必信”三句一气读，与“无适也”三句同。两“不”即两“无”；“必”训“期”，“必”即适莫之与比，即唯所在也，但孟子说得直截，夫子却说得细腻。

“养生者不足以当大事”一章，是孟子既葬母后追思，“后丧逾前丧”一语，而深抱痛于其父也。虽曰贫富不同，想到“必诚必信”四字，不能纤毫无悔也。与孔子“吾不与祭，如不祭”参看，圣人亦有事后之悔，此等固不害其为圣也。

“恶旨酒”四节是孟子撮来，下乃接“思兼三王，以施四事”，盖孟子深知周公之心，不过如此，故约略言之。七篇中此类甚多，如“我竭力耕田，不得乎亲，不可以为人”，“天之生此民也，知我者其惟春秋乎”，其义则某窃取之矣，皆不必实有其语。约略叙来，确是圣人心中口中所欲言，故曰孟子已到圣处。

或曰：“周子曰：‘凡天下疲癃残疾，皆吾兄弟之颠连而无告者也。’孟子则曰：‘于禽兽奚择哉？于禽兽又何难焉？’由此观之，孟子不如周子。”余曰：恶是何言也？此一段书，正是《西铭》道理，须善读耳。当三自反后横逆，由是君子恻焉心伤。若曰：天下惟禽兽气拘物蔽，不可化诲耳。此妄人，宁遂化为物类耶？于禽兽乃不足校，此人岂真禽兽，亦不足校乎？正是不忍以禽兽目之，作心口商量语，自慨自痛，不知三自反外，更有何法可以挽兽门而登之人域也。如此反覆，正见蔼然满腔恻隐，虽欲不下泪不得矣。其传虚神处在“此亦也已矣，如此则奚哉于又何焉”十四字上，非惜体默会，何由见君子之存心哉？

孟子曰：“忧之如何？如舜而已矣。”“而已矣”即所谓死而已也。一息尚存，此求舜之志，不容少懈也，曾子、孟子岂有二哉！或疑孟子立志如此，何以终不如舜，曰：所谓取法乎上，仅得乎中也。功之所造有浅深，遇之所遭有常变，其为法天下可传后世，则一而已矣。

万章

人言“永言孝思，孝思维则”，重“思”字，不重“则”字，若重“则”字，使天下人人欲为天子矣。余意不然。凡看书当问圣贤立言本意，此对北面臣父说，正要重在“则”字，故注中有“既为则当”，岂有文法？言舜只是一个随分尽道人子，事亲心无穷而分有限，得为而不为，不得为而为，均于不孝。若舜不以天下养，便是得为而不为，何以为万世则乎？正要浅浅指点，借诗咏叹，便得孟子本旨。若说舜得亲悦亲，孝思无穷，所以可则，则大误矣。圣人无出位之思，亦无歉于位之思，为匹夫则思以菽水娱其亲，为天子则思以天下养其亲，即所谓则也。使舜终身匹夫，亦是永言孝思，孝思维则，但对咸丘蒙则微重，得为、不为一边耳。

“一介与天下千驷”，事有大小，道义无大小，自伊尹看来总是一样，此便是自任以天下之重处不到，后来嚣嚣应聘，才见他自任也。

或问：“予将以斯道觉斯民，与孔子‘民不可使知之’，何矛盾也？”曰：彼是说凡民，此是大概说，该中人以上在内，故以后知属中人以下，后觉属中人以上，而以先觉自居。注中“当然所以然”，正是暗用“民可使由之，不可使知之”，何尝矛盾乎？

孟子，圣之任者也，故说到伊尹处，更觉精采。

“知人则哲”，是知今人；孟子“不知其人可乎”，是知古人。发出“论世”二字示穷理之要，使古人不得蒙混过去；便自家取法，古人亦一毫假借不得。朱子云：“非止为一世之士矣。”壁立千仞，何等气象！

告子

“熊掌与鱼不可得兼”，非偶举二物也，盖味性相反，熊掌羹中投鱼，则臭不可食（虎林司庖者云），正与下文“生义不可得兼”紧对。

尽性

“万物皆备于我”，不可看得“我”字狭小。人人有我，物物有我，即一物之中，亦是万物皆备。何则理无大小也？譬如太阳照下，随物所受浅深大小不同，即皆此公其之太阳也，圣人泛应，曲当亦然。事有精粗，而圣人一以宽心，实理应之，无大小也。故曰：无物不有，无时不然。天地圣人，一而已矣。

“行之而不著焉”一章是孟子大有功于孔子处。孔子之时，学者大概见得到，只患其不行，到孟子时，非但不行，并不曾知闻，有一二重躬行的，却都不曾穷理。孟子特发此一章，有以夫！

“夫有所受之也”，此句道理极精微。舜为天子，而不能禁皋陶之执法。法者，天理之当然，是受之于天；天子不过天之所立，使之司法以治天下而已。舜窃负而逃海滨，犹之县令挂冠而去官，不足为轻重也。

道理极严，通融不得；又极圆，执滞不得。熟读《孟子》桃应、任人诸章，方识得君子之中庸。

或问：“孟子‘善信美大’一章，何以缺却知的工夫？”曰：凡看书先看发端。此章问乐正子起，故即就他善人信人推而极之，非统学问之全而著之为功候也。不然，朱子何用补出张子“乐正子志仁无恶，而不致于学，颜子好学不倦”一段？正为乐正质美未学，所欠正在穷理；从子敖亦是理上见不到，小人不可与作缘耳。

“说大人”一章是孟子移下一等，设身处地就说士身上说。章内数“我”字非孟子自指，即说大人者自我也。若曰：公等只为在我者，未尝有古之制；在彼者，皆我所欲为，故视其巍巍而生畏心耳。若使我得志，一切皆不为在我者，惟古之制，吾何畏彼哉？曾子“彼以其富，我以吾仁”数句，三“吾”字亦非曾子自谓也，盖有为而言，就初学者激发其志气耳。不然，孟子何必抑扬其辞，加夫“岂不义”，是或一道二语乎？

万章问狂狷，忽转出“过我门而不入我室”，极有关于世道人心。所以孟子不以关杨墨结七篇，而特取“夫阉乡愿也”章，意以为中行不可得，而人情狡狯，却有一等似中行而非中行者，故举乡愿为问孟子，因与推孔子所以深恶痛绝之故，为万世悬一辨乡愿的秦镜。亦预知杨墨外有此一等人，亦是弥近理而大乱真的儒者，故曰“至诚如神”。

补

“不如诸夏之亡”是痛中国，不是赞夷狄。“也”字神情极伤痛，犹之雎鸠之有夫妇，不如人类之渎也；虎狼之有父子，不如人类之忍也。呜呼！尚忍言哉？“夷狄之有君”，“君”字轻，不过□□□□已；“诸夏之亡”，“亡”字重，此“无父无君”之“无”也。“乘桴浮海”是设言，存疑。谓冀有所遇于岛夷之君，直是说梦。故不知《春秋》之义者，不可与读四书。

“何陋之有”，言外有夷狄可化，而中国之人久不如夷狄之可化意在。与“夷狄之有君”章同一感慨。

"季氏富于周公"一章乃春秋大义。陈子昂以周官礼乐说武后，史臣诮之；许鲁斋乃以王道望忽必烈，幸不大用。倘忽必烈大行其说，元之天下或一二百年之久，鲁斋岂非千古罪人哉！此之附益，又非冉有比矣。

夫子对空空、鄙夫谒两端是至诚恻怛。孔明事后主之愚暗，两《出师表》元如对明圣之君；陆秀夫当危亡之日，为幼主垂绅正笏，讲《大学》，皆是圣门家法。若荀文若之阻九锡，许鲁斋之陈王道，亦尤而效之，是沐猴而冠矣。

子文、子西之相楚，总不如王猛之相秦。盖猛犹知有正朔也。知此可以断鲁斋之为人矣。况子文、子西非圣贤之徒乎？

或问："圣人之语亦有过当处，即使无管仲，何至被发左衽？"曰：至诚前知，明知后有五胡、有胡元，故特下此可伤可痛语。圣人之语为万世立大防，岂为一时哉！

"人将相食"，下一"将"字是危词，人犹未忍食人也。至秦汉以后，五胡乱华，真是人相食矣。至南宋以后，并无人，而胥天下而兽矣。胥天下而兽，则虽狉獉往还不相食，而惨已甚矣。使孟子生其时，其不得已之心，更当何如哉？

或问："好辩章，朱注'惨于夷狄篡杀之祸'，夷狄之祸至极而无以加矣，何言惨又甚焉？"曰：此"夷狄"即上节戎翟荆舒之类，是从言，非指篡位中国、一统灭夏之夷狄也。若忽必烈之代宋，宋无有惨于此者矣。或为之击节，曰："此前人所未发也。"《春秋》之"内夏外夷"，"夷"亦是泛言，如楚兴吴越之类耳。若春秋以前有如忽必烈之灭夏者，夫子之作《春秋》，别有一例矣。朱子生于元之后，其纲目亦别有起例也。圣人复起，不易吾言。夷狄当分三等：春秋猾夏之夷狄罪第三，五胡乱华之夷狄罪第二，忽必烈代宋之夷狄罪第一。明乎此，而后可以论正统，可以论诸儒之出处。

"不得中行"章补"谨厚"一层，朱子极有深意。许鲁斋、陆三鱼岂非谨厚之士而不能振拔者乎？若振拔有为，则生于理宗宝庆初，正朔在南，何屑仕虏？三鱼嫡伯为徇国忠臣，何忍事仇？故其流为真忠信、真廉洁，同流合污之乡愿。《孟子》七篇以乡愿结，岂偶然哉！

定泉诗话

辛亥五月，不雨，莳秧者方岌岌，忽连雨十余日，复虞其害秧，因作祈晴诗。蒋子东湖因吟始学斋远游草云："久晴对日恒思雨，得雨看天又祝晴。农圃较量晴雨惯，客中无事也关情。"真名句也。

梅里盛孝廉（嵩）画小照，旁有姬吹箫，一姬秉烛入，梅花下鸳水。张秀才（敬业）题云："凤箫不是江城笛，分付梅花莫浪飞"。一时无出其右。

晚凉偶把酒池上，东湖因举黄陶庵先生句云："家计总输渔具稳，侯封那敌醉乡宽。"三复吟咏，为之慨然。

静愉斋前，古梅绝佳，适斋先生（东湖尊人）诗云："清标迥出岂寻常，阅历凝寒薄艳妆。本以萧疏成傲骨，不因寂寞减幽香。瓶中偶插□书幌，笛里空吹绕画梁。莫羡扬州何水部，柴门也是占春光。"

适斋有《硖山》十二景诗，其《南湖夜月》尤佳："一湖水色连天色，万顷清光照眼明。笑指银蟾随水去，坐看渔艇上天行。"余尝于秋夜泛月，亲涉此境，胸次旷然。

适斋工画，其题《折竹》云："欲写此君意万重，曲非其性直难容。不如画写个垂空样，仿佛天边挂箨龙。"又《咏蚕丛》云："鼎烹却在功成后，纵有经纶不若无。"题《自鸣钟》云："人情果肯随时省，何事晨钟报五更。"皆醒世语也。

仲秋，适患咳半月，乃瘳，慕迁借阅《宋人小集》，得之东庄，抄本中有佳句可摘，如叶绍翁《赋栽苇》诗："所怜如许节，不耐雪霜寒。"张弋云："岁穷风力紧，江阔雁声寒。"杜旃云："结交莫厌初年淡，晚节相看味始长。"罗与之《秋林》云："细看摇落风霜意，已见发生天地心。"刘翰云："欲与嫦娥移桂树，月中先合种梅花。"赵希㯝《秋夕》云："月淡钟声晓，灯青剑影寒。"《咏梅》云："若使牡丹开得早，有谁风雪看梅花。"毛珝《秋日即事》七古，绝云："花摇蜂醒我亦觉，斜阳一片秋茫茫。"仪真绝句："总是中原旧风物，不堪近日是边城。"邓林《绿珠词》，结云："到头不负齐奴约，犹胜识字空投阁。"朱继芳《太极图》云："日光漏得先春意，钻入书窗个个圆。"《题月林》云："和根都斫却，还我旧山河。"陈必复《梅花》云："天下有花皆北面，岁寒唯雪可同盟。"陈允平云："叶落风千树，钟残月半楼。"施枢《雪诗》："大是梅花饶一出，荡于柳絮更多情。"陶弼《兵器》一首，全篇可传五律，如："月天高寺影，春雨一桥声。"几几中唐矣。至黄文雷《西域图》尤切时变，感慨极深。姚镛："道外无营偏爱画，静中有趣只吟诗。"沈说："落照收残雨，寒烟出寸岑。山带孤城起，云归古殿深。"吴仲孚："百拙难随今日巧，一贫方识古人心。"余观复《梅花引》："谯楼角动霜初飞，萧寺钟鸣天欲白。"又："天边有雪差堪亚，世上更无花敢清。"居然和靖东坡、葛天民一段孤明雪，亦羞瞠乎后矣。郁登龙《寄刘侯村》："如开元可二三子，自晚唐来数百年，庶几不愧。"高九万《孤山雪后》云："近来行辈无和靖，见说梅花不要诗。"说得极畅然太露，非唐音也。

宋伯仁七绝，殊可咏，如《无事》云："梅花未必能如我，花谢花开未得闲。"《纸鹞》云："惟惭尺五天将近，犹在儿童掌握中。据见定时俱是足，苦思量处便成痴。"大是醒世语。《丑女歌》尤今好色者下顶门针："丑妻恶妾寿乃翁，何须能劝羔羊酒。"薛师石："空携痛哭能言策，不遇勤求下诏时。"薛美尝赠之诗："禽翻竹叶霜初下，人立梅花月正高。"可以见其概矣。

诗有出人意表者，如林希逸："可是人间清气少，却疑大半在梅花。"极有味。

周□□（名弼）五律可爱，如"竹深春寺磬，滩急午溪春。""雨冲寻屋燕，云背立樯乌。""冷霜粘破屐，落月带残钟。"七律如"春淡野桥孤艇远，暮寒溪寺一钟闲。""雪消晴嶂沉孤垒，风打寒潮入废城。"亦佳。

叶菌《咏蝉》:“不须过有螳螂虑，黄雀从旁冷眼看。”极有含蓄前人所未道，可谓用古入化。

戴石屏《琵琶亭》:“不寻黄菊伴渊明，忍泣青衫对商妇。”足使香山丧气，故作诗贵有识。

刘过“佛灯明老屋，秋日淡疏林。”杂唐人集中，何辨耶？七言七物叠用者，唯古风有之，邓林却入七律，其《赋江郊渔弋》有云:“青枫翠竹春屏叶，白藕红菱晓镜花。鸿鹄鸥鹏雕鹗鹘，鳟鲂鲦鲤鰋鲩鲨。”词人无所不可然，不可为训。

诗贵立意，别如陈鉴之《蜡烛》绝句:“毕竟蜂须膏馥在，酒边依旧十分春。”从“蜡”字着想，新颖极矣。七夕话多，旧林希逸，绝句云:“世态如今机巧遍，堪将余技献天孙。”是“天孙当向人乞巧”，善用对照法。

慕迂许公告归后，日坐宗鲁，居手一编，寒暑不辍。东湖为诵沈石田句:“读书已足功名事，更读人间未读书。”洵不愧也。公好书，至蓄五十余橱，或评点不及辄分倩，朋侪丹黄品题，虽善本不惜也。尝见藏书家置之高阁，曾未触手或借阅，误加甲乙句读，则忿见颜色噫！可哀已。

《元人三集》，虽不及初二，亦尽多佳处。如白云子房皡《寄呈岳阳诸友》一作说:“为官近卑俗”“为官窘边幅”数语，大可唤醒沉溺富贵中者，又“狗俗到头终是病，耽书自古不名贪”亦妙。《春日观菜》云:“手种芜菁亦疗饥，春来颇怪发生迟。东风贪长新桃李，未有功夫到菜畦。”何等心思。

曹子廉《雁》诗:“日落秋声急，江空暮影寒。”杜仁杰:“一川花气午，万壑水声春。”“十年种竹翻嫌密，一日栽松恨不高。”陈普:“柴门无钥见同物，竹帛有名终累人。”《汉宣帝》云:“甘露三年造新室，不关飞燕入宫时。”《晋武帝》云:“纷纷羔羯趋河洛，为见深宫竹叶青。”皆出人意表。

王虎臣《缫丝行》，全首可采卢挚《题归去图》:“门前五柳春蒙蒙，落絮不与江波东。”亦新。

李序《嗽金鸟》是有关系，文字宛如《香山乐府》，其《贺友白玉心黄金泪二歌》佳绝。彭炳:“明河夜无声，茅亭四檐月。露寒鹤梦醒，山花落香雪。”飘飘欲仙也。

张天英“酒星入水化为石，寒玉夜语天泠泠。”直逼昌谷岳王诗，甚多。唯高明“孤臣犹有埋身地，二帝游魂更可悲。”为第一。

周棐“花明古戍春，停骑月上春。江夜放舡恕，江雨春帆重，城云暮鼓低。”

陆仁《续弦曲》:“麟角煮为胶。”五绝，疑是甫里诗误入耳，于立“孰知青天上，年年葬神仙”。郊岛所不到。

好奇之弊，至郑东七绝，《题秋山对月》连用“天天月月山山水水，天天月月山山水水”。“𥱼”“𡫳”等字诡极矣，何可入选？

铁牛翁《咏柳絮》:“绣床渐觉香毬满，渔艇初疑雪片多。”居然晚唐。

《元人二集》胜《三集》，如《二妙集》:“飘零身世风头絮，淡薄人情春后花。”“拙计每为妻子笑，病多还觉友朋疏。”淡而有味。仇远《题松雪迷禽竹石图》:“百年花鸟春风梦，不是钱塘是汴梁。”刘清叟《梅诗》:“三弄直须琴对越，一寒安用酒温存。”“参横屋角霜初下，人倚阑干月欲斜。”赵文梅诗:“当于色香外观韵，可怪冰雪里有春。”皆佳句也。

刘壎《十忠诗·陈公文龙》一首，结云:“不有二忠存，千古笑科目。”刘麟瑞《咏文丞相》云：“六籍一时光日月，孤忠万里立刚常。”力量绝佳。

杨奂《读通鉴》云：“欲起温公问书法，武侯入寇寇谁家。”《管宁濯足图》云：“好留一掬黄泥水，墁却曹瞒受禅碑。”极有心思。鲜于枢“树古虫书叶，沙平鸟篆汀。”陈孚“江空双雁落，天阔一星流。”又《范增墓》云:“平生奇计无他事，只劝鸿门杀汉王。”《博浪沙》云:“如何十二金人外，犹有民间铁未销。”读《开元天宝遗事》云：“红尘一骑君休笑，中有渔阳万骑尘。”皆卓卓可传。

小云石海崖《芦花被》:“西风刮梦秋无际，夜月生香雪满身。”又《题扇》:“清晓山中三尺雪，道人神气是梅花。”不意蒙古有此奇才。

何中“江山归钓影，天地入笳声。”感慨在言外，只一“笳”字，令人泣然，是学杜而有得者。七古云：“我狂绝叫天何聪，乾坤如此何忽忽。”则尽露不平矣。

诗有极平易，却极难学者，如任士林“青天庭树在，白发镜尘深。”“家乡荒政日，客路独醒年。”有明七子，悉力摹唐，安能到此即。于石“鹁鸠夫妇孤村雨，杜宇君臣故国春。”“飘零风絮如行客，冷暖厨烟见世情。”亦岂易及。于石宋亡不仕，故其诗有清刚之气。五古如“读书贵有用，岂徒资笔舌。立身一匆谨，万事皆瓦裂。”七绝如“倚树恐惊殊雪堕，起来不敢嗅梅花。”又《咏柳子厚》:“半生巧宦翻成拙，何用区区更乞灵。”元人中仅见者，何失，名公交荐，亲老不就，亦石之亚也，当与刘铣并存。

传与砺：“海红秋树远，江黑暮钟深。”的是唐调。

李孝先《墨梅》七古:“银蟾呵春墨花碧。”一首全璧也，杂之昌谷何辨。又原上脊令古兄弟：“山中鸡犬秦桃花。”五律如“晴虹生远树，过雁带平沙。”“乾坤鸡屡旦，霜露菊犹花。”“江永鱼龙夕，风高鸿雁秋。”“春风吹白发，山雨隔青灯。”七律如“绕驿水声残雪夜，半桥山影夕阳天。”七绝如“无端画角连云起，铁铸梅花亦断魂。”元人中巨擘也。

成廷珪《岳忠武》诗，七古云：“谁人肯道莫须无，嗟尔张公作何语。”“两宫万里尚龙沙，泉下臣飞心独苦。”何等声调，何等骨格，读之得不下泪。

煮石山农王冕，古体绝佳，篇篇可诵，如“沙沤梦老蘋雨残，湿云不动天如醉。”“致令骄气吹臊腥，干霄上食天眼睛。”虽李贺、孟郊无以过之。七律如“离思厌听孤燕语，客情无奈乱山青。”“青苔蚀尽床头剑，白日消磨镜里霜。”近时诗人，安能望其肩背。

曹文晦《仿老杜出塞九首》，所谓东施捧心也，唯《咏琼台夜月》云：“清气逼人凡骨换，孤光入酒醉魂消。”差强人意。

舒頔《题李谪仙》云：“醉骨生疑蜕，诗名死更香。”二语最好。

郯韶《伐桂辞》，极《古乐府》之神韵。又“青山对雨云连屋，春水到门船在天。”化“春水船如天上坐”，而无痕可寻，是善脱者。至“一篷秋色斜阳外，半夜雨声春梦中。”则更纯矣。

谢应□“客来为说红巾苦，窗下榴花亦怕看。”得风人《隰有苌楚》之旨，可以验乱世生民之苦。范少伯为吴之仇仇谢《吴江三高》祀七古，论吴民不当祀，极有理，结云：“灵胥怒抉海潮起，驭若雷鸣过雪滩。”读之生气凛凛。

老叟心自怜，或谓诗骨清极，善占地步。《方竹杖》诗：“声叟性恶圆，为尔重激昂。”一段极老炼。《题少陵像》云：“胡羯长安满，骑驴短褐穿。”通首全学杜，与昌黎同孟郊联句即学孟郊相类。

金涓:“人澹琴心苦，林幽鹤梦长。”上五字尤胜。“鬓毛诗白尽，山色雨青多。风帘茅店酒，晴日柳桥莺。孤林欲暮鸦争树，一雨及时人种田。山厨度腊贫无肉，茅屋逢春富有梅。”真可驾宋而上之。

赵汸:“剧谈无可讳，信笔不相猜。”极友朋相聚之乐。世之既缔交，而动辄猜嫌者，可愧矣。“有酒何曾留俗客，无钱犹自买梅花。”世之沾沾以作家为急务者，可愧矣。

释行端诗:“荣来终有辱，乐去可无哀。富冢草还出，贫门花亦开。”最足醒世。与师益云:“虚名终日雪填井，幻境百年绳系风。”“黄河定是有清日，曲木其如无直年。”“甜到尽时忘密味，酸从回处见梅心。”皆得比兴之妙。

律诗绝句，当避熟韵，如一东、四支、十灰及真文、阳庚、先尤等韵，自唐宋来，作者不少出语雷同，令人生厌。若古体长排则不拘，初学不可不知。

作诗当从五古入手，后便展拓得开。若起头便讲近体，见古体便战慄，纵使律绝工稳，不过小家数，无当大雅也。余平生看古人诗集，遇近体则欠伸欲睡，读古风则精神百倍，亦是癖处。

陈子天，行苕人，寓硖偶携青羊翁诗，九哀五古尽可传，即近体中亦间有佳语，如《题废翁春风草庐》云:“不怨春风到日迟，人间已是腊残时。翁庐自有春风满，借与东皇遍地吹。”寓意深远，但翁当作吾耳。《瓶中海棠》云：“老来不作繁华梦，犹向瓶中惜海棠。”又“匹似一般瓶里供，画堂未必有清吟。”七律云：“僧扉无路花自发，樵担下山我正来。”诗句清于桑落酒，交情淡若雨前茶，却是宋调，盖诗门家法也。友人游风雨庵，病足不及陪，七绝结云:“寄君双眼穿云去，犹及横枝正好时。”气格清老。中有《自桐乡至濮院寻朱望之》一首，平平无奇。闻冰蘧讣报，我回亡无几。日□□忽惊，鲤也亦肩随。”是直孔子其师矣。阿私所好令人解颐，即以诗论复成何语，若：“山到云收全体露，树经霜煅众材呈。寒风生计溪渔占，斜日光阴岭雁争。生计浮沉鸥不定，愁心浩荡水无边。天低牢落参旗白，山冷凄凉佛火青。偶随斋钵闻清磬，曾倚岩花弄短桡。”犹不失宋格也。此翁诗不从古体入手，故成就甚隘然，他日当以人传也。桑田（号韬甫）《游虞山》诗：“山庄红豆已成尘，犹话尚书老病身。当日魂消一株柳，露条风缕不胜春。”双关语，令人寻味无穷。尚书诗文实佳，而大节有亏，反不如燕子楼殉节，亦可哀也。

王雅，宣山人（名宠），《游包山》诗，五古极峭洁，如“鸡犬自甲子，衣冠乃秦民。”“鹏霄迩灵岳，凤野开短襟。”古律如：“磴危寻藓迹，风引曳云衣。”七言如：“山河锦绣千年观，歌舞风尘万壑哀。泽国鱼龙吟落日，荆蛮云物怅登台。”居然唐音。竹院《明诗综》惜未搜录，然不意其书法乃尔秀逸，盖出入二王，不求形似，而思以神省者，虽未臻化境，可谓得烟霞之趣，不染些子俗尘者矣。壬子秋，过葭溪、裳吉、李子出示，此刻反覆不厌，携归山斋，与东湖共玩之。时在虎林道中，望半山红叶浓丽可爱，直与此卷争艳，遂洗砚书其尾。

《中州集》，元好问“微显阐幽”之意可嘉，其诗亦多可传者。余最喜董文甫《题审是堂》句：“飞蛾可是无分别，直道油灯是太阳。”铁厓作《老妇谣》，不仕明代，不免飞蛾之见若遗山，又当别论。

《集后词》一本，大概不足观，直可删去。

宇文虚中“散步双扶老，栖身一养和。”裕之注养和几名非也，盖治背痒者，起于李泌。

吴激“天气乍晴花满树，人家久住燕双飞。”张斛《题武陵春雪》：“洞里仙人贪种玉，岂知人世有春寒。”皆唐句也。

马定国“新月高城三百雉，角声吹彻小单于。”极合时令，末三字最用得好。萧贡诗亦云：“月转谯楼天未晓，角声吹彻小单于。”不约而同，盖同时有感耳。

施宜生“小溪烟重偏宜树，平野云垂不碍花。”“楼影不摇溪水净，春声相答暮云空。”七律之佳者。

刘迎《题归去来图》：“余子风流空魏晋，上人谈笑自羲皇。”“上人”二字拆用奇，然不可为训。至“却扫欲安无事贵，累人犹属有锥贫”对句极巧，不知何法，并无此锥也。

赵秉文《和陶诸诗》，肖甚，不愧“闲闲”之号。五律如玉涧：“新雪添衰鬓，寒灰死壮心。”《路铎》“云回暑天影，雨进夜窗声。”非宋人不能及。“有意候君门外柳，无机还我醉中天。”亦得靖节胸襟。“病知居士安心处，贫是诗人换骨时。”尤妙。“闲云欹枕里，飞鸟卷帘中。风定天还水，烟虚月度松。”亦高。浑集中如路公者，不多得也。

史萧“诗书作我闲中地，风月知人醉里天。”东湖甚爱之。适华亭张次亭过来雨轩，遂属书室聊，慕迁亦叹赏二语。

七言，萧贡最长汉楚二歌，有古致。

集中七绝多佳者，如王良臣“粥鱼敲落檐头月，犹在梅花醉梦间。”密璹《题留侯》云：“君方避溺犹居水，忍使余波及四翁。”《马伏波》云：“明珠薏苡犹难辨，万里争教论杜龙。”《八景亭》云：“谁知剥落亭中石，曾听宣和玉树花。”读之令人心爽。

高廷玉“和风三径雪，微雨一池萍。”(《柳絮》)赵元“菊花雨似人情冷，梨叶霜如酒力浓。”“梦里纸衾三丈日，话延雪屋一龛灯。”“乾坤万里云无迹，冰雪三冬柏有心。”“瓶储看客常年惯，家具为农近日新。”密璹“惊梦故人风动竹，催春羯鼓雨敲窗。”何等声调。

王若虚《赠王士衡》，五古，结云：“古来哭者多，其哭非无名。生其偶然欤，何苦催形神。如其果有为，为尔同发声。”盖自伤生不逢辰，令读者亦欲放声长恸耳。

若虚论诗云：“已觉祖师低一着，纷纷嗣法更何人。”极有识，盖言东坡已不及李杜况山谷耶。

《麻九畴古诗集》中，白眉也，其食蒿酱，叠韵尤目无全牛。《梁山宫楚山图》，七古，语语珠玑，不胜录也。又七绝《题俳优》云：“施能卖晋移君贰，旃解讥秦救陛郎。多少谏臣翻获罪，却教若辈管兴亡。”感慨深长。

王琢《春阴》："庭淡梨花月，楼寒燕子风。"酷似宛陵雪诗："花多不入贫家眼，岁好方知造物心。"古今绝唱视东坡："也知不作坚牢玉，无奈能开顷刻花。"觉小样矣。

段继昌"消得太真吹玉笛，小庭人散月如霜。""几片野云飞不去，晚风吹作雨纤纤。"有飘飘欲仙之致。

李节《题渔父》："半篙春水世情远，一笛晚风山雨晴。"刘勋《题嵩阳归隐图》："百钱便挂青藜杖，不看先生集上山。"几不食烟火者。

李澥《题墨梅》绝句："眼中只有梅千树，不挂世间蜂蝶花。十载江南春梦断，至今清影在君家。"潇洒绝尘，百读不厌也。

荒茔在五百里，每逢寒食，不得归扫松叶。读《侯册》："燕子不来寒食过，满城风雨落红多。"为之慨然。"芳草成楼天不尽，异乡寒食故乡心。"李献可句也，亦佳。王元粹《避世》五古，得少陵遗意。

孟宗献《柳塘》诗："不似隋家堤岸上，乱鸦残照管兴亡。"有义山风度。

李献甫《秋风怨》，昌谷后身也。

滕茂实，宋人，使金不屈，大节挺然，诗亦如其人。如《咏蔬》："干戈万里风尘晦，惭愧平生食肉人。"《天宁节》："松柏满山聊献寿，小臣孤操亦青青。"三复惨然，临终五古，尤不堪多读也。

何宏中"困病久惩耽酒癖，爱闲犹有和诗忙。"对句意新。"标名不挂金银榜，涉世空坚铁石心。"气骨壁立千仞。即五言"衰年花近眼，久客梦还家。"亦不易学也。

李弁，高节不可攀，黄精酒，蔓菁虀，古诗亦老炼。炕寝一作简奥在杜韩间。七律如："元会明朝定何处，羁臣挥泪节旄前。"苏属国不得专美矣。"诗穷莫写愁如海，酒薄难将梦到家。""纸钱灰入松楸梦，饧粥香随榆柳烟。"又何稳也。

裕之五绝真后劲也，"若从华实评诗品，未便吴侬得锦袍。""华实"二字极可思，第恐裕之，所谓实尚只是华耳。《过逯野书门联》："竹迳有时风为扫，柴门无事日长关。"唐朱余庆句也。客云当改作："车马不来风扫迳，尘嚣难入户常关。"却有火气，不似元语浑融，学诗者参之。

或曰："性喜作诗，而苦无题。"余笑曰："只患不成诗耳。"果能诗，则以古乐府而通之。今如少陵之《自立》一题，虽活百岁，只恐题目太多，吾诗不足以尽之。如放翁《述怀》《即事》《书所见》《闲中偶成》《花前月下》等题，皆是诗成而强以加题，其病在近体多而古风少，如此六十岁间万首诗，其关系于人心世道者，几何哉？

单学七律，虽成不高，要使七古歌行，五古诸长，短乐府熟后，乃纵笔小心为之，七律乃造精细纯化处，非老年不能也。

"沉郁顿挫"四字，尽律之妙然，五律此境界易，而七律极难，功夫火候到自然得之，非可强也。

炳也在舟中，与余谈出渠，从兄诗曰："使人读之不可解，渊博固如是耶。"余曰："此所谓以艰深文其浅陋也，读少陵香山作越平易，越不可及耳。"

从叔迟白公（大治），壬寅客硖西，殁子。于凤翔诗稿无存者，先君子尝为伯兄诵其平昔得意之句，如《墨牡丹》云："怕成酩酊疏红友，不染胭脂袭素王。"《题赵子兰花》云："可惜风霜支不住，国香非复旧王孙。"《索友人剑》云："世无大故群疏尔，我有不平君躍然。"《秋晚》云："云出钟声寺，天归月色湖。"《宿山家》云："鸡为渔人宰，牛随牧子眠。"《杂咏》云："囊云思赠客，琢月未成仙。"皆杰作也。

从叔观涛公，《夏日朝霁》五古云："晨起开北窗，好风送清穆。乌鹊噪芙蓉，寥大渐鸿鹄。莳兰香若饴，养莲润如玉。呼童煮新泉，芳嫩颇越俗。读书准经史，一听所欲怡。"情在陶谢，穷理揖姬，虑旷怀横古今，发挥应空谷，剑佩锵然鸣，有友快心曲。此诗曾刻笺，分赠后署曰："石楼存稿，而他无有存焉者矣。"

先君幼能文，长值乱，遂弃去。游维扬后，寓濮水家焉。乙未间，故乡旧宅售戚氏，改佛寺，作《感怀十绝》，中叶看韵，极有意。"但听山寺功成日，回首明堂茂草看。歌哭欲来无聚处，荒基留与故人看。千古废兴元有恨，域中今日请谁看。"五律如："蝉鸣泣高阁，蜗徙篆虚窗。疏星窥漏屋，残月倚危楼。"何等沉郁，至诗书虽贾祸天地，本知人。七古如："刮日去膜月洗垢，凿山作杯海为醽。"胆欲上天矣。

孙烈妇祠，先君鸠里人。所建有四律，如："弹丸不是勤王地，勺水翻成靖难波。竖儒戏作封侯事，直使冯夷泣楚娥。"亦亭尝为之击节。

先君六十一初度，律诗叶"膻"字韵云："荆棘满前竹绊绊，青绳是处逐膻膻。酒为醇醪忘却醉，茶逢酥酪自知膻。蓼藿有时难继续，肥甘早已谢腥膻。"皆有为也。阅三年，以隔症谢世。病中有口占，示次儿梓，诗后半云："叫醒痴迷才十二，与他责任已三推。天心曲曲潜移夺，百尺楼高望有归。"呜呼！岂料今日白发颓，唐一至此哉。三推之任，已辜百尺之望何归，可为恸哭也。

戊午二月朔，道虎林，赴故山馆。过关，逻者检书簏，无长物，唯一青毡。作色，曰："此税颇重。"余笑曰："看墨痕蛀孔，非故物耶？"审视良久，乃放关，因作《青毡叹》七古，中有"谛视四角不放手，颠倒尚疑新旧间"之句。烦苛若此，宜挟货者冒险航海，驱之为鱼鳖矣。

硖川许慕迂走书，属题其侄渊谷（开基）小影。岁暮鹿鹿，因携稿至卧雪轩，改窜成七古一首，图名《鸢飞鱼躍》，极板腐，混拈悟道语，不得，乃以因病罢官。从出处藩篱上说入堂奥，差免肤泛，起云："鸢有天，鱼有渊，我何所有心憬然。"令人自揣生平所学何事。结云："我有天渊方寸间，会心岂独鱼与鸢。"则在"在鸢鱼"矣。

过费氏瓶庐五律，余与沈子南谷各有和诗，然皆不及厉子云程，切"瓶"字而声调，"自然有客驱车入，无人索酒尝一联。"可称绝调。

余赴硖馆，在戊申春。五古《别同学》有"生麻幸为蓬，逾淮怕成橘"之句。张子汉木曰："典不可误用，'逾淮怕成枳'则有之矣"。余门下施生（森）解之曰："先生久居濮，故濮人稔知先生素志，不强之应试。今新到硖，则硖之不知己者，必以不入耳之言来相劝勉。故先生虽自保其不化枳，又恐凡为枳者，不乐其仍为橘也。故下一'怕'字。此翻案用典法，张君不长于诗，故未解耳。”

缝人顾某，爱余书，且必得余新作。余书《玉兰花》五律，作中幅赠之。实之数十年，及病卒，谓其婿曰：“吾无子，此纸恐饱蠹鱼以殉吾棺可也。”其友郑开九往吊曰：“棺中不可污先生书，如释氏法，焚以与之方行金子，为之惋惜。”

表侄郑炳也（虎变），在京师，和少陵《秋兴八首》，颇可观。如：“北地云寒连绝汉，西风日暮起悲笳。四百年中耆旧尽，十三陵外劫灰飞。腐萤吐焰知长夜，寒蝶寻香已后时。击筑狂歌悲易水，封泥壮志压函关。笼中鹦鹉皆能语，冠下猕猴可汗颜。晓露池塘夫浥泪，暮烟篱落菊含愁。客泪欲飞黄雀雨，归魂思御鲤鱼风。千里骥嘶荒草路，几群鸦宿上林枝。乾坤有恨江山老，天地无情岁月移。”在人海中，能作此感慨淋漓诗，胆不愧乃翁矣。耕余有子，为之怏怍。

己未九月前夕，汪子津夫、谢子南明过卧雪轩。余作五律，南明和云：“黯淡山城里，阳和失御车。相逢逃海客，暂赏拒霜花。别思浓于酒，愁肠曲似巴。不堪来便去，赢得鬓毛赊。”胜余原作十倍，南明盖得力于少陵者。

《佛眉上人五鹤堂》诗：“已见人间无地落，特从佛国傍云高。”殊有故国之思，只此一联可取。余皆粗鄙。

吴东篱先生《六十辞寿诗》，有“饥寒每惜三餐玉，负戴谁怜两鬓银”之句。盖其子不善事亲也。

德蕴《盆桂金银连理》题，甚俗。余曰：“此可比兄弟，以警世之。”不友者因作二绝，其一曰：“不贪何用识金银，高隐休污折桂名。传与圃师黄白术，抵他田氏一株荆。”周子虞封见之曰：“可谓顶门一针。”

故友谢子敬修，与黄岐周诗中一联云：“聪明幼女能传业，飘荡痴儿可忆家。”盖讽其宠后妻之女，而逐前妻之子也。然只责为子者，不知忆父，对照却是父不忆儿。含蓄蕴藉，深得风人之旨。惜中道早殁，不竟其学业也。

谢子南明《咏重台红梅》，七律，起句云：“岂缘冷淡少人看，玉骨层层与换丹。”只七字中，“梅”字、“重”字、“红”字，无意不到。又题赵孟頫《松云读书图》：“不知曾读离骚未，错认王孙是恨人。”何等风致，言外却使孟頫通身汗下。又题汪津夫《梅津罾月图》：“皓月一轮罾底在，螟烟宿雾几时收。”盖讽其良知之学也，亦含蓄不露。

昔与宋鲁培、郑亦亭于盛湖舟次论诗，一友举：“日烘幽径绿，烟暖风定晓。枝红雨稀为，何代诗湖村。”曰：“此晚唐无疑。”亦亭曰：“宋人亦能之。”余独断其为元，叩之果元德明句也。盖晚唐尚有含蓄，宋人带硬气，惟元人织巧而薄，近于诗余，气味迥不同耳。

卜人木先生，极赞元诗马嵬绝句，云：“垂柳阴阴水拍堤，春晴茅屋燕争泥。海棠正好东风恶，狼藉残红衬马蹄。”为古今咏贵妃第一作手，盖纯用比体，愈疏愈合，此杂之晚唐，何分上下床哉？

余作《冷仙亭》诗，涉议论，钮子膺若曰：“此不免叫号，不若曹侍郎一律，融浑矣。”

世风尚面谀腹诽，膺若能直言见规，今思之，何可得哉。

先君子草书《千字文》，题跋甚富。范子巨川，七古，尤妙。“云陈示我草，圣光赫赫云。”自高堂五十年前，“新手泽终朝披玩，双眼明恍若公孙。大娘击剑声钬铮，落纸烟云鬼神泣，笔藏风雨龙蛇惊。”呜呼，陈公家学，如江河岷山一脉，何迢遥。“星宿百穴成洪波，从来有本会不竭。”支流亦复，通溟渤敬哉。我友急砥砺：“白发朱颜疾如驶，熟仁精义如此书。英华千载同璠玙，吾闻欧阳大小双垂名。区区一艺犹光荣，君家志节迈千古。前人遗业后人补，君不见，曹娥江水空沄沄。凤皇城边落日曛，山头松柏长望君。”

梁萧膷“纤腰非学楚，宽带为思君。”情颇浓至然。以王僧孺“是妾愁成瘦，非君重细腰”方之，则王更进一层矣。于此可悟，翻案之法在深厚，不纤巧也。

余向与亦亭、芬佩、伦表，即席吟咏，亦亭操笔立就，目无险韵。余亦步武，无难色。芬佩则稿数更，而后就伦表笑曰：“但饮酒勿作冷淡，生活明日始脱稿。”亦颇有佳句。亦亭尝曰：“梁武帝云，诗多而能者沈约，少而能者谢朓。虽有多少，迟速之不同，不害其俱工也。谢灵运久而后就，颜延之受诏即成，岂以是分优劣哉。”

在故山一友，以梅边白云为题，却无佳句。余戏作一绝:“溪上南枝照镜新，晓妆初画远山春。白云也有桑中喜，占断罗浮窈窕人。”

冯孝廉养吾（浩），寄近作，颇有佳句，如《咏鹤卵》云:“九转功深玉两丸，瑶池月色印团团。”雅切不移。又在《燕寄内》诗，一绝，“支离瘦骨怯征鞍，直比吹箫乞食看。休信皇都春色丽，东风犹似北风寒。”以会试比乞食，其志大矣。呈友人云:“已令白璧仍还楚，未有丹梯可上天。”《咏古》云：“谏草有香终不朽，唐家陵阙已成尘。陇上王孙非不贵，尚怀两事走骎骎。”其他如：“性情留卷帙，得失付鸡虫。”从书著到丙丁集，官舍仍呼庚癸生。“莺弄翠帘消日午，蝉嘶金缕绕池塘。”“几寺钟声通碧落，数峰云气出松杉。”皆可诵也。《挽陆陆堂》云：“心期终未了，筋力早无余。”亦淡而老。又《寒声》:“庭搅树淡影，夜流天秋深。江汉归程疾，霜老蒹葭别。”《绪饶》“锄月栽松竹，清风便肯吹。山中闲甲子，物外小神仙。天帝未全醉，世人谁独醒。”“园林静处花饶笑，俦侣稀时鸟独鸣。孤情欲赴蛟龙窟，梦里频呼虎豹关。千古文章徒覆瓮，一时忧愤若连环。坐阅流光双眼冷，养成仙骨一身顽。狗屠从古埋奇士，龙剑何年逐大风。”尤洪亮雄劲也。七古如:“猛雨行娲皇不破，银汉翻玉轮堕地。云楼昏呈叔枯堂，云晶莹胸次罗列。”宿墨花点滴，呈繁星亦老。

辛酉，江南解元龚锡纯，“饭疏食饮水”三句，题文开讲，并提明心见性。主考大喜，余因戏作一绝，云：“武弁居然冠入闽（是岁福建解元武生），濂溪浙水也迷津（浙江姓周）。江南毕竟良知炯，拔得明心见性人。”

查他山（慎行），有赋得:“雨中荷叶终不湿。”诗因已出处解嘲，也不知是真荷叶，则然否？则沁骨久矣。元微之诗:“玉英唯向火中冷，莲叶原来水上干。”岂易言哉。元一代，惟金仁山、许白云、谢皋羽、郑所南诸人，足以当之他山，诗文虽佳，欧阳玄、虞集一流而已。“雨中荷叶终不湿”，东坡句也。

辛酉小春，孤坐，得雪渔诗，喜作一律，云："积潦初晴应小春，古墙竹色照窗新。临碑琢得钩双王，把镜贫余两鬓银。学术转关天渐醒，世风趋壑海生尘。重江人隔诗偏到，暖酒孤吟浩气伸。"雪渔诗近益长，如《答余从子钦陶》五律："霜路来鸿老，秋灯结梦多。海蒸秋露白，草戴夕阳红。松崖薇长翠，鸥岸蓼收红。"周行《竹枝煤山》一绝，结云："底事杖藜来故老，数行清泪话崇祯。"《见怀》七律："茅舍半檐留日脚，铁灯一盏养天心。拒霜未萼秋先远，摧晓无声夜气深。百年高蹈需公在，一卷离骚寄我深。"何等悲壮。又《题秋山霜林画卷》，七古，"牖落晴虹饮泉绿，檐烧野火烘遥青。"又《解嘲》一绝，"一二寒温忝暂陪，野人舌底少风雷。清谈亦自曾霏屑，为对寒山片石来。人海归来理纲目，可能完璧似相如。却忆紫阳留直笔，衮荣曾到绝裾人。"为桑主事也，幽湖唯事，八股咿唔，安得有如雪渔者，与之唱和哉？

余作《鹤雏》诗，起云："中宵破壳漏初阳"，或云"破壳"二字俗，不入诗，不知东坡《和陶》："灌老如鹤雏，破壳已能鸣。"非无本也。四咏之中，余因谓佳句，唯《鹤巢》："萧疏松叶仙人宅，零落梅花处士窝。多少乘轩供一噱，如今城郭问谁何。"四语有鹤身分。

梅津、雪渔各有《竹枝词》三复，不觉乡思勃然，欲弃此数椽，仍守丘垄，何可得哉，翘首家山，为之陨涕。

《来雨轩寄皋如》诗，系戊午作，颇多佳句，如："旅梦投乡树，春云入县城。""十里炊烟笼晚黛，一天星火浸秋星。"《咏僧鞋菊》："一夜西风吹解落，不随行脚踏空林。面群经年无个事，云趺散作眼前花。"又"墨沼有情仍泛绿，烛花无赖故摇红。山月初晴夜溪梅，欲笑风咏水中雁。""澄江如练秋飞白，远水如烟暮草立。"皆名作也。

《来雨轩稿》（姓蒋，名弘任，字担斯），余馆硖时所点定，如："功名风外絮，骨肉梦中人。关河疏旧友，风雨断归人。"皆沉郁。又《纸鸢》云："机关常在手，升堕总由人。暗风吹雨急，天际好抽身。"寓讥亦佳。"无竹可删刚剩此，有鹅许换或笼之。"赠王受明，妙在切姓，而无迹。又"日烘山黛绿，风洗树痕青。""蚕事方休农事起，入囊无几解官多。"又简。余婿郑清渠云："句听枫叶落，茶报菊花秋。"又《答僧》云："风力正酣回海燕，片云不晓悮邻鸡。""残书酣饱蠹，独影苦吟秋。"《见怀》云："高人骨格风霜在，薄俗炎凉草木知。"《红梅》云："不知丹骨何时换，直使冰心对客羞。"《暗熏》诗："梦醒清逼酒魔来，灯蕊剔残幽结梦。"岭梅飘尽，冷同心吊。《孤山》云："日落两峰云起处，月明独鹤夜归时。"《赠友》云："细雨剪桑缫茧后，晚霞烘树摸萤天。"《观潮》云："信无逾子午，功可溯辛壬。"《山行》云："山行遗蓝本，吟哦得素秋。""帘密乱筛晴月细，栋高闲看曙云忙。"《秋燕》云："戏蹴坏弦怜绝响，故穿疏柳尚多情。打叠离愁双剪在，泪痕空剩舞时衣。休言戊己知趋避，只为聪明恨转长。"何等工艳。九日，与客饮，云："老眼几经兴废事，刚肠羞逐转移人。"尤有骨力。

半山道中，余有五律，担斯见次云："吟鼍风出树，戏鸭浪成花。"又《送余还遁野》云："收拾烟岚笼短袖，满装诗句压空船。"又《柬许慕迁》："台阁风流归伴鹤，山林月旦只评花。"《挽节孝胡母》云："回肠似之水，愁绪写心香。人闲烟雨幻，松柏自苍苍。"何等高老。余在来雨轩两载，担斯始学诗，便如此可敬也。

《白香山》句："乞钱羁客面，落第举人心。月下低眉立，灯前抱膝吟。"以举人比乞钱客、低眉婢，极低极肖，有志者可悟矣。李廓又有《落第》诗，云："榜前潜制泪，众里自嫌身。气味如中酒，情怀似别人。暖风张乐席，晴日看花尘。尽是添愁处，深居乞过春。"益写得陋态曲折可怜，有耻者不更可鉴哉。

《香山乐府》有关世道人心，如《杜陵叟》一首中云："长官明知不申破，急敛暴征求考课。典桑卖地纳官租，明年衣食将何如。""昨日里胥方到门，手持敕牒榜乡村。十家租税九家毕，虚受吾君蠲免恩。"当与聂夷中诗，并传也。

王安石《送潮州吕使君》诗："有若大颠者，高材能动人。亦勿与为礼，听之汩彝伦。"借来讽昌黎，见识极高，调亦古劲。

雪渔调梅津绝句："砚池干彻炉烟断，少个香东与墨西。"自注："屈翁山有二婢，司香墨名香东、墨西。"梅津尝云："吾当置二美婢，故戏之。"余和云："药炉茶灶傍檐低，窗纸新糊壁砑泥。一个瓦盆堪送老，不劳持赠玉东西。"

幽湖八股生，不喜学诗，戏作一绝，《东南谷》云："清气乾坤剩几何，孤吟月底影婆娑。近来溪上诗人少，却怪梅花占得多。"

余向有题《钓台》诗："竿下无鱼君莫怪，羊裘不上汉王钩。"及读宋诗杜范作，已有"握手故人留不住，有鱼那肯上钩来"之句，而颠倒用之，尤觉味长，毕竟前人不可及也。

嘉平下浣日，将睡，养吾扣扉，因秉烛谈诗，出近稿，如《舟次》云："浪痕微蹙摇重碧，云脚斜拖落远山。"同年，王阴棠云："岁晚江湖阔，天高雨露偏。"又《见寄》六断句，其三云："倦翁遗迹久尘封，草色花颜枉自浓。一十二章诗史在，中宵风雨泣司农。"（余有《倦圃》十二章。）

许慕迂女，联姻山东孔氏。孔衍圣公娶德清徐夫人，多行俗礼，戏作一绝："年庚冲犯须回避，玉箸余盘庆发丁。（新郎亲迎茶后，取杯、箸入袜筒，主快生子。）月旦从今添话柄，孔门传得阿婆经。"

余最爱宋范茂明（浚）五古一首："高蝉荫嘉木，未省螗斧危。勇虫一何愚，不顾黄雀饥。痴痴挟弹子，已复露沾衣。世事无不然，古今同一悲。"尝令诸生书一通于座右，以当弦韦。

庄溪金子士吉（去疾），尝作《花友堂记》："时茅塔王楚公家，莳鸡冠花极盛，名流题咏甚富。"计默诗云："分明马绵排幽砌，仿佛朱樱傍曲栏。岂有宵声惊祖逖，浑疑羽化逐刘安。"朱逢源云："照眼奇光锦彩攒，骈头岸帻斗瓖观。不知谁把文犀火，骇作陈仓百宝栏。细顶春云晒玉缨，会稽今已化阳精。日光遮断文身影，只许人听天上声。"黄鹤田云："赤帻黄冠色未齐，闲庭一片彩云低。贾昌坊里依稀见，斗取红罗五色鸡。冷雨秋云化彩霞，疏篱掩映锦横斜。分明几尺珊瑚树，不是王家是石家。并字栏干绿竹笆，秋光占断野人家。鸡人绛帻无消息，幻作人间一院花。五色纷披映日曛，名葩何事在鸡群。瞢腾醉眼遥看处，一朵嫣红一朵云。"黄，字芝九，与耕余倡和，古风尤擅长，惜俱散亡。（白下人也。）

朱竹垞《鸳湖棹歌》："自从湖有鸳鸯目，水鸟飞来定是双。""定"字坐煞得妙。"一叶舟穿妆阁底，倾脂河畔落花多。两岸新苗才过雨，夕阳沟水响溪田。”真逼肖元人。绝句：“郎舟爱向斜塘去，妾意终怜长水长。”从“斜”字、“长”字着想，便觉隽永。坊名“百福”，圩号“千客”，俗矣，乃出之小妇之口，与论家计云：“劝移百福坊南宅，多买千金圩上田。”即化俗为雅，反增韵致。“半逻”伪为“半路”，“随郎尽日盐官去，莫漫将侬半逻抛。”即刘宾客：“道是无情却有情。”乐府隐语，本来遗法也。“桃花落后蚕齐浴，竹笋抽时燕便来。”“青粉墙低望里遥，红泥亭子柳千条。”“三过堂东开夕照，满村黄叶一僧归。”“当暑黄鹂鸣灌木，经冬红叶映斜曛。”“不须合路寻鱼鲊，但向分湖问蟹胥。”对偶极工致，着色极雅丽。至“都缘世上钱神少，地下刘伶改姓金”，则神巧不可言喻矣。所少者，东庄诗云：“雪片降书下，嘉禾独出师。”百首中，故国山河之感缺焉。弗纪则以出处失足，转喉忌讳，虽号风人，何足传千古哉。余因题一绝于后，云：“文恪当年受主知，儿孙应有故园思。如何百首风人调，不说满城流血时。”

许恂如（字恭伯），作《秀水百咏》一题，一绝合郡，名胜备矣。《女阳亭》云：“军中有女气难降，制胜如何仗女阳。巾帼吴儿应见怯，非关君子六千强。”《泾桥》云：“回首阖闾遗恨处，半规新月似纯钩。”“纯钩伤指”借用“新月”，是双关法。《辟塞》云：“清夷王路无分土，鸡犬桑麻自一村。”《饮马川》云：“莫向川原问兴废，荻花枫叶不胜愁。”《河内亭》云：“千秋哀怨遗河水，每到亭前咽不流。”《陆瑁池》云：“十里荻蒲秋色净，万家烟火夕阳多。”《裴岛》云：“丝管繁华无处觅，数声渔笛起沧洲。”《炒麸庵》云：“沽名不举齐眉案，苦行甘为辟谷人。休笑于陵陈仲矫，炒麸咽李总非情。”《漱芳亭》云：“文采不随流水尽，于今犹得漱余芳。”《烟雨楼》云：“笑倚东风问海鸥，钱王歌舞几时休。重湖烟雨依然在，水满蒹葭月满楼。”《曹王庙》云：“但解儿曹提印好，不知诬却济阳王。”（庙本祀监镇珪及父信也，俗意珪为太子，遂有竖子像，不知信未封。王珪伟丈夫，而俗子泥提印，事指为曹彬。陆应阳《广舆记》亦作“武惠”，误矣。）《赵大夫宅》云：“汴杭宫阙消沉尽，莫向云堂独断魂。”《落帆亭》云：“领略亭名应善息，莫教使尽一帆风。”《旌烈杨将军井（即古井庵）》云：“露华今但供行脚，谁记将军斩蜃功。”百咏中最佳者，唯《不花庄》一绝，云：“腥膻骕后总消亡，何似牛丞尚有庄。错唤非关人瞶瞶，不花那有百花香。”盖此庄出于元丞相不花，在郡城北里许，俗讹“百花虏”，言“不花华”，言“牛”也。《烈女河》云：“柔肠闺阁自来多，慷慨同心羡烈娥。川后桥边东逝水，流将芳誉挽颓波。”元至正末，红巾贼至钱子频家，犯其妻俞氏及二妹，不受辱，结裙裾投河而死。此诗不劲其节，可千古也。《乌豆庄》，张士诚种豆饲马处，诗云：“那知龙种生郊甸，凡马空肥十二闲。”《冷仙居》云：“圣朝雅乐荡胡笳，协律功劳绩可夸。”自来颂冷仙者，无此卓见。仙本异端，为协律于龙兴之会，用夏变夷则不当，以仙外之此竹垞棹歌，所吞声不敢道者，许能昌言之，不亦伟哉。

东庄诗，如：“古姓聚为村，樵采多叔伯。午后始开门，槐花深一尺。”“天地且纵横，圣贤已无权。老樵不谋隐，所居本自高。名士矫清节，恐无松柏操。”“独树不求伴，月轮浩孤竹。寥寥亘今古，天地无柔情。”五言中最有气魄者，又如《乱后过嘉兴》云：“路穿台榭础，井没髑髅泥。生面频惊看，乡音易受欺。雪片降书下，嘉禾独出师。”颇为由拳生色也。《同友山堂不寐》云：“矮屋霜浓透骨寒，拥衣起坐话间关。年年但觉去年好，处处无如此处闲。难过短天长似岁，不堪细事大于山。野乌啼罢窗棂白，照见疏帘古泪斑。”亦亭评云：“千古得未，曾有此老，真不可及。不知者以宋目之悲夫。”阅高旦中近书云:“重读兄书，犹咄咄徒存，意欲云云，妙在含蓄不说出所以然。”

东庄五律，如《岁除》一首，亦亭赞叹不置：“少时怀献节，屈指算寒天。老怕逢除夕，穷思罢过年。儿号买花鼓，妇促赠芳钿。我看浑闲事，渠愁复可怜。”以为一气浑成，居然老杜然。愚独不满其第四句，终不免诚斋习气也。又如：“闲看忙可羡，穷算丑难遮。”对句情何尝不真，却是诚斋耳。如《元旦》云：“受拜渐多行辈少，称呼骤老汝曹催。可惜耗磨闲岁月，围炉倚醉拨残灰。”真老气无敌矣。经纪穷方学，锋芒老渐收，“举头天外惊吾子，撑脚人间愧老伧。经过风涛回想恶，未来草稿做成难。洗我瘦肠倾汝酒，带君饱眼看我梅。腹贮好书无处写，老多奇计只输饥。游魂终恐埋荒嶂，饿气犹能吐怪云。天下几家忘主客，此身今日系存亡。苔径曲来深竹势，板桥坏处淡荷情。只合树为梅择偶，何妨我当鹤来归。”止矣，吾今真止矣，思之君且更思之。“寒潭老铁啼秋雨，古庙丛鸦哭夕阳。”“村名附会凭僧撰，碑记荒唐费客猜。”“笋怪人过当路出，苔欺僧少满砖生。”皆宋诗之佳者，要在诚齐之上，若一惭依旧，终身忍要，熟须从这里过。“年年合璧无消息，夜夜寒潮入梦魂。”“阴碑出火牛磨角，壤壁生香麝脱脐。”“画桥倒影悬孤艇，绝壁微阳冷一村。”“山更娇娆吾更老，烟鬟白发两消魂。”真可与东坡抗衡矣。

《耦耕》诗云：“古人不死吾犹在，秋气无情物亦生。”“苟全始信谈何易，饿死今知事最难。”“才说寻资去耦耕，定知不是耦耕人。”“一秋雨涨茅塘发，力尽柔篙逆水船。”皆卓卓可传。若“新钉尖头小统棚，晴天除脱雨天装。”“系门邻借村农具，出港人从写药方。”“诸子尽能划短桨，两医时共坐中舱。”则纯乎诚斋矣，乌乎可。《剑客行》云：“幼子精灵碧鞘中，老妻粉黛红炉里。”“仇仇诚为匹夫谋，生杀不由天子出。”集中七古甚少，似此作老劲，不可多得也。《送晦木之金华》“但令吾盎储余粟，岂使君船到远州”句极自然。若“举杯且算里牵绵”，诗非好作。因《无寐》“白花细沸穿心罐”，天老痴呆，炒雪时，吊丧吃菜为名耳。尼女僧坊一证之：“打凤擒龙云底事，擎拳撑脚欲何之。”“松老髯疑苏学士，竹轻身学管夫人。”“莫如白发新相好，只有青山熟益佳。”“大担子头看崛强，小车儿上试徜徉。”此等恶派，断不可学也。

汪子津夫寄词一首云：“碧梧疏雨，每滴响寒窗，离情独苦。记得当年，对酒豪谈，心素江山，如此何堪赋。誓将碧血，共埋黄土，严陵台下，谢翱墓侧，高风千古。忽遥订武林桂圃，一樽清酌，相思再诉，丝管纷纷，不破六桥。昏雾潮来，鲸逞鸱夷，怒有谁人，敢加强弩，惊心衷朽，天南地北，梦游无据，悲壮淋漓。”每把盏读之，击节流涕也。

拜梅花道人墓，冯养吾（浩）诗云：“春风曾记旧仙家，零落千秋话断霞。绕径苔痕虚夜月，隔窗雪影动梅花。吟魂应署庵中土，过客来煎竹里茶。阒寂墓门呼不起，石床随意听鸣鸦。”其二云：“流传艺苑大方家，醉墨淋漓拂素霞。浩劫不侵三尺土，孤踪长护一庭花。好文仙令频招鹤，怀古骚人竟供茶。武水迢迢萦午梦，遥闻天外噪群鸦。”二作亦工稳，唯“窗”“庭”等字，不似墓耳。

《香山》诗：“陋巷乘篮入，朱门挂印回。”“篮”舆何可单用？“篮”字，此亦失检处（然本渊明亦无害）。自题诗集，云：“身是邓伯道，世无王仲宣。只应分付女，留与外孙传。”与余同病，读之不禁涕洟。又“炉温先暖酒，手冷未梳头。”晚村诗：“泥涂行灶晴缫茧，纸褙熏笼夜焙茶。”或疑“行灶”二字，俗不入诗，不知白香山，早有“船头有行灶”之句，未可遽议也。唯“老怕逢除夕，穷思罢过年”，“罢过年”三字似俗，然通首气旺，耕余数称此律，谓得老杜气魄。

元顾阿瑛，有《玉山名胜集》，载一时文酒之会。记序诗词，共二十六卷。其亭馆二十四客，至美人行酒，豪华极矣。当黄杨厄闰之秋思，与桃李争荣，俨若承平无事，风流跌宕，懵不知春秋大义。其时主骚坛者，铁崖尚为老妇吟，其他可知矣。然诗亦间有可录者，如“虹光贯月夜将半，江影涵秋凉有余。”（黄玠）“银瓶细泻深杯酒，罗扇新题小字诗。”（于立）“满谷风声秋不去，隔林云气雨偏多。”（陈聚）“岁事暗随残雪去，归心似逐晚潮东。”（陈让）“君不见山川极目楚囚悲，北望神州泪满衣。又不见此明一夜飞劫灰，汉代衣冠委草莱。”（袁华）“春雨夜将至，绿波池上生。”（陆仁）“露粘蝶粉生珠汗，日炙猩红上紫绵。”海棠佳咏也。（顾瑛）读书舍春联，“学时时习，德日日新。”（瑛）虽空言，句极切实。郑元佑记论读书法，亦得程朱遗意。“落日闻征雁，空江生暮潮。”（刘西村）“夕阳明野寺，远树落霜枫。”（郯韶）两联不相上下。“寒落云泉摇螟影，晴光石镜见秋痕。”（沈明远）“好风开雪霁，春水匝城流。”（陆仁）“夜寒月黑鬼赋诗，白日清风人写影。”（瑛）“要共论风雅，先须识性情。”“秋清群木见，春静百花明。”（秦约）“竹声绕屋风如水，梅萼吹香雪满襟。世间甲子今为晋，户里庚申不到庞。”（聂镛）“竹间驯鹤明于雪，石上稚桐长似人。”（马琬）“出檐百尺拥高盖，覆地六月生清秋。”（顾达）“窗户堕疏影，帘帷卷秋色。”“天青露叶净如洗，月出照见新题诗。”（聂镛）“凉阴满地散如水，清气有时吹作风。”（黄玠）“意闲云与泊，心在物之初。”（于立）“象田耕玉烟，龙气生珠雨。”“凤麟远水接空蒙，小瀛夜折蓬莱股。”（维桢）“手板时看云气好，吹箫无奈月明何。”（吕恂）“幽人倚楼看过雨，山童隔竹煮新茶。”（瑛）“有客倚栏成独啸，白蘋洲上起渔歌。”（于立）“薄暮钩帘对凉雨，一时秋思在梧桐。”（释良琦）“山光晴挹翠，玉气暖为云。”（陈聚）“树凉停野骑，花送渡江船。”（秦约）“疏雨落高林，浅渚生春水。”（陆仁）“定巢新燕浑如客，泛渚轻鸥不避人。”（陈基）“溪涵山气绿如酒，幽禽啼破松烟青。”（张天英）“水晶帘箔围晴书，艾纳炉熏逗夕霏。”（陈基）“酒尊花底分秋露，茶灶竹间生白烟。溪树积云疑雨过，水花流影若云移。”（文质）“常时把笔题江竹，最忆看山立钓舟。”（聂镛）“巢安翡翠春云暖，窗近芭蕉夜雨深。宝篆焚香留睡鸭，彩笺行墨写来禽。”（陈基）皆雅调也。

章元入不得严维，指授不能成名。余每遇美质于诗法，必竭两端而告，或以为太滥不惜也。

虞世南隋臣仕唐，亦不足取。然太宗作宫体诗，令和世南曰：“体非雅正，上有所好，下必有甚焉。恐此诗一传，天下风靡不敢奉诏。”此甚得大臣体。余尝遇知交间喜作无题诗者，必举此段示之。

郑子亦亭《赠杨友》诗，用“狗监”二字，友大怒，曰：“吾方新入成均，乃以‘狗见’呼耶？”唐宣宗时，裴迪进诗，有“太康”字，帝怒曰：“太康失邦，奈何比朕？”韦涣曰：“晋平吴，改号太康，虽有失邦之言，乃见归美之文。”帝曰：“天子大须博览，不然，几错浑罪。”故凡读书不博，不可轻作诗倡和，枉坐人罪也。李泌赋：“青青东门柳。”杨国忠诉之明皇，上曰：“赋柳为讥卿，则赋李为讥朕乎？”可谓大度。

帖中尝见武则天草书，绝佳，恐是倩笔，后诗文皆假之。元万顷、崔融辈，安见书之非伪。

《郁轮袍》新曲，王维为伶人进之公主，主乃召试官谕之，作解头登第。其初出身便低，故人品不足，称以“万户伤心”一绝免罪，亦侥倖也。王昌龄不护细行，温飞卿士行有玷，皆有文无行，何足尚乎！

今人书札，往还数百里外，皆题“某月封”。若数千里外，则必记“某年”。暗合唐人李约诗二句：“路长唯算月，书远每题年。”昨接故山谢子雪渔书，乃是去腊所寄，故有感书此罗邺句：“相见或因中夜梦，寄来多是隔年书。”

聂夷中《公子行》云：“种花满西园，花发青楼道。花下一禾生，去之为恶草。”此即其不善者恶之之说，今人放谈诡僻，一见规翔矩步之子，疾如之仇。古今亡国之君，纳佞斥忠，往往如是，不足怪也。

张林言毁佛寺，时御史苏监察，检天下废寺，银佛尺以下，多捏归，时号“苏捏佛”。温庭筠曰：“好对密陀僧。”或嫌上二字不工，余曰：“此所谓声对也，‘苏’作‘酥’，故对‘密陀’，作‘驮’故对‘捏’耳。”

《全唐诗话》载，皮日休嘲归氏子，以龟为戏，归亦以皮姓答嘲，此等最长浇薄，不必附记。

世间佳子弟，不少多埋没八股中，尝读郑谷诗：“禾黍不阳艳，竞栽桃李春。翻令力耕者，半作卖花人。”为之浩叹。

周繇有绝句，《以人参遗段成式》云：“人形上品传方志，我得真英自紫团。”即今上党紫团参也，一名防风党参。

“耆年无一善，何殊食乳儿。”聂夷中句也，头白人大须警省。

方干“平明疏磬白云寺，遥夜孤砧红叶村”，佳句也。又《桐庐江阁》，亦化此二句：“白云野寺清晨磬，红叶孤村遥夜砧。”不过一颠倒间，而丰神大灭于此，可悟炼句之法。又途中言事，一联：“白云晓湿寒山寺，红叶夜飞明月村。”亦不离故辙，不免一蟹不如一蟹矣。

虎林翟载清方镜和项太宗韵二律，唯：“亭亭午日当松槛，片片春冰拆柳塘。”“开窗月纳三更影，烧烛帘浮一幅光。”“背篆宛如镌玉印，纽龙犹似卧银塘。”三联可取，而“玉印”一句尤切题。闻天台侯嘉翻有百律，皆用此韵，未及索观也。多则必复，亦奚以为。

凡“令”字入诗，多作平声用，如“谁令”“空令”“只令”等，“教”字亦然。唯罗隐“草浓延蝶舞，花密教莺啼”，“教”作去声，终不可为训，何不易以“恣”字。隐咏春风，但是粃糠、微细物等闲，抬举到青云，似下第后讥及第人，非忿激真切，无此佳句。隐咏《鹭鸶》：

“不要向人夸素白，也知常有羡鱼心。”高自期许者，可以斯言自镜。

变体诗起于章碣七律，每上句四韵仄，每下句四韵平，隔句互叶，可偶一为之，非常例也。

一富翁，以寿母节孝，悬额于堂。兄弟熙熙舞彩，颇以孝友闻。一日，以外侮阋墙，批兄颊齿落，时年六十。或祝以七律中，一联云：“留匾可能留屋栋，杖兄应在杖乡年。”里中传为话柄，上句因弟欲卖屋，兄执以有母旌额，不可遂大怼耳。

余与芬佩过菜畦，看新竹，七古限韵末押，簌簌雷同，可厌。唯韩偓有：“暝鸟影连翩，惊狐尾纛簌。”《五车韵府》俱不及载也。又徐光溥“长汀芦荻花敕蔌”，入“艸”部作蔌。

“耕地诫侵连冢土，伐薪教护带巢枝。”杜荀鹤句也，岂非蔼然仁者之言。然大顺二年，第一人擢第，乃受朱全忠伪学士，人品何在乎？所谓姑息之仁也。

“夜照路岐山店火，晓通消息戍瓶烟。”呼“戍烟”为“瓶”，新而雅，乃韩昭句也。

《詹敦仁复留侯从效问南汉刘岩改名龑字音义》中一段云：“孙休命子名，吴国尊王意。簟莔雨升僻，踬昷菽癹异。梁复踵已非，时亦迹旧事。䶮杰自其一，蜀闯是其二。鄙哉仉啓名，陋哉数黼义。大唐有天下，武后拥神器。私制迄无取，古音实相类。历壛囸团星，君忠厓而埊。缶国及曌岚，作史难详备。唐祚值倾危，刘龑怀僭伪。吁嗟毒蛟辈，睥睨飞龙位。龑岩虽同音，形体殊乖致。”此段奇字，可录以备考。

《鸳湖棹歌》，余婿清渠有二首云：“凿破瓶山种牡丹，剪开长水泛红兰。月中戏采鲜莲子，夜半随风过鹤滩。”“广种湖田懒买牛，一家车水十家偷。唱将竹垞新词熟，真个嘉兴烟雨楼。”为一时绝唱。又《雄黄杯》云：“雄黄凿作牡丹钟，午日偏吹谷雨风。酿处蕊同仙掌露，洗时云染鹤顶红。影蛇顿释胸中弩，浮螺潜消膈下虫。莫道阳秋成毒口，石精常与太和通。”又限韵《艾人》云：“薄言采采锦装成，病草难闻叱鬼声。绶染银青烦素手，珠穿金紫点双睛。摩孩若见应为偶，彩女相逢定有情。作戏不愁暄爇帽，身焚博得国医名。百叶为旌庆可招，何缘屈盖向风摇。刍灵饱腹终朽腹，木俑盈腰枉折腰。虎跨作威蒲削剑，牛牵空想鹊填桥。红莛刻画榴花下，为尔传神达短宵。”皆足压倒时辈。

阿魏“阿”字入声，亦有作平声用者。贯休诗“茶和阿魏暖，火种柏根馨。”贯休诗“若惑神仙謎，难收日月精”，“謎”字是俗字，当作“谜”，因草书而误耳。

朱生枢（字秉钧），工八股。忽问诗于余，下笔即可观。《咏浮沤》云：“幻形无忽有，绘影假还真。雨过抛珠浪，风生沫沸津。掠回劳戏蝶，啖取诳游鳞。何异浮名客，年年逐软尘。”

卢延让《寒食》诗：“五陵年少粗于事，栲栳量金买断春。”“两三条电欲为雨，七八个星犹在天。”岂非宋派，此风气之先，已兆于晚唐，非人之所能为也。

韵有上下平之，分辨之须的，如胡曾《戏妻族语不正》，诗云：“呼十却为石，唤针将作真。忽然云雨至，总道是天因。”可见唐诗声韵，了不容混，今人不犯此者，鲜矣。

《李廷珪藏墨诀》云：“赠尔乌玉玦，泉清研须洁。避暑悬葛囊，临风度梅月。”墨恶湿藏，不固受潮脱胶，则书字无光。江南唯黄梅月，诸物皆霉，故当用葛囊悬之。然愚以为，梅雨盛时，即风亦生潮，唯以锡瓶包石灰，相间叠其中，出梅后去灰包，以防太燥，乃万全耳。

皇甫松《竹枝》:“槟榔花发（竹枝）鹧鸪啼（女儿），雄飞烟瘴（竹枝）雌亦飞（女儿）。”如此六段。又《采莲子》:“菡萏香连十顷陂(举擢),小姑贪戏采莲迟(年少)。晚来弄水船头湿(举擢)，更脱红裙裹鸭儿（年少）。”分注未详，姑识以俟明者。

方尔止诗：“万劫不消唯富贵，五伦最假是君臣。”盖目击甲申后，从贼者有激而言耳。

施翼圣（名元勋），幽湖人，倜傥好义，诗亦可观。壬戌夏，其犹子旦明，出示八卷，因摘其佳句如《访徐昭法藕花虚》:“书漏香雪满山村。”《鸳湖竹枝词》:“上襦下袴总完全，苎布凉时有木棉。轧轧弄机新妇织，裁将袄子奉高年。”《简沈吉人》云：“口常薄世情知激，谤到微吟犯亦轻。游放鹤洲水清消，日气荷静过风香。”“古树荒苔蔽，新篁落影凉。”读《夏存古遗稿序》云：“存古先生，年十四，从父文忠公图恢复。十七举义旗，甫半载而败，至身俘殉节，时十八岁也。”其第四绝云：“遗编展读叹峥嵘，囹圄三书志更明。忻慕执鞭从底处，塞垣风雨出精英。”《北窗》云：“学道不因贫始笃，吟诗或为病能工。”与友夜话，夏古，丹山人，“饥寒终守西山节，木石无忘东海情。春到不时班草泣，雪中尝自触寒行。”《石晋》一绝云:“半朝天子真堪做,十六州民何罪而。抛掷冰天四百载,才能十载契丹儿。”孙武子云:“粉黛名姬衍阵图,灌园老子正穷途。从兹楚越还成隙,却道兴吴是灭吴。”陆放翁《病起》云:“酒浓泻出醇风厚，饼大形摹明月圆。”《渡太湖》云：“一雁送哀天不夜，两峰遥峙翠无多。宿山楼醒梦初晴，鸟惺心未雨茶吊。”《刘龙洲墓》云：“逾淮橘性谁无变，向日葵心老益丹。”《答金复庵先生》云：“贫交旧雨见情态，遗老秋花尚典型。但得此心长炳耀，终知历劫不沉沦。”《寿周劲斋八十》云:“晚岁谈经犹皂帽，少年学问半朱轮。”《同徐孝先先生访黄山许氏隐居》:“千章古木撑寒骨，三面好峰呈巧鬟。倘其隐居连宇住，断无鱼鸟笑人顽。”《寄燕中友》云：“识时俊杰多圆荧，玩世狂迂自角轮。”《冬日偶吟》云：“有钱不隔宿，得病动经年。”《遗意》云：“鸦沸寒塘月，云昏野火天。”《辛巳元日》云：“闲于茫极后，晴值雨多时。”得一便生，快能兼合有诗自题。《东荒田舍》云：“且搭闲房安酒瓮，未愁疲地欠渔租。冬蔬未尽春蔬发，渔父歌残田父来。小鸟一声沿圃去，老梅几树傍篱开。”《答祝任安》云：“固穷天试我，久病鬼欺人。”《送陈元上之任高上》云：“当言岂顾旁人忌，救弊无如未事时。”《琼花观》云：“帝召两不至，胡人宁死之（宋大内移种二次，未活，至元花忽绝）。”《谒孝陵》云：“春鸟依然旧国音，回思世运已成今。望江每叹山峰秀，瞻像空嗟殿角阴。胡桥马嘶灵草尽，故宫埋没塞尘深。亡秦功业高千古，不道神州竟陆沉。”《哭潘稼堂》云：“宏博五十人先生固，无愧唯伤节士心（谓兄圣木）。”《常启贤者议病中》云：“览镜如逢疏面客，看书重类懒儿形。”《寄屈翁山》云：“举矢射狼徒有意，登天抚彗敢忘情。饮兰餐菊嗤皆醉，衣芰裳蓉负独清。”《金陵怀古》一律，尤为激昂感慨：“澄江如练露华妍，六代风流晓日悬。一剑竟成濠右业，五云长护秣陵烟。燕关虎啸皇孙遁，辽海龙骧王步迁。极目山川伤往事，大河北望一凄然。”独惜逐逐声气，集中如昆山三徐、高澹人、朱竹垞辈，莫不献诗纳结，未免俗念难遗耳。

梁武帝《清暑殿柏梁体》，用物韵，而末句：“司徒左西曹属江，曹独云：鼎味参和臣多匮。”“匮”亦有入声耶，俟考。

涨字作平声用，见江文通诗《望荆山七阳韵》:“悲风挠重林，云霞肃川涨。”

耕余季子虎文（字炳也)，和老杜《秋兴》有“一群鸦宿上林枝”之句，盖寓讽也。壬戌，成进士入玉堂沈南谷，句曰：“如何也入群鸦队，错认卑枝是上林。”一时为之绝倒。

盛湖奇士卜孟硕，工诗文，尝自画小照，立日，上题云:“残星数串拂眉端，赤日一轮烘脚底。”与董思白同时尝偕游西湖，句云:“丁家一鹤，林家一鹤，两鹤冲霄，对语寥廓。”惜未见其全集。

吴克轩先生(名希渊，字元复)，裒仲先生子也。潜究性命之学兼涉岐黄。《题画》绝句有“溪流自放出山去，不管鱼罾鱼有无”之句，余幼时甚尝赏之。

岑参“舟移城入树天然”妙句，对乃曰：“岸阔水浮村庸矣。”然“暗飞萤自照”，即老杜亦不能对，仅曰“水宿鸟相呼”，况其他乎。

宋赵汝燧《咏明皇》一联，胜于唐人：“一曲羽衣妃子进，三朝锦褓禄儿生。”直书其事，而讽意在言外，神笔也。

古今《题钓台》诗，余极喜宋杜范二语:“握手故人留不住，有鱼乃肯上钩来。”他作无以过之，唯元揭斯“一出聊为天子重，诸公莫道故人疏。”可匹唐。张继《钓台五律》结云:“古来芳饵下，谁是不吞钩。”

来鹄《金钱花》诗:“青帝若教花里用，牡丹应是得钱人。”宋赵希槠句云:“若使牡丹开得早，有谁风雪看梅花。”讽天下趋炎士子，二诗可匹休。

宋薛嵎句：“清节苦于为士日，归装轻似到官初。”今士人中科第，才得一盐课官，便锱铢嗜利，读此能无颜甲？

宋高宗画，自题云：“万木云深隐，连山阴未开。”元人郑东题云：“总被浮云能障断，龙沙不见翠华回。”以云比贼桧，所谓子矛刺子盾也。然宋无诗：“恋着销金锅子暖，龙沙忘了两宫寒。”更胜一筹，郑诗未必不本，此脱化也。

梅花道人云:“与可画竹不见竹，东坡作诗忘此诗。”得力此二句。道人之画，宜其入化矣。道人题《墨梅》云：“相逢京洛还依旧，却恨缁尘染素衣。”盖讽同时仕虏者，极有余味。

海宁朱一是（字近修)，为《可堂诗集》，大可观。如《懊侬歌》云：“纵有顺流船，不如板屋好，懊恼使侬老。”《望夫石》云：“尔石何不化为灰，天涯飞去随夫回。”《牧牛词》：“明日军书下乡落，一群肥牛多截角，牧童惊心卧不着。”《白头吟》云：“在马莫作鞭，在船须作舵，思后梢作鞭。”《弃道左春日书感》:“一岁无兼春终日，不两旦又苍羽丰。林莺乳音改梁燕，又时衰遏壮心境。”转寻初顾携家还通德里，繁花照人，明鸟声出。“花里秋夜疏帘独，多情玲珑受秋月。”(《初归涩溪》)“盗出先愁暮，兵骄又避晨。又从兹生事，艰翻畏妻孥至。”(《一丘田莫眺》)“树杪一声钟，落叶满山洞。”(《易水吊荆轲》)“腐儒谓卿负燕死，非卿孰传燕太子。”(《昭君怨》)“推手前为琵引手，却为琶父母生女。”“不炙面可怜，颜色娇如花。”五律如：“秋高三楚水，瘴老百蛮天。乾坤容数子，歌哭在芜城。醉归明夜月，何处玉人箫。余生同志少，老眼异闻多。塔影依天近，钟声出寺匀。星光微雨出，鬼火隔溪携。舟平湖水白，骑入楚烟青。浮云先鸟去，孤旷欲何之。有天初似醉，见日即如醒。”(《喜晴》)“逢子嫌序齿，熟面错呼名。”

(《吾老》)“山容初过雨，水气忽生秋。遭世初离乱，生身不后先。此日家书至，颦眉未忍开。大都闻冻馁，或者报兵灾。弃田仍有税，劳织更无衣。我犹难识汝，人且错呼谁。”(《题自像》)“客过难索坐，月出恨无庭。只手开灵武，同心答上皇。”(《双忠庙》)“大地容我独，孤灯与客兼。天地容渔父，君王重钓竿。”(《子陵台》)“云开水受月，霜落叶争风。风语一林叶，烟维两岸舟。”(《烟雨楼》)“琐尾归何地，回头欲问天。松上鼠窥子，竹边鸡啄孙。客泪悬秋水，浮生逐晓云。死亡无日月，寂寞此乾坤。”(《哭友》)“乾坤存尔我，面目愧英雄。浪云铺岸没，出雨挂江来。城郭无兵甲，乾坤有钓屠。是非真史案，感慨尽诗题。”七律如：“秋色净如吴地练，暮烟寒上楚臣衣。宫声律转黄钟正，兵气星悬太白高。饮酒病留残夜醉，著书懒道暮年穷。经纶一钓殊姜望，恸哭千年配谢翱。”(《子陵祠》)“一从处士星光散，空忆王孙草色青。春风杨柳兴亡后，宵月楼台隐见中。天涯风雪愁中鬓，海内交游梦里颜。小渚晴丝牵荇股，断垣月影动梅魂。宋陵夜雨冬青树，禹穴春风杨白花。”(《越中怀古》)“妻对牛衣同泣路，子如鸟语乱牵衣。”(“子”当改“儿”，便老。)“细柳多情低结带，好花无语暗交枝。云边丰沛蟠龙气，树里彭城戏马台。”(《淮望》)“百战伯图开巨鹿，千秋王气接卢龙。汉禅有书金简秘，秦碑无字碧霞寒。”(《泰山》)“功成百战归真主，计失三齐乞假王。”(《钓台》)“万里朝廷闻恸哭，百年云水寄行藏。野泥初折未开笋，溪雨欲流将尽花。渡边月出鸣榔急，戍里风生画角愁。月黑窗灯窥虎豹，雨猩砚水起蛟龙。”(《黄山》)“慷慨唾壶灯惨夜，凄凉芦管月明秋。红对山枫分客醉，黄看篱菊傲人香。白首笑簪双鬓菊，青山梦对六朝松。背郭闾阎烟似幔，照人歌哭月如钩。田园江汉千程外，兵火乾坤一梦中。眼底干戈人已厌，劫中花甲历重过。”(《六十初度》)“花下偏盲全着雾，镜中短鬓半成霜。啼哭儿孙家似梦，痴顽童仆旅尤亲。暂息田庐总是客，偶逃罗网不为官。巢栖鸟托神仙境，穴处僧怜虎豹家。”(《天台》)“春湍崩岸舟牵树，夜哭移磷鬼渡河。天地即今皆是鬼，垒荼应愧漫为神。”(《己丑元旦》)“初地偶逢新白社，夕阳重过旧青山。吴山血食销吴恨，汉寿威仪见汉官。”(《吴山关帝庙》)“鼎革大都同一辙，死生自尔别多门。禹甸山川龙虎地，越中花草鹧鸪天。”(《春警》)“避乱人多争隙地，投闲事少即高僧。几见清流沉白马，独怜碧浪陨红妆。”(《哀五妹赴水死》)“沙渚飞来明月雁，茅冈归去夕阳樵。未眠先待还家梦，掩户犹悬绝塞愁。一死姓名高北斗，千年豪杰耻西州。”(《广化寺忠烈楼》)“不随礼俗当今世，自有须眉太古民。”(《赠查伊璜》)五言排律如：“污邪盈乙地，牲醴祀天田。朝隐还山隐，龙门更鹿门。”五言绝《子夜歌》：“愿得缩地法，千里如一镜。中容两人面，笑语时时并。”是真古乐府矣。《题涌莲庵》：“看花眠影下，听鸟坐声中。”七言绝如《边词》：“可怜少妇闺中月，远逐征夫照陇头。麟阁千年无信史，龙城万里少归人。”《明妃曲》：“当时出塞明妃外，还有何人怨画工。”《宫怨》：“只今欲借毛延寿，尽遣良家出汉宫。”《题画》：“茫茫极望溪流阔，不种桃源惹事花。”其声调气度，摹唐不学、宋明季之杰出也。又读《靖康遗事》云：“一时妇女成群去，几个须眉李若冰。”自注云：“宋史误，李若水，若水即若冰弟，实二人，亦诗史考证之一。”

唐明皇《鹡令颂》：“伊我轩宫，奇树青葱。蔼周庐兮，冒停霜雪。以茂以悦，恣卷舒兮。”

每三句一段，凡十一段，上二句换韵，下一句统用鱼韵，此骚之变体，顾况《琴歌》四句，仿此。

唐女学士：宋若华、若昭、若伦、若宪、若荀，姊妹五人，虽能诗，不足尚也。夫妇居室，人之大伦，欲以学名家，不顾归人，反常之道，不可为训，并召入宫，倘遇昏主，能无污玷？

白乐天《昭君怨》："自是君恩薄如纸，不须一向怨丹青。"自谓翻案，然比薛道衡转由妾命薄，误使君恩轻，则穹壤矣。

刘禹锡"便被春风长请挼"，"挼"字不入灰韵，其《杨柳枝》如何押上来台，疑当从小注作猜，为是。

许圉师为刺史，吏犯赃，赐《清白》诗激之，遂改节为廉士，此诗之效，捷于刑赏也。

郭震作《云》诗："不知身是无根物，蔽月遮星作万端。"喻权势欺罔君上，作威福一流，亦说得痛快。

吾友郑子亦亭（名世元），有《耕余居士集》，《菊花》一律中，名句如："半年辛苦缘花使，两月颠狂得酒降。繁华似电谁经久，憔悴因风肯乱飞。肯教名字污妖雨，定有精光吐怪云。唯将白堕浇寒膈，自续离骚哭古魂。一片好寻干净土，几生才到散闲仙。一段冷香陶骨化，五更疏雨屈魂号。仙城未许芙蓉主，金带从将宰相夸。此外谅来无好种，人间那复有重阳。真教桃李无颜色，况有冰霜写性灵。发泄太奇真宰泣，挼挲不舍睡摩醒。不因人热然乎否，未合时宜可也曾。平常好事随年灭，耐久交情比水甜。"是菊，是人，不即不离，工致自然，言外一种牢骚，有壁立千仞之概。

耕余诗如："我是怪魁甘此老，君看名士古来非。芳草路旁都是恨，暮山楼上对谁青。幽独所知常自负，生平孤立本无媒。"俱妙。又《咏梅》："江乡明月常相忆，海国腥风莫浪吹。相逢淡处何如我，有约开时许跨鞍。"不灭和靖也。

海宁葛向高，奇士也。耕余赠诗云："一日见君百日思，自君之外没相知。无端欲笑还歌处，正是如饥似渴时。其颠倒至矣。年甫三十一，蹈海而死，惜哉。

耕余哀哉，行为王惕斋一案作也。"宝装压马黄金解，直使人头可钱买。不是察察诸将军，街头狼吏横捉人。"可谓实录。

耕余见《题拙集》七律云："江南江北枣梨灾，蔓草桑中处处来。孰是雅音追正始，君能元气保胚胎。微之榆格人知否，东野低头我亦该。三百篇诗常在手，更何不见古人哀。"词似过誉，自愧无以副之，然当时倡和，唯此公足称知己，今没十余年矣。手阅遗编，为之陨涕。

耕余《兰亭》五律："水香花底蚁，墨意雨中鹅。"得老杜句法。又如："苏州旅感身健同，诗格家贫富酒卮。"亦非宋元人口吻也。"见鸿愁朔雪，骑马想胡尘。老信文章命，生偕鸟兽群。"几几少陵矣。《咏雪》："寒声不到地，朔气欲沉村。"亦似岑参。若"只要无愁更是福，未能寡过乃为忧。"却是宋人腐语。"佛手柑色借秋橙，金起粟香柔春笋。"玉为浆，则后，宋可能之矣。

"九日黄花熏酒面，两峰红叶乱乡心。"耕余《别春荐》句也。"何等酝藉绕树夜，乌栖不定隔花秋。"燕梦同惊格律，少逊矣。

耕余亦有学宋人处，却下笔老辣。如“于今负背多芒刺，以后甜头望蔗浆。”毕竟与宋人不同也。若“树底暖莺初调舌，客中寒食最销魂。”则晚唐高调，元人所不能仿矣。

先兄夔一，归自故乡时，庚寅端午也。耕余赠五律，二如:“贫老乡关恨，艰虞道路殊。”“土墙蜂酿蜜，茅屋燕携雏。”宛然老杜风格，先兄答诗远不逮也。

诗有极淡处，却不可强学。如耕余晤:“韩映碧便当见日，相安慰犹恐来时。”不易容是也。“天地有身真大累，文章无口更何辞。”气魄极壮。“残雨一城云在树，疏烟几处月笼沙。”却又齿细才人，无所不可。

耕余赠周敬诗：“人皆欲杀今之白，我醉须埋昔者伶。”可称绝，然敬非狂士。吴克轩先生云：“今之狂也。荡轲云之谓也。”过敝斋云：“仰头谁是千秋我，屈指君为一个人。”期许之厚，今犹惭悚。“千古一肩真重担，百年诸老有长城。”尤不敢当也。就诗论，却雄劲无比。至《哭侄女阿五》十三首，学白香山，未免失之鄙俚。如“无复窗前呼伯伯，不闻堂后唤耶耶。拜佛擎拳学外婆，拍手呵呵叫阿金。可怜气绝无声处，犹唤亲娘口不停。”断不当存稿也。

耕余《肇庆阅江楼》七律结:“自从孝肃为邦后，搜到新坑好石头。”似宋口吻，而神韵则唐矣。“枕易一联十年蕉，鹿空诸像百兆蓍。”龟总幻形，“蓍”对“蕉”，“龟”对“鹿”，工极而不伤巧见。和一首“要与风骚常作主，除非尔我互为师。”不胜知己之感。

又《湖心亭》:“螺髻乱堆南渡恨，鱼罾斜挂夕阳腥。”上句尤妙。《先吾集》集名，因梓而题序中，述讲君子素位，《中庸》一章，书议盖微词也。耕余聪明天授，每闻鄙论，为之拊掌，故其诗立言高卓，多出人意外，如：“是贺方为鬼除迂，不见人团圞头聚。”“庸夫妇，饿杀心甘好弟兄。”此岂寻常捻髭者比。

余作《养蚕词》，耕余见和序中，推许太过，即以诗论，亦耕余作较胜筹也。《养鹤》诗云：“路腾腾，望鸡犬，烟江渺渺隔凫鹥。”鸡犬用刘安事，暗指同学少年登台阁者，却无痕迹托出。鹤之身分，何等高卓。寄江岷源：“龙眼花飞梅子绿，猫头笋过荔儿红。日逐可憎忙似鹿，春来无奈懒如蚕。”《游广州西山》:“周旋只我我，飘泊愧人人”，皆佳构也。至七古尤擅长篇，冗不及录。

屈翁山（名大均），岭南三大家之一。梁药亭固不敢抗衡，即陈元孝亦非其匹，大抵明季。甲申以来，诗人惟此君为冠。王阮亭，世虽盛称之，终不逮于屈也。五律如：“林鸟飞落月，山鬼啸寒钟。野饭芝泉洌，秋衣竹翠浓。古木撑崖坠，惊流挟石趋。鸟声多在水，人迹半生苔。”“窗外云争入，林深雪已迷。旧游稀白发，独往易斜曛。木落诸峰见，山空一叶闻。光生无月处，香在未花初。”(《咏梅》)“弯弓窥汉月，吹笛作秦声。天入群峰小，泉归一壑深。烟火含春树，人家逐暮潮。”(《阊门》)“湖吞三郡白，水落半山红。云疑飞髻女，月是弄珠人。玉佩捐湘浦，罗衣绝塞尘。”(《李六烈女》)“舟与雷霆斗，人为鱼鳖归。催客虫声乱，依人鸟影奔。戍鼓传双峡，渔灯绕一村。水萤当书乱，山鸟及秋寒。新潮随月满，落叶带萤飞。孤村阴雨外，古道白云西。水积春前气，山添雨后姿。流萤知客冷，宿鸟似人孤。虎过风叶乱，蝉立露枝低。叶落惊山鸟，林香识夜兰。老欲慵耕砚，贫犹贵买书。冲寒花有力，催曙鸟无心。年衰无暖日，命薄只秋霜。”（《梅花》）“山雪争初日，河冰乱白云。一水穿云直，孤花吐日明。啸声空外答，心影月中看。草草齐梁代，兴亡总可哀。（《焦山》）“一笑雄图失，长歌故国回。”（《马陵》）“最是关中月，能销塞外人。雷破江门出，风吹地岫回。”（《浙江潮》）“岂敢为高尚，孤云无所求。六朝春草里，万井落花中。访求乌衣少，听歌玉树空。”（《秣陵》）“马头悬日落，鹰眼射高天。”（《恶少》）“孤鹤先知曙，神龙善处阴。先朝钟鼓在，草莽最惊心。”（《游王台》）“紫塞难障汉，黄河不限胡。日月相吞吐，乾坤自混浮。”（《望海》）“剖心悬日月，披发上星辰。故国浮云暝，荒亭古木春。”（《许剑亭》）“青草余春瘴，疏花隐暮钟。渡口鸣蝉乱，人家落木寒。天入清霜苦，人过白草空。莫心生寂寞，春气破鸿蒙。”（《黄河舟中作》）“六帝攒宫没，孤臣抔土留。”（《谢皋羽墓》）“君王曾有计，深井抱芙蓉。”（《吊陈宫》）“徒然书甲子，讵足当春秋。竹影宜明月，松身厌女萝。罗浮怜合体，江汉恨分流。游鹿非吾土，啼鹃是故人。花过三月市，草失六朝茵。岁月添黄土，英雄聚白杨。”（《寒食》）“天教儿女月，长在掌中圆。卫卒虚分戍，边人苦卖关。”（《河套》）“榆柳迷青海，牛羊下黑云。今年高太白，努力汉将军。未敢求知己，犹然愧古人。”气魄大，琢炼熟几几，兼李杜而有之矣。

“山光全在水，秋色欲来鸿。”下字俱活。至《怀嘉兴周青士缪天目》次首，可称全璧。“往日招寻处，春波与月波。桃花西子里，锦带大夫河。玉乳秋梨好，霜螯冻蟹多。落帆亭咫尺，清夜亦相过。”又“世事余明月，天心但碧峰。微言因酒发，薄梦与花通。”尤淡远，不可端倪。如《吴楼》：“三分先帝泪，六出武侯心。汉月光犹昨，江涛怒至今。”高浑极矣。冯养吾谓：“翁山是太白后身，不其然乎？”《夷齐庙》结云：“可怜顽懦者，终古不闻风。”为同时从贼诸公慨也。《于忠肃墓》：“玉门归日月，金券赐山河。”“秋郊宴集龙蛇无，四海日月在孤臣。”皆敲金戛玉之作也。

七律如《谒老杜祠》：“一代悲歌成国史，二南风化在骚人。”非子美不足当之。《与友谈淮阴事》：“一饭自应求妇女，千金谁肯易屠沽。”《吴门作》：“一代风流余屧响，千秋怨毒是箫声。”《旧京感怀》：“文章总为先朝作，涕泪私从旧内挥。三月风光愁里度，六朝花柳梦中看。”《度梅岭》：“无多骨肉贫犹别，不尽关山老更游。”《叠滘舟中》结云：“江山如此无人恨，岁岁花开独怆然。”《九日》：“红叶有霜终日醉，黄花多露一秋肥。”《发大同》：“髡钳昔日图成事，沟壑今朝欲殉名。”《荆南归兴》：“英雄不是为人子，处处沙场作首丘。”《莲叶》：“鱼戏不惊珠乱泻，人擎最爱月多圆。”《珠江》：“黄鱼日作三江雨，白鹭天留一片霜。”《和澹翁》：“梦为蝴蝶元非我，生作蜉蝣亦是仙。”《钟山》：“千秋龙虎归真主，六代烟花送狡童。”《大同作》：“事失英雄羞一剑，时来游侠喜三边。”《汉口》：“古屋龙蛇趋夏后，大江烟雨隔娥皇。”《吴阊卧病》：“思将爪发为神剑，未有精诚与白虹。”《太白祠》：“才人自古蛟龙得，太白三闾两水仙。祠赋已同双日月，精灵还作一山川。”《寄金精山魏叔子季子》：“秋气惊来江上早，雪花吹到岭头无。”《度梅关》：“天下侯王须漂母，先朝臣妾尽明妃。”《寄魏处士》：“王蠋自能存社稷，许衡那解读春秋。”《清明》：“龙蛇四海无归所，寒食年年怆客心。”《墨胎》：“千秋书弑堪为法，一代无臣更可哀。黄农虞夏归无处，多事天生十乱才。燕昭王七雄独尔，为宗国一战还堪。”《振有郃》："汤武仁声虽未洽，春秋义战谁为雄。"《荆轲》："从客不俟兰池客，慷慨空偕竖子行。"《李广》："长臂双如猿有势，大黄一发虎无声。"《鄂王墓》："松楸亦向黄龙指，风雨难将白马招。"《登岱》："万物尽从青帝出，诸峰都让丈人尊。"《鲁颂》："诗在诸侯偏有颂，史书正月独知王。"《汉关》："空将春色归龙塞，岂有长城在玉颜。"《北固山》："花草有情先白下，江山有恨首南徐。"《木末亭》："九原未肯成黄土，十族犹然吐白虹。自古以来无此死，教人不忍作愚忠。无多书种难留汝，恨绝兴王不爱名。"《粤雪山房》："芙蓉秋到唯知醉，杨柳春来只解眠。"《韶阳道中》："多羡无家唯白露，绝怜如故是黄牛。"亦不灭五律之雄劲，绝无一语入宋元派，又非肤廓摹唐者，比谁谓翁山，非明季一大人品乎，惜其身经患难，独不免风流业障，香东墨西，多此好事耳。（卧薪尝胆之秋，而偎红倚玉，不如亿翁皋羽多矣。）

五绝如《对梅》："南国虽无雪，纷纷在鬓丝。梅花我与汝，同是白头时。"《寒食》："可怜三月草，看尽六朝人。"《媚花》："不种忘忧花，但栽怀梦草。梦长在君旁，何惜忧终老。"七绝如《武昌江上》："黄鹤晴川枕翠微，二楼高挟大江飞。天生瑜亮双年少，一片雄风在石矶。"今岁一绝，寓意尤深，"今岁莺花倍觉稀，春寒不肯作芳菲。萋萋但长天山草，只恐边人马不肥。"所谓天方授楚也。《咏罗浮》云："笑他玉女峰娟妙，长伴云边一老人。"（老人峰名，语巧而织。）又一绝，居然以太白自任，"最早知名是阮亭，青莲不得擅仙灵。九天咳唾分珠玉，乱作飞泉下杳冥。"出自阮亭口，则可若"绝代文章多妒忌，自来人欲杀青莲"。则太自夸矣。

"谁复光芒真万丈，谪仙犹让浣花翁。"此公论也。翁山期许在青莲，而为斯语。此其所以为翁山欤。

余友沈子侠庵（名莘士），自徐州归，示余近稿，中有《秋怀》八首，颇有可观。如"到处何多蛮触氏，无人觉忆葛怀民。堕地已怜屯骨相，问天徒自扰心胸。空怀父老衣冠古，犹忆闾阎揖让存。醉乡我欲封侯老，木落空山写我心。"又《吕梁洪》五绝云："悬水设天险，临流心自寒。一从开凿后，险不在波澜。"又见《答次韵》二律："待放桐川棹，来看禹穴书。叶落秋风劲，更长远梦多。何时对书幌，看泛墨池鹅。"皆佳构也。

杨志坚妻告离，与朱买臣妇何异。此人伦大变，志坚诗送妻云："平生志业在琴书，头上如今有二丝。渔父尚知溪谷暗，山妻不信出身迟。荆钗任意撩新鬓，明镜从他别画眉。今日便同行路客，相逢即是下山时。"其辞气雍容，如此志坚，亦非常人也。鲁公所以笞妻，而不责及于其夫之，不足刑家与。

五律中，四句俱不对，如孟浩然《永嘉别张子容》："羡君从此去，朝夕见乡中。予亦离家久，南归恨不同。"第五、六句不对。如孟浩然《都下送辛大之鄂》："予亦忘机者，田园在汉阴。"此体屈翁山常效之，终不可为训也。

"颗"上声无平韵。余在故山，曾与汪、谢二公正之，及观唐乔琳《牡丹》绝句："近来无奈牡丹何，数十千钱买一颗。今朝始得分明见，也共我葵不校多。"已有误入五歌用者。

李嘉佑《送郑正则汉阳迎妇》，颔联"遥想双眉待人画，行看五马送潮归。"颈联却接"望夫山上花犹发"，可见古人使事，不嫌忌讳。《包何相里使君第七男生日》："他时干蛊声名著，今日悬弧宴乐酣。”“干蛊”二字，亦俗眼所忌。

唐张继《咏镜零》句云：“汉月经时掩，胡尘与岁深。”传作固不在多，较“枫落吴江冷”百倍矣。

余《望夫石》五绝：“石榴相傍发，犹是嫁时裙。”及读唐刘方平五绝，亦云：“犹有春山杏，枝枝似薄妆。”意颇相似。

戎昱，荆南人，《咏史》五律云：“汉家青史上，计拙是和亲。社稷依明主，安危托妇人。”（社稷当依明主，安危乃托妇人，加二字解，便明。）“岂能持玉貌，便拟静胡尘。地下千年骨，谁为辅佐臣。”首二句提明和亲，第三句、末句，责汉君臣，岂能便拟发。“计拙”二字，何等沉郁顿挫，从来咏明妃者，无出其右矣。

崔峒，大历十才之一，其《喜逢妻第郑损》五律，首句“乱后自江城”，末复云“纸贵在江城”，粗率至此，非虚有其表耶。

许恂如《秀州百咏》中，有数绝不朽者，远出朱竹垞《棹歌》之右，第词采不逮耳。使竹垞终身高尚，非许所能匹矣。

陈子芬佩，六十四而殁。沈南谷祭而哭之，有五古四首，结云：“我哭人日多，人哭我日少。吁嗟乎穹苍，漠漠不可考。”为之击节叹赏。

程载韩《哭亦亭》诗：“两儿未是成家日，三女犹为待字年。”余为更成家，为成名。载韩喜曰：“以名对字，真我一字师也。”又云：“空遣闻风师后世，不教作雨润当时。欲试驴鸣先哽咽。□逢鹤化转疑猜。”皆可传也。

诗敏捷，不足夸，要在立品。幽湖两年前有：“远来乞丐沿门乞，钱随所命题立成。”七律颇清通，彼何尝不敏捷哉。“对客挥毫秦少游”，毕竟不如“闭门觅句陈无已”也。

偶检书簏，得郑子亦亭札，系乙巳春杪，从燕都寄幽湖，云：“许纯也，送高安朱冢宰轼诗二首，其二专为荐贤也。其起一语忘之矣。尚记六句云：‘俗吏岂能知国士，征书却讶靳名贤。东南孝友推张仲（谓莘皋），吾道津梁属颍川（谓古民）。公去可曾携夹袋，下车一榻莫常悬。’纯也嘱，勿相闻，幸勿作札，咎之也。”

元诗中有《倒骑驴观梅图》诗，余亦戏作五律，云：“回味元无尽，回头正好看。灞桥殊率意，果老耐寻欢。世路先驱蹶，浮生退步宽。名花愁背我，细细傍吟鞍。”吴子昂千和七律，予因更作七言，云：“幻出浮罗梦外身，自行自止任天真。眼前步步皆陈迹，过后枝枝是好春。熟境转成迷路客，多情翻似背恩人。莫教贪入花深处，疏影斜斜碍角巾。”

正月望过，逮野观老梅，作五古归。舟失其稿，仅忆四语，云：“梅花久寂寞，索我集吟稿。回头语主人，月落波浩浩。”此梅相传南渡时，金氏祖手植，一根双起，如虬龙，花实特大。明季钱牧斋、吴东篱昆季，及甲申后，遗老无不坐树下，歔欷吟咏。余亦与亦亭各和十断句，尝与外父晨村先生楫《老梅倡和集》，而久不就。今外父没已数载，老梅一枝偏枯，亦偃蹇寥落。念余自己酉与老梅结邻七载，复迁于幽湖，盛衰聚散之感，其何能已于怀乎？

沈南谷云：“杭友黄谷咏钱，一联绝佳，‘呼兄不至还呼母，使鬼犹灵况使人。’”真可压倒一切。

吾友谢文若《完粮谣》云："完粮去，更踌躇，新有令，要如珠。今年租米十分劣，九粒细碎一粒粗。完粮吏不纳，何计为良图？唯有卖田籴米输官租。卖田人不买，此事终何如？十年水旱长八九，江南积困无时苏。我欲问田主，谋生有策无？计田一亩剩一斗，明年那得无追呼。"文若，名洲，号散木，又号载月船渔长，于近体是作，殆摹乐府而未肖者欤。

余尝题《美人蕉》云："舞觉缠头烂，劳应带尾赪。"或曰下句，不切题。旁一客曰："君不闻有美人鱼乎？"可谓以意逆志。

《九日诗》每苦落套，唯元张养浩，一联绝佳："诗有少陵难着语，菊无元亮不成秋。"以后直须阁笔。

元人题赵子昂画诗，都不寓规讽，便失旨。唯陈高五绝，唐音也。题子昂《折枝竹》云："帝子啼痕湿，湘江暮雨寒。绝怜樵采后，留得一枝看。"亡国之感，失身之罪，尽在言外，却不露痕迹，是第一高手。如张雨题赵仲穆《画兰》："近日国香零落尽，王孙芳草遍天涯。"终不免太露矣。

硖川陈皋如（名遇尧），担斯蒋子之甥，尝寄余近稿。《题蜂》云："辛苦分甘后，年华嚼蜡中。"下句极老。《灯蛾》云："不是青藜熖，君何殢玉堂。"亦佳。《酬友》云："鸿爪频年隔，欣逢返旧林。同来江口望，转忆别愁深。"居然唐音，年少加以学力，何可量哉。

杨止垣父，字若木，禾中名士也。其次子为僧，即含辉璞师。《纸鸢》诗云："一线能通漠漠天，不飞而翼竟高骞。年来收放童儿手，离却春风事杳然。"鹤臞和尚《山居》如："池宽多着月，园小遍栽蔬。鹤骨同时瘦，秋钟入夜疏。"俱可诵也。

从子钦陶寄《题墨菊》诗，有"游峰蘸得些儿去，满口逢人翰墨香"之句，讽学诗自诩者，诙谐绝倒。又《早起见雪》绝句，下二语云："天心不似人趋热，偏向阴崖分外浓。"格调尤高老。又和谢雪渔韵，五古，如发端语："重云障北极，独立生离愁。"又如："雄鸡夜正半，仰视星辰稠。倒挽银河水，冰轮洗清秋。"等句，皆迥超流俗之表，吾宗可与言诗，唯此子耳。

一友述《云间袁氏女》，五律，云："帘卷倚高楼，青山相对愁。夕阳摇酒旆，野渡系渔舟。树密烟光乱，江空水气浮。敛眉无限恨，身世两悠悠。"此等声调杂之，唐人何辨然，却是失节女子何也。余笑曰："牧斋梅村秋岳，诸公何尝不是唐调？"座客为之浩叹。

余馆故山七载，与汪子津夫、谢子南明倡和，二公多佳句。汪如："消息千秋在，纤微独夜惭。"五律中劲句也。五古如："共谈大化机，数消终不灭。"七律如："李潮向为工书绊，谢朓新将爽气分。"亦佳。至谢名篇，尤不胜载。如："手把东篱枝，欲拂沧海尘。山容依日淡，菊意迟霜闲。鸡声一城急，帆影半江寒。诗成百感后，事集一身闲。柴扉深竹影，藜杖老梅花。日月尘中活，天应悔自今。"《梅》五律："一枝回地暖，独力破天荒。淡泊依篱落，精神表雪霜。"《题鄂王墨迹卷后》："一片墨云起，千盘笔阵雄。"《钱塘怀古》："三春花柳宫门暗，十里笙歌辇道长。北望冰天愁未了，南来泽国乐何荒。星河半壁金汤固，不道寒烟锁凤皇。"《晓望》："澹荡疏林外，风吹月半村。"《西湖竹枝》："莲心恰似郎心苦，莲叶莲花都不知。"又一首："愿郎心作湖水平，侬是湖山一点青。侬在郎怀山在水，任他风浪自亭亭。”居然中晚又梅开。《春意小叶》：“尽树声闲斜日明，湖上遥峰出竹间。”七绝：“百尺玉虹天半落，苍凉初日乱峰开。”钱牧斋遗墨：“那堪失足落荆榛，微物重看尚带尘。一炬绛云烧不尽，剩遗残烬待磨人。”阮亭、悔庵见之，得不退舍耶。

津夫作《草堂》，谢南明为题《四言八章》，中如：“清琴月上残，花雨余江涛。山来河流天，泻恸绝穷途。”“一壶谁假鸡犬村，通参辰星各忾言。”成诗屋梁月落，即陶公停云：“且当避之。”

津夫在滇南时，《龙门涧》五绝云：“头角守区区，云雷声势孤。碧涛传夜怒，抱月未成珠。”《过陡亹》：“鱼龙趋逆浪，日月漾浮萍。”《辰州溪》：“伏波金鼓阴云在，善养衣毛古木秋。”《晋宁城春望》：“几陌行歌如鴂舌，满城春色是梨花。”《卖鞍》云：“永别青丝缠騕褭，空沾红汗薄风霜。”皆雄伟可诵。

梅里王翊介人，诗《子夜歌》：“风池聚萍草，知向一边多。裁衫不裁裙，下体古所薄。”《猛虎行》：“山中日久獐鹿穷，猛虎已死深山空。”拟古，“谣扫星狼射天狗，金华山头石羊走”。五古，起云：“水竹清淡影，秋气生空山。凉月委静照，白云体高闲。”《寄弟庭》云：“我今在陋巷，弟不堪其忧讽之也。迈人明进士而失节，愧其兄多矣。”五言律如“去国轻生死，依人略是非。风尘孤剑在，天地一身多。前路夕阳外，行人春草中。法纪葭莩外，朝廷水火中。江山雄白下，人物近黄初。岁时仍汉腊，风物自秦余。文章身后事，丘垄梦中山。”七律《哭陈黄门子龙》云：“天柱西崩日气衰，汉臣饮血死无辞。全身自托江鱼腹，作厉宁忘博浪椎。新谷不留孤子食，故人空赋八哀诗。华亭鹤唳知何处，入梦犹惊下榻时。”《金山寺》：“西蜀谕通司马檄，山中谤满乐羊书。周道秋风行黍稷，汉宫春雨长葡萄。”皆沉雄悲壮。五言绝，如“小雨落藤花，移时鸟衔去。”七言绝如“关山不改秦时月，留与征人夜夜看。皇孙去后斋宫冷，藤树朱门二百年。空宫一闭无年月，到处冬春积雪多。”《维扬怀古》云：“芳草离宫三十六，春风吹断玉钩斜。”《钟山》云：“一自钟山樵采后，更无人为哭冬青。”越中竹枝若耶溪上，多游女夸道西施是越人。赋《旧明月》：“关山别有征人泪，不是秦家是汉家。”皆黯然，有故国之思。

新溪钮子膺若，诗得风人之旨。七言绝如“漂毋祠前烟树晓，露筋庙口野流春。自来江北无相识，辄欲低头两妇人。”较王价人平生自叹无知己。“千里来寻漂毋祠”，格调尤老。《过天妃闸》：“如此急流宜勇退，逐人车马却西来。”《过蠡宅村》：“可怜越国黄金尽，遗像如何铸得来。”《虎丘》：“怪底乱鸦无管束，冷烟古木尽情啼。”五古如“甲子编诗签，亥时纪岁钥。藓皮磨烂铜，柯干挺直铁。”《寄郑悦山六十韵》，结云：“朗月照孤松，清风拂翠筱。大江流滚滚，长空日杲杲。高歌望吾子，白云正缥缈。”何等气魄。又《同侠安作》：“琴响无知音，酒徒复何有。茫茫天地间，夕阳空搔首。”五律佳者尤多，如“野衲拖云重，枯棋战雨酣。旅雁苦于客，黄花淡似吾。易安茅舍下，肯屈贵人前。竹色三秋雨，书声半夜灯。酒幔高于屋，茶樯直到门。花木诗多气，风泉画有声。”渡扬子，百端愁，已集三日醉。初醒，友人评云，使事无痕信然，唯昆陵驿。“大江横落日，孤戍接残春。”二语，却蓝本“大江流汉水，孤艇接残春”。未免剿袭，决当删汰耳。

膺若七律："典却春衣非为酒，移来新柳不闻莺。"《牡丹》云："细雨装成珠髻滑，春风高并玉楼寒。"亦大称题。《题遁野》云："先生不种门前柳，渔父常寻洞口花。"外舅金晨村先生，屡诵之，为击节。

膺若族兄汝骐（字仙驾），为余作《老女祠》六绝，其四云："拂镜簪花两鬓皤，上阳谁认老宫娥。西家少妇勤相访，为识开元旧事多。"其五云："二八韶阳一指弹，施朱傅白向谁看。孟家择对真痴绝，那有贤如梁伯鸾。"余笑曰："世无汤文则终焉，而已然诗，却可与元人颉颃也。"

雪渔与翰澄诗，一联："柳边霜月秋村白，雁外晴峰海岸青。"唐句也。《怀东白楼主人》绝句："白露一庭梧影淡，风吹残月过村西。"皆妙。

幽湖《竹枝词》，如张子伦表："东手接来西手去，果然梭子两头尖。"亦可传也。盖幽湖人业绸机，"今夕卖绸则明晨买丝，苦无余资"二句，类乐府隐语。

周草亭篆（字籀书），隐居不仕，本籍云间，后寓震泽，著有《汉书》八十卷。殁谓其子曰："祖述《春秋》、宪章《纲目》，吾生经济学问，尽在此书矣。"尝读其福州一律，云："乘槎应为路，多穷浮海宁。""知道便通彭夏岛，回天在北女牛星。""外地无东能披若，木真樵叟未掣鳌。鱼岂钩翁袛好待，乾清浅水遍从仙。"老问农功，深寓感慨。又《读史》二首云："孔孟生秦代，出处当何如。坐待汉主出，帷幄成吁谟。行藏定大节，心与天为徒。博浪逞一击，殊非诛独夫。晚年始闻道，脱履成平初。东周无管仲，并不成东周。仲也用齐桓，功始高山丘。子纠未君国，射利非射钩。太子名既正，唐复混九州。岂必藉郑魏，相与安金瓯。"

草亭子，名勉，今改南字。今图馆新溪之能仁寺，一日携生平著作，访余定泉书舍，其古作颇渊博，而自视太高，每一诗必加注，不特典故，并开合照应，伸缩变化之法，一一疏明。自言："处处宗老杜家法，无一字可增损。"所谓诞诞之声音颜色，拒人于千里之外也，何足与言诗哉。

硖川吴子芑君（名嗣广），诗颇雅净。一日寄余丙辰以来杂稿，中如："名心几杵钟，道念一泓水。返照疏篱屋，寒声远寺钟。"（《梅花》）又五律："老悟为农乐，穷谙养拙尊。"又五古："阖眼照今古，旷焉神遐赴。斜阳敛深林，舄底乱归鸟。六时变明晦，无日不空青。山谷答嘤鸣，境奥鸟亦独。返景苍然来。青红带西岭。林竹风飕飕，众山响逾静。"（《游东山》）"我意不胜秋，一虫阶下领。"又七律："金钱砂砾同抛掷，冠盖鱼龙互合并。"（《游海堤》）"啼残红绿莺将涩，流尽兴亡潮易回。"（《上紫阳山》）《题许敦兮秋原射猎照》云："磊落心应四海雄，笑他帖首注鱼虫。闲抛三尺珊瑚笔，便拓秋胶百石弓。"《看独松》五律云："秋净多来雁，山空纳远钟。偶携三尺杖，拄看百年松。偃盖藏云气，长根走蛰龙。时时风过顶，涛落最高峰。"又《题王五石梁观瀑图卷》云："丰容秀状三秋肃，满眼空青不可触。袖中无笔写晴寒，但见苍烟截崖腹。"《须臾山》云："滃欲来溟蒙，一气浮楼台。狂飚吹雨倒，江海洞底森。沉猿啸哀前，坡迅溜奔溪。口后岭悬流，怒声吼冲林。""激石雹横飞珠溅，帘旌汞穿牖对此。忽忆开先之峡泉，劈破双玉龙腾埏。"苏公摹写，何雄妍。又如"置我黄华水帘下，绝壑汹汹驰警湍。"遗山晓梦，犹蹁跹。"平生游屐绝少缘，荒渺未暇穷跻攀。天台瀑布无千里，还向王郎画里看。"

皆可传也。

膺若没，其族兄驾仙挽之云："已看诗若弹丸脱，更疑文如翻水成。别恨衣冠萧子国，断魂风雨茂陵居。沈诗任笔千年事，秋蟀春鹃一梦余。坐知此事成孤掌，天使斯人不永年。重过新塍应腹痛，只鸡岁岁草亭前。断雁有徒添旧雨，汗牛无力益遗文。人间结恨余红豆，天上缄愁付白云。"李子裳吉云："丹铅脱手故依然，珍重珠玑托旧编。业在千秋知己事，为君缀拾为君怜。鉴湖一老仰平生，逯野梅花品绝清。此去高人谁共访，岁寒孤棹月三更。"江浩然万源云："爱注南华十载心，颇忘虚牝掷黄金。良朋似尔真相忆，却为亡书忆转深。"

世以李、杜、韩并称，唯宋孔平仲句，云："吏部徒能叹光焰，翰林何敢望藩篱。"所见极卓。

余婿郑炎（字清梁），诗才极捷。余偶有古今体十余作，渠见之，尽一炷香毕，和如："女贞酒七排，酿花为□心。苗润渍乳成，浆舌本粘臂。金乍压云英，遍钗玉频挑。"竹叶尖切，"女"字极艳丽。又蚕日，集吾庐，咏《乍开梅》五律，云："一茧容身地，冰花似可亲。那知雕玉手，竟作弄珠人。薄带三分酒，虚悬半席春。比来何水部，竟碾曲为尘。"又七律，结句："尚惜幽香深自护，近墙不放鹤闲行。"皆敏而工，美不胜录也。

张伦表（弘范）梅花禁体诗，一联绝佳。《山中》："纪历王正月野外，忘年太古春至题。"《明妃》："当时不向龙沙去，只是昭阳一宠人。"前人道过未为工也，王睿云："当时若不嫁胡虏，只是昭阳一舞人。"

小瀛州，十老会。朱朴，字元素，号西村，工诗画，与文徵仲孙太初倡酬。钱琦，字公良，号东畲，正德戊辰进士，授盱眙令。徐泰，号丰厓，字子元，弘治甲子孝廉，为光泽令。吴昴，字德翼，号南溪，弘治甲子孝廉，明年成进士，授宜城令官，终方伯。陈鉴，字用明，号勾溪，工诗，与朱元素齐名。徐咸，字子正，号东滨，正德辛未进士，守沔阳，迁襄阳，罢官后，与兄丰厓，邑中耆硕饮酒赋诗，名小瀛洲社。刘锐，字蓄之，号海村，以世曹袭海宁卫指挥使。钟梁，字彦村，号西皋，正德甲戌进士，为刑曹郎官，终南昌守。石林上人，名永英，诗宗敏一皎然。陈瀛，号古厓，由宛平主簿迁龙岩令。五言古如："相逢但无语，含笑如有待。"（西村）"一言涉华要，自觉汗满背。"（西皋）"江鸥只驯水，野鹤不受笼。"（石林）七古如《秋夜吟》四首，俱朗朗可诵。（西村）"故溪百年刀割水，新欢如花何易腓。城南七十六高峰，一年一作登高处。"（勾溪）"凄烟惨雨时暝蒙，倏焉变态春为冬。夫君莫学杨花性，随风飘泊还东流。顾得杨花化为树，门前击马维归舟。"（海村）"江头日出孤屿明，白鸥点破春烟绿。"（《渔父图》石林）五言律，尤多佳句，如"海门朝日近，沙市暮帆多。"（西村）"贫嫌妻子问，老爱故交深。天意别有主，人心独在公。"（《祀练子宁》东畲）"微露幽花湿，轻风小蝶寒。世事虫相吊，年光草半枯。"（勾溪）"飞瀑秋垂练，澄湖书跃金。春寒翻胜腊，山色只宜秋。"（东滨）"帘虚通燕垒，花尽实蜂脾。扫苔怜杖迹，吹壁落诗尘。朱颜不可买，何以炼黄金。"（海村）"熨衣防夜冷，储粟虑年贫。竹深群雀下，波静一鱼翻。"（西皋）"钩帘飞白露，洗砚落红莲。未晚归禽集，先秋病叶黄。多病便高枕，余生了敝庐。"（石林）七律。如"塘水渐添鱼亦喜，杏花将破蝶先知。未经霜树多黄落，不出山僧老更苍。"（西村）"白酒黄鸡茅舍月，落花啼鸟竹篱风。”（东畲）“万事无心从白发，百年有梦只青山。”（南溪）“贫能到骨心方逸，懒得成痴事尽忘。避地衣冠天下士，傍湖樽俎水边楼。”（勺溪）“风雨有诗联洛社，溪山无梦到长安。”（东滨）“友道只应山色好，亲情惟觉海杯真。花残锦地莺慵织，雨结愁城酒破围。木落山如诗骨瘦，天空云似客身轻。旧垒夜和明月冷，归程秋共白云长。”（《咏白燕》海村）“莺花正好客初过，池馆无人日渐长。百年悲笑清光里，一代风流白发前。”（西皋）“春草不关人事长，野云浑傍小窗虚。鸡口从人论世事，马啼吾自学全生。”（石林）“长空露下秋无际，落木风寒首独搔。知止便成终老计，习闲真得养生方。”（古厓）五言绝。如“此意同一闲，青山白云我。”（西村）“十家九悬釜，县官知不知。”（《观稼亭》东畲）“江边雁无数，不带故乡书。”（丰厓）“舟横人不见，一雁下寒沙。”（西皋）七绝。如“教儿莫扫阶前叶，留与苍苔护晓霜。”（西村）“零落旧巢人不见，一帘疏雨话春愁。”（《双燕》西村）“夕阳满地鸟飞尽，人在乱山深处行。”（东畲）“似欲长鸣报秋曙，西风立尽满庭霜。”（《鸡冠花》东畲）“老夫只道无心物，丞相门前却作堆。”（《红尘》勺溪）“扁舟稳击柴门静，人在湖南罢钓归。”（东滨）“半篷落日无余事，醉枕蓑衣梦白鸥。”（海村）“山僧不刻莲花漏，潮白江门报午时。”（石林）壬戌春，徐子郎行，举六子真，率会作诗。沈子南谷因检此书出示，美不胜收，姑摘其尤雅者如右。

海昌施谦自勖，以诗集呈冯子养吾。冯答诗云：“不求甚解，无如我忽漫相逢，得此君施大恚，施能诗而无品舆论，素所不满也。”

养吾佩服翁山，谓青莲再生，因作《谪仙》，行云：“罗浮两山闷灵气，梅花零落凤敛翅。日精月华何处凝，仙人下降天开瑞。海南岁长红珊瑚，清江夜吐万颗珠。光芒尽入五色笔，驱役神鬼供锤罅。”结云：“朱书再召还上清，匣藏雄剑久不鸣。滮潮梅里旧游地，流传诸派成典型。春阴日暮猛虎吼，苍螭立豹撼户牖。乍疑风雨召百怪，乃是遗编刚入手。欲排阊阖试问天，九门杳杳迷紫烟。半空孤鹤振玉宇，告我仙人归去路。”余读之拍案叫绝。又《上天竺》五古：“岚光朝雨后，人语松涛中。炉香迎鼻观，深林闻午钟。”冷泉亭云：“我身愿化石，永讬寒波路。”吼山云：“参差交鹿角，峻削长鹤爪。其凸也若疣，其凹也若窅。”“他年荷锸复兹土，一枝铁笛吹裂千仞冈”等句，皆可传也。

余作《邓州竹烛》一绝，云：“一缣不具家如罄，念母曾经大恸来。怪道邓州花蜡烛，涸间流泪尚成堆。”寇莱公闻乳媪之言，既散金帛，终身不蓄财产，而所至犹复豪华自逞。公因质美，而未学者欤。

唐自成一代之诗，宋亦自成一代之诗。唐诗自有优劣，宋诗亦自有优劣，本不必较量高下，但平心论之，唐诗出于史，而含蓄不尽处，深合于经。宋诗出于经，而尚议论不留余地，徒类于史体而已。四灵七子，乃不善学唐之弊，与唐诗无罪犹之。诚斋之鄙俚，亦不善学宋之弊，岂宋诗之罪耶。

诗言志，本无取于富丽。子曰：“辞达而已，格律声调何为哉。”然言以足志，文以足言言之，无文行而不远，击壤之歌，尧以德胜，不当作诗观。若杨诚斋之鄙俚，流弊无穷矣。东庄主张太过，盖疾世之为。伪唐诗，如七子之肤廓，不觉其矫枉过正耳。平心而论，诗有三要：

一性情，二义理，三文词，废其一非诗也。少陵诗所以谓之圣者，情真理，正词工耳。

宋人诗所以不及唐人，理胜于情，动立议论，彻底说完，绝无含蓄耳。诗必有关于世道人心，岂当以风云月露，夸多斗靡，然须有温柔敦厚之度言之者，无罪闻之者，可戒音调铿锵，使人可歌可泣，乃为极，则若据理直说，不假文饰，此之谓有韵之论，非诗也。

余寓扬州，阅郡志，载韩翃《过扬》诗："有地皆栽竹，无家不养鹅。"当日之扬州也。今养鹅者，绝少此句，反似我越中人家。

王士禄，□客清。"夕盥乡梦妥宵杯"，一联颇细净。士祯："月明生水际，积雪满空林。人语烟初暝，鸡鸣雪渐深。"尤觉超旷。邓汉仪："吾侪尊九日，天地老斜阳。远波千叶下，微雨一篷行。独梦连江色，千帆动海声。"汪楫："崩石秋如马，危樯夜绕鸟。"皆佳。丁倬："朝推卢杞相，疆老武侯师。"悲史阁部也，可谓"扼腕程潮贫交离，别老僻地雪霜侵。"邓从谏："粉黛三千女，云山六一堂。"炀帝何存，欧公尚在，良可慨也。

苏颖滨："尚有花畦春雨后，不妨水调月明中。"月明春雨，终不对也。杨诚斋："怪来万顷不生浪，冻合五湖都是冰。"佳句也。然下联"碧玉湖宽应我到，白银池滑没人行。"不特"湖"字重上，又从水上摹写，无味，亦是率笔。杨基《召伯》诗："鸡豚篱落茅檐雨，凫鸭池塘菡萏风。"颇有画景。李质："十千一斗金盘露，二八双鬟王树歌。"极形扬州繁华。今则如王维"先留连野唯残蝶，应答江声有乱蛙"矣。

"鹭渚橹摇归梦客，柳汀舟渡夕阳僧。"郭登句，点缀亦佳，但不切高邮。"万古乾坤此江水，百年风月几重阳。"李梦阳一联，声调却高。沈应："百年一半长为客，两鬓无多易着霜。"亦自然。然不如吴国伦："树里钟声山寺午，檐前雨色海门秋。"情景兼到也。

朱日藩《清明》诗："客厨未乞龙蛇火，旅食频催犬马年。"袁宏道："江烟一担充行李，流水三义各路歧。"非不工。而程嘉燧："残魂如梦闻莺断，旧恨随潮立马生。"得工部遗法矣。

"龚鼎孳身孤盗贼，忘羁旅俗薄公卿。"讳醒狂，声调高于"花外秋衾香不散，笛中风柳雁偏横"矣。

王阮亭："风回津鼓沉乡梦，人醉楼箫忆往年。"下句不及。《瓜步道中》云："春雨芜城寒浪静，夕阳京口暮山多。"下句尤胜。冒辟疆送阮亭句："夜月书声摇画艇，春晴吟屐响红楼。"着色颇佳，与越闿："曲岸花深歌舫慢，小桥风定酒旗明。"并传。

陈其年《广陵杂感》中，唯《明武宗巡幸》《史相国殉节》二首可观，宗观若使有楼迷化，及至今无梦醒邗关，对得变化。

王仲儒："海气渐开残月正，江峰初出乱帆斜。"亦佳。顾樵《绿萼梅》一首，是全璧，"蕊疑新叶发春前"，前人未道。

廿四桥，一桥也。宗元鼎诗云："一桥遗迹水沉沉，避客还存廿四心。"唐张乔绝句："月明记得相寻处，城锁东风十五桥。"则廿四之外，又有十五矣。

影园黄牡丹，诗以黎遂球为冠，钱牧斋所品也。黎遂拜钱为门生，一时传为佳话，此庚辰夏事也。不四五年，而燕都失，广陵陷，百年以来，夷为丘陵，余有七律吊之。黎，南海人也。诗不过温李一派，而失之淫艳，亡国之音也。故余诗云："百年影亦归，乌有四韵诗。"犹似鸟鸣喻之，以鸟岂为过乎？

李颀："瓜步早潮吞建业，蒜山晴雪照扬州。""瓜蒜"对工是小巧，而格独雄。

杨诚斋《题"露筋""异娼"二庙》诗云："文章试中诸君子，忠义犹存两艳姬。"毛惜惜虽不从贼妓也，何可与贞姑作合传哉。此诚斋大失检点处，譬如文丞相与余阙，合为双忠祠可乎？

董子祠，余有二律，结云："不窥园是无双士，何必琼花始建亭。"孔融台，不足述也。平山堂，抑又其次矣。

余尝题倪云林画，结云："尚病渊明题甲子，只书月日不书年。"自谓翻进一层，及观吴雯"岂但秾华后桃李，空林黄叶亦无多"，何等含蓄蕴藉，诗学亦何可自足耶。

硖山刘瑞星，字北梦，著《癸甲之际草》，兄广胤为之序，如"西风马耳立，泪与酒争觞。正值忧时会，犹闻清夜樽。河山臣子梦，风雪圣人心。""三千水箭迷冰漏，万丈松花落羽翰。学成西汉春虫股，梦到义皇野马标。猿笛梅花千曲碧，鹤觞竹叶一尊青。交情乱里唯相感，花事春来只解忙。""乱峰如宿草，命将屡宣麻。青山侵练碧，残月壁樯明。台草经兵马，厨烟冷食禽。唯余高塔上，不住振铃音。""浪黏广寒天无壁，风送斜阳日有绳。艰虞千里茧衰谢，九霄鹏三韩斥堠。""狼烟绝四海，车书鹞首同。""但调心气还天地，莫把兴亡翻史书。十年湖海粗豪尽，江月凉生晚霁初。阴阳尚见龙蛇斗，川陆唯闻虎豹腥。妖蜃千寻摇海立，神鳌一柱正天经。""湖口斜开扬子面，潮痕刚画小姑眉。汉禽终不投西止，胡马犹知向北悲。经函静养长廊日，松带冷寒老岫烟。僧归中食常侵晚，城角风吹夕照蝉。山深日落归鸿急，酒满灯寒送客时。隔岸下春灯渐出，傍城古木鸟能回。高楼万里三人醉，丛桂双江九月开。"皆警句也。又喜逢彭木轩赋，别起二句，云："寒日照江水，北风送归舟。"又"寒日到山依鸟下，孤云无路逐龙游。"格律亦高，但苦全璧少耳。唯忽听一绝，极佳，"水激船鸣马龁萁，中原陆海旅人思。江南触处愁肠断，不独山穷水起时。"

杜少陵《何将军》《山林》诸作，清雅可诵。赵子常类选杜诗，只取《戎王子》一首。大有寓意。此诗盖为安禄山发也。想当时游览，偶见此花，有感子戎王子之名，遂通首借喻"开绝域"宜矣。谁实滋蔓之使，当中国而匝清池乎，"滋"字责有所归，汉使空到神农，不知"外之"之词，春秋之旨也。"露批雨打祝之"之词，"渐"字喜其势，将离披耳。

鹰青山人诗，五古极得十九首遗意，当全录，不可摘也。其五律之佳者，非徒世所传"斗禽双堕地，交蔓各升篱。日午阳和足，山深造化全"也。如"老泪无端下，秋风薄暮来。"(《闻雁》)"碧色初晴树，微风欲曙天。"(《新莺》)"关河愁绝处，天地酒醒时。"(《所思》)"山鬼来争席，溪禽不乱行。"(《筑室石塘》)"云阴冥屈蠖，风势侧盘雕。俗物毋相乱，秋山肯见招。"(《登楼》)"落花幽籁细，苦竹夕阳深。寂以会众妙，淡然闻至今。"(《壑庵》)"徒有千秋意，无由质古人。此生良可惜，他日得谁论。"(《可惜》)"清秋天地肃，寒翠入支颐。"(《杖》)可谓得少陵之神矣，又如"乾坤幽梦破，风雨夜钟深。"(《寄怀一水上人》)"乱山秋去久，一雪夜来深。"(《山村对雪》)

“碧山今日好，芳草一春迟。”（《喜雨》）亦中唐绝调也。

闻山人，自谓独不长于七律，不免知难而退。然题生圹“固应无物还天地，幸不将身玷水云。”故自绝倡。他如“岛门失势鱼龙震，亭障乘秋虎豹骄。”（《山海关》）“秋风中客吟芳草，老态侵人看落晖。”（《差喜》）“晚色关山疲马在，清秋天气断鸿多。”（《晚眺》）“猗傩此生输草木，逶迤吾道付龙虵。”（《偪侧》）亦非时调可跂。

山人七绝，声调俨然。“黄沙百战穿金甲，不破楼兰终不还。”“但使龙城飞将在，不教胡马度阴山。”“洗兵鱼海云迎阵，秣马龙堆月照营。”“已收滴博云间戍，欲夺蓬婆雪外城。天涯静处无征战，兵气销为日月光。”语语不袭，而神自肖，故佳。

《睫巢》五卷，《不信》一首云：“不信勾吴祀，千秋以仲传。将何酬至德，直欲问皇天。蛮貊求仁易，神明忌道全。请看嬴博恨，宿草亦芊眠。”老而无子，寄慨，特深读之，令我沉痛。然道理却未足，使泰伯有子，天即可酬至德耶。天生至德于泰伯，乃所以酬之也。有子无子，何足道哉。

《睫巢》后集不及前集，然亦有佳处，如五古“管乐岂不贵，不如闵与曾。酒人忘其天，甲子聊复知。太白蒙其污，死魄临高秋。”非气骨语手。七律如“霜零衰鬓心情在，门对寒山疾疹消。邃古衣冠犹及见，明堂钟鼓未须移。”五律如“大江下秋水，游子似归云。碧水清湘坼，黄云绝塞楼。”七绝《白沟河》：“可怜一线中原水，辛苦多时限契丹。衣冠独向沙前拜，一祭当时绝吭人。”寄慨极远，令我低徊欲绝也。

山人乐府唯少陵、香山。自立新题者，非所长。至《摹古怨》诗行：“白玉为我齿，黄金为我骨。我则长不死，直与元气结。”《满歌行》：“钻火苦甑熟，伐冰憎灶寒。厌薄生心芒，美好徒万端。双桨荡惊风，佳人晚无力。”与前集风度不远。

《见赠》五古：“南国有儒士，潜光照幽阻。振俗怀忧端，千秋理微绪。”虽过其实，亦知音矣。结云：“报君以自修，毋令滋后言。”尤得古人劝勉意，惜不令我耕余一诵耳。

地以人传。梅里幽湖，龙山盛水，甲申以后无倡义者，而硖川两山乃有青萝池一案，便足千古矣。干木隐而西河美，李陵降而陇西惭，不其然乎？止溪老人两峡纪游诗，独结之以青萝池，其旨深矣。人远诗云：“春风依旧至，青萝不更青。归来孤白鹤，顾影徒伶仃。得鱼畏泥浊，刷羽恋水清。悲鸣终日夕，呜咽长流声。”(一卷第四。)

乐雷发《乌乌歌》，有激之言，至“欲擘碎太极图”，盖深恨蒙古据中原，居高位者侈谈周程，无恢复之略耳。“学校文章如画饼，朝廷官爵似呼卢”，亦可叹矣。至“家童偶见草头字，误认离骚是药方”，则诚斋调，不足尚也。（此在一卷第八条“非唐音也”下。）

查他山（慎行。）有《赋得雨中荷叶终不湿》诗，因已出处解嘲也，不知是真荷叶则然，否则沁骨久矣。元微之诗“玉英唯向火中冷，莲叶原来水上干”，岂易言哉！元一代唯金仁山、许白云、谢皋羽、郑所南诸人足以当之，他山诗文虽佳，欧阳玄、虞集一流而已。“雨中荷叶终不湿”，东坡句也。(二卷第廿二条。)

梅花道人墓，冯养吾七律，惟“浩劫不归三尺土，孤踪长护一庭花”差胜；然墓庭称“一庭”，似斋阁矣。余有和作云：“河山今又属谁家，野水浮来片片霞。无复剔碑人问字，独留守冢岁寒花。经秋狐兔稀营窟，避税儿孙不种茶。一幅生绡谁貌取，苍凉宰木旧栖鸦。”再和云：“诗画平生老当家，淡拖秋水薄烘霞。保全躯干千寻竹，吐十指头三朵花。积愤难消应酹酒，孤魂长醒不禁茶。与君同厄黄杨闰，荒塚频来听暮鸦。”（廿四条。）

郑禹梅（梁）《入玉堂》或劝学满语，习清书，有句云：“年过五旬方学语，胸罗万卷不知书。”非学于黄梨洲，亦安得有此传作？他时论世者读之，能无慨然兴叹！（三十四条。）

余廿载前亦有《冷仙亭》二绝，其一云：“愁听边笳遍海区，大单于后小单于。神仙不是贪官秩，六管清声涤五胡。”与许公所见略同。第四什二条“许询如末”后接“不亦伟哉”句。

晚村诗：“残身直与天心忤，踯躅吞声不敢言。十年台榭浑春梦，三月风光抵太平。画壁自摹真故土，酒杯才放即他乡。”“一丘犹故物，百岁无残年”颇得。少陵一班人日诗：“鸡狗猪羊马复牛，排来件件压人头。”“此曹更以儒为戏，吾道原无食可谋。”《遇陆水修斋》云：“寻常风角关心处，不为阴晴问老农。”答吴孟举云：“破衣父老留连改，旧样儿童力疾捐。”读之流涕。在彼时尚然，至今日无一人可与共赏此等句矣。（二卷东庄诗后接“悲夫”句，连下阅高旦中近书。）

“吾头犹带已残身”，险语惊人；由今观之，却是诗谶。“无党竿木集发棺悬首北门”亦是谶也，然失身榜眼不如乃翁多矣。（耦耕诗条内接“不多得也”句。）

《题如此江山图真进士歌》晚村有关系之作，然议论太露，非佳构也。大都此公五古五七律可也，乐府歌行尚未成家。（耦耕诗后一条。）

《三鱼文集》讥刘文成不当从龙，不觉失笑。践履有余，而识见不足，不得不为贤者病之。余最喜司空《畚河湟有感》一绝：“一自萧关起战尘，河湟隔断异乡春。汉儿书作胡儿语，却向城头骂汉人。”（三卷第二条。）

孙东佩小照画时服，耕余题云：“岂是五陵游侠儿，箭衣皮笠亦何为。笑余未脱时人样，不觉相看面赤时。”语极含蓄，言外却有一部《春秋》在，有心人读之，能无恸哭！（四卷第十八条。）

先伯兄没，耕余来哭，有五古六章中云：“孤竹有二子，同采西山薇。君家好兄弟，守志追其薇。”好事者摘此为伤时语，欲中伤耕余之婿钟雪艇，人情叵测如此。（二十条后。）

屈翁山《哭华姜》七绝有云：“卿若见怜人寂寂，殷勤一为把棺开。”长儿明洪十八岁生日，口占云：“文章莫与而翁似，一代聪明要自开。”可称诗识。明洪不肖，因《大义觉迷录》有温山，遂自首云：“温山得非翁山？”果检遗集得忌讳语，并以永历一钱随身，曰：“此吾君也。”彼妄思好奇者，谓渠背父忠君，必宠以大官，不白首苜蓿盘，所谓自开一代聪明也。有才无德，贻谋不善，身后遭僇，宜哉！（同下。）

余既读翁山诗毕，因题一律云：“一代青莲许后身，风骚差可接波臣。如何尝胆眠薪日，犹作偎红倚玉人？枭獍有儿生齿角，牛羊登陇践麒麟。平生知己将军在，佳话流传万古新。”（《论翁山诗》第六、七两条。）

郑所南先生《心史》署云“德祐九年佛生日封”，用“佛生日”三字，可知先生于儒释一关不曾剖判，而华夏则确乎不拔之识，千古如生矣。诗有工炼处，有率意处，如“花落一杯酒，月明千里心”，“宿云穿窦出，飞鸟御风还”，“生意随春动，新诗入梦香”，“曙蟾消淡白，秋汉露空青”，“晴天空阔浮云尽，破屋荒凉俗梦无”，何等酝藉；至《春日登城》一绝云：“城头啼鸟隔花鸣，城上游人傍水行。遥认孤村何处去，柳塘烟重不分明。”则直造唐人矣。又“剖云行白日，翻海洗青天。手劈虚空开，身提天地行”，真奇语，李贺安得有此！又“天下皆秋雨，山中自夕阳。直壁立千仞，独行天与语，枯坐石为徒”，可作斋中联语，当乞能八分者揭之。（以下十条，诸心史在第五卷末。）

先生工画兰，《墨兰》一首想自题所画无根花也：“钟得至灵气，精神欲照人。抱香怀古意，恋国忆前身。空色微开晓，晴光淡弄春。凄凉如怨望，今日有遗民。”五六一联，王孟之遗。又《题画兰四言》云：“纯是君子，绝无小人。深山之中，以天为春。”又《题寒菊》云：“御寒不藉水为命，去国自同金铸心。”皆以自况也，与“宁可枝头抱香死，不曾吹落北风中”同意。

“日落经何国，云归识故山。”“花柳有愁春正苦，江山无主月空圆。”“齐日行空熔积雪，长风吹晓净残云。”“最怜今夜下弦月，一半婆娑树不完。”“菱藕市空灯火断，一城秋怨月明多。”不堪多读也。又“城里月明闻虎过，人间夜久望鸡鸣”，语尤含蓄，将乞蒋旭画鸡题此，悬之斋壁，以砺夙志。

《醉乡箴》自序云：“君子之至是邦，庸以养恬；小人之至是邦，递以滋乱。此乡坦夷厥土，唯清壤九州之地弗及之，故其人物皆有士君子之行焉。彼之游泳道涯，入于无量之域，虽忘形骸礼而不乱身，其景福乐之于内，居之久而安。或失其道，渎常经，鼓泄其孽气见之于外，卒莫宁处，非醉乡本俗也。虽然，亦足以别君子小人欤？后之入国问禁者其审，于是箴曰：维人之生，所主者德。瞿瞿良士，蔼然温克。其天其游，养和于默。勿为气夺，迁其常则。尔敬尔身，天命难必。罔越乃行，终其永吉。”

《菊花歌》：“太极之髓日之精，生出天地秋风身。万木摇落百卉死，正色与秋争光明。背时独立抱寂莫，心香贞烈透寥廓。至死不变英气多，举头南山高嵯峨。”一种浩然之气直透纸背。我尝写墨菊，题此以赠有心者。

“高明气常清，贫贱语亦响。”“人为科第舍不得，甘心腐鼠，自然声哑。”“一念精灵无不通，天地为宾我为主。”可知胡元九十余年闰运，顶天立地，赖有数公而已。

“夷齐道丧纲常坏，汤武兵兴叛逆多。”噫！人自不善学汤武耳，反使有志者归咎圣人，是孰使之然哉？

“地走人形兽，春开鬼面花。峨冠甘虏立，正语化蛮音。”语太露，然是实事，可痛也。

天地正气，宇宙磅礴。万品流形，煨烬糟粕。何山有灵，孕此磊硌。琢之为砚，辉光焯焯。爪肤温润，金星错落。吮墨弗拒，吸水不涸。含精吐华，经纶丘壑。遇非其时，风尘落寞。虬龙踬跋，乾坤沙漠。寥寥今古，先民不作。知音有人，千载如昨。愧余冥顽，抚之惊愕。顾言□□，珍诸囊橐。玉石非宝，他山为错。

杂著

杂言

辛亥伏暑，海昌装潢姚君过静愉，整故编籍，自寅及酉，无少间，或篝火补缀，汗浃背不顾也。凡五阅夕，葺书数百卷，受直而去。余叹曰：古所谓自食其力者近是。若辈承父兄命，入斋诵书，而作辍靡恒，日荒以嬉，或号通五经，不克成诵一简，或年及冠，不克通语助，乌马鲁鱼，触手哑然。余腼颜为师，坐靡廪谷，拆补斡旋之功何在？毁瓦画墁，良工所耻。陶公云：岁月不待人。余与二三子，其亦愧而思奋乎？遂书以揭诸斋壁。

禽言诗起于周公《鸱鸮》，试取予手拮据两章，作鸟音读之，俨然泥滑滑，灼山看火，行不得也哥哥，不如归不如归也，以此知圣人体物之工。凡说理而不长于文者，笨伯耳。

“山中自可全高节，天下难居是盛名”，明人魏津句也，可谓顶门一针。蜀山堂联云：不矜名节，便破藩篱。欲造高深，须窥堂奥。旨哉言乎？张子莘皋云：“予始谒蜀山时，先生云：‘学者当以《四书》为律例，以我身为罪人。刻刻纠治，庶乎鲜失。’至今不敢忘也。”张子阅余《波舆小传》云：姻娅间数语，虽实有其事，可删也。

蒋子担斯云：学徒既冠，文艺不通，为师者，自当明告诸父兄，令之改业。乃含糊因循，使之两无所成，误人不浅也。

凡人平居至于无是非，其家必败。盖饰非拒谏，诞诞声色，拒人千里也。国亦然。班固云：“成康没而颂声寝，王泽竭而诗不作。”盖王纲绝纽，礼义消亡。虽有智者，无复讥刺。成王太平之后，其美不异于前，故颂声止。陈灵公淫乱之后，其恶不复可言，故变风息也。

人欲表其母之贤而忘其父者，误矣。关雎之化，归美文王。董江都有云：勤劳在地，名一归于天，故下事上，如地事天也，可谓大忠矣。

段灼曰：“封建虽云割地，譬犹囊漏贮中，亦一家之有耳。”此喻甚公，古者藏富于民，只是此意，后世剥民自奉，犹割臂自啖耳。

明人诗“化得妻儿不说贫”，此语唯吾友张子汉木足以当之。盛暑衣木棉，或数日不食，歌声出金石，而室无交谪之声。真不可及也。

唐张参写九经曰：“读书不如写书。”往见鸳水卜先生讳休，每看书必手录一过，故极渊博，偶举经史一事，则全篇成诵，虽禀质过人，亦得力于写书也。

苏峻反帝，年八岁，虽幽厄之中，刘超犹启授《孝经》《论语》。此与陆秀夫虽流离中，犹日授帝以《大学章句》事同。故二公各能殉节，所谓一息尚存，此志不容少懈也。

文中子云："九师兴而易道微。"自八股盛而讲章日繁，四书之理愈晦矣。

夏统高隐不仕，贾充乱贼，乃为之作水戏。又为之叩船而歌，曲尽其致，使王公贵人赏心悦目，辱已甚矣。戴安道云："我不能为王门伶人。"何其勇决。

《化书》曰："隼悯胎，义也。"凡击物遇怀胎者释之，凡子弟幼时好戕物类者，可以卜其所终矣。壁间蟢方孕，童辈或抉其钱，感而书此。

夏侯胜授孝昭后经。胜卒，后素服五日，报师傅恩，夏侯惇年十四，遇有辱其师者，则杀之。先业师禹翁殁，门人有登仕籍者不一吊问，可以观世变矣。

王莽杀吴章，禁锢其子弟，门人多更名他师，平陵云敞幼为大司徒掾，独自劾吴章弟子，妆抱章尸，棺敛之，敞后仕莽为鲁郡大尹，惜哉。

曹丕曰：有药一丸，可救一人。君父有笃疾，君耶，父耶。邴原曰：父也。此亦说得偏，唯其所在，则致死焉，何分于轻重哉。

邓伯道纳妾，甚宠之。讯家属，说是北人。遭乱忆父母姓名，乃攸之甥，攸素有德行，闻之感恨，不复畜妾，卒以无嗣。买妾不知其姓，则卜之，宁有宠之既久，而始讯其父母者，宜其抱恨终身矣。然徒悔何益，无后为大，不复畜妾，又因噎而废食矣。

善当为，非以幸福，恶当去，非以免祸。然惠迪吉，从逆凶，自是至理，第迟速不齐耳。王隐曰：古人云，贞良而亡，先人之殃，酷烈而存，先人之勋。

刘殷事曾祖母王，极孝。王盛冬思堇，殷哭泽中，得堇斛余，后没于刘聪，为聪尚书，大可惜。然孝如王祥而不忠，于殷何责焉。

庾衮妻荀氏，继妻乐氏，皆官族富室，及适衮，俱弃华丽，散资财，与衮共安贫苦，相敬如宾，与桓少君何异哉？

王延至孝，亦为刘聪尚书，大可惜。然靳准作乱，能死之，亦佳。桑虞诸兄仕石勒，惟虞耻而不臣，忽以武城近黄河及海，遂应勒召为令，可怪也。

杜恕曰：若不见亮，使人刳心着地，正与数斤肉相似，何足有所明。以此知知己之感，荣于华衮，苟不知我，谓随夷溷兮，谓跖跻廉，谓孟娵嫫兮，谓陇廉妍，何足惜哉？

《淮南子》曰："善游者溺，善骑者堕，各以其所好，反自为祸。"推之货色名势，无不皆然，情不可不慎也，若夫好德而见罪于尚力之朝，好仁而杀身于帅暴之世，好诗书而不免于焚坑之惨，自反无歉，吉凶何足问哉？

蜂采兰。拱背献其王，鹧鸪虽东西，翔开翅之，始必先南翥。蚕吐丝而商弦绝，铜山崩而洛钟应，琥珀不取腐芥，磁石不受曲针，橘树之江北，化而为枳，鸲鹆不过济，貉渡汶而死，蓬生麻中，不扶而直，水深则回，树落粪本，乳彘触虎，乳狗不远游，玉在山而木润，渊生珠而崖不枯，蠹蝝仆柱梁，蚊虻走牛羊，麋鹿成群，虎豹避之，飞鸟成列，鹰隼不击，兰生深林，不以无人而不香，物不答施于天地，子不谢生于父母，海不受流胔，太山不上小人，旁光不升俎，骈驳不入牲，雁顺风而爱气，力衔芦而翔，以备矰弋，蚁知为垤，獾貉为曲穴，虎豹有茂草，野彘有艽莔，槎栉堀虚连比以像宫室，阴以防雨，景以蔽日，蝉之后有螳郎，之后有黄雀，黄雀之后，又有挟弹之儿。豆令人重，榆令人瞑，合欢蠲忿，萱草忘忧，衣狗裘者当犬吠，衣羊裘者当羊鸣，见舌而知守柔，观影而知持后，灵辉朝觏，称物纳照，时风夕洒，程形赋音，穷壤间无物不寓至理，在善学者，静观默体，为法为戒，远取近取，庶其寡过乎？

狄梁公姨卢氏曰："姨止一子，不欲令事女主。"极有识，故在武后时肯屈身者，有梁公之志则可，无梁公之志则贼也。

范文正公以毋冒朱复姓范，杨东里冒罗改杨，七岁即窃砖土作主私祀。洪武初，黄观以父赘许复黄，蔡忠襄再世易陈归蔡。凡号为读书而不急于复姓者，是忘本也。

杜黄裳为河南尹，召尉卢坦曰："某家子与恶人游，破产，宜察之。"坦曰："居官积财，必剥下致之。如子孙善守，是天富不道之家，不如破其不道，以归于人。"此说亦是感应之理，然亦不可概论。为民上者，只望其干蛊以保身家耳，何忍追罪其祖宗，而利其子孙之速亡哉？

兵莫惨于志，镆铘为下，故存心刻薄者，必贻祸于子孙。

李忠定公曰："使可与共患难，至于功已成，而后有藏弓烹狗之喻，亦何为而不可。"此言可伤，想见公一片丹心，时事亦可知矣。

梁鸿过旅舍，或谓釜尚可炊，曰："鸿不因人热者也。"每诵斯语，使人有壁立千仞之概。项仲山饮马渭水，每投三钱。柳玭为岭南节使，计直食柚。返躬自省，负愧多矣。

文中子曰："罪莫大于好进，祸莫大于多言，痛莫大于不闻过，辱莫大于不知耻。"何以息谤？曰无辨。何以止怨？曰无争。闻谤而怒者，谗之囮也。见誉而喜者，佞之媒也。绝囮去媒，谗佞远矣。此数则，时时吟讽，大有惊省。

刘向曰："盗跖凶贪，名如日月，与舜禹并传，而君子不贵。"世人好举桓温不能流芳亦当遗臭之语，以为英雄豪迈者，孟子所谓自暴者也。

愠于群小，自古为然。以东坡之贤，而奏疏云："臣尝疾程颐之奸，未尝假以词色，几于无忌惮矣。"孔文仲劾伊川，沈继祖奏伪学疏，余哲又疏请诛朱蔡。沈疏、胡纮稿也。

卫夫人见右军书流涕，钟繇见蔡邕笔法，搥胸呕血，可谓真知己矣。书一艺耳，何至乃尔，古人之好名也若是哉。

元包经气蠢于莫，物萌于渊，状得复卦意义出。

郗超曰："谢元使才，虽履屐间，亦得其任。"潘浚曰："樊伷昔为州人设馔，比至日中，食不可得，而十余自起，此亦侏儒观一节之验也，然亦不可概论。"君子可大受，小人可小知，惟体用全具者，乃称不器。武侯曰："非学无以广才。学其要哉，孙叔敖相楚三年，不知轭在辕后，智伯厨人亡炙瀸而知之，韩魏反而不知。

刘苞与人交，面折其非，退称其美，此可谓交友者百世之师。

蒙养不可不端，孔子家儿不知骂，曾子家儿不知路，岂性然哉。小儿质性，多由于母之贤否，故择妇为第一义。

处乱世，埋名于山野，所谓援之以道也。不然，何异拯溺而投之石哉。姑无论是非，即计利害。《淮南子》有云："剥牛皮鞟以一鼓正三军之众。"然为牛计者，不若服于轭也。狐白之裘，天子被之而坐庙堂，然为狐计者，不若走于泽也。

《北史》高谦之居家，僮隶对其儿，不挞其父母，生三子免其一，此可为驭下者法。

符生既自有目疾，其所讳者，不足，不具，少无缺伤残毁偏只之言，皆不得道，左右或言陛下圣明宰世，天下惟歌太平。生曰："媚我也，斩之。"或言陛下刑罚微过。曰："谤我也，亦斩之。"吾辈自护其失，恶闻直言，或劝或规，无术可进者，与暴君何异哉。

物胜权则衡殆，形过镜则影穷，故小人不可大受，推其极，管仲器小，谢安折屐，不免此喻。

若行独梁，不为无人，不兢其容。此语可形容敬字，无时不然，无念不然，无地不然，则自强不息矣。

密云龙茶名，蔡君谟所贡，此一节颇为累德。

施肩吾诗："晴天足照盆难及，贫女如花镜不知。"有尧舜犹病气象。

李思符句："人间不遣有名利，陌上始应无别离。"每念交戚萍流星散，率坐饥驱，不禁慨然。王建诗："但令在家相对贫，不向天涯金绕身。"

沈劲耻父陷逆，致死以涤之。郗超以父忠于王室，不令知己密谋。一以流芳，一以遗臭，为人子者，可以鉴矣。

《鹖冠子》云："莫敢道一旦之善，皆以终身为期。"此语极有味。义曰集，德曰崇，善曰积，人奈何以一节自矜哉？偏举一端，则桀有得事，尧有遗道，嫫母有所美，西施有所丑，岂为定论？

蔡京子孙，耻京所为，与人言，诡自托于君谟，为不善者，至为子孙所不齿，亦可伤矣。

弘治己未，阳明成进士。六月，孔庙灾。九月，朱子建阳书院灾。盖天变之应，异端之害道，非偶然也。然则何以不灾于阳明之始生，而灾于成进士之后者，阳明气焰，得势位而益炽，其功名足以震慑庸流，天下之士，皆群趋之。天若曰："此子得志，人心或几乎息矣。"迨其后，良知之说盛行，及乎袁黄、李贽，猖狂无忌，而天下以亡。

平居有忘躯犯颜之士，则临难庶几有殉义守死之臣。家亦然，平居无直谅多闻之交，则临难无托妻寄子之友。

性相近，习相远。于小儿初生验之，可见。《淮南子》曰："羌氐僰翟，婴儿生皆同声，及其长也，虽重象狄騠，不能通其言，故蒙养为要，而母教为先。"《礼》曰："凤皇生而有仁义之意，狼虎生而有贪戾之心，两者不等，各以其母。"

贤人，国之干也，绍兴和戎，澹庵先生上书，请斩宰相，金人募其书千金，三日得之，君臣为之夺气，知中国有人，自是胡马不南者二十年。噫！使当时能用澹庵为相，其效岂止此哉。

《杨园先生见闻录》载，海宁蒋薰以父老不就会试，曰使吾成进士而老父怀三千里之忧，吾弗忍，可谓孝矣。然国亡之后，遂改节起为伏羌令，岂非放饭流歠而问无齿决哉，故曰盖棺论定。

或以学者不宜作草书，此太拘。章草起于史游《急就章》，惟君长告令臣下用之。建初中，章帝令杜度草书上事，魏文帝亦诏刘广通草书上事。惟章奏用之，故世谓之章草，然则臣下可施之君长，况朋友乎？但有意苟率，则为不敬，若笔笔合法，与楷何异，古固有匆匆不及作草者矣，草岂易言哉？党人传刊章，刊落姓名下其章也。蔡邕《傅饮章》，匿名文书也。

鲍叔谓桓公无忘在莒，冯异谓光武无忘在河北时，郭崇韬谓无忘战河北时。人当安乐而忘忧患者，无贵无贱，败亡之道也。

在贫如客，处腻如冰，可谓有守矣。

口耳之学如画脂镂冰费日损功，与身心无干涉，故君子戒之。

穆修，富人有遗五百金，求附名庙记。修投金庭下曰："吾不忍以匪人污吾文。"视陈寿索米为丁公作佳传者，相去万里矣。

纣之刳孕斫涉，未有以梦杀人者。宋明帝梦豫章太守刘愔反，遣就郡杀之，千古骇事也。始皇偶语者弃市，未闻明以不忠不孝令者。石季龙听吏告其君，奴告其主，则人伦之道绝矣。

孟东野诗最有味，如"直木有恬翼，静流无躁鳞，始知喧竞场，莫处君子身。"可为座铭。

同姓不婚。如刘不宜与金婚，盖刘当王莽时改为金也。高不宜与姜婚，盖周宣帝时，每自称为天，不许人有高大之称，九族高祖为曾祖，曾为次长祖，姓高者因为姜也。当详考类推之毋使名异而实同，致干渎伦之典也，李本姓理，束本姓疏。

香山乐府，有关世道人心。如《杜陵叟》一首中云："长官明知不申破，急敛暴征求考课，典桑卖地纳官租，明年衣食将何如，昨日里胥方到门，手持敕牒榜乡村，十家租税九家毕，虚受吾君蠲免恩。"当与聂夷中诗并诵也。

鲁斋云："学者以治生为急。""急"字是先字意，非以此为急务也。治生亦非货殖之谓，不过以农桑为本务耳，外此则士而贾矣。

东坡说草木之生，常在昧明间，笋尤甚，早起伺之，见其拔起数寸，此理只是人生于寅之意，夜间雨滋露养，至子丑后，阳气透发，一齐涌出，不能自禁，孟子说平旦之气，人物一理也。夜气不足以存，则如枯木腐草，生机永断矣。呜呼，可不勉哉。

月下偶思《道书》艳、翳、寒、婉四字，说月甚精，体物之工，无过于此，天地文章，日月是点睛处，阴阳之所以妙合而凝也。

张纮《与孔融书》曰："虞仲翔颇为论者所侵。"美宝为质，雕摩益光，不足以损，学者患学不足耳，求全之毁，吾师也，何病哉。

末世多嫌讳。正德时禁民畜猪，以国姓朱也。此与唐律号鲤为赤鲩公，捕杀者杖八十相似，岂非贻笑千古。

改葬，非古也。不得已失之于始，则量吾力，推及于父以上而已。若高曾之墓，则虽力可及，而年世已远，既葬而藏，不忍复启矣。夏子友梅改葬及六世，可谓厚矣，然揆之《中庸》，则为贤智之过。闻其启圹时，或仅存余骨捧土而敛之椟，甚至形迹无存者，则以砖刻主而葬之，未免不学无术矣。

礼不下庶人。丧祭间使诚有余而礼不足，乃为守分，若妄拟古人，直思备物尽文，则为僭窃，自谓事之以礼，不知其为非礼之礼矣。夫子责由行诈欺天，此语可思也。朱子家礼，大夫之礼也。

今人动辄以家礼自律，过矣。

家礼灰格法。用灰、土、沙三物实筑，不可不遵也。若商隐先生之用鸟樟沥青，未免贤者之过。夫法为可传也，为可继也。不然，门人之厚葬颜渊，夫子何以深责之。即使颜路殁于前，而颜渊欲厚葬之，夫子宁许其可哉。龙山孝子葬悔斋先生，费至千余金，封高二三丈，冢前以石子甃龙凤，非学紫云而失之僭妄者乎？

墓祭，非古也。然爱礼存羊，从俗无害，否则日远日疏，将有不知祖先垄墓之存亡者，其实庙重于墓，祭于庙而时省于墓，中道也。

死固不欲速朽，亦不欲其不朽。史册间乱世椎埋之惨，辱及妃后，使当时不用珠襦王匣，宁有此患哉？汉文薄葬，大可师也。孝子之心无穷，然亦有无可如何者，不过厚其附身附棺之具，使吾先人之骨既朽，而后附身附棺之具，与土同尽，则亦已矣。蜀山先生云：凡既葬者，但当培地，不当培垄，垄高，则有多藏金玉之疑，地高则垄渐低，而土益厚，土厚葬深，百世无患矣，旨哉言乎。

老子“正言若反”四字，学诗者得此，用之不穷矣。

梁洽《剪刀赋》云：“欲去织过，不遗片善。”二语最佳，治己之严，取人之宽，当如是。

文以明理。古在气味，不在字句，彼用代字法者，鹏阁虬户卉犬筱骖而已矣。

唐席豫谨慎，与子弟属吏书，不作草字，然豫不以能书名也，能书者作字必多，不作草，势有所穷，故程朱亦时作行草，只此是学，行草何尝不敬哉？真书如排律，行草则歌行绝句耳。

八股，朝四暮三之术也，亦所以定志，所以靖乱，故累朝因之，以科举奔走天下，使之白首咿唔其间，而不复思逞其才智，未必非驭世之一端。然所习非所用，所用非所习，是自弊也，弃天下聪明才智于无用之地，以为苟安幸免之策，使君子不幸而不得闻大道之要，小人不幸而不得蒙至治之泽，岂不惜哉。此介甫所以为千古之罪人也。

作诗必从五古入手，向后便展拓得开，从律绝入门者，必不成大家，犹之通古文者，能降而为八股，长于八股者，未必能为古文也。

《诗传》间有可疑者，只宜私附已说于后，以待明者之考正。若侈然自是，甚至诋斥朱子，绝无忌惮，是袁黄、李贽之残魄也，其何伤于日月乎？杨园先生曰：“三代以下，折衷于朱子可矣。”

丰坊假鲁诗说之余，伪为《子贡诗传》，其文浅陋，或乃据之以驳朱子，陋益甚矣。此尚是黄、贽一派，阳明遗毒也。

后世政道衰阙，无由致凤，凡史册所载凤皇见甚伙，乃大鸟似凤，羽虫之孽耳，鸟性好色，见文采辄群然从之，岂真凤哉。

妇之事夫，犹臣之事君也，若但知有父母，而窃夫家之财物，以私其亲，犹之官吏侵蚀府库，以肥其家不忠甚矣。岂得自附于观过知仁之列，而幸免于七出之条哉（七出，窃盗居一。），亦有窃父之财以媚其夫者，此剥民奉君，聚敛之佞臣，其为非义，则一而已。

为学而不本诸程朱，犹学医而不本诸仲景，虽幸而见功，皆外道也。

或谓弟将有子，不复续娶。余曰："不孝有三，无后为大。"舜当时岂以象不能生子，而就婚帝室哉。盖嗣不可不广，先人血食，弟兄当各任其责，无容两诿也。

"养子不如我，不如绝了我"，此有激之论，为不肖子警醒耳。子之不肖，固无如何，然安知顽子不生顺孙哉。自祖宗以来有此身，不知几何世，无子非绝我，乃绝祖也。乌乎可。

龙逢比干，成千古之名，亦幸而遇桀纣耳，使当时徐访其素行，而附会暧昧之行以罪之，何难败其名而杀其身哉，然千古定论，自有真伪，天子之权能行于一时，而不能伸于万世，徒自劳攘而已。

凡表章前人著作，工拙不齐，选择无害，改窜则不可。

介葛卢闻牛鸣而解其语，盖其气类相近也。周礼夷隶即征东夷所获，故掌与禽言，貉隶即征北夷所获，故掌与兽言，葛卢东夷而能通兽音者，禽兽同类，音相似耳。

伯阳父曰："阳伏而不能出，阴迫而不能烝，于是有地震。"孔晁云："阳气伏于阴下，见迫于阴，故不能升，以至于地动。"去冬雨，浙地震，今秋疫气时行，死者接踵，此其应耶。

邾文公卜迁于绎，明知不利于君，而以利民之故，遂违卜而迁，既迁而文公果卒，左氏以为知命，极是。盖文公立五十一年，年既耄，即不迁亦当死，岂因迁而触犯五行，遂速其死哉。今世为人子者，久不葬其亲，或以己之年命有妨，而怠于窆穸，不孝之大者也。

天下事全赖热心人周旋干济，虽不能无失，然贫交窘戚，受惠者亦不少矣。岂若守钱虏，沾沾为我，闭门塞窦，外托于谨慎，而阴遂其贪鄙之私者哉。

天道好还，静验之人事，真是可畏，人特习而不察耳。

《春秋》纪叔姬卒来归，自纪故书卒。注曰："若更适大夫，则不复书卒。"唐宋人文集墓志，尝有书女适某再适某者，殊不通。《隋书》有公主再适而忠于后夫者，居然入之节烈，尤可怪也。

凡族谱，女再适人者，当削其名。妇从再适来者，从子无绝母之义，因其子而书其母可也，无出者亦不必书。

《元人三集》诗，多杂明初人，大误。自太祖戊申以后，凡不仕于元者，虽年高亦当入明诗人中，元安得而有之？

尧水汤旱才说得数，所谓尽其道而死者正命也。然圣人之心，不敢自谓己职已尽，虽素有蓄积，而备御补救之方无有余憾，故虽历九年七载之困，而民无饥冻之厄也。

肉刑不复久矣。近粤中有抽足筋之法，用以治窃贼，未为不可。肉刑从死刑中递减，以为犹贤于死耳。若窃贼等，自有杖笞之法，核之不精，冤枉者多矣，其流弊必至贪吏受贿，诬良为盗，而加以酷刑。以余所闻见，已有灼灼可证者，况概之一府一省乎？故曰有治人，无治法，非尧舜之君，伊周之佐，肉刑何可轻复哉？

天下之理，不正而胜者常多，正而胜者常少。自古以来，治日常少，乱日常多。计十年论之，阴雨常多，晴霁常少，水旱常多，丰稔常少。合天下论之，良善者少，凶暴者多，安富者者少，穷困者多，女多于男，物多于人，荆棘多于稻粱，山水多于平壤，故曰："吉凶悔吝，吉一而已。"动可不慎乎？

仇仁近、戴帅初在元时，不免为升斗，屈身儒师，此李巘所以不可及也。陈定宇试延祐科，吴云峰为学正，亦仇戴之流欤。

吴澄自题草庐牖曰:“抱膝梁父吟，浩歌出师表。”居然以孔明自负，而应程文海之荐，何也？失节、出仕，正武侯之罪人耳，犹欲谈理学耶？

赵子固耻从弟子昂为元显官，闭门不与见，直是壁立千仞气象。柳贯亲受业于仁山先生，又与皋羽先生游处，而仕元，何也？

吾乡栲栳山人岑安卿一生坎坷，安知非谢晞发一流人？

鹿皮子陈樵自负经济，而能终身高尚，识见卓然，超出流辈万丈矣，与黄镇成隐居不应辟，可并传也。

郑玉，元时征召不起，明太祖下徽州，守将欲起之，遂自经死，何哉？守死而不善道，只坐不明大义耳。

胡处士《天游酸醉歌行》，极豪壮，结云："愿天将长绳，系此乌兔翼，一悬天之南，一挂天之北。安然不动照万国。"明太祖龙兴，国号适与此语符合，奇哉。

潘高士音，十岁闻厓山之变，昏迷不食者累日，忠孝本之天性，终身不仕元，可谓不失赤子之心者矣。

丁孝子鹤年系西域人，世仕于元，其为黍离麦秀之歌，又不当与铁厓并论也。

陈柏系宋臣之后，不当仕元，倪高士馈之米，不受则已，乃斥之曰："吾在京即熟尔名，云南士之清者，其所以章章者，乃以米沽之也，请从今日绝交。"柏自矜贵公子，以豪气陵人，知元镇名重当世，有意于众中辱之，冀败其名耳，不足为高士病也。要知元镇家本饶于资而好客，其间往来馈遗，亦交际之常，所惜者散财赡族，不早为之，取辱儿辈，亦自贻伊戚矣。

俞子再中云：陆稼书先生，幼本质钝，到晚年极聪明，几于过目成诵，此得力于敬也。可知今人年过二十，读书易忘者，大抵皆人欲汩其本心之灵耳。

师旷云：自王以下，各有父兄子弟，以补察其政，史为书，瞽为诗，工诵箴谏，大夫规诲，士传言，庶人谤。注云:庶人不与政，闻君过则诽谤。盖庶人卑贱，不与政教，闻君过失，不得谏争，得在外诽谤之。谓言其过失，使在上闻之而自改，亦是谏之类也。故孔子言天下有道，必极之庶人不议，而后为太平之极，自厉王监谤，秦始皇禁偶语，而庶人之公议，遂不获伸于天下。呜呼，直道在人心，而禁之使不得达，其自取败亡也，宜哉。

遇荒岁，诸事可减省，惟丧祭及延师不可省。此根本也。救死不赡，奚暇礼义，为凡民言耳。

造物忌名，此言不然。名者，实之宾自然之理，何忌之有。或曰："造物所忌，名过其实者耳。"亦非也。名过其实而得灾，此是自取。非天忌之也，至于名与实称，而遇祸灾者，此要看大气数。程子所谓"才向道便憔悴也"。后世气数薄福不能两全，于名有余，于福便不足，故凡有德而贫困，甚至无后者，皆气数为之，非由造物忌之使然。如杨园之德，自足俎豆千秋，此是何等福量，有后无后，何足论哉。

陈思王谓疠疫之气止害贫贱，富贵之人，摄生厚者，疫所不及。此言不然。贫贱之人劳苦，腠理多固，富贵之人纵逸，本原必虚，吾恐疫之易染，反在富贵耳，若荒歉之岁，则饥寒先及于贫贱，又不可以概论矣。

幽湖张仲文，吾乡人，母患头痛，日为吮脓，得瘳，今之雍倏也，极难得。

唐贞观初，斗米四五钱。天宝间、青齐间，斗才三钱。至乾元中，斗米钱七千。极盛则必极衰，而皆自天子宰相为之。噫，可不慎哉。

唐宗室涵方母丧，代宗夺哀，诏宣慰河朔，所至非公事未尝言，蔬饭水饮，席地以暝，使还，固请终制。帝见其癯毁，许之，可谓得礼之变。

谚云："偷书不为贼。"又云："是亲不为盗。"此大误人。非其有而取之，非义也。何论雅俗，何论亲疏，子弟从幼不辨明此等悖乱语，一值饥寒，便尝试之。亏体辱亲，悔何及哉。

太宗弑兄内弟妃，此夷之行也。太子承乾，遂好突厥，言及所服，设穹庐自居，至身作可汗死，使众号哭戾面环临之。忽复起曰："使我有天下，将数万骑到金城，然后解发委身思摩，当一设，顾不快耶？"安史之乱，基于此矣。岂待天宝而后显哉？故开国之君，心术伦常，一代所系，尤不可不谨也。

螟螣蟊贼，皆食禾虫。孙炎曰："皆政贪所致。孟子吾君不能谓之贼。"又曰："贼其君者也。大抵指聚敛一流言，不务仁义，而专事富强，古之所谓民贼也，欲无螽蝝，得乎？"许慎又云："吏冥冥犯法，即生螟，吏乞贷则生螣，吏只冒取民财则生蟊。虽凿，近之。"

佛家四肘为弓，肘一尺八寸，盖七尺二寸也。荆公诗："卧占宽闲五百弓。"

卫青为平阳公主家奴，后为大将军，公主乃归之，世事反复如此，可叹也。

宋建炎中，杨康进中兴十策，极正大，后乃附秦桧，故听言必观其行。

俗呼猫为天子妃，本于唐萧妃语，临死曰："愿武后为鼠，吾为猫，生生世世扼其喉。"

未济初象，亦不知极也。"极"乃"拯"字之讹，朱子作敬强叶，未稳。

或憎须白而拔之。须告之曰："看你拔得快，看我白得快。"此语大足醒世。朱子云："落得劳攘。"噫，岂独须为然哉？

尹师鲁谓范文正《岳阳楼记》，用对语说时景，为传奇体，极是。今人好四六文，不免此弊。

有恩于人而不受其报，此最难得。后汉雷义尝济人死罪，罪者后以金二斤谢之，不受，默投承尘上。后葺屋，得之，金主已死，乃以付县曹。

张子莘皋七载前，遵行唐灏如先生葬亲社约，三十余家，各已入土。今复举行，共三十四人，每岁五会，每会各出银六星，以助先葬者。始壬子，终戊午，逾期不葬者罚，内贫士八人，有力者为权，子母代为发会，张子真仁人也。余戚友间尘榇累累，无力鼓励，徒以空言劝谕，反遭訾毁，读此卷，不觉挥涕，因作诗记其事，以为未葬者勖。

墓祭非古，况可令妇女登垄耶？即新妇，已有庙见之礼，不须谒墓也。吾乡此风最盛，不可不革。

"马衣"二字，见赵岐《孟子》注："许子衣褐。"注云：以毳织之，若今马衣也。汉时殆以毳为马衣，《说文》云："马被衣也。"

五十始衰。余今春渡江扫墓，道路劳顿。照镜，须顿加白，去日苦多，学不加进，为之惕然。

壬子二月十七日，天雨核，大如豆，色青，中有仁，发芽，成木本，余斋前极多，今植盆中，不知何树也。此理推之不得，故曰变异。

黄子岐周谓余先子墓地不佳，故不得子，当别营兆迁之，为祖宗后嗣起见，此天理也，何疑焉。余深服其言，然形家言，言人人殊，安见此地之必不得子，安见迁地之必得子，事无凭证，安命而已。入土为安，何忍使先人遗骸，数数震惊耶。

事有无可如何者尽人事以待天，如教子一端，非不欲其子之成立，而工夫有渐贤不肖有命，非可揠苗助长也。因此营营于怀，甚至郁怒成疾，亦不达矣。(规友人。)

看四书，当熟玩《本注》，或参之《语类》，或问《大全》，足矣。今之体注，为八股设，已失之陋，阐注并载时文，陋之甚者也。

为人命字，当避义字，古弹筝银甲外有护甲曰义，故乐部有义嘴笛，妇人义髻义领义袖亦然，项羽号义帝，未必非寓意也。一友号中有义字，本属无心，而不知其先有为义男者，遂成仇隙，可不慎哉。

诗文俗学，所谓刻楮画花、雕蚶镂蛤耳，后生心力，可大有为，而役志于此，真可惜也。

《龙城录》载：元和中，惠州娼震死，胁下朱书云李林甫。《南烬录》：檀州雷击民间男子，背书贼臣章惇。此等理所必无，好事者特假轮回之说，以惊人耳，不能杀之生前，而假手于后身。老天那肯作此狡狯伎俩耶！

李端诗：“为姑偏忌诸嫂良，作妇翻嫌婿家恶。”二语最说得人情烂熟，只是一个不恕耳。

凡门中不幸有寡妇，为之立后，当使衣食丰给。此与朝廷养廉禄同，若窘困之，不仁甚矣。

孟子谓熊掌与鱼不可得兼，非偶举二物也。盖性味相反，熊掌羹中投鱼，则臭不可食。此大有理，与下文生义不可得兼紧对，闻诸沈南谷云：“得之虎林工庖者。”

《春秋》纪季姜归于京师，《谷梁传》，为之中者归之也。注云：“中谓关与婚事。”今俗呼居间为中人，本此。

《春秋》文九年毛伯来求金，讥天子有求于诸侯也。然后世郡县置，而隐括天下之脂膏以奉一人。每于常赋之外，私有贡献，以固其禄位，比之于古，殆有甚焉者矣。

鲁桓元年，《谷梁传》云：“桓弟弑兄，臣弑君，天子不能定，诸侯不能救，百姓不能去。”三句并言，极是。庶人之权与天子、诸侯敌，握三寸之管，宗春秋之法，于以挽天理于垂绝，救人心于既死，此亦三不朽之一也。

夫人姜氏入，《谷梁》以为庄娶仇人子，宗庙弗受。从此推之，凡士庶之家，有所利而娶不正之女，及刑人之子，仆隶之嗣，皆得罪于祖宗者也。

龙山祝永锡，偶过谈及竹垞婿沈，自命极高，晚年忽作《瑞朝录》，求当事，与新溪张翁，忽思大用，求举荐治河一辙，不觉为之捧腹。

朱子《答项平父书》，以陆子静为尊德性，已为道问学。此一时假借之言，非定论也。天下未有不道问学而能尊德性者，至朱子之道问学，正为尊德性耳。岂偏于问学者哉？东庄痛辟此关，有功于圣门不浅。近时，策论复调停朱、陆之间，可知阳明遗毒正未息也，可惧可惧。

方余扫墓归，过高村，门人张声闻抱热症，脉之，谓当以纯阴重剂救之。有俗医吴敬一者，用桂附十六剂，遂不起。不服药为中医，非虚语也。

夏子友梅，褚子惠公，皆娶妾而复出之。或议其薄，非也。买臣妻尚求去，况婢妾乎？其性行大概轻躁无恒，不遣则生变，岂得已乎？若无刑于之化，不容于嫡，则责有攸归矣，二子岂其伦哉？

《唐书》温大雅改葬其祖，卜人占其地曰:“弟则吉，不利于公，若何？”《大雅》曰：如子言，我含笑入地矣。今人惑堪舆，兄弟争利，即贤者敦友爱，谓已不利，亦未有不怵者，温公真不可及也。

《唐书》赞屈突通尽节于隋，而忠于唐，惟其一心，故事两君而无嫌也。此语大谬。果尔，则女子再嫁，忠于二夫，亦何嫌哉。通不死降唐，即为二心矣，节非节，忠非忠，何足论乎？

十，盈数也，五，半数也。天地之道，至半而回，故自寅生人，至午历五位，则日昃，五百年必有王者兴，君子小人之泽，五世而斩，服至五世而止，皆此意也。十二支甲子过五位，则为辛未，天克地冲，可互推。

太宗阴令裴寂选晋阳宫人，私事高祖，故世有宫闱之丑，亦天道也。陷亲于恶，已复内弟妃。朱子所谓无三分人气者此耳。

唐亡于藩镇，然自穆宗后，八世，而为宦官所立者，七君，惟内乱故有外忧。

陈子昂说武后兴明堂太学。史云：“荐圭璧于房闼，以脂泽污漫之也。”信然，所以诗人不足取。

易睽六三，其人天且劓。朱子失注明，天，刑法刺凿其额也。但云髡劓，太简。

裴行俭，名将也，而工草隶。每日，褚遂良非精笔佳墨，未尝辄书。不择笔墨，而妍捷者，余与虞世南耳。军吏尝碎二尺玛瑙盘，叩头流血，行俭笑曰：“尔非故，何至是？”帝赐资产金皿三千，橐驼马牛，分给亲故，洎麾下，数日辄尽，其器量洵不可及。

以狄仁杰之贤，犹欲挤娄师德，及武后告以朕用卿，师德荐也。出奏示之，仁杰始惭服，叹曰：“娄公盛德，我为所容。”乃不知，吾不逮远矣。此见识量之难。

朱竹垞好填词，作风怀诗，此不及查他山处。杜牧谓乐天织艳不逞，非庄人雅士所为。流传人间，子父母女，交口教授，淫言媟语，入人肌骨，不可去，此正论也。

薛季昶曰:“二凶虽诛，产禄犹在，请除之。”五王不从。张九龄曰:“禄山狼子野心，有逆相，宜即事诛之，以绝后患。”元宗不从。此两机会大可惜。

刘子元论史有三长，才、学、识，世罕兼之。有学无才，犹愚贾操金，不能殖货。有才无学，犹巧匠无楩柟斧斤，弗能成室，善恶必书，使骄君贼臣知惧，此为无可加者，时以为笃论。沈既济论《武后本纪》云:“当称太后，不当曰上。中宗宜，称皇帝不宜。曰庐陵王，睿宗未立，宜曰相王，未容曰帝。”今以周厕唐，列为帝纪，考于礼经，是谓乱名。中宗在太后前，反居其下，方之跻僖公，是谓不智。请省天后纪，合中宗纪，每岁首必书孝和在，所以统之曰皇帝在房陵，太后行某事，改某制。纪称中宗而事述太后名不失正，礼不失常矣。此足征其才、学识。

李景让母郑，治家严，始贫之时，治墙，得积钱，婢奔告。母曰："士不勤而禄，犹菑其身，况无妄而得，我何取？"亟使闭坎。此等得之闺阁，难哉。

史称杜甫诗，浑涵汪范，千汇万状，兼古今而有之。他人不足，甫乃有余，残膏剩馥，沾丐后人者多矣。数语真少陵知音也。

七月十六日，大风，海溢，嘉定、太仓、崇明诸县民死者数十万，一大变也。浙江虫灾禾，其小焉者已。

师长训子弟举业，已是不得已事，若复代之捉刀，取小试前茅，其心术不正甚矣。而父兄方喜其投时而委任之，人才安得不日坏？

或问："再醮妇可娶乎？"曰："程子所谓'不可娶失节以配身，须问身是何等身'。若自家本是庸俗人，又何节之可论，果自命为君子，事事不苟者，则夫妇造端，诚不可不谨耳。"或问："父续娶再醮之妇，子当致孝乎？"曰："父母之所爱亦爱之，岂可不孝？但当以义节情耳，饮食衣服，必丰必备，而婚丧宾祭，大礼所关，则不得与，殁后不得祔穴祔庙，有所出，则令其子别祭之可也。"

柳耆卿《望江潮》词："三秋桂子，十里荷花。"极形钱塘之盛。金主亮闻歌，遂起投鞭渡江之志。浮词启衅，可为永鉴。

《楚词》:"秋鞠落英。"落谓采而落之也，一云落，始也。如《诗》"访落"之"落"，谓初英也。古语乱为治，臭为香，扰为驯，慊为足，特为匹，原为再，落为萌，皆此意，亦通。

曲端将略，金人所畏惮，魏公杀之，而陕西非我有矣。淳熙间高庙配享，洪景卢举此为公罪，询不诬也。

陆象山教子弟喜令着棋，可笑。

蝗才飞下，即交合，数日产子，状如麦门冬，日以长大。又数日，其中出如小黑蚁者八十一枚，即钻入地中。至来年禾秀时，乃出，旋生翅羽。若腊雪凝冻，则入地愈深，或不能出。雪深一尺，则蝗入地一丈，故大雪为丰年之瑞。然去年所患，又非蝗类，秧始插时，即有细虫如蠛蠓者，群萃于中，食苗之滋膏，不数日而萎矣，惟油可杀之。张子莘皋曰："此虫每易一方风，即蜕一壳，每蜕则身加伟。若一日间四方风飓，则不及屡脱，立毙矣。"江浙两省患此，歉收。鬻子者载道，榆皮无留者，米贵至斗百六十钱，饿莩所在皆是。然府县官索粮，则揭示曰："方今大有之年。"哀哉哀哉。

禅家有观白骨法，只是打透生死关耳。大约畏死人，定无事业可做，然非轻生亡命之谓也。

蔡西山说数穷于九，九者，究也，至十，则又为一矣，此理可悟。

无隐尝为余言，杨园先生馆寒家，终日危坐，两足不失尺寸，至今双趺之迹，隐然犹存。老仆每谓童儿曰："可来摩张相公脚迹。"姚攻玉先生曰："杨园每出行，舟中前后障帷，危坐其中，虽百里远道，未尝倾侧，可谓恭而安矣。"

姚先生晚年尝谓余曰："余自五岁随先君入馆，供馔之盛不必言。至中年设帐，主家或饷鸡子腌鱼，便不可下箸。既而馆薄，食鸡子又极有味，不十年而腐菜美于食肉矣。在今日，则但得白饭，如珍羞矣。”以一人之身，而所历如此，口腹为心害，岂细故哉。

宋寿皇在宫中，常携一漆柱杖，偶命小黄门取之，两人竭力曳以来，盖精铁也。上方有意中原，阴自习劳如此。

尤延之与杨诚斋书云：“羔儿无恙。”诚斋则曰：“彭越安在？”盖以杨为羊，尤为蝤蛑也。朋友久而敬之，此等薄习不可学。余尝见耕余与湖村谑，湖村看耕余诗，耕余以湖村眇，戏之曰：“公只眼安识诗？”湖村笑曰：“我正在检汝尸耳。”予尝举此为后生戒。湖村晚极困，二子俱夭，长尤不孝，殁无以为殓，耕余寿不满六旬。

宋经制钱始于陈言伯，其兄初闻之，哭于家庙云：“剥民产，怨祸必及子孙。”呜呼，言利之臣，独不为子孙计乎？

林勋本政书，欲渐复井田，其志大矣。朱子及南轩皆许之。

人君待臣下，致敬尽礼，惟恐其拂衣而去。人臣自处，则俶装接淅，常若逆旅将行。如此，则相反而相成矣，士人赴馆席，当以此为例。

宋宝庆初，当国欲逐魏鹤山、真西山，虑无任怨者，惟梁成大任之。太学诸生云：“大当加点为犬。”一时传诵。

士人未遇时，最易贬屈。如昌黎《上宰相三书》，无论已。其《上大尹李实书》，赞为赤心忧国，后作《顺宗实录》，乃力诋实之贪污，前后相反。可知干请之时，不得不阿谀，及秉史笔，则公论不可犯已，班生受金，陈寿求米，昌黎不至是也。

新溪东，有以债致富者，十年间，火两焚其庐，姚坦熟视宄，王假山曰：“此血山耳。”开宝塔成，田锡疏曰：“人以为金碧荧煌，臣以为涂膏衅血。”穷民终岁勤动，徒为豪家所剥，冻饿不给，祝融有灵，其肯佚罚乎？

王端毅公恕尝问曰：“今学者满天下，何故异才难得？”蔡虚斋清对曰：“是固有由也。上之人所以养之者，未尽其道。下之人又幸时之升平而售之急耳，如生少知章句训诂，人便举而进之学宫矣。未几作经义甫成篇，便得补廪为当然矣，又未几作三场文字才可读，便迫迫期中举、中进士矣。一中进士，则官已到手，或无暇于学，或自以为无用学矣，其仕而能学者无几，且又或有过时扞格之患。盖识见既浅，践履必薄，规为必粗，非不谓俟其熟而食之者也。况自幼入小学，而其所学者多，非学做人之实事，人才之不如古者以此，故虽有异质亦不能成异才。公曰然。观此论，则科举之坏人才甚矣。

谢天瑞曰：“谚云：‘不掌兵，义不主财。’君子曰：‘惟慈掌兵，惟义掌财。’《论语》曰：‘仁者必有勇，非慈何以掌兵。’《易》曰：‘理财正辞禁民为非曰义，非义何以主财，不慈掌兵贼也，不义主财盗也。’”

人君用人，当考其心术经济，词章博雅，何取乎？如宋陈彭年险壬，与五鬼之列，徒以墨智墨允，受知定陵，岂不可戒？

虞玩迁司空，叹曰：“以我为三公，天下无人矣。”郑棨同平章事，叹曰：“笑杀天下人。”

歇后郑五作宰相，时事可知矣。此皆自知之明，贤于干进求荣而不自量者矣。然用人者，不可愧耶。

孟珙灭金回，屯军于秦桧墓，令军士粪溺墓上，谓之秽冢。今在建康，上有没字碑。

竺景秀以过系作部，曰：若许某自新，必吞刀刮肠，饮灰洗胃。齐高帝善而释之，卒为忠信士。今学者有过思改，当以此八字铭心。

谢天瑞云：“余辛丑见嘉兴濮院，三月三日，有佑圣会，碎剪锦绮，饰以金玉，穷极人间之巧，靡费数千金。时覆一舟，皆良家妇人，呈诸丑态，可为永鉴，风俗之陋，特以娱目。而载之文人笔墨，徒贻笑于千载。十年前濮人有艳妆适新溪能仁寺者，归舟风覆，杀数女子，其幸存者，不可言状。耕余有诗记之。余为毁迹，盖乡里之情也。

凡人意见不化，只为不能居仁由义。人在天地间，各有职分，各尽其当，为之事，彼此判然不谋。所谓义也，相养相教，相反相成，各具此同然之心，物我浑然无间。所谓仁也，识得此理，民容其纷竟哉。

唐郑廉妻李氏，嫁一岁，夫死守节，夜梦男子挑之，觉怒，毁肤垢衣，不复梦，完节终身，此非有邪思也。盖少寡而貌美，不免抚镜自怜之态，梦中男子即己心耳。故毁肤垢衣，去其自恃之心而不梦矣。于此可悟学问之道。

殷芸小说管宁泛海覆舟，曰：“吾尝一朝科头，三晨晏起，过必在此。”此可验贤者省察之严，日用感应之捷，省过止于科头晏起，则宁之学问密矣。区区科头晏起，而罚遂及于覆舟，则过之大者，不可惕乎。此吾儒惠迪从逆之理，与释氏因果不同。

利玛窦云：“地厚二万八千六百三十六里零三十六丈，上下四旁皆生齿，所居浑沦一球，原无上下。”盖在天之内，何瞻非天，总六合内，凡足所伫，即为下，凡首所向，即为上，不专以身之所居分上下也。予自太西浮海入中国，至昼夜平线，已见南北二极皆在平地，略无高低，道转而南，过大浪山，已见南极出地三十二度，则大浪山与中国上下相为对待矣，此身历之境，非臆说可比。不知晓庵先生当日以为何如也。

冰蛆大如五寸鲈，肥白如银鱼，无骨，味极鲜，生五台山冰中，六月衣裘取之，从兄豫良曾尝其羹，价每条五十青蚨，千年冰雪，宜其生气绝矣，而美物生其中，可见天地之仁，极阴生阳，此其一端也。

《说苑》：文公种米，曾子驾羊，叔敖相楚三年，不知轭在衡后，务大者忘小，智伯厨人忘炙选而知之，韩魏反而不知，邯郸了阳园人亡桃而知之，其亡也不知，务小者忘大也，观此则今人以一事之精明，而遂誉之为全才，以治生之独拙，而遂訾之为废人者，庸劣之见而已。

姚蛰庵先生曰：“足下做工夫，第一要辨义利一关。如舍弟肆夏，讲贯极好，只为利字看不破，遂致名节大丧。使为兄者，爱莫能助，可为前车之鉴。”蛰庵歿，无以为殓，肆夏有田数十亩，书数千卷，殁不十年，而田与书俱荡然矣，亦何益哉。又曰：“士以名节为重，潘稼堂入翰林时，好事者书其门曰：‘不修□史修□史，’真堪羞死。怕入山林入翰林，直是汗淋。盖稼堂之兄力田讳柽，因史案受极刑。稼堂何忍以文璧自处乎。”

人主患在好言祥瑞，则天灾民患，不以介意，而国危矣。李文靖在相位，日取四方水旱盗贼奏之，真大臣也。

菑邱长刘平，逢饿贼，欲烹之。平叩头，告以为母求菜，乞归食母就死，贼遣之，平还食母讫，白母与贼约不可欺，遂诣贼。贼大惊，谢遣之。此所谓好信不好学也，留此身以养母，岂沾沾一日之食哉。若料贼之必义释之，是行险以侥幸也。

陈万年教子咸以谄，咸虽头触屏风而睡，后世不以为不恭，故从亲之令非孝，谕亲于道为孝。

汪子津夫数载不相见，昨过斋同宿，袖中出《井田封建论》，见识极大，分天下为九区，王畿居其一，每区九国，间以郡县，其间有大界小界，天子别立郡县统摄之。田人三亩，妇二亩，老幼各二亩，寡妇三亩，嫁则归官，官禄与之田，田赋概十之二，为兵者蠲其赋役，八边各置总兵，世袭御四夷，富民田入官者与之爵，皆井井有条，可谓有志之士，然处今日时势，即井田断不可行，况封建耶。

沈子晳纶极窘，去岁除夕，偿以逋物，佯惊曰："公未尝负仆金也。"固辞不受，千里固劝之，乃曰："窘中借用则可。"此目前所仅见。渠笃于兄弟，薄于妻女，故能推及朋友，非矫情也。

津夫曰："东乡极荒，余寓周巷，有不屑乞丐，闭门饿死者，耳闻目见，指不胜屈，可哀也。"

一友贺富商启曰："身致青云。"余曰："何解？"答曰："此出地境图，钱铜气如青云，为之抚掌，然既贺而寓讽。"此薄习也，文人当以为戒。

《天宝遗事》载："宁王有戏烛，每酒酣狂作，则昏翳，否则大明，谓之妖烛。"余曰："非妖也，妖自人作，烛不忍照耳，人明则明，人昏则昏，无非教也。何妖焉？惟鲸膏为烛，照读书纺织辄暗，欢乐之场极明，乃真妖耳，馋名何足以尽之。"

凡遇人无贤愚，须自省不及他处，默然歉愧，便随处得益。盖我所胜于人者，皆本分事，不足矜。愚夫愚妇与知与能，暗合理道处，真不可及。吾辈读书谈道，反有不如百姓日用者，何可以浅近忽之，见不贤而内自省亦然。

周子旦雯讳曦，字书所无。庚戌状元周讳霌，亦不见字书。予曾戏作一绝柬旦雯云："不信濂溪后，无极果无始，试就状头人，载酒问奇字。"此等皆蒙师不识字之罪，孰谓儿童就傅可忽乎。

岁荒有不屑鬻子女者，一投河杀之，一标其年庚，置之途，任人收养之。汉穆曰："任人收养，或为奴婢，或为僧尼，或长而为娼为盗，是辱先人也，不如杀之。"余曰："此非仁人之言也。天地好生，人为万物灵，周礼献民数于王，王拜受之。孔子式负版，谓作俑无后，程子见具人形者，不敢背之坐，此何意乎？襁褓无罪，吾不能抚字之及长，父道可愧矣。安忍逆料其不肖，而预杀之乎？"或曰："硖川周五重先生殉难时，一家四十余口，将投青萝池。一婢雪梅，谓先生夫人曰：'相公止此种子，婢负之逃匿，全此骨血，可乎？'夫人曰：'国破家亡，此子若长而不肖，不如共死耳。'雪梅曰：'婢请先。'遂抱公子赴水，余人连袂而逝。若此者何如也。"余曰："此又当别论，古忠臣固有先杀其妻若子，而后自刎者。盖事势所迫，灼见其必辱身必屠戮，不欲假手于贼仇耳。若以荒岁较国变，则犹变中之常，虽至不幸为人奴婢，或借以延先祀，或质美克自树立，反足光大先业，或数传而后，有圣贤，有英雄，或立功于世，或垂统于后，俱未可知。若逆料其不肖辱先而预杀之，充其论，何必荒岁哉，即处丰稔，安见吾子弟，不骄淫佚荡，入于下流，安见吾子孙，他日必不饥寒困敝，为奴婢，为僧尼乎？是可杀，孰不可杀，是可忍，孰不可忍也。

张子野年八十五，犹纳少妾，东坡有诗不规正之，仅作谐语，文人欲打破敬字，其弊如此。

唐人五律，三四常不对，亦有三四对而五六不对者。如孟浩然送辛大，予亦忘机者，田园在汉阴，郎士元送钱拾遗，“归客不可望，悠然林外村”是也。

唐宋人诗，写情写景，名句极多，然以三百篇观之，意味天渊矣。如《关雎》“求之不得”四句，《卷耳》“嗟我怀人，置彼周行，我姑酌彼金罍，维以不永怀”，深沈委宛，何以加诸？《野有死麕》第三章亦奇，《柏舟》“匪鉴匪石，匪席匪澣”衣喻体开后人多少法门，至《维南有箕》“维北有斗，簸扬挹酒”，揭柄翕舌，神化极矣。

形家分别长次小房等兴废，误人不浅。如其说，祖父骸骨，如木之根株，子孙为枝叶，一气感通，吉凶共之，则得气之穴，遗骸均受，凡为子孙，均沾其泽，岂有彼此盛衰之判哉？如中古之世，井田分授，八家祖父，葬之田畔，有何龙脉沙水，而计亩均收，何贫何富，又如义门郑氏，同居数世，所葬之穴，未必同地，即族葬同壤，未必穴穴得气，而合宗子孙，不分丰啬，其故何也？自长次分房之说兴，遂至手足龃龉，骨肉参差。设不幸有十子，则尔我纷争，必至不葬火化而后已。不仁之言，其害溥哉。

青乌家最多遁辞，如覆旧墓以验目力，似无可饰说，然地吉而家衰，曰此点穴不真耳。或地凶而家兴，则曰此别有上世墓吉地发来。盖两旺不抵一衰也，此必山川能言，始可判其真伪耳。古乐府有云：“山川能言，葬师不得食。”信哉。

四声自幼多误读，即昌黎不免。如讳辨汉讳吕后名雉为野鸡，下即云不闻又讳治天下之治为某字也，亦与雉上声无涉，况曰治天下，并以平为去矣。

手如柔荑一节，好色者读之，每为心动，迂士乃归咎于诗人，并谓孔子当删，是欲因噎而废食也。一言蔽之曰思无邪，圣人早虑之矣。

或疑宴私之意，不形于动静，情欲之感，无介乎容仪。二语大有病，圣人无欲，信斯言也，何异于原思之克伐怨欲不行乎？曰：“此正所谓时中也。”五伦中惟夫妇当有情欲宴私，乃天理也。然惟圣人施于闺房衽席之间，而行所无事，常情则时形于动静，时介乎威仪，而流于淫亵耳，如子言，则必如佛氏而后可，虞舜不告而娶，文王则百斯男，将等之郑卫耶。伊川先生年七十，未尝绝欲，非好色也，精力有余，情欲宴私之感，苟合乎天理，即节宣之道也。但此种学问，不易到得，无伊川之学者五十以往，既有嗣息，终当以绝欲为正。

《楞严经》五辛注：葱蒜韭薤兴渠也。兴渠本当作兴宜，慈愍三藏云：“根如萝葡，出土辛臭，即今所食烟也。”

志士不忘在沟壑。先儒云：“不忘二字，须向这里参取，大抵学者立志，先须打穿后壁，商量究竟一著，拼得一沟壑，安往而不得沟壑哉。若饥饿而死，乃分内事，疾病而死，无论已，洪波烈焰而死，犹之沟壑耳。至于君父之难，刀锯鼎镬，此遭际之隆，非敢望也，幸而值之，如饴如归而已矣。允若是，宁有让千乘而箪豆见色者乎？亦宁有嘑蹴不屑而受无礼义之万钟者乎？”

人每责人居丧，不宜生子，似也。然不责其御内，则固有侥幸而不生子者矣。二十七月服终，至二十七月生子，亦以服内论，盖当禫月即御，非礼也。

父母高年，先为制棺，及妻子早歿，即移以殓，当以不孝论，故加漆之后，前后当朱书某公某孺人寿器，以示不可移易，且使后葬穴易于识别，最合预防之道。

山西李二曲幼贫，卖菜养母，母丰膳，己常不给，面有菜色，故号曰卖菜黄。家无书，入村学讲堂，窃听一过即成诵，每晚伺学徒散，即于道上假其书读一过即解，长遂通经史，父歼于兵，入乱骨中，滴血，久乃得之，奉归葬焉。康熙间三征不就，郡县逼迫上道，七日不食，乃送归，结庐通牖传食，静坐参悟。其学以虚明寂定四字为宗，尝言虚若太空，明若秋月，寂若夜半，定若山岳，可以言学矣。此等人血性自不同，惜流于禅耳。

生长姚江者，无不以姚江为正学。惟南明谢子令祖尔嘉，讳廷宾，平生严绝二氏，及堪舆，可谓卓然不惑者。

劳麟书先生，汪子津夫所得力也。劳幼贫，入村学仅一年，长乃笃信朱子，梦寐中朱子教以读《近思录》，遂购而诵习，学益进。然多穿凿，一草一木，毫分缕析，亦大有流弊。尝自言注易成，梦入孔庙，孔子怒其穿凿，予之杖云。

李二曲，县令强之试，不从。县令曰：“不补弟子员，当辱及遗体。”二曲曰：“君子怀刑，何患辱遗体哉。”令曰：“吾今日即可辱汝。”二曲曰：“谨受教。”令杖之十，二曲怡然不动，令大惭服。此一事可传，亦所谓威武不能屈也。

六月廿一日大风，先高祖墓坏大松树一本，大六七围，长五六丈，百余年物矣。折枝几伤一族祖墓，因思茔墓总以不植木为高，一防风坏震郭，一防盗斫，一防官府判取，远虑者断勿取外观也。向有百余本，今仅存五十二，复毁其一，非深山穷谷，安能长保其天，试观近城茔墓有此乔木，子孙不斫卖者乎，吾终为危之。

六月廿二日市中已粜新米，气候之早，与吴中大不同。惟近城数十里稻未登，尚欠雨也。旧汝仇湖蓄水，田赖以灌溉。今官司命开湖田，湖田熟而诸高原之田多遭旱灾矣，牧民者岂可贪小利哉。自湖田开后，官增赋数千，言利者以为得计，不知小民罹害者正多，可叹也。

雪香书屋后有榴树一本，高数丈，花大如茶杯，万瓣攒簇如碎玛瑙，极可观，花之多子者，莫如榴，而此独不实。盖凡花之繁艳者无实，如牡丹芍药皆然，亦与齿去其角、拊翼两其足之意。梅兰无色则香，桃与海棠色艳，则无香，皆此理也。彼夫境遇丰啬，不安分而求备者，皆不知命者也。

遁野竹桥后有顺妻逆母者，偶观神异经，南荒有不孝鸟，额文曰“不孝”，右胁文曰“怜妇”，始悟方朔此等皆寓言也。其它如浑沌见人有德行，往抵触之，有凶德，伏凭之，穷奇闻人忠信，食其鼻，闻人恶逆不善，辄杀兽往馈之。噫，岂真有是兽哉？皆以喻兽心者耳。

嫁女有力者，宁与以田宅，勿资以珠玉，每见有夫贫典质，而自缢以殉之者，岂非爱之适以害之乎？

雪香书屋多用三和土筑室中，上画为方砖，极坚，无偷窃拆售之患，《伽蓝记》菩提寺胡人所立，多发冢取砖，可见墓墎用砖之害。

春取榆柳之火，谓春以榆为钻，柳为燧也，夏秋冬放此。此说余婿得之孔业师，讳□，以《淮南子》两木相摩而燃之说推之，容有此理，志以俟考。

明制令县官钱粮征七免三，御史巡行，征及八分者拿问。有一令当补官，吏部尚书斥之曰："汝为知县，每年征粮至八分，故不补耳。"噫，自今日观之，居然三代之遗风矣。

放翁《书通鉴后》曰："温公云：'天地生财，不在民，则在官。'其说辨矣，理则不如是，自古财货不在民，又不在官者，何可胜数，或在权臣，或在贵戚近习，或在强藩大将，或在兼并，或在释老。方是时也，上则府库殚乏，下则民力穷悴，自非治世，何代无之能尽去数者之弊，守以悠久，持以节俭，何止不加赋而上用足哉。虽捐赋予民，吾知无不足之患矣。又云："周世宗欲先取淮南，去腹心之患，却不乘胜取吴蜀楚粤，而举胜兵以取幽州，使幽州遂平，四方何足定哉，此奇谋也。甫得三关而以疾归，天乎，其后中国，先取蜀、南粤、江南、吴越、太原，最后取幽州，则兵已弊于四方，而幽州之功卒不成。故虽得诸国而中国之势终弱，此二条大有识见。

佛氏之害，即如吾乡生子，欲其易长，至十六岁始蓄发，前此号为小僧，又项间必系钳锁，日以待罪也。今夏硖川胡氏子八岁，项有银钳，邻人饵入室，搤杀之，鸣诸官，无及矣。岂非溺于轮回，贻祸无穷乎？

母投与狗骨，恶其争也。然以狗之骨投之，则不食，有同类之感焉。然则骨肉相残者，形虽人，兽不若矣，哀哉。

汤睡庵曰："汉以前之文患少，灾于火也。今之文患多，灾于木也。大抵剞劂之盛，至明末极矣，不有祖龙，何以杀之。

律为国家定法，例者，所以通律之变也。然必情实可原，权实可通，而后可引例以定罪之轻重，否则受贿失出，一时容隐，后来者遂援某年某例以为成法，则例之坏律也，滋甚，持法者尚其审诸。

夏、褚二公，向皆遣妾，私谓太过，今乃知愚贱性情，万万不可容者，不得不以宽路处之。凡事身历，始见曲折，以此知妄议古人，半是说梦耳。

惠迪从逆，只就理之得失言，便已吉凶判然。惠迪虽凶亦吉，从逆虽吉亦凶。此间识得透，做得到，便是立命工夫。

津夫云："以圣贤存心，以豪杰为作用，平生惟守此二语。"余曰："圣贤豪杰，岂有二乎，君看圣贤作腐儒，并看豪杰为奸雄，两失之矣，体用一原，显微无间，先儒已和盘托出，尚懵懵耶。"

津夫与伊佐师劳麟书先生，劳恪遵朱子，格致于致良知之乡，极难得。然一草一木，沾沾穷究，未免穿凿附会，此穷理而失之支离者也。

无所用心，所字不妨作实字看，如三山所，披盐所，即吾用心之所。

如家居无事，作诗无法。先学课，取古人成句，必欲对之极工而后止，如老杜“语不警人死不休”，立此志向，自然课成，而诗亦渐解矣。

饮食男女，人之大欲存焉。人是凡人，非特圣贤，即英雄亦不屑以之自居，人无此等志气便龌龊，难与言人品学问矣。

冬月，杨诚斋极道其佳，不过矫俗好耳，非笃论也。此当兼景物言，八九月草木虫鸟，皆作荒凉惨况，暗助月色处，多在有意无意间。诚斋想不知画，若此语，倪迂当解之。

夜梦粪得金，有此理。若夜夜想粪入梦，秽于所梦矣。今之不安贫贱者，皆梦中之梦也。八月九月入场诸生，通病皆然，吾伯乔非铁中铮铮者乎。

眉纹豆斑二种砚，余曾亲验之，不及龙尾处，只未消融其渣滓耳。如豆斑每颗极黑，却极硬，安能纯粹以精，故水坑之端，尤过于龙尾欤。

笔，羊毫极贱，然纯羊毫选净，驾兔毫之上，一管当一金，久而不敝，软中有骨，谓之绵里针，亦何忝乎？刚柔克笔名，极中正，但无良工不称其实，必得平江汪南金业师手制，乃名实相副，惜今八十余矣。

笔之寿，不及三友，然其寿却过于砚，乃千古发幽光，砚经火为灰，笔虽祖龙之暴，奈之何哉。

好友远别，容有归日，此望未绝。若永诀，则我纵活百龄，握手道故，何可得哉。每诵右军“死生亦大矣”二语，不禁涕泗之绠縻也。清宵念诸故人不置，晓起书此。

闻小女病痢甚笃，一月信不通，不知何局结果，饥寒愁苦，死是幸事，儿女无依，真可怜耳。

嘉木信人，约每年来越一聚谈，乃引领两月杳然，何也？岂以初丧伯兄，家事绊之，或作越中之行，仁斋他乡樽酒，反恋恋未忍分袂耶。

礼之用，和为贵。要常用，则和之趣出，非礼之礼，不待辨而自明矣。此中有精义之功，心不虚不敬，无由得也。

礼岂为我辈设哉？此过高语，却自比禽兽矣。夫惟禽兽无礼，此罪所以浮于桀纣也。今好言晋人风流者，大乱之道耳。

玩物丧志，如作诗言志，滞于声病句调，求工以媚人，而不足以养人之性情，反为丧志矣。此变化气质之一端也，故同一玩也，一为适情，一为丧志，有理欲之判焉，学者审之。

退有后言，非事父事君之道。君曰告夫三子者，学者当思此语，何以夫子言之而不失为圣人，何以不面陈之直警其君，而必待于出而自言，当时二三子亦视为固然而无疑及此者，《朱子或问》《语类》，亦从无一人论及，此中尽耐思索也。

陈成子章，胡氏先发后闻一说，迂阔极矣。天下事当设身处地，使胡君居夫子之位，何以贱此四字见诸施为空言何难哉，杨园读本，宜其直抹之矣。

大言不惭，虚张声势，则为妄人，犹之丧心病狂，或登高，或涉水，皆不自主矣，何难感叹我末如之何也矣，难矣哉，吾不知之矣，而曰则为之也难。此圣人宽厚处，要他自家忖量，说便说了，何以实见诸行事，使不为空言乎，是婉讽法，动他一点羞恶之良，所以为圣人之言也。

白鹿洞紫霞真人七言长歌，石刻大字，亦有力，但未详何代人，我疑为乩仙沙上所书，好事遂仿佛镌之碑耳，当访之土人。

勿欺也而犯之，不特事君，即吾辈训徒交友，亦此一语尽之，至诚而不动者，未之有也。

《近思录》寒士之妻一条。吾别有感发，将文文山与鲁斋对看，曾发一段不刊议论，惜雪渔地下，不及一质也。

耕读不可不兼，此套语耳。核其实，九年有三年之畜，或能践之而读，则时文诗赋而已，求其熟经史师圣贤而淡然于名势者，何人哉。噫，难言之矣。

僧所以可憎者，不务本，为不义耳。若力耕守清规，如一老农，亦可与之共处，较晴量雨，栽花修竹，方外之兴趣，何减拈韵论文哉。其所以溺于异端者，非其罪也。吾儒修己不力有以致之，使真儒果出，斯道大明，此林林者，皆吾赤子矣。噫。

灯下可以蝇头，此少年事耳。今则大字不能矣，悔不早读书，作为己工夫。至于老而无闻，悲何及已，少年诸生，其以老子为前车哉。

一友好开拆人书信，此皆穿窬之类也。故夫子说“不知为不知是知也”，此我分内所不当知者，我安于不知，不想拆他，则无自欺之蔽，亦不害其为知矣。若起一念，必欲知他，而拆之与穿窬，何别其昏昧不堪甚矣。所以两句中，一为字极重，夫子之训，澈上澈下，极陋事，都管在内，使此人见之，有不惕然者，非人也。

一友云：“三教一原。”尝极规之，彼云君袭宋儒常谈，故偏执耳。若七十外学问充，当恍然信吾言不妄也。吾今学未充，而年已望八，所见犹昔也。此友六十四，遂入泉下，惜哉。使更寿于我，安知不悟其非，作知己。友之不幸，亦我之不幸耶。礼之于宾主，命字两边合看，于此可悟。

衣食足而礼义兴。秀才失馆为无赖，自然之势也。然究其失馆之由，不尽出于人，则其咎谁任乎？可自悟矣。

处沃土只一个便字，费用侈矣。若每事不便，毕竟节俭，所以瘠土易于向义。吾在扬五年，今归越，有天渊之判，天之薄扬人也，非自取乎。

父兄令子弟为吏胥，比送之出家为僧道殆有甚焉，此不执干戈之盗也。越中作幕一道，是风俗极不美事，钱谷无害，刑名其后不昌，亦自然之理也。

生旦丑净，各样声口，不能肖优伶，不得状元，真侮圣人之言也，此论快极。足使丈夫应举者颜甲，更可笑者，为优伶取科第，为失节妇人，仍然讲烈女传，配享圣人。此宣尼所顿足不平者也。

如意事到，先要防不如意事挠之。偶得佳褚良笔墨，书新作，而剥啄者，恶客也，岂非鄙薄？小小事总有机缘，非人所能为，安于所遇而已。故不尤人，为正己之学，作诗贵含畜，不可说尽，故宋不如唐，议论胜耳，温柔敦厚四字，当深玩之，但不可流弊作乡愿又误矣。

吾乡在有亥市，逢宾祭可以起人肃敬之心，不敢颓惰，正有益风俗处，嘉湖人晏起者多，由气习之染耳。

饧可养老，人多不解，见《庄子》。吾昨枕上思得之，高年血枯，患便固，每啖饧，则肠胃滑而免于迫努之坚耳，服松子松香，即此意也。少年不到七十，安知切肤之疴痒哉？

丙子闰九月书，故曰闰笔，死期已迫，尚强作解事语，何其不自量也。（以下闰笔。）

作字眼花，一纸反写，便胸中许多不快，笔墨虽佳，亦不敦灵，故小大事总归到反经，杨园作《经正录》，有深意也。天地亦有反常时，挽回却仗君子，故曰君子反经而已矣。君子未必有事业，或是空言，然纲常所以不坠，却赖此。故曰："能言距杨墨者，圣人之徒也。"何求老人曰："以言以功，有以异乎？"

汤盘铭极可思，身之有垢是天理，虽至人不免，犹当日洗之，况心之有欲，是灭天理的东西，可容得他么。譬喻极紧切矣，三新字古极，古铭中第一句法。

公孙文子之臣大夫僎与文子同升诸公，此非二三子所能，必是夫子手定。吾尝言季氏富于周公一节，亦夫子改本，当盛怒时，遂直书求也耳，虽差处亦见性情之正，所以为至圣。

笔砚精良，即颜渊陋巷中，亦一乐也。但当以食不厌精为例，以是为善，非谓必欲如是也，此君子小人之分界处。

津夫自号四然，只有一然是骨子，三然无处着力也。道人见道之言，姚人无有知者，况雪渔乎！津夫曾自言不及雪渔卅里也。

何求老去奈何痴造屋，达语也。亦是自悔其侈，若朽人垂毙结茅，并非为儿孙起见，又当别论。朗行得书，应谅我耳。

诗集每多泛语无忌讳，可登扇及单条斗方者，定非大家。如《韩杜集》，每有事实不避愁苦、病泪、贫死、吊哀等字，此正是言志道性情。若专尚打扮修饰便属巧言令色，务以悦人，虽工稳雅秀，失诗之本矣。竹垞云："得一册诗，必先考古风近体多少，若五七古不及七言五言律绝之数，便知是小家数，可以掩卷勿观耳。"

笔贾昨持一碑，乃滇南赵玉麟，颇古秀，草书尤化，何地无才，勿轻量也。

结茅必南面，使太阳左右行寒则入中堂，暑则当北，所谓得正位与天合也。青乌家入宅，私智穿凿而已，何惑焉。

小题大做，诗家之诀，当熟思之。

闰重阳，从闰字用意，便触眼，能贴剥卦上爻，作不忍孤阳之绝，再延时日，立意正大而切实矣。诸生一首极合法，余平平也。

天者理势之当然也，势字从阴阳生，理即太极也。有善无不善，势便有善恶矣，有理不自主，俯听于势之时，即大圣贤无可如何矣，此天为主也。故曰："逆天者亡。"程子说近道便憔悴，只是气数合当如此。余内子尝云："俗语每有见道之言。"如云："宁可逆天穷，不可顺天富。"此虽醇儒之讲学不过如是，天理自在人心。不然，此可不可，何以不识字，却道得出信得过也。

同一举笔也，有单与双之判。此杨中讷语慕迁者，渠不过学思白派，所造不高，而一语却透，彼学师钟王，取法汉魏者，何可忽耶。

提笔必生漆胶，则耐，经久不落，苕工非不谙也，利其敝之速，则货可消矣，所以交道戒市道，作家人不可读书，亦以是耳。《孟子》“矢函”一章，当熟玩之。

疾没世无名，要看出天理而非人欲，才见君子为己之真心，不然，与小人之好名何异乎？

张莘丈八十三，云天下有冤事。我昨恍惚与小儿说，远方有人差到，你可酒肉请他送出后门去。此事传之后世，必说我做了那里城隍，其实不过精神散乱似梦非梦耳。故乱命有二：有心是真乱，无心者当恕，不必向人说也。

拙荆去年八月初三去世。前五日云：“我自忖不过三五天耳。”问：“何以镇月不眠。”曰：“一眠便去矣。”危坐提此心作主，少延残喘耳。故笃疾弥月，无一妄语，临殁，但曰：“我死，勿作佛事，但乐司四人，延吊宾，尚无碍于礼，夫子以为可否？”我为之泪下。又云：“幼辈孝白，不可少，我自初来纺织，今箱中有十千钱，君手松，故终身不言，非欺也。”二女惊服曰：“母亲至公，待前氏之女，与己出无异，道周窘极，不私假一钱也。不然，今安得有十千哉。”

又云：“刘先生借张先生四金，君当代偿，不可食言，我箱中物可寄去。”如其言付克何。克何云：“即以此奉师母漆资，两得之道也。予勉受之。”妇人属纩如此井井者，何可得哉。

予四十年来，书札寄归者，箱中什袭，无片楮遗，真有心人也。

施生嘉木过定泉，正月朔后一日也。余曰：“人日盘师母柩可乎？”嘉木曰：“此事我当力任，何汲汲为，既立后，当看汉隅夫妇，生有冲犯，勿孟浪也。”遂于二月九启行，廿一日属吾钦陶侄董其役，廿一日午时安葬矣。不用三和土者，不特屈于力，先兄嫂止用石板，何忍独厚于妻乎。

吾门下不少，如嘉木廉洁干济者，可多得哉，亦吾妻平时为人公正之报也。次女云：“母亲一日不窆，我一日不安枕，倘父亲一旦不测，此事即嘉木靠不得耳。何则，大厦倾，一木难支，仓卒变故，争利者众，大事付脑后，一齐传，何济哉。”余为之怃然。

雅君云：“四声固要辨，然同一平，同一仄，亦混不得。如锡与雪，杂与贼，迥判。尝验之，即通秀才，往往茫然也。又如书札，亦大概有二病，一则时文气，一则太要学苏黄简劲，反说得不明白耳。”

又云：“人家手谈当戒，如亦亭先生父子对奕，大娱，不能禁子之奕，安能责其打牌乎？”

又云：“天下事要变通，或我之父，强儿对弈，此当微讽其不可，而别延父执以消遣可也。如夏家父子，一门终日打牌，诩为天伦乐事，岂复成家法乎。”

又云：“教儿子，母严第一人，家不肖，都是不贤之母从小护短，酿成傲惰之习，后来无可挽回，究其源，刑于寡妻，是星宿海耳。”

唐胡宿寂寞死灰人丧偶，婆娑生意树交阴。自八月以来，死灰不复燃矣。老树岂复有生意乎？早起进丸药，自觉多事，即粥饭亦可省，人以为逃禅，非也。此只是病，盖阳衰阴竭，无力管摄，事事丢手，以一死为幸耳。先儒云：“不学便老而衰，大可愧也。”

学铁笔，比之八法，尤为末技，子弟当戒，等诸博奕，徒耗精神于无益之地也，可乎？

上江多大麦，年荒米贵，如今春升卅钱，得早接济此一方，民之大幸也，作《大麦行》一首，示诸生，使知苍天加厚上江之意，若生长嘉湖，大麦花终身不见，安能叨其惠于小麦未收之前，免啼饥二十日耶。

书学发蒙小册，锦书所藏，不著年月，病前字也，后有戊辰四月一跋，跋后又跋，当在是年且月。回思十余载中，忽忽居诸，雪渔竟为古人，不得向厝宫一哭，而作汝临殁，又不及握手面诀，村夜蛙鼓如沸，孤灯荧荧，为之涕咽。小满前三日，书于慎余堂之西窗。

《天文大成》，偶一翻阅，见天与人一气感通之理，何独人君当知警省，凡在两间，顶天立地之人，凡值星象有变处，不可不惕厉也，要知天心甚公平，不过因物付物，人以禽兽自待，则天即以禽兽目之，人以圣贤自命，天即以圣贤处之，此其间在方寸隐微，故孔子曰："吾谁欺，欺天乎。"此六字便是一部大天文也。

吾岂匏瓜也哉。张仞千云："匏瓜是星，朱子不注明何也。"余笑而不答，此人好与朱子为难，不足与言也。圣人言近而旨远，岂有训门人坚白不磷缁，无端举天星为喻者，彼徒据日月星辰系焉系字，偶阅天文书，遂穿凿附会耳。天文书占曰："匏瓜明大，则天下瓜果丰熟，微小则瓜果贵，不熟，土守木守，则瓜果大熟，水犯则潦，火犯则旱，瓜果大贵，客守则瓜果有虫食灾。"此与本章有何干涉，而夫子引之耶，可笑甚矣。

褚惠公尝谓余曰："天下事有常有变。"吾党中张莘丈极仁厚，宜有贤郎，而立之刻薄如流俗人，反谤乃尊以为过迂，人固有不可化诲者，无可如何也。及予馆静愉，惠公命子从学，子乃高卧不起，顿足曰："吾笑立之，不知吾亦是莘丈也。"仁之于父子也，命也，不信然哉。

观人于所忽。予宿莘丈家，莘丈八十三，每夕厕间毛纸，必来检点。今年克何便不然，不胜老成凋谢之感。

竟夕雨，板扉胀，手力不能开，呼徒起启之。因思少年壮志，如何疲惫，今乃尔尔，岂不愧死，廿一日卯刻识。

不服药为中医，此语吾守之终身。惟灼知病原，下一二剂即止。兵者，不得已而用之，岂可常试，万一有误，悔何及哉。

怀素《千文》，大历元年六月书也。想当时大热，刻期了之，既无禅定之功，又一时乘兴，有笔歌墨舞之乐，故其妙处无穷。其误处亦不少，中有忙迫气象，如"甲"字"韩"字，直未竟而遽作帐与弊，最其失之大者。吾观芝、旭，及羲、献，绝无是也。匆匆不及作草书，素岂未之闻耶。程子云："只此是学，于此可知异端，不过直截机趣四字。"即一艺而可得其受病之源矣。子弟宁学芝、旭、羲、献，若此帖，屏勿观可也。

草书曲折，毫发精神不到，即无力，难过行书十倍。如徐天池草，不及枝山，亦是取法家数欠高耳。从董、米入门，路头便低也，若拟山园可谓杰出者矣。箬林力量，安能到得，他实从汉魏来，不是小家。

海宁应神童，十三能草书，诗家作《圣草行》长歌赠之。其家饶，诗到即登板。余曰："题便不通，古来草有几圣耶，出语无分寸，不顾识者非笑，妄作而已。"

莘丈传一肿毒方四味，金银花四两，当归二两，蒲黄一两，玄参一两，酒水半煎服，云无不愈者。一人生井疽，予劝之服五十剂，出脓不收口，或云：寒热要调匀，元参凉，多服大伤，不过三五年死矣。倘果有此事，伯仁由我何逃哉。此单方之不可轻传也。井疽本于七情，与失荣等，当投参附。吾过矣，吾过矣。

门下曹应泰，入人书斋，好翻人书籍，此大病也。天下事有当求知者，义理不明，博学审问，慎思明辨是也。有不当求知者，他人所藏之书物，往还之笔札，以及彼所不欲泄之语，不欲人知之事是也。我亦求知之，势必逆诈亿不信，言餂不言餂，为穿窬之类矣，萌诸念虑尚不可，况形诸举动、见之行事耶。总由读小学不躬行之故，当速改之，应泰惭服。

平旦、清明之气，非旦旦养之，则偶然者不足恃也。惟整齐严肃、泳涵义理，自有进境。

心是天地间至宝，可以参天地，赞化育，合天下人之心，皆归于正，薰蒸得世界是何等气象，风不鸣条，雨不破块，凤来仪，麟在囿，猗欤盛哉！若反面一看，天下人心，皆不正六合，是何等气象。故孟子曰："我亦欲正人心。"

莘丈以始祖之墓无考，与族人立望祭之礼，非礼也。庶人不当祭始祖，所谓不安分也。本姓陆而不复姓，无勇也，吾岂敢阿私所好哉。

大夫祭五祀，庶人祭其一。今用钱纳一州同，自居大夫，居然立五祀主于家，可谓无耻！为父者有此举，人子三年丧后，毁之可也。

理必兼，势乃完。如江州陈氏，七百口同居，本无取饿之理，然田产薄而生齿繁，人浮于食，其势不能不饥。宋时朝廷尝贷以粟，而不能给，亦无可如何也。如今年之米贵，亦由百年不见，兵革民生日盛，九州之米少于人，宜其为饿莩矣。修己以安百姓，尧舜犹病，此其时乎。

溺水死者多笑，到无可如何之时，利害之私净，而是非之真见矣。到底良心不昧，自知错处，即所谓人穷反本也。

世间轻薄子，好传新闻，幸灾乐祸，喜谈乐道，天道所恶，其子孙不昌，亦为人嘲笑供话柄，常理也。

连雨幸晴，正喜嘉、湖及越、杭，春花不大损。忽闻上江温、台诸处，麦都漂流，为之恻然。天灾流行，何国蔑有，虽有道之世不免，非特六合太大，天地照管不到，即常理上亦该有缺陷处，正是糟粕煨烬，无非教也，此等小儒见不到。

孤虚王相，王相易解。孤虚，敌乎王者为孤，以相克也。生乎王者为虚，子实则母虚也。甲子旬中戌亥空，是孤，水生木，甲乙实，则壬癸虚也。自古相传从五行来，自有至理，故易以钱代蓍，亦古法也。刘子必舍钱用蓍，迂矣。

明哲保身，每入功利去，以不曾说明身字也，此身为父母之身，尽得孝道，方保得身，则知此语本来全是天理，故曰敬身为大。

凡自命狂士，嘐嘐志大言大，不可实见诸行事者，自古者言之，皆是耻躬之不逮也。志小而谋大，力小而任重，便是不安分，恃才妄作之一端，取祸之道也。

《长城百廿名家稿》，颇佳，但少直抹。如第四篇介甫文"参也鲁""一念之觉""颜子坐忘"等，必当加抹，方有儒、释之分。通部仿此，方有益于八股。他终是阳明一边人耳，观《题象山》

一篇可见。

言人之不善，当如后患何。若第一层，即无后患，不当言，此是移下一等说法，以后患惕之，使知远虑，而不敢暴人之短耳。孟子当时，人字泛言。吾辈今日，当问人是何人。若父兄师长，分不当言亲戚以及幼辈，则情不忍言，朋友则面规之，而不拘于人，岂计及于有患哉。孟子论情理之常，必有后患，其偶逢大度，而免后患者，反是侥幸之变。此一章书，初学当看得透。

后患亦有大小之不同及身犹可倘，曰："以危父母为父母戮罪，何如哉。"

君子怀刑，是无形之刑，非刀锯鼎镬之谓也，然论其常耳，若处变则比干剖心，铁铉油煎，何害于守身之孝乎。

吾妻尝与吾言，两间有暗理，最可畏。子当孝，臣当忠，此明理也。其所以当孝，所以当忠，此暗理也。如今日何故晴，明日何故雨，何以不晴不雨，皆是暗理，人何能测。人莫不饮食也，鲜能知味也。吾平生自揣知味二字，颇可自信，总不外中庸二字，暗中自有一个无过不及之中，百姓日用而不知耳，如福善祸淫，暗中自有理为主持，并非佛家一流邪说。故孔子云："获护罪于天，无所祷也。"

赐也非尔所及也，此即耻躬之不逮也，古人决不敢道，所以警子贡者深矣。此必在其恕乎一章之后，轻将无字换却夫子勿字，而不自知火候之未到也，能无爽然若失耶。

人有窃疾由气拘物蔽，如聋跛然，不自禁也。一友之子，方入泮，家本不贫，每入人斋，笔墨文史，随便辄袖而去，母私戒之，反正色曰："此胎教也，儿在腹时，母亲果不窃食一物，儿岂至此哉？"逾年夭死，母不哭，曰："不孝儿，何惜哉。"

史君为揲蓍，渐之蹇，愧不敢当耳，无才可以济蹇，安命而已。

知之为知之，不知为不知。两为字极重。天下有等人，自负沉晦，假做呆头，知之为不知，以探人之隐情。有一等人，自矜明察，逆诈亿不信，刺人隐情，广托侦伺，不知为知之，皆自欺之蔽也。子路勇者好胜，不肯说不知，故注中只说一边，其实夫子口中是两平，是字顶两为字。云：只此便是不忍自欺，极明亮处，不害其为知矣，况存此虚怀，又有可知之理乎，时解都入异学去，不可从也。或曰："先生极明亮处，非异端耶。"曰："然则大学注本体之明，朱子亦异端耶。"为自欺所蔽，则暗不肯自欺，是见得透即是知也。不然，小小自欺，不比弑父与君，何以见得如此明白，毫发断容不得。如此接出是知也三字，岂不。

凡作近体，总不宜夹入一难韵，难韵只好入排律中，凑多备员，如百韵五十韵，不得不然，若唐人试帖，八韵十二韵，便不然矣。

取柩

入秋多病，意欲托鲁叟一行彼畏疫气前隙，万一疟痢陡作，新棺不及，则汉木当时所虑蛆出户，其言验矣，亦天数耶。呵呵。

柳文"草木榛榛，鹿豕狉狉"二句，子厚不过因与木石居，与鹿豕游，造此二语，所谓自我作古耳。倘诘其"榛榛狉狉"二字连用，始于何书，恐子厚亦窘于对矣。从古文人有英雄欺人处，殆此类耶。

作汝爱我

西席殁于馆中，常情以为不祥，作汝知我此来，不免此举，故以身先作一样子，使若习为故事，不必惊惶，岂非爱我之至乎。冥冥之中，感此良友，悲哉悲哉。

“不得中行章，章句谨厚”二句，是朱子自击金人之变，料到将来必有一种乡愿伪为中行，自谓为孔孟衍绝学者，故特下“振拔有为”四字。仁山白云，其庶几乎。

血余膏

张莘丈曰：“以发煎膏，治血症极妙。”予云：“发肤受之父母，不敢毁伤，而烈火熬膏，充类至义之尽，亦不免人食人也，此方不忍传人。”尝作诗云：“血症人言血发嘉，物从其类理无差。果尔神农尝百草，出胎先啖紫河车。”

书楼

海水过塘，昔为异变，今则常事矣。凡藏书家，必高楼束之乃佳，其它养生之具，皆易置也。

自取之也，此一句道理极大，虽天地亦逃不出，盖圣人天地之医也，然须天自生圣人，方好医自家病痛，而天地之气血日衰，力不能生圣人，则后之满腹病痛，种种怪症，或痫或瘀，非天地之自取乎，海不扬波，风不鸣条，雨不破块，意者中国有圣人出乎，每诵此数语，令人神往也。

不学无术

一门人朱，初投刺松讳。予大骇曰：“紫阳尊人也。”遂加一山头，因思蒙师不可忽，缓庵讳曦，字书无此字，子劝之去日旁，彼以援例为司马不见从，所谓不学无术也，非蒙师之过欤。

九月初三，在虎山德星堂，下午行庭中，忽仆地，邻人觉，扶起，头破血杯许，初昏迷不醒，后乃觉之，此丙寅来十年又中也。平时失足不一，未有不自知其跌者，此将死之兆也。尚思结茅，亦不达矣。

海啸水过塘，淹没村坊，岂无良善之家，譬如一善人生十子，当大疫，一子不留，岂无忠信美质，可造圣贤，大有济于斯世者，老叟独存，抚躬大恸，难为情矣。

曾子问:“女未庙见而死，归葬于女氏之党，礼也。”况未嫁之女，而可葬于夫家之祖墓哉。朗行卜瓯，胥失之矣，然则如之何？曰:“婿□首告礼于官，而官迁之以归于女氏之党，可也。”

内寅秋，予扬州病危，犹子欲进参。予曰：先君病革时，誓不服参，我今日服参，是厚己薄父也。宁死不可。”遂止。此后若遇危症，诸贤契断勿破例，使我得见先子于地下。感感。丙子六月十八日遗嘱。

先君甲戌病时，参只三换，尚立誓不进，今四十换，乃结债用之，天理不容，良心何在。一自入口，肝肠寸断，不孝之报也。

六月十九，雷公书来，将归宁化，索送行诗，诸徒以其赞诗，悔早毁书。予云：“凡毁誉不可随流俗转移，当毁则毁，何悔之有。”

殳孔威得力于图章，曾赞葵千一大石刻廿字朱文云:“看去粉碎，隙一笔不复，一笔拆不开，大名家也。”于此可悟诗文之妙，造此境界，正不易也。

小儿不可令早学八股，对课发其聪明无害，八股极害心术。故曰：“择不义，莫若轻，训蒙可也。”

海宁碑，刻执笔图亦佳，可惜笔笔侧锋，不足垂法后人。此必郑石癯乃胜其任，即张扶九，终不到家也。

乐子之无知，诗人激言耳。论其实，则草木之知胜于人，草木特不能言耳，使能言，则不莠不实之所以然，一一能道之，某月某日雨太多，某日雨太少，某日东北风太大，某日东南风太小，某日人工欠，某日人工太勤，某日壅太少，某日壅太肥，某日霜太早，某日雪太少，具述之，毫发不爽也。噫，此惟老农能代之言，而人君行政之得失，官府措施之宽猛，所以致丰召灾者，则又非老农之所知也。噫，有道之世，万物各遂其生，无待于言，而发荣滋，长无道之世，万物皆衔冤而死，虽欲言而无可告诉之人，亦无可如何也。

晚食当肉，只是饥者易为食，故虽隔宿不食，至晓始食，亦谓之晚食，犹言迟吃耳。俗情惟不肯迟，故厌蔬饭不能下，若饥而后食，何必肉耶，故曰当肉。

作家人，于夏月洗浴，不当惜柴，若听下人作主，以汤罐温水唐塞，势必连饭糁倾入浴盆，此亦暴殄五谷之一端也，凡事取便，必有流弊，不可以小事忽之。吾内人每上灶，必先洗汤罐，令其水常清可食，此清其源也。今之懒使女，孰肯听从哉。

民可使由之，不可使知之。古人汤罐之设，为父母舅姑也。子媳刻刻奉事大人，偶然需用温水，一时炊煮不及，取之汤罐，或舅寒天乘兴作诗，砚间欲得净水温者，儿急供之。姑或登厕洗手，媳急应之，此亦色养之一端也。况舅姑当祭祀之时，拂拭祭器几席，所做仗于汤罐者更重，而可以忽视之，而不洁其原乎。后人习焉不察，竟以为藏垢内污之薮，汤罐之大不幸也夫。

子女刁巧与鼠猴无异，不得谓之聪明。知非礼之不当听谓之聪，知非礼之不当视谓之明。若女儿好听盲词，恶闻正言，好组绣，不好纺织，儿子好作八股，恶读经史，好丝竹，恶人迂论，此最是不聪明之后辈，贤父兄之所深忧者也。西洋人，制仪寄，自鸣钟，巧于中国，毕竟是猩猩、鹦鹉，不足尚也。

方行兄云：“七夕雷，主海啸，记之以验吾乡之吉凶，关系在坟墓，非小事也。”

王昶云：“救寒莫如重裘，止谤莫如自修，名言也。”名其子曰：“深沈默浑，然味其取义，只是乡愿之学，何以断之。”曰：“以仕魏断之，故惟出处可以定人品。”

以伪乱真，即文公家训五百余字。扬州至有蒋衡石刻，不知乃吾桐乡朱君，假文公欺邑令姚公，即谬传之，今且遍数千里，其文甚俚，以其雅俗共赏，故习焉弗察。百年后，安知不补入外集耶？可叹也。

朱震，字伯厚，与陈蕃交契为铚令。蕃被害，家族北徒，宗族门生皆禁锢。震闻，弃官哭之，收葬蕃尸，匿其子逸于甘陵界中。事觉，系狱合门桎梏，震受拷掠，誓死不言，故逸得免。后黄巾贼起，大赦，党人乃追还逸，朋友之谊薄云天，每与门下说此等事，不得不为之流涕，握手出肺肝，一旦临小利害，去之惟恐不速，非禽视兽息而何。

吾友书癖，每购一册，挑灯校仇，无一页之讹而后与贾，凡数千余卷。至古研尤所钟爱，延研师日夜琢磨，真草篆隶诸铭，各极其妙。年八十而死，肉未寒，子若孙变易殆尽，甚至一夕货九千余本，一方宋坑，易春宫十幅者。万物无常，惟贤后人可久可大，故教家为第一。

西邻火，堂停柩，九十余老母也，骨为飞灰。或曰："此善人，何以得此？"予曰："此所谓糟粕煨烬，无非教也。亲丧三年，家有余，慢葬不举，临火又不急救，不孝之罪何逃乎？"

世俗以五月十三为关侯诞辰，不知公生延熹三年六月廿四日，光和元年戊午五月十三，乃公之子平生辰，以诞麟之日，为劬劳之旦，诬甚矣。

早起，客持二画来售，一为朱曦墨竹，一为范风仁古梅。观者多云竹佳，独张子仞千曰："不然。画以人传，日如不过画家，范乃明末高士，即艺实逊曦，亦当位置老梅于墨君之上，况其技适相等乎，此定论也。

扬州市，有风仁学颜鲁公离骚经，奇哉。一客以笔法类古民，物色之，示余，遂以己书易之，皆真书，名为颜，实祖元常也，繁华俗地，岂有知梅隐者，不然，置肆中云十年矣，莫有过而问者，何耶？

天之报施，或要其终，自有定评。若据目前，竟不可凭，漱芳节母严孺人，廿而夫亡，抚孤既婚，复夭，抚孙及成立，而有不孝之媳，日夕恼怒，六十六而歿。定泉有不孝之媳，一生处心积虑，无非离间骨肉，损人利已，而六十康强，子孙丰裕，衣食饶足，何耶？故愚有千古不平四语云："一生作恶儿为帝，三让无名子不传。秦桧夫妻同白首，陆公臣主赴清渊。"三复，使有心人怒发冲冠也。

凡人谨小慎微，岂非学问中人。然当观其大节，荀悦有云：贯高小不塞，大逆私行，不赎公罪，孝道一端，是根本田地，不顺乎亲，不信乎友，择交者当以此言为准则。

裴叔则营宅甚丽，与兄共游，兄心欲之，而口不言，叔则会其意，便使兄住，此俗情所难也，余先兄无后，余不别继子，专为兄立嗣，自反可以剖心见先人地下矣，而家人不谅，致此龃龉，岂修德不力，无以感豚鱼耶？为之拭涕默愧。东村寡妇，继犹子好赌，本生父母怒，笞之，偶堕水，故不起，胁其父，伯母惶急，即自投水，幸邻里力救俱免。呜呼，此非家运使然哉。

子侄作家，不好嫖赌，可致富，所患悭吝大过，好货财，不顾父母，但私妻子，此良心已绝，天理尽灭，即使为崇恺，苍苍有眼，必不使长享也。

嘉靖间，常州人欲刻《曾仲益文集》，徐问持正论曰："觌尝志万侯卨墓，有罪名教，集不当行世，"遂止。此清议之所以不可犯也。放翁人品，惟曾为韩侂胄作《南园记》，有识者亦病之，笔墨间何可不慎。

杨园先生云："人若避好名之嫌，则无为善之路矣。"此语极醒，好名之弊，不过为伪君子，不好名之弊，必至为盗贼，为禽兽中之穷奇枭獍而后已，吁可畏哉。

颜氏家训云："谚曰：'上车不落则著作，体中何如则秘书。'若能常保数百卷，千载终不为小人也。"

有七字而喜惧交迫者，范石湖老去增年是减年是也，孝子当一日三复。

世人自夸敏捷，不知乞丐有之，何奇？仇万顷未达时，挈牌卖诗，每首卅文，停笔磨墨罚十五，见《渔隐丛话》。

“店当古路三叉处，山似孤云两角边。”放翁句也。孤云两角，在汉中岂泛语哉。

宋理宗朝，有司命题，苟简发策，用事讹舛。数年后，复命主文，时谓之谬种相传，亡国之兆也。

康节诗：“美酒饮教微醉后，好花看到半开时”，此《易》道也。味之胸中洒然，知足不辱，老氏只于此处见得一斑耳。

绣鞋杯，杨铁崕一生秽行也。诗文亦亡国之音，王彝尝作《文妖》一篇讥之。

唐薛能有诗谶：“因令匹夫志，转欲事□朝。”硖川一徒八龄，笑举以问坐客，皆哑然曰：“无心之作，应之千年之后，所以谓之谶。”

薛能诗，杜宇苴咩作对，宜增此韵入阳内，又释典，咒曰赊咩。

存疑李怀光子璀，当死于其父未叛之前，以死诤父，不从，则继之以死，或者父意可回，万一不回，亦使其君为之备，如此，两全无害矣，此论极是。

张说斗羊表中，忽云：“若使羊能言，必将曰：‘此行文之奇处，无中生有，开后人多少法门。’”

幅利书宴子言：“人情须节，以正其德。”亦犹布帛须幅以成其度焉。见《后汉书》。

元鲁山墓铭云：“既孤之后，单独终身，人或谕以绝后。”对曰：“有鬼男，不旷先人祀矣。”历官俸禄，悉以经营葬祭，衣食孤遗。盖李华笔也。

《律髓》一书，吾尝云：“覆吾酱，当出蛆。”何也？人生名节为重，方回徽人，为庶官，尝作梅花百咏媚贾似道，后降于元受爵，此何等人，而论风雅耶。

宋宝祐四年，登科录第一甲第一名文天祥，第二甲第一人谢枋得，第廿七陆秀夫，忠节萃于一榜，盛哉，非特一时，此科目人，百世之荣也。

“经其户，阒其无人，披其帷，其人斯在。”此二语，吾尝以之赠克轩。昔日避暑翔云，终日阅经史，默坐绝无声息，一月皆然，不易学也。

医良者，吾验之六十年，竟无半个，书法及诗，尚有几人，一艺犹然，况儒者之学乎。

吾姚厉德斯妹，为曹咏妻。咏以秦桧出守乡邦，德斯不一往。桧死，德斯致书于咏，开函，乃《树倒猢狲赋》也，艺林传为话柄。

许月卿，宋亡，深居一室，但书范餐寝所乘居数字，不言几十年而卒。此必自度其境能师范耳。若极贫士，朝升暮合，妻女待养者，虽欲安居不言得乎，然其坚忍之节，何可及哉。

《本草》，每痉挛时，念木瓜十四声，亦是志帅气取意，必责其效，愚已，譬如数息为睡法，亦有因数而反醒者，工夫只是勿忘勿助。

审富贵有详察意，安贫贱是逆来顺受，此平世事犹易到，鼎革时，不及审，不肯安者，比比矣。此处要见力量本领。

己巳书一卷子，寄四门，今八年矣，昨见之，颇似病前，可验精力，近更惫极矣。昔人云：

“三十年好用功，老悔莫追，后生勉之哉。”

“非礼勿动，动则有悔。”下句便是：“计利害使，无悔便可乎？”教子弟两层都透彻，则事事警省矣，后世子弟不比古人，尝与雪渔言廿岁时，坐馆见一儿抖膝叱曰：“足容重如故。”曰：“抖骨穷斩然止矣。”世情如此，如何如何。

将以复进也，只添一作家念头，便是第二层，较之打点菽水复进，托言色养者，又为孝子矣。人品级，正不同也。

中风丙寅九月九日，半身已冷，夜梦恍惚，如见五柳先生坐窗下，云：“桃花源记非吾作也，吾入深山中，闻松顶黄鹤，述仙人语耳。”病起思之，可发一噱，童蒙训云：“既是梦，不必说真，要言不烦也。”

人谓包公一笑比黄河清。当立太子时，告仁宗曰：“臣年七十且无子，非邀后福者。故谚云：‘关节不到，有阎罗包老。’时虎山一友云：‘江西匡庐有四大石，每块数十亩大，包公帚书四大字，云：‘龙虎咸庆，’后署名亦一字，长丈。当时召匠凿为河渠，每书阔丈余，深如之，故唯登高山远望可辨，若躬造其地，不过汪洋绿水而已。据愚见，包公正人，每举事必关国计民生，岂有无涉地方，畜泄而轻用民力者，况不曰忠孝节义，纲常名教，使人去警，而但夸形胜，如青鸟家之自炫哉。以恒理断之，不然也。适匡庐人客吾姚者，当面询之，亦辨惑之一端欤。

紫阳云：“某解书不合太多，又先准备学者为他设疑说了，所以致得学者看得容易了。”此一段至公之论，今时八股取士，以时文讲学，总是流弊由此耳，圣贤自悔语，真天地之心也，为后世计，极远且周。仆于此等，每为下泪不自禁也。

《日知录》云：“秦以焚书，而五经亡。本朝以取士，而五经亡。”此语小儒不解也。

南宋毕良史，字少量，能辨古器，号毕董，命居室曰死轩，凡所服用，皆古圹中物。景定中，发向若水墓，董正翁得《兰亭》，珍之，然逼尸气，臭不可近，此等士风，《冬青引》之所由来也，悲哉。

杨诚斋，韩侂胄许以掖垣，曰：“官可弃，记不可得。”放翁乃为作《南园记》，白璧微瑕，可惜哉。

晋皇甫谧，作《庞亲娥传》，谧少患风痹，年廿余，未知学，叔母任氏课之艺业，以隐终，自号元晏先生，成就之功伟哉。

有才无行者，辄以祖孝征金叵罗藏髻中自况，不知乱世人才，乃天地乖戾之气，所结不过使人作炯鉴，故曰糟粕煨，无非教也。

《颜氏家训》云：“当抚婴孩，识人颜色，知人喜怒，便加教诲，使为则为，使止则止。”谚曰：“教妇初来，教子婴孩，自我论之，岂特婴稚，古人固有胎教矣。”故有贤母必有贤子，择妇者可不慎诸。

《白虎通》云：“父者矩也，以法度教子，子者孳孳无已也，夫者扶也，以道义扶接也，妇者伏也，以礼屈服也，吾见今之为父无义方之训，子无孳孳不已之诚，夫不导妇以道，妇反欲屈服其夫。”噫，此世道之日衰欤。

《中论》云：“学者如登山焉，动而益高，如寤寐焉。久而愈足，最形容得有味。”上句是进步言用力之勇，下句是涵养言积渐之久。

又云：“鄙儒之博学，无异乎女史诵诗，内竖传令也，喻得极警策，日读二尺四寸，入耳出口，全不实体诸心，见诸践履，以之取科名则优，然无以刑家，无以经国，非女史内竖而何。”

以舌论讼，犹以戟剑斗也。以身为教，犹以蜾蠃化螟蛉也。故尚德则治，尚言者乱。

天地不以乱岁去春，人君不以衰世屏治，故居子火灭修容，不欺暗室，杨子云在治若凤，在乱若凤二语，最说得君子出处分明，彼苟且就功名，或庸琐而见遗盛世者，燕雀而已，美新投阁，其在燕雀之下乎？

《高士传》有“骑龙弄凤”四字，此壁立千仞气象也，尝属懒髯镌卧雪轩文史引首。

蝗虫之飞能至万里，故进士开科，九州云集，麒麟须献乃达阙下，故儒者非征辟不起。

《日本国史》曰：“东鉴一名‘吾妻镜’三字，深得形于寡妻，昼卜诸妻子之意。”

张全义为河南尹，政尚宽简，民间言张公不喜声伎，见之未尝笑，独见佳麦良茧则笑耳。所以当东都寇乱之余，而能致比户丰实，凶年不饥之效，农桑为国家之本，其可忽哉。

隼，不仁鸟也，然《化书》曰：“隼悯胎，义也，凡击物，遇怀胎者释之。虎，不仁兽也。然《吴志·鄱阳》言白虎仁，言遇人则避之，不食，然则鸟兽之愈于人多矣。”

牝以静胜牡，老子一生得力在此，其流之弊，退则为乡愿，胡广、冯道是也，进则为残刻，申韩、来俊臣、周嗣兴是也。

仇士良以宦者致仕，因教其徒以固权宠之术，曰：“天子不可令闲，常宜以奢靡娱其耳目，使日新月盛，无暇虑及他事，然后吾辈可以得志，慎勿使之读书，亲近儒生。”彼见前代兴亡，心知忧惧，则吾辈疏斥矣。千古宦竖秘诀，士良和盘托出，然后之君臣读此，何不即其所戒而反用之。亲君子，远小人，多读书，斥奢靡，崇节俭，常惟忧惧，虑及他变，则士良数语，竟可备丹扆之良箴。为大臣者，常防闲人主，屏黜宦竖，命经筵讲官，日陈前代兴亡，勉以修身勤学，亲近儒生，亦岂非沃心格非之要事乎？习焉弗察，上下骄惰，沦胥以亡，谓之何哉。

“宋世目庄周道家之仪，秦王通孔门之王莽。”二语断得极端。

杂记

诽谤之木

无逸曰：“小人怨汝詈汝，则皇自敬德。”曰：“允若时不啻，不敢含怒，古人之达下情如此。

天下有道，则庶人不议，然修己以安百姓，尧舜犹病，故立此木，冀闻过而改耳。秦法诽谤者族，则亡可翘足矣。今友人问诗文书札，概以讽刺为戒，宜其谗谄日至，忠言不闻，而载胥及溺也。

修谱

子孙于祖宗，自当称美而不称恶，然谱以序次世系行辈，纪生卒年月墓地远近而已，其行谊诗文之可传者，特附见焉耳。非专为褒贬劝戒而设谱也。昧者乃伪为忠孝节义，且假托前代伟人，撰为墓志序赞，以自附于世家大族，此坏谱，非修谱也。有此等子孙，不如不识字之村农矣。

先子遗言

先君子偶与徐君野公沁谈及卜居，徐君曰："吾乡有小扬州之名，不若府城可迁。"先子曰："山水极秀，第郑卫之风可忧，奈何？"徐曰："君子居之，何陋之有。"先子曰："数传而后，当若何？"徐无以应。据梓论，府城固非仁里，而小扬州亦非美名，择木而栖，入山惟恐不深，蹙蹙四方，靡所骋矣，是可慨也。先兄尝问先子徐公著作甚富，可传否？先子曰："此游戏纤丽之作，不足道也，诗文当学大家。"

诸先生遗言

姚蛰庵先生讳瑚，字攻玉，吴江人。

辛巳秋，初见先生，即论太极图，盖先生数十年来所自得之学也。因出所著《困学编》，首列六图，从无极而太极，至乾道成男，坤道成女，气化形化，止发明《中庸》《章句》"天以阴阳五行化生万物，气以成形，而理亦赋焉"数语极明畅，先生论毕，谓梓曰："令兄笃实，（时与先伯同侍）老兄却聪明易领略，然恐转背便忘却了。"梓闻此训，面发赤，汗浃背也。次日再见，极论前辈出处，深以鲁斋为可惜，即出杨园先生二论令熟玩。梓归，适读《孟子》"陈代"一章，反复吟诵，彻夜不寐，次晨见先生曰："梓志已决，不复志在功名矣。"先生曰："有尊慈在。一时客气，恐贻他日之悔耳。"梓曰："家兄昨已禀家慈，家慈笑曰：'读书本岂为科名哉！儿辈肯学诸先生作正直人，吾复何憾！'"先生喜曰："非此母不生此子。"遂再四勉励，断弗有始无终。纵谈竟日，至更余而别。时馆李氏膝窝。

自尧舜以来，孔子为集大成；孔子以后，朱子为集大成；朱子以后，元明诸儒义论不一，至先师杨园先生为集大成。

晚村先生是个英雄，他有偏霸手段，却不遇时选。时文刻先儒书，不过是借径耳。

《仪礼》经传通解新本错误极多，此却是晚村不是。当初开雕时，或荐岩颖生先生于晚村曰："此书当取旧本仇订一过，颖生该博，不过费一年，馆谷勿吝也。"晚村急于图利，遂草草付枣，大可惜！

每论及出处，必流涕不已，自吟云："普天率土忘中国，颇帽宽袍剩几人。"

何商隐先生潇洒，凌渝安先生谨严，沈石长先生精勤，杨园兼三子而化之。当时推张、凌、何、沈四先生，后来之秀则佩葱张子、裒中吴子而已，惜皆不永其年。若舍弟（讳琏，字肆夏）则讲贯极通，只是好利，行不逮言耳。

朱子文集，先师圈本极佳，当时熟看凡十遍方下笔。余尝见凌先生案头惟置此书，周而复始，不厌倦也。

舍弟虽是口耳之学，然却是先师功臣。先师遗集非舍弟搜辑，今日范北溟先生虽欲刻，不可得矣。

余初设帐时，“虽由此霸，王不异矣”句读偶误，谤者四起，从此刻苦诵习，少有知识。然终是少年失学，文艺粗疏，兼有痰疾，读书才数十行便气涌，所以默坐沉思，从未有天地之前落想，纂此六图，发明斯道之大原，或是发先儒所未发，于初学不为无补也。

晚村道学可议，气节却真。

一日，语先兄云：“公恃南亭为养生之具，大不是。孰宜劳而力诸原，孰宜逸而享诸室，毕竟以田为根本。”伯兄因取面亭之资买田三十亩以膳读，不十年而南亭事败，深服先生之见几也。

邢子复九夫人仲氏极贤淑，尝对坐挥两琴，几几关雎之乐矣。先室却是个愚妇人，然无才为德。向尝馆杨园，先师赞云：“一帘之隔，而终日不闻人声，可谓贤矣。”

小儿质可造，然落权术一派，则董子苦存误之也。人讲事功便入霸道，所以造就人材极难。

“妄想坏心术，妄求丧廉耻。”二语日宜三复。

余与张佩葱入舟便共卧谈论极乐，先师则不然，一登舟便危坐，前后以布帏之，虽四五十里，未尝见其倾侧也。张横渠十五年不成，若先师，真不愧恭而安矣。

向尝从何、吕两先生入澉湖山中。云耜方巾，东庄僧帽，仆则毡冠布袍，道上人私谓“此乡人请一僧一道，不知念甚经也”，相与一笑。俯仰间今已为陈迹，可慨也。

向来尊礼师传，犹是明季遗风。余馆双溪时，一东至姻亲家，饷以杨梅，不食，问其故，则曰：“余家西席未尝也。”一日余乏米，遣徒致东翁，东翁即以一斗馈，且亲来致罪，曰：“此籼不堪供老师，已开船入市籴冬舂矣。”其诚如此。今则难言矣。

今人动称应试为功名，误矣志。于功名，富贵不足以动其心，宋之韩范富欧是也;后世科第，只可言富贵耳。

梓断弦，续缔姻金氏。先生喜曰：“此旧家淑女，余所稔知，德门之报也。且方球美质，君当造就之，使书香不绝，不是小事。”

“俭德、辟难”二句连看，使其声名四驰，可荣以禄，即非俭德矣。

东家有丧，守礼素食，在西席则必饷以荤馔，亲不敌尊也。乃或者假此以自遂其鄙吝之私谲矣，况所谓守礼者无其实乎？

余自五岁随先君赴馆，即厌饫甘脆。中年以后馆渐薄，主人闲饷以鸡子腌鱼，便不能下咽，殆非肉不可及。晚年则视鸡子腌鱼如肥甘矣。又数年家居，儿辈艰苦，供膳不给，则白饭如珍羞矣。以此知口腹之养只是一个习贯，吾辈学问人尚如此，况常人乎？故子弟自幼当令淡泊艰苦，养娇不得。

《困学编》，余频年改削，仅二三卷，不知费纸几大篓矣。今日自谓停妥，过宿则又不是，真无穷尽也。

杨园先生完人也，某等实不该称先师。某自反一无知识，大不称杨园弟子也。

沈石长先生馆极盛，当时一县进生员四，或一时同出门下，故人争趋之。然先生必令易衣冠，方内拜，故从先生游者无鞑帽箭衣之习，彬彬儒雅，洵可观也。梓曰："小子不敢妄议，然窃疑改衣冠而习举业，与不改者何异？晚村气节是尚，而选时文，病正类此。"先生首颔之曰："君所见尤高。"

晚村云："非时文不足明道。"先师戏曰："我若为相，当废八股，复乡举里选之法。"晚村云："先生虽废，我当叩阍复之。"

许子季觉初疑是英雄，由今观之，不过武断乡曲一讼师耳，而假阳明以欺人。若由也，不得其死然，吾为忧之。一布衣而厚葬其亲，费千余金，垒冢如小山，墓道石子铺龙凤文，岂非大僭！

范蜀山先生 讳鲲，字北溟，海昌人。

余向时科名极热，每一学使者至，取其所跋文七篇，熟诵七千遍，取冠军如拾芥耳。后乃大悔，有志于圣学。因思诸书不足读，唯《周易》四圣人手定，是第一书，遂肃衣冠，每晨拈香拜书，而后开卷数日，读至"天地闭，贤人隐"一节，不觉心花顿开，手舞足蹈，遂弃衣衿，易古衣冠。闻杨园张先生之名，因访姚君肆夏，得遗集，大快。元明诸儒，杨园集其成矣。今已怂恿同志登诸枣梨，以惠来学，亦一畅举也。

葬法自朱子后，何商隐先生法尤完固，商隐之法得许子季觉而更精密。予先人安窆，季觉大有功，此恩不敢忘也。

甲申夏，先生见访，余时馆沈氏，幅巾深衣，幽湖人目为深山道人。今思之，渺若旷世矣。

一日，谒先生于蜀山草堂，时葛子向皋先生在坐。先生曰："千秋高才，一斋实学。"向皋色颇不平也。

先生盛暑衣冠，不挥箑。冬日，梓尝过草堂，夜寒，问曰："需垆否？"梓对曰："不必。"先生曰："康节冬不垆，夏不扇，吾与君分之矣。"

世俗培坟冢，余却不培封而培地，地愈厚则葬愈深，此良法也。

葬法用鸟樟，杵法最要匀。季觉葬亲时，余为之董工，自带数千钱，见工人少懈，便振作之曰："此一作若杵声均一，当赏钱若干。"众役欣然听命，所谓重赏之下，必有勇夫也。

风水不足信，张子莘皋择地，并不延地师，伏狮一穴是仆为之相度，亦不见不利也。因言老兄。初偕吴先生访莘皋，仆深以为轻身，因不失其亲，亦可宗也；此公知为何等人，更先施礼耶？及莘皋丧母，哀毁逾制，以葬事就商，至呕血数升，后卜兆伏狮，必诚必信，仆乃大喜，乃知前此二公之枉驾非孟浪者，今当始终成就之。

徐仲车不忍令犬母子分离，此势所不能也。末世俗薄，同居共爨之风渺焉无闻。子既长，不得不分，亦犹是耳。然有志者，岂甘为徐氏犬乎？

先慈病笃，始治柏棺，因飞棹请先生董工，已无及矣。盖一夕已属幽湖俗工，海昌良手来时，椁坏已定，无可改易，先生怅然而返。人子事亲，不可以凶事不豫，不早备也。

葬事商诸先生，主用乌樟，邢先生云："两江道远，依家礼，水溲未始不坚。"遂取附近灰沙，草率了事，遗悔无穷也。 先生云："平洋亦当开金井，深四尺许，筑三合土底，然后置棺，四围以地为墙，方下灰沙，筑实乃固。今乃培土以板夹筑，筑后以浮土附之，终是松浮，非久远之策。"

沥青入地千年为琥珀，乃不朽之物，且天热能自融以补棺盖之隙，不可不用。但何先生用火溶烧棺盖，则不忍，且伤漆，只须杵末覆之。

一日登舟，先生欲正宾主之位。梓曰："舟中不必拘。"先生曰："造次必于是，道理无一处离得。"

余弟早殁，余宜以次子后之。然弟妇守节，当早慰其苦志，故不待次子之生，遽立长子，亦权道也。梓曰:"守节是理宜守，不因有后无后也。使先生止有一子，将若何？"先生曰:"兄所执甚正，然家庭曲折最难处也。"

余为莘皋择地伏狮山，穿圹之后，忽有大穴冲水直注，圹中皆满，此时便当中止，别择佳兆为是。余不能勇决，遂使工人以三和土塞穴，令极充实，因升柩成封。今思之，山之蓄水力极猛，区区沙土恐不足以御之。然此言勿使莘皋知之，渠至孝，恐悔之无及，便一恸而绝也。"必诚必信"四字，非特人子为然，任事者亦当以彼人子之心为心，方免后悔。然以理推之，莘皋孝可格天，亦断无他患也。

吴克轩先生讳晞渊，字符复，海盐人。

梓每欲执贽于先生，先生过谦，不允，作长札力辞，其言恳切且激，梓遂不敢复言。

杨园先生盛德而无后，此不可以常理论。将来两庑之下，俎豆千秋，未尝无后也。

先生尊堂年八十余，女适许子伯琴，病卒。先生不使太夫人知，恐触其痛也。太夫人殁时，犹喃喃问女儿消息云。

先生每为人治病，无贫富贵贱，恻然必欲生之。其酬资之有无厚薄，绝不介怀抱间也。

夏友梅极勇，因余一言指示，遂往吴门书肆，悉买理学诸书归，日夕手不释卷。改葬旧墓，至高祖以上用三和土，并建宗祠，真不可及。

邢梅亭先生讳志南，字复九，菱湖人。

功夫入手，总当从小学起。（先生有《小学注》极详。）

紫云葬法虽佳，然不便于贫士。余则主用双溪费氏水拌之法，盖即朱子家礼灰隔一类，有力者但灰沙加厚可耳。

向以择媳甚难，其人故随俗养媳例，意谓可从俗训化耳，不意反以此得谤。天下固有不可化之人，唯在联姻之始，慎选家世，及细访女之性行而已。养媳一法，今当以为戒。盖肯为养媳者，其家世必寒微，得母气必无良种也。

余初弃诸生，更古衣冠，虽骇俗不顾。后读杨园先生“皋比横经，十月之雷”一语，遂仍时服。今思素位而行，只有此法。姚肆夏翁谓余曰：“子服尧之服，子不言尧之言。”“言”字打头，毕竟以躬行为先务；却不思服尧服，言尧言，而行不尧行，为何如人也？

附 亡友遗言

朱子惠畴与余会于蜀山草堂，极论出处。惠畴曰：“兄宗杨园，弟惟以稼书先生为师。学术端，人品正，应试何害哉？”辛卯。

巨川将之山左，与余盘桓艮山门外，握手为别，曰：“君劝余弗远出，然其势不能，家食奈何？余近有怔忡疾，未知此去得重归相见否，惟望故人捐弃枝叶，从根本上下工夫，作一千古必传之人。道理无穷尽，幸弗以小成自限也！”阅一载，遂得寿阳之讣。悲哉！故人期我厚，何以副九原之望？思之惭疚耳。

郑子不群曰：“亲友窘迫干请，公力能周，则周之；不能，则却之。若以己为倡，而强诸交戚使尽周之，便是市恩敛怨，便不是正道。”

程子载韩曰：“诗当以唐为宗。晚村偏执拗，谓宋诗绝顶，余最不服。”

徐子墨园曰：“兄前日有札述尊先公忌辰，故不出城市，此好名之弊也。凡作事欲求人知，便非学者。”余为之愧服。

陈子祖陶曰：“笔墨贾祸，不可不谨。吾辈每动笔，辄作一想：当今当国大臣可看得否？然后落稿，方可免害。否则稿虽成，不可不付祝融收掌也。”

孙子带封曰：“表弟出笔都可传，然未必有子。相书辅骨插天，有神仙之风，子息却艰，况诗文可传，夺秀气多，则必有缺陷，亦常理也。”

先生伦表曰：“登峡石小山，自觉置身天半，俯视一切皆琐琐，况天台、雁宕耶？宜先生之不屑应试也。”

潘子武侯曰：“‘取失节者以配身，是已失节也。’每读斯语，颜甲背浃。然父命难违，先生当谅我也。”先生有一着大错处：不孝有三，无后为大。既内娶，而不辞远馆，何也？

谢敬修曰：“吾友桑伊佐（讳调元）作秀才时，诗极可观；一登仕籍，便都是应酬俗套。一种感慨，淋漓之致，不知消归何有。此入世之所以当戒也。”又云：“张司马（讳煌言）亲笔诗文全集，在甬上汤海录处向曾见之。此公无后，今不知归何所矣。思之慨然。”

记外舅晨村先生遗言

何商隐先生遗书数千卷，托之晚村，自谓得所，岂知今日尽入官库耶，可为浩叹。昔吴赤民先生之孙，特叩半逻云：“先世所作《明史》，子孙未尝见，敢请一阅。”商隐先生曰：“余已赠晚村矣。”遂移舟语溪，叩晚村。晚村笑曰：“吕用晦头空可砍去，此史不可得见也。”吴遂怅然而返。早知有身后之厄，当日何不举以畀其孙乎？

姚希贤一块权术，与其尊人，诚伪相反，惟胆气可仗，为亲友却不顾性命，此可取耳。大甥子宏却是得父气也。

姚攻玉先生诚笃君子，其弟琏，字肆夏，文艺虽稍通，却是陋品，或应人课授，初至供馔少啬，必苛求无已。既丰矣，则度其费之值，或二星三星许，于是告其门人曰："汝家中馈，余不服，禀尊公，不若折供为佳。"约既定，则絜妻子自爨，日食蔬蔌，修外膳资，复有赢矣，举此一端，可概其余，肆夏真小人哉。

人才短则发挥不出，先人葬事，日夕在念，却要我变毁祖产，毅然举之，则逡巡畏却，实不能也。

张汉木可谓有志之士，然不能读《春秋》，止可诵《金刚经》耳。

周旦雯好书，极难得，然却有一癖，借书不肯还，令人不可解，与肆夏同病。

吾婿师友中，如张子莘皋，此仁人也。其存心如天之大，如地之厚，不意今世尚有此等人。

子弟成就，半由母教。予第二孙年已八岁，尚不从师，吾金氏书香，殆将斩矣，思之悼叹。如吾长女贤淑，善胎教，却又无儿。得聪颖如孝羔，却早殇。天地间不平事，往往若此。

余尝思子孙贤不肖，关于气数。李公爰一，少极困，今有维馨，复有裳吉，书香相继。裳吉不特博一衿，且能学诗古文，是振起之象。余家先世人品文章，亦颇铮铮。今吾儿课农，无暇读书，三孙蠢然，残编教卷，不知传之何人也，噫！

笔墨总要谨慎，吾婿未免滥写应酬，已所作诗，亦率意誊出问世，大不可也。

出妾亦是大不幸事，然此等性质，断不可容。总是吾婿不慎之始，大负莘皋先生一片热肠耳。

金子张忠厚人，却有一事大错，将已嫁之母，与父合葬，大不合礼。母出与庙绝，何可得罪于父，使九原抱愧乎？

易箦时，谓长女德娴曰："汝夫远馆，不及与面诀，吾有遗书，及前辈真迹数种，意欲托之，奈何？"女泣对曰："大人有三孙，可传家学，勿以此为念。"摇首曰："难！难！"遂绝。

报仇孙

一友不孝，及生孙，珍爱之。或问曰："令郎忤逆，君何钟爱于孙也？"笑答曰："此我报仇人也，安得不宝之？"余表兄徐子叔明年七十余，为第四郎亦陶所麾斥，甚至诟詈挥拳，默默受之。或谓其族子曰："乱臣贼子，人人得而诛之。公等同族，何不发一言。"对曰："上行下效，此风已久矣。"故曰："能为人子，然后可以为人父，未有不孝于亲，而能享子之孝者也。"谢子公期闻此，叹曰："吾知罪矣。"

不幸而寿

不孝者有子孙，享寿考，非幸事乎。然其子孙皆不孝，若幸而早死，则不得身受其忤逆之惨，昭昭在人耳目，为世炯戒矣。此天理之不可泯，而亦其命之不幸也。噫，有子孙，岂尽为福哉，宋子鲁培妻沈氏，尝虐其夫，及生子熙，珍惜过甚，鲁培殁，子乃逐其母，今寄居幽湖，自食其力，若无儿者。

阳明流弊

余初见攻玉先生，偶语及海宁许子季觉。先生曰："此英雄，不可不见。"因随往吊欲尔先生。时季觉庐墓，留宿，论阳明之学。季觉云："阳明无弊，弊在后学。善学阳明者，必不悖于朱子。"余极辨其非。季觉曰："兄少年坚执如是，弟此后不敢言矣。"遂别，后季觉与查氏争墓地，本邑令登门跪请，不允。余随北溟先生至崇教寺，力劝之。怒曰:“季觉头可断，地不可让也。”查氏遂欣之徐抚军(讳元梦)，捕役密拏，遂逸去。改姓名，来吾姚谒阳明祠。知墓地为宗人所占，告之当事，为阳明恢复。申呈上司，抚军大喜，曰:“吾正欲踪迹此人。”遂下之狱，不食而死。狱中作《观化录》，流传禾中，犹津津讲学，自托阳明私淑，识者鄙之。许公葬法极精，盖本之紫云，更加详密，尝著《慎终录》数卷，亦可观。其从子来基，习其法。海昌诸宦家举葬，率延之董役，与工人构合射利，尤可耻也。许孝子之名，由升山宦都中，揄扬同僚间，于是官浙者，率仰其名，乃升山葬地，反力阻之，以必胜为主，即此一端，忘恩极矣。其假托于紫云之门人，不过倾陷钱和叔耳，和叔之罪可诛，然以燕伐燕而已。盖紫云遗产售出者约万亩，季觉告邑勒令加价，以为讼费，和叔死后，季觉吊之大恸，将为紫云起祠堂，不就，欲刻遗稿，亦不就。或曰 :“季觉以贫士而厚葬其亲，其由来可知矣。”

有儿无儿

余姊婿金子子张殁于南亭，易箦时，人问曰 :“公家事将何托？”子张摇首曰 :“余平生未尝有子。”盖深恨二甥之不肖也。知子莫若父，信哉。

家臣张公室罪莫大焉

子韩指此语，似是而非，譬诸不孝之媳，为之婢者，将助之乎，抑以主母之礼敬其姑乎？夫子斥求为非吾徒，朱子谓子文不能正其君僭王猾夏之罪，意可见矣。余十龄时，见族叔母欲命女殴父。余大呼曰 :“果尔，吾当批叔母之颊。”叔母怒余不逊，几欲予杖，然当时师长，却谓此小子却知经权也。

嫂溺不援

或问 :“兄初死，嫂不欲生，返投之水，当援乎？”曰“ : 否。”嫂溺必援者，权也，所以全其生也，欲死于兄而不援者，权中之权，所以全其节也。余廿年前见此事，不听予言，后乃变节，此友深以为悔云。

子不可以仇母

妻陵妾，常情类然。为妾子者，可以仇嫡母乎？仇其母，是仇其父也。友人汪津夫，庶出也。生母死，继母子不丧庶母。及继母殁，津夫亦短丧，曰:“吾以报吾母也。”或诘之，则慨然曰:“男儿须有血性，人虐其身生之母，而处之晏如，何以为子？吾以行吾心之所安而已。女手拳然，狸首斑然，虽圣人末如之何矣。姚江云:‘心即理也。’”津夫学本阳明，宜其中毒而不可疗乎？

扶轮广集

谢子《南明录》□□诗示余，末补四作，云:“是《扶轮广集》所选，附记于此。”其一感遇云:“仙道作大贾，奇术成金银。为利非不佳，富贵恐未真。适性在溪谷，贫贱坚我身。未知生者忧，安知死者嗔。”其一《游花蛇湾》:“宿雾动朝光，长溪回风力。万山分水声，一岭据云色。草木理自陈，岛兽情不测。大矣造化功，物序终焉极。”其一《郊外杂兴》:“薄言出西郊，步履情所依。旧国见新都，近游如远归。野老城中还，各自启其扉。仓庚绕舍鸣，力作身不肥。每欲废农业，而苦妻子饥。家无担石储，尊卑失其威。独立枯桑傍，对之自歔欷。”其一《忆故山乡里》:“昔岁乱方始，驱驰来兹山。爱君邻里好，不自知变迁。依依村巷门，淡淡谷口烟。樵采不相问，百家饮一泉。人面有异同，性情无不然。洒扫令我居，日夕相周旋。久居移声音，言语忘其先。无事忽离别，及今已四年。死丧两有之，何能何自全。寄言我邻里，为我复加餐。终当与来游，来去山之巅。”选集者，锡山黄心甫也。

弟死不葬

今士人亲死不葬者，处之恬然，况兄若弟乎？而张良一椎，史则日散千金之产，弟死不葬，欲为韩报仇，可见当时风俗之厚。

百行孝为先

谢晋贤，余姊丈也，颇有肝胆，人或以好讼病之，不知此是小节。其犯父呵斥，仆之地，此余所亲见，乃大恶也。即使此后深自痛悔，改行从善，亦无及矣，况龊龊终身者乎。

方兄

谢子南明《方竹杖歌》，用方兄。余以为孔方兄，不可以辱此君。后得复书，乃知李卫公呼方竹为方兄，自愧俭腹。凡下笔落评语，正不可冒昧如此。

偶记

明初许观，本姓黄，字澜伯，举之元，靖难兵渡淮，公方征兵，至安庆，闻京城已定，痛哭谓人曰：“吾妻有志节，必不受辱。”遂招魂葬之。明日，家僮至，果言夫人翁氏与二女赴淮清桥自溺，公亦投李阳河而死，可见知妻者莫若夫。友人方病余曰:“公没后，尊阃能守否？”友摇首曰：“此事难料。”后果失节，曹溶王庭诸人，素志不立，诗文何足观哉？

陈公甫二十七，从康斋之学，未知入处，乃归白沙，杜门体认，自谓所得始真，不知江门风月，却是禅宗，使其卒业于聘君之门，必不走错路头，师友夹持之功，何可少哉。

无锡王仲仙问，工画，每幅必点缀茅屋，所积宦资，尽给杼轴家，织绢供画，亦雅矣。然必借绢以传，则其技亦非逸品，纸佳者寿于绢多矣，不能画纸，问安能及倪黄哉？

人到与物无竞，“临事有为，方是人物”，李西崖以此八字赞刘东山大夏，真不愧也。

梁储事无道主，而幸免于难，忠直所感也。

赵宽提学吾浙，岁试子矜，必第其行，此真可法可传。吾姚近时试童子皆匿丧，及入泮亦不究，伤哉。

王阳明擒宸濠，方略得之费宏，御史谢源纪其功，□□为大学士，谁谓公才大，无凭借哉。

朱希周，丙辰状元，犹及见后丙辰状元而后卒，年虽八十四，其抱痛者深矣，肯改节乎。

张璁议礼阿旨，改孔圣像为木主一节却是。

王畿服阳明师丧斩衰，非礼也。无善无恶之旨，至龙溪而大昌。生心害事之祸，亦于此而大炽矣。

徐文长自言书第一，诗二，文三，画四。以余论之，书不及画，文不及诗。陶石篑云:“吾乡文字著名者，前有陆务观，后则徐文长，然陆正而徐奇，徐质美而陆学胜，又不可例论也。”

钟惺《诗归》，固不足道。其为提学育诸生，开有明一代之弊政，名教之罪人也。

阳明诗文、事功殊可观，其心术不正，学术则大偏。晚村痛关之，不为过当。昨楚中乡友寄书云："宁绍会馆，乃阳明书院。汉口通衢，尝请一长卅许字对联，余即走笔应之云：'以主静为会归，许大事功，只从常惺惺法，做出即心即理，垂暮仍如赤子；提良知作宗旨，当前指点，果然活泼泼地，见来无善无恶，满街都是圣人。'"传者以为实录。

黄石斋之诗，倪鸿宝之字，极古拗，然非正格，忠鲠之概，直透纸背，而惨淡怪涩，则不免亡国气象，亦运会使然欤。

七才子之论诗，却是唐人肤廓，得其貌而遗其神，亦何取哉？若晚村专主宋诗，则又矫枉过正矣。

八股空言无补，然却遵朱注，虽启祯纵恣，亦必依傍紫阳，故明季死节之士，多于唐宋，未必非八股之效，而门户声气，徒长骄竞之习，则神州陆沉，又岂非八股之为祸烈乎？杨园先生云："东南坛坫，西北干戈，其祸于世，无所上下。"诚哉是言。

记次女含筠语

人不可闲，闲则邪心生，三妹若生长杭州，有女红可售，必不患痫症矣。含筠在室时，母亲训迪，非不恳切，然亦不见意味，如今待人接物，句句用得着，遵之则得，舍之则失，真与圣贤道理，若合符节，女今日才知感激耳。

父亲精力尚不衰，毕竟以内妾为要务，万勿灰心也。

禹襄所以过于鄙啬者，一则大人葬事未举，一则廉耻为重，惟恐一窘迫，则流为苟贱耳。

公公训子一册，父亲当作一跋表章之。

祥夫叔，不免孩子气。若二婶性行，真不愧淑人，待我如事姑，不敢一语有违，待我父一如己亲生之父，真不易得也。

清渠姊夫，禹襄非不欲为之推谷，但渠傲气凌人，与世不谐，恐保举者连坐，故前却耳。

乙卯冬，余至赵氏，女出见，因责之不当轻舍故居，况汝亲说二婶事我如事姑，母女茕茕，何忍使之独处耶。女面赤久之，因曰："禹襄作家，只要每年省十二金，便至此耳。"噫，不意此一番便成永咏也，悲哉！

记伯姊金孺人语

梓幼极静，七岁就傅读书，便跳动不可言。伯姊每戒敕曰："他儿顽烈，以书药之。"吾弟乃相反耶，八岁学吟五字，姊喜曰:"渐有转机矣。"伯兄每作文归，或涕泣，姊必指谓梓曰："爹爹道哥哥文不佳，欲沈杀之，尔他日宜努力，勿使爷怒乃佳。"

甲戌冬，先大人病笃，姊向有痰疾，加以忧悴，常十数日不食，及卒时，一恸几绝。

姊尝自疚曰："我于女红尚可学，若烹饪则酸盐失剂矣。至于待人接物，平时亦说得了了，一临事则愦愦不能自主，天禀之限我也如此。"

既嫁归宁，先孺人问曰："夫婿何如。"姊曰："天下未尝无对，有愚妇则有愚夫，然毕竟胜儿数倍也。"

母亲平生无一诳语，父亲往来瞟城，阿堵满前，母亲从不私取一枚。

二妹嫁孙氏，奁资五百金，然卒无益。闻近日治冥镪以糊口矣。万事有命，我嫁后，母亲复赐五十金，子母相权，今亦当有数百金，然子张殁于客邸，遗资千金，为人所乾没，两儿直如木偶，鬻家具以给米薪。四女儿许字周氏，又贫不能娶。岂非命乎？人生天定，总不必用心机耳。

儿不慧娶媳贤，亦可娱老。前长媳陆氏骄蹇，今续刘氏益荒悖，次妇卞氏亦不孝顺。人谓我两房儿媳，四孙男，享福不待言，不知我与孤独无子者何异！老弟今不必愁后嗣，乘此精力未大衰，或再娶妾生儿，亦未晚。若看得破，有儿不如无儿，有媳不如无媳，听命亦未尝不是达见也。

显公叔乾没千金，使我子母窘迫至此，实可恨。然亦是两儿自取，若稍有才调，彼必顾忌不敢。建文皇帝仁柔，永乐必来夺天下，亦是理势如此，安命而已。

去冬，姊谓梓曰："余近来食量甚宽，只是茶迟饭晏，不得饱耳。"意谓此是寿征，不虞今夏病十日，遂不起耶，痛哉！

记黄君一峰语

黄一峰昔在京师，与郑子亦亭订交，因言亦亭才高，每盛气陵人，一旗下延为师，午食鸡多骨，便大怒，彻其器饲犬，主人谢罪，杖庖者，乃止。夫君子绝交不出恶声，礼貌衰则去之，患旗下不重汉人，而以盛气折之，此亦亭之经济耳，岂可为训哉。昔杨园馆晚村家，每旦呈食单，先生举笔点腐及肉二簋而已，诸同人不堪淡泊，至朔望，则托言省亲，饱餐厚味而后出斋，此可见晚村之失教，自幼骄纵之也。杨园则一举一动，无大无小，为天下法，可传后世，信乎紫阳之后，一人而已。范子巨川馆幽湖时，暑月着肉苎衣，不敢烦东家。每浴时，带便自涤，此则太过，一有讨好主人之意，便流为曲意狥物，固馆取宠，所趋益下矣。巨川虽非其人，保无有不善学巨川者乎？故备志之，以见中庸之难能耳。

记孔武曾语

武曾述一友，甚富无子，而妻甚忌，计无可出，乃货其田庐，得数千金，托言行贾四方。乃娶数妾，分置远近，往来其间，不使妻知。晚年妻死，乃率诸子归，皆成童矣，此权而得其正者也。

破题

子弟十岁以前，当令熟读四书五经，不可便令作破题，坏人心术。若欲开心窍，宁作对联可也。世有固馆者，每以此歆动主东，欲速助长，人材自此日坏矣。有谓蒙养以正，教之作对，开其机心，亦非善道，此则太过，若不作对，则字之虚实死活，懵然不省，四书五经，何由而通哉。

记寿僧语（名寂解。）

余生平少方外交，在硖有朗仙善琢砚，当湖有澳淇能诗，在幽湖为豁眉，今九十二矣。丁卯冬晤余，言贫道好说因果，自来延师而不忠且敬者，其后不昌，老僧所见多矣，里中有一鄙叟，好食火肉，以沉下腐饷师。不数年，以讼败家，窃监单逸，客死通州，四子闻讣，笑曰："孟子云：'寇仇何服之有。'戴朱缨游岳庙观剧，家不设几筵，是亲父无一日之丧也，天之报施何如哉？"老僧九十年来，第一异闻，父死无服，先生不可无诗垂戒后世。

记焚孝妇记

余癸丑馆故山卧雪轩，有远客号诉乞撰《孝妇记》者，述挂臂救姑事凿凿，余恻然应之。乙丑来扬州，访妇之戚党，具言妇不孝状，殆非人类，不过假长者盗名耳。余乃大悔，削稿，且告门下误录者悉火之。君子之过，如日月之食。先儒云：宁可百受人欺，不可使好贤之心少替。余虽好奖善类，而知人则哲，良有丑矣，武侯流涕街亭，安得以此借口哉。吾友许子观文宰汜水，曾招辑邑乘，幸而不赴，不然，耳目所不及，安知贞者非贞，而烈者不烈，秉笔之难如是，此通人之所以不苟作也，因志之以惩吾过。

远亲当戒

嫁女不可太远，或在五十里内，一日可往返者，无害，否则生死不相顾，是流徒也，女何罪而堪此。余次姊在淮，相隔千里，十年始一归，为母亲六十寿，至则母亲已没于十日前矣，岂不可痛。余次女在杭，不过二百里，抱病时，余返越道杭而不及泊，既没而后以讣闻，痛无及矣。

红指甲戒

昔先季父文水公，为余言："寡妇一生，当如临渊履冰，虽细故不可不慎。前辈言明末一节妇，建坊，县令敬酒，见小指□红甲，即上马去曰：'此坊难立，不过小小游戏，孩气未除，未必即小见大。'"乃遽为清议指摘，吁可畏哉。近见吾乡有老节妇朱履者，忆此，因书以戒新寡诸妇云。

葬戒

许季觉先生得紫云葬法，讲论益精详，为蜀山主葬，可谓谋而忠矣。其从子来基为海昌陈氏董工，灰沙工食，莫不偏手中饱，治丧者昧焉弗省也，记曰："必诚必信，为人子孙，不知人而妄任之，其罪与来基等，灯下偶与施生嘉木言及此，为之扼腕太息也。彼荐来基于陈者何人哉！噫。

婢妾戒

妾媵无数，教人以乱，或由贱以及贵，所关闺壶不小，万一家主艰嗣，畜婢为妾，所关宗祧，保无有不违李园之患乎？故虽有余之家，藏获足以给使令，一妻一妾，足以广嗣续，慎毋听妇言，以多自夸也。

新溪一叟生女哑，预置一媵绝慧者，且授之奁田若干亩。明语人曰："愿娶哑妇者听。如此，则夫妇终身无隙言矣。"利其所有而甘受之，于女氏亦何罪哉。

性贱

张汉木谓余曰："孟子言性善，荀子言性恶，余独曰性贱。"今之民，以德绥之则玩，以刑率之则从，即如乡里中，见有德者弗敬也，稍有势利，则奔走恐后，岂非性贱乎？此亦有激之论，然验之俗情，实不外此，第不可概之中人以上耳。

见知法

张汤赵禹作《见知法》，谓吏见知人犯法不举告，为故纵，则以其罪罪之，自此法吏传于监司，用法益刻，此由于景帝惨刻为治，故用此等人。窃谓此法，学者能以之自律，一切日用行事间，有明知故犯者，深自切责，不肯放过，为益却不浅也。

守节不同

少年丧夫守节，不可一例看。一曰守义，不论境遇，只是实见得道理透彻，尽我本分，行所无事而已。一曰守名，看得此事名节所关，不可有玷，茹荼啮蘖，死而不悔，一曰守孤，丈夫血脉，祖宗血食，一身所系，岂忍他适。一曰守命，人尽有夫，而我独寡，生有定命，落得劳攘而已。一曰守财，珠玉在握，田园随身，弃之可惜，享之可乐，故非特守孤者，孤亡而志移，守财者，财尽而节变，即守命者，或以范文正动之，以先嫁得府吏，后嫁得郎君诱之，则亦怦怦乎动矣。夫惟名与义，则之死靡他，其不朽均也。或乃以好名病之，此岂可律之妇人哉。守义第一流人，守名即次之，此或由于天资之刚正，血性之忠贞，或由于祖宗之积德，父兄之教训，非偶然也，故择姻必慎之于始，鲁有其姜而世子增光，卫有凯风而七贤蒙垢，食其封侯则冒顿不宾，寿王独醒则洗儿召乱，非千古之炯鉴哉。

同居之难

余向在蜀山草堂，闻邻家哄声，盖兄弟欲析居也。范先生笑曰："徐节孝家狗，不分便势不可久，自今日世风言之，合则争，分则各有其所有，反和睦矣，折居未尝不是。"余曰："此先生有激之言，然以狗喻人，殊伤厚道。杨园先生所谓还当动恻隐之心。"先生拱手曰："吾过矣，吾过矣。"

立后之难

长房无子，则以次房长子为继，礼也，然后世再分爨贫富不均者，长房富而绝，则诸从子争后之，甚至讦讼争之，若长房贫而绝，则弃若敝屣不顾矣。此宗法之不立，弊滋大也。宗法立，则宗子为主，某房当继某房，岂以贫富为去取哉。

贫士举葬之难

敬备父母贫不能葬，然在朋友前，从不言贫，盖恐干累亲友，亦恃己年壮，可徐俟机会，其隐衷固未尝一日忘也，乃甫四十而殒，无卓锥之地。族中臣富者不一，孰肯如吾莘皋子举葬会，泽及枯骨乎？然此亦足为慢葬者戒矣。

忆三先叔星水公语

大易教人趋吉避凶，故设为卜筮，然只教人于分所当为者，心有所疑，决之于易耳，不是非义之事皆可卜也。我虽为人日日判断，实皆违心之言，多可愧也。

我们三弟兄共爨数十年，人人叹羡，然伯兄一去世，间一载，遂分析矣，可见仲兄不如伯兄处，数十口同居，非大度者，何以容之。

人家择婿，喜独子，谓可得全家私，此大愚。伯兄尝言吾女辈联姻，必择兄弟多者，非特凡事手足扶持，即妯娌间要做不好事，亦有所顾忌也。

忆亡友草亭语

钮子膺若工诗文，谓余曰："诗以含蓄为妙，先生《冷仙亭》七律，直是嫚骂，如秋岳公一作，何等蕴藉，勿以失节忽之也。"

又问家驾先讳汝骐兄《西子湖赋》何如？余曰："语语切西子，此小家纤巧法，不足取，凡著作须有关世道人心，一落浓艳，虽自托于美人香草，实则淫辞而已。"草亭云："先生之论极正，驾先于春秋内外之旨，茫然不解，宜其成就如此。"

张翊清毁朱子，至出秽语诟骂，此妄人也。先生宜渐疏之，若陈芬佩批颊一说，则太过矣。昔毛奇龄注大学，毁朱子，海昌诸生周敬，于众座兽叱之，以是得狂名。芬佩殆亦周之亚欤。

忆内子姚孺人语

吾家去西湖近，然先君家教严，自幼从不许一游天竺，妇女假佞佛，艳妆游浪者，只是无耻。

读书人每轻商贾，然吾观亲戚中少年工诗文者，大率寡廉鲜耻，玷祖辱宗，似吾家三兄俱业贾，只是朴朴实实，安分循礼，贤于有文无行者多多矣。

吾姊嫁于沈氏早殁，遗一女，今年廿矣。一夕病剧，旬日不起床，间或吞金求死。众医或疑为伤寒，或指为怯弱，莫能决。家人以床第积秽，强起之，乃一瘤如斗悬小腹，叩其故，曰："吾患此久矣，不欲医，故求死耳。"乃急延医之妻能治瘤者，索五十金而愈，廉耻重而性命轻，此等女儿，乃不负吾姊训诲耳。

处馆

夏石书，耕余师也。一生不失馆，门人有为蒙师者。临发，请先训语，石书曰："只是一个耐性，冷也吃，热也吃，咸也吃，淡也吃，勤敏供职，不宽不迫，如斯而已。"此可与杨园处馆说参看，世有师道未尽，而徒责东翁以礼貌者，其不恕亦甚矣。

快婿

婿服虽缌，有半子之谊，得佳婿，使女仰望终身，非快事乎，乃暴戾任性，目无尊长，转为入幕之恶宾矣，杨园盛德而有尤生，石长贤女而有周郎，岂非命哉，噫。

火气

西器哥定等古物，只是一个无火气。杜诗右军书，亦只是一个无火气。宋人诗火气多，故不及唐，唐宋字火气未除，故不及晋魏，子弟才读数十卷书，能作几篇诗文，便悻悻自好者，犹井蛙不足言矣。

焚楮

祭焚帛则可，焚楮则异端之教也，即以利害言。今岁正月十日，一妇拜夫坟，焚楮误燎草间，冬旱极燥烈，旁皆他人厝亭，火势不可遏，妇惶惧，遂卧地旋转，冀熄其焰，已毁人数棺矣。妇是夕遂不可药，其自取固不足惜，使仁人孝子之亲，无端波及，不葬之罪，何以自赎乎？随俗习非者，亦知所戒哉。

外患

人学问未到，声誉日起，此非幸事，必得一二不相知之人，极意诋毁，方可借为修省之资。

他山之石，可以攻玉，邵子所谓得他个粗厉的物，方磨得出也，若处处周旋，貌为邦家无怨，则乡愿而已矣。

延师两弊

读书是极重事，世人一概忽略，一等直不顾师之薪水所需，限数定约，不听附学，一等博揽兼收，以人之有余，补忆之不足，不顾师之精力所办，皆误也。师有内顾之忧，则不能安其身，彼贬就者，皆庸师，何益于子弟，师有贪得之念，则苟且塞责。谚所谓僧多粥薄，是主人自误其子弟也。呜呼可。

审守委积盖藏

余每至亲交间，或冬春之交，茗皆变色味，此由中馈失职也。大约居家，茗为第一，酱次之，二者日用所必需，以养舅姑，以洁蘋蘩，以供宾客，所关非细，何可忽也。尝见势利妇人，延富贵宾客，则调和五味，惟恐不精。其日用舅姑菜羹腐饭，则苟且塞责，即所谓不顺父母，七出之首条也。

乱宗祧为大

婢妾生子可以承宗祧，原无分贵贱也，但必御之极严，防之极密，审为的血脉，乃可以承宗祧。尝见富家无子早殁，其妾有遗腹，不问其由来，举家称庆，缵承遗业，及旁人细核之，则其妾伪为受娠，而私取他姓之赤子，俗所谓血窝过继者也。其主母不察，抚同己生，获罪祖宗多矣。不孝有三，无后为大，由今言之，则无后为小，乱宗祧为大。

寒燠不常

春来寒燠不常，一日间气候不齐，晨可裘，午需单袷，少顷换薄袄，晚风发复用裘，因思此天之所以教人孝弟也。父母爱稚子，往往数为更衣，宁有为子而可不曲体其亲乎，父母在，不远游，岂特为日久而音问疏哉？温公数抚伯康曰：“衣得毋薄乎。”待兄如此，于亲可知矣。

败群之羊

先兄昔日为南山庄屋，所以守墓，纠族人共出数十金，为修葺计，后庄毁不果，存金于族兄个臣，为之生息，冀构祠屋，至今岁春，个臣爱继子太占，止偿百金，与曾钦陶两从子各助卅金，拟构予所寓听泉山舍，改为祠，盖限于百六之数，因陋就简，亦不得已之策也。宗人有好事者，假公济私，必欲大兴工役，隐图中饱润肥，非败群之羊乎？虽善牧者其奈之何，为之三叹。

建祠议约

安涛从叔归自长沙，取旧存个臣房百金，为宗祠，将置听泉山舍，为有培阻挠不果。钦陶因言百金四大房均派，各得二十五金，不若将五十金，听彼两房分散，吾两大房五十金，并君翌伯所助三十金，侄三十金，共百一十金，仍贮建祠，不足，补凑落成。愚因扣钦陶，彼五十金存太占处，不应奈何，钦陶云：“吾任索之，建祠公事，彼必不爽约也。”此说恐愚不从，钦陶又嘱次三侄坦悬悬代述，愚因大喜，谓如此判断，具见钦陶为祖宗一片公心，又省牵枝带叶，将来度地营工，夔一先伯兄创议本怀，可以不负，祖宗千秋俎豆，灵爽有凭矣，时丁巳三月十六日也。

君当怒醉人

陶公一腔愤激，以和平出之，其所养深矣，逃于酒者，犹夫子浮海之意也。若复不快饮，空负头上巾，不快饮，则必急功近名。臣伏于犬豕，大负诸老翁矣。但自问大纲虽正，而节目多疏，故结之以醉人，若先生者，殆已见大意者乎。

以婢代女

徐进士清猷讳湘泓，居塘西，有女许金婿金渐贫，徐妻吴氏，隐以婢易之。既嫁而觉，金告当事直之，卒以女嫁婿。先是余亲翁范巨川馆其家，力持不可，徐妻不从，故狼狈至此，身为进士而不能制其妻，关雎之化，所由归美文王也。

民语

民语曰："欲富乎，忍耻矣。"倾绝矣，绝故旧矣，与义分背矣。此数语最有味，财重则廉耻轻，苟可以得利者，无不为也。倾绝，倾身绝命而求，即所谓忘身以殖货也，故旧贫乏者，既有余财，自当周急，彼则杜门不见，稍稍假贷，怒形于色，其结穴，则三者总，归到悖义而已。

乱国重典

宗族中有强梗者，道之以政，抚之以恩，而卒不可化诲，则黜族削谱，亦不为过，太姑息，反获罪祖宗矣。

啄口鸟

梁司马申掌枢密，好毁端士，昼寝，鸟啄其口流血，今之毁端士者众矣，鸟何可得哉。

客窗质语

《客窗质语》，太原武公承谟号逸溪所著。庚辰进士，曾宰梁溪。书板存成上凌仔南家。平生推崇晚村而辟阳明，所见极正。后附《谨学述言》绝句百首，自为注释。其末首云："射马擒王吕晚村，登坛大将在朱门。莫因碎点时文样，不作功臣第一论。"其倾倒于南阳至矣。然百首中无一语及杨园。仔南作跋，乃谓晚读杨园书，叹为广大精微，深以未及亲炙为恨。何也？《质语》一条云："做官元要办事，朝廷命官，岂专为你一身一家温饱计耶，便是与大盗做一小卒，亦不得安逸自遂其私心，必定要用心了其所事，何况做官。"以小卒喻官，此公自悔语也。然既知其为大盗，则小卒断不可为矣，一心办事，以辅盗虐民，罪甚于不办事者，本领不是，一齐差却，惜哉。

知命

命者定数也，穷通寿夭，各有定数，知之明，信之笃，则可以尽吾分内之事，而为君子，譬如磨墨，极不耐烦，限之以五百磨，则心定而墨自浓矣。又譬之濮川至新溪，不买榜则附舟，买榜由已，附舟由人，肯附与否，不可必也。有时到岸即登，有时接橹数船，招之不顾，或终日不得而返，岂非定数耶？于此等处可悟知命之学。

知人难

一友性行极险，予以告嘉木使远之。嘉木不信曰："此人必不负我。"因力助之一臂。不半载，龃龉不可言，乃大悔曰："此公忽中变，吾所不料。"余笑曰："此公是率其常度，非变也。君之不知人，乃是变耳。"论语廿篇，特以知言知人作结，是打转大学格物入门工夫，记者极有深意。

辱金

陶隐居云金在冢旁为溲器者，曰辱金，不可合炼。工人云："必得别一器从露天熔之，使臭气达尽，然亦仍可为溲器耳。"因感人有过可改，指小过言也。若伦常大恶，虽痛更前辙，辱金而已，逢蒙欲弑羿，虽不果，非乱贼乎？欲托于自新，难已。

寿考曰卒短折曰不禄

此非施之凡人，盖谓有德行堪任为大夫士，而高尚不为者，故得此尊称耳。若既为大夫而无行者，则朱子固书莽大夫扬雄死矣。

遗书不可不刻

《东山志》，谢天愚著。子南明于父未葬前，即拮据发梓，可谓知务矣。《濮川诗钞》，存者皆开雕，先君先兄遗诗独逡巡至今，梓罪深矣。昨过新溪，一友责余曰："闻公有十余金助祠内，何不移以镌尊大人诗乎？"余为之悚然，归以语嘉木。嘉木曰："此友言是也。宗祠族中有力者均可助，是公事，刻诗则人子不刻，谁为代刻者，是私事，急了之为佳。"余意乃决，友人潘子亮早殁，其弟约梓其遗诗三十首，虽少，犹愈于不刻也。

字学亦不可忽

先兄不学字，曰字末耳。然余每较订先兄遗书，中所附载疑义，间有笔画模糊，如猜哑谜，不可得者，颇以为闷。今春订杜诗，李子裳吉录前辈评语，亦间有不可摹拟者，与谢子南明各默坐揣之。盖书法真行草，各有定体，善书则有来历，不善书者，率意杜撰而已。夫有物必有则，孰谓字为末艺而可忽哉？惟夫不本诸躬行，而专以技名，则虽宛然诚悬率更，亦不足尚耳。

搭截题

以圣贤遗训为时文，已是侮圣人之言，更出搭截题，乘离其语脉，以纤巧见长，此坏人心之尤者也。然积久不废，大小长短，单句全章，典故性理，无题不备，则欲困士子之短，以免雷同钞袭之弊，其势亦必至此，物极则反，谁能废八股而崇乡举里选者，吾其拭目俟之。清初一令不识字，临试出题，见小胥书不亦乐乎人不知而不愠，问曰："何不写下去？"曰："此名搭题。"令大笑曰："考蛮子何用出题？"当时传为话柄。然则今所谓搭题者，可愧矣。

司命

王立七祀，首曰"司命"。注云："司命主督察三命，援神契云，命有二科：有受命以保庆，受命，谓年寿也。有遭命以谪暴，遭命，谓行善而遇凶也。有随命以督行，随命，谓随其善恶而报之。"此皆是附会，司命犹曰司门司行耳。命以气数言，不必重看，若谓主督察人间过恶，与道家何异哉？如行善而遇凶，亦必有行恶而遇吉者，司命能操其权而转移之乎？总言之，不过随命而已。

祭异姓祖父

凡不幸出继异姓者，己既复姓，则立异姓之族，以主其祀，若已绝无可立者，则祭之别室，以报其抚育之恩，没身而止。《王制》所谓天子诸侯祭因国之在其地而无主后者，注云谓所因之国，先王先公，有功德，宜享世祀，今绝无后，为之祭主者，礼虽不下庶人，以义起，亦可通也。若吾友汉木，以徐继张，曰：“张实活我。”知有张而不知有徐，则忘本极矣，不学无术，弊可胜言哉。

娶妻关乎命

余甥方程两娶妻，皆不贤，以贫故，典质器物殆尽，妻恨之入髓，夫虽病，犹厉诟之。门人郑西瀍，娶王氏，极贤，其奁具皆罄，无怨言，日以饘粥供夫酒肉。论其素行，则相反，一长厚而得悍妇，一狡猾而配良偶，岂非命耶？

贡士

景泰时，顺天、应天各百名，各增三十名，浙江六十名，增三十名。

古诸侯三岁而贡士，大国三人，次国二人，小国一人。今乡试乃各省百余人，所取之士，不过通八股，而以县令亲民之官任之，其虐民也必矣。且科第仍仍相因，官员有额，有老死不得一职者，亦非良法也。愚意朝廷立法当以行为重，文为轻，敕天下学使，每一大县，岁进三人，次县二人，小县一人，以言行无玷，文理优通者为则，其文理长而素行不端者，不特不录，并加之罪，庶几士习变而民俗厚乎。

乡试则每府三人，如吾浙则取三十三人，应十一府之数。会试则每省五人足矣。

后母之厄

黄子岐周有子，既长而聘矣。后母谢氏，本再醮妇也，极凶悍，虐使之，子遂逸去，为人击柝，数年不归，岐周畏内，亦不以亡子介意，谢子敬修作诗讽之，有聪明幼女能传业，飘荡痴儿可忆家之句，不曰父不求亡子，而归咎子之不思亲诗，人忠厚之旨也。所聘叶氏孤女极贫，无以给薪水，告岐周，亦弗应也。汪子津夫曰：“令别嫁可耳。”余则曰：“归亡子而婚之，后妻不贤，则告官而出之可也。”津夫笑曰：“待其人而后行，岐周岂其人哉？”余曰：“据礼既纳币有吉日，女之父母死，壻使人吊，壻之父母死亦如之。”已葬，婿之伯父，致命女氏曰：“某之子有父母之丧，不得嗣为兄弟，使某致命，女氏许诺而不敢嫁，礼也。则为岐周者，度己之不克归亡子，则亦使人致命女氏，听其改字，亦未为失礼欤。”

广额

名器不可滥施，后世取士之额已溢，及逢朝廷大庆事，又加惠广额，以结士心，滥矣。要知此八股经生，全无用处，其草角读书，早为利禄起见，得一科第，选一州县，则先采访此地钱粮几何，羡余几何，可以肥吾家长吾子孙而已。此所谓不执干戈之盗贼也，所谓率土地而食人肉，罪不容于死也。

绋

未葬以前，属绋于辅以备火灾，古人防患之密也，当葬时在途，人挽而行，即谓之引，今人惑于堪舆，停柩在室者，一遇火灾，仓皇莫措，不孝之罪大矣。

绛云楼

绛云楼藏书极伙，一时罕匹，天应惜之，而火之者，此牧斋自焚也，非天也。牧斋读书极博而失节，书何益乎？如祖龙焚书，亦是战国游士自焚，非祖龙也。游士读书极博，观其辨论，非枵腹固陋者所能，然一怒惧诸侯，兵连祸结，涂炭其赤子，则千编万简，徒以借寇兵而斋盗粮耳，书焉得不焚哉？

生辰

淮扬风俗，为商家所坏，凡居民十岁廿岁以往，无不受庆，至演剧饮燕，吾友周子旦雯内人高氏七十，有以寿烛来者，严拒之。再至，则曰："公须入香楮，作吊礼乃可耳。"闻者相戒勿视，门庭阒然，此虽太过，然处丰境而能约，可以挽淮扬之薄俗矣。

迁葬

张子莘皋云："堪舆家最诡谲不可信。"有一友家颇丰，地师为买山立向，既葬，一二年复来，曰："学问与年俱进，旧所看砂水不的，今复得佳兆，科甲可操券得也。"主人惑之，立迁，阅一二年复来。云旧所迁局面终小，今复有开府地，寅葬卯发，主人又惑之，如是者五迁，其家垂破，而地师之橐已饱矣，甚至未得新兆，先促主人启棺别厝，以防祸害，遂至不及迁，而主人已死，子若孙既贫，不得已委之火化者。噫，有王者起，不待教而诛矣。

海昌惑风水

海昌陈氏，极惑风水，澉湖山中，有一村落数十家，土著十余世矣，一地师云："中阳宅却是宰辅地，奈何？"主人曰："何难？"召村中人曰："吾与若千金，可迁此村落乎？"村人利之曰："加五百可矣。"主人慨然与之，遂刻日立迁，迁之日，妻儿号哭载道，不堪风闻云。又有已葬百年者，地师云："此穴本得，但向偏耳。"若与之金，另迁就其穴改向，岂特科甲哉？主人立召其子孙之不肖者，如其价迁焉，如此者不一而足，已欲葬其亲，而夺人已葬之穴，以势凌人，祸及枯骨，可为寒心也。

李鲁培吴载韩

鲁培，本姓李，而冒宋。载韩，本姓吴，而冒程。二公俱能诗，诗皆可传，然载韩曰："以复姓为急，而早卒。"鲁培年七十余，予劝之复姓，诺而不果，曰："吾两子，他日当分顶李宋耳。"则二公之优劣判然矣。载韩今有两遗孤，鲁培二儿俱夭。

冯和尚

以堪舆惑人，为吾乡冯氏重价买山。及葬，开金井，皆砂石也。怒欲扑之，和尚曰："限三日内，当为君货之。"遂催山人掘砂石，阴取他山黄土填之，转售戚氏，戚开穴得土大喜。又一江西地师至吾姚，阅平洋一穴，曰此瓜形，下当有土瓜，大发，掘之果累累皆土瓜，不知何时预埋也。术士之狡狯类如此。

必诚必信

两必字最下得果确如富，家得一吉壤营葬，正宜竭力仿紫阳灰格之法，而胸中先怀风水一疑，曰安知他日不以龙穴未得，谋迁他兆耶，于是苟且塞责，其心未始不歉然，特为堪舆祸福所关甚巨，异时果得吉兆，何难深埋实筑，不知一着错过，蹉跎成悔，有大不可料者矣，所谓诚信者安在耶，以父母遗骸，委之术家，厚薄迟速，不能自主，良可痛矣。

金井

山葬固宜深，平洋亦不可培土葬，况沿海防潮患，尤宜深埋实筑。当时仆葬先人，亦为地师所惑，培土结椁，今悔之无及。平洋开下一二尺便有水者，客水也。更开下一二尺及原堜，则土坚反无水矣。于是将三和土筑底二尺，置棺，四旁筑尺许，使棺盖与地平，后结顶三四尺，复以细黄土盖之，亦密杵筑实，才是尽善之法，若世俗不用三和土，仅以石板盖砖椁，则不得不培土以防客水矣。

四书讲义

陈大始讳其师之评文，而易为讲义，尊师极矣。严寒村乃备载八股，而更为评语，自谓片楮只字，举无所遗，而不知一生公案，悉定于此，何其愚也。著书者不可忽，传书者尤贵得其人哉。

赵子固

赵子固向伯升，居太原，南渡后，有田契两笼，日望恢复，凭契复故业，竟成无用，此记者之误也，国亡则家破，分也，因私产而望恢复，是假公以济私矣，名节安在哉？

义仆

先祖妣尝与伯兄言，明季一仆，告其主曰："与老爷同僚或自经，或绝食，各全名节，老爷亦宜自为计。"主人遂赴水，浮沉波浪间，屡欲起，仆长跪大呼曰："老爷忠臣，只在一时。"遂没水死，仆大哭，亦赴水死，此事可传，惜逸其名。

赃吏

邑中俞叟云："明末，凡作郡县归里者，清风两袖，莫不受敬，若满载而回，则乡里不齿，今日以得钱多为好官，闻橐有余资，亲戚朋友交羡为好，阙能员而争趋之，世风之变可叹矣。"

大风

甲辰，海水过塘，风为之。今秋七月十一日，闽中饥荒，亦大风为灾，死者数十万，过于海潮一劫，天地间至有力者风为最，然则风不鸣条，至无力者亦惟风，安得不慨想其盛哉。

毛奇龄

萧山一友云："毛大可另著《学庸注》，以蔑为魁，纸糊一朱子，长五六尺，每诵《章句》一语，则云此句为何注错，则挞其首数下，或加至十下廿下，此等祖袁、黄之故智，中阳明之遗毒者也。"近复有谢济世、张翊清，亦痛詈朱子，皆人中之妖也。有王者起，不待教而诛矣。学术人心如此，太平何期乎？噫！

匿丧

学使临郡按试，初下车，即明出教条，凡童生匿丧应试者，许检举，凡生员服中生子，乘丧嫁娶，文虽工，必置劣等，此孝治之一端也，停丧不葬者，亦如之。

大贪极酷

为民父母，小贪小酷，便是民贼，若为令者，辄自恕曰："我虽贪酷，不大不极，不妨破例，其后必至无所底止，殃民不可言矣，做官如守节妇，稍涉微赃，即是失节妇人，无可自恕也。"故酷罪比于贪稍轻，若以酷济其贪，尤为王法所不宥矣。

尺尺冤家

杨凝式以能书名，晚乃疲于应命，呼为尺尺冤家，信乎艺成而下，只为人役而已。岁暮百冗，乞书者填户，书此自警，于此乃知遁野潜踪，毕竟少俗子缠绕也，老梅得毋笑我。

童仿（戊午未定稿。）

开蒙学书，俗例写唐宋诗一首，使学者何所依据，郑寄亭十母诀，从入不今之以无为园家鸟十字入门。其中点画撇捺竖钩等法，大略悉备，可以类推，次及于上齐下齐，三叠两并，剪刀、金刀、蟹眼、悬针、羊角，当密当疏，当长当阔等字，不拘文理，杂取数十字写仿，使知笔法间架，两者之梗概，自然渐渐晓解纯熟。不然，虽日取钟王帖临摹，所谓行而不著，习而不察，到老不济事也。

蒙对

小儿读死书，虽成诵无益，惟使之属对，或虚实相反，死活交互，渐知用心，则思路顿开，讲贯书文，皆能领略矣，或病其太凿混沌，固哉叟乎。

剪彩

上元灯，苏扬为盛，而缎彩则幽湖为最，以红绿杂色绘碎剪，象生为牛马、人物、果品之类，工巧不可言，然暴殄天物，亦已甚矣。为有司者，不禁而反导之，罪有攸归，而土风之荡择居者，其可昧乎？

几字

黄忠端公尊素《长安竹枝词》："偌大家资还费取，一张芦席一张几。"作平声读与上枝师押韵，南雷较订，何以仍其旧乎？此字止有上声，无平韵，向尝见姚琏误用，规之不服，岂踵黄之误耶？

聊城邶氏

钟岳祖为方伯，世拥厚资，父愚早夭，母抚钟岳、钟和二子成立，母以翁所遗巨箧属之。钟岳曰："此皆契券，年既远，不可以虐贫户，焚之为佳。"母曰："既付汝，汝自主之。"遂倾箧付火。岁饥，出粟数千赈邻里，或鬻儿女者，代赎而倍其价，编名于县，令不得重卖。辛丑钟岳为大魁，入词林，给假归。母钟爱钟和，每夜出外饮酒页戏，母必秉烛待之，家人列侍，头触屏无敢卧者。钟岳缓言劝母早息，分遣家众，己乃秉炬观书，弟归问故，曰："母劳当先寝，婢仆各有职役。"和颜剖白，初不责弟，阅两旬，弟遂感化，折节读书，亦中乡榜。

《腾笑集》

谢子南明评云："竹垞翁初与长洲陈鹤客、山阴朱士稚、祁奕喜、番禺屈翁山、归安二人共七结生死交。梅里兰亭，往来群聚，悲歌愤饮，意气激扬，未几遂构壬寅之祸，归安二公坐惨法，祁奕喜成极边，竹垞翁山跳而免，而竹垞翁之雄心澌灭无余矣。迨应聘出山，竟成两橛，不特南望厚颜，他日地下亦当两手抱面，羞见陈祁诸君也。清夜自思，不堪一笑，且恐天下人拍手掀髯，无不齿冷，故出山后集，自署曰'腾笑'，盖亦无聊之甚矣。而托于滑稽不畏人笑，毋乃强颜自饰耶。"（或曰："竹垞恐祸终及己，故不得已而出，其苦心亦可原也。"余曰："不然，甲申以后，苟全性命者不少矣，竹垞不过自负其诗文，不甘于沦落，其沾沾掉不下者，翰林两字耳，陋哉叟乎。"）

美人香草

有离骚之志，方许作情至语，如闲情出之五柳，寄怀西方，虽艳丽何害。今人作闺阁声口，辄自文曰："美人香草。"正孟子所谓淫辞知其所陷也。孔子不删郑、卫，存鉴耳。骚人雅士，乃自侪于淫女之列，可谓有志乎。

贽仪

师弟定分所关在贽，故曰：自行束修以上，吴康斋受贽为师，还贽即非吾徒，张杨园不敢受佩葱贽，即终身不以师礼自居，贽何可忽哉？宁使贫乏无谷无节仪，不可无贽，即一束楮，十矢笔，所谓爱礼存羊，何嫌于薄，吾乡从师，虽富家无贽，而一二贫乏者，反不失此礼，亦可愧矣。

对属

少陵寄高岑诗云："更得清新否，遥知对属忙。"可见当时大家，亦以对属为一要事，况蒙学乎？李因笃云："对属两义，与属对不同，词必欲其对，情必欲其属，情之不属，对虽工何涉，然属对之妙，不出清新二字。"

尺牍

子弟当自幼令习尺牍，稍长即可看苏黄小札，并《世说新语》，令知用笔短劲简老一派，不为八股所溺，尝见时艺通，掇科第，而尺牍之可笑，有出人意外者，岂非时师之罪乎。

八股误人

尝叹人自七岁至三十岁，不知有多少经史可通，乃以区区八股自牿自限，穷年揣摩而不得工，延师训课，在父母亦不知费多少心血，不过博一衿一第，强者出宰百里，虐其赤子，弱者补一教官，吊丧点主，猥琐不堪，岂非枉了一世，不是宇宙间罪人，便是天地间废人，人材那得不日坏耶。

弑母

四月十二日，会稽道墟章氏子弑母，伦常大变，有司当上闻，令曾某乃毙之杖下，此从来通弊也。在上者，宜著为令，凡地方有伦常大变不上闻，觉察者，按其罪，此与山崩海啸无异，正可警戒人主，奈何上下蒙蔽，自欺欺君乎？

佛法势不可废

屠子时若云："处今日佛法一门断不能废。"家及诸外夷，王化所不能服者，一说到佛法，虽极强悍者，俯首帖然，如何废得。予闻之慨然，从古盛王之世，岂无四夷，不闻以佛法治也。

只今华夏之区，无非崇信释氏，是根本上有病，外夷安足责，故曰："孔子之道不著，杨墨之道不息。欲明孔子之道，当从春秋始。"

先进遗风

谢子南明云："先文正致仕后，冯雪湖数往还倡和。一夕诸同志毕集，皆衣布素，须臾周公至（曾为藩台），独衣士绸深衣，文正戏曰：'公可谓华服。'少刻张某来，渠少年必盛饰，公有同袍矣。未几张至座，亦布衣，周自顾惭悚，归置窗钥，终身不敢服。"

又云："崇祯间大荒，有余之家，升米亦须作三日粮。第一日将米入布囊煮，汤合家饮之，第二日再煮汤充饥，第三日乃倾出煮糊啖之。至乞丐及门，从无敢言乞粥者，不过哀恳洗锅荡盏余汁而已。"

又云："寒家第四门，明季清初，从无一人赌博者。骢帽大布袍，数百家内，惟三家具备，余遇吉庆借用耳。今则比户打牌掷色，至新正，文正公祠内，逐党成队，吏不敢诘，绫罗绵绮，下及奴婢，民风大坏矣。由敝区推之，九州皆然，可为痛哭者也。"

知人之明

先高祖望南公婿潘阳春，一日率弟同春晋谒，既退，公语同志曰："吾婿官必显，必能完节，若同春轻佻，不可保也。"后阳春登万历戊戌进士，□□官，以功名终，同春，同初以从贼六等定罪。卫中旧居额"启佑堂"三字，即同春所书，先兄尝欲毁之而不果。

先王母史氏孺人遗训

先兄夔一侍先王母二十年，亲承诲语，记云："五岁乐初识字，先考以方纸剪块，每块一字，限数督课，晨则就先王母即证，出果饵为赏罚。"且云："汝母司中馈，食指甚繁，吾代汝母职也。"乐幼极顽劣，王母忧之。呼乐曰："醇郎，汝知汝父命小字意耶？纯者，纯粹也。汝乃粗戾若此，大相反矣。"自九岁试笔作八股文，渐习礼仪，举止稍敛，王母又喜曰："如是，乃得书之益也。"

又云："汝父事我极孝，汝他日事母能如汝父方是肖子。"

井田议

戊申馆得趣轩，许子醇夫出《井田》《救荒》两议，参订井井可观，曾节录一纸，周子旦雯借阅毕，封□寄航，阍者误投许，醇夫笑曰："此荒谬语。"遂匿之，阅十年检旧簏，尚存删节原稿，乃嘱朗行藏，以贻道周婿，或可备考也。吾乡汪子津夫更有《井田》《封建》并行者，他日当合为双璧耳。

论《俗礼解》谢天愚先生著一书与谢南明

此书本是爱礼存羊美意，但不免附会之弊。礼失而求诸野，当重在礼失上，致慨叹于言外，若重在求诸野上，似件件俗礼，件件皆古礼，不问是非，俱可从俗矣。已经登枣，只可就文艺上补救数字，使无大弊，惟高明酌之。

序中以俗为经，以礼为纬，"经纬"二字，不便倒置，或改以俗为据，以礼为证。

后世以俗维礼之微旨，俗本无维礼之意，所谓百姓日用而不知也，安得有微旨乎？宜改后世以俗存礼之遗意。

论《毛诗订韵》谢天愚先生著与南明

此书在《俗礼解》之上，辨音之妙，毫发不爽，当为紫阳之功臣。但据朱子原未尝以知音自居，尝曰:“叶韵多用吴才老本，或自以意补入。”又曰:“今只从吴才老旧说，不能又创得例。”又曰:“叶韵亦无甚要紧，今且要将七分工夫理会义理，二三分工夫理会这般去处。若只管留心此处，而于诗之义，却见不得，亦何益也。”朱子本意看得叶韵不重，故姑从才老定之，非以才老所叶，为万古不易之音也。今尊公能订才老之谬，以补紫阳之阙，此紫阳地下所额手相庆者，但序中语意，似归咎朱子轻信才老，以成一非古非今之韵，致先王诗教几于澌灭，却太重了。梓不自揣，将序中结后数语，稍易和平之调，而每诗所定之韵，亦窃附疑义于下，惟高明恕其狂愚而裁察焉。

关雎，次章一条，往有友三字，竟改或字为妥。

葛覃，母字从今韵，本在二十五有，姚人呼母舅亦曰亩，可证。

汉广改且适于吟咏矣，去“以陶性情”四字。

麟之趾，济上声非，非字当改赘，角不必叶，当注古本音录，使读者晓然。

羔羊，蛇当音汤何反，上古单居患它，故相问无它乎。蛇古本作它，今文加虫作蛇，恐不必叶作驼。皮虽不叶，亦当注本音婆三字。

绿衣，风方愔反，方朱传本作为，岂传写之误耶。

燕燕，南尼心反，辨音极细，但真魂跃出，太说得吟张，或改的音始出，何如？末“南音真叶”四字可删否。

击鼓四章，手亦可叶少否。

凯风末二句，改云后人反失之大着意。

匏有苦叶，否友本一韵，中不过，叠句法。恐不必强就子字，子不久叶可也。

谷风条，可谓上通风骚矣，亦太重，九州岛岛方言，此类甚多，岂宜以乡情左袒哉？或改云亦与诗骚暗合，如东方未明章通于三字，便无病。

简兮条，跌弄二字，火气，或改叠咏二字。

采葛，首章朱傅曰叶音谒，非居谒音结也。

女曰鸡鸣末章，《朱子语类》云，知子之来之，杂佩以赠之，来叶扐，赠叶本字入声，恐此说为稳，若助贻，则去赠字本音太远，或注云赠是贻字之讹则可。

甫田条，法亦小变为佳，六字有语病，凡叶韵，不过揣测古人或是如此，非读诗者以为佳不佳，而欲小变其法也。此六字直可删否。

汾沮洳叚荡之极，佻荡二字太纤，或改摇曳二字。

硕鼠三章，俱不必叶一句，当移在后。

山有枢次章，杻叶女了反。鄙意向主此说，鲁诗世学可谓实获我心。

绸缪，每章叠咏作结，妙有余响，恐都不必叶。

权舆，每章结句无韵，作咏叹出之，首章偶然叶余，非有意也。

宛丘，次章无冬无夏句，朱传注叶与下同四字，古音读下为户，未闻冬夏之夏，亦读为户者。此记者之误，观末章夏字无注可见。朱传殖有反，非殖九也，是柔之上声，亦通，殖音十，不音直。

七月，首章，鄙意首二句无韵，第六句岁叶本字八声，下五句另一韵。

九罭当移在狼跋前。

常棣，戎训助，亦无害，叶取其音，解核其义，并行不悖。朱子固曰："南仲太祖，太师皇父，整我六师，以修我戎。"亦是协音汝也，然戎字自作兵解，不解作汝也。

杕杜近叶音起，疑尚离本音，当作奇上声。

北山，颜师下少古字。

旱麓，备祀皆本韵，祀上声，非去声，当云上去通用。

思齐，瑕奚六反，是欲字，何以叶入，入者十，不音肉，吾卫中方言，每读入作肉，尝与诸生力辨之，而舌音猝不可转，安得上通风骚哉？

皇矣七章，同尔兄弟，以尔钩援，不应无叶，据鄙见援当叶以，或因三尔字势急，遂趋动为韵，而中间二语，亦觉有味。

假乐，土音俍则下，当补江北人呼帽子、鞋子、皆曰帽则、鞋则，十四字，吾卫中亦然。

板怿吹药，吹字误写，当作叶。

荡五章，晦字，恐不可不叶。

抑，舒圕，圕当作畅否。十一章，自朱传读邈，而字书遂以邈为本音矣。似凡字书之讹，皆朱传误之，恐有语病，此字本有二音，如说大人则藐之，章句本音上声，若大雅寝庙既成，既成藐藐，藐藐昊天，无不克巩，皆入声也。朱子何尝执一耶？朱传恐偶失一叶字。

桑柔末章，予歌叶，歌可叶孤，而予无平声，则予字先当叶余乃合，前鸱鸮章所辨极是。

崧高，叶梗二字，朱传不见。别闻生面，闻字或开字之讹，往近王勇近字，讹写当作迹音记，世多误读，虽非叶，义可附见否。

江汉定读平，恐不若朱传唐丁反之谐。

清庙诗无韵，似已。据鄙见，两庙字即韵也，末用长短句咏叹，如骚之有乱，余味无穷。

天作荒康为韵，则保字亦当叶邦否。

有瞽，魏伯子绝赏朱传，与鄙意大合，奇而确奇，何害乎？

酌，载用有嗣句下，朱传注叶音嗣，与本字无异，殊不可解，当是祠字之讹，与下师叶，若嗣则有去声无平声也。

般，义未详，然鄙意山叶婆，则与河谐，下古读户，则命可叶姥，亦可通否。

秘宫，藤葛当是葛藤否。

那，三声字叠得奇，亦见古韵之宽，正不必规规求合也。

深虑论

深虑论古之圣人一段，大有弊，说来似圣人看破天下事变，非智术可以牢笼。要结天心，除非积诚修德，冀天之悯我后嗣，虽不肖足以亡国，亦不忍亡之耳。果尔则圣人亦不过自私自利之见，岂所谓天德王道哉。论其极，即使智术可以周防，子孙长享，圣人不为，即使积诚修德。子孙不永，圣人亦自尽其在我，如此立说乃无弊。

赌疾难化

汪子津夫云:“处馆能使主人不掷骰，学生不打牌，才见公力量。”此风习与性成，一齐众楚，安能奏效？然闻其言，不能为之惭悚。果如明道与人并立而使人化，亦何难之与有？从子世焞好页戏，母丧，余作挽歌，述戒赌意，讳而不拈诸壁，病卒不改，口舌之不可化人如此。

制棺式

世俗尚观美，棺大，内虚外廓，葬时不固易毁，向从姚大先生得紫云制法尺寸，谨录于册，以备戚友取式。

内:底长六尺二寸，口长六尺三寸，前底阔一尺四寸，后底阔一尺二寸，前口阔一尺三寸，后口阔一尺二寸。

外：底长七尺，盖长七尺二寸，前盖阔一尺八寸，后盖阔一尺六寸，前底阔二尺三寸，后底阔二尺，前高二尺三寸，后高二尺，板有厚薄，棺外尺寸不拘，总宜方直低小，仅可容身，勿为虚檐髭肚。缝要龙凤笋，细密，用银朱调面漆，雌雄笋俱涂。

草舍火

馆之南，夜失火，延烧草舍数十家，诘其由，则吴氏一弟妇，少寡而嫁于贫者，复弃夫而归，其兄公曰：“已嫁妇可复还乎？”却之。遂流为丐，积怒无以泄，夜密举火作难耳，此何异人臣不能死节，降新不受朝，而反故国为难者乎？

绵津墨

凡试墨，分曹磨端石，候干，澄水盆，就烈日辨之，无遁也，纯黑者顶烟，黄翠者为下，客有馈绵津山人监制数笏，如法验试，乃在余所藏嫌漆白古天膏两种下，东门邵山人称漫堂抚黄州制墨绝佳，此岂其后人所伪造耶？绵津山人者，宋荦牧仲也。

孝廉师

亦亭昔为儿辈延一师，孝廉也，好页戏，尝过驿亭，见群丐哗然困坐，注目良久，始导之，既且挨入地参坐一部矣，今之孝廉乃至此，可哀已，徒从以能时文，抗颜师席，主人亦大误哉。

斜几

燕客席必正向，礼也。今俗或四几各向隅，以为时尚，误矣。其弊始于士大夫不知礼法之家，戏牌赌骰，或父子主仆同席，不得已欹角相向，使无尊卑长幼，乃可杂坐不拘耳。噫，此岂可行于燕飨之正礼哉。

祭礼

纸马一条，即序所谓渐染浮屠邪说之类，末句当改今用纸马，殆像设而失之甚者欤。

祭用乐舞一条，或昆腔越调，各随所用，下四字当改亵嫚极矣。

秋社迎赛条，神道设教，易本义不然，流俗相沿误用，当改否？

祀文昌神条，末当找一句，陋弥甚矣。

东岳礼拜条，末当添二句："吾乡此风特甚，牧民者尚其革诸。"

盟歃条，结水浒之兄弟，虽切不雅，或改"适以隐奸启乱"六字。

忌祭条，生何所忌，感时恻怆，亦谓己之生辰，非指父母之诞日也。夫忌者以下两行，宜改云："夫忌者疾日也，死则疾，生何疾乎？"既名为生忌，复笙歌以乐其所哀，弥不称已。

墓祭条，墓祭非古也。此句当补，盖古人重庙，庙以妥神灵，墓惟藏体魄而已，然"实昉于古"四字，已说煞，无可更已。

宾礼

揖无常数条，恐是说天子，揖诸侯，天揖士揖，不便引证否。

授受有礼条，烟管不足污文人笔墨，末句虽微寓叹惜，不若刊去此条，无可改也，必欲存之，则管字必当易具字。

婚礼

将婚加冠条，□□□□四字，宜改□□□□，无异二字，改相近。

婚事用乐条，然余尝思之，当改或者解之云，末添五字，是或一道也。

妆奁条，而总名之曰妆奁，改云尤违凶事不豫之义，第一句之资两字，改妆奁。

飨妇条，末句侑以乐，去之殆妄拟关雎云云。

霍亲条，父母有疾，行不翔，言不文，笑不见齿，而可昏乎？末当补十五字，云"愚民不足责，士大夫家亦仍之，可哀已"，去"皆婚娶之变礼也"七字。

丧昏条，遂以丧昏者，当加五字，"殆非人类矣"。

丧礼

豫凶事条，谁谓豫凶事非礼也以下，当改云："王制详言之矣，惟一日二日而可为也者，君子弗为也。然名之曰寿，犹不忘期亲久生之意欤。"

开灵条，"喧天"二字，"琵琶西厢"四字，俱不雅。或改云"不但鼓乐喧阗，吉凶无辨，并使丧主执杖品音，孝妇负缞观剧"。下接所谓二句。

启殡扫荡条，末当加四字，"抑何忍乎"。

丧用乐器条，从俗亦可四字，太实，改云"亦无大害"。

三朝条，谢上，"上"当改"土"。

丧改素服条，甚合古礼，亦说煞，上"知礼"二字，当改"自好"，甚合四字，改"差不悖礼"。

停丧条，当有一语惩戒之，否则借口本之于古，可久停矣，或"家"改作"弊"字。

杂礼

社寓军礼条，而所谓"而"字改"将"字，"未始不在是矣"，改云："殆仅见于此欤。"

馈必称父条，亦然亦字，改本字，或固字。

少年佩饰条，烟袋烟管，改云："今则竞尚烟具，难矣。"

俗多非礼之礼，其暗合乎古者，先进之遗风未泯耳。若谓古礼赖俗以存，不问可否？强举经传一语以实之，弊滋甚矣。尝譬之小儿初入学，全不识书法，任意涂抹，或乃指其描朱仿本云："此一啄得之科斗，此一磔得之鸟篆，此一波一折得之元常、右军。"遂谓六书之本赖此儿传之，可乎？文人附会之弊，好穿凿以逞其博，在在有之，吾姚为甚，劳麟书之格物，陆阳一之辨字，皆此类也。

妆奁豫凶事

吾乡俗嫁女，预制缞衣麻裙，为舅姑殁时丧服，此与季文子使晋，而求遭丧之礼，以行相似，非礼也。王制惟言六十岁制，若一日二日而可为也者，君子弗为也。况丧服制自夫家，非女家所当预也，而预备凶服，非特不祥，亦忍甚矣。

分帖

吾乡俗尚初缔姻问名之时，主人致名帖于女氏，并遍及其宗党，族繁者至费数万钱，侈矣。贫者万钱，足充终岁之粮，而委之无用，岂不可惜？又不如一钗一钏，犹足备新妇之礼服也。

生忌

生忌二字，俗说不通，忌者，疾日也，死则忌，生何忌乎？若谓父母劬劳之旦，当致其哀思，此指人子之生辰，非谓两亲之诞日也。父当初度而念生我，则于我为祖，犹有恩也，若母当设帨而念劬劳，则于我为外祖父母，抑又疏矣。即曰："亲已殁而当亲之诞，忆及奉觞无及，家人父子，相对嗟叹，亦情所不能已，然不必易服变食也，则岂可与终身之丧，相提并论，而统谓之忌乎？家礼并无亲殁，设荐之文，良有以也。

鬼神有命

岳忠武之精忠，过于关侯，而关侯之血食遍于四海，非命乎。梓潼姓张名亚子，蜀越雋人，报母仇，徙剑州，仕晋战殁，唐宋封王封帝君，明初甚至令天下学校皆立祠，冒文昌而配关侯，为文武二帝，君非命乎。

吊火灾

幽湖遇火灾，辄避入亲戚家。吾姚不然，必露宿三夕，寓古三日哭之意。亲友唁之，饷以黍肉，寓患难相恤之意，此古风也。火及先人神寝，而不自贬损痛恻，人心何在乎？然黍可，肉不可，仿亲丧馈糜粥，乃合礼耳。

宜土俗

金华泥工至幽湖，为人补屋漏，辄曰："吾能为尔澈底澄清。"遂遍翻椽瓦，主人大喜，谓十倍本地圬者。及冬日风发雪飘，满室尘扬霰积，烛不能举，雨则床床尽漏，不数年而椽倾栋折矣。故朱子注孟子润泽句，必曰："合乎人情，宜乎土俗。"金华人治金华屋则可，用之吴中，则违其才矣。

汪梦兰黄永庆匿丧

津夫侄梦兰匿丧赴试，问于津夫曰:"无碍否？"津夫曰:"此在汝自考。"果居丧一一循礼，则不当应试，若随俗习非，饮酒食肉，试何碍耶？予门下不肖黄永庆亦犯此，惧余面责，不敢问也。使当时亦如梦兰之问，余则与津夫答异，天下好事多一件是一件，恶事少一端是一端，即使平日居丧违礼，独于考试憬然有触，亦是良心发现，即使怕人检举，亦不失怀刑一边意思，爱礼存羊，不考为妙，彼若不听，则在我立言，固无弊矣。如曰："我本非学道者，既已不肖，则何事不可为，将胥天下而为乱臣贼子矣。"呜呼！可。

诡遇获禽

屠子时若云："人虽作八股，亦须有气骨。"王兄天章考典试，《论语》题却敷衍一篇佛经，遂差广东。此所谓诡遇获禽也。桑子伊佐太极似何物论，钦赐进士，亦此类耳。芬佩云：吾平生应试，总绝去得失之念，迎合之态，就题发挥圣贤本旨而已。"

弃日乃是弃身

徐勉训子崧曰："见贤思齐，不宜忽略以弃日也。弃日乃是弃身，此语最下得警策，人生不过六七十年，玩愒时日，不修其身，动曰姑待明日，忽而中年，忽而晚岁，悲叹穷庐，悔何及哉。吾故曰：爱日即是爱身，不特亲在为然也。"

李贽钟惺

凡书无论经史，总经李贽、钟惺、金圣叹、李渔诸人评定者，总不入眼，误人不浅，若能大索天下，将此类刻板，尽付祝融掌之，亦大有功于名教也。

两朝领袖

亦亭曾为余言，钱牧斋暮年服平袖衣，谓门生曰："时尚马蹄袖，不雅，故作平袖，犹存昭式遗风。"一后生打拱云："老先生可谓两朝领袖。"牧斋有惭色。

吾家书籍尽当与之

王粲至长安，蔡中郎见，倒屣迎之，曰："此王公孙有异才，吾不及也，吾家书籍尽当与之。"可见古人传书不私于子孙，苟有能读者，即慨然异之，此商隐何先生倾所藏数千帙，尽以委晚村，书致杨园，自庆所得也。世有鄙嫂，积书高阁，不通钞阅，甚或沉匿友朋秘本，身死之后，大担论斤，卖与面肆糊袋耳。不可哀哉。

严君平语

"益我货者损我神，生我名者杀我身"，君平可谓要言不烦。夫货愈丰，则损神益甚，名愈高，则杀身益酷，且祸及于子孙，岩栖谷隐，肆力古人之书，使人间不知有姓名。噫，微斯人，吾谁与归。

反是独立

《家语》载：孔子数少正卯五大恶，一心逆而险，二行僻而坚，三言伪而辨，四记丑而博，五顺非而泽，其居处足以撮徒成党，其谈说足以饰褒荣众，其强御足以反是独立，此乃人之奸雄者也。不可以不除，反是独立一句最重，道理只有一个是，他却能以是为非，以非为是，可以惑人之心，而其气魄又足以本人之所守，开辟异说，使天下从风而靡，后世有述，历数百年而宗主之者，十人而九，居然从祀两庑，无敢黜之，噫。此子所必诛者也。

《世说新语》

余尝谓后世勿犯八字："公子心性，名士风流。"大抵子弟有资质，粗能诗文，勿使看《世说新语》，造语新颖，最易动人，所谓德行、方正数卷，略而弗省，一入捷悟，言语豪爽。任诞、汰侈、谗险等状，不特袭为游谈，遂且见诸实事。动曰晋人风味，率情任性，贻毒可胜言哉。

《左传经世》

魏叔子文颇可观，然却是仪泰一流人物，尝见渠《左传经世》数卷，极解得痛快，其意以人情谲诈，至《春秋》而极，明乎此，可以驾驶人才，故名曰经世。然袁悦有云："少年事读《论语》《老子》，又看《庄》《易》，此皆是病痛事，当何所益耶。天下要物，止有《战国策》，世称其谗险。"叔子心术不正，与袁悦恐不相上下也。

子思亚圣

人生大幸事是亲炙圣人，为圣人子孙，大幸中之大幸也。如伯鱼中年凋谢，幸而不幸，子思却从幼见夫子从心不逾，自家学问日长一分，则体验夫子处日进一格，故夫子既殁之后，追想不置，因纂述遗训，成《中庸》一书，为夫子写行乐园，为万世立常行之准则，道费而隐，鬼神体物不可遗，天地为物不贰，生物不测，夫子亦一理浑然，泛应曲当，至诚无息，与天地参，结到凡有血气，莫不尊亲，其仁其渊其天，其孰能知之，想见子思，当下笔时痛哭淋漓，哀吾生之不得更见吾夫子，而承其音旨，沐其辉光于无尽也。噫，子思其圣之亚者乎，非亚圣何以体验，夫子之深而形容至此乎。

题女照

妇讳不出门，或夫题妻照，兄跋妹影，则无嫌。尝见吾乡少寡遗容，或早岁悼亡，辄请名家赞颂，不免传观乡里，岂死者生时出必蔽面之意乎？先母年近六十，请绘行乐，愀然曰："岂有妇人，令不相识之画工，摹神肖影者乎？"固请卒不许。以此知妇人无写照之理，非特髣发不相似之虑也。必也至戚而工丹青者，或传真以遗子孙，其两得之道乎？

田为本

先伯兄向以二百金存南宫生息。壬午冬，姚蛰庵先生谓伯兄曰："孰宜劳而力诸原，孰宜逸而享诸室，放本钱生息极稳，然道理无此便宜法，有利则即有害。如尊公五百金存清江，今安在耶？不若置田为根本。"伯兄即从先生言，立作书拔归，置新溪田二十余亩。时元盛房方兴未艾，不十年大败，子章姊倩千金乌有，而寒家至今赖田以佐薪米，老成人胡可忽也。

知人最难

俞子千里独处草庵，一僧夜召二妓，分一与千里，千里大怒，秉烛达旦。余作《鲁男子行》赠之。后一徒，寡妇子也，颇聪明，因继为义子，通家往来，后徒病殁，遂嫁千里，瓜田李下，使故人亦不能不疑也。知人维帝其难之，岂不信哉。此事当慎之于始，寡妇子，岂可继为义男，于此断绝，所谓防患于未然也，否则日亲日近，情之所感，有不能自禁者矣，惜哉。

赠卜欧对

沈子卜欧尊堂伏太君，少寡，守二孤。及长，弟秋堂妻死，娶一美妾，宠之，遂兄弟不睦。余因作书规卜欧，当以兄率弟，惟友乃为孝，赠以一联云："同蒂荆花，且来饮乳，经霜萱草，莫使伤心，闻者凄然。"

支子不祭

门下施生森，行三，与余同居，外厅供家祠，非礼也。支子不祭，不归伯兄，而居然供奉，则犯僭矣。其兄大木亦并不执礼请归，至正朔，则持香烛来一拜，此出之经纪，不足责，二昆号为读书作文，而随俗习非如此，何也。

赘婿不可贪得

门下□生□□赘吴民，分奁田十余亩，既生子，欲率其妻归奉姑。先一夕捆载衣饰，夜被窃几罄，此恒理也。外父虽无后，自有应继，既分其旧，则内资应归应继，即外母钟爱，何不力辞，致旁观不平，觊觎窃盗，非自取乎？

介之推不孝

介之推不言禄，可谓廉矣，然母在则当为养母计，奉母而去之他国，行佣以供母可也。即贤母不以死为悔，子心何忍乎？吾直曰："介之推不孝。"

王祥不孝

人以卧冰为不孝，其小者也。曾子曰："事君不忠，非孝也，祥身为大臣，腼颜事二姓，可为孝乎？"小学特取其善事后母，姑略其事君耳。若大学格物，当以知人论世为准则。

㚻女不当嫁（规伦切音钧。）

㚻，《说文》男女并也。幽湖曹师吉姊，少嫁于余邻吴氏，夫弃之，不言其故。养母家数十年，复嫁一夫，夫复弃之，人诘其故，则㚻女也。父母兄弟所熟悉，而贪婪聘礼，嫁而复嫁，当依律用伪银一条治其罪。娶妻为嗣续，贫士当此厄，有终身不能复娶者，误人不已甚乎。

高丽国

狂者以不狂者为狂，不孝不弟之人，见孝弟者辄曰假道学，高丽国用中国书，独以奸为好字，好为奸字，广西淫俗，男子老者呼为婆，老妇呼之曰公，阴阳异位，邪正倒置，□□之道，何足怪乎？

居官不徒廉谨

廉谨二字，美德也。然居民上，当有兴利除弊，正君善俗大规模，以此二字自矢，较贪纵者加一等耳。《史记·申徒嘉传》："自嘉死后，为丞相者，皆娖娖廉谨，备员而已。"加娖娖字，极有意，在妇职则为尽道，以妾妇之道事君，虽廉谨，亦庸相而已。噫，斗筲之人，古今同叹。

有嫡侄年老不当娶妾

沈子晰纶，有从子，年二十矣，余劝之立为后，娶媳，可以承祀，不从。年近六旬，复娶少妾，生一子，肥而骙佁，舌音如鸟，不十岁，晰纶病笃，遣妾别嫁，妾遂率子还母家。晰纶殁，妾嫁而子归，两姊婿轮膳，以贫家增一废人，恐难终局。晰纶与弟极友爱，此事却不善处置，惜哉。

豕交兽畜

津夫每自言："妻陋，不过以豕交之；子劣，不过以兽畜之。"此语何忍也。中人之质，得教则皆可为善，无刑于之化，义方之训，而专咎妻子之不良，可谓恕乎？然亲知间，而莫知其妻子之恶者，津夫又加人一等矣。

税服

无后未立，后阅数十年，有犹子承统，当令服斩衰三年，礼也。里有未婚守志者，阅六载，始归夫家，余曰："妇人不二斩。"夫服极重，既成妇，自当税服三年，闻者诧为迂谈，难矣。

眉鲁

里中一贾构草堂，进士戴□坚寿其母，颜曰："永锡眉鲁。"镌而悬诸楣，三年矣。戴一日登堂，诧曰："余虽不通，宁至此。"急命易之，扣其故，则不肖者利其笔资，托名谬书，谓眉寿保鲁，妄摘首尾二字，便是典故耳，可哀已。

固馆陋弊

师生子，东家馈豚蹄，礼也。师受之不伤廉，乃固不受，东家固请，明日则熟而璧之，或以为谦，非也。师不承奉东翁，则馆不固矣。其甚者，贫徒加笞朴，富徒则赞叹不置，虽有过，缓言劝之。噫，充此则凡可以得馆者何不为也，斯文扫地，宜哉。

慢令致期

慢令致期，误其民而必刑之，不独为人上者为然，即吾辈待亲戚朋友，亦颇患此病。每遇一事，初时全不决断，一则曰再商，再则曰缓图，及临期万无诿，始毅然曰："此说吾断不从。"岂不误人大事，此等总是忍心害理，刻薄奸险之行，为子弟者，当深戒之。

敲门砖

陈子芬佩创刻《幽湖诗草》，将竣，又拟刻《幽湖时艺》，仿《质亡集》也。朱子霖斋讳沛然笑曰："此敲门砖耳，何足登枣梨哉。"集幽湖孝义节烈事，各为小传，梓而传之，此不朽业也。徐子朗行深颔之，芬佩不谓然，陋矣。

夫里之布

故乡一无赖者，颇通文墨，而嗜酒，不事生产。夏允中、阮孔麟为领袖，沿门募化，给其妻币，或称为义举。幽湖一友曰：此不义之义也。先王之世，宅不种桑麻者有里布，民无职事者出夫家之征，岂有旷土游民而醵钱助之者，所谓借寇兵而赍盗粮也。此道行，则临城之无赖，自此日众矣。

徐孝廉遗事

徐孝廉，名仿，字九如。父□官少詹。□□之变，城陷。仿从父驾小舟避难。父问其仆曰："时事至此，何以处我？"仆对曰："小人何知，惟老爷自度。"仿私谓仆曰："奴不解事。"再问，当曰："老爷受国厚恩，惟死以报国。"少顷，父果问，仆如其答。父犹豫不能决。少顷，父登船舷更衣。仿目仆，仆奋然曰："老爷惟有一死。"举手挤之入河。遂大呼曰："家老爷殉节矣。"仿大恸。举尸成殓，终身不入城。世多称仿能全父之节，以成父名。余独谓不然。君臣父子一而已矣。父不能死君，子不可强也。况父未必不死，而假手于仆以杀之，尚可谓子乎？为仿计，惟有痛哭力谏，谕亲于道，必不从，则以一死悟之，未有弑父以成己名者也。天下后世，谓某先生不能死，其子实成之，仿之心安乎？且父第不欲遽死耳，非有走降之志也。仿即变姓名，奉父入穷山采拾养之，终身亦何不可？而忍毒至此。仿之子，后应童子试，仿立杀之，遂无后。不有于父，何有于子？子之不肖，亦不可强也。独不许其自新乎？凡事不准之大中至正，而好为矫激，欲尽仁，反以贼仁欲全义，反以害义者比比也，虽其说得之传闻，不敢深信，而其理不可以不辨。

建文时，兵部员外金铉，贼攻城急，跪母章氏前曰："儿世受国恩，义在必死，得一僻地，可以藏母，幸速去。"母曰："尔受国恩，我独不受国恩耶？事急，庑下井是我死所。"铉痛哭，往视事，城陷，投御河死，母闻，投井死，妾王氏及其弟镲皆从死。甲申之变，兵部郎中成德，以鸡酒奠梓宫，□□露刃胁之，不为动，归寓，跪母张氏前，恸哭母曰："我知之矣。"入室自缢，妻张氏亦死，子六岁，扑杀之，乃自杀，此二事与徐相类，若此可谓忠孝两全矣。

戴南枝名飏，越人，闻仿名，访之，仿已病，飏入城营药，资比反，仿已死，殓之成礼，鬻篆隶得三十金，葬仿。有志立江南殉节诸臣祠，未就而卒。杨园先生至吴门访仿，见市人扇皆仿书，遂不见而返。

张伯行遗事

康熙间高士奇擅宠，时张伯行于吴江县某有隙，某方拟之任，而伯行升苏之巡抚，某惶惧不知所出，与士奇阍者密谋，阍者曰："与我千金，事济矣。"许之。一夕伯行来辞士奇，阍者令某张两灯立大门外，预嘱曰:"少顷张老爷出阶阶下，问汝何等官，则曰新选吴江某老爷，勿多语也。"俄伯行出门，果问，张灯者对如前，伯行误谓士奇所厚，至苏，遂礼遇之，不敢理前怨矣。此狐假虎威之策也，人谓伯行正人，难矣哉。

先君遗事

先君延海昌俞师于福善山房，训伯兄极严。一日修舍，买肉饷圬者，庖人曰："先生膳亦在内耶？"先君作色曰："此等师于佣也。"别命烹精肴以进，里党传以为法。

□□冲遗事

雪渔癸亥与余言：□□冲八十外，所至人家，饮食不节，非吐则泻，故多厌薄之，传为笑谈。余言君眉目如画，必登八十，鄙人七十幸矣。不须防此，不料忽忽十四秋，雪渔下世，而老人遂虚度七十五，昨者浒山物恒堂，大便至污床席，而丑甚于为贼，因思夫子老而不死一语之确，贼者伤害于物害，不在大只小小，传笑处即是败常，乱俗之一端，其罪必当归之，当死不死之人，若幼而孙弟，长而有述者，虽期颐必无此病也。

择术

子弟质庸，不可习儒，去而为贾，为伎。医不可学，盖以人命为儿戏也，钱铺不可入，盖习为浇薄也。父兄大抵以钱铺银色算盘，为心计之根柢，不知掂觔簸两毫厘杪忽，不少放松，心思用熟，遂成尖刻鄙吝，其害正不小耳。

海厄

春仲望前一夕，集饮积庆堂，烛上未久，忽大风发，急持笠归卧雪轩。次早闻自澉浦航海者，舟覆死百十人。忆壬子冬，受故山馆约，褚子惠公特过静愉斋，肃衣冠正言曰："父母之邦，课子弟，宜也。但有一言，先生当默记，往来由内道，慎勿航海也。"由今思之，感良友之爱我，悯斯人之罹厄，不禁掩卷长叹也。

冯可道句

乡愿可恶，正在说好话，做便宜事，天下称为仁厚长者，孔孟言之痛切，非无谓也。如冯道诗："已落地花方遣扫，未经霜草莫教锄，但知行好事，莫要问前程，但教方寸无诸恶，狼虎丛中也立身。"俨然仁者之言，不知委蛇从俗，正是历事四姓十君之秘诀也。

教子

吾乡何逊公，教子之严，或朱提用八色，必大怒予笞，虽壮年勿贷也，晨夕膳师馔，必审视，或简薄，则叱曰："待师如此，儿辈望有成耶。"

东铭

东铭为戏言戏动而作，西铭道理极大，何以相匹并列，曰："此见张子主敬之功，正是实践西铭处，抱万物一体之志，而流为洒落，放旷不几，入庄老一派耶。"

八家文曾王

八家文，韩、曾近正，曾尤密，特不及韩之大。其赞子云："荐妻石，可议也。"然对上曰："安石勇于有为，吝于改过，亦切中其病。"荆公上仁、神二宗书，纯是霸术，而以儒学文之，若遇穷理知言者，洞察其隐，岂遂信而任之，缘他淡泊刻苦，博闻强识，皆是资质造成，无精义入神克己涵养之功，故坚僻自用，贻误天下耳。

争地掷骨

近闻怪事，吾姚陆氏与姜氏争地，地本陆氏祖墓旁穴，姜氏以堪舆家言，谋得之。一夕姜氏子以母棺葬焉，陆氏族人，夜开椁启棺，以其骨投之野，讼之官，未定狱也。夫堪舆利人财物，妄言祸福，乃深信不疑，致开棺抛骨，此非陆氏之掷骨姜氏，子自掷其母之骨而已。阮涤三云："此吾乡故事。"杨久安与何氏争地，何氏既葬，夜发其棺，抛骨千金湖中，涉讼经年，费千余金。人无良心，何所不为，弑父与君，亦安然蹈之，况他姓已化之骨哉。世道至此，可痛也。

丑辞雪忿

彭维新本优人，而登第，遂为学政，后升都御史。方欲大用，御史王峻劾之，云：维新天性刻薄，居心矫诈，识见卑鄙，作事苛细，其任山东、浙江学政，并不实心课士，惟以操切为能，致士子不服，取其少时秽行，编成丑辞，以雪忿恨云云，乃革职黜归。余向在峡川，许慕迂兄亦云："维新为浙藩，不理一事，惟日坐库中，取旧存库银六百万，一一兑遍登录，私取其羡余。"此亦卑鄙之一端也。

刘晏五事可法

胡致堂云："刘晏言利之臣，君子所不道，其言有可采者，出纳钱谷，必委之士类，理财以爱民为先，官多则民扰，论大计者不惜小费（如置船，先使之私用，无窘，则官物坚，完矣。），事无间剧，必于一日中决之，此可法之五事也，故曰君子不以人废言，使为君者，能遵此五言，非致治之主哉。

家运由国转

或言韩琦之后有侂胄，必琦之祖先有为恶者耳，余曰不然。家运由国转，国衰有乱君，则必有乱臣生而应之，故以庐怀慎贤相，奂忠臣，而有杞，郗鉴之有超，琦之有侂胄，皆可作一类观，在家则为变，在国则为常，并行而不悖也。此亦如诸侯夺宗之义，若尧有丹朱，舜有商均，则又家运之衰而国运之盛也。

淫僧淫母

吾姚五夫镇方某，母年六十余矣，佞佛，家颇饶，田七百余亩，强其子三百金，构庵于岭东，物色一少年僧，与共处。已而外孙女年十九，来庵中，留宿，亦通焉。既有娠，僧恐事觉，强之剃发为徒，欲率之逃，女不从，踪迹渐露，乡里不平，共捕僧，投之火。方某母不忍僧之独毙，亦誓投烈焰中。子某，乡贡生也，摘帽金顶投火曰：吾母若欲殉此僧，某为子亦不救，然祸罪某自认，与众无涉也。众遂火僧，争取其骨立尽。观此，则凯风犹为贤母也，然鲁庄防闲，诗人责之，或号泣抱母曰："母欲死，儿罪亦当死，当共赴水滨。"令众举火焚僧，而后奉母还家，庶乎其可也，分我杯羹，不太忍哉。

地陷

闻宁夏地陷两县，震者八百里，此大变也。或曰："地中产煤炭，地震覆民庐，庐中有火坑，火发焚已覆地中之庐舍，遂并所产之煤而热之，则地化为灰，虽不震之地，能无陷乎？"如江南宜兴产煤，民间或费二百金，开垦得煤，可至千金，如此等地，设举火焚之，亦未必不陷也，如其说，则地震为变，而延烧波及，陷反轻矣，恐不然也，夫人事之得失，地运之盛衰，其感召有微焉者矣。况禹贡雍州之土黄壤，与黑坟青黎并不同矣。奈何举宜兴弹丸，而概之秦中全省哉。

贵不易嗣

未遇时，因大宗无后，已立为嗣者，及贵，不得归本支，所以重祖也。屠子时若，讳嘉正，应童子试，时已后其伯父。及登第宦后，遂改仲弟为大宗子，而已则仍归本生，是以私废公也，不可为训。如以诰命之荣，不及本生为歉，则请一体并封，亦恩例所许也，非两全之道乎？

借面

古云："借面吊丧。"为生者言耳，未闻死可以借面者。余门下一生早夭，其父为之开吊，乃假甥之早觞者悬像于帏，将死帏中寡媳，何以为情？然父子皆补弟子员者，其荒谬乃若此。盖由平时事事作伪，徒饰外观，不自知其弊之及此耳，可哀也。

孙烈妇

先君集中有孙烈妇传诗，而不详其夫之讳字。昨表侄豫江讳辑录其家谱一条见示，云："公讳之藻，字十洲，不治家事，诗酒自娱，游白下淮扬间。孺人陈氏，自甘清淡，及海寇扬帆，孺人度不免辱奋身投河，邻妾救之，曰：'生而辱，未若死之洁也。'"当查《东山志》，补此一段于本条下。

凯风

从子世态争继时，余口书论之，举凯风为喻，世态恚甚，谓讥其嗣母之欲嫁也。昔五柳先生作《孟嘉传》，末云："渊明先亲，君之第四女也。"以凯风寒泉之思，实钟厥心，岂五柳当时，自讽其母耶？秀才不曾读书，所见不广，妄议长者，可叹已。

于谦妾

项文曜媚附于谦，每朝待漏时，必附耳密语，时以于谦妾嘲之，文曜小人不足责，然忠肃严正，必有不恶而严气度，文曜虽欲献媚，不可得也。譬之家主律身刚正，妾虽欲于人前附耳密语，得乎？此必复辟之后，徐石诸公附会，以甚其罪耳。

典人头

妻舅姚子宗孟，去秋谓余曰："君家快婿范郎，大有经济，惜弃书本习贾耳。"即如松江一典，岂易开创，目前人情险恶叵测。十年前，杭城富家，创开新典，一日有两人舁一巨箱至，箱口四围，各露红绿衫裙之尾。少顷，一人曰："某老爷此时不来耶？"遂去。俄一人又曰："要客反为客要耶。"又去。薄暮不来，司典者疑之，候夜静，私操钥，视之则皆人头也。大惊，遂定计，舁入后园，取棉花核、黄豆和人头煅之，不留迹。次早，以箱实瓦石，置原所。忽一盛服者，率昨二役至，视箱有异，取钥开视，大惊，遂大怒曰："我有珠宝一箱，汝窃取耶。"司典者叱曰："光棍乃欲诈人，当送县。"令壮士缚三人，禀钱塘令。于是两相争执，数旬不决。有解纷者，权抵旧衣一箱，偿以数十金而结案。此可见司典之才，不易承当也。

佯为不知

延师最难，凡师寝食交际，并同门饮馔溷滆，皆须周匝，勿使有欠阙处，才尽弟子与主人道理。有一等才短，捡点不到，有一等佯为不知，将错就错。如此怠忽，必无效验。此在内外各宜加意，有不贤之妇扰其中，则掣肘矣。然无内助者，咎终在不克，刑于寡妻也。

乘凉之弊

夏夜宜早眠早起，无论男妇耕读皆然。常见富家，每晚乘凉，必至夜半，次早便不能起，废时失业。甚或顾人唱小曲盲辞，诲淫诲盗，其弊无穷。吾乡蒋氏，尝因此波及中构，不堪见闻，为家主者，置之不问，如醉如痴，良可哀也。

修庄引

丙辰秋，观涛叔至扬州，与太占理论旧存修庄一项，而无据，乃伪造一账，将呈当事，太占不得已捐银一百两，君翼哥卅两，钦陶侄卅两，共百六十金，存为建祠之费。昨偶阅书簏，得修庄小引，并原账一本，乃先伯兄夔一公亲笔，己未六月六日付钦陶收藏。

痴丐妄言祸福

一生归省，扣之，则痴丐语之曰："六月初九在斋有难也。"余不觉失笑，汝亦痴耶，奈何信之。未几连夕有放火者，邻里救熄，不知主名。予曰："此必痴丐，彼盖沿门妄言福祸，或与之金钱饮食，此福消受不起，于是举火以实其语，自取死灭。"如杨国忠日望禄山之反，以验己言，又安知国亡而家亦破哉，然其罪终在用国忠者耳，人言无贵妃则无禄山，又安知有明皇而始有贵妃哉。

屣万乘其如蜕

北山移文，屣万乘其如蜕，观止蜕刻作脱字，注云："言视千金万乘，如草芥脱屣也，不知蜕叶上外，言敝屣万乘如蝉脱蜕也。"蒙师据此授徒，岂不误人，故子弟入学，韵学为先。

识字乳母

海昌陈氏，儿有知，必雇乳母识字者，日每识十字，则与乳母十钱，以次渐加，故五岁即能诵经书，每一儿延一师，修四十金，四时服器亦归师，师儿前不得别置书册，朝夕与儿解说字义及古今事实，故五经早通，能文，取科第如拾芥。今富家吝修，或两家轮膳，甚至包徒包膳，种种鄙陋，欲子弟之有成，得乎？仅以科第勖后人，何尝不陋，而聚精蓄神于延师，则陈氏迥超乎俗矣。

巫医

无恒不可以做巫医。古之巫医也，若今之巫医，皆由无恒做成。始而为工为商，或处馆，总无常性，无以糊口，流而为医卜星相，九流之徒，自欺欺人而已。

墨池底穴

殷文圭，墨池底为之穴，其攻苦可知，干宁中及第，后乃事杨行密，不知所读何书，大约专事辞章，不矜名节，文人通病，非特今八股生也。

续近鉴

杨园《近鉴录》，初谓称人之恶，似邻于薄，不知此救世之心也。春秋诛乱臣贼子，所以继王者之迹，先生训子弟，劝善不从，则纪恶以惩之，岂得已哉。愚意将续数卷于其后，以为门下针贬，知我罪我，听之而已。

汪孝子

广陵汪应唐，字善长，父临殁，呼诸子曰："孰能继吾志者，吾死瞑目矣。"问何所托，曰："吾志在周穷恤匮，乐善不倦耳。"次子应唐曰："此事儿能任之。"于是修学宫，及平山堂，诸道路、桥梁之废坏者，费亿万。戊午岁荒，赈饥又十余万，其余药局、蚊帐、冬衣、棺槥，又岁费若干，而自奉颇俭朴，藏获不令衣帛，自有盐商以来，一人而已。故群呼曰"汪善人"。自余论之，克承父志，虽谓之孝子可也，然平山堂游观之地，及老佛庙刹，亦滥及焉，非质美未学者乎？得贤者导之以正，如儒先诸书之未刊者，梓而传之，其惠不更大乎！

施棉衣，背有一大印，入典则不受，想夏帐亦必有记验也。

睹病

俗呼胃为睹子，一人患心痛就医，医者诊其脉曰："此病在睹也。"当服平胃散。病者瞿然自悔曰："吾病实由好赌，夜以继日，积久成此症耳。医者殆托言以讽乎？"遂自誓戒赌，不药而愈，去而学贾，寸铢积累，遂成富翁，临殁，以此垂戒子孙云："百病可药。惟赌病不治，尔其慎之。"

跃鲤沼

南门岭，廿年前，邑令命工拆垛，中有石题曰“跃鲤沼”，此必元代富家园亭中物，筑城时，随料甃叠耳，徐叔明云：“风水说山，有鲤鱼跳岸一语，莫非汤公所按，其旁有庵，乞书跃鲤灵栖以表之。”余固却之而止。

说而不绎从而不改

子弟顽劣，或中有一二转头者，反成大器，惟有一种阳奉阴违，不死不活，极难医疗，说他不才，他有一个说一个从，讨你欢喜，要他更新，他只有个不绎不改，咬定牙关，使父兄师长，无计可施，为之缩手悼叹，人家有此子孙，家运可知矣。

麟山第一泉

吾城号临山，余以远近有龟山、龙山、凤山，独无麟，因改临为麟。而南山之麓，有泉清洌，邵子天章，属余大书“麟山第一泉”五字，磨崖显刻于泉侧，好事者咏诗成帙，他日续修卫志者，慎勿遗也。

虞集丧明

伯生诗文，元代可推作手，然当顺帝之立也，以旧诏有明宗在北时自谓非其子一语，出伯生手，逮之江西，以皮绳拴腰，马尾缝眼，夹两马间，至则呈文宗亲改诏，得释，两目由是丧明，不复能楷书，出处不明，急求荣进，身名两辱，非前车之鉴乎？

蒸土

赫连勃工蒸土筑城，刘贡父云，非釜甑熟之也。北方土工，用春首聚土，阳气蒸发，用筑则坚牢，特甚故耳。余谓不然。蒸土即今三和土，也以化灰为主，其气蒸勃，故锥不能入，否则南方之土腻于北，不更可以筑城乎，而又何假于石也。

都都平丈我

《西湖杂志》一人过村学堂，闻学究训童子，不解何书，视之则郁郁乎文哉，五字皆讹也。因曰：“郁郁平丈我，学生满堂坐，郁郁乎文哉，学生都不来。”雪渔述以告，余不觉抚掌。五字皆讹，惟陶集“刑天舞干戚”耳，不意村塾有此谐语。然今之时髦，墙庑不能容，而一二好古之士，及门人数人而已，则都都平丈我，因有命耶。

夏裙

金复庵先生当暑，或在外斋，则衣绨衫而已，倘有事入内，则袴外必加绤裙，恐新妇在厨也。凌渝安先生身肥伟，或晚凉始去衣冠，大暑夜坐，或并衫去之，前辈守礼之严如此。

无子出

七出条无子出一项，本乎天，似不可例看，必无子而兼妒者，虽顺父母，不淫不窃，无恶疾，而寡言，所当在出例，何也？重祖也。夫可得子，受制于忌妇，而不得娶妾，遂致斩先人之血食，其罪与不顺父母等矣，虽欲不出，得乎？

大字三弊

吴鼎臣尝谓余写匾额大字有四字诀，“地无寸白”，不知此四字，正犯俗字。大约大字有三弊，栲栳灯笼招牌是也，菱角方正为号栲栳，密簇浑雄为号灯笼，匀妥冠冕为写招牌，三项皆地无寸白也。流俗用米砂摆列增损，及检古帖中字，灯影借小为大，皆可怜，总要成竹在胸，一挥而就，灵而不滑，板而有致，老而不浊，毛而不野，斯为上乘矣。张次亭留耕堂，窘态百出；郑寄亭德蕴堂，绝无雅趣；许醇夫静愉斋，又落米派，躁而不静，大字之难如此。

地裂

陕西宁府地裂，杀人无算，有客行道间，见前队有陷裂处，人马止余半截，大骇而反，为阮兆文面言之，此真大变也，河南四十七州县水灾，犹其常耳。

骆宾王令终

裴行俭知人，断王杨卢则是矣，至宾王与徐敬业撰檄讨武后，虽不幸被害，未尝非令终也，或曰："逸而为僧。"未尝不令终也。则又非知春秋之义者矣。

先母论朱寿昌

先母闻梓读《小学外篇》，每令讲解，至朱寿昌迎其同母弟妹以归，笑曰："朱公此事太过，迎母归足矣。弟妹是仇人所生，何用理他。至买田宅居之，尤不是。与自家亲弟妹，有何分别耶？想他亦是读书不透耶？"梓对曰："此所谓观过知仁也。"呜呼，先母自幼初不读书，而见解透彻如此。梓之占毕一生，茫无知识，不可愧可痛哉！

墨笔床

书几置笔床墨床，不知者以为饰观，等于炉篹瓶座，非也，墨最能污物，置有常所，则人皆知而远之，一友属题手卷，徒近觑者，误污其背，皆无床杂置几上误之耳，古人制度，一物之微，岂无谓哉。

牧羊者杀败群

邻人洪郎采沼，少孤，年十五，而骂母，狂悖不可言。门人施生收之为徒，余数规之曰："牧羊者，杀其败群，此等习气，可使诸生渐染乎？"嘉木以修厚不忍绝，所谓驽马恋栈豆也，大凡交友受徒，大故当绝，终以不孝不友为断，无可迟疑，亦不须仇怨也。

火销膏

董子曰："积恶在身，犹火之销膏而人不见也。"恶有阴阳之分，阳恶人犹见之，阴恶外人皆称为谨慎方严，实则见利争先，占尽便宜，其心思极委曲，其踪迹极诡秘，彼且自以为得计，不知元气日就剥削，良心日就澌灭，渐堕于鬼蜮之窟而不自觉也，哀哉！

半伦

亦亭尝谓余曰："五伦今惟半伦存天壤间矣。"怪而问之，则曰："不敬不忠不孝不弟不信，独有父之爱子，无人不然，无物不然，非半伦存乎！"余笑曰："如子言，则并此半伦亦澌灭久矣。果爱之，则必牢之而后成为慈，禽犊之爱，谓之半伦可乎？"亦亭为之慨然。

要亲

父母指腹为婚，后女家贫而女丑，父母悔之，欲别择妇。子乃伪痫，以鬼神语胁其母，遂复缔姻。虽非正道，然能使亲不怙非，亦权之近似者，第不可为训耳。

堂额不用款为是

沈雍芳构大厦，未竣工，售与陈南光。顾秀章竣宇雕墙，身未殁，售与杨氏，中有世德堂额，系程鼎臣书，用单款，大有意，天地一传舍耳，何必据为己物哉。有德则奕世犹兴，无德则二世而亡，取义亦明。

饮茶无害

华佗《食论》云："苦茶久食，益意思。"又《神农食经》："茶茗宜久服，令人有力，悦志。"流俗乃指为消伐，绝口不进，过矣。夫嗜欲攻取，有百倍于此者，独弗之戒，而致慎于苏渴雪烦之佳品耶。况膏粱厚味之毒，得茶而解，无痈疽之患，为益正不少也。惟精究中冷，细尝玉叶，流为陆羽庐同，则为玩物耳。《天中记》云："凡种茶树，必下子，移植则不复生，故俗聘妇，必以茶为礼，义固有所取也。"按此与奠雁取雁不更匹之义同。

张千载义士

文文山友张千载，文山既贵，屡辟不起。及文山兵败，往燕，千载随行，密寓囚所，近侧三年，供饮食。又密造一椟，文山遇害后，即藏其首，访知夫人在虏中，使火其骨并椟南归，付其家安葬，非千载义士乎？彼其襁褓命名之日，其尊人想早以远大期之，名称其实，非特义士，可谓孝子矣。

曹师吉不友于兄

师吉业儿科，兄驭苍，疗一痘。五朝，复延师吉，师吉熟视所服方，曰:"大误矣。"其家曰:"即令兄笔也。"师吉曰:"彼恶知，我读书几五车，故斗胆应酬耳，此症不起矣。"阅数日果死。其人遂执弟言罪其兄，驭苍受辱，几涉讼，然不敢与弟较也。以此知萧蔷御侮，犹是古之兄弟，今则萧蔷时有外侮者，即挟外仇而自戕其骨肉矣。世道至此，可伤也。

衍圣公

杨宸垣云："孔子世家，今子孙第一无礼，一女嫁陈公（讳世倌）幼子，每以供给之薄，衍圣夫人徐氏，时欲率婢仆登门打骂，盖托至圣余荫，富贵而生骄淫，即此一端，可概其余矣。"

俞兆岳少宰

兆岳，年十二，过江西赣关，逻者需索过严，慨然曰："吾他日抚江西，当使讥而不征。"晚年果为中丞，先是关税十五万，抚军复额外进羡余五万，凡乡人一粪船，皆征之，俞乃上疏捐税十万，言利之臣，遂进谗谤，朝廷佯升为少宰，而遣人籍其家，仅二千金耳。公在狱，自负爱民获罪，发愤而卒。朝廷虽雪其冤，已无及矣。公在署，不带妻眷，止执事者八人，继之者岳忠琪之子，从者至五百人矣，税仍十五万云。

贤者过之

妻死，客来吊，夫拜之，正也。然年耄，令子若孙罗拜，而已不与焉，非礼之变乎？张子莘皋年七十，病足，不以老废礼，可谓贤者过之。

杏不更嫁

沈叙思赁孟氏宅，手植杏树，高数丈，花时烂如霞，结子大而甘，一夕忽梦红裳女，再拜谢曰:

"妾蒙君栽培，今当更地主，誓不再嫁，故奉别耳。"叙思觉而省之，殊无谓也。未几，宅转售徐氏，沈遂他徙，杳经三春，今不发一花也。噫，草木有灵，彼醮二夫仕两朝者，何颜哉！

孟皮

金子方行问"大宗不可绝"。孔子生伯鱼，当承祧孟皮，伯鱼死，子思当承重，当时门人不一问及，孔子亦不言，何也？余曰："此事先儒所未发，然以叔梁纥娶颜氏时推之，则固以孟皮为废疾，置之不论不讥之列矣。不然，南容翁婿之情，虽号谨言行，独不可以此大义质之夫子乎？"叔梁纥娶施氏，生九女，妾生孟皮，不良于行，古人重嫡，孟皮妾所生，而病之，度求婚颜氏时，施氏已殁，故颜氏为继，娶正室而生孔子，固有大宗矣，此孟皮之所不容继也。

宋苏子由《古史》载，孟皮自有子孙。

贾琼妻韩氏

巴陵女子韩希孟，魏公五世孙，嫁贾尚书子琼，岳州破，被虏之明日，以衣帛书诗，自投于江而死，末曰："借此清江水，葬我全首领，皇天如有知，定作血面请，愿魂化精卫，填海使成岭。"长兴州判官沈某，托亲戚刘光履求吴兴赵子昂书，光履诺而未言，一夕梦一妇人云："趣为我求书。"庶因大人君子之笔，发扬幽愤，赵闻而异之，子昂序云然。梓按，韩乃烈妇，宁有借失节王孙以传者？此光履假梦乞书媚之耳。赵便假烈妇以为重，谓烈妇尚以我为大人君子，虽腼颜仕虏，无害也。呜呼，可谓不知耻矣。

《存古约言》

吕维祺，字介孺著。公河南新安人，李贼时殉节，谥忠节。卷一敦本闲家厚俗，卷二冠昏丧祭，卷三服式宴会交际揖让柬札，卷四士大戒训士三箴，卷五康节孝弟诗解，卷六署门七则，广七则，附沈龙江（讳鲤）先生垂涕忠言。曾孙守曾，今为嘉湖观察，属衢州司马黄君刻，中有国朝奉旨圣朝钦定等，皆顶抬头，曾孙自为跋，亦仅书□□□□□□，而不书□□□，皆古道也。使见之，必以为伤时矣，此书首条说孝弟为仁之本，作人字解，应首句为人，明背朱注，其论诚身毋自欺处多，论穷理处少，微近阳明一路，然能敦行家礼，恳恳以复古厚俗为戒，诚叔世之良剂也。卷三载赵侪鹤为总宪禁约四六，其略云："自万历乙亥结发薄游，士大夫书札往来，直抒情素，鲜有用四六者，当司理时，座主为相，亦以散书闻问，亦未尝以为不恭也。今天下亦多事矣，饥殣洊臻，贼民四起，不知将来竟作何状，谓宜专心戮力，以济艰难，乃易散书为四六。失火之家，犹作巧趋细步，余窃惑焉。又曰："何以知世之乱。"在位者神识昏愁，若有物焉以凭之，而使之举动颠倒，一人若此，则必有祸，人人若此，未有不乱者也。今之人亦可谓颠倒矣，寇侵地削，群盗纵横，至危也。而更玩愒，囷窌塞虚，闾阎萧索，至窘也，而更奢侈。夫戍妇寡，人号鬼哭，至惨也，而更淫乐。此皆甚可骇异，即四六启之事，亦足以见其一端矣。无论纷拿多故之时，不暇作此。虽使天下平康，文恬武熙，亦无所用此为也，其以为敬乎，则章奏宜用之而不然也，乃用之竿牍何也？吏隐而高才者，第以为游戏，然必以颂美为主，精工之极，即谄佞之极也，不能无坏心术，其倥偬无暇，及不能者，仓卒求人，所求亦未必能，剿袭饾饤，声拗而文拙，加以鲁鱼帝虎之讹，举烛飏版之谬，献谄适以受坎，故山人游客之能者无不入幕，若蛣蟹之相依，往往寄顾金钱，不肖者至与之通贿，损官方而污吏治，其害岂细哉？诚知四六之所以可废，自兹而类推之，尽去颠倒之见，而得其本来之心，玩愒也。而知惧矣，奢侈也。而知慎矣，淫乐也，而知忧矣，以其四六之心思，用之以出至谋奇计，以其养游客之金钱，用之以礼贤人君子，同心匡社稷，戮力救生民，功成名就，使大雅之士，如吉甫奚斯者，歌颂美盛，勒金石而流管弦，岂不伟哉。余平生最憎四六，读之为之爽然。

俞盟千葬三世

三世不葬，至盟千以少年书生挥千金，择地营兆，每事从厚，人问之曰："何太挥霍？"盟千曰："天下事有大于此者乎？"可谓知本矣，惜其徒从世俗砖椁，而不讲于灰格之法，则不学无术也。

子嫁母

农家朱氏父死，而再娶之母不正，前母子三人，相与谋曰:"母以产厚不肯嫁，乃纵侄烝淫，岁生一子，必去之乃佳。"乃与媒氏定议，使伯主婚，将嫁之。母觉，怀刃而卧，子一夕佯他出，令新夫家率十五名健夫，排闼入，母操刃而起，为众所缚，置舟中，及岸，鼓乐导之入，母大骂不从，众亲属劝之，大哭。新夫和言谕之，将达旦，乃强拜成礼。母家鸣之官，官谕和解，事遂寝。此衰世之事也，凯风母不安其室，七子作诗自责，使凯风有七子而门内有所私，崇不嫁之名，而内乱家法，七子必更有防闲之法，置母于无过之地，岂忍以盗贼待母乎，吾故曰此衰世之事也。

《古夫于亭杂录》摘抄

王阮亭《古夫于亭杂录》云："画家图古人图像，冠舄衣褶车服之类，必考时代，一有舛讹，后人指摘，诗赋亦然。"宋史绳祖学斋，占毕称杜牧"阿房宫赋焚椒兰也"句不可及，六经止以椒兰为香，若沉檀龙蔚，出于西京以后，近人作《婕妤怨》《明妃曲》，引用梅桩莲步，此齐梁间事，汉宁有之？故知作诗贵考据典故，乃不贻讥后人。

山谷诗"青铁无多莫铸钱"，盖指仁宗庆历初，诏江、饶、池三州铸铁钱，扰民而发也。

请封赠本生父母，始于李文正昉，请封赠叔父幼时抚育恩，始于王沂公欧阳文忠公，此宋朝忠厚处。

马嵬，人名，于此筑城避兵，因名，见景安征途记。

《中州集》并州评云："直于宋而太浅，质于元而少情。"最确。谢在杭（肇折）与友张秋戊巳山。酒间征古来干支命名者，子午谷，丁戊山，丙穴，而不及丁卯桥，癸辛巷，汉宫之甲观，吴兴之癸亭何也。

坡句"试扫北台看马耳，不随埋没有双尖"，或谓马耳山名，非也。王晋之与霍辩雪夜对谈曰："看北台马耳菜何如？"左右曰："有两尖在。"

顾亭林笔除辨，确当不可易。

唐初削平群雄，杀窦建德、萧铣，而赦王世充，宋太宗忌李后主赐牵机药，必置诸死，而赦穷凶极恶之刘铱，古今刑章之失，未有如此之甚者，可慨也。

学古人，勿袭形模，正当寻其“文外独绝处”。

七言歌行，子美如《史记》，太白子瞻似《庄子》，山谷如《维摩诘经》。

《元白长集》，皆有老刘，白谓梦得元，谓太真，非一人也。

十二月初三

是日俗呼为拗猫日，他月初三晴，则主半月之晴，独此日宜雨，非特主半月晴，并可卜明年之丰歉，愚自来历验晴多雨少，可知天运之未□也。

梅鱼（丁丑）

吾乡称梅、鲻二鱼，其实梅鱼之外，无鱼也。鲻肥而肉不活，直如泥耳，犹之黄甲之鲜，安能及河蟹哉？文起八代之衰，所辨在松实死活二字。

蒜

本中国所有，大蒜则出之外夷，故大蒜曰葫，小蒜曰蒜。汉闵仲叔，节士也。不食蒜，周党怜其太清苦，故遗以生蒜，谓可助滋味耳。杨园先生《农书》，以蒜苗一丝瓜一叠瓶中，作腌菜，下粥饭，亦处贫之道也，犹之阿魏，可以秽治秽，夏月秽气多，食醋蒜，亦此意也，凡物随土宜，何必太泥哉。

省愆

虎山三家，待我太隆，早知有祸，果一跌几死，自此以来，每日若事事如意，必有一不如意事，连跌数次。今午甚寒，济川送酒消闷，薄暮遂失足，口血淋漓，天地间薄福人，只宜刻刻在患难中熬炼，一毫放松，鬼神纠之，赫赫如此，可不敬哉。

夫妇同棺异闻

一乡人娶新妇，次早，新郎大呼救命，舅姑入房，新郎已绝矣，问新妇，泣不言，揭被察之，则新妇以剃刀去其势也。诘新妇，不答。奔告其父，父曰：“此吾女杀夫无疑。”然鸣官，吾两家立覆矣，吾自有法处之，遂趋婿家，亦不哭，惟谓其女曰:“是前世冤家，然你却有大罪。”即召工制大棺，设帷立灵座，然烛，呼其女曰：“汝舅姑欲鸣官，我说是前世事，为汝叩头免究，汝既杀夫，此刻汝当敬一杯热酒，跪夫棺右边，亲手浇他口中，我才赦汝。”女曰：“可。”遂备数有力者，授以意，立棺旁，女如父言，哭拜讫，执酒杯浇尸口，旁力士俱持女臂足入棺，即加盖，多加钉，力士群坐镇之，候棺中寂然乃散。此甲戌事，去漱芳不远，方行言不读书乡人，处此大变，不动声色，而保两家之恒产，不见夷于胥吏之手，而弑夫之罪，未尝不正，可谓村中之豪杰矣。然此父不应有此女，此中曲折，必有奸夫主其谋。呜呼，此齐家之所以难也。

悍妇弑舅

漱芳之族，姑没舅老，子愚懦，妇极悍，舅老病，妇恒诟詈之。饮食不时，尝夜呼茶，不应，渴以虎子便饮尽，嗽不止而死。子妇不哭，买薄棺殓之，一族无敢言者。呜呼，三纲何在哉！

智女异闻

一姊富妹贫，妹女字姊子，后姊渐贫，妹家日起，妹悔之，遂以女别字人，有吉期矣。

迎其姊襄奁具，每纫针辄流涕，女疑之，微扣其故，姨渐吐其由，女曰："何据。"姨曰："有衣物凿凿可凭。"女曰："然则我当从姨矣。"姨曰："母已别字人，奈何？"女曰："姨左近有将产妇，得一血窝儿，吾事济矣。"女遂托故从姨归，以数金得产妇约血窝抱继，至期，女遂雇乳媪与之同榻，故扬声，使母家知分娩事，传之夫家，果来绝婚，于是以数血窝之□令，投呈县间发其事，县主遂拘讯得其情，深敬之，立召乐工，当堂毕姻，一县盛传其事，此某年间某县案也。污己之名，以干母之蛊，而大节无亏，谓之哲妇，亦何忝乎？

骂朱子

天不生孔子，三代以上如长夜。天不生朱子，三代以下如长夜。此定论也。乃天地间从无骂孔子者，而阳明以后，竟有秽语骂朱子者。吾生以来，所闻者二人，所见者三人，亦可怪已。耕余云："毛奇龄在虎林富家夜饮，席间偶论《大学章句》，大骂云：'朱子是猪畜生。'末座间周秀才名敬，字轲云，怒甚，遂手指毛奇龄曰：'汝岂非猫畜生乎？'遂各散去，周以是得狂名。"又有谢世济亦翰林，亦别作《大学注》，骂朱子，至所目击，则新溪之张秀才翊清，字恭望，别作《五经注》，大骂朱子。于梅里有周秀才，字蛰斋，亦自注五经。今于吾姚，则有孙表千，亦秽骂朱子，自注五经。呜呼！天不生阳明，保终此天地必无骂朱子者，此千古之大变局也。此等语，使对蛰庵先生言之，必相对而哭。今安得此人哉！

因小失大

此俗语，极足警省，忆庚戌馆静愉斋，或送糕四包，一时不寄归，恐其蠹也，以火炉烘之，改诗健忘，闻焦臭，亟视之，几然匣矣。此时主人停入棺未殡，先生之罪何逃乎？此所谓侥幸而免也，总是不敬之故。

阴寿

世俗请羽士诵经，非礼也，亦妄费之一端，然推其因，亦有功于俗人，盖远者人所易忘，而能使之不忘，其子孙昏愚不肖，而犹知某祖某宗之三周十周，而追溯其形容行事，家人妇子瞻拜。噫吁！便是追远之孝思民德之所由厚也，若饥寒无告者，其七十八十，不能称已殇，其死时之朝夕奠，缺焉不举，而何暇及此虚数金之费哉。此一节，好县官禁不得僧道也。

子陵照

去秋环绿轩曾拜之，嫌太清削，今观福相大倍，手笔不同如此。先生寿八十，此殆中年风采也，布衣享万古之名，气节冠一朝之首，福量何等，庸画史仅以林和静一流处之，藐乎小矣。余欲题一诗，猝不能就也。

题合锦画

艺林书画，虽大家不能无一日之短长，惟装演家设为合锦，去瑕存瑜，便为全璧。古人诗云："笔补造化天无功。"绘事亦有之，雪渔存日，余尝与之论衲笺之妙用，亦犹是也。雪渔大然之，故平生笔墨存门人笥箧者，多出雪渔手装池，经久之敝，至今自反，亦负疚良友之一端。忆巳未九月，坐蕉轩，月下纳凉，雪渔言："吾人一生，立身修行，能师此意，去短集长，片善不遗，织恶必除，虽为完人，何难哉？"余起一揖曰："谨受教。"余明年归定泉，持身接物，一以雪渔是言为严师，勉勉循循，幸而得古稀寿，自反一一无愧，可以得见古人大幸矣。不谓雪渔先我而去，已历三秋，余今年已虚度七十有五，追叙往事，宛然梦中，想念及此，岂不痛哉！

失人失言

阳明之为异端，凡学者不可不知。吾党之怜惜后学，自当夫人而告之，然而材质不同，不容概施也。吾平生二悔，一则失言，汪梅津不可与言而与之言。一则失人，鹰青山人可与言而不与之言。冥冥之中，负此二人。归故山，拟与雪渔极论此案，而不一面，相隔幽明，悲哉，何以为情也！鹰青书中，从不论及阳明，然观其得意之作，“寂以会众妙，淡然间至今”，“松雪横一杖，花雨洒诸天”诸句，大抵皆阳明之旨也。安知其非误以为阳明与紫阳同原而异派者乎？学问疑似，不得心服之友，昌言极辨一番，安知不阴中毒以死而终古，鹰青为阳明之入室弟子哉。吾负鹰青矣。鹰青有灵，其致撼于古铭，岂特世之仇哉！祝人斋何日北行，当致祭文，焚之墓前，以志吾痛。

宁波人流弊

粗读书学八股出考，便为作幕地步，长随根原，然忽而长随，忽而幕客，变幻无常，惟利是图，不过终身人役而已。其志气卑陋，又观其人亦不顾廉耻，去台州人多矣。吾姚之风俗，坏于宁波，浅见者反以为叨宁波之惠，过矣。

瓷竹器喻

邻叟工织，能娶勿娶，余论以无后为大，叟笑曰：“有累为大，吾愿为茶杯，毋为菜篮，杯堕地即休，充其极，杵灰佐漆耳，篮则日久拖沓，声名狼藉，尝登厕，见篮片隐隐有字，挑置河侧涤之，似‘燕翼堂’，燕去首，堂无土。暴干，付炊炉，犹有余臭也。里中一州同，武断好讼，败家，子呆孙痴，旦夕将为僧，一州别驾，负文武才，致富，幼女饰粉黛，为少仆所乱，一孝廉子哑，媳娶宦家，鄙其夫，有外交，丑声彰闻。一　媪七十余，昨坐我室，述先夫走扬州时，击鼓作诗，每鼓一下，音绝成一韵，无匹者，尝许我制大红哆啰裙，我谢无福。噫，岂料今日两儿俱死，母无完袴哉。此类闻见，不胜缕述，公劝我娶，意良厚，不知老僧早摸着鼻孔也。”余闻之，为感叹，不识字人，能见几，类昌黎说圬者王承福，作瓷竹器喻，以贬世之食焉，怠其事而得天殃者。

常性

人要有恒心，即所谓常性也，此亦是气质之性，由学问来，即是本然之性，若不肯学问，到天理上无常性，到人欲上偏有常性矣。小儿读书极懒，学打牌，便终夕不倦，何尝不是从吾所好，却有人禽之判，故曰“有恒者不二其心”，此当以节妇为譬，才有二心，必不能终身不变矣。

磨墨

侠峰案头，墨多不正，予谕之曰：“即此可见汝心病，心不正则墨不正，非细事也。欲速助长，心粗气浮，即此方寸已扰扰，况欲其临摹得法，构思精细耶。”问何以治之。曰：“磨时当默诵云：

‘必有事而勿正心，勿忘无助长也，则不期正而自正矣。’”侠峰行之终日，大喜曰：“凡事有秘诀，非虚言也。”孔子云：“执事敬磨墨，其一端耳。”

任性（以下七条皆慎余堂塾约。）

杨园先生幼时在陆先生斋，主人出李，杨园不食，问故，对曰：“素性不喜欢。”先生正色曰：“奈何任性？”杨园从此，日从事于变化气质，遂成大儒。余尝语嘉木曰：“汝性太洁，亦是偏处。每至人家留饭，举箸辄谛视，似嫌中馈未精，使主人何以为情。”嘉木悚然，锦书今年至吾家，每晨不食粥。余语儿子曰：“如此荒年，米升三十钱，贫家薄糜，终日不可得也，凡事何可任性。”三月过天元市，佩润来见，数数向术数之学，亦是任性，克己须从性偏难克处克将去，如何以水济水。圣人言义不言命，此句细恭，便是对症剂也。

记遍

天地间不过“理气数”三字。如圣贤之书当读，以之明善复初，理也。非有精神则不能读，气也。非千遍万遍则不熟，数也。如制佳印色，有上等朱砂有好油而研之不至四日，总未精粹。朱子说未熟快读足遍数，已熟缓读思理趣，稍稍硬记，滋味不浃洽，如何得效验耶？前人云：“读书千遍，其义自见。”岂欺我哉？

作揖

揖以致敬，人所共知，自吾张北湖论之，揖以克己。三十年前，尝默语余曰：“生平丑态，非知己不敢言，少年嗜欲不能制，尝得一捷径法，忽起一念，正衣冠对圣贤书恭揖，一而再，三而四，则邪念顿消，故曰敬胜百邪，庄敬日强，安肆日偷，只是此理，持其志，无暴其气，孟子可谓要言不烦。”

早起

人常言无事不妨晏眠，此大误也。即早起是一大事，躬行不怠，当勉之终身，除非有疾，不妨将息，疾止复故，乃常道也。若彻夜不眠，勇猛精进，又是违天，如邵康节先生并无六旬之寿，亦自取也，冬不炉，夏不扇，非已甚耶。

小学

此书既冠者，亦当时时熟诵，即垂白之年，亦当三复，与后生日讲论践行之。

《近思录》

四书之外，此第一要书，更参看《文语纂编》，以尽其蕴，则终身受益无穷矣。

学诗

诗以理情性，故切于日用之实。今人只是取科名，便应酬，故以为务外。岂知兴观群怨，事父事君，鸟兽草木，孰非陶情养性之资乎？其法则发端于《文选》，充养于韩、杜，会归于乐府，以几于三百而已。其大指总归于世道人心关系为主，区区嘲风弄月，何足道哉。

学书

人品高，书法古，二语其大纲也。今之能手，箬林御帆，亦庶几矣。赵董不足言，予宁所驱益下，不必核其品，仅取其貌，则拟山居，然汉魏□家白眉无出其右者矣，紫阳曾舍鲁而学魏武，今人节取拟山，亦何嫌哉。

勤抄

余门下张学川及从子朗风，极爱余草书，予赠之手书《宋诗钞律髓》摘句，语之云："汝第录副本易之，既别十年，杳然也。"书促之，羁縻而已，此只是贪懒，振作不起，因无心之过，酿成负约之罪，而百药不疗者也。世之借书而流弊为匿书者，病皆坐此，小小笔墨之劳惮难如此，安望其细绎得此书之实益乎？公等当以二公为前车，得一好书无板者，刻期了之，虽蝇头勿厌烦，即自家不食报，子孙必叨其惠，亦常理也，勉之勉之。

饱食

圣人嫉饱食，以其无所用心也，况今之大歉鸠鹄转沟壑者，统两浙计之，日不下万人，我独叨祖宗父母之庇，日饱升米，当平素三日粮，而所读之书，所作之文，无可刮目，岂不可耻。明人诗："尊前一箸菜根软，江上几家茅屋寒。"念之能无戚然，余婴家难，素餐于此，望诸君及时努力，勿使老人负惭入地，幸甚幸甚。

抄袭

平时文不熟，题目到手茫如，背地抄袭前人名作，此穿窬也，文有一日之短长，偶然生涩，直抒己见，或不合格，转可警省，若以此欺人，恃为秘诀，自家灵府，渐渐蔽塞，将终身为小人之归矣。

尺牍

人或质不近时艺者，且令看苏黄尺牍，拟作亲交往来短札，以简劲为主，亦可渐入古文门径，譬如人学近体诗不就，使之日读《孟郊集》，其造就正不凡也，人各有能有不能，只要用心，千歧万辙，皆可入道。

记性

先兄尝语余云："稼书先生每访友，主人未出，即坐厅上，出袖中小本仪礼读之，其勤如此。"硖川俞友，亦云：稼书先生，到晚年记性越好，此敬之效验也。故曰聪明睿知，皆由是出，以此事天享帝，如一碗水，越澄越清，人只为好动，牿之反复，水无清日，故诿之天禀云："我不幸无记性悟性，皆自暴自弃耳。"哀哉。

三品

邵子云："上品之人，不教而善，中品之人，教而后善，下品之人，教亦不善。"自今论之，尚有一品，下下品之人，教反不善，其言曰："吾平生最恨宋头巾，讲孝讲弟，我本要孝，却因你教我，我偏不孝，男儿有气骨，岂受人节制耶。"此一等人，余亲历过，颇工诗文，颇能强辨，执拗过于介甫，残忍过于曹瞒。天乎，人乎，亦无可如何也。孟子曰："舜为法于天下，可传于后世，我犹未免为乡人也。"是则可忧也，忧之如何，如舜而已矣，非仁非为也，非礼无由也，如有一朝之患，则君子不患矣。

流言

闻流言不信，为好友则可，若外人谤我，正可因此警省，有则改之，无则加勉，则憎我者反为爱我矣，古今来尽有自反无愧，而为人言所诬，遂至九原莫辨者，亦命也。人只患没世无称耳，吾名苟传，岂无好学深思，白我之冤于千古者乎？

澹宁居偶记

澹宁居早起，偶观传经图，伏生年九十，不禁其女面诸生，乃悟马融之绛帐，由此滋弊也。女可宽，况婢乎，况妓乎，后世铁厓之鞋杯，宜其荡矣。君子作事谋始，慎之哉。

人皆遗之以危，我独遗之以安，庞公之言也，后其子焕，晋泰康中，牂牁太守可谓不肖矣，故孝以善述为要，论人品，当以此为本，诗文事功，何足道哉，即自命儒者，希圣希贤，亦妄人耳。

吾友云间周简庵，与余同庚，馆雷学使杭署，自言课子弟，惟多读书，不令早作文，可敬也。其立论主于躬行，儿辈作八股，极坏习气，宜迟不宜早，宜少不宜多，宜拙不宜巧，故余之作诗，亦以为枝叶太繁，尝规之，此吾畏友也，两年阔别，不知近况何如也，人斋五千里外，倘归必渡江见访，有的耗也，馆学使之家而不重八股，亦可见学使之取友必古人矣，他日必有贤子孙可卜也。

八股有一着妙处，能判人之知愚，分士庶之界限，人家子弟至十五岁，教之八股，不能完篇者，即令为工商，援例为府史胥徒，亦是顺天命处，世间师长无知人之明，即知之而固馆不言耳，然亦有枉事，如吾范亲翁，五岁援例，老无所成，则财之累人，又可惜耳。

衍圣公儿生，则乳媪便呼老爷，从幼长傲，故孔氏多不肖子，五岁援例，毋乃类此，此事亦不可为训也。

乙亥六月，先嫂张氏卒于母家，余往送殓。尸旁水缸极秽气，始悟伐冰之家，归而作《冰说》，时年十三，个失去。时业师禹锡先生，谬为击节，梅里一客，遂携去入都。耕余癸卯在都曾见之，云字极丑，文亦不失格也，自笑美质可造，读书不勤，老而无成，地下见耕余，何以对之？后乙亥九月在漱芳，曾与方行言之，有悔悟一页，存遁野也。

君子爱人以德，昨马公所赠仪，诸友各言其意诚，却之反不恭，而严清翁独主反璧，可谓爱人以德矣。予甚感之，于此知澹台未尝至于偃室，未必不叨子贱之渐摩也，朋友一伦，何可忽哉。

无所用心，难矣哉，似勉励他用心，核其实，不然也，世间人都为气质所限，此人非不肯用也，天与之心而彼如无心，虽欲用之而不能也。如武侯《出师》二表，后主虽成诵，仍不解文艺也，鲁哀亦何异乎？但人臣告君，不忍设此想耳，故曰果能此道矣。虽愚必明，虽柔必强，已料其不果能矣，鞠躬尽瘁，死而后已，亦犹是耳，百倍其功，岂易言哉，昭烈之气质，不当生后主，毕竟得母气多耳，人家所以择妇难于选婿。仲弓父贱而行恶，其母必气质清明也，仲弓特不忍言耳。

钦天监中人，多下愚之质，犹之养心殿中制作之工，似上智而实下愚也，外国玉瓶之巧，有鬼工，皆下愚也。以此法例膝下儿孙，则凡小聪明皆非大器可知，知识必系乎义理，故曰义理昭著才完得气质清明八字拆不得也。

立夏方在廿六，而三月七日乃尔燥热，今年收必薄，关系不浅，气候使然，其中所以然，人事感之，非民间之所能言，然天非无意也。

惟中人皆偶然，上知下愚，天必有意而生，关乎家运之消长，亦由乎祖德之浅深，自有莫之为而为者，不可强也。

是其然必有所以然一语，程子有功于斯世不小。知而不觉人犹物耳，人若肯去推求所以然，便可兽化为人，此即是人兽关也。朱子云："梦觉关即此。天生限他作凡民，他自然不设此想，故曰无所用心难矣哉，此所以然，虽上知讲不出，只可意会。"故异端遂入于杳冥昏默，弥近理而大乱真矣，此万古学术之大原也。伊尹曰："非予觉之而谁也，此任岂易胜哉。"故曰："天不生仲尼，万古如长夜。"呼呜，危哉！夕将死而朝无所闻，此老人所以惴惴也。

恕夫曾云："新坑端，尽有佳者，全在主人摩拊，时以手泽鼻油润之，使之纯热，渐有古气，此后天之工也，人过七十外，手鼻枯槁，虽得良璞，对之索然，犹之入肆见古书，无钱得之，即见惠而读者何人，反增痛耳。"

吴忠节公云："堂上有白头子孙之福，向来不识此语之味，今观许生，乃信子孙无福，故致怙恃早背耳。不然，父去而母存，犹有晚母顾忌，何至放纵若此哉？哀哀父母，生我劬劳，故人乐有父兄也，何论贤否哉？婴儿落地三年，虽乞丐母亦至宝矣，观之鸡雏，饮啄不待哺乳，而卵翼之下，自不可须臾离，则知天理民彝之所以然矣。"

史轼钤兄招余午饭，其尊人年八十一，茹斋，叩其故，则愀然曰："先君年九十，吾不能酒肉之养，吾岂忍享子媳之奉哉？"余不觉慨然太息曰："八十而慕者，予于史公见之矣。"

世人刻薄，动言好名，不知三代下惟恐不好名。不好名，则不孝不弟，接踵于世矣，杨园先生云："人若避好名之嫌，则无为善之路矣。"旨哉。

吊丧见孤子服麻马衣，幽湖俗不至此，仍古衰制，犹行古之道也，婚中新人，团领束带，所谓爱礼存羊也，今人谁可与言此哉。

凡丧中素菜，宜草草，不可精致，恐反碍于孝子，有名无实也，曰以敬客也，亦是爱敬而辟矣。

行吊之日，不饮酒食肉焉，即丧事不敢不勉中之一端，勿以善小而不为，或曰富家经营素菜，较荤更费，岂非吊客累之，皆姑息之见耳。余廿年前，安村张氏丧次，曾与朗行辨之，此人终是惑于俗见，非美质也。

墓祭终非古，妇人登垄，尤不可训，此家法所禁，即新媳不拘也。朗行亦以梓太迂，过矣，势必至妇人入庙，亦不禁矣，何成家法耶？

小儿缔姻太早，常有双夭者，女家请合葬，断不可从。徇殉情苟合，违礼甚矣，愚尝语友人作令者，民间无知，官当设禁也。自绅衿始，无不行矣。慕迂之弟犯此，余谏之不力，颇负惭也，此失在从亲之令耳，事亲知人知天，道理本是一贯。

鹰青山人素兰花对之有作，高天下清露，表里湛空碧，众草凄无聊，孤芳乃新坼，独立一何远，幽香竟谁即，夜久秋烟深，湘云淡无迹，抱情虽自足，凉风动萧索，极浦渺微波，佳人未易隔，异体而同心，相期守贞白。山人自方坡翁，以诗品之，诗字当在坡上，不知后世子云何如也。风尘之外，神交得此良友，古民何幸乎！吾与雪渔九原，当自慰耳。

或问鹰青诗，所造何境，曰此今之骚经也，唐宋人中无足以方之者，况阮亭、牧斋、尧峰、秋岳辈耶？此吾与雪渔之甘拜下风者，雪渔二子不肖，有数帖不能守，今归吾门下浒山门人冀九三，真宝物也。

山人有尚史，恨不及见之，不知其本领何如，由诗测之，或与吾姚江之良知未打破耳，此一事悔不从书问中扣之，吾心所耿耿也。

高明人于阳明一路易染，此最可忧之事，当壬申、癸酉之间，悔不《杨园备忘》寄之，山人有一坦满洲人，住通州，曾到扬州也。

山人诗，如不食烟火人，吾每咽之，如入桃源中，饷渔郎饭菜也。即以书法论之，钟元常、王逸少二人兼顾之，当代一人，岂待间哉。欲读此公诗者，非去面上三斗俗尘，不可见一字也。

墨蛆，诗题之极有趣者，尝寄雪渔和稿留五车，竟不及见也。好友为性命，先去，则身未化而性命已亡，可哀孰甚焉。余平生有三友，耕余、鹰青、雪渔，以一人而兼之者，莘皋先生也。今皆游地下，更何颜戴天履地乎？近来粥饭无味，此将死好消息，吾甚喜之。

余昨往张巷，道中菜花极盛，然不是有一花结一子也。在花之下，别生众荚，荚中孕子，于此可以觇天地好生之心，颇有自立一局，出于常法之外者，植物之类居多，如西番莲极奇也，造化亦有游戏处，此天地之所以为大也，西番可以无此花，而天意亦曲狥其意而是称其幻，此造化之所以为游戏也。噫，由此推之，深山穷谷，无名草花，有极幻而天心所不及喻诸人者，更何量乎？故“空山无人，水流花开”八字，余每作擘窠书大小幅赠同学，此见道之言也。

放这身来在万物中一例看，“大小大快活”，程夫子此语，点醒人多少。

赵考古有八语：“学圣贤曰贵，畜道德曰富，未闻道为贫，不知耻为贱，身不安分曰穷，士能宏道曰达，得志一时为妖，流芳百世为寿。”此万代不易之名训也。小儿七八岁，当先与讲明，长其识见。

陶诗一日不读，则鄙吝填胸，故当时时置案头。“山中饶霜露，风气亦先寒。田家岂不苦，弗获辞此难。四体诚乃疲，庶无异患干。盥濯息檐下，斗酒散襟颜。遥遥沮溺心，千载乃相关。但愿长如此，躬耕非所叹。”即一诗可概矣，董力民批陶诗，姚肆夏批杜诗，所谓小儿强作解事也。凡人无自知之明，即下愚也，故子贡曰：“多见其不知量。”

吾甲午年与耕余共学左手书，越今四十六年矣。尔时偶然游戏，岂料垂死之七十六叟，犹为少年应酬乎？天下事真不可料，惟素患难，行乎患难，而不狥欲以戕其生，此生顺没宁之道，无子何足道哉？

昭烈君才十倍数语，不知者谓先主笼络武侯，误矣。昭烈之知武侯，不过以英雄待之而已，岂知其王佐才有儒者气象乎？夫嗣主之不可辅，为父固知之矣，万一拘常而不知变，徒使曹丕得之，则又不若武侯自取中国，生灵犹能蒙其泽也，此先主心腹至诚语，人都不见到。

饭蔬食一章，重不义二字。夫子偶见人有不安贫，而不辨礼义而受万钟者，故现身说，以警门人，此与富与贵章一样看，一个不处，一个不去，本浅浅说，人都被“乐”字与章句“浑然天理”四字牵制，去浅取深说，作舜禹之有天下而不与，大误矣。

一砚不盖，鼠溺其中，鼠岂知有方于鲁口，吾故曰：“万物皆是，而人独非。”呼童涤砚堕其半，童岂知有宋老坑哉，吾故曰万人皆是，而我独非，君子反求诸己而已矣，致中和，天地位焉，万物育焉，春秋之世，弑父弑君，而孔子一身，天地自位也，万物自育也，君子尽其在我者而已。

朱君静山，尝云“曲突”二字，相沿之误，本作突乎，声因讹为犬，遂失其真耳。考字书，突字象穴中犬突出，与灶囱无涉，突式针反，音森，深也。一日灶突，其为平声无疑，此亦吾地下未识荆之一字师也，静山精于揲蓍，自云吾年不过卅九，果应。使今日尚存，密迩漱芳，时相过从，静山必更有进境，此亦古民之不幸也。

朱子章句，可以无大过节，不过泛言易不可不学，不可易学耳。据愚见，当别有一种感慨意思在，夫子年已七十，周公不梦，凤鸟不至，觉前此斯人吾与，吾为东周，有道不易，一片热肠，反是知进而不知退，知存而不知亡，与易道相违矣，此无过中之过，无小过中之大过，正言若反，无限深情，韩侂胄时，朱子草封事数万言，陈奸邪蔽主之祸，子弟诸生，更进迭谏，谓必贾祸，先生不听，蔡元定入谏，请以蓍决之，遇遁之同人，先生嘿然，退取奏稿焚之，更号遁翁，遂以疾乞致休，此时感慨情深，与夫子假年学易之叹，何以异哉？天地大气数，大圣大贤，不能挽回，天地变化，草木蕃，天地闭，贤人隐，与时偕行，此易道也。

杂记

苏学孔像剥落，或拟修之。知府林鹗曰：“太祖易太学木主百年，夷倍乃革。今遂易木主，吾何不可？”此见极正。言夷俗者，或塑像，始于元耶？

吾友汉穆云：“自《春秋》论之，内中国，外夷狄；自天地论之，则中国夷狄一而已，但视其人何如耳？”余曰：“天地以物为心，即毒蛇猛兽，一体同视；而圣人则必驱虎豹犀象而远之者，何也？如子之言，则以雎鸠之知别，而尊之为后；以蝼蚁之知义，而奉之为君，可乎？”故不知理一分殊之所以然者，不可与论《春秋》，汉穆儒释一关打不透，宜其如此。无论蝼蚁雎鸠，即使麒麟自言曰：“我不践生草，不履生虫，人不如我，当为人中之王。”有志者遂匍匐奔走而臣之乎？噫！何弗思之甚也！

谢翁尔嘉云：“处今之世，布衣终身是第一等，次之则为稼书先生。”此定论也。故杨园先生云：“在元时，孔子决出，孟子决不出；然今世，无孔子本领，自当学孟子。而或者方之沮溺，且比之于陵，何见之陋也！使沮溺于陵当时，皆从事圣贤之学；即不出孔子，必不外之闵子，不肯为家臣。夫子未尝以洁身乱伦，责之意可见矣。”

古今来极乱之世，自常情论之，武后女主、五胡乱华止矣。至大一统，便以正朔归之，虽贤者不免。呜呼！此史学之所以难言也。方正学、郑所南二公论正统，极可采；有志续纲目者，其精考而论定之。

许月卿，宋亡，深居一室，不言十年，而卒志良苦矣。晚村乃借时文讲学以取利，多言贾祸，相去不霄壤耶？其叙《真山民》诗云：“不唯吴许上通于天，即自命逸民，而以诗文通当世者，视山民才节，亦足愧耻矣。”意指黄太冲耳。太冲固可鄙，然晚村之选时文，亦何尝非通当世耶？是同浴而识裸裎也。至上通于天，止可以罪吴而不可以概许。吴曾仕宋，许则少与忽必烈交，生长北方，不得已而仕元；其学之笃，实在仁山、白云之上；当卒时，又深自悔虚名所累，此岂晚村所可梦见者。而妄议如此，多见其不知量也。观杨园先生、鲁斋两论，可以定千古之是非矣。

余冬序录金之高陵杨兴，宗史不著名，元裕之记其当宋渡江，而著《南龙集》，以见正统之所在，不以身之所生而自好限也，可谓卓识之士。观此可见：生斯世也，为斯世也，同流合污只是自暴自弃耳，豪杰之士岂以身之所生而自限哉！

秦穆用殉之惨，三良以外俱可伤也。然中国有圣人，则此俗可革矣，于戎翟何尤？以夷猾夏，则率兽食人，人将相食，岂特百七十七人哉？

师旷云："天之爱民甚矣，岂其使一人肆于民上，以从其淫而弃天地之性，必不然矣。"此语最形容出天地生物之心，天地之性。不过福善，祸淫无道之君，退贤进不肖，非弃天地之性乎？故有时为急，则治标之法，不忍生民之涂炭，而暂寄其权于非我族类，此固天之权也。圣有圣之权，天亦有天之权，但不可常用耳；常用之，则亦自弃天地之性矣。

汪梅津看元诗，大怪元亡有作黍离麦秀之歌者，谓人心之死，一至于此。余谓人心不死，亦无元矣。大义不明，如随母而嫁之子，父死则亦披衰麻痛哭，免丧之后，追念流涕；人问之，则曰："凡父死者，子必哀，吾何为独不然？"此等人不足恶，正当动恻隐之心。

王令诗"城上牛羊不视人"，前人所未道此诗识也，当作童谣看。令不永年，止为泄天机早耳。后来徽、钦北狩，金元入中原，正是此七字。九儒十丐，不亦宜乎！

祖纳孝于母，王北平又闻其佳名，饷以二婢，取为中郎。或戏之曰"奴价倍婢"，谓以二婢易一奴也。然则臣仆一理，为臣即为仆。使纳却婢不受，不应中郎之召，何至受人侮哉？此孔门有志之士，毅然为汶上之绝也。彼不择人而甘之奴者，其辱遗体甚矣，即曰"孝孝之小者"耳。

今汉人称"臣"，满人称"奴才"。或云"宜之称'臣'"，误矣。满汉之分，亦是体统所系。汉人虽微员称"臣"，满人虽宰相称"奴才"，立法之严，何可假借也？或曰："然则何不并汉人'奴才'之？"余慨然曰："吾非斯人之徒与而谁与？赐也，尔爱其羊，我爱其礼。"

子卿纳胡妇，为嗣续计也；亿翁终身不娶，将得罪于先人乎？曰：非也。子卿一身陷虏，其事小；亿翁则故国陆沉，九州被发，其变大。小者因忠思孝，大者为国忘家，其道一而已矣。

盛衰论人品，不论际遇顷得。施生《嘉木书》云："乌戍唐、钮二君俱入馆选，可谓盛极。"何所见之陋也！吾姚国朝以来，贵显至入相者不乏人；而甲申之后竟绝响，未必非山川有灵，岂当作衰论哉！如人家烈女节妇叠书家乘，正是盛处，祖功宗德积累所至，岂易得哉！不知者以子孙多夭为衰，谬矣。

翟公讳式耜。当被执时，孔有德劝薙发，不可；劝为僧，曰："为僧者，薙发之渐。发短命长，吾不为也。"吾辈今日伟然男子，不能立一人品，建一功业，每读"发短命长"四字，不觉通身汗下。

得友人祝子賜孙书云:“耿耿此中要，当以不悖天为本，在人海中，以天自信回超流俗矣。”然“天”字不可错认，一错认则不悖适悖，不错认则虽悖不悖。说具《孟子》天下有“道小役大”一章，孟子岂沾□？要人不悖天而已哉。顺天者存，存仅如齐景，则存而不存也；逆天者亡，能师文王，岂特亡而不亡哉！世之不忘夫仕宦者，皆涕出而女于吴者也，可哀已！汉昭烈之世，天心已不在汉，武侯佐之，三分六出，非悖天乎？宋南渡之后，河山一角，天心已不属宋，忠武必欲痛饮黄龙，非悖天乎？秦桧力主和议，奉表臣虏，非不悖天乎？宋亡之后，九州归元，而所南皋羽，诸公欷歔恸哭，仁山、白云坚守绝学，不污科第，亦岂非不肯顺天者乎？恨吾贻孙远羁燕市，不及面质此疑也。

寒露前后不宜雨。一人曰:“天不晴，吾欲浣衣，奈何？”一人曰:“雨将坏晚稻，成荒歉，奈何？”一人曰：“不荒则天下太平，天下太平则天下永无太平之日，奈何？”故曰：坐井观天而曰天小者，非天小也。

先儒有云：“吾侪生兮薄于福，敢求全处常尚然，况普天素患难乎？”无论在家在馆，总宜以“免死而已矣”五字存心，淡泊随分，勿萌妄想。所可忧者，唯斯通之绝续先人之血食，后起无人，不能不搔白首而顾影长叹耳。

“入鲍鱼之肆，久而不闻其臭”，是积渐之势使然。如母为娼，子、媳犹心非之；至两代、三代为娼，则子若，孙安之若故矣。元末自谢皋羽、郑所南一辈凋谢，而廉耻道丧;迨雾揭云开，友有杨维祯等为黍离麦秀之歌，此等不足恶，正是可怜。杨园先生云：“还当动恻隐之心，谁使之久入鲍肆哉？”

不衣冠而处，欲同人道于牛马，夫子所以讥子桑也。今时裸裎箕踞，绝不介意，有呵之者，则曰“清朝世界不论”;甚至子殴其父，弟诟其兄，同姓黩伦，亦曰“清朝不论”，此言大可伤也。《诗》云：“戎狄是膺，荆舒是惩，则莫我敢承。”无父无君，是周公所膺也。孟子好辩章从周公兼夷狄点出“无父无君”四字，岂徒应杨墨之乱哉！正见夷夏之防人心之所系也，故下接云“我亦欲正人心”，朱子《章句》又加上“甚”字、“惨”字，其忧世之心益迫矣。

王士元自言，即朱嗣焕，晚村门人，陈鑨、董采、严鸿达奉之极谨，一家终岁之需，皆鑨等赡之无乏。工书能诗，每食鸡子可三十枚，身长微髭，世传长须者，伪也。戊午有无赖挟之起兵，事觉，父子逃窜。妻吴氏，亦能诗;妾瑞娣，媳金氏，名瑜;女铭姑、静姑、安姑。六人者避难长兴朱氏之梅花庄，自知必死，各以针线缝上下衫裙极固，阖户数日；闻逻者至，各自缢而死。邑令见之嗟叹，棺敛厝于庄内。或以土覆之，今尚岿然也。

《石溪闲笔》云：“元世祖虽混一区宇，然以夷猾夏，蠹我民彝，不足以追踪。古之帝王，我太祖祀之帝王庙，以生于其时，曾为之民耳。此忠厚之道，非天下之大义也。”此说极有见识，但“曾为之民”句不及辨耳。此如童子不幸而雇工于娼妓之家，第有痛我生之不幸，岂念其曾为我主而有尊卑之义乎？

《说海》云：“洪武间，一人从母改嫁，刲股愈后父疾。有司以孝闻，上曰：‘后父，尔之仇家也；割父遗体，以愈仇家，是大不孝也。’乃置之法。”此案可以断宋元出处之关。赵子昂宗室仕元，固显而易见者；即元时仕于元者，亦皆委遗体于仇家者也。谓之孝可乎？谓之忠可乎？

“名节者，道之藩篱”，为中国言之也；若就元时而言，则名节不得反以藩篱目之，不然，在元之时，如吴草庐之讲尊德性道问学；在今日，如陆稼书之辟阳明、尊程朱，即可以缵道统乎？孟子历叙群圣之统继以孔子，必提《春秋》作主，朱子云：“此天理之所以常存，人心之所以不死也。若在元时，只讲孝弟忠信而不立名节，则天理之亡，人心之死久矣。”此处辨得不清，亦何由藩篱而入堂奥乎？

许鲁斋，丘琼山贬之太过，薛敬轩誉之极尊，至比之孔子，及张扬园先生两论出，而论定矣。然举“季氏富于周公”一章例之，则鲁斋之出处，杨园尚太宽也。忽必烈以夷灭夏而篡其位，比之季氏富于周公，天地悬隔矣，而鲁斋乃为之陈王道以附益之。幸而忽必烈不大见信用耳，倘举天下而任之，则蒙古之运益长，必不仅九十余年而止也。孔子不曰“非吾徒”，而进之两庑之下，必不然矣。盖充鲁斋之学，实可匡济斯民，果大用之，一变其夷虏之习，而为中华代有令主，民戴其深仁厚泽久而难变，天理愈明；天理愈绝，人心愈归；人心愈死，又何以启日月之明而消其阴翳哉？黄巢之乱，巧工刘万余谓其侣曰：“大寇所向无敌，京师积粮甚多，支持之力足可数年。吾徒受国恩，深志效忠，赤将贡策竭其粮，不二年，可自败矣。”乃从容说巢筑城，日役相夫十万人，计支米四千石钱八千贯。岁余，功不辍，太仓米竭，剥榆皮以充爨厨，而城竟不就。万余惧谋泄，出投河阳李克用，遂克长安，诛巢。夫万余之心，即狄梁公之心也。梁公刻刻事女主，刻刻以反周为唐存心。若宋臣不得已而仕元，能为梁公，虽不死，君子犹恕之。故论元之出处，金、许为第一，郑、谢为第二，鲁斋非宋臣，不必以万余为心，而为圣贤之徒，尤当存内夏外夷之志。幸其速亡，而反夷为夏。虽曰天方授楚，非一人所能挽；而儒者立命，而不言命。俭德避难，可以任运；而存心砥节，岂当随气数而转移哉？鲁斋深于《易》，亦知知进退存亡而失其正者不得为圣人乎？敬轩方之孔子，过矣过矣。

郝经，元之忠臣，然使中国而为苏武，此中大有感慨在。经既仕蒙古，自应尊为天子；而以苏武自期，我辈秉笔，则不可不以《春秋》断之。余读元诗十八首，有一绝纪其事，下笔别有权衡也。

元揭夷斯有云：“以主弱臣强之宋，岂能以数万之金币保区区江南之地？故宋战亦亡，和亦亡无可存之道也。虽曰天数，亦人谋之，不藏为一世计，则中国之人误国之罪也；为万世计，则中国之人助夷之罪也。呜呼！自古无不亡之国，而中国则无绝统之理。”谢枋得云：“五帝三王自立之中国，乃灭于道学大明之日，此宇宙间大变也。《春秋》责备贤者，而识治道者，咸谓上策莫如自治，此愚于宋之亡所以不罪夷而罪华，咎人而不咎天也欤？”夷斯元臣而为此言，非万世之公论哉！明舒芬曰：“宋元之际，道亡义灭，禽兽制人，举天下与禽兽而不以为耻，奉君后以臣妾于禽兽而以免死为幸。斯时也，不有徐公应穮举家不污之义，则宇宙不几于覆耶？使终古知华夏之防而不肯役于禽兽者，公之风盖不在伯夷下矣。”（伯颜入临安，尽俘三官诸生以北。太学生徐公应穮与子乡贡士琦松、女元娘诀。奠岳鄂王墓，赴井死之。

余为作乐府一章表之。）

“谲而不正”，《章句》“攘夷狄以尊周室者也”，可串讲；“一匡天下”，《章句》“尊周室，攘夷狄，皆所以正天下也”，玩“皆”字平讲；或因下“被发左衽”，将“一匡”侧重“攘夷”，非也。末句只就祸患之极重者言耳，意以如此，普天大祸，幸仲而免，功岂小哉？

三代以上，小德役大德，小贤役大贤；三代以下，小役大，弱役强，皆理势之常。然三代上，理为主而势辅之；三代下，势为主而理无权，然亦逃不得理。如秦隋速亡，汉高、唐太宗、宋太祖毕竟宽厚，故享国久。忽必烈能用许鲁斋，亦九十余年。明太祖扫除腥秽，厥功尤大，故三百年而后失之。孟子此数语，千古定论也。孔子赞管仲有仁之功，上帝亦然。生民涂炭之中，有稍能假仁仗义，出民于水火者，则虽非我族类，亦姑使之权摄，以待真主之生。忠臣义士，一时愤激，呼天号泣，几几归罪维皇，以为不仁，而不知上帝生物为心，亦有大不得已为者，所谓急则治其标也。天之所废，必若桀纣者也，非特三代，即至元以后至正以前，天何尝不时时猛省，思复其常。第一番变更，定须残害生灵，故欲前复却，逡巡至百年，必待顺帝之荒乱，而后一举歼之，始大快其耿耿之怀耳。呜呼！天岂得已哉！

顺有道之天易，顺无道之天难。盖欲挽无道之天而为有道，非圣人不能。杨铁崖不知顺有道之天，许鲁斋但能顺无道之天，胥失之矣。

倪高士，或称“元处士”，误矣。元安得而有之？先生盖生于元而非元人也。

宋黄处士公绍，宋亡后隐居教授，可称完节。乃曰：“少读康节诗‘车书万里旧山川’，尝恨此生不见斯事。今四海一家，而余老矣。”此何言也？四海一家，正平生极恨事，反以为庆耶？康节所言，岂谓不分中外，仅取一统耶？

林和靖在南宋不娶，非也；郑所南在元时不娶，可也。观其久久、诸砺等作，国为重，家何问哉？井中铁函，亦是无妻无子方做得成。使所南有子孙，将徐启铁史而观之不肖者。且将售知当世，未有不败露取极祸者，区区心血早为当事所毁，安得流传至今，争光日月哉？

苏武入匈奴，终不左衽，所谓素夷狄行乎夷狄也。赵佗入南越，箕踞椎髻，所谓变于夷也。

范蜀山先生初业诸生时，读杨园出处之说，疑而未信，因取《易》拜之曰：“此四圣人之言，不我欺也，熟诵当别有见地。”遂高声朗诵至天地闭，贤人隐觉寸心劈破，又痛又快，自此易衣冠，逍遥两峰间矣。当时馆陈氏，极熟地，又每试冠军，科第如探囊，一时习染割舍不下，决于《易》而奋然，可谓大勇。昔张佩葱先生之弃诸生也，亦遍阅诸书，数日不决；后乃以崇祯帝手迹赉杨园而始定。此时诸遗老在处有之，佩葱特以身负中才，亦割舍不得。况蜀山之时，老成凋谢已尽乎，故曰大勇。然蛰庵又戏谓蜀山曰：“佩葱时亦带一点秽滓，不知并此涤之，此却胜公一筹。”蜀山有愧色，曰：“先生言是。”

余所见娼优隶卒子孙多聪明，肯读书发科甲；世家忠孝之后，衰替不堪，为善者多绝嗣，强暴者富厚，孙曾绕膝。初以为怪，今安之若素矣。读《孟子》“天下有道”一章，盛衰消长要看天地大气数，彼拘拘说报应者，即不入于佛，亦小儒之见而已。但此一段议论可与上等人说，不可与下等人讲，故曰“君子道其常”，“常”只是一个理，反常者，气数也。当气数变时，既为君子，当循理以挽回气数，不可随气数转。如诸葛武侯未出隆中，早定三分，不要说他正经学问，只六壬一项，如此精妙，汉不复兴，岂有不了然于胸中者？其鞠躬尽瘁，死而后已，一则感知己之三顾，为三代下开出一个出处关；一则与三代下奸雄禽兽，争一个正朔关。此两关，乾坤赖以撑持，凭他气数，屈他不倒，天理常存，人心不死，全在此处。陈寿小儿不足责，温公亦是老实人，理会不到。也有明知故犯，为自家遮掩，终身不说出的。只有王猛，身为秦相，临死说与苻坚是个英雄；又如金源杨兴宗作《龙城录》，不以身之所生而自限，亦是一个聪明人。此外难言之矣。莫说诗文之士，纵使他读书穷理，操存慎独，配享孔庙，实实无愧，这两关终打不过，非完人也。学者参之。

人爵从常论不过公卿大夫，从变说则是槐国翰林、虾国驸马，不得谓之人爵。虽修天爵，人爵从之，不过鹦鹉猩猩颂麟之仁、美凤之德，何所当于君臣之义哉？

或问："元刘秉忠是奸雄否？"曰然，然不如姚枢。枢是金臣仕蒙古，本是丧良心者。蒙古初是一班犬羊，何曾识字？都是中国人教他。枢生于金，是中国，肯读书，又喜读四书，细细讲究；又耻己是个失节妇，必要做第一等人方遮盖得，于是趁杨惟中得理学书于中原，乃与许衡密计，晓得衡是宋臣，也是要做第一等人。于是建周子庙，立一个太极书院。这个大题目不是大奸雄假不得，惟一班蒙古伏地祷颂，便是后世一班小儒，那个不赞。此数公是开国大儒，不然则道统几绝矣。况不如是，不足以速宋之亡。他虽君不君，臣不臣，适有人才如岳文真等；我这里有一个忽必烈，虽是英主，却不识字，唯立太极书院，号召生徒，以收天下之人心，而我的徒弟许衡学术极正，不涉一句陆子静，言忠信，行笃敬，实可以起蒙古之敬服。说纲常不可一日亡于天下，说人心如印板，说学者以治生为急，谁来驳他？一时蒙古子弟遵他教训，居然先生大学规模，那宋朝一角江山自然为我所有。此姚、许二人实大有功于蒙古也。此等奸雄，不但是刘秉忠，三代下当推第一。汉唐宋之君，从龙之佐，知谋之士非不多，有一人以伪王道劝其君，而其君虽不能用，而姑如其所请，虚立规模以收天下之人心者乎？呜呼天哉！

鲁桓元年《谷梁传》云："桓弟弑兄，臣弑君，天子不能定，诸侯不能救，百姓不能去。"三句并言，极是。庶人之权与天子诸侯敌，凡不可以为吾之君，庶人得仇之。虽九州向化，而布衣握三寸之管，律春秋之法，以挽天理于垂绝，救人心于既死，此三不朽之一也。

或问："鲁斋自谓学孔子，而稼书止言一命之士存心爱物，何其谦也？"曰：此时势不同也。许生于壮，本无一人前辈，如赵复且忘九族之仇而晏然苟活，为太极书院长；姚枢不过金降虏而仕元，居然苏门讲学；鲁斋在群犬羊中，索性大言不惭。若明末死节之士，如林其存；而极聪明者，有同郡之吕晚村，十目十手，隐微难昧，其气极馁，安敢自夸？所以只装做一个老实圣贤，但知自守爱民，晚村视之蔑如。故虽极喜骂人，而置之不论不议。若早知今日入孔庙，岂有不痛切言之者？然晚村一生亦坐谋利之心太急，批时文发卖，无暇读书，论世如赵江汉、鲁斋、吴澄、薛文清、吴康斋等，总无定论。据愚见，曹月川夜行烛虽曰不孝，可吴康斋之一出与杨龟山同痛；鲁斋有轮台之悔，稍轻于陆之负伯父，而其泰然以孔子自居，则罪在陆上矣。

与许鲁斋言，言华夏；与吴草庐言，言君臣；与陆稼书言，言父子。此论世之定例也，不然何以使九原心服？

世俗所谓不孝者五，礼有不孝者三，敢问儒者之所谓不孝？曰：亦有五：自命为圣贤而背君父之仇，反颀事之，一也；从亲之令而陷己身于不义，二也；学无惭于幽独而不明乎春秋之义，三也；树藩篱以自卫而徒为口耳之学，四也；密察身心，不失为尊德性，而入于异端邪说，五也。

杨园先生云："罚莫重于绝嗣。"先生初不料己之再世而绝也。总之古今来有常有变，三代以上常多，三代以下变多，岂有天地自家已处其变，而于人物犹能惠迪从逆，尽率其常，井井不乱者乎？然则杨园之盛德而绝嗣，非罚杨园也，天地直自罚而已。

君臣大伦不明，即使孝。友、夫妇、交朋，一一无忝，只算得无齿决。此语许鲁斋、陆稼书都不曾解得。非特此也，即今目前福善祸淫也不甚羞，其实大本源却不曾捉，正是天道也不免放流问齿决。呜呼悲哉！

自反而缩，则此千万人皆自反不缩者矣，何畏哉？然亦有时千万人都是兽，而我一自反而缩之人，不能挽百川而东之奈何？曰：此势也，吾唯守此不可夺之缩而已，正谊不谋利，明道不计功。成败利钝，非臣所逆睹，如是而已矣。

"何事非君"四句只就中国说，形容他任的意思，莫误作华夷千载亦皆人，入"兼爱"一流去。

或问："《八佾》一递皆论礼乐，惟夷狄一章不切否？"曰：礼莫大于君臣，分莫严于夷夏，岂但《八佾》二十篇中此第一节书也。注中"非实亡也"可为恸哭，朱子当集注时，岂料后世竟有实无世界乎？夫子至诚如神，直同谶语，真可恸哭也。

记疑

《小学》记疑

小学无可疑，疑自冒小学为圣贤而入两庑者生也。当蒙稚之年，而讲春秋大义，不几躐等乎？然蒙之彖曰：蒙以养正，圣功也，为圣贤而不端之蒙养，其究也，不特为乡愿。抑且胥天下而为乱臣贼子，涓涓之流为滔天，星星之火至燎原。呜呼，可不慎哉。戊辰人日古民识。

自元以后，凡刻小学必载先儒论说于卷首。于许鲁斋则曰：小学之书，吾信之如神明，敬之如父母，说得何等郑重，何等亲切笃实，其为躬行君子无疑。不知不论世，无以知人。按鲁斋生于宋理宗宝庆元年，年七十二而卒。是至元十八年，厓山之变方两年，文信国公尚未遇害也，使彼明于王猛正朔之旨，及金源杨兴宗龙城录，不以身所生之地自域，如陈良之北学中国，用夏变夷，才为豪杰之士。鲁斋之祖先，孰非宋之臣民，中国有故君而背之，甘心自陷于左衽，神明其许之乎？小学大义，明伦为重。背夏臣夷，且以王道说忽必烈，使之应天顺人，是助夷以灭夏也，且助仇以弑君而伦何在乎？小学根本，以孝为先，孝之本敬身为大，辱父母之身以臣虏不孝莫甚焉？犹曰敬之如父母，欺父母乎？ 欺天乎？吾廿岁时与前辈言，妄倡一说，王阳明阳儒阴释，使鲁斋在今日，亦能辨之，明亦有限也。鲁斋岂不知就宋？则不过一岳公文公，断头剖心而已。为元之从龙，毕生富贵，为一代开山儒祖。程朱嫡传，其利害相去天壤矣。落得推说深明易道，趋吉避凶，茫茫后世，有几个明眼人。非特丘琼山捉不着真藏，即薛敬轩如此居敬穷理也，道我孔子气象，仕止久速，各当其可，岂非善用老子退一步法，而阴叨其厚利者乎？

躬行君子，人谓鲁斋无愧，吾亦以为无忝，即杨园先生二论，亦深谅之，以为吾未尝不敬其人而悲其遇。然躬行莫大于君臣之大义，鲁斋背中夏之故君而为犬羊之爪牙，徒屑屑于洒扫进退之间，以为圣功在是，得毋放歠而问齿决乎？然则仅谓之小，躬行君子庶几其无愧耳。

立教第二条内则，四十始仕，何以不明所仕何朝何君，曰：道其常也。朱子生于南宋，即就宋而言，何忍逆料宋之必亡，亦何忍逆料宋之后，必胥天下而左衽，而预防其出处之谬哉。故下个立教字，能立教于弟子小学者，必是明于春秋之大人。故末引子夏一章，接下明伦，虽重躬行，却带得知的工夫在，不然如王阳明之贤而贤之至易色，如忽必烈之为君而致身，如吴澄之为朋友而有信，子夏亦将深许之乎？

引《孝经》立身行道，乃显扬之实，非富贵也，况不义乎？

曾子曰：身也者一节极重，为子弟者，何曾便事君莅官战阵，是预将孝之大义与他讲明，你虽丱角，你的祖父是某朝的臣民，你若背了祖父，又去寻一君，甚且反颜事仇，不管他曾杀我祖父与否，而贪富贵而屈膝事之，大不孝矣。即并非贪富贵，实实志在致君泽民，亦是大不孝。故五句中，第一重在事君不忠非孝也一句上，此论其常也。若论其变，则刘文成、宋濂、危素等，又另是一道理。朱太祖不曾读书，所以素责危素，陆稼书穷理不精，所以责文成，此之谓改过徙义，用夏变夷，若非其当事之君而事之，忠适成其为不忠，孝适成其为不孝，否则何以为谓之明伦，何以谓之人伦明于上，明者通乎常，变经权之曲折而不为邪说所惑者也，此一节小学而兼大学，躬行而兼致知，故最重。

明君臣之义，首载《礼记》曰：将适公所，公字极重。第二节曲礼曰：凡为君使者，君字极重，小学是圣贤坯模，先要问这个公所是朱温，是李克用，这为君使是苏武，是郝敬，才好讲圣贤的君臣之义。不然，只消斋戒沐浴，君言不宿，曹操也得，刘聪也得，李闯也得，何必接下孔子之君，孔子之为君使摈，孔子之入公门复其位，立一圣贤事君之准则哉。薛敬轩赞鲁斋孔子气象，只要请问敬轩一语，孔子当时君召之君，岂非父母之邦？周公之嫡裔则鲁斋之君亦是父母之邦，赵太祖嫡裔非宋理宗而何哉？

要知朱子是亚圣，补小学一书，为万世计，绝不留一弊，端为后世乡愿藏身之地，人只是不细穷究，如讲小学就用乡愿两可之说，中央之民的法门，混混庸庸，不必道破，只求他言忠信，行笃敬，尽彀了，呜呼！岂知愈忠信之非忠信，愈笃敬之非笃敬哉。

末一节王蠋二句，尤是朱子加意处，以此为防，犹有如吴澄之事宋而再醮为胡妇者，嘉靖间张璁疏云：澄忘宋仕元，宜黜从祀。

买妾不知其姓则卜之，亦论其常，若后世之鬼神，竟有同姓而反吉者矣，卜可尽凭哉。

乱家子不娶，即如女是再醮妇所出，亦当慎之，子女得母气者多也。

无子去，重祖也。若贤而无子者，不在此例。

妒去，亦重祖也，后世七出不严，故妒者愈多。

三不去，亦可以去可以无去者耳，若大故断不可留者，不在此例。

事亲孝，故忠可移于君，孝须是真孝，若在家惟以从亲之令为孝，则其事君也，必为妇寺之忠矣。一人继犹子为子，而不孝于所后，或劝以移孝作忠，余曰：非也。他本不曾孝著，承祧重祖。他本生不忍兄若弟之无后，而以己子后之，为子者即以亲心为己心，而孝于所后，即是孝何待移得，不然，所谓移贼子作乱臣而已，何处说起忠孝？

栾共子父生之师，教之，君食之，亦道其常，一友从母改嫁而孝于其父，昔潘子从起涛尝以此事质疑，谓从幼后父畜养之功，作何报答？余笑曰：吃他的饭，因幼时不知此为仇人之粟，长既知觉，速去之可也。他有罪，功不足赎，何报之有？知此则可通于君食之一句，最看煞不得。

敬身为大，须将孟子失身不失身作注解，既失身，即端坐如泥塑，不过一不孝木偶人耳。

引丹书义字尤重，才说义便有精义之功，不然，非义之义，适为心术之害耳。

稽古载扬雄爱日语，与夫子喜惧一章参看，然又当与前敬身为大参看为莽大夫，虽日具三牲，犹为不孝也。

少连一节东夷之子也句非无谓，所谓用夏变夷也，可以人而不如夷乎？朱子外篇外字，即从此句开出下半簿。

足不履影一段，颇有过中失正之处，此只是大概记他心术好处，犹之末节不改其乐，弟子何足以知之，不过只就饮食上讲安贫耳。

外篇外字，是外夷狄外字，因中善行有元、魏高允、杨播、崔孝芬等，不以地弃其人，兼之嘉言内有失节范质训子语，不以人废言，故特著曰外篇，此朱子不言之微意也。

杨城告诸生曰：学者学为忠与孝也，然城终身不娶，是忠而不孝也。王祥可谓愚孝，然臣节有愧，是孝而不忠也。总之质美未学，成就定偏，故君子贵善学。

先慈喜听儿辈说书，尝讲小学善行至朱寿昌迎同母弟归。母卒，抚弟妹益笃，买田宅居之，先慈曰："此公可谓不学无术。"次日，述与亦亭，亦亭惊曰："君家兄弟聪明，不独尊先公根气厚也。"余因谓设使寿昌母所嫁后之夫未死，安知寿昌不迎之归，竭尽孝养乎？亦亭笑曰：元末诗人痛黍离正，如前夫儿子哭晚爷尽哀，徒令东邻发大噱耳。癸丑冬，汪子梅津忽谓余曰：我昨选元诗摘句，竟有作黍离悲者，可见当日人心死尽。余因述前事，津夫首肯曰：亦亭非先生切磋，安得有此识见耶？元诗何足观，元人学问那能及吾辈。

外篇虽有外字，然鲁斋草庐所以敢于讲小学而无忌惮者，亦即在此。元魏诸公借他帽子，盖我丑脸，此著书之难也。要知孔文子之文，孔子只是节取他好处，古今人材总不多，善行中不得不借材于元魏，亦是朱子不得已处，非为尔辈开方便法门也。故鄙见有一定论，人立志为诗文，为功名，元魏可，胡元可，若志于圣贤，必先由藩篱而入堂奥，藩篱一决已置身于不孝忠不孝之列，更何圣贤之可学乎？去年作《学稼穑轩记》云：从古来有不圣贤之忠孝，必无不忠孝之圣贤。此余之定论也。

丁卯夏，一生熟诵小学，顽甚，有感作一绝云：口诵何曾一服膺，躬行却是鲁斋醇，那知荡检逾闲者，偏是埋头小学，人自诵以后儒者，惟鲁斋躬行小学，亦惟鲁斋不能躬行小学，此知人论世之所以难也。

易，变易也，随时变易以从道也，易即是道，为用易者言，则曰从道，若只讲趋吉避凶，则是随时变易以违道矣也。幼时曾问卜先生人木曰：素夷狄行乎夷狄，即被发左衽之谓乎？先生曰：然，但下句得字，当改失耳。可谓要言不烦。

《近思录》记疑

栎夫先生补条附前（先生讳乐，字夔一，号栎夫。）

先兄生平手不释卷，然不出己见，下一评语不过考同异，备录他书相发明者，如看《近思录》，则附《文集》《语类》及《读书》《居业》《备忘》而已。戊辰春，因记小学诸疑并录先兄读本所载，附以私论以见先兄之详慎与鄙见之妄谬，寄质蕉雨老友为下一针砭耳。谷雨前五日古民识。

卷首（补二条，记疑四条。）

朱子答吕伯恭曰：《近思录》近令钞出册子，亦自可观，但向时嫌其太高，去却数段，如太极及明道论性之类，今看得似不可无，如以颜子论为首篇，却非专论道体，自合入第二卷（作第二段），又事亲居家事，直在第九卷，亦似太缓，今欲别作一卷，令在出处之前，乃得其序，卷中添却数段，草卷附呈，不知于尊者意如何，第五伦事，阃范中亦不载，不记曾讲及否，不知去取之意如何？因来告谕及也。此书若欲行之，须更得老兄数字，附于目录之得后，致丁宁之意为佳，千万勿吝也。

《近思录》本为学者不能偏观诸先生之书，故掇其切要者，使有入道之渐，若已看得浃洽通晓，自当推类旁通以致其博，若看得未熟，只此数卷之书，尚不能晓会，何暇尽求头边所载之书而悉观之乎？伊洛文字亦多，恐难遍览，《近思录》乃其要领，只此一书，尚恐理会未彻，不在多看也。

《近思录》，朱子与东莱斟酌尽善，已无遗议，但出处一层，不曾明言，所以鲁斋草庐一辈，借去用得，说我是程朱嫡派，句句是小学，念念是近思，躬行实践，不为俗学，不入异端，夫子所言之夷狄不可弃，虽蛮貊之邦行矣。实实可以配两庑而无惭，殊不知圣贤学问，不过仰不愧俯不怍二句，试问此时之天为何天，此世之人为何人，天有理有气，人有性有形，气为主而理无权，形无异而性不存，则此时之不愧适以成其愧，此世之不怍适以滋其怍，岂有取舍之分不明，而自矜其存养之密者，朱子之君即许吴之君，许之先祖即宋之臣民，吴之乡贡即受之本朝，许可以背祖父而臣仇虏，吴可以背故夫而醮胡羯，使朱子而可作也。以二君为何等人，必不曰他们句句是我的小学，念念是我的近思，何必苛求，的是我的法嗣，真可配两庑而无惭也。呜呼！李陵卫律之罪通于天，而尊之为孔孟程朱之衣钵，有心于万世之世道人心者，何忍不抉其隐而防其弊哉！

晚村先生家日课《近思录》二三条，极是。但却是为时文地步，犹豫之《四书章句》，朱子字字称停，今徒以取士，大可惜也。

先兄在湖州，问陈大始翁云：某于性理不明白，奈何？翁曰：熟看《近思录》，无他法也。老兄考嘉兴，何必冒湖籍，况有饭吃，尽可不考。先兄曰：先生何以能言而行不逮？翁曰：某却明知是矢，又不得不吃，他所以可愧耳。

朱子《续近思录》不足观，一般是《四书章句》，近有《文语纂编》，严鸿达辑，颇详，溆湖吴克轩又删增成定本，无遗议矣。

卷一（补八条，记疑四条。）

此是因解乾字，乾字即是天字，遂推言许多名字，只是一理而各有分别，虽各有分别，又却只是一个实理，诚者实理之谓也，非论人以诚敬体当是理也。

继之善者善，易中本指道化流行之妙而言，此却是就人身上指其发用之端而言，如孟子论性善，只以情可为善为说，盖此发用处，便是本原之至善，不待别求，若可别求，则是人生而静以上却容说也。孟子所谓天下之言性也则故而已矣，亦是此意。

大抵天下事物之理，停当均平，无无对者，惟道为则无对，然以形而上下论之，则亦未尝不有对也。盖所谓对者，或以左右，或以上下，或以前后，或以多寡，或以类而对，或以反而对，反复推之，天地之间，真无一物兀然无对而孤立者，此程子所以中夜以思，不觉手舞而足蹈也。

不必须用一字训，但要晓得大意通透耳。

《答吕子约》云：程子所谓仁者天下之公，善之本也。止是赞叹仁字之言，非是直解字义，如云仁者天下之正理，此亦只是包含在内，不可便以此为尽得仁字之义也。又曰：程子之言，唯谷种一条，最为亲切，而非以是便为仁者，亦是缜密，今乃反皆不认，而必以易传道偏旁赞叹之言，为直解字义，则不惟不识仁字，亦错看了易传矣。（朱子。）

《答万正醇》云：心生道之说，恐未安，大抵此段是张思叔所记，多以己意文先生之解，能无少失真也。（朱子。）

上面一段事无形无兆，便是冲漠无朕意，不可待人旋安排着引入来教入涂辙，见万象森然，不由造作而出，既是涂辙二句，所谓万物一太极也。(邢复九日录。)

如百尺之本三句，只是引上下一本，以喻先后一理也。(日录。)

剥之为卦一条，圣人发明此理，以见阳与君子之道不可亡也，一句极重，朱子取此条列第一卷，有深意，看秦桧、贾似道、韩侂胄如此光景，竟有纯坤气局，故先采此条耳。

易有太极，自三代以下不解，至濂溪始作太极图说，遂得道学不传之统，抽关启钥，横渠二程继之，至朱子而大明，盛极必衰，遂生妖狐金虏仕元之姚枢，立太极书院，延赵复为师，以训蒙古子弟，而太极遂陷于重阴晦旨，否塞反复沉锢者八十九年。呜呼！非金华四子立节之高，守道之严，何以开薛、胡而有杨园砥姚江之冲，而杀语水之澜哉。

赵复所传，的是程朱，可惜为姚枢所用，故吾谓枢真古今第一奸雄，在曹操、秦桧之上，能窃道统，窃国何足道哉？复初以元虏杀其九族，不共戴天，誓不欲生，是一团天理，后被枢一说转，化为人欲，甘为犬羊所用，真可惜哉。枢自知不死于金，忍为再醮胡妇，欲以道学雪之，故以复为奇货可居，无如复之死志已坚，乃闭之密室，说之三夕，大约说论圣贤道理，只有一死，但事有经权，如今北方濂洛之学已绝，先生道统在身（此语最易动人），则死轻而道重，但使身存而不仕，使后世推为大元道学之一人，岂非两得？复于是思之再四，私意忽起，亦作将功赎罪之计，料后世未必有几个明春秋大义之真儒。自然人人赞我传道之功，即有一二见到的，也决谅我不受元官，所以隐忍坐太极书院，到后来初心渐泯，宋日衰，元日盛，也推说易经圣人进退存亡，道理本来如此，居之不疑矣。此时为之设身处地，不食而死，不为枢所惑，上也，其次则姑从之，得间手刃虏酋而死，否则以计脱身归宋，请兵复仇，不听则死之，此乃为不负平生，程朱之学，道之所赖以传也。宋为程朱父母之国，而为蒙古讲明道学以助之灭宋，是深感其灭我国家，歼夷我九族，不留一人，于是毁节败名，粉身碎骨以报之。清夜自思，天良何在？故凡学术必推师友渊源，鲁斋之学本于姚枢，而枢乃陷复于不忠不孝之人，鲁斋之为，鲁斋何待问哉？

南轩无所为而为，千古不易之义，如吴澄、许鲁斋皆是有所为而为，澄自知再醮，鲁斋自知失偶，都是将功赎罪，异后世之论世，知人者谅之，自元明以来，无人见及此语。

卷二(补十五条，记疑二条。)

如燕居独处之时，物有来感，理所当应，而此心顽然固执不动，则此不动处，便非正理，又如应事接物处，理当如彼，而吾所以应之者乃如此，则虽未必出于血气人欲之私，然只似亦是不合正理，既是不合正理，则非邪妄而何。(《答廖子晦》)

或谓孔颜所乐循理而已，朱子曰：此等处未易一言断，且宜虚心玩味，兼考圣贤为学用力处，实下功夫，方自见得，如此硬说无益于事也。

朱子曰：识字是紧要处，要识得时，须是学始得。

切问忠信，只是泛引切已的意思，非以为致知力行之分也。质美者固是知行俱到，其次亦岂有全不知而能行哉者？但因持养而所知益明耳。

仁是本有之理，公是克己功夫，极至处，故唯公然后能仁。

程子以诗文害道。非是诗文害道，是作诗文者志局于此。所以为道之害，若道义发于诗文，又何害？不合他专心致力于此，期于工巧便与于圣贤为己之心不同，于圣贤为学，工夫必荒。杜子美、韩退之当初若能作圣贤工夫，不学诗文，其造必不止此。

遗书知至至之主知，知终终之主终，盖上句则以知至为重，而至之二字为轻，下句则以知终为轻，而终之二字为重，存义，言其有以存是理而不失也。

无将迎，无内外，明道不惟所见端的，又工夫究完纯，非去圣不远，不能如此，尝验之无内外工夫犹可能，无将迎，非心性已定，无一毫牵引之私，不能也。(《居业录》)

人心须深沉静密，方能体察道理，故程子以性静者可以为学，若踩动浅露，则失之矣。(同上)

若穷理到融会贯通后，虽无思可也，未至此，当精思熟虑以穷其理，故上蔡何思何虑？程子以为太早，今人未至此，便欲屏去思虑，使心不乱，则必流于禅学空虚，反引何思何虑而欲强合之误矣。(同)

心目不可不开阔，工夫不可不慎密。(季随。)

直上者，不为物欲所累而倒东来西之谓也。

修省与修饰，正为己为人之别，其辨只在几微，在学者内省默察而已。正如察言观色，君子以为反求之资，小人以为逢迎之术，其辨只在几微。(《备忘》)

性命二字，须作一般看，言性命，皆处于气禀之偏也。德不胜气，则其善者亦出于血气之禀耳。

凌渝安先生尝云：为天地立心四句，据某看来，四为字也似剩。(姚蛰庵述。)

龟山说西铭云：用未尝离体，以人观之，四肢百骸具于一身者，体也，至其用处，则首不可以加履，足不可以纳冠，盖即体而言，而分已在其中矣。此段最精，朱子极称之，譬如今有工画者，画一太极书院，中坐一江汉先生，旁坐鲁斋，各人头戴一靴，足穿一帽，正颜作色，手执小学近思与蒙古诸弟子讲论，此图可以颁示九州学宫乎？

或问西铭中无夷夏之防，余曰：民同胞夏也。物吾与非夷乎？大君者何人？夏也。夷则骄子，非吾君矣。孔子曰鸟兽不可与同群？夷也。吾非斯人之徒与而谁与？夏也。圣贤言语，何处不是理一分殊，但不似后世人昏昧，要人出筋露骨，细细分剖，方有亮头耳。

卷三(补八条，记疑二条。)

伊川先生所论格物工夫数条，须通作一义看，方见互相发明处。

程子之言诚善，然穷一事未透，又别穷一事亦不得，彼谓有甚不通者，不得已而如此耳。不可便执此说，容易改换，却致工夫不专一也。

此是说读六经，只要从师讲问，且识得如何下工夫，便是立得门庭，却归去依此实下工夫，便是归而求之。(朱子。)

朱子曰：随时变易以从道，主卦爻而言，然天理人事皆在其中，今且以乾卦潜见飞跃观之，其流行而至此者易也，其定理之当然者道也。故明道亦曰其体则谓之易，其理则谓之道，而伊川又谓变易而后合道，易字与道字不相似也。又云随时变易为何？为从道也。此皆可以见其意矣。易中无一卦一爻不具此理，所以沿流而可以求其源也。

朱子曰：程子所谓只说得七分者，亦言沉酣浸渍，自信得力之功，更在学者自着力耳。

此序所云：先天，却是天时未至，而妄以私意先之，若耕获菑畲之类耳。

朱子曰：固是无穷，然须看因甚恁地无穷，须见得所以无穷处始得，若说天只是高，地只是厚，便也无说了，须看所以如此者是如何？（子在川上条。）

随时变易以从道也，是指作易与用易者言，则涉乎人矣。若论理，则易即道之所为，非从道也。（《居业录》）

格物中，论古今人物别其是非一段工夫，最亲切，人所以不欲苛论者，一则理不明，一则古今人奸滑者，多有一种善于欺世盗名，使人震其声势，自无胆识敢议论他，一则明知其非，要说他的短，便自家做不得，不如大家方便，取些富贵，更有一等偏重躬行，秉质浑厚，欠高明的人，到致知一层，不过略绰说过，依经旁注，不痛不痒，轻轻敷衍而已，如此安得精义入神？

看论语，要检几章全书看，如富与贵笃信好学，夷狄之有君，中庸则哀公问政，大哉圣人之道，孟子牵牛养气好辩许行章，一乡之善士，君子有三乐广土众民，浩生不害，孔子在陈，人之异所以异于禽兽三章，及覆沉潜，身体力行，方是完人，若仅仅说言忠信，行笃敬，居处恭，执事敬，与人忠，则谨厚之士，皆可遵行勿失，安能振拔有为为传道之人哉？夷狄章，何以列全书内，曰此章极大，夫子将作春秋，故发此叹，是流涕痛哭语。何得等闲看好过，新安陈氏曰：居中国去人伦，反不如夷狄，春秋所以作也。何尝不见到夫子致慨之由，但他的意中，隐说自家所以背宋而仕元者，正以宋虽中国而乱，元虽夷狄而治，不妨再嫁，如吴草庐诵出师表，以武侯自居，以魏目父母之国，此等禽兽，而觍颜说论语，安得不天地再易位耶？悲哉！

卷四（补十一条，记疑三条。）

心虚则理实，心实则理虚，有主则实，此实字是好，盖指理而言也；无主则实，此实字是不好，盖指私欲而言也。以理为主，则此心虚明，一毫私意看不得，譬如一泓清水，有少许沙土便见。（朱子。）

问此一段多所未解曰：只个也是分明，只有且恁去此一句，难晓其意，只是不可说道持之太甚，便放下了，亦须且恁持去，德孤只是单了有这些道理，所以不可靠，易为外物侵夺，缘是处少不是处多，若是处多不是处少，便不为外物侵夺，到德盛后，自然左右逢其原也。

人心至灵，主宰万变，而非物所能宰，故才有执持之意，即是此心先自动了，此程子所以每言坐忘即是坐驰，又因嘿数仓柱，发明其说，而其指示学者掺存之道，则必曰敬以直内，而又有以敬直内便不直矣之云也。盖惟整齐严肃则中，有主而心自存，非是别有以掺存乎？此而后以敬明其理也。（四十六卷。）

朱子曰：惟敬故活，不敬便不活矣。（人心条。）

敬则内欲不萌，外诱不入，自其内欲不萌而言，则曰虚，自其外诱不入而言，故曰实。

心无不敬，则四体自然收敛，不待着意安排，而四体亦自舒适矣，着意安排，则难久而生病矣。

人之一心，本自光明，不是死物，所谓存养，非有安排造作，只是不动着他，即此知觉炯然不昧，但无喜怒哀乐之偏，思虑云为之忧耳。当此之时，何尝不静，不可必待冥然都无知觉，然后谓之静也。

以心使心，亦谓自作主宰，不使其散漫走作耳，如孟子云掺则存，云求放心，皆是此类，岂以此使彼之谓耶？

朱子曰：伊川亦有时教人静坐，然孔孟以上都无此说，要须从上推寻，见得静坐与观理，两不相妨，乃为的当耳。明道教人静坐，盖惟是时诸人相从只在学中，无甚外事，故教之如此，今若无事，固是只得静坐，若特地将静坐做一件工夫，则却是释子坐禅矣。但只着一敬字，通贯动静，则于二者之间，自无间断处。

人不能操存涵养，则所讲究之理，既以有诸已，通为口语而已。盖能主敬涵养，则天理本原在内，聪明日生，义理日明，所穷之理，得于已而不失，故朱子谓未知者敬以知之，已知者敬以守之，此涵养之敬，所以成始而成终也。

其心肃然，则天理即在，故程子曰敬可对越上帝。(《居业》)

看尽天下事，只要不失其本心，心为主，事为客，以主为待客，则我不劳而事治，盖处之各得所其所也。程子曰已立后，自能了当得天下万物。(同。)

鲁斋云:虽在千万人中,皆知有己。可谓善形容敬字矣。然必须论其地其时,如苏武在匈奴,左右前后皆犬羊，李陵卫律亦人而犬头羊尾者知有己，亦何难哉？使鲁斋南学于中国，师真西山，友文文山，于千万人中而知有己，庶乎可矣。

凡学者好讲太极西铭，慎独存养，而怕论出处风节，修慝辨惑者，其流弊必为乡愿。

鲁斋云：人心如印板，前人未发，所谓体用一原也，然印板不同，有宋板，有元板，宋人印蒙古字，小学版颁学宫，请真德秀、陆秀夫二先生训士子，可乎？存心工夫，当别人心道心，扶阳抑阴，道心也。背宋兴元，兽心也。印版是用，体先不具，安问用之差不差乎？

卷五(补三条，记疑二条。)

薛子云：常留在心作悔，则心体为所累，而不能舒泰也。

学者所患，最是堕与轻，堕则自治废，轻则物欲恣，只一敬字可以治之。(居业。)

吾人平日反思九德，实有何者能无惭负，亟求所以修之乎？（备忘。)

不可常留在心作悔，谓小过耳。譬如一妇人，误落青楼，平生才色绝人，一妇人少时嫁夫极分明，忽作蔡文姬没于胡虏，此大事，岂可终身忘之乎？乃绝不介意，彼读列女传，此诵曹大大家女孝经，中原贞女节妇，又从而俎豆之，娥皇之，可乎不可？

四箴工夫最切实，然吴澄却做不得，先要论非礼二字，君臣之礼极大，与夫妇等。譬一少寡如卓文君，至相如家，日诵曹大家经，视听言动，一毫不苟，可入节妇祠乎？小儒只是舍大纲，论小节，所以两庑一席，人人萌窃取之志，朱竹垞失节女子也，说我集中风怀一首，抽出了七遍，终究割舍不得，如今孔庙冷猪头吃不成了，不然，我也算羽翼经传，未必却得出也。

卷六（补一条，记疑一条。）

陈芝拜辞，先生赠以《近思录》，曰：公事母，可检干母之蛊看，便自见得那道理，因言易传自是成书，伯恭都摭来作阃范，今亦载在近思录。某本不喜他如此，然细点检来，段段皆是日用切近工夫而不可缺者，于学者甚有益。

偶讲犁牛章，一生问曰：夫子独不防仲弓闻之，何以慰孝子之心？曰：朱子对陈芝，当面说公事母，何捡干母之蛊看，是非之公，师本不必讳，正教他尽孝，谕亲于道，无不是的父母，只就人子言耳。

卷七（补一条，古民补周子三条，记疑一条。）

人苟志不为富贵利达，虽作举业无害否。斯言不然也。人苟志不为富贵利达，岂无一事可为？何故而必为举业，夫志气之帅也，岂有志既夺而功不荒者。（备忘。）

周子曰：天下势力而已矣，极重不可反，识其重而亟反之可也，反之，力也，识不早，力不易也。力而不竞，天也。不识不力，人也。天乎？人也何尤？（下三条古民补）

君子以道充为贵，身安为富，故常泰无不定，而铢视轩冕，尘视金玉，其重无加焉耳。

春秋正王道，明大法也。孔子为后世王者而修也，乱臣贼子诛死者于前，所以惧生者于后也。

弱国之臣一条，正切鲁斋，渠生于宋理宗初，南渡偏安，鲁斋弱冠时，正值衰微，而元虏之气焰日盛，与其为岳忠武文信国，不如为姚枢耶律楚材矣。此所谓择势而从恶之大者也。

卷九（补二条，记疑一条。）

八分是其所长处，二分乃其所阙。（朱子。）

律之条目，莫非防范人欲，扶翼天理，故谓之八分书。（薛子。）

第一条三纲正句尤重，君为臣纲，君非吾君，则当引身而退，伊尹何事非君，决不连夷狄说在内，鲁斋想误看耳。

卷十（补四条，记疑一条。）

此爻不可大事，但可畜臣妾耳，御下而有以怀之，未为失正，但恐所以怀之者失其正耳。（朱子《答潘子善》）

问君举福州事，曰：无此只是过当，作一添倅，而一州之事皆欲为之，如益初九欲为九四作事，在下本不当处厚事，以为上所任，故为之而致元吉乃为之，又不然，不惟已不安而亦累于上，向编《近思录》，说于伯恭，此一段非常有，不必入，伯恭云：非常有，则有时而有，岂可不书以为戒，及后思之果然。（《语类》卷之百二十三。）

有不合，当知几而不妄求，易曰浚恒贞凶。（薛子。）

人为小小功业动其心，只是不识义理，如邓艾下蜀，有甚功业，助篡逆以灭人国，罪大矣。识谢安胜秦，又何足喜？中原沦没于胡夷，不能匡复，紧得一胜而屐齿折，器量之小可知，若知道义的人，必思中原，赤子涂炭于夷狄，必卧不安席，乘时奋发以救之，伊尹曰一夫不获，时予之辜，为相之责，其重要如此，安当惭而喜谓之识道理可乎？

此一条，可断厓山后八十九年中事，不特鲁斋一人也。而于鲁斋时更明晓，邓艾不过庸人，助篡逆以灭人国，为罪大，则助仇虏以灭宗国者，其罪何如？而又出之学程朱、谈孔孟之人，可乎不可？中原赤子涂炭于夷狄，此二句不论治乱，魏孝文行三年之丧，当时北朝君明臣良，民安物阜，好似南朝也，只算得涂炭于夷狄，此语不曾参透，不可与言春秋。

一命之士，就宋而言，若明道生于元，决不说爱人济物话头，何也？受一命已不得谓之士矣。

卷十二（补二条，记疑二条。）

朱子曰：人要闲管，亦只是见理不透，无顿自己心身处，所以如此。（周事之病坐此。）

余正叔云：大雅浩然无疑，但不免有周罗事之心。朱子曰：此正是无切己工夫。故见他人事，須揽一分，若自己曾实做工夫，则如忍痛，然吾自痛且忍不暇，何暇管他人事，自己若把得重，则彼事自轻。

则如忍痛然，说得亲切，功其恶无攻人之恶，此真注脚也。

末一条说乡愿，竟似先见之明，正对鲁斋一流人，大者不先立五字，断尽他一生学问，本领不是，苟仕夷虏，心中初无怍，所以自谓学孔子，朗诵出师表也。惟是左右看顺人情不欲违，此时若鄙薄他，他便要残害了，竟说道华夷千载亦皆人，能行王道，使便是应天顺人，他虽不能行，也不怪我，还要当我作孔子看，此不欲违之隐衷，所以永保荣名也。孟子说反经，先要从内夏外夷正起，此辈将何容乎？

卷十三（补六条，记疑一条。）

朱子《答程正思论陆学》云：譬如杨墨，但能知其为我兼爱，而不知其至于无父无君，虽知其无父无君，亦不知其便是禽兽也。朱子曰：遗书云：释氏有尽心知性，无存心养性，亦恐记录者有误，要之释氏只是恍惚之间，见得此心性影子，却不曾子细见得真实心性。所以都不见里面许多道理，正使有存养之功，亦只是存养得他所见的影子，固不可谓之无所见，亦不可谓之不能养，但所见所养非心性之真耳。

胡子曰：杨朱即庄周所谓杨子居者，与老聃同时，墨翟又在杨朱之前，宗师大禹，而晏婴学之者也，以为出于二子，则考之不详矣。

释子尘芥六合，然六合无穷，安得尘芥之，梦幻人世，然人世皆实理，安得梦幻之。（薛子。）

遗书言释氏有敬以直内，无义以方外，又言释氏内外之道不备，此记者之误，程子固曰：唯患不能直内，内直则外必方。盖体用无二理，内外无二致，岂有能直内而不能方外，体立而用不行者乎？敬则中有主，释氏中无主，谓之敬可乎？朱子言释氏徒守空寂，有体无用，此记录之误，岂有有体而无用者乎，释氏专言空寂，是无体矣。猖狂自恣是无用矣。（《居业》）

此语虽简，而意即极圆备，其本不是，正斥其认知觉以为性耳，故非但无以方外，内亦未尝直也。当详味可以二字，非许其能直内之辞。（困知。）

孟子七篇以乡愿结，不说杨墨，孟子盖预知天下后世，有一种假中行，不论出处，只讲躬行，口排杨墨，而自以为圣贤嫡派，实则无父无君，而不可与入尧舜之道者，亦所谓弥近理而大乱真也，故曰反经，经常也内夏外夷，此常道之大者，春秋之义明，而后是非明白，无所回互，不然，虽言言孔子，事事程朱，总为邪慝。此是退一步法，谓之阳儒阴老，与阳儒阴释，厥罪惟均。

卷十四（补二条，记疑二条，总记三条。）

孝弟是性命中事，至亲至切而要者，此处能精察而力行之，则性不外是矣。礼乐神化只一理，礼乐乃人事显著者，然其中精微曲折，察而知之，神化可契而知矣。（敬斋。）

学者好言尽性至命，而不修爱敬之实，好言穷神知化，而不思进反之义，遗下学而希上达，所谓穷深极微，而不可以如尧舜之道者也。（杨园。）

不可以入尧舜之道，孟子道于乡愿亦言之，彼何尝穷极微，只讲庸言庸行，忠信廉洁，何以不可入尧舜之道，曰：人情叵测，越到后世越变幻，有一等讲玄妙的异端，即有一等讲日用伦常，平易近人，仕止久速，各当其可，讲易道与时偕行，讲中庸中立不倚，和而不流，其实则诡于趋避奢华更巧，一生流深沉浑融，不露圭角，此所谓厚貌深情，高自位置，曰吾伊尹，吾孔子，而不可与入尧舜之道者也。

元明人仿宋儒，如优孟衣冠，譬如忽必烈生皇子，许先生必喜甚，以横渠自居也。亦亭曰：君此喻，令人绝倒。

凡人有志为圣贤，必有一定见，如程朱生于中原，处其常，只是明善复性，无所为而为，看得出处一层，原属藩篱，至天地之大变，中国化为夷狄，此时欲为圣贤，藩篱与堂奥并重，而出处为尤要，所以赵复自知不死之罪，无可自赎，守定一个不仕二字，却不知为元虏守道传道，而为书院山长，即无官亦食其禄矣。姚枢不足道，至许鲁斋有事一个定见，他聪明，占得地步又高，顺天者昌，当今天命归元，太王翦商，武王伐纣，用我便是毕散夭颠，不用，亦可混在抱器陈畴一班圣人队里，所以索性大摇大摆，竟以仕止久速孔子自居。一则制伏眼前刘秉忠伯颜一流，一则吓倒后世小儒，使他不测我的机关，混混沦沦，假得极完密，若说他不知正朔，元不曾对伐宋之谋，说他出处终欠，元说虚名所累，不早辞官，朱子所谓八面讨好的人，从古来极便宜的圣贤，鲁斋第一，薛敬轩羡慕他际遇，三代下道学君子，未有盛于此者，岂能虚语哉。

西戎者，秦之臣子所与不共戴天之仇也。朱子特下此一句，言君臣之大义，不以夷狄而可废也。观堂堂中夏之宋彼金元二虏，非宋之臣民所不共之仇乎？使朱子复生，而质之以宋未亡而可以仕胡元，仕胡元而不妨仍程宗程朱，朱子许之乎？抑将痛憾切齿曰：此助夷以灭吾宋之宗社者，虽躬行小学，熟体近思，非我族类，华夷所不齿乎？杨墨亦贤智之过，而孟子直斥之曰：无父无君是禽兽也。予岂好辩哉？予不得已也。

看得出处一卷，说得尚宽，要将二程全书内，更摘几段论春秋论夏夷处补入，使元以后，有愧于出处的儒者，不敢高吟朗诵，觍颜与弟子讲论，方是全书，可惜程张二集，不曾携入斋中，当寄札雪渔纂入耳。（上三条总论。）

读书记疑

语类

《论语》要冷看,《孟子》要熟读,二语固好,然紧要尤在不可先立意见,且虚心只管看一段《孟子》。以意逆志,看书之妙法也;大约先立意见,便是不敬圣贤。何等学问,容汝浅见庸识先作主张耶?故曰:"不笃信则不能好学。"

仁是个生底物事。生之理是爱,交接之际,便是有个恭敬意思。《语类》此条与本章"亲仁"无涉,弟子自当亲近仁者,非以仁本足以致人之亲,而后不得不亲之也。疑记录有误。

事父之敬与事母之爱虽不同,然常情于父不患其不敬而患其不爱,于母不患其不爱而患其不敬,此又不可不知。

敬和不可以中和为比。敬和就礼上说,中和却大。故此条杨园不录。

朱子曰:"横渠说日月皆是左旋,说得好。"盖天行甚健,一日夜周三百六十五度;四分度之一,又进过一度。日健次于天,一日夜周天,正恰好比天退一度,积至三百六十五日;四分日之一,则天与日会而成一年。月行迟,比天退十三度,有奇进数为顺天,而左退数为逆天,而右历家以进数难算,以退数算之,故谓之右行。(横渠云:"天左旋,处其中者顺之;少迟,则反右矣。")

"便亲厚也只亲厚得一个",此语有弊。君子小人亲厚同,而所以亲厚不同。君子便亲厚一个也是周,小人虽亲厚万个也是比。

是人无不周旋,便是乡愿之比与周相似,故孔子恶其似是而非。

"易"字解到欢喜去做,手轻足快,盖有不忍言者矣;然文过之弊,必至于此,于此可想见夫子"与其宁"三字不得已之苦心,而林放于此,亦可以识礼之本矣。

"获罪于天","天"字合理气而言之。天是气,所以为天是理,理为气之主,故曰:"天者,理而已矣。"于此可悟郊社之礼,所以事上帝也。上帝非道家之三清大帝,实有形象衣冠也;只是万物统体之太极,为气之主宰,其尊无对,不得不称为帝耳。太极上帝总是理之徽号,但太极专说理,上帝兼理气说而理为主,故曰:"其体谓之天,其主宰谓之帝。"

朱子谓明道语,他也只是一时间恁地说,被人写放册上,便有碍一部《语类》。其间亦有朱子未定之说,而门人遂私记之,传于后者;即杨园所摘,亦有一段全好而有数语未纯者,亦有全段不取而有数语可探者,皆当分别观之。

"说所求乎子以事父未能也,则可说欲子之孝于我,必当先孝于亲,便有弊。"此条记录有误。

"江西之学断然是异端,断然是曲学,断然非圣人之道",三"断然"何等严切!与孟子"是无父也,是无君也,是禽兽也"同一警策。后人纷纷犹论朱陆同异,可笑。

未发时戒慎恐惧,只是有个主宰,不可著力矜持。朱子云:"只不要昏了他,便是戒惧。"此与《文集》答潘子善"著个'戒慎恐惧'四字,已是压得重了,只是略绰提撕"之意同,唯略绰提撕,故不昏了他;惟不昏了他,故静中有物,有物即有主宰也。《语类》广录一条"不睹不闻时，固当持守，然不可不察”，此记录之误。精一工夫在未发，有一无精察字，便是已发矣。

众人亦有未发时，只是他不曾向静看，不曾知得朱子此语须善看。盖言众人憧憧，从无定叠时候；纵暂有之，也不会自反晓得。有未发时节，非谓不曾向未发中体认，窥见未发气象也。

舜之知无过不及道，所以行人所易晓；回之行无过不及道，所以明人所未解。盖他人明道，只说得出、写得来真知灼见，明晓通畅，即到格物致知也，只得半截工夫；回之拳拳服膺，是实从人伦事物上身体力践，将此中庸道理总在身上发挥呈露出来，为法天下，可传后世，岂不明之至乎？

“素隐节不能择，半涂节不能执；依中庸能择，不见知不悔能执”，此配得不妥。素隐者不能择、不能执而失之过，半涂者不能择、不能执而失之不及；依乎中庸则能择能执而非过，不见知不悔则能择能执而非不及矣。如此看较稳。此条杨园入选，可疑。

“存养中便有穷理工夫，穷理中便有存养工夫；穷理便是穷那存得底，存养便是养那穷得底”，四语最精，然人不能无疑，谓穷理有存养工夫，即子夏博学一章，意即程子“未有致知而不在敬”话头。若存养中有穷理工夫，毋乃近于知行合一之说乎？曰：非也。存养本兼动静，静存动察，明诚并进矣。

“以人治人”内并不兼自家，说及我自治其身以下，是因治人；而推说治己，非本义也。

“人自方生，而天地之气只管增添在身上，渐渐长成”，窃谓增添一句，有语病。人得天地之气以生，既成形以后，则渐大渐长，人力居多，不待增添天地之气始能长成也；天地能生物以养人，而不能使人无待于养而自长，此圣人之财成辅相，所以与天地参也。

“中庸之为德，鬼神之为德”，两句本不同，不可以此喻彼。文蔚录一条，杨园《讲义》俱不选，别本补之，无谓，可删。前条固言鬼神，主乎气而言，只是形而下者；但专说气不得，是气之灵处。《大全》吴氏一说最好：“理形而上，气形而下，鬼神则形而上下之间。”虽朱子复起，不易斯言。

“必得其名”，如“乐亦在其中”相似；“身不失天下之显名”，如“不改其乐”相似，圣人下字斟酌精细。

或问

百亩之田，上农夫，食九人。车一乘，甲士三人，步卒七十五人，八九七十二，须八百余亩方养活得许多人。八十家，田其八千亩，出车一乘，是十中抽一也，民得无困乎？依马氏，则八万亩之中，而省八百亩之食，以食七十八人，百中抽一，众擎易举矣。故朱子从马说。

程子中说及尹氏语，虽简而意已尽。朱子谓程不可解尹，不明何耶？

伯兄云：“俭戚为礼之本。”《章句》从此“或问”，盖未定之说。

“辞让之心，则礼意之实，而人所惮为”，“人所惮为”四字不妥，或对上“易行”，作“难尽”为稳。

利仁地位亦高，季文子、晏平仲只是质美暗合，未尝知仁，安能笃好，算不得利仁。

“或问”不可不读，辑略及集说不可不看。

喜怒哀乐一节，复从天命之性说起；但天命之性兼人物说，此却就人身指出性情之德，大本天命之性也，达道，率性之道也。“致中和”，即上文“戒惧慎独”，而推其极修道之教也，故注补云：“而修道之教亦在其中矣。”

“致中和”，“致”字煞有层次，盖人身应事接物，时时有未发已发，事事有未发已发。初间戒惧工夫不能不忘助，慎独工夫亦不能不间断；即不间断，不忘助，亦觉得不纯熟，不周密。造到无少偏倚，无少差谬，其守不失，无适不然，不知费多少功力，多少时日。故章“自”字、“而”字、“之”字、“约”字、“精”字、“以至于”三字，由疏而密，由生而熟，说得所以位天地、育万物源头，亲切精实。朱子盖身有之，故言之有味如此。知此则松阳《讲义》“致中易而致和难”之说不待辨而自明矣。

十七、十八、十九三章言费之大，二十章兼费隐小大，似乎头绪繁琐，初学心胸包罗不下，遂谓致和工夫极多极难；岂知圣人应一事亦如此，应万事亦如此，即所谓无少差谬、无适不然也。而其原则由于无少偏倚，而其守不失节，所谓体立而后用，有以行也。知此则知“用行更难于体立”之说误矣。

“至死不变”与“不变塞焉”不同。陈几亭以“尧舜君民”训“不变塞”，稼书亦以“尧舜君民，百折不磨”训“至死不变”，非也。国无道，则已仕者当见几而作，未仕者当藏器待时；即至遗佚阨穷，箪瓢屡空，朝不保夕，而平生所守一毫不变，即所谓遁世不见，知而不悔也，如是方谓之强。若不待时而出，不择君而事，而曰“吾欲尧舜其君，民百折而不磨”，其为懦弱甚矣，何强之有？《朱子或问》云：“国无道而贫约，或不能久处乎穷约。”以“久处穷约”训“不变”，旨哉言乎！夫子此章对症子路之药，特提个“国有道”“国无道”二句，不是闲言语，分明以出处去就大关点醒他；盖子路之勇，所难不在不变，而在穷理不精，误认有道与无道也。有道无道若一认错，连不变塞、至死不变一齐差却，即是北方之强，不当强而强矣。惜乎子路之不察，而死于孔悝之难也。死孔悝之难而结缨正命，何尝不是至死不变？却不算作而强，不算作中庸。

“夫妇之际，隐微之间”，《或问》中谆谆言之，盖因论道之费而示人以亲切之功，非以此章夫妇之微指专在居室上。若意如□全史氏所论也，《讲义》靠着“或问”主张太过，只是不善体贴朱子之言耳。

物是费，则是隐；气是费，理是隐。故注中两“所以然”是指其不离不杂者，而指以示人耳。若曰“无适非道”，则手不必恭，手之持即隐也；足不必重，足之行即隐也。儒释之辨在此。

“其则不远”，即道不远人。凌先生云：“重提‘其则不远’，是极力唤醒人处。”窃谓引《诗》之意又重“犹以为远”，逼出“道不远人”，“犹以为”亦是唤醒处。

齐明盛服，戒惧也；并礼不动，谨独也，言“修身而致中和”一句已包在内。《或问》以一内齐外、静存动察言之，盖推其极笃恭，而天下平不外乎此。

唯天理得诚之名，若所谓天之道，鬼神之德是也。此与“鬼神之为德”不同，盖云一

“为”字，则“德”字便当“理”字看，则凡所谓私欲者，“出而无所施于外，入而无所藏于中”，此二语是反面托出一缜密。工夫底景象较“仲弓问仁”章“私意无所容”一句更觉警切。吾人今日自问：伦常日用所施于外、藏于中者，果是何物？可不猛省！

“经纶为致和”，此句须善看。《语类》云：“此章说存主处较长，卒章以‘淡而不厌’，至‘知微之显’，对首章而言，于此可见其成功。”下文又接云：“然其所以入乎此者，无他焉。似以‘淡而不厌’六句乃为学之全功，而非为己之始事。”此必朱子未定之说而未及改者。

程子云：“《中庸》一书是杂记，更不分精粗，一滚说了。”可见此书若不经朱子分章断句，贯丝联脉，如何见得枝枝相对、叶叶相当？可惜一片苦功，后人但将去作时文，自以为尊朱子；朱子九原，忧方深耳。

大全

“贤贤易色”章，《章句》以子夏言本有流弊，故为之斡旋；若此章则又不同，子贡之言本无弊，《章句》“然”字、“亦”字及谢说三“亦”字是补夫子的气象，恐后人只晓得“温良恭俭让”，而不知有“温而厉，威而不猛，恭而安”耳，非为子贡不善形容，致有遗漏而补其阙也。故《乡党》一篇于此则恂恂，于彼则便便，于前则踧踧，于后则怡怡，随举一端，无非中和。云峰讥饶氏自相矛盾，而不自知其浅滞不足以知圣人也。

伯兄云：“三年无改，虽重不忍之心，却离不得事，即事可以观心耳。”故朱子深取游氏说。若云“不必主事言”，非定论也。

有子道个“礼之用”，“礼”字内，《章句》“为体”二语已包笼得，朱子特中言之；若以为补，又把礼与和看成两橛矣。

《章句》“凡言道者”三句，疑当在“礼之用”一章下，此处“有道”二字拆开不得，注无所属。云峰以先王所由非人所共由，故不系于彼，误矣。道岂有二耶？

“父之道”“父之所由”，亦误。朱子云：“道者尊父之辞说得好，当改而可以未改，道有未尽也。”

老聃自是异端，新安以问礼故，欲回护之，误已。于礼则问之，于学术则辨之，并行不悖，所以为圣人。

朔，苏也。初三哉生明，初一晦方死，而明已复苏矣，犹复之一画已生于坤中也。

朱子晚年改削《章句》，止于此章，使天假之年以后，《集注》必更有斟酌尽善处，惜哉！

此章决是为人自以为知而不能择居者发，必要说到为仁之不可无辅，与“事贤友仁”同看，即朱子所讥本浅而说深也。勉斋已不免此病，况象山乎！

好仁者之力，毕竟大于恶不仁者；只是天理一边熟于人欲上较省方耳。蔡氏言“工夫好仁，不如恶不仁有力”，误矣。

西山说颜子箪瓢不改是不耻恶食，恐看颜子太低，看不耻恶食太高，此尚是粗迹。

游氏谓小人窃中庸之名而实背之，是中庸之贼也。“贼”字最说得“反”字出，是似是而非，弥近理而大乱真也。此一种肆欲妄行，与无知小人不同，彼且谓“从心所欲，无适非道”

也，故曰“无忌惮”。

观辑略、集说，非特游、扬，即横渠、二程亦多疵语，非朱子折衷论，何由定？故自孔子以后，朱子谓之集大成。

精义

游氏“言招忧，行招辱，貌招淫，好招辜”出扬子“法言修身”篇，但法言作“言轻则招忧，行轻则招辜，貌轻则招辱，好轻则招淫”，恐传刻之误。行属辜，貌属辱，好属淫，方胶黏。

松阳讲义

圣人之言极自然，“鼓舞”二字太着迹，“不愠”推到“浮海居夷，三月无君”，是圣人，非君子矣。此与“遁世不见知不悔”不同，观《或问》以范说为过高可见。

俗学、异学，后世话头；夫子当时只说人之为学，当如是耳，不是对已扫去者言，故未之及也。

第一“学”字便是彻始彻终之学，统三节在内，第工夫有浅深耳，不得说是起初头之学。

“不愠”只论考验自家，未论应事待人，不屑教诲，息邪距淫未免夹杂，犯朱子假借释经之禁矣。

“受之于师”，“师”即夫子。解中“专门之学，一偏之见，须是所传者天下之正道，天下之正学”等语，文理俱欠通。伯兄云：“当改作‘受之于师’。”而止为口耳之学，虽夙兴夜寐，叫不得“习”；须是体之身心，造到纯熟，实能尊所闻而行所知，方才是“习”。补“存养”一段说得好。

致中外，面实事，便是致和，天地位、万物育，非截然分作两事也。岂有致中工夫一总做毕，而后起手另做致和者？亦岂有天地既位，而万物犹未育者？《章句》欲人易晓，故两两分承，不是致中之设施，只是大纲好，必待致和之设施然后精细也。《章句》当活看，犹云：“自戒惧而约之，无少偏倚，其守不失；自谨独而精之，无少差谬，无适不然，则极其中，极其和，而天地位、万物育矣。”工夫虽有两种，设施只是一事，效验亦一衮征见，执泥不得；一执泥，则“用行难于体立”之说，牢不可拔矣。

内面有致中工夫，则外面必有致中设施实事。夫既曰致中，则全是未发前存养工夫，安得复有外面设施实事乎？设施实事，非致和而何？先生意欲于致中中分体用，误矣。泥注中“存心未及为政”，而并以此五者为近于致中，误中之误矣。

“显亲扬名”一句仍近利禄矣，盖离却立身行道，便是世俗所谓显扬，四字当易。

第一节便是无过不及的道理，下节因天下事严而不和者常少，和而不节者常多，故对流荡者方言弊耳。总注是朱子自发明礼之全体，非推有子本意，以“严而泰”配上节，“和而节”配下节也。或以两节俱对放荡者说，尤误。

七千子于孔子，“宗”字说得太高。七十子初来学时不是因。

凡看书，须随圣贤说话浅深高下虚心体会，如《松阳讲义》看此章，先立一意见，是无时不战战兢兢，说得三者是为学全功，道理何尝不通？然却是“陆子曰”，不是“有子曰”。

安即在勉中看出，能心肯意肯去勉强力行，便是安，非由安而能勉也。

主张太过亦有两种：一是见理不明，无心之主张；一是自欺欺人，有心之主张。子路非有心欺人，但气质未化，穷理不精，不自知其为自欺耳。强不知以为知，便是无臣而为有臣的病根。夫子呼而教之，其意深矣。

无争分由谨厚、乡愿、老庄三项人大有补于世道，此即孔子之恶似而非也。然三项中，惟托于万物一体，谓在己在人，初无所异、无所容争一等人，的是异端邪道，所谓弥近理而大乱真也。夫学术是非、民生利病，君子何尝不争？然却是和而不同，仍是无争也。

干求躁急，较量急迫，是求富贵之小人，何足以语？君子不以其道得之，是无意去求而自然就我者，如季氏使闵子为费宰等类；若后世科第，是我去求人，并不是得。文章好不应贫贱说，至此陋矣。设文如韩柳，学如程朱，遂可去贫贱乎？此一段粗浅，恐是先生未学道时语，晚年何以不删？

讲天命之谓性节，专指人，不及物，恐偏。注中一"万物"、三"人物"俱兼言，《语类》讲修道，谓教云就物上亦有品节，但于人较详，于物较略；于人较多，于物较少。如此说便无弊注。盖人以下似专就人说，然事之有道，事即兼物，圣人有教，亦不专言人。吾所固有，即万物皆备于我，特物不能尽性，而人能尽物之性，故人为重耳。

又云："虽曰体立而后用行，然用行更难于体立。"窃谓朱子恐人看中和截然两事，故下此数语，见得功夫本是一串，未尝分难易也。周子仁义中正，归于主静，体立起易言哉！

以戒谨恐惧属，有君子之德；以不知戒惧属，有小人之心，亦未然。据《语类》"为善者君子之德，为恶者小人之心，君子而处不得中者有之，小人而不至于无忌惮者有之"，只就君子小人行事上看。故此节第一个"君子小人"即上节"君子小人"，第二个"君子小人"当照注作平等君子小人看，"而又"两字方明白；下"随时处中正"是戒慎恐惧工夫，时中是统动静言，亦非专指动也。

"智愚，贤不肖"，皆所谓众人。智贤两种尽有美质，恐不可□概以众人。

"和而不流中立，不倚不从"，时解分处众、持己，极是。"道不远人"章照注：治人、爱人、责己三平，不从时说"忠恕"贯上下，亦是。

第十六章引几亭说"大德无声臭而长存"，谓长存其自然之验，此句欠明白。阴阳合散，无非实者；人死则气散，虽大德安能长存？譬如子孙诚于祭祀，即远祖亦能感格，岂其祖必大德耶？只是自家精神聚，则祖考之精神亦聚，在天地不过一实理，在人身不过一实心，所谓诚也。若谓圣人虽死，常在虚空往来，何异于二氏之荒诞乎？《三鱼文集》中说鬼神处大概粘滞，余尝辨之。

大孝一章不从《讲义》以首句为纲，五句为目，盖本之许氏与《章句》，由庸行之常推之以极其至，不合《讲义》，辨之甚明。

"春秋"二节，上节是事神之谨，下节是待下之周，不分时祭、祫祭，亦是一说，可免诸家之聚讼。子思当日概举祭祀之礼，必不屑屑分配。若此，但注中通于上下，《讲义》第辨"通上为敬所尊，通下为爱所亲"之非，而不明言上下之所指何也。据愚见，《章句》释祖庙因天子，而兼及诸侯大夫，适士官师，则通于上下，或是上下皆得通用之义。云峰胡氏曰：“郊社之礼，先言郊者，唯天子得郊社，则自侯国至庶人，上下可通行也。禘尝之义，先言禘者，唯天子得禘尝，则宗庙之秋祭，上下可通行也。”意亦与愚见合。时解“通于上指春秋节，通于下指宗庙节”，恐误。

孝子孝孙，总是一孝，其指先王也，则不专属文王。可知《讲义》引第二节注为证，合太王、王季、文武，极是。

“致曲”，朱子兼气质说，如仁者见之，谓之仁，何尝不是好的“曲”？盖气质亦有美恶之不同，夷惠未尝不造极；只是于“悉”字、“各”字上有欠，遂成一偏耳。曲，一偏也，悉推各造，则偏者全矣，故曰“能有诚”。

“诚者自成，而道自道”，恐不必牵合首章性道，次节只说自道工夫，诚之正是行道。盖“自成”两字无工夫，工夫全在“自道”，自道所以自成也。今乃云“自道工夫全在自成”，毋乃倒说乎？《讲义》此节亦云“自道工夫在诚上不在道岐”，道与诚而二之，误矣。

“合外内之道”，“道”字即指性说，非也。此“道”字轻，蒙引作“理”字看，是。

“故至诚无息”，劈头一“故”字，恍然神悟，远脉则总承全部，近脉则承“至诚尽性”“至诚前知”两章来；谓承上“致曲”“自成”二章，而以“知仁勇”强配之，失之远矣。

末节“德之纯”却少了无息，故添出“不已”补之，以凑成至诚无息之意；少添补凑四字，太着痕迹，纯自不已，本未尝少。此节子思将天地至诚合来咏叹，与首句“故”字自然照应，无限神情，岂有意补凑，如后世作文者首尾挽合耶？要人认出“勇”来，亦无此意。到此久已离却“知仁勇”说了。

“天地”二句就对待处说，“四时”二句就流行处说，不必分配博厚高明悠久。

中是未发，安得有作用发见于外？此章合并至诚无妄自然之功用，形容大德敦化，或就伦常上见其精详胶固，或就德性上见其浑沦含蓄，或就知识上见其融洽周流，无非极诚无妄，无非大德敦化也。故接云“夫焉有所倚”，有赞叹不尽之妙。读至“肫肫其仁，渊渊其渊，浩浩其天”，不知手之舞之，足之蹈之。想见子思当日，亦自有默契处，非特闻见之知而已。

讲义

《讲义》云：“人只要于父母兄弟意思，使之极厚；根本既厚，以下便自推广得去，亦不必更事讲求。”此段最有益于学者，但“便自”不必语气太快。仁民爱物有多少条目在，如何不讲求？

“行仁是行不仁，劝善是劝恶”，说得痛快，即论利害，明舍不见，暗来恤睦，则家泽绵远，义未尝不利也。

“学文非小事，圣贤豪杰将终身焉”，此数语，先生平生志行尽于此矣。终身学文，未始不可；自托于圣贤豪杰，则不可。

游艺是成德后功夫，博问思辨是大学工夫，余力学文是小学工夫，各不可混。若只讲做时文，无论丑恶，即做到极处，与所以要读书事毫无干涉。此一段却极正大切实，可以砭俗。

“重威看作涵养精细工夫”似“不庄以莅之”话头，与此章不合。

“入庙而敬，过墟而哀”，非特夫子无心；即邦君见之，亦不知不觉自以政来问耳。五者是子贡形容出来，推明必闻之由，就圣人接人处说，只得就和易谦退一边形容，是即过化存神之一端也。子贡岂不知夫子中和气象，遗失一半，有待后人之斡补耶？仁山、晚村纷纷之说，皆讲章之流弊也。

朱子未尝不足于子贡，“以得之”三字亦不见渗漏德盛、盛德，子贡所说五者已包在内，《章句》特申明之耳，总不是补。

子贡说“求”，正是说“不求”，故《章句》加“不愿乎外”四字，亦是子贡意中所有，非补也。

夫子许可子贡，正是许他知义理之无穷，谓不著，诗上则可谓并不著，义理上则亦入于禅矣。

以北辰之动不动喻黄老之劳逸，似黄老与吾儒无异矣。只当论汉用黄老之失，不当惜汉得黄老之粗。

圣人心即是矩方，说得吾心自有天则，然犹下个“不逾”字，于此可见太极不离不杂处。“主敬”二字不是圣人分上工夫。

为人师只说讲书辨难，仍是记问之学；《章句》所学，在我最重，非知行并进，未易到此。说约蒙存固为浅陋，然看《或问》《语类》而不本诸躬行，五十步百步而已。

“先行其言，而后从之”，语意自重“行”上。既曰“见之实事”，曰“行其言”，又曰“行其言非专指行也”，说得支吾鹘突，私意只重在“言”一边。故凡遇四书中说言处、说知处，便要主张回护，此心病也。

其父报仇，其子必且行劫。有季氏而后有莽、操，正不得以骏蠢无知恕之。一部《春秋》从此二章发根，孟子说孔子惧“惧”字，便从“是可”二句看出。

讲礼后处，《讲义》可为透辟，谓子贡言《诗》本领过于子夏，焚坑以后独卜氏一宗不绝，皆发前人所未发；但谓此“礼”字指三百三千美盛处而言，未免有语病。夫三千三百美盛处，便是小德川流，物物一太极，如何说得？后此“礼”字说得小，对“忠信”讲，犹云“仪文”耳。若合三千三百又著个美盛事，即是忠信之所流露贯注矣，而可后之乎？报功亦不是事君，若周公可也；然周公之心犹未以为可也，而用天子礼乐，公之心安乎？陈氏说未是。

看王者揆文教处，能得几许地，其余皆奋武卫者也。先生特因杯酒释兵有激，而不自知其论之偏也。王者学校、宗庙之礼、揆文教处毕竟十居其七，奋武卫十居其三。使宋能用程朱，安有此祸？不然不释兵，安保不亡哉？“好恶本自仁出”，此句鹘突，当云“公好公恶，本是天理”。“能必兼知勇”，本章无此意，不必牵合。

“不当得”是道义上不当得，此条云“非道义之道，大谬，我未之见也”。注“偶”字最有味，与上亦容。或有相应世间，或有力不足者，想是我偶然未见耳。口中说有，意中仍是无；口中就有力不足者，意中却是未见用力者。若竟说未见用力之人，则“偶”字当改“并”字矣，与注恐未合。

“观过，斯知仁矣”与“三年无改”“只观善一边”同。尹氏“不仁”及圈外“薄”字、

“否”字俱是陪说。饶氏说是。

第十四章“素位”只重“为其所当为”五字。如富而好礼，贵而不骄，贫贱不能移，贫无谄无怨，贱不自专，言忠信，行笃敬，致命遂志，动心忍性，增益其所不能，所谓因见在所居之位为所当为，故无入不自得也；然不去愿外之心，则必不能尽其分内所当为之事。如士人读书，全不自反，所以致君泽民者，有何具而汲汲应试干禄？皆愿外一念误之，即下文所戒“行险侥幸”也。

第十二章，《章句》“居室之间”四字是指零碎粗浅道理，愚夫愚妇可知可能底，固不专指事亲敬长，亦不专指房帏衽席。如史氏及《讲义》说，则子思何不云“禽兽之蠢”，而曰“夫妇之愚”，可以悟矣。

“夫妇”二字是通章微旨，一阴一阳，至天地而极，故对举结。窃谓末节止是撮举大小两头，总结上文，并非着意夫妇。《讲义》欲主张居室一说，强子思以从己，凿矣；并谓鸢飞鱼跃，亦指阴阳妙合；下章又说妻子好合，脉络分明，不更谬乎！

“以人治人”，兼人己说，不合，想误看《语类》间录一条，得病也。

大孝一章是定论。白云先生只从孟子“孝子之至”一节误来，不知彼是对北面而朝，故言“尊养之”。至此是论道之费，费之大，故由庸行推极其至，言各有当也。

“令德”是泛言，谓专指孝，非也。

大德必受命，理之当也；大德不受命，非大德而受命，理之变也。三代以前，气运极盛，故常理得伸；周末气运衰，孔子便不得位。舜与孔子易地则皆然不得。谓天所以命孔子者，又别复蹈侯氏之失也。

十九章所谓“通上下”，即上文两“达”字，亦即此“达”字之所以然。此二语与饶氏“‘达孝’承上章三‘达’字”同误。

人到罪大恶极，虽能悔过自新，天亦不与之。广平谓武王观政时，使纣一日有悛心，武王必与天下。“其尊之此”，只就圣人心事上言其光明正大耳，究其极，无论纣不悛，即有悛心，不足赎其毒痡之罪也，天命毕竟归周耳。“取人以身”，“身”字兼修不修，身为何等身，则所取者为何等人？此数条似是而非，“人”字顶上句“人”字，是贤臣可知；若此句侊侗说，则“为政在人”一句亦可兼王霸言，人为何等人，则政何等政矣？有是理乎？

“上知人”单指尊贤，此“知人”兼事亲在内，两句分得不妥。二“知人”总指尊贤，下“知天”是兼亲贤，两不相悖，不须周旋。

“自诚明”一段，今之儒者有惩，象山、阳明之学过于高明，以为宁取质鲁一路人，儒者似指杨园先生。杨园此言非特惩陆、王之过高，正为主人虚浮，下一顶门针耳。乃不自省，而以村竖白丁狙公厕鬼为讽，难矣哉！

二十五章终，始句解自“成不诚”句，已是说自道，此本朱子一定之论，然“不诚”，“不”字虽说人去不，他只说得不自道的反面。下句“诚之”二字极重，是自道正面，《章句》能无不实？正是自道工夫，乃为有以自成而道之。“在我者，亦无不行矣”，是指自道之成功，而言此一节自尽己之性，下节又就尽物之性言之，亦是自道工夫，在上节内已尽。故注云:“既有以自成，则自然及物,而道亦行于彼矣。”亦指自道之成功而言。盖自成是说理,工夫全在自道,注中“有以自成”，两“有以”即自道也。《讲义》解书极明快，惟此章不合朱子，不可从。

“道并行”一句所包甚广，注中“‘四时日月，举其大者耳’作‘运行度舍黄道白道’看，是专指日月矣”，此说不可从。凡有血气，指人类是禽兽草木下尊亲，如何说得去?

凌渝安先生《大全》评

释氏亦言“无适非道”，亦窥见道不可须臾离之意，但不肯用戒惧之功，故心中无主，大本不立；又舍事物，求之空虚，故达道不行。窃疑释氏所谓无适非道是说气不说理，安能窥见把捉收敛?未尝不肯用功，但所见已误，即使存养，亦存得昭昭灵灵之气而已，非吾儒之戒慎恐惧也。

“世教衰，民不兴行”，似责在主持教化者，不如说民囿于气质之偏，以起下章过不及之病。窃谓民所以囿于气质之偏者,皆由主持教化者失其职耳。下“过不及”亦不专指庶民,本节“民”字亦不专指凡民，注无可议。

“依乎中庸”只说得知仁遁世无闷悔，方是知尽仁至处，勇即在其中。此沿饶氏及蒙引浅说之误。“依乎中庸”至“不悔”本是一气直下,知仁勇都在内;注中对上二节，不得已分应耳，犹云“依乎中庸，则不为索隐行怪”。可知遁世不见知而不悔，则不能半途而废，可知不可以浅深难易分也。

“庸德之行下”数语该在夫子身上讲，此恐未然。注中明言“言君子之言行如此”，岂有夫子自赞慥慥之理?

“君子素位”一章两节，注中两分，恐有可议。窃谓首节本是一串，次节四段说素说行，自应分属“素位而行”；第三节说不陵不援，不求不怨，自应分属“不愿乎外”。

故大德一节以下，不拈大孝，竟以“德为圣人”句作头领，又因舜而泛言必得之理。窃疑此承上舜言必得之理，非泛言也。大德，依南阳，作“大孝”，是。

“明乎郊社”三句只是理无不明、诚无不格意。窃疑此处与《论语》微有不同，当就武周制作上会出天人合一、幽明贯通之理方切，本□泛拈理明诚格不得。

俗解“时措之宜”云：“措之己则己得其宜，措之物则物得其宜。”大谬。首句“非自成己而已也”将成己略过，侧到成物一边，故《章句》“既得于己则见于事”者，亦是侧注。解者因“成己仁也”两句平对，故有此谬。不知句虽平而理实侧，由成己之仁发为成物之知，便时措得宜。此说极是。《松阳讲义》兼人己，恐误。

“天地之道可一言”节对首节,“博也”节对第三节,“今夫天”节对第四节,末节合“至诚”、“天地言之”，此最看得融洽。南阳以第八节对四节，非是。

“温故”,“故”字是良知德性里的，不是学力来。注中“温”训“学习”，勿泥。愚谓此当从当湖说，兼天资学力，是；若晚村“良知良能不可以”，故厚名之，则又因辟王学，而失之偏矣。

“本诸身有其德也，征诸庶民又有时位也”，皆指已然者言，下四句方说制作之善。诸家重“本诸身”句，大谬。此说固是，但看得二句太轻。六事并列，各有本义，若仅说时位，则首句“君子”注已明言“王天下者”矣；德固不易有，庶民之信从，亦未易言也。此“本”字、“征”字不对“考”、“建”等字，对下“不谬不悖，无疑不惑”，故六句统言制作之善。

“所以不害不悖者”，下“所以”二字可疑。窃谓“并育并行”二句是说气化本然，“大德小德”是说造化之理，不得不用“所以”二字。（《松阳讲义》下“自其”二字与“光主”意同。）

读书二录摘条辨

凡人学问，历时必进，前后异同，不妨并存，但既经手定，不宜自相矛盾，如薛文清岂非有明儒者，而读书二录，独左袒许鲁斋，甚至尊为孔子，可谓不知人矣，不知人由于不论世，合宋元明而一体视之耳。然其间间有论华夷处，亦颇明晓是在已，且无定见，何以垂训后学，愚故摘而辨之，以质诸并世之精义者，戊辰三月晦日古民识。

设身处地四字，论世知人之诀也。敬轩毕生盛明，赋质醇厚，偏于躬行，而穷理不精，但据鲁斋已定之书，见其论太极，论小学，平尽切实，辄以圣贤尊之，竟不考其生年，当宋理宗之初立，厓山之变，鲁斋才七十耳，又二年而卒，是鲁斋一生，竟安然为元虏名臣而不耻也，使其不从事于程朱之学，亦不足责，既恪守程朱之书，躬行实践，则当思此身为宋代人，吾之祖先，与程朱同戴宋天子为父母之君者也，岂有以程朱之道辅虏君，以灭程朱父母之国为程朱不共戴天之仇，而可奉之为程朱之后一人者乎？敬轩九原有灵，必不以鄙言为太苛也。

前录一条云：“视富贵如浮云，许鲁斋其人也。”鲁斋余莫测其为何如人，但想其大而已。

玩语气，竟尊为孔子矣。

又云：“元人有以北有许衡，南有吴澄并称者，此非后学所敢轻议，然即其书，求其心，考其行，评其出处，则二公之实可见矣。”

吴澄，宋乡贡进士第廿七名，而再醮为胡妇。敬轩乃自谦为后学，不敢轻议，是先不识澄为何等人，又安能测鲁斋之所造哉？若果考其行，评其出处，一则为李陵卫律罪通于天，一则为绝代佳人辱身沙漠而已。

鲁斋在后学不能窥测，盖真知实践者也。妄为之言曰：“其质粹，其识高，其学纯，其行笃，其教人有序，其条例精密，其规模广大，其胸次洒落，其志量弘毅，又不为浮靡无益之言，而有厌文从先进之意，朱子之后，一人而已。”

此段虽作朱子像赞亦称，敬轩直如醉梦中所撰，既尊为朱子后一人，即须为朱子设身处地，使朱子不幸生度宗宝庆之初，元虏所占之地，即度南渡之必亡，而陈臣虏陈王道佐之以灭宗国乎？即敬轩亦宜设身处地，我生于宋衰元盛之时，亦将衣裳就之，而不以下乔为入谷为嫌乎？质粹学纯行笃，或有之，其识高从何处说起，两宫鼠窜中土龙荒在南正朔山河一角，有识者，方欲凿坏而遁，其肯饕不义之富贵，为左衽说西铭，为侏离沿小学耶？余亦妄为之言曰：其行方，其智圆，其局宏，其气敛，其机深，其计稳，其位置极高，其退步极宽，其辱极忍，其福极厚，老子之后，一人而已。呜呼！陛下不知庐杞之奸，此庐杞之所以为奸也，敬轩不知鲁斋之为乡愿，此鲁斋之所以为乡愿也欤。

鲁斋自谓学孔子，观其去就从容，无所系累，真仕止久速之气象也。

孔子不曾自谓学伊尹学周公，鲁斋无忌惮，自谓学孔子，只此二字，敬轩若聪明，便推见他肺肝，要知此时，如洪荒之世貌，为孔子极不费力，他的肺肝，也量到后世必有人指摘他，不若过大一步，竟以孔子自处，居之不疑，如刘敬修问他公何以一召即起，毋乃太急乎？他就说不如此，则道不初行，索性作一个冯道顽钝无耻的声口，便可吓倒小儒，使他测度我不出，两庑一席，不难取之拾芥矣。

鲁斋召之未尝不往，往则未尝不辞，盖学孔子者也。朱子以二程继孟子之统，朱子集小学为大学之基本，注四书发圣贤之渊微，则继二程之统者，朱子也，许鲁斋专以小学四书为修己教人之法，不尚文词，务敦实行，则继朱子之统者，鲁斋也。

味此一条，竟是孟子卒章，历叙群圣之统，章句又补出明道一样派头，敬轩之倾倒于鲁斋至矣，独不思晋人云：犬羊相聚，何敢比拟？天朝一语为千古定论乎？鲁斋自谓学孔子，便是孔子，则忽必烈自谓学汤武，便是汤武，推之当日姚枢苏天郁爵伯颜是伊尹太公，赵子昂是微子箕子，耶律楚材、刘秉忠是散宜生优孟衣冠一场游戏，岂不令后世绝倒，帝统有正闰，文清尚鹘突，道统岂易论哉。

读《西铭》，知天地万物为一体。

文清论《西铭》极多，即以此条论之，是理一，不曾说到分殊，与鲁斋华夷千载亦皆人何异乎？鲁斋惟恐后世中原有人，决鄙薄他，改他的诗云：华夷千载分人兽，他便做孔子、朱子不成。忽必烈窃帝统不得，则鲁斋亦窃道统不得矣。子为汉臣，安得不云尔？鲁斋无足怪，文清生于中华之世，虽非三代，亦是汉唐，而昧于出处大节如此，毕竟是厚又余而智不足，与子羔同病，殆亦谓学朱子，而不入朱子之穷理者欤。

鲁斋出处，合乎圣人之道。鲁斋以王道望其君，不合则去，未尝稍贬以狥世，真圣人之学也。世祖虽不能尽行鲁斋之道，然待之之心极诚，接之之礼极厚，自三代以下道学君子，未有际遇之若此也。

第一条，即前仕止久速。第二条未尝稍贬以狥世，大谬，乡愿同乎流俗污世，尚是说中国，若鲁斋则阳为人形于犬羊之中，而其实则懼犬羊之啮之而以术御之使驯扰耳。犬羊不化为虎狼，食我中华赤子，鲁斋未尝无功，在鲁斋实宋之遗民，而食虏之禄，受虏之爵，其为大贬以狥异类，不堪言矣。

第三条说得极陋，亦是天理昭彰处，亦是鲁斋诚中形外，当不起后世人尊他为孔子，冥冥之中特生一个薛敬轩，忽然立中华而及艳慕夷虏，为三代下第一际遇，犹之汉宫妃嫔，大家哭送昭君上马，说我们那有此福气，作阏氏承受呼韩恩宠也。读书二录温乎儒者之言，杨园所敬服，惟有此一条是大丑出丑处，然小子今日，所以明目张胆，敢说鲁斋是儒中大乡愿，却全靠此一条得间而入，推见二公本领，一是学孔子的真老子，一是欠穷理未明出处的小宋儒，从来儒者流弊，好说温柔敦厚，浑厚包容，所以大家颟顸了三四百年，使春秋大义半明半暗于日月星辰之下，非孔孟程朱之所顿足于九原者乎？

知人则哲，指今人，论世知人，是指古人，不为古人所欺，尤是难事，故孟子特次于友天下士之后，元儒出处一关，是古今大变，朱子亦不曾论过，所以敬轩无折衷，然居业录、困知记，亦有见到处，却语焉而不详，杨园是身历灼知，而韬晦不欲尽言，晚村言之二未得其要，又为时文所掩，不能躬行，言之人亦不信，小子何人？乃侃侃陈之，一无忌讳，僭妄之罪何逃？然反之寸心实有大不得已处，看来天运，从此中原，竟是一个夷夏迭主之局，若更含糊，不将第一个破例的鲁斋打穿后壁，痛辟一条生死路头，将使后来学者，人人说我只要讲《小学》《近思》《四书》，躬行实践，富与贵一章，除去了前二节，只说终日造次颠沛，言忠信行笃敬，居处恭执事敬与人忠，就是躬行君子，夷狄何害，蛮貊亦佳，但使学得鲁斋，赚得一个中国儒者，赞我仕止久速合孔子，便可高坐两庑，是何等地位，何等福气，还要说甚金仁山、许白云、张杨园，此正何求老人所谓一班乡愿上场也。凌先生说何求借时文讲学，为干禄之资，是将来斯道之忧，然其害尚小，即阳明阳儒阴释，生心害政，其害虽大，其势渐衰，惟有俨然时中的圣人，不讲出处，只说躬行，未尝不辟佛老，未尝不实实慎独存养，人心如印版，千纸不□，虽在千万人中，皆知有己，未尝不以天下为己任，时时欲致君尧舜，俨然一个体用完备的至人，此诀一得落得享盛名，居高位，生则冠冕一朝，死则俎豆两庑，岂非百倍之利，此例一开，虽未必有人办得此大力量，直假到底，才说几句虚名所误，不请谥，不立碑，然天下之人，万一有谨厚之士，偏重躬行，不善穷理，竟误会认为真时中孔子，而一步一趋，不幸而有佳子弟，从而谬衍其传，其为吾道之忧可胜言哉？此予之所以不避苛刻狭隘之目，而痛哭为万世陈之者也。呜呼悕矣。

第二条以王道望其君一句，说得肤泛，竟不消问其何时之君，何等之君，又末句下一真字，岂敬轩初亦疑其为假圣人至此，而悟为真孔子耶？玩语气直当说真孔子也，不得已为孔子，不敢太唐突，故推说圣人之学，而加真字极赞之。

程子曰：老子窃弄阖辟者也，云云。

此条可与鲁斋伎俩参看，阳明聪明，龙溪、甘泉一辈，都被他牢笼，然不如鲁斋能伏得一个敬轩，真是窃弄阖辟手段。

鲁斋诗曰：万般补养皆为伪，只有挽心是要规，惟心得而实践者，乃知其言之有味。

心有人心道心之别，试问当此时，鲁斋还是望忽必烈行王道，则宋可速望亡乎？还是望故君理宗用真德秀，行王道以灭虏乎？若说吾儒只管一己，不必问其为夷为夏，则天德与王道为二，鲁斋之王道，夷道而已。予廿岁时，曾改二语云：不从正朔分南北，浪说挽心是要规。

天地者，吾之父母也，凡有所行，知顺吾父母之命而已，遑恤其他。

此一条未必不为鲁斋解嘲，谓当时天意已归元虏，鲁斋不过顺天而已，所以有末四字，此等当论常变，从亲之令非孝，谕亲于道为孝，有道之天当顺，无道之天当逆，敬轩看孟子未透。

夷服夷音夷行，人皆知恶之，而有不恶者何耶。

此一条必有为而发，敬轩何不设身处地为鲁斋思之，七十三年中，何在非夷服夷音夷行，而鲁斋习见习闻，恬不为怪，且欲致之王道，何耶？

孟子论陈仲子，章正谓大节既失，小者无足观也，大节莫过于伦理，避兄离母，大节失矣，区区小廉，何足道哉？

此条可与鲁斋参观。他一生居敬穷理，及辞受取予，视听言动，颇似学者，然大节已亏，背宋仕元，是无君臣一伦，小学敬身为大，甘陷父母之身于夷虏，是无父子一伦，虽日日讲大学八条目，只算小廉曲谨，何足道哉？

《记》曰：君父之仇，不共戴天，只是天理人心，自不能已，而死生存亡，非所许也。如宋之高宗，父兄宗族皆为金人所虏，甚至辱及陵寝，以大义言，只当以不共戴天为心，而求所以必报其仇，至于死生存亡，非所许也，若区区为苟安自全之计，则必不能伸大义于天下矣。

此条在二录中，说得铮铮佼佼，光明正大，但不曾想到鲁斋身上，理宗即高宗之裔孙，元虽灭金，并非为宋复仇，灭虢正为灭虞，即宋理度恭端昺五帝不共戴天之仇也。鲁斋生于理宗宝庆之二年，故国正朔犹存，而反颜以事仇，可乎？予所云从古有不圣贤之忠孝，必无不忠孝之圣贤，非一人之私见也。

气正则生人亦正，气偏则生人亦偏，如中国夷狄可见。

此亦论起常耳，余阙仕夷而尽节，鲁斋宋遗民而仕虏，则善变不善变之分也。

地于天中一毫毛耳。

此说似乎太形容得地小，不知何所据？

自朱子没，而道之所寄，不越乎论语言文字之间，能因文词而得朱子之心学者，许鲁斋一人而已。

朱子之后，有何王金许，敬轩绝不一屈一指，只尊鲁斋，何也？试考朱子之心何在？不过春秋纲目、君臣夷夏而已，鲁斋安知朱子之心而传之其学乎？

以武王之圣，而不知夷齐之贤，岂非命欤？

非不知也，知而不敢屈耳。

程复心四书章图，破碎义理全使学者生疑。

此说极是，余向见邢先生（复九）亦仿程作，曾录此规之，此起于八股价讲章流弊，何求所不屑也。

春秋大义可见者，尊君父，讨乱贼，内中国，外夷狄，贵王贱伯而已。

此条甚正，然在敬轩不过作泛常记录，如太极西铭易爻象诸经义，不必有所得，借以维持此心而已，故两录论史处极少，即有一二，亦皆前人所已道，可见德有余而才不足，余所谓躬行有余而穷理不足者，非苛论也。意欲删其九而存其一，为节要，若无暇也。余尝谓亦亭云："人要坐两易庑极容易。"平常大恶事不做，不过乡党自好，著一部语录，只要泛泛说太极六十四卦，取北溪字义，敬轩读书二录，依样葫芦，说他几句，后世必以羽为羽翼经传，有功圣门，落得如老兄做孝廉，将来中进士，做小官，做大官，一生富贵总无碍也。亦亭为之抚掌曰：此倒是儒门秘诀耶。

当敬轩记此条时，设有一良友问曰：君言极是，但公赞鲁斋，请问鲁斋之君父何人，鲁斋以王道是告其君，是中国，是夷狄，敬轩未有不悟者，倘曰圣人无可无不可，自当别论，虽良友亦无如之何矣。

许鲁斋云：世间巧拙俱相伴，不许区区智力争。此言宜念。

说得是。然亦是套语，若就先生看，用大智力竟可争得。

刘静修，高士也。百世之下，闻其风者，莫不为之兴起，可以廉顽立儒。

玩语气，似乎节而失之过，不如鲁斋为时中之孔子，此在静修当别论，渠父已为元官，能干蛊不出，诚高，然渡江赋亦可不作，其决意辞官，可尚也。

临川吴氏曰：太极无动静，然动静虽属阴阳，而所以能动静者，实太极为之也。云云。

吴澄而尊之为临川吴氏，由四书大全误之，此书成于永乐篡弑之朝，固定不足凭也。后有明天子将此书中凡宋臣仕元者，不论其说之是非悉删之，可以垂戒后世（如新安陈云峰、胡之类）。

敬轩于鲁斋不能测其所至，有褒无贬，犹可谅也。若澄中华乡贡，而抱琵琶作再醮胡妇，复何所顾忌，而尊之等于鲁斋乎？澄所以强列于儒，讲性理说经史者，自知其不齿于人类，异后世因羽翼经传，忘其为宋臣，而以鲁斋例之耳，故始亦玷两庑，嘉靖间，张璁奏澄忘宋事元，坐黜，今乾隆元年，又议虽宋乡贡而未入仕籍，无碍，复从祀。

荀卿之托身黄歇、杨雄之失节莽贼。

二语似阙文，或与下条连，不及订耳。愚窃为补之云：犹愈于鲁斋之屈身犬羊也，敬轩九原以为何如？

许鲁斋答窦先生书，中间一节议论，深识命时势三者，盖深于易者也。

三者之外却有一理在，命亦有二，正命非正命，圣人立命，贤者言义不言命，循理守义，可以挽回时势，但深于易者，知时识势于事几之先耳。使鲁斋果深于易，则于姚枢隐苏门之时，必恍然曰：此以金虏仕元虏，乃再醮胡妇，而谈太极必妖狐也。宇宙为纯坤之世，则天地闭，贤人隐，吾其南学于中国乎？鲁斋乃北面奉之为师，随风倒柁，同流合污，以此为深于易，则胡元一代，吴澄、赵子昂、虞集、欧阳玄、黄潜、柳贯、杨维祯诸人，人人皆希夷康节也，何必鲁斋耶？

不知时识势，而妄为，即孟子所谓小有才，而不知君子之大道，如黄河滔滔之下流，而欲捧块以塞之，愚之甚矣。

此两条文一贯，故合之，接鲁斋深于易之后，疑敬轩有悟于南宋之国势，真德秀、陆秀夫、文天祥诸君子，全可谓全不知易，与前论高宗当报仇一条，岂不自相矛盾？

程朱立朝时，人多欲辈行之，正如安童之论许鲁斋。真知力行，元有许鲁斋。尊程朱之学者，许文正也。

程朱所立之朝，亦如鲁斋所拜之君乎？可许谓拟人非伦，力行或然，真知岂易言哉？尊之称其谥，倾倒甚矣。

朱子论陆象山之学，具有定论，临川吴氏犹左右之，何耶？元人诗不宗朱氏元非学，美哉言乎？

此条亦正，但敬轩终为澄所欺矣，澄虽犬羊，其自知之明，良心不昧，亦料有丘濬、张璁一流人，捉他破漏，故意左袒象山，后人必以其调停朱陆之间，终究不纯宗朱而议之，议者愈多，草庐愈喜，正要人说他小过，却不提起大恶，已暗将此身挨入道学传中矣。此儒者之贼也，不宗一句，余只须改一字云，便宗朱氏元非学，使澄不左右象山，居敬穷理，正心诚意，遂为朱子后之一人乎？

见到至处，人至或可及，行到至处，人鲜能及也。

此条暗指鲁斋，夫知先行后，知易行难，知得一尺，不如行得一寸，皆名言也。然义理无穷，尽有自谓，行到而终身由之，而不知其道者，毕竟知处亏欠。孟子智譬则巧也一节，发前圣所未发，清任和都是圣人，尚有知行未到处，此所谓费而隐，圣人天地所不能尽也。自有生民，未有孔子，鲁斋自谓学孔子，真是说梦。不然，老奸巨猾，姑以大言欺蒙古狉榛，却不料后世老实儒者，竟信为实然。

论宋辽金之统，当以宋为正无疑，朱子纲目五代时石晋，虽为辽所立，后来契丹侵晋，皆以入寇书，是则自晋传汉周至宋，宜得一统之正，况女真入贡于宋，又非辽之比矣。

此条论正统。曰宋辽金，不曰元，或敬轩本意知胡元之不可以为正统，而故删之则得矣。或以元之为正统不必言，惟宋时有辽，故论之，则仍是尊鲁斋为王佐从龙一种见识，未见其深有会于纲目也。女真入贡于宋句，似是而非，使不入贡，遂可与宋并尊哉。若然，元不入贡于宋，遂可以灭宋，而鲁斋不必以其灭父母之国而仇之乎？论元之幅员极广，不得不以统归之，却是闰而非正，仍算无统之世，譬之世家绝嗣，未得嫡孙为后，权以螟蛉主家事耳。余尝谓纲目尚有失出处，使朱子生于敬轩之世，经过天地易位，一代大变之后，纲目必更有一番论断阐发春秋内外之大义，敬轩力量却未到此，知仁勇三者全，方可以作纲目，观敬轩不能救于忠肃一事，于知勇终亏欠也。然敬轩是白璧微疵，鲁斋是美玉琢成饮器，令人痛惜而已。

唐太宗过邺祭魏武，武汉贼，祭之过矣。胡氏以魏武、太宗才优于德，夫唐太宗虽假仁义，犹有及人之德，魏武则残贼生民，潜移漠祚，弑伏后及皇子，杀害忠良，乃天下万世不道大贼也，何德之有？胡氏以之与太宗并称，恐非至论。

二录中，太极、西铭、心性、道理泛语太多，如此条严切明畅，但穷理工夫，要在推广，魏武暴虐，尚是华人，若蒙古暴虏，其入蜀时，五十人为一聚，人刺一刃，至暮疑尸中有不死者，复人刺一刃，成都城中骸骨，计一百四十万，城外者不计，元之令，凡攻城不下，矢石一发，则屠之，其屠常州，未破前，杀民煎膏取油以作炮。敬轩岂不闻乎？特以鲁斋故不欲言耳，此亦是阿私所好，非公心也，以夷篡夏，即仁慈亦罪，浮于魏武，况暴如元虏乎？

汉马融绛帐女乐，为权奸作奏，害忠良，得罪名教大矣，犹配享孔子庙，谓宜黜罢之可也。

误在“羽翼经传”四字，然以融较之澄，融之得罪名教，犹可恕也，舍澄论融，何以服故鬼哉？

宋季以道学为伪，元初得诸儒性理之书，建太极书院以尊崇濂洛诸君子，是中国不如夷狄，而治忽之效亦可见矣。

末二句，大有感慨，此事余生平尚论，最所痛恨，敬轩立言失体，未尽善也。当改云：宋季天子误用奸臣，兴伪学之禁，致使胡虏妄立太极书院，效颦中华，伪崇宋儒而无道之天遂亡夏而兴夷，天地易位，纲常沦灭，涂炭中原，赤子者八十九年，此反常之大变，非我太祖揭日月于重渊，瑄虽有志洛闽之学，不过步鲁斋之后尘而已，安知其不为虚名所误，辱先人之遗体哉。如此立言，方不愧堂堂中华儒者。

王凝论元魏曰：夷狄之德，黎民怀之，不知何谓也？

此与后魏晋二条，敬轩深明春秋大旨处。予友汪子津夫往往左袒阳明，惟有一语，至今念之。馆故山时，因选元诗，忽谓予曰："元末诸人入明初，亦作黍离之感，不知当日人心之死一至于此。"慨念良友，幽明永隔，临书凄然。

《参同契》终是方技之书。

朱子才大，偶一涉之，学者终自当屏为异端，勿分心也。

魏晋五胡南北朝十六国五代，或假禅授以窃人之国，或逞兵力以荼毒生民，皆王者之贼也。

此与王凝一条，皆在续录之末，故余尝云：学必因年而进，使敬轩天假更假之年，必将前录赞鲁斋太过处，一一改出，无遗议也。

鲁斋不对伐宋之谋，伐国不问仁人之意也。

也是他良心不昧处，然何以不谏伐宋，倘曰我只说不问我仁人，竟去灭吾父母之国何害？则其不对深于对矣。凡伐国必论当伐不当伐，譬如周平王问孔子犬戎可伐否？虽至仁如孔子，自请为将矣。鲁斋不对，正要求一忠厚人如敬轩者，赞他是仁人耳，所以富贵已极，道学已成，信国已囚，厓山已近，易箦之际，落得说几句好看话，虚名所累，勿请谥立碑，求见谅于后世之忠厚儒者而已。文清不救于少保，刘念台亦疑之，杨园也曾论及，俱未有决断，愚见却据曹操下杨彪狱，孔融曰：假使成王杀召公，周公可得言不知乎？令满朝紫衣，文清惊问曰，欲杀于谦。仅叹曰各有子孙，竟不救也。其是非何待辨哉。

附读《鲁斋集》摘记（丙申）

以众人望人，人字有分别，非所加于君子也。春秋责备贤者，吾于先生不敢恕也。责人者，适以长己之恶。此语太偏，亦要看责人者何人，所责者何事，如公言，责人可废乎？

行义所以立命，义未尽者，不可以言命。

造物忌名，亦是说法，非真有冥冥者深忌刻此美器也，造物只是理，不必说造物忌名，只当云君子耻名。君子岂沾沾畏造物之忌，而后修其实以副之哉。使造物不忌，君子遂空享之哉。

雕虫小技，杨园驳之极是，吾故曰鲁斋穷理之功有欠处。于此亦可见。

看史先看其大节，极是，余之论先生出处亦以此。

职分性分，自有所当为所固有者，不必说到终身为乐，泽及子，入利害上去。

后世浇薄，或可以老氏济之，此条或记录之惧耶（戊辰自注：秘诀在此）。

学孔子不至亦无弊，孔子岂易学哉？先生之弊，皆生于学孔子耳。程子曰：学者当学颜子，有用力处，若先生当学孟子。

论得便宜一段，曰汝既多取了他底，便是欠下他底，随后却要还他，此与村媪说因果何异？杨园删之最好。

同人于野，先生若以此自命，说得太高，有乡愿流弊，胡元之世，岂可说大同二字，畏孤立，畏仇敌，总是计利害。

小畜一段，杨园云："观此知先生处出之心。"窃疑鲁斋所论，止是避凶趋吉，然不潜而见，正与易理相背，其吉处正是凶凶处，正是吉吉凶，当论是非，不论利害，失身蒙古，亏体辱亲，败名丧节，何吉之有，大风暴雨不避岩龛，而汨没于波涛之中，犹以为大壮，则止遁，则退乎？

精气行到处，便为君为长，说得无分别，亦有戾气，行到为君为长者，如人身痈疽结毒，谓之旺气则可，谓之精气则不可。

随时变易以从道，此道字极紧严，通容不得，若一错认，便是随时变易以违道了，如素夷狄看错了，便是君子无入而不自失矣。

与窦默书，薛文清极赞深识"命时势"三字，为深于易者，不知此正鲁斋受病处也。果尔则孔子之其不可而为之，真不识命，不识时势者矣。势不可为，时不可犯，顺而处之，莫非义也，则胡广、冯道皆深于易者矣。平生拙学，认此为的，可惜可惜！潜龙勿用，识命与时势，只有此句。

编年歌称大辽、大金，鲁斋固以胡人自命也。

附读《薛文清读书录》摘记（丙申）

鲁斋不对伐宋之谋，然未尝不劝之修德以致宾服也，不阻伐宋便是不伐之伐。余于《鲁斋集》论之详矣（集中此论已经删毁，深可惜也，岚记）。

轻议前人长短，固不是，然前人实有差处，欲为回护，便是放宽自己地步。程子谓论古今人物，别其是非，正是穷理工夫，如公之时，王振擅权，以圣贤出处论之，惟有遁迹山林而已，大理少卿之拜，虽荐由杨士奇而权实由王振，公岂可受之乎？不谢私门，乡党自好者皆能之，何足为公称也？土木之变，公已落职家居，此极乱之时，景帝虽立，无可出也，而公复以荐起为大理寺卿，所见诸事业者，惟饥民一案，抗章力辨已耳，及英宗复辟，石亨用事，欲以答民望，拜公为相，公此时复可狥俗，随众轻受大任乎？然既受相，则此一部读书录所说太极、西铭道理，可以实见诸施设施，岂有刑一忠肃，满朝衣紫，而公真如醉之初醒，必待问而知耶？既知之，则必憬然于中，出其是非可否？毅然强谏，死生利害，不复瞻顾，而公之言但曰：此事人所共知，各有子孙，真如佛氏之说因果，既不与石亨辈侃侃力辨，又不痛哭流涕力陈于上前，则公之所立者何位，所学者何学也？将谓小人道长，邪不胜正，言之无益，徒取凶咎，吾其引身而退，不失明哲保身之义，则公之见事何其晚，公之临事何其馁，公之爱身何其周，公之待友何其薄哉。当道之不可行，而修员相位则不智，知贤臣之不可杀，而不力争则不仁，临大事而优柔不断则不勇，智仁勇三者，天下之达德，惟儒者能全之，而公顾若此哉？岂先哲之处事，别有妙用，非后学所能测乎？轻议之罪，余不敢辞。

论相数条，学问极大，可见相位不可轻受，既受之，则为一日之相，便有一日之相业，不可以暂自恕，不可以遂事不谏自宽。

廉而自忘其廉，则人高其行而服其德，此条尤误，廉是旁人目之之名，在自家只有一个道理，性分之所固有，职分之所当为，不知其为廉也。若欲人之高其行，服其德，而后自忘之，为人之学矣。

须要有包容，则有余意，发露太尽则难继，非老氏之学乎？异其有余，虑其难继，即是各有子孙一言之根也。

刘静修应胡元之聘，安得称高士，渡江赋，高士岂肯为？

知时识势，学易之大方，录中说易颇多，文清殆深于易者，然其受相，或时势不得不然，不救忠肃，亦时势无可如何，殆自以为知进退存亡而不失其正者耶？据愚观之，正统时是一否卦知时识势无可出之道也，以后即不受相，救忠肃只算得补过合于剥之六三，复之六四而已，况不能辞，不能救乎？

夬履贞厉，只是英明之君，故以厉戒之，如以圣人居天子之位，何夬之有，居相位亦然，有所恃而妄行，则不可，若分所当为，理所当尽，毅然行之，不嫌夬决也。苟虑其有危道，而怯懦不前，则为随之六二矣。

见几知止，说易极是。然公之初召，王振问杨士奇曰：吾乡人谁可用者？士奇因荐公以用贤之大柄而出之宦竖，士奇固可耻，公之应召犹谓能见几乎？既受相位，不能力谏忠肃之死，又欲自托于见几，则易之为道，变化无方，适以供人自利之私而已。履霜而知坚冰之将至，羸豕而知蹢躅之有孚。公能言而不能行，何耶？或者习举业登科第，为禄一念，不能绝之于早，不幸而至于此欤。

佛老是根，斋醮之说，枝叶也。根盛则枝叶茂，必然之势，不究佛老之非，而徒齐咎斋醮为后世之失，反似左袒佛老，与月川之说同病。

一部读书录，无非讲太极、西铭，通书理气、心性，就应事上说理甚少。后一条云：细思处事最难，此公自抱歉处。又一条云：因读伊川事状，不觉惧生于心，因知天下事最难处。

自思诚不如古人，古人处大震惧，不少动其心，自思诚不如古人远矣。勇者不惧，诚亦难能。此两段当是天顺二年后去位所记。公亦有阙然于中者耶。

处大事贵明而能断，公晚年所见极高，然此二字最难，惟知言能明，惟养气能断，穷理集义之功，可少缓乎？

出处去就，士君子之大节一条，极正大，公之时，当处而出，公之位，当去而就，余之所以不能无疑也。

附《元儒考略》（冯仲好著）摘记

以上三书，皆先生丙申摘记，而以忌讳故文多刊落不全，兹取稍全者，录附之春秋大旨，尚得窥见一斑也，岚识。

赵复为元儒之冠，终身不受官，似已。然其始俘也，以九族俱残不欲生，此天理也。姚枢强之北行，隐忍以去，则牵于欲矣。盖当时残复之九族者即枢也，自国而言，元宋仇也，自家而言，枢与太子同行而不禁其残暴，枢又复之仇也，而可随之北行乎？为复者有死而已，或曰：复死，则北方终不知程朱之学，元之代儒者绝矣。余曰：道不以尧存，不以桀亡。天之未丧斯文也。深山穷谷之中，岂无传其学者，天之将丧斯文也。元虽百儒者，奚益乎？且复对忽必烈取宋之问，曰宋，吾父母之国也，未有引他人以伐吾父母之国者。复特不敢为导耳，己虽不为导而任人之伐吾父母可乎？夫欲伐吾父母者，人子不共戴天之仇也。回忽必烈之问，而以王猛正朔之义阻之，吾犹谓其晚矣，乃不论伐宋之是非，而仅辞为导之不可，是以不导导之也。吾为复计，始既不死，惟有潜行归宋，从文丞相诸公助宋灭夷，以报父母之仇耳。否则逃之山泽，晦名隐迹，守先待后而已，夫复虽不官，而讲授于书院，已食胡元之禄，而以程朱之书，传之夷虏，不且借寇兵而资盗粮乎？幸而程朱有灵，忽必烈不见信用，胡元之亡，不及百年耳，设使忽必烈降儒重道，励精图治，贤主继作，人才辈出，久安长治，天地之心，不几于息乎？然则复为元儒之冠，谓有功于元则可，而不能无罪于宋也。程朱之学，由是而传，未必无功于程朱，而宋即程朱之父母，不导之伐而不禁其伐，未必非程朱之罪人也。夫见地高明，而践履笃实，始无愧于儒之名，复之所见所行如此，而为抽关启钥之人，则元之为儒可知矣。

许平仲所得，杨园谓过于金仁山、许白云，是已，然出处大节，不如仁山、白云甚远甚。其曰纲常不可一日亡于天下，苟在上者无意任之，则下之责也。平仲亦知在上之非其人，而以在下者自居乎？然纲常之大君臣父子而已，平仲受胡元之官，丧身辱亲，非孝也。不陈伐宋之谋，而不阻伐宋之行，非忠也。忽必烈问所学，以学孔子对，其生平每召即起，每起即辞，自谓仕止久速，无可无不可，而薛文清亦以是称之，然孔子之事莫大于春秋，学孔子而不讲于春秋之义，将所谓纲常者，何物也？使孔子而用于楚昭，其设施亦若是耶。鲁斋践履笃实，而见地不高，其穷理之功有未至也。吾于鲁斋集详论之。

姚燧，高丽国王求其诗文，赠金帛甚厚，燧受之而分诸属官，一无所取，曰吾能轻之，使藩邦小国，知大朝不以是为意，夫受之而分之人，犹己取之也。既轻之，不当受也，况均之夷狄何小何大，言之不可耻乎？

吕彧因陇地震月余，与萧何问答数千言，惜不见其书，然地震非变也，月余亦暂耳，夫不见天地之易位乎？

张特立金亡不仕，亦可取，然不及晁国章矣，中庸，先生之号，何不移赠学孔子之鲁斋耶？

李冶金亡不仕，再召就职，又不及特立矣，此辈亦俨然为儒，宜元儒之多也，儒之居九宜哉。

胡长孺私塾朱子，官于宋而复仕元，与仕金仕元者更不同，以孟子自许，不太无耻耶？史入儒学传，信无愧于元之儒矣。

韩择教人，虽中岁以后必自小学始，得其本矣。然蒙以养正，出处大义，当及其幼开明之，不然，谨厚之士，流为乡愿，亦教者之咎也。

云峰胡炳说四书，世多称之，然与新安陈栎，俱以宋人而仕元，较之牟应龙、陆文圭等，尤可丑也。

吴澄，宋人也，举进士不第，目击元之灭宋，反颜事仇，官至翰林学士，并不知赵复父母国之说矣，犹以道学自任乎？即其言曰：朱子道问学，陆子尊德性，问学不本诸德性，其弊为言语训诂，夫朱子之道问学，朱子之所以尊德性也，所谓反求诸身而自得之，故言之亲切而有味也。存心致知，一而二，二而一者也，岂可判然分属乎？且子静岂能尊德性者，德性而不本诸问学，德其所德，性其所性也。议者以澄为陆氏之学，犹宽词也，观陆氏鹅湖之论，义利岂肯仕元者哉？

韩性为魏公八世孙，宪府举教官，谢曰：幸有先人敝庐，可庇风雨，薄田具饘粥，读书砥行，无愧古人足矣，禄仕非所顾也。噫，若性者，可谓无忝厥祖矣，虞集以丞相五世孙而仕元，不大可愧哉。

元明善能文章，通诸经，尤深于春秋，而执弟子礼于吴澄者，其人可知矣，黄泽谓春秋以明书法为主，其所作指要，惜未及考之。

金仁山可谓儒矣，然非元有也，许白云能传其学，而师死为制服，于义未合，若吴师道之为博士，于金愧师，于许愧友，岂春秋之旨，无所得于师若友耶？

揭奚斯谓修史必有学问文章，知史事而心术正者，此名言也。然吾谓不明春秋之大义者，总不可与言史。

熊朋来咸淳进士，授宝庆签判，而复为元判官，延祐进士科，请为主文，屡往应之，殆小人儒也，危复之庶几君子乎？

出处如孙辙吴仲翁屡辟不应，吴仲迂隐居著书，皆高士也。杜瑛亦隐君子，不受开府田，不发宅金，可谓见得思义矣，其论仕亦正，出处之义，殆有难言者耶？

陈尚得韩信同，所得虽未深，无愧隐逸传也。柳贯受性理之学于仁山，所得颇深，而官翰林，何耶？岂入堂奥者，可不立藩篱耶？异乎朱彦修之于许白云矣。

陈樵以枳穰喻天下国家，及仁与礼，谓分愈异者致愈同，礼愈严者仁愈笃，可谓好学深思者矣。宋濂殆有得于樵乎？

吴当，澄孙也，不屈于陈友谅，然当即仕友谅，予亦弗责也。黄异亦然，若翰林应奉胡纯，明授以官不受，所谓闻义不能徙，见善不能改者矣。

瞻思，其先大食国人，与耶律有尚孛术鲁翀之仕元，正也，然元主以西僧为帝师，而翀不谏，岂以元之儒，无不可耶？自号为孔子徒，无耻孰甚，然伯颜亦且以儒名矣矣。噫！

按此书当分别四等，宋臣而不仕元者为一等，元人而不仕元者为一等，胡人而仕元者（辽人、金人之类）为一等，宋人而仕元者为一等。儒不儒，则因人以立论，或褒或贬，期无背春秋之旨而已，暇时当考定其书，以质之明者，戊戌夏古铭识。

附读《三鱼堂文集》摘记

陆稼书先生道学出处与许鲁斋先生先后同揆，盖皆践履有余而穷理不足者，观古民先生所摘于鬼神阴阳之理，尚不免于胶滞，固非独出处之昧昧也。秀岚识。

太极论，论得切实，但不越乎日用常行之中而卓然超绝乎流俗句，说得不是，不杂阴阳，非超越流俗之谓，道在日用饮食，所谓不杂乎阴阳也，然必日用饮食合乎当然，方是道，不可即日用饮食以为道，所谓不杂乎阴阳也。

福善祸淫只是理，以为苍苍在上，明有主宰，先生看得太滞了，盖其生平穷理之功未精，故出处一关到底错认。

明之天下亡于学术，自是确论，然夷狄之所以入据中国，化人类为禽兽者，亦是学术召之也。

泰伯让商，亦是一说，然让周之说，始于程子，不得以说者二字辟之，仁山、杨园俱从程子，此仲有至理，抹杀不得。

雕虫小技，亦有太极，天下固无无理之物也，但溺情丧志，则失之耳，理无大小，事有本末，若谓艺文于太极何有，何以服诗文之士乎？宜其视为迂阔，背道而驰也。

论《金史•世宗本纪》一段，是为今人而发，先生一生错认处也，金虏不忘旧俗，正率性处，若反求之先王之道，是反常矣，岂有犬羊而欲使之衣冠揖让列于人类哉？此势之所必不能也。

太丘子孙仕魏晋，不过浮沉流俗，端毅嫡孙仕于夷虏，则不特从俗浮沉，谓之反颜事仇，可也。三世如一，如何说得，玩此篇语意，似有讽其年之旨，然公但知明臣之子不可仕清，而不知生于清者之不可仕清，生于明者之尤不可仕清也。公固生于崇祯初者也。(细玩并无讽意)

论刘文成一段，亦是公一生病根盘结处，总之，不明于华夏之大义者，不可与论出处。宋元明三代相接，是有天地以来一大转关，朱子所未经历，未讲究者，后人固未易知也，以宋元间而论，但生于宋者，即不可仕元，不必受宋之官也。以元明间而论，虽官于元者，不妨仕明，不当禁其自新也，如妓之从良，失在为妓而不在从良，必欲禁其不嫁，是亦守节之妓而已，世岂有既为妓而犹得谓之节者乎？如铁庵之老妇谣，真可愧也？文成智谋之士，其筮仕于元，亦是狃于习俗，偶尔失身，或为禄救贫，急不暇择耳。见异云起，思辅英主，虽涉术数，而其志则以安天下为己任，及其后也。驱胡虏而涤中原，使百年已化之禽兽一旦，复睹天地日月，虽无伊尹之心而有管仲之功，令夫子复生亦将咨嗟叹赏，以为如其仁，如其仁矣，而陋儒之见，不知常变，妄议其后，则必使文成为宋之文天祥以死殉国，而后可必使文成为唐之狄仁杰反明为元而后可。呜呼！非女真之苗裔，蒙古之宗亲，而忍为助，此助异类仇中国之言，天地之心，不几于息乎？公生于崇祯之三年，则明固公之父母国也，崇祯固公之君也。公年三十余，明之一线犹在也。公既有志于程朱之正学，则取舍之分，不可不明，笃实如杨园，聪明如晚村，同在一郡，近逾百里，何难以出处大义，登堂就质，而乃汩没于举业，借口于济人，自毁名节，屈首穹庐，学考亭而纲目之书不读，辟象山而喻利之病不除，虽其朴实为己，不愧正人端士，而以儒者之道律之，则厚有余而智不足，力行可嘉而穷理未精，适成为清之儒而已，其所以议文成者，适足以自供，其生明仕清下乔入谷之失而已，吾向以鲁斋拟公，由今观之，鲁斋犹知悔过，而公几于怙终，则公之出处安知非学鲁斋而失之固者乎？是又鲁斋之罪人也。

以纲目诛廉丹予孟达之例论文成，最为有识，如何又驳去此说。

洪武命危素守余阙庙，是不明华夏之义耳，危固从良之妓也，阙乃妓之从一而终者，其死虽正，如失身于妓何。

作时文根本便差，不待炫奇斗丽也，即使沈潜程朱之书，范我驰驱，此心从何处起见？

答顾苍岩书，自述居丧甫一载，又云：明年已受虞山主人之约，此亦是一失，三年之丧，无就馆于外之理。

已作清官，而欲禁叔祖之吃烟，所谓放饭流歠，而问无齿决也。大贤君子，指当时居尊位不吃烟者言，然其所为有过于吃咽者，何贤之有？吴伟业失节之人，即妖也，烟其小焉者耳。但前代所无而明委季忽有，则夷入夏之兆也，谓之妖亦宜。

与曹婿札云：看来此道到底难行，时年六十矣，何见之晚也。看小学是根本工夫，必说到今年会场策题亦问小学，近日大老皆留心此书，何其陋也。大约先生资质极朴实，学问极平正，只不免粗浅二字。与子书云：诰命已领到，可对母亲说声，公亦以此为荣耶？视鲁斋藏敕屋梁，不使其子知之，气象霄壤矣。今之为世道计者，必自羞乞墦贱垄断始，此公得力处也。然今非孟子时比，愚以为必自攘夷狄斥异端始。

幸生理学昌明之日，此句如何下得，阳明之焰未熄，而辟阳明之学者，适以煽之，如晚村之讲时，文公之做清官，一则专事口耳，一则未明华夏而言，理学者必归二君，吾方忧其大晦耳，所仗者，杨园之遗书具在，有志者，熟复而力践之，由杨园而溯程朱，由程朱而绍孔孟，庶几理学昌明之一机耳。

《功行录》广义序，不当作，才说功行，便是为利。

《蓄德录》甚杂，不足观，序中精择慎收四字，誉之太过。

《张东海集》，颇染白沙、一斋习气，序中不及，何也。

《一隅集》序，专心时艺而后读天下应读之书，以求圣贤全学，此法大有流弊。盖不习举业，则科第不可得，既得科第，而后讲学，则可两得，非导之以利哉？治馔一喻尤陋，指示烹饪之法，置备粱肉添羞，不过取悦宾客，厌饫一家，非特时文为干禄之资，即六经群诸史，周程张朱之书，亦仅等诸敲门之砖、饵鱼之钓而已。夫以得生失死之布帛菽粟，而下比于山珍海错，虽谓之馨香鲜洁，在我直当掩鼻而过耳，以是教子，亦不慈矣。

举业盛而圣学衰，此不易之论，乃以出身举业之故，而欲从事正学，一雪此言，在前朝或可，若今之世一出身已入秽厕，蒙不洁矣，何雪之有？虽有征辟而起，饫犹有余臭，况举业乎？

凡天下文昌祠俱当毁。周礼大宗伯司中司命之祭，惟天子得行之，而其所以祀之者，亦不过槱燎而已，未尝立祠立主也。公既不能火灵寿之文昌，而又欲以四配十哲配文昌而祭，且以文昌为吾道宗祖主，在人有孔子，在天有文昌，则首卷所论理气之总主，岂即指文昌而言耶？穷理未精信矣。

以活泼泼名斋，大有流弊，阳明之心即理，白沙之一片虚灵，何尝不活泼泼耶？傲之病，可以恭救之，而不可以活药之也。不然，南窗寄傲，渊明胸襟何尝不活，公特死看“傲”字，故说煞耳。倚南窗以寄傲，“傲”字本轻，与寄兴相类，乃摘此一字，病其离道，甚且谓气质用事，嗜欲横行，洒于酒，耽于菊，沉溺锢蔽，束缚拘囚，比之里巷鄙夫，亦太过矣。况操持于君臣父子之大，而不能涵养于视听言动之际一语，尤属矛盾，君臣父子，视听言动，有二理乎？虽渊明未尝从事圣贤之学，未免小德出入，而其操持于君臣父子之大，则固无悖于圣贤也。

作弟圹志云：以礼言之，弟方至九泉，日侍二亲，不应衰绖，说得着迹，死于丧，则襚以衰，礼也。若死则魂升魄降，自有而之无矣，世岂有九原侍亲之礼乎？

祭周义扶云：公归九泉，遇先圣贤，言流俗之日非，相与请于帝，默持阴护，告长子亦云：汝之英灵，当常在家依傍祖宗，所读书常常记忆，生为圣贤，没为明神，此等并非寓言，以苍苍者实有上帝，人之贤而死者，必为神往来两间，起居行止，无异平昔，其弊不流于佛老不止。公于幽明死生之故，尚未能洞然也。

祭晚村文，已见大意，功亦巨矣等语。似不满于晚村，或以其能知而不能行耶？然晚村之高明，非所能及，而出处一端，且居泰山之巅矣。存心爱物，于人必有所济，程子此言，特为一命之士劝耳，非所以自命也。程子之自命者，立天地心，立生民命，继往圣绝学，开万世太平，其为利物也大矣，其为济人也博矣，公欲为程朱之学，徒以爱物之故，而失身于夷狄，其所济者，不过嘉定灵寿而已，非孟子所谓枉寻而直尺欤。

初年点勘大全，折衷朱子，亦是为科举计，非为己之学也。范氏谓冉求聚敛，由其心术不明，不能反求诸身，而以仕为急故也。先生之于出处亦然。先生成进士，年四十一，则道明德立，孔子不惑，孟子不动心之时也，而于出处大义，尚茫然不觉，可哀已。

令嘉定时，大贾汪，横行里中，民之诉汪前恶者盈笥，便当正名定罪，为民除害，乃以己莅任后，汪未有犯而宽之，是私意也。自我言之，则未尝犯，自民言之，则荼毒久矣。为民父母当从民起见，不当从己起见，况汪仆占卖薪之妻，汪匿仆不出，未尝不犯法也，借此锄之，使积诉之冤尽白，杀一汪而百汪尽惊警，万良可苏也。不然，汪虽革面，未必革心，去任之后，安知不复为民害乎？张云章行状云：先生既去，汪敛迹数年，是数年后仍如故也。云章嘉邑人，必知其详。

公知乞墦可羞，垄断可贱，不知一应试即为乞墦，一登第即为垄断，不必寡廉鲜耻，赎货无厌也，然此犹宽词耳。胡氏有云：三尺童子最无知也，指犬豕而使之拜则怫然，怒则可羞可贱，岂特乞墦垄断哉？

作行述者，事事以朱子比拟，不知朱子生于元，必不仕元也，取舍之分不明，存养之功可知，岂有穷理不精，存养不密，而可以继朱子者乎？噫！先生具可以为朱子之资，而不生朱子之时，徒以爱物济人之说，胶于中而不可化，遂致毁名丧节，辱身僇亲，死而无悔，不重可惜哉。后之君子，师其所可师，戒其所当戒，勿以学问而宽其出处之疵，亦勿以名节而掩其躬行之实，则几希矣。

读《朱子年谱》偶记（戊辰）

大明洪武二十七年，此书始谋侵板，可见终元之世，未尝刻也。岂朱子在天之灵，不欲辱于鲁斋、吴澄等手耶？

像后吴澄赞当删，澄自知为再醮妇，唯恐后人公议，故意遵程朱，思附两庑耳。

趺坐高拱，趺坐疑本之佛氏，先生恐未然。

谓周官遍布周密，周公运用天理烂熟之书，烂熟二字非朱子文理密察见不到。

延平年先生教在分疏上用功，此语极有功于朱子，一生文理密察，得力在此。

人言鲁斋宗程朱，为元儒之冠，请问鲁斋读朱子奏疏，国家之于北虏不共戴天处，作何解说，将谓金虏而非元虏耶？夫夷猾夏无论为金为元，总是不共戴天，鲁斋乃陈王道于忽必烈，若唯恐宋之不早亡，而助夷以灭夏，犹谓之宗程朱可乎？

封事说虞允文为相，献羡余入内币，自来廿余年，认为私贮，典以私人，日消月耗，奉燕私之费不知几何，曷尝闻其能用此钱易胡人之首，如太祖皇帝之言哉。此段慷慨流涕，至今令我三复扼腕也。

朱子封事三代以下古今第一，平实精微，明白恺切，与孔子对哀公问政章参看，理学王道，兼而有之，生不逢时，一言不用，盖天知南渡之后，必为胡元，特生一发明四书五经之亚圣，以维持道统于不坠，固不在一时之显晦也。前人云：天不生仲尼，万古如长夜，吾以为生仲尼而不生朱子，则长夜之中并无日月，而旭日将终古不出矣。

长子卒，为服斩衰古礼。予所见，唯海昌范北溟先生行之。

癸丑冬，虏问朱先生安在，盖虏亦有有识者，唯恐先生之见用，无以遂其猾夏之谋耳，乃仅除安抚以塞其望，悲哉！

庆元元年，欲上封事，子弟诸生更进迭谏，蔡元定曰：请决之蓍。遇遁之同人，乃焚稿，此时朝廷事已无可为，先生岂不知贾祸之无益于国家，必待决之蓍而后止哉。盖忠君爱国之诚，有明知不可无不下药之理，而利害有所不计，祸患有所不避者，此即平时正心诚意之用，居敬穷理之功，见之明而守之固有，可以自信而无疑者也。决之蓍而号遁翁，岂先生之初志哉？噫！此楚辞集之主所由作也，原为楚之同姓，不足道，而忠愤之感，缠绵反复，与先生之遇适相累焉。故节取之以自况耳，谁谓宋之亡可例于楚之亡哉！

读史记疑

薰育戎狄攻太公，欲得地与民。太公避之岐。使当时民不从迁，则邠人悉化戎狄，太公何忍乎？盖度其势不能与之敌，而知邠人决能从己而去，故为是不得已之策耳。况一国与天下有别。使太王为天子而以天下与戎狄，岂仁人哉！文中子谓“天地有奉，生民有庇，即吾君也”，是不明《春秋》内外之辨者矣。

自秦人代周，而五胡乱华、蒙古一统接踵于后矣。大人十二见于临洮，皆夷狄服，有以也夫！

涉间不降楚，自烧杀纲目，不以忠与之，为其为秦死也。知此可以断元末之徇节者。

髦头跳跃，未有盛于元时者。盖昴不居西而位中宫，犯天极矣，此天地易位之时，区区三辰不足论已。余尝谓《元史》不当载《天文志》，其日食彗见，常也，非变也。

诸星中，凡主胡者，利暗不利明，此天理也。理为气之主，至极乱之世，则理微气强，天无主宰，阴阳错行，虽三辰不愆，五星协度，犹之天崩地塌而已。

主父偃谓匈奴上及虞夏商周，禽兽畜之，不属为人，正合“守在四夷”之旨。武帝劳师黩武，是以人待之矣。先王使草木鸟兽咸若，不必殄灭之也；但使自遂其生，勿为民害而已。竭中国以事夷狄，岂非率兽食人乎？（以上读《史记》。）

韩王信降胡，其子穨当、孙婴降汉。文帝封穨当弓高侯，婴襄城侯。邵二宝泉曰：“二侯何功而封？文帝为华夷计至矣。二侯固中国世族也，父叛子归，祖叛孙归，忍弃之乎？”华夷，天下之大分也。君子知华之不可外，则知夷之不可内矣。此义行，岂有居羌于关中之乱哉！

苏武胡妇生子通国，武子元坐事死。非通国，几无后矣。宣帝命赎归，以为即存厚也。邵二泉谓先王华夷之辨甚严，胡妇之子乌可归也？然节义如子卿，何可使无后？父华而母夷与父夷而母华，亦当有辨。故子卿之子可归也，蔡琰之子不可归也。

王昭君妻呼韩邪，后复妻其子。复株累乌孙公主妻昆莫，后复妻其孙岑陬，所谓素夷狄行乎夷狄欤？曰：非也。奉天子命配夷主，从一而终，乃素位也。诏从其国俗而乱人伦，夏变于夷，非独昭君、公主甘心兽行，僇辱中华；即汉天子，亦大可愧矣。子曰：“虽之夷狄不可弃也。”（以上读《汉书》。）（又一条：“炕龙绝气，非命之运；紫色蛙声，余分闰位”数语最有识，然使莽侥幸成功，传之子孙百年之久，史官作赞，必以为受命而兴，正统攸□矣。）

南郡多虎狼，官吏赏募张捕，为所害者甚众。法雄为太守，令毁坏槛阱，不得妄捕山林，是后虎患消息。非必其政德足以感物也，盖赏募张捕，愚民贪利忘生，日与虎攫，宜其被害者多矣；毁坏槛阱，民无所恃，群知趋避，虎亦无利，自然远藏。先王之驭四夷，守御边疆而不深入穷追者，用此道也。必欲致之来朝，所谓引贼入门，五胡猾夏，岂非汉武作之俑哉！

抗徐为宣城长，悉移深林远薮椎髻鸟语之人置县下，境内遂无盗。此不可为训。徙夷狄入内地，世为中国之患，大小只是一理。祢衡袒衣裸身于大会之中，虽有意辱操，然五胡乱华，兆见于此。辛有伊川之叹，有以也夫！（以上《后汉书》。）

伯颜入临安，浙潮三日不至，此地道之失信，反常也。或乃以王霸诡言滹沱冰坚，而冰果合方之，亦未知《春秋》之义矣。

明太祖好杀。卜丈人木谓余曰：“孟子说不嗜杀人者，能一之观。明太祖则是嗜杀人者，能一之。”余曰：“夫子小管仲之器，而叹‘如其仁’。太祖起自布衣，洗涤中原，复华夏冠裳之旧，功在万世。虽性情暴戾，故当恕之。”卜丈为之首肯。（天下事有经有权。孟子所论者，经也；洪武所行者，权也。当时胡元浊乱天下，人心已死，如杨铁崖诗文之士，尚倾心归之。不用一番威武，诛锄非种，无以开中国文明之治。如伤寒痞实诸症，非大黄、芒硝，何以斩关夺帅，而存胃中垂绝之精液乎？是洪武之嗜杀人所以为不嗜杀人也。）

太姒十子

通鉴前编，庚寅殷祖甲二十八祀，周世子季历，生子昌，至帝乙二十三祀，周西伯昌，生子发，据此年，文王已六十三，始生次子，则太姒何以有十子，谅太姒之齿，与文王相去无几，必无少年不孕，而衰年多子者，其误可知。文王十五，即生武王，伯邑考已是长子，此说是。

一身有妻妾之分

纣母生微子仲衍，其时尚为妾，已而为后，生辛帝乙，及后以启贤，欲立为太子，太史据法争曰："有妻之子，不可立妾之子，故立纣。"观此，则知以妾为妻，以庶夺嫡者，其罪难逃矣。岂可借口于亡国，而病太史之执乎？

薛文清有愧左儒

周宣王将杀大夫杜伯，左儒争之于王，九复之而王不许，王曰："汝别君而异友也。"儒曰："君道友逆则顺君以诛友，友道君逆则师友以违君。"王不听，杀杜伯，左儒死之，文清闻于忠肃将就刑，而不谏，徒叹曰："此事各有子孙，为此妇人之言，亦大愧于左儒矣。"或曰："左儒激烈。彰君之过，文清浑融，不欲显君之失信斯言也，苏模棱、胡中庸且接踵于后世矣。"（孔文举谓曹公曰："假使成王杀召公，周公可得言不知耶？"此语可以诘薛公矣。）

石碏

碏谏君教子义方，其庭训必严，而厚与弑君何也？人固有不可化者，及诱之朝陈，而莅诛之，大义灭亲，亦何撼乎？朋友间有规人训子，而莫知其子之恶者，石碏之罪人也。

霸术

关雎之化，王道之始，吕后之淫，祸基产禄，乃齐桓公有污行，姑姊有不嫁者，而管仲曰："恶则恶矣，然非其急者，此仲尼之门，五尺童子，所以差称五霸也。"贞观之治颇盛，朱子曰："若论其实，则太宗绝无三分人气，观于此，则汉昭烈之纳吴后，亦可愧矣。自天子至于庶人，壹是皆以修身为本，治不本于王道，皆苟而已。"

邾文公知命

文公卜迁于绎，史曰：利民不利君。邾子曰："苟利于民，孤之利也。"遂迁绎，五月邾子卒。当是时，虽不迁，邾子亦必卒。史所谓不利者，特因迁之卜而见兆焉耳，岂迁绎足以死邾子哉？然能明知不利，而毅然为之，知有民而不知有身，君子曰知命，宜哉。

短丧罪不在汉文

胡氏曰："三年之丧，所以尽生者之孝，非父母之所得令者也。"然则孝景之薄于君亲，其罪益大矣，此原本之论，即曰从父命，何以文帝之薄葬之诏，不果从乎，晋时盗发霸陵，金帛收以实内府，可验矣。使景当日诏天下曰："遗诏短丧，特先帝谦德，过自贬损耳。"夫三年通丧，贵贱一也，朕何敢假遗诏以自便，乃以不孝令天下也，非所谓干父之蛊乎？当时大臣无一及此者，陋哉。

父称子曰公

晁错用事，父从颍川来，谓曰："上初即位，公为政用事，侵削诸侯，疏入骨肉，口语多怨，公何为也？宋颜延之怒何偃呼颜公。”曰：“身非三公，又非田舍公，又非君家阿公？”何见呼为公，可见公为古人之贱称，至今时，则又公为尊称矣。

假父二弟

茅焦谏始皇车裂假父，囊扑二弟，此真父而加以假名，此嫪毐之子而呼只为弟，名不正甚矣。焦既以死谏，何不明说陛下固不韦之子，子不可以弑父，谏之未车裂之前乎？当时义理不明，死者二十七人，但知子不可以迁母，而不知淫乱之母，当制其侍御之人，儒安得而不坑儒哉。从来帝王必积功累仁而得之，不韦何人，而其子政为一统之主乎。曰：“此天恶秦之，强暴假手，不韦于一统，垂成之候，斩其嗣耳，人谓秦二世而亡，非也，吕氏暂为天之用人，本无功德，故吕氏二世而亡也。”

士大夫故非天子所命

纪僧真请于齐世祖，愿就陆下乞作士大夫。上曰：“此由江敩谢沦，我不得措意，可自诣之。”僧真诣敩，坐定敩顾左右曰：“移吾床远客。”僧真丧气而退，告世祖，上曰：“大大夫故非天子，子所命，此甚得周礼蒙宰遗意，天子欲用一嬖幸，必由大臣品定，此清议之所以维持风化也，后世为大臣者，惟天子之命是从，先以嬖幸自居矣，尚何治功之可言哉。”

张杨园先生年谱

張楊園先生年譜卷一

門人姚夏輯

後學陳梓訂

辛亥明神宗萬歷三十九年十月朔丁卯辰時先生生於桐鄉清風里楊園

先生諱履祥。字念芝。又字考夫。王父晦庵公。處士父諱明俊。字九芝。增廣生。原本云中浙闈副車廣磬按先考事畧云。補本邑增廣生。又云。萬歷壬子。以母疾不赴鄉試。乙卯戊午再試浙闈不遇。是未嘗中副車也。今據訂正。母沈孺人

乙卯四十三年先生年五歲

卷一

〔辛亥〕明神宗万历三十九年十月朔丁卯辰时，先生生于桐乡清风里杨园。

先生讳履祥，字念芝，又字考夫。王父晦庵公，处士。父讳明俊，字九芝，增广生。（原本云：中浙闱副车。广誉按：先考事略云，补本邑增广生。又云：万历壬子，以母疾不赴乡试。乙卯戊午，再试浙闱不遇，是未尝中副车也，今据订正。）母沈孺人。

〔乙卯〕四十三年，先生年五岁。

九芝公授先生《孝经》，即端坐朗诵，音切皆辨。九芝公喜之。

〔丁巳〕四十五年，先生年七岁。

九芝公命名曰履祥，延姚孙台衡先生课读。

《先世遗事》云：忆自七岁就傅，大人命受书于孙先生。大人语先生曰："吾名是儿，虽云与长兄名近，亦欲其异日学金仁山先生也。"

〔己未〕四十七年，先生年九岁。

丁九芝公忧。是年，公馆沈氏。正月十九日，赴馆，诸生方贽见，公忽痰厥，卒于斋中，年三十七。先生与兄履正居丧，哀毁如成人。自后每遇考讳日，素服，不食肉，不入馆，不留客，不赴宴，终其身。

《先世遗事》云：万历己未，水溢。先君子已没矣，家有贮米，邻之家欲夺先人产，乃故高其价直以诱前之售主，〔阴〕（因）使其求益价，而阳劝止。议益其价，先孺人曰："是弱我孤寡也。价益则米且尽，不益则产归于彼矣。宁失米而已，产不可失也。"乃尽发其米如所议而去。是年，米价日贵，先孺人艰难支给，产得无恙。山阴刘先生《祭田记》云："是皆纺绩之余也。登斯田也，粒粒皆辛苦也。奉兹粢盛醴羞也，滴滴皆啼乌血也。子孙念之。"

〔庚申〕光宗泰昌元年，先生年十岁。

家故贫，丧后益窘，兄弟茕茕。王父〔炉〕（垆）镇开一小肆资薪水，太夫人勤俭刻苦，朝夕督课，书声、机杼声闻户外。

《先世遗事》云：祥家先业素薄，比先君丧，益贫。母延师诲祥兄弟，束修之费皆纺绩所就。忆冬之夜时余二更，忽忽念曰："明日先生何以供膳乎？"计所纺木棉未及十五两，遂复纺成一斤，鸡既明矣。其劳苦往往如此。

〔辛酉〕熹宗天启元年，先生年十一。

读书钱店渡沈氏，即太夫人外家也，受业陆昭仲时雍先生。昭仲工诗文，尚气节，有《唐诗镜》《淮南子》《杨子注疏》行世。与四明戴吏部澳交。时吾郡司理某贪墨，昭仲偶举弊政一二述之，戴即摭拾弹章，事连昭仲，逮司寇狱。作《圜扉吟》，注《离骚》，竟没囹圄。先生为作传。

〔壬戌〕二年，先生年十二。

始学易。题《周易》之前页曰："戒之戒之，宁得鱼而忘筌，毋买椟而还珠。"

《先世遗事》云：祥一日濯手，先慈曰："盥盆中有水。"祥求温者，不许，曰："一濯尤畏寒，将何用乎？"终不许。

〔乙丑〕五年，先生年十五。

从诸叔明董威先生受业。（原本在癸亥岁下。馥按：《见闻录》云："天启乙丑，某初事诸先生。"又黄山先生《素问发明序》云："予十三识黄山先生于塾舍，时吾师陆子与先生善。"是癸亥尚事陆先生，乙丑始事诸先生也。）补邑庠博士弟子员。

《言行见闻录》云：天启乙丑，祥初事诸先生，与钱元寒汾、钱字虎寅、钱一士本一同学。先生示马援训兄子书，且戒曰："须知古人立身，醇谨为本，不然，讵无画虎不成之虑乎？"

〔丙寅〕六年，先生年十六。

读书陋巷村之蒋庵。

《先世遗事》云：先大父曰："凡作事无大小，一揆之理、义、情，庶几无失。"

〔戊辰〕庄烈帝崇祯元年，先生年十八。

作《元旦》诗云："升沉荣悴信由天，莫以私心搅自然。人事尽时须委命，春风随处咏新年。"（见张硕果《鼎九十六杂记》，云有"吾与点也"气象。）娶孺人诸氏，云芝先生女，叔明先生兄女也。

时士大夫服饰怪侈，巾或矮至数寸，袖或广至覆地，或不及尺。先生独守其旧，谑者呼先生为"长方巾"。或谓先生何必以衣冠自异，先生笑曰："人自异耳。"

〔己巳〕二年，先生年十九。

在家读书。

〔庚午〕三年，先生年二十。

读书颜士凤家，从傅明叔光日受业。丁太夫人忧，六月十八日也。居丧一遵朱文公家礼，族人有劝与兄析爨者，号泣谢之。

《言行见闻录》云：傅先生深于易，每讲易，必先画象。尝曰："易者，象也。未有不知象而能知辞者。"士凤事先生久，故雅善言易。先生尝曰："心愈用愈细，愈细愈明。"又云：崇祯辛未，颜士凤及其族弟某延傅先生于家，予就其塾受业焉。同邑王友亦负笈至。既两月，偶先生以事归，竟不复出，谓士凤曰："汝族弟虽幼，不可教。王生从游久，今虽在此，无益。汝与张子二人相友可矣。"自是士凤与予交最厚，先生命之也。

《备忘》云：予二十后得交士凤，方知流俗之卑污，不失足于周钟、张溥之门者，皆其力也。其言曰："误天下苍生者，必此人也。君往见彼，则予绝君交矣。"

〔辛未〕四年，先生年二十一。

遭王考丧。（原本在戊辰岁下。广誉按：《先世遗事》云："年二十，先大父弃世。"当系是岁。）

〔壬申〕五年，先生年二十二。

所居被火灾。

是年，有送颜士凤之《金华序》，末云："绍兴刘念台倡教和靖书院，斯道未坠，或在于兹。予欲问业，贫不〔择〕（泽）游，志而未逮。士凤归来，盍迂道蕺山之阴，先予请见焉？以益广其所得也。"斯时先生未作《愿学记》，然慕山阴之志切矣。

〔癸酉〕六年，先生年二十三。

馆颜氏。

〔甲戌〕七年，先生年二十四。

馆颜氏。时东南文社方兴，各立门户，士凤与先生严约毋滥赴，但与同学数子邱衡辈文行相砥而已。

〔乙亥〕八年，先生年二十五。

馆甑山钱氏。钱本一父飞雪，素敬爱先生，尝叹曰："方今贤者如考夫，未见其匹。"因延至家，训幼子本宁、本懋。甥姚夏九岁而孤，虽未执贽，先生每慰恤教之。

姚琏《壬子录》云：问："邵子冬不炉、夏不扇、不就枕者三十余年，信乎？"先生曰："何独邵子？如某亦不就枕者三十余年。壮年馆甑山钱氏，徒亦众，每夜必更三四番轮侍，而某则未尝寝也。将晓或倦，则隐几片时，或作文一首。率以为常。"

《备忘》一条云：予年二十余，《小学》尚未见。崇祯八年，颁此书于学宫，坊间刊行，始得读之。复幸天启其衷，求《近思录》读之，然后稍知为学之门。

《与张白方书》云："弟自二十以后，因读《龙溪集》，憬然有动于心，始知举业之外，有所谓圣贤之学。进而求之阳明致良知之说，已而得白沙敬轩之书，则亦读之不厌。斯时志高气盛，以为圣贤指日可至。然反之于心，廓然荡然，无所依据。既数年，乃得《近思录》读之，因有事濂、洛、关、闽诸书，意中窃喜，以为若涉大木之有津涯，与历溪山之有涂梁也。然反己自顾，则徒伤流俗之日深与气质之益锢。昔日圣贤可为之志，则又忽然不知其何所去也。"

〔丙子〕九年，先生年二十六。

馆甑山。

〔丁丑〕十年，先生年二十七。

馆甑山。

《先世遗事序》云：履祥遭家不造，有生八年，先子弃世。易箦之时，祥犹从群兄戏。既闻先子归，忻然反室。自谓从大人所揖，诵书属对，希果饵笔墨之授也。及厨，老婢泣，私问故，对曰："相公亡矣！"骇之寝，见家人群聚而号，然后疑先子亡也，自此哭泣。先大父抚祥曰："天乎哀哉！如此之幼而丧父也。”然后乃信先子之亡，自此哭仆地。呜呼！人至父死而犹不知也，他尚何知哉！是后抚育教诲，出则先大父，入则先慈，自饮食立行以及守身修业、与人交友之事，罔有不教，教罔有不汩。是以成童以往，至于弱冠，贫而失学有焉，大过则不敢出也。年二十，先大父弃世。阅一年，先慈又弃世。痛哉天乎！祸变大作，助为虐者纷纷矣。维兄与祥虽贫穷困厄，未尝一日忘先教也。然求能继先人之志，则亦何有？今终丧者又三载于兹，年岁日逝，过失日有，恐一旦遂至不肖以大陨先德，则罪孰大于此？用是忆先大父、先慈之言语行事，或得之亲授，或得之传闻，书之于简，兢兢遵守，庶遗教日闻，犹之侍先人以无忘寡过云耳。丁丑秋九月，男履祥谨述。

〔戊寅〕十一年，先生年二十八。

馆甑山。一日，因梦见颜子，谓门人曰："吾年殆止三十二耶？"念父母未入土，遂鬻产之半营葬地焉。

是年，有《乡约记》。

〔己卯〕十二年，先生年二十九。

馆甑山。

始作《愿学记》，其序云："自张夫子为札记之语，前正率多作之。履祥鲁过于人，闵凶自幼，长幸有悔。窃事先传，虽知固习疏，罔与至教，然一言几道，皆先圣贤、良师友之锡也，其敢忘诸？因以所闻为《愿学记》，与二三子共勉而已。若乃剽窃涂言，沾沾训俗，则岂敢出此？时崇祯己卯秋九月既望。"

又自序略云："卯之岁，秋既暮矣，抚时发省，悼昔者于志有未笃，而学多所遗也。乃辞交游，远室家，旅于菰藋之间，环水为郭，时俗不入。于是旦作夜思，或燕论之次，诵息之余，意有所开，辄书以记，窃矢弗谖。"

先生兄正叟入邑庠，先生泣曰："兄不负先慈教，但恨先慈不及见耳。"时闻邑公举太夫人节孝，达部旌表，邑令卢公国柱给额曰"邹国遗风"。盖太夫人尝训先生兄弟曰："孔子、孟子，亦是两家无父之子，只因向上，便做到圣贤地位。"故卢额四字，纪其实也。

是年，与门人讲《吕氏乡约》。

〔庚辰〕十三年，先生年三十。

馆菱湖丁友声家。友声饶于赀，时岁饥，供膳过丰，先生对案不食，命减馔，因劝友声赈恤乡里。训门人曰："大荒之后，必有大乱，宜读经济书，宴安膏粱，大不可也。" 作《丧祭杂记》。

是年，有《狷士记》。

〔辛巳〕十四年，先生年三十一。

馆菱湖。岁复大祲，族子有自鬻者，先生百计措金赎之，而勉其力耕。

《愿学记》云：哀哉哀哉！履祥不得事母者忽十有一年矣。每思先慈之训，无非圣贤至教，祥未之能一也。曰毋畏恶人而欺无能者，不侮鳏寡，不畏强御也。曰德于己者不可忘，无德不报也。曰毋忆人之短，不念旧恶也。曰非劳不可货取，见得思义也。曰有余施及穷人，周急不继富也。曰修身宜日上，日上无止，君子上达也。曰宁下人，毋骑人，谦谦君子卑以自牧也。曰毋辱及汝父，守身为大也。曰须亲美德，近正人，事其大夫之贤者，友其士之仁者也。曰宗族亲戚朋友毋远，亲亲也，故旧不遗也。曰毋求人，毋倚势，正己而不求于人也，毋倚势作威也。曰表与里惟一，圭璋特达，信也。曰愈己者学之，见贤思齐也。曰好学敦善，不愧于祖宗，无念尔祖，聿修厥德也。曰为善天知之，为不善天知之，荡荡上帝，临下有赫也。曰敬老者与长，尚齿也，出则弟也。曰毋为人所贱，君子恶居下流也。曰凡事宜有终始，利永贞也。曰虽久语不变，言必信也。曰毋易田业，有恒产也。曰耕桑蚕绩惟勤，务本也。曰毋佚游失业，夙兴夜寐，毋忝尔所生也。曰毋忘汝父意，善继人之志，善述人之事也。曰敬父诗书，手泽存焉也。曰毋负先生教诲之德，中心藏之，何日忘之也。曰毋忘善言，告之话言，顺德之行也。曰宜尽汝之心，忠也。曰毋丧汝之德，厚也。曰于上者敬之，礼也。曰于下者宽之，惠也。曰省事，简也。曰正汝容貌，非先王之法服不敢服，非先王之法言不敢言也。曰爱汝身，不登高，不临深也。曰不得罪于乡党，言忠信，行笃敬也。曰毋妄作，知命也。曰憎于人者毋怨人，反求诸其身也。曰不争，克让也。曰昌汝室，及于后人，教诲尔子，式谷似之也。曰兄弟之爱毋或异于今，和乐且孺也。曰亦不为人恶，乡人之善者好之也。曰时念母言，慎行其身，不敢不敬也。曰毋以刚而忿，高明柔克也。曰毋以速而躁，动静不失其时也。曰毋长饮以乱（原注：履祥七岁饮酒至醉，母挞而戒之。），饮酒孔嘉，维其令仪也。曰毋耻衣不鲜（原注：履祥十五岁夏月求纱衣，母不与。），令闻广誉，施于身也。曰毋耻食不厚（原注：履祥幼尝读书归，值宴客，母与蔬食，不悦，因戒之。），养其小礼，为小人也。曰毋薄于祭祀，事死如事生也。曰岂不知母苦，哀哀父母，生我劬劳也。曰趋母疾，足容重也。（原注：履祥每疾行而蹶。）哀哉哀哉！曾子曰："往而不可反者年也，去而不可复者亲也。"《诗》云："战战兢兢，如临深渊，如履薄冰。"（原注：时六月十有八日，先慈忌日也。痛祥年已及壮，不能修身，有违母教。复以羁旅，不得归执祀事。因以所记忆掩涕疾书，识其大略，以望兄弟朋友之责履祥不能力行母教，而庶得以自补也。）

〔壬午〕十五年，先生年三十二。

馆苕溪吴子琦家。

始出《愿学记》示人。先生葬亲，既卜兆，而村民阻葬，弗克遂，因厝柩于庄，命佃户居守。盗至，失火焚其庄，灾及两柩。先生痛不欲生，副之以椁，日夜卧椁次，号哭不食。李石友偕亲朋力劝之归，乃强啜粥，鸣之官。自是冬卧草苫，夏卧竹簾，岁余，贼不可得。有劫过客盗自供劫先生庄，郡司马聂公牒先生至，一见重之，谳理得情，贼九人，定案论死。门人邀先生执友颜士凤辈请御酒肉、释苫簾，先生未从。甲申，渡江拜念台先生，从者犹担竹簾。念台先生劳之，始释焉。衵衣仍用粗麻终其身，殁遂以殓。

是年，有《赴壬午试诗》《与唐灏儒书》《与唐邻哉书》《与友人书》《告同志启》。

《见闻录》云：崇祯壬午，予同诸友见福建黄石斋先生于武林灵隐寺。先生曰："学者之患，莫甚于好名。我三十以前所读书，俱不著实，以其好名也。今日正是为名所误。君子之道，淡而不厌。淡者，道之味也。古人富贵、贫贱、夷狄、患难，处之惟一。只是淡，淡则处富贵、贫贱、夷狄、患难，如无富贵、贫贱、夷狄、患难也，滋味都一样。”

自题《制义序》后跋云：壬午作也，辞多矜夸。今日对之，自觉可耻。然意气豪发，今日此种意思，殆不可复。使当时尽去时艺，毕力学问，十余年以来，应有可观。存此示戒。

又《社业序》跋云：夸辞可耻，然予昔之所以不受变于社者，犹赖有此，而人稍远之。

〔癸未〕十六年，先生年三十三。

复馆甑山。姚夏始执贽，具束修之礼。先生坚不受，曰："我丧父如子之年，我从诸先生读书此堂亦如子今日。向辱子外王母怜我幼孤，每手为栉发，授饮食，命童婢勤澣涤，侍寝兴，视通家孙如己孙。此德未能报。今子方依外氏，我于子，报子外王母也。”夏以告钱母，均为感泣。始令门人读《近思录》，阅《颜氏家训》《白鹿洞学规》。八月，颜士凤讣至，先生悲恸，经纪其丧，手录其诗文。至乙酉，颜氏家难作，乃以一册授姚夏曰："士凤著述，仆向以一册藏之屋梁，一册随身。乱世存亡不可知，今以一册授足下，辽海鹤音，唯此而已。子与孝嘉善，他日归之可也。”孝嘉，士凤长子，名鼎受。冬，葬九芝公。是年，有《经正录》（梓按：先生癸巳与吴仲木书云："弟于崇祯末年，集《朱子童蒙须知》《白鹿洞学规》《司马温公居家杂仪》《蓝田吕氏乡约》四书为一卷，付敝友刻之，会乱不果。今思此书不可不刻，欲备刻资寄兄料理，不审可否。”此即《经正录》也。癸未有序，壬辰又序，癸巳欲付诸枣。先生之惓惓于反经者切矣，其旨微哉。）《言行见闻录序》《送钱昆賨之长超序》《同学丧师疏》《治平三书序》《与徐文匠书》《与沈子相书》《与沈星浮书》《答唐邻哉书》《与吴又韩书》《与孔文在书》《复王棐忱书》《与朱近修书》《与屠暗伯书》《与赵公简书》《拟招》五首。

〔甲申〕十七年，为大清世祖章皇帝顺治元年，先生年三十四。

馆甑山。春，偕钱寅至蕺山，谒刘念台先生。有春、冬两问目，以《念台人谱》《证人社约》等书归示门人。嗣复于念台遗书中采其醇正者，辑为《刘子粹言》。

是年，作《颜士凤诗序》《上刘念台先生书》《与朱静因书》《与俞赓之书》《与王紫眉书》《与徐文匠书》《与王章吉书》《与吴又韩书》。

《见闻录》云：甲申春，见刘先生于越。问曰："亦尝静坐乎？”对曰："无事时便静坐。”曰："有益否？”曰："自谓颇得力。”先生微笑曰："若说不得力，便是欺也。”又问："古人主一之指曾理会否？”对曰："诚则一。”先生曰："何以得诚？”曰："以敬。”先生曰："从诚敬做工夫便不谬。”刘先生曰："学者最患是计功谋利之心，'功利'二字最害道。”祥因言平日甚苦学问不能日长月益。先生曰："今将奈何？”对曰："日日打算，月月打算，必求视前有进，不然则耻，庶几不至退落。”先生曰："此亦计功谋利之心也。必有事焉而勿正，勿忘勿助长也。工夫恁地做去，如何打算得？”祥闻之悚然。予平生与人，每持二语曰："我不负人，人宁负我。”钱字虎曰："不可。若此处己以厚，而薄待天下之人也。我不负人，亦不欲天下人负我。予所志者如此。”予曰："是则善矣，但过于自然。子贡曰：'我不欲人之加诸我也，我亦欲无加诸人。'虽圣人言之，不过如此。然子贡实未到此，故子曰：'非尔所及也。'予所谓人宁负我，非敢菲薄天下人也，亦因人情不远，爱人者人恒爱之，敬人者人恒敬之。我苟不负人，人焉有负我之理？"字虎曰："终不能无弊。"一日，因侍坐，各以所言质诸先生。先生喜曰："如此质论甚好。张子之言近于责己，然不逆诈、不亿不信，而不能先觉，终于本体有受其弊处。成己仁也，成物知也，不至人我两无所负，未善也。钱子之言近于厚，然不欲天下人负我，而不求其何以不负，终成虚见，亦未有以得其不负之实也。在邦无怨，在家无怨，上面工夫煞是吃紧，煞是满足，非可以议论承当也。"因各谢教而退。

书《颜士凤传》后云：予既作《颜士凤传》，反己自思。士凤生平不善不入，吾之入多矣。士凤一介不取，吾之取多矣。士凤言必信，行必果，吾之言不能顾行多矣。士凤能知人，吾失人多矣。士凤与人，有过能尽言，吾不尽言多矣。士凤忧人之忧，乐人之乐，吾之自私多矣。士凤朋友信之，乡人亲之，不善者恶之，吾不见信于友、见理于乡、同流合污多矣。德之不修，过之不改，负此良友，何以自立？因附书此，庶其有戒云。时甲申十月十九日。

《愿学记》云：吾自见刘先生以后，自信益笃。自失士凤以后，自修益急。自别开美以后，自警益切。

卷二

〔乙酉〕二年，先生年三十五。

五月，大兵南下，时金陵兵逃窜者率为劫掠，邑里骚然。先生携家避乱吴兴水乡。狱中盗九人向劫先生庄者，乘府县无官，排犴门出，纵横乡曲，去杨园数里，人为先生危之。未几，盗复为盗所谗，自相贼杀，岁余皆死，先生自是得安寝。

是年，有《送钱一士之西安序》《保聚事宜议》《五噫诗》。

〔丙戌〕三年，先生年三十六。

馆〔炉〕（垆）镇族兄彬家。命门人曰："吾辈生于东南，地不娴弓马，天不受膂力，当务经济之学，于唐学陆宣公，于宋学李忠定公。"因令读二公遗书，而于《忠定集》加评点焉。又曰："人有不可知者三：生死一也，疾病一也，聚散一也。今幸不死无疾，得与诸子聚处，愿无虚此岁月也。"因和程巽隐先生《惜日短》诗，执友及门俱和，先生序之。

有《丙戌吟》二首，其一云："欲求端本穷源事，尽在鸡鸣而起时。一念离真即为妄，此种得失寸心知。"其二云："雍熙景象非难致，端在冰渊不已时。试念空山最深处，一阳方动物先知。"

是年，有《读易笔记》《书龙溪题壁后》《与姚大也书》《与唐邻哉书》。

〔丁亥〕四年，先生年三十七。

馆颜楚先家。颜氏之族多匪僻，士凤遇之得其道，仅以无事。士凤殁，父楚先公嫉恶过严，族人憾之，故有乙酉之难。至是，延先生课诸孙，并欲倚以护持。先生力为排解，群小欲甘心焉，先生不顾也。

七月，钱寅卒，遗孤曮、昶俱幼，先生亲视含敛，经纪其丧。哭曰："连丧好友，吾道之穷！"是年，交凌渝安先生，乃寓书姚夏曰："字虎既殁，复得宁膺，不幸中之幸也。"宁膺，渝安旧字。

辑《农书》成。先生岁耕田十余亩，地数亩，种获两时，必自馆中归，躬亲督课，提筐佐馌，不以为劳。其修桑，老农弗远也。非祭祀不设肉。客至，村醪野蔬，情意殷肫。虽门人后辈，相对如严宾，而议论津津，听者忘倦。

是年，有《祭钱字虎文》《示颜氏兄弟帖》《牧猎图记》《答友人书》《与姚大也书》。

《见闻录》云：孙子度爽素以文字见称荐绅间，弟子从游颇众。丁亥，予访于家，问所以不授徒之故，曰："已绝意进取，而教人举业，是嫠妇为人作嫁衣裳也。吾耻之。"后见严颖生文挺、沈石长磊、朱韫斯天麒，俱以课读为事，曰："蒙可训，成童以往即不可训，以志俱在进取也。将以举业可为乎，则身既不为矣。如以为不可，犹教人为之，是欺己欺人也。欺人不忠，欺己无耻。"朱简臣尤持此断断，度其人他日将为举业者，亦拒之。虽临以父命，终不受曰："为非义以养其亲，是陷亲不义也，宁贫困以死。"此或太过，然志则可尚已。予感之，亦谢举业之徒。康斋先生诗云："誓虽寒饿死，不敢易初心。"当三复以自励。

〔戊子〕五年，先生年三十八。

馆颜氏。课授之余，又助楚先先生料理家政及御侮之事，心力俱瘁。时里中盗作，避居邑城，幼所从孙先生，年老矣，道梗不得渡江，卒于先生家。先生为之殡厝，招其子至，贫不克扶榇，又竭力助之。闻者感叹。

是年，有《采山遗稿序》《与友人书》《与姚大也书》。

《愿学记》云：易卦凡有坎，多系涉川酒食之文，可知饮酒之与涉川，其险均也。予每因饮得过，今重戒之。戊子正月朔记。

《与颜孝嘉书》云：凡人不可以不知劳。《孟子》曰："天将降大任于是人也，必先苦其心志，劳其筋骨，饿其体肤，空乏其身，行拂乱其所为，所以动心忍性，增益其所不能。"盖天之于人，犹父母于子，父母于子，欲其他日克家，必须使其苦贯。若是爱以姑息，美衣甘食，所求而无不得，所欲而无不遂，养成膏粱纨绔气习，稼穑艰难有所不知，一与之大任，必有不克负荷者矣。所以劳苦种种，正以为动忍地也。动心忍性，所以为大任地也。吾人生此乱世，兼以孤苦，忧患之心，如何不切。直须从百苦中打炼出一副智力，然后此身不为无用，外可以济天下，内可以承先人。《诗》曰："夙兴夜寐，无忝尔所生。"念此何能不中夜徬徨也。又云：古人云："立身一败，万事瓦裂。"言行己之不可不慎也。年少未尝涉事，虽有差失，长者为之任过。至于昏冠以往，则有成人之道，当此一举一动，名教之地，分毫得罪不得。若不将修己工夫着实用力，安常处顺，幸而保全，过了一生，一遇事变，便破败出来。到得破败时节，便高才博学，一无所济;显名盛势，亦一无所济，诚有所谓孝子慈孙百世不能改者，可哀也已。若此，皆缘平时不能好修，故至于一败而不可救也。子夏曰："大德不逾闲，小德出入可也。"可者,不得已而可之之意,非谓小者竟可不顾也。百行草草,大节未有能立者,故曰不可不敬也。又云：少年血气未定，无事不可以引其心。博〔弈〕(奕）饮酒之类，智者固有不可。至若作诗写字、耳目玩好，以及闲杂诸书，此于学者日用最近，往往不免。然亦足以丧志，不可不远。先儒论举业曰:"不患妨功，惟患夺志。"夫举业，朝廷以之取士，士子以之修身，尚尤苦其夺志，他可知已。杨子云曰:"孝子爱日。"陶士行曰:"大禹尚惜寸阴，吾人当惜分阴。"龟山先生曰："此日不再得。"由此思之，此等不独有所不可，亦有所不暇矣。

《与友人书》云：前者间与友人论及出处，弟云吾人处世，非止则行。止则息交绝游，匿声逃影，不复与人事接。出则辞坟墓、弃妻子，更不反顾旋踵，杖策驰驱，以戮力于中原。此非命世之才不能为，故弟择其前者而处之。然犹不能，故复与波上下，偷以全生。若乃似出不出、似处不处，言语不慎，几事不审，而又无重势以自托，藩篱以自固，斯亦古之人所谓独坐空山，放虎自卫者也。仲山甫中兴良佐，诗人美之，犹曰既明且哲，以保其身。此有深意，兄翁以为何如?

〔己丑〕六年，先生年三十九。

馆颜氏。时年不顺成，与门人言："吾郡水利不讲，时被旱潦，其要在濬吴淞江。"屡作书致缙绅先生交好者，嘱其条陈当事。后嘉善柯耸建议浚之，本先生说也。

《备忘》云：己丑、庚寅之间，友人有谓予忠信者。颜雪癯恶我者也，应之曰:"不明乎善，不诚乎身，忠信安得而称之？"季心爱我者也，规予曰："欲诚其意，先致其知，当努力于格物工夫。"予思之，深中予病，并佩服之。盖前时实从姚江入门，后来虽知程、朱之书为正，毕竟司马温公、刘元城之集着力处重，自此则一意读程、朱矣。

〔庚寅〕七年，先生年四十。

馆颜氏。钱寅族人有为里胥者，以浮役嫁累于遗孤，先生为之申诉，始得清理。因作《再哭钱字虎文》,大哭而焚之柩次。十月,门人欲为先生称觞,先生《与姚夏书》曰:"以为杜举乎，则责之太薄。以为介眉乎,则未闻壮者而居老者之位也。"辞意激切,门人惧而止。娶侧室朱氏。

是年，有《与颜予重书》《与屠下枝书》。

《与唐灏儒书》云：古人著书，多因斯道不明，不得已而有言，以补天地之憾。若道理已无余剩，而吾之所学未足以信诸今而传诸后，则兢兢乎不欲发为文辞。书所谓非惟不敢，亦不暇也。居常窃与同志诸兄太息伤悼，百有余岁，学术不明，邪说肆出，虽有勤学好古之士，一经渐濡，终其身而不能自出。自误误人，酿成生心害政之祸，以至于兽食人、人相食而未之有已也。幸而祸乱之中，良心天启，耳目所及，往往有人向往正学者。正宜洗心涤虑，体究濂、洛、关闽之遗书，以求得乎孔、孟之正传，见诸躬行而无所愧怍焉，以一救其猖狂无忌、似是而非之积习。未宜择之不精，见之不卓，而汲汲焉发为文辞，以与俗流陋见之于相与夸多而角技也。且人亦顾所学之何如耳，使所学果足以信诸今而传诸后也，即不著述，亦不容于不传。如其不足信诸今而传诸后也，即多著述，诚何益于多少之数。幸而传之不远，则不过如匹夫匹妇墙阴之私语，人罔闻知而已。不幸而传，则小者见嗤于君子，大则适以成其罪案而已矣。抑思程夫子何如人哉？犹不敢轻于著书，而况吾人之于圣贤之道，未能一窥见其户牖，而辄有所著，多见其不知量矣。

〔辛卯〕八年，先生年四十一。

僦居炉镇钱氏。以课兄子嗣九，因授徒焉。作《初学备忘》。（广誉案：见序文。）

〔壬辰〕九年，先生年四十二。

居炉镇。时岁俭米贵，先生不得已，以十数石质典。时适有冒取典中金者，先生冠服俭陋，不类时下绅士，典商诘先生冒取，欲拉之鸣官。先生默不语。嗣有识先生者，典商白其主，因出谢，愿不取子金自罚。先生笑止之。明日，商肃衣冠，具仪币，登堂纳拜。先生不受币，接以宾礼。商告人曰："吾未见大度如此公〔者〕（著），犯而不校，吾反无以自解矣。"冬，渡江吊山阴先生，肖像以归。是年，有《与刘伯绳书》《与沈尹同书》《赠刘子本序》《吊王元趾文》《吊沈埙伯文》《祷雨疏》。

《经正录序》云：天之恒道，民实秉之，有亡显晦而治乱以分。由古准今，百世无改也。故纲常者经世之本，父子君臣之道得而国治。犹恒星不忒，而五气顺布，四时序行也。邪慝生于心，则祸乱中于世，洪水猛兽之害胥是焉起，殆非朝夕之故矣。极阴生阳，无往不复，有开必先，非学术不为功。窃取反经之义，爰辑旧闻，举其要约，手订是编，以资下学之助，或正其本云尔。

《与吴仲木书》云：伯绳兄所撰年谱，初闻疑其太繁，读之俱不可少。文集之外，竟可自为一书，单行于天下后世。盖先生学问之源流，立身之本末固备于此，而亦足以见伯绳之学之大都也。其旁见侧出，异时可以采入国史者正多也。冬春之间，其稿本原约寄来，尚得同兄及乾兄参酌之。人心胥溺，正坐学术不明。先知先觉之任，在闻道之士固不可以卸担，但弟犹窃有惧者，为己为人之辨，第一宜分明。目前粗浅，先决声气藩篱，而后可以共学。若其发念未免出于内交要誉，恶其声而然，纵使极为完行，只以一乡〔愿〕（原）人了其平生，于身心全无交涉也。吾兄才高学富，天资近道，窃意尚宜从战兢惕厉中用一番功夫。大易，损先于益，革先于鼎，而以困为德之辨。其与《中庸》丁宁末简，盖合辙也。世间毁誉是非，一概无足计较，唯有自省自考，不知老之将至而已。（原本系己丑岁。馥案：当在是年冬。）又云：自今人士惟有洗涤肺肠，举前习气自有生以来所胶固而难却者，刮磨殆尽，从心性中流出道理，以为立身应事之本，方成豪杰作用。若但依附名义，头出头没，作一善斯可矣之人，究其所归，有不如碌碌无闻之流俗而已也。

〔癸巳〕十年，先生年四十三。

居炉镇。（原本作"馆澉湖吴仲木家"。广誉按：是年《答吴仲木》《与吴裒仲书》，并云寓居敝里，而辞裒仲来岁之订。是癸巳甲午俱里居教授，未尝赴澉湖也。）遣嫁长女于尤介锡。举葬亲社约。社始于德清唐灏儒，先生推广之，分八宗，宗八人，立宗首、宗副。凡社有葬亲者，宗首、副传之各宗首、副，汇八宗吊仪人三星至葬家，八宗宗人之子俱会聚，即登于社约曰：“某年月日，某人某亲已葬。”使未葬者惕然。以七年为期，过期不葬者不吊，所以示罚也。后又增一条：八年葬者，亦酬其半，以存厚也。自是七年之内，葬亲者凡数十家。先生亲已葬，葬叔祖之无后者。冬，大病几殆。黄山人程长年疗之，复起。山人岩居高隐，先生为作传。又有《黄山先生素问发明序》。是年，有《周民东亡说》《与吴裒仲书》《与姚大也书》。

《与吴仲木书》云：辱谕操存之说，先师静坐说更无遗义矣。大易，动静不失其时。周子则曰：“动而无动，静而无静。”于此用一番把捉功夫。正恐愈把捉头绪愈纷，势不能以须臾也。程子所谓灭于东而生于西也，否则朱子所谓昏昏地睡去也。是以程门相传，惟有主敬一法。而后人看主敬又大费力，是以先儒复解之曰：“但得心存斯是敬，勿于存外更加功。”盖心之为体，原是整齐严肃，原是光明洞达，由于欲动情胜，此种体段遂至放失耳。《通书》云：“无欲故静。”此为探本穷源之论，主敬则自无欲，无欲则不期静而静，静固静也，动亦静也。薛敬轩先生常呼主人翁在室否，即此意也。若胸中持一“敬”字，即已为“敬”字束缚。正如先儒所论温公之失，不得已寻个中字来放着也。冰解冻释，工夫做去自有此种意思，非可期必，非可强求，必有事焉而已。日月相推而明生，寒暑相推而岁成，亦自然之理。工夫不着紧则不进，太着紧则有进锐退速之患。不优游则不安，过优游则有因循荒怠之弊。此中消息，正如日月寒暑，无骤进，亦无暂停，在善学者得失浅深自知之耳。《初学备忘·“大学”诚意》章一条自注云：吴裒仲曰：“此条不脱姚江习气。”癸巳之秋，韫斯述以见告，韫斯可谓爱我。裒仲时方二十三，所见已如此，惜乎短命，不得竟其志也。予追念若非癸巳一病几死，亦不能稍有进步。此所以识予之本末也。

〔甲午〕十一年，先生年四十四。

居炉镇。(原本作“馆澉湖吴裒仲家”。广誉按:辨见癸巳年下。又丙申《与吴裒仲书》云:“以仁兄数年来恳恳之诚,只得今岁之赴命。”则是年不馆吴裒仲家益明矣。)夏,兄子夭殁,哭之恸。(姚本作“十月”。广誉按:叙衔邱鸣当在夏月。)十月,会葬祝开美。是年,有《许鲁斋论》二篇、《周母吴太君六十寿序》《赤米记》《跋西台恸哭记》《记乡先达语》《会祝孝廉葬阻雪》二首。(原本云:《训子语》成。埛按:是书成于乙巳,观序文可见,今订正。)

《与吴仲木书》云：乾初兄以《大学》“知止”二字为疑，则“缗蛮”“穆穆”二节，明有疏义，禅乎非禅，不待辨而決也。盖缘万历以来，学术日晦，说书者多以释、老解儒书，宜有以启乾初之惑。然此解《大学》者之罪，非《大学》之正解也。窃谓禅学于他书犹易窜入，至于《大学》断断不可，非徒不可，实不能也。其门庭堂奥，光明严正，确实周详，无隙可乘，天下后世儒者之道赖以不至晦蚀者，幸有此书之传。不图今日反以是加狱也。又云：先人积德累行，不幸早世，其用心之际，弟幼无所闻知。稍长，闻之先人之及门者以及伯叔，皆云，燕居之处，即书二语云：行己率由古道，存心常畏天知。至于书籍之间，往往书之以自儆励。其不间幽明可知也，岂宜至于无后？而家兄惟一子，初婚而夭，弟今年又生一女，齿发如此，后嗣茫如。韩子所谓视茫茫而发苍苍，言念及此，能不为之戚戚哉！

《与吴裒仲书》云：吾人自幼至今，气习之移易已多，而又无大贤以为之训迪，此身受病之处，自宜日深。然有于中未有不形于外者。譬如戾气流行于天地之间，辄有水旱凶灾之应。饥饱寒暑劳惫与夫七情之伤中于脏腑，则其病之发也，亦见于气色肌肤血脉之际。是以仁义礼智根于心，则有睟面盎背施于四体之验。而小人间居为不善，则有厌然掩著之情。故曰：体用一原，显微无间也。学者诚欲得其病根所在，但就日用行习之间自省自考，验之人情之从违，揆之义理之离合，则固有不待他求而得之者矣。知其病则所以对治之者，亦有不待外求而得之者矣。弟数年以前患痰疾，三年不愈。一医，良医也，视之曰："病在七情，中有瘀血矣。"求药之，医曰："药治三分，自治七分。"请问自治之方，医曰："快乐而已。"因之每遇忧怨哀郁之来，辄多方遣之，不终月而愈。由此推之，学问之道，其对治亦犹是也。仁兄惓惓于习心欲念之未去，夫亦察其习之所惯者何在，与夫欲之最深者何在，而施以对治之方。则凡平日读书取友，皆从此处栽培，及夫言语行事，动静起居，一有所发，即与克治。则夫拔去病根之效，将有不烦余力而致之者矣。其重者既去，则其轻者自然以次而廓清。其急者先去，则其缓者亦可渐见其湔涤。正如光武克复旧物，得力唯在昆阳一举而已。

《与沈尹同书》云：《大学》之要，在于致知诚意。《中庸》之要，在于明善诚身。而其求端，用力之处，一则曰格物，一则曰择善而固执之，非有二也。择善即格物之谓，知至则明乎善矣，诚意则诚乎身矣。知至意诚而德明矣，明善诚身而性尽矣。始于择善，终于止至善，而所以齐家治国平天下与夫位天地育万物，举不外乎此矣。然则吾人日用工夫，止有庸德之行，庸言之谨，内省不疚，无恶于志而已，此诚意之事也。其致知格物之事，则博学审问，慎思明辨者是也。自后儒分尊德性、道问学为二事，而格致之说纷若聚讼。以愚测之，亦于朱子之言或未之详考而已。其语格物者曰："或考之事为之著，或察之念虑之微，或求之文字之中，或索之讲论之际。"噫，尽之矣！今之论者，举其一而遗其一，以相非诋、相附和，率以己意之所向者主之奴之，而不能虚心平志以求夫天理之至当，宜其辗转沿习，而学术遂为天下裂也。夫所以致知而明善者，将以谁为乎？诚为人也，则急急乎暴扬标异，以冀天下后世之见而闻之也。诚为己也，则反求其身，遁世不见知焉可也。此《大学》于"诚意"一篇，分别君子小人而言之，而《中庸》于次章、素位章、末章，对举君子小人而言之也。盖为己则必暗然，必慎其独，必居易俟命，君子之所以中庸也。为人则必的然，必掩其不善而著其善，必行险徼幸，小人之所以反中庸也。外此则行不著、习不察之人而已矣。然而夫妇之愚，本其好恶之良，多有不违于道之事。若小人之无忌惮，则必至于无所不至，虽有忠孝廉节之行，斯亦巧言令色，穿窬之盗而已。使其著书立说之侈，斯亦率兽食人，人将相食之类而已。吾人今日读古人之书，被儒者之服，其于夫妇之愚、夫妇之不肖既已有闻，若夫本于的然而极于无忌惮，则凡贤知之过，皆将不免于此，而所当切己自省者也，所谓戒慎恐惧者也。然则舍却下学为己，更无学问之可言，更无工夫之可事。至于上达天德，则徐以俟之而已，非可意计悬度也，先难后获焉可也。董子曰："正其谊不谋其利，明其道不计其功。"学者初始一念，若从功利起见，早已走入小人门径矣。

《与姚林友书》云：辱问程子主一之说，诚不足以知此。或者不贰之为，一不迁之为主。

若一心之中，天理与人欲互胜而互负，则必至于一身之间，动静不相得，言行不相符，始终不相应，常变不相准，昭昭冥冥不相合。此皆不一之大端也。孔子曰："道二：仁与不仁而已矣。"孟子曰："何必曰利，亦有仁义而已矣。"学者于此入门工夫，辨得界限分明，而兢兢自持，必使日用之间，存心应物，要皆出于天理，而无一毫人欲之私得而间之，方为得其所主。而食息寝兴恒于斯，颠沛流离恒于斯，独寐寤歌恒于斯，朝廷军旅恒于斯，然后无所往而不一矣。一则诚矣。乃其慎独之功，则即此辨之不可不早，与夫持之不敢不兢兢者此也。假如吾人今日读书，一心于学问，一心于禄仕，此心固已二矣。究之，心岂有二用？一长则一消，轻重进退，势所必至，极至于违禽兽不远。虽有不甚，而天理间发，亦不过小人掩著之心勃然一动，而其后亦卒归于似忠信、似廉洁而已。所以此种学问決须洗心涤虑，彻底澄清，从头做起，方有向上路头。如鼎之初爻，颠趾出否，而后可致烹饪之用。若一向和泥带浆，不清不楚，虽加以五味之美，徒增秽恶耳，岂得而饮食之哉？先儒有言：举业之事不患妨功，只患夺志。今为诸生，所望一举，及一举之后，所望又不止于此，人情岂有极？盖有潜移默夺而不自知者。孟子矢人、函人之辨，而云术不可不慎，充类而言，宜有然者。古人所以愿以志养，不欲以禄养，原其心，岂忍以一身之故俭其亲哉？出乎此者入乎彼，诚有所甚惧耳。又况穷达有命，多不由于业之工不工。出处有时，所系一生得失不小，未宜草草视之也。子曰："不知命，无以为君子也。"即如弟者于斯，其为夙夜之勤劳亦已多矣，究何益乎？假令当年即知委弃诸生，以尽力于学问之道，岂至四十无闻，未免为乡人而已乎？许鲁斋，君子也，其言曰："吾生平为名所累，竟不能辞官。"观其遗言，如有深悔恨者。岂非其初为禄一念不能绝之于早，至于没齿，遂有虽悔莫追之恨哉？（原本系辛卯岁。馥按：当在是年。）

〔乙未〕十二年，先生年四十五。

复馆甑山钱氏。冬，举葬亲岁会于本宁家。岁会者，集葬社中人及四方观礼之士，延有学行者宾事之。先生为主，悬孟子像于中堂，行士相见礼，讲《吕氏乡约》等书，及禁作佛事，并邑令胡舜允禁火葬告示等条。七年之中，一举于清风里，至是再举。宾为乌程凌渝安克贞、德清唐灏儒达、沈上襄中阶、海宁陈乾初确（乾初有《葬论》，刻入葬社约。）、嘉兴徐敬可善诸人。是年，有《初学备忘序》《衣袂记》《责善朋友之道论》《处馆说》《葬亲社请宾公启》《跋朱翁永昌后札后》《答吴仲木书》《与唐灏儒书》《答张岩贞书》。

《与钱子固书》云：乙未之岁，与足下兄弟叔侄相见共朝夕，诸君之意，皆亟亟文艺是营。而仆所反覆鼓动，多在农桑、敦睦、早婚、早葬四事。

《与吴裒仲书》云：苏氏之学原本于《国策》，其为学者之祸甚于柳氏。柳氏辞章而已耳，苏氏则诐淫邪遁，无所不至矣。神庙时世教方坏，蒙士四书一经正文读完，即读《国策》、庄列、三苏文字几种书，作为举业，以取世资。是以生心害政之祸，至今犹烈也。弟二十时尚喜读苏文，《国策》则素不喜读，然亦幼失先人以至于此。少年读书，比之择術，习气之中人，惟读书为最深。此种文字，不可不切戒也。

《与沈尹同书》云：传闻时阅兄有亲之丧，未及往吊，方为阙然。而石长兄述其殓时纯从释氏，殊骇于耳。时阅儒者，即不能谕其亲于生前，奚为复从乱命处之，非礼于死后乎？斯亦吾等朋友之羞也。往者不谏，愿因仁兄献言，请以先王之礼葬，勿终守夷俗之教，则时阅于亲为干蛊，于身为改过，孝莫大矣。世教大衰，学者格物一段工夫置之不讲，而从事于空虚诞慢之说以为高玄，遂使其弊至此，可为痛心也。

《与严颖生书》云：仁兄担荷之强毅，立论之洞达，兴起后人之功，自非同人所及。所不能无微嫌者，文史之论，不免太多。此自仁兄得力之处，卓有独见，乐与人历历言之。窃疑少年学之，游心文史之意深，用力身心之意少，亦足以生起一种病痛也。今日文弊极矣，疑谓当救之以质行。质行者，非欲蔑弃典文、枝鹿椎鲁之谓。安定先生之教，以经义、治事为二科。今之学者，诚能修身立行，一准乎经义，平日讲求，无非先王经世之实政，以为隐居求志之务，庶几成就一种人才，为天地间见小大功用，使斯世斯民有所赖藉，而吾人所为皇皇半生，在己在人，或不至于游谈虚夸，与群居终日言不及义者同科也。

〔丙申〕十三年，先生年四十六。

馆吴裒仲家。作《澉湖塾约》。秋，盗劫炉镇，入先生家。先生亟携家避匿，仅以身免。（广誉按：见《与吴裒仲书》。）邱季心云，先生同邑友也，清刚真朴，勇于为义。然于朱注互有疑信，妄为删改，由是与先生论不合，交好如初，而始终弗惬也。是年，有《赠张白方序》《困勉斋记》《吊吴仲木文》《吴仲木墓志铭》。

《见闻录》云：秀水俞恭藻周炜，善文辞，有美志，而少无师友。赴辛卯乡试，中式焉。已而作诗曰："皎皎明月姿，涂涂露更繁。朝华夕以敷，松柏何巑岏。万物固相远，谁能强所欢。愧我婴世网，中路复悲欢。日出多徬徨，日暮心苦酸。何如拾瑶草，白云共盘桓。"丙申初夏，因友人许子元龙访予于澉浦，以是诗为贽，请纳拜焉。予固辞，复因吴子裒仲以请曰："朝闻道，夕死可矣。"又曰："虽有恶人，斋戒沐浴，则可以祀上帝，先生何以相拒之至也？"予终辞，留一宿别去。时恭藻已病，是秋竟不起。裒仲哀其志，为文吊之，复助其丧。张恭佩鼎尝慕恭藻，未及交而恭藻殁。适恭佩在郡，亟辗转索其遗文，得与友手书诗二章，其一《过鲁谒孔陵》，其一即《皎皎明月》篇也。持以赴予，且叹曰："春仲木死，秋恭藻又死，何志于学者之弗幸乎！"

〔丁酉〕十四年，先生年四十七。

居炉镇。（原本作"馆徐氏"。馥案：先生馆徐氏惟戊戌一年。是年家居。）五月，长子维恭生，侧室所出。是年，有《绢褶记》《寿吴母序》《与吴裒仲书》。

《与陈乾初书》云：吾人生于学绝道晦之日，目前朋友真有朝闻夕死之志者，要无几人。大率只如朱子所言：既欲不失贤人君子之名，又欲不失安富尊荣之实耳。至于诚心向此，而又不能无学术同异之辨。此道之所以益晦，而学之往往而绝也。前书谓《大学》为禅之权舆，以其言知，不及行也。《大学》之书具在，何一章之不及行乎？即以知论，禅之言知，说顿说渐，总不致知者也。今之儒名而禅实者，言致知而不及格物者也。且自诚意而往，正心修身，齐家治国平天下，何一而非行之事乎？仁兄归罪于此，正如折狱者以嫌疑杀人矣。弟约而断之，两言而已：谓《大学》为非孔曾亲笔之书，则固然已；谓《大学》为非孔氏之道、曾氏之学，则必不可。盖人未有外身心意知，天下国家而可以为人者，则未有能外八条目而可以为学者。今且有人于此，事事物物能明其理，意不妄发，心无私邪，视听言动俱中礼而无愆尤。由是施于家而父子兄弟夫妇以宜，施诸国而君臣上下以定，施之天下而物物能使各得其所，其得谓之圣人之徒乎？其不得谓之圣人之徒乎？而尚何俟深言也，而又何禅之可附托乎？仁兄平昔有云："道理要当信之于心，未可全凭古人。"夫心何常之有？人心不同，有如其面，惟斯理，天下古今一也。推其本末，心即理也，陆氏之说，而王氏祖述之。亦非陆氏之说，西来直指心体之说，而陆氏符合之。此说一倡，师心自用之学大炽。推其流极，弑父与君而无不忍。何也？吾心信得过自己，无有不是处也。

卷三

〔戊戌〕十五年，先生年四十八。

馆郡中徐忠可家。正月，返杨园故庐。（原本系己亥岁。馥按：戊戌《与姚大也书》云："今年正月，仍返杨园故庐，与家兄同居，而身糊口于禾中。"原本误。）是年，有《邬氏议恤序》《施氏族谱序》《自题族谱序》《赠别林岐宗序》《百一吟序》《爱日堂记》（原本系己亥岁。广誉按：篇中有云："走书槜李，属予记之。"当在是年。）《玩器喻》《说易》《赠钱曮》《沈氏农书跋》《补农书叙》《吊沈善胜文》《与吴裒仲书》《与徐重威书》。

《见闻录》云：戊戌之岁，徐忠可彬以施易修博书来，招予课其子。予与之约："祥向以三事自持，能悉如愿乎？"忠可请目，曰："不拜客，不与宴席，不赴朔望之会（时易修集远近人士为朔望讲会。）。今以糊口之故，不得已教子弟一二人，若其外更增一事，非废人所堪，不敢闻命。"忠可唯唯，予因是馆郡中一载。吴裒仲谦牧闻予至郡，移书相规曰："龙潭老人之义，得毋可思？"深感裒仲爱我之笃，惜其早世，失此畏友。后十年，语溪友人亦以课子见招，徐敬可遗书，大指谓兹非僻静之地，恐非所宜。然已不能不往，谢其厚爱，而举裒仲之言，岂以老眊竟违知己乎？此所以志也。

《答沈德孚书》云：道犹路也，道者日用事物当然之理，道者天下古今之所共由。夫子朝闻夕死之言，只为人不知道者而发，犹所谓谁能出不由户，何莫由斯道也。犹孟子所谓行之而不著焉，习矣而不察焉，终身由之而不知其道者众也。不是日用常行之外，别有一物，可以生时将得来，死时将得去，如异端所谓末后一著也。生死之说，亦甚平常，生顺则死安。君子无终食之间违仁，造次必于是，颠沛必于是，任重道远，得正而毙，如是而已。故曰：未知生，焉知死也。岂有生前事物全不致知力行，只打点死时一著之理？闻者，亦只是致知力行之际，讲求体验，实见得道理如此，非有参透顿悟之幻妄也。世儒十人而九，好持此以为论说之端，虽曰不堕于禅，吾不信也。又云：道之显者谓之文，圣人之道不外仪礼三百、威仪三千。是故夫子教颜子，亦只教其博文约礼。其问为仁之目，亦教以非礼勿视、听、言、动。姚江以异端害正道，有朱紫苗莠之别，其弊至于荡灭礼教。今日之祸，盖其烈也。或云静中不见天地万物，浑然与天地万物同体，此之谓未发之中，此之谓退藏于密，此境莫只推与禅家。窃谓此际正要辨别毫厘千里。君子敬以直内，未发之中，毕竟与禅家之空寂有别。若只是冥然空寂，如何能发而中节？曰："释氏亦黜顽空。"曰："明知不是，却不承认不是，又躲闪到一边去，正所云释氏之言善遁也。" 又云：常见人说"受用"二字，愚直不解所谓。圣贤心事，只有朝乾夕惕，那曾贪着受用？恐便是孔颜之乐否？曰："仰不愧，俯不怍，从战兢惕厉中出。然则乐天知命，无人不自得，与'受用'二字，显然有公私义利之别也。"又云：百余年来，学术晦冥，邪说暴行，塞乎天地，入于膏肓。窃谓姚江之教如吴楚称王，蛮夷猾夏，僭食上国。东林之教如齐晋之称伯，尊周攘夷，而功罪不可相掩。天道循环，无往不复，数十年内，应必有大贤之士起而任斯道之责，揭日月于重渊，而使之复旦者。惜乎祥与先生皆不及见矣。（梓按：此言即夫子自道也。孟子然而无有乎尔，则亦无有乎尔，正见自任之重有不得而辞者。此先生所以为朱子后之一人也。）《与姚大也书》云：三丧未举，游子之情能无黯然？但自足下而外，恐未有切切于心、亟营马鬣者。春秋霜露，感人至深，故人惓惓，专望努力一归，毕此事而出，则天涯魂梦，方能帖然耳。

《与徐敬可书》云：吾人之学，须将害心之端四处把截，单留一条正路，努力向前。如二氏之书，断宜屏绝，不使入目。又如勋名建竖、悲歌慷慨之情，与夫辞章靡曼之习，风流闲散，晋宋间人风味，俱不可使留。整整从彝伦日用上致知力行，惟日孳孳，毙而后已，方能自拔于流俗。若夫富贵利达、得丧毁誉不入胸中，斯亦不足言也已。

〔己亥〕十六年，先生年四十九。

尤介锡父治农桑，家富而朴，乡里称为善良。介锡幼略能文，负笈来游，言规行矩，甚相契也，故先生以女字之。后其兄师锡举进士，耽酒色，介锡背师而效焉，屡诲弗悛，甚至买娼为妾，猖狂恣肆。先生女素娴闺训，引诗书以讽谏，嚾嚾逆耳，反如寇仇，竟与妾谋鸩杀之。先生往哭，亲见被鸩状，讼之公庭。仆仆二年，虽杀妻之典未正，而褫其衿，逐其妾，不齿于人数，郁郁以死，通国快之。然而先生所遭亦良苦矣。

是年，有《堕齿记》《告尤氏先人文》《哭女文》《近鉴序》（梓按：《近鉴》一书，为东床作也。自惩择婿之失，有痛于心，因并一时见闻所及，存为殷鉴。或乃谓称人之恶，先生之所由无后也，亦小儒之见矣。）《答尤策臣书》《与尤西眷书》《与尤天士书》《与尤氏通族书》《复伯兄书》。

〔庚子〕十七年，先生年五十。

馆海监钱厚庵暨侄商隐家（钱本姓何。），为十年之约。先生允其半，有遗安堂日课。始作《备忘录》。

是年，有《吊吴裒仲文》《吊吴伯仁文》《姚以存字说》《书问目后》《启兄弟亲族》。

《与何商隐书》云：承喻头脑之说。《论语》一书，谨言慎行为多，不亟亟于头脑也。颜子述善诱之功，则曰“博文约礼”而已。请为仁之目，则曰“非礼勿视、听、言、动”而已。此即所谓约礼之实也。曾子一贯之指，则曰“忠恕”而已。子思，受曾子之学者也，《中庸》所述，与《论语》曾子之言如合符节，故曰“忠恕违道不远”。孟子，传子思之学者也，其言曰“居仁由义”、曰“求放心”，其曰“持其志无暴其气”，即“求放心”之谓也。“求放心”则《中庸》“戒慎恐惧”之谓，而《论语》“日省其身”“临渊履冰”之指也。“仁”“义”二字，《论语》未尝并举，《易传》则曰“立人之道”、曰“仁与义”，《中庸》则曰“仁者人也，义者宜也”，则亦夫子之言也。至云“反身而诚，乐莫大焉；强恕而行，求仁莫近焉”，则与曾子、子思先后一辙矣。三代而下，濂溪则曰“主静立人极”，关中则曰“知礼成性”，程门则曰“敬义夹持”、曰“存心致知”、曰“理一分殊”，朱子则曰“居敬穷理”。要而论之，岂有异指哉！居敬所以存心也，穷理所以致知也。惟居敬故能直其内，惟穷理故能方其外。惟内之直故能立天下之大本，惟外之方故能行天下之达道。然居敬穷理，又非截然有两种工夫也，博学审问，慎思明辨，是为穷理。其不敢苟且从事，或勤始怠终，及参以二三，即为居敬，故又曰：学者用功当在分殊上。其曰“知礼成性”，即约礼之谓，亲亲之杀，尊贤之等，皆天理也。故曰“理所生也”。三百三千，皆所从出也，所谓分殊也。其曰“主静立极”者，定之以中正仁义而已也。仁义而不轨于中正，则仁或流于兼爱，义或流于为我，而人极不立矣。礼以敬为本，敬则自无非僻之干，人欲退而天理还矣。欲退理还，则终日言言所当言，终日行行所无事而敬矣，故又曰“无欲故静”。然则茂叔、子厚虽不言主静，而敬在其中矣。由是而上质之邹鲁，岂不同条而共贯哉！吾人学问，舍“居仁由义”四字，更无所谓学问。吾人工夫，舍“居敬穷理”四字，更无所谓工夫。凡先儒之言，若志伊尹之所志，学颜子之所学，若为天地立心，为生民立命，若以兴起斯文为己任，种种道术，举不外是矣。仁兄生平所致力于六行之修者，岂非仁义之事？所以立人之道者，岂有他哉！而更欲头脑之求，古人骑驴觅驴之喻，是之谓矣。特患居敬之不熟，则有或得或失之忧。穷理之未精，则有或然或不然之虑。要亦无他道也，有不熟则勉进于熟而已，有未精则勉求其精而已。《易》曰：“三人行则损一人，一人行则得其友。”言致一也。九州万国而统于一王，千流万派而归于一海，千红万紫而合于一太极，故曰：礼仪三百，威仪三千，无一而非仁也。仁，人心也。义，人路也。源深则流长，根凝则实茂。清明在躬，则气志如神。平日工夫，惟在涵养其本原，以为制事酬物之主尔矣。朋友讲习，养也；独居思索，亦养也。读书考究，养也；饮食动作，亦养也。念兹在兹，释兹在兹，如伏雌之抱卵。其事不舍，其进不锐，如日月之贞恒。修其疆畔，时其耔耘，如农夫之力穑，而后可致其精也，而后可几于熟也。必若先儒云：“满腔子皆恻隐之心，盎然若太和元气之流行于天地之间。”必若先儒云:“在我之权度精切不差，截然如万物之各正其性命。”子思所云“择善固执”，孟子所云“深造自得”，其或以此也欤。夫学问者，将以尽性命之理也，苟不本于天地之所赋，物之所受，非学问之正也，安可使之有两截乎？事物者，身心之准则也，苟事至物来，而处之不当其分，正身心之病也。安可视之为两途乎？自世儒以在物为理、处物为义之言为不然，而体用内外始判而二之矣。自世儒不明于动静不失其时之义，而以堕黜聪明为静，不明于心存斯是敬之义，而但以严威俨恪为敬。而人伦庶物之外，若别有一种学问矣。夫事物之不能不日至者，势也，迎之非也，拒之亦非也。以其皆不免于自私而用智也，非顺应之道也。无事则读书，读书者，所以维持此心，而不使其或怠也，非以务博也。默坐则思索，思索所以检点其身，而不使其有阙也，非以耽寂也。事至则泛应，泛应者，所以推行天理于事事物物，而不使其有过有不及也，非以外驰也。无众寡，无小大，无敢慢，则一矣。无有事无事，无有人无人，无敢慢，则一矣。一则穷通一矣，寿夭亦一矣，死生亦一矣。然则仁兄所忧心粗气昏者，恐不一之故，未必皆不能读书之故也。上蔡诵史不遗一字，程子责其玩物丧志。上蔡面赤，程子曰："此即是恻隐之心。"由是思之，读书只是工夫之一种，非不能读书便无工夫也。但择善之功，惟读书为得益之易，故以为先务耳。然即读书而论，亦不可以不一，耳目一则心志专而义理纯熟，杂则意分而气散，即日力亦有所不给矣。孟子之言暴其气者，非独应事酬物言语动作之间，与夫喜怒哀乐之感也。书以一物也，读之亦一事也，物至而人化物，灭天理而穷人欲，惟读书亦有之，故敬之道不可须臾舍也。（梓按：先生全集中，惟头脑一书论为学之功最为详尽，盖志同道合，不觉其言之亹亹也。）

《答屠子高》曰：格物之义，窃详来论，非繇经文本有可疑，或者吾兄平日于"物"之一字未之体当亲切，故有推而远之之疑也。吾人自有生以来，无一刻不与物接，大而君臣父子，小而事物细微，无非物也，则无非我性分之所固有而不可辞者。故曰"万物皆备于我"。有是物，即有是物当然之理。惟圣人为能先知先觉，而于人伦庶物莫不各副其当然之则，下此即不免仁者谓仁、知者谓知。百姓则日用而不知，而一身之喜怒哀乐与夫视听言动，无往而得当其可矣。是以学者始事在即物而穷其理，穷一物则知一物，穷物物则知物物，渐积驯致，以至于无所不知，而吾德之明者始无不明矣。正如火之德本明，而非丽乎物，则亦何以见其光哉？近代释氏之说，乱于吾儒之书，于凡人伦庶物一切视之为外，遂欲离物而求其所为惺惺者、昭昭者。虽其清净寂灭之余，此中不无所见，然未有不陷于一偏，举此遗彼，而于大中至正之矩，终以有乖也。今且以《中庸》之义通之，明善者即致知之谓也，择善者即格物之谓也，博学、审问、慎思、明辨四者，即格之之事也。非特学者舍是无所用其力也，虽孔子好古敏求，孟子深造说约，亦若是也。来教随处体认力行，力行自属心正后事。阳明以为善去恶是格物，非也。随处体认天理，甘泉尝有是言，然不免有病，要惟程朱之言为无弊耳。仁兄但本程朱之意，于日用之事，凡身之所接，无不审查，无不研求，勿厌繁碎，不求近功，久久熟落，当有自得之效，不觉其若冰之释而冻之解也。

《跋山阴先生别帙》云：复古本是姚江一种私意，大指只是排黜程朱，以伸己说耳。今试虚心熟玩《大学》之书，谓文无阙，终不可也。谓简无错，终不可也。谓经传词气无异，终不可也。则知《章句》之为功不小矣。石本自是近代人所作伪本，先师后来亦病其割裂，不复主张矣。

《备忘》云：古人云十年读书，今虽迟暮，耿耿此心，较之少年心志不定，外诱纷如，师友督责而不前者，岂不有间？自兹以往，去卫武懿戒之日尚有四十五年，只当初学从师，读书数年，未必不稍有所成也，毋徒云去日苦多。庚子岁暮自警。

〔辛丑〕十八年，先生年五十一。

馆半逻。夏，经三月不雨，三吴濒旱，高乡禾尽槁。与曹射侯书，论水利甚悉，又见《备忘》。是年，有《葬亲会启》《与颜予重书》。

〔壬寅〕康熙元年，先生年五十二。

馆半逻。次子与敬生，先生甚喜，语人曰："若得见他成立，必教他向上一条路上走。"惜乎甫成童而先生没矣。是年，有《与周鸣皋书》。

《与何商隐书》云：康斋先生常念"从容深晏养"之句，吾人精力大段不如往时，亦不得不以此自勖也。又云：读书学问之一事。就读书而言，经本其根，史其枝叶也。史至后代，尤枝叶之枝叶矣。大约三患均有，事失情实，一也。是非不足劝戒，二也。淫词芜说，三也。生平惟《唐鉴》不得一看，以为恨事。若司马《史》两汉《书》，少壮当喜读之，今久不然矣。昔人有言：鸿鹄所以高飞，六翮而已。若夫腹背毳毛，增一把不为多，减一把不为少。窃谓人诚有之，书亦然也。又况横议妄作，非特腹背毳毛之比而已。

〔癸卯〕二年，先生年五十三。

馆半逻。嫁次女于陆，未几而寡，先生养恤其孤。

是年，有《先人画像记》《告钱厚庵先生文》《遗安堂训语》。

《与徐重威书》云：所谕祕笈之书，窃意云老未必欲印，仆亦不欲相劝。陈继儒，近代得罪名教之人也，徒以生于末俗，故令得保首领以殁，乌可容于尧舜之世乎？天下人心，陷溺极矣。士不得志于当时，诸于世教有害者，不克扫而除之，则亦已矣，可复推波助澜乎？若乃养生之说，自昔尧舜禹汤文武周孔思孟，未闻为之，愚不敢学也。程子有言：夏葛而冬裘，饥食而渴饮。节嗜欲，定心气。仆平生服膺，惟是而已。然己有所不能，何敢效山林枯槁之士，遗弃人群，自私有尽之形躯为哉？尝思陈白沙阳春楼静坐三年，因而有得。不知三年之中，人伦事物阙失几许。果其有得，当自痛悔往不可追，而复沾沾色喜，持以教人，是诚何心哉？（广誉按：是书未详何年，姑从原本附此。）

〔甲辰〕三年，先生年五十四。

馆半逻。是年，有《假道学论》。（原本系乙未岁。馥按：是年冬作。）

《示长子维恭》云：前年秋，携女弃家从吕先生（字康侯）受业。先生刚直好义，势利不以动心，吾所深敬。不意远游，久而弗返，因复请于嘉兴屠先生（字子高）、海盐何先生（字商隐）、同县邱先生（字季心）、乌程凌先生（字渝安），皆深造自得，敦善不怠，君子人也，吾所深契。平生切磋，受益为多。幸俱见许，女得纳拜。女事之终身，奉为宗主，便有向上一路。父所守者，"耕田读书、承先启后"八字。稼穑艰难，自幼固当知之，但筋力尚待长大。若诵读讲求，童而肄之，至老不可舍。吾请于先生，预为十年之序，始受小学（是读书做人基本。），次《大学》《论语》《孟子》《中庸》（理学之渊源，义理之统宗。），次《诗》《书》《礼记》《周易》《春秋》（六经义理，互相发明，不治经则书义不能通达，异说足以夺之。《易》是家传一经，尤当加意。），次《近思录》（治经之阶梯。）《范氏唐鉴》（读市之门户。）《大学衍义》（经史之条贯。）以及《性理》《通鉴纲目》（经史之匙钥蓍龟也。）等书。女能一一听受先生之教，熟读精思，则自此以往，好书甚多。然大本日尽于此。自古圣贤修身及家，平均天下，更无别种道理。成就大小，存乎志力而已。王妣有言：孔子、孟子只是孔、孟两家无父之子，只为有志向上，便做到大圣大贤。若是不肯学好，流落无底。女切切记之。又云：凡人从幼至老，只有择善一路，终身由之，无穷尽、无休息。心非善不存，言非善不出，行非善不行，以至书必择而读，人必择而交，言必择而听，地必择而蹈，小大精粗，无不由是。《论语》曰“择其善者而从之，其不善者而改之”“见贤思齐焉，见不贤而内自省也”“见善如不及，见不善如探汤”，圣人谆复示人之意切矣。在家在外，总无不与人同处之理。一与同处，薰炙渐濡，势必相入，所与善进于善，所与不善流于不善，可畏也。己有不善，固当速改，不可因以害人。人有不善，尤宜痛戒，何可使其累我？成汤圣人，犹然检身若不及，改过不吝。颜子大贤，只是不贰过，得一善服膺而弗失。若乃见善不迁，有过不改，甚或善恶倒置，好恶拂人，饰非使诈，怙恶不悛，灾己辱先，民斯为下而已。父母爱子，虽云无所不至，如此等人，岂愿有之乎？

《答孙尔大》云：有志学问者，检点克治工夫，全恃自己不轻放过。无有师保，如临父母，亦何待朋友箴规之力哉？谨以为学大指奉览。一曰辨心术（邪正义利之类。），一曰明义理（讲习讨论之类。），一曰治性情（刚柔过不及之类。），已上敬以直内学。一曰正容体（九容。），一曰谨言行，一曰审事为，已上义以方外事。学者辨心术，是始初第一事。然工夫紧要，全在明义理，治性情，存养以是，省察克治亦以是。二者得则大本已立，大本立则动作威仪，应事接物略加检点可也。敬义夹持，则见善必迁，有过必改，纯熟后则不习无不利也。

〔乙巳〕四年，先生年五十五。

馆半逻。王迈人庭归自江西藩司，造访先生于杨园，贻先生杯一、缎一。先生不受，固请留之，乃付门人，藏为他人葬钱寅之资。《训子语》成，序之。（梓按：《训子语》《初学备忘》二书，大名崔麟微早已登枣，存幽湖德蕴堂。至己丑后，陈克鉴所镌，不知作《备忘》始庚子，乃不考其年次之先后。跋云：“先生作《备忘》，以精微博大，非后学所易窥测，故又著《初学备忘》。”则大误矣。全集板毁，而书犹存人间，故正之。）是年，有《与许大辛书》《与姚大也书》《与颜予重书》《太学钱先生墓志铭》。

《与沈敬夫书》云：忆前寓居里中，书聊云：“四海良谋惟井牧，六经大义具耕耘。”士友往还，朝夕所见，亦鲜解其意者。鄙意特谓农政废，四海穷困矣。若欲绥万邦，屡丰年，非井牧不可。而学者深造自得，正如服穑力田，朝夕有事，勿忘勿助而已。若此浅陋，已少同怀，则一方志业可知矣。

《与徐敬可书》云：详来教，知合并之无日矣。《论语》二十篇，无非谨言慎行之旨。《孟子》七篇，大要息邪说、距诐行之心。世教不明，处士横议，前者非程朱，后者并不尊孔孟、《学》《庸》也，而云宜黜孟子也，而以庄生并之。不图横议至此，更不图此种议论，近日知交中日出而不止，可为恸哭流涕也。

《与朱韫斯别楮》云：连日相对，终觉坚强迕物之意多，至诚恻怛之意少。困厄久，则猜防疑畏之心不期生而自生，然何可不推诚而待物也？以疑待人，人尽可疑。以不疑与人，人尽可与。李忠定有言："诚则明，疑则暗。"门内之治，恩掩义，义胜多至于伤恩。《诗》美周王，美其肃离。而《记》曰："夫敬与和何事不行。"若家庭之间，之其所亲爱而辟，则易至于贼义。之其所贱恶而辟，则易至于贼恩。贼义则终吝，贼恩则终凶，俱不可不慎戒也。"不以事物经心"一语，或以受益，或以中病。诸葛武侯云："惟学可以广才。"吾人才智不生，率是学问不得力。每思先友吴南村"质美未学"之语，久而愈服。康斋先生《日录》云："知弗致，己弗克，何以学为？"然则人安可不于不知处求知，不于难克处克将去也？

〔丙午〕五年，先生年五十六。

馆半逻。过乌戍，闻张佩葱嘉玲居丧尽礼，敬之。与钱本一论学，本一欣然求理学书读之。先生寓书曰："柏园学道之志，及兹方发，不已晚乎？然以卫武观之，犹然少壮，愿此意勿衰也。"重九日，挈次子与敬赴馆。（广誉按：旧本无，今据《与徐重威书》补。）是年，有《书近思录后》《示儿百自箴》《示蒙士图》《送沈几臣之睦州序》《公吊吕康侯文》《答张佩葱问丧礼书》十六条，《又寄张佩葱书》《吴裒仲墓志铭》《钱先生遗事》《与曹射侯书》《与徐重威书》《与颜予重书》《与颜子乐书》。

《与凌渝安书》云：古人有言，如天不欲使斯道复明，则不使后世有知者。今既有知之者，斯道岂终晦蚀哉。处士横议，异说纷如，自昔衰乱，无世不然，要亦不足为患。吾人不自努力，无能守先待后耳。乡邦靡敝，与起无人，此繇沃土不材，气习使然。士果能具豪杰之志，卓立风尘之外，奋乎百世之间，气志既起，天且弗违，而况人乎。是在同志三四人互相勖勉而已。昔有友人叹息今日为学之难，弟答之云："世治世乱，为学互有难易。太平之日，士君子危言危行，履道坦坦，此其易也。然精神易于偷惰，则进德为难。祸乱之日，正气不伸，动与愆尤相触，师友讲习，此为难矣。然操心危，虑患深，则修省较易。是以古人进德修业，多于明夷蒙难之日。是则艰难守正，以续坠绪之茫茫，非吾人之责而谁责耶。而吾人日用之功，自非祖述孔、孟，宪章程、朱，亦将何以自淑而淑人哉？孟子曰：'天下溺，援之以道。'又曰：'尧舜之道，孝弟而已矣。'又曰：'经正则庶民兴，斯无邪慝。'若此者，求之则得，为之则成，没身焉耳矣。"

《答张佩葱书》云：《中庸》苟不至德，至道不凝焉。《论语》言志于道，随言据于德。吾人日用之际，密察用心，是入德之门。知其不善而亟改之，是进德之路。《中庸》末简曰："君子之所不可及者，其唯人之所不见乎。"《孟子》七篇，大旨在首章仁义与利之辨。人只说向天下国家，所以不亲切。反求诸己，利重一分，即仁义轻一分，出此入彼，一长一消，必至之势也。学者诚欲居仁由义，何可不朝夕栗栗，审所用心乎。即若治生一事，固不可已，然只有务本节用而已。天下国家之计以是，一身一家之计亦以是，外此即商贾技术之智，儒者羞为。邪说暴行，不必奇特看，弑父与君，只举其极重耳。凡不孰于圣贤中正之道者，皆是也。圣贤崇德广业，只庸言之信，庸行之谨而已。今试检点日用之间，喜怒哀乐不中节处，其为邪说暴行，不已多乎。士人所守者义，所安者命，凡义之所在，即命也。不知义命，枉为小人。

达不可行于天下者，穷即不可身自为之，修诸已，推诸人。又云：名世之业非他，惟是古昔圣贤所为修诸己而可以治乎人者尔矣。百工之事，犹惧言庞事杂。吾人于学，但能专心一力，日有孳孳，岁月尽优游也。不急之务，无用之书，愿一概屏弃之。

〔未丁〕六年，先生年五十七。

馆半逻。张佩葱屡求纳拜，先生不听。《与钱本一书》曰：近得畏友如佩葱，庶慰日暮道远之怀，以其能策励颓惰耳。吾人德业不及后生，大为可耻。

《近古录》成，序之。（书四卷：一立身，曰见闻纪训，陈栋塘良模著；二居家，曰先进遗风，耿楚侗定向著；三居乡，曰见闻杂记，李彦和乐著；四居官，曰厚语，钱懋登蓑著。馥按：先生辑《近古录》在丁未，何商隐语水主人欲先生作《名臣言行录》在壬子，前后相距六载。陈世效刻《近古录》引篇首似误。）是年，有《书圣途发轫后》《沈氏族谱序》《近古录序》《求仁堂记》《遗安堂记》《寄赠叶静远序》《费母寿序》《叙祠田经始录》《吊裴绍岐文》《启诸同志诸先生暨伯兄》《训子语后》《与沈石长书》《与徐敬可书》《与颜予重书》。

《与语水主人书》云：平生拙学不敢自掩者，惟是写信儒先，以《小学》《近思录》为四书六经之户牖阶梯。而吾人立身为学，苟不从此取涂发轫，虽有高才轶节，焜耀当世，揆以圣贤所示之极则，终有偏颇驳杂之嫌，未足与于登堂入室之林者也。

《与张佩葱》曰：闻门内亲逊之风，令人敬企不已。自非言物行恒，无间幽显，何以有此。《诗》称文王，言其亹亹，言其缉熙。人于世间虽云白驹过隙，若从少壮起足就途，至于老耄，当不下四五十年。苟其终始一意，夙夜懋勤，欲以方驾古人，要非难事。唯仁兄加意，益肆厥力而已。

《与许欲尔书》云：承教，以前辈得失不必深论，吾人但师法其是，以为为己工夫可也。窃以前人已死，其得其失，论之固已无益于彼，在吾人既欲取以为法，则其得者固当择而取之，其失者亦当择而舍之也。是固不可以不论之详。孟子所谓尚友古人，读书论世，不可不知其人也。学者若止为人，则人有耳目，人有心志，择之精与不精，取之得与不得，以为不与于已而姑置之可也。然此念已非斯人吾与恫瘝乃身之谊。若果真切为己，则闻一言即有一言之损益，见一行即有一行之吉凶，正犹饥渴者之于饮食，疾病者之于药物，恶可不辨其可否而漫尝哉。弟少亡师友，不知学问之道，任意取舍，固尝遇毒见凶，噬脐何及者也。故于知交之虚怀笃志者，间以愚夫一得，望而不可至者，及所尝失足，悔而知返，而已日暮途远者，言其一二。而闻者初未之或信，是恐无异适于山者遇虎见伤，幸未即死，逢后来者语以虎伏之穴，其情辞颜色，不免骇栗或过。若后来者不察而诃止之，甚者疑其不识驺虞，错以为虎，而直前履之也，则于为已为人之分，可不俟多言而决矣。（原本系癸卯岁。广誉按：篇首云，因近祭扫，小儿初携以出，身类保姆，不能暑刻相舍。当在是年。）

〔戊申〕七年，先生年五十八。

馆半逻。是年，有《钱氏馆别言》《答张佩葱书》，又《答问易》七条、《问克己复礼》一条、《问礼及四书》数十条，又《杂问》数十条，又《答吕泾野内篇疑问》十余条。

《示维恭》云：忠信笃敬，是一生做人根本。若子弟在家不敬信父兄，在学堂不敬信师友，欺诈傲慢，习以性成，望其读书明义理，向后长进，难矣。欺诈与否，于语言见之。傲慢与否，于动止见之，不可掩也。自以为得则害已，诱人出此则害人。害已必至害人，害人适以害已。人家生此子弟，是大不幸，戒之戒之。

〔己酉〕八年，先生年五十九。

馆语水。主人招自甲辰冬，嗣是敦请不已。先生辞之再三，又虚席以待者二年，至是始就焉。（广誉按：见《与徐敬可书》。）姚攻玉瑚始来谒。（广誉按：原本庚戌岁重出，今删。）嫁幼女于周氏。是年，有《自箴并说》《语溪约语》《与凌渝安书》《与屠子高书》《答张佩葱书》《与何商隐书》《与颜孝嘉书》《与陆孝垂书》（梓年二十，侍姚蛰庵先生，先生为言下愚不移。尤婿玷，杨园周婿玷诫，庵而执柯者，杨园也。此亦先师痛心事。然天下固有不可化诲之人，一杀妻，一为盗，于两先生何病哉。）《与钱子大书》《赠张佩葱归故居序》《同赵二阻雪邵家湾邱老家二绝》。

瑚录云：瑚于是秋初见先生，后寄语王言如云，攻玉耽于静坐，未免病在厌动求静。白沙学主静者也，其诗有曰："廊庙山林俱有事。"吾儒隐居求志，正为时世不偶，故当退处岩谷。然守先待后，经纶素具，亦无一事可略也。若懒散厌弃，惟求闲静，设有行义之日，岂能有所为乎。

琏录云：仲秋，先生同张宣城，张企周至震泽吊王晓庵夫人之丧。吊仪白布一端，晓庵辞谢。先生曰，某平生未尝以虚礼加友朋。晓庵不敢却。琏见先生始此。

《与门人书》云：学问固重践履，然必自致知格物始。仆碌碌一生，竟成虚度，只因从前读书不得要领。至于知悔，而已无及矣。

《与严颖生书》云：颇闻吾兄所至辄以围棋留止数日，行年五十有余，犹不能自克耶。兹事较之他恶，似乎尚小，实而论之，非细行也。废时堕业，一也。耽物丧志，二也。比之匪人，三也。高明如兄，岂未之思耶。犹忆二十年前，浩如兄狐狸之诗，兄明知其意而久不能改，可谓不负死友乎。今日石长渝、安尹同诸兄各以兹事介然怀不满之意于兄，兄亦夙昔所知也，而亦自若，岂兄平生诚切之心爱及朋友，而不自爱。侃直之言，欲朋友之虚受，而不虚己以听也。特以阨穷遗佚之日，聊以自适而无妨耳。此意甚不然也。白沙学术之有疵者也，其诗曰："廊庙山林俱有事。"若谓逸民处士，可以颓然自放，则古今当有一种无事之人，与日月而争光，不与草木而俱腐矣。况于门内则有子弟，门外即有乡邦。吾人一行不慎，以是害已，即将以是害人，不可不畏也。朱子有言，枉费少壮精力，虚掷有限光阴。崦嵫已迫，德业无成，念此如何不痛于心耶。往不可谏，来犹可追，感兄诚直，先施多矣。不敢不布此区区，重唯努力。

《与沈丹曙书》云：兄于禾中声誉藉起，此固德音之昭，有不能自闷者。但托交末，与有光焉，幸甚幸甚。近者所闻于人，则以畴昔远行深为惩悔，而并劝亦临兄以无复进取。诚若所言，可谓自治严而爱人切矣。但鄙见所及，有不止此，敢以私商而就正焉。亦临敦笃长者，其为进取，不过随流旅逐，未能脱然于世俗之所为，非有热中必得之见也。至于远行既所未有，世固有敦厚之质，未尝妄有干求，亦能绝意进取，恬淡远利，内行雅可称述，而学术颇谬，用其笃实之力于离经背道之际，计其终身所得，不足偿失。虽复雅以济人及物为心，而功不胜其罪者众矣。所以学术之歧途，辨之不可不早也。夫释氏之与儒者，其似是而非，前哲辨之已详，真有苗莠雅郑之不可以强同，淄渑泾渭之不可以强合者。而世挟经之子，顾欲以其私智比而同之，至反以彼诐淫邪遁之说以乱吾大中至正之矩，几何其不彝伦攸斁，胥夏而夷也。仁兄爱友之切，窃谓宜从本原要领之处，与之极论而救正之。其诸一端两端之修举，虽未尝非立身大节之所系，若欲以是一二过人之行，引而置之儒者之林，则恐莫之敢许也。如近代张二无、黄元公诸公，迹其平生操履名节非不可称，究其归，特以一节之士，不知理道者也。士君子修身力学，不知求为全德，而只以一节概其生平，亦可惜矣。若据正而论，身为士大夫，不能闲邪守道，以淑后起之人，而躬之所先尊信服膺者，乃出于无父无君之教，以祸人心而败世道，其为罪已当久在两观之列矣。孟子所谓诵尧诵桀，行尧行桀、所争岂在远哉。（原本系丙申岁。广誉按：全集不载何年，其前篇有云，闻颇悔前日之出，并及渝老再娶、佩葱典宅事，姑附于此。）

卷四

〔庚戌〕九年，先生年六十。

馆语水。是年有《儆老篇》《同赵二入山访何商隐王寅旭语水主人诗》《示儿》一条、《与屠子高书》《与沈甸华书》《与颜孝嘉书》《与孙商声书》《与曹友眉书》《答徐重威书》《答施龙友书》。

琏录云：秋，琏兄弟陈谒先生于张佩兄斋中，适语溪以东皋遗选数十册，托佩兄发出。舟中负上，连呼重甚。先生戏语曰："此未必重，吾以为轻如鸿毛耳。"琏因问学问之于举业，固可并行而无妨耶。抑必屏弃而后可从事耶。先生正色徐语曰："《诗》有之：荼蓼朽止，黍稷茂止。"企周语及有吴江产数亩，因纳税甚远，不及早料理，遂受累无已。先生曰："此固宜责己，学者所以不可放过一事也。古人诵诗读书之日，出宰百里之邑，极是常事。若平时已产数亩尚不尽心，设或异日出临一方，簿书期会，纷纷不一，又何所措手足耶。"先生出，琏问佩兄曰："先生将何往？"佩兄曰："先生于米盐日用之事，亦躬为料理。凡出镇，必豫访素行诚实者，方与交易，人亦不忍欺之。故交易有常处，不轻数易也。"

《始学斋记》云：天地之生人为贵。仁义者，人之所以为心也。今予与子处覆载中，服衣冠，负书策，列于士林，则既贵于人人矣，可不求其所以贵于人人者，以无忝天地之心乎。曾子曰："士不可以不宏毅。"孟子曰："居天下之广居，行天下之大道。"宏者广居之量也。毅者行道之力也。其始莫不自其一念不安于人人之所为，而守之不变，致知力行，以至于终其身，又自其身推而达之，莫不始自一人独立不惧，勉焉不已，以渐及于家邦之远。若火之然，星生攸灼，至于燎原野而烈山泽。若泉之达，涓涓盈科，至于经川渎而放四海也。故曰：居仁由义，大人之事备矣。然欲居仁，必充其无欲害人之心以尽其类，则断一树，杀一兽，苟为非仁，而有所不忍。欲由义，必充其不取非有之心以尽其类。则箪食豆羹，千驷万钟，苟为非义，而有所不为。非然者，虽其声闻权藉，孔昭于当世，使邦家之人皆有贤豪君子之目，究其隐微，终不免于鸡鸣而起，孳为利之徒，旦书所为，梏亡其固有之良而已。猍其失，惟在于辨之不早辨也。辨之云何。今日者感民生之憔悴，父子兄弟不能相保，尝为恻然于中。见人事之不藏，欺诈相高，陵轧相竟，甚恶其廉耻道丧，非不耿然甚明。乃人心何常，葆之不易，凡诸寝兴食息之恒，动作云为之际，无不内省诸己。孰为仁，孰为非仁，孰为义，孰为非义。不表饰于大廷，不苟驰于幽隐，人知之惟是，人不知亦惟是。切切焉未免乡人以为忧，有初鲜终以为戒。历兹以往，百行皆然。当其穷，入孝出弟，间圣道以正人心。及其行，以不忍人之心遏恶扬善，正君而定国，约困而不陨，著通显而不盈，庶几不失任重道远之义，而后无负于衣冠书策，中处覆载间也。

《与许欲尔书》云：窃以傅书与著书不同。著书本其人之所得，瑕瑜高下，其面目不能自掩。传书当以世教为心，苟其言不可以法天下，传后世，则宁为之深没其文，以毋滋惑世诬民之祸。则于作者既为爱之以德，而在我亦不得罪于天下后世。如忠宪其人，诚君子也，但当时文集固已失之于前，而今兹节要复不能正之于后，则亦忠宪之不幸也。此亦学问中明辨之一端，非欲与世故为同异，以取尚口之穷也。

《答张佩葱书》云：吾人过此凶灾（是年六月，江南大水。），《易》所谓“震来虩虩”时也。古人进德，恒于多凶多惧之日益为加厉，盖操心危，虑患深，视平日康宁无事，情怀自是不同也。家兄归，具述阖门樽节之美以勉弟，弟即转述以勉主人，即此可见修已及物之效矣。然忧能伤人，故《诗》曰：“维忧用老。”乐天知命之怀，又自不可少者。陋巷忧中乐，耕莘乐处忧，二者固宜并行不悖也。

《与陆孝垂书》云：患难之来，唯有守正，可以出险。故明夷之彖辞曰“利艰贞”，蹇之彖辞曰“贞吉”。困之彖辞亦曰“亨吉”。盖不失所亨，惟在守正。故本义于屯即云在此则宜守正，以此意非只一卦一爻之义也。《中庸》素位而行，虽当贫贱患难，只正己而不求于人，居易以俟命而已。

《答颜子乐》云：吾人所苦，只在虚度时光，忽焉而壮夫，忽焉而衰暮，一无所成，大率坐此。足下自今宜置一课籍，凡日之所课与心之所疑，以及所得，临睡则悉书之，要使己有所稽，人有所考，方能日积月累，以期有进。进进不已，斯可有成。谚云：人生一世，试思天地生我如何赋畀，父母生我如何属望，岂宜虚生虚死，等之鸟兽草木耶？此意真切，自然欲罢不能矣。

〔辛亥〕十年，先生年六十一。

馆语水。作《惜往日诗》云："端为有知皆害义，纳之规矩始非狂。"又云："读罢遗经旋内省，始知厥疾在膏肓。"自注云："尝为良知之言者十年。"又云："匪为旧章阴护惜，却因箪豆未能忘。"自注云："先后为举业之师二十年。"又云："克己未难难复礼，周行不远未能从。"遣长子（维恭）从学王寅旭先庄，伯兄初为次子舆敬授句读。（广誉案：见《与叶静远书》。）始选《朱子文集》。

批《吕氏童蒙训》。（原本系庚子岁。馥按：先生庚戌从孙商声借《童蒙训抄录》，辛亥三月书，属佩葱节录语类所论《童蒙训》过处，则批《童蒙训》当在辛亥之岁。）张佩葱欲纳拜，转涣诸先生代恳，先生终不许。姚琏请其故，先生曰："某生平授书外，未尝纳拜，正师弟之称。盖见近时请学之风始于浮滥，终于溃败，平日所深恶者，而暮年躬蹈之乎。且佩葱学行可畏，亦不敢当也。今后诸同志不以某衰耗无闻，有疑则质，有事则商，某自不敢不效忠告，慎勿袭此标榜之迹也。"是后人无敢再申此请者。与张佩葱复举葬亲会，同事者二十人，法益美备。是年，有《与凌渝安书》《与孙商声书》《答张佩葱书》《与张岩贞书》《答钮亦临书》《与姚大也书》《甲申冬问目后记》。

琏录云：仲春望，见先生于力行堂，问为学之要。先生曰："程子之教，存心致知。朱子之教，居敬穷理。居敬所以存心也，穷理所以致知也，言虽不同，其旨一也。然存心致知，异说或可假借，惟居敬穷理，则异说无容窜入矣。吾人由程朱而溯孔孟，如由宗子而继高曾，若不于居敬穷理加功，是欲入室而不由其户也。"又云："某平生用力，《小学》《近思录》为多，稍有得益，亦在于此。故有志问学者，必举此二书相勉"。

瑚录云：同弟候先生，先生训以为学当祖述孔孟，宪章程朱。谆谆数十语。瑚问日用工夫，非助即忘。先生曰："要知必有事焉，孟子本说集义，程子兼居敬说，益精密矣。吾人日用工夫，居敬穷理，如是而已。若忘与助，病实相因，忘固不可，助亦不可，惟助故易忘耳。"又以鸡之伏卵反复开导。又云："隐居求志，行义达道，何可一日忘之。"

《答姚攻玉书》云：先民有言曰："儒者之学本天，故道曰天道，德曰天德，理曰天理，以至惇庸则曰天命，致罚则曰天讨，《中庸》所称鸢飞戾天，鱼跃于渊，无非是也。"至其日用工夫，亦惟法乎天而已。逝者如斯，盈科后进，不舍昼夜，无骤进，亦无暂休。孟子曰："必有事焉而勿正，心勿忘，勿助长也。"曾子曰："战战兢兢，如临深渊，如履薄冰，死而后已，以是而已。"故曰："予所否者天厌之。"又曰："知我者其天乎。"非有纤毫私智可以穿凿附会于其间，亦非有一毫人力可以安排布置于其际，故曰天也。此儒者之学所由异于二氏者也。今窃观来书，则深歉然于前此读书之不多，与夫生质之不敏，而未免有求之过急之意。夫已去之岁月，致悔于蹉跎，天资之颖异，有不若于人，凡志学之士，宜无不怀此心者。然皆有所不必忧者。先民遗训，工夫只在循序，只在不舍，曾子竟以鲁得之。用心过苦，用力过急，即不免有正与助长之患。不特妄意躐等，病随以生，其见道理必有偏枯不举之弊。且将使身心不宁，易致疾病也。如日读四书五经，限以行数偏数以至年数，固为穷理之所先，必有事之大目。但恐人事间之，有不能取必者。而况先难后易，熟则敏生，非可拘拘者乎。又如列以八则，亦觉多端。程门之教曰敬义夹持，朱子之教曰居敬穷理，所学虽博，而持守无多端绪也。至若敬静一条，尤不能无可商者。儒者主敬而不言静，故其效至于动而无动，静而无静。释氏主静而不言敬，故其流至于空虚无用，非有两用之力也，亦非可并致其功也。若夫经之与史，虽有缓急轻重之序，亦难截然分而为二。盖经以立其本，史以验其用，理则一也，宜乎并进其功。人之心思，本自灵通，固不可使其泛用，亦不可使之滞于一隅，局于一节二节也。古人课程，不独朝经暮史，厌饫游，虽至诗文词赋，皆藉为游艺之资，以涵泳其性情，陶淑其耳目知思。未有孤行一意，使读书之日生趣索然也。至如教课诵习，似不可分为己为人之心。因与弟子讲解而己益明，因与弟子诵数而己益熟，时切检点，不敢慢忽，即为主于敬。长其所善，救其过失，与之迁改，总己分内事也。夙兴夜寐，行无越思，内期尽乎己，外期尽乎物，即为时时习之，而须臾不离乎道矣。此事往年祥亦未能看作一项，故每至于累心。近方见及，便觉泰然。总之，吾人立志则愿希圣希天，而用功则一循下学之序。存心则宜以一夫不被泽为己忧，立身则以箪豆不受于人为有耻。其取人之善也，不当遗于细微。其攻己之恶也，则无间于幽显。穷通得丧，一俟天命之所为。出处语默，惟视时义之所可。若将终身，始卒一致，如是焉而已矣。

《与叶静远书》云：佩葱进德刚而求志敏，后来所至，固未可量。尝忧老成数辈，后先凋谢，绝续之际，担荷无人，重赖其兴，光昭斯绪也。盖学术膏肓未有甚于此地者也，终日讲读《论语》，只沉溺于小人喻利之一言。终日谈说《孟子》，只孳孳于邪说暴行生心害政之一途。耳闻目睹，无非此物此志，可为痛哭流涕。自非豪杰之士兴起而振救之，人类或几乎息矣。近得震泽之间士友应求鸣和，绰有起色。《传》曰："深山大泽，必产龙蛇。"天地之心，殆将有见于此乎。

《与徐重威别楮》云：世人论学，多说做圣人，仆只说士希贤，贤希圣。世人多说"六经注我，我注六经"，仆只劝人读书。世人多说"精一执中"，仆只说逊志务时敏，允怀于兹。下士晚闻道，聊以拙自修而已。又云：山阴先生曰："尝思一日所行，不负三餐茶饭否。"况此凶饥，目前之人糟糠不给，奈何不夙夜念之。

《与门人书》云：吾人工夫，只存养、省察二者相为终始，无少壮，无初学成德，自强不息，惟此而已。造次颠沛必于是，夭寿不贰，修身以俟，修者于此，必者于此也。《中庸》首章先存养，末章又先省察，盖二者如车两轮、鸟两翼，废一不可。其克治则因有偏有失而后用之，省察之继事也。读书是士人恒业，其实无往而不然。世之务博览者，知读书而不知从事于此。为异学者，好言未发之体，而不读书。是以非无美质，而衣冠之子，求一言一行之几于天理而不可得也。又云：接手教，其中有不能不蹈流俗之失者。家贫亲老之语，每见世之勇为不义，多以此借口。夫家贫则有固守之谊，亲老则有志养之文，圣贤遗训，至为昭明。未闻身之不恤而恤其家，子实为之而归过于亲者也，抑何不思之甚耶。《记》曰："身也者亲之枝也，敢不敬与。"平日读书求志，得力不得力，全从应事上验之。

〔壬子〕十一年，先生年六十二。

馆语水。延姚攻玉瑚课子。为幼子与敬结姻于沈丹曙氏。筑务本堂成，迁家庙神主，先生经营之。与兄正叟同居，怡怡终身。主人请评《传习录》，先生谢不敏。三请，乃允。其总评云："读《传习录》，其损为长傲习非，为文过，轻自大而卒无得。姚江罪之大者，诋朱子为异端，本释氏以为教，所谓涂生民之耳目，溺天下于污浊者也。若夫傲然以生而知之自处，自尧、舜、孔子而外，未有所服膺，尤其无耻之甚也。”又云：“一部《传习录》，只‘骄吝’二字可以蔽之。姚江自以才智过人，又于二氏有得，逞其长以覆其短，故一意排斥儒先。盍思《论语》曰，如有周公之才之美，使骄且吝，其余不足观也已。世以陆王并称，实则不周。王较陆尤多欺己诬人之罪，其不能虚己逊志，则一而已。”评《晚年定论》曰:“年之晚与不晚，论之定与不定，考之《年谱》自见。即此姚江欺己诬人之罪，虽有仪、秦之辨，不能为之解矣。”其他皆旁用侧抹，一一辨驳，学者学好购其全编读之，兹不尽录云。（此一段三百字，姚氏年谱初本所无，梓所增也，故雷序中有陈布衣一语，实则全卷梓未尝校定也。三请乃允之说，出于蛰庵口述。今按先生《与商隐书》云：“前日相商评论《传习录》，若有其本，收二三册，即点污者不妨也。”则先生馆半逻时，何先生已发其端，语水主人复请之，而先生之意乃决耳。蛰庵又云：“先师每事慎重，不轻下笔，即《朱子全集》一书，凡看十遍，然后加圈选定，岂易言哉。”原本系于庚戌年下。馥案：壬子八月《与耻斋书》，有“初夏商兄委批《传习录》，未之举笔”之语。则批《传习录》当在壬子八月以后。广誉按：《训门人语》姚琏壬子八月五日所录一条，闰八月《答张佩葱书》，皆与钱说合。）选《读书录》《居业录》，谓姚琏曰：“《居业录》有谨严整肃气象，《读书录》有广大自得气象。”冬，客有游闽告行，先生命酒。时姚瑚、姚夏在坐，先生曰：“为贫就馆，亦不得已也。”恐将来所往之地，必不能靖，嘱以早还，否则他适，若鳃鳃重有虑者。时方承平，不觉也。越岁，滇闽乱，始服先生之远见。是年，有《鄙叟说》（原本尚有《玩器喻》。广誉按：已见前戊戌年下，恐有误俟考。）《与凌渝安书》《与徐敬可书》《与主人书》《与沈甸华书》《答张佩葱书》《与姚攻玉书》《与姚四夏书》《与王言如书》《与周山甫书》《答陆孝垂书》《答许大辛诗》《叙衔恤鸣》（即《训子语》更名。）。

《传习录评》云：或疑阳明与朱子同曰存天理，云人欲，同是尧舜，同非桀纣，同云好善而恶恶，安在良知之言有害人心世道？曰:“阳明欲排‘穷理’二字，而惟心之所发，便为天理。又以性善为无善无恶，未尝指气拘物蔽以为欲，不知何者为天理，何者为人欲也。杨朱、墨翟，亦是尧舜而非桀纣。理欲混淆，则好恶倒置，生心害政之祸，何所止极乎。”又云:“闪灿变幻，总不出知行合一之旨。”不排二字，是三教一门本领。所论往往首是末非，或末是首非，或首尾俱非中间是，或首尾俱是中闲非，正所谓假窃近似以文其奸也。岂知本领不是，凭他覆盖掩饰，终不得而隐其情也。

瑚录云:瑚馆先生门下，先生时以补偏救弊是修身要旨为训。一日，出见，复申此意，曰：“凡言修者，必有不善之处。修之之功，去其不善，以归于善而已。宫室器用皆然，况于身乎。修之字义盖如此。”又训瑚兄弟曰:“一日不学，则此身即一日陷于不肖，亏体辱亲，即在乎是，敢不黾勉。”又尝训瑚兄弟曰:“学者立心，当以天下为己任，而工夫则虽小物亦当用力。”又曰：“世无无职分之人，人无无职分之日，求尽职分，自不得不忧，不得不惧。知忧知惧，必使无憾而后即安。能尽职分，而后可以安命，程子所以亟称要不闷守本分之言也。”先生有族弟无子，以继室随来之子为子。一日扫墓，欲与拜，先生曰：“宁可饮时来，与拜则不可。”时彼父母出怨言，族人家人多有劝先生者，先生终不许。语瑚曰："礼教不明，而直道难行如此。"

琏录云：先生家居，每坐务本堂东北隅一室，纵横方丈，一几一榻。几上朱集一本，笔砚各一，无他物焉，书亦未见有杂陈也。看书或倦，则拱手默坐，或徐步课农桑，及蔬果花药之类，皆手经理之。或私语琏曰："张先生之学，有体无用。如某则地理、兵法、屯田、水利之事无不考究详明，此有体有用学也，子有意乎。"琏笑而不答，后述以告先生。先生曰："如某何敢言有体之学，然论道理，亦未有体而无用者。程子曰：'体用一原，显微无间。'斯言胡可不玩也。若仅以考究地理、屯田、兵法为有体有用之学，则固未知体之为体矣。"先生家居，虽盛暑，必衣冠危坐，未尝稍有怠肆之容。若有劳役事，则云上服，着最粗麻布衫。至帽与袜，虽劳与酷热，未尝去也。每从先生登舟，必正身拱立，俟过先人之墓，于舟中深揖，又远数十步始坐。闻之自壮至老，行虽急，未尝闲焉。先生一日语琏暂出，问何往。曰："亡婿缌服已及三月，今至彼处释之耳。"于卑幼之丧不敢不勉如此，因知先生素冠服以此也。

《与孙永修书》云：夫子以大孝称舜，首曰德为圣人，舜亦人之子也。在彼为法天下，可传后世。在我碌碌，德音不昭，几何而不忝所生乎？然则能读几卷书，作几篇文字，在乡里作一寻常无过之人，斯亦不足言也已。唯希贤希圣，夙夜黾勉，睎颜亦颜，古之人岂欺予哉。

〔癸丑〕十二年，先生年六十三。

馆语水。率长子维恭从学佩葱。选《朱子语类》。是年，有《钱柏园文集序》《纪友赠计需亭序》《与陈乾初书》《与叶静远书》《答张佩葱书》《与胡次严书》《与姚大也书》《与陆霞生书》《与门人书》《与吕仁佐书》《答陆孝垂书》《与董理涵书》。

《备忘》云：心粗性急，读书之至戒，改之为贵（仲春自警，下二条同。）君子而不仁，天正如白地上虽着些黑点，要之也不多，不久亦当湔涤。小人而仁，正如黑地上虽间有些白点，不久终是变灭了。理明义精，则能知言知人。知言知人，则神闲气定，而此心能宰制万物。程子所谓金革百万与疏水曲肱一般，如此，方可以成天下之务，定天下之业。所以学莫先于穷理，穷理之益，莫大于读书。

嘉玲录云：二月丁卯，同先生攻玉至震泽。先生曰："《中庸》言素位而行，吾辈今日素位，则贫贱患难，自是正命。若妄想富贵，便是桎梏，便非正命。"

瑚录云：先生曰："非义之货色，吾人视之，当如洪波烈火，如鼎镬刀锯。"又曰："《论语》：不知命，无以为君子也。于此当反复思之，思之审，欲信之笃。若信不及，真是枉作小人。"又曰："昔吴裒仲有言：学问之要，只是事事不可放过，才欲放过一处，便长因循怠惰之心。此语甚善，即先儒所谓居敬，所谓必有事焉也。果能持之以恒，终始不懈，使造次颠沛亦无放过，则极其精密矣。"东庄侍坐，先生谆谆以读书相勉。又曰："境之困苦，士之常事，贫穷患难，岂有独我受不得之理。"又曰："方正学云：'人才日衰少，善保膝下儿。'吾人有课读之责者，不可不时存此意。"先生遇讳日，祭时用墨冠白服。佩葱问焉，曰："家兄不能变服，故某亦不敢纯素耳。"尝从先生至半逻，百里之远，必终日危坐，坐处亦不移尺寸。每私验之必如此，语之佩葱兄。佩兄曰："玲与先生同寝，通夕未尝反侧。真所谓梦亦齐庄也。"

琏录云：先生曰："先儒有云，读朱子门人所记之书，不若读其手笔之书，此言固是。盖朱子手笔之书，其精微纯密，曲折融化，似非《语类》所及。然非潜心体会之久，不能得其微妙所在也。若《语类》一书，明白详尽，初学先玩之，即可知所从事而获益焉。两书读有先后，要之不可偏废也。"又曰："某欲取《朱子文集》《语类》两书，选定编辑，录其最切要精粹者为朱子《近思录》一编。自问精力日衰，不能及矣。有志者异日体此意而敬成之可也。"（原注：先生辛亥年选《朱子文集》，至壬子七月，命琏抄选目。癸丑年选《语类》，至甲寅夏毕，琏亦抄藏。《语类》甫卒业，而先生已不起矣。若天假数年，《近思录》可成，惜哉。甲子夏记。）又曰："本朝理学，如曹、薛、吴、胡四君子，某读其书，知其道可以继濂、洛、关、闽，可俟来学。愚意朱子《近思录》外，可辑为四子《近思录》。"谓琏兄弟曰："予惟好是懿德之心，自验觉甚切耳。"近日于《诗》之"昊天日明，及尔出王，昊天曰旦，及尔游衍"，与《易》之言"行君子之枢机，枢机之发，荣辱之主"二三处愈见亲切。琏问先生壮年学问之功，先生曰："予念先孺人之训，有曰孔子、孟子，只是两家无父之子，惟有志向上，便做到大圣大贤。"又曰："汝须做人行道上人。予自少至老，遵奉此训，栗栗危惧，不忍忘遗体之重而已。"（"人行道"句，作时语读。）问为学之道，曰："莫先笃信。子曰：'笃信好学。'又曰：'信而好古。'惟信得笃，然后好之至。若不信而能好古，未之有也。"因言学字始于说命，惟学逊志，务时敏云云。盖学莫要于虚心逊志，其曰务时敏，即所谓诗习也。其曰教学，即所谓朋自远来也。今之学者虽自号好古，绝无谦虚退让之心，究竟不过成得"骄且吝"之"骄"字，"克伐怨欲"之"克"字而已。

《与何商隐书》云：读《语类》，其服膺不释者，颜子好学及弘毅章所录，尤觉会心。敬闻左右，以当野人之芹而已。

《与主人书》云：韩子云："有以志乎古，必有以遗乎俗。"近本此意致书友人，略言君子之儒，遁世无闷，究竟为天下法，可传后世。小人之儒，同乎流俗，合乎污世，赢得身名俱辱。其界分所争，要亦无几，只在辨之于早。固知微生之见，宜为举世所疾。附此相质，未必不为知己所可也。

《答屠子高书》云：夙昔屡承下问，比复审思，或者先生养气这功尚有未至否。盖人至大至刚之气本诸天地，生而具足，真以养之而无所害，则足以配道义，而居广居，立正位，行大道，无是则馁。小而日用之常，大而彝伦之重，当言而不敢言，不当言而不能嘿，当行而不敢行，不当行而不能止，以至迁善不力，去疾不尽，率坐此故。窃以为此种工夫，凡在覆载之间，无一人可不为，无一日可不为，故云必有事也。

《与王寅旭书》云：今日言学，往往有人，约而言之，两种而已。重致知者薄躬行为无足取，此则所谓穷深极微，而不可以入尧舜之道者也。尊践履者忽穷理为不足事，此则所谓浅陋固滞，而不能进于高明之域者也。二者互相非诋，而邪说由之以生，甚则交相水火，而暴行因之以作。谁实轨之以中正而无失者，先生偑兄远近相望，可谓南服之英贤矣。名世之业，虽不得见诸当时，名世之学，则自可传之后起。伏愿吾友朋相与黾勉，毋以经纶参赞非幽居之责也。

《答姚四夏别楮》云：他人为学，苦其不前，兄则忧其过锐，而不量力。他人患其一得自安，辍多于作，兄则忧其一事未终，又进一事。二者均足为病，根原则一而已。试观日月相推而明生，寒暑相推而岁成，一息如此，终古亦如此，故曰自强不息也。

《与陈霜威书》云：吾人一生学问，不外养德养身二事，读西铭，可知仁人孝子之用心矣。日用之间，愿深体此言也。

《与孙商声书》云：旬日以来，闻大邑社事复兴，吾兄往应其请，慕贤乎，随俗乎。诚不能以无疑。韩子云："道有君子小人，而德有凶有吉。"不知兹事之兴，在君子道长之日乎，小人道长之日乎。异时主张兹事者，为吉德之人乎，凶德之人乎。恐不难一言以断也。穷尝妄谓君子之德，遁世无闷，然究竟为法天下，可传后世。小人之儒同乎流俗，合乎污世，然羸得身名俱辱。昌黎氏所以勤勤于友生，谓其有以志乎古必有以遗乎俗也。以兄高明之识，自宜辨之于早矣。弟于东汉诸君子，窃慕徐孺子之为人，愿学之而未能。其后管幼安潜龙以不见成德，诸葛孔明苟全性命于乱世，不求闻达于诸侯之语，未尝不佩服终身。然自顾非其人，不敢妄拟也。兄于韩子素好其文章，而于东汉诸公夙景其风烈，故敢引喻及此，愿宥其狂瞽而加察焉。（原本系丙申岁。广誉按:《与孙书》前有二篇，庚戌、辛亥所作。此书篇首云:"再岁不晤。"当在是年。又按七月《与张佩葱书》云:"商声兄一札烦致,然尚惟酌之,不宜达则已。"盖即指此书也。）

〔甲寅〕十三年，先生年六十四。

家居。正月，为长子（维恭）娶妇朱氏。《寄姚夏书》曰："不佞举子迟暮，不意及见新妇之入门也。"盖先生贫病已甚，以喜以悲也。（原本系癸丑年下。馥按：甲寅《与叶静远书》云:"今之正月，勉为长子授室。"当入甲寅。）春，病脾。诸生问疾，移榻中堂。七月二十八日，疾革，命具衣冠，恬然而逝。何云士某某诸先生经纪其丧。次年乙卯，云士先生偕诸先生及门数十人会葬先生。时盗贼猖獗，里中骚然，有先生先世之鉴，不暇远择地，即卜兆于杨园里宅东南田畔，相距半里，酉山甲向，地非爽垲，凿小池湾以泻水，马鬣之封，童而不树云。是年，有《答叶静远书》《与姚四夏书》《与徐重威书》《与沈组绶书》。

玲录云:三月乙巳,先生曰:"近来看得道不远人一章,觉亲切些。道不远人,即有物有则也,故下说其则不远。注中所以为人之道,各在当人之身。如云聪明在耳目,慈孝在父子也。改而止，'改'字最说得切实。人能弘道，非道弘人。道非亡也，人自外于道耳。但能改其无道，即在道中矣。然道实不外乎人心，故云忠恕违道不远。但单说心，则异学、禅学皆言心，可以假托。故下文又言子臣弟友，庸言庸行，则中庸之道信乎其不远人，而非隐怪之所得假矣。"又云："《中庸》言道，'费而隐'三字最尽。刑名术数之流，其于道之费处略讲究得些，然不知道之隐。虚无寂灭之学，其于道之隐处略窥测得些，然不知道之费。惟言费而隐，则高不入于空虚，卑不滞于形器。程子又说体用一原，显微无间，尤亲切。惟道之费而隐如此，所以学者不可不操存省察。"玲偶说与门人说书，先生曰："最要是欲学者反身而自得之。"临别，又曰："大舜所以为圣人者，只是虚受。文王所以为圣人者，只是乾乾不息。"

瑚录云:七月二十三日,偕佩葱问疾。时先生久病,羸瘠已甚,不数日即易箦矣。犹坐至更余,端庄整肃，谆谆以学问勉瑚兄弟，未尝稍有倦怠欹侧也。所谓一息尚存，不容少懈如此。

琏录云：七月二十六日，先生犹衣冠坐起，倦极而寝。张企周往候，先生欲起整衣冠以见。企周固辞，不获。先生曰："君子爱人以德，此不必辞。"

《与学子相书》云：日者仁兄固留，而弟必决去者，以目下方持慎言语节饮食之戒，诚恐他友继至，不能俯察，应酬太烦，不免多言伤气，多食伤脾耳。既而思之，冬春以来，相见者三，无次不以死生为言，得非以弟于死生之际有所未达，犹有贪生畏死之见乎。自惟生于乱世，幼痛终天，虽久视息覆载，《诗》所谓"出则衔恤，入则靡至"者也。况复行年六十有余，尚有何贪何畏。但吾人所以不同于释氏者，行父母之遗体，不敢不敬，故一出言，一举足，不忘临深履薄之义。凡夫日用酬酢之常，食息寝兴之细，苟一出于忘身徇欲，是皆立乎岩墙桎梏之类也。岂若释氏只以不贪生，不怖死为了死生大事，而终日以末后一着为念哉。夫吾儒所谓末后一着者，得正而毙，全而归之而已，故曰"朝闻道，夕死可矣"。又曰："尽其道而死者正命也。祥于道未之有闻，正恐未得死所。虽甚迷昧，乐正子春之戒，亦知守之，不敢有违，是以宁虚友朋之爱而不顾也。又承论及先师山阴先生古易之书，窃疑未论其祥，不当为先生传布于世也。盖祥于甲申仲春，见先生于蕺山之宅，闻先生有易义之书，请而读之。先生曰：'此往时作，不足观也，吾欲改而未及。'自此距先生殉道不过一载有余，未闻有所改正，然又非程子《易传》尚冀有进未欲遽传之意。则今日及先生之门者，当体先生之意，本伯绳之志，敬守其书，藏而弗失可也。何必亟亟行世，以为先生重哉。况先生轻重，岂在书之传与不传哉？《易》自画卦系辞以来，羲、文、周、孔之后，程、朱之前，代有作者，其为明乎吉凶消长之理，进退存亡之义，使人居安乐玩，得以寡过者，固多有功于天下后世。其为不知妄作，得罪圣人者，已不少也。盖易之为道，微显阐幽，知来藏往，大无不包，细无不入。故《系辞》曰：'以言乎远则不御，以言乎迩则静而正，以言乎天地之间则备矣。'后之作者，举其一，废其百，得于此，失于彼。凡夫用智自私，穿凿附会而不轨于大中至正者，皆贼道害义，而得罪于圣人者也。故《记》曰：'易失之贼。'近代世教不昌，儒风不振，学者不明于义理，大都以释老之似，乱大道之真，其为贼更不可言。纵使不至于贼，而多此书易不因之加明，少此书易不因之为晦，又何必纷纷多事，自取妄作之咎哉。朱子烛笼之喻，多一条骨，障一路明，窃谓今之言易者无不然也。孟子曰：'不直则道不见。'惟仁兄进而教之，勿以其人将及沟壑而弃之，则幸甚幸甚。"

（梓按：先生殁后，门人姚琏编全集。至康熙甲申后，海昌范蜀山先生鲲鼓励同学，协力付枣，刻《初学备忘》《训子语》《备忘录》《言行见闻录》《近鉴》《经正录》《丧葬杂说》《近古录》《补农书》《训门人语》《读书笔记》十余种。《文集》甫刻十八卷，辛卯，蜀山殁，工遂不竣。至辛丑，梓偕硖川张君莘皋，鸠刷资三十金，印集分布。后五六年，集板以流言毁于火。今两浙所流传者，惟辛丑所刷数十部而已。先生自夫人以下五棺，贫不能葬，因具灰沙窆于先生墓侧，又以三和土周先生椁外筑尺许。旧有小石碑云：杨园先生之墓。乾隆十八年，浙江学使雷先生更之巨碑，题曰：清故理学真儒杨园先生之墓。）

附录

未刻书目：《愿学记》（六卷）《问目》《朱子文集语类选目》《王学辨》（此范先生定此名，非先生本有是目也。《群书日记》亦然。）《读书居业选》《群书日记》。

未刻文目：《题刘忠宣公遗事》《题伤蛇行》《题考盘独寤图》《题诗存后》（壬子）《书春秋繁露后》（崇祯丁丑）《书龙溪题壁后》《书清江异隐两集后》《书倪谱改田碑后》（丙戌）《书理桐拙操后》《先生年谱书后》《书某友心意十问答后》《跋唐灏如葬亲社约》《附清风里补例》（三条）《跋西台恸哭记》（甲午七月）《书宋理宗事》《跋录雪亭杂言一条》（敖英著）《书朱翁永昌后札后》（乙未三月）《跋沈德甫札》《书姚氏族谱》《书〈小学〉末示学者》《书〈近思录〉后示儿》（丙午）《跋朱子与长子受之书后》《书圣途发轫后》（丁未）《书吴孟度像后》《书罗豫章诲子侄书后》《书许淮阳纪异后》《书六戒后》（韩詹夫著）《书文学钱公墓志铭后》《书贻孙集后》《书徐子顾嘉予传后》《书徐子保甲论后》《跋五老同寿卷》（癸丑）《梅花赋引》《白兔赋引》《生圹引》《自箴并说》（己酉）《砚铭》（二）《户铭》《斛铭》《瓶铭》（二）《夏楚铭》《钱太常像赞》《告先师文》《仲丁告师孟子文》（壬辰）《祭先代始为食之人》《告尤氏先人文》（己亥）《告钱厚庵先生文》《会葬告吕念恭文》《告陆婿文》《哭颜士凤文》《同社吊岳孝廉文》《吊祝开美文》《祭钱字虎文》（二）《吊吕公亮文》《吊唐邻哉文》《吊李石友文》。

何商隐先生《初学备忘引》云：先生懿德醇诣，一生授学，默默以忠信笃敬孚于人，绝不事口耳占毕。然而言论旨趣之著见于笔墨者，已自不少。汝霖之交先生晚，终始十七年中，说之而学未能也。辱不我遗，每出一简相示，必极谦慎，盖意不自足，又惟恐人以空言视之也。迨病亟，始托全稿，而欲质靡从，已然由中有本之言，字字皆可垂教，原无容赞一辞者。如自省则有《愿学记》《备忘录》，师门则有《问答录》，闻见则有《言行录》。训子有语，诫人有鉴，丧祭有说，农圃有书，俱一一从身心日用间体验天理民彝，以为立身应事，自淑淑人之准则，非辞章训诂家所能窥其一二者。故不厌知希，切切惧邻于表暴，真实学也。其余尺牍诗文，散在知交者尚多，方事汇集。惟《塾中与群弟子语》一册，盖尝手定。其次为上下卷，题曰《初学备忘》，每授学者传抄，则梓而行之，或非先生之所靳也。窃慨正学陵夷，三百年中，河津余干而下，指不易屈。读先生是编，庶乎尝鼎一脔，知味者将毋想见其全乎。武原何汝霖识。

凌渝安先生序先生《全集》云：人之为学，所以修身尽性也。性虽无形，而其理不越乎伦常事物之间。故践形即所以尽性，下学即所以上达，知道器之不离，则可与言性矣。自论性不明，往往有为传心之学，而反失其本心。余友张念芝先生于学绝道晦之日，独明于心性之故，而修身力行以践其实，其于是非真伪之际，辨之明而守之笃。其言曰："子思首原天命之性，而蔽其旨于大本达道。孟子揭‘性善’二字以示人，而验其情于四端之发。由是而纷纷之说始定。厥后程子出，而曰‘性即理也’，又明确不移，圣人复起，不易其言。阳明易之以‘心即理也’便错，盖心则虚而活，谓之具众理则可，谓之心即理则不可。故《中庸》言率性而不言率心，孔子不言其性不违仁，而言其心不违仁。况渠以无善无恶言心之体，则心即理句亦属鹘突，不过师心自用，废却读书穷理之功而已。不穷理则不知性，不知性岂能尽心哉。故姚江之学兴，则说理全无根据，认虚灵知觉为心，而以无善无恶名之，则虽言理而反失其本心，浸淫于禅而不觉矣。”此张子见道不惑，尊闻行知，故其言之焯焯，而一时知之者亦寥寥也。盖阳明本以文人余习，好异立新，彼于仁义礼智而外，独提“良知”两字，别立门庭，为根据孟氏，而不顾博学详说，明庶物察人伦之旨，婉转说合，以良知自有天则，万事只求心之所安，天理之粲然于吾心者谓之文，种种说归于心内，不肯以格物为穷理，其病只坐“心即理也”一句生出。夫赋于性而统于心，浑然在中者，理之一本也。散于事物，察乎天地，有物有则者，理之散殊也。穷理尽性以至命，孔门之正学也。不言精义利用，而谓一心惺寂，足以穷神达化，道器之分，释氏明心之学也。以理明义精之学为支离，而致良知于事物之间，只求心之安，未审合乎当。然之则姚江师心之学，与异教同源也。恃其聪明舌辨足以御人，以佐成一己之说。而一时之好径欲速者喜其言之直捷，而放纵阘茸者乐其教之脱略，而不核于事情，相与尊之，转相矜尚。况其文学事功，亦足以震炫一时，而浅识者遂以有言者信其德，勇者信其仁也，将盈天下而莫辨其非矣。或为两歧之说者，谓朱子自明诚之学也，而阳明自诚明，将等之尧舜、孔子乎。况孔子生知，犹居自明诚之列，凡其开示后学，皆由教而入者也。阳明以自明诚为非，亦安识所谓自诚明。岂非以杳冥昏默最上一乘之说为之胚胎乎。张子拒之素严，虽未能摧排廓清，然当群言鼎沸，尚知伊洛渊源者，则张子反经之力也。抑思百余年以来，圣学榛芜，反复沉痼，士子毁弃程朱之书，渐不识孔孟门庭，猖狂自恣，往而不返。故学术乱而士习坏，士习坏而生心害政之祸沦胥而莫救，则学术之关气运岂小哉。语溪何求老人以崇正辟邪为己任，尊信朱子之书而表章之，辨析精微，表里洞彻，使学者因朱子之遗言以寻孔孟之坠绪，如披云雾而见青天，厥功不细。然学其学者，未免为语言文字之习，讲论愈繁而知德者鲜，文章日多而约礼者寡。毕知殚能于时艺之中，谓足尽圣贤之蕴。即所以论道讲学，而于修辞立诚之道未能体会，将朱子惓惓释遗经，训后学，竟是安排作时文地步，而以修饰之辞为干进利禄之资。恐崇信陆学者，益思所志所习之论，义利之辨深中学者隐微，而偏内之弊愈不可返，又将来斯道之忧也。惟念芝先生学有本原，功崇实践，持守集义，养气之功，致力庸行庸言之际，道器不离，动静无间，验其素履，则历险难而不渝，极困穷而自得。凡发于语言文字，绝不矜情作意，蔼然自见于充积之余。言愈近而旨愈远，见愈亲而理愈实。有德之言，非能言者比。余交三十年，察其语默动静，莫非斯道之流露，非深造自得者不能也。先生之学，可谓明而诚矣。先生生于明季，少时向道，闻山阴刘先生为海内学者所宗，往受业于门。先生德器温粹，陶淑于山阴，更觉从容。归而肆力于程朱之书，学益精密，识益纯正，仰质先圣，其揆一处，洞悉无疑。而同学者或诋其说之异同，不知信程朱即所以信孔孟。博文约礼，孔门教人之准绳。知言养气，孟氏为学之律令。程朱之书，翼经而行，如日月之丽天，求道者舍此而别求门庭，是犹背日月而索照也。使先生而在，充养自然，积厚流光，当不能名其所至。然其所己言者，实与先儒相发明，以惠后学，犹规矩之于方圆也。梓其书而公之，遥遥宇内，必有负异挺特笃为己者，读其书，自有以得其中之所存也。乌程凌克贞撰。

又《与杨园书》云：天下之变由于人心，人心之变由于学术。百余年来，圣学榛芜，歧途百出，今欲挽久溺之人心，开久锢之耳目，非大力量者不能。如弟辈学力亦无精彩动人，儒门亦觉冷落，而弟之朽钝为甚。循途守望辙，正如策蹇驴于康庄。狂澜颠倒，不能障百川而东之。惟愿尚友千载，没齿无悔而已，当与兄共勉之。道之不明有二，溺于俗与溺于意见耳。溺于俗者不必言，溺于意见者，其病难挽。大抵聪明文学之士，入手便思超脱立论，喜求新异，始而厌薄程朱，既而厌薄孔孟。孔孟不敢毁，惟取立论之异于程朱者以为快。不知互古今，只有此理而已，何尝有所异。到得义理精融时，自觉得新意无穷。夫子语颜子而不惰，岂曰有所异闻耶。学者入手，当思有着力处，便求超脱。不得心境，到得能乐地位，自然神明变化，何止超脱。若不思致力之难，便求会心之适，唯有影响解悟之见，以自适己意而已。施之日用，多验不过。种种病痛，直探其源，只坐合下的然一念上来。果有暗然求道之心，则病根自少。学者聪明，各有分量，又无笃实求道之心，狂言异论，不知世道人心将何所归也。弟与兄年力已过，然弟以为血气虽衰，嗜欲淡而天根见，克己之功亦觉省力。愿与兄更加猛励。一线未断，谁为留之。

沈石长先生与先生书云：于季心、容巢两兄间，得验知道力之高厚与义勇之刚方，私拟以为所养如此，而所发如彼，真孟子所谓浩然之气，直养而无害者也。去夏今春，又得读所寄渝安尔慥颖生札，救朋友之急，必本于天地之立心，规同人之过，必推于学问之根原。命意措〔辞〕（瓷），一字不苟，以为当吾世而求师程，微长兄其谁与归。然以弟之不肖，至愚至柔，少负先人之训，长无师学之传，虚度光阴，已及见恶之年，而精神颓放，不能自振，所谓蒲柳之姿，望秋先零者也。乃其心不死，犹有为人之望，而性复忿戾，不能安于世俗。每欲绝类离伦，飘然独往，以为斯人固不可弃，而鸟兽尤不可同。但茫然四顾，何处是安身之地。此磊之所以日夕踌躇而未有决者也。即如谋生一事，力既不能负耒，又无工商之业，只得以处馆为事。乃前乎此者课文，既与心违，后乎此者句读，又与俗戾。而同志之中，不以谋食相谅，而反以谋遒相托，是自欺欺人，进退两无所据矣。此又磊之所以日夕愧恨而未有已者也。方今世已衰矣，道已微矣，所赖一二同志相与力闲圣道，鼓倡后学，留硕果之不食，以为穷上反下之计。然《易》曰“俭德避难”，《礼》曰“默足以容”，此正弢光匿采之时。乃或者欲以口舌争，则执涂之人而告之，或者欲以文墨显，则大集群众而讲之。休咎即不可知，恐为己为人之学，暗然的然之道，于此焉判矣。此又磊之所日夕忧惕而未有已者也。最可忧者，今日一二有志之士能自振于波靡之中，所谓卓然特立独行者也，而或流为异类，或娱于诗酒，或崇尚气谊，陷于非僻，则有志矣而未必同其志，不必言也。若夫一二同志之中，又自有道术之裂，其或脱落闻见而独提本原者，以为性在先而教在后，吾已窥见性命之原，则学术俱缀，是开天下以荒经蔑古之祸矣。其或拘文义，专务寻章摘句，以为知在先而行在后。吾日讽咏诗书文艺，而圣贤在是，是竟人以辞华，而不知有敦本尚实之行矣。更可忧者，其志同矣，道同矣，而未同其功，则或限于资质之鲁，气习之恶，境遇之艰，疾病之困，师友之离索，坐是以有尽之居诸，恣无已之悠忽。即如长兄惠教以来，星移物换已三度矣，而长兄之德学益进于高深，敝地诸贤，未见有超轶绝尘也，或反失其本来面目者有之，至于弟磊之无状，真朱子所谓昏弱之甚，欲进而不能者，自宜有道君子之所弃绝。然每读“朝闻道，夕死可矣”之章，愓然有寤于心，以为人有生而不闻道，不唯不可以生，并不可以死。故不闻则百年皆虚，闻则一朝夕皆实，岂可以当世有明师良友而不一恳求，又岂有仁人君子见聋瞽者之匍匐于沟壑荆棘，而不一指引之于正道也。凡此种种之所欲质者，俱于身世有关，而不可但已。本宜徒步就正，既阻于力，屡欲笔叩，又惧其突而无礼，且书亦未必言之能尽意。满拟念时兄之约，或得因以一觌光仪而折衷其疑。不谓竟虚德音之来括，而愚蒙之通塞，亦有命也。辗转图维，若终不言，则蓄之无已时矣。敢特因季心之便，而冒昧以陈，惟先生怜而教之。

王寅旭先生喜先生《至山诗》云：岁寒期约各蹉跎，只有先生带雨过。骥子已能闲礼数，龙门犹自喜弦歌。（考翁同赵二理及令郎来。）纵谈经济农书好，细勘精微小学多。几许客怀消未得，朝来不待酒杯和。（原本载七律二首。广誉按：其二系赠赵二理，故删。）

张岵瞻先生《上何先生书》云：玲生三十有一年矣，二十一年而始闻先生之名，又五年而从凌先生执贽以见，又六年而请纳拜，正师弟之名，先生许又六年，然后受晓庵、何求，备闻斯言。盖不屑教，亦不终绝。玲方退而修省，冀自今行无大亏，复申前请。继见与凌先生手书，又似欲终绝者。若是，则玲之惑也滋甚。盖闻民生于三，君与师皆以义合。其合也，则君先乎臣，弟先乎师，礼也。后世人伦不明，君罕下士，而多失身，少不亲学，而长好为师，二者交讥。然而人伦不明，由于师道之不立也。师道不立，则异端争起，于是有所谓良知之学者。良知之师，敖然自圣，不师往哲，自立门户，思以其学易天下，而无从也，见才俊之士则多方以钩致之。既得之，患失之，故或拜而复还，或还而复拜，拥皋比之仪，有同儿戏。浸淫不已，四海风靡，群然慕心学之名而好之。既乃渐涵入骨髓，不复能自解免。迹其授受，始犹矜私智，惊虚声，而卒流为势利之门。于是以讲学为幸窦，以载贽为苞苴，当事可通则通当事，山人可附则附山人，惟利之求，无复廉耻。其坏人心，败风俗，盖不少矣。极其流祸，遂至于遗亲后君，天崩地坼，而余波遗焰之所及，迄今未弭。呜呼，其原始于学术不正而生心害事，祸至此极也。当此之时，非有至德可师者拯其横流，何以回一阳于重阴之下而来复哉。侧闻张先生素以兴起斯文为己任，今者道明德立，玲之愚陋，何从仰测高深。然尝窃识君子之绪方矣。凌先生曰：“同人学问各有偏长，成德君子其惟考翁。”晓庵曰：“君子以教思无穷，容保民无疆，杨园有焉。”何求曰：“先生暗修一室，而闻风者悦服，觌德者心醉，惟其诚也。”尊教则曰学术至正，言行无疵，三百年来，指不多屈。至其不言而饮人以和，与人并立而使人化，尤莫知其所以然也。先生自任，则曰祖述孔孟，宪章程朱，非吾人之责而谁责。夫诸君子皆知德之人，又非阿私所好。合而观之，则先生之足为师表，诚有欲辞而不得者。然犹深执谦退，概谢从游，盖以君子所处，非独一身得失，乃关风俗盛衰。今之师弟滥殇已极，故欲杜门却贽，以身示范，其亦忧深而虑远已。虽然，天理人欲，同行异情，我求童蒙而相感以私，所谓人之患在好为人师也。童蒙求我而志应以公，所谓师道立则善人多也。二者相似，而其是非得失之归相去远矣。且磷火之不息，正以日月之未出也，宁当因噎而废食哉。孟子不因杨墨之横议而废设科，朱子不因金溪之倡教而谢诸生，惟其守先待后，雅意作人，用俾圣绪光昭久而不坠。然至于今，圣远言湮，已不胜邪诐交作之忧。向使孟子、朱子俱块然独善以全高，则后之人虽有志于孔子之学，孰从而求之。而道术之分离乖隔，又不知其何所底已。是以君子进则行其道，退则传诸人，岂好劳哉。诚畏天命而悲人穷也。今以盛德如先生，善教如先生，人心向仰如先生，构此道丧学绝之日，进既无可为，而退又不欲广其传，彼之近声利而溺虚无者，固已前禽不诫矣。即有愿学之士，亦且望绝计穷，或求进不得，而退自废业，甚或憔悴以死。又其甚者，转而从学异端而未知返，先生岂不畏天命、闵人穷哉？不然，其亦何心于独善也。意者门墙既辟，风动四方，恐非龙潭老人之意乎。窃谓龙潭老人诚不测其所至，度亦同人于郊，咸晦志末之伦耳。以视康斋兴余干之功，孰大孰小，必有能辨之者。矧先生今日既无势位之荣，又不标榜为事，自好者无所嫌而敢进，有为者无所为而不来，不过二三后生不遇于时之士，带经负耒，相从于十亩之间、衡门之下，以求其至难得者于身，初不敢有夸毗矜躁之念，冀或风动四方，以上累师门，则与先生匿景沉声，身焉用文之意，固并行而不悖也。若谓维皇不欲斯文之丧，则秉彝在人心，师友在简策。豪杰之士，无文犹兴，即欲就正有道，亦顾其实何如耳。宁必抠衣委贽，标师弟之名乎。则愚又有说焉。无文犹兴，天下一人而已。方此风颓俗靡，人才衰少，苟有志于学者，皆当曲成之，俾大以成大，小以成小，此乃万物并育之心，岂可以豪杰概人人。而况人之豪杰自许者，未必果豪杰乎。如接舆荷蓧之徒，惟自许豪杰，而不屑屈首于圣门。故其高风峻节，虽令人慨想于千载之余，然每读书至下车而辟，反见则行，未尝不叹圣人之畏天命，闵人穷，无时敢忘，而自以为是者之终难入道也。假令彼得圣人而师之，其所造宁止此哉。盖孟子所谓归而求之有余师者，特以拒曹交之不诚，虽至理亦不外是，而非圣贤教人之成法也。语曰："娴习礼乐，不如式瞻仪刑。讽诵文辞，不如亲承音旨。"又曰："古人所以贵新炙之也，有以夫。不然者，秉彝在人心，而执气拘物蔽之心为良知。"师友在简策，而曰"六经注我，我注六经"。且剽窃圣贤之说以文己说，其不畔道者鲜矣，谁则能无师传而神会乎。若夫名者实之宾也，世固有有名罕实者矣，实至而名不从，未之有也。或曰："先生虽不以师道自居，及门誉髦已不一人，薰其德而善良者，又不知凡几矣，是岂有心独善哉。果遇英才，固所乐得而涵育也。子自无受教地耳，夫复何言？嗟乎！此则玲之罪也。玲少愚陋，既长，虽幸得从诸君子游，然赖其教，而知人生固有学问焉，不当溺于举业之卑污而已。至于克伐怨欲生心而不知制，惰慢邪僻设身而不知检，罪大行亏，悔于前而靡赎。迁善改过，期于后而未能。而穷理之事，入德之门，则尤茫然，罔识厥旨，虽有善教，将安施也。顾以行负神明，亲不逮养，今诚不忍以遗体终陷小人之归。

冀及时操袚慧于有道之门，以为出谷迁乔之计。偻偻丹诚，怀已数年，而不意先生拒之深也。夫日月所照，靡间容光，雨露所濡，不遗朽木。若曰自授书而外，未尝有曰师曰弟子者，则上既不获敬夫诸子执箕膺撝于前，下又不得从蔡生授几奉杖于后。每一念至诚，不自知其涕泗之横生也。而诸君子之进说于函丈者，猥以朱蔡为言，则先生且将隐度之曰，朱子固予所愿学，玲犹不足当季通之一吷，恶乎知夫道。若是，则先生之牢关而严拒固宜。诸君子不弃玲，而终覆露之，请易说以前曰："与其进归斯受，孔孟家法也。震泽之滨，有一人焉，与波下下，几死者数，大惧而号救。"于先生者，六年矣。又如是而后救，恐终汩没矣。其势急，其情悲，仁人能终不一动心乎。倘得矜哀而早收之，以疗其饥渴之害心，以少答父母生我之意于万一，则先生成全之德，没齿不忘，而诸君子以大公之怀，而引掖放废之人，俾聩得聪，俾蒙得视，而敢不饬身补过，以为图报之地乎。虽然，玲非独为一己之私而已，诚愿先生惧生心害政之祸，体孟子、朱子之心，毋终执谦退，以龙潭老人自处，用是兴起斯文，万物并育，则师道立、人伦明。他日一阳复生，天下英才应运而作，或有其人。而孔孟、程朱之统，岂终无所托乎。昔昌黎上宰相三书，君不先而自售，士林惜之。玲以困蒙求师，当不嫌于渎，故虽见绝，而不知止。今闻讲席将东，敢尔上尘台听，伏恳朝夕从容，转布下诚，俾遂区区，幸甚幸甚。（王晓庵先生评云：沉潜恳至，剖析详明，轶师说而上之，岂特俯视宰相三书而已哉。虽然文不足道也，忧深虑远，担荷已复不浅。虽欲自宽，不可得已。兴起坠绪，砥障狂澜，责有所归，勉之勉之。梓上书姚蛰庵先生几千言，先生曰："某当时初谒先师亦累千言，然杂乱不足存，稿已焚矣。惟先友佩葱上书商隐先生，凡二千余言，求执弟子礼于杨园。晓庵击节，谓贺师说而上之。足下当熟复，他日倘修先师年谱，不可不附录也。"）

又《咏关盼盼诗》云："楚姬花艳本倾城，忽洗红妆女伴惊。自是倚门非所好，退修初服岂求名。""公子王孙狎送迎，一朝谢绝莫相惊。直教投赠人难近，方信冰心出至诚。""制芰搴兰结束新，含情欲寄所思人。纵教梅标无消息，寂寞空闺自守身。"（梓初见蛰庵先生时，先生云："佩葱初见先师有诗三绝，君可录一通，时时讽之，则学道之志决矣。"）

又《谢樵叟一绝》云："绰约山花满路旁，游人争采入奚囊。若非樵叟勤相告，服艾盈腰尚说芳。"

《陆稼书先生年谱》一条云：先生年五十四岁，阅张考夫《备忘》，好生从松陵姚氏借钞，持至，与先生同读雨日，深以为快。后丁卯之夏，从恒阳寄书语水主人长子曰："张先生遗书未有刻本，前偶见其《备忘》一册，笃实正大，足救俗学之弊。尊处必有全集，表章之责，非高明而谁哉！"又一条云：语水主人长君来会云，张考夫初年不欲教弟子作经义，晚年亦教为之。又言，考夫为人谦让为主，于老年多推以为胜己，于后生多方鼓舞。然少分寸，老年后生，居之不疑，反成病痛云云。（梓按：《备忘》一书，正先生晚年所著。一条云：程子有云："举业不患妨功，只患夺志。人苟志不为所夺，虽作举业，无害否。"斯言不然也。人苟志不为富贵利达，岂无一事可为，何故而必为举业。夫志，气之帅也，岂有志既夺而功不妨者。观此，则晚年亦教子弟为经义者，不亦诬乎。此不过主时文讲学之说，而以此玷先生耳。至谓以谦德滋流弊，尤不足辨矣。)

张杨园先生小传

先生居桐乡之杨园村，故东南学者称为杨园先生，讳履祥，字考夫，号念芝。幼孤，王父及母夫人训之成立。幼中酒，母责之，谕曰：“孔子、孟子亦是两家无父之子，只为肯学好，便做到大圣大贤。尔勿自弃也。”年十五，为诸生，耻入社。尝读《小学》《近思录》，忽有得，作《愿学记》，遂东渡，拜刘念台先生门下，有甲申春、冬二问目。归而肆力于程朱之书，真知力践。觉《人谱》独体犹染阳明，然以师故，不敢言。澉湖何商隐先生延之家塾，出《传习录》请评，以维斯道，以觉来学，先生不敢任也。既而馆语水，主人复以请，先生复固辞。既乃慨然谓：“东南坛坫，西北干戈，其乱于世无所上下。东林诸公气节伟然，而学术未纯，神州陆沉，天地晦盲，生心害政，厥由《传习》。”于是毅然秉笔，条分缕析，洞揭其阳儒阴释之隐以为炯鉴。盖自此书出而闲辟，通辨困知皆所谓择焉而不精者矣。吴江张嘉玲弃诸生从先生游，资独敏，故所造弥粹。诸弟子或质鲁不善学，或藉以干禄，或袭为口耳标榜，皆弗逮也。先生自乱后，益杜门寡交，惟苕上凌子渝安、沈子石长及商隐，道义切磋，终身无间。与人和易，故人王迈人既显，请谒，亦不峻拒，惟默坐晤对，使自愧而已。平居，虽盛暑，方巾深衣，端拱若泥塑。或舟行百里，坐不少欹。晚年写寒风伫立图，自题云：“行己欲清，恒于入浊。求道欲勇，恒病于怯。噫，君之初志，岂不曰：古之人，古之人老斯至矣，其仿佛乎何代之民。”

先生诗非所长，古文得八家神髓。然教学者惟以严立藩篱，深造堂奥为则。尝云:“三代以上，折衷于孔孟。三代以下，折衷于程朱。”于朱子《纲目》《文集》《语类》，晨夕不释手，订其疑而阐其微，旁及《读书》《居业》《童蒙训》《鲁斋集》，俱为评本。尝自痛先世厝宫，贫不早葬，毁于盗，虽罪人已得斩首，祭墓袒衣犹粗麻。卒年六十有四，遗命以衰敛。商隐偕诸同人葬先生于草庐侧，碑曰：杨园先生之墓。配诸孺人。长子维恭早世，次子与敬，不及娶而殁。继圣文亦夭，配姚氏守节殁，无后。门人姚琏辑《文集》及《训子语》《备忘》《初学备忘》《言行》《见闻录》《近鉴》《农书》共三十余卷。后学范鲲刻之海昌，因语水流言误毁，天下惜之。

古民曰：有明一代儒者，薛、胡为冠，而敬轩乃尊鲁斋为朱子后之一人，何所见之隘也！惟先生值仁山之厄，不仅洁其身，砥白云之节，不徒衍其传。纯粹如敬轩，而穷研洞悉。谨饬如敬斋，而规模宏远。存养深，不涉于澄心。省察密，不沦于独体。志存四铭而辨严兼爱，行准中庸而恶深乡愿。障姚江之澜，直穷其窟。杀语水之波，力防其溃。呜呼，如先生者，真朱子后之一人已。虽然，武夷九曲，剩水残山，金华私淑，犹延其脉。今之为杨园后之四子者何人，呜呼危哉！乾隆十三年秋日，后学陈梓拜撰。

雷文宗序姚大也辑《年谱》云：余向见宝应朱止泉先生集论当代儒者，首推杨园张先生。在京师，得友人手录遗书，循环读之，益信止泉之言不爽，然以未获尽睹为觖。比视学浙江，加意访求，先生族孙、诸生继栻出家藏本并《年谱》相示。呜呼，先生之书，海内流布甚少，学者倘得其《年谱》，亦可想见其语默动止，皆与道为体，而切景行之思矣。属濮川陈布衣校定，而继栻梓成，爰赘数语于简端。后学宁化雷鋐敬书。

继栻跋云：家《杨园先生集》，康熙间海昌蜀山草堂已刊十余种行世，顾历年寖久，城门仲鱼，板烬厄灰，是集之流传少矣。以故江浙藏书家虽不乏钞本，而四方名公巨卿宦游吾浙者，欲读其书，想见其为人，往往不可得。庚午年，安溪李授侯先生来守吾郡，渴求杨园集，栻以家藏旧本献。辛未年，宁化雷翠庭先生视学浙中，下车之日，即殷殷致询遗集。暨公按临吾郡，访求里居坟墓及子孙族姓甚悉，栻亦以旧本文集并未刻年谱为献。公谓全集卷帙繁重，未易重刊，独《年谱》开雕，可以猝办。遂捐金剞劂，兼树碑墓上，题曰“理学真儒”。先后贤旷世相感，岂偶然哉。年谱之刻既竣，用以垂世行远。世之学士大夫虽未及睹先生全集，而一览兹谱，亦可以得其大概矣。乾隆癸酉孟春月，侄孙继栻谨跋。

廷梧跋云：孟子辟杨墨，而孔子之道著。韩子辟佛老，而尧舜以来相传之道赖以表章。朱子辟象山，而濂洛之道统以传。自吴临川谬分象山为尊德性，紫阳为道问学，明之王阳明遂倡良知之说，以晚年定论诬朱子，簧鼓后学，风行海内。天崇之末，甚至应举之文必剿窃佛书，共诩元妙，阳儒阴释，较象山之害尤烈。家杨园先生出，奋袖而力辨之，使学者灼知姚江之误。其手批《传习录》，尤大彰明较著也。陆清献公学问醇正，为当代大儒，考其一生得力，尊朱辟王，果孰开其先乎？闽中雷翠庭先生曰：“杨园先生接薛、胡之学脉，契洛闽之心传，在我朝实先陆清献而真知允蹈者也，可谓知之深矣。”《年谱》之刻，由公鉴定并捐资剞劂。昔曾伯祖谓刘伯绳所刊《念台先生年谱》《文集》之外，竟可自为一书单行天下后世，悟于兹谱亦云。乾隆十八年孟春月，曾侄孙廷梧谨跋。

后学陈梓自跋重辑《年谱》云：先生少工时艺，科第操券可得。年十五，补弟子员。至甲辰年三十五，而不获登贤书者，人以为偶焉蹭蹬，而不知天之所以玉成先生为紫阳之后之一人也。昔者先生尝自叹矣，余于己卯、壬午论文艺，亦可侥幸，但当时一中式，则亦为祝开美矣。夫申酉间之为祝开美者岂少哉，于斯道之传何当焉。天生子静于南渡，以墨腰子乱学术，则必生朱子，以接孔孟之传。天生阳明于明季，以满街圣人混儒释，则必生杨园，以续程朱之统。世非无辟阳明之人，或偏于穷理而流为入耳出口，或偏于力行而徒为谨小慎微，皆不足以服阳明之心，又何以折其辨而扑其焰哉。惟先生知之确，行之勇，取舍明，存养密，精义入神而笃实光辉，故一切鬼蜮之技无所售，而晦蚀之道赖以复旦。魏了翁《叙朱子年谱》曰：“三才一本，道器一致，幽探乎太极无极之妙，而实不离乎匹夫匹妇之所知。大至于位天地，育万物，而实不外乎暗室屋漏之无愧。”即以是合之，先生又奚忝焉。则信乎朱子之后之一人已。然则为先生之《年谱》，仅侪之乡党自好之士，粗拾其行谊梗概，使后之仰泰山北斗者黯淡无色，非后学之咎哉。第《年谱》之作，必取材乎日记。陆清献有日记，故好生《年谱》成于殁后之丁丑，不过五年。杨园不闻有日记也，故当时至交如凌、何、沈三先生，并不闻有行状。佩葱几几黄勉斋而不永其年，即门人之编次全集者，又不及早订之。而大也一生饥驱远游，寥寥数语，何足怪哉。然犹幸有此影响，得据以追溯平昔交游问答之书，及《愿学》《备忘》《近鉴》《言行见闻》《训门人语》之散见者，庶几捃摭以成斯编，则大也之功，亦不容泯矣。梓生癸亥，距先生易箦已十年，弱冠谒蛰庵，又失详问登记。至今年七十有二，始为之，遗老凋谢，何从而质所疑哉。虽然，《朱子年谱》成于门人李果斋，其原本已无可考，行世者只明李古冲本，近则洪云芜本而已。孰意订四百余年之谬误者，尚有今宝应之王懋竑。则自今而后，安知无好学深思之士，复砭古民之舛讹，而勒为定本者乎。渺渺九原，拭目企之矣。乾隆十九年四月晦日识。

又重订《年谱》有感，寄继栻诗云：此任惟三公（谓凌、何、沈三先生。），其次惟岵瞻。一为道义交，默契流水音。一为入室弟，心法所熟谙。见知失阐杨，末学肩何堪。裔孙辱虔恳，故纸搜荒函。迢迢八十载，僻野谁遗簪。况我半体民，垂死发鬖鬖。山鬼潜窥窗，篝灯独呻吟。触喉滋忌讳，投笔纷诛芟。罪我或不避，迷途标指南。良知证厥赃，人谱青超蓝。庶几真面目，十亡存二三。但恐中道蹶，残稿徒糊龛。翻使小儒诟，大言终身惭。

又《柬蛰庵门人李元绣诗》云：杨园元旦诗，气象似与点。姚谱所不载，云自硕果选。（即张恭佩。）其书可假不，一瓻恕我褊。硕果九十六，吾少曾共饭。时待蛰庵座，宽袍白发短。老来余典刑，忽忽今在眼。蛰庵绝高足，惟君堪接轸。遗编富钞录，慨许助修纂。秉烛夜呼儿，尘缘谢门揵。

又《与谢雪渔书》云：馆故山时，曾奉蕉雨《杨园先生全集》钞本，中有《许鲁斋二论》《朋友之交论》《假道学说》《处馆说》《周民东亡说》《丧祭杂说》《后爱莲说》《玩器喻》《鄙叟说》诸篇，海昌本中所无。盖当时说论本各一卷，蜀山病革，不及刻耳。弟今年重订《年谱》，烦命诸生录寄，虽不及详载其文，而篇名不可遗。即所作之年月，亦不容漏。天中左右，悬候玉音，临池翘跂。

又《跋言行见闻录》云：此书吾友莘皋镌于康熙庚寅年，藏于家祠之永思楼，故海昌《全集》毁板时，独免于难。至雍正甲寅，童不戒于火，永思灾，斯录亦为灰烬，并予所寄杨园手书《与朱静因简》，仿佛宣示。又紫云冰雪中玉友，偕故人远来，尺牍笔笔圣教，大可惜也。今海内杨园有板之书，惟幽湖德蕴堂大名崔氏本《训子语》《初学备忘》二种而已。噫，先生一生坎坷，幸有后学梓其遗编，而祝融屡厄之。然则枣梨之寿夭，亦有命耶。莘皋没于甲戌四月十有八日，梓闻讣，为之恸，书此志慨。

又跋《训子语》云：两间至痛事莫如无后之人读无后之人之训子书，而其人又为紫阳后之一人，呜呼悲哉！此天地鬼神当为饮血者也。杨园云："罚莫重于斩祀。"当先生作此语时，岂自知其不再传而绝乎。以常理论之，此书为万世子孙训可也，乃以至重之罚加之盛德之诣，彼苍果何心哉。则今日之痛，尤莫甚于无后之人读不自知其无后之人之书，天地乎？鬼神乎？有知乎？无知乎？壬申十一月廿三日，挥涕书。

忆癸酉仲夏，谒一斋陈先生于硖川攸芋堂，语及杨园遗事，〔枨〕以年谱为问，陈先生曰："其侄孙继栻近将姚本付枣，惜未尽善。"盖当代大儒一言一行，莫非斯道所攸系，《年谱》之作，良不易易也。逮陈先生取大也原本及《杨园全集》与凡生平闻见之足证者，覙缕详悉，以成是编，然后杨园之懿德醇诣，实为紫阳后之一人，读其谱，可信斯言之不诬矣。独是孔孟、程朱相传之道统，得杨园而复续。今之真知实践，肆力杨园之学者，茫茫宇内，舍先生而谁哉？乾隆己卯仲春月下澣，后学武原徐枨谨识。

乾隆十八年，汀州雷翠庭先生视学浙江，以姚大也所辑《张杨园先生年谱》，命濮川陈古民补其缺漏，镌版流传。顾未及百年，旧本鲜有存者，乍浦钱海香尝手录是谱，珍而藏之。予友宋小茗司铎桐乡，既佐邑宰黎公为先生立碑修墓，复建祠于学宫之偏，岁时修祭，表章正学，可为不遗余力矣。闻海香藏有年谱，属予借录以归，将重刻行世。《诗》曰："虽无老成人，尚有典型。"今溯杨园先生百有余载，流风遗韵，日就湮没，得此书流布士林，俾学者生其高山景行之慕，是即老成典型也。道光二年仲秋之吉，吴兴徐熊飞跋。

重订《杨园先生年谱》跋

《杨园先生年谱》，旧有姚大也本。乾隆癸酉，学使雷公刻以行世，后陈古铭重辑是编，其文视姚本加详，而纪事系年尚多舛漏。海昌钱广伯尝校正数处，未尽也。辛卯冬，予取先生文集及手定书参互考证，以订陈氏之误。稿未及半，而嗽疾大作，乃以属予友顾访溪续成之。访溪详细校阅，为补正其舛漏者凡若干条。书既成，录而藏之，异日付梓，以广其传，使览者有以考先生言行之详而兴起于学焉，其亦陈氏之意也夫。道光癸巳仲春，平湖后学方坰谨跋。

《杨园先生年谱》录弆箧衍有年矣，钱甥廷翰为余言，其师方君子春有校定善本，方君服膺先生之言者也。索而读之，芟繁订误，考正详明。君与其友顾君访溪实共成之，洵姚氏、陈氏之功臣也。余并增附二徐君跋语开雕，以广其传。方今硕儒辈出，有读是编而兴起者，先生之书行且大显于世，即方、顾二君订正之功，尤不可没也。道光甲午季秋，后学沈维鐈谨识于太平使署。

刊板既成，遽闻子春以七月初咳血疾作，殁于武林。时甫奉铨钱塘训导，赴大府考验也。嗟乎，以君信道之笃，检身之严，进未有艾，庶几克绍先生之绝学者，何竟夭天年耶。复校是编，为之陨涕。甲午十月下澣维鐈再识。

重订《杨园先生年谱》跋

《杨园先生年谱》四卷，附录一卷，陈氏梓因旧谱而订定也。谱始辑于姚氏夏，陈氏所订，视旧为赅备，而详略犹有失宜者。辛卯冬，予友方坰子春重为订正，既而嗽疾甚剧，乃属广誉续为之。广誉因取先生文集暨手定之书参互比较，为补正若干条，于是先生之嘉言懿行，始得考其详焉。呜呼，自姚江倡良知之说，天下才知之士靡然从风，而朱子之学几于中绝。先生出山阴之门，独力辟良知，粹然一归于正。然则继薛、胡之后而开清献之先，使朱子遗绪绝而复续者，非先生力欤！统计先生为学大要，凡有再变，盖发愤求道之功，至己卯而倍笃，《愿学记》所以作也。迨癸已，因袁仲一言规诲，王学之辨愈严，自是更无丝毫出入者。深造诣极，称为朱子后之一人，不诬也。夫先生之道既为后学所宗仰，而陈氏之为是编用心尤勤，诚不可不传于世，则夫订讹补阙，以待后之人之有所考信焉，固陈氏之志也。校录既毕，爰书数语于后，以识向往云。后学平湖顾广誉谨识。

后 记

浙东余姚，历史悠久，文化昌盛，而称“文献名邦”久矣。明、清两代，姚江学术更是群星璀璨，引领时风，彪炳史册。先有阳明先生创“良知”之说，启数百年姚江学术鼎盛之大幕；后由梨洲先生倡“经世”之学，开浙东史学民主启蒙之先河。阳明、梨洲皆硕宿也，门徒遍从，学脉绵长，世所景仰。

然余姚一邑之文化硕果，绝非只是由极少数精英人物、鸿儒大家所独创。历史长河中，还有许许多多并不起眼的“小人物”在其中贡献良多。他们或无以“官阶”示人，或难以“显学”著称。他们只是某一领域默默无闻的“耕耘者”，或是不拘名利的“传道者”。他们素衣简食，淡泊一生，唯以不乏真知灼见的尺书文牍传存于世。他们是真正的文化践行者，无愧于儒者的名号。清代余姚乡贤、临山名士陈梓即为其中的一位佼佼者。

初识陈梓，缘于其墓出土、珍藏于市文保所的几件瓷器、砚台，还有墨宝、著作等。品鉴、诵读之余，对其人品学识的敬佩油然而生，进而萌发了整理点校其著述的意愿。市政协文史委和市文广局十分重视余姚文化典籍的编校和出版工作，确定由市政协文化艺术界组和市文保所具体实施这个项目，并得到了陈梓先生出生地临山镇党委、政府的大力支持。期间，除了市文保所旧藏以外，课题组还收集、拍摄、影印留存于北京、上海、杭州等地的各种版本、各种类别的陈梓文献著作，潜心阅校，严慎为要。无论寒暑，历时三载，终得以付梓。其中之辛苦劳顿，自不待言。

中华文化典籍整理编纂出版是党中央、国务院确定的优秀传统文化传承发展工作的重要任务之一。《陈梓全集》的编校出版，既得益于前几年古籍普查的丰硕成果，更受赖于余姚各级领导对地方古籍文献整理研究工作的高度重视。市政协主席陈长锋对本书的出版给予了热诚关心和大力支持，市政协副主席朱卫东对本书的编撰和出版多次给予了指导和帮助。相关部门还邀请省、市专家组织召开了本书稿的评审会。市政协文史委主任钱泽、市文广局副局长高李生对编校工作予以悉心指导。市文保所所长李安军、副所长孙栋苗直接参与了策划选题等具体工作。全书由黄懿、徐修竹、沈娟娟负责具体编校，华东师范大学实习生曹仪婕参与了部分工作。

商务部原部长、海峡两岸关系协会原会长、中国外商投资企业协会会长、清华大学台湾研究院院长陈德铭先生，浙江省诗词与楹联学会常务副会长、杭州出版集团副总经理、编审尚佐文先生，分别为本书拨冗作序。两位先生勉励有加，使人备感荣幸和鼓舞。慈溪市地方志办公室王孙荣先生同为校勘，并协助审阅全稿。朱炯、张川两位先生提供了许多珍贵资料，并分享了点校经验。西泠印社出版社为本书的出版提供了大力支持。在此一并表达由衷的感谢！

限于编校者学有不逮，书中难免谬误之处，敬请不吝指正。

编校者

2020 年 5 月

图书在版编目（C I P）数据

陈梓全集 / (清) 陈梓撰 ; 黄懿，徐修竹，沈娟娟编校 ; 余姚市文化和广电旅游体育局，余姚市政协文化艺术界组，余姚市临山镇人民政府编. -- 杭州 : 西泠印社出版社，2020.5
ISBN 978-7-5508-3022-6

Ⅰ. ①陈… Ⅱ. ①陈… ②黄… ③徐… ④沈… ⑤余… ⑥余… ⑦余… Ⅲ. ①中国文学－古典文学－作品综合集－清代 Ⅳ. ①I214.92

中国版本图书馆CIP数据核字(2020)第065548号

陈梓全集

【清】陈梓 撰　　黄懿 徐修竹 沈娟娟 编校

出 品 人　江　吟
责任编辑　洪华志
责任出版　李　兵
责任校对　徐　岫
装帧设计　刘军儒
图文制作　新锐文化传媒
出版发行　西泠印社出版社
（杭州市西湖文化广场 32 号 5 楼　　邮政编码 310014）
经　　销　全国新华书店
印　　刷　杭州现代彩色印刷有限公司
开　　本　787mm×1092mm　1/16
字　　数　1028 千
印　　张　47.25
印　　数　0001-1000
书　　号　978-7-5508-3022-6
版　　次　2020 年 5 月第 1 版　第 1 次印刷
定　　价　198.00 元

西泠印社出版社发行部联系方式：（0571）87243079